第三册

文苑英華

中華書局

文苑英華第三册目錄

卷三三一　詩行一〔天·四時〕

卷二三五　謌行五〔音樂下〕

卷二三六　謌行六〔酒〕

卷四〇二 中書制誥二三（環衛二）

太子少師

太子少傅

太子少保

太子賓客

太子詹事

太子少詹事

卷四〇四　中書制誥二五（東宮二）

左右庶子

太子中允

卷四一二　中書制誥三三（幕府一）

副使

判官

記室

支使

推巡

別駕

司馬

卷四一五　中書制誥三六（宰邑）

外縣令

命相三

卷四五一　翰林制詔三二（制書四）

都元帥

副元帥

都統

招討使

異姓王制

卷四五七　翰林制詔三八（制書一〇）

節鎮六

卷四五八　翰林制詔三九〔制書一一〕

節鎮七

卷四五九　翰林制詔四〇〔詔勑一〕

命將

卷四六〇　翰林制詔四一〔詔勑二〕

朝集使

卷四六一　翰林制詔四二〔詔勑三〕

巡撫使

文苑英華卷第三百三十一　詩行一

天

雪二首　雨六首　月五首

雲二首　霹靂一首　明河一首

四時

春三首　秋四首　冬三首

天

白雪歌　朱孝廉

凝雲淩霄漢從風驚(樂府作飛)且散聯翩避幽谷徘徊依井幹既興楚客謠亦動周王歎所恨輕寒早不待春光旦(樂府作春陽)

瑞雪篇　劉廷琦

紫宸飛雪曉徘徊曆閣重門雪照開九衢晶(一作晶)耀浮埃盡千品菴池贊帛來何處田中非種玉誰家院裏不生梅埋雲翳景無窮已因風落地吹還起先過翡翠寶房中轉入鴛鴦金殿裏美人含笑出聯翩艷逸輕相鬬客止羅衣點着渾是花玉手摶來半成水奕奕紛紛何所如頓憶陽園二月初羞同班妾(一作女)高秋扇欲照明王乙夜書姑射山中符聖壽芙蓉闕下降仙(一作神)車願垂靡澤流無限長揖豐年貴有餘

此詩一百五十五卷重出前已削去注異同爲一作

秋雨嘆三首　杜甫

雨中百草秋爛死階下決明顏色鮮着葉滿枝翠羽蓋開花無數黃金錢凉風蕭蕭吹汝急恐汝後時難獨立堂上書生空白頭臨風三嗅馨香泣

二

闌風長(音仗)雨(一作蘭風伏雨飛)秋紛紛四海(一作萬里)八荒同一雲去馬來牛不復辨濁涇清渭何當分禾頭生耳黍穗黑農夫田父無消息城中斗米抱(集作換)衾裯相許寧論兩相直

三

長安布衣無此數反鎖衡門守環堵老夫不出長蓬蒿稚子無憂走風雨雨聲颼颼催早寒相鴈翅濕高飛難秋來未曾(集作省)見白日泥汙后(集作厚)土何時乾

夜雨吟(集作歌)　陸龜蒙

屋小茅乾雨聲大自疑身着蓑衣卧蕪是(集作似)孤舟夜泊時風吹折葦來相佐我有愁衿(集作襟)無可那纔成好夢剛驚破背壁寒燈不及螢重挑却向燈前坐

和柯古窮居苦熱喜雨　韋蟾

貞機澹少思雅尚防多僻攬葛猶不畏(疑)勞形同處齋頭燋詎是焚背汗寧關炙方欣見潤礎那虞悲鑠石道與古人期情難物外適幾懷朱邸綬頗曠金門籍清興已蕭蕭陳柯將槭槭玉律詩調正瓊巵酒腸窄衣裄襲中單浴床拋下綌黎侯寓於衛六義非凡格

秋霖歌　李沇

西方龍兒口猶乳初解驅雲學行雨縱恣群陰駕老虬勺
水蹄涔盡奔注葉破苔黃未休滴膩光透長往莎色恨無
長劍一千仭劃斷頑雲看晴碧

閑宵望月

卷箔舒紅茵當軒翫明月懿哉深夜中靜聽歌初發苔含
殿華濕竹影蟾光潔轉扇來清風援琴飛白雪行愁景候
變坐恐流芳歇桂影有餘光蘭燈任將滅

拜新月　　吉中孚妻張夫人

拜新月拜月出堂前暗魄初(一作深)籠桂虛弓未引弦拜新
月拜月粧樓上鸞鏡始(一作未)安臺蛾眉已相向拜新月拜
月不勝情庭前風露清月臨人自老人望月(一作望月更)長生

東家阿母亦拜月一拜一悲聲斷絕昔年拜月逞容(一作儀)
華如今拜月雙淚垂迴看衆女拜新月憶却紅閨年少時
(一作皆樂府)

明月　　李如璧

三五月華流炯光可憐懷歸郢路長逾江越漢津無梁遙
遙永夜思茫茫昭君失寵辭上宮蛾眉嬋娟卧氊穹胡人
琵琶彈北風漢家音信絕南鴻昭君此時怨畫工可憐明
月光朧朧節既秋兮天向寒沅有漪兮湘有瀾沅湘糾合
淼漫漫洛陽才子憶長安可憐明月復團團逐臣戀主心
愈恪兼妾思君情不薄已悲芳歲徙淪落復恐紅顏坐銷
鑠可憐明月方照灼向影傾身比葵(一作藜)藿

秋閨月　　權德輿

三五二八光(一作月)如練海上天涯人共見不知何處玉樓
前乍入深閨玳瑁筵露濃香逕知愁坐風動羅帷照獨眠
初捲珠簾看不足斜抱箜篌未成曲稍映妝臺臨綺窗遙
知不語淚雙雙此時愁望知何極萬里秋天同一色靄靄
遥分陌上光迢迢對此閨中憶早晚歸來歡讌同可憐歌
吹明月中此夜不堪腸斷絕願隨流影到遼東

洞庭秋月行　　劉禹錫

洞庭秋月生湖心層波萬頃如鎔金孤輪徐轉光不定遊
氣濛濛隔寒鏡是時白露三秋中湖平月上天地空岳陽
城頭暮角絕蕩漾已過君山東山(一作孤)城蒼蒼夜寂寂水

月逶迤遶城白蕩槳巴童歌竹枝連檣估客吹蘆笛勢高
夜久陰力全爽氣肅肅開清灑浮雲夜鳥歸四畬首冠(一作
閲字)星斗當中天天雞相呼曙霞出劍影含光讓朝日日出
喧喧人不閑夜來晴景非人間

慶雲章　　陳子昂

崑崙元氣寔生慶雲大人作矣五色氛(集作氳)氳昔在嬀帝
(集作帝嬀)南風既薰叢芀(集作芳)爛漫棫棫(集作郁郁)紛紛曠矣千祀
慶雲來止玉葉金柯祚我天子非我天子慶雲誰昌非我
聖母慶雲誰光慶雲光矣周道昌矣九萬八千天授皇年

白雲歌寄陸中丞使君長源　　釋皎然

一見西山雲使人情意遠意高詠何遙迢迢妙有如君

舒卷(一作如君有卷舒)縈空疊景多態龍容衆峯峯上自爲峯潔白
不由陰雨積高明肯共雜煙同萬物有形皆有着白雲有
形無(一作難)繫縛黃金被鑠玉亦瑕一片飄然汙不着或逢
天上或人間人自營營雲自閑忽爾飛來暫爲侶忽然飛
去莫能攀逸民對雲效高致禪子逢雲增道意白雲遇物
無偏頗自是人心見同異閶闔天門宜曙看華(一作爲)纓作
蓋擁千官從龍合沓臨清署就日逶迤繞露寒誰憐西山
雲亭亭處幽絶座右長看非我羈手中欲攬待君說貞白
先生那得知辭向山中自怡悅

霹靂引　辛德源

出地聲初奮乘乾威更作雲銜天笑明雨帶星精落碎枕

神無撓震檻書自君時聞明(樂府作側聞吟)白虎遠觀飛白鶴(樂府作遠見舞玄鶴)

明河篇　宋之問

八月涼風天氣晶萬里無雲河漢明昏見南樓清且淺曉
落西山縱復橫洛陽城闕天中起長河夜夜千門裏複道
連甍共蔽虧畫堂瓊戶特相宜雲母帳(一作屏)前初泛濫(一作灩)
水精簾外轉逶迤倬彼昭回如練白復出東城接南陌
南陌征夫(文粹作人)去不歸誰家今夜搗寒衣鴛鴦機上踈螢
度烏鵲橋邊一鴈飛鴈飛螢度愁難歇稍見星河(文粹作星見明河又作坐見河傾)
漸微沒已能舒卷任浮雲不惜光輝流月明(文粹作讓流月)
明河可望不可親願得乘槎一問津更將織女支機石

還訪成都賣卜人

四時

春日篇　梁元帝

春還春節美春日春風過春正(類聚作心)日日異春情處處多
處處春芳動日日春禽變春意春已繁春人春不見不見
懷春人徒望春光新春愁春自結春結詎能申欲道春園
趣復憶春時人春人意何在空爽上春期獨念春花落還
似惜春時

奉和湘東王春日篇　梁鮑泉

新燕始新歸新蝶復新飛新花滿新樹新月麗新輝新光
新氣早新望新盈抱新水新綠浮新禽新聽好新景自新

還新葉復新攀新枝雖可結新愁詎解顏新思獨氛氳新
知不可聞新扇如新月新蓋學新雲新落連珠淚新點石
榴裙

春日行　李白

深宮高樓入紫清金作蛟龍繡(集作盤繡)楹佳人當窗弄白
日絃將手語彈鳴箏春風吹落君王耳此曲乃是昇天行
因出天池泛蓬瀛樓船蹙沓浪波驚三千雙蛾獻歌笑撾
鍾考鼓宮殿傾萬姓聚舞歌太平我無爲人自寧三十六
帝欲相迎仙人飄翻下雲軿帝不去留鎬京安能爲軒轅
獨往入杳(集作冥)冥小臣拜獻南山壽陛下萬古垂鴻名

秋辭(後篇作秋氣擢落見三百五十八卷)　梁元帝

去秋行　杜甫

去秋涪江木落時臂蒼（集作槍）走馬誰家兒到今不知白骨
處部曲有去皆無歸遂州城中漢節在遂州城外巴人稀
戰場冤魂每夜哭空令野營猛士悲

秋日篇（見一百五十八卷）　鮑泉

秋來　李賀

桐風驚心志（集作壯）士苦衰燈絡緯啼寒素誰看青簡一篇
書不遣花虫粉空蠹思牽今夜腸應直雨冷鄉（集作香）魂弔
書客秋墳鬼唱鮑家詩恨血千年土中碧

冬日傷志篇　邢子才

昔時情遊士任性少矜裁朝驅瑪瑙勒夕御熊耳杯折花

贈淇水撫琴望叢臺繁華宿昔改衰病一時來重以三冬
月愁雲聚復開天高日色淺林勁鳥鳴哀（類作聲）終風激簷
響（類聚作字）餘雪滿條枝遨遊昔宛洛踟躕今草萊時事方去
矣撫己獨傷哉（初學記作傷懷）

冬夜吟　陳陶

黑帝天寒愁散玉東皇海上張仙燭侯家歌舞棄梨園石
氏賓寮醉金谷魯家檜榆閒披水雪花燈下丑壺趙散帙
高編折桂枝披紗寮鵞青雲地霜白溪松轉斜蓋銅龍嗚
囀咽聲細八埏螻蟻敗寒栖早晚青旗引春帝晨轉城烏
啼紫天曈曨千騎衙樓前

冬宵引　宋之問

河有水兮山有雪北戶墐兮行人絕獨坐山中兮對松月
懷美人兮屢盈訣明月的的寒潭中青松幽幽吟勁風此
情不向俗人說愛而不見恨無窮

文苑英華卷第三百三十一

文苑英華卷第三百三十二　歌行二

仙道

華清詞　劉禹錫

日出驪山東徘徊照溫泉樓臺相影(集作影)玲瓏稍稍開白烟言昔太上皇常居此祈年風中聞清樂往往來列仙翠華入五雲紫氣歸上玄哀哀生人淚泣盡弓劍前聖道本自我凡情徒顒然小臣感玄化一望青冥天

同前　顧雲

祥雲皓鶴盤碧空喬松稍稍韻微風絳節影來朱旛響丁東相公清齋朝蘂宮太上符籙龍蛇散花天女侍香童隔烟遙望見雲水𢹂吹鳳清瓏瓏冊砂黃金世可度願啓一言告仙翁道門弟子山中客長向山中禮空碧九色真龍上漢時願把霓幢引仙客(一作烟篌)

夢仙謠　李沇

海宮䗶浪收殘月挈壺堂事傳更歇銀蟾半墜恨流咽六鰲披月撼蓬闕九炁真翁騎白犀臨池靜聽雌蛟啼桂花浥露曙香冷入窻王朗驚晨雞裁紈剪羅貼冊鳳膩霞遠閑瑤山夢露乾欲醉芙渠塘迴首驅雲朝正陽

同前　祝元膺

蟾蜍夜作青冥燭螮蝀晴爲碧落梯好箇分明上天路誰教深入武陵溪

懷仙歌　李白

一鶴東飛過滄海放心散漫知何在仙人浩歌望我來(一作秋)應攀玉樹長相待堯舜之事不足驚自餘囂囂真(集作直)可輕巨鰲莫戴三山去我欲蓬萊頂上行

桃源行　王維

漁州逐水愛山春兩岸桃花夾去(一作古)津坐看紅樹不知遠行盡清溪忽值(一作不見)人山口潛行始隈隩山開曠望旋平陸遙看一處攢雲樹近人千家散花竹樵客初傳漢姓名居人未改秦衣服居人共住武陵源還從物外起田園月明松下房櫳淨(一作靜)日出雲中雞犬喧忽(一作驚)聞俗客爭來集競引還家問都邑平明閭巷掃花開薄暮漁樵乘水入初因避地去人間及至(一作更聞)成仙去(一作遂)不還峽裏誰知有人事世中遙望空雲山不疑靈境難聞見塵心未盡思鄉縣出洞無論隔山水辭家終擬長遊衍自謂經過舊不迷安知岑(一作峰)壑今來變常時只記入山深青溪幾

度（一作幾回）到雲林春來遍是桃花水不辨仙源何處尋

一作皆文粹

同前

武陵川徑入幽遐中有雞犬秦人家家傍流水多桃花桃花兩邊種來久流水一道何時有垂條落蕊暗春風夾岸芳菲至山口歲歲年年能寂寥林下青苔日爲厚時有仙鳥來啣花曾無世人此携手可憐不知若爲名君任（一作往）從之多所更古驛荒橋平路盡崩湍怪石小溪行相見維舟登覽處紅堤綠岸宛然成多君此去從仙隱令人晚節悔營營

龜頭山神女歌　韋應物

龜頭之山直上洞庭連青天蒼蒼煙樹閉古廟中有蛾眉城水仙水府沉沉行路絕蛟龍出沒無時節魂同魍魎潛太陰身與空山長不滅東晉永和今幾代雲髮素顏猶盻睞陰（一作沉）深靈氣靜凝美的皪龍綃雜瓊珮山精木魅不敢親昏明嚮像如有人蕙蘭瓊芳積煙露碧窻松月無冬春舟客經過奠椒醑巫女南音歌激楚碧水冥空見鳥飛長天何處雲隨雨紅蕖綠蘋芳意多玉靈蕩漾陵清波孫峯絕島儼相向鬼嘯猿啼垂女蘿皓雪瓊枝殊異色北方絕代徒傾國雲沒煙銷不可期明堂翡翠無人得精靈變態狀無方游龍宛轉驚鴻翔相妃獨立九疑暮漢女菱歌春日長始知仙事無不有可惜吳宮空白首

馬明生遇神女歌　前人

學仙貴功（集作工）亦貴精神女變化感馬生石壁千尋啓雙檢中有玉床鋪玉簟（集作堂）立之一隅不與言玉體安穩三日眠馬生一立心轉堅知無州白蒙哀憐安期先生來起居請示金璫玉珮天皇書神女呵責不合見仙子謝過手足戰大爪玄棗冷如氷海上摘來朝暮凝賜仙復坐對食了（集作訖）頷之使去隨雲升乃言馬生合不死少頃（集作姑）勑敎令付爾安期再拜將生出一授素書天地章（一作畢）

天上謠　李賀

天河夜轉杓回星銀浦流雲學水聲玉宮桂樹花未落仙妾綵女（集作仙妾採）春垂珮纓秦妃捲羅八方曉（集作簾北牕曉）牕前食桐青鳳小王子吹鵝管長呼龍耕煙種瑶草粉霞紅綬藕絲裙青洲步拾蘭苕春東指羲和能走馬海雲（集作塵）初生石城（集作山）下

朝上清歌　顧況

潔眼朝上清綠景開紫霞皇皇紫微君左右皆靈娥曼聲流睇和清歌些至陽無諠其樂多些旌蓋颯沓蕭鼓和些金鳳玉鱗鬱駢羅些反風名香香氣遐些瓊田瑶草壽無涯些君着玉衣升玉車些欲降瓊宮玉女家些其桃千年始着花些蕭寥天清而滅雲目瓊瓊兮情感珮隨香兮夜聞肅肅兮愔愔啓天和兮洞靈心和爲冊兮雲爲馬君乘之觴于瑶池之上兮三光羅列而在下

漢武帝雜歌三首　　　韋應物

漢武帝好神仙黃金作臺與天近王母海上摘桃還集作摘桃海上還感之西過一作遇聊問訊欲來不來夜未央殿前青鳥先徊翔綠鬟紫雲裙曳霧雙節飄飄下仙步白日分明到世間碧空何處來時路玉盤捧桃將獻君踟躕未去留綵雲海冰桑田幾翻覆此桃中間三四熟集作中間此桃四五熟可憐穆滿瑤池讌正值花開不得薦花開子熟焉集作安可期邂逅能當漢武時顏如芳花絜如玉心念武作我皇多嗜慾雖留桃核桃有靈人間糞土種不生由來在道豈在藥徒勞方士海上行掩翁一言相謝去如煙非煙不知處

二

金莖孤峙兮陵紫煙漢宮美人望杳然通天臺上月初出承露盤中珠正圓珠可飲壽可永武皇南面曙欲分從空將集作下來玉杯冷世間採翠亦作囊八月一日仙人方仙人稱上藥集作方靜者服之恒綽約栢梁沉飲自傷神猶聞駐顏八十春乃知甘醴集作醲又作酉皆是腐腸物獨有淡泊之水能益人千載金盤竟何處當時鑄金恐不固蔓草生來春復秋碧天何言空墜露

三

漢天子觀風自南國浮舟大江屹不前蛟龍索鬬風濤黑春秋方壯雄武才彎弧叱浪連山開愕然觀者千萬衆舉麾齊呼一矢中死蛟浮出不復靈舳艫千里江水清鼓聲餘響數日在天吳深入魚鼈驚左有佽飛落霜翮右有孤兒貫犀革何爲臨深親射蛟示威以奪諸侯魄威一作校可畏皇可尊平田校獵書猶諫集作陳此日從臣何不言獨一作猶有威聲振前集作千古君不見後嗣尊爲武

王母歌

武帝齋戒承華殿端拱須臾王母見霓旌照耀麒麟車羽蓋淋漓孔雀扇手指交梨遣帝食可以長生臨寓縣上元頭戴九星冠總領玉童坐南面欲聞要言今告汝帝乃焚香請此語若能練魄去三尸後當見我天皇所謂侍女董雙成酒闌可奏雲和笙紅霞白日儼不動七龍五鳳來相迎惜哉志嬌神不悅歎息馬蹄與車轍徒道歌鍾杳將

暮深宮桃李飛成蹊但看青玉五枝燈蟠螭火盡光亦絕

玉華仙子歌　　　李康成

紫陽仙子名玉華珠盤承霞餌丹砂轉態凝情五雲裏嬌顏千歲芙蓉花紫陽綵女矜疑無數遥見玉華皆掩嫭高堂初日不成妍洛渚流風徒自憐瑤堦霓綺閣碧題霜羅幕仙娥桂樹長自春王母桃花未嘗落上元夫人賓上清深宮寂歷厭曾城解佩空憐鄭交甫吹簫不逐許飛瓊溶溶紫庭步渺渺瀛臺路蘭陵貴士謝相逢濟北書生尚迴顧滄洲傲吏愛金丹清心迥望雲之端羽蓋霓裳一相識轉疑情寫念長無極長無極永相隨攀霄歷金闕弄影下瑤池夕宿紫府雲母帳朝餐玄圃崑崙芝不學蘭香中道

絕却教青鳥報相思

王子喬行　高允生

仙化非常道其義出自然王喬誕神氣白日忽昇天晻曖御雲氣飄颻乘長烟寄想崆峒外翱翔宇宙間七月有佳節控鶴崇崖巔永與時人別一去不復還

元丹丘歌　李白

元丹丘愛（集作好）神仙朝飲潁川（集作水）之清流暮還嵩岑之紫煙三十六峯長周旋長周旋躡星虹身騎飛龍耳生風橫河（集作跨）海與天通我知爾心遊（集作遊心）無窮

學仙難　韋應物

昔有道士求神仙靈真下試心確然千鈞巨石一髮懸卧

之石下十三年存道忘身一試過名奏玉皇乃昇天雲氣冉冉漸不見留語子弟（集作弟子）但精堅

謫仙詞（見二百二十五卷）　陳陶

倦人詞二首　前人

小仙皆云十洲客苺苔爲衣雙耳白清編遺我忽隱身暮雨紅霞一千尺

二

赤城門開六丁直曉日已紅（一作燒）東海色朝天半路聞玉雞星斗離離礙龍翼

文苑英華卷第三百三十二

文苑英華卷第三百三十三　歌行三

紀功

七德舞一首　城西行一首

平齊行二首　平蔡行三首

征戍

大漢行一首　老將行一首

兵車行一首　疲兵篇一首

古遊俠歌一首　木蘭歌一首

新豐折臂翁一首

紀功

七德舞　白居易

七德舞七德歌傳自武德至元和元和小臣白居易覩舞德歌知樂意樂終稽首陳其事太宗十八舉義兵白旄黃鉞定兩京擒充戮竇四海清二十有四功（一作王）業成二十有九即帝位三十有五致太平功成理定何神速速在推心置人腹亡卒遺骸散帛收（貞觀初詔收天下陣死骸骨致祭而瘞理之尋虜賺又散錢帛以賻之）饑人賣子分金贖（貞觀二年大饑人有鬻男女者詔出御庫金帛盡贖之以還其父母）魏徵夢見子夜泣（一作天子泣）（魏徵疾亟太宗夢與徵別既寤流涕是夜徵卒故御製碑云昔殷宗得良弼於夢中今朕失賢臣於覺後）張謹哀聞辰日哭（張公謹卒太宗爲舉哀有司奏日子在辰陰陽所忌不可上言君臣義重父子也情發於中安知辰日遂哭之慟）怨女三千放出宮（太宗嘗謂侍臣曰婦人幽閉深宮情實可憫今將出之任求伉儷於是令左丞戴胄給事中杜正倫於掖庭簡出數千人盡放歸）死囚四百來歸獄（貞觀六年上親録囚徒於死罪者三百九十四人歸家令明年

秋來就刑應時悉至遂悉原之翦鬚燒藥賜功臣李勣嗚咽思殺身李勣嘗疾丞醫工云得龍鬚灰方可療太宗自翦鬚燒灰賜之服訖而愈勣叩頭涕泣而謝含血吮瘡撫戰士思摩奮呼身一作乞効死李思摩嘗中弩太宗親爲之吮血則知不獨善戰善乘時以心感人人心歸爾來一百九十載天下至今歌舞之歌七德舞七德聖人有作垂無極豈徒耀神武豈徒誇聖文太宗意在陳王業王業艱難示子孫

城西行　劉禹錫

城西簇簇三叛族叛者爲誰蔡吳蜀中使提刀出禁來九衢車馬轟成雷臨刑與酒杯未覆仇家白官先請肉守吏能然董卓臍饑烏來覘桓玄目城西人散太街平雨洗血痕春草生

平齊行二首　前人

胡塵昔起薊北門河南地屬平盧軍貂裘代馬繞東岳嶧陽孤桐削爲角地形十二虜意驕恩澤含容歷四朝魯人皆科帶弓箭齊人不復聞簫韶今朝天子聖神武手握玄符平九土初哀狂童襲故事文告不來方震怒去秋詔下誅東平官軍回合猶嬰城春來群鳥噪且驚氣如壞山墮其庭牙門大將有劉生夜半射落攙搶星帳中虜血流滿地門外三軍舞臂盟驛騎函首過黃河城中無賊天氣和朝廷侍郎來慰撫耕夫滿野行人歌

二

泰山沉寇六十年旅祭不饗生愁烟今逢聖君欲封禪神使陰兵來助戰妖氣氛一作掃盡河水清日觀杲杲卿雲見開元皇帝東封時百神受職爭奔馳千鈞猛簴順流下洪波涵淡浮熊羆侍臣燕公秉文筆玉檢告天無愧詞當今睿孫承聖祖岳神望幸河宗舞青門大道屬車塵共待葳蕤翠華舉

平蔡行三首

蔡州城中衆心死妖星夜落照壕水漢家飛將下天來馬箠一揮門洞開賊徒崩騰望旗拜有若群蟄驚春雷狂童面縛登檻車太帛夭嬌垂捷書相公從容來鎮撫常侍効迎負文弩四人歸業閭里閑小兒跳浪健兒舞

二

汝南晨雞喔喔鳴城頭鼓角音和平路傍老人憶舊事相與感激皆涕零老人收泣集作淚前致辭官車入城人不知忽驚元和十二載重見天寶承平時

三

九衢車馬渾渾流使臣來獻淮西囚四夷聞風皆失據集作失節天子受賀登高樓袄童擢髮不足數血汙城西一杯土南峯無火楚澤闊夜行不鎖穆陵關策勳禮畢天下泰猛士按劍看恒山特雄恒山不庭

征戍

大漢行　胡皓

單于犯薊壖虜騎畧蕭邊南山木葉飛下地北海蓬根亂

上天蝌蚪連營太原道魚麗合陣武威川三軍遥倚伏萬
里相馳逐旌旆悠悠靜潮源鼙鼓喧喧動盧谷窮徼出幽
陵于嗟倦寢輿馬蹄凍溜石湖氈暖生冰雲泱漭天光
閉河塞陰沉海色凝崆峒此國誰能託蕭索邊心常不樂
近見行人畏白龍遥聞公主愁黃鶴陽春半岐路閒瑶臺
苑玉門關百花芳樹紅將歇二月蘭皐緑未還陣雲不散
魚龍水雨雪猶飛鴻鵠山嶂綿連那可極路遠辛勤夢顏
色北堂萱草不寄來東園桃李長相憶漢將紛紜攻戰盈
胡冠蕭條幽朔晶韜昌拜節偏知送鄭吉驅旌坐見迎火
絕煙沉在西極谷靜山空自北平但得將軍能百勝不須
天子築長城

老將行　　王維

少年十五二十時步行奪取胡馬騎射殺山中白額虎肯
數鄴下黃鬚兒一身轉戰三千里一劒曾當百萬師漢兵
奮迅如霹靂虜騎崩騰畏蒺藜衛青不敗由天幸李廣無
功緣數奇自從棄置便衰朽世事蹉跎成白首昔年飛箭
無全目今日垂楊生左肘路傍時賣故侯瓜門前學種先
生柳蒼（集作茫）茫古木連窮巷寥落寒山對虛牖誓令疏勒
出飛泉不似潁川空使酒賀蘭山下陣如雲羽檄交馳日
夕聞節使三河募年少詔書五道出將軍試拂鐵衣如雪
色聊持寶劒動星文願得燕弓射大將恥令越甲鳴吾君
（見劉說苑）莫嫌舊日雲中守猶堪一戰取功勳

兵車行　　杜甫

車轔轔馬蕭蕭行人弓箭各在腰爺孃妻子走相送塵埃
不見咸陽橋牽衣頓足攔道哭哭聲直上干雲霄道傍過
者問行人行人但云點行頻或從十五北防河便至四十
西營田去時里正與裹頭歸來頭白還（集作猶）戍邊邊庭流
血成海水武（集作我）皇開邊意未已君不聞漢家山東二百
州千村萬落生荊杞縱有健婦把鋤犂禾生隴畝無東西
況復秦兵耐苦戰被驅不異犬與雞長者雖有問役夫敢
伸恨且如今年冬未休關（集作隴）西卒縣官急索租租稅從
何出信知生兒惡反是生女好生女猶得（集作是）嫁比鄰生
兒埋沒隨百草君不見青海頭古來白骨無人收新鬼煩

寃舊鬼哭天陰雨濕聲（集作悲）啾啾

疲兵篇　　劉長卿

驕虜乘秋下薊門陰山日夕煙塵昏三軍疲馬力已盡百
戰殘軀（一作兵）功未論陣雲泱漭屯塞北羽書紛紛來不息
孤城望處會斷腸折劒看時可霑臆元戎日夕且歌舞不
念關山久辛苦自矜倚劒氣凌雲却笑聞笳淚如雨萬里
飄颻空此身十年征戰老胡塵赤心報國無片賞白首還
家有幾人朔風蕭蕭動枯草旌旗獵獵榆關道漢月何曾
照客心胡笳只解催人老軍前仍欲破重圍閨裏猶應愁
未歸小婦十年啼夜織行人九月憶寒衣飲馬滹河（集作沱）
曉更清行吹羌笛遠歸營只恨漢家多苦戰徒令遺鏃滿

長城

古遊俠歌(見三百卷)　崔顥

木蘭歌　韋元甫(郭茂倩樂府不知名韋元甫續附入)

唧唧何力力(或作歷歷樂府作唧唧復唧唧注作促織何唧唧)木蘭當戶織不聞機杼聲唯聞女歎息問女何所思問女何所憶女亦無所思女亦無所憶昨夜見軍帖可汗大點兵軍書十二卷卷卷有爺名阿爺無大兒木蘭無長兄願為市鞍馬從此替爺征東市買駿馬西市買鞍韉南市買轡頭北市買長鞭旦辭爺孃去暮宿黃河邊不聞爺孃喚女聲但聞黃河流水鳴濺濺旦辭黃河去暮至(一作宿)黑山頭不聞爺孃喚女聲但聞燕山胡騎鳴啾啾萬里越戎機關山度若飛朔氣

傳金柝寒光照鐵衣將軍百戰死壯士十年歸歸來見天子天子坐明堂策勳十二轉賞賜(一作賜物)百千強可汗欲與木蘭官(一作可汗問所欲又作欲與木蘭賞)不用尚書郎願得鳴(一作借明)駝千里足(一作願馳千里足)送兒還故鄉爺孃聞女來出郭相扶將阿姊聞妹來當戶理紅妝小弟聞姊來磨刀霍霍向豬羊開我東閣門坐我西閣床脫我戰時袍着我舊時裳當窗理雲鬢(一作鬟)挂(一作對)鏡帖花黃出門看火伴火伴驚忙忙(一作始驚忙又作皆驚忙)同行十二年不知木蘭是女郎雄兔腳撲握(一作朔)雌兔眼彌(一作迷)離雙兔傍地走安能辨我是雄雌

新豐折臂翁　白居易

新豐老翁八十八頭鬢眉鬚皆似雪玄孫扶向店前行右(集作左)臂憑肩左(集作右)臂折問翁臂折來幾年兼問致折何因緣翁云貫屬新豐縣生逢世代無征戰唯聽驪宮歌吹聲(集作慣聽黎園歌管聲)不識槍旗(集作旗槍)與弓箭無何天寶大徵兵戶有三丁點一丁里呑驅向(集作點驅)何處去五月萬里雲南行傳(集作聞)道雲南有瀘水椒花落時瘴煙起大軍徒涉水如湯未戰(集作過)十人二三死村南村北哭聲悲(集作哀)兒別爺孃夫別妻皆云前後征蠻者千萬人行無一迴是時翁年二十四兵部牒中有名字夜深不敢使人知自把(集作偷將)大石搥(集作鎚)折臂張弓簸旗俱不堪從茲始免征雲南骨碎筋傷非不苦且圖揀退歸鄉土臂折來來六十年一肢雖廢一身全至今風雨陰寒夜猶(集作直)到天明痛不眠痛

不眠終不悔所(集作且)喜老身今獨在不然當時瀘水頭身死魂孤(集作飛)骨不收應作雲南望鄉鬼萬人塚上哭呦呦(雲南有萬人冢即鮮于仲通等覆軍人之所)老人言君聽取何(集作君)不聞開元宰相宋開府不賞邊功防黷武(開元初突厥數寇邊時天武軍子將郝靈筌出使因引特勒迴鶻部落斬突厥默啜獻首闕下自謂有不世之功時宋璟為相以天子年少好武恐邀功者生心痛抑其賞逾年始授郎將靈筌遂慟哭嘔血而死)又不聞天寶宰相楊國忠欲求恩幸立邊功邊功不(集作未)立生人怨請問新豐折臂翁(天寶末楊國忠為相重搆閣羅鳳之役募人討之前後發二十餘萬衆去而無反者後又捉人連枷赴役天下怨哭人不聊生故祿山得乘人心而盜天下元和初折臂翁猶存因備歌焉)

文苑英華卷第三百三十三

文苑英華卷第三百三十四　歌行四

音樂上

方響二首　鍾一首　磬二首

琴七首　箏四首　琵琶三首

方響歌　李沇

敲金扣石聲相淩遙空冷靜天正澄寶瓶下井轆轤急小娃弄索傷清氷穿絲透管音未歇迴風繞指驚泉咽季倫怒擊珊瑚摧靈芸（王子年拾遺薛靈芸魏文帝美人也）整鬟步搖折十六葉中侵索光寒玲震月雜珮璫雲和不覺羅餘怨蓮峯一夜啼琴姜急節寫商商恨促秦愁越調逡巡足夢入仙樓戛殘曲飛霜稜稜上秋玉

同前　牛殳

樂中何樂偏堪賞無過夜深聽方響緩擊急擊曲未終暴雨飄飄生坐上鏗鏗鐺鐺寒重重盤渦蹙派鳴蛟龍高樓漏滴金壺水碎雹打著山寺鍾又似公卿入朝去環珮鳴玉長街路忽然碎打入破聲石崇推倒珊瑚樹長短參差十六片敲擊宮商無不遍此樂不教外人聞尋常只向堂前宴

聽鍾歌　梁豫章王蕭綜

聽鍾鳴當知在帝城西樹隱落月東牕見曉星霧露朏朏月分明烏啼啞啞已流聲驚客思動客情客情客思鬱縱橫翩翩孤鴈何所栖依依別鶴夜半啼今歲行已暮雨雪向凄凄飛蓬旦夕起楊柳尚翻低氣鬱結涕滂沱鄉思無所托強作聽鍾歌

華原磬（天寶中始廢泗濱磬用華原石代之詢諸磬人具言其故一長老云泗濱磬下調不能和得華原磬考之乃和由是不改）　白居易

華原磬華原磬古人不聽今人聽泗濱石泗濱石今人不擊古人擊古人今人（集作今人古人）何不同用之捨之由樂工樂工雖在耳如壁不分清濁即爲聾梨園弟子調律呂知有新聲不如古古稱浮磬出泗濱立辨致死聲感人宮懸一聽華原石君心遂忘封疆臣果然胡寇從燕起武臣少肯封疆死始知樂與時政通豈聽鏗鏘而已矣磬襄入海去不歸長安市兒（集作人）爲樂師華原磬與泗濱石清濁兩音（集作聲）誰得知

慈恩寺石磬歌　盧綸

靈山石磬生海西波（集作海）濤平處與山齊長眉老僧同佛力咒使鮫人往求得珠穴沉成綠浪痕天衣拂盡蒼苔色星漢徘徊山有風禪翁靜扣月明中群仙下雲龍出水鸞鶴交飛半空裏山精木魅不可聽落葉秋砧一時起梵宮香散（集作杳杳）響冷冷無數沙門昏夢醒古廊燈下見行道踈林池邊聞誦經徒使（集作壯）洪鍾秘高閣萬金費盡工雕鑿豈如全質挂青松數葉殘雲一片峯吾師寶之壽中國顧同郄石無終極

送尹補闕元凱琴歌　張說（見本集）

鳳哉鳳哉琢琅玕飲瑶池棲崑崙之山哉中國有聖人感和氣飛來飛來自歌自舞先王冊府麒麟之臺蹁躚衆雛故山曲其鳴喈喈其鳴喈喈欲往銜之欲去未去別鸞鷺似徘徊似徘徊明年阿閣梧桐花葉開羣飛鳳歸來羣飛鳳歸來

雅琴篇　司馬逸客

亭亭嶧陽樹落落千萬尋獨抱出雲節孤生不作林影摇綠波水彩絢丹霞岑直幹思有托雅志期所任匠者果留眄彫斲爲雅琴文以楚山玉錯以昆吾金虬鳳吐奇狀商徵含清音雅調感君子一撫一弄懷知己不見鍾期百年餘還憶朝朝幾千里馬鄉臺上應蕪沒阮籍帷前空已矣

山情水意君不知拂匣調絃爲誰理調絃拂匣倍含情況復空山秋月明隴水悲風已嗚咽離鵾別鶴更淒清將軍塞外多奇操中散林間有正聲正聲諧風雅欲竟此曲誰知者自言幽隱乏先容不道人物知音寡誰能一奏和天地誰能再撫歡朝野朝野歡娛樂未央車馬駢闐盛彩章歲歲汾川事簫鼓朝朝伊水聽笙簧窈窕樓臺臨上路妖嬌歌舞出平陽彈絃本自稱仁祖吹管由來許季長循憐雅歌淡無味綠水白雲誰相貴還將逸調賞幽心不覺繁聲論遠意傳聞帝樂奏鈞天儻冀微躬備五絃願持東武宮商韻長奏南薰億萬年

宜城放琴客歌并序　顧況

琴客宜城愛妾也宜城請老愛妾出嫁不禁人之欲而私耳目之娛達者也況承命作歌

佳人玉立生此一作此方家住邯鄲不是倡頭髻鬟梳手爪長善撫琴瑟有文章新妍籠裙雲母光朱絃綠水喧洞房忽聞斗酒初決絕日暮浮雲古離別巳後啾啾峽泉咽淚落羅衣顏色暗不知誰家更張設絲履牆偏釵股折南山闌干千丈雪七十非人不暖熱人情厭薄一作消歇古共然相公心在持事堅上善若水任方圓憶昨好之今棄捐服藥不如獨自眠從他更嫁一少年

琴歌　趙摶

綠琴製自桐孫枝十年窻下無人知清聲不與衆樂雜所

以屈受塵埃欺七絃脆斷蟲絲朽辨別不曾逢好手琴聲若似琵琶聲賣與時人應已久玉徽冷落無光彩堪恨鍾期不相待鳳囀吟幽鶴舞時撚弄鏗撥聲亦在向曾守貧貧不徹賤價與人人不別前迴忍淚却收來泣向秋風兩條血乃知凡俗難可名輕者却重重者輕真龍不聖土龍聖鳳凰啞舌鵰梟鳴何殊此琴哀怨苦寂寞沉埋在幽戶萬重山水不肯聽俗耳樂聞人打鼓知君立身待分義驅喝風雷在平地一生從事不因人健闕窣雲皆自致不辭重拂絃上塵市廛不買多讒人莫辭憔悴與買取爲君一曲號青春

聽董庭蘭彈琴兼寄房給事　文粹作聽董大彈胡笳聲兼語弄寄房給

事

蔡女昔造胡笳聲一彈一十有八拍胡人落淚向邊草漢
使斷腸對歸客古戍蒼蒼烽火寒大荒陰沈飛雪白先拂
商絃後角羽四郊秋葉驚摵摵董夫子通神明深沈(文粹作山)
竊聽來妖精言遲更速皆應手將往復還(文粹作旋)如有情空
山百鳥散還合萬里孤雲閑且清(文粹作浮雲陰且明)悽(文粹作嘶)酸雛
鴈失羣夜斷絕胡兒戀母聲川爲靜其波鳥亦罷其鳴烏
珠部落家鄉遠邏逤沙塵哀怨生幽音變調忽飄灑長風
吹林雨墮瓦迸泉颯颯飛木末野鹿呦呦走堂下長安城
連東掖垣鳳凰池對青瑣門高才脫略名與利日夕望君
抱琴至

琴歌送別　前人

主人有(一作飲)酒歡今夕請奏鳴琴廣陵客月照城頭烏半
飛霜淒高樹風入衣銅鑪華燭燭增輝初彈綠水後楚妃
一聲似動物皆靜四座無言星欲稀清懷奉使千餘里敢
告雲山從此始

聽從叔琴彈三峽流泉歌　李季蘭

妾家本住巫山雲巫山流泉(郭茂倩樂府作水)常自聞玉琴彈出
轉寥夐直似當時夢中聽三峽迢迢幾千里一時流入幽
閨裏(樂府作深閨裏文粹作幽閨裏)巨石崩崖指下生飛波走(文粹作遶)浪絃
中起初疑噴怒(樂府作湧)含雷風又似鳴咽流不通迴湍曲瀨
勢(文粹作意)將盡時復滴瀝平沙中憶昔阮公爲此曲能使仲
容聽不足一彈既罷還一彈願似(文粹作此)流泉鎮相續

李湖州孺人彈箏歌　顧況

武帝昇天留法曲淒情掩抑絃柱促上陽宮人(一作女)怨青
苔此夜想夫憐碧玉思婦高樓刺壁窺(一作看)愁猿叫月鸚
呼兒寸心十指有長短妙入神處無人知獨把梁州凡幾
拍風沙對面胡秦隔聽中忘却前溪碧醉後猶疑邊草白

鄭女彈箏歌

鄭女八歲能彈箏春風吹落天上聲一聲雍門淚承睫兩
聲赤鯉露鬐鬣三聲白猿臂拓頰鄭女出參丈人時落花
惹斷遊空絲高樓不掩許聲出羞殺百舌黃鶯兒

宴席賦得姚美人拍箏歌(美人曾在禁中)　盧綸

出簾仍有細箏隨見罷翻令恨識遲微收皓腕纏紅袖深
遏朱絃低翠眉忽然高張應繁節玉指迴旋若飛雪鳳簫
龍管寂不喧繡幕紗窗儼秋月有時輕弄和郎歌慢處聲
遲情更多已愁紅臉能佯醉又恐朱門難再過昭陽伴裏
最聰明出到人間纔長成遙知禁曲難翻處猶自君王說
小名

觀李中丞美人軋箏歌(時董移湖州長史)　釋皎然

君家雙美姬善歌工箏人莫知軋用蜀竹絃楚絲清哇宛
轉聲相隨夜靜酒闌佳月前高張氷引仍(一作何)淵淵美人
矜名曲不誤蹙響時時如迸泉趙瑟素所嘉齊謳世稱絕
箏歌一動凡音輟凝絃且莫停金壘聲已闋雅聲來遊魚

喻嗎鶴徘徊主人高情始爲開高情放浪出常格偶世有
名道無跡勳業先登上將科文章首冠諸人籍每笑石崇
無道情輕身重色禍亦成君有佳人當禪伴於中不廢學
養生愛君天然性寡欲家貧祿薄常知足謫官無慍如古
人交道忘言比前蹋不意全家萬里來湖中再見春山綠
吳興公舍幽且閑何妨寄隱在其間時議名齊謝太傅更
有携妓似東山

劉禪奴彈琵琶歌感相國韓公夢　顧況

樂府只傳横吹好琵琶寫出關山道羈鴈出塞繞黃雲邊
馬仰天嘶白草明妃愁一作愁中漢使迴蔡琰愁處胡笳哀
鬼神知妙欲收響陰風切切四面來李陵寄書別蘇武自

有生人無此苦當時若値霍驃姚滅盡烏孫奪公主

琵琶引并序　白居易

元和十年予左遷九江郡司馬明年秋送客湓浦口聞舟
中夜彈琵琶者聽其音錚錚然有京都集作邑聲問其人本
是長安倡女嘗學琵琶於穆曹二善才年長色衰委身爲
賈人婦遂命酒使快彈數曲曲罷憫然集作默自叙少小時
歡樂事今漂淪憔悴轉徙於江湖間予出官二年恬然自
安感斯人言是夕始覺有遷謫意因爲長句歌以贈之凡
六百一十六言命曰琵琶引

潯陽江頭夜送客楓葉荻花秋索索主人下馬客在船舉
酒欲飲無管絃醉不成歡慘將別別時茫茫江浸月忽聞
水上琵琶聲主人忘歸客不發尋聲暗問彈者誰琵琶聲
停欲語遲移船相近邀相見添酒迴燈重開宴千呼萬喚
始出來猶把一作抱琵琶半遮面轉軸撥弦三五兩集作聲未
成曲調先有情絃絃掩抑聲聲思似訴平生不得意低眉
信手續續彈說盡心中無限事輕攏慢撚抹復挑初爲霓
裳後綠腰集作六么從俗大絃嘈嘈如急雨小絃切切如私語嘈
嘈切切錯雜彈大珠小珠落玉盤間關鶯語花底滑幽咽
泉流水一作冰下灘水泉冷澁絃凝集作凝絕凝集作凝絕不通
聲暫歇別有幽情集作愁暗恨生此時無聲勝有聲銀瓶乍
破水漿迸鐵騎突出刀鎗鳴曲終收撥當心畫四絃一聲
如裂帛東船西舫悄無言唯有集作見江心秋月白沉吟放

撥插絃中整頓衣裳起斂容自言本是京城女家近集作在
蝦蟇陵下住十三學得琵琶成名屬教坊第一部曲罷曾
教善才伏粧成每被秋娘妬五陵年少爭纏頭一曲紅綃
不知數鈿頭雲篦擊節碎血色羅裙翻酒汙今年歡笑復
明年秋月春風等閑度弟走從軍阿姨死暮去朝來顏色
故門前冷落鞍馬稀老大嫁作商人婦商人重利輕離別
前月浮梁買茶去去來江口守空船遶船月明江水寒夜
深忽夢少年事啼粧淚落集作夢啼粧淚紅闌干我聞琵琶已嘆
息又聞此語重唧唧同是天涯淪落人相逢集作悲何必曾
相識我從去年辭集作離帝京謫居臥病潯陽城潯陽小處
無音樂終歲不聞絲竹聲住近湓江地低濕黃蘆苦竹遶

宅生其間旦暮聞何物杜鵑啼血猿哀鳴春江花朝秋月
夜往往取酒還獨傾集作酌豈無山歌與村笛嘔啞嘲哳難
爲聽今夜聞君琵琶語如聽仙樂耳暫明莫辭更坐彈一
曲爲君翻作琵琶行感我此言良久立却坐促絃絃轉急
凄凄不似向前聲滿座重聞皆掩泣就中泣下一作淚誰最
多江州司馬青衫濕

琵琶行　　　牛殳

何人斲得一片木三尺春冰五音足一彈決破真珠囊迸
落金盤聲斷續飄飄颯颯寒丁丁蟲豸出蟄神鬼驚秋鴻
呼侶代雲黑猩猩夜啼巒月明滴滴汩汩聲不定胡雛學
漢語未正苦似長安月蝕時滿城敲鼓聲嘩嘩青山飛起

不壓物野水流來欲濕人傷心憶得陳後主春殿半酣細
腰舞黃鶯百舌正相呼玉樹後庭花帶雨二妃哭處山重
重二妃沒後雲溶溶夜深霜露鎖空廟零落一叢斑竹風
金谷園中草初綠石崇一弄思歸曲當時二十四友人手
把金盃聽不足又似賈客蜀道間千鐸萬磬鳴空山未若
此調吻吻兮啁啁嘈嘈兮啾啾引之於山獸不能走吹之
於水魚不能遊方知此藝不可有人間萬事憑雙手君何
爲我再三彈送却花前一樽酒

文苑英華卷第三百三十四

文苑英華卷第三百三十五　歌行五

音樂下

箜篌二首　瑟三首
五絃二首　笛二首
觱篥三首　笙二首
鼓二首　舞五首
歌二首

李供奉彈箜篌歌　　顧況

國府樂手彈箜篌赤黃條索金鎝頭早晨有勑鴛鴦殿夜
靜遂一作逐歌明月樓起坐可憐能抱撮大指調絃中指撥
腕頭花落舞製裂手下鳥驚飛撥刺珊瑚席一聲一聲鳴

鍚鍚羅綺屏一絃一絃如撼鈴急彈好遲亦好宜遠聽宜
近聽左手低右手舉易調移音天賜與大絃似秋鴈聯聯
度隴關小絃似春燕喃喃向人語手頭疾腕頭軟來來去
去如風卷聲清冷冷鳴索索垂珠碎玉空中落美女爭窺
玳瑁簾聖人卷上真珠箔大絃長小絃短小絃緊快大絃
緩初調鏘鏘似鴛鴦水上弄新聲入深似太清仙鶴遊秘
館李供奉儀容質身才稍稍六尺一在外不曾輙教人內
裏聲聲不遺出指剥葱腕削玉饒鹽饒醬五味足弄調人
間不識名彈盡天下崛奇曲胡曲漢曲聲皆好彈着曲髓
曲肝腦往往從空入戶來瞥瞥隨風落春草草頭只覺風
吹入風來草即隨風立草亦不知風到來風亦不知聲緩

急薎王燭點銀燈光照手實可憎只照箜篌絃上手不照
箜篌聲裏能馳鳳闕拜鑾殿天子一日一廻見王侯將相
立馬迎巧聲一日一廻變實可重不惜千金買一弄銀器
胡瓶馬上馱瑞錦輕羅滿車送此州好手非一國一國東
西盡南北除却天上化下來若向人間實難得

箜篌引（見二百十卷）　李賀

泣鳴鳴（前篇作哭烏烏）

趙瑟　沈約

邯鄲奇弄出文梓縈絃急調切流徵靈（樂府作玄）鶴徘徊白雲
起白雲起鬱枝（樂府作皮）香雜復合曲未央

同前　梁元帝

羅袖飄纚拂彫桐促柱高張散輕宮迎歌度舞過歸風過
歸風止流月壽萬春歡未歇

調瑟詞（并序）　劉禹錫

里有富豪翁厚自奉養而嚴督臧獲力屈形削然猶役之
無藝一旦不堪命亡者過半追亡者亦不來復翁悴沮而
追昨非之莫及也予感之作調瑟詞詞曰
調瑟在張絃絃平音自足朱絲二十五闕一不成曲美人
愛高張瑤軫再三促上絃雖獨響下應不相屬日暮聲未
和寂寥一枯木却顧膝上絃流淚難相續

五絃彈　白居易

五絃彈五絃彈聽者傾耳心寥寥趙璧知君入骨愛五絃
一一為君調第一第二絃索索秋風拂松疎韻落第三第
四絃冷冷夜鶴憶子籠中鳴第五絃聲最掩抑隴水凍咽
流不得五絃並奏君試聽淒淒切切復錚錚（集作丁丁）鐵擊珊
瑚一兩曲冰寫玉盤千萬聲鐵聲殺冰聲寒殺聲入耳膚
血憯寒氣中人肌骨酸曲終聲盡欲半日四座相對愁無
言座中有一遠方士唧唧咨嗟（集作咨）聲不已自歎今朝初
得聞始知孤負平生耳唯憂趙璧白髮生老死人間無此
聲遠方士爾聽五絃信為美吾聞正始之音不如是正始
之音其若何朱絃疏越清廟歌一彈一唱再三歎曲淡節
稀聲不多融融洩洩召元氣聽之不覺心平和人情重今
多賤古古瑟有絃人不撫自（集作更）從趙璧藝成來二十五

絃不如五

五絃行　韋應物

美人為我彈五絃塵埃忽靜心悄然古刀幽磬初相觸千
珠貫斷落寒玉五絃中曲又不喧徘徊夜長月當軒如（一作始）
伴流風縈艷雪更逐落花飄御園獨鳳寥寥有時隱碧
霄來下聽還近燕姬萬（集作有）恨楚客愁言之不盡聲能盡
未有幾曲感我情解幽釋結我樂生壯士有仇未得報拔
劍欲去憤已平憤已平夜寒酒多愁遽明

武昌老人說笛歌　劉禹錫

武昌老將（文粹作人）七十餘手把庾令相聞書自言少小學吹
笛早事曹王曾賞激徃年鎮戍到（文粹作征鎮戍）蘄州楚山蕭蕭

笛竹秋當時買林恣搜索典却身上烏貂裘古苔蒼蒼封老節石上(集作山)孤生飽風雪商聲五音(一作商音五聲)隨指發水中龍應行雲絕曾將黃鶴樓上吹一聲占盡秋江月如今老去語(文粹在與)猶遲音韻高低耳不知氣力已無心尚在時時一曲夢中吹　少小(文粹作年少)

小笛弄　陳陶

一尺玲瓏握中翠僊孤月湳呼龍子五夜流珠粲(一作渠)夢卿九清鸞倚洪崖醉丹穴饑兒笑風雨媧皇碧玉星星語蛇蠍愁聞骨髓寒江山恨老眠秋霧綺席鴛鴦冷朱翠星流露泫寒(一作誰)驅使江南一曲罷伶倫芙蓉水殿春風起

小童薛陽陶吹觱篥歌　白居易

剪削乾蘆插寒竹九孔漏聲五音足近來吹者誰得名關璀老死李衮生衮今又老誰其嗣薛氏小(集作樂)童年十二指點之下師授聲含嚼之間天與氣潤州城高霜月明吟霜思月欲發聲山頭水(集作江)底何悄悄猿鳥不喘魚龍聽翕然聲作疑管裂詘然聲盡疑刀截有時婉(一作脆)軟無筋骨有時頓挫生稜節急聲圓轉促不斷栗栗(集作轢轢)轔轔似珠貫緩聲展引長有條直直(一作有餘條條直又作條條直直)如筆描下聲乍墜石沉重高聲忽舉雲飄蕭明旦公堂陳宴席主人命樂娛賓僚(集作客)碎絲細竹徒紛紛宮調一聲雄出羣衆音覼縷不落道有如部伍隨將軍嗟爾陽陶方稚齒下手發聲已如此若教頭白吹不休但恐聲名壓關李

聽安萬善吹觱篥歌　李頎

南山截竹爲觱篥此樂本是龜兹出流傳漢地曲轉奇涼州胡人爲我吹傍鄰聞者多歎息遠客思鄉皆淚垂世人解聽不解賞長飈風中自來往枯桑老栢寒颼飀九雛鳴鳳亂啾啾龍吟虎嘯一時發萬籟百泉相與秋忽然更作漁陽摻黄雲蕭條白日暗變調如聞楊柳春上林繁花照眼新歲夜高堂列明燭美酒一盃聲一曲

薛陽陶觱篥歌　羅隱

平泉上相東征日曾爲陽陶歌觱篥烏江(平泉爲李德裕曾作薛陽陶觱篥歌蘇州刺史白居易越州刺史元稹並有和篇此言烏江恐是吴江乃蘇州也)太守會稽侯相次三篇皆俊逸喬山殯葬衣冠後金印蒼黄南去疾龍樓

冷落夏口寒從此風流爲廢物人間至藝難得主懷抱差池恨星律邗溝僕射戎政閑試渡瓜洲吐伊鬱西風九月草樹秋萬喧沉寂登高樓左(一作老)篁揭指徵羽吼煬帝起坐淮王愁高飄咽滅出滯氣下感知巳時橫流穿空激遠不可遏髣髴似向伊水頭伊水林泉今巳矣因取遺編認前事武宗皇帝御宇時四海恬然知所自掃除桀黠似提籌制壓權豪若穿鼻九鼎調和各有門謝安空儉真兒戲功高近代竟誰知藝小似君猶不棄勿惜喑嗚更一吹與君共下難逢淚

吹笙歌　秦韜玉

信陵名重憐高才見我長吹青眼開便出燕姬再傾酧此

時花下逢仙侶彎彎任月壓秋波兩條黃金閣黃霧逸艷
初因醉態見濃春可是韶光與纖纖軟玉捧暖笙深思香
風吹不去檀唇呼吸宮商改怨情漸逐清新舉岐山取得
嬌鳳雛管中藏着輕輕語好笑襄王大迂闊曾卧巫雲見
神女銀鎖金簧不得聽空勞翠輦衝泥雨

吹笙引　王轂

媧皇遺音寄玉笙雙成傳得何凄清丹穴嬌雛十七一作七十
隻一時飛上秋天鳴水泉迸瀉急相續一束宮商裂寒玉
旖旎香風遶指生千聲妙盡神仙曲曲終滿席悄無語巫
山冷碧愁雲雨

缶少府小鼓歌　顧況

地盤山鷄猶可像坎坎砰砰隨手長夜半高樓沉醉一作客
時萬里踏橋亂山響

鼙鼓行　韋應物

淮漢生雲暮慘澹廣陵城頭鼙鼓暗寒聲坎坎風動邊忽
似孤城萬里絕四望無人煙又似集作如虜騎截遼水胡馬
不食仰朔天座中亦有燕趙士聞聲不語客心死何况鰥
孤火絕無晨炊獨婦夜泣官有期

觀公孫大娘弟子舞劍器行并序　杜甫

大曆二年十月十九日夔府別駕元持公集無公字宅見臨潁
李十二娘舞劍器壯其蔚跂集作蔚跂問其所師答余云集作三字
曰公孫大娘弟子也開元三年集作載余尚童稚記於郾城
觀公孫氏舞劍器渾脫瀏灕頓挫獨出冠時自高頭宜春
梨園二教集作伎坊內人洎外供奉舞女集作此二字曉是舞者
聖文神武皇帝初公孫一人而已玉貌錦衣况余白首今
茲弟子亦匪盛顏既辨其由來知波瀾莫二撫事慷慨聊
為劍器行往時吳人張旭善草書書帖數嘗於鄴一作鄴見
縣見公孫大娘舞西河劍器自此草書長進豪蕩感激即
公孫可知矣行曰　既辨集作既辨往時集作往日杜詩作往者下圈

昔有佳人公孫氏一舞劍氣動四方觀者如山色沮喪天
地為之久低昂㸌如羿射九日落矯如群帝驂龍翔集作來
如雷霆收震怒罷如江海凝清光絳唇朱袖兩寂寞晚集作况
有弟子傳芬芳臨潁美人在白帝妙舞此曲神揚揚

與余問答既有以感時撫事增惋傷先皇集作帝侍女八千
人公孫劍器初第一五十年間似反掌風塵澒洞昏王室
梨園弟子散如煙女樂餘姿映寒日金粟堆南木已拱瞿
塘石城暮集作草蕭瑟玳筵急管曲復終樂極哀來月東出
老夫不知其所往足繭荒山轉愁疾

拂舞歌詞　李賀

吳娥聲絕天空雲閑徘徊門外滿車馬亦須生綠苔樽有
烏程酒勸君千萬壽全勝漢舞集作武錦樓上曉望晴空集作寒
飲花露東方日不破天光無老時丹成作蛇乘白露千
年重化玉井土一作龜從蛇作土三千載吳堤春綠集作綠草年
年在背文集作有八卦稱神仙邪鱗頑甲滑腥涎

霓裳羽衣舞歌答微之　白居易

我昔元和侍憲皇曾陪内宴宴昭陽千歌萬舞（集作百武）不可數就中最愛霓裳舞舞時寒食春風天王鈎欄下香案前案前舞者顏如玉不着人家（一作間）俗衣服虹裳霞帔步搖冠鈿瓔纍纍珮珊珊娉婷似不任羅綺顧聽樂懸行復止磬簫筝笛遞相攙擊擫彈吹聲邐迤（凡法曲之初衆樂不齊唯金石絲竹次第發聲霓裳序初亦復如此）散序六奏未動衣陽臺宿雲慵不飛（散序六遍無拍故不舞）中序擘騞初入拍秋竹竿裂春冰折（中序有拍亦無拍序）飄然轉旋（去聲）迴雪輕嫣然縱送遊龍驚小垂手後柳無力斜曳裾時雲欲生（四句皆霓裳舞之初態）煙蛾斂畧不勝態風袖低昂如有情上元點鬟招萼緑王母揮袂別飛瓊繁音急節十二

遍跳珠撼玉何鏗錚（霓裳破九十二遍始終集作而終）翔鸞舞了却收翅唳鶴曲終長引聲（九曲將畢皆聲促唯霓裳之末長引一聲）當時乍見驚心目凝視諦聽殊未足一落人間八九年耳冷不曾聞此曲湓城但聽山魈語巴峽唯聞杜鵑哭（予自江州司馬轉忠州刺史）移領錢塘第二年始有心情聞絲竹玲瓏箜篌謝好筝陳寵觱篥沈平笙清絃脆管纖纖手教得霓裳一曲成（自玲瓏以下皆杭之妓名）虛白亭前湖水畔前後只曾三度按便除庶子拋却來聞道如今各星散今年五月至蘇州朝鍾暮角催白頭貪看案牘常侵夜不聽笙歌直到秋秋來無事多閑悶忽憶霓裳無處問聞君部内多樂徒問有霓裳舞者無答云七州千萬户（集作七縣十萬户蓋指越州言之若問諭浙東觀察使所統七州則英華本爲是）無人知有霓裳舞唯寄長歌與我來題作霓裳羽衣譜四幅花箋碧間紅霓裳實録在其中千姿萬狀分明見恰與昭陽舞者同眼前髣髴覩形質昔者今朝想如一疑從魂夢呼召來似着丹青圖寫出我愛霓裳君合知發於歌引（集作詠）形於詩君不見我歌云驚破霓裳羽衣曲（長恨歌云）又不見我詩云曲愛霓裳未拍時（錢塘詩云）由來能事皆有主楊氏創聲君造譜（開元中西京節度使楊敬述進）君言此舞難其（集作得）人須得（集作是）傾城可憐女吳妖小玉飛作煙（夫差女小玉死後形見於王其母抱之霏微若烟霧散空文章元主頻畧）越艶西施化爲土嬌花巧笑久寂寥娃館羅山（集作苧蘿）空處所（苧蘿山西施所居）如君所言誠有是君試從容聽我語君求國色始飜傳但恐人間廢此舞妍媸優劣寧相遠

大都只在人擡舉李嬋（集作娟）張態君莫嫌亦擬隨時且歛取（始態蘇州妓名）

胡旋女（天寶末康居國來獻）　前人

胡旋女胡旋女心應絃手應鼓絃鼓一聲雙袖舉迴雪飄颻轉蓬舞左旋右轉不知疲千匝萬周無已時人間物類無可比奔車輪緩旋風遲曲終再拜謝天子天子爲之微啓齒胡旋女出康居徒勞東來萬里餘中原自有胡旋者鬪妙爭能爾不如天寶末年時欲變臣妾人人學圓轉中有太真外禄山二人最道能胡旋梨花園中冊作妃金鷄障下養爲兒禄山胡旋迷君眼兵過黄河疑未反貴妃胡旋惑君心死棄馬嵬念更深從兹地軸天維轉五十年來

制不禁胡旋女莫空舞數唱此歌悟明主

獨搖手　　陳陶

漢宮新鸞矜蛾眉春臺艷粧蓮一枝迎春侍宴瑤華池游龍七盤嬌欲飛冶袖鸎鸞拂朝曦摩煙梟雪金碧遺愁鴻連翩蠶曳絲颯還明珠掌中移仙人龍鳳雲雨吹朝哀暮愁引啞咿鴛鴦翡翠承宴私南山一笑君無辭仙娥泣月清露垂六宮燒燭愁風欷

西川座上聽金五雲唱歌

蜀王殿上華筵開五雲歌從天上來滿堂羅綺悄無語喉音止駐雲徘徊管絃金石還依轉不隨歌出靈和殿白雲飄颻席上來貫珠歷歷聲中見舊樣釵篦淺澹衣元和梳

洗青黛眉低叢小鬢膩鬟鬌徒果切小貌剪髮爲鬌碧牙鏤掌山參差曲終暫起更衣過還向南行座頭坐低眉欲語謝貴侯櫳臉雙雙淚穿破自言本是宮中嬪武皇改號承新恩中丞御史不足比中丞御史皆當時宮中歌者水殿一聲愁殺人武皇鑄鼎登真籙嬪御蒙恩免幽辱茂陵弓劍不得親嫁與卑官到西蜀卑官到官年未周堂衙祿此三字疑有衍者罷東西遊蜀江水急駐不得復此萍蓬二十秋今朝得侍王侯宴不覺途中妾身賤願持卮酒更唱歌歌是伊州第三遍唱着右丞征戍詞更聞閨月添相思如今聲韻尚如在何況宮中年少時五雲處處可憐許明朝道向褒中去須臾宴罷各東西雨散雲飛莫知處

泰娘歌并序　　劉禹錫

泰娘本韋尚書家主謳者初尚書爲吳郡得之命樂工誨之琵琶使之歌且舞無幾何盡得其術居一二歲攜之以歸京師京師多新聲善工於是又捐去故伎以新聲度曲教之又盡其妙而泰娘名字往往見稱於貴遊之間元和初尚書薨於東京泰娘出居民間久之爲蘄州刺史張愻所得其後愻坐事謫居武陵郡愻卒泰娘無所歸地荒且遠無有能知其容與藝者故日抱樂器而哭其音焦殺以悲雒客聞之爲歌其事以足于樂府云泰娘家本閶門西門前綠水環金堤有時粧成好天氣走上皋集作河橋折花戲風流太守韋尚書路傍忽見停隼旟斗量明珠鳥傳意

紺幰迎入專城居長鬟如雲衣似霧錦茵羅薦承輕少舞學驚鴻水榭春歌撩集作傳上客蘭堂暮從郎西入帝城中貴遊簪組香簾攏低鬟緩視抱明月纖指破撥生胡風繁華一旦有消歇題劍無光履聲絕洛陽舊宅生草萊杜陵蕭蕭松柏哀粧奩蟲網厚如繭博山爐側傾寒灰蘄州刺史張公子白馬新到銅駝里自言買笑輕集作擲一作直黃金月墮雲中從此始安知鵬鳥座隅飛寂寞旅魂招不歸秦嘉集作家鏡有前時結韓壽香銷故篋衣山城少人江水碧斷鴈哀猿風雨夕朱絃已絕爲知音雲鬢未秋私自惜舉目風煙非舊時夢尋歸路多參差如何將此千行淚更洒湘江斑竹枝

文苑英華卷第三百三十五

文苑英華卷第三百三十六

歌行六

酒

獨酌謠　沈煙

獨酌謠獨酌謠獨酌獨長謠智者不我顧愚夫余不要不愚復不智誰當余見招所以成獨酌一酌一傾瓢生涯本漫漫神理暫超超再酌矜許史三酌傲松喬頻煩四五酌不覺凌丹霄倏忽(集作爾)歊五鼎俄然賤九韶彭殤無異塋夷跖可同朝龍蠖非不屈鵬鷃本逍遥寄語號呶侶無乃

太塵囂

勸酒二首　白居易

昨與美人對罇酒朱顏如花腰似柳今與美人傾一盃秋風颯颯頭上來年光似水向東去兩鬢不禁白日催東隣起樓高百尺璇題照日光相射珠翠無非(一作緋衣)二八人鑾筵何啻三千客隣家儒者方下帷夜誦古書朝忍飢身年三十未入仕仰望東隣安可期一朝逸翮乘風勢金榜高張登上第春闈未了冬登科九萬搏風誰與繼不逾十稔居台衡門前車馬紛縱橫人人仰望在何處造化筆頭雲雨生東隣高樓色未改主人(一作父)云亡息猶在金玉車輿一不存朱門更有何人待墻垣反鎖長安春樓臺漸漸屬西隣松篁薄暮亦棲鳥(一作鳥棲)桃李無情還笑人憶昔東隣宅初構雲甍彩棟皆非舊瑇瑁筵前翡翠樓芙蓉池上鴛鴦鬪日往月來凡幾秋一衰一盛(一作皆)何悠悠但教帝里笙歌在池上年年醉五侯

二

勸君一盞(集作盃)君莫辭勸君兩盞(集作盃)君莫疑勸君三盞(集作盃)君始知面上今日老昨日心中醉時勝醒時天地迢迢(集作白日)長久白兔赤烏相趁走身後堆金拄(集作柱)北斗不如生前一樽酒君不見春明門外天欲明諠諠(集作喧喧)歌哭半死生遊人駐馬出不得白轝紫車爭路行歸去來頭已白典錢將用沽酒喫

惜空罇酒(一作將進酒見一百九十二卷)　李白

梁園醉歌(集作梁園吟)　前人

我浮黄河去京闕挂席欲發(集作往一作遊)波連山天長水闊厭遠涉訪古始及平臺間平臺爲客憂思多對酒(集作對來)遂作梁園歌却憶蓬池阮公詠因吟渌水揚洪波洪波浩蕩迷舊國路遠西歸安可得人生達命豈假愁宜飲美酒登高樓平頭奴子搖大扇五月不熱如(集作疑)清秋素(集作玉)盤楊梅爲君設吳鹽如花皎如雪(一作白如雪)持鹽把酒但飲之勿(作莫)學夷齊事高潔昔人豪貴信陵君今人耕種信陵墳荒城虛(集作遂)照碧山月古木盡入蒼梧雲梁王賓客(集作宮闕)今

安在牧馬先歸不相待舞影歌聲散淥池空餘汴水流東海沉吟此事淚滿衣黃金買醉未能（集作莫言）歸連呼五白投（一作行）六博分曹賭酒看（集作酣）馳輝（集作清輝或作馳）看馳輝歌且謠意方遠東山高臥還（一作時又作忽）起來欲濟蒼生未應晚

此詩三百四十三卷重出今已削去注意異同爲一作

湖城東遇孟雲卿復歸劉顥宅宿宴飲散因爲醉歌行　杜甫

疾風吹塵暗河縣行子隔手不相見湖城城東（集作南）一開眼駐馬偶識雲卿面向非劉顥爲地主懶廻鞭轡成高（集作城南）宴劉侯歎我携客來（集作數作歎）置酒張燈促華饌且將款曲終今夕休話（集作語）艱難尚酣戰照室紅鑪簇曙花（集作促曙光）縈窓素月垂秋（集作文）練天開地裂長安春（集作陌）寒盡春（一作紫陌寒）生洛陽殿豈知驅車復同軌可惜刻漏隨更箭人生會合不可常庭樹鷄鳴淚如霰（集作線）

蘇端薛復筵簡薛華醉歌　前人

文章有神交有道端復得之名譽早愛客滿堂盡豪翰（集作傑）開筵上月（集作日）思芳草安得健步移遠梅亂插繁花向晴昊千里猶殘舊冰雪百壺且試開懷抱垂老惡聞戰鼓悲急觴爲緩憂心擣少年努力縱談笑看我形容已枯槁座中薛華能（集作善）醉歌醉歌（集作歌辭）自作風格老近來海內無（集作爲）長句汝與山東李白好何劉沈謝力未工甫（集作才）兼鮑昭黎（集作愁）絶倒諸生頗盡新知樂萬事終傷不自保氣酣日落西風來願吹野水注（集作添）金盃如繩之酒常快意未（集作亦）知窮達（集作愁）安在哉忽憶雨時秋井塌古人白骨生青苔如何不飲令心哀　井塌（集作竭）

醉歌行（一作醉時歌贈廣文館鄭博士虔）　前人

諸公衮衮登臺（集作華）省廣文先生官獨冷甲第紛紛厭梁肉廣文先生飯不足先生有道出羲皇先生有才（集作先生有政又作所抱）過屈宋德尊一代常坎軻（集作壈）名垂萬古知何用杜陵野客人更嗤被褐短窄鬢如絲日糴太倉五升米時赴鄭老同襟期得錢即相覓沽酒不復疑忘形到爾汝痛飲真吾師清夜沉沉動春酌燈（集作簷）前細雨簷（集作燈）花落但覺高歌有（集作感）鬼神焉知餓死填溝壑相如逸才親滌器子雲識字終投閣先生早賦歸去來石田茅屋荒蒼苔儒術於我何有哉孔丘盜跖俱塵埃不須聞此意慘愴生前相遇且銜盃

醉歌行（別從姪落第歸）　前人

陸機二十作文賦汝更少年能綴文總角草書又神速世上兒子徒紛紛驊騮作駒已汗血鷙鳥舉翮連青雲詞源倒流三峽水筆陣獨埽千人軍只今年（集作生）纔十六七射策金門期第一舊穿楊葉真自知暫蹶霜蹄未爲失偶然擢秀非難取會是排風有毛質汝身已（一作即）見唾成珠汝伯何由髮如漆春光澹沲（待可刃）秦東亭渚蒲牙白水荇青

風吹客衣日杲杲樹攪離思花冥冥酒盡沙頭雙玉瓶衆寳皆（集作已）醉我獨醒乃知貧賤別更苦吞聲躑躅涕淚零

晦日賀蘭傳楊長史筵醉歌　前人

樂遊古園崒森爽烟綿碧草萋萋長公子華筵勢最高秦川對酒平如掌長生木瓢示真率更調鞍馬雄（集作狂）歡賞青春波浪芙蓉園白日雷霆夾城仗閶闔晴開詄（集作昳）蕩蕩曲江翠幕排銀牓拂水低回舞袖翻緑雲清切歌聲上却憶年年人醉時只今未醉已先悲數莖白髮那抛得百罰深盃亦（一作辭）不辭聖朝（一作已）亦知賤士醜一物但（集作自）荷皇天慈此身飲罷無歸處獨立蒼茫自詠詩

醉行歌贈公安縣顔十少府　前人

神仙中人不易得顔氏之子才孤標天馬長鳴待駕馭秋鷹整翮當雲霄君不見東吳顧文學君不見西漢杜陵老詩家筆勢君不嫌詞翰升堂為君掃是日風霜凍七澤烏蠻落照銜赤壁酒酣耳熱忘白頭感君意氣無所惜醉歌行歌主客（集作一為醉醉歌歌主客）

九日宴集醉題郡樓兼呈周殷二判官　白居易

前年九日在餘杭呼賓命宴虛白堂去年九日到東洛今年九日來吳鄉兩邊蓬鬢一時白三處菊花同色黄一日日知添老態（集作病）一年年覺惜重陽江南九月未摇落柳青蒲緑杭稻香姑蘇臺榭傍蒼靄太湖山水含清光可憐暇日（集作假）好天氣（集作色）公門吏靜風景凉榜舟鞭馬取賓客掃樓拂席排壺觴胡琴錚摐指撥剌吳姬細（集作美）麗眉眼長笙歌一曲思凝絶金殿再拜光低昂日脚欲下（集作落）備燈燭風頭漸高加酒漿觥盞灩翻菡萏朶（集作葉）舞鬟擺落茱萸房半酣凭檻起西望（集作顧）七堰八門六十坊遠近高低寺間出東西南北橋相望水道脉分棹鱗次里閭棊布城冊方人煙樹色無隙罅十里一片青茫茫自問有何才與政高廳大館居中央銅魚乃今澤國節刺史自古吳都王郊無戎馬郡無事門有棨戟腰（一作金）有章盛時儻來合慚愧壯志（集作歲）忽去還感傷從事醒歸應不可使君醉倒亦何妨請君停盃聽此（集作我）語此語真實非虛狂五旬已過不為夭七十為期蓋是常須知菊酒登高會從此無

多二十場

池陽醉歌贈匡廬處士姚巖傑　顧雲

九華太守行春罷（一作假）高絳紅筵壓花榭四面繁英拂檻開帖雪團霞墜枝亞空中焰若燒藍天萬里滑靜無纖煙絃索緊快管聲脆急曲碎拍聲相連主人憐才多傾興許客酬歌露真性春耐香濃枝盞粘一醉有時三日病龜潭鱗粉辭不去鵶嶺藥花澆不醒肺枯似著爐鞴煽腦熱如遭鎚鑿釘蒙溪先生梁公孫忽然示我十軸文展開一卷讀一首四顧特地無涯垠又開一軸讀一帙酒病豁若風驅雲文鋒斡破造化窟心刃掘出興亡根經疾史恙萬片恨墨灸筆針如有神呵叱潘陸鄙瑣胥提挈揚孟歸孔門

時時說及開元理家風颯颯吹人耳吳競纂出昇平源十
事分明鋪在紙裔孫才業今如此誰人爲奏明天子鑾駕
何當儼在馮神鷹一擲望千里戲操往翰涴蠻牋傍人莫
笑我率然

餘杭醉歌贈吳山人　丁仙芝

曉幙紅襟鷰春城白項烏只來梁上語不向府中趨城頭
坎坎鼓聲曙蒲庭新種櫻桃樹桃花昨夜撩亂開當軒發
色映樓臺十千兌得（一作十香蒲甕）餘杭酒二月春城長命盃酒
後留君待明月還將明月送君迴

致酒行（至日長安里中作）　李賀

零落栖惶（集作栖遲）一杯酒主人奉觴客長壽主父西遊困不

歸家人折斷門前柳我（集作吾）聞馬周昔作新豐客天荒地
老無人識空將牋上兩行書直犯龍鬚（集作顏）請恩澤我有
迷魂招不得雄鷄一聲天下白少年心事當拏雲誰念幽
寒坐嗚呃

秦王飲酒　前人

秦王騎虎遊八極劍光照空天自碧羲和敲日玻瓈聲刼
灰飛盡今太平（集作古今）龍頭瀉酒邀酒星金槽琵琶夜棖棖
洞庭雨脚來吹笙酒酣喝月使倒行銀雲櫛櫛瑤殿明宮
門掌事報一更花樓玉鳳聲嬌獰海綃紅文香淺清黃娥
（集作鵝）跌舞千年觥仙人燭樹蠟煙輕青春（集作青琴神女也）醉眼
淚泓泓

酒肆行　韋應物

豪家沽酒長安陌一旦起樓高百尺碧疏玲瓏含春風銀
題綵幟邀上客廻瞻丹鳳闕直視樂遊苑四方稱賞名已
高五陵車馬無近遠晴景悠揚三月天桃花飄俎柳垂筵
繁絲急管一時合他壚酒（集作肆）何寂然主人無厭且專
利百斛一醸斯須美（集作湏臾一壺費）初醲後薄爲大偷飲者知
名不知味深門潛醞客來稀終歲醇醲味不移長安酒徒
空擾擾路傍過者（集作去）那得知

四不如酒（集作琢木曲）　白居易

莫買寶剪刀虛費千金直我有心中愁知君剪不得莫磨
解結錐虛勞人氣力我有腸中結知君解不得莫染紅絲

線徒誇好顏色我有雙淚珠知君穿不得莫近紅爐火炎
氣徒相逼我有兩鬢雪知君銷不得刀不能剪心愁錐不
能解長結線不能穿淚珠火不能銷鬢雪不如飲此神聖
盃萬念千憂一時歇

文苑英華卷第三百三十六

文苑英華卷第三百三十七　歌行七

草木

美人嘗茶行　崔珏

雲鬟枕落困泥春(去聲)玉郎爲碾瑟瑟塵閑教鸚鵡啄窗詩和嬌扶起濃睡人銀瓶貯泉水一掬松雨聲來乳花熟朱脣啜破緑雲時咽入香喉爽紅玉明眸漸開橫(一作轉)秋水手撥絲篁醉心起臺時(一作前)却坐推金箏不語思量夢中事

飲茶歌請崔石使君　釋皎然

越人遺我剡溪(一作山)茗採得金芽爨金鼎素瓷雪色飄(一作縹)沫香何似諸仙瓊蘂漿一飲滌昏寐情思爽朗滿天地再飲清我神忽如飛雨灑輕塵三飲便得道何須苦心破煩惱此物清高世莫知世人飲酒徒(一作多)自欺好(一作愁)看畢卓甕間夜笑向陶潛籬下時崔侯啜之意不已狂歌一曲驚人耳孰知茶道全爾真唯有丹丘得如此

飲茶歌送鄭容　前人

丹丘羽人輕玉食採茶飲之生羽翼(天台記云丹丘出名大茗服之羽化)名藏仙府世莫知骨化雲宮人不識雪山童子調金鐺楚人茶經虛得名霜天半夜芳草折爛漫緗花啜又生常說(一作賞名)此茶祛我疾使人胷中蕩憂慄日上香爐情未畢亂踏虎溪雲高歌送君出

採茶歌(一作紫筍茶歌)　秦韜玉

天柱香芽露香發爛研瑟瑟穿荻篾太守憐才寄野人山童碾破團圓月倚雲便酌泉聲煮獸炭潛然蚌珠吐看着晴天早日明鼎中颯颯篩風雨老翠香塵下纔熟攪時繞筯天(一作愁)雲緑腕書病酒兩多情坐對閩甌睡先足洗我胷中幽思清鬼神應愁歌欲成

和李中丞慈恩寺清上人院牡丹花歌　權德輿

澹蕩韶光三月中牡丹偏自占春風時過寶地尋香逕已見新花出故叢曲水亭西杏園北濃芳深院紅霞色擢秀全勝珠樹林結根幸在青蓮域艶蘂仙(集作鮮)房次第開含煙洗露照蒼苔龐眉倚杖禪僧起輕翅縈枝舞蝶來獨坐南臺時共美閑行古刹情何已花間一曲奏陽春應爲芬芳(雜詠作芳菲)比君子

牡丹芳　白居易

牡丹芳牡丹芳黄金蘂綻紅玉房千片赤英霞爛爛百枝絳焰(集作艶)燈煌煌照地初開錦綉段當風不結蘭麝囊仙人琪樹白無色王母桃花小不香宿露輕盈泛紫艶朝陽

照耀生紅光紅紫二色間深淺向背萬態隨低昂映葉多
情隱羞面卧叢無力含醉粧低嬌笑容疑掩口凝思怨人
如斷腸濃姿貴彩信奇絶雜卉亂花無比方石竹金錢何
細碎芙蓉芍藥苦尋常遂使王公與卿士遊花冠蓋日相
望輝車軼轚貴公子（集作主）香衫細馬豪家郎衛公宅靜閉
東院西明寺深開北廊戲蝶雙舞看花（集作人）久殘鶯一聲
春日長共愁日照芳難駐仍張帷（集作羅）幕垂陰涼花開花
落二十日一城之人皆若狂三代已還文勝質人心重華
不重實重華直至牡丹芳其來有漸非今日元和天子憂
農桑䘏下動天天降祥去歲嘉禾生九穗田中寂寞無人
至今年瑞麥分兩岐君心獨喜無人知可歎息我願暫求

造化力減却牡丹妖艷色少回卿士（一作士女）看（集作愛）花心同
助（集作似）吾君愛稼穡

明月湖醉後薔薇花歌　英才

萬朶當軒紅燭燭晚陰照水塵不着西施醉後情不禁侍
兒扶下蕊珠閣柔條嫩蘂（一作葉）輕鮎䰲一低一昂合又開
深紅淺緑狀不得日斜池畔香風來紅能柔緑能軟濃淡
參差相宛轉舞蝶雙雙誰喚來輕綃片片何人剪白髮使
君思帝鄉驅妻領女遊花傍持盃憶着曲江事千花萬葉
垂宮墻復有同心初上第日暮華筵移水際笙歌日日徵
教坊傾國名娼盡佳麗我曾此處同諸生飛盃落盞紛縱
横將欲得到上天路剛向直道中行去一朝天勢當如此

萬事如灰壯心死誰知奏御數萬言翻割龜符四千里丈
夫達則賢窮則愚胡爲紫胡爲朱莫思身外窮通事且醉
花前一百壺

湛處士枸杞架歌　釋皎然

天生靈草生靈地誤生人間人不貴獨君井上有一根始
覺人間衆芳異拖緑垂絲宜曙看徘徊滿架何珊珊春風
亦解愛此物裛裛時來傍香實濕雲綴葉擺不去翠羽啣
花驚畏失肯羨孤松不凋色皇天正氣肅不得我獨全生
異此輩順時榮落不相背孤松自被斧斤傷獨我柔枝保
無害黄油酒囊石碁局吾湛生心出世俗擷芳坐影風洒
懷其致翛然此中足

苔歌　顧雲

檻前溪奪秋空色百丈潭心數砂礫松筠（一作籟）條條長碧
苔苔色碧於溪水碧波迴梳開孔雀尾根細貼着盤陀石
撥浪輕拈出少時一髻濃煙三四尺山光日華亂相射靜
縷藍鬐匀鬟積試把臨流（一作風）抖擻看瑠璃珠子淚雙滴
如看玉女洗頭處解破雲鬟妝未得即是仙宮欲製六銖
衣染絲未倩鮫人織採之不敢盈筐篋苦把龍神河伯惜
瓊蘇玉鹽爛漫煮𤓰入丹田續靈液會待功成插翅飛蓬
萊頂上尋仙客

風入松　釋皎然

西嶺松聲落日秋千枝萬葉風颼飀美人援琴弄成曲寫

得松間聲斷續清我魂沉波壞陵安足論美人夜坐月明裏含少商兮點清徵風悽清兮何飄飈攬寒松兮又夜起夜未央曲何長金徽更促聲泱泱何人此時不得意意苦絃悲聞客堂

澗底松　白居易

青松百尺大十圍生在澗底寒且卑澗深山險人路絶老死不逢工度之天子明堂欠梁木(集作棟)彼求此棄俱(集作此求彼有兩)不知誰喻蒼蒼造物意但與之材不與地金張世禄黃憲賢(集作黃憲貧)牛衣(黃憲本牛醫兒諸本作衣恐誤)寒賤貂蟬貴貂蟬與牛衣高下雖有殊高者未必賢下者未必愚君不見沉沉水(集作海)底生珊瑚歷歷天上種白榆

古栢行　杜甫

孔明廟前有老栢柯如青銅根如石霜皮溜雨四十圍黛色參天二千尺君臣已與時際會樹木猶為人愛惜雲來氣接巫峽長月(集作日)出寒通雪山白憶昨路繞錦城(一作亭)東先主武侯同閟宮崔嵬枝幹郊原古窈窕丹青戶牖空落落盤踞雖得地冥冥孤高多烈風扶持自是神明力正直元因造化功大廈如傾要梁棟萬牛回首丘山重不露文章世已驚未辭剪伐誰能送苦心豈免容螻蟻香(一作容)葉終經宿鸞鳳志士幽人莫怨嗟(一作傷)古來材大難為(一作皆難)用

楊栁歌　庾信

河邊楊栁百尺枝別有長條窈地垂河水衝激根株色(旋作危)倏忽河中風浪吹可憐巢裏鳳凰兒無故當年老別離流槎一去上天池織女支機應見隨誰信從來蔭數國直用東南一小枝昔日公子出南皮駿馬翩翩西北馳左右彎弧仰月支何處相尋玄武陂鳳凰新簫管史吹朱鳥春窻玉女窺銜雲酒盃赤瑪瑙照日食螺紫琉璃君言丈夫無志氣為問燕山那得知百年霜露掩離披一旦功名不可為定是懷王作計媒無事翻覆用張儀武昌南城誰可移官渡營前那得知尚憶落絮鵝毛色無復青絲馬尾垂各與梅花嗇一曲共在長笛管中吹

門前栁

門前蜀栁先知春風澹暖煙愁殺人將謂止栽群樓下不知迤邐連南津南津栁色連南(一作溪)市南去戎州三百里夷陬蠻落相連接故鄉莫道心先死我今帝里還有家門前嫩栁插(一作披)仙霞晨沾太一壇邊雨暮宿鳳凰城裏鷄別來三載當誰道門前年年綠陰好春來定解飛雪花雨後還應庇煙草憶昔當年栽栁時新芽茁茁嫵生遲如今宛轉拂着地常向綠陰勞夢思不道彼樹好不道此樹惡試將此意問野人野人盡道生處樂為報門前楊栁栽我應來歲當歸來縱今樹下能攀折白髮如絲心似灰

隨堤栁

隨堤栁歲久年深盡衰朽風飄飄兮雨蕭蕭三株兩株汴

河口老枝病葉愁殺人曾經大業年中春大業年中煬天
子種柳成行夾流水西自黃河東接（集作至）淮綠影一千三
百里大業末年春暮月柳色如煙絮似（一作如）雪南幸江都恣
佚遊應將此柳繫（一作夾）龍舟紫髯郎將護錦纜青蛾御史
直迷樓海內財力此時竭舟中歌笑何日休上荒下困勢
不久宗社之危如綴旒煬天子自言歡樂殊未極豈知明
年正朔歸武德煬天子自言福祚（集作長）無窮豈知後年
皇子封酅公龍舟未過彭城閣義旗已入長安宮蕭牆禍
生人事變晏駕不得歸秦中土墳數尺何處葬吳公臺下
多悲風二百年來汴河路沙草和煙朝復暮後王何以鑑
前王請看隨堤亡國樹

諒公洞庭孤橘歌　　顧況

不種自生一株橘誰教渠向堦前出不羨江陵千木奴下
生白蟻子上生青雀雛飛花薝蔔旃檀香結實如綴摩尼
珠洞庭橘樹籠煙碧洞庭波月連沙白待取天公放恩赦
儂家定作湖中客

洞庭山維諒上人院堦前孤生橘樹歌　　釋皎然

洞庭仙山但生橘不生凡木與梨栗真子無松自不栽感
得一株堦下出細葉繁枝委露新四時常綠不關春若言
此物無道性何意孤生來就人二月三月山初煖最愛低
簷數枝短白花不用鳥銜來自有風吹手中滿九月十月
爭破顏金實離離顏色殷（一作色般）一夜天晴香滿山天（一作山）
生珍木異於俗俗士來逢不敢觸清陰獨步禪起時徒倚
枝前看不足

分柑子歌示諸小

癡男騃女愁殺人偏呼小者大者嗔羸衣糲食盡須一何
况異味兼時新今朝樓下丼初熟摘得一筐分不足兒童
豈待父母施自各捻來（一作各自捻將）獻兄叔就中小女有所矜

梅　　王轂

暑日題道邊樹　　前人

火輪迸焰燒長空浮埃撲面愁朦朦羸童走馬喘不進忽
逢碧樹含清風清風留我移時住滿地濃陰懶前去却歎
人無及物功不似團圓道邊樹

文苑英華卷第三百三十七

文苑英華卷第三百三十八　歌行八

書

李潮八分小篆歌　杜甫

蒼頡鳥跡旣茫昧字體變化如浮雲陳倉石鼔又（集作巳文）訛大小二篆生八分秦有李斯漢蔡邕中間作者寂不聞澤山之碑野火焚棗木傳刻肥失真苦縣光和尚骨立書（集作畫）貴瘦硬方通神惜哉李蔡不復得吾甥李潮下筆親尚書韓擇木騎曹蔡有隣開元以來數八分潮也奄有二

子成三人况潮小篆逼秦相快劍長戟森相向八分一字直百（作千）金蛟龍蟠拏肉屈強吳郡張顛誇草書草書非古空雄壯豈知（集作如）吾甥不流巖丞相中郎丈人行巴（作江）東逢李潮逾（作踰）月求我歌我今衰老才力薄潮乎潮乎柰汝何

懷素上人草書歌　王顒

衡陽雙峽揷天峻青壁嶔嶔萬餘仞此中靈秀衆所知草書獨有懷素奇懷素身長五尺四嚼湯誦呪吁可畏銅瓶錫杖倚閑庭班管秋毫多逸意或粉壁或綵箋蒲葵絹素何相鮮忽作風馳如電掣更點飛花兼散雪寒猨飲水撼枯藤壯士拔山伸勁鐵君不見張芝昔日稱獨賢君不見近日張旭爲老顛二公絕藝人所惜懷素傳之得真迹崢嶸蹙出海上山突兀狀成湖畔石一縱又一橫一歌又一傾臨江不羨飛帆勢下筆長爲驟雨聲我牧此州喜相識又見草書多惠力懷素懷素不可得開卷臨池轉相憶

又　戴叔倫

楚僧懷素工草書古法盡能新有餘神清骨竦意真率醉來爲我揮健筆始從破體變風姿一一花開春景遲忽爲壯麗就枯澁龍蛇騰盤獸屹立馳毫驟墨劇奔駟滿座失聲看不及心手相師勢轉奇詭形恠狀翻合宜人人細問此中妙懷素自言初不知

又

幾年出家通宿命一朝却憶臨池聖轉腕推峰增崛崎秋毫繭紙常相隨衡陽客舍來相訪連飲百杯神轉工忽聞風裏度飛泉紙落紛紛如跕鳶形容脫略真如助（一作脫落任真）心思周遊在何處筆下唯看激電流字成只畏盤龍去恠狀崩騰若轉蓬飛絲歷亂如廻風長松老死倚雲壁躄浪相翻驚海鴻于今年少尚如此歷觀遠代無倫比妙絕當動鬼神泣崔蔡幽魂更心死

又　魯收

吾觀文士多利用筆精墨妙誠堪重身上藝能無不通就中草聖最天縱有時興酣發神機抽毫點墨縱橫揮（一作吃墨）風聲吼烈隨手起龍蛇迸落空壁飛連拂（一作佛）數行勢不

絕藤懸查處生奇節劃然放縱驚雲濤或時頓挫縈毫髮自言轉腕無所拘大笑羲之用陣圖狂來紙盡勢不盡投筆抗聲連叫呼信知鬼神助此道墨池未盡書已好行路談君口不容滿堂觀者空絕倒所恨時人多笑聲唯知賤寶翻貴名（疑）觀爾向來三五字顛奇何謝張先生

同前　竇冀

狂僧揮翰狂且逸獨任天機摧格律龍虎慙因點畫生雷霆却避鋒鋩疾魚箋絹素豈不貴只嫌局促兒童戲粉壁長廊數十間興來小豁胸（一作心）襟氣長幼集賢豪至枕糟籍麴猶半醉忽然絕叫三五聲滿壁縱橫千萬字吳興張老爾莫顛葉縣公孫我何謂如熊如羆不足比如虺如蛇不

足擬涵物為動鬼神泣狂風入林花亂起殊形怪狀不易說就中驚燥尤枯絕邊風殺氣同慘烈崩槎臥木爭摧折塞草遙飛大漠霜胡天亂下陰山雪偏有（一作看字）能事轉新奇郡守王公同賦詩枯藤勁鐵愧三舍驟雨寒猨驚一時此生絕藝人莫測假此常為護持力連城之璧不可量五百年知草聖當

同前（無奚調徐廣州）　蘇渙

張顛沒在二十年謂言草聖無人傳零陵沙門繼其後新書大字大如斗興來走筆如旋風醉後耳熱心更兇忽如裴旻舞雙劍七星錯落纏蛟龍又如吳生畫神鬼魑魅魍魎驚本身鉤鎖相連勢不絕倔強毒蛇爭屈鐵西河舞劍

氣凌雲孤蓬自振唯有君今日華堂看洒落四座喧呼歎佳作迴首邀余賦一章欲令羨價齊鍾張琅誦句三百字何似醉僧顛復狂忽然告我遊南溟言祈亞相求大名亞相書翰凌獻之見君絕意必深知南中紙價當日貴只恐貪泉成墨池

同前　任華

吾嘗好奇古來草聖無不知豈不知右軍與獻之雖有壯麗之骨恨無狂逸之姿中間張長史獨放蕩而不羈以顛為名傾蕩於當時張老顛（一作老顛顛老顛）殊不顛於懷素懷素顛乃是顛人謂爾從江南來我謂爾從天上來負顛狂之墨妙有墨狂之逸才狂僧前日動京華朝騎王公大人馬暮

宿王公大人家誰不造素屏誰不塗粉壁粉壁搖晴光素屏凝曉霜待君揮灑兮不可彌忘駿馬迎來坐堂中金盆盛酒竹葉香十盃五盃不解起（一作意）百杯已後始顛狂一顛一狂多意氣大叫數聲起攘臂揮毫倏忽千萬字有時一字兩字長丈二翕若長鯨潑刺動海島欻若長蛇戍律透深草回環繚繞相拘連千變萬化在眼前飄風驟雨相擊射速禄颯拉動簷隙擲華山巨石以為點掣衡山陣雲以為畫興不盡勢轉雄恐天低而地窄更有何處最可憐（一作連）褭褭枯藤萬枝（一作文）懸萬枝（一作文）懸拂秋水映秋天或如絲或如髮風吹欲絕又不絕鋒芒利如歐冶劍勁直渾是并州鐵時復枯燥何褵襹忽覺陰山突兀橫翠微中

有枯松錯落一萬丈倒掛絶壁蹙枯枝千魍魎兮萬魑魅
欲出不可何閃屍又如瀚海日暮愁陰濃忽然躍出千黒
龍夭矯僂蹇入乎蒼穹飛沙走石滿穹塞萬里颼颼西北
風狂僧有絶藝非數仞高墻不足以逞其筆勢或逢花箋
與絹素凝神執筆守恒度別多筋骨多情趣霏霏微微點
長露三秋月照卅鳳樓二月花開上林樹終恐絆騏驥之
足不得展千里之步狂僧狂僧爾雖有絶藝猶當假良媒
不因禮部張公將爾來如何（二字一作平安）得聲名一旦諠九垓

同前　釋貫休

張顛顛後顛非顛直至懷素之顛始是顛師不談經不坐（一作說）
禪筋骨（一作力）唯於草書妙（一作柄）顛狂恐却是神仙有神

叨兮神莫及鐵石畫兮墨須入金鐏竹葉數斗餘半飲半
傾山衲濕醉來把筆猛如虎粉壁素屏不問主亂拏亂抹
無規矩羅剎石上坐子胥蒯通八字（一作分手）立對漢高祖勢
崩騰兮不可止天機暗轉鋒芒裏閃電光邉霹靂飛古柏
身中旱龍死骸人心兮目眩聰（上呼縣切下香激切）頓人足兮神鬬
昜作如沙場大戰後斷槍橛箭何狼籍又如深山恠石上
古病松枝掛鐵錫月兎筆天竈墨斜鑿黄金側（一作色）劉玉
珊瑚枝長大如束天馬嬌獰不可勒東却西南又北倒還
起斷復續忽如鄂公提（一作唱）住單雄信秦王肩上搶着棗
木槊懷素師若不是星辰降瑞必是河嶽孕靈固宜須冷
笑逸少争不得醉罵伯英天台古杉一千尺崖崩岸折何

崢嶸或微細僊衣綻綻金線垂或研媚桃花半紅公子醉
我恐山爲墨海爲水天爲筆兮書大地乃能略展狂僧意
長恨師不相識一見此書空嘆息伊昔張謂任華葉季良
數子贈歌豈虚飾所不足者渾未曾道著其神力石橋被
燒却（一作燒）良玉不土蝕錐畫沙兮印印泥世人世人莫得
知老師雄名在世間明月清風一（一作有）何極

䛒光大師草書歌　前人

雪壓千峯横枕上窮困雖多還激壯看師逸蹟兩相宜高
適歌行李白詩海上驚驅山猛燒（一作海上驚驅猛燒）風吹斷狂煙
著沙草江樓曾見落星石幾回試發將軍砲別有寒鵰掠
絶壁提上玄猨更生力又見吴牛磨角來舞槊盤刀初觸

擊好文天子揮宸翰御製本多推玉案晨開水殿教題壁
題罷紫衣親寵錫僧家愛詩自拘束僧家愛畫亦局促唯
師草聖藝偏高一掬山泉心便足

張伯高草書歌　釋皎然

伯英死後生伯高朝看手把山中毫先賢草律我草狂風
雲陣發愁鍾王須臾變態皆自我寫形類物無不可閶風
遊雲千萬朵驚龍蹴踏飛欲墮更覩鄧林落葉（一作花落）朝狂
風亂攪何飄飄有時凝然筆空握情在寥天獨飛鶴有時
取勢氣更高憶得春江千里濤張生奇（一作草）絶冊難遇（王小令書草古今冊草絶）
草羅臨風展輕素陰慘陽舒如有道鬼狀魑容
若可懼黄公酒壚興偏入阮籍不嗔嵇亦顧長安酒牓醉

後書此日聘君千里步

陳氏童子草書歌　前人

儒（一作書）家孺子有奇名天然文（一作大）章令人驚僧虔老時把筆法孺子如今皆暗合颯飛電瀧眼不及但覺毫端鳴颯颯有時作點險且能太行片石看欲崩偶然長掣濃又燥少室孤松歌不倒夏室炎炎少人歡山軒日色在闌干桐花飛盡子規思主人高歌興不至濁醪不飲嬿昏沉欲就草書開我襟龍爪狀奇鼠鬚鋭冰牋白皙越人惠王家小令草最狂爲予揮灑（一作灑出）鸞騰勢

蕭郎草書歌　顧況

蕭子草書人不及洞庭葉落秋風急上林花開春露濕花枝濛濛向水垂（疑）見君數行之灑落石上之松松下鶴若把君書比仲將不知誰在（一作上）凌雲閣

文苑英華卷第三百三十八

文苑英華卷第三百三十九　歌行九

圖畫

畫山水七首　畫馬五首

畫牛一首　畫竹一首

畫桃花一首　丹青引一首

山水粉圖　陳子昂

山（集作仙非）圖之白雲兮若巫山之高丘粉群翠之鴻溶又似蓬瀛海水之周流信夫人之妙道愛雲山以水幽（集作幽求）

新畫山水障歌（奉先尉劉單宅作）　杜甫

堂上（一作中）不合生楓樹怪底江山起煙霧聞君掃却赤縣圖乘興遣畫滄州趣畫師亦無數好手不可遇對此融心神知君重毫素豈但祈岳與鄭虔筆跡遠過楊契丹得非玄圃圻（集作裂）無乃瀟湘翻悄然坐我天姥下耳邊已似聞清猿反思前夜風雨急乃是蒲城鬼神入元氣淋漓障猶濕真宰上訴天應泣野亭春還雜花遠漁翁暝踏孤舟入滄浪之水深且闊歌峯側島（集作岸）秋毫末不見湘妃鼓瑟時至今班竹臨江活劉侯天機精愛畫入骨髓自有兩兒郎揮灑亦莫比大兒聰明到能添老樹巔崖裏小兒心孔開貌（音邈）得山僧及童子若耶溪雲門寺吾獨何爲在泥滓青鞋布襪從此始

戲題王宰畫山水圖歌　前人

十日畫一水五日畫一石能事不受相促逼（一作迫）王宰始

肯晉真跡壯哉崑崙方壺(一作文)圖挂君高堂之素壁巴陵
洞庭日本東赤岸水與銀河通中有雲氣隨飛龍舟人漁
子入浦溆山水盡亞(集作帶)洪濤風尤工遠勢古莫比咫尺
應須論(集作行)萬里焉得并州快剪刀剪取吳松半江水

當塗趙炎少府粉圖山水歌　李白

峨嵋西出高極天羅浮直與南溟連名工逸思輝彩筆馳(集作驅)山走海置眼前蒲堂空翠如何(一作可)掃赤城日氣蒼梧煙洞庭瀟湘意淼綿三江七澤情洄沿驚濤洶湧向何處孤舟一去迷歸年征帆不動亦不旋飄如隨風落天邊心搖目斷興難盡(又作窮)幾時可到三山巔西峰崢嶸噴流泉橫石蹙水波潺湲東岸合沓開(集作蔽)輕霧深林雜樹空

芊眠(集作綿)此中冥昧失晝夜隱機寂聽無鳴蟬長松之下列羽客對坐不語南昌仙南昌仙人趙夫子妙年歷落青雲士訟庭無事羅衆賓杳然如在丹霄裏(集作青)五色粉圖安足珍真山可以全吾身若待功成拂衣去武陵桃花笑殺人

同族弟金城尉叔卿燭照山水壁畫歌　前人

高堂粉壁圖蓬瀛燭前一見滄州情(集作清)洪洶波湧(一作青)山崢嶸皎若丹丘隔海望赤城光中乍言(集作喜)嵐氣滅謂逢山陰晴後雪迴溪碧流寂無喧又如秦人月下窺花源了然不覺清心魂祇將疊嶂鳴秋猿與君對此心(一作歡)未歇放歌(一作行)吟達明發却顧海客揚雲帆便欲因之向溟渤

范山人畫山水歌　顧況

山峥嶸水泓澄漫漫汗汗一筆耕一草一木棲(一作妻)神明忽如空中有物物中有聲復如遠道望鄉客夢遶山川身不行

嵇山道芬上人畫山水歌　前人

鏡中(一作潮)真僧白道芬不服朱審李將軍淥(疑作漫)汗平鋪洞庭水筆頭點出蒼梧雲且看八月十五夜月下看山盡如畫(一作畫分)

韋諷錄事宅觀曹將軍畫馬圖歌(集作引)　杜甫

國初已來畫鞍馬神妙獨數江都王將軍得名三十載人

間又(一作不)見真乘黃曾貌先帝照夜白龍池十日飛霹靂內府殷紅瑪瑙盤(集作椀)婕妤傳詔才人索盤(集作椀)賜將軍拜舞歸輕紈細綺相追隨(集作飛)貴戚權門得筆跡始覺屏障生光輝昔日太宗拳毛騧近時郭家師子花今之新(集作畫)圖有二馬復令識者久歎嗟此皆騎戰一敵萬縞素漠漠開風沙其餘七匹亦殊絕迥若寒空雜霞(集作動煙)雪霜蹄蹴踏長楸間馬官厮養森成列可憐九馬爭神駿(集作俊)顧視清高氣深穩借問苦心愛者誰後有韋諷前支遁憶昔巡幸新豐宮翠華拂天來向東騰驤(一作躍)磊落三萬匹皆與此圖筋骨同自從獻寶朝河宗無復射蛟江水中君不見金粟堆邊(集作前)松柏裏龍媒去盡鳥呼風

天育驃圖集作騎歌　杜甫

吾聞天子之馬走千里今之畫圖無乃是是何意態雄且
傑駿尾蕭梢朔風起毛爲綠驃集作縹兩耳黃眼有紫焰雙
瞳方矯集作然龍性含集作合變化卓立天骨森開張伊昔
太僕張景順考牧攻集作監收神駒閱清峻遂令太奴字天育
別養驥子憐神駿當年四十萬匹馬張公歎其材盡下故
獨寫真傳世人見之座右久更新年多物化空形影嗚呼
健步無由騁如今豈無騕褭與驊騮時無王良伯樂死即
休

梁司馬畫馬歌　顧況

畫精神畫筋骨一團旋風瞥滅没仰秣如上賀蘭山低頭

欲飲長城窟此馬昂然獨此群阿爺是龍飛入雲黃沙枯
磧無寸草一日行過千里道展處把筆欲描時司馬一騁
賽傾倒

八駿圖　白居易

穆王八駿天馬駒後人愛之寫爲圖背如龍兮頸如鳥作象
骨聳竦筋高脂肉少集作壯日行萬里速如飛集作疾如飛穆王
獨乘何所之四荒八極踏欲遍三十二蹄無歇時屬車軸
折趁不及黃屋草生棄若遺瑤池西追作赴王母宴七廟經
年不親薦璧臺南與盛姬遊明堂不復朝諸侯白雪雲黃
竹歌聲動一人荒樂萬人愁周從后稷至文武積德累功
世勤苦豈知緜及五作四代孫心輕王業如灰土由來尤物

不在大能蕩君心即爲害文帝卻之不肯乘千里馬去漢
道興穆王得之不爲戒千里馬集作八駿駒來周室壞至今此
物尚集作猶稱珍不知房星之精下爲怪八駿圖君莫愛

蘇君廳觀韓幹馬障歌　顧雲

杜甫歌詩吟不足可憐曹霸丹青曲直言弟子韓幹馬一作
畫畫馬無骨但有肉今日披圖見筆跡一作蹤始知甫也真
凡目秦王學士居武功六印名家聲價雄乃孫屈跡寧百
里好奇學古有祖風竹廳斜日奕碁散延我直入書齋中
屹然六幅古屏上欻見胡人牽入天廄之神龍麟鬐鳳臆
真相似秋竹慘慘披兩耳輕勻杏葉糝皮毛細撚銀絲插
鬃尾思量動步應千里誰見初離渥洼水眼前只欠燕雪

飛蹄下如聞朔風起朱崖謫掾從亡歿更有何人鑒奇物
當時若遇燕昭王肯把千金買枯骨

杜秀才畫立走水牛歌　顧況

崑崙兒騎白象時時鑠著師子項奚奴跨馬不搭鞍立走
水牛驚漢宮江村小兒好誇騁脚踏牛頭上牛領淺草平
田攃過時大蟲着一作看鈍幾落井杜生知我戀滄洲畫作
一障張床頭八十老婆拍手笑妬他織女嫁牽牛

畫竹歌并序　白居易

協律郎蕭悅善畫竹舉時無倫蕭亦甚自秘重有終歲求
其一竿一枝而不得者予天與好事忽寫一十五竿惠然
見投予厚其意高其藝無以答貺作歌以答集作報之凡一

百八十六言歌曰三字集作雲字舉時文粹作舉世
植物之中竹難寫古今雖畫無似者蕭郎手下集作下手一作下筆
獨逼真冊青已集作以來唯一人人畫竹身肥擁腫蕭畫莖
瘦節節竦人畫竹梢死羸垂蕭畫枝活葉葉動不根而生
從意生不筍而成由筆成野塘水邊碕岸側森森兩叢十
五莖嬋娟不失筠粉態蕭颯畫得風煙情舉頭忽看不似
畫低耳靜聽疑有聲西叢七莖勁而健省向天竺寺前一作邊
石上見東叢八莖踈且寒憶曾湘妃廟裏雨中看幽姿
遠思少人別與君相顧空長嘆蕭郎蕭郎老可惜手戰眼
昏頭雪色自言便是絕筆時從今此竹尤難得

觀脩歒士畫桃花圖歌　裴諧

一從天寶王維死于今始遇脩夫子能向鮫綃四幅中冊
青暗與春爭工勾芒若見應羞殺暈綠勻紅漸分別堪憐
彩筆似東風一朶一枝隨手發燕支乍濕如含露引得嬌
鶯癡不去多少遊蜂盡日飛看遍花心求入㲲工夫妙麗
實絕奇似對韶光好時節偏宜留著待深冬鋪向樓前殛
霜雪

冊青引贈曹將軍霸　杜甫

將軍魏武之子孫於今為庶為清門英雄割據皆集作雖已
矣文精彩風流猶尚存集作今尚存學書初學衛夫人但恨無
過王右軍冊青不知老將至富貴於我如浮雲開元之年
常引見承恩數上南薰殿淩煙功臣少顏色將軍下筆開
生面良相頭上進賢冠猛將腰間大羽箭褒公鄂公毛髮
動英姿颯颯猶集作颯爽來酣戰先帝天馬玉花驄畫工如山
貌不同是日牽來赤墀下迥立閶闔生長風詔謂將軍拂
絹素意匠慘淡經營中斯須九重真龍出一洗萬古凡馬
空玉花却在御榻上榻上庭前屹相向至尊含笑催賜金
圉人太僕皆惆悵弟子韓幹早入室亦能畫馬窮殊狀集作相
幹唯畫肉不畫骨忍使驊騮氣凋喪將軍畫善蓋有神
必逢佳士亦寫真即今漂泊干戈際屢貌尋常行路人途
窮返遭俗眼白世上未有如公貧一作他富至今吾徒貧但看古來
盛名下終日坎壈纏其身

文苑英華卷第三百三十九

文苑英華卷第三百四十　歌行十

雜贈

江揔一首　任華二首
杜甫四首　李白一首
張謂一首　崔顥一首
王季友三首　僧鸞一首

贈袁洗馬篇（見二百六十六卷）　江揔

雜言贈杜拾遺　任華

杜拾遺名甫第二才甚奇任生與君別別來幾多時何曾一日不相思杜拾遺知不知昨日有人誦得數篇黃絹詞吾怕異奇特（一作其特異）借問果稱是（集作果然稱）杜二之所為勢

攫虎豹氣騰蛟螭滄海（一作波）無風似鼓蕩華岳平地欲奔馳曹劉俯仰慙大敵沈謝逡巡稱小兒昔在帝城中盛名君一箇諸人見所作無不心膽破郎官叢裏作狂歌丞相閣中常醉卧前年皇帝歸長安承恩闊步青雲端積翠扈遊花匼匝披香寓直月團欒英才特達承天眷公卿誰不相欽羨只緣汲黯好直言遂使安仁却為掾如今避地錦城隅幕下英寮每日相隨（集作就）提玉壺半醉起舞將髭鬚乍低乍昂傍若無古人制禮但為防俗士豈得為君設之乎而我不飛不鳴亦何以只待朝廷有知己亦曾讀却無限書拙詩一句兩句在人耳如今看之揔無益又不能崎嶇傍朝市且當事耕稼豈得便從爾南陽葛亮為友朋東山謝安作鄰里閑常把琴（一作抱琴）弄悶即攜樽起鶯啼二月三月時花發千山萬山裏此中幽廣無人知火急將書憑驛吏為報杜拾遺

雜言贈李白　前人

古來文章有奔逸氣聳高格清人心神驚人魂魄我聞當今有李白大鵬賦鴻猷文嗤長卿笑子雲班張所作瑣細不入耳未知卿雲得在嗤笑限否登廬山觀瀑布海風吹不斷江月照還明余愛此兩句登天台望渤海雲垂大鵬飛山壓巨鼇背斯言亦好在至於他所作多不拘常律振起擺騰既俊且逸或醉中掃紙或乘興（一作興來）走筆手下忽然（一作有）片雲飛眼前劃見孤峯出而我有時白日忽欲睡

覺之不覺欻然起攘臂任生知有君君還知有任生未中間聞道在長安及余戾止君已江東訪元丹邂逅不得見君面每常把（一作有時）酒向東望良久見說往年在翰林胸中矛戟何森森新詩傳在宮人口佳句不離明主心身騎天馬多意氣目送飛鴻對豪貴承恩詔入凡幾迴待詔歸來仍半醉權臣妬盛名群犬多吠聲有敕放君却歸隱淪處高歌大笑出關去且向東山為外臣諸侯交迓馳朱輪白璧一雙買交者黃金百鎰相知人平生傲岸其志（一無此二字）不可測數（一無此字）十年為客未曾一日低顏色八詠樓中坦腹眠五侯門下無心憶繁花越臺上細柳吳宮側綠水青山知有君白雲明月偏相識養高兼養閑可見不可攀莊

周萬物外范蠡五湖間又聞一作人傳訪道滄海上丁令王喬
時一作每還往蓬萊經是曾到來方丈豈唯方一丈伊余每
欲乘興遠相尋江湖擁隔勞寸心今朝忽遇東飛翼寄此
一章表胷臆儻能報我一片言但訪任華有人識

入奏行贈竇侍御時竦檢察使　杜甫

竇侍御驥之子鳳之雛年未三十忠義俱骨鯁絕代無嫺
如一段清冰出萬壑置在迎風寒露之玉壺柘一作蔗漿歸
廚金盌凍洗滌煩熱足以寧君軀政卞圜杜詩注作整用疎通合
典則戚聯豪貴躭文儒甲兵集作兵革未息人未蘇天子亦念
西南隅吐蕃憑陵氣頗麤竇氏檢察應時須一作才能俱運粮
繩橋壯士喜斬木火井窮集作寒猨呼八州刺史思一戰三

城守邊却可圖此行入奏計未小密奉聖主集作旨恩宜殊
繡衣春當卞氏註作飄飄霄漢立綵服日向卞氏註作燦燦庭闈趨一有開濟
人所仰飛騰時正須十字省郎京尹必俯拾江花未落四字卞氏注作多暇還成
都携酒肯訪浣花老為君着衫扫髭鬚十四字一作肯訪浣花老翁無為君
酤酒滿眼酤與奴白飯馬青芻

徒步歸行贈李特進借馬自鳳翔往鄜州途經邠州作　前人

明公壯年值時危經濟實藉英雄姿國之社稷今若是武
定禍亂非公誰鳳翔千官且飽飯衣馬不復能輕肥青袍
朝士最困者白頭拾遺徒步歸人生交契無老少論心集作
交何必先同調妻子山中哭何天須公櫪上追風驃
此詩三百五十卷重出今已削去

贈嚴二別駕相逢集作從歌　前人

我行入東川十步一回首成都亂罷氣蕭瑟浣花草堂亦
何有梓中卞氏杜詩作州豪貴卞氏作俊大者誰本州從事知名久把
臂開罇飲我酒酒酣擊劒蛟龍吼烏帽拂塵青螺卞氏注作鐵又
注作騾粟紫衣將炙緋衣走銅盤燒蠟光卞氏注作炎吐日夜如
何其初促膝黃昏始扣主人門誰謂俄頃卞氏注作我傾膠在漆
萬事盡付形骸外百年未及集作見歡娛畢神傾意豁真佳
士久客多憂今愈疾高視乾坤又可卞氏注作何愁一軀交態
何悠悠垂老遇君未恨晚似君須何古人求

贈裴施州　前人

廊廟之具裴施州宿昔一逢無此流金鍾大鏞在東序冰

壺玉衡集作珩懸清秋自從相遇減集作咸多病三歲為客寬
邊愁堯有四岳明至理漢二千石真分憂幾度寄書白鹽
北苦寒贈我青絲集作羔裘霜雪回光避錦繡蛟龍集作龍蛇動
篋蟠銀鉤紫衣使者辭復命再拜故人謝佳政將老已失
子孫憂後來况接才華盛遲憶書樓碧池映集無此句

憶舊遊贈集作寄譙　李白

憶昔洛陽董糟丘為余天津橋南造酒樓黃金白璧買歌
笑一醉累月集作日月輕王侯海內賢豪青雲客就中與君一作
遇又一作見心莫逆迴山轉海不作難傾情倒意無所惜我何
淮南攀桂枝君留洛北愁夢思不忍別還相隨相隨迢迢
訪仙城三十六曲水迴縈一溪初入千花明萬壑度盡唯

松聲銀鞍金絡到平地漢東太守來相迎紫陽之真人邀
我吹玉笙飡霞樓上動仙樂嘈然宛似鸞鳳鳴袖長管吹
欲輕舉漢東（集作中）太守醉起（一作酣歌）舞手持錦袍覆我身我
醉橫眠枕其股當筵意氣陵九霄星離雨散不終朝分飛
楚關山水遙余既還山尋故巢君亦歸家（一作思歸）渡渭橋君
家嚴君勇貔虎（一作武）作尹并州遏戎虜五月相呼度太行
摧輪不道羊腸苦行來京北（一作北京）歲月深感君貴義輕黃
金瓊盃綺食青玉案使我醉飽無歸心時時出向西城（集作城西）
曲晉祠流水如碧玉浮舟弄水簫鼓鳴微波龍鱗莎草
綠興來携妓恣經過其若楊花似雪何紅粧欲醉宜斜日
（一作如花落）百尺清潭寫翠蛾翠蛾嬋娟初月輝美人更唱舞

羅衣清風吹歌入空去歌曲自繞行雲飛此時歡（一作行）樂
難再遇西遊因獻長楊賦北闕青雲不可期東山白首還
歸去渭水橋南（集作渭橋南頭）一遇君酆臺之北又離羣問余別
恨今多少（集作鸎飛求友滿芳樹）落花春暮爭（集作送客何）紛紛言亦不
可盡情亦不可極（集作情亦不可盡言亦不可極恐非）呼兒長跪緘此詞寄
君千里遥相憶

贈喬林　張謂（一作劉眘虛）

去年上策不見收今年寄食仍淹留羨君有酒能便醉羨
君無錢能不憂如今五侯不愛（文粹作待）客羨君不過（文粹作問集作）
愛五侯宅如今七賢方自尊羨君不過七賢（兩用七賢諸本皆作七貴）
門人生（集作丈夫）會應有知己世上悠悠何足論

此詩三百五十三卷重出前已削去

贈王威古（見二百五十卷）　崔顥

代賀令譽贈沈千運（見二百五十二卷）　王季友

滑州贈崔士灌（前篇作高士）（見二百三十卷）　前人

贈（一作酬）李十六岐（見二百四十四卷）　前人

贈李粲秀才（字輝册）　僧鸞

隴西輝册真才子搜奇探險無倫比筆下鉛磨巨闕鋒胸
中静瀉西江水哀絃古樂清人耳月露溥溥激（一作寒哭激）秋
鬼苔地無塵到曉吟杉松老葉風乾起十軸示余三百篇
金碧爛光燒蜀牋雄芒逸氣測不得使我躑躅成狂顛大
郊遠闊空無邊凝明淡綠收餘煙曠懷相對景何限落日

亂岑清倚天又驚大船帆高懸行濤聲浪陵飛仙回首瞥
見五千仞撲下香爐瀑布泉何事古人誇八斗焉敢今朝
定妍醜颯風驅雨暫不停始向場中稱大手駿如健鶻鸇
與鵰拏雲徧野搦重霄孤狸竄伏不敢動却下雙鳴當迅
飈愁如湘靈哭湘浦咽咽哀音隔雲霧九嶷深翠轉巍峩
仙骨寒消不知厭清同野客敲越甌丁當急響涵清（一作中）
愁鸞離相引叫未定霜結夜闌仍在樓高若太空露雲物
片白激（疑）青背髮鬅仙鶴閑從浄碧飛巨鼇頭戴蓬萊出
前輩歌詩唯翰林神仙老格何高深鞭馳造化繞筆轉爍
爛不爲酸苦吟憂乘明月清沉沉飛到天台天姥岑傾湖
湧海數百字字字不朽長縱金此日移（一作多）君可傳侶堆

珠疊璣蒲玄圃終日並轡遊崑崙十二樓中宴王母

文苑英華卷第三百四十　終

文苑英華卷第三百四十一　歌行十一

送行

李白三首　杜甫三首
釋皎然一首　劉禹錫一首
白居易一首　李賀一首
韋應物二首　韓翃一首
盧綸一首　李頎三首

鳴臯歌送岑徵君時梁園三尺雪在清泠池作　李白

若有人兮思鳴臯阻積雪兮心煩勞洪河凌兢不可以徑度氷龍鱗兮難容舠邈神仙集作邈仙山之峻極兮聞天籟之嘈嘈霜崖縞皎以合沓兮若長風扇海湧滄溟之波濤玄

猨綠羆舔談上他井下吐覽切崟岌集作危咆柯振石駭膽慄魄羣呼而相號峯崢嶸以路絶掛星辰於巖嶅送君之歸兮動鳴臯之新作交鼓吹兮彈絲觴清泠之池閣君不行兮何待若返顧之黄鶴掃梁園之羣英振大雅於東洛巾征軒兮歷阻折尋幽居兮越巘蔓盤白石兮坐素月琴松風兮寂萬壑望不見兮心氛氳蘿冥冥兮霰紛紛水横洞以下淥波小聲而兮集作上聞虎嘯谷而生風龍藏溪而吐雲本集作杳冥寡鶴清唳饑鼯嚬呻塊獨處此幽默兮啼空山而愁人鷄聚族以争食鳳孤飛而無隣蝘蜓嘲龍魚目混珍嫫母衣錦西施負薪若使巢由桎梏於軒冕兮亦奚異乎夔龍蹩躠於風塵哭何苦而救楚笑何誇兮而却秦吾誠不

能學二子沽名矯節以耀世兮固將棄天地而遺身白鷗兮飛來長與君兮相親

鳴皐歌奉餞從翁請（集作清）歸五崖幽（集作山居）　前人

昨憶鳴皐夢裏還手弄素月清潭間覺時枕席非碧山側身西望阻秦關麒麟閣上春還早著書却憶伊陽好青松來風吹石道綠蘿飛花覆烟草我家仙翁愛清真才雄草聖淩古人欲臥鳴皐絕世塵鳴皐微茫在何處五崖峽（一作溪）水橫樵路身被翠雲裘袖拂紫雲（集作煙）去去時應過嵩少間相思爲折三花樹

西岳雲臺歌送丹丘子　前人

西岳崢嶸何壯哉黃河如絲天際來黃河萬里觸山動盤渦谷（集作轂）轉秦地雷榮光休氣紛五綵千年一清聖人在巨靈咆哮擘兩山洪波噴流射（集作射流）東海三峯却立如欲摧翠崖丹谷高掌開白帝金精運元氣石作蓮花雲作臺閣道窈冥人不到（集作雲臺閣道連窈冥）中有不死丹丘生明星玉女備灑掃麻姑搔背指爪輕我皇手把天地戶丹丘談天與天語九重出入生光輝東海（集作求）蓬萊復西歸玉漿儻惠故人飲身騎第一龍上天飛（集作騎二茅龍上天飛按初學記華山門列仙傳呼子先者有仙人持二茅狗來騎之乃龍也）

送顧八分文學適洪吉州　杜甫

中郎石經後八分蓋憔悴顧侯運鑪錘筆力破餘地昔在開元中韓（擇木）蔡（有隣）同贔屭玄宗妙其書是以數子至御札早流傳揄揚非造次三人並入直恩澤各不二顧於韓蔡內辯眼工小字分日侍諸工鈎深法更祕文學與我遊蕭疎外聲利追隨二十載浩蕩長安醉高歌卿相宅文翰飛省寺視我揚馬間白首不相棄騂騮入窮巷必脫黃金轡一論朋友難遲暮敢失墜古來事反覆相見橫涕泗嚮者玉珂人誰是青雲器才盡傷形骸（集作體）病渴汙官位故舊獨依然時危語（集作話）顛躓我甘多病老子負憂世志胡爲困衣食顏色少稱遂遂作苦辛行順從衆多意舟檝無根蔕蛟鼉好爲祟況無水賊繁特戒風飇駛崩騰戎馬際往往殺長吏子干東諸侯勸勉防縱恣邦以民爲本魚肌費香餌請哀創（集作瘡）痍深告訴皇華使使臣精所擇進德知

歷試惻隱誅求情固應賢愚異列（集作烈）士惡苟得俊傑思自致贈子猛虎行出郊載酸鼻

惜別行送向卿進奉端午御衣赴上都　前人

肅宗昔在靈武城指揮猛將收咸京向公泣血灑行殿佐佑卿相乾坤平逆胡冥寞墮煙燼卿家兄弟功名振麒麟圖（集作閣）畫鴻鴈行紫極出入黃金印尚書勳業超千古雄鎮荊州繼吾祖裁縫雲霧成御衣拜跪題封賀端午向卿將命寸心赤青山落日江潮白卿到朝廷說老翁飄（集作漂）零已是滄浪客

惜別行送劉僕射判官　前人

聞道南行市駿馬不限匹數軍中須襄陽幕府天下異主

將儉省憂艱虞祇收壯健勝鐵甲豈因格鬬求龍駒而今
西北自反胡麒麟蕩盡一匹無龍媒真種在帝都子孫未
落東南隅向非戎事備征伐君肯辛苦越江湖江湖凡馬
多顛頓衣冠往往乘蹇驢梁公富貴於身踈號令明白人
安居俸錢時散士子盡府庫不爲驕豪虛以茲報主寸心
赤氣却西戎迴北狄網羅羣馬籍（集作鳥籍）馬多氣（集作用）在驅
除出金帛劉侯奉使光推擇滔滔才畧滄溟窄杜陵老翁
秋繫船扶病相識長沙驛強梳白髮提胡蘆手兼菊花路
傍摘九州兵革浩茫茫三歎聚散臨重陽當杯對客忍涕
淚（集有君子）不覺老夫神內傷

送顧處士（吳興丘司議之女婿郎况也）　釋皎然

吳門顧子予早聞風貌古真誰似君人中黃憲與顏子物
表孤高將片雲性背時人高且逸平生好古無儔疋醉書
在篋稱絕倫神畫開廚怕飛出謝氏檀郎亦可儔道情還
似我家流安貧用晦讀書坐不見將名干五侯知君別業
長州外欲行（去聲）秋田脩畎澮門前便取觳觫乘腰上還將
轆轤佩禪子有情非世情御荈貢餘聊贈行蒲道喧喧遇
君別爭窺玉潤與冰清

送僧仲剬東遊兼寄呈靈澈上人　劉禹錫

釋子道成神氣閑住持曾上清涼山晴空（一作清室）禮拜見真
像金毛玉髻卿雲間西遊長安隸僧籍本寺門前曲江碧
松間白月照實書竹下香泉洒瑤席前時學得經綸成奔
馳象馬開禪扃高筵談柄一麈拂講下門（集作得）徒如醉醒
舊聞南方多禪（一作長）老次第來入荊門道荊州本自重諸
（集作爾）天南朝塔廟猶依然宴坐東陽枯樹下經行居止（集作此）
故臺邊忽憶遺民社中客爲我衡陽駐飛錫講罷同尋
相鶴經閑來共蠟登山屐一旦揚眉望沃州自言王謝許
（集作與）同遊憑將雜擬三十首寄與江南湯慧休

送張山人歸嵩陽　白居易

黃昏慘慘天微雪循（集作脩）行坊西鼓聲絕張生馬瘦衣且
單夜叩柴門與我別愧君冒寒來別我爲君沽酒張燈火
酒酣火煖與君言君何（集作何事）入關又出關答云前年偶下
山四十餘月客長安長安古來名利地空手無金行路難
朝遊九城陌肥馬香車欺殺客暮宿五侯門殘茶冷酒愁
殺人春明門外高城（一作高）處直下便是嵩山路幸有雲泉
客此身明日辭君且歸去

送韋仁實兄弟入關　李賀

送客飲別酒千觴無赭顏何物最傷心馬首鳴金環野色
浩無主秋明空曠間坐來壯膽破新月不能看行槐引西
道青梢長攢攢（一作青松梢長攢）君子送秦水小人巢洛烟韋郎
好兄弟疊玉生文翰我在山上舍一畝蒿磽田夜雨叫租
更春聲聞暗關誰解念勞苦蒼突唯南山

送褚裕（集作校）書歸舊山歌　韋應物

握珠不返泉匣玉不歸山明時重士亦如此忽怪褚生何

得還方稱羽獵賦昨（集作李）拜蘭臺職漢箧亡書已暗傳嵩
丘遺簡還能識朝朝待詔青鎖闈中有萬年之樹蓬萊池
世人仰望棲此地生獨徘徊意何爲故山可往薇可采一
自人間星歲改藏書壁上（集作中）苔半侵洗藥泉中月還在
春風飲餞灞陵原莫厭歸來朝市喧夫君不見東方朔避
世從容金馬門

送孫徵赴雲中　前人

黄驄少年無雙戟目視傍人皆辟易百戰曾誇隴上兒一
身復坐雲中客寒風動地氣蒼茫橫吹先悲出塞長敲石
軍中傳夜火斧冰河畔汲朝漿前鋒直指陰山外虜騎紛
紛翦應碎竟（疑）奴破盡看君歸金印酬功如斗大

送客之江寧　韓翃

春流送客不應賒南過徐州見柳花朱雀橋邊看淮水烏
衣巷裏問王家千閭萬井無多事閉户開門向山翠楚雲
朝下石頭城江鷰雙飛瓦棺寺吳士風流甚可親相逢嘉
賞日應新從來此地夸羊酪自有蓴羹定却人

此詩二百七十二卷重出前已削去

送張郎中還蜀歌　盧綸

秦家御史漢家郎親專兩印征殊方功成走馬朝天子伏
檻論邊若流水曉離仙署趨紫微夜接高儒讀青史瀘南
五將望君還願以天書示百蠻曲棧重江初過雨前旌後
騎不同山迎車拜舞多耆老舊卒新營遍青草塞口雲生
火候遲煙中鶴唳軍行早黄花川下水交橫遠鴈孤霞蜀
國晴邛（集作節）竹笋長椒㾖起荔枝花發杜鵑鳴回首岷峨
半天黑傳觴接膝何由得空令豪士仰威名無復貧交恃
顔色垂楊不動雨紛紛錦帳胡瓶争送君須臾醉起簫笳
發空見紅旌入白雲

送陳章甫　李頎

四月南方大麥黄棗花未落桐陰長青山朝別暮還見嘶
馬出門思舊鄉陳侯立身何坦蕩虬鬚虎眉仍大顙腹中
貯書一萬卷不肯低頭在草莽東門沽酒飲我曹心輕萬
事皆鴻毛醉卧不知白日暮有時空望孤雲高長河浪頭
連天黑（一作暗）津口停舟渡不得鄭國（一作州）遊人未及家洛

陽行子空歎息聞道故林相識多罷官昨日今如何

送康生入京進樂府詩　前人

識子十年何不遇只愛歡遊兩京路朝吟左氏嬌女篇夜
誦相如美人賦長安春物舊相宜小苑蒲桃花滿枝柳色
偏濃九華殿鶯聲醉殺五陵兒曳裾此日從何所中貴由
來盡相許白夾春衣仙史贈烏皮隱機臺郎與新書樂府
唱堪愁御妓應傳鳷鵲樓西上雖因長公主終須一見曲
陽侯

送山陰姚丞携妓之任兼寄蘇少府　前人

東風香草路南客心容與白皙吳王孫青蛾柳家女都門
數騎出河口片帆舉夜簟眠橘洲春衫傍楓嶼山陰政簡

甚從容到罷惟求物外蹤落日花邉剡溪水晴煙竹裏會稽峯才子風流蘇伯玉同官曉暮應相逐加飡共愛鱸魚肥醒酒仍憐甘蔗熟知君練思本清新季子如今得爲鄰他日知尋始寧墅題詩早晚寄西人

文苑英華卷第三百四十一

文苑英華卷第三百四十二

山

虎牙行　杜甫

北風欻吸吹南國天地慘慘無顏色洞庭揚波江漢迴虎牙銅柱皆傾側巫峽陰岑朔漠氣峰巒窈窕溪谷黑杜鵑不來猨狖寒（集作帝）山鬼幽憂雪霜逼楚老長嗟憶炎瘴三尺角弓兩斛力壁立古（集作石）城橫塞起金錯旌竿滿雲直

漁陽突騎獵青丘犬戎鏁甲圍丹極八荒十年防盜賊征戍誅求寡妻哭遠客中宵淚霑臆

閬山歌　　前人

閬州（一作山）城東靈（集作墅）山白閬州城北玉臺（一作壺）碧松浮欲盡不盡雲江動將崩巳（集作未）崩石那知根（集作眼）無鬼神會巳覺氣與嵩華敵中原格鬬且未歸應結（一作看）茅齋看（一作向）青壁

此詩一百五十九卷重出巳削去註與同爲一作

閬水歌

嘉陵江色何所似石黛碧玉相因依正憐日破浪花出更復春從沙際歸巴童盪（集作蕩）槳敧側過水雞銜魚來去飛

閬中勝事可腸斷閬州城南天下稀

嵩山天門歌　　宋之問

登天門兮坐盤石之礡砢前漎漎兮未半下漠漠兮無垠紛窈窕兮巖倚披以鵬翅洞膠葛兮峰稜層以龍鱗松移岫轉左變而右易風生雲起出鬼而入神吾亦不知其靈恠如此頹遊杳冥兮見羽人重曰天門兮穹崇迴合兮攢藂松萬接兮柱日石千層兮倚空晚陰兮足風（一作嵐）夕陽兮艷紅試一望兮魂奪况衆妙之無窮

高山引　　前人

攀雲窈窕兮上躋懸峰長路浩浩兮此去何從水一曲兮腸一曲山一重兮愁一重松檟邈已遠友于何日逢况滿室兮童稚攢衆慮（一作愁）於心胷天高難訴兮遠負明德却望函京兮揮涕龍鍾

小山歌　　萬楚

人說淮南有小山淮王昔日此登仙城中雞犬皆飛去山上壇場今宛然世人貴身不貴壽共笑華陽洞天口不知金石變長年讀在人間戀攜手君能舉帆至淮南家住盱眙余先諳桐栢亂流平入海茱萸一曲沸成潭憶記來時魂悄悄想見仙山衆峰小今日長歌思不堪君行爲報三春鳥

驪山行　　韋應物

君不見開元至化垂衣裳厭坐明堂朝萬方訪道靈山降

聖祖沐浴華池集百祥千乘萬騎被原野雲煙草木生（一作相）輝光禁仗圍山曉霜勁（集作切）離宮積翠夜漏長玉階寂歷朝無事碧樹葳蕤寒更芳三清小鳥傳仙語九華真人奉瓊漿下元昧爽漏（一作編）恒秩登山朝禮玄元室翠華稍隱天半雲丹閣先（集作光）明海中日羽旗旄節憩瑤臺清絲妙管從空來萬井九衢皆仰望綵雲白鶴方徘徊憑高覽古（集作一望）嗟寰宇造化茫茫思悠哉秦川八水長繚繞漢氏五陵空崔嵬乃言聖祖授（集作奉）冊經以年爲日億萬齡蒼生咸壽陰陽泰高謝前王出塵外英雄共理天下晏戎夷讋伏兵無戰時豐薄賦（集作賦斂）未告勞海闊珍奇亦來獻干戈一起文物乖懽娛已極人事變聖皇弓劍墜幽泉古木

蒼山閉宮殿纘承鴻業聖明君威振六合驅妖氛太平遊
幸今可待湯泉嵐嶺還氛氳

苔蘚山歌　顧況

野人夜夢江南山江南山深松桂閑野人覺後長歎息帖
蘚黏苔作山色閉門無事任盈虛終日欹眠觀四如一如
白雲飛出壁二如飛雨巖前滴三如騰虎欲咆哮四如懶
龍遭霹靂嶮峭嶔空潭洞寒小兒兩手扶欄干

同裴觀察東湖望山歌　前人

浴鮮積翠栖靈異石洞花宮横半空夜光潭上明星落風
雨壇邊樹如洗水淹徐孺宅恒乾繩墜洪崖井無底主人
載酒東(一作春)湖陰遥望西山三四岑

太行路　白居易

太行之路能摧車若比人心是坦途巫峽之水能覆舟若
比人心是安流人心好惡若不常好生毛髮惡生瘡與君
結髮未五載豈期(集作忽從)牛女為參商古稱色衰相棄背當
時美人猶怨悔何況如今鸞鏡中妾顏未改君心改為君
熏衣裳君聞蘭麝不馨香為君事容飾君看珠(集作金)翠無
顏色行路難難重陳人生莫作婦人身百年苦樂由他人
行路難難於山險於水不獨人家(集作間)夫與妻近代君臣
亦如此君不見左納言右納史朝承恩暮賜死行路難不
在水不在山只在人情反覆間

陰山道　前人

陰山道陰山道紇邏敦肥水泉好每至戎人進(集作送)馬時
道傍千里無纖草草盡泉枯馬病羸飛龍但印骨與皮五
十疋縑易一疋縑去馬來無了日養無所用土(集作飛去)非宜
每歲死傷十六七縑絲不足女工苦疎織短截充疋數藕
絲蛛網三丈餘迴紇(集作鶻)訴稱無用處咸安公主號可敦
遠為可汗頻奏論元和三年下新勅內出金帛酬馬值仍
詔江淮馬價縑從此不令疎短織合羅將軍稱(集作呼)萬歲
捧受金銀與縑綵誰知胡(集作黠)虜啓貪心明年馬來多一
倍縑漸好馬漸多陰山虜奈爾何

蓮峰歌　賈島

錦礫潺湲玉溪水曉來微雨藤花紫冉冉山鷄紅尾長一

聲樵斧驚飛起松刺梳空石差(一作室)齒煙香(一作空)風軟人
參蘂陽崖一夢伴雲根仙菌靈芝夢魂裏

石

石笋行　杜甫

君不見益州城西門陌上石笋雙高蹲古老(集作來)相傳是
海眼苔蘚蝕盡波濤痕雨多往往有(集作得)瑟瑟此事恍惚
難明論恐是昔時卿相墓(集作家)立石為表今仍存惜哉俗
態好蒙蔽亦如小臣媚至尊政化錯忤失大體坐看傾危
受厚恩嗟爾石笋擅虛名後來未識猶駿奔安得壯士擲
天外使人不疑見本根

石犀行　前人

君不見秦時蜀太守刻石立作三犀牛自古雖有厭勝法天生江水湏（集作向）東流蜀人矜誇一千載泛濫（集作溢）不近張儀樓今年灌口（集作注）損戶口此事或恐爲神羞終藉堤防出衆力高擁木石當清秋先王作法皆正道詭怪何得參人謀嗟爾三犀不經濟缺訛只與長川逝但見元氣相（集作恒）調和自免洪濤恣凋瘵安得作者（集作壯士）提天綱再平水土犀𦙃（集作奔）茫

青石　白居易

青石出自藍田山兼車運載來長安工人磨琢欲何用石不能言我代言不願作人家墓前神道碣墳土未乾名已滅不願作官家道傍德政碑不鐫實錄鐫虛詞願爲顏氏段氏碑雕鏤太尉與太師刻（集作此）用兩片堅貞質狀彼二人忠烈姿義心若石屹不轉死節若石確不移如觀奮擊朱泚日似見叱呵希烈時各於其上題名字（集作諡）一置高山一沉水陵谷雖遷碣（集作碑）獨存骨化爲塵名不死長使不忠不烈臣觀碑改節慕爲人慕爲人勸事（一作助）君

隱逸

逸人歌贈李山人　張楚金

上有堯兮下有由眠高陽兮漱潁流其貌古其心幽浩歌一曲兮林壑秋道險可驚兮人莫用樂天知命兮守巖洞時擊磬兮嗟鳴鳳吾欲知往古之不可追自悠悠於凡夢

丁隱君歌　陸龜蒙

華陽道士南遊歸手中半捲青蘿衣（集作皮）自言逋客持贈我乃是錢塘丁翰之連江（集作天）大抵多奇岫獨話君家最孤秀盤燒天竺春笋肥琴倚洞庭秋石瘦草堂暗引龍泓溜老樹根株若蹲獸霜濃果熟未容收往往兒童雜猿狖去歲猖狂有黃寇官軍駭散無人鬭滿城奔送翰之閑秖把枯松塞圭竇前度（集作後非）相逢正（集作已非）賣文一錢不直虛云云今來利作採樵客可以抛身麋鹿群丁隱君丁隱君（集作昂）昂頭且莫變名氏即日便尋丁隱君

紫溪翁歌　前人

一丘之木其棲身也屋吾容不辱一溪之石其居平也席吾勞以息一竇之泉其音清也絃吾方在懸得乎人得乎天吾不知所以然而然先生側弁而賡之曰禾江之魚兮朝飪有鱸禾江之蔬兮暮筐有蒲左圖且書右琴與壺壽歟貴歟賤歟歌闋而去

佛寺

岳麓山道林二寺行　杜甫

玉泉之南麓山殊道林林壑爭盤紆寺門高開洞庭野殿腳插入赤沙湖五月寒風冷佛骨六時天樂朝香爐地靈步步雪山草僧寶人人滄海珠塔刦宮墻壯麗敵石（集作香）廚松道清涼俱蓮池（集作花）交響共命鳥金牓雙迴三足烏方丈涉海費時節玄圃尋河知有無暮年且喜經行近春日兼蒙暄暖扶飄然斑白將（集作身）奚適傍此煙霞茅可誅

桃源人家易制度橘洲田土仍膏腴潭府邑中甚淳古太守庭内不喧呼昔遭衰世皆晦跡今幸樂國養微軀依止老宿亦未晚富貴功名焉足圖久爲謝（集作野）客尋幽慣細學何顒免興孤一重一掩吾肺腑仙鳥仙花（集作山鳥山花）吾友于宋公放逐曾題壁物色分留待（集作與）老夫

道林寺　常蟾

石門迴接蒼梧野愁色陰深二妃寡廣殿崔嵬萬壑間長廊詰曲千巖下靜聽林飛念佛鳥細看壁畫馱經馬暖日斜明螮蝀梁濕煙散幂鴛鴦瓦北方部落檀香塑西國文書貝葉寫壞欄迸竹醉好題窄路垂藤困堪把沈裴筆力闘雄壯宋杜詞源兩風雅他方君士來施齋彼岸上人投

結夏悲我未離擾擾徒勸我休學悠悠者何時得與劉遺民同入東林遠公社

同前　崔珏

臨湘之濱麓之隅西有松寺東岸無松風千里擺不斷竹泉瀉入于僧厨宏梁大棟何足貴山寺難有山泉俱四時唯夏不敢入燭龍安敢停斯須遠公池上種何物碧羅扇底紅鱗魚香閣朝鳴大法皷天宮夜轉三乘書野花市井栽不着山鷄飲啄聲相呼金檻僧迴步步影石盆水濺聯聯珠北臨高處日正午舉手欲摸黄金烏遥江大船小於葉遠村雜樹齊如蔬潭州城郭在何處東邊一片青模糊今來古往人蒲地勞生未了歸丘墟長卿之門久寂寞五言七字誇規模我吟杜詩清入骨灌頂何必須醍醐白日不照耒陽縣黄天厄死飢寒軀明珠大貝採欲盡蚌蛤空滿赤沙湖今我題詩亦無味懐賢覽古成長吁不如興罷過江去已有好月明歸途

嶽麓寺　沈傳師

承明年老輒自論乞得湘守東南奔爲聞楚國富山水青嶂邐迤僧家園含香珥筆皆眷舊譙揖自忘臺省尊不令執簡候亭館直許携手遊山樊忽驚列岫脫來過湖雪洗盡煙嵐昏碧波迴嶼三山轉册檻繚郭千艘屯華鑣躞蹀徇砂步大旆綵錯輝松門樛枝競鶩龍蛇勢折幹不滅風霆痕相重古殿倚巖腹別引新徑縈雲根目傷平楚虞帝

魂情多思遠聊開罇危絃細管逐歌颺畫皷繡靴隨節翻鏘金七言陵老杜入木八法蟠高軒嗟余潦倒久不利忍復感激論元元

文苑英華卷第三百四十二

文苑英華卷第三百四十三

樓臺宮閣

樓四首　臺三首　宮三首

閣二首　園二首　亭五首

經行

封丘作一首　發閬中歌一首

金陵歌一首　梁園歌一首

襄陽歌一首　長安歌一首

鄴城引一首　鴻門行一首

顧渚行一首　武源行一首

過荆門歌一首

陪侍郎叔華登樓歌集作宣州謝朓樓餞別校書叔雲　李白

棄我去者昨日之日不復畱亂我心者今日之日足繁集作多繁憂長風萬里送秋鴈對此可以酧集作酬高樓蔡氏集作蓬萊文章建安骨中間小謝又清發俱懷逸興壯思飛欲上青雲集作天覽明月抽刀斷水水更流舉杯銷愁愁復集作更愁男兒集作人生在世不稱意明朝舉棹還滄洲集作散髮弄偏舟

越王樓歌　杜甫

綿州州府何磊落顯慶年中越王作孤城西北起高樓碧瓦朱甍照城郭樓下長江百丈清山頭落日半輪明君王舊跡今人賞轉見千秋萬古情

江樓曲　李賀

樓前流水江陵道鯉魚風起芙蓉老曉釵催一作推鬢語南風抽帆歸來一日功鼉吟浦口飛梅一作遇飛雨竿頭酒旗換青紵簾騷浪白雲差池一作參差黃粉油集作細衫寄郎主新槽酒一作曲聲苦一作善無力南湖一頃菱花白眼前便有千里愁小玉開屏見山色

上官昭容書樓歌貞元十四年友人崔仁亮於東都買得研神記一卷有昭容列名書縫處因用感歎而作是歌　呂温

漢家婕妤唐昭容工詩能賦千載同自言才藝是天真不服丈夫勝婦人歌闌舞罷閑無事縱恣優游一作柔弄文字玉樓寶架中天居緘奇祕異萬卷餘水精編帙綠鈿軸雲母搘紙黃金書風飄一作吹花露清旭時綺窓高掛紅綃帷香囊盛煙繡結絡翠羽拂案碧集作青琉璃吟披嘯卷紛無已皎皎淵機破一作碎研理詞縈絲輸紫鸞迴思耿寥天碧雲起碧雲起心悠哉境深轉苦坐自催金梯珠一作玉履聲一斷瑤階日夜生青苔青苔閟九關曾比群玉山神仙杳何許遺逸滿人間君不見洛陽南市賣書肆有人買得研神記紙上香多蠹不成昭容題處猶分明令人惆悵難爲情

春臺引寒食集畢錄事宅作　陳子昂

感陽春兮生碧草之油油懷宇宙以傷遠登高臺而寫憂遲美人兮不見恐青歲之遂集作還遒從畢公以酣飲寄林塘而一留綵芳蓀於北渚憶桂樹於南洲何雲木之英麗

而池館之崇幽星臺秀士月旦諸子嘉（一作喜）青鳥之辰迎火龍之始挾寶書與瑶琴芳蕙華而蘭靡乃掩白蘋藉緑芷酒既醉樂未已擊青鍾歌渌水怨青春之萎絶贈瑶臺之旖旎願一見而道（集作導）意結衆芳之綢繆曷余情之蕩漾（集作瀁）獨青雲以增愁悵三山之飛鶴憶海上之白鷗且曰群仙去兮青春頽歲華歇兮黄鳥哀富貴榮樂幾時兮朱宫碧堂生青苔白雲兮歸來

姑蘇臺　釋皎然

古臺不見秋草凄却憶吴王全盛時千年月照秋草上吴王在時幾迴望至今月出君不還世人空對姑蘇山山中精靈安可覩轍跡人蹤麋鹿聚嬋娟西子傾國容化作寒陵一堆土

司天臺　白居易

司天臺仰觀俯察天人際羲和死來職事廢官不求賢空取藝昔聞西漢元成間下陵上替（集作上陵下替）讁見天北辰微暗火光色四星煌煌如火赤耀芒動角射三台半見（集作上台）半滅中台坼是時非無太史官眼見心知不敢言明朝趨入明光殿唯奏慶雲壽星見天文時變兩如斯九重天子不得知不得知安用臺高百尺爲

連昌宫詞　元稹

連昌宫中滿宫竹歲久無人森似束又有墻頭千葉桃風動落花紅蔌蔌宫邊老翁爲余泣少年選進（集作進食）因曾入上皇正在望仙樓太真同凭欄干立樓上樓前盡珠翠炫轉熒煌照天地歸來如夢復如痴何暇備言宫裏事初過寒食一百六店舍無煙宫樹緑夜半月高絃索鳴賀老琵琶定場屋力士傳呼覓念奴念奴潛伴諸郎宿須臾覓得又連催特勑街中許燃燭春嬌滿眼（一作眠）睡紅銷掠削雲鬟旋裝束飛上九天歌一聲二十五郎吹管逐逡巡大遍涼州徹色色龜茲轟緑續李謩擪笛傍宫墻偷得新翻數般曲平明大駕發行宫萬人鼓舞在途（集作途路）中百官隊仗避岐薛楊氏諸姨車鬭風明年十月東都破御路獨（一作衜）存禄山過驅令供頓不敢藏萬姓無言（集作聲）淚潛墮兩京定後六七年却尋家舍行宫前莊園燒盡有枯井行宫門閑（文粹作闇）樹宛然爾後相傳六皇帝不到離宫門久閉往來年少説長安玄武樓成花萼廢去年勑使因破竹偶值門開暫相逐荊榛櫛比塞池塘狐兔驕癡緑樹木舞榭欹傾基尚在（集作存）文窻窈窕紗猶緑塵埋粉壁舊花鈿烏啄風箏碎珠玉上皇偏愛臨砌花依然御榻臨階斜蛇出鷰巢盤鬭拱菌生香案正當衙寢殿相連端正樓太真梳洗樓上頭晨光未出簾影黑至今反挂珊瑚鉤指似（集作向）旁人因慟哭却出宫門淚相續自從此後還閉門夜夜狐狸上門屋我聞此語心骨悲太平誰致亂者誰翁言野父何分別眼見耳聞爲君説姚崇宋璟作相公勸諫上皇言語切燮理陰陽禾黍豐調和中外無兵戎長官清強（集作平）大守

好揀選皆言由相公開元欲集作之末姚宋死朝廷漸漸由
妃子禄山宮裏養爲集作兒虢國門前鬧如市弄權宰相
不記名憶得依稀集作依俙憶得楊與李廟謀集作謨顛倒四海搖
五十年來作瘡痏今皇神聖丞相明詔書纔下吳蜀平官
軍又取淮西賊此賊亦除天下寧年年耕種宮前道今年
不遣子孫耕老翁此意深望幸努力廟謀休用兵

驪宮高　白居易

高高驪山上有宮朱樓紫殿三四重遲遲兮春日玉甃暖
兮溫泉溢嫋嫋兮秋風山蟬鳴兮宮樹紅翠華不來歲月
久墻有衣兮瓦有松吾君在位已五載何不一幸乎其中
西去都城幾多地吾君不來遊集作有深意一人出兮不容

昜六宮從兮百司備八十一車千萬騎朝有宴飫暮有賜
中人之產數百家未足充君一日費吾君脩已人不知不
自逸兮不自嬉吾君愛人人不識不傷財兮不奪集作傷力
驪宮高兮高入雲君之來兮為一身君之不來兮為萬民集作人

滕王閣歌　王勃

滕王高閣臨江渚珮玉鳴鑾罷歌舞畫棟朝飛南浦雲珠
簾暮捲西山雨閑雲潭影日悠悠物換星移度幾秋閣中
帝子今何在檻外長江空自流

兩朱閣　白居易

兩朱閣南北相對起借問何人家貞元雙帝子帝子吹簫
雙得仙五雲飄颻集作飛迎上天第宅亭臺不將去化為佛
寺在人間粧閣集作閣妓樓何寂靜柳似舞腰池似鏡花落
黃昏悄悄時不聞皷集作歌吹聞鐘磬寺門勑牓金字書尼
院佛庭寬有餘青苔明月多閑地比屋齊集作疲人無一作何
處居憶時平陽宅初置吞併平人幾家地仙去雙雙作梵
宮漸恐人家集作間盡為寺

南園　李賀

方領蕙帶折角巾杜若已老蘭苙集作茗春南山削秀藍玉
合小雨歸去飛長凉集作雲熟杏㬉香梨葉老草鞘集作梢又注作
瀟竹柵鏁池根集作痕注作滑鄭公鄉老開酒盎坐泛楚奏集作酒
吟招魂

金谷園歌　常應物

石氏滅金谷園中水流絶當時豪右爭驕侈錦為步障四
十里東風吹花雪滿川紫氛集作氣凝閣朝景妍洛陽陌上
人迴首絲竹飄颻入青天晉武平吳恣懽醼餘風靡靡朝
廷變嗣世衰微誰肯憂二十四友日日空追遊追遊詎可
足共惜年華促禍端一發埋恨長百草無情春自綠

勞勞送亭歌亭在江寧南十五里古送別之所一名臨滄觀　李白

金陵勞勞送客堂蔓草離離生道傍古情不盡東流水此
日悲風愁白楊我乘素舸同康樂朗詠清川飛夜霜昔聞
牛渚吟五章今來何謝袁家郎苦竹寒聲動秋月獨宿空
簾歸夢長　此日集作此地

宿東溪李十五山亭　王季友

上山下山入山谷溪中落日留我宿松石依依當主人主人不在意亦足名花出地兩重階絶頂平天一小齋本意由來是山水何用相逢語（一作話）舊懷

奉和禮部李尚書酬楊著作竹亭歌　權德輿

直城朱戶相邐連九逵冊轂聲闐闐春官自有花源賞終日南山當目前晨搖玉珮趨温室暮入竹蹊（集作溪）疑洞天煙銷雨過看不足晴翠鮮飈逗深谷獨謠一曲泛流霞閑對千竿連淨綠縈廻疏鑿隨勝地石磴巖扉光景異虛齋寂寂清籟吟幽澗紛紛雜英墜家承麟趾貴紉有龍泉賜上奉明時事無事人間方外興偏多能以簪纓狎薜蘿嘗通内學青蓮偈更奏新聲白雪歌風入松雲歸棟鴻飛滅處猶目送蝶舞閑時忽成夢（集作夢忽成）蘭臺有客叙交情逐照中林曳履迎（集作聲）直爲君恩（集作思）催造膝東方辨色謁承明

蕭常侍癭柏亭歌　盧綸

柏之異者山中靈好人截斷爲君亭雲翻浪卷不可識烏獸成形花倒植苺苔舊點色尚青霹靂殘痕節猶黑金貂主人漢三老搆此窮年下朝早心規目製不暫疲匠者受詞無一詞清晨拂匣菱生鏡落日凭欄星滿池攢甍鬪栱無斤跡根癭聯懸同素壁數層亂寫雲裏峯萬片爭呈雪中石重簾不動自飄香似到瀛洲白雪（集作玉）堂水精如意方同（集作全）色雲毋屏風遂掩光四皆綿綿被纖草草上依微衆山道松間汲井煙翠寒洞裏闔碁天景好愚儒敢欲賀成功鸞鳳栖翔固不同應念廢材今接地一枝思寄戶庭中

白沙亭逢吳叟歌　韋應物

龍池宮裏上皇時羅衫寶帶香（一作春）風吹滿朝豪士今已盡欲話舊遊人不知白沙亭上逢（一作遭）吳叟愛客脫衣且沽酒問之執戟亦先朝零落艱難却負樵親觀文物蒙雨露見我昔年侍丹霄冬狩春祠無一事歡遊洽醼多頒賜嘗陪夕月竹宮齋每返温泉灞陵醉星歲再周十二辰爾來不語今爲君盛時忽去良可恨一身（集作生）坎壈何足云

經行　高適

封丘作

我本漁樵孟諸野一生自是悠悠者乍可狂歌草澤中寧堪作吏風塵下只言小邑無所爲公門百事皆有期拜迎官長心欲破（集作碎）鞭撻黎庶令人悲歸（集作悲）來向家問妻子舉家盡笑（集作道）今如此生事須（集作應須）南畝田世情付與東流水夢想舊山安在哉爲銜君命日（集作且）遲廻乃知梅福徒爲爾却（集作轉）憶陶潛歸去來

發閬中歌　杜甫

前有毒蛇後猛虎溪行盡日無村塢江風蕭蕭雲拂地山木慘慘天欲雨女病妻憂歸意速秋花錦石誰復數別家

三月一書來(集作得書)避地何時免愁苦

金陵歌送別范宣　李白

石頭巉巖如虎踞陵波欲過滄洲(集作江)去鍾山龍盤走勢來秀色橫分歷陽樹四十餘帝三百秋功名事跡隨東流白馬小兒(集注作金鞍)誰家子泰清之歲來關囚(集注作吹歷虎嘯鳳凰樓)金陵昔時(集作日)何壯哉席卷英豪天下來冠蓋散爲煙霧盡金輿王座(一作輦)成寒灰扣劍悲吟空咄嗟梁陳白骨亂如麻天子龍沉景陽井誰歌玉樹後庭花此事傷(一作北地悲)心不能道城(集作目)下離離長春草送爾長江萬里心他年來訪南山皓

梁園吟(見三百十六卷)　前人

襄陽歌(見二百一卷)　前人

長安道(見一百九十二卷)　韋應物

鄴城引　張鼎

君不見漢家失統三靈變魏武爭雄六龍戰盪海吞江制中國迴天運斗應南面隱隱都城紫陌開迢迢分野黃星見流年不駐漳河水明月俄終鄴國宴文章猶入管絃新帷座空銷狐兔塵可惜望陵歌舞處松風四面暮愁人

鴻門行　袁瓘

少年買意氣百金不辭費學劍西入秦結交北遊魏秦魏多報人與代亦殊倫出來不相識皆是堵相親寶馬青絲轡狐裘貂鼠服(一作皮)晨過劇孟遊暮投咸陽宿然諾本云云諸侯莫不聞循思百戰術更逐李將軍始從灞陵下遥遥度朔野北風聞楚歌南庭見胡馬胡馬秋正肥相邀夜合圍戰酣烽火滅路斷救兵稀白刃縱橫逼黃塵飛不息虜騎血灑衣單于涙霑臆獻凱雲臺中自言塞上雄將軍行失勢部曲遂無功新人不如舊新(一作舊)人不相救萬里長飄飄十年計不就棄置難重論驅馬度鴻門行看楚漢事不覺風塵昏寶劍中夜撫悲歌聊獨舞此曲不可終曲終涙如雨

顧渚行行寄裴芳卌　釋皎然

我有雲泉隣渚山山中茶事頗相關鶗鴂鳴時芳草死山家漸欲收茶子伯勞飛日芳草滋山僧文是採茶時由來

慣採無近遠陰嶺長兮陽崖淺大寒山下葉未生小寒山中葉初卷(二山名)吳姬攜籠上翠微蒙蒙香刺罥春衣山迷乍可落花亂度水時驚啼鳥飛家園不遠乘露摘歸時露絲猶滴瀝初看抽出欺玉英更取金(疑)來勝金液昨夜西風雨色過朝尋新茗復如何女宮露澀青芽老堯市人稀紫筍多紫筍青芽誰得識日暮採(疑作採)之長太息清泠真人待子元(仙傳清泠真人裴君與道人真子元爲友)貯此芳香思何極

武源行　前人

昔年群盜阻江東吳山動搖楚澤空齊人示戴(二字疑)蜂蠆毒羨稷化爲荊棘叢匈匈四顧多窐穴浮雲白波不妨同萬人死地當虎口一旦生涯懸鼓中昨日將軍徇死節悉

何生昏二字疑陷成血胷中豹畧張陣雲捏內蛇矛揮白雪長州南去接孤城居人散盡皷鼙疑驚三春不見芳草色四面惟聞刀斗聲此時徂寇紛如市君當要衝固深壘縱横計出皆獲全士卒身先每輕死掃平氛祲望吳門人閑歲美桑柘繁此屋全生受君賜連營罷戰頂君恩如何弃置功未録通籍無名滯江曲灞亭不重李將軍漢爵猶輕蘇屬國荒營寂寂隱山椒春意空驚故柳條野戰攻城只如此即今誰是霍嫖姚

過荊門歌　李紳

荊江水闊煙波轉荊門路遶山葱蒨帆勢侵雲滅又明山呈一作疑程背日昏黄見青青麥壠啼飛鵶寂寞野逕棠梨花

行行驅馬萬里遠漸入煙嵐危棧懸林中有鳥飛幽谷月上千巖一聲哭腸斷思歸不可聞人言恨鬼來巴蜀我聽此鳥祝我魂死勿學此聲銜冤縱為羽族莫栖息直上青雲呼帝閽此時山月如銜鏡巖岫參差互輝映倏潔深看入澗泉分明細見樵人逕陰森鬼廟當郵亭雞豚日宰聞羶腥愚夫禍福自迷惑魍魎憑何通百靈月低山曉問行客已酹椒漿拜荒陌惆悵忠貞徒自持誰祭山頭望夫石

文苑英華卷第三百四十三

文苑英華卷第三百四十四　歌行十四

獸

馬十首　牛二首

犀一首　虎一首

豹一首

羸駿篇　喬知之

噴玉長鳴西北來自言當代是龍媒萬里鐵關行入貢九重金闕一作門為君開蹀躞朝馳過上苑趍趯暝走發章臺玉勒金鞍荷裝飾路傍觀者無窮極小山桂樹比權奇上林桃花况顏色忽聞天將出龍沙漢主持將駕鼓車去去山川勞日夜遥遥關塞斷煙霞山川關塞十年征汗血流

離赴月營肌膚銷遠道胷力盡長城長城日夕苦風霜中有連年百戰塲搓珂齒勒金羈盡爭鋒足頓鐵菱傷垂耳罷輕齎棄置在寒谿大宛蒲海北滇壑舊一作巂巖西沙平留緩步路遠闇頻嘶從來力盡君須棄何必尋途我已迷歲歲年年奔遠道朝朝暮暮催疲老扣冰晨飲黄河源拂雪夜食天山草楚水檀溪征戰事吳塞烏江辛苦地持來報主不辭勞宿昔立功非重利丹心素節本無求長鳴向君君不留秪應漫一作澶漫歸田里萬里低昂任生死君王儻若不見遺白骨千金猶可市

沙苑行　杜甫

君不見左輔白沙如白集作白如水繚以周墻百餘里龍媒昔

是渥洼生汗血今稱獻於此苑中騋牝三千疋豐草青青
寒不死食之豪健西城無每歲攻（一作收）駒冠邊鄙王有虎
臣司苑門入門天廄皆雲屯驌驦一骨獨當御春秋二時
歸至尊至尊内外馬盈億伏櫪在坰空大存逸羣絶足信
殊傑倜儻權奇難具論褭褭𨁐阜藏奔突往往坡陀縱超
越角壯翻騰麋鹿游浮深鼷蕩黿鼉窟泉出巨魚長比人
丹砂作尾黄金鱗豈知異物同精氣雖未成龍亦有神

老（集作瘦）馬行　前人

東郊老（集作瘦）馬使我傷骨骼硉兀如堵墻絆之欲動轉欹
側此豈有意仍騰驤細看六印帶官字衆道三軍遺路傍
皮乾剥落雜泥滓毛暗蕭條連雪霜去歲奔波逐餘寇驊
騮不慣不得將士卒多騎内廄馬惆悵恐是病乘黄當時
歷塊悞一蹶委棄非汝能周防見人慘澹苦（集作若）哀訴失
主錯莫（集作漠）無精（集作晶）光天寒遠放鴈爲伴（集作侶）日暮未
（集作不）收烏啄瘡誰家且養願終惠更試明年春草長

李鄠縣丈人胡馬行　前人

丈人駿馬名胡騮前年避賊（集作胡）過金牛廻鞭却走見天
子朝飲漢水暮靈州自矜胡騮奇絶代乘出千人萬人愛
一聞説盡急難材轉益愁向駑駘輩頭上鋭耳批秋竹脚
下高蹄削寒玉始知神龍（一作龍神）别有種不比（集作似）俗馬空
多肉洛陽大道時再清累日喜得俱東行鳳臆麟鬐（集作龍鬐）
未易識側身注目長風生

駿馬歌（集作驄馬行）　前人

高都護驄馬行　前人

右二詩合入此卷歌行門而英華誤編在二百九卷
樂府門今不重録

驅馬篇　戴暠

神哉彼泰山五嶽專其名隆高貫雲霓嵯峨出泰清流六
二候間（此句疑）高置十二亭上有涌醴泉玉石揚華英東北
望吴野西望觀日精王者已歸天効厥元功成

舞馬篇　薛曜

星精龍種競騰驤雙眼黄金紫艶光一朝逢遇升平代伏
皁銜圖事帝王我皇盛德苞六羽俗泰時和虞石拊昔聞
九代有餘名（山海經夏后啓舞九代馬佽駿是代字）今日百獸先來舞鈎陳
周衛儼旌旄鍾鎛陶匏聲殷地承雲嘈囋駭日靈調露鏗
鋐動天駟若麟螭躡景追風忽見知咀銜拉鐵並權奇被
服雕章何陸離紫玉鳴珂臨寳鐙青絲綵絡帶金羈隨歌
鼓而電（一作霓非）驚逐九劒而飈馳能𢡟聚蹃（普胡切馬蹀跡）還急驕凝
驟不移光敵白日下氣擁緑煙垂婉轉盤跚殊未已懸空
步驟紅塵起驚鳧翔鷺不堪儔矯鳳廻鸞那足擬蘅垂桂
褭香氛氳長鳴汗血盡浮雲不辭辛苦來東道抵爲簫韶
朝夕聞閶闔間（一作門）玉臺側承恩煦兮生光色鑾鏘鏘車
翼翼備國容兮爲戎飾充雲翹兮天子庭荷日用兮情無
極吉良乘兮一千歲神是（一作芝）得兮天地期大易占云南

山壽趁趕共樂聖明時

望雲騅馬歌并序　元稹

德宗皇帝以八馬幸蜀七馬道斃唯望雲騅來往不頓貞元中老死天廄臣稹作歌以記之

憶昔先皇幸蜀時八馬入谷七馬疲肉綻筋攣四蹄脫七馬死盡無馬騎天子蒙塵天雨泣巉巖道路淋漓濕崢嶸白草眇難期𢡟洞黃泉安可入白草𢡟洞並駱谷中地名古諺云𢡟洞入黃泉朱泚圍兵抽未盡懷光寇騎追行及嫦娥相顧倚樹啼鵷鷺無聲仰天泣圉人不疑進望雲騅衫色一作袍衫顛頓眾馬欺上前噴吼如有意耳尖卓立節踠奇君王試遣迴胷臆撮骨鋸牙騈兩肋蹄懸四距脛顆方膝竦三山尾扶直圉人

畏誚仍相感此馬無良空有力頻頻齧掣轡難施往往跳趫騎集作鞍不得色沮聲悲仰天訴天不遣言君未識亞身受取白玉鞍集作羈開口銜將紫金勒君王自此方敢騎似遇良臣久悽惻龍騰魚鱉咸震集作踔然驚驥駬驢騾少顏色七聖心迷運方厄五丁力盡路猶窄駱驪山上斧刃堆望秦嶺下錐頭石五六百里真符縣八十四盤青山驛掣開流電有輝光突過浮雲無朕跡地平臨集作險盡施黃屋九九屬車十二纛齊映前導引騅頭嚴震迎號抱騅足路傍垂白天寶民望騅禮拜見騅哭皆云集作言玄宗當時無此馬不免騎騾來幸蜀雄雄猛將李令公收城殺賊豺狼空天旋地轉日再中天子卻坐明光宮朝廷無事忘征戰校

獵朝迴暮毬宴御馬齊登擬用槽廄中號乘輿之副口擬用槽君王自試宣徽殿圉人還進望雲騅性強步潤無方便分騣擺袂集分騣作罷狀頭太高聳肘迴顱集作頭項難轉人人共惡難回跋潛遣飛龍撼芻秣金集作銀鞍繡韂不復施空盡茲引切天年御槽活當時鄗謗已有云集作言莫倚功能集作高浪開潤登山縱似望雲騅平地須饒紅兒驋作作駿長安三月花垂草果下翩翩紫騮好千官暖熱李令閑百馬生獰望雲老望雲騅爾之種類世世奇當時項王乘爾祖分配英雄集作豪稱霸王爾身今日逢聖人從幸巴渝歸入秦功成事遂身退天之道何必隨羣逐隊到死踏紅塵望雲騅用與不用各有時爾勿悲

瘦馬行　李端

城傍牧馬驅未過一馬徘徊起還臥耶中有淚皮有瘡骨毛焦瘦令人傷朝朝放在兒童手誰覺舉頭看故鄉往時漢地相馳逐如雨如風過平陸豈意今朝驅不前蚊蚋滿身泥上腹路人識是名馬衰一作兒疇昔三軍不得騎玉勒金鞍既已過追奔獲獸有誰知終身擬上食君草遂與駑駘一時老儻伯長鳴隴上風猶期一戰安西道

放牛歌　陸龜蒙見集本

江草秋窮似秋半十角吳牛放江岸鄰有抵尾乍依偎橫去斜奔忽分散荒陂斷塹無端入背上時時孤鳥立日暮相將帶雨歸田家煙火微茫濕

官牛　白居易

官牛官牛駕官車滻水岸邊驅（集作般）載沙一石沙幾斤重朝駕（集作載）暮載將何用載向五門官道西綠槐陰下塡（集作鋪）沙堤昨來新拜右丞相恐畏泥深（集作恐怕泥塗）汙馬蹄右丞相馬蹄踏沙雖淨潔牛領牽車欲流血右丞相但能濟人理國調陰陽官牛領穿亦無妨

馴犀（貞元丙子歲南海獻馴犀詔納苑中至十三年冬大寒馴犀死）　前人

馴犀馴犀通天犀軀貌駭人角駭雞海蠻聞有明天子驅犀乘傳來萬里一朝得謁大明宮歡呼拜舞自論功五年馴養始堪獻六譯語言方得通上嘉人獸俱來遠蠻館四方犀入苑秣以瑤芻鎖以金故鄉迢遞君門深海鳥不知

鍾鼓樂池魚空結江湖心馴犀生處南方熱秋無白露冬無雪一入上林三四年又逢今歲苦寒月飲冰卧霰苦蜷跼角骨凍傷鱗甲縮馴犀死蠻童（集作兒）啼向闕再拜顏色低奏乞生歸本國去恐身凍死似馴犀君不見建中初馴象生還故（集作放）林邑（建中元年詔盡出苑內馴象放歸南方）君不見貞元末馴犀凍死蠻兒泣所嗟建中異貞元象生犀死何足言

南陽小將張彥硤口鎮稅人場射虎謌

海內昔年狎太平橫目穰穰何崢嶸天生天殺豈天怒忍使朝朝餵猛虎關東驛路多丘荒行人最忌稅人場張彥雄特制殘暴見之叱起如叱羊鳴弦霹靂越幽阻往往依林猶旅拒草際旋看委錦茵腰間不更（一作見）抽白羽老饕已斃衆雛恐童稚揶揄皆自勇忠良效順勢亦然一鳅猜狂敢輕動有文有武方爲國不是英雄伏不得試徵張彥作將軍幾箇將軍願策勳

臘日觀咸寧王部曲娑勒擒豹歌　盧綸

山頭曈曈日將出山下獵圍照初日前林有獸未識名將軍促騎無人聲潛形踠伏草不動雙鵰轉旋羣鴉鳴陰方質子纔三十譯語受詞蕃語揖捨鞍解甲疾如風人忽虎蹲獸人立欻然扼顙批其頤爪牙委地涎淋漓既蘇復吼拗仍怒果叶英謀生致之拖自深叢目如電萬夫失容千馬戰傳呼賀拜聲相連殺氣騰陵陰蒲川始知縛虎如縛鼠敗虜降羌皆目覩（一作在眼前）祝爾嘉詞爾無苦獻爾將隨

犀象舞苑中流水禁中山期爾攫搏開天顏非熊之兆慶無極願紀雄名傳百蠻

文苑英華卷第三百四十四

文苑英華卷第三百四十五

謌行十五

禽

鳳一首　鸎三首

鶴二首　杜鵑二首

鶻二首　百舌一首

鳶一首　秦吉了一首

白鷴一首　水鳥一首

朱鳳行　杜甫

君不見瀟湘之山衡山高山巔卞圜注杜詩作巖朱鳳聲集作鳴嗷嗷側身長顧求其曹翅垂口噤心甚勞一作勞勞下愍百鳥在網羅黃雀最小猶難逃願分竹實及螻蟻盡使鴟梟相怒

號

侍遊宜春苑奉詔賦龍池柳色初青聽新鸎百囀歌　李白

東風已綠瀛州草紫殿紅樓覺春好池南柳色半青青縈烟裊娜拂綺城垂絲百尺挂雕楹上有好鳥相和鳴間關早得春風情春風卷入碧雲去千門萬户皆春聲是時君王在鎬京五雲垂暉耀紫清仗出金宫隨日轉天廻玉輦繞花行始向蓬萊看舞鶴還過茝若聽新鸎新鸎飛繞上林苑願入簫韶雜鳳笙

聽鸎歌　僧靈徹

新鸎傍簷曉更悲孤音清冷囀素枝口邊血出語未盡豈是怨恨人不知不食枯桑葚不銜苦李花偶然弄樞機婉轉凌煙霞衆雛飛鳴何躑促自覘遊鱗啄枯木玄猿何事朝夜啼白鷺長在汀洲宿黑鷳黃鶴豈不高金籠玉鈎傷羽毛三江七澤去不得風煙日暮生波濤飛去來莫上高城頭莫下空園裏城頭鴟鳥拾羶腥空園鷙雀爭泥滓願當結舌含白雲五月六月一聲不可聞

聽鸎歌集作曲　韋應物

東方欲曙花冥冥啼鸎相喚亦可聽乍去乍來時近遠纔聞南陌又東城忽似上林翻下苑綿綿蠻蠻如有情欲囀不轉意自嬌羌兒弄笛曲未調前聲後聲不相及秦女學箏指猶澁須臾風暖朝日暾流音變作百鳥喧誰家懶婦驚殘夢何處愁人憶故園伯勞飛過聲跼促戴勝下時桑田綠不及流鸎日日啼花間能使萬家春意閑有時斷續聽不了飛去花枝猶裊裊還栖碧樹鎖千門春漏方殘一聲曉

仙鶴篇　武三思

白鶴乘空何處飛青田紫盖本相依緱山七月雖長去遼水千年會意歸緱山杳杳翔寥廓遼水纍纍歎城郭經隨羽客步丹丘曾逐仙人遊碧落迢迢碧落斷氛埃霞堂雲閣疑幾重開欲尋東海黃金竈仍向西山白玉臺九皐獨唳方情切五里驚群俄斷絶月下分行似度雲風前飄影疑廻雪風前月下路漫漫水宿雲翔去幾般宛轉能傾吳

國市徘徊巧拂漢皇壇琴中作曲從來易皷裏傳聲有甚
難夜夜恒飛銀漢曲朝朝常飲玉池瀾別有聞簫出紫煙
還如化餕上青天霜毛忽控三神下玉羽俄看二客旋鸞
雀終迷橫海志蜉蝣豈識在陰年莫言一舉須千里為與
三山送九仙

鶴媒歌

偶繫江（集作漁）船汀樹枝因看射鳥令人悲盤空野鶴忽然
下背翳見媒心不疑媒閑𡙈立如無事清唳時時入遥吹
徘徊未忍過南塘且應同聲與（集作就）同類䟽翎宛若相逢
喜只怕繞來又驚起窺鱗啄藻乍低昂注定當胷流一矢
媒歡舞躍勢離披似諂功能腎弩兒雲飛水宿各自物妬

侶害羣猶爾為何兒（集作異）人間有名利外頭笑語中猜忌
君不見荒陂野鶴陷良媒同類同聲真可畏

杜鵑行　杜甫

君不見昔日蜀天子化作杜鵑如（集作似）老鳥寄巢生子不
自啄群鳥至今與哺雛雖同君臣有舊禮骨肉滿眼如（集作身）
羈孤業工竄伏深樹裏四月五月偏號呼其聲哀痛口
流血所訴何事常區區爾豈摧殘始發憤羞帶羽翮傷形
愚蒼天變化誰料得萬事反覆何所無萬事反覆何所無
豈憶當殿群臣趨

同前　司空曙（又見杜甫集）

古時杜宇稱望帝魂作杜鵑何微細跳枝竄葉樹木中搶
翔（集作佯）瞥捩雌隨雄毛衣慘黑自顦顇眾鳥安肯相尊崇
漏（集作隳）形不敢棲華屋短翮唯願巢深叢穿皮啄朽觜欲
禿苦飢始得食一蟲誰言養雛不自哺此語亦足為愚蒙
聲音咽（平聲）嘶若（集作咽如）有謂號啼略與嬰兒同口乾垂血
轉迫促欲似（集作以俗）上訴於蒼穹蜀人聞之皆起立至今相
效傳微風（集作數學傳遺風）乃知變化不可窮豈思昔日居深宮
嬪妃左右如花紅

呀鶻行　杜甫

病鶻卑飛俗眼醜每夜江邊宿衰柳清秋落月（集作日）已側
身過鴈歸鴉錯迴首緊腦雄姿迷所向踈翮稀毛不可狀
強神迷復皁鵰前俊材早在蒼鷹上風濤颯颯寒山陰熊

羆欲蟄（集作蟄）龍蛇深念爾此時有一擲失聲濺血非其心

義鶻行　前人

陰崖二蒼（集作有蒼又作有二）鷹養子黑栢巔白蛇登其巢吞噬貪
朝飡（集作恣朝餐）雄飛遠求食雌者鳴辛酸力強不可制黃口
寧（集作無）半存其父從西歸（集作來）翻身入長煙斯須領健鶻
究憤（集作痛憤又作憤懣）寄所宣斗上捩孤影無聲（集作嗷哮）來九天倏
鱗脫遠枝巨顙折老拳高空得蹭蹬短草辭蜿蜒折尾能
一掉飽腸皆已（集作已皆）穿生雖滅（集作滅）眾雛死亦垂千年物
情有報復快意貴目前茲實鷙鳥最急難心炯（集作皎）然功
成失所往用捨何其賢近經潏水湄此事樵人（集作夫）傳飄
蕭覺素髮凜若（集作欲）衝儒冠人生許與（一作計有）分亦在（集作只在）

（又作亦有）顧眄間聊爲義鶻行求（集作用）激壯士肝

百舌吟　劉禹錫

曉星寥落春雲低初聞百舌間關啼花枝滿空迷處所搖
動繁英墜紅雨笙簧百囀音韻多黃鸝吞聲鷰無語東方
朝日遲遲升迎風弄影如自矜數聲不盡又飛去何許（一作處）
相逢綠楊路綿蠻宛轉似娛人一心百舌何紛紜酡顏
俠少停歌聽墮珥妖姬和睡聞可憐光景何時盡誰能低
徊（文粹作佪）避鷹隼廷尉張羅自不關潘郎挾彈無情損天生
羽族爾何微舌端萬變乘春輝南方朱鳥一朝見索漠（集作寞）
無言蒿下飛

飛鳶操　前人

鳶飛杳杳青雲裏鳶鳴蕭蕭風四起旗尾飄揚勢漸高箭
頭砉劃聲相似長空悠悠霽日懸六翮不動凝飛（集作飛凝）烟
遊鶴翔鷹出其下慶雲清景相廻旋忽聞飢鳥一噪聚督
下雲中爭腐鼠騰音礪吻相喧呼仰天大嚇疑鵷雛畏人
避犬投高處俛啄無聲猶屢顧青鳥自愛玉山禾仙禽徒
貴華亭露樸樕危巢向暮時毰毸（文粹作陪鰓）飽腹蹲枯枝遊
童挾彈一麾射臆碎羽分人不悲天生衆禽各有類威鳳
文章在仁義鷹隼儀形螻蟻心雖能戾天何足貴

秦吉了　白居易

秦吉了出南中彩毛青黑花頸紅耳聰心惠舌端巧鳥語
人言無不通昨日長爪鳶今朝大觜烏鳶捎乳鷰一巢（集作窠）
覆鳥啄母雞雙眼枯雞號墮地鷰巳（集作鷰）去然後拾卵
攫（一作擭）其雛豈無鵰與鶚嗉中肉飽不肯搏亦有鸞鶴群
閑立高颺如不聞秦吉了人云爾是能言鳥豈（一作爾）不見
雞燕之冤苦吾聞鳳凰百鳥主爾竟不爲鳳凰之前致一
詞（集作言）安用咹咹（集作噪噪又作喋喋）閑言語

放白鷴篇　宋之問

故人贈我綠綺琴兼致白鷴鳥琴是嶧山桐鳥出吳溪中
我心松石清霞裏弄此幽絃不能已我心河海白雲垂憐
此珍禽空自知著書曉下麒麟閣幼稚驕癡候門樂乃言
物性不可違白鷴愁慕刷毛衣玉徽閉匣留爲念六翮開
籠任爾飛

水鳥歌　陸龜蒙

水鳥山禽雖異名天工各與雙翅翎雛巢吞啄即一例游
處高卑殊不停別有觜鉤爪戟勁立直視者摯搏挩裂圖
羶腥如此等色恣豪橫竦身往往陵青冥爲人羅絆取材
力常韝緤綬懸金鈴三驅不以鳥捕鳥天下先得聞諸經
超然可繼義勇後恰似有意（集作志）行天刑鷗閑鶴散兩自
遂意思不受人丁寧今朝棹倚寒江汀春鉏翡翠參鵁鶄
孤翹側睨瞥㓕没未是即肯馴軒檻婦女衣襟便佞舌始
得金籠日提挈精神卓犖（一作犖）背人飛合（集作冷）抱簾簷宿
煙月我與時情大乖刺秪是江禽有眉髮慇懃謝爾莫相
猜歸來長短同羣活

文苑英華卷第三百四十五

文苑英華卷第三百四十六

愁怨

姬人怨　江總

天寒海月慣相知空床明月不相宜庭中芳桂憔悴葉井上疎桐零落枝寒燈作花羞夜短霜鴈多情恒結伴非爲隴水望秦川直置（前篇作至）思君腸自斷

姬人怨服散篇　前人

薄命夫婿好神仙避（類聚作逆）愁高飛向紫煙金丹欲成猶百鍊玉酒新熟幾千年妾家邯鄲念（類聚作好）輕薄時逢（類聚作時忩）仙童一丸藥自悲行處綠苔生何悟啼（前篇作不悟悕）多紅粉落莫輕年少（類聚作小婦）狎春風羅襪也知（類聚作得）步河宮雲車欲駕應相（前篇作宜）待羽衣未去幸須（前篇作華胥）同不學蕭史還樓上會逐（前篇作與）姮娥戲月中

此卷英華二百五十六卷與此卷皆重出前已削去其江總姬人怨二詩本集及藝文類聚共是一篇今題目既有增減當以英華爲正分爲二首

閨怨篇　前人

寂寂青樓大道邊紛紛白雪綺窗前池上鴛鴦不獨自帳中蘇合還空然屏風有意障明月燈火無情照獨眠遼西水凍春應少薊北鴻來路幾千願君關山及早度念妾桃李片時妍

後庭怨　王諲

君不見紅閨少女端正時夭夭桃李仙容姿幸得君王憐巧笑披香殿裏薦蛾眉蛾眉雙雙人共進常恐妾身從此擯甄妃（一作后）爲姤出層宮班女因猜下長信長信宮門閉不開昭陽歌吹風送來夢中魂魄猶言是覺後精神尚未迴念君嬌愛無終始使妾長啼後庭（一作宮）裏獨立每看斜日盡一坐直至孤燈死秋日聞蟲翡翠簾春晴照面鴛鴦水紅顏舊來花不勝白髮如今雪相似傳聞紈扇思（一作恩）未歇預想蛾眉上初月如君貴僞不貴真還同棄妾逐新人借問南山松葉意何如此砌槿花新

棄婦詞

古人雖棄婦棄婦有歸處今日妾辭君辭君欲何去本家零落盡慟哭來時路憶昔未嫁君聞君甚周旋及與同（一作君）結髮值君適幽燕孤魂託飛鳥兩眼如流泉流泉咽不燥萬里關山道及至見君歸君歸妾已老物情棄衰賤新

寵方妍好拭淚出故房傷心劇秋草妾已顦顇捎（一作羞貌）
將舊（一作故）物還餘生欲有寄誰肯相晉連空床對虛牖不
覺塵埃厚寒水落芙蓉秋風墮（一作脆）楊柳記得初嫁君小
姑始扶床今日君棄妾小姑如妾長迴頭語小姑莫嫁似
兄夫

右棄婦辭李白集中亦有之比觀況甚詳未知竟誰作今注于後古來有棄婦棄婦有歸處今日妾辭君辭君遣何去本家零落盡慟哭來時路憶昔未嫁君聞君卻周旋綺羅錦繡段有贈黃金千十五許嫁君二十移所天自從結髮日未幾離君緬山川家家盡歡喜孤妾長自憐幽閨多怨思盛色無十年相思若循環枕席生淚泉流泉咽不嘹獨夢關上道及此見君歸君歸妾已老物華惡衰賤新寵方妍好掩淚出故房傷心劇秋草自妾為君妻君東妾在西羅幃到曉恨王貌一生啼自從離別久不覺塵埃厚常嫌瑇瑁孤猶羨鴛鴦偶歲華逐霜霰賤妾何能久寒治落芙蓉秋風散楊柳以此顦顇顏空持舊物還餘生欲何寄誰肯相攀牽君恩既斷絕相見何年月悔傾連理杯虛作同心結女蘿附青松貴欲相依投浮萍失綠水教作若為流不歎君棄妾自嘆妾緣薄憶昔初嫁君小姑纔倚床今日妾辭君小姑如妾長迴頭語小姑莫嫁如兄夫

苦婦詞　劉言史

地遠易驕崇用刑匪精研哀哉苦婦身夫死百殃纏草草
催出門衣墮髮披肩獨隨軍吏行當夕余（一作途）欲還來時
已猷生（一作坐）到此自不全臨江卧黃砂二子死在邊氣噦
不發聲背頭血涓涓有時強為言秪是乞青天葉蓐無一
枝冷氣兩懸懸窮荒夷教卑骨肉病棄捐況非本族姻肌
露誰為憐事痛感行賓住得貪程船必當負嚴法豈有胎
孕篇遊畋復釋麛羔兔尚免鷇何處擯逐深一罪三見顛
校尉勳望崇莫府才且賢蘭裙間珠履食玉處花筵但勿

輕所贈莫應無人焉

綠珠篇　喬知之

石家金谷重新聲明珠十（一作萬）斛買娉婷此（一作昔）日可憐
君自許此時可喜得人情君家閨閣未曾難常將歌舞借
人看意氣雄豪非自許（一作分理）嬌矜（一作奢）勢力橫相干辭君
去去終未忍徒勞掩袂傷鉛粉百年離別在高樓一代紅
顏為君盡

飛鸞篇　王翰

孝成皇帝為嬌奢行幸平陽公主家可憐女兒三五許（一作年三五）
丰茸惜（一作借）是一園花歌舞來時由不貴一旦逢君
感君意君心見賞不見忘姊妹雙飛入紫房釆女不得見

專榮固寵昭陽殿紅粧寶鏡珊瑚臺青鎖銀簧雲母扇日
夕風傳歌舞聲只擬長信憂人情長憂人氣欲絕君王歌
吹終不歇朝弄瓊簫下綵雲夜踏金梯上明月月下薄蝕
陽精昏嬌妬傾人惑至尊已在白虹橫紫極復聞飛鸞啄
王孫王孫（漢書作皇孫）不死鸞啄折女弟一朝如火絕明明天
子咸戒之赫赫宗周褒姒滅古來賢聖歎狐裘一國荒淫
萬國羞安得尚方斷馬劒斬取木門公子頭

春女歌（郭茂倩樂府作春女行）　前人

紫臺穹跨連綠波紅軒鉛匣垂纖羅中有一人（一作名）金作
面隔幌玲瓏遥可見忽聞黃鳥鳴且悲鏡邊含笑著春衣
羅袖嬋娟似無力行拾落花比容色落花一度無再春人

生作樂湏及辰君不見楚王臺上紅顏子今日皆成狐兎塵

静女歌　張南容

静女樂於静動合古人則姒年工詩書弱歲勤組織端居愁若凝（一作愁癡禮又作似愁凝）誰復理容色十五坐幽閨四隣不相識夭夭隣家子百花（一作家）裝首飾日日淇上遊笑人不踰閾河水自濁濟自清仙臺蛾眉秦鏡明爲照齊王門下醜何如漢帝掌中輕

情人玉清歌　前人（郭茂倩樂府作畢耀）

洛陽城中有一人名玉清可憐玉清如其名善踏斜柯能獨立嬋娟花艷無人及珠爲裙玉爲纓臨春風吹玉笙悠悠蒲天星黃（樂府作萬）金閣上曉粧成雲和曲中爲曼（一作慢）聲玉梯不得踏揺袂兩盈盈城頭之日復何情

盧姬篇　崔顥

盧姬少年魏王家緑鬢紅脣桃李花魏王綺樓十二重水精簾箔繡芙蓉白玉欄杆金作柱樓上朝朝學歌舞前堂後堂羅袖人南窻北牖花發青翠幌珠簾闗絲管一奏一彈雲欲斷君王日晚下朝歸鳴環珮玉生光輝人生今日得嬌貴誰道盧姬身細微

蕣草春（并序）　顧況

隴西李迅者別宅監奴爲刺史配嫁監奴投井而死因作蕣草春（麗情集作隴西李迅者納別宅監奴出不喜迅欲訪故人爲刺史強而配焉既歸而不合監奴投井而死因作蕣草春歌以悲之）

蕣草春杳容與江南艷歌京（一作凉）西舞執心輕子都信節冠秋胡議以腰支嫁時論自有夫蟬鬢蛾眉明（一作洞）井底燕裙（一作趙袂一作趙帶又作越帶）縈轆轤李生聞之淚如綆不忍迴頭看此井月中桂樹落一枝池上鴻鵠唳孤影露桃穠李自（一作日）成蹊溪（一作流）水絡天不向西翠帳緑窻寒寂寂錦茵羅薦夜淒淒蕣草春丹井遠別後相思意深淺

鄭櫻桃歌　李頎（見郭茂倩樂府）

石季龍僭天禄擅雄豪美人姓鄭名櫻桃美顏香且澤娥娥侍寢專宮掖後庭卷衣三萬人翠眉清鏡不得親官軍馬騎一千疋繁花照耀漳河春織成花映紅綸巾（載記季龍以女騎一千爲鹵簿皆著紫綸巾五文織成韡）紅旗掣曳鹵簿新鳴鼙走馬接飛鳥銅鈇琴瑟隨去塵鳳陽重門如意舘百尺金梯倚銀漢自言富貴不可量女爲公主男爲王赤花雙簟珊瑚床盤龍斗帳琥珀光淫昏僞位神所惡滅石者陵絡不誤鄴城蒼蒼白露微世事飜覆黃雲飛

絶纓歌　前人

楚王宴客章華臺章華美人善歌舞玉顏艷艷空相向滿堂莫逆不得語紅燭滅芳酒闌羅衣半醉春夜寒絶纓解帶一爲歡君王捨（一作赦）過不之罪暗中珠翠鳴珊珊始愛賢不愛色青蛾買死誰能識果却三軍全社稷

李夫人　李賀

紫皇宮殿重重開夫人飛入瓊瑤臺綠香繡帳何時歇青
雲無光宮水咽翩聯桂花遂一作墜又作墮秋月孤鸞曉集作啼鸞
商絃集作縷發空集作紅壁闌珊懸珮璫歌臺小妓遥相望玉
蟾滴水雞人唱露華蘭葉參差光

許公子鄭姬歌鄭園中請賀作　前人

許史世家外親貴宮錦千端買沉醉銅駞酒熟烘明膠古
堤大柳煙中翠桂開客集作精聞容花名鄭袖入洛聞香鼎門
口先將芍藥獻粧臺復醉集作後解黃金大如斗莫愁簾中許
一作有合歡清絃十五爲君彈彈聲咽春弄君骨骨輿牽人
上馬鞍兩馬八蹄踏蘭苑情如合竹誰能見夜光玉枕棲
鳳凰袷羅當門刺純綫長翻一作糊蜀紙卷明君轉角含商

破碧雲自從小醫來東道曲裏長眉少見人相如塚上生
秋栢三秦誰是言情客蛾眉一作鬢又作鬢醉眼拜諸宗爲謁皇
孫請曹植

長恨歌　白居易

漢王重色思傾國御宇多年求不得楊家有女初長成養
在深閨人未識天生麗質難自棄一朝選在君王側迴頭
一笑百媚生六宮粉黛無顏色春寒賜浴華清池溫泉水
滑洗凝脂侍兒扶起嬌無力始是新承恩澤時雲鬢花冠
集作顏金步搖芙蓉帳裏暖一作度春宵春宵苦短日高起從
此君王不早朝承歡侍寢一作宴無容一作閑暇春從春遊夜
專夜後一作漢宮佳麗三千人三千寵愛在一身金屋粧成

嬌侍夜玉樓宴罷醉和春姊妹弟兄皆列土可憐光彩生
門戶遂令天下父母心不重生男重生女驪宮高處入青
雲仙樂風飄處處聞緩歌慢舞凝絲竹盡日君王聽集作看
不足漁陽鼙鼓動地來驚破霓裳羽衣曲九重城闕煙塵
生千乘萬騎西南行翠華搖搖行復止西出都門百餘里
六軍不發知一作無奈何宛轉蛾眉馬前死花鈿委地無人
收翠翹金雀玉搔頭君王掩面救不得迴看血淚相和流
黃埃散漫風蕭索雲棧縈迴登劍閣峨眉山上川文粹作下少
行人旌旗無光日色薄蜀江水碧蜀山青聖主朝朝暮暮
情行宮見月傷心色夜雨聞鈴腸斷聲天旋地轉迴龍馭
到此躊躇不能去馬嵬坡下塵一作泥土中不見玉顏空死

處君臣相顧盡沾衣東望都門信馬歸歸來池苑皆依舊
太液芙蓉未央柳芙蓉如面柳如眉對此如何不淚垂春
風桃李花開日一作夜秋雨梧桐葉落時西宮南內一作苑多
秋草落葉集作夜滿階紅不掃梨園弟子白髮新椒房阿監
青蛾老夕殿螢飛思悄然秋一作孤燈挑盡未成眠遲遲鐘
漏初長夜耿耿星河欲曙天鴛鴦瓦冷霜華重舊枕故衾
集作翡翠衾寒誰與共悠悠生死別經年魂魄不曾來入夢臨邛
方一作道士鴻都客能以精神致魂魄爲感君王展轉恩一作思
遂教方士殷勤覓排空集作雲馭氣奔如電昇天入地求
之遍上窮碧落下黃泉兩處茫茫皆不見忽聞海上有仙
山山在虛無縹渺間樓殿一作閣玲瓏五雲起其間綽約多

仙子中有一人名玉妃(川文粹作字玉真一作字太真)雪膚花貌參差是金闕两(集作西)廂叩玉扃轉教小玉報雙成聞道漢家天子使九華帳下夢(一作魂)中驚攬衣推枕起徘徊珠箔銀鉤(一作屏)迤邐開雲髻半偏新睡覺花冠不整下堂來風吹仙袂飄飄(一作颻)舉猶似霓裳羽衣舞玉容寂寞淚闌干梨花一枝春帶雨含情凝睇謝君王一別音容兩渺茫昭陽殿裏恩愛絕蓬萊宮中日月長迴頭下問(集作望)人寰處不見長安見塵霧空持(一作唯將)舊物表深情鈿合金釵寄將去釵留一股合一扇釵擘黄金合分鈿但教(一作令)心似金鈿堅天上人間會相見臨別慇懃重寄詞詞中有誓兩心知七月七日長生殿夜半(一作夜半)無人私語時在天願爲(一作作)比翼鳥在地願爲連理枝天長地久有時盡此恨綿綿無盡(集作絕)期

文苑英華卷第三百四十六

文苑英華卷第三百四十七

歌行十七

服用

鏡五首　劍六首

刀子三首　屏二首

枕二首

靈臺家兄古鏡歌　薛逢

一尺圓潭深黑色篆文如絲人不識耕夫云住赫連城赫連城下親耕得鏡上磨瑩一月餘日中漸見菱花舒金膏洗拭鉎澁盡黑雲吐出新蟾蜍人言此是千年物百鬼聞之形暗慄玉匣曾經龍照來豈宜更鑒農夫貿有時霹靂半夜驚窓中飛電如晦明盤龍鱗帳玉匣澁牙爪觸風時有聲耕夫不鮮珍靈異翻懼赫連神作祟十千賣與靈臺兄百丈靈湫坐中至溢匣水色如玉傾兒童不敢窺泓澄寒光照人近不得坐愁雷電湫中生吾兄吾兄須愛惜將來慎勿虛抛擲興雲致雨會有時莫遣紅妝穢靈跡

百鍊鏡　白居易

百鍊鏡(一本題此三字)鎔範非常規日辰置處靈且奇(集作處所靈且祇非)江心波上舟中鑄五月五日日午時瓊粉金膏磨瑩已化爲一片秋潭水鏡成將獻蓬萊宮揚州長史手自封人間臣妾不敢照背有九五飛天龍人人呼爲天子鏡我有一言聞太宗太宗常以人爲鏡鑒(集作覽)古鑒今不鑒容四海安危居掌內百王理亂懸心中乃知天子別有鏡不是揚

州百鍊銅

磨鏡篇　劉禹錫

流塵翳明鏡歲久看如漆門前負局生爲我一磨拂萍開
緑池滿暈盡金波溢白日照空心圓光走幽室山神妖氣
沮野獸（集作魅）真形出却思未磨時瓦礫來唐突

昏鏡詞　前人

鏡之工列十鏡于賣奩發奩而視其一皎如其九霧如或
曰良苦之不侔甚矣工解顧謝曰非不能盡良也蓋賈之
意唯售是念今夫來市者必歷鑒（集作覽）周睞求與己宜彼
皎者不能隱芒秋之瑕非美容不合是用什一其數也余
感之作昏鏡之詞詞曰

昏鏡非美金漠然喪其晶陋容多自欺謂若他鏡明瑕疵
既不見妍態隨意生一日四五照自言美傾城饒帶以紋
繡裝匣以瓊瑛秦宮豈不重非適乃爲輕

古鏡篇　陳陶（一作濤）

紫皇玉鏡蟾蜍字墮地千年光不死發匣身沉古井寒懸
臺日照愁成水海户山窓幾梳綰菱花開落何人見野老
曾耕（疑）太白星辰孤夜哭秋天片下國青銅旋磨滅迴鸞
萬影成枯骨會待搏風雨沉寥長恐苺苔蝕明月

寶劒篇　李嶠

吳山開越溪涸三金合冶成寶鍔淬緑水鑒紅雲五采焱
起光氣氲背上銘爲萬年字胷中點作七星文龜甲參差

白蛇色轆轤宛轉黄金飾文犀中斷宰方利駿馬群騑未
擬直風霜凜凜匣上清精氣遥遥斗間明避災朝穿晉帝
屋逃亂夜入楚王城一朝運偶逢大儒虎吼龍鳴騰上天
東谷顯昇紫微座西王佩下赤城田承平久息干戈事僥
倖得充文武備除災辟患宜君王益壽延齡後天地

古劒歌　郭元振

君不見昆吾鐵冶飛炎煙紅光紫氣俱赫然良工鍛鍊經
（文粹作凡）幾年鑄得寶劒名龍泉龍泉顔色如霜雪良工咨嗟
歎奇絶瑠璃玉匣吐蓮花錯鏤金環生明月正逢天下無
風塵幸得用防君子身精光黯黯青蛇色文章片片緑龜
鱗非直結交游俠子亦常（文粹作曾）親近英雄人何言中路遭

棄捐零落漂淪古獄邊雖復沉埋無所用猶能夜夜氣衝
天

俠劒行　萬齊融

昨夜星宫動紫微今年天子用武威登車一呼風雷動遥
振陰山撼巍巍胡驕子當見旄頭蝕應死頭騎单馬俠天
威援取長繩縛虜歸俠劒遥叱路傍子匈奴頭血濺君衣

春坊正字劒子歌　李賀

先輩匣中三尺水曾入吳江（集作潭）斬龍子隙月斜明刮露
寒練帶平鋪吹不起蛟螭老皮（集作蛟胎皮老）蒺藜刺鸊鵜淬花
白鷴尾真（集作直）是荆軻一片心莫教（一作分明）照見春坊字授
絲團金懸簏簌神光欲截藍田玉提出西方白帝驚嗷嗷

鬼姥（集作母）秋郊哭

鵶九劍　　白居易

歐冶子死千年後精靈暗授張鵶九鵶九鑄劍吳山中天與日時神借功金鐵騰光（集作精）火翻焰踊躍求為莫耶劍劍成未試十餘年有客持金買一觀誰知閉匣長思用三尺青蛇不肯蟠客有心兮劍無口客代劍言報（集作告）鵶九君勿矜我玉可切君勿誇我鍾可劃不如持我決浮雲無令漫漫蔽白日為君使無私之光及萬物蟄蟲昭蘇萌芽出

古劍行　　韋應物

千年土中兩刃鐵土蝕不入金星滅沉沉青劍鱗甲滿蛟

龍無足蛇尾斷忽欲動時中有靈豪士得之敵國寶仇家（集作舉）有意半夜鳴小兒女子不敢（集作可）近龍蛇變化此中隱夏雲奔走雷闐闐恐成霹靂飛上天

難綰刀子歌　　盧綸

黃金鞘裏青蘆葉麗若剪成鋙且捷（集作䂐）輕水薄玉狀不分一尺寒光堪決雲吹毛可試不可觸似有蟲鏤鈌裂文淬之幾墜前池水焉知不是蛟龍子割鷄刺虎皆苦空頗應君心遂君指并州難綰竟何人每成此物如有神

割飛二刀子歌　　前人

我家有剪刀人云鬼國鐵裁羅裁綺無鈍時用來三年一股折南中匠人淳用鋼再令盤屈隨手傷攻鍜割飛二刀子色迎霽雪鋒含霜兩條神物秋水薄刃淬初蟾鞘金精越戟吳鈎不足誇斬犀切玉應慚怍日試曾磨漢水邉掌中恬慓聲冷然神驚魄悸却收得刃頭巳吐微微煙刀乎刀乎何燁燁魑魅須藏恠須懾若非良工變爾形只向裁縫委箱篋

冼季膺古刀歌　　韋應物

古刀寒鋒青槭槭少年結交平陵客求之時（一作年）代不可知千痕萬穴如星離重疊泥沙更剝落縱橫鱗甲相參差古物有靈知所適貂裘拂之橫廣席陰森白日掩雲虹錯落池光動金碧知君寶此誇絕代求之不得心常愛厭見今時繞指柔片鋒折刃猶堪佩高山成谷滄海填英豪埋

沒誰所指吳鈎斷焉不知處幾度煙塵今獨全夜光投人人不畏知君獨識精靈器酹恩結思心自知死生好惡不相棄白虎司秋金氣清高天寥落雲峥嵘月肅風凄古堂淨精芒切切如有聲何不跨蓬萊斬長鯨世人所好殊遼闊千金買鉛徒一割

素屏謡　　白居易

素屏素屏胡為乎不文不飾不丹不青當世豈無李陽冰之篆文張旭之筆跡邉鸞之花鳥張藻之松石吾不令加一點一畫於其上欲爾保真而全白吾於香爐峯下置草堂二屏倚在東西牆夜如明月入我室曉如白雲圍我牀我心久養浩然氣亦欲與汝表裏相輝光爾不見當今侯

家主（三字集作甲）第與王宮織成步障銀屏風綴珠陷鈿貼雲母五金七寶相玲瓏貴豪待此方悅目晏然寢卧乎其中素屏素屏物各有所宜用各有所施行今木爲骨兮紙爲面捨我草堂欲何之

屏風曲　李賀

蝶棲石竹銀交關水凝鴨綠瑠璃錢周迴六曲抱銀（集作膏）蘭（集作將）鮮鬟鏡上擲金蟬沉香水（集作火）暖蓮煙酒餘（集作甒）綰帶新承歡月風吹露屏外寒城上烏啼楚女眠

花石長枕歌荅章居士　釋皎然

楚山有石郢人琢琢成長枕知是王全疑冰片嚇恐錯間發花叢驚不足贈予比之金琅玕瓊花爛爛浮牀端吾師

遣吾不執寶今日感君因執看試叩鏗然應清律纖塵不晉蠅敢拂萬物皆因造化資如何獨負清貞質南山有雲鶴在空長松爲我生凉風高支抱詠樂其中行住四儀皆道意不覺小乘西竺（一作曲）士唯將此物安坐隅取次閑眠有禪味

桃花石枕歌贈康（疑）從事　前人

卞山幽石產奇璞荊人至死採不着何人琢枕持贈君片片桃花開未落劔工見兮可爲劔玉工辦兮知非石至寶由來鑒者稀今君獨鑒應欲惜何辭售與常（疑）天真幸得提携親王人河中棄置君不顧天生秀色徒璘玢四座喧喧爭目悅巧過造化稱一絕莫言昨日因錯磨看取從來無玷缺六月江南暑未闌一尺花冰試枕看高窓正午風颯變室中不減春天寒主人所重重枕德文章外飾徒相惑更有堅真不易心與君天下爲士則

文苑英華卷第三百四十七

文苑英華卷第三百四十八　歌行十八

愽戲
碁三首　長行二首
打毬二首　競渡二首
險竿二首　西凉伎一首
雜歌上
汾陰行一首　疇昔篇一首
江南遇天寶樂叟歌一首

彈碁歌　韋應物

圓天方地局二十四氣子劉生絶藝難對曹客爲歌其能
請從中央起中央轉闕頗（集作破）欲闌零落勢背誰敢（集作能）彈此

中舉一得六七旋風忽散霹靂疾履機乘變安可當置之
死地翻取強不見短兵反掌收已盡唯有猛士守四方四方又何
難橫擊且緣邊豈知（集作如）昆明與碣石一箭飛中隔遠
天神安志恢動十全蒲堂驚視誰得（一作能）然

觀碁歌送儇師西遊　劉禹錫

長沙男子東林師閑讀藝經工弈碁有時凝思如入定暗
覆一局誰能知今年訪余來小桂方袍袖中貯新勢山城
無事秋日長白晝懵懵眠（一作眠在）匡床因君臨局看鬬智不
覺遲景沉西墻自從仙（集作山）人遇樵子直到開元王長史
前身後身付餘習百變千化無窮（一作看不）已初疑磊落曙天
星次見搏擊三秋兵鴈行布陣衆未曉虎穴得子人皆驚

行盡三湘不逢敵終日饒人損機格自言臺閣有知音悠
然遠起西遊心髙山夏木陰寂寂好處徘徊駐飛錫忽思
争道畫平沙獨笑無言心有適藹藹京城在九天貴遊華
士足華筵此時一行出人意賭取名聲不要錢

彈碁歌　李頎

崔侯能（一作善）彈碁巧妙盡於此藍田美玉滑如砥白黑相
分十二子聯翩百中皆造微魏文手中不足比緣邊度隴
未可嘉鳥跂星懸危復斜迴風轉指速飛電拂取五四如
旋花座上齊聲稱絶藝仙人六愽何曾繼一別恒山道路
遥爲余更作三兩勢

薛卿教長行歌（時景移湖州別駕）　釋皎然

桂陽仙栁道家說昔傳蘇君今是薛聊將握槊偶時人却
（一作便）被人閒稱冠絶黃楊文局龜螭蟠瑑成頭子雙琅玕
初疑月破雲中墮復怪星移指下攢誰識兵奇勢可保坐
看將軍占一道（長行有將軍渠）有時彩王（去聲）非所希笑擊單于出
重圍見鷲隼擊疾若飛左顧右盻生光輝家本聯姻漢戚
里身是長安貴公子名高藝絶何翩翩幾廻決勝君王前
屢（作危）遊長樂與祈年人望青雲白日邊謫官江南歲陰晚
還將此道聊自遣由來君子行最長（長行經有君子行小人行）予亦知
君子寄遠（一作寄心遠）

廢長行（箋云辨其惑於無益之戲而不務恤民也）　趙摶

紫牙鏤合方如斗二十四星銜月口貴人迷此華筵中運

木手交如陣鬭不筭勞神運枯木且𤸇爲官恤惸獨門前有吏嚇孤窮欲訴門深抱寃哭耳厭人催坐衙早綫聞此戲身先到理人似愛長行心天下安平多草草何當花局爲明鏡掛在高堂辨邪正何當化子作筆鋒常在手中行法令莫令終日迷如此不治生民負天子

打毬篇　蔡孚

臣謹按打毬者往之蹴鞠古戲也黃帝所作兵勢以練武士知有材也竊美其事謹奏打毬篇一章凡七言九韻

德陽宮北苑東頭雲作高臺月作樓金鎚玉蓥千金地寶杖琱文七寶毬竇融一家三尚主梁冀頻封萬户侯容色由來荷恩顧意氣平生事俠遊共道用兵如斷蔗俱能走

馬入長楸紅鬛錦鬉風騄驥黃絡青絲電紫騮奔星亂下花場裏初月飛來畫杖頭自有長鳴須決勝能馳迅足滿先籌薄暮漢宮愉樂罷還歸堯室曉垂旒

酬韓校書愈打毬歌　張建封

僕本修文持筆者今來帥領紅旌下不能無事習蛇矛閑就平場學使馬軍中伎癢驍智材競馳駿逸隨我來護軍對引相向去一作出風呼月旋朋先開俯身仰擊復傍擊難於古人左右射齊觀百步透短門誰羨養由遙破的儒生疑我新發狂武夫愛我生雄光杖移鬃底拂尾後星從月下流中場人一本疊字不約心自一馬一本疊馬不鞭蹄自疾九情莫辨捷中能拙目翻驚巧時失韓生訝我爲斯藝勸我徐

驅作安計不知戎事意疑一作竟何成且媿吾人言一惠

競渡歌　劉禹錫

五月五日天晴明楊花繞江啼曉鶯使君未出郡齋外江上早聞齊和聲使君出時皆有準馬前已被紅旗引兩岸羅衣破鼻香銀釵照日如霜刃鼓聲三下紅旗開兩龍躍出浮水來棹影幹波飛萬劔鼓聲劈浪鳴千雷鼓聲漸急標將近兩龍望標目如瞬波上人呼霹靂驚竿頭綵掛虹蜺暈前船搶水已得標後船失勢空揮橈瘡眉血首爭不定輸岸一朋心似燒只將輸贏賞兩岸十舟五來往須臾戲罷各東西競脫文身請書上吾今細觀競渡兒何殊當路權相持不思得所各休去會到摧舟折檝時

競渡曲　競渡始武陵至今舉檝而相和之音咸呼何在斯招屈之義事見圖經　劉禹錫

沅江五月平堤流邑人相將浮綵舟靈均何年歌已矣哀謠振檝從此起揚桴集作枹擊節雷闐闐亂流齊進聲轟然蛟龍得雨鬐鬣動螮蝀飲河形影聯刺史臨流褰一作搴幃揭竿命爵分雌雄先鳴餘勇爭鼓舞未至銜枝顏色沮百勝本自有前期一飛由來無定所風俗如狂重此時縱觀雲委江之湄綵旂夾岸照蛟室羅韈陵波呈水嬉曲終人散空愁暮招屈亭前水東注

險竿歌　顧況

宛陵女兒擘飛手長竿横空上下走已能輕險若平地豈

肯身爲一家婦寃陵將士天下雄一下定却長稍夸翻身
挂影恣騰蹋攻綰頭髻盤旋風盤旋風撇飛鳥驚後迸樹
枝褭頭上打鼓不聞時手蹉脚趺蜘蛛絲忽雷掣斷流星
尾驪騣劃破蚩尤旗若不隨仙作仙女即應嫁賊生賊兒
中丞方略通變化外戶不爲從女嫁

險竿行　柳曾

山險驚摧輈水險能覆舟柰何平地不肯立走上百尺高
竿頭我不知爾是人耶復猱耶使我爲爾長嘆嗟我聞孝
子不許國忠臣不愛家爾今輕命重黄金忠孝兩虧徒爾
誇始以險技悅君目終以貪心媚君禄百尺高竿百度緣
一足參差一家哭險竿兒聽我語更有險徒險於汝重於

權者失君恩落向天涯海邊去險竿兒爾湏知險途欲往
爾可思上得不下下得上（一作不得）我謂此輩險於竿兒

西凉伎　白居易

西凉伎西凉伎假面胡人假獅子刻木爲頭絲作尾金鍍
眼睛銀貼齒奮迅毛衣擺雙耳如從流沙来萬里紫髯深
目菴（集作兩）胡兒皷舞跳粱前致詞道是凉州未陷日安西
都護進來時湏臾云得新消息安西路絶歸不得泣向獅
子雙涕（集作涕雙）垂凉州陷沒知不知獅子廻頭向西望哀吼
一聲觀者悲貞元邊將愛此曲醉坐笑看不足悞（集作享）賔
犒士宴監軍獅子胡兒長在目有老（集作一）征夫年七十見
弄凉州低面泣泣罷斂手白將軍主憂臣辱昔所聞自從

天寶兵戈起犬戎日夜吞西鄙凉州陷來四十年河隴侵
將九千里平時安西萬里彊今日邊防在鳳翔（平時開遠門外立候去安西九千九百里以示戎人不爲萬里行其實就盈數也今蕃漢使往來悉在隴州交易矣）緣邊空屯
十萬卒飽食厚（集作温）衣閑過日遣氏腸斷在凉州將卒相
看無意收天子每思長痛惜將軍欲說含慙羞柰何仍看
凉州（集作西凉）伎取笑資歡無所愧縱無智力未能收忍取西
凉弄爲戲

雜歌上

汾陰行　李嶠

君不見昔日西京全盛時汾陰后土親祭祠齋宫宿寢設
儲（一作廚）供揰鐘鳴鼓樹羽旗漢家四葉才且雄賔延萬靈

服九戎栢梁賦詩高宴罷詔書決駕幸河東河東太守親
掃除奉迎至尊導鑾輿五營夾道（一作將校）列容衛三河縱觀
空里閭廻旌駐蹕降靈場憓椒莫柱（一作焚香奠醑）邀百祥金鼎
發色（一作食非）正焜煌靈衹瞟瞟擄（一作瞟聯翩）景光埋玉陳牲禮
神畢樂麾上馬乘輿出彼汾之曲嘉可遊木蘭爲檝桂爲
舟棹歌微吟綵鷁浮簫皷哀鳴白雲秋觀娛宴賜洽群后
家賜（一作家）復除戶牛酒聲鳴（集作明）動天樂無有千秋萬歲
南山壽自從天子向秦關玉輦金車不復還珠簾羽帳長
寂寞鼎湖龍髯何處（一作安可）攀千年（一作齡）人事一朝空四海
爲家此路窮雄豪意氣今何在壇場宫觀（一作館）盡蒿蓬道
邊故（一作路逢古）老長嘆息世事回環不可識（一作測）昔時青樓

對歌舞今日黄埃聚荆棘山川滿目淚霑衣富貴榮華能
幾時不見即（一作只）今汾水上唯有年年秋鴈飛（一作皆文粹）

疇昔篇　駱賓王

少年重英俠弱歲賤衣冠既託寰中貴方承膝下歡敖遊
灞水（集作陵）曲風月洛陽端且知無玉饌誰肯逐金丸金丸
王饌盛（一作信）繁華自言輕侮季倫家五霸爭馳千里馬三
條競騖七香車掩映飛軒乘落（一作夜）照參差步障列朝霞
池中舊水涵明月（集作懸鏡）屋裏新粧不讓花意氣風雲倏如
昨歲去年來（集作月歲春秋）屢囬薄上苑頻經柳絮飛中園幾見
（集作沓去聲）梅花落當時門客今何在疇昔交朋（集作游）已疎索
不（集作莫）見顛頹拄容儀會在（集作得）高秋雲霧廓淹晉坐帝

鄉無事度（集作積）炎涼一朝披短褐六載賦長楊（集作長卿奉）賦
文慙昔馬執戟歎（集作慕）前揚揮戈出武帳荷筆入文昌文
昌隱隱皇城裏由來奕奕多才子潘陸詞鋒駱驛飛曹張
文（集作張曹翰）苑縱横起卿相未曾識王侯寧見擬忝鈎耳成
白首翁負薪何處逢知己（二句集作徒勞負薪何處逢知己）判（一作誰）將運
命賦窮通從來奇（一作命）舛任西東不應（一作豈言）永棄同芻狗
且復飄飄轉類蓬客（集作容）鬢年年異春華歲歲同榮親未
盡禮徇主欲申功脂車秣馬辭鄉（集作京）國策（集作紫）轡西南
吏卬僰玉壘銅梁不易攀地角天涯眇難測鸚囀蟬鳴（集作吟）
有悲望鴻來鴈度無音息陽關積霧萬里昏劍閣連山
千種色蜀路何悠悠岷峯阻且脩迴腸隨九折迸淚下雙

流寒光（一作雲）千里暮露氣二江秋長途看策（一作來）馬平水
見沉牛華陽舊地標神制石鏡峨眉偏（集作真）秀麗諸葛才
雄已號龍公孫躍馬輕稱帝五丁卓犖多奇力四士（蜀都賦云
江漢炳靈世載其英蔚若相如嚁若君平王褒韡曄而秀
發揚雄含章而挺生四士指此一本作皓非燕來句有商
山四翁之句）英靈富（集作用）文藝雲氣横開八陣形橋影遥分七
星勢川平煙霧開遊戲錦城隈墻高龜步轉（集作牖龜望出）高水
静鷹文迴尋姝入酒肆訪客上琴臺不識金貂重偏惜玉
山頹他鄉荏苒銷年月帝里悠悠限（集作沉沉恨）城闕不見後
聲聊客啼唯聞旅思將花發我家迢遞關山裏關山迢遞
不可越故園梅柳尚餘香（集作春）來時勿使芳菲歇鞦（集作
秩）欲言歸執袂愴多違北梁俱握手南浦共沾衣別情傷

去蓋離念惜徂（集作光）暉知音何所托木鴈薦（集作木落有）南飛
囬來望平陸春來酒應熟相將菌閣卧（集作望）清溪且用藤
杯泛黄菊十年不達（集作調）爲貧賤百日屢遷隨倚伏秖爲
須求負郭田使我再干州縣（集作郡）禄百年欝鬱少騰遷萬
里遥遥（集作迢迢）入鏡川吳江沸潮衝白日淮海長波接遠天
叢竹凝朝露孤山起暝烟賴有邊城月來（集作常）傍客旌懸
東南美箭稱吳會名都隱軫三江外塗山執玉應昌朝（集作
期）曲水開襟重文會仙鏑流音鳴鶴嶺寶劍分暉若蛟瀨
未看白馬對蘆芻且覺浮雲似車蓋江南節序多文酒屢
經過莫（集作共）踏春江曲但（集作俱）唱採菱歌舟移疑入鏡棹
舉若乘波風光無限數（集作極）歸撤凝池荷眺聽煙霞正流

聘即從王事歸軈轉芝田花月集作發　屢徘徊金谷佳期集作德明重遊衍登高北望集作南適嗤梁叟憑軾西征想潘椽峯非開華岳聳疑蓬水激龍門急如箭人事謝光陰俄遭霜露侵偷存七尺影分没九泉深窮途行泣玉憤路未藏金妬茶空集作拔　有歎懷橘獨傷心年來歲去成銷鑠懷抱心期漸寥落掛冠裂冕已辭榮南畝東皋事耕鑿賓階客院常疎散蓬徑柴扉終寂寞自有林泉堪隱栖何必山中事丘壑我住青門外家臨素滻濱遥瞻冊鳳闕斜望黑龍津荒衢通獵騎窮巷抵樵輪時有桃源客來訪竹林人昨夜琴聲奏悲調旭旦含嚬不言集作成　笑果乘驄馬發譽書𠊓道郎官稟綸詔集作誥非　冶長非罪曾縲絏長孺然灰也經溺于

集作高　門有閱不圖封峻筆無聞欲敷妙適離京兆謗還從御史集作府　彈炎威分集作資　夏景平曲兒秋翰盡地終難入書空自不安吹毛循集作未　可待掉尾且求飡丈夫坎壈多愁疾契闊迍邅盡今日慎罰寧憑兩造詞嚴科直掛三章律鄒衍嗁悲繫燕獄李斯抱怨拘秦桎不應白髮頓成絲直爲黃沙暗如漆紫禁終難叫朱門不可集作易　排驚魂聞葉落危魄逐輪霍集作埋　霜威遥有勵雪枉遂集作更　無階含寃歎誰道飲氣獨居懷忽聞驛使發關東傳道天波萬里通涸鱗去轍還集作先　遊海幽禽釋網更集作便　翔空舜澤堯曦方有極綠言巧佞讜疑　無窮誰能跼蹐依三輔會就商山訪四翁

江南遇天寶樂叟　白居易

白頭病叟泣且言祿山未亂入梨園能彈琵琶和法曲多在華清隨至尊是時天下太平久年年十月坐朝元千官起居環珮合萬國會同車馬奔金鈿照曜石甕寺蘭麝薰蒸温湯源貴妃宛轉侍君側體弱不勝珠翠繁冬雪飄飄錦袍暖春風蕩漾霓裳翻歡娛未足燕寇至弓勁馬肥胡語喧豳土人遷避夷狄居胡龍去哭軒轅從此飄淪落集作漂淪　南土萬人死盡一身存秋風江上浪無限暮雨舟中到酒一罇涸魚久失風波勢枯草曾沾雨露恩我自秦來君莫問驪山渭水如荒村新豐樹老籠明月長生殿暗鎖黃昏紅葉紛紛蓋欹瓦綠苔重重封壞垣唯有中官作宮使

每年寒夕一開門

文苑英華卷第三百四十八

文苑英華卷第三百四十九

雜歌中

江畔老人愬　崔顥

江南少年十八九，乘舟欲渡青谿口。青谿口邊一老翁，鬢眉皓白已衰朽。自言家代仕梁陳，垂朱拖紫三十人。兩朝

出將復入相，五世疊鼓乘朱輪。父兄三葉皆尚主，子女四代爲妃嬪。南山賜田接御苑，北宮甲第連紫宸。直言榮華未休歇，不覺山崩海將竭。兵戈亂入建康城，煙火連燒未央闕。衣冠士子陷鋒刃，良將名臣盡埋沒。山川改易失市朝，衢路縱橫填白骨。老人此時尚少年，脫身走得投海邊。罷兵歲餘未敢出，去鄉三載方來旋。蓬蒿忘却五城宅，草木不識青谿田。雖然得歸到鄉土，零丁貧賤長辛苦。採樵屢入歷陽山，刈稻常過新林浦。少年欲知老人歲，豈知今年一百五。君今少壯我已衰，我昔少年君不覩。人生貴賤各有時，莫見羸老相輕欺。感君相問爲君說，說罷不覺令人悲。

鑷白曲　薛逢

去年鑷白鬢，鏡裏猶堪認（一作渾）年少。今年鑷白髮，兩眼昏昏手戰挑（一作撢）。蒲酌濃酧假顏色，顏色不揚翻自笑。少年曾讀古人書，本期獨善安有餘。雖羞長安一片瓦，未遑卒歲容寧居。前年依亞成都府，月請俸緡六十五。妻兒骨肉愁欲來，偏梁閣道歸得否。長安六月塵亘天，池塘鼎沸林欲燃。合家慟哭出門送，獨驅疋馬陵山巔。到官只是推誠信，終日兢兢幸無忝。丞相知憐爲小心，忽然奏佩專城印。專城俸入一倍多，况兼職禄霜峩峩。山妻稚女悉迎到，時列綠鐏酣酒歌。醉來便向鐏前倒，風月滿頭絲皓皓。雖然減得閻門憂，又加去國五年老。五年老，知柰何，來日少，去

日多。金鎚鎚碎黃金鑷，更唱鐏前老去歌。

金銅仙人辭漢歌　李賀

魏明帝青龍元年八月，詔宮官牽車西取漢孝武捧露盤仙人，欲立置前殿。宮官既拆盤，仙人臨載乃潸然淚下。唐諸王孫李長吉遂作金銅仙人辭漢歌。

茂陵劉郎秋風客，夜聞馬嘶曉無跡。畫欄桂樹懸秋香，三十六宮土花碧。魏官牽車指千里，東關酸風射眸子。空將漢月出宮門，憶君清淚如鉛水。衰蘭送客咸陽道，天若有情天亦老。携盤獨出月荒凉，渭城已遠波聲小。

金井歌　劉商

文明化洽天地清，和氣（一作元和）氤氳孕至靈（一作精）。瑞雪不散

抱層嶺陽谷霞光射山頂薤草披沙石寶開生金耀日明金井虞衡相賀爲禎祥畏人採攫持殳戕（疑作斨）牟馳馬走塵蒲道郡邸封章開建章君王儉德先簡易贍國肥家在仁義山澤藏金與萬人宣言郡邑無專利閭閻少長競奔湊黃金蒲袖家富有驩心蹈舞歌皇風願載謳謌青史中

閭里謠歌（効古）　李紳

鄉里兒桑麻鬱禾黍肥冬有纊襦夏有絺兄鉏弟耨妻在機夜犬不吠開蓬扉鄉里兒醉還飽濁醪初熟勸翁媼（一作嫂）鳴鳩拂羽知年好齊和楊花踏春草勸少年樂耕桑使君爲我剪荆棘使君爲我驅豺狼林中無虎山有鹿水底無蛟魚有鯈父子徹歸白日暮明月處處春黃粮鄉里兒

東家父老爲爾言皷腹那知生育恩莫令太守馳朱幡懸皷一鳴盧鵲喧惡聲主吏噪爾門唧唧力力烹雞豚鄉里兒莫悲咤上有明王須詔下重選賢良恤孤寡春日遲遲驅五馬留犢投錢以爲謝鄉里兒終爾詞我無郄巧惠無私舉手一揮臨路岐

無可奈何歌　白居易

無可奈何兮白日走而朱顏頹少日往兮老日催生者不住兮死者不回況乎寵辱豐顇之外物又何嘗不一去而一來去不可挽兮來不可推無可奈何兮已焉哉惟天長而地久前無始而（文粹作兮）後無終嗟吾生之幾何寄瞬息乎其中又如太倉之梯米委一粒於萬鍾何不與道逍遥委化從容縱心放志泄泄融融胡爲乎分愛惡於生死繫憂喜於窮通倔强其骨髓齟齬其心胸合冰炭以交戰祗自苦乎厥躬彼造物者于何不爲而此（文粹作此與）化者云何不隨　或照或吹或盛或衰雖千變與萬化委一順以貫之爲彼何非爲此何是誰冥此心夢蝶之子何禍非福何吉非凶誰達此觀喪馬之翁俾吾爲秋毫之杪吾亦自足不見其小俾吾爲太山之阿吾亦無餘不見其多是以達人靜則脗然與陰合迹動則浩然與陽同波委順而已孰知其他時耶命耶吾無奈彼何違（文粹作委）耶順耶彼亦無奈吾何夫兩無奈何然後能冥至順而合大和故吾所以飲大和扣至順而爲無奈何之歌

馮燕歌　司空圖（麗情集作沈亞之歌中亦云爲感詞人沈下賢良歌更與分明說下賢沈亞之字也）

魏中義士有馮燕遊俠幽并最少年避讐偶作滑臺客嘶風躍馬來翩翩此時恰遇鶯花月堤上軒車晝不絕兩面高樓語笑聲指點行人情暗結擲果潘郎誰不慕朱門別見紅粧露故故推門掩不開似教歐軋傳言語馮生敲鐙袖籠鞭半拂垂楊半惹煙樹間青鳥知人意的的心期暗與傳傳道張嬰偏嗜酒從此春（一作香）閨爲我有梁間客鶯正相欺屋上鳴鳩空自鬭嬰歸醉臥非讐汝豈知負過人懷懼燕依户扇欲潛逃巾在枕傍指令取誰言很戾心能（集作難）忍待我情深情不隱回身本爲（集作謂）取巾難倒柄方

知授霜刃馮君撫劍即持（集作遲）疑自顧平生心不欺爾能
負彼必相負假手他人復在誰窓間紅艶猶可掬熟視花
鈿情不足唯將大義斷胷襟粉頸袝迴（集作過）如切玉鳳凰
釵碎各分飛怨魄嬌魂何處追（集作歸）陵波如喚遊金谷羞
彼揶揄淚滿衣新人藏匿舊人起白晝喧呼駭鄰里誣執
張嬰不自明貴免生前遭考捶官將赴市擁紅塵掉臂人
來擠看人傳聲莫遣有冤濫盜殺嬰家即我身袝聞僚吏
翻憂嘆（集作憂翻疑）呵叱風狂詞不變縲囚解縛自猶（集作猶自）疑
疑是夢中方（集作云）脫免未死勸君莫淚言臨危不顧始知
難巳爲不平能割愛更將身命救深冤白馬贊侯賈相公
長懸金帛募才雄拜章朗讀（集作清讀）馮燕罪千古三河激義

風黃河東注無時歇注盡波瀾名不滅爲感詞人沈下賢
長歌更與分明說此君精爽知猶在長與人間留炯誡鑄
作金燕香作堆焚香酹酒聽歌來

雜歌　李端

漢水至清泥則濁松枝至堅蘿則弱十三女子事他家顏
色如花終索漠蘭生當門鶯巢幕蘭芽未吐燕泥落爲姑
偏忌諸嫂良作婦翻嫌壻家惡人生照鏡須自知無監何
用妬西施秦庭野鹿忽爲馬巧僞亂真君試思伯奇掇蜂
賢父逐曾參殺人慈母疑沽酒千日人不醉琴弄一絃心
巳悲常聞善交無爾汝讒口甚甘良藥苦山雞錦翼豈鳳
凰隴鳥人言止鸚鵡向栩非才徒隱竈田文有命那關戶
犀燭江行見鬼神木人登席上歌舞樂生東丁終居趙陽
虎北轅翻適楚世間反覆不易陳緘此貽君淚如雨

散人歌　陸龜蒙

江湖散人天骨奇短髮搔（集作㩐）來蓬半垂手提孤莖曳寒
藟口誦太古滄浪詞詞云太古萬萬古民性甚野無風期
夜棲止與猛獸（集作禽）雜獨自構架縱橫枝因而稱曰有巢
氏民共（一作相與）敬貴如君師當時只効鳥鵲輩豈是有意陳
尊卑無端後聖穿鑿破一派前導千流虧多方惱亂元氣
死日使文字（文粹作父子）生姦欺聖人事業轉銷耗尚有漁者
存熈熈風波不獨困一士凡百器用皆能施罛踈滬腐鱸
鰥脫正失檢馭非讒疵人間所謂好男子我見婦女留眉

鬢奴顏婢膝真乞丐反以正直爲狂痴所以頭欲散不散
冠（文粹作弁）峩巍所以腰欲散不散珮陸離行（一作心）散任之適
坐散從傾欹語散空谷應笑散春雲披衣散單複便食散
酸鹹宜書散混真草酒散甘醇醨屋散勢斜直樹散行參
差客散忘簪履禽散虛籠池外物一以散中心散何宜不
共諸侯分邑里不與天子專隍陴靜則守桑柘亂則逃妻
兒金鏁具（文粹作紳　集作具）帶未曾識白刃殺我穹生爲或聞蓄
將負恩澤號令鐵馬如風馳大君年少丞相少當軸自請
諸旌旗神鋒悉出羽林仗繪畫日月蟠龍螭太宗基業甚
牢固小醜背叛當殲夷禁軍近自肅宗置（文粹作置）抑遏輔國
爭雌雄必然大段剪兇逆須召勁勇扶軍麾四方賊壘猶

占地死者暴骨生寒饑歸來輒擬荷鋤笠詬吏已責租錢遲興師十萬一日費不啻千金何以支秪今利口且箕斂何暇俛首哀悍婺均荒補敗豈無術布在方策撐額臟水霜襦袴易反掌白面諸郎殊不知江湖散人悲古道悠悠幸寄羲皇傲官家（集作吾皇）未議活蒼生拜賜江湖散人號

刈穫行（一作歌）　前人

自春徂秋天弗雨廉廉早穀栽（集作纔通用）湮畝芒粒稀䟽熟更輕地輿（集作上）禾頭耒（集作不）相拄我來愁築心如堵更聽農夫夜深語凶年是物即爲災（集作菑通用）百陣野鳧千穴鼠平明抱杖入田中十穗蕭條（集作然）九穗空敢言一歲囷倉實不了而（集作如）今朝暮春天職誰司下民籍苟有區分官

析析（集作拼拼通用）本作耕耘意若何蟲豸兼教食人食古人爲邦須蓄積魯饑尚貴（集作責）如齊糴今之爲政異當時一任流離恣徵索平生早（集作幸）遇華陽客向日飡霞亦肥白欲賣耕牛棄水田移田且傍三茅宅

天威行　顧雲

蠻嶺高蠻海闊去舸廻艘投此歇一夜舟人得夢間草草相呼一時發颶風忽起雲顛狂波濤擺掣魚龍殭海神怕急上岸走山靈股慄入石藏金蛇飛狀霍閃過白日倒掛銀繩長轟轟砢砢雷車轉霹靂一聲天地戰風定雲開始望看萬里青山分兩片車遥遥馬闐闐平如砥直如弦雲南八國萬部落皆知此路來朝天耿恭拜出井底水廣利刺開山上泉若論終古濟物意二將之功皆小焉

築城篇　前人

三十六里西川地圍遶城廓峩天横一家人率一口甓瓪築纔興城已成役夫登登無倦色饌飽觴酣方暫息不假神龜出指蹤盡憑心匠爲籌畫閣閣團團真鐵甕堵闊巉巖（一作巉巉）齊石壁風吹四面旌旗動火焰相燒滿天赤散花樓晚掛殘虹濯錦秋江澄倒壁西川父老賀子孫從兹始是中華人

文苑英華卷第三百四十九

文苑英華卷第三百五十　歌行二十

雜歌下

麗人行一首　白絲行一首
憶惜行一首　百憂集一首
徒步歸行一首　偪仄行一首
負薪行一首　最能行一首
狂歌行一首　扶風豪士歌一首
君不見一首　老去也一首
追昔行一首　醉春風一首
憐相亙行一首　馬嵬行一首

麗人行　杜甫

三月三日天氣新，長安水邊多麗人。態濃意遠淑且貞，肌理細膩骨肉勻。繡羅衣裳照暮春，蹙金孔雀銀麒麟。頭上何所有，翠爲匌集作盍葉垂鬢脣。背後何所見，珠壓腰支集作衱穩稱身。就中雲幕椒房親，賜名大國虢與秦。紫駝之峯出翠釜，水精之盤行素鱗。犀筯厭飫久未下，鑾刀縷切空紛綸。黃門飛鞚不動塵，御廚絲絡集作絡繹送八珍。簫鼓哀吟感鬼神，賓從合沓集作雜遝實要津。後來鞍馬何逡巡，當道集作軒下馬入錦茵。楊花雪落覆白蘋，青鳥飛去銜紅巾。炙手可熱勢絕倫，慎莫向集作近前丞相嗔。

白絲行

繰絲須長不須白，越羅蜀錦金粟尺集作赫熠。矜象床玉手亂殷紅，萬草千花動凝碧。已悲素質隨時改集作染，裂下鳴機色相射。美人細意熨帖平，裁縫滅盡針線跡。春天衣着爲君舞，蛺蝶飛來黃鸝語。落絮遊絲亦有情，隨風照日宜集作疑輕舉。香汗清塵似微汙集作輕塵汙顏色，開新合故置何許。君不見志集作才士汲引難，恐懼棄捐忍羈旅。

憶昔行二首　前人

憶昔先皇巡朔方，千乘萬騎入咸陽。陰山驕子汗血馬，長驅東胡胡馬藏。鄴城反覆不足怪，關中小兒壞紀綱。張后不樂上爲忙，至今今上猶撥亂，勞身集作心焦思補四方。我昔近侍叨奉引，兵出集作出兵整肅不可忘集作當。爲留猛士守未央，致使岐雍防西羌。犬戎直來坐御床，百官跣足隨天王。願見北帝傳介子，老儒不用尚書郎。

二

憶昔開元全盛日，小邑猶藏萬家室。稻米流脂粟米白，公私倉廩俱豐實。九州道路無豺虎集作狼，遠行不勞吉日出。齊紈魯縞車班班，男耕女桑一作蠶不相失。宮中聖人奏雲門，天下朋友皆膠漆。百餘年間未災變，叔孫禮樂蕭何律。豈聞一絹值萬錢，有田種穀今流血。洛陽宮殿焚燒集作燒焚盡，宗廟新除狐兔穴。傷心不忍問耆舊，復恐初從亂離說。小臣魯鈍無所能，朝廷記識蒙祿秩。周宣中興望我皇，灑血一作淚江漢身衰疾。

百憂集行　前人

憶年十五心尙孩健如黃犢走復來庭前八月梨棗熟一
日上樹能千迴即（集作只）今倏忽已五十坐卧只多少行立
强將笑語供主人悲見生涯百憂集入門依舊四壁空老
妻覩我顏色同痴兒未知父子禮叫怒索飯啼門東

徒步歸行（見三百四十卷）　前人

偪仄行（贈畢耀）　前人

未敢（前篇作不敢）巳令請給會通籍（集作巳令把牒還諸假）速宜（集作徑須）
此詩合入歌行門緣華英誤編在二百一十卷今不
重録

負薪行

夔州處女髮半華四十五十無夫家更遭喪亂嫁不售一

生抱恨堪（集作長）咨嗟土風坐男使女立應門當戶女出入
十猶（集作有）八九負薪歸賣薪得錢應（集作當）供給至老雙鬟
只垂頸野花山葉銀釵並筋力登危集市門死生射利兼
鹽井面粧首飾雜啼痕地褊衣寒困石根若道巫山女麤
醜（集作陋）何得此有昭君村

最能行　前人

峽中丈夫絕輕死少在公門多在水富豪有錢駕大舸貧
窮取給行艓子小兒學問止論語大兒結束隨商旅歌帆
側柂入波濤撇旋梢濆無險阻朝發白帝暮江陵頃來目
擊信有徵瞿唐漫天虎鬚濆（集作眼）怒歸州長年與（集作行）最能
此鄉之人器（集作氣）量窄悞競南風疎北客若道土無英俊

才何得山有屈原宅

狂歌行（贈四兄）　前人

與兄行年校一歲賢者是兄愚者弟兄將富貴等浮雲弟
功切名好權勢長安秋雨十日泥我曾（集作曹）鞴馬聽晨鷄
公卿朱門未開鎖我曹巳到肩相齊吾兄睡穩方舒膝不
襪不巾蹋曉日男啼女哭莫我知身上須繒腹中實今年
思我來嘉州嘉州酒重（一作香）花繞樓樓頭喫酒樓下卧長
歌短歌（集作詠）還相酬四時八節還拘禮女拜弟妻男拜弟
幅巾鞶帶不掛身頭脂足垢何曾洗吾兄吾兄巢許倫一
生喜怒長任真日斜枕肘寢已熟啾啾唧唧何爲人

扶風豪士歌　李白

洛陽三月飛胡沙洛陽城中人怨嗟天津流水波赤血白
骨相撑如亂麻我亦來奔溧溪上（集作東奔向吳國）浮雲四塞道
路賒東方日出啼早鴉城門人開掃落花梧桐楊柳拂金
井來醉扶風豪士家扶風豪士天下奇氣意相傾山可移
作人不倚將軍勢飲酒豈顧尚書期彫盤綺食會衆客吳
歌趙舞香風吹原嘗春陵六國時開心寫意君所知堂中
各有三千士明日報恩知是誰撫長劒一揚眉清水白石
何離離脫君（集作吾）帽向君笑飲君酒爲君吟張良未遂（集作
逐）赤松去圯橋（集作橋邊）黃石知我心

君不見　薛逢

君不見馬侍中氣吞河朔稱英雄君不見韋大尉二十年

前鎮蜀地一朝冥漠歸下泉功業聲名兩憔悴奉誠園裏蒿棘生長興街南沙路平當時帶礪在何處今日子孫無地耕或聞羈旅共常調簿尉文參各天表清明縱便天使來一把紙錢風樹杪碑文半缺碑堂摧祁連塚象狐兎開野花似雪落何處棠棃樹下香風來馬侍中常太尉盛去衰來片時事人生倏忽一夢中何必深深固權位

老去也　前人

惆悵人生不滿百一事無成頭雪白迴看幼累與老妻俱是途中遠行客匣中舊鏡照膽明昔曾見我鬢未生朝巾暮櫛不自省老皮皺皺文縱橫合掌髻子蒜許大此日方知非是我瘖數七旬能幾何不覺中腸熱如火老去也爭

柰何敲酒盞唱短歌短歌未竟日已沒月映西南庭樹柯

追昔行　前人

朝光如飛猶尚可暮更如箭不容卧捷為穿城更漏頻一一皆從枕邊過一夕凡幾更一更凡幾聲青春枉向鏡中老白髮虛從愁裏生曾窺帝里東鄰女自比桃花鏡中許一朝嫁得征戍兒荷戈千里防秋去去時只作旦暮期別後生死俱不知風驚粉色入蟬鬢愁送鏡花潛墮枝前年因出長安陌見一女人頭雪白日中扶杖憇樹陰髣髴形容認相識向子吁嗟還獨語曾與君家鄰舍住當時妾嫁與征人幾向墻頭誚夫主花開葉落何推遷屈指數當三十年頭眉薙葉同枯葉琴上朱絃成斷絃嫁時寶鏡依然在鵲影菱花滿光彩夢裏長嗟離別多愁中不覺顏容改歎息人生能幾何喜君顏貌未蹉跎因君下馬重相顧請奏青門腸斷歌

醉春風　前人

去年春似今年春依舊野花愁殺人犍為縣裏古城上開是好花飛是塵戲蝶狂蜂相往返一枝花上聲千萬時節先從暖處開北枝未發南枝晚江城太守鬢鬚蒼忽然置酒開華堂歌兒舞女亦隨後暫醉始知天地長頃年曾作東周掾同舍尋春屢開宴斗門亭上柳如絲洛水橋邊月如練洛陽風俗不禁街騎馬夜歸香滿懷坐客爭吟雲碧句美人醉贈珊瑚釵日往月來何草草今年又校三年老

槽中駿馬不能騎惆悵落花開滿道為報時人知不知看花對酒定無疑君看野外孤墳下石羊石馬是誰家

隣相反行

東家有兒年十五只向田園獨辛苦夜開溝水遶稻田曉叱耕牛墾埆土西家有兒纔弱齡儀容清峭雲鶴形涉書獵史無早暮坐期朱紫如拾青東家西家兩相誚西兒笑東東又笑西云養志與榮名彼此相非不相調東家自云雖辛苦躬耕早暮及所一作莫及親男春女爨二十載堂上未為衰老人朝機暮織還充體餘者到兒還及第春秋伏臘長在家不許妻奴暫違禮爾今二十方讀書十年取第三十餘往來途路長離別幾人便得異公車縱令得官一作貴

身湏老銜恤終天向誰道百年骨肉歸下泉萬里枌榆長秋草我今蔣耕奉所天耘鋤刈獲當少年面上笑添今日喜眉頭薪續厨中煙縱使此身頭雪白又有兒孫還稼穡家藏一卷古孝經世世相傳皆得力為報西家知不知作不何須譏笑東家兒生前不得供廿滑歿後楊名徒爾為

馬嵬行　　劉禹錫

緑野扶風道黄塵馬嵬驛路邊楊貴人墳高三四尺乃問里中兒皆言幸蜀時軍家誅佞幸天子捨妖姬群吏伏門屏貴人牽帝衣低徊轉美目風日為無暉貴人飲金屑倏忽舜英暮平生服杏丹顔色真如故屬車塵已遠里巷來窺覦共愛宿粧妍君王畫眉處履綦無復有履組光未滅

不見巖畔人空見凌波韈郵童愛蹤跡私手解鞶結傳看千萬眼縷絶香不歇指環照骨明首飾敵連城將入咸陽市猶得賈胡驚

文苑英華卷第三百五十　終

文苑英華卷第三百五十一　雜文一

問答一

七契八首　七勵八首

七契　梁昭明太子

奚斯逸士肥遁棄榮遁峯於焉刻跡灌水是用庇形口不
悅於五味心不娛於八聲鄙巢父之稱哲笑蘇門之爲英
鵠蓋龍旂初不關意鳳吹鼉鼓終不肎情跨四海而擅美
邁三古而振名居山林而不返終無慮而無營於是辯博
君子詞若湧泉言踰郄泰之辯辯超稷下之田欲抑則大
鵬垂翅欲抗則尺鷃冲天聞逸士之懷寶乃拂衣而造焉
駕兩驂之如手乘輕車之若流爰自畿甸徑造山周傍瞻

虹見俯眺雲浮鳴禽聒耳零霧蔽眸唯一壑之爲阻無三
逕之可求於是披榛陟路援蘿踐嶼雖跋涉而不休覩逸
士之所託其爲居也寂焉而靡所聽瞑然而無所瞻三春
蔓戶八桂攢簷華門鳥宿圭竇狐潛風來室搖霧下窻霑
寔人跡之罕至逸士於此而彌淹君子曰蓋聞智士不希
狥介仁者莫有迷邦傳說終受殷爵呂望遂啓齊封余敬
吐誠而畢慮子能留志而見從乎逸士曰鄙人固陋自潛
幽藪必枉話言敬聆金口君子曰若夫夾鍾之節春景依
遲碧樹初榮綠草含滋春臺之樂信矣熙熙於是百金之
士萬鍾之家招搖隆富徵集豪華駕紫騮之馬乘青蓋之
車出自高宇行無挾斜陶嘉月而結交遊藉芳辰而宴朋

友望宜春以隨肩入長楊以携手金盤薦美藉之珍玉杯
沉縹清之酒義曰和神事非爽口 於是娛樂未終留（一作賸）
光將夕飛觴引滿奮袖舉白投轄安坐歡甚促席以會離
蟲之賓加有清談之客論同彖棵藻若陵雲戴憑不能高
其說相如不能擅其文無玄不折無細不分搦蔄玉振下
筆蘭芬乃亦六郡木擬非直三蜀茂聞爲眞泉氣晚朗月
潜曜清卮未闌宵景方照奇舞遞作名謳斯召約綽妍姿
嬋嫣宜笑綺縠風吹珠璣星耀齊竽颺參差之響趙瑟奏
鏗鏘之妙茲亦遊讌之至娛子能偕此而爲樂乎逸士曰
輕蕩遊觀非予所躭得性行樂從好山南君子曰輔性和
神實惟至味非直方今見重乃亦（一作其）自古攸貴不周之

和調腸補（一作輔）胃雜以龍肝貜炙豹（一作貊）舌猩唇劉氏之
醢范公之鱗鶬出雲際鱘來江岷蒲俎芬馥古聖所珍其
酒則蒼梧九醖中山千日取璧湛露擬之飴蜜百味交馳
三雅間出若其珍異則脩蔎斯溢千品萬類不可詳悉西
母靈桃南楚萍實東陵之瓜北燕之栗湖畔之柿江陰之
橘張掖白柰恒陽黄黎河東洗犬隴蜀蹲鴟並怡神耳口
窮美極滋加以伊公調和易氏燔爨傳車渠之椀置青玉
之案琖俎既已麗奇雕盤復爲美玩子能與（一作從）予而享
之乎逸士曰卉腱腸腐五味口爽伊人素蓄無羨方丈
君子曰千里之駒出自余吾伯樂所選伏波所模通肩合
相平腹應圖激電比速躡景競驅騰黄弗敢擬駿赤兔莫

與爭途異態踶跳奇姿徜徜逸足驟反遊雲移駃形函遊華日不暇徙迺飾金羈之昭晰加以玉鞍之輝煥連乾麗靡輕蘇纂爛逸氣既爲勝矚美飾重成壯觀蹄蹶紅塵膺流絳汗風起龍驤灰聲鳥散自古迄今人誰不玩逸士能就（一作從）子而乘之乎逸士曰遊逸輕佻策馬爭驅粵今樂靜豈能感娛（一作豈感吾娛）

君子曰光形飾體莫過鮮衣冠鵕鸃之長纓若曾雲之零霏琅玕珩珮言飾于背飄颻輕裾是用曜軀方空之縠弱紈之蕉暑纔炎而巳却風未至而先提既唯照麗兼以輕鏘似朝霞之發彩若夕景之符光至夫秋秋既謝寒緒中人則輕狐獮美豐貂表珍斯乃赤也所以夫睿孟嘗所以出秦步光之妙檑具之華君子武備所用禦邪標以珠玉飾以蓮花其任則百冶精鋭利擬秋霜豈止在身爲美服襲稱臧固乃能躍於褒水見氣於南昌幽通神化其妙難詳將與逸士服之以相徉逸士曰紾絺避暑緼袍禦冬鮮麗綺靡末之或從

君子曰寔有喬桐柚蘗青葱結根善地擢幹華嵩栖鳳曾山之側藏龍平陵之東拂暧䁲之高雲鼓梢殺之雄風苕亭萬仞寔造天中乃使匠石運斤班輸琢鍾製起玄脩形踰綠綺與金石而鏗鏘共絲竹而曼靡托北方之佳人命高樓之杞氏間以巴朧才僮邯鄲妙妓聘獸爲之轂馳飛禽爲之不徙加以荆和之飾照耀柘絲之絃激揚三聲吐韻四結流唱辭高薰奏響溢芝房竹來嶰谷律寫歸昌再皷而玄鶴集九成而儀鳳翔初音魚踊餘妙繞梁何止田文慨慷劉靖心傷而巳哉中山青曲若折而和揚美目以流眄啓玉齒而安歌歌曰陽阿奏兮激楚流望洛水兮有好仇縱輕櫂兮汎龍舟將與逸士陟彼華堂憇諸閑館玉宇明華文階燦爛璇題昭晰珠簾焜煥身託璿琄之筵目寓瓌華之玩止以悦諸和性之樂豈非綺麗之觀哉逸士曰居玆四郭寧辨五音靡曼不極君子弗欽雖聞贍辭之銳無會野人之心

君子曰白藏肅殺天高野清玉樹始落金藥初榮幕鸞北反沙鴈南征寔秋收之美節將校獵以娛情使櫪無伏馬巷靡遺行執戈於芊眠之野彎弧於曠浪之陰養由輕盼則林摧鷙獸蒲且效技則虛下翔禽騰猱壓其足虓虎不擇音掩兎轔鹿既蔑古之焉有填坑谽谷亦恥昔之上林至於輕繳纔飛則連鴻解羽微纖始放則並鱗失波豈論玄泉之則寧願將遨之歌弭節言旋禽不可筭周旋眺覽足爲京觀子雖山栖其從此玩逸士曰解網垂仁殷王美則聞聲不食孔聖淑音害蠢類而爲樂豈君子之用心

君子曰蓋聞地美養禾君人愛士澤被無垠光照郊鄙蕭輪必鄒魯之儒宗紆青必洛陽之才子大漢愧得人之盛有周慙以寧之美萬國若翕從（一作從流同）四海同使指刑措弗用囹（一作理）圄斯虛既講禮於太學亦論詩於石渠戈有

載戢史無絶書銅律應度玉燭調和黃髮擊壤青衿與歌元帥奇士庠序鴻生求禮儀之汲汲行仁義之明明隆采椽之義却瑇瑁之榮當朝有仁義之睦邊境無煙塵之驚信如四氣明並三光厨蓮挺茂堦蓂比芳瑞鹿擒素祥熊耀黃靈禽樂囿儀鳳栖堂太平之瑞寶冎樂協之應玉羊冊烏表色玉露呈瀼野絲垂木嘉苗貫桑固以德苞子姒道邁虞唐六合寧泰四宇咸康不煩一戟東甌膜拜詎勞一卒西域獻琛鹿蠡稽顙以悛惡樓蘭面縛而革音吾疑皆去鼻飲之穴棄鳥舉之深固以澤流無外恩被遐方福此嵩岱道則穹蒼豈有聞若斯之化而藏其皮冠哉逸士曰鄙人寡識守節山隅不聞智士之教將自潛以糜軀請伏道而從命願開志以滌慮

七勵

梁簡文帝

藏名外臣體道好異遁跡埋影剗心人事任性於蓼水之側放心於自得之場情苞六合德貫九方巖栖谷飲絶際濠梁於是寂鏡公子聞而往說乃飛車翠蓋翔駕絳螭冊旌鳳轉碧幔雲移映玉軑之綺靡照銀車之陸離經九橋一作嶠之夐阻歷五曲之巉危路入閬風道經通谷橋塗決漭路林蕭蕭石磴穹窿松關重複羊腸望斷遼路迂餘非林稅駕乃遇藏名之所居其居則蘚苔沒砌幄葉斜林千峯沓頂萬仞懸深南危碧流北障芳林左縈重陸右背高岑煙霞卑日石澗龍陰聲音百籟響弄千禽寂鏡公子曰蓋聞智者不懐道沒志遺俗埋名迷邦碎寶却粒辭榮今欲說子以默語之術寧欲聞乎藏名曰僕雖幽栖遠紆名德寧志潔已以受至言

公子曰夫怡情託體寔寄閑宮跨危樓於杉詰挂日景於迎風玩靈華於仙掌度窈窕於飛虹金枝照曜玉璧玲瓏文窻洞右飛閣陵東桂柱通光雄梁亘日璧鏡鈕懸抽荷井出中宿錦筵長廊周客青錢碧影金墀玉律冬閨溫煦夏室含霜圖以珍怪畫以禎祥瓊臺秋藹綠蕙春香植宜男於粉閣樹君子於椒房廻風煙於璇題垂珠璣於玉箱文魚水宿錦鳥雲翔乃登陵遊践望遠通跡擢素藕於石鏡搴蔓草於康衢若荆山之琢玉似隨水之弄珠若斯宮

之閑麗子能與我而共居外臣曰僕遊心蓬蒿未暇斯處

公子曰夫靚粧嚴服託體必嘉五絲擅美獨璽稱華組帷綮絲緹含葩冊墀聚葉縷檻飛花至如稷下縫掖泗上章甫雉緝霜鮮桼絲園縷鳳色龍分鴛文鵠聚珮紛瑤席綺餙瓊珮齊都滑石南海瑇瑁散似綴珠離如並繢蜘蛛弄巧越女調樞夏則桃笙竹席冬則青莞金鬘溫麗瓊臺密華承寢當户之縠大文之錦華蒲蜀之綺袞麗芬若之冊桃金蘇翠幄玉案象牀子能從我樂此芬芳外臣曰帶索披裘自得山性雕章麗服未敢攸同

公子曰五餁調神三芝輔性用康仁壽以弘貞正乃使有伊之徒調嘗冎味九州珍雜八方豊貴名應天地之聲穀

竭山海之味蟬鳴秋稻鷰頷玉精離紅之膾勺藥之羮蒙
山擅重灌水傳聲桂蠹石瓊龍胎鳳肺四膳八珍五肉七
菜纍似縠雜切均鮮繪色若紫蘭紛如紅綷若乃越梅變
實楚醴方添陳晨鳧之美味薦雋鷰之肥甜洗以三危之
露水調以大夏之香鹽霜蘸沸烈露葵繁舒芳菰之菜白
霜之茹澄瓊漿之素色雜金筍之茸菹素醥浮氣酃醪凝
清獻三爵之踰雅等千口之芳醴酌玉斗之英灑照銀柸
之輕蟻（一作蟻）此亦天下之美味子能從我而享之乎外臣
曰蔬食藿羹膳薇蕨堪飡五味口爽寧假玉盤
公子曰若夫鈞臺之樂葛天之歌飛七盤之妙節動六變
之清和綠綺麗琴冊山寶瑟纏器僅雕孤（一作孫）枝伶律奏

白雪之楚綏陳亭蒂之吳疾躍鳥追飛潛魚伴出將使漸
離繫筑雍門皷琴鳴繞梁之妙響發愁戶（一作眉）之清音至
如五陵金穴六郡豪家遠（一作表）流歌於東夏出秘舞於京
華金鈿設（一作沒）翠步搖藏花逕同暮雨逼似朝霞髮鬢如
點纖眉成削玉齒笑容紅粧綽約疾趨巧步霧袖芬披舒
蛾眉之窈窕委弱骨之逶迤載金翠之婉嬋珥瑶璫之陸
離芬芳於梧（一作吾）春之苑灼爍於長州之中于時斜光西
委薄霧舒紅隋珠照影羅衣從風觀者方堤覩者盈湛令
二鸞之綴翼使八鶴之增悲明君之為之欽遥西施為之解眉
於是蘭閨寂晚曲韻相和對輕風之落景望明月以清歌
歌曰酣醑半兮樂既陳長歌促節綺羅人拂鏡弄影情未

極廻聲轉笑思自親此亦聲音之盡妙子能從我而聽之
乎外臣曰淫聲亂耳未足入聽方追山壑來弄林泉
公子曰夫心遊百氏理奧六經樞機性道陰陽窅冥昭玉
牒於年史覽石記而照情若夫鄒牧上客揚馬後人揮金
入趙易服歸秦賣舌彈劍買義追仁商榷萬古弋釣陶甄
池中水黑席上稱珠判二氣之氛氳辨六爻之終始烏變
龍工鳳書雲紀辭弘八索辨崇三耳至如范雎折脇豫讓
拉齒禮竭中心報深國士碎玉爭城藏圖解劍見碣石之
金堤望楚都之揚塹美陳平之反間揖子房之智謀想秦
君之傳器仁漢后之解裘此亦天下之奧籍得性之林圃
子能同覽悅目以齊此心外臣於是色動清顏頓解高意

曰僕雖野陋頗悅帶經但負薪多疾未堪斯說
公子曰夫氛氳構象純雜不同共工折柱雖播英風自古
而然曾何足道但吹沙役冤抑自犧年吐霧藏妖聞之堯
日至於今者昌運天啓握歷寶年風猷駕屑美道德漏重
泉至如玄蹄外境紫舌頑人悖而無禮不沐皇仁於是騰
三泉之窅漫戴五旗之飄揚引玉車於西隴鳴金皷於北
邙拭龍泉之雄劍瑩魏國之寶刀銛踰巨闕利擬豪曹至
如牽鉤壯氣斗膽豪心綠腰白玉帶珮黃金酬恩報死赳
遠長岑騕褭白鸞耀躍青騅五玉察善十相無遺連腰錦
帶半足塵飛標威於鴈門之境振旅於龍突之鄉若乃驚
沙絶岸苦霧綿長秋河曉碧落蕙山黃紅顏素攺玄鬢斑

霜征夫抵掌而歓膳壯士憤氣而沸腸廻雲烏之峉陣背
却月而相望旗才轉而漂杵鋒未至而駭傷前鋒紛其易
轍後騎决其泚囊何湯雪之能比豈拾塵之可方於是呼
韓頓顙龜玆銜璧羊牽既袒熊山已積九截同文八極齊
軌帝曰念功班茅賜履青紫如拾賞歸詔美此亦天下之
壯績子能從我而效之乎外臣曰葛伯不杞雖聞湯誥野
叟力弱未敢振衣
公子曰堯舜垂拱煥彼前聞今惟聖曆萬代一君璧儀照
氣玉井珠分德合天地道方華歙滄海碧徹黄河（一作流）黨
文愛人育德澤等春雲（一作工）宣尼茂典周姬禮容黄裳進
士清襟俊童邦知改俗國化移風責學無藏名之老河泗

無洗耳之翁德星夜映慶雲晝色異草雙條靈禽比翼孤
尾既九茅春復三金船様寶銀甕呈耳康歌壤笑悅禮樞
談隆周謝德盛漢知慙慈照無疑生化湛靈覺散漓弘淳
拯澆敦朴國被仁壽家欣無學三明鑒道六度弘風出塵
照苦入真觀空善識無盡因性必通天不愛寶地無隱瑞
百神受職三苗奉義石策（一作紫）紫泥繩金玉刺或託飄梁
甫權卧德而龍盤或纖篞渭濱耻藏名而鳳跂於是露點
舩密溜泓澄於玉掌雲垂五采覆旖旎於仙樓漾醴泉於
浪井拂垂楊於御溝或聡七葉一姓五侯外臣於是觀色
內動神貌外移忽正山巾而言曰蓋聞幽居獨善見機往
聖儻不遺朦叟亦願順來命　文苑英華三百五十一卷

文苑英華卷第三百五十二　雜文二

問答一

七召八首　對蜀父老問一首

七召

假是先生負玆勁逞狀羣飛之嚚（吉弔切高聲大呼也一本作嚻古囂字）侶
似獨行之迷邏神忽忽而若忘意衡衡而不定鑒冊緑其
無主聞鐘鼓以失聽至乃冬霰積庭室靡人聲春花蒲野
他無行者園堵常閉曲突無煙同生匆之暫有共死灰之
壹（一作噎）燃篤諭公子聞而𠌫起雖道術之可忘亦切磋之
所耻命徒御以絡繹將有事於巖中車煜爚而流水馬泮
渙以追風乃踰汗漫入蒙籠至深潭之漫溟有洞室之穹

崇居隱磷而出没望嶔岑而下上竹距石以斜通水韻松
以含響地不寒而薰瑟日無雲而曨朗於是整容投刺屣
履（一作倒屣）排門揚眉競席舉袂而言曰若五秀稟其生靈六
情通其愛惡憎共集於鄙老嗜同歸於美樂今足下群烏
獸以爲娱處貧賤而不怍欲賓實於孤介乃貽譏隕穫至
乃喀喀死於道追脊脊填乎溝壑削松筆以畫虎皴鉛刀
而刻鶴身既勞而不見事何感而莫懲欲模名於帶索豈
知命於泥繩何異走長衢以避影奠流水以求水今欲道
足下以衛生之祕術怡神之妙道譬之愈投於寒植同起
尸於仙草寧願聞乎先生曰有爲之生已遏無益之慮常
勞若見明於礙滯幸求救於膏肓公子曰千門始構百常

洞啓激洛開渠疏山抗陛延袤水陸矚望東西下臨江海上屬雲霓百丈杳冥以飛跨九層贊律以階梯步三休而更廻坐中宿而方迷雕墻屈曲以交牙綱户周流以重積既陰涔而影響亦叫嘯而廻(一作碎)易沙板金鋪紫柱玉舄熇煌熻赩硱磳摶㪚圖雲霧之蔽虧狀神仙之來往璧璫自耀珠綴恒響蜉蝣動而晝暄焆燿飛而夜朗既臨下以寥沉亦憑高而決漭聞疾雷於階陛(一作板)弄犇星於帷幌亘以曲堂周以洞房北負連閣南注長廊綺疏交映鏤檻相望鷲飛蓮井日照杏梁陽烏騫其拊動雲鳳矯而欲翔若乃後沼開源延石崇壤擬崑閬之巑岏比滄溟之廣袤其中則有桂宮栢寢吴臺柘館複道耿介而連雲阿閣穹

隆而仰漢望虬欄之映水見冊鶴之出岸藍草奇色臺樹珍名長生靈壽男華女貞河柳垂葉山榴發英蔬奇花之春蒲摘其實於夏成此實宮苑之壯麗豈能從我而為榮

先生曰多言反道辯口傷實懼貽弊於邵家且自安乎容膝

公子曰銅瓶玉井金釜桂薪六穀九鼎百葉千珍熊蹯虚掌雞跖猩脣鰆(子林切)魚兩味玄犀五肉捨如鳳巢剖胎豹腹三臠其口七菹愜目蒸餅十字湯官五熟梅椒魯豉河鹽蜀薑劑水火而調和糅蘇菽以芬芳脯追復而不盡櫝魚稍割其無傷鼉羮流歠蚳醬先嘗鱠温湖之美蚌切丙穴之嘉魴落俎霞散逐刃飛揚輕同曳繭白似飛霜蕪有

孟丈之名桃表燕斤之實杏積魏國之貢菱為鉅野所出衢曲黃梨汶垂蒼栗隴西白榛相南朱橘荔枝沙棠蒲萄石蜜瓜稱素腕之美棗有細腰之質並抗吻以除煩亦咀牙而消疾於是三雅陳席百味開印玉機(疑)星稀蘭英縹潤既夷志於坎壈亦懷忘於鄙悋此蓋滋旨之極珍豈能從子而共進

先生曰不貴婾食寧其醇酒既深悟於腐腸豈自迷於爽口

公子曰秦氏獨立燕姝絕世如短如長不穠不細信耳目之妖冶乃古今之佳麗妍姿豔逸淑性閑華效施顰於宋里經(一作髻)墮馬於梁家折纖腰以微步(一作步障)於里(一作拉)皓腕乎輕紗臨池正領拂鏡看花觀堵墻以颭沓傾城國以

諠譁墨欲歸而抽軨(車欄也疑作軫車後横木也)惠將返而廻車至迺鄭衛繁聲抑揚絶調足使風雲變動性靈感召擊哀響則春臺之人愴焉而霣流(一作涕)起歡情則崩城之婦嫣然而微笑嶰谷調(一作棲)鳳之竹(一作管)龍門獨鵠之柯緑珠絳樹宋衛韓娥青春婉娩上客經過開洞房以命賞召才人而合宴舉輕幔以徐來隔珠簾而可見牀披珠(一作珍)象葦展羅薦聽促柱之方進聞廣聲之始轉步想象以頓足腕蹐連(一作蹁躚)而拂向托斜視於遺簪寄含情而舉扇俄而夕烏東反落日西懸綺霞映水蛾月昇天解鴛鴦之繡被拂距鷰之長氈燭中(一作羽)幃而動爛香山(一作薰蕙)帳而微烟願横施以自昵脫斜領於君前此乃聲色之妖蕩將不從我而

留連先生曰淫聲非篤論之旨麗色本余情所棄伐國不問仁人此言從何而至

公子曰歲晚農休時閑務隙山火已燎野霜初白聊效殺於秋冬乃從禽於草澤蜀地五丁齊國二子氣動山漂汗揮雨起渥洼流頳（一作赭）蘭池照血躡飛影於未形赴犇星於欲滅華車隱隱轂騎闐闐鼓譟諠而振地烝徒駭而聒天割玉之刀飲石之箭𦊅羅布其一目罟網周及三面犬號驟螭鷹名奔電暫離已合忽隱仍見赴迥超危衝林跋援草隨足起山從眼轉跨躡岡澗電舉陵陸鳥不及飛獸不遑伏既前轥而後赴亦左排而右蹴跖（疑作蹠）實駭而自救騰虛亂而相撲視灑血之冊地見飛毛之暗目傍窮切

剖勢極搜求文皮坐裂髶尾生抽手羈鐵頂足批銅頭象折牙而陵遽貊拉齒而夷由擒高樓之麀索走大樹之神牛鷹聞弦而跕墮猨抱木而啾啾笑楚王之雲夢耻漢帝之中流此武材之矯猛豈能從我而畋遊先生曰馳騁傷仁好殺非勇幸廣內之豐樂何禽荒之足重

公子曰踆烏始照宮槐遽而欲舒顧兎纔滿庭莢紛而就落（一作踆烏始照宮槐遽吹舒顧兎而纔蒲盼庭柯而就落）譬光影於飛浮比生靈於栖託擾擾摩有轔轔方駕立怵迫於毀譽獨慇勤於用舍嗟向有而今無歎後榮而前謝清歌雅舞暫同於夢寐廣廈高堂俄成於幻化若夫洗精服食慕道遊仙尋玉塵於萬里守金竈於千年三户可度九轉難傳飛騰水陸咀嚼

靈玄若乃璧上真辭枕中秘要彈壓神鬼吐納靈妙既變醜以成妍亦反老而爲少虬駕夭矯而出没霓裳飄沓而容與接鵠馭於後乘追鳳簫於前侶雨散漫以霑服雲霏微而襲宇瞰芝闕以窈窕見玉臺之相拒盖排煙而漸滅旌拖風而未舉值鮮佩於江濆逢弄珠於漢渚薄遊玄圃弭節太華列神童於羽帳侍玉女於仙車凋採兮危實死接兮迴花聽弱水之晨浪望崑山之夕霞窮北辰而比壽指中岳以爲家此神仙之恍惚豈從我而獨邪先生曰捕影之言莫測繫風之論難盡未嘗留意於死生豈復稍論於椿菌

公子曰洙泗遺文鄒魯餘烈其道未遠其風不絶方領圓

冠金口木舌談章句之遠旨構紛綸之雅說陳五禮明六詩貫穿微妙辨折毫釐既待問以重席亦覃思而下帷醖籍愷悌和樂緝熙生徒肅肅賓友師師並接衽以聞道俱援手而受辭心絶內戰事無外慾橫經者比肩擁篲者繼足醜申韓之法令陋桓文之風俗六郡漆其衣冠五陵窮其軌躅信斯文其若水實斯人之如玉若夫珠璣產於蚌蛤珪璧出於山淵未有玉不瑩而爲寶人無學而稱賢盖持身之管籥進德之舟船響如鍾而待叩明似鏡而常懸此見重於經術寧降志於吾贊先生曰誠此言之甚美比斯道之爲曠恥見嘲於腐儒豈求珍於席上

公子曰我大梁之啓基方邃古而無疋先天定始比殷周

而餘裕揖讓受終考唐虞而不失道德有序憲章咸秩六府孔脩百司盡畢搜求儒雅招拾遺逸旰食思治雖聞之於昔談昧旦臨朝乃見乎玆日蕩蕩薰風泱泱大興道含弘而廣被澤汪濊而傍闡採輿人之片言納疋夫之小善事在微而畢照然無幽而不顯若夫下車布德伐罪吊民風無偃稼雨不破塵覩勝殘於朞月見成俗於浹辰含（一作幽）群生兮如海養萬類其猶春鄉無豕食之祿野靡很顔之民椎者目金而知耻耕夫讓畔以成仁何大庭之足兢豈粟陸之能儔璧水道庠序之風石渠啓珪璋之盛奇士輻湊而騁足異人間出而効命小大之獄無冤民翶飛之物無夭性故能睦之以九世齊之以七政坦坦怲怲巍巍

赫赫政德洽於霜風教義窮於足迹望雲氣而欵關候海水而重譯所謂府不轍貢史無虛帛天瑞磊砢而相尋地符氛氳而不少狀六穗於征賦瓻九莖於池沼三足應感而來儀一角知時而自擾映景星於初月聆鳳音於將曉若乃亭毒不疵疵合天地而並施陶鈞日月與造化而齊功故非言辭之可具盡筆札之所能窮懷真獨往之夫棄走而從事臧迹藏名之士顛倒而向風二漢有同於兒戲魏晉無礙於胸中言未畢先生攝衣而起曰子前所說似玉巵之無當徒費辭而難領譬由背日而視秋毫却行而求郢郢一聞皇王之盛則豁然神悟而理攄志無時而可卷邦有道而宜舒敢以淺智請從（一作附）後車

對蜀父老問

龍集荒落律紀蕤賓余自鄠鎬歸于五津從王事也丁丑畱於昇仙橋上送客宇即相如所謂不乘赤車駟馬不出汝下者也遇蜀父老皤然龐眉華髮者休於斯謂余曰子非衣冕之族歟文章之徒歟飾仁義以干時乎懷詩書以邀名乎吾聞諸夫子曰邦有道貧且賤焉耻也當今萬方日用九有風靡主上垂衣裳正南面而已矣庸非有道乎而子爵不登上造位不至中涓藜羮不厭裋褐不全容非貧賤乎吾視子形容憔悴顔色疲怠心若涉六經眼若營四海何其無耻也何其不一千聖主效智出奇何栖栖營默自苦若斯吾聞克爲卿失則烹何故區區宂宂無所成

名余笑而應之曰井魚不可以語於海者拘於墟也夏蟲不可以語於氷者篤於時也盖聞智者不背時而徼幸明者不迂道以干非是以聖賢馳騖莫徹三家之轍匹夫高抗不屈萬乘之威道在則簞瓢匪陋義存則珪組斯遺或立談以邀鼎食或白首而卉布衣或委輅而仕羇論都之會或射鉤以相遇匡霸之機亦有朝爲伊周暮爲桀跖當其時也襲珩珮之鏘鏘失其時也委溝渠而喀喀故使龍丘先生羞聞擁篲鴈門太守不知縫掖孟軻偃蹇爲王者師范睢匍匐爲諸侯客富貴者君子之餘事仁義者賢達之常迹來不可遏類鴻鴈之隨陽去不可留同白駒之過隙行蘇章之辨於委燧之年則迂矣用韓彭之術於堯舜

之朝則舛矣守夷齊之節於湯武之時則孤矣抱申商之法於成康之日則過矣彼一時也此一時也易時而處失其所以大唐之有天下也出入三代五十餘載月竁來庭風丘款塞金革已偃羽檄已平雖有廉白之將孫吳之兵百勝無遺策千里不留行無所用也社首既禪介丘既封創明堂立辟雍雖有闕里之聖淹中之儒叔孫通之蕝公玉帶之徒將焉設也咸英並作韶武畢用奏之方澤而地祇登昇之圜丘而天神降雖有伶倫伯夔延陵子期操雅曲則風雲動激悽音則草木悲又何施也晝衣莫犯囹圄不脩雖有咎繇仲甫之嚚釋之定國之儔金科在渥冊筆如瀝非急務也人歸東户家沐南薫山澤無蹊隧雞犬不

相聞雖有文翁黃霸之述職子游子賤之絃歌政成禮讓俗彼雍和囿無取也干戈已戢禮樂已興刑罰已措梁父已昇公卿常伯庶政其凝雖有鴻才大畧麗句（一作藻）豐辭發言盈乎百代濡翰周乎四時畧無益於今日而適足以拂之是故天子恭己群臣演成攘袂而陵稷卨撫掌而笑阿衡無為而萬物皆遂不言而品彙咸亨莫不稱賛鳴烈揄揚頌聲言殊者拓（疑作招）累行危者相傾効智者轍談於草澤出奇者褰足於山楹許由去而堯仁不少善卷逃（一作避）而舜德不輕夫周冕雖華徠猴不之好也夏屋雖崇騏驥不之廄也載飇以車馬不如放之於藪穴也樂鶡以鍾鼓不如栖之以深林也此數物者豈惡榮而好辱哉蓋不

失其天真也若余者十五而志于學四十而無聞焉詠羲農之化覩姬孔之篇周遊幾千里馳騁數十年時復陵霞泝月搦札彈弦隨時上下與俗推遷門有張公之霧突無墨子之煙雖吾道之窮矣夫何妨乎浩然今將授子以中和之樂申子以封神（疑作禪）之篇終恥慙乎措地竊所慕於談天於是蜀父老再拜而謝曰鄙夫瞽陋長自愚惑習俗遐陬不遊上國聞王人之休旨聽皇猷之允塞亦猶獻雉而遇司南銜龍而光有北請終餘論永告卭僰

文苑英華卷第三百五十二

文苑英華卷第三百五十三　雜文三

問答三

釣磯應詰文　駱賓王

余以三伏晨行至七里灘此地即新安江口也有嚴子陵釣磯焉潨潭至清洞徹見底往往有群魚戲歷歷如水行耳人有釣者試取餌而投之或有游(集作浮)而不顧者或有含而復吐者或有廉隅莫之近者或有貪暴(集作而)輒吞之者引竿而舉因以獲焉其始出也掉尾揚鬐有若恃力而

自免(集作勉)其小退也則鼓鰓濡沫有似屈體而求哀嗟乎勢牽于人道窮乎我將欲以下座而歌馮子又安能中轍而呼莊周哉余乃祝之曰猛獸搏也拘於檻穽鷙鳥攫也繫於籠樊素龜靈也被髮阿門(莊子宋元君夢人被髮向阿門即白龜也)白龍神也挂豫且網(白龍爲豫且所網事具說苑集作罝非)何不潛泥而沉處何故貪餌而吞鈎乎於是放之江流盡其生生之理時同行者顧詰余曰夫至人之處世也擬迹而後投隱心而後動始終不易其業(集作道)悔吝不生其情而吾子沉緍於川登魚於陸烹之可以習政術羞之可以助庖廚養求之將何圖今捨之將何欲余笑而應之曰聖人不凝滯於物智士必推移於時知幾之謂神含生之謂道殷乙聖人也囚於夏孔丘賢人也畏於匡且夫明哲之賢尚罹幽憂之患況乎鱗羽之族寧無弋釣之累哉故曩吾有心也恐求之而不得今吾無心也使(集作既)得之而亡求夫求與捨不亦雙美乎烹與羞不亦兩傷乎況療饑者半菽可以充腸爲政者一言可以興邦亦何必因小鮮而後明三異之規勒大命而後冀一飡之飽擒而不殺可不謂仁乎獲而不饗可不謂廉乎且夫垂竿而爲事者太公之遺術也形坐磻溪之石兆應渭(集作滋)水之璜夫如是者將以釣川耶將以釣國耶然後知古之善釣者其惟太公乎又有妙於此者其惟文王乎夫文王制六合爲釣懸四履而爲餌筮之於清廟援之於巨川一引而獲太公再舉而登尚父由此觀之

蹲會稽而沈轄者鮑肆之徒也踞滄溟(集作海)而得鼇者漁父之事也斯蓋(集作並)耿小者之所習安知大丈夫之所爲哉

進學解　韓愈

國子先生晨入太學招諸生立館下誨之曰業精於勤荒於嬉行成于思毀于隨方今聖賢相逢治具畢張拔去凶邪登崇俊良占小善者率以錄名一藝者無不庸爬羅剔抉刮垢磨光蓋有幸而獲選孰云多而不揚諸生業患不能精無患有司之不明行患不能成無患有司之不公言未既有笑於列者曰先生欺予哉弟子事先生於茲有時(集作年)矣先生口不絕吟於六藝之文手不停披於百家之編

記事者必提其要纂言者必鉤其玄貪多務得細大不捐焚膏油以繼晷恒矻矻以窮年先生之於業可謂勤矣觝排異端攘斥佛老補苴罅漏張皇幽眇尋墜緒之茫茫獨旁搜而遠紹障百川而東之(一作走)迴狂瀾於既倒先生之於儒可謂勞矣沉浸醲(一作釀)郁含英咀華作為文章其書滿家上窺姚姒渾渾亡涯周誥殷盤佶屈聱牙春秋謹嚴左氏浮誇易奇而法詩正而葩下逮莊騷太史所錄子雲相如同工異曲先生之於作(集作文)可謂宏其中而肆其外矣少始知學勇於敢為長通於方左右具宜先生之於人可謂成矣然而公不見信於人私不見助於友跋前疐後(集作躓)動輒得咎暫為御史遂竄南夷三年博士冗不見治

命與仇謀取(集作其)敗幾時冬暖而兒號寒年登(集作豐)而妻啼飢頭童齒豁竟死何裨不知慮此而反教人為先生曰吁子來前夫大木為杗細木為桷欂櫨侏儒椳闑扂楔各得其施(集作宜)施於成室者匠氏之工(文粹作功)也玉札丹砂赤箭青芝牛溲馬勃敗鼓之皮俱收並蓄待用無遺者醫師之良也登明選公雜進巧拙紆餘為妍卓犖為傑校短論(集作量)長唯器是適者宰相之方也昔者孟軻好辨孔道以明轍環天下卒老于行荀卿宗王(集注一作守正)大倫是弘(一作倫以興)逃讒于楚廢死蘭陵是二儒者吐辭為經舉足為法絕類離倫優入聖域其遇(一作進)於世何如也今先生學雖勤而不繇其統言雖多而不要其中文雖奇而不濟於用行雖脩而不顯於衆猶且月費俸錢歲糜(集作靡)廩粟子不知耕婦不知織乘馬從徒安坐而食踵長途之促促(文粹作役役)窺陳編以盜竊然而聖主不加誅宰臣不見斥此非其利哉(文粹作幸歟)動而得謗名亦隨之投閑置散乃分之宜若夫商財賄之有亡計班資之崇庳忘己量之所稱指前人之瑕疵是所謂(集作猶)詰匠氏之不以杙為楹而訾醫師以昌陽引年欲進其豨苓也

釋言　前人

元和元年六月十日愈自江陵法曹詔拜國子博士始進見今相國鄭公公賜之坐且曰吾見子某詩吾時在翰林職親而地禁不敢相聞也今為我盡寫子詩書為一通以

來愈再拜謝退錄詩書若干篇擇日時以獻於後之數月(集作日)有來謂愈者曰子獻相國詩書乎曰然曰有為讒於相國之坐者曰韓愈曰相國徵予文予不敢匿相國豈知我哉子其慎之愈應之曰愈為御史得罪德宗朝同遷於南者凡三人愈為先收用相國之賜大矣百官之進見相國者或立語以退而愈辱賜坐語相國之禮過矣四海九州之人自百官以下欲以其業徹相國左右者多矣皆憚而莫之敢獨愈辱先索相國之知至矣賜之大禮之過知之至是三者於敵以下受之宜以何報況在天子之宰相乎人莫不自知凡適於用之謂才堪其事之謂力愈於二者雖曰(集作日)勉焉而不近束帶執笏立於士大夫之行不

見斥以不肖幸矣其何敢傲於言乎夫傲雖免德必有恃而敢行愈之族親鮮少無攀(集作夕)聯之勢於今不善交人無相先相死之友於朝無宿資蓄貨以釣聲勢弱於才而腐於力不能奔走承機抵巇以要權利夫何恃而傲若夫狂惑喪心之人蹈河而入火妄言而罵詈者則有之矣而愈人知其無是疾也雖有讒言(集作此字)者百人相國將不信之矣愈何懼而慎歟既累月又有來謂愈者曰有讒子於翰林舍人李公與裴公者子其慎歟愈曰二公者吾君朝夕訪焉以爲政於天下而階太平之治(集作理)居則與天子爲心膂出則與天子爲股肱四海九州之人自百官以下其孰能(一作此字)不願忠而望賜愈也不狂不愚不蹈河而入

火病風而妄罵不當有讒者之說也雖有讒者百人二公將不信之矣愈何懼而慎既以語應客夜歸私自尤曰咄市有虎而曾參殺人讒者之效也詩曰取彼讒人投畀豺虎豺虎不食投畀有北有北不受投畀有昊傷於讒疾而甚之之辭也又曰亂之初生僭始既涵亂之又生君子信讒始疑而終信之之謂也孔子曰遠佞人佞人不能遠則有時而信之矣今我恃直而不戒禍其至哉徐又自解之曰市有虎聽者庸也曾參殺人以愛惑聽也巷伯之傷亂世是逢也今三賢方與天子謀所以施政於天下而階太平之治聽聰而視明公正而敦大(集作尾下同)夫聰明則聽視不惑公正則不邇讒邪敦大則有以容而思彼讒人者孰敢(集作撒)進而爲讒哉雖進而爲之亦莫之聽矣我何懼而慎(二字集作爲)既累月上命李公相客謂愈曰前之謗我於宰相者翰林不知也後之謗我於翰林者相國不知也今二公合處而會言若及愈者(集作此字)必曰韓愈亦人耳彼傲宰相(集作相國)又傲翰林其將何求必不然吾乃今知免矣(集無此字)
既而讒言果不行

答問　　柳宗元

有問柳先生者曰先生貌類學古者然遭有道不能奮厥志獨被罪辜廢斥伏匿交遊解散羞與爲戚生平嚮慕毀書滅跡他人有惡指誘增益身居下流爲謗藪澤罵先生者不忌陵先生者無譴遇揖目動聞言心惕時行草野不

知何適獨何劣耶覩今之賢智莫不舒翹揚英推類援朋疊足天庭魁壘恢張群驅連行奇謀高論左右抗聲出入翕忽擁門塡扃一言出口流光垂榮豈非偏耶先生雖讀古人書自謂知理道識事機而其施爲若是其悖也很俱擯僇何以自表於今之世乎先生答曰敬聞命然客言僕知理道識事機過矣僕懵夫屈伸去就觸罪受辱幸得聯支體完肌膚猶食人之食衣人之衣用人之貨無耕織居販然而活給羞媿恐慄之不暇今客又推當世賢智以深致誚責吾縲囚也逃山林入江海無路其何以容吾軀乎顧客少假聲氣使得詳其心次其論客曰何敢先生曰僕少嘗學問不根師說心信古書以爲凡事皆易不折之以

當世急務徒知開口而言閉目而息挺而行蹪而伏不窮喜怒不究曲直衡羅陷穽不知顛踣愚惷往悖若是甚矣又何以恭客之教而承厚德哉今之世工拙不欺賢不肖明白其顯進者語其德則皆茫洋深閎端貞㛹亮苞并涵養與道俱往而僕乃蹇淺窄僻跳浮嗖(胡陌切)啙(側伯切)抵瑕陷厄固不足以趑趄批捩(力結切)而追其跡舉其理則皆謨明淵沉剖微窮深劈析是非校度古今而僕乃緘鉗塞默秏眊窒惑抉異探怪起幽作匿佊佊恤恤卒自𩕳(即禍字)賊固不足以雕肝激昂而效其則言其學則皆摠攬羅絡横竪雜傳天旋地縮鬼神交錯而僕乃單庸撇莩離疏空虛竊聽道塗顓蹈蒙愚不知所如固不足以抗顏搖舌而與

之俱銜其文則皆汗漫輝煌呼嘘陰陽棘轕三光陶鎔帝皇而僕乃朴鄙艱澁培塿潗湁(丑入切)毫聯縷緝塵出坱入固不足以摅擒踊三而涉其級茲四者懸判雖庸童小女皆知其不及而又褁以罪惡纆以羈縶客從而擠之不亦忍乎且夫白蟻騄耳之得康莊也逐奔星先飄風而蹴驪不出泥滓黄鐘元間之登清廟也鏗天地動神祇而鳴鳴咬哇不入里耳西子毛嬙之蹈後宫也皎朝日焕浮雲而無鹽逐於鄉里蛟龍之騰於天淵也彌六合澤萬物而蝦與蛭不離尺水卓詭倜儻之士之遇明世也用智能顯功烈而壓耿連蹇顛頓披靡固其所也客又何怪哉且夫一涉險阨懲而不再者烈士之志也知其不可而速已者君子之事也吾將竊取之以沒吾世不亦可乎乃歌曰堯舜之修兮禹益之憂兮能者任而愚者休兮蹝蹝蓬藋樂吾囚兮文墨之彬彬足以舒吾愁兮已乎已乎曷之求乎客乃笑而去

學解嘲對書　沈亞之

客有以令廪食之不充漕輓不勝於弊是勞遠而脩近以爲問者余於是發憤數日故縷言而對曰昔漢徙山東豪富兼并之家以奉園邑凡百二十四萬户又有南北東西軍及匈奴雜虜以國衆來歸者仰給於漢未聞嘗俟曹輓於吳越而後給也今以三十(集作此字)千人食勞輸江淮歲貢三十萬斛迎流陵(集作越)險覆舷敗輗(集作軏)不得十半自渭

以東督稽之官凡四十七署署吏不下數百歲費錢千(集作十)萬爲大數而部吏舟傭相踰爲姦鞭榜流血酸苦之聲相聞禁錮連歲不解歲千餘人雖赦宥而獄死者不可勝多矣甚非聖人(集作仁聖)之所以牧人也乃者燕人叛玄宗南迯巴蜀肅宗勞兵於靈武及二(集作三)駕神遊代宗臨陝開中流離羸牛一轝當市錢二百千故有轉輸之法雖救一時然終轉入於禍誠可以痛今雖未可暴去且宜以三輔粟爲貢重資於農則耕稼自勤耕稼自勤則甸服無曠土游人矣如此九年之蓄可以儲又何勞輸輓於遠哉客曰敬聞其旨

文苑英華卷第三百五十三

文苑英華卷第三百五十四　雜文四

騷一

五悲夫五首　吊屈詞三章

五悲文并序　盧照鄰

自古爲文者多以九七爲題目乃有九歌九辨九章七發七啓其流不一余以爲天有五星地有五嶽人有五章一作常禮有五禮樂有五聲五者亦在天地之數今造五悲以申萬物之情傳之好事耳

悲才難

一悲曰恭聞古之君子兮將遠適乎百蠻何故違父母之宗國從禽獸於末班將矯詞兮不徃將背俗兮不還寧曲

成而薄衰不直敗以厚顏彼聖人兮猶若此況不肖於中閒古往今來邈矣悠哉稽生玉折顏子蘭摧人兮代兮俱盡代兮人兮共哀一作人代代兮俱盡代人人兮共哀至如左丘失明冉耕有疾兵法作而猶臏史記修而下室高明者鬼瞰其門正直者人怨其筆雖爲鏡於前代終抱痛於今日別有漢陽計掾邠國臺卿抗希代之奇節負超時之令名坎壈九死離披再生伊才智之爲患故賢哲之所嬰若乃賈長沙之數奇崔亭伯之不偶思欲削魯史之高行鉗楊墨之辨口爲書爲禮驅季俗於三古之前垂譽垂聲正頹綱於百王之後天子聞之而欲用羣公畏之而莫取徒窘蠢於泥沙竟龍鍾於塵垢异乎稽之古人則如彼考之今代又如此

近有魏郡王公曰方華陰楊氏曰亨咸能慱達奇偉覃思研精探孔門之禮樂吞鬼谷之縱横嶽秀泉澄如川如陵高談則龍騰豹變下筆則煙飛霧凝王則官終於郡吏楊則官止於邑丞何異夫操太阿以烹小鮮飛夜光而彈伏翼灼金龜兮訪兆邀玉騏兮騁力雖勞形而竭思吾固知其不得予之昆兮曰杲之余之季兮曰昂之杲也杲杲兮如三足之鳥昂也昂昂焉如千里之駒杲之爲人也風流儒雅爲一代之和玉昂之爲人也文章卓犖爲四海之隋珠並蘭馨兮桂郁俱龍駒兮鳳雛生於戰國則管樂之器長於闕里則游夏之徒以方圓異用遭遇殊時故才高而位下咸默默以遲遲青青子衿兮時向晩黄黄我綬兮鬢

如絲昆兮何責坐乾封兮老矣季兮何負横武陵而棄之舉天下兮稱屈何暗室之足欺爲小人之所笑爲通賢之所悲童子尚知其不可矧衡鏡與蓍龜故曰至道之精窅窅冥冥至道之極昏昏默默焚符破璽而人朴鄙剖斗折衡而民不争擿莊子作攦工倕之指而天下始巧膠離朱之目而天下始明然後除其矯黠之患安其性命之精太平之代萬物肫肫凡聖脗合賢愚滑昏公卿不接友長吏不迎尊當成康勿用何暇談其兵甲典謨旣作焉得糴其書論雖有晏嬰子產將頓伏於閭巷雖有冉求季路且耕牧於田園彼尋常之才子又焉可以勝言命鸞鳳兮逐雀鼯龍驥兮捕鼠使掌事者校其功兮孰能與隼貍而齊舉金

爲舟兮璹瑁揖不可以涉丘陵些珠爲衣兮翡翠裳不可
以混樵蒸些何器用之乖剌悼斯人之勤麥些一作倚長巖
以爲枕兮吸流光以高卧見城市以盈虛若蚊蝱之相過
當其時也巢由蒲野不知稷禹之尊周召盈朝莫救夷齊
之餓若夫管仲不遇齊桓則城陽之贅婿太公不遭姬伯
亦棘津之漁夫一義一仁柴也來兮由也醢一忠一孝微
子去兮箕子奴聖人百慮而一致君子同歸而殊途推旣
焚兮脅旣溺桀亦放兮文亦拘笙簧六籍則秦谷有坑儒
之痛黼藻百行則漢家有黨錮之誅鄴都傾覆飛禍纏於
高鼻洛陽板蕩橫死坐其無鬚喔咿嘌嘶口含天憲睚眦
釁分屍僵路隅變化與屈伸交逐窮達與存亡並驅因其

所有而有之則萬物無不有就其所無而無之則萬物無
不無有竅而生寧唯混沌無用而飽何獨侏儒是以遽伯
玉卷兮長卷甯武子愚兮更愚庭有樹兮樹有荆園有鳥
兮鳥有鴒鴒其鳴矣思諸兄矣荆其穎矣思諸季矣巖有
芳桂隰有棠棣枝蘢蓯兮相樛葉翩翻兮相翳天之生胡
寧不惠何始吉兮初征悲終凶於未濟

悲窮通

二悲曰流淚公子傷心父之歷萬古以抽恨橫八荒而選
悲有幽巖之卧客兀中林而坐思形枯槁以崎嶬足蹁蹮
以緇薹悄悄兮怨愴愴耿耿兮惆悵超遥兮獨蹇淹留兮
空谷天片片而雲愁山幽幽而谷哭露垂泣於幽草風含
悲於拱木徒觀其頂集飛塵尻埋積雪骸骨半死血氣中
絕四支萎墮五官欹缺皮皺積而千皺衣聯褰而百結毛
落鬚禿無叔子之明眉脣亡齒寒有張儀之羞舌仰而視
睛翳其若瞢俯而動身羸而欲折神若存而君亡生不生
而不滅其所居也不釁其所狎也非人古樹爲伴朝霞作
鄰不陰森以多晦傍恍惚兮無根枌門草合石路苔新公
子方撫其背兮曳其裾曰子非有唐之文士歟燕地之高
門歟昔也子之少則玉樹金枝及其長則龍章鳳姿立身
則淹中不足言其禮揮翰則江左莫敢論其詩每兢兢於
暗室恒詡詡於明時常謂五府交辟三臺共推朝紆會稽
之綬夕獻長楊之辭痛私門之禍速惜公車之詔遲豈期

晦明乖序寒燠愆度鱗傷羽折筋變肉蠹離披於丹澗之
隅毃㪍於數山之路已焉哉已焉哉崑山玉石忽摧頹事
去矣事去矣古今聖賢悲何已天道如何自古相嗟項羽
帳中之飮荆卿易水之歌何壯夫之懦節伊兒女之情多
借如蘇武生還温序死節王陵之母伏劍杞梁之妻泣血
事蓋迫於功名情有並於貞烈若關羽漢陰田橫海島孤
城已迫疲兵尚老離離碣石之鴻冪冪江潭之草廻首永
訣吞聲何道及夫獻帝偷生懷王客死哀西都之城闕憶
南荆之朝市鳳凰樓上隴山雲鸚鵡洲前吳江水一離一
別兮漢家宮掖似神仙獨坐獨悲一作獨愁獨怨兮楚國英華兢
桃李別有士安多疾顔竒不起馬援困於壺頭冉耕悲於

牖裏平生書劒宿昔琴罇研精殫於玉冊慱思浹於銅軍思欲爲龜爲鏡立德立言成天下之亹亹定古今之諄諄一朝溘卧萬事寧論君徒見丘中之饒朽骨豈知陌上之有遊魂假使百年兮（一作之）上壽又何足以存存

悲昔遊

三悲曰奇峯合沓半隱天綠蘿蒙蘢水潺湲因嵌巖以爲室就芬芳以列筵川谷縈廻兮迷徑路山嶂重複兮無人煙當巔頞之洞壑臨泱咽之奔泉中有幽憂之子長寂寞以思禪容色蹐蹐形神緜緜形半生而半死氣一絶而一連自言少小（一作年）遊宦來從北燕淮南芳桂之嶺峴北明珠之川東魯則過仲尼之故宅西蜀則耕武侯之薄田舊

鄉舊國白雲邊飛雪飛蓬暗遠天覽辭薊門千萬里少別昭丘三十年昔時人物都應謝聞道城隍今可憐忽憶楊州楊子津遥思蜀道蜀橋人鴛鴦渚兮羅綺月茱萸灣兮楊柳春煙波森森帶平沙門棧（一作閣道）連延徑復邪山頭交讓之木浦口同心之華嚴君平之卜肆戴安道之貧家月汜少薇吊吳中之隱士星千織女乘海上之仙槎長安綺城二十重金作鳳凰銅作龍蕩蕩千門如錦繡巖巖雙闕似芙蓉題字於扶風之柱繫馬于驪山之松灞池則金人列岸太華則玉女臨峯平明共戲東陵陌薄暮遥聞北闕鍾洛陽大道何紛紛榮光休氣曉氛氲交衢近投東西署複道遥通南北軍漢帝能拜嵩丘石陳王巧賦洛川雲河

水河橋木蘭櫰金閨金谷石榴裙曾入西城看歌舞也出東郊送使君一朝顦顇無氣力喙骸委骨龍門側當時相重若鴻鍾今日相輕比蟬翼驅代情兮共此何余哀之能得使我孤猿哀怨獨鶴驚鳴蘿月寡色風泉罷聲嗟昊天之不吊悲后土之無情松槚森沉兮戶內（一作何）掩石樓摧折兮柱將傾竊不敢當雨露之恩惠長痛恨於此生

悲今日

四悲曰傾蓋若舊白頭如新嘗爲（疑作謂）談過其實辨而非真自高枕箕潁長揖交親以蕙蘭爲九族以風煙爲四鄰朝朝獨坐惟見羣峯合沓年年孤卧常對古樹輪囷相弔相哭則有鵂鶹啼夜相慶相賀則有好鳥歌春林麐麐兮

多鹿山蒼蒼兮少人時向西溪汲水或就東巖負新百年之中皆爲白骨千里之外時見黃塵平生連袂宿昔啣杯談風雲於城闕弄花竹於池臺皆是西園上客東觀高才超班匹賈含鄒吐枚一琴一書校奇蹤於旣往一歌一詠垂妙製於將來絃將調而雪舞筆屢走而雲廻自謂蘭交永合松契長并通霄扼腕終日盱衡罵蕭朱爲賈竪目張陳爲老兵悲蒼黃兮驟變恨消長之相傾貴而不驕人皆共推晏平仲死且不朽吾每獨稱楊（疑相范）巨卿及其蹇產推聯支離括撮巳濡首兮將死尚搖尾兮求活莊西貸而魚窮姬東徂而狼跋今皆慶吊都斷存亡永濶憑駟馬而不追寄雙魚而莫達向時之清談尚存今日之相知巳沒

則有河濱漂母隴上樵夫盤食（一作飡）帶栗粥麵兼麩菽羹一簞濁酒一壺夫負妻戴男歡女娛攀重巒之岩嶴歷飛澗之崎嶇哀王孫而進饋問公子之所須因謂予曰哀哉可憐聖人之過久矣君子之罪多焉詩書禮樂適足衰人之神用宗族朋友不足駐人之頹年削跡伐衛孔席由來不暖摩頂至踵墨突何時有煙一朝至此萬事徒然自昔相逢把臂談玄（六字一作相逢把臂相見談玄）橫彫龍於翠札飛縞鳳于瓊筵各自雲騰羽化谷變鴛遷鳴香車於闕下曳珠履於君前豈憶荒山之幽絶寧知枯骨之可憐傳語千秋萬古寄言白日黃泉雖有羣書萬卷不及囊中一錢

悲人生

五悲曰禮樂既作仁義不偺死生有命富貴在天一變一化一虧一全去其外物歸於内篇（一作歸其自然）儒與道兮方計於前其書萬卷其學千年鍾鼓玉帛蹩躠邊（一作蹁）躚金木水火混合推遷六合之内慕其風兮如市百代之後隨其流兮若川三界九地往返周旋四生六道出没牽聯碌碌礚礚蠢蠢翾翾受苦受樂可悲可憐有超然之大聖歷曠刼以為期戒定惠解非陰入慈悲喜捨非見思聞儒道之高論乃撞鍾而應之曰止止善男子觀向時之華說乃天子之辯士請弄宜僚之丸以合兩家之美若夫正君臣定名色威儀俎豆郊廟社稷適足誇耀時俗奔競功名使六藝相亂四海相爭我者遺其無我生者哀其無生（二句一作有者遺其無死者哀其生）孰與乎身肉手足濟生人之塗炭國城府庫恤貧者之經營捨其有愛以至於無愛捨其有行以至於無行若夫呼吸吐納全身養精反於大素飛騰上清與乾坤合其壽與日月齊其明適足增長諸見未能永證無生孰與夫離常離斷不始不終恒在三昧常遊六通不生不住無所處不去不滅無所窮放毫光而普照盡法界與虛空苦者代其勞苦蒙者導其愚蒙施語行事未嘗稱倦根力覺道不以為功所言未畢儒道二客離席再拜稽首而言曰大聖哉丘晚聞道聃今已老徒知其一未究其術何異夫戴盆望天倚杖逐日蒼蒼之氣未辯昭昭之光已失嗚呼優優羣品遑遑衆人雖鑿其竅未知其身來從何道去止何津誰為其業誰作其因一翻一覆兮如掌一生一死兮若輪不有大聖誰起大悲請北面而趨伏願終身而敎之

弔屈原辭三章（并序）　劉蛻

吁三閭大夫之事司馬相如（集作長卿）班孟堅各有言蛻不載故也噫大夫之賢懷王之事蛻得之涕泗下衣霑毫歷辭（集作血）噫大夫之為臣千萬年其誰肖宋玉淮南王劉向東方朔王褒繼有悼語蛻一小儒也思賢人之作悲哥（集作苛）人之佞著弔屈原（集無此字）辭三章弔公之志也雨濛湘波浮檝搖歌既（集無既字）而悲伸紙波辭祈公兮來之

哀湘竹

悵二妃之淚竹圓紅滴滴兮臨乎壢沚竦枝與脩幹兮吟哀風之不已搖勁節而錦舒兮垂高蔭（集作陰）而自美招翔鸞之與翠鳳兮緝晴霞之數里繁柯重乎舜祠兮瘦影疊乎湘水諒高節之自任（集作佳）兮匪庭蓀之云比鄙衆蔭之延接兮恥凡羽之棲止入清溪之浪聲兮無笙簧之相擬恨葉翻波兮騷屑之風露滴煙蒙兮濯纓之子悵靈均之節兮依然想真姿兮千年若此

下清江

清江之上兮心夷猶清江之下兮煙波浮風軟兩絲兮湘波高雲昏竹暗兮鬼神愁遠霞開兮鳥（一作烏）帆隨碧江平兮桂檝移帶隱虹兮衣凝雲披（一作被）薜荔兮扈江蘺葳華

高兮水東注秋色下兮紅蘭渡鐃醮合兮荆和喪岐鳳翔兮龍媒去又曰心既絜兮道雲端水之浪兮人之（集無之字）波瀾浪可平兮人心不可平波瀾一翻兮孰測其情水之深兮不日深悵前恨兮淚沾襟

招魂（集作招帝子）

招湘靈兮澄瀾之渚雲蔽煙沉兮明月之浦唱宵歌兮撫雲璫擊鳴根兮薦清醑鸞去鳳飛兮雲不歸九疑疊翠兮橫湘兩颭輕飈兮揚微波激楚怨兮下湘娥緝荷蓋兮集雲壇絜桂席兮紉芳（一作蕙椒）蘭霞爲裳兮瓊爲珮舉雲旗兮持風幡若有來兮悉窣𢧐懸珂兮珊珊張孔蓋兮臨瑤臺月凝袖兮雲裁冠目眇眇兮千里春悵（集作恨）無言兮蒼梧濱戢蕙帶兮搴芳芬撫（集作拂）瑤琴（集作瑟）兮淚斑筠秉桂華兮下清湘拖無（集作金）波兮涉滄浪（集作洋）九疑之翠兮不可尋懷沙之水兮恨之深

文苑英華卷第三百五十四

文苑英華卷第三百五十五　雜文五

騷二

釋疾文三篇　祝痺癘文一首

釋疾文并序　盧照隣

余羸卧不起行已十年宛轉匡床婆娑小室未攀偃蹇桂一臂連踡不學邯鄲步兩足匍匐寸步千里咫尺山河每至冬謝春歸暑闌秋至雲壑改色煙郊變容輒輿出户庭悠然一望覆燾雖廣嗟不容乎此生亭育雖繁恩已絕乎斯代賦命如此幾何可憑兮爲釋疾文三篇以貽諸好事盖作易者其有憂患乎删書者其有栖遑乎國語之作非瞽叟之事乎騷文之典非懷沙之痛乎吾非斯人之徒歟

安可默而無述故作頌曰

粤若

粤若稽古帝列仙山一作兮遂矣大矣臣太岳矣欽哉良哉有太公兮卷舒龍豹奄經營乎四稷有先生兮乘騎日月期汗漫乎九垓尚書抗節兮蜀炎靈之道衰中郎含章兮遇金行之綱頹彼聖賢之相續信古往而今來人何代而不貴代何人而不才欝律崛岉兮似崑陵之玉石泮渙粲爛兮象星漢之昭回爾其爲廣也碧海雲蒸而地合爾其爲峻也赤城霞起而天開暨中朝之顛覆家不墜乎良箕紹金柯而玉秀穆蘭馨而菊滋彌九葉而逮余兮代增麗以光熈清風振乎終古妣譽熏乎當時皇考慶予以弄璋兮肇錫予以嘉詞名余以照隣字余以昇之余幼服此殊惠兮遂閲禮而聞詩於是裹粮尋師搴裳訪古探舊篆於南越得遺書於東魯意一作音有缺而必刊簡無文而咸補入陳適衛百舍不厭其栖遑累蠒重胝千里不辭於勞苦既而屠龍適就刻鵠初成下筆則煙飛雲動落紙則鸞廻鳳驚通李膺而竊價造張華而假成郭林宗聞而心服王夷甫見而神傾俯仰談笑顧眄縱横自謂明主以令僕相待朝廷以黄散爲輕及觀國之光利用賓王謁龍王於武帳揮鳳藻於文昌先朝好史予方學於孔墨今上好法予晚受乎老莊彼圓鑿而方枘吾知齟齬而不當是時也天子案劒方有事於八荒駕風輪而梁弱水飛日馭羽一作兮

苑扶桑戈船萬計兮連蜀鐵騎千群兮啓行文臣鼠竄猛士鷹揚故吾井栖栖以赴蜀分默默以從梁其後雄圖無畢登封禮日方欲訪髙議於雲臺考奇文於石室銷兵車兮爲農器休牛馬兮崇儒術屢下蒲帛之書值余有幽憂之疾蓋有才無時亦命也有時無命亦命也時也命也自前代而痛諸道之乖也則賢人君子伏斧鑕而不暇時之來也則屠夫餓隷作王侯而有餘三人倡狂兮爲奴爲戮八子狼狽兮爲醢爲葅長劒以橋尚想華亭之鶴孤舟欲近遥憶閶門之魚史遷下於蠶室劉艾徵於檻車康既幽而媿孫登宣屢困而慙寗遼故有閉門少事蹈滄海而辭組開卷獨得歸茂陵而著書起清流之浩漫長顧嗟乎靈

胥重曰積怨兮累息姑恨兮吞悲怨復怨兮坎壈乎今之代愁莫愁兮侘傺乎斯之時皇穹何親兮誕而生之后土何私兮鞠而育之何故邀余以好學何故儆余以多辭何余慶之不終兮當中路而廢之彼有初而鮮克兮賢者其猶不欺況鎔（一作陶）鈞之匠物胡不貞而諒之豈其始終爽德蒼黃變色無心意乎簪履有悲哀乎楊墨已焉哉天蓋高兮不可問地蓋廣兮不容人鍾鼓玉帛兮非吾事池臺花鳥兮非我春寂兮寞歲歲年年長少樂荒兮惚朝朝暮暮生白髮愴怳憤恨兮無所見（一作迷）宛轉聯蹉兮獨向隅狀若重從圓扉之受絏又似乾池涸井之相濡鸞鳳之翮已鎩兮徒奮迅於籠檻騏驥之足已蹇兮空悵望於廷衢

龍門之桐半死鄧林之木全枯苟含情而稟氣兮孰能不傷心而疾首乎歌曰歲將晏兮歡不再時已晚兮憂來多東郊絶此麒麟筆西山秘此鳳凰柯死去死去今如此生兮生兮奈汝何

悲夫

悲夫事有不可得而已矣是以古之聽天命者飲淚含聲而就死推不言兮焚于介山地不偶兮跂（一作岐）干嶷（一作疑）水仰天而嘆員憤骨於吳江下淚交順卿悲歌於燕市天無雷兮聞蟻聚於床下家非牧兮見牂生於奥裏支離疏之五官已敗哀駘駞（莊子作他）之六骸不美求時夜兮求鴞炙何逼迫之如此爲鼠肝兮爲蟲臂兮何鍛鍊之如彼鬱弗

沕滑兮中脊亂蟠薄煩冤兮長憤惋出戶庭兮遊息千萬里兮無極杳兮靄川綿曠兮水如帶巘兮鎭山嵔嵲兮雲似蓋萋兮綠春草生兮長河曲試一望兮心斷續晚兮婉夕鳥沒兮平郊遠試一望兮魂不返蘼蕪葉兮紫蘭香欲徃從之川無梁日云暮兮淚沾裳松有蘿兮桂有枝有美一人兮君不知氣欲絶而何爲孟夏兮恢台楊柳散兮芙蓉開葉初成兮蠶宛轉花落盡兮燕徘徊望夫君兮不來形枯槁兮意摧頹天何爲兮愁苦麥將秀兮多風梅將黃兮屢雨日色旰爛兮流金而爍石地氣燠煜兮蒲室而充戶神翳翳兮似灰命綿綿兮若縷一伸一屈兮比艱難乎尺蠖九生九死兮同變化乎盤古萬物繁茂兮此時余獨

何爲兮腸遭迴而屢腐圍棋廢兮時不可兮再來鳴琴停兮人何時以重撫秋風起兮野蒼蒼蒹葭變兮露爲霜蟬悲翳兮聲斷鴈迷雲兮路長摧折蕭條兮林寡色顦顇芸黃兮草不芳停斂兮懷舊友天外兮思故鄉願一見兮終不得側身長望兮淚浪浪還兮遠山谷縈迴兮屢轉狀若登薊門兮望胡苑斷兮連井邑丘墟兮知幾年又似登龍首兮見秦川木葉落兮長年悲紅顏謝兮鬢如絲王孫來兮何遲遲思公子兮涕漣洏風嫋嫋兮雨淒淒螢火飛兮鳥夜啼牽牛西北兮星已轉織女縱橫兮河欲低秋夜迢迢兮秋未極愁人耿耿兮愁不息有所思兮在天漢欲往從之兮無羽翼爵金棧兮木蘭冊青沷裳兮白羽裘戲綠

波兮坐芳洲歡不停兮人不留帳容與兮徒離憂玄冬慘
兮陰氣凝沸泉結兮炎州氷郊野昏兮寒沙漲河海暗兮
繁雲興嚴風急兮密雪下墐户閉兮無留者盼城郭兮瓊
爲樹兮玉爲樓瞻通路兮駕素車兮乘白馬時耿耿兮歲
冥冥晝杳杳兮夜丁丁庭有霜兮月華白室有人兮燈影
青披重衾兮魂悄悄卧空床兮目熒熒御熏鑪兮長不暖
對危酒兮憂恒滿悲繚繞兮從中來愁纏綿兮何時斷重
曰四時兮代謝萬物兮遷化聽春鳥於春朝聞秋蟲於秋
夜花覆地兮無代（一作待）河傾天兮不借無靈草兮駐朽質
乎千年無彫戈兮迴踆烏乎三舍夏日長兮繩繩炎風暑
雨兮相蒸草不扶疏兮如此余獨蘭驛（二字疑）兮不自勝玄

月兮祈寒窮急景兮摧殘霰雪雰雰兮長委積人事寥寥
兮悵漫漫春秋冬夏兮四序寒暑榮悴兮萬端春也萬物
熙熙焉感其生而悼死夏也百草榛榛焉見其盛而知其
闌秋也嚴霜降兮殷憂者爲之不樂冬也陰氣積兮愁顏
者爲之鮮歡聖人知性情之紛糾故嘆之曰予欲無言吾
將焉往而適耳箕有帑兮潁有瀾歌曰歲去憂來兮東流
水地久天長兮人共死明鏡羞窺兮向十年駿馬停驅兮
幾千里麟兮鳳兮自古吞恨無已

命曰

命曰昊天不傭兮降此鞠凶昊天不惠兮降此大戾不先
不後兮爲蠆爲瘵痡之撫兮孰知其屬木之柔兮緡之絲
之人之溫兮黼之藻之自天佑之兮無不利一者之來兮
云何二野有鹿兮其角牲牲林有烏兮其羽習習余獨何
爲兮悲攢欒兮憂戢香南山巃嵸兮樹輪囷北津清泚兮
石磷磷天之生我兮胡寧不辰火克已而復禮無終食兮
違仁既好之以正直兮諒無負於神明何彼天之不弔兮
衰此命之長勤百罹兮六極横集兮我身長攣圈以偃蹇
永伊鬱以呻嚬天道何從自古多卭爲臧兮匪祐匪仁兮
覆蕭蹻很戾兮南氾踞叛渙兮東風並強大兮熏赫咸壽
考以從容勛則天兮朱已矣韶盡美矣均忽焉公侯之系
兮必復堯舜之後兮何懋干執諫兮辛載蕃抗議兮靈年
忠於（一作與）貞兮何復俱不得其死焉牛一變而爲虎鱉三

化而作鵲觸氏居蝸而爭地龍伯釣鼇而訴天何變化之
殊族而大小之相懸長無述焉將不死而爲賊賢哉回也
今不幸而早亡明夷何辜兮羑里洪範何恃兮佯狂我視
于天兮亦孔之痒丘與溺兮殊貫覊與張兮相詭紛紜總
總兮若茲羌未得其玄已盛之孝兮姚何感而遂開合之
恭兮昆何嫌兮不起聖人不議姬旦憤於鴟鴞君子無憂
周南歌於芣苡五鹿云折退守平陵之田三都已成歸人
宜春之里乾不穆兮一爲戌一爲辰坤不恒兮三成田三
成水何斯柱之危脆一夫觸之而云折東南耿其既傾西
北豁其中裂有杞者國竟未掬其烏蟾有歷其都奄以成
其魚鱉共何壯兮而損其盈媧何神歟而補其闕天且不

能自固地且不能自恃安得而有萬物安得而運四時彼
山川與象緜其孰爲之主司生也既無其主死也云其告
誰何必拘拘而踽踽可浩然而順之吾知惡之不能爲惡
故去之曰群生之所蠹吾知善之不能爲善故就之曰有
生之大路雖粉骨而糜軀終不改乎此度重曰予既昧此
杳冥兮迷之不知其所届將寄命於六師訪真訣乎遐外
見流星以爲旗邀白雲而爲蓋玉虬紛其旖旎青鸞儼其
容裔霓爲裳兮羽爲旗雷爲車兮電爲旆嘒嘒兮上馳遥
遥兮横厲忽若夢兮有覺與巫陽兮相會巫陽爲予兮挈（一作絜）
龜龜告予以雙支朱雀搖而金躍青龍發而火馳虵
登栖兮鷄入穴雲北走兮水西垂巫陽曰爻兮覆兆不告

靈蔡誠不能知造化之心數朽骨焉足以定古今之倚伏
請導列鈌之前旌部豐隆之後軷披上帝之玄鍵考中皇
之秘籙於是排雲旌兮叫諸闕登紫翠兮伏瑶壇靈烏果
其將駕東皇鼇其既觀余敷衽而未决兮東皇頷而不言
玉女申之以璦蘂靈妃既之以琅玕悵容與不駐肅雲軑
於南軒窈窕徘徊邈矣悠哉下臨兮星雨上絕兮氛埃彷
徨兮三清之館縹緲兮八風之臺俯觀兮故國洞崢嶸兮
無極長懷兮故人渺瀰淩兮霑軾横天苑歷北辰經市樓
兮一息停余車之轔轔涉明河之清淺過織女而問津巫
陽曰左招搖兮右天駟太一之居兮無不利其道也楓爲
天兮棗爲地盍徃從之兮導君意太乙方握鞶低眉右手

拄（一作揞）顒或以日臨命以歲加時弄轉兮再改三命兮三
推華蓋微明兮君子居貞之位太陽陰主兮天人厄運之
期若夫一氣鴻蒙萬化緇釐此星精與木禺又何足以知
之巫陽曰太上有老君焉其名曰伯陽遊閬風之瓊圃處
倒景之琳堂披拂日月咀嚼煙霜撫千載兮爲朝爲暮濟
萬物兮若存若亡古之聰明博達而不死者將與君子造
崑崙之大荒迨而容與弭節翱翔俄參元而下降濟弱水
之湯湯躋軒臺而右轉對玉檻之鏘鏘伯陽欣然見予曰
昇之來何遲何故瘕憊之如是何故枯槁之若茲吾適以
爾小別今將千二百朞昔者爾爲翟吾固知爾絜絜焉無
益其後爾爲舟吾欲告爾休休焉不留名已登乎仙格爾

身常蹇乎中州噫哉甚可痛甚可哭多智也命之斧斤多
才也身之桎梏爾形骸之在地也每矍矍然求媒精魂之
於天也又遑遑焉訪卜何異儀冊鳳於膠柱飼玄魚於森
木何晲晤之逶迤何早計之觳觫嗚呼何異喪其親也揭
竿而求諸海失其子也擊鼓而訪諸道途之遠矣曷其云
蘇與影捕逐可不謂悲乎夫道之動也豩豩猋猋靜也若
喪若失曠兮不以死生爲二塊兮若以天地爲一生於萬
物之後不爲緩死於太古之前不爲疾弊萬類也不謂之
凶利四海也不謂之吉夫如是則巨浸稽天而不溺鴻災
冶地而不然生死不能爲其壽妖變化適足寄其騰遷化
而爲魚也則躍龍門而橫碣石化而爲鳥也則陪（莊子作培）羊

角而負青天爲社也則長無斤斧之患爲瓠也則泛乎決濟之川物無可而不可何必守固以拳拳余於是乎嗒然而喪其偶倏爾而失其知思故池之淥水憶中園之桂枝栩栩然若有得茫茫然若有亡嘆彷彿兮覺悟魂已歸乎北鄉其徃也人皆爲之避席其返也鳥不爲之亂行歌曰茨山有薇兮潁水有漪儒（一作夷）爲栢兮秋有實叔爲桺兮春雨（一作向）飛倏爾而笑泛滄浪兮不歸焉（一作此字）

祝（集作祀）瘧癘文（并序）　皮日休

昔夏后氏鑄鼎象物使民知神姦或魑魅之外魍魎之餘匿天命竊帝威罔不見形於鼎上者自夏后氏去繼爲禍於人間彼之者始若處水檻（集作濫）復若落炎井昡瞀熒惑

視之累形聽者重聲骨節怠（集作殆）重如山巳傾始或醒時奪人之情喪人之精兀若木偶昏如宿酲噫或飲食不節哀樂失所病于人者上則湯劑次則礦艾愈矣凢有（集作非）是病者人也又非天也湯劑不可理礦艾不可攻嗚呼癘之能禍人是必有知也旣有知奚不效神爲聰明正直不加祟於君子焉逐爲文祝（集作祀）而遂之曰癘乎癘乎有事君不盡節事親不盡孝出爲叛臣入爲逆子天未降刑尚或竊生爾宜癘之有轉禄树威借物行機上弄國權下戲民命天未降刑尚或竊生爾宜癘之有賣交取禄諂交結族一言不善禍發如鏃天未降刑尚或竊生爾宜癘之美曼之色媚于君側巧笑未巳足亡于國天未降刑尚或竊生爾宜癘之柔佞之言惑于君前委順未足國步移焉天未降刑尚或竊生爾宜癘之四星之臣（集作奉于紫宸）藹墻起禍帝座蒙塵天未降刑尚或竊生爾宜癘之見災幸災聞禍樂成含羞冒貴忍垢貪榮天未降刑尚或竊生爾宜癘之癘乎癘乎爾目不肓爾耳不聾如何來之所陳奚不禍于其躬仁者必有厄義者必有窮見仁義而無癘遇奸佞而肆兇非惟去乎物患抑亦代乎天工癘乎癘乎苟依吾言而若是吾將送爾于帝聰

文苑英華卷第三百五十五

文苑英華卷第三百五十六　雜文六

騷三

弔屈原　柳宗元

後先生蓋千祀兮余再逐而浮湘求先生之汨羅兮擥蘅若以薦芳願荒忽之顧懷兮冀陳辭而有明（集作光）先生之不從世兮惟道是就支離搶攘兮遭世孔疚華蟲薦壤兮進御羔褏牝雞咿嚘兮孤雄束咮哇咬環觀兮蒙耳大呂堇喙以爲羞兮焚棄稷黍岸（詩宜岸宜獄　集作犴非）獄之不知避兮

宮庭之不處陷塗藉穢兮榮若繡黼攘折火烈兮娛娛（集作娭娭）笑舞讒巧之嘵嘵兮惑以爲咸池便媚鞠恧兮美愈（集作逾）西施謂謨言之怪誣兮反寘瑱而遠違匿重痼以諱避兮進俞緩之不可爲何先生之凜凜兮厲鍼石而從之（一有但字）仲尼之去魯曰吾行之遲遲柳下惠之直道兮又焉往而可施今夫世之議夫子兮曰何隱忍而懷斯惟達人之卓軌兮固僻陋之所疑委故都以從利兮吾知先生之不忍立而視其覆墜兮又非先生之所志窮與達固不渝兮夫惟服道以守義矧先生之悃愊兮蹈大故而不貳沉璜瘞佩兮孰幽而不光荃蕙蔽匿兮胡久而不芳先生之貌不可得兮猶髣髴其文章託遺編而歎喟兮渙余涕之盈

眶呵星辰而驅詭怪兮夫孰救於崩亡何揮霍夫雷電兮苟爲是之荒茫耀姱辭之矘朗兮世果以是之爲狂哀余衷之坎坎兮獨慍憤而增傷諒先王之不言兮後之人又何望中（集作忠）誠之旣內激兮抑咸（集作銜）忍而不長芊爲屈之幾何兮胡獨焚其中腸吾哀今之爲仕兮庸有慮時之不臧食君之祿畏不厚兮悼得位之不昌退自服以默默兮曰吾言之不行旣媮風之不可去兮懷先生之可忘

此篇第一千卷哀弔門重出今已削去

九諷系述　皮日休

在昔屈平旣放作離騷經正詭俗而爲九歌辨窮愁而爲九章是後詞人摭而爲之皆所以嗜其麗詞撢（集作探）其逸

藻者也至若宋玉之九辨王褒之九懷劉向之九歎王逸之九思其爲清怨（集作愁）素豔幽快（集作抉）古秀皆得芝蘭之芬芳鸞鳳之毛羽也自屈原巳（集作以）降繼而作者皆相去數百祀足知其文難述其詞罕繼者矣大凡有文人不擇難易皆出於毫端者乃大作者也楊雄之文丘軻乎而有廣騷也梁竦之詞班馬乎其（一作而）有悼騷也又不知王逸奚罪其文不以二家之述爲離騷之兩派也昔者聖賢不偶命必著書以見志況斯文之怨抑歟噫吾之道不爲不明吾之命未爲未（文粹作不）偶而見志於斯文者吾懼來世任臣之君因（一作用）謗而去賢持祿之士以猜而遠德故復嗣數賢之作以九爲數命之曰九諷焉嗚呼百世之下復有

脩離騷章句者乎則吾之文未過不爲乎廣騷悼騷也，

九諷

正俗

粤句亹之薄俗兮其風役而且苦吾欲以直道揠(烏入切)其邪心兮皆逞容而莫顧前而誨行兮後止高而踰(集作揄)仰兮下俯咸爲(疑)吾之儇(音翾)爲愚兮並以吾之憓(音埋)爲傴蹇靈脩之乃吾知兮先職我而爲輔柰其臣之佶佶(魚巾切)兮乃不知吾之所撫(卞輔切)吾欲以明喆之性辨君臣之分兮定文物之數吾欲以正直(集作許)之道兮進忠賢而退姦豎吾欲以醇醲之化兮反當今而爲往古吾欲以忖度之志兮定觚圜而反規矩念僨覆(上臺下匐 文粹作嚴)之在位兮若梟羊

之當路內灼怛以如傳(側吏切)兮復何知其所怨乃指天而鬱悠兮將天奪乎國之祐求愍愍以何言兮將求知於吾祖

禺謗

有肪兮畢而謂之不絜有臬兮壅而謂之不央有菹兮轥而謂之不芳有軸兮鍥(苦結反)而謂之不轍聲喧(呼遠切)唏(呼凡切)以無音兮氣鬱悒而空咽(集作噎)既愍愍(魚覲切川文粹作愍愍)以惛懼兮又謾謏而不訣誣彭祖以爲孺兮譎殤子以爲老駭衆人之難信兮捋夸者之不悅佞爲贅兮何去姦爲寵兮莫劑讀爲轡兮莫銜謗爲玉兮何切彘既臁(而羊切)而必烹兮木方蔞(子公切)兮必折心轆轆以(集作而)似車兮思綿綿而如趹手欲動兮似拳足將行兮如絏既不辨於(文粹作其)顏跖兮遂一貫於堯桀吾哀生之不逢兮奚至死而慘慘念帝歷之不爣(他即切)兮胡(集作故)交光於卷舌既何路以自辨兮遂沒齒而癆刺

見逐

靳尚之言兮美於(集作如)孅子蘭之氣兮醲於醒既愍聯(音綿)以相向兮遂裹足而南征面愜愜(音歷)以奚(文粹作美色)兮心懆懆(音榮)以(集作而)何情耳方聰兮忽聵(集作擦)目正(集作方)視兮忽肓日當午兮便昃天方晝兮不明欲泣兮有血將啼兮失聲望靈修兮似失出國門兮君鷩軔識怨兮欲緩駟知愁兮復明既徜徉兮夏水復眷戀兮南荊嗟余夙稟於大訓

兮潛漬國之忠貞既貿者之莫余容兮向重蒼而自明既咻仁以憑義兮遂𧘂(匹歷切漢書鉤𧘂折亂注𧘂破也)信而槻(音規)誠將真宰者(一無此字)之不仁兮胡爲役余以此生彼鸒(音預)斯之蟊賊兮固不能容乎鴟鴞彼茨蒺之蘩穢兮固不能讓於杜蘅已矣乎國無人兮莫我留將訴帝于玉京

悲遊

荷爲裯(丁牢切)兮芰爲襬(彼皮切)荃爲褔(居匆切)兮薜爲襦弭吾棹兮澧之浦駐吾檝兮湘之湄悲爲悲兮新去國怨莫怨兮新相思幽篁蕭兮靜晚清漪澹兮去遲湘君欲出兮風水急帝子不來兮煙雨微芷既老兮深(一作白)葯日將暮兮紅蓼朝浮乎鶺䲶(音啼)夕叫乎鷰雌灧(集作艷)漾漾兮不止潰

（音賁）悠悠兮何之日出沒兮北渚雲依稀兮九疑既無人以辨余兮又何心而怨咎退不、解其侘（音懌）傺（音脊）進不知其忸怩寒蜩怨而無聲兮古木凄其寡枝嗟吾魄之不返兮千秋萬歲湘中馳

憫邪

概天道之不明兮何獨生此大佞若猰貐之能冠兮當一國而持柄見亂臣之反詐兮信其主以不競轍已覆而又遵兮佗將轥而不整不思心腹之疾兮又玩膏肓之病竟客死于咸陽兮終不作壽王之幸既餐麂（音菟）以遺患兮遂倒釬（音奸）而授柄將諛臣之肆禍兮豈上天之付命粤吾大以爲不可兮彼以灾而爲慶儻靈脩之魄有知兮刷吾耻

於下瞑

端憂

有一美人兮端憂千喑萬愁兮曾不得以少休腸結多以莫廻兮淚啼劇而不流王孫何處兮碧草極目公子不來兮清湘蒲樓汀邊月色兮曉復（一作將）曉浦上蘆花兮秋復秋天泬寥以似悴兮峯巉崒以如抽篔簹颯兮兩岸杜若死兮霜洲遺余程兮澧之側整余陌兮湘之幽望汝須兮稀歸憂懷宋玉兮荆門愁欲向天以嗷咷兮寸晷不可以少留又不知吾魂之所處兮永冥冥以悠悠

紀祀

山之巔兮水之涘桂爲祠兮蘭爲位（一作祀）執玉桴兮扣雷鼓奠金靡（音摩）兮滴蜉蟻薦瑶芳兮望暮雲獻椒醑兮拜寒水祝盼蠁以惟談兮巫妖冶而魅醉波倏忽（集作閃倏）兮湘君風（集作竹）蕭踈兮帝子日將暮兮河伯秋正深兮山鬼神之化兮何方人之艱兮至此胡不化其邪而爲直（集作正）兮胡不返其戾而爲義胡不轉其亡而爲興兮胡不易其亂而爲治但血食于下國兮曾不少裨於有爲（集作位）吾將乘青璃而駕白虬兮將謁帝而訴神之累請天弧發鏃兮天棓行箠神速悔尤俾吾靈脩而易志

拾慕

粤吾秉心兮絜於瑾瑜芬其德而芳其道兮榮於蘼蕪將興國以見罪兮擬佐王而蒙辜彼群小之茸茸兮如慕臭

之蚍蜉以大鵬爲雀兮以康瓠爲𤮊以袞衣爲襟兮以黎丘爲墟以鄭姬爲醜兮以子產爲愚以鮑焦爲貪兮以孔聖爲誣吾將奮鱗於太空兮奚獨暮此江湖吾將發棠於蟠桃兮奚獨守此蒿萋吾將蕩其魄兮驂風軏（集作朝）輿乾（一作車）虬謁帝於冥冥之中兮秉其生殺之樞將飄飄以高逝兮亦何必懷此奸（文粹作佞）邪之故都

絜死

堯死兮舜殧禹殄兮湯絕似玉兮將沉似金兮永折沒（集作行以仁兮止以義生以貞兮死以絜念余曾不足以蹈聖闑兮亦慕茲而自悅湘浦兮煙沉沉江兮風切顧影兮自憐撫躬兮永訣鬼慘兮天愁（一作神悲）雨泣兮泉咽竟汨沒以

窳淪兮求幽憂而拂鬱湘之山兮未盡湘之流兮不竭千秋兮愁雲萬古兮明月靈均之寃兮孰能銷其氣靈均之愁兮孰能釋其結來者之取(集作自)鑒兮無致恨於牙孼

反招魂(并序)　前人

屈原作大招魂(或云景差作疑不能明)宋玉作招魂皮子以爲忠放不如守介而死奚招魂爲故作反招魂一篇以辨之辭曰

承溟涬之命兮付余才以(一作而)輔君君既不得乎志兮余飄飄而播遷余將蕩大空而就臧兮君又招余俾復身余詣帝以請訣兮帝俾巫陽以筮云巫陽御(一作語)余以不可歸兮故作詞以招魂(集作君)乃下招曰君(集作余)兮歸來故都慎不可留些其君雄虺兮其民封狐些食民之肝膈以爲

其肉兮擿民之髮膚以爲其衣些朝刀鋸而暮鼎鑊兮上矇昧而下墨呆(上眉下癡)些君兮來歸故都慎不可留些余昔爲比干之魂兮干僇而余去些未聞干貪生以自招兮余竟索其所處些君兮歸來故都慎不可留些余昔爲伍胥之魂兮胥僇而余逝些未聞胥貪位以惜生兮孰屬鏤而不滯些君兮歸來故都慎不可留些余昔爲弘演之寃兮演自殘而余行些未聞演惜命以不死兮俾其義而義明些君兮歸來故都慎不可留些帝命余以輔君兮亦以君之忠介自令以忠而見聞歟尚盤桓而有待些將自富貴而入羇旅兮其志乃悔些將戀骨肉而惜家族兮何不自栽(去聲)些梟食母而鏡(集作獍)食父兮見禽獸之爲生些苟兜殘者眉壽兮食梟鏡(集作獍)之(集作而)同名些君乎慎勿懷故都之戀歸來乎余爲君存千古忠烈之榮名(集作枯)些

悼賈(并序)　前人

余嘗讀賈誼新書見其經濟之學大矣哉眞命世王佐之才也自漢氏革嬴高祖得於矢石不暇延儒生(文粹作人)及爲天子制鈇度弛處華而夷是時獨有叔孫生能定朝儀其制未悉唯生草其書欲以制屈諸侯推定正朔調華輿服通流貨幣天不祐漢絳灌興謗竟枉其道出傅湘南(集作沅)生自以不得志哀屈平之放逐及渡沅(文粹無此字)湘沉文以弔之故其辭曰瞝(丑離切)九州而相君兮何必懷此都也(一作此故都)噫余釋生之意矣當戰國時屈平不用於荊則有齊

趙秦魏矣何不捨荊而相他國乎余謂平雖遭靳尚子蘭之譏不忍舍同姓之邦爲他國之相宜矣然則生之見棄又甚於平當漢時舍乎帝則爲諸侯矣如適諸侯則新書之文抑諸侯而尊天子也捨諸侯則胡越矣如適胡越則新書之文臧胡越而崇中夏也是以其心切其憤深其詞隱而麗其藻傷而雅余悲生哀平之見棄又生不能自明(一作用)其道嗚呼聖賢之文與道也求知與用苟不在於一時而在于百世之後者乎其生之哀平歟余之悲生歟吾之道也廢與用幸未可知但不知百世之後得其文而存之者復何人也咸通癸未中南浮至沅湘復沉文以悼之其詞曰

粤炎緒之嫣綿兮其國度之未彰天錫生以命理兮冀其道之盐光儒吳公之知賢兮道其名於文皇既賴（音刃）厥（音軫）以召之兮遂位之於上庠愍耄儒之惷窒（集作悫）兮對天問（文粹作懟）天閶之不臧既群愚之讓俊兮馳其譽之煌煌嘆（集作嗟）大漢之丕緒兮蚪其贒於汙潢上下溷而不分兮議削制於驕王殺僇禁而不制兮斷捽胡與（集作其）寇攘羌虜坌以侵華兮曾不能以抑强餌其嗜之延延兮寔（一作定）三代之討良念五德之更承兮論礩結而不綱乃秉臆以興說兮數用五而色上（文粹作尚）黃又諸侯以開國兮輸其租於咸陽曾不得以撫民兮俾其君兮可忘請紆緺（音愚）以秉印兮各馳化于所疆上既說而欲大通兮遭絳灌于東陽道既擯

兮何明何出傳于三（集作於阮）湘侼（音敖）沅波之滃（集作翁）洫兮或漁（集作漾）棹以夷猶望靈均之没所兮巔（音頻）其心之慆慆臨汨羅之浩漾兮想懷沙之幽憂森（一作卉）樛蘿以蓊鬱兮峙絣㳄以相號霧雨暗于北渚蝄蟰毒乎芳洲景黮沮以不明兮若夫悼乎離騷香依依兮杜若韻凄凄（集作萋萋）兮葉勞（上音栗下音勞）山隱隱以掃空兮煙微微而澹（集作淡）秋吾不知所感兮淚憤恨以橫流當抱憤于湫藩兮曾無足以少休既狹亂以傷思兮聞（集作又）鴟鴞而動愁嗚呼哀哉世既不平頷（吾感切）吾道以爲非兮吾復何依蘋蘭憔悴兮稂莠繁滋麟鳳匿跡兮梟鏡（文粹作鏡）騰威憤（文粹作哲）匠罷斤（文粹作斧）兮拙者揖之離婁閉目兮瞽者揚眉子都蒙袂兮敦洽騁姿嗚呼哀哉亦先生之厄也貽其世之不可兮何不觧而去位文垂萬世之名兮取舍在此奚自取謗於童羖兮乃憫然而爲累蓋伊尹三就五就之心兮冀其民之可治柰惛惛之不悟兮又被之以非議幸一人之再覺兮答受釐之奥義既傅王以墮駕兮乃宛慟而已矣訊曰君不明兮莫我知幽都寂兮和涕歸文懸日月兮俟後聖用之大故忽兮其何足悲

文苑英華卷第二百五十六

文苑英華卷第三百五十七　雜文七

騷四

譏（一作訟）風伯　韓愈

維茲之旱兮其誰之由我知其端兮風伯是尤山外雲兮澤上氣雷鞭車兮電搖幟雨寖寖兮將欲墜風伯怒兮雲不得止暘烏之仁兮念此下民閟其光兮不鬭其神嗟風伯兮其將（集作獨）謂何我於爾兮豈有其他求其時兮脩祀

事羊甚肥兮酒甚旨食足飽兮飲足醉風伯之怒兮誰使雲屏屏兮吹使醎之氣將交兮吹使離之鑠之使氣（集作雲）不得化寒之使雲（集作氣）不得施嗟爾風伯兮欲逃其罪其又何辭上天孔明兮有紀有綱我今（集作今我）上訟兮其罪誰當天誅加兮不可悔風伯雖（一作之）死兮人誰汝（一作爾）傷

愬螭（并序）　柳宗元

零陵城西有螭室于江法曹史唐登浴其崖螭牽以入一昔（集作夕）浮水上吾聞凡山川必有神司之抑有是耶於是作愬螭投之江曰

天明地幽孰主之兮壽善夭殤終何爲兮堆山釃江司者誰兮突然爲人使有知兮畏危慮害趨走祇兮父母孔愛妻子嘻兮出入公門不獲非兮潋潋相流清且微兮陰幽洞石蓄怪螭兮胡濯盜熱卒無歸兮親戚叫號閭里思兮魂其安游覲湘纍兮嗟爾怪螭害江湄兮游（集作延）沫重淵（集作淵）物莫威兮螺形决目潛伺窺兮膏血是利私自肥兮歲既大旱澤莫施焉妖猾下民使顛危焉充心飽腹肆款嬉兮洋洋徃復流逶迤兮惟神高明胡縱斯兮蔑棄無辜逞恣兮胡不降罰肅川坻兮舟者欣欣游者熙兮蒲魚浸用吉無疑兮牲牷玉帛人是依兮匪神之愬將安期兮神之有亡於是推兮投之北流心孔悲兮

哀溺（并序）

永（集作零）陵之甿咸善游一日水暴甚有五六甿乘小舡絶湘水中濟船破皆游（集作浮）其一甿盡力而不能尋常其侶曰汝善游最也今何後爲曰吾腰千錢重是以後曰何不去之不應搖其首有頃益怠已濟者立岸上呼且號曰汝愚之甚蔽之甚身且死何以貨爲又搖其首遂溺死吾哀之且若是得不有大貨之溺大甿者乎於是作哀溺文

吾哀游（集作溺）者之死貨兮惟大甿之爲憂世濤鼓以風湧兮浩滉瀁而無舟不讓禄以辭富兮又旁窺而詭求手足亂而無如兮負重踰乎崇丘既搖（集作浮）顚而掀脅兮不忍（集作欲）釋利而離尤呼號者之莫救兮愈搖首以沉流髮披鬖以舞淵（集作瀾）兮魂倀倀而焉游黿鼉互進以爭食兮魚鮪族而爲羞始貪贏而（集作以）畜厚兮終負禍而懷讎前既

没而後不知懲兮更攬取而無時哀哀茲堺之蔽愚兮夂
賊巳而從佻不量多以自諌兮姑指幸者而爲謀夫人固
靈於鳥魚兮胡昧爵而蒙鈎大者死大兮小者死小善遊
雖最兮卒以道夭與害偕行兮以死自繞推今而鑒古兮
鮮克以保其生衣竇焚紂兮專利墄桀豺狼死而猶餓兮
午復尸而不盈民既貿貿而無知兮故與彼咸謚爲堺死
者不足哀與中人之爲余再更噫

憎王孫序并　前人

猨王孫居異山德異性不能相容猨之德静以恒類仁讓
孝慈居相愛食相先行有列飲有序不幸乖離則其鳴哀
有難則内其柔弱者不踐稼蔬木實未熟相與視之謹既

熟嘯呼群萃然後衎衎焉山之小草木必環而行遂其植
故猨之居山恒鬱然王孫之德躁以囂勃諍號呶唶唶彊
彊雖群不相善也食相噬囓行無列飲無序乖離而不思
有難推其柔弱者以免好踐稼蔬所過狼藉披攘木實未
熟輒齕齩捉集作投注竊取人食皆知自實其嗛以頰貯食曰嗛山
之小草木必陵挫折挽使之瘁然後已故王孫之居山恒
蕭然以是猨群衆則逐王孫王孫群衆亦齚猨猨棄去終
不與抗然則物之甚可憎莫王孫若也余棄山間久見其
趣如是作憎王孫云
湘水之瀓瀓兮其上羣山胡茲鬱而彼瘁兮善惡異居其
間惡者王孫兮善者猨環行遂植兮止暴殘王孫兮甚可
憎噫山之靈兮胡不賊旃跳踉叫囂兮衝目宣斷外以敗
物兮内以爭群排闘善類兮譁駭披紛盜取民食兮私已
不分充嗛果腹兮驕傲驩欣嘉華美木兮碩而繁群披競
齧兮枯株根毀成敗實兮更怒喧居民厭苦兮號穹旻王
孫兮甚可憎噫山之靈兮胡逍不聞猨之仁兮受逐不校
退優游兮惟德是傚廉來同兮聖囚禹稷合兮凶誅群小
遂兮君子遠大人聚兮孽無餘善與惡不同鄉兮否泰既
兆其盈虚伊細大之固然兮乃禍福之攸趋王孫兮甚可
憎噫山之靈兮胡逸而居

逐畢方序并　前人

永州元和七年夏多火災日夜數十發少尚五六發過三

月乃止八年夏又如之人咸無安處老弱燔死晨不爨瞑
不燭皆列坐屋上右右視罷不能集作得休蓋類物爲之者
訛言相驚云有恠鳥莫實其狀山海經云章義之山有鳥
如鶴一足赤文白喙其名曰畢方見則其邑有譌火若今
火者其可謂譌歟而人又有文粹作有以鳥傳者其畢方歟遂
邑中狀而圖之禳而磔之爲之文而逐之
后皇庇人兮儆撥其材大施棟宇小蔽草萊各有攸宅兮
時闔而門火炎爲用兮化食生一作先財胡今茲之怪戾兮
日十爇而窮災朝儲清以聯邃兮夕蕩覆而爲灰焚傷羸
老兮炭死童孩叫號嚌突兮户駭人哀祖夫狂走兮倏忽
甡來鬱攸孽暴音剥兮混合恢台民氣不舒兮傴踣顛頹休

炊息熛兮灰伏煨煤門蘬晦黑兮脅伺姦回若墜之天兮
若生之鬼令行不訛兮國恐盡已問之禹書畢方是祟嗟
爾畢方兮胡肆其志皇亶聰明兮念此下地災皇所愛兮
僇死無貳幽形扇毒兮陰險詭異汝今不懲兮衆怨咸至
皇斯震怒兮殄絶汝類祝融悔禍兮回祿屏氣太陰施威
兮玄冥行事汝雖赤其文隻其趾逞工衒巧莫救汝死黜
知亟去兮愚乃止此高飛兮翺翔遠伏兮無傷海之南兮
天之裔汝優游兮可卒歲皇不恕兮来汝世日之良兮今
速逝急急如律令

罵尸蟲（并序）　前人

有道士言人家有尸蟲三處腹中伺人隱微失誤輒籍記

曰庚申幸其人之昏睡出讒于帝以求饗以是人多謫過
疾癘夭死栁子特不信曰吾聞聰明正直者爲神帝神之
尤者其爲聰明正直宜大也安有下比（集作以非）陰穢小蟲縱
其狙詭延其變詐以害于物而又悦之以饗其爲不宜也
殊甚吾意斯蟲若果爲是則帝必將怒而戮之投于下土
以殄其類俾夫人咸得安其性命而苛慝不作然後爲帝
也余既處卑不得質之于帝而嫉斯蟲之說爲文而罵之
來尸蟲汝曷不自形其形陰幽詭灰而寓乎人以賊厥靈
膏肓是處兮不擇穢卑潛窺默聽兮導人爲非冥持札牘
兮摇動禍機卑陬拳縮兮宅體險微以曲爲形以邪爲質
以仁爲凶以僭爲吉以淫諛諂誣爲族類以中正和平爲
罪疾以通行直遂爲𧄼䁾以逆施反鬬爲安佚偺下讒上
恒其心術妬人之能幸人之失利昏伺睡旁睨竊出走讒
于帝遽入自屈幂然無聲其意乃畢求味己口胡人之恤
彼修蛕恙心短蟯穴胃外搜疥癘下索瘻痔食人肥膏（集作侵侵肌膚）
爲己得味世皆禍之則惟汝類良醫刮殺聚毒攻餌
旋死無餘乃行正氣汝雖巧能未必爲利帝之聰明宜好
正直寧懸嘉饗荅汝讒慝叱付九關貽虎豹食下民舞躍
荷帝之力是則宜然何利之得速收汝（集有之字）生速滅汝
精奪收震怒將勑雷霆擊汝酆都糜爛縱横俟帝之命
乃施于刑群邪殄夷（一作殊）大道顯名害氣永平厚人之生
豈不聖且神歟祝曰尸蟲逐禍無所伏下民百祿惟帝之

功以受景福尸蟲誅禍無所廬下民其蘇惟帝之德萬福
來符臣拜稽首敢告于玄都

招海賈　前人

咨海賈兮君胡以利易生而卒離其形（一作刑）大海盪汩兮
顛倒日月龍魚傾側兮神怪𩔖㚔滄茫無形兮往来遽卒
陰陽開闔兮氛霧滃渤君不返兮逝怳惚舟航軒昂兮下
上飄皷騰趠（一作踔）嶢嵲兮萬里一覩卒入泓坳兮視天若
畝奔螭出抃兮翔鵬振舞天呉八（一作九）首兮更笑迭怒垂
涎閃舌兮揮霍旁午君不返兮終爲厲墨齒棧（集作黑齾戲）齴
鱗文肌三角駢列耳離披反斷叉牙踔嶔崖虵首狶鬣虎
豹皮群没牙出讙遨嬉臭腥百里霧雨瀰君不返兮以充

飢弱水蓄縮其下不極投之必沉負羽無力鯨鯢疑畏淫淫嶷嶷君不返兮卒自賊惟石森立涵重淵高下列集作迾置滔危顛崩濤搜疏剡戈鋋君不返兮砉沉顛疊用顛字義不同其外大泊泙奫淪終古廻薄旋天垠八方易位更錯陳君不返兮亂星辰東極西傾海流下集作不屬泯泯超忽紛盪沃殆而一昳兮沸入湯谷舳艫霏解梢若木君不返兮魂焉薄海若齎貨號兮一作風雷巨鼇頷首岳山頽倡狂震爔翻九垓君不返兮糜以摧咨海賈兮君胡樂出幽險而疾平夷惝駭愁苦而以忘其歸上黨易野恬以舒蹈蹂厚土堅無虞岐路脉布彌九區出無入有百貨俱周游傲睨神自如撞鐘擊鮮恣歡娛君不返兮欲誰湏膠鬲得聖捐鹽

魚范子去相安陶朱呂氏行賈南面孤弘羊心計登謀謨煮鹽大冶九卿居禄秩山委收國租賢智走諾爭下車逕纖傲世所趨君不返兮譊爲愚咨海賈兮賈尚不可爲而又海是圖死爲險魄兮生爲貪夫亦獨何樂哉歸來兮寧君軀

文苑英華卷第三百五十七

文苑英華卷第三百五十八　雜文八

騷五

秋風搖落

梁孝元皇帝

秋風起兮寒鴈歸寒蟬鳴兮秋草腓萍青兮水澈葉落兮林稀翠爲蓋兮玳爲席蘭爲室兮金作屏水周兮曲堂花交兮洞房樹參差兮稍密紫荷紛披兮疏且黃雙飛兮翡

翠並沐一作兮鴛鴦神女雲兮初度雨斑妾扇兮始藏光且淹留兮日云暮對華燭兮歡未央

此篇三百三十一卷重出前已削去注異同爲一作

擬招隱士

范縝

修竹苞生兮山之岑繽紛葳蕤兮下一作不交陰木蘢蓯兮巍峩川澤泱漭兮雲霧多悲猨鳴嘯兮嘯儔侶攀折芳條兮聊停佇夫君兮不還蕙華兮彫殘歲晏兮憂未開一作闋草蟲鳴兮凄凄蕭兮森兮玄磵深悵徬徨兮沉吟紛紛一作紛紜兮菴藹一作晻曖窮巖亢兮能窺幽林杳冥兮吁可畏嶔崟兮嶮巇岌峩兮傾欹飛泉兮激沫散漫兮淋漓蒹蘺兮修葛百蔓兮長枝緑林兮被崖隨風兮紛披猛獸兮封狐耽

眺兮視余扶藤兮直上巖巖兮嶷嶷一作擬擬霏霏兮敷敷赤豹兮文貍攀騰兮相追思慕公子兮心遲遲寒風厲兮鴟梟吟鳥悲鳴兮離其群公子去兮誰與親行露厭浥兮似中人

獄中學騷禮　盧照鄰

夫何秋夜之無情兮皎晶悠悠而太長圜户杳其幽邃兮秋疑作愁人披此嚴霜見河漢之西落聞鴻一作鳴鴈之南翔山有桂兮桂有芳心思君兮君不將憂與憂兮相積歡與歡兮兩忘風嫋嫋兮木紛紛凋綠葉兮吹白雲寸步千里兮不相聞思公子兮日將曛林巴暮兮鳥群飛重門掩兮人徑稀萬族皆有所托兮蹇獨淹留而不歸

招北客文　岑參文粹作獨孤及

蜀之先曰蠶叢兮縱其目一作號以稱王當周室陵頽兮亂無紀綱洎乎杜宇從天而降鼈靈泝江而上相禪而帝攜有南國之九世二字一作地蜀本南夷人也皆左其衽而椎其髻及通乎秦也始於惠王之代五牛豖文粹作椓而秦女至一蛇死而力士斃二江雙注群山四蔽其地卑濕其風胜脆戀貊雜處滇僰爲隣地偏而兩儀不正寒薄而四氣不均花葉再榮秋冬如春暮夜多雨朝旦多雲陽景罕開陰氣恒昏以暑以濕爲瘵爲癘氣浥熱以中人吾知虛尵之疾兮將嬰爾身蜀之不可往北客歸去來兮其東則大江沄沄下絕地根百谷相吞出于荊門突怒叫劃附于太白渤澥硼研會于滄溟跳賁浩淼上濺飛鳥蹙縮盤渦下漩黿鼉三峽兩壁亂峯如戟槎枒屹崒瀕洞劃拆高干天霓雲外水積盡日無光其下黑窄瞿塘無底淺處萬尺啼猿哀哀腸斷過客復有千歲老蛟能變其身好飲人血化爲婦人衒服靚粧遊於水濱五月之間白帝之下洪濤塞峽不見灧澦翻天蹙地震吼雷怒亦有行巨一作舟突然而去人未及顧棹未及舉瞥見陽臺不辨雲雨千里一歇日未亭文粹作移午須臾黑一作在風暴起拔樹震山石走沙飛波騰浪翻舟子失擾摧檣折竿漩入九泉沒而不還支體糜散蕩入石間水族呀呀撥文粹作拔剌争飡蜀之東兮文粹無兮字不可以往北客歸去來兮其西則高山萬重峻極屬天西有崑

崙其峯相連日月迴環礙文粹作閡於山巔巒崖盤欹天壁夐絕陽和不入陰氣固閉千年增冰萬古積雪谿寒地坼谷凍石冽夏月草枯春天木拆蒼煙凝兮黑霧結人墮指兮馬傷骨江水噴激迴盤紆鬱文粹作縈棧壁緣雲鉤連相撐繩梁嶪嶦文粹作僑杳杳冥下不見底空聞波聲過者矍然亡魂喪精復引一索其名爲笮人懸半空度彼城塹或如鳥兮或如玃倏往還來卒不落後文粹作或有豪豬千群突出如牛脩角如劍餓虎爭肉吼怒鬬鬬復有高崖墜石兮聲如雷之軒轟上敲下磕似火迸兮滿山流星礀谿忽兮倒流林岸爲之頽傾驚文粹作碎非騰犹與過鳥駭木魅兮山精深榛努一作怒鬣射人寒熊孔碩登樹自擲見人則擘巨糜飛

石壓人兮不可行西有犬戎與此山通行貌類人言語不同氊廬隆穹毛毳裘蒙茸啜酪啖肉持鎗挾弓依草及泉務戰與攻其聲如犬其聚如蜂中國之人兮或流落於其中豈知掘鼠茹雪以爲食終當皴其足而纍其胸泣漢月於西海思故鄉於北風蜀之西不可以往北客歸去來兮其南則有卭崍(文粹作筰)之關天設險難少有平地連延長山横亘瀘江傍隔百蠻吁彼漢源上當漏天靡日不雨四時霧然其人如魚爰處在泉終年霖霪時復日出狺狺諸犬向天吠日人皆濕寢偏死腰疾復有陽山之路毒瘴下凝白日無光其氣背背暑雨下濕黃茅上蒸南方之人兮不敢過豈止走獸踣兮飛鳥墮吾不知造化兮何致(文粹作知)此方此蜀之南兮不可以居(文粹作蜀之南不可以往)北客歸去來兮其北則有劍山巉巉天鑿之門二壁谽谺高崖嶙峋上柱南斗傍鎮於坤下有長道北達於秦秦地神州中有聖人左右伊皐能致我君雙闕峩峩上覆慶雲千官鏘鏘朝於紫宸王樓鳳凰金殿麒麟布德垂澤搜賢修文皇化欣欣煦然如春蜀之北兮(一作不)可以往北客歸去來兮

文祝延(并序)　沈亞之

文祝延之指本有(集作其本又作有本)儔祀閩人歌其賢也閩侯居政得民民蔭而安他日侯恙在體巷野之祈祀於神者皆以侯請蓋憂焉後得間而裥乃舒其俗以爲言俚不足自道或謂軍副者亞之能變風從律善闡物志因耋耆爲請於是與聞之(二字作文)以通其意且以古之得人者衆皆祝延之兮復用言命爲篇目其詞二(集有闋字)

閩山之杭杭兮水淵淵呑荒抱大兮杳疊層騰氣清渾兮朝昏神生其中兮宅幽凝居如山兮惠如水處端阜兮赴下而忘鄙售(集作集)人之祈兮從人之所市攀清明兮咋髮彝我民請兮期吉日願聽誠兮陳所當侯臨我兮恩如光照導兮眗覆惠流吾兮樂且康恭聞侯兮飲食失常民紮(集作縈)憂兮心若瘠飽我之饑兮侯由百(集作有)穀神有澤兮宜陰(集作蔭)沃脫侯之恙兮歸侯之多福群畢勤之絜恭(集作恭潔)兮鑒鎮盟乎山行

右一闋爲祈神

兕載吹兮音咿咿銅鐃呶兮戢呼䝘雅樟之蓋兮麓下雲垂幄兮煙爲帷合吾民兮將安惟吾侯之康兮樂欣肴盤列兮合(集作答)神神攡漁篁兮降拂崒崒右侍妓兮左夫人態修遂兮佻耿調丹含瓊兮瑳(聲)使笑馨炮羶燔兮溢按豆爵盎無虛兮果擴雜佑秩(集作秋)雲清醉兮流融光巫裾旋兮覘袖翔躚虛凝兮鑒迴陽(集作覽迴陽)語神歡兮酒云(集作味)央望吾侯兮導賞事朝馬駕兮撝寶轡千彌函弦兮森導騎吾何樂兮神軒維吾侯之康兮居遊自遂

右一闋爲酬神

爲人譔乞巧文(和史館陳學士作)　前人

邯鄲人伎婦李客(集作容)子七夕祀織女作穿針戲取苕臺

芙蓉雜致席上以望巧所降其夫以爲沈下賢工文(集有又字)能竊窈窕之思善感物態因請譔爲情語以道所欲詞曰惟雲渚之震(集作晨)秋兮天曠碧以凝慕懸韶桂於姹月泫明淚之新(集作清)露即河(集作何非)房之將期儼龍輪以就馭恭聞司巧之多方妾修馨香以奉且竊獨溺於自私希靈娥之所付羽(集作珝)碧凝其異質兮韻隆虹(集作虹隆)於霾霧假文羽於孔雀兮而使擅夫佳麗載雲蟬之重綏兮塗鸞金於綺箏細綃縷於藕腸兮差蓮跗以齒緻(集作橆齒)而纖瓜之絲蟲兮(集作命纖瓜之蟲絲兮)裹詹機之夕綴是物之巧功善飾願賜妾於針紉也葩萼鬱於濃妍包多宜以善喜(一作矣匪)引纖吹於輕颸若將翔而復倚醉光春之流景播清香於萬里霓

煙出乎無間縹窈眇以斐亹若披若曳兮捲平林兮橫曉水(一作若曳乎平林捲兮迴若橫於曉水)襲霽旦之繁芳兮因文(集作隱)映而增綺澹冉冉其駭容(一作澹凝佇其怡容兮)世無容(集作隱)以皆此是物之巧容善態願委妾於能媚也短蒲狹渙兮曲溜溢鴻鶤鶂鶂兮引乳娣戲音(一有聲字)清諧兮蕩(一有演字)曳牽遊裾之低凝兮蔓春心於淇猗枯寒勁幹兮億氣擺風吽夜兮留滎雪留韻凄澁兮映嗜咽吟夢語之連(一作清)漣感霜鍾之流越是物之巧音善感願付妾於管絃也

湘中怨辭(并序)　前人

湘中怨者事本怪媚爲學者不當(集作未嘗)有述然而淫溺之人往往不悟今欲概其所論以著誠而已從生常教喜(集作)善譔樂府故牽而廣之以應其詠

垂拱年中駕在上陽宮太學進士鄭生晨發銅駝里乘曉月度洛橋聞橋下有哭甚哀生下馬循聲察(集作索)之見艷女(三字集作見有麗情集作見其)翳然蒙袖(麗情集作袂)曰我孤養於兄嫂惡常苦我(麗情集作嫂惡視我)今欲赴水故留哀須臾生曰能遂(集作逐)我歸之乎應曰婢御無悔遂載與居號曰汜人所(麗情集作能)誦楚人九歌招魂九辨之書亦嘗擬其調賦爲怨詞其詞麗絕(麗情集作亦嘗擬賦爲怨歌其詞艷麗)世莫有屬者因譔風光(集作光風)詞曰隆佳秀兮昭(麗情集作招)盛時播薰(一作芳)綠兮淑華歸故里藑(集作英)與處萼兮潛重房以飾姿見雅(集作推)能之韶羞(麗情集作容)兮蒙長鵠(集作鶴)以爲幬醉融光兮渺渺瀰瀰迷千里

兮涵湮媚晨陶陶兮暮熙熙舞姚娜之穠條兮娉(集作騁)盈盈以披遲酡遊(麗情集作容)頹兮倡蔓卉縠(流積)電兮石髮髓施(麗情集作隨)生居貧汜人嘗解篋出輕繒一端與賣胡人酬之千金居數歲生遊長安是夕謂生曰我湘中蛟宮之娣也謫而從君今歲滿無以久留君所欲爲訣耳相椅(二字集作即相)持啼泣生留之不能(麗情集作啼泣留之)竟去後十餘年生之兄爲岳州刺史會上巳日與家徒登岳陽樓望鄂渚張宴樂酣生愁思吟之曰情無垠兮蕩蕩洋洋懷佳期兮屬三湘聲未終有畫艫浮漾而來中爲(麗情集作有)綵樓高百餘尺其上施幃帳欄櫳畫(集作盡)飾帷褰有彈絃鼓吹者皆神仙娥眉被服煙電(麗情集作霞)裙(麗情集作裙)袖皆廣長(麗情集作又)其中一人

起舞含嚬凄怨（麗情集作怨望）形類氾人舞而歌曰泝清風（集作青山）（麗情集作青春）兮江之隅拖湘波兮裹綠裙荷拳拳兮情未舒匪同歸兮將焉如舞畢歛袖翔然凝望樓中縱觀方悟貽（二字麗情集作臨檻）須臾風濤崩怒遂迷所往元和十三年余聞之於朝（集作朋）中因悉補其詞題之曰湘中怨蓋欲使南昭嗣煙中之述（集作志）爲偶唱（集作倡）也

迎潮送潮辭（并序）　陸龜蒙

余耕稼所在松江南旁田廬門外有濤通浦溆而朝夕之潮至焉天弗雨則軋而留之用以滌濯灌溉及物之功甚鉅其形狀遲速繫望晦盈虛也用之則順而進捨之則黙而退有類乎君子之道韙而感之作迎潮送潮二辭以聊

寄聲於騷人之末云（集作耳）

迎潮

江霜嚴兮楓葉丹潮聲高兮墟落寒鷗巢卑兮魚箔短遠岸沒兮光爛爛潮之德兮無涯際既充其大兮又充其細沒幽遐（集作沒幽岸文粹作窓幽）兮欵柴門寂寞留（集作流）連兮依希舊痕餘波（集作濡脥文粹作濡餘）澤槁兮潮之恩不尸其功兮歸於混元

送潮

潮西來兮又東下日染中流兮紅灑灑汀葭蒼兮嶼蓼枯北風騷牢兮愁煙以搣大幾望兮微將晦翳晛（文粹作）灖溶兮歛然而退變長波兮數數一幅巾兮無纓可濯帆生塵兮檝有衣悵潮之還兮吾猶未歸

憫禱辭（有序）　劉蛻

小子出都城見邑大夫爲民之禱者屬石燕不飛商羊不舞民有焦心請大夫祈龍波祠以厭民望彼巫歌伶吹竹鼓椌呼空者訖唱屢夕俄然微灑輕霎若神之來意似憫巫之役是也作辭以弔民云

公邑之南兮禱龍之潭空波隣天兮雲物中涵鱗颸縠碧兮淵惟相紊風翼輕翔兮帶直煙嵐吏不政兮胥爲民蠹政不繩兮官爲胥酣彼民之不能口舌兮爲胥之緘進不得理兮君結若餌陰炭陽爻兮民之不堪爍（集作爍日）日流熖兮赫奕如惔脩泉沸涌兮如湯而炎役巫女兮鼉鼓坎坎

（平聲叶韻）風笛揺空兮舞袂衫衫胥不慶祈兮官資笑譚胡不戮狡胥兮徇此潔嚴胡不罪已之不正兮去此貪婪荷天子之優祿兮胡爲而不廉又何役女巫而（集作兮）禱此空潭

文苑英華卷第三百五十八

文苑英華卷第三百五十九　雜文九

帝道

擬劇秦美新　岑文本

伊太極草昧元氣氤氳二儀肇闢三才乃分火化之風既徃結繩之政無聞遐哉邈矣故靡得而云也逮乎書契典爻彖辨皇王著謚號闡歷選列聖逖聽貴篆儀農崇行道之化堯舜弘揖讓之風湯武以干戈而稱盡美成康以刑曆而表成功雖步驟殊時澆淳異世（一作帝）道有文質政有隆替不在天文因人垂制規模煥其有章聲實渺其難繼

異哉秦氏之爲政也恃崤函之作固因襄文之餘烈窮起翦之暴兵納鞅斯之邪說兼兩州之地削六雄之轍先生之道廢曩聖之德威利嘴長距殫蒼生之命刮語焚書愚黔首之性海内訾其凶威天下苦其苛政於是懷道挾術之士背三秦而遠跡抱樸養素之夫竄九夷而自適趙高閻樂啓其亂陳勝吳廣伺其隙亟六璽於二代隳七廟於一擲永鑒其弊吁其劇歟與若漢祖之龍飛踐宸極居大寶感素靈之符行玄聖之道靖大亂以永寧濟斯人於難老泊文景之纂曆乃守文之有聲逮武宣之繼統亦王功之有成然而闕皇王之要道慭天地之至精仍踵秦之制度尚沿秦之章程既無聞於改作孰與發其聲明雖時乘於六位實貽誚於三靈者矣我有新之創業也累功而擬帝圖積德而膺寶命政化洽於巖廊惠澤溢於號令四表荷其亭毒萬物遂其正性帝典闕者旣補王綱弛者咸正其德也彌厚其道也彌盛若夫文軌大同夷狄嚮風武功也制禮裁樂遷風變俗文教也肇改正朔爰變服色至聖也盡禮郊禋致敬鬼神大孝也幽人咸洎奇士畢至濬哲也旣厝刑書亦廢囹圄鴻德也是以天不愛其道地不愛其寶龜威浮洛飛黃服皁一角九尾之瑞朝夕坰牧并柯共穗之祥日月畿服超邃古之芳英邁前王之簡牘其天意也如此其人事也如彼諒可以披綠圖詔青史降齊郊下亭里登介丘以昭德同梁甫以播美摛記牒於無窮播

歌誦而盈耳俾夫千載之上徃聖惡其鴻名百代之後下王奉其英聲固皇極於造化合至道於神明豈不美哉豈不美哉

王諜真記　謝偃

與一氣未分之前二儀肇闢之始綿哉邈矣固無得而稱焉泊乎立極斷鼇補天煉后三光抱日之帝九色乘雲之皇龜文發而八卦成鳥跡命而六體備於是書契著矣文籍興焉是以褒貶定于一言美惡在乎千里或揖讓以崇文德或干戈而擅武功雖五運代昌三正更襲質文殊軌馳驟異規莫不詳諸典策可備而言矣爰自近代迄乎周秦兵革迭興英雄（一作回）互起假名竊號者三分有二千紀

亂常者十居其九是以八維幅裂四海瓜分王壘稱王金陵謀帝重以中原塗炭戎羯憑陵文冠禮樂掃地將盡數百年間未聞（一作定）正朔我聖王之受命也則九服翹心三靈竚睠振乾維以綴象舉地絡以籠人曩者炎運將終九域淪陷於是披丹霄而軒鵬翼駕玄海而截鯨鱗俯拔嵩華仰廻星漢納風雲於懷抱鼓雷電於胷臆流雕矢於日谷橫文劒於天外所以八秋乘風九夷請朔固可以包鎮虞夏跨躡殷周於是體天制作順時立極進力牧於沮澤求風后於海隅所以三傑並臻十亂咸集故能佐命垂統飾化開業也所以神功茂績通幽洞冥反無爲於上皇復淳朴於太素是以歌五英則八風順奏六德則百獸舞至

於素毳丹羽極飛走之祥頳萼華叢窮草木之瑞天無所秘地無所隱圖史（一作籍）所莫紀篆諜所未詳莫不昭晰相暉紛綸交映充庭滿囿盈郊洽野豈止二氣運而景星出三文著而神鳳儀而已哉於皇上帝於始月首日乃負斧扆御華軒駐金根陳五輦千門既啓萬國咸萃金石備列琛贐畢陳於是九司三事群公百辟相與端紱理纓趨而進曰臣聞惟天爲大聖人所以取則謂地蓋厚皇王所以受圖是知仰觀俯察明靈斯在上戴下履福應攸歸莫不順之者獲昌違之者致咎臣逖聽邃古遐觀往諜昏君哲主無易茲道雖復七十二代書契莫司至於登介丘基厚地建顯號施尊名展禮告成其義一也此乃百王之壯觀

萬古之丕業昔齊桓以三代之功霸諸侯之位尚睥睨梁甫睠顧太山況乎扼四海吞萬國寵九域括八荒如何湮沒而無聞哉夫登封者所以易姓奉繼興絶崇功不可闕也是可闕也則神可誣而天可欺矣今陛下乃欲貶惡百靈拒絶群議虧厥真紀昧茲懿德使泰山指望梁甫失幸金繩脫檢玉牒收文瑞日潛暉德星晦色此非所以發榮舒德應天順時垂裕百代激流千祀者也臣等盡慮悉心不敢奉詔胷計腹議切欲獻忠徃者九章淪次五緯（一作紀）失方遂令歸餘爽終履端乖始陛下既考之以王律又則之以金儀定千載之差辰正百王之曆朔符落下之明驗復容成之妙旨此又聖德之感也伏願陛下上祇天休下

順坤德叶群神之望從億兆之心清蹕云亭鳴鑾岱岳肆射牛之禮展大澤之詩垂紼幄而佇群神謁紫壇而陳衆瑞使白雲朝起靈光夜燭應千齡之期流萬歲之響則四濵受福天下稱泰臣等敢資靈貺合符瑞之至極願以固請於是乃凜然動色曰過乎何辭之飾也朕聞惟德弗違罔有克惟言弗審罔有徵觀乎周漢之苟進退足惡矣縱天命有在予將崇讓焉於是搢紳之徒俯而謝仰而頌德曰

明明聖範巍巍至德玄化難名神功靡測上包乾蒙下括坤域五岳塵銷四濵波息仁風綿浹惠澤下霑船海極琛梯山窮貝九譯同德萬里齊信宿彗收芒朝雲解陳階蓂

晦落庭軼晨鮮氤氳和氣蕭索非煙輪重璧合星次珠聯
鴻名始茂景祚方延霧闢雲岸霞褰日觀山川效祉人神
叶贊靈貺凝祥光華啓旦播美貞石馳芳𣏌翰德盈彌損
道積逾中禮成思大樂變推功讓爲政始益寡謙終千齡
展美萬古承風

唐貞符解　柳宗元

負罪臣宗元惶恐（一作懼）言所貶州（三字文粹作貶所）量移流人吳
武陵爲臣言董仲舒對三代受命之符誠然非耶臣曰非
也何獨仲舒爾自司馬相如劉向楊雄班彪彪子固皆沿
襲嗤嗤推古瑞物以配受命其言類淫巫瞽史誑亂後代
不足以知聖人立極之本顯至德揚太公（一作功）甚（一作皆）失（一作

厥趣臣爲尚書郎時嘗著貞符言唐家正德受命於生人
之意累積厚久宜享年無極之義本末闊闊會貶逐中輟
不免寃備武陵即扣頭邀臣此大事不宜以辱故休缺使
聖王之典不立無以抑詭類拔正道表覈萬代臣不勝奮
激即具爲書念終泯沒蠻夷不聞於時獨（一作猶）不爲也苟
一明大道施于人代（集作世）臣死無所憾用是自決臣宗元
稽首拜手以聞曰
孰稱古初朴蒙倥侗而無爭厥流以訛越乃奮敓（文粹作擊）鬪
怒振動專肆爲淫威曰是不知道惟人之初揔揔而生林
林而群雲霜（文粹作霜雪）風雨雷電暴其外於是乃知架巢空
穴挽草木取皮革饑渴牝牡之欲敺其內於是乃知噬禽
獸咀菓穀合偶而居交焉而爭睽（文粹作睽）焉而鬪力大者搏
齒利者齧爪剛者決群衆者軋兵良者殺披披藉藉草野
塗血然後强有力者出而治之往往爲曹於險阻用號令
起而君臣什伍之法立德紹者嗣道怠者奪於是有聖人
焉曰黄帝遊（集作造）其兵車交貫乎其內一統類齊制量然
猶大公之道不克建於是有聖人焉曰堯置州牧四岳持
而綱之立有德有功有才（集無此二字）有能者參而維之運臂
率指屈伸把握莫不統率堯年老舉聖人而禪焉太公乃
克建由是觀之厥初罔匪（一作不）極亂而後稍可爲也而非
德不樹故仲尼叙書於堯曰克明峻德於舜曰濬哲文明
於禹曰文命祗承於帝於湯曰克寛克仁彰信萬民於武

王曰有道曾孫稽揆典誓貞哉維兹德實受命之符以奠
永祀後之妖淫囂昏好怪之徒乃始陳大電大虹玄鳥巨
跡白狼白魚流火之烏以爲符斯皆詭譎闊誕甚可羞也
而莫知本於厥貞漢用大度克懷於有氓登能庸賢濯痍
煦寒以瘳以熙兹其爲符也而其妄臣妄乃下取虺蛇上
引天光推類號休用夸誣於無知之氓增以騶虞神鼎脅
敺縱臾俾東之太山石閭作大號謂之封禪皆尚書所無
有莽述成効卒奮驁逆其後有賢帝曰光武克綏天下復
承舊物猶崇赤伏以玷厥德魏晉而下厖亂鉤裂厥符不
貞邦用不靖亦罔克乂駁乎無以議（文粹作譏）爲也積大亂至
于隋氏環四海以爲鼎跨九垠以爲鑪爨以毒燎煽以雹

熠其人沸湧灼爛號呼騰蹈莫有救止於是大聖乃起丕降霖雨濬滌蕩（集作盪）沃蒸爲清氣踈爲冷風人乃滲然休然相睎（文粹作歸）以生相持以成相弭以寧剞（集作剝）屑屠剔膏流節離之禍不作而人乃克完平舒愉尸其肌膚以達（集作逹）于輿途焚折抵掎奔走轉死之害不起而人乃克鳩類集族歌舞悅懌用祇于元德徒奮祖呼犒迎義族讙動六合至于麾下大盜豪據阻命過德義威殄戮咸墜厥緒無劉于虐人乃並受休嘉去隋氏克歸于唐躑躅謳歌灝灝和寧帝庸威栗惟人之爲敬奠厥賦積藏于下是謂豐國鄉爲義廩斂發謹飭歲丁大祲（集作侵）人以有年簡于厥初刑不殘而懲是謂嚴威小屬而支（文粹作小厲而有非）大生而拏愷悌祗敬用底于理凡其所欲不謁而獲凡其所惡不祈而息四夷稽服不作兵革不竭貨力丕揚于後嗣用垂于常（一作帝）式十聖濟厥治孝仁平寬惟祖之則澤久而逾深仁增而益高人之戴唐永永無窮是故受命不于天于其人休符不于祥于其仁惟人之仁匪祥于天匪祥于天兹惟貞符哉未有喪仁而久者也未有恃祥而壽者也商之王以桑穀昌以雉雊大宋之君以德（文粹作法）星壽鄭以龍衰魯以麟弱白雉亡漢黃犀死莽惡在其爲符也不勝唐德之代光紹明濬深鴻麗大保人斯無疆宜薦于郊廟文之雅詩祇告于德之休帝曰諶哉乃黜休祥之奏貞符之奧思德之所未大求仁之所未備以抵于邦治以敬于人事其

詩曰（此下集有六字）於穆敬德黎人皇皇（集作之）惟貞厥符浩浩將將（集作之）仁函于膚刃莫畢屠澤熯（文粹作寒）于爨沸（一作鬻）炎以澣殄厥凶德乃毆乃夷懿其休風是煦是吹父子熙熙相寧以嬉賦徹而藏厚我糗糧（集作粮）形輕以清我完（文粹作俾我）靡傷貽我子孫百代是康十聖嗣于理神后之子子思孝文文亦患巳（集作易患于巳）拱之戴之神具爾宜（集作神其祐焉）載揚于雅承天之嘏天之誠神宜鑒于仁神之曷依宜仁之歸滌訟（集作濮浩）于北祝栗于南幅員西東祇一乃心祝唐之紀後天罔墜祝皇之壽與地咸久曷徒祝之心誠篤之尸（文粹作神）恊人同道以告之俾彌（文粹有億字）萬年不震不危我代之延永永毗之人增以崇曷不爾思有號于天僉曰嗚呼咨爾

皇靈無替厥符

唐天志　歐陽詹

天雖覆育生生如有（集作其）情則或與或否其與也非徒與其否也非徒否受命有生生者率其道反其道之致焉率則與反則否斯理也固必信至皇帝以孚皇唐百七十有五載皇帝御宇之十四祀也歲在辛未實貞元七年其受命率道天與生生如其情之秋歟神哉靈哉明允惠和哉是歲之天也亭乎其正洞九霄之清澈清澈之中若有同夫有求者贊乎其變浮五色以薰郁薰郁之中若有察夫所厭者稱物之性應時之欲手足之赴人心羽翼之循鳥情農夫在畦蠶婦在林商或舟車工或埏艛願燥願濕罔

不從志其餘則三光流序六氣時行上至事事下埔營營羽毛鱗介勾甲芽萌求諸濡溼則常雨求諸煦旭則常晴求諸吹噓則常風求諸恬謐則常寧求諸煙雲則常陰求諸日月則常明非不雨也非不晴也非不風也非不寧也非不陰也非不明也合雨而後雨物不乏其雨合晴而後晴物不乏其晴合風而後風物不乏其風合寧而後寧物不乏其寧合陰而後陰物不乏其陰合明而後明物不乏其明實皇帝知上帝以生生爲己物與其禍福配己得失而宜之欽若熟若溫如穆如心性二儀支體四時似續上玄之効（文粹作命）與夫人心能領天之憂承父之命繼堂紹構得其心贈遺獻酧慊其中則財賄器物惟意是役（一作用）牧

圉臺隸唯意是用（一作役）以其役無不當也以其用無不宜也土德勝天寶隨維唐皇帝則唐天子第九子也既克負荷上天所以雅意焉且煙雲風雨亦天之財賄也日月星辰亦天之器物也神祇精靈亦天之牧圉臺隸也是以皇帝動息神祇莫不隨旨趣精靈莫不由肅穆寂寥絡繹噓無囊篋日月管鑰風雨敬恭誅責而啓閉多少之故將蔭麻施煙雲若自請帷幕而使張矣將灑潤散氣風雨若自請盆婁而使澆扇矣將烜清晝布陽德若自請爐竈而使燀灼矣將先幽夜落陰靈若自請燈燭而使昭明矣處植維茲含靈不折以毎毎熙熙蓋于祇父慈相爲福釐也凡書惡紀善雖史官之職箴淫述德恐或人所通規颿生則人

之一四夫耳謳吟日月而爲之志若簡策已載復何言哉儻猶未也庶補其闕是歲也扶風竇公叅河中董公晉輔政之三年趙郡李公紓爲天官之四年范陽盧公徵爲地官之元年范陽張公濛爲春官之二（集作三）年昌黎韓公佪爲夏官之三年吳郡陸公贄同爲夏官之二年京兆杜公黃裳爲秋官之二年清河張公式（文粹作或）爲冬官之五年夫太宰六官於天子之爲理棼（一作亦）滏泒而清洪流者故列于斯志之末

文苑英華卷第三百五十九

文苑英華卷第三百六十　雜文十

明道

金鏡一篇　讀荀卿子一篇

訟忠一篇

雜說一

通儒道說一篇　儒義說一篇

相孟子說一篇　寓衛人說一篇

仲由不得配祀說一篇　鍼子雲時說一篇

詰鳳一篇　大儒評一篇

明道

金鏡　唐太宗

朕以萬機暇日遊心前史仰六代之高風觀百王之遺跡興亡之運可得言焉每至軒昊之無爲唐虞之至治未嘗不留連讚詠不能已已及於夏殷末世秦漢暴君使人懍懍然兢懼如履朽薄然人君在上皆欲求享其萬乘之尊以垂百王之後而得失異趣興滅不同者何也蓋短於自見不聞逆耳之言故至於滅亡終身不悟豈不懼哉覩治亂之本源足（一作是）爲明鏡之鑒戒亂未嘗不任不肖治未嘗不任忠賢任忠賢則享天下之福用不肖則受天下之禍臨危之主各師其臣若使覺悟社稷安有危亡之覆（一作憂）持由不留心於任使翻屬意於遨遊豈不哀哉若以遨遊將爲任使以任使將爲遨遊豈不善哉古人言舜禹不愛於聲不貪于色乎謂不然將爲愛也人云桀紂耽于聲色乎將爲不好也何以知之然桀紂命不終于天年樂不終于一世以此爲不好也舜禹壽命於終樂畢於世乎謂之愛也夫人有强躁寬弱之志愁樂貪慾之心思情有聰哲之才此乃天命其性有善有不善者也由是觀之堯舜禹湯躬行仁義治致隆平此稟其善性也幽厲桀紂乃爲炮烙之刑刳孕婦剖人心斮朝涉脯鬼侯造酒池糟丘爲長夜之飲此其受於天不善之性也夫立身之道在乎折衷不在乎偏射（一作邊枕）吳起曰昔桑氏之君修德廢武以滅其國有扈氏之君恃衆好勇以喪社稷仲尼曰寬以濟猛猛以濟寬仁義之道猶不得偏何況於左道乎何況於不

仁乎爲君之道處至極之尊以億兆爲君以萬邦爲意理人必以文德防邊必以武威孔子曰夫文之所加者深則武之所服者大德之所施者博則武之所制者廣不可以威武安民不可以文德備塞大鯨出入必糜遊波之功鴻鵠洸泥定無陵空（一作雲）之効若使各令遂志不失其能（一作若使各令遂心蓋不失其志）古人云欲搆大厦者先擇匠然後棟材爲國家者先擇佐然後定民大匠搆屋必以大材爲棟梁以小材爲欀橑（一作桷）所有中（三字亦作苟有所患）尺寸之木無棄此善治木者也非獨屋有棟樑國家亦然大德爲宰相亦國家之棟梁也乎思三代以來君好仁人必從之（一作君有所好民必從之）在上留心臺榭奇巧之人必至致精遊獵馳騁之人遠臻

存意管絃鄭衛多進降懐粉黛燕趙斯來塞切直之路爲
忠者必少一作尣開諂諛之道爲佞者必多古人云君猶器
也民猶水也方圓在於器不在於水以是而言足爲永誡
夫王不琢不成器人不學不知道仲尼師於郯子文王學
於虢叔聖人且猶如此何况於凡人者乎治主思賢若農
夫之望歲哲后求才若旱苗之思雨亂君疾勝已如讎視
不肖如子懐之中心何日暫忘王莽僞行仁義之道有始
無終孫皓權施恩惠之風有初無末二子猶膠船之泛巨
浪一作流四海毁在不遙若駑馬之奔千里困其將至古人云
升不盛石小智不可謀大一作小升不可以盛石小智不可以謀大巧詐不如
拙誠信非謬矣有明主有闇主高祖攝衣於酈生比干剖

心於辛紂殷湯則晋情於伊尹龍逄則被誅於夏桀楚莊
暇隙而懐憂武侯罷朝而含喜闇主護短而永愚明主思
短而長善觀高祖殷湯仰其德行譬若陰陽調四時會法
令均萬民樂則麒麟呈其祥漢祖殷湯豈非麒麟之類乎
觀夏桀商辛嗟其悖惡之甚猶時令不行寒暄失序則猛
獸肆毒蟲螟爲害夏桀商辛豈非猛獸之儔乎亍以此觀
之豈非大道之類也雖曰天時抑亦人事成湯之世有七
年之旱剪爪爲犧千里降雨一作雨降太戊之時桑穀生朝懼
而修德遂使十有六國重譯而來此豈非人事者也一作哉
或云爲君難或云爲君易人君處尊高之位執賞罰之權
用人之才用人之力何爲不成何求不得此言之實易論

之實難何者輕陵天地褻精顯其妖忽慢神靈風雨應其
暴一作異是以帝乙有震雷之禍殷紂致飛沙之災多營池
觀遠求異寶民不得耕耘女不得蠶織田荒業廢兆庶凋
殘見其饑寒不爲之哀覩其勞苦不爲之感苦民之君也
非治民之主也薄賦輕徭百姓家給一作給是上無暴令之徵
下有謳歌之詠屈一身之欲樂四海之民憂國之主也樂
民之君也此其所以爲難也且用人之道又爲未易已之
所謂賢未必盡善衆之所謂毁未必全惡知能不舉則爲
失材知惡不黜則爲禍始又人才有長短不必兼通是以
公綽優於大國之老一作臣子產善爲小邦之相絳侯木訥
卒安劉氏之宗嗇夫利口不任上林之令捨短取長然後

爲美一作善夫人剛柔之情各異曲直之性不同古今奔馳
貴賤不等爲上之孝與下豈均上則匡國寧家志存崇禮
下則承顔悦色止存敬養虞舜孝也不爲慈親所安曾參
仁也不爲宣尼所善孔子曰子從令者不得爲孝臣苟順
者不得爲忠如斯之例不可不察也逆主耳而履道戮孔
懐以安國周公是也順上心而安身隨君情以殺子易牙
是也棄已之命安一作存君之身紀信是也挾國謀事以報
私讐袁一作爰盎是也子一作挺身而執節孤直一作立而自毁
屈原是也外顯和睦之端内懐湯火之意宰嚭是也忠諂
之道以此觀之足爲永鑒一作鏡白起爲秦平趙乃被昭王
所殺亞夫定七國之亂卒爲景帝所誅文種設策滅吳翻

遺越王所戮伍胥（一作員）竭力（一作誠）爲國終罹賜劒之禍乃是君之過也非臣之罪也至若趙高韓信黥布陳豨之儔此則自貽厥釁非君之濫刑也高祖失於存功之能光武獲於置將之妙臣安君社稷之固（一作國）君處臣危亡之地豈是相酬之道也爲天下之君處萬民之上安可易乎背道違禮非惟損己乃爲賢人之所笑卑身勵行實爲君子又爲庸夫之所譏越品進官其類必爲深怨偏與人語衆望以爲曲私任使賢良則爲偶得委仗庸夫則言愚闇言數則謂（一作爲）太繁辭寡則講道薄慾情忿怒則朝野戰慄晉心寛恕則法令不行民樂則官苦官樂則民勞四海之內莫非王土要荒爲枝葉畿內乃根本古人云皮之不存

毛将安傳當使本固根深委之内相而伊尹傳說人（一作世）所希逢至如鎮積水之塞守飛雪之邊而魏尚李牧當今罕遇遣人遠撫則眷戀而不忍慜而不遣則枝葉落而不存二宜之間致心何所（一作在）是用晨與夕惕無忘斯事爲上猶然何况臣下易云書不盡言言不盡意今畧陳梗槩以示心之所存耳古語云勞者必歌其事朕非故煩翰墨以見文藻但學以爲已聊書（下所盡）所懷想達見羣賢不以爲嗤也

讀荀卿子說　韓愈

始吾讀孟軻然後知孔子之道尊聖人之道易行王易王霸易霸也以爲孔子之徒没尊聖人者孟子而已矣晚得揚雄書益尊信孟子因雄書而孟子益尊則雄也者亦聖人之徒歟聖人之道不傳乎世周之衰好事各以其說干時君紛紛籍籍相亂六經與百家之說錯雜然老師大儒猶在火于秦黄老于漢其存而醇者孟軻氏而止耳揚雄氏而止耳及得荀氏書於是又知有荀氏者也考其辭時有若不醇粹要其歸與孔子異者鮮矣抑其猶在軻雄之間乎孔子刪詩書筆削春秋合於道者著之離於道者黜之故詩書春秋無疵予欲削荀氏之不合者附于聖人之籍亦孔子之志歟孟氏醇乎醇者也荀與揚大醇而小疵（集作孟氏醇如也荀與雄文大醇而小疵）

訟忠　牛僧儒

春秋周大夫萇弘之城成周也晉女叔寛謂弘違天不免也國語衛彪傒又云萇叔支天有咎也支天壊違天也人道補天反常也誘人城周誑人也左丘明皆然其言某以爲一言丧邦其側由斯矣若是則帝王不務爲政而務稱天命下不務竭忠而務別與衰矣雖欲不亡其亡固魁足而俟矣必謂天壊不支自古無中興之君乎衰運不輔自古無持危之臣乎殷太戊周宣王胡以承天壊而興乎殷傳說周吉甫胡以持衰運而壽乎二君二臣天豈私之乎且傒謂臣謀其君爲違天則危而不扶爲順天乎人道補天爲反道則舍人徵天爲合道乎誘人勤王爲誑人則勸人叛王爲信人乎辭之悖亂有至是者夫人道邇也忠者

人倫紀綱也天道遠也談者人倫虛誕也假天道以助人倫循慮論誣於失也況舍人事徼天道棄邇求遠無裨於教者也又謂不得終果由支天壞也則趙高秦之助壞者也董賢漢之助壞者也曹爽魏之助壞者也賈謐晉之助壞者也咸家族身戮者天不壽之夫天之所與豈有親者以道承天則天無壞者以亂承天則天無支者故支壞非天也興衰由人也但有人不支而敗無天不可支也嗚呼弘無殷宗周宣以任之位卑大夫不爲王卿士卒令強晉迫脅非道殘勦士死難於弘爲得矣柰何丘明不譏周殺忠臣所以國危也晉殺王臣所以國分也但紀弘之戮死是神虒傒叔寬反常之說也謹按魏子賞賈辛以定王室

也夫子曰其命也忠當有後于晉國也賞忠有後則身終不謂反（一作支）天戮也是知丘明謬聞偏見失聖之旨甚遠恐史冊久謬誣惑爲臣者將求事之得不以文字申訟哉

雜說一

通儒道說　　李覯

古今儒家多棄黃老豈必乎天德未必者道上聖存於中而外施訓凡仁義禮智四者流於道道外而流於道以四化外俱復于天下爲義農不道而上德則堯舜並知至德則不列於聖教決無四數矣凡駢行之爲仁爲義爲信爲禮并行之爲德愈德臻靖爲道故二爲儒之臂四爲德之指若忘源而決派薙莖而掩其本樹難矣則冲虛利害于本末然老氏標本孔氏回末不能尤過者自中而息豈前無路哉及列氏莊氏展而針之空清泊中非典經與家風鄙而窺外俱違誼也

儒義說　　來鵠

天下之命修文士曰儒士其言書曰儒書是謬久矣夫儒者可器之士之號矣何者以其不達於事濡滯焉且以詩書之法未嘗言以周易春秋之文未嘗載斯明矣唯論語言當爲君子儒毋爲小人儒禮記儒行篇如是非仲尼之言也夫聖人言君臣父子夫婦兄弟朋友賓主之法而已矣是儒者無定不約其事而制之何必曰儒苟若是則曰儒曰佛曰道何怙耶夫士之出也進道德行禮樂以治其

身心能語言明仁義則曰儒士不善而爲武夫夫控弦荷戈賤隸之徒也苟修其文而不知武烏得爲君子孔子曰有文事者必有武備有武備者必有文事夫文所以導乎忠孝若武所以戢乎叛逆二事之用以求于是而已某是知古今之人慮或未精故也輒建斯議以爲世式

相孟子說

孟子之愛人也細緣其言而不精以爲君而有利則心唯恐其利至於傷人則曰術不可不慎也嗚呼術焉得慎慎則情背也心則可慎慎則惟術之惡而不利其傷也爲仁人之心由術使之可動則咎繇之術治黥割也而咎繇豈利人之刑周公之術治縗經也而周公豈利人之喪以爲

愛人者必有其備故也術善可以化其心歟則師之術所以導善也潘崇因師以殺楚子醫之術可以治生也晉人因醫以毓衛侯是師醫之所術豈不愼歟然而亦何嘗心之善歟果以利能因人心而唯禁其術則函不衛無敵之體是亦利其敵也巫不視非病之人是亦果利其病也豈矢匠之心而已矣既以爲不利而動心則矢匠（一作人）之利亦不欲殺函人之利亦不欲死已有心矣然良其工不得不有時而利其殺與死也以弧矢所以威天下則征不義而後可殺也棺槨所以封中野降殺有禮而後死可利也嗚呼爲臣而倍叛爲臣而倍葬其家人之心畏其情背也故術烏可使民愼古人濟其備所以教天下之愛也故尊

生送死愛道盡此而孟子之愛也細爲誅矢匠之意歟聖人所以使匠人（一作函人）也愛盡其道何如

寓衛人說

李甘

於衛有人焉汙羣絜獨師聖友賢不明於諸子間或從孟軻游在貧逃官將仕不妻宜若狂然鄉之君子以言譎曰若雖不明於諸子然且從軻軻爲書曰仕非爲貧也而有時乎爲貧娶妻非爲養也而有時乎爲養今聞若推養於弟避媒窴祿聖邪孟軻邪俱不識也對曰此吾母也吾母教我曰無以貧故不擇官滋汝以偷也無以養故不擇婚滋汝以累也孝在便吾心也孝不在便吾身也愉愉授枕者便吾身也孳孳受道術者便我心也若便然汝不見馬

牛羊豨乎同豢芻豢也馬牛則免也羊豨則不免無他牛以耕免馬以駕免豈惟芻豢爲然人有大焉汝當勤其道者也我對曰某聞會盟則牲馬宗廟則犧牛如此不以免柰何吾母嗟曰汝誠得列於會盟薦於宗廟雖不免吾言讙我因受教於吾母矣不然我何以得專此如牽人言而戾母心不知其子也鄉之君子退曰吾聞曾子能養志者也若人曾子哉

仲由不得配祀說

來鵠

語曰民生於三視之如一父生之師教之君食之惟其所在則致死焉孔氏之徒回聖也賜辨也商賢也子我才也曾閔孝也及諸子言志夫子皆性而從之唯由教而勵之

以成也故夫子訓由而功倍始衣戎服則攝齊始衛以劒則衛以仁爲蒲宰勞民以簞食壺漿孔子恐私以食饋民是明君之無惠使子貢止之其於教亦至矣由也誠宜葆死焉以俟乎致保身以全乎用何取臨於衛門非召忽之死而至盡（疑作盡）聖人之心嘆曰自吾有由惡言不聞於耳嘗圍於陳蔡胡以不如衛之於夫子邪且諸侯有相滅亡者桓公不能救則恥之夫諸侯有塹壘以遏寇有甲兵以禦侮而小白猶能爲辭其恥而終爲霸主以救之矧夫子纍然若喪家之狗無塹壘無甲兵脫載爲宋衛所暴匡季陵刼則由也不得施其後浪死於燔臺何齊桓能救異侯之耻而由反不能紓緩孔子之窮使夫子以由在則曰

惡言不聞於耳今日（一作由）也豈惡言不日聞乎又奚用白羽若月赤羽若日之多爲哉祭法曰捍大患則祀之素王道窮患非大乎由不終捍豈爲祀乎賜曰商汝何無罪今由也而汝亦何無罪宜眨其祀以觀來者

鍼子雲說　前人

或曰楊子雲不思堯舜成康之世而自論以不遭蘇張范蔡之之時豈儒者之爲邪曰雄誠得素臣之事矣夫居四海之安處九層之高上鑒沖漠下瞰苑囿既其靜息則必思事云亭追軒穆者矣列多士之朝藹無用之秩才畧不用名表莫聞既其靜息則必思征虜功效雍丘者矣斯皆君臣居位之高下而所思則治亂亦不同蓋位之極者思

沖漠而欲無爲也位之下者思功伐而欲有爲也無爲誠君之體有爲誠臣之事如孔子曰大道之行也與三代之英丘未之逮也而有志焉楊雄則自論以不遭蘇張范蔡之時噫孔子眞素王楊雄眞素臣哉孔子思三代之英是循處尊位而道極事云亭追軒穆者也雄之論不遭蘇張范蔡之時是循居散秩而才閑思征虜功效雍丘者也素王誠得王體素臣誠得臣事然臣事何事邪曰子貢使吳越孟軻闢楊墨皆事也今不知雄思蘇張范蔡之時者其欲自爲蘇張范蔡之人邪其欲折以正道使弭兵擴文歸吾域邪苟自爲蘇張范蔡之人則叛矣又何臣事哉

誥鳳　陳黯

嘗得楊雄去君子在理（文粹作治）若鳳在亂亦若鳳謂隱見之得宜也將欲神之以爲鑑逮覽其劇秦美新則有異乎是句雄仕漢遇新室之亂既不能去之又禍及（文粹作又乃）爲斯文以媚而取容嗚呼鳳固若是邪果若是則鳳遇矰繳而循回翔其間邪夫君子之仕也所以行其道道之不行也則可以明其節彼莽之不臣雄時在列宜以君臣之義興亡之理匡救之以行其道苟畏其威愛其死則可投簪高謝以明其節詎有苟祿貪生徇非飾詐廣引秦過以譽惡德是稔其篡逆也與古之持顚扶危死名節者背而馳也則向者所著若鳳之說得不爲誣鳳也哉雞常禽也晦曉而不昧其候鳳靈鳥也理亂而不知其時邪噫言之不思

有如是邪或曰古之人臨危制變亦有權焉雄知莽之不可臣也故矯爲其辭姑務脫禍是亦權也子何過之深歟曰不然夫權者聖人有焉所以不失其道未見捨其道而從其權昔仲尼仕魯以季桓子荒齊樂知其不可匡也乃去之曾不聞矯爲其辭以求庸於是（文粹作魯）雖仲尼日月其德人之不侔然楊亦慕仲尼之教者以著書立言爲事得自易哉夫立言者豈不欲人放從（文粹作從教）邪且已不能信人況求信於人乎語曰君子先行其言而後從之豈斯言可欺也哉

大儒評　陸龜蒙

世以孟軻氏荀卿子爲大儒觀其書不悖孔子之道非儒

不可文粹作而何然李斯嘗學於荀卿入秦干始皇帝并天下用爲右丞相一旦誘諸生聚而坑之復下令集作禁曰天下敢有藏百家語詰守尉燒之偶語詩書者棄市昔孔子之於弟子自仲由冉求以下皆言其可使之才及其仁則曰不知也斯聞孔子之道於荀卿位至丞相是行其道得其志者也友焚滅詩書坑殺儒士爲不仁也甚矣不知不仁孰謂況賢知而傳之以道是昧觀聽也雖斯且五刑而況況字集作荀卿得稱大儒乎吾以爲不如孟軻

文苑英華卷第三百六十　終

文苑英華卷第三百六十一　雜文十一

雜說二

雜說四篇　本政一篇

愛直一篇　論書一篇

受命于天說一篇　寄言二篇

釋辯

釋疑一篇　公獄說一篇

善惡鑒一篇

雜說　韓愈

善醫者不視人之瘠肥察其脉之病否而已矣善計天下者不視天下之安危察其綱紀理亂一作紀綱之善否而已矣天下者人也安危者肥瘠也紀綱者脉也脉不病雖瘠不害脉病而肥者死矣通於此說者其知所以爲天下乎夏殷周之衰也諸侯作而戰伐日行矣傳數十王而天下不傾者紀綱存焉耳秦之王於集無此字天下也無分勢於諸侯聚兵而焚之傳二世而天下傾者紀綱亡焉耳是故四支雖無故不足恃也脉而已四海雖無事不足矜也紀綱而已矣憂其所可恃懼其所可矜善醫善計者謂之天扶集作扶持與之易曰視履考祥善醫者善計者爲之

二

龍之噓氣成雲雲固弗集作不靈於龍也然龍乘是氣而茫洋窮乎玄文粹作文間薄日月伏光景感震電神變化水下土汩

陵谷雲亦靈怪矣哉雲龍之所能使爲靈一作雲也若龍之靈則非雲之所能使爲靈也然龍弗得雲無以神其靈矣失其所憑依信不可歟異哉其所憑依乃其所自爲也易曰雲從龍既曰龍雲從之矣

三

談生之爲文粹作云崔山君傳稱鶴言者豈不怪哉然吾觀於人其能盡其性而不類於禽獸異物者希矣將憤世嫉邪長往而不來者之所爲乎昔之聖人者其首有若牛者其形有若蛇者其喙有若鳥者其貌有若蒙倛者彼皆貌似而心不同焉可謂之非人耶有平脅曼膚顏如渥丹美而很者其貌則人文粹作貌則人矣其心則禽獸又惡可謂之人耶然則觀貌之是非不若論其心與其行事之可否爲集作也不失也怪神之事孔子之徒不言余將特取其憤世嫉邪而作之故題之云爾

四

世有伯樂然後有千里馬千里馬常有而伯樂不常有故雖有名馬祇辱於奴隸人集無人字之手駢死於槽櫪之間不以千里稱也馬之千里者一食或盡粟一石今食馬者不知其能千里而食也是馬集有也字雖有千里之能食不飽力不足材美不外見且欲與常馬等不可得安求其能千里也策之不以其道食之不能盡其材鳴之不能通其意執策而臨之曰天下無良馬嗚呼其真無馬耶其真不識一作知馬耶

本政

周之政文既其弊也後世不知其承大敷古先遂一時之術以明示民民始惑教百氏之說以興其言曰天下可爲也彼之政仁矣亥於誼此之政敬矣戾於忠我其周從乎曰周不及殷其殷從乎曰夏曰虞曰陶唐曰三皇氏曰遂古之初暴孽情飾淫志枝辭琢正紛紊糾射以僻民和以導民亂嗚呼道之去世其終不復矣乎長民者發一號施一令民莫不悱然矣謂不可守遷變而從之譬將適千里及門而復後雖矻矻不可暨原其始固有咎之者也聞於師曰古之君天下者化之不示其所以化之之道及其弊也易之不示其所以易之之道政以是得民以是淳其有作者知教化之所繇廢抑詭怪而暢皇極伏文貌而尚忠質茫乎天運窅爾神化道之行也其庶已集作乎矣

愛直贈李君房別

左右前後皆正人也欲其身之不正烏可得耶吾觀李生在南陽公之側有所不知知之未嘗不爲之思有所不疑疑之未嘗不爲之言勇不動于氣義不陳乎集作于色南陽公之舉錯施爲不失其宜天下之所窺觀稱道洋洋者抑亦左右前後有其人乎凡在此趨公之庭議公之事者吾既從而游矣言而公信之者謀而公從之者四方之人則既聞而知之矣李生南陽公之甥也人不知者將曰李生

之託婚於富貴之家將以充其所求而止耳故吾樂爲天下道其爲人焉今之從事於彼也吾能爲南陽公愛之又未知人之舉李生於彼者何辭彼之所以待李生者何道舉不失辭待不失道雖失之此足愛惜而得之彼爲雖欣於李生道猶若也舉之不以吾所稱待之不以吾所期李生之言不可出諸其口矣吾重爲天下惜(集作愛)之

論書　劉禹錫

或問書曰書足以記姓名而已工與拙何損益於數哉答曰此誠有之蓋舉下之說耳非蹈中之說亦猶言居室曰避燥濕而已言衣裳曰適寒燠而已言飲食曰充腹而已言車馬曰代勞而已言祿位曰代耕而已今夫考居室必

以閎門豐屋爲美筍衣裳必以文章適(文粹作鮮)澤爲申評飲食必以精良海陸爲貴第車馬必以華輈絕足爲高遷祿位必以重侯累封爲意是數者皆不行舉下之說奚獨於書也行之耶禮曰士依於德游於藝德者何曰敏曰至曰孝之爲(一無此字)謂藝者何禮樂射御書數之爲(一無此字)謂是則藝居三德之後而士必游之也書居數之上而六藝之一也語曰飽食終日無所用心難乎(集作矣)哉不有博奕者乎爲之猶賢乎已是則博奕不得列於藝差愈於飽食無所用心耳吾觀今之人適有面詆之曰子書居下品矣其人必逌爾而笑或謷然不屑有詆之曰子握槊奕棊居下品矣其人必赧然而媿或艴然而色是故特(集作時)敢以六藝

斥人不敢以六博斥人嗟乎衆尚之移人也問者曰然則彼魏晉宋齊間亦嘗尚斯藝矣至有君臣爭名父子不讓何哉答曰吾始欲求中道耳子寧以尚之之弊規我歟且夫信者羨德也秦繆尚之而賢臣莫贖黄老者至道也竇后(集有好字)尚之而儒臣見刑道德且不可尚矧由道德以下者哉所謂中道而言書者何處之文學之下六博之上材鈞而善者得以加譽遇鈞而善者得以議能所加在乎譽非賞也不贖于賞所議在乎過非罪也不忝于刑夫如是庶乎六書之學不堙墜而已乎

受命于天說　黄頗

孔子曰唯天子受命于天上受命于君故君命順則臣有

順命君命逆則臣有逆命嗚呼君人者得不鑒戒於是言乎王者將順天行道而臣下自脩德矣苟逆於天命而臣下隨所化矣然忽湯文居其下則將因是逆以原于德搖民心于宇內爲其上者無危乎故爲君不易而作臣者知難不易則德明知難則畏命是故夏殷周秦漢魏晉宋齊梁陳隋末之爲理內逆于心外亂于身豈不以受天命者耶故夫十二朝之亡也十二朝之作矣雖小民女童必知其過矣何者爲君以爲賢爲臣以爲然常不覩于前無慮於後大渙一時之榮而已矣歷以度之咸失於此嗚呼君人者得弗鑒戒於是言乎

寄言　帛端符

孺子道成人之言父母必憐誇爲非直父母也鄉人亦異而指之矣是何也非所以期孺子也待以孺子而言成人也則父母加之（一作儕）如鄉人指異即有魁然成人而事孺子是何人哉其所以待之視之用何心也移是而言小人不能爲君子固也陷乎罪誅非暴逆很戾（一作陵戾）而窘於咽喉之空尺寸之膚受之不仁仁人（一有一字）不憫憐之也今有一鄉之吏遇孺子把（滿巴切）弄土塗折撓草木則呵而批之曰何爾也成人者有妄毁淫取顧不敢動睫而過之是誠不了一鄉矣吾欲世之大人無獨見鄉吏之不了一鄉而不自見所不理無唱怒於孺子之爲而恬視魁然成人撓拆大草淫取大物者本其所以待之之心從而校之天下

幾蘇息

下篇

今有人負病於此則其親戚者憂之聞善醫則不遠燕越而求之欲其病之速瘳若嚧毛掇蘖之易是直智無所施耳然則憂者雖甚不能爲也善爲者又非所憂也不憂非薄人也非其地耳彼誠善醫也安得人人而憂之必居其地而耻不能則將悉其技而爲之與憂者之心不異故病甚憂戚之得善爲之醫則幾乎平理矣不得善醫者百十旦夜坐環之而藥謀無所曉其去死喪幾何故曰憂不能爲技不胥也爲者不必憂非其地也必得善爲之者處憂之之地然後知病之間也不日矣昔之爲天下國家而病者豈無善之者耶不得處憂之之地耳漆室女誠憂矣不能爲魯也鴟夷子皐工爲越矣陶朱公則視猶涉者之視車使皐得善爲天下國家者處憂之之地何敗亡之有

釋疑　權德輿

記曰君子居易以俟命語曰君子坦蕩蕩此蓋視履考祥而不憂不懼也易曰思患而豫防之語曰季文子三思而後行此又戒慎若厲之義也言豈一端而已哉亦各以（集作有）所當在明者審之而已或不能深惟（集作推）本末而疑吾自若則舟有溺騎有墜寢有魘飲有醉食有饐行有蹷其甚則皆可致斃無非危機其可以盡㢜此而如土偶木寓耶不然則憂可既乎憂可既乎

公獄辯　楊夔

縉紳先生牧于東郡繩也（繩書）屬吏有公于獄者其適次于座承間諮其所以爲公之道先王曰吾每窺辞牒意其曲直指而付之彼能立具牘無不了吾意亦可謂盡其公矣其居席之末不敢以非是爲決因退而辯其公且傳曰君所謂否臣獻其可君所謂可臣獻其否是欲彌縫其不至也及君可亦可君否亦否故平仲罪丘據踵君之意叔向譏樂王鮒從君者也所以智詢於愚以其或有得也尺先其寸或有長也皆庸其涓滴將助其廣大也況末世纖狡內外荏剛烏有不盡其辭而能必究其情乎使居上者得其情屬踵而詰之可謂合於理未足言公也忽居上者與

於見遠於理亦隨而鞠之取叶於意所謂明於不法烏可爲公哉且不師古之言非不可爲也爲之不能遠由禮之事非不可行也行之不能久故君子盡心法古動必本禮將遠而不泥久而不亂也若乃告諸獄任意以爲明其爲徇巳以爲公是使懐倖者有窺進之路挾邪者有自容之門矣矧褰棘之内辛楚備至何湏而不克而况承執政指其所欲哉嗚呼欲人之隨意者吾見亂其曲直矣樂人之附巳者吾見汨其善惡矣而猶伐其治譽其公無乃譽者衒別諸五色乎

善惡鑒　前人

衆曰善未必善觀其善之爲也衆曰惡未必惡觀其惡之由也行詐以自衒取媚於小人其足爲善乎任直以獨立取惡於非類其足爲惡乎故擇善採於譽則多黨者進去惡信於言則道直者退王莽折巳以下士而諸父失其權彼言善者可憑乎京房守正以極諫而嬖倖指爲逆彼愬惡者可聽乎故能鑒其善者必觀於衆之所惡能鑒其惡者必取於衆之所善所以衆謂之悖也非孟子之賢無以旌章子之孝衆謂之智也非國僑之明無以誅史何之詐嗚呼道之大非遇於賢明何常不汨哉

文苑英華卷第三百六十一

文苑英華卷第三百六十二　雜文十二

雜說三

志過　權德輿

辛酉歲予以吏役道于上饒時左司郎中傳陵崔公出守郡佐與予語及世道次及人倫大節因曰延州之讓不其至矣集作哉字或者言吳以太伯讓而興季子讓而亡此乃徇於一方而不蹈乎大方也原夫太伯避季歷奔荆蠻以就文武之大業則知太伯因天下之尊周以成周也豈以興吳周一作爲念季子因天下之去讓以全讓也豈以亡吳爲念然則太伯季子皆以天子之心爲心吳之興亡曾不屑慮彼或者之論誠未通其旨焉予曰誠哉是言然集作况季子之歷聘也聞樂章辯歌詩皆審其盛衰以造乎精微明闗達物無所逃數有所極耳又何區區異論於其間哉答曰子之言過矣若季子以興亡必然力不能支乘此而後三讓是利於將亡因以沽名者也豈可爲君子言之過矣存之予亡之集作豈可爲君子言之也且以吳之存而季子亡之以讓之發集作而

季子全之嚮使勤一國之理理于勾吳今亦化為古墟鞠為榛蕪曷與夫禮讓之大使千古是式貪以之廉暴以之仁忍垢冒榮者以之知懼其於為理也不其逵（集作遠）歟予乃拜受其論退書所聞且以志過名篇庶乎聞義能徙之義

說天　柳宗元

韓愈謂柳子曰若知天之說乎吾為子言天之說今夫人有疾痛倦辱饑寒甚者因仰而呼天曰殘民者昌佑民者殃又仰而呼曰何為使至此極戾也若是者舉不能知天夫果蓏飲食既壞蟲生之人之血氣敗逆壅底為癰瘍疣贅瘻痔亦（一無此字）蟲生之木朽而蝎中草腐而螢飛是豈不以壞而後出耶物壞蟲由之生元氣陰陽之壞人由之生蟲之生而物益壞食齧之攻穴之蟲之禍物也滋甚其有能去之者有功於物者也繁而息之者物之讐也人之壞元氣陰陽也亦滋甚墾原田伐山林鑿泉以井飲窾墓以送死而又穴為偃溲築為墻垣城郭臺榭觀游疏為川瀆溝洫陂池燧木以燔革金以鎔陶甄琢磨悴然使天地萬物不得其情倖倖衝衝攻殘敗撓而未嘗息其為禍元氣陰陽也不甚於蟲之所為乎吾意有能殘斯人使日薄歲削禍元氣陰陽者滋少是則有功於天地者也繁而息之者天地之讐也今夫人之（一無此字）舉不能知天故為是呼且怨也吾意天聞其呼且怨則有功者受賞必大矣其禍焉者受罰亦大矣子以吾言為何如（集作何如）柳子曰子誠有激而為是耶則信辨且美矣吾能終其說彼上而玄者世謂之天下而黃者世謂之地渾然而中處者世謂之元氣寒暑者世謂之陰陽是雖大無異果蓏癰痔草木也假而有能去其攻穴者是物也其能有報乎繁而息之者其能有怒乎天地大果蓏也元氣大癰痔也陰陽大草木也其烏能賞功而罰禍乎功者自功而禍者自禍欲望其賞罰者大謬矣（集無此字）呼而怨欲望其哀且仁者愈（文粹作亦）大謬矣子而信子之仁義以遊其內生而死爾烏置存亡得喪於果蓏癰痔草木耶

䄍說

柳子為御史主祀事將䄍進有司以問䄍之說則曰合百神於南郊以為歲報者也先有事必質于戶部戶部之辭曰旱于某水于某蟲蝗于某癘疫于某則黜其方守之神不及以祭余嘗學禮蓋思而得之則曰順成之方其䄍乃通若是古矣繼而歎曰神之貌乎吾不可得而見也祭之饗乎吾不可得而知也是其誕漫惝怳冥冥焉不可執取者夫聖人之為心也必有道而已矣非于神也蓋于人也以其誕漫惝怳冥冥焉不可執取而猶誅削若此況其貌言動作之塊然者乎是設乎彼而戒乎此者也其旨大矣或曰若子之言（集作云）則旱乎水乎蟲蝗乎癘疫乎未有黜其吏者而神黜焉而曰蓋于人者何也余曰若子之云旱

乎水乎蟲蝗乎癘疫乎豈人爲之耶故其黜在神暴乎眊乎杳貪乎罷弱乎非神爲之也故其罰在人今夫在人之道則吾不知也不明斯之道而存乎古之數其名則存而教之實則隱以爲非聖人之意故歎而云也曰然則致雨反風蝗不爲災虎負子而趨是非人之爲則何以余曰子欲知其以乎所謂偶然者信矣必若人之爲則十年九潦八年七旱者獨何如人哉其黜之也苟明乎教之道雖去古之數可矣反是則誕漫之說勝而名實之事喪亦足悲乎

朝日說

柳子爲御史主事將朝日其僚問曰古之名曰朝日而已

今而曰祀朝日何也余曰古之記（文粹作說）者則朝拜之云也今而加祀焉者則朝旦之云也今之所云非也問者曰以夕而偶諸朝或者今之是乎余曰夕之名則朝拜之偶也古者旦見曰朝暮見曰夕故詩曰邦君諸侯莫肯朝夕左氏傳曰百官承事朝而不夕禮記曰日入而夕又曰朝不廢朝暮不廢夕晉侯將殺豎襄叔向夕楚子之留乾谿右尹子革夕齊之亂子我夕趙文子礱其椽張老夕智襄子爲室美士茁夕皆暮見也漢儀夕則兩郎向瑣闈拜謂之夕郎亦出是名也故曰大采朝日少（集作小）采夕月又曰春朝朝日秋夕夕月若是其（集作之）類足矣又加祀焉蓋不學者爲之也僚曰欲子之書其說吾將施于世可乎余從之

乘桴說　　前人

子曰道不行乘桴浮（集作于）海從我者其由也與子路聞之喜子曰由也好勇過我無所取材說曰海與桴與材皆喻也海者聖人至道之本所以浩然而遊息者也桴者所以遊息之具也材者所以爲桴者也易曰復其見天地之心乎則天地之心者聖人之海也復者聖人之桴也所復者桴之材也孔子自以極（集作極）生人之道不得行乎其時將復於至道而遊息焉謂由也勇於聞義果於避世故許其從之也其終曰無所取材者言子路徒勇於聞義果於避世而未得所以爲復者也此以退子路兼人之氣而明復之難耳然則有其材以爲其桴而遊息於海其聖人乎子

謂顔淵曰用之則行舍之則藏唯我與爾有是夫由是而言以此追庶幾之說則回近得矣而曰其由也與者當是歎也回死矣夫或問曰子必聖人之云爾乎曰吾何敢吾以廣異聞且使遯世者得吾言以爲學其無悶也揵焉而已矣

讀韓愈所著（集作作）毛穎傳後題　前人

自古居夷不與中州人通書有來南者時言韓愈爲毛穎傳不能舉其辭而獨大笑以爲怪而吾久不克見楊子誨之來始持其書索而讀之若捕龍蛇搏虎豹急與之角而力不敢暇信韓子之怪於文也世之模擬竄竊取青媲白肥皮厚肉柔筋脆骨而以爲辭者之讀之也其大笑固宜

且世人笑之也不以其俳乎且（一作而）俳又非聖人之所棄者詩曰善戲謔兮不爲虐兮太史公書有滑稽列傳皆取乎有益於世者也故學者終日討說（文粹作論）答問呻吟習復應對進退掬溜播（文粹作俺）灑則罷憊而廢亂故有息焉游焉之說不學操縵不能安絃有所拘者有所縱也大羹玄酒體節之薦味之至者而又設以奇異小蟲水草梨橘柚苦鹹酸辛雖蜇吻裂鼻縮舌澁齒而咸有篤好之者文王之昌蒲葅屈到之芰曾晳之羊棗然後盡天下之奇味以足於口獨文異乎韓子之爲也亦將弛焉而不靈歟息焉游焉而有所縱歟盡六藝之奇味以足於（文粹作其）口歟而不若是則韓子之辭若壅大川焉其必決而放諸陸不可以

不陳也且凡古今是非六藝百家大細穿穴用而不遺（一作匱）者毛穎之功也韓子窮古書好斯文嘉穎之能盡其意故奮而爲之傳以發其鬱積而學者得之（集作以）勵其有益於世歟是其言也固與異世者語而貪常嗜瑣者猶呫呫然動其喙彼亦勞甚矣乎

畫諫　盧碩

漢文帝時未央宮承明殿畫古者五物（兩漢故事文帝三年于承明殿畫屈軼草進善旌誹謗木敢諫鼓獬豸凡有五色物也）成帝陽朔中嘗坐群臣于下指之曰予慕堯舜理故自是以自况大司馬陽平侯王鳳拜舞而賀曰陛下法古爲治上稽唐虞仁遠乎哉行之斯至旌鼓之屬在陛下建之而已矣至於神草靈獸臣知不日當產于明庭以彰上天之允答也微臣不勝鳬藻之抃御史大夫張（張忠）出次而言曰斯無用之物也臣請即日圬之且是畫肇于大宗之時凡八聖矣開眼而覩之者皆面（一作背面）而遠之未聞有裨于治也臣敢爲陛下條舉臣嘗聞文帝時雒陽人賈誼爲博士能誦詩屬書嘗爲上陳古先帝王之道漢朝正朔之法上以公卿之任無以易誼俄絳灌馮敬之伍害其賢而毁之遂疎而不信傅卑濕之國後雖徵還卒不得大用喪志而死至今負才藏器之徒猶以爲憤此則善雖進而不能用也帝又降詔除誹謗之令許人言事迫中宗朝大臣楊惲蓋寬饒以譏刺辝語皆坐大辟先帝在東宮言其法大深刻中宗竟不悔此則木雖旁

午人不敢書上也初元帝弘恭石顯專權亂政前將軍望之嫉其姦邪諷上除之不從望之反羅其僭過（一作迫）以自殺此又邪不可觸之之驗也前日安昌侯禹居陛下師傅之尊不能率己以儉而乃央涇引渭廣開田疇便身娛耳多置倡樂平陵朱雲上書請斬其首陛下怒不可忍遽將誅之雲倉卒無據乃至喪膽失魂臣意列聖用此乃類是乎臣之狂瞽欲陛下言而必行册纔之設不足以留連聖念也且大司馬親勳之望朝野所倚不能因事而諫返以爲賀倿孰甚焉　臣謹以指之若斧鑕將及是陛下誤屈軼也臣不敢就僇

代河湟父老奏　陳黯

臣等世籍漢民也雖地没戎虜而常畜歸心時未可謀則俛僶偷生既遭休運詎可緘默伏思中國之患邊戎其來久矣唐虞夏殷之前則淳風未漓夷夏自判故干戈不興事亦宜矣洎周以降或侵或伐無代無之然則享國長久君臣有謀唯是其餘不足徵也周漢討邊之事臣知之矣請較而論之以爲國朝比且周之伐獫狁也以斥逐爲心不常事之故進則遏征退則息兵致其邊鄙無備壁壘不營此乃周之謀失於不固矣漢之討匈奴也乘時之豐恃兵之雄深入窮荒莫計遠邇故雪山青海皆爲內封其後財匱力殫厥功不就遂交和親之好自皃帝屬延法後時斯爲漢之謀失於太廣矣唐有天下邁於周漢之道一家

其六合一心其兆人唯玆犬戎未能無患當開元中有將臣善於攻戰振張皇威殲殄醜虜自秦地而西有地數千里此則展拓周疆剪截漢域所謂廣袤得其中矣其後國家以內寇時起不遑西顧其蕃戎伺隙侵一作復掠邊州臣等由此家爲虜有然雖力不支而心不離故居河湟間世相爲訓今尚傳留漢之冠裳每歲時祭享則必服之示不忘漢儀亦猶越翼胡蹄有巢嘶之異噫其怨慕也有是陛下新統寰區以慈仁化育聞之得不惻然而軫念乎夫事有可行勢有必尅苟懈而不爲是失古人見幾之義今國家無事三方底寧獨取邊陲猶反掌耳矧故老之心觖望復然儻天兵一臨孰不面化今陛下采臣之言則先選良將不以前負勳業者與更授節制一作刺史者爲之何者彼功崇矣彼位極矣復將悉力營之哉以此臨事必多自顧願陛下詔班行之中器識有殊籌畫可用者踰一資一級授鉞將兵俟見功庸而後一作再加之爵賞必能摧兇破敵無所愛矣戎羣者亦天地之間一氣耳不可盡滅可以斥逐之伊周漢之事如前所陳今之所取願止於國朝已來所没秦渭之西故地朗畫疆域牢爲備禦然後闢邊田飽士卒可以爲永遠一作求永之謀迥出周漢之右則臣得棄戎即華世世子孫無流離之苦生死幸甚

說鳳尾諾

陸龜蒙

或問予曰鳳尾諾爲何等物圖耶書耶對曰余之所聞自

晉訖於梁陳以來藩邸之書也凡封子弟爲王則開府群僚屬敢當時士有學行才藻者中是選其所下書東宮則曰令上書則曰牋諸王下書則曰教上書則曰啓應和文章則曰應令應教下其制一等故也其事行則曰諾猶漢天子肯集作可非臣下之奏曰可也鳳尾則所諾牋之文也綷襬縱然織與繪莫的知既肯其行必有褒異之辭若今之批答案耳晉元帝爲琅邪王時帝羨其才令通書外事常使批鳳尾諾南齊江夏王鋒高帝第十二子甚怜之年五歲使學鳳尾諾下筆便工帝大悅以玉麒麟賜之餘未見其出鳳尾牋當畨薄縷輕其制作想精妙靡麗而非牢固者也殆將五百年必不能保而存之好事者或云織集作

識妄矣且傳云仲尼在魯與陳有問隼羊楛矢者皆知之及脩春秋則遠者畧近者詳故曰立於定哀而指隱桓之日遠矣蓋聖人作六典不可不慎則前所傳亦(一作之)妄矣余學聖人之文者求其誠而已矣又安可詐別數百年前事自以爲賢哉君子慎所傳無易

原晉亂說　楊夔

晉室南遷制度草剏永嘉之後囂風未除廷臣中猶以謝鯤輕佻王澄曠誕兢相祖習以爲高達卞壼厲色於朝曰帝祚流移社稷傾蕩職茲浮僞致此顛敗猶欲崇慕虛誕汚蠹時風奏請鞫之以正頹俗王導庾亮抑之而止噫西晉之亂百代所悲移都江左是塞(一作)源端本之日也猶

乃翼虛駕僞宗(文粹作崇)扇佻薄躡諸敗跡踵其覆轍以此剏立朝綱基構王業何異登膠船而泛巨浸操(一作拉)朽索以馭奔駟乎設使從卞壼之奏黜屏浮僞登進豪賢(文粹作淳實)左右大法維持紀綱則晉亦未可量也其後王敦作逆蘇峻繼亂余以爲晉之亂不自敦峻而稔於導亮

祭祀不祈說　沈顏

夫祭典之興所以奉祖宗而表有功也非所以祈明神而邀福佑也故王者郊天地而立七廟諸侯奉社稷而置五廟士庶人各以其家功施於民則祀之以死勤事則祀之以勞定國則祀之昔列山氏之子曰柱能植百穀夏興也周繼之故祀于稷共工氏爲九域其子曰后土能平九土故祀于社舜勤事而野死鯀障洪水而殛死禹勤其官而水死有虞氏禘黃帝而祖顓頊郊嚳而宗堯夏后氏亦禘黃帝而祖顓頊郊鯀而宗禹商人禘舜而祖禹郊禹而宗湯周人禘嚳而郊稷祖文王而宗武王故所謂奉祖宗而表有功也非所以祈明神而邀福祐也必以明神可祈福祐可量(一作豐)則三代不易世秦漢不更氏王者無明暗卿士無賢愚能盡其祭祀則享其福祚矣神必私於禱祈悅於肥腯而降其禎祥則王者盡堯舜也侯者盡桓文也水不爲潦也火不爲灾也年無壽夭也民無貧富也戰無不勝也守無不固也禍無不殄也疾殄不生也國家無危亡也宗祀無廢絕也是皆祈而不得禱而無應明矣然則經

百代而不易其俗傳百王而不革其風者誠有以也夫兩國相持必有其勝也萬邦各治必有其康也祈年者必有其豐也祈病者必有其瘳也祈仕者必有其遷也祈貨者必有其饒也有一于此咸以神之佑也而不知人事之起匪成即敗匪得即失用之有巧拙智之有後先歲有豐儉運有否泰非神之所置也於是廢業而不爲非竭産而不爲悔姦巫乘之以語禍福竟不能明寤以成俗得非上失其正下效其爲者乎

文苑英華卷第三百六十二

文苑英華卷第三百六十三　雜文十三

辯論一

賢之用捨　李華

上之於賢也患不能好之好之也患不能求之求之也患不能知之知之也患不能任之任之也患不能終之終之也患不能同其心而化於道是故士貴夫遇懼夫遇而不盡也

君之牧人

古之帝者非不欲厚其養泰其身固揣於變化之原而要之以極亦至矣蓋以爲上逸則下困困百衆逸一人而作（一作逸而人）非天意也極非天意亦不忍爲也故下逸而上困帝者共心焉況百姓逸君孰與困書曰元后作民父母父母勞於養子則襁褓之疾弭（闕）則父母之心泰推是而求之聖人志於偷薄不得不爾也

國之興亡

爲國者同於理身身或不和則藥石之鍼灸之若夫扶病（文粹作疾）而不攻疾病則斃扶之者尾也齊隋之亡也以貞於終始爲惑苟而無耻爲明慢於事職爲高賢見義不爲爲長者繩遠用法則附強而潰弱也議於得失則異寡而同衆也尚學希古謂之誕趣便時中（文粹作中時）謂之工觀其燥濕而輕重之候其成敗而褒貶之肉食之尊以滋味餬其口恐危亡而僥祿利自是而下則曰上司猶如之我於國何有設能憤發則逆爲備豫動闔闢束（文粹作動開闔）氣沮志衰亦從以（文粹作志亦從）化俾於生者炎炎而四合死於正者求援而無繼麒麟悲鳴鳳鳥垂翅鴟鼓害翼犬呀毒喙則虵鵂虎狼之熾（文粹作徒）其可向耶嗟乎心腹支體一也爲病者萬焉雖有岐緩而不請岐緩視之而不救噫齊隋不亡得哉返是而理則王道易易也

材之小大（此篇七百四十五卷重出今已削去）　前人

羣巢之雛羽翼將成習飛而從其母不幸爲烏鳶所震墮於麃轍網閔（一作代氷）之家有侈女焉珝車繡茵過於中陌遇而憐之藏以玉笥粒以紅稻（一作薦以白玉之笥粒以清江之稻）胡然而然材小爲貴養而翫之易爲力也克軛（一作轅）之牛望若山行其生也任重致遠以利天下其死也筋角皮骨皆爲器用水旱寒暑之不時艱難驅（一作鞭驅竭）乏登降重岡踣起塗潦蹄離節圻力氣皆頓病矣目猶睨人盜烏爪其背觜其肉猶恨啄啗之未逞（一作鶚烏）鶚而相呼群犬引其腹（一作胃腸）狺狺而爭之車馬往復於傍以千萬計不顧也胡然而然材大爲累扶而救之難爲功也向若不憚斯須之勞而存之其利固厚矣悲夫材之大也爲累材之小也爲貴戾於

理悖於道莫甚焉君天下者辯而返之則不世而仁矣

原道

韓愈

博愛之謂仁行而宜之之謂義由是而之焉之謂道足乎己無待於外之謂德仁與義爲定名道與德爲虛位故道有君子有小人而德有吉有凶老子之小仁義非毀之也其見者小也坐井而觀天曰天小者非天之罪也彼以煦煦爲仁孑孑爲義其小之也則宜其所謂道道其所道非吾所謂道也其所謂德德其所德非吾所謂德也凡吾所謂道德云者合仁與義言之也天下之公言也老子之所謂道德云者去仁與義言之也一人之私言也周道衰孔子没火于秦黃老于漢佛于晉宋齊梁魏隋之間其言道

德仁義者不入于楊則入于墨不入于墨則入于老不入于老則入于佛入于彼必出于此入者主之出者奴之入者(作則)附之(一作隆)出者汙之(集者作則)噫後之人其欲聞仁義道德之說孰從而聽之老者曰孔子吾師之弟子也佛者曰孔子吾師之弟子也爲孔子者習聞其說樂其誕而自小也亦曰吾師亦嘗師之云爾不惟舉之於其口而又筆之於其書噫後之人雖欲聞仁義道德之說其孰從而求之甚矣人之好怪也不求其端不訊其末惟怪之欲聞古之爲民者四今之爲民者六古之教者處其一今之教者處其三農之家一而食粟之家六工之家一而用器之家六賈之家一而資焉之家六奈之何民不窮且盜也古之時人之害多矣有聖人者立然後教之以相生養之道爲之君爲之師驅其蟲蛇禽獸而處之中土寒然後爲之衣饑然後爲之食木處而顛土處而病也然後爲之宮室爲之工以贍其器用爲之賈以通其有無爲之醫藥以濟其夭死爲之葬埋祭祀以長其恩愛爲之禮以次(一作節)其先後爲之樂以宣其湮鬱爲之政以率其怠倦爲之刑以鋤其強梗相欺也爲之符璽斗斛權衡以信之相奪也爲之城郭甲兵以守之害至而爲之備患生而爲之防今其言曰聖人不死大盜不止剖斗折衡而民不爭嗚呼其亦不思而已矣如古之無聖人人之類滅久矣何也無羽毛鱗介以居寒熱也無爪牙以爭(集有其字)食也是故君者出令者也臣

者行君之令而致之民者也民者出粟米麻絲作器皿通貨財以事其上者也君不出令則失其所以爲君臣不能行君之令而致之民則失其所以爲臣(一無此七字)民不出粟米絲麻作器皿通貨財以事其上則誅今其法曰必棄而君臣去而父子禁而相生養之道以求其所謂清淨寂滅者嗚呼其亦幸而出於三代之後不見黜於禹湯文武周公孔子也其亦不幸而不出於三代之前不見正於禹湯文武周公孔子也帝之與王其號名(集作雖字)殊其所以爲聖一也夏葛而冬裘渴飲而饑食其事雖殊其所以爲智一也今之(一作其)言曰曷不爲太古之無事是亦責冬之裘者曰曷不爲葛之之易也責饑之食者曰曷不爲飲之之易

也傳曰古之欲明明德於天下者先治（一作理）其國欲治其國者先齊其家欲齊其家者先脩其身欲脩其身者先正其心欲正其心者先誠其意然則古之所謂正心而誠意者將以有爲也今也欲治其心而外國家天下者滅其天常子焉而不父其父臣焉而不君其君民焉而不事其事孔子之作春秋也諸侯用夷禮則夷之夷而進於中國則中國之經曰夷狄之有君不如諸夏之亡也詩曰戎狄是膺荆舒是懲今也舉夷狄之法而加之先王之教之上幾何其不胥而爲夷也夫所謂先王之教者何也博愛之謂仁行而宜之之謂義由是而之焉謂道足乎已無待於外之謂德其文詩書易春秋其法禮樂刑政其民士農工賈

其位君臣父子師友賓主昆弟夫婦其服絲麻其居宮室其食粟米蔬果魚肉其爲道易明而其爲教易行也是故以之爲已則順而祥以之爲人則愛而公以之爲心則和而平以之爲天下國家無所處而不當是故生則得其情死則盡其常郊焉而天神假廟焉而人鬼享曰斯道也何道也曰斯吾所謂道也非向所老與佛之道也堯以是傳之舜舜以是傳之禹禹以是傳之湯湯以是傳之文武周公文武周公傳之孔子孔子傳之孟軻軻之死不得其傳焉荀與楊也擇焉而不精語焉而不詳由周公而上上而爲君故其事行由周公而下下而爲臣故其說長然則如之何其可也曰不塞不流不止不行人其人火其書廬其居明先王之道以導之鰥寡孤獨廢疾者有養也其亦庶乎其可也

原性

性也者與生俱生也情也者接於物而生也性之品有三而其所以爲性者五情之品有三而其所以爲情者七曰何也曰性之品有上中下三上焉者善焉而已矣中焉者可導而上下也下焉者惡焉而已矣其所以爲性者五曰仁曰義曰禮曰智曰信上焉者之於五也主於一而行於四中焉者之於五一也不少有焉則少反焉其於四也混下焉者之於五也反於一而悖於四性之於情視其品情之品有上中下三其所以爲情者七曰喜曰怒曰哀曰懼

曰愛曰惡曰欲上焉者之於七也動而處其中中焉者之於七也有所甚有所亡然而求合其中者也下焉者之於七也亡與甚直情而行者也情之於性視其品故孟子之言性曰人之性善荀子之言性曰人之性惡楊子之言性曰人之性善惡混夫始善而進惡歟始惡而進善歟始也混而今也善惡歟皆舉其中而遺其上下者也得其一而失其二者也叔魚之生也其母視之知其必以賄死楊食我之生也叔向之母聞其號也知必滅其宗越椒之生也子文以爲大戚知若敖氏之鬼不食也人之性果善乎后稷之生也其母無災其始匍匐也則岐岐然嶷嶷然文王之在母也母不憂既生也傅不勤既學也師不煩人之性

果惡乎堯之朱舜之均文王之管蔡習非不善也而卒爲姦瞽瞍之舜鯀之禹習非不惡也而卒爲聖人人之性善惡果混乎故曰三子之言性也舉其中而遺其上下者也得其一而失其二者也曰然則性之上下者（集有其字）終不可移乎曰上之性就學而愈明下之性畏威而寡罪是故上者可學而下者可制也其品則孔子謂不移也曰今之言性（集有情字）者異於此何也曰今之言性者雜佛老而言也雜佛老而言者奚言而不異

原毀

古之君子其責己也重以周其待人也輕以約重以周故不怠輕以約故人樂爲善聞古之人有舜者其爲人也仁

義人也求其所以爲舜者責於己曰彼人也予人也彼能是而我乃不能是早夜以思去其不如舜者就其如舜者聞古之人有周公者其爲人也多才與藝人也求其所以爲周公者責於己曰彼人也予人也彼能是而我不能是蚤夜以思去其不如周公者就其如周公者舜大聖人也後世無及焉周公大聖人也後世無及焉是人也乃曰不如舜不如周公吾之病也是不亦責於己者重以周乎其於人也曰彼人也能有是是足爲良人矣能有是是足爲藝人矣取其一不責其二即其新不究其舊恐恐然惟懼其人之不得爲善之利一善易脩也一藝易能也其於人也乃曰能有是是亦足矣曰能善是是亦足矣是不亦待於人者輕以約乎今之君子則不然其責人也詳其待己也廉詳故人難於爲善廉故自取也少己未有善曰我善是是亦足矣己未有能曰我能是是亦足矣外以欺於人內以欺於心未少有得而止矣是不亦待於己者已廉乎其於人也曰彼雖能是其人不足稱也彼雖善是其用不足稱也舉其一不計其十究其舊不圖其新恐恐然惟懼其人之有聞也是不亦責於人者已詳乎夫之謂不以衆人待其身而以聖人望於人吾未見其尊己也雖然爲是者有本有原怠與忌之謂也怠者不能脩而忌者畏人脩吾嘗試之矣嘗試語於衆曰某良士某良士其應者必其人之與也不然則其所踈遠不與

同其利者也不然則其畏也不若是強者必怒於言懦者必怒於色矣又嘗語於衆曰某非良士某非良士其不應者必其人之與也不然則其所踈遠不與同其利者也不然則其畏也不若是強者必悅於言懦者必悅於色矣是故事脩而謗興德高而毀來嗚呼士之處此世而望名譽之光道德之行難矣將有仕於上者得吾說而存之其國家可幾而理也（一作可幾於理也歟）

原鬼　　前人

有嘯於梁從而燭之無見也斯鬼乎曰非也鬼無聲有立於堂從而視之無見也斯鬼乎曰非也鬼無形有觸吾躬從而執之無得也斯鬼乎曰非也鬼無聲與形安有氣曰

鬼無聲也無形也無氣也果無鬼乎曰有形而無聲者物有之矣土石是也有聲而無形者物有之矣風霆是也有聲與形者物有之矣人獸是也無聲與形者物有之矣鬼神是也曰然則有怪而與民物接者何也曰有是二說（集有鬼物四字）有漠然無形與聲者鬼之常也民有忤於天有違於民有爽於物逆於倫而感於氣於是乎鬼有托於形有憑於聲以應之而下殃禍焉皆民之爲（集有之字）也其既也又反乎其常曰何謂物曰成於形與聲者土石風霆人獸是也反其無聲與形者鬼神是也不能有形與聲不能無形與聲者物怪是也故其作而接於民也無恒故有動於民而爲禍亦有動於民而爲福亦有動於民而莫之爲禍福適丁民之有是時也作原鬼

文苑英華卷第三百六十三

文苑英華卷第三百六十四　雜文十四

辯論二

設漁者對智伯瑤（集無此字）　柳宗元

智氏既滅范中行志益大合韓魏圍趙水晉陽智伯瑤乘舟以臨趙且又往來觀水之所自務速取焉群漁者有一人坐漁智伯怪而（集作之）問焉曰若漁幾何曰臣始漁於河中漁於海今主大茲水臣是以來曰若之漁何如曰臣幼而好漁始臣之漁於河有魦鱮鱣鰋者不能自食以好臣之餌日收者百焉臣以爲小去而之龍門之下伺大鮪焉夫鮪之來也從魴鯉數萬垂涎流沫後者得食焉然其饑也亦返吞其後愈肆其力逆流而上慕爲螭龍及夫抵大石亂飛濤折鰭秃翼顛倒頓踣順流而下宛委冒懵環坻溆而不能出嚮之從魚之大者幸而啄食之臣亦徒手得焉猶以爲小聞古之漁有任公子者其得益大於是去而之海上北浮於碣石求大鯨焉臣之具未及施見大鯨驅群鮫逐肥魚於渤海之尾震動大海簸掉巨島一啜而食若舟者數十勇而未已貪而不能止北蹙於碣石槁焉嚮之爲食者反相與食之臣亦徒手得之（集作爲）猶以爲小聞

古之漁有太公者其得益大釣而得文王於是捨而來智伯曰今若遇我也如何漁者曰嚮者臣已言其端矣始晉之修家若欒氏祁氏郤氏羊舌氏以十數不能自保以貪晉國之利而不見其害主之家與五卿黨列而食之矣是無異鮍鱮鱣鰋也腦流骨腐於主之故咼可以懲矣然而猶不肯寤又有大者焉若范氏中行氏貪人之土田侵人之勢力慕爲諸侯而不見其害主與三卿又製而食之矣脫其鱗鱠其肉刳其腸斷其首而棄之鯤鮞遺胤莫不備殂豆是無異夫大鮪也可以懲矣然而猶不肯寤又有大者焉吞范中行以益其肥猶以爲不足力愈大而求魚愈無饜饕驅韓魏以爲群鮫以逐趙之肥魚而不見其害貪肥

之勢將不止於趙臣見韓魏懼其將及也亦幸主之蹷於晉陽其目動矣而主乃慠然以爲咸在機俎之上方磨其舌抑臣有恐焉令輔果舍族而退不肯同禍段規怨深（集作深怨）而造謀主之不寤臣恐主爲大鯨首解於邯鄲鬣摧於安邑脊披於上黨尾斷於中山之外而腸流於大陸爲螻蟻以克三家子孫之腹臣所以大懼不然主之勇力強大於文王何有智伯不悅然終以不寤於是韓魏與趙合滅智氏其地三分

復吾子松說　前人

子之疑木膚有惟文與人之賢不肖壽夭貴賤果氣之寓歟爲物者裁而爲之歟余固以爲寓也子不見夫雲之始作乎勃怒衝涌擊石薄木而肆乎空中偃然爲人拳然爲禽敷舒爲林麓嵑嶭爲宮室誰其傳（文粹作博）而斲之者風出洞窟流離百物經清觸濁呼召竅穴與夫草木之儷偶紛羅雕葩刻芒臭朽聲香采色之赤碧白黃皆寓也無裁而爲者又何獨疑茲膚之奇詭與人之賢不肖壽夭貴賤參差不齊者哉是固無情不足窮也然有可恨者人或權褒貶黜陟爲天子求士者皆學於聖人之道皆又以仁義爲的皆曰我知人我知人披辭窺貌逐其聲而覈其所蹈者以升而降其所升恒多蒙瞀禍賊僻邪罔人以自利者其所降率恒多清明沖淳不爲害者彼非無情物也非不欲得其升降也然猶反戾若此逾千百年乃一二人幸不出

於此者微之猶無以爲告今子不是病而木膚之問爲物者有無之疑予胡橫訊過詰擾擾焉如此哉

壽顏子辯　皇甫湜

土與水火風雜爲千品萬殊大凡大虛之中形而有者皆主於土揮而動者皆主於風液而通者皆主於水躍而養者皆主於火天地之與稊米醯雞之與（集作於）應龍雖殊大小必質四者具四者之性然後爲一物動焉不動焉抑四者能爲質不能爲知者也（集作動焉四不動焉四者能質不能知）有虛而靈者合焉以爲物知凡四者之合而有也而（一無此字）合乎是爲知若角若鱗若飛若走舉爲其齒不合乎是爲無知若草若木若金若石舉爲其屬最靈者人人之中知爲心心之

知爲神人之生也質乎土風水火而心乎知（集作主）其于死也氣旋乎（集作于）虛而反于土風水火之性各旋其所質固化而無矣若心之知則未知其處焉而人見其質之化也謂知亦從而亡豈不過（集作愚）甚矣哉彼繇心所以知者虛而靈其不可爲無也較然矣（集作如三字）其質也游冥而化遷者乎（集作也）夫心猶水也水清則撓而不濁濁則不清（集作撓而濁者不存存則不清）心猶鏡也鏡明則塵埃不止止則不明聖與愚受于（一作乎）初一也聖人瑩其心而潤於（集作窒其）誘是以能照天下之理故其心清而定愚者負其心而薄於外是以閉天下之理故其心塵而結清而定者離其質也玲瓏乎（集作兮）太虛之中動而合則爲文王仲尼止而安則必終始（集作始終）

天地塵而結者離其質也任穰乎（集作兮）太虛之中轉而合乎（集作于）有則爲禽爲獸其於人也爲愚爲九於草木者無所不爲矣雖欲少安得乎（集作安得于理）推是而言則彭祖爲天而顏子爲壽盜跖爲殺而比干爲終

私辯

牛僧孺

近古之人所謂私者爲（文粹作謂）苟萃（一作牟）於利苟處於逸苟潤其屋者也僧孺以爲斯皆小人之私非聖人之私也夫聖賢無私而不自知其私也何者必公其身而私（一作以利）於人是不私一身而使天下私之（一作之私）也胡以言之夫嬰兒見保傅之毋則咤然而識非有知而親之利其乳而私之也櫪馬見厮養之夫則奮然而嘶非有知而親之利其芻粟而私之也夫天下之人非復乳孩櫪馬之愚也苟有公其身而利之者孰不利而私之乎故賢君良臣必私天下而公其身故天下之人皆私而親之暗君愚臣必公天下而私其身故天下之人皆公而疎之人疎之者多故天下任其亡也親之者多故天下欲其昌也（二十四字文粹作疎之者多天下欲其昌也難矣思非）昔大禹之手足胼胝是公其身於理水也咎繇之謩明弼諧是公其身於規諫也傅說之對揚王庭是公其身於輔佐也周公之吐握勤儉（文粹作拳）是公其身於禮賢也宣父之作春秋刪詩書是公其身於垂教也故有夏之人思大禹之功有虞之人思皋陶之直有殷之人思傅說之政有周之人思周公之勤有道之人思宣父之教或開

國之尊其嗣（一作祠又作道）而私之或建祠崇（文粹作歸）其像而私之至於殷辛之聚財鹿臺是以私（一作）天下之利私於已也故天下公而疎之秦始皇之廢棄諸侯是以天下之爵私於身也故天下亦公而疎之故武王公天下之財而散之而天下之兆庶皆私而親之高皇帝公天下之爵而封之而天下之英雄亦皆私而親之是以自私者人公而亡也自公者人私而昌也夫聖賢非必公其身私在其中不得不公也天下非必私於一人公在其中不得不私也余謂亡國之君亡家之臣亡身之人俱不得私之道也非聖賢之無私也

華心

陳黯

大中初年大梁連帥范陽公得大食國人李彥昇薦於闕下天子詔春司考其才二年以進士第名顯然常所賓貢者不得擬或曰梁大都也帥碩賢也受命于華君仰祿於華民其薦人也則求於夷豈華不足稱也耶夷人獨可用也耶吾終有惑於帥也曰帥真薦才而不私其人也苟以地言之則有華夷也以教言之有華夷乎夫華夷者辯在乎心辯（一作夫）心在察其趣嚮有生于中州而行戾乎禮義是形華而心夷也生於夷（一作外）域而行合乎禮義是形夷而心華也若盧綰少卿之叛亡其夷人乎金日磾之忠赤其華人乎繇是觀之皆任其趨嚮耳今彥昇也來從海外能以道祈知於帥帥故異而薦之以激夫戎狄俾日月所燭皆歸于文明之化蓋華其心而不以其地也而又夷焉作華心

塞廢井文　杜牧

井廢輒不塞於古無所據（一作稱）今之州府廳事（一作署）有井廢不塞居第在堂上有井廢亦不塞或匣而護之或橫木以土（二字文粹作上）覆之至有歲久木朽陷人以至於死世俗終不塞之不知出何典故而井不可塞井雖列在五祀在都邑中物之小者也若盤庚五遷其都若社稷宗廟尚毀其舊而獨井豈不塞耶古者井田九頃八家環而居之一夫食一頃中一頃樹蔬鑿井而八家共汲之所以藉齊民而重泄地氣以小喻大人身有瘡不醫即死木有瘡久不封即亦死地有千萬瘡於地何如哉古者八家共一井今家有一井或至大家至于四五井十倍多於古地氣漏泄則所產脆薄人生於地內今之人不若古之人渾剛堅一寧不由地氣泄漏哉易曰改邑不改井此取象言安也非井不可塞也天下每州春秋二時天子許抽常所上賦錫宴其刺史及州吏必廓其地爲大宇以張其事黃州當是地有古井不塞故爲文投之而實以土

祀竈解　陸龜蒙

竈壞煬者請新之既成又請擇吉日以祀告之曰竈在祀典聞之舊矣祭法曰王爲群姓立七祀其一曰竈達于庶人庶士立一祀或立戶或立竈飲食之事先自火化以來生民賴之祀之可也說者曰其神居人間伺察小過作譴告者又曰竈鬼以時錄人功過上白於天當祀之以祈福祥此近（集作僅）出漢武帝時方士之言耳行之惑耶（集作也）苟行君子之道以謹（集無以謹二字）養老以（集作而）慈撫（集作撫字）幼寒同而飽均喪有哀祭有敬不忘禮以約己不忘樂以和心室闇不欺屋漏不媿雖歲不一祀竈其誣我乎苟爲小人之道盡反君子之行父子兄弟夫婦人執一爨以自餬口專利以飾詐崇姦而樹非雖一歲百祀竈其私我乎天至高竈至下帝至尊嚴鬼至幽仄果能欺而告之是不忠也聽而受之是不明也下不忠上不明又果可以爲天帝乎

春秋決疑十篇　皮日休

夫趙盾弑君莒僕弑父春秋顯書其過何則楚公子圍弑其君郟敖子駟弑其君僖公齊人弑其君悼公各以疾赴春秋皆書曰卒評曰人之生也上有天地下(集作次)有君父君父可弑是無天地也乃生人之大惡有識之弘耻亦由漢書二律無妻母之文聖人所不書是也且趙盾反不討賊董狐謂為弑君莒僕以其寶來奔里華謂其(一作之)弑父斯二者罪名已彰仲尼承彰而書耳斯三逆者(說云子圍鄭人子駟齊人也)弑君以疾赴仲尼非可誣也據赴而書者不忍也故不忍也者耻其在中焉懲在其中焉夫春秋弑君三十六其餘之逆亦據赴而書耳

夫趙孟以無辭伐國杞伯以夷禮來朝春秋皆貶之曰人

曰子何至其罪大者為之隱(謂弑君者)其過小者必以書曰伐國無辭專君之命也君而可專孰有其國得不貶之乎若(集有夫字)罪大者為之隱推亡也其罪小者必以書固存也

夫齊荼野幕之弑事起陽生楚靈乾谿之縊禍因常壽而春秋歸罪於陳乞公子比者(齊之陳乞楚之公子比)不其遠乎曰野幕之弑罪歸陳乞陽生之罪可知矣乾谿之縊罪歸子比常壽之罪可知矣春秋之旨譬酷吏决獄髡鉗之刑尚猶不捨刀鋸之僇何自而逃

夫齊桓救衛不書狄滅晉文召王而云狩于河陽曰狄實滅衛因桓救而獲全斯不滅矣文實召王因王來而稱狩斯不召矣苟桓不能救衛文不能臣王必書狄滅衛晉人召天王于河陽矣故春秋之時滅人國者衆救人國者鮮仲尼旌其卹患也背(文粹作侮)周者衆朝周者鮮仲尼旌於(一作其)勤王也

夫哀八年及十三年公再與吳盟皆不書(八年註云不書盟耻吳夷十三年註云盟不書諸侯耻之故不錄也)桓二年公及戎盟于唐則書曰吳實華族其道夷也以強要盟不曰夷乎戎實夷族其道華也以道好盟不曰華乎故耻而不書懲也以戎而書勸也

夫桓二年書曰宋華督弑其君與夷及其大夫孔父僖十年又書曰里克弑其君卓及其大夫荀息夫君者稱弑也而云及者是君臣無別也曰弑之者罪臣下也夫孔父以奪室見殺荀息以立君被誅是無辜之怨(一作死)是以及(一作反)

褒之者(一作也)何自臣及君也(一作君及臣者)蓋貶華父與里克也俾孔父之死如與夷之死荀息之死如卓子之死及之者貴之也

夫姜氏淫奔子般夭酷魯之醜也諱之可也至如公送晉姜為齊所止為邾所敗皆諱之者何曰周之有姜魯送可也如晉以盟主而臣魯諱之者諱乎以諸侯而事諸侯也諸侯有過則削地有逆則夷宗齊魯一體諱之者諱乎以諸侯而止於諸侯也夫天下有道小國事大國邾小國也而魯大國也諱之者諱乎以大國而敗於小國也

夫定(一有公字)六年鄭滅許以許男歸而哀元年又書許男與楚圍蔡曰鄭實滅許而後或復之當復之時其赴不至於

魯故不書耳凡國有來赴者雖小必書宋之六鷁退飛是也國無來赴雖大亦闕晉之滅狄滅霍滅魏是也夫楚實滅陳後復封之狄實滅衛後復全之斯亦許之類是也

夫春秋之旨獲君曰止誅臣曰刺殺其大夫執我行人鄭棄其師隕石宋五（其事出行書紀年鄭棄其師出穀梁語也）若斯者即古史之全文也奚在其筆削乎曰仲尼因魯史而脩春秋足明不誣於人也又曰知我者亦以春秋罪我者亦以春秋其是之謂乎若楊子之草玄其數則易其文則玄是也

夫宋襄執滕子而誣之以得罪春秋則承赴而書何至魯之君也弑者五逐者二（弑者隱閔般赤惡逐者昭襄也）並闕而不書苟如是懲惡勸善何以為的亂臣賊子何以知懼曰夫仲尼修

春秋而依微其旨固有俟樹苟無丘明發決其奧鄭通其玄亦赴來而責實也非可誣也如自書其魯之弑逐者則魯人攘羊仲尼證之矣（集作也）

文苑英華卷第三百六十四

文苑英華卷第三百六十五　　雜文十五

辯論二

復性書三篇　　君子無榮辱辨一首

知道一首

復性書上篇　　李翱

人之所以為聖人者性也人之所以惑其性者情也喜怒哀懼愛惡欲七者皆情之所為也情既昏性斯匿矣非性之過也七者循環而交來故性不能充（文粹作統）也水之渾也其流不清火之煙也其光不明非水火清明之過沙不渾流斯清矣煙不鬱光斯明矣情不作性斯充（文粹作統）矣性與情不相先也雖然無性則情無所生矣是情由性而生情

不自情因性而情性不自性由情以明性者天之命也聖人得之而不惑者也情者性之動也百姓溺之而不能知其本者也聖人豈其無情也（集作耶）聖人者寂然不動不往而到不言而神不耀而光制作參乎天地變化合乎陰陽雖有情也未嘗有情也然則百姓者豈其無性耶百姓之性與聖人之性弗差也雖然情之所昏交相攻未始有窮故雖終身而不自覩其性焉火之潛于山石林木之中非不火也江河淮濟之未流而泉于山非不存也石弗（集作不）敲木不磨則不能燒其山林而燥萬物泉之源弗疏則弗（集作不）能為江為河為淮為濟東匯大壑浩浩蕩蕩為弗測之深情之動靜弗息則弗能復其性而燭天地為不極之

明故聖人者人之先覺者也覺則明否則惑惑則昏明與昏謂之不同明與昏性本無有則同與不同二皆離矣夫明者所以對昏昏既滅則明亦不立矣是故誠者聖人之性集作性之也寂然不動廣大清明照乎天地感而遂通天下之故行止語言無不處於極也復其性者賢人循之而不已者也不已則能歸其源矣易曰夫聖人者與天地合其德日月合其明四時合其序鬼神合其吉凶先天而天弗違後天而奉天時天且弗違而况於人乎况於鬼神乎此非自外得者也能盡其性而已矣子思曰唯天下至誠爲能盡其性能盡其性則能盡人之性能盡人之性則能盡物之性能盡物之性則可以贊天地之化育可以贊天地

之化育則可以與天地參矣其次致曲曲能有誠誠則形形則著著則明明則動動則變變則化惟天下至誠爲能化聖人知人之性　皆善可以循之其不息而至於聖也故制禮以節之作樂以和之安於仁集作安於和樂樂之本也動其中集作動而中禮禮之本也故在車則聞和鸞之聲行步則聞珮玉之音無故不廢琴瑟視聽言行循禮法而動所以教人忘嗜欲而歸性命之道也道者至誠而不息也至誠而不息則虛虛而不息則明明而不息則照一疊照字天地而無遺非他也此盡性命之道也哀哉人人皆可以及於集作于此莫之止而不爲也不亦惑耶昔者聖人以集作之字傳于顏子顏子得之拳拳不失不遠而復其心三月不違仁子曰

回也其庶乎屢空其所以未到於聖人者一息耳非力不能也短命而死故也其餘升堂者盖皆傳也一氣之所養一兩之所膏而得之者各有淺深不必均也子路之死也石乞盂黶以戈擊之斷纓子路曰君子死冠不免結纓而死由集有也字非好勇而無懼也其心寂然不動故也曾子之死也曰吾何求焉吾得正而斃焉斯已矣此正性命之言也子思仲尼之孫得其祖之道述中庸四十七篇以傳于軻軻曰我四十不動心軻之門人達者公孫丑萬章之徒盖傳之矣遭秦焚集作滅書中庸之弗焚者僅有一集作一篇存焉於是此道廢缺其教授者唯節文章句集作節行文章章句威儀擊劍之術相師焉性命之源則吾弗能知其所傳矣道之極

於剥也必復吾豈復之時耶吾自六歲讀書但爲詞句之學志于道者四年矣與人言之未嘗有是我者也南觀濤江入于越而吾郡陸參集作修存焉與之言之陸參集作修曰子之言尼父之心也東方集有如字有聖人焉不出乎此也南方集有如字有聖人焉亦不出乎此也唯子行之不息而已矣嗚呼性命之書雖存學者莫能明是故皆入於莊列老釋不知者謂夫子之徒不足以窮性命於集作之道信之者皆是也有問于我我以告之所知而傳焉遂書于書以開誠明之源而缺絕廢棄不揚之道幾可以傳於時命曰復命書以治理集作乎其心以傳乎其人於戲夫子復生不廢吾言矣

復性書中篇

或問曰人之昏也久矣將復其性者必有漸也敢問其方曰弗慮弗思情則不生情既不生乃爲正思正思者無慮無思也易曰天下何思何慮又曰閑邪存其誠詩曰思無邪曰已矣乎曰未也此齋戒其心者也猶未離於靜焉有靜必（集有有字）動有動必（集有有字）靜動靜不息是乃情也易曰吉凶悔吝生乎動者也焉能復其性耶曰如之何曰方靜之時知心無思者是齋戒也知本無有思動靜皆離寂然不動者是至誠也中庸曰誠則明矣易曰天下之動貞于一者也問曰不思不慮之時物格于外情應於內如之何而可止也以情止情其可乎曰情者性之邪也知其爲邪本

無其心寂然不已（六字集作心寂不取）邪思自息惟性明照邪何所生如以情止情是乃大情也情之（集作互）相止其有已乎易曰顏氏之子其殆庶幾乎有不善未嘗不知知之未嘗復行也易曰不遠復無祇悔元吉問曰本無有思動靜皆離然則聲之來也其不聞乎物之形也其不見乎曰不覩不聞是非人也視聽昭昭而不起於見聞者斯可矣無不知也無弗爲也其心寂然光照天地是誠之明也大學曰致知在格物易曰無思也無爲也寂然不動感而遂通天下之故非天下之至神其孰能與於此曰敢問致知在格物者何謂也曰物者萬物也格者來也至也物至之時其心昭昭然明辨焉而不應於物者是致知也是知之至也知

至故意誠意誠故心正心正故身脩身脩而家齊家齊而國理國理而天下平此所以能參天地者也易曰與天地相似故不違智周乎萬物而道濟天下故不過旁行而不流樂天知命故不憂安土敦乎仁故能愛範圍天地之化而不過曲成萬物而不遺通乎晝夜之道而知故神無方而易無體一陰一陽之謂道此之謂也曰生爲我說中庸曰不出乎前矣曰我未明也敢問何謂天命之謂性曰人生而靜天之性也性者天之命也率性之謂道曰（集無此字）何謂也率循也循其源而反其性者道也道也者至誠也至誠者天之道也誠者定也不動也脩（集作修）道之謂教曰何謂也曰教也（集作誠之）者人之道也誠之者擇善而固執之者

也循（集作修）是道而歸其本者明也教也者則可以教天下矣顏子其人也道也者不可須臾離也可離非道也說者曰其心不可須臾動焉故也動則遠矣非道矣（集作也）變化無方未始離於不動故也是故君子戒慎乎其所不覩恐懼乎其所不聞莫見乎隱莫顯乎微故君子慎其獨也說者曰不覩之覩見莫大焉不聞之聞聞莫甚焉其心不（集作）一動是不覩之覩弗聞之聞也其復之不遠矣故慎其獨慎其獨者守其中也問曰昔之注解中庸者與生之言皆不同何也曰彼以事解者也我以心通者也曰彼亦通於心乎曰吾不知也曰如生之言修之一日則可以至於聖人乎曰十年擾之一日止之而求至焉是孟子所謂以一

杯水而救一車薪之火也甚哉止而不息必誠誠而不息必明明與誠終歲不違則能終身矣造次必於是顛沛必於是則可以希於至矣故中庸曰至誠無息不息則久久則徵徵則悠遠悠遠則博厚博厚則高明博厚所以載物也高明所以覆物也悠久所以成物也博厚配地高明配天悠久無疆如此者不見而章不動而變無爲而成天地之道（集有故字）可一言而盡（集有之字）也問曰凡人之性猶聖人之性歟曰桀紂之性猶堯舜之性也其所以不覩其性者嗜欲好惡之所昏也非性之罪也曰爲不善者非性耶曰非也乃情所爲也情有善而（集無此字）不善（集有而字）性無善而（集無此字）不善焉孟子曰人無有不善水無有不下夫水搏而躍之

可使過顙激而行之可使在山是豈水之性哉其所以導引之者然也人之性皆善其不善亦猶是也問曰堯舜豈不有情耶曰聖人至誠而已矣堯舜之舉十六相非喜也流共工放驩兜殛鯀竄三苗非怒也中於節而已矣其所以皆中節者設教于（集作於）天下故也易曰知變化之道者其知神之所爲乎中庸曰喜怒哀樂之未發謂之中發而皆中節謂之和中也者天下之大本也和也者天下之達道也致中和天地位焉萬物育焉易曰唯深也故能通天下之志唯幾也故能成天下之務唯神也故不疾而速不行而至聖人之謂也問曰人之性猶聖人之性嗜慾愛惡之心何由而生也曰情者妄也邪也曰邪與妄則無所因

矣妄情滅息本性清明周流六虛所以謂之能復其性也易曰乾道變化各正性命（集又作論）語曰朝聞道夕死可矣能正性命故也問曰情之所昏性則（文粹作即）滅也何以謂之猶聖人之性也曰水之性清澈其（文粹作而）渾之者泥沙也方其渾也清性既遂無有耶久而不動泥沙自沉清明之性鑒于（集作於）天地非自外來也故其渾也性本不失及其復也性亦不生人之性亦猶水之性也問曰人之性本皆善而邪情昏焉敢問聖人之情將復爲嗜欲所渾乎曰不復渾矣情本邪也妄也邪妄無因人不能復聖人既復其性矣知情之爲邪邪既爲明所覺矣覺則無邪邪何由而（一無此字）生也伊尹曰天之道以先知覺後知先覺覺後覺也予天

民之先覺者也予將以此道覺此民也非予覺之而誰也如將復爲嗜欲所渾是尚不自覺者也而況能覺後人乎曰敢問死何所之耶曰聖人之所不明書于策者也易曰原始反終故知死生之說精氣爲物游魂爲變是故知鬼神之情狀斯盡之矣子曰未知生焉知死然則原其始而反其終則可以盡其生之道生之道既盡則死之說不學而自通矣此非所急也子修之不息其自知之吾不可以章章然言非（集作且）書矣

復性書下篇

晝而作夕而休者凡人也作乎非（集無此字）作者也（集無此字）與萬物皆作休乎非（集無此字）休者也與萬物皆休吾則不類於凡

人晝無所作夕無所休作非吾作也作有物休非吾休也休有物作耶休耶二者皆離而不存乎之所存者終不亡且離矣集作也人之不力於道也者集作昏不思也天地之間萬物生焉人之於萬物也其所以異於禽獸蟲魚者豈非道德之性全乎哉受一氣而成形一爲物而一爲人得之甚難也生乎世又非深長之年也以非深長之年行甚難得之身而不專專於大道肆其心之所爲則其所以自異於禽獸蟲魚者亡幾矣昏而不思其昏也終不明矣吾之生二十有九年矣思十九年時如朝日也思九年時亦如朝日也人之受命其長者不過七十八十年九十百年者則稀矣當百年之時而視乎其十作九十集無此字年時也與吾

此日之思于前也遠近其能大相懸耶其又能遠於朝日之時耶然則人之生也雖享百年若雷電之驚相激也若風之飄而旋也可知矣況千百人而無一及百年之年者哉故吾之終日志於道德猶懼未及也彼肆其心之所爲者獨何人耶

君子無榮辱辯　　韋瑞符

所謂榮與辱者賢不肖之辨也朝暮之所存也君子小人所以異道而殊名也君子無榮辱小人有辱而無榮志意脩術業明德行備飾是榮之自內者也由之而爵列尊穀祿厚無擇而不宜是榮之自外者也君子有諸內而外者至焉猶是埶之搙之鑄之水溼以時而畜之猥大者也而世謂之榮是果不足爲君子榮也以至貴乎天下立國家偃然若固有之者彼脩之非一日也得之誠有術也吾所以待之無愧也又何榮乎哉阨窮詈侮暴怒橫逆以至于繫一作擊捽逐磔世所謂之辱者是又果不足爲君子辱也問其逢何物也其遭何時也吾之所以不容用吾之所脩可於堯禹孔子而不可於斯時也吾又何辱乎哉君子無榮非不榮也所以爲榮者出於吾道耳異乎世之所謂幸而榮者也謂種而收者幸可乎君子無辱非不辱也吾之道大彼不足用吾之說粹彼不足聞辱誠有所在也猶河海之不可內於坳滓也是豈河海辱哉故曰君子無榮辱由是爲說也小人有辱無榮曲哆險詭突誣嫉賊是辱自

內者也由之而得形殺流放是亦有諸內而外者至焉是猶薉蕪之蘗溢之而蓬亂疽結也謂飯菌一作茹死者不幸可乎幸而集一作售姦容邪盜有位勢則當時之贖者陰指而黙唉之憤之甚者筆之于書以示戒于後視其所處如鼠之肥肆於廩也豕之腯澤於欄也其榮乎哉故曰小人有辱無榮也小人之有辱無榮內外備至而不容說焉然則就是說吾又有明焉君子非有榮者有仁義之榮而無勢仕一作任下同之榮也在吾之修者堯禹孔子吾將坦蕩蕩而君師之立其朝躋其堂悟一作悟而有之流千萬世鼻口吾芳醲故曰有仁義之榮也若勢與仕吾又惡取哉得之吾不屑也流千萬世不遂者稱道而自信焉惡在乎得與

否也故曰無勢仕之榮也若小人則無適而不辱也學者述道行吾說而審取焉君子小人分矣

知道　房千里

世之所以爲達者貴爵富祿威刑不勝其用珠玉不勝其計耳熟聲口飫味目厭色斯所謂常情之大欲也世所以爲窮者袂不足以庇身祿不足以克用侮不能威辱不能刑聲色不足於耳目滋味不甘於口舌斯所謂常情之大不欲也然而聖人汲汲於祿仕者豈（文粹有不字）爲是耶曰非也聖人爲人者也恒人爲己者也聖人負其資得其地逢其時有其祿然後因其滋基流其德澤猶水之居高者決而溉之其浸必廣聖人之所以爲榮者導人於仁誼然後

使千萬年載其烈光爲巍巍之德功以浹於生人者也恒人之爲己者期於厚祿貴位以私尊祿以私富益尊而愈驕益富而愈汰以淫快一日之欲縱放肆於氣未絕之間者也聖人有其時有其位行其道以及乎（文粹作於）人無其時無其位奉其道以自飾故聖人進不爲榮退不爲戚而常得其道恒人幸其時竊其位恣其所爲（文粹無此四字）竭人以自足無其時失其位任其愚以自困故恒人進以爲己榮退以爲己辱而常失其道孔子曰鳳鳥不至河不出圖吾已矣夫孔子數行己之道足以致是而時王不用己之道道無所施非歎其身食不充丈衣不文繡也恒人之所悲不達者率曰吾妻不能羅襦吾兒不能（文粹作得）肉食耳豈常少及於外物哉聖人以德澤流於人雖九命崇錫不以爲厚以其所賞（文粹作償）果當（或作當貴）外其身而公於天下非己幸也恒人無毫毛以裨於人苟幸得祿仕即逸豫以自怡以竊取偷得爲大黠其所得幸也孔顏聖賢也豈常聞伐樹瓢飲以爲己辱哉姬旦亦賢（文粹作聖）人也豈常聞受封攝理以爲己幸哉是知聖人之樂也內而恒人之樂也外內故常有餘外故常不足有餘故推於人不足故取於人有道之人雖鹿裘帶索而人不鄙之者取其內而忘（文粹作而不取）其外也豪民俠士紫衣金鉤而人不貴之者文飾於外也若然者富貴文飾於外也彼之所以仁誼者質克於內也西子不華嫫母錦縠是不能易其美惡後之君子窮於時者

當思負其內以（文粹作而）自篤無以其外而諂人達於時者當思勉其內以自飾無以其外而驕人苟如是庶幾乎知道矣

文苑英華卷第三百六十五

文苑英華卷第三百六十六

辯論四

原人　韓愈

形於上者謂之天形於下者謂之地命於其兩間者謂之人形於上日月星辰皆天也形於下草木山川皆地也命於其兩間夷狄禽獸皆人也曰然則吾謂禽獸曰人可乎

曰非也指山而問焉曰山乎曰山可也山有草木禽獸皆舉之矣指山之一草而問焉曰山乎曰山則不可故天道亂而日月星辰不得其行地道亂而草木山川不得其平人道亂而夷狄禽獸不得其情天者日月星辰之主也地者草木山川之主也人者夷狄禽獸之主也主而暴之不得其爲主之道矣是故聖人一視而同仁篤近而舉遠

十原系述　皮日休

夫原者何也原其所自始也窮大聖之始性根古人之終義其在十原乎嗚呼誰能窮理盡性通幽洞微爲吾補三墳之逸篇脩五典之墮策重爲聖人之一經者哉否則吾於文尚有歉然者乎

原化

或曰聖人之化出於三皇成於五帝定於周孔其質也道德仁義其文也詩書禮樂此萬代王者未有易是而能理者也至于東漢西域之教始流中夏其民也舉族生敬盡財（文粹作產）施濟子去其父夫亡其妻（文粹作婦）蚩蚩嚚嚚慕其風蹈其閫者若百川蕩滉不可止者何哉所謂聖人之化者不曰化民乎（文粹有民字）今知化者唯西域氏而已矣有言聖人之化者則比尸以爲嗤豈聖人之化不及於西域氏（文粹有之字）化耶何其戾也如是曰天未厭亂不世世生聖人其道（集有則字文粹有者字）存乎言其教（集有則字文粹有者字）在乎文有違其言悖其教者即戾矣古者楊墨塞路孟子辭而闢之廓如

也故有周孔必有楊墨要在有孟子而已矣今西域之教岳其基而溟其源亂於楊墨也甚矣如是爲士則孰有孟子哉千世（文粹作載）之後獨有一昌黎先生露臂瞋視詬之於千百人內其言雖行其道不勝苟軒裳之士世世有昌黎先生則吾以爲孟子矣譬天下之民皆桀民也苟有一堯民處之一堯民之善豈能化天下桀民之惡哉則有心於道者乃堯民矣嗚呼今之士卒邪以禦衆擾亂以禦（一作治）天下其賢尚爾求不肖者反化之不曰難哉不曰難哉

原寶

或問或者曰物至貴者曰金玉焉人至急者曰粟帛焉夫一民之饑須粟以飽之一民之寒須帛以暖之未聞黃金

能療饑白玉不能免寒也民不交是貴而貴金玉也何哉曰金玉者古聖王之所貴也其在舜典則曰修五玉也(一作焉)其在春秋則曰九牧貢金禹所以鑄鼎象物玉所以餙禮金所以備貢以斯爲貴貴不多乎曰舜取五玉以備禮禹鑄(一作取)九金以爲鼎由自舜愛(文粹作由言其禮)不爲諸侯乎不爲人民乎苟無粟與(文粹無)帛是無諸侯與人民也則五玉九金豈徒貴哉如舜不修五玉禹不鑄九金三代之祭祀不以玉貨賄不以金矣由是言之金玉者王者之用也苟爲政者下其令曰金玉不藏於民家如有藏者以盜法法之民不藏矣法既若是民必貴粟帛棄金玉雖欲男不耕女不織豈可得哉或曰然

原親

能嗣其親不曰子乎吾觀夫今世之誨其子者必槓肌榜(文粹作搒步庚切籠也)骨傷愛毀性以爲教嗚呼孟子所爲古者易子而教誠有旨歟不能教其子者是遺其身者也不能嗣其親者是捨其族者也古者(文粹作之)佞臣愛人之貴過乎(文粹作於)其親必捨而事(文粹作爭)之公子開方是也愛人之權過乎其子必殺而殉(文粹作徇)之易牙是也自玆以降爲夫強臣者將欲奪人之宗必先殺己子(王莽殺子宇是也)意教尚不可況其殺歟或曰均是親也均是害也則周公誅管蔡石碏殺石厚叔向僇叔魚漢文流淮南可乎曰均是親也賢則能嗣親凶則能覆族均是害也周公不誅則他人誅之石碏不殺則他人殺之叔向不僇則他人僇之漢文不流則他人流之己刑則及一人他刑則及其族此聖賢所以惜其族也刑也者仁在其中矣

原己

能以心求道者不曰己乎能以心爲天子爲諸侯爲聖賢者不曰己乎是己之重不獨重於人抑亦重於道也嘗試論之能辱己者必能辱於人能輕己者必能輕於人能苦己者必能苦於人爲顏孔者非他實乎己者也爲蹠蹻(文粹作盜蹠非)者非他殘乎己者也故古之士有不出戶寢(文粹作庭)名重於嵩衡道廣於溟渤者敬於己而已矣或曰所謂敬己者不曰不能自害(文粹作害己)者乎如豎貂自宮能敬己乎鮑

莊則足能敬己乎曰均是敬也均是害也其媚與直不同也所謂敬於己者以道也害及己者亦以道也或曰聖人汲汲於民至若堯如腊舜如腒其勞至矣於己安乎曰勞者勞於心也勞一心而安天下也若禹者股無胈脛無毛其勞亦至矣勞者勞於身也勞一身而安萬世者也古者有殺身以成仁者況勞者歟嗚呼吾觀於今之世諂顏媮笑辱身卑己汲汲於(文粹無於字)平進如豎貂者幾希

原奕

問奕之原於或人或人曰堯教丹朱征丹朱以(文粹作之)爲是信固有其道焉皮子曰夫奕之爲藝也彼謀既失我謀先之我智既虧彼智乘之害也欲利其內必先攻外欲取其

遠必先攻近詐也勝之勢不城池而金湯焉負之勢不兵甲而奔北焉勝不讓負負不讓勝爭也存此免後存（文粹作得）彼失此如蘇秦之合從陳軫之遊說僞也若然者不害則敗不詐則亡不爭則失不僞則亂是奕之必然也雖奕秋存出必用吾言焉嘗試論之夫堯之有仁義禮智信性也如生者必能用手足任耳目者矣豈區區出（文粹有其字）纖謀小智以著其術用爭勝負哉堯之世三苗不服以堯之仁苗之慢堯兵而熠之由羅人殺鶬鴰斁人烹鯉鰣者矣然堯不忍加兵而以命舜舜不忍伐而敷之文德然後有苗格焉以有苗之慢尚不加兵豈能以害詐之心爭僞之智用爲戰法教其子孫（文粹無孫字）以伐國哉則奕之始作必起

自戰國有害詐爭僞之道當從横者流之作矣豈曰堯哉豈曰堯哉

原用

堯爲諸侯非求爲天子也摯之民用之舜爲鯀民非求爲天子也堯之民用之或曰摯善亦堯乎曰亦堯而已矣曰摯與堯其民俱捨之則善惡奚分耶曰摯固不仁矣堯固仁矣堯仁如是民尚慕舜況有君惡過（集無過字）於摯君道不仁如堯焉得民用哉故曰聖人不求用而民用之求用而聖人不用之曰若是（集有則字）孔子奚不用魯曰用之則魯化不用之天下奚化

原謗

天之利下民其仁至矣未有美於味而民不知者便於用而民不由者厚於生而民不求者然而暑雨亦怨之祁寒亦怨之已不善而禍及亦怨之已不儉而貧及亦怨之是民事天其不仁至矣天尚如此況於君乎況於鬼神乎是其怨訾恨讟蓰倍於天矣有帝天下君一國者可不慎歟故堯有不慈之毀舜有不孝之謗殊不知堯慈被天下而不在於子舜孝及萬世乃（文粹作而）不在於父嗚呼堯舜大聖也民且謗之後之王天下有不爲堯舜之治（文粹作行）者則民扼其吭捽其首辱而逮（文粹作逐）之折（一作折）而族之不爲甚矣

原刑

或曰丹朱爲諸侯舜爲天子丹朱有過舜誅之乎商均爲

諸侯禹爲天子商均有過禹誅之乎曰不也朱均之爲國必有舜禹之吏翼而治之何容朱均得暴其民也哉苟有過必諭之諭而不可奪其政（一有必誅之集無此三字）如誅之者去堯舜之嗣也焉有爲人臣而去其君嗣哉或曰法家嚴而少恩周官有八議漢法有三章徵八議也雖殺人可免以三章而親賢必刑何也（文粹作哉）曰聖賢在世不能無過以輕重議之耳如以謗刑刑之雖周孔其可免諸

原兵

管子說蚩尤割盧山之金以鑄五兵說者或云蚩尤古天子則炎黃繼命其間無蚩尤之運也按史記曰（文粹作云）蚩尤與其大夫作亂如此爲庶人之暴者且庶人不當有大天

日休以爲蚩尤乃黄帝之諸侯蓋其爲人暴黄帝征而滅之如此爲庚人一夫之暴不足當天子用兵也又明矣嗚呼昭然之理前賢憒（文粹作惛）之况大聖之深旨哉

原祭

說者以蚩尤爲五兵每有師祭當祭蚩尤譎厥亂甚矣皮子直以蚩尤爲黄帝逆亂之臣五兵直作於炎帝固始有自蚩尤始以其亂逆且不當祀（一作况字）果不自蚩尤蚩尤不道黄帝滅之（文粹有文字）不當以不道充祀軒轅五帝之首能以武定亂以德被後今之師祭宜以軒轅爲主炎帝配之於義爲允

兩戒

窮者宜有以樂乎果宜有以樂也窮者宜有以懼乎果宜有以懼也樂者何樂吾之窮非吾之修也樂吾之不苟就偷取也樂吾寢道之安腹義之飽而不更富貴也樂吾之自反而縮偃偃而居蕩蕩而行也樂吾之善擇善蹈而無所移流也樂舉如是也樂可涯乎哉故曰窮者果宜有以樂也懼者何懼吾之窮時不能也懼吾之道終不能施設也懼利澤不下於人也懼吾之榮名淑譽不謂（一作胃）聞於天上以爲父母寵大懼吾之無以與親戚爲厚也懼吾之無以與鄉黨賢友俱有之也懼舉如是也懼可弭乎哉故曰窮者果宜有以懼也達者宜有以樂乎果宜有以樂也達者宜有以懼乎果宜有以懼也樂者何樂吾之達上不

欺乎君下不愧乎人樂吾之秉良食腴有以得之也樂吾能蹈古之達者之道以匡戴于上也樂吾之進而能思有以爲報也樂吾之穀禄豐多而不爲積藏有以與戚愛爲厚也樂吾之不大其家而養來天下賢士可以繼續吾祖道也樂吾之奉養祠祀率父母所教育而居有之以爲絜芔薌馨也樂吾之功利流布於人而國人指名以榮父母之善教誨也樂上有以倚也樂下有以仰也樂似先古之爲令子孫也樂垂後世爲賢祖考也樂古之人非無吾道而有合不合吾適有之而有合也樂舉如是也樂可涯乎哉故曰達者宜有以樂也懼者何懼吾之所以達無曲折便邪以得之乎懼吾雌顔飴辭態媚婴御以得之乎懼吾飛聲竄跡盜取衆好以得之乎懼吾之得位無急夷而讓病乎懼吾無咨豐盈而迷位如郵乎懼吾不恤居職而早計後來乎懼吾無激詭譎詐以取譽乎懼吾無攜實傳藝爲雀聚徂黠乎懼舉如是也懼可忘乎哉故曰達者宜有以懼也窮者宜有其所以樂無其所以懼古之人有之顔子是也凡所以病疾於道擇去之鮮矣而又得聖人爲之依旦夜孰復所理以爲樂所謂懼者獨不得功利下於人耳辱有所歸也歸乎有國有人者也與吾之俱生之人無達也懼於我何哉達者宜有其所以樂無其所以懼古之人有之周公是也以家爲周抱負穉主以究成天下矣凡所養天下者宜舉置之以爲樂而一無所以懼代之希願

子而道周公者有其所以有無其所以無哉苟不至焉宜兩有所戒作兩戒

補泓戰語

宋襄公伐鄭楚伐宋而救鄭與楚會泓戰既濟未陣司馬子魚請擊之公不以戰卒敗而退公羊氏以爲文王之戰亦不過此曰休補其文曰聖人制民患其力不可禁也設法以刑之患刑之不可止也用武以兵之兵之既出也民秉（一作乘）之爲格殺執之爲攻殘故聖人施金鼓以節之用羽旄以飾之爲蒐狩以教之自三代以降春秋之時禮樂之征弛掩襲之弊廣窮其力者譬角觝者爭其勝負並驅者競其先後胡爲仁讓哉文王聖人之至也雖以德化未

聞不兵而獲者然則伐大夷征密須敗耆國伐崇侯虎襄公始戰齊而納孝公次及于泓則云不禽二毛不以阻隘夫聖人之愛民也班白者不提挈文云一夫不獲其所焉能驅於死地（文粹作豈能區區於此）決其勝於人命哉較其戰也文王不爲也噫公羊氏違丘明之旨以爲文王之戰亦不過於此罪矣夫（二字文粹作也）

吊舊故（一作友）　張琛

范陽盧氏子驤與人交必先熟仁信道德然後旨蹟無間始卒之道必全或重之以并譽固不腴於心或風之以巧言亦不間其舊盧子之性達於玄盧子之機忘於言雅好歌詩吟風吸月往往有前輩體調七薦文曹不爲時遇病

乎其人皇帝十三年以故東觀歸孝則達於鄉里悉得盧子事一旦沉疴醫不去卒於山陽嗚呼天付盧子之至道而時違之天生盧子之孝節而時反之命耶以其欺天之盜（一作道）跖胡爲福以其達天之顏（一作徽）回胡爲促時之爲（一作道）其跖耶時之爲其回耶明然子之爲固不及跖之時也琛之措意不足以書孤山雕碧寒水澄練子兮已而

文苑英華卷第三百六十六

文苑英華卷第三百六十七　雜文十七

辯論五

辯論

對禹問

或問曰堯舜傳諸賢禹傳諸子信乎曰然然則禹之賢不及於堯與舜也歟曰不然堯舜之傳賢也欲天下之得其所也禹之傳子也憂後世爭之之亂也堯舜之利民也大禹之慮民也深曰然則堯舜何以不憂後世曰舜如堯堯傳之禹如舜舜傳之得其人而傳之堯舜也無其人而不傳（二字集作不得如已）慮其患而不傳者禹也舜不能以傳禹堯爲不知人禹不能以傳子舜爲不知人堯以傳舜爲憂後世禹以傳子爲慮後世曰禹之慮民也則深矣傳之子而當不淑則柰何曰時蓋以難理傳之人則爭未前定也傳之子則不爭前定也前定雖不當賢猶可以守法不前定而不遇賢則爭且亂天之生大聖也不數其生大惡也亦不數傳諸人得大聖然後人莫敢爭傳諸子得大惡然後人受其亂禹之後四百年然後得桀亦四百年然後得湯與伊尹不可待而傳也與其傳不得聖人而爭且亂孰若傳諸子雖不得賢猶可守法曰孟子之所謂天與賢則與賢天與子則與子者何也曰孟子之心以爲聖人不苟私於其子以害天下求其說而不得從而爲之辭

桐葉封弟辯　柳宗元

古之傳者有言成王以桐葉與少弟（集作少弱弟）戲曰以封汝周公入賀王曰戲也周公曰天子不可戲乃封小弱弟於唐吾意不然王之弟當封耶周公宜以時言於王不待其戲而賀以成之也不當封耶周公乃成其不中之戲以地以人與小弱者爲之主其得爲聖乎且周公以王之言不可苟焉而已必從而成之耶設有不幸王以桐葉戲婦寺亦將舉而從之乎凡王者之德在行之何若設未得其當雖十易之不爲病要於其當不可使易也而况以爲戲乎若戲而必行之是周公教王遂過也吾意周公輔成王宜以道從容優樂要歸之大中而已必不逢其失而爲之辭又不當束縛之馳驟之使若牛馬然急則敗矣且家人父子尚不能以此自克况號爲君臣者耶是直小丈夫缺缺者之事非周公所宜用故不可信或曰封唐叔史佚成之

太華山僊掌辯　王涯

西岳太華華之首峯有五崖比壑破巖而列自下遠望（二字文粹作遠而望之）偶爲掌形舊俗土記之傳者皆曰昔河自積石

出而東(文粹作西)流既越龍門遂(文粹有弥字)南馳者千數百里折波左旋將走東濵連山塞之壅不得去有巨靈於此力擘而剖其中跖而北者爲首陽絶而南者爲太華河自此洩茫洋下馳故其掌跡猶存巨靈之跡也予聞而惑之乃往覩曰誕哉此說乎夫所謂神者非人也其動無聲其行無跡若形而無象若氣而無色拔山剖澤而不見其作鼓風奔水而不見其力視不可察名不能及故推而謂之神茍有聲可聞有形可見非神之所爲則皆人力之能及也焉有神之作力而有人跡乎且夫高天厚地聳山流川者神之所爲也所言開山導河亦神也神之所以神者有作而無悖一成而不易烏有始塞之(文粹無之字)而復達之始連之

(文粹無之字)而復絶之始不知終是不爲神矣且此靈之運爲何古乎在大初開闢之始乎爲陶唐洪水懷山襄陵之際乎以爲開闢之始也宜當胚渾之先天地未位萬象茫昧尚無定歸當止一河之壅抑而一靈與(一作爲)其道借有其事自爲而著悠悠乎年代之耿没其誰也克傳以爲陶唐洪水之際乎則禹奠百川宜在禹貢乃曰導河積石至于龍門南至于華陰東至于底柱皆禹功之所致以達于海豈天地大異之若此而典記不以爲文哉天設四瀆宜有以通不當始遏其流滯橈(文粹有其字)和氣及其汩亂而後理也且山谷之作此形何則不有嶼沉(文粹作危陷)相薄高深相敵(一作欹)乃有銳而出者爲虎牙偶而背者爲熊耳角而巘者爲牛首冠而峭者爲雞頭必以形之類形而必加說則雞牛能虎之象其亦有作乎予嘗覽張平子之賦西京至巨靈高掌厥跡猶存之辭以爲該聞精達常以是惑使不語怪神之旨何所述明暨覩其形而咨之果謬悠而無據也將假文神事以飾其詞歟爲思而有闕歟因辯其由而述之以告山下

辯文

或曰文所以指陳是非有以多爲貴也(一作者)其要在乎彩飾其字而慎其所以爲體也又曰文章乃一藝耳是皆不知上流之文而文之所由作也夫天之文位乎上地之文位乎下人之文(文粹作天文地文人文無三之字)位乎中不可得而增損

者自然之文也故伏羲作八卦以象天地窮極終始萬化無有差忒故易與天地準此聖人之文至也但合其德而三才之道盡後聖有作不能使爻爲五或七而盡其(文粹作九)洎曲折者是其文之至者(文粹無者字)也文字既生治亂既形仲尼作春秋以繩萬世而褒貶在一字是亦文之至者(文粹作也)乎然則易卦之一畫春秋之一字豈所謂崇飾之道而尚多之意耶夫文者考言之具也可以葦(一作華)則不足以稗天地矣故聖人當使將來無得以筆削果可以包舉其綫雖一畫一字其可已矣病不能然而曰必以彩飾之能援引之當(文粹作富)爲作文之秘急是何言之末歟夫天豈有意於文彩耶而日月星辰不可踰地豈有意於文彩耶而

山川丘陵不可加八卦春秋豈有意於文彩耶而極與天地侔其何故得以不可越自然也夫自然者不得不然之謂也不得不然又何體之慎歟（文粹作耶）夫天地八卦春秋確止於此者也吾得定其所云其不至於此者唯吾何學焉吾安能以天下之心也是則其心卓然絕於俗者其文不求而至也無得于爲教苟於聖達之門無所入則雖劬勞憔悴於黼黻其可（文粹作何）數哉是故在心曰志宣於口曰言垂於書曰文其實一也若聖與賢則其書文皆敎化之至言也徒見其纖靡而無根者多始目文與藝嗚呼

三子言性辯　杜牧

孟子言人性善荀子言人性惡楊子言人性善惡混曰喜

曰哀曰懼曰惡曰欲曰愛曰怒夫七者情也情出於性也夫七情中愛者怒者生而自能是二者性之根惡之端也乳兒見乳必拏求不得即啼是愛與怒與兒俱生也夫豈知其五者焉旣壯而五者隨而生焉或有或亡或厚或薄至於愛怒曾不須臾與乳兒相離而至於壯也君子之性愛怒淡然不出於道中人可以上下者有愛拘於禮有怒懼於法也世有禮法其有踰者不敢恣其情世無禮法亦隨而熾焉至於小人雖有禮法而不能制愛則求之求之不得即怒怒則亂故曰愛怒者性之本惡之端與乳兒俱生相隨而至於壯也凡言情性之（文粹作㝡）善者多引舜禹言不善者多引丹朱商均夫舜禹二君子生人已來如二君子者凡有幾人不可引以爲喻丹朱商均爲堯舜子夫生於堯舜之世被其化皆爲善人況生於其室親爲父子烝不能潤灼不能熱是其惡與舜禹之善等耳天止一日月耳言光明者豈可引以爲喻人之品類可與上下者衆可與上下之性愛怒居多愛怒者惡之端也荀言人之性惡比於二子荀得多矣

贈送

說玉贈蘭陵蕭易簡遊三峽　符載

玉在寶族拔乎其萃者也濡天地之粹和納陰陽之純精堅剛溫潤配德君子故爲璉爲瑚爲珪爲璋以奉乎神祇人鬼以飾乎車服冕弁非是則禮樂之道有墜於地焉當

其沉燿隱璞墮汨泌泥中枯槁闇藹光明不發庸工睨之譬頑塊意方拾之惑而復投此卞氏所以喑鳴珉瑌所以長王（去聲）也及其逢値英匠識密鑒洞掇於瓦礫而不疑叩之鏗然琢之爛然如蒸栗截肪氣吞蜆（一作虹）文珍貫魚目是時也即趙不得私愛秦不得暴取坐齋宮而後見藉綈繡而後執委連城如脫屣割土地如裂帛以償其價猶恐其不直也玉則尚然人豈無之士君子含畧蘊器困於久陋塵垢被身體蓬茨沒四壁智不贍饘褐道不信妻子閭茸視之猶聱（一作贅）夫也及其乘時運之會遭知己之顧欝起耕釣作時功勳上以戴大君下以福生人澤流萬世聲塞九寓是時也一言受卿相拜詞啓茅社以厚其禮猶謂

之不重於戲有至物必有至大有盛才必有大用歷觀前代不知則已苟或知之則古獄之劍不爲朽鐵也鹽車之馬不爲病駒也爨下之桐不爲樵薪也磻溪之士不爲憊叟也蘭陵蕭易簡韜沉邃之識抱宏偉之才業巨命隘與時濩落若嚮者之事尚或不泯則道必有所明志必有所行指顧擲動熱績呼嘯取金紫是夫人也肯昧茲數而隕獲于此際哉人謂甚病余固知甚泰矣然三峽孱顏驚波觸天行容易愁況聞哀猿苟有鍾粟尺帛之可共則寧使嚬者栖栖沿泝其間去矣自愛余一嘆矣且玉有盛美可以況德亦感乎和璞之事故爲說玉以餞之

說車贈楊誨之　柳宗元

楊誨之將行柳子起而送之聞有車過焉指焉而告之曰若知是之所以任重而行於世乎材良而器攻圓其外而方其中然也材不良則速壞工之爲功也不攻則速敗中不方則不能以載外不圓則窒拒而滯方之所謂者箱也圓之所謂者輪也匪箱不居匪輪不塗吾子其務法焉者乎曰然曰是一車之說也非衆車之說也吾將告子乎衆車之說澤而杅山而侔上而輊下而軒且曳佯而曠左輦而長轂以戰巢焉而以望安以愛老輜以蔽內垂綏而以畋載十二旒而以郊以廟以陳于庭其類衆也然而其要存乎材良而器攻圓其外而方其中也是故任而安之者箱遑而行之者輪恒中者軸揭而固者蚤長而撓進不罷乎馬退不罷乎人者轅却暑與雨者蓋敬而可休(集作伏)者軾服而制者馬共牛然後衆車之用俱(集作具)今楊氏仁義之林也其產材良誨之學古道爲古辭沖然而有光其爲工也攻果能恢其量若箱周而通之若輪守大中以動乎外而不變乎內若軸攝之以剛健若蚤引焉而宜御乎物若轅高以遠乎污若蓋下以成乎禮若軾險而安易而利動而法則庶乎車之全也詩之言曰駟牡騑騑六轡如琴孔氏語曰左爲六官右爲執法此其以達於大政也凡人之質不良莫能方且直(一作恒)質良矣用不周莫能以圓遂孔子於鄉黨恂恂如也遇陽虎必曰諾而在其夾谷也視叱齊侯類畜狗不震乎其內後之學孔子者不志於是則

吾無望焉耳矣誨之吾戚也長而益良方其中矣吾固欲其任重而行於世懼其(集無其字)圓其外者未至故說車以贈

澤宮詩序(并)　劉禹錫

澤宮送士歲貢也晉昌唐如誨以信義爲良兮文學爲蔽矣覘爵祿猶衆禽密殺持蒲遡風飛繳者數矣有措盃之妙而無雙鵠之獲譊兮收視歸宄其術繇是跡愈屈而名愈聞君子益多之彼不由其術一幸而中者雖懸貂在庭君子未嘗多也歲殫矣告余以西子爲賦澤宮一章庶見子之兮弗再張也已

秩秩澤宮有的維鵠祁祁庶士干以干祿彼鵠斯微若止若翔千里之差起于毫芒我矢既直我兮飢良依于高墉

因我不臧高墉伊何維器維時視之以心誰謂鵠微

文苑英華卷第三百六十七

文苑英華卷第三百六十八　雜文十八

箴誡

五誡

持衡（并序）　彈琴（并序）

對鏡（并序）　辭金

氷壺（并序）

守誡　口兵誡

循子蔚適越誡

三誡

臨江之麋　黔之驢

永某氏之鼠

敝誡

箴言（并序）

五誡　姚元崇

持衡（一作執秤）誡

持衡者（一作秤者衡衡）天下平也君子執之以平其心夫衡在天所以齊七政在人所以均萬物稱物平施為政以則（一作公）毫氂不差輕重必得是執衡持平之義也（一作是執秤衡之理也）聖人為衡四方取則志守公正（一作平）體燕平（一作正）直用於天官銓綜斯德用（一作行）於里閈紛競以息故南北（一作西）以對左右以持稱物低昂不差毫氂使錙銖不忒輕重無舛智不能矯愚不能欺存信去詐以公滅私王道無偏（一作無偏無黨）君子無黨（一作似之）法者天下公器官者庶人師長（一作之師）其身

卒（一作既）正不令而行在下無怨唯上之平故曰上之所爲下必從矣上之所教人亦効矣（一作上之所仰人皆其心向我之所教人皆其効）苟至公人將大同心能執一政乃無失嗟爾多士欽哉勉旃庶此觀稱（一作庶以觀則）同夫佩弦

彈琴誡（并序）

琴者樂之和也君子撫之以和人心夫其調五音諧六律則移風易俗感舞禽獸而況和人乎故身不下堂不言而理者蓋鳴琴故也

樂導至化聲感人情故易俗以雅樂和人以正聲樂有琴瑟音有商徵琴音能調天下以治異而相應以和爲美和而不同如彼君子故善爲臣者若彈琴宮君商臣則治國

之道大急小緩豈安人之心不調者改張踰於立法聲悲者調下感於知音昔武城單父以弦歌樂職鄉邑雍門以辯對匡國美此調撫而人是則昭告後來無怠於德

對鏡誡（并序）（文粹作執鏡誡）

執鏡者（文粹無者字）取其明也夫内涵虛心外分朗鑒萬（文粹無萬字）物不可以匿詐衆象（二字文粹作體）無得以逃形是以野鹿窺而慭山鷄對而舞故君子是繪是畫置之座隅蓋將照姦囬之心絕險詖之路也詩曰我心匪鑒不可以茹亦其理焉

柰樓明鏡鑒有餘輝色自凝曉光能洞微飾以鞶組匣以珠璣能銃池卧烏臨月飛傍入四隣中延萬象濟物攸博

利人斯廣握在帝心則宇宙融朗懸諸銓臣則魑魅瞻仰且明不匿瑕君子是嘉不疲屢照君子是効嗟爾在職爲代作則刑不可濫政不可賊凡今之人鮮務爲德紛綸諂媚汩沒忠直當須如鏡之明斷可以平如鏡之潔斷可以決敢告後來無忝前哲

辭金誡（并序）

辭金者取其廉慎也昔子罕辭玉以不貪爲寶楊震辭金以四知爲慎列前古之清潔爲將來之龜鏡原其立者俯而揖讓也跪者仰而受恭也俾左右顧眄又得謙恭之道焉

古之君子策名委質翼翼小心乾乾終日慎乎在位欽乃

攸司請謁者咸息苞苴者必辭爾以金玉爲寶吾以廉謹爲師爾以夜昏可納吾將暗室不欺若爾有贈吾今取之爾其喪寶吾則懷非故曰欲人不知莫若勿（一作不）爲欲無悔悋不若守慎慎之伊何主誡在乎瓜李悔之伊何讒謗由乎意苡慎則禍之不及貪則災之所起苟自謹身必無謗恥凡所從政當須正己誡往脩來慎終如始

氷壺誡（并序）

氷壺者清潔之志（文粹作至）也君子對之示不忘乎清也夫洞徹無瑕澄空見底當官明白者有類是乎故内懷氷清外涵玉潤此君子氷壺之德也

玉本無瑕氷亦至潔方圓相映表裏皆澈喻彼貞廉能守

其節凡今之人孰列稱臣當官以割剝爲務在上以財賄爲親豈異夫象之有齒以焚其身魚之貪餌必懸其鱗故君子讓榮不憂辭滿爲珍以備其德以全其眞與其濁富寧此清貧吳隱酌泉龐恭致水席皮洗幘緼袍空囊雖清畏人知而所知遠矣嗟爾在位祿厚官尊固當聳廉勤之節塞貪競之門水壺是對炯誡猶存以此清白遺其子孫

守誡　韓愈

詩曰大邦維翰書曰以蕃王室諸侯之於天子不唯守土地奉職貢而已固將有以翰蕃之也今之人有宅於山者知猛獸之爲害則必高其柴楥而外施窞穽以待之宅於都者知穿窬之爲盜則必峻其垣墻而內固扃鐍以防之

此野人鄙夫之所及非有過人之智而後能也今之通都大邑介於屈（文粹作偪下同）強之間而不知爲之備噫亦惑矣野人鄙夫能之而王公大人反不能焉豈材力有不足歟蓋以爲不足爲而不爲耳天下之禍莫大於不足爲而不爲材力不足次之不足爲者敵至而不知材力不足者先事而思則其於禍也有間矣彼之屈強者帶甲荷戈不知其多少其綿地則千里而與我壤地相錯無有丘陵江河洞庭孟門之關其間又自知其不得與天下齒朝夕舉踵引頸冀天下之有事以乘吾之便此其暴於猛獸穿窬也甚矣嗚呼胡知之而不爲之備乎哉賁育之不戒童子之不抗魯鷄之不期越（一作蜀）鷄之不支今夫鹿之於豹非不巍然大矣然而卒爲之擒者爪牙之材不同猛怯之資殊也曰然則如之何而備之曰在得人

口兵誡（并序）　劉禹錫

余讀蒙莊書曰兵莫慘於志莫邪爲下鉠然知志（一作智）士之傷夫生也他日讀遠祖中壘校尉書曰口者兵也盡然知言之爲兵又慘乎志因傳考前載極其兩端夫志兵之薄人激烈抗憤不過無從容於世耳口兵之起其形渥焉錄是知吾祖之言爲急作戒以書于盤盂

五兩之傷藥之可平一言成痏智不能明人或罹兵道塗奔救投方効技思恐其後人或罹譖比有狐疑借有紛觧毀輒隨之故曰舌端之孽慘乎楚鐵夷竈誠謀執戈以驅

掩人誠智折笄以（一作之）罥賢者誨予信其有旨發言之難往古（集作伸舌）猶爾辯爲詐謀默爲德基王績不咎焉能瑕疵犨麋深居孰謂可嗤我誠於口（集作我口之禁）惟心之門無爲我兵當爲我藩以慎（一作謹）爲鍵以忍爲閽可以多食勿以多言

猶子蔚適越誡　前人

猶子蔚晨跪于席端曰臣幼承叔父訓始勾萌至於扶疎前日不自意有司以名汚賢能書又不自意被丞相府召爲從事重競累媿懼貽叔父羞今當行乞辭以爲戒余曰若知礱器乎始乎斲輪因人（一作磨斲輪囷）規矩中度外楞然而有容者理膩質堅後加密石焉風戾日晞不剖（集作副）不聲

然後青黃之鳥獸之飾乎瑤金貴在清廟其用也冪以養潔其藏也櫝以養光苟措非其所一有毫髮之傷偏然與破甑爲伍矣汝之始成人猶器之作朴是宜力學爲礱斵親賢爲青黃睦僚友爲瑤金忠所奉爲清廟盡敬以爲冪慎微以爲櫝去怠以護傷在勤而行之耳設有人思披重霄而挹顥氣病無階而升有力者揭層梯而倚泰山然而一舉足而一高非獨揭梯者所能也凡大位未嘗曠故世多貴人唯大爵弁者乃可偉耳夫偉人之一顛踰乎華章而一非亦慘乎黥刖行矣慎諸吾見垂天之雲在爾肩掖間矣昔吾友柳儀曹嘗謂吾文雋而膏味無窮而炙愈出也遲汝到丞相府居一二日袖吾文入謁以取質焉丞相吾友也汝事所從如事諸父借有不如意推起敬之心以奉焉無忽

三戒并序

柳宗元

吾恒惡世之人不知推已之本而乘物以逞或依勢以干非其類出技以怒強竊時以肆暴然卒迨于禍有客談麋驢鼠三物似其事作三戒

臨江之麋

臨江之人畋得麋麑畜之入門群犬垂涎揚尾皆來其人怒怛之自是日抱就犬習示使勿動稍使麋與之戲積久犬皆如人意麋麑稍大忘已之麋也以爲犬良我友抵觸偃仆益狎犬畏主人與之俯仰甚善然時啖其舌三年麋出門見外犬在道甚衆走欲與爲戲外犬見而喜且怒共殺食之狼藉道上麋至死終不悟

黔之驢

黔無驢有好事者船載驢以入至則無可用放之山下虎見之龐然大物也以爲神蔽林間窺之稍出近之憖憖然莫相知他日驢一鳴虎大駭遠遁以爲且噬已也甚恐然往來視之覺無異能者益習其聲又近出前後終不敢搏稍近益狎蕩倚衝冐驢不勝怒蹄之虎因喜計之曰技止此耳因跳踉大㘚斷其喉盡其肉乃去噫形之龐也類有德聲之宏也類有能向不出其技虎雖猛疑畏卒不敢取今若是焉悲夫

永某氏之鼠

永有某氏者畏日拘忌異甚以爲已生歲直子鼠子神也因愛鼠不畜猫又禁僮勿擊鼠倉廩庖廚悉以資鼠不問由是鼠相告皆來某氏飽食而無禍某氏室無完器椸無完衣飲食大率鼠之餘也晝累累與人兼行夜則竊齧鬬暴其聲萬狀不可以寢終不厭數歲某氏徙居他州後人來居鼠爲態如故其人曰是陰類惡物也盜暴尤甚且何以至是乎哉假五六猫闔門撤瓦灌穴購僮羅捕之殺鼠如丘棄之隱處臭數月乃已嗚呼彼以其飽食無禍爲可恒也哉

敵戒

前人

皆知敵之仇而不知爲益之由皆知敵之害而不知爲利之大秦有六國兢兢以強六國既除訑訑乃亡晉敗楚鄢范文爲患厲之不圖舉國造怨孟孫惡臧孟死臧恤藥石去矣吾亡無日智能知之猶卒以危矧今之人曾不是思敵存而懼敵去而舞廢備自盈秖益爲瘉敵存滅禍敵去召過有能知此道大名播憼疴克壽矜壯死甚縱慾不戒匪愚伊耄我作戒詩思者無咎

箴言 并序　白居易

貞元十有五年天子命中書舍人渤海公領禮部貢舉事越明年春居易以進士舉一上登第洎翼日至於旬時伏念固陋懼不克副公之選充王之賓乃自陳戒于德作箴言曰

我聞古君子人疾沒世名不稱耻邦有道貧且賤今我生休明代二十有六年乃策名名既聞於君乃干祿祿將及於親升聞逮養繄公之德之死矢報之報之義靡他惟勵乃志遠乃猷俾德日新道日就是報於公匪報於公是光于躬匪光于躬是華于邦吁共念哉其勗哉庶俾行中規文中倫學惟時習罔怠棄位惟馴致罔躐求一德五常陶甄于內四科六義斧藻于外若御輿既勤銜策乃克駿奔君治刃既砥淬礪乃克用利無曰擢甲科名既立而自廣自滿尚念爲山九仞虧于一簣無曰登一第位其達而自欺自得尚念行千里始于足下嗚呼我無監於止水當監於斯文庶勉斯厥止慎厥終日顧於箴言無作身之羞公之羞

文苑英華卷第三百六十八

文苑英華卷第三百六十九　雜文十九

諫刺雜說

晝諫一首（見三百六十二卷）

代河湟父老奏一首（見三百六十二卷）

禦暴說一首　木貓說一首

文道元龜一首

禦暴說　陳黯

或問爲物之暴者出於狼虎也何暴攫搏於山藪之間耳權倖之暴必禍害於天下也狼虎焉得而類諸夫虎狼之暴炳其形猶可知也權倖之暴萌其心不可知也自口（一作形）者不過於噬人之腥咋人之膏血自心者則必亡人之

家赤人之族爲害其不甚乎然則權倖之暴不能抑亦有國者不能設備以禦之俾民罹其害曰虎狼吾知其能禦者弓矢也權倖如之何能禦也曰刑法曰彼秦漢其弛刑法耶何趙高王莽之肆暴而不能禦哉曰彼秦之高漢之莽得肆其暴者皆由刑法之不明也苟明暴何自矣噫田鄙者由能執弓矢以弭其暴耳有國者反不能施刑法而禦（一作務）其暴豈存國者重其民不若田鄙者重其生哉

木貓說

昔有兎類而小食五穀於田及穀熟農者穫而歸之兎類而小者亦隨而至遂潛於農氏之室善爲盜毋竊食能伺人出入時主人惡之遂題曰鼠乃選才可捕者而舉言其人曰莽蒼之野有獸其名曰貍有牙爪之用食生物善作怒才穪捕鼠遂俾往須其乳時探其子以歸畜旣長果善捕而遇之必怒而搏之爲主人捕鼠旣殺而食之而羣鼠皆不敢出穴雖巳食而捕人獲賴無鼠盜之患即是功於人何不敬其貍之名遂號之曰貓貓者末也莽蒼之野爲本農之氏爲末見馴於人是陋本而榮末故曰貓貓乃生育於農氏之室及其子巳不甚怒鼠蓋得其毋所殺鼠食而食之以爲不搏而能食不見捕鼠之時故不知怒又其子則疑與鼠同食於主人意無害鼠之心心與鼠類反與鼠同爲盜農遂歎曰貓本用汝怒爲我制鼠之盜今不怒鼠巳是誠失汝之職又反與鼠同室遂亡乃祖爪牙之爲

用而有鼠之爲盜失吾望甚矣乃載以復諸野又探貍之新乳歸而養旣長遂捕鼠如曩之者

文道元龜（并序）

天寶初適于平陽平陽太守稷山公則銜之從考舅雅好古道門尚詞客當今文人相與多矣嘗歎曰取士之道才其難乎或精文而薄（一作淺）於行或敦行而薄（一作於）文斯乃有失其道一至於此頓銜曰吾嘗謂（一作語）爾知言爾其言之銜私門以文場而進五世鄙雖不詞忝藉餘訓（一作休）敢著元龜以叙其事元龜曰文道之興也其當中古乎其無所始乎且天道五行以別緯地道五色以別方人道五常以別德易曰觀夫（一作乎）天文以察時變觀乎人文以化成天

下非五緯孰可以知天非五方孰可以辯地非五常孰可以化人文之爲道斯亦遠矣天人之際其可得於是乎夫卦始乎三畫文章之闔大抵不出乎三等斯乃從人而有焉丁與不工各區分而有之君子之文爲上等其德全志士之文爲中等其義全詞士之文爲下等其思全其一無此字思也可以綱紀一作紀物義也可以動衆德也可以經化化人之作其唯君子乎君子之作先乎行行爲之質後乎言言爲之文行不出乎言言不出乎行此廼一無此二字質文相半斯乃化成之道焉志士之作介然以立誠憤然有所述言必有所諷志必有所之詞寡而意懇氣高而調若斯乃感激之道焉詞士之作學古以杼情屬詞以及物及物勝則

詞麗杼情逸則氣高高者求靖一作清麗者求婉耻乎質貴乎清而忘其志或作至斯乃頹靡之道焉古人之貴有文者將以飾行表德見情著一作署事杼軸乎天地一作人之際道達乎性命之元正復乎君臣之位昭感乎鬼神之奧苟失其道無所措矣君子也文成而業著志士也文成而德喪然今人一無此字之作其多詞士乎代由尚乎文者以斯文而欲範一作軌物範衆輕一作安邦叙正一作政其難致乎化成悲夫敢著元龜庶觀文章之道得喪之際悔吝之所由者也二字一作焉一作皆文粹

文苑英華卷第三百六十九

文苑英華卷第三百七十　雜文二十

紀述一

辯三傑一首　張中丞傳後叙一首

夏平一首

旌故平盧軍節士文一首

辯三傑

或謂客曰談者以大尉西平王武畧天授神機獨運蓟大憝威不庭安社稷於綴旒返鑾駕於夷庚功格上下爲唐元老可與夫漢三傑並鶩矣客曰盖聞殊途同歸在乎立事而已又聞有能不能斯則所趣異也夫酇侯鎮關中三秦之地給餉道數年之儲功加萬代實亦茂矣留侯持重

實以啗秦將燒棧道而媚霸主璧固陵而諸侯畣至封雍齒而吾屬胥說勸遷都從擊代奇謀秘策變化無窮可謂盛矣然俱無戰功與大尉不侔矣淮陰侯浮甖而虜魏豹拔幟而禽趙歇斬陳餘破夏說殺龍且睢水之上襲田廣歷下之軍謀無不臧戰無不尅故漢祖所謂連百萬之衆戰必勝攻必取吾不如韓信盛矣哉斯可與太尉同風矣吾子獨不聞太尉之事歟聖上龍興也太陽煦於殊垠玄澤慘於中夏而腥羶之戎倔強巴漢昏迷之將叛換燕趙乃授公偏師俾公專達西南則却地千里東北則獻俘億計至若挫魏勝鮮趙圍斬頹良於萬人之中伏孟獲於七縱之際皆公之任也曁賊泚竊發六龍避狄關畿有鹿駭

之變藩鎮懷狠顧之虞公乃誓師徒行在如火之烈如飆之疾不交鋒而十萬虜之奔北宵潰矣於是保長安嘯聚不出有詔與李懷光犄角相應収復舊都懷光怙亂要功阻兵西上內懷反側之釁外萌結連之端賊既合謀人皆異志公幸脫虎口誓夷國讎乃據渭橋之倉守新豐之路逐懷光於舊宛降叛將於臨陣軍聲大振師克在和一舉而群盜剪滅再戰而巨猾授首京師無秋毫之犯黎庶感春陽之昫安翠華於九重正朝綱於百事梟獍畏威而悛惡蛇豕慕義而革心海內晏如名一無此字傳不朽之勳德崇功茂如此之大也若然者必勝之戰則同乎淮陰宜矣所立之功則無乃太尉優乎何者淮陰以數萬之衆紿一作破

弱齊襲歷下孰與太尉數千之卒逐懷光屯渭上乎淮陰虜魏趙新立之王孰與太尉破燕朔相濟之寇乎淮陰會垓下而諸侯叶力孰與太尉収天邑而孤軍獨進乎淮陰潰已窮之項羽孰與太尉滅方熾之朱泚乎由是揚摧而言功實不侔矣或曰鄙人冥頑議事狹近第聞輿誦疇分三傑固不知蕭張則如彼淮陰又如此可謂太尉兼蕭張之謨謀邁淮陰之勳業遠矣宜其戴元后庇群生揚洪休膺戩福元后三接極賞九命功莫大而不伐德彌尊而益恭焜燿當世闕文萬祀矣故記曰天降時雨山川出雲嗜慾將至有開必先詩曰維嶽降神生甫及申維周之翰其太尉之謂乎

張中丞傳後叙　韓愈

元和二年四月十三日夜愈與吳郡張籍閱家中舊書得李翰所謂張巡傳翰以文章自名爲傳頗詳密然尚恨有闕者不爲許遠立傳又不載雷萬春事首尾遠雖材若不及巡者開門納巡位本在上授之柄而處其下無所疑忌竟與巡守死成功名城陷而虜與巡死先後異耳兩家子弟材智下不能通知二父志以爲巡死而遠就虜疑畏死而辭服於賊誠畏死何苦守尺寸之地食其所愛之肉以與賊抗而不降乎當其圍守時外無蚍蜉蟻子之援所欲忠者國與主耳而賊語以國亡主滅悟之遠見救援不至而賊來益衆必以其言爲信外無待而猶死守人相食且

盡雖愚人亦能數日而知死處矣遠之不畏死亦明矣烏有城壞而其徒俱死獨蒙媿耻求活雖至愚者不忍爲嗚呼而謂遠之賢而爲之耶說者又謂遠與巡分城而守之城陷自遠所分始以此訽遠又與兒童之見無異人之將死其臟腑必有先受其病者引繩而絶之其絶必有處觀者見其然從而尤之其亦不達於理矣小人之好議論不樂成人之美如是哉如巡遠之所成就如此卓卓猶不得免其他則又何說當二公之初守也寧能知人之卒不救棄城而逆遁苟此不能守雖避之他處何益及其無救而且窮也將其創殘餓羸之餘雖欲去必不達二公之賢其講之精矣守一城捍天下以千百就盡之卒戰百萬日滋

之師蔽遮江淮沮遏其勢天下之不亡其誰之功也當是時棄城而圖存者不可一二數擅強兵坐而觀者相環也不追議此而責二公以死守亦見其自比於逆亂設淫辭而助之攻也愈常從事於汴徐二府屢道於兩府(文粹作州)間親祭於其所謂雙廟者其老者(集作人)往往說巡遠時事云南霽雲之乞救於賀蘭也賀蘭嫉巡遠之聲威功績出己上不肯出師救愛霽雲之勇且壯不聽其語強留之具食與樂延霽雲坐霽雲慷慨語曰雲來時睢陽之人不食月餘日矣雲雖欲獨食義不忍雖食且不下咽因拔所佩刀斷一指血淋漓以示賀蘭一座大驚皆感激爲雲泣下雲知賀蘭終無爲雲出師意即馳去將出城抽矢射佛寺浮

圖矢著其上甎半箭曰吾歸破賊必滅賀蘭此矢所以志也愈貞元中過泗州船上人猶指以相語城陷賊以刃脅降巡巡不屈即牽去將斬之又降霽雲雲未應巡呼雲曰南八男兒死耳不可爲不義屈雲笑曰欲將以有爲也公有言雲敢不死即不屈張籍曰有于嵩者少依於巡及巡起事嵩常在圍中籍大曆中於和州烏江縣見嵩嵩年六十餘矣以巡初嘗(集無此字)得臨渙縣尉好學無所不讀籍時尚少(集作小)粗問巡遠事不能細也云巡長七尺餘鬚髯若神嘗見嵩讀漢書謂嵩曰未熟也巡曰吾於書讀不過三遍終身不忘(集有也字)因誦嵩所讀書盡卷不錯一字嵩驚以爲巡偶熟此卷因亂抽他帙以試無不盡然嵩又取架上諸書試以問巡巡應口誦無疑嵩從巡久亦不見巡常讀書也爲文章操紙筆立書未嘗有草初守睢陽時士卒僅萬人城中居人亦且數萬巡因一見問姓名其後無不識者巡怒鬚髯輒張及城陷賊縛巡等數十人坐且將戮巡起旋其衆見巡起或起或泣曰汝勿怖死命也衆泣不能仰視巡就戮時顏色不亂揚揚(集作陽陽)如平常遠寬厚長者貌如其心與巡同年生月日後於巡呼巡爲兄死時年四十九嵩貞元初(一作中)死於亳宋間或傳嵩有田在亳宋間武人奪而有之嵩將詣州訟理爲其所殺嵩無子張籍云

夏平　　沈亞之

夏之爲郡南走雒千五十里涉流沙北(集作以)阻河地當朔方(集作古)名其郡曰朔方其四時之辰夭暑而延冬其人毅其風烈其氣威而厲易憤而難平夫其難平之狀在陽爲悖在陰爲很悖爲不平者在上暴橫而爲(一有之字)也在下殘宄而爲(一有之字)也很爲不平者在上蔽惑而爲也在下憤激而爲也元和之初夏之節度韓將軍入覲其甥楊惠琳爲之後以兵叛天子命將軍演伐(集作代)之既至盡殺其屬將曲者直之無別罪併俘其家姊弟妻子以其善覩者擇而入其餘均償麾下騎士皆得肆辱汚明年拜右衛李將軍愿爲尚書出代演爲政至其城察民氣色不得平乃留意於察果得之因(集作即)令曰天子愍不辜乂而命四方爲政執事觀察之夫楊惠琳叛脅其良人良人以骨肉妻子故

不能得已（集作止）又不能即死制已在人今皆以是罪戮之矣其姊弟妻子當免者不宜復蓄汚且又皆良人子等類耳寧幸如此（集作是）乎今盡籍出之無得隱吏更察敢有如是者斬於是尚書愿廼以畜馬爲則訓得所虜者相當其直其人皆死志積冤憤旣出則谿其所蓄道路呼聲四逸有感憤不勝于心者則仰而號俯而躍退而變爲喜而舞謳其德其聲雜調齊感如是連日改旬而後已是則脩其化（三字集作條理其政）如此其氣復能而狼（集作爲悖）耶夏之屬土廣長幾千里皆流沙屬民皆雜虜虜之多者曰党項相聚爲落於野曰部落其所業無農桑事畜馬牛羊橐駞廣德年中其部落先党項與其類意能氣不等因聚黨爲兵相伐強

者有其馬牛羊橐駞其後支屬更酬殺轉轉六七十年莫能禁道路殺掠以爲常嘗與華夷貿易馬牛羊橐馳者貿已輒以壯騎從閒道伺險擊奪華民華民脫死者幾希矣愿乃（二字集作尚書公旣）按察部落盡知其猾大者死小者盟又余曰今盟已敢有叛者滅之其后有人貨得一馬厚價善色駭而逸亡其所就月餘奔歷數帳異逐之又至一帳帳之老乃相與執而詣公居請曰有馬逸來莫知其所由自後更歲故亡馬者得復之是則脩（三字集作是則整頓）其敝如此其氣復能而悖（集作爲狼）耶夫政（二字集作夫政之）不明則平不得施於氣色笑（集作笑色）語矣（集無此字）法不清則平不得信乎井閭市貨矣（五字集作市貨理化）昔者周公之爲政處于相則天下平處于東則一方平今夏北一方也得其平如此豈在位者而知周公之道耶乃籍所以于篇以明善理云爾（十二字一作亞之乃得藉爲平之所故以著于篇）

旌故平盧軍節士文　前人

郭聁郭航本不同族皆家平盧軍聁父珍岑天寶七年及第以（集無此七字）舉進士與權臯著作同上第天寶末燕人叛雖以戮自是而齊趙之間頗聞其強矣聁旣壯能習先人所業復舉進士時擢相國爲禮部尚書書其所立欲擢之及聞家居非地即罷選歸而亦爲師古所辟聁與故激海人高洙（集作鉢唐書作沐下同）爲等伍師古死師道代之後用洙聁爲從事有頃常山帥卒其卒請嗣帥未得命師道亦遣甲

卒數千（二字集作萬）人北渡河屯平（集作太）原以爲顧望洙聁相與議語謂燕蔡之侯初封欲令師道先（集作之先）爲朝省以樹大効（集作功）乃說曰傭有操鋤爲人治稼者能勤穀臧（集作勤穀）臧糧歲得均穡至于傭子旣專地自入其伍盜相辦助或謂之語曰田人百畝成而餉之直錢半足以飽三冬之復（集作腹）至於所取非任賴主人土廣且寬之則曰可苟設一旦篤其不奉亦奪矣是屬固不殍乎（集作矣非）此借言於家人尚爾况傭於天子乎今河北之傭方責其專田君侯寧可以假非於不理者誠能此時因經圖以畫（集作盡）入其地親謂闕下則君侯之功莫可與等保餉世世惟（文粹作雖）孱孫亦終不奪豈不幸（集作偉）哉夫舉食於人當渴飢之望也一飯

千金未足者不能千集作十金及飫而進於前雖海陸備品顑與糠粃齒尚何所愧顧君侯省之無爲人從集作後事將行左右者更沮之曰猛虎所以使狗集作物畏而不敢犯者以其能威自居也故盤林横谷奮睛以拏怒棹尾以倚嘯歠嗽集作食於羆豕麏麚之肉及棄其所長而欲弭目集作耳委首以待餧是知命懸於執者之手雖麛集作麈兒得以狎而摶如欲申步於咫尺安得自遂也今公舍自食而就待餧其後亦能無恨乎孰爲公計其事於是師道果得集作大悔遂殺高沭而聃以能善人左右者聞集作開之故得無殺幽於蔡之郾縣使人守其門親屬通往來輒籍署更十餘歲當元和九年蔡帥少陽死其子元濟欲以其父之地請

於天子天子怒發兵圖之既急師道亦悖仍集作乃陰爲之聃明年秋師道兵萬餘東寇彭城入蕭豊沛且敗而還因艱四境出聃乃爲練緡書緘之絫絫如穎遣航持詣彭城請其帥願得上奏將行執航手曰努力慎勿洩書不吾名盍假齊人劉諒耳非見帥無得言吾書者航至彭城航宗人運爲武寧廣侯都使始航欲舍人之會運將兵出定豊未還航直詣賓府見郭行餘因曰航母之姊子劉諒有帛書奏記陳叛集有兵字者山川曲折之狀願見將軍行餘得之喜銳川文粹作悅起告其帥航見帥獨謂帥曰書郭聃爲之畏洩故假劉諒劉諒者師道所信之吏也遂發書書詞云願以兵三千人出滄州用戈船浮海入蔡溜之上此恃海不

備所處皆罪人謫吏無所與飲遂與上奏於是天子遣告彭城帥知之帥以爲非聃書疑師道爲之以相詿誤故航歸不得書報獨告以信語航不敢復故道道回遠凡數千里乃及聃所處未見聃且爲師道所召既行與聃兄子會於道因竊謂曰今者航無狀受召豈前事之露耶且露航獨死終無所敗無憂也聃聞之幾自引死航本萊人常以氣感聞於平盧軍及師道欲叛盡縻絡敢士故航在召集作名中初航不知其召之所以也意爲集作謂知前謀竟憂死明年元濟誅又明年師道反詔遣大梁楚彭城蔡許滑魏之師合而四入於是彭城軍下魚臺入金鄉楚軍圍海取其二縣大梁軍攻考城得之滑蔡許共拔斗門至臨濮魏

軍渡楊流占東阿再戰涉商屯鄆西六十里兵最近賊賊益敗故師道遣右將軍劉晤將握前後兵三十萬人出當魏魏兵日急晤亦爲師道所篤及集作乃歸軒師道盡以鄆城降得拜爲滑帥在十四年二月乙亥也高沭以前著跡追爲尚書盍言寵之聃得以入集作外郎爲滑從事詔令行餘爲記室行餘與聃會於河關之間聃謂行餘曰聃前者使航馳帛奏至彭城聞其還不聞其問今已死矣君知其請乎行餘曰請者云何聃猶能盡語章中之詞矣行餘曰果然嗚呼航竟死矣莫有聞者嗟乎十四年余與李褎劉濛宿白馬津俱聞之於郭記室明日復皆如濟北濟北之人盡能言聃之節故悉以論著將請于史氏云　卷終

文苑英華卷第三百七十一　雜文二十一

紀述二

金剛經報應述一篇　甘露述一篇
表醫者郭常一篇　陸歙州述一篇
牧守竟陵因遊西塔著三感說一篇
國學官書一篇　書何易于一篇

金剛經報應述幷序　獨孤及

洪州牧刑部尚書兼御史大夫魏公身挂玄冕心冥真如昔常奉般若法以弘正見雖顛沛造次心與經俱十有君千年矣皇帝中元年冬十月車駕有避狄之師百僚蒼黃南馳商於公為盜所攘而亡其經其徃也匪家之念唯經

是悼行與其獲七寶也寧見經生與其亡四句也寧捨身明年壬正月大駕返正公為京兆尹痛弘誓之未從也則唯書籍是圖求經於玄法寺之藏藏人以送公發函披卷乃商於所亡之本也問守藏云（集無云字）亦曰不知其所自而能得公瞻禮悲喜捧持而泣然後知精專感達故隨心而至昭報肹蠁其疾若答顧謂孟子太常傅士友順志之或曰得與喪偶然爾何必謂誠感乎及對曰誠於此者形於彼故出其言善千里之外應之此以仁義忠信感於物者也況第一義諦超貫仁義自在慧力不啻忠信則因發而果從心誠而經還是法味幽贊非思議所及豈佛以般若之雨啓公善牙使因相以次（集無次字）獲願進啓（集作發）乎無願之法（集作法之）法歟不然何心境玄合若律呂相召歲在乙酉公以異見告及跪而述之曰上士勤道精應（集作誠）若馳願形於心報亦隨之至感無礙經斯來歸護公身田俾公斷疑公之善根疇可度思

甘露述　歐陽詹

甘露述昭孝德也貞元壬申歲福州福唐縣尉清源莆陽（集作田）邑人濟南林公瓚大夫人終公每一痛至水漿不入口或三日或五日內外羸憊殆至殞滅癸酉歲將與先府君祔合葬之禮公之於親事存既竭其力送終思盡其勤曰含襚品章則有王度不敢越也塋域固護實在我功當懇而行之於是躬開坎室自埏塼甓與兄弟手攻肩負以鑿以築雖率情性而無愆法度不違曲（集作典）禮而有異常儀載考載理而未之竣春三月五日忽異氣自天氛氳下蒙非雲非煙冪冪緜緜絲耀光鮮馨香馥然起朝及暝排徊不散先是繞壠已栽松柏洎曙枝葉間遍懸露滴其滴齊大如梧子公奇之與兄弟及鄉人時相慰者而嘗之其味甘異於人間所甘之味日漸高不銷不晞轉堅轉明瑩然如珠（集作珠相）鏗然玉聲如是者三日覯者爭取或食或翫噫天冥冥其間蓄靈地陳陳其間蓄神靈無形神無身無形無言無身無聲苟有可褒以物而旌苟無可褒物不虛行其德常其物常其德稀其物稀予聞甘露之說莫覯甘露之實其為稀也不亦甚乎今天為公而降公之德豈常

德與兕殊香啓途異彩相宣凝結（集作豐）珠圓光明月翻兕堅者哉（八字集作向日翻堅者哉）則其至誠所招又多矣乎執吊禮幸獲而見珍聳不足遂爲之述

表醫者郭常　沈亞之

郭常者饒人業醫居饒中以直德信饒江其南導自閩（集有其南二字）頗通商外夷波斯安息之貨國人有轉估于饒者病且亟歷請他醫莫能治請常爲診曰病可去也估曰誠能生我我酬錢五十萬常因令之先以針火雜治導其血關然後輔以奇藥誡曰第稟廳塊居月餘估稱愈欲歸常所許財常不聽估曰先生以爲寡歟常曰不也吾直吾之藥討吾之功不能損千錢而（一作令）所受非任反禍耳卒不內

人以常爲詐而責常常曰夫販賈之人細度而狹見終日譽（集一作希售）權買計量於毫銖之間所入不能補其望今暴奪之息財五十萬則必追恷讟惋寧能離其心且藥加於人病新去而六腑方憊復有悒然之氣自內而伐即不可救柰何彼方有疾時知我能治而告我我幸免之因利其財又使其死是獨不畏爲（集無爲字）不仁而神可欺者吾何敢欺沈亞之曰仲尼蓋言我未見好仁者惡不仁者而後學之徒未聞明好惡豈其言之憤不足畏邪今世或有邦有土之臣專心聚斂殘割饑民之食以資所欲忍其死而不愧受刑辱而無恥是亦不仁甚矣終無有惡者若（集無若字）郭常之賤而行之又焉得不稱於當時哉

陸歙州述　李翱

吳郡陸傪公佐生于世五十有七年明於（集作于）仁義之道可以化人倫厚風俗者餘三十年連事觀察使觀察使不能知退居于田者六七年由侍御史入爲祠部員外郎二年出刺歙州卒于道貞元十八年四月二十八日也凡人之所不能窮者必準（集作推）之於天天之注膏雨也人之心以爲生旱苗然也雨與苗運相遠或雨于海或雨于山旱苗不得仰其澤唯人也亦然天之生俊賢也人之心以爲拯顛頽之人然也賢者與顛頽之人時不合或死于野或得其位而道不能行顛頽之人不得被其惠膏雨之降也適然唯賢者之生時也亦然運相合旱苗仰其澤顛頽之

人賴其力傳說甘盤尹吉甫管夷吾之類也時弗合膏雨降雖終日賢哲生雖比有旱苗之不救百姓之弗賴顏子子思孟軻董仲舒之類也故賢哲之生自有時百姓之賴其力天也不賴其力亦天也嗚呼公佐之官雖列（集作升）于朝雖刺于州其出外（集作入）始二年道之不行與居于田時弗差也公佐之賢雖曰（一作日）聞已其德行未必昭昭然聞于天子公佐是以不得其職出刺一州又短命道病死天下之未蒙其德固宜然則天之生君也授之以救人之道不授之以救人之位如膏雨之或雨于海或降于山旱苗之不沐其澤者均也故君子不得其位以行其道者命也其亦有不足於心者耶得是道者窮居于野非所佸冠冕

而相天下非所伸其何有不足於心者耶

牧守竟陵因遊西塔著三感說　周愿

古人之文有旌物而爲者詞功而爲者詭時而爲者感舊而爲者旌物諡也詞功形也詭時詐也感舊情也若乃折裂金石騷牢鬼神莫尚乎感也予所作者其感舊耶客曰何謂也愿與百越節度使扶風馬公曩時俱爲南海連率隴西李公復從事公詔移滑臺扶風公洎予又爲幕下賓從容兩地七改星火今扶風公勳庸滿世文翰飛走續鎮南海作民父母而愿才貌單薄亦爲刺史繇是二客雙鯉殷勤於楚越隴西短齡閱川而物故予感一也隴西先人諱齊物被大德軰爲竟陵郡守公生於守之日故名復嗚

呼愿以散拙忝公先人之州往爲子僚今刺父郡悲夫隴西也歌鍾爐煙於池館九原極零乎薤露其感二也愿頻歲與太子文學陸羽同佐公之幕兄呼之羽自傳竟陵人當時羽說竟陵風土之美無出吾國予今牧羽國憶羽之言不誣矣扶風公又愿於羽者也代謂羽之出處無宗祊之籍始自赤子洎乎冠歲爲竟陵苾蒭之所生活老奉其教如聲聞辟支以尊乎竺乾聖人也羽字鴻漸百氏之典學鋪在手掌天下賢士大夫半與之遊加以方口諤諤坐能諧謔世無奈何文行如軻所不至者貴位而已矣噫我州之左有覆釜之地圓似頂狀中立塔廟篁大如臂碧籠遺形蓋鴻漸之本師像也悲歟似頂之地楚篁繞塔塔中之僧羽事之僧塔前之竹羽種之竹視天僧影泥破竹枝筠老而羽亦終予作楚牧因來頂中道場白日無羽香火遐歎零落衣搖楚風其感三也是爲三感說七言詩以詩以語陳事扶風公覽三感之說豈得不酸涕濕目以著詞致於塔下冠愿鄙章之首耶

國學官事書　周墀

國學官郭彪之太原人幼即攻儒家書後得大通周公孔子旨奧又能明百家流落之言樂苦躬自養不受苟受祿宰相聞以東國學風醨久學者不得官其中皆以豪人使授業者迷逕一作經顓業者墮心元和七年詔彪之爲國學助教彪之承詔而來拜祭酒司業已即詣學乃家于學焉

役馬一疋左右勞一二人大笈一給用生具以實其間彪之身脩而貌古性不合俗尚首冠獸皮服用麻衣褏製襴袖濶帶高屬屐大蹤至如禮公卿大夫亦是好飲流水茹野蔬與松栢之英不苟味膳又樂飲酒人有見者必賓酒於前始飲即周告四座曰酒以穌神熙性節之則經縱之則撓固不可爲俗主酌挹授之禮命飲者自猒欲彪之盈引三爵而罷每夌奭詣論堂坐高牀召七學諸生居不施廣梱長席俾隣臂而座澄震聲音分析典訓至於一詞問咸以俗理引諭了入於諸生心胸中使豪者縱歷千萬日亦不失其來由是得諸生每歲累及薦擢于有司彪之祿給矜孤餘即謀買居于山泉間蔽掩其光明嗟乎時畏奪

禄分鄰者衆矣不然何不聞斯人于天子左右必冀颺君德倣治古道使今之時奮爲虞夏殷周之風賢者昌不肖者藏公侯康而百姓康噫公侯卿大夫默於明者又無由得通九重聞徹天子聰明彪之内樂遺聞於上以得安性埤元和十年德彪之道於國學仰其風嘉國學得其官又憤遺斯人于盡諫位因書其事作國學官書

書何易于　孫樵

何易于甞爲益昌令縣距刺史治所四十里城嘉陵江南刺史崔朴甞乘春自上游多從賓客歌酒泛舟東下直出益昌旁至則索民挽舟易于即自腰笏引舟上下刺史驚問狀（文粹有叶字）易于曰方春百姓不耕即蠶隙不可奪易于

爲屬令當其無事可以充役刺史與賓客跳出舟偕騎還去益昌民多即山樹茶利私自入會鹽鐵官奏重榷筦詔下所在不得爲百姓匿易于視詔曰益昌不征茶百姓尚不可活矧厚其賦以毒民乎命吏劾去吏爭曰天子詔所在不得爲百姓匿今劾去罪愈重吏止死明府公寧（集無寧字）免竄海裔（集無裔字）耶易于曰吾寧愛（集作惟愛）一身以毒一邑民乎亦不使罪蔓爾曹即自縱火焚之觀察（文粹作風）使聞其狀以易于挺身爲民卒不加劾邑民死喪子弱業破不能具葬者易于輒出俸錢使吏爲辦百姓入常賦有垂白傴杖者易于必召坐與食問政得失庭有競民易于皆（文粹作輒）親自與語爲指白枉直罪小者勸大者杖悉立遣之不以付吏治益昌三年獄無繫民民不知役改綿州羅江令故（文粹作其）治視益昌是時故（文粹無故字）相國裴公刺史（文粹作出鎮）綿州獨能嘉易于治甞從觀其政導從不過三人其察（集作仝）易于廉約如此會昌五年樵道出益昌民有能言何易于治狀者且曰天子設上下考以勉吏而易于考止中上何哉樵曰易于督賦如何曰止請貸（集作緊）期不欲堅（集作緊）繩百姓使賦出粟帛督役如何曰度支費不足遂出俸錢冀優貧民饋給往來權勢如何曰傳符外一無所與擒盜如何曰無盜樵曰予居長安中（文粹有十字年）歲聞給事中校考則曰某人爲某縣得上下考某人由上下考得某官問其政則曰某人能督賦先期而畢某人能督役省度支費某人當

道能得往來達官爲好言某人能擒若干盜縣令得上下考者如此邑民不對笑去樵以爲當世在上位者皆知求財爲功（集作功）至如緩急補吏則曰吾患無以共治膺命舉賢則曰吾患無以塞詔及其有知之者何人哉繼而言之使何易于不有得於生必有得於死者有史官在

文苑英華卷第三百七十一

文苑英華卷第三百七十二　雜文二十二

紀述三

謁夫子廟文一首　救沈志一首

傷我馬詞一首

辯論

譴猫一首　雜觸人述一首

觀八駿圖說一首　祝牛宮辭一首

朱氏蓼龍辨一首　象耕鳥耘辯一首

告白蛇文一首　蓄狸說一首

紀述

謁夫子廟文　李觀

世載儒訓者隴西李氏子觀曰（集無曰字）正詞為潔執潔為奠恪以上薦（集無薦字）相撥之十有三祀孟秋之月朔修冕帶問廟而入再拜兩柱之下乃退伏而稱曰於皇夫子之道之德與天地周旋與日月合明乃聖乃神炳乎典謨惟王者得之以事神使民庶人得之以不失其死生諸侯得之以事天子卿大夫（二字作士）得之以保祿位（集作世祿）怨災不及其身四時得之而序行天下得之而大同然則天地神人（集此人神）之事昭乎夫子之道之德也至矣何小子之所（集無所字）竊歎馬斯歎也其惟來學乎其惟乞靈乎曰某不敢然也且（集無且字）夫禮樂浹於明夫子之善道也斯可謂（集無謂字）以學矣鬼神瞰於幽夫子之明靈也斯可謂（集無謂字）以敬矣孰敢（集作可）捨道而來學瀆敬而乞靈者（集無者字）乎於是再拜而起徊翔（集作旋）而觀章施足徵像設無誼（誼作喧）我廟俎豆我王衣冠夫子得之亦無愧言七十之徒亦公亦侯外如君臣內實討論蒸蒸小子思得其門夫子聖人天錫元精其未生也若超然神遊與兩氣俱（集作相）存其既生也遇三季之會飄飄湮淪絃歌之音撫而不和仁義之圖卷而靡陳及相魯而有喜色去宋（文粹作而字）曰桓魋其如予何聖人之窮乃有（集無有字）如是也（集無也字）耶噫俾夫子生於堯之代堯必後舜而先夫子生於舜之代舜必先夫子而後禹聖人得時化可知也如舜禹生於夫子之年則不過守於畎畝之中安有夫子之教垂於無窮若今日之澶漫者乎惟（集作若）夫子生

實陪臣歿乃王爵有聖德也惟紂生實殷辟死曰獨夫有逆德也惟爵謚在德惟德有聖有逆惟聖逆在人不在於尊嗚呼（集作於戲）夫子聖人之極歟鳳鳥不至無其時也秦人燒（集作焚）書文之衰也帝唐爵王德之興（一作通）也惟夫子之德洎唐之德永而能安古而更（集作能）新降康下民復有烈光訖無間然小子忡忡慄慄拜奠而出匪作匪述

救沈志　劉禹錫

貞元季年夏大水熊武五溪鬭洗于沉突舊防毀民家蹛高墉之滇滓范（集作能）華山腹為坻林端如莰湍道駛悍不風而怒崩疑前邁浸淫旁掩彔者靡之固者脫之規者旋環之矩者顛倒之輕而汎者硍礚之重而高大者前却之

生者力（音殪）者施（集作弛）形蔽流而東若水柹然有僧愀焉擔於路曰浮圖之慈悲救生最大能援彼於溺我當為魁里中兒願從三四輩皆狎川勇游者相與來堅舟挾善器維以脩綍袂于崇丘水當迴洑人易寘力凝軀執用俟可而拯大凡室處之類冗居之彙在牧之群在豢之馴上羅黔首下逮毛物拔乎洪瀾致諸生地者數十百焉適有摯獸如鴟夷而前攫持流柹者用不陷隅目傍睨其姿弭然甚如六擾之附人者其徒將取焉僧趣（音促）訶之曰第無濟是為目之可里所而不能有所持矣舟中之人曰吾聞浮圖之教貴空空生普普生慈不求報施之謂空不擇善惡之謂普不逆窮困之謂慈鄉也生必救而今也窮見廢無

乃訐善惡而忘普與慈乎僧曰甚矣問之迷且妄也吾之教惡乎無善惡哉六塵者在身之不善也佛以賊視之未伽聲聞者在彼之未寤也佛以邪目之佛惡乎無善惡耶（集作也非）吾鄉也所援而出死地者衆矣形乾氣還各復本狀蹄者躑躅然羽者翹蕭然而言者誐誐然隨其所之吾不尸其施也不得（集作德）吾則已焉（集作鳥）能害為彼形之乾鬐鬐之姿也彼氣之遷暴悖之用也是必反噬而齒牙最靈是必肉吾屬矣庸能躑躅誐誐之比歟夫虎之不可使知恩猶人之不可使為虎也非吾自遺患焉爾且將貽患于衆多吾罪大矣子劉子曰余聞善人在患不救不祥惡人在位不去亦不祥僧男之言遠矣故志之

傷我馬詞　前人

馬乾類蓋健而善馳君子之所宜求為獸也故主（集作法）求於力或逸而喜駭主（集作法）求於和或乾而易仆由德而稱者鮮矣曩予知善馬之難遭也不求於肆而于其鄉一旦果得陰山之阿蠖畧其形蕭蕭（集作蕭然）其鳴長顧遠視順而能力顧其（集作低字）軀非騫然而偉也雖士得以乘之始予被皁衣于朝朝之人多四三（集作三四）其狀以迭取（集作馭）予無兼馬水轍之淋漓淖途之汪洋結為确犖融為坳堂前有僨輈後有濡裳我策垂空我鑣方揚振鬣軒昂矯如飛翔翹翹其（一作且）雄也非力而何烈火之具舉鉤膺之豐舞一蹊千趾騈比齟齬疼者斯擠悍者斯怒我鞍如山我轡如組

弭毛容與宛若孤處靡靡其（一作且）柔也非慧而何（文粹作前日）予之獲譴于闕下背商顏趣昭丘日中而踰舍脩（集作循）門之南非騎所宜夷則沮洳高則嶔巇虎咆空林螢鬪荒尷風雨孤征簡書之威俾予弗顛我馬焉依屑屑其勞也非德而何予至武陵居沅水傍或踰月未嘗跨馬以故莫得伸其所長跼躇顧望兮頓其鎖韁飲齕日削兮精剋（集作耗）氣傷寒櫪騷騷兮瘁毛蒼涼路闃躞蹀兮巴馬騰驤朔雲深兮邊草遠意欲往兮聲不揚噴然似不得其所而死故其嗟也嫌非（二字作兼）常矜玄宗羈大宛而盡有其名馬命典牧以時起居洎西幸蜀往往民間得其種而蕃馬（文粹作馬非）故良色者率非中土類也稽是毛物豈祖於宛歟漢之

歌曰龍爲友武陵有水曰龍泉遂歸骨于是川且吊之曰生于磧礰善馳走萬里南來困丘阜青菰寒救非（集作何）適口病聞北風猶舉首金臺已平骨空朽投之龍淵從爾友

辯論

譴貓　牛僧孺

貓爲獸捕鼠喫饞貓性也鼠好害物貓食之是貓於人爲爪牙於獸職爲刺姦也所以伊祁氏季春（疑）日迎貓然則人假借蓄貓之義盡矣僧儒常學大小戴禮知迎貓之利攝褰者悉辭以苦鼠之竊請迎蓄之僧儒因允其言是貓也非不壯大猛狘而爲之齧踰鼠族者性懶不捕善伺饕人戶隙搜蓋覆器挈蓋隱器如智有十指百目者而獨家

人割剩食三時加哺不敢輟嗚呼鼠伏隱處也貓人蓄食之也鼠實（一作冗）厚垣深窖也貓安薦茵堂室也鼠出恍獲畏怕也貓遊安緩舒閑也既伏隱處也則出可伺之也既竇厚垣深窖也何地可空之也既出恍獲畏怕也搖搖之可怛之也惟貓甚不易也僧儒常讀晉漢二史見更始元年赤眉擾秦中淆函岐雍大苦之以更始宜制之而人又苦之是意亂君之猶貓竊者也晉太康末趙厥亂岷蜀漢銅梁大苦之以羅沖征之而人又苦之是意亂臣亦貓竊者也向使更始非伏漢則秦人皆得擒之矣羅沖非伏晉則蜀人皆能捕之矣貓非伏於人則庖人皆得戮之矣然三者皆知伏之苟竊也曾不知人甚苦之矣以至于逐之以至于戮之故有爲國者有爲兵者有防盜者有伏而皆亂者則踰於盜也踰於亂也思褰人迎貓不可不慎也

雞觸人述　前人

郿杜之郊人有雞大不麋儕類剛勇百鶵之特疾視促步內斷外果雖信信猛犬桓桓壯士伺疊潛搏胥爲驚靡則前後背血流朱殷者數四以脅少族說咸以彼恃長觜利距也失恃則力不能擊宜仁柔矣乃因跧側樹枝目不能視瞻以長繯羈縶彼莫得旅拒即求砥礪錯斂其長觜使禿枘不能害物鎚鈐敲拔其利距使撾擊不能痛物然後縱其逸也雞不省猶張拳勢瞻瞋睥咬咬爭鳴剛猘突如隣童咸操荊鑠弄調笑喜曰昔吾畏其搏我啄我毋至此

則心悖狂亂視若左右紛錯百千雞之衆矣今彼啄擊不能爲害則雖茲雞在前後若不見豈雞之異矣君子之是歎至剛自折者若此不度力取笑者又如此且其職也宜司晨而鳴風雨不移縱有專場妬敵之志亦爭鳴於族類非宜於拂人矣爾依於人人即爾主輕肆其勇而悖於主所以雖有長觜利距不能久恃已失所恃乃以踵擊若取隣童之笑所宜然矣僧儒常（一有恃字）思度謂欲移人之事當有類其雞者嗚呼宜誡夫剛哉

觀八駿圖說　柳宗元

古之書有記周穆王馳八駿升崑崙之墟者後之好事者爲之圖宋齊已（集作以）來傳之觀其狀甚怪咸若鶱若翔若

龍鳳麒麟若螳螂然其書猶不經世多有然不足採世聞其駿也固以異形求之則其言聖人者亦類是矣故傳伏羲曰牛首女媧曰其形類蛇孔子如倛頭若是者甚衆孟子曰何以異於人哉堯舜與人同耳今夫馬者駕而乘之或一里而汗或十里而汗或數十里百里而不汗者視之毛物尾鬣四足而蹄齕草飲水一也推是而至於駿亦類也今夫人有不足爲負販者有不足爲吏者有不足爲士大夫者有足爲者視之圓首橫目食穀而飽肉絺而清裘而燠一也推是而至於聖亦類也然則伏羲氏女媧氏孔子氏亦人而已矣驊騮白蟻山子之類若果有之是亦馬而已矣又惡得爲牛爲蛇爲倛頭爲龍鳳麒麟螳螂然也

哉然而世人（集作之）慕駿者不求之馬（集有而字）必是圖之似故終不能有得於駿也慕聖人者不求之於人而必若牛若蛇若倛頭之間（集作閒）故終不能有得於聖人也誠使天下有是圖者舉而焚之則駿馬與聖人出矣

祝牛宮辭（并序）　陸龜蒙

冬十月耕牛遠（一作爲）寒築宮納而皁之建之前日老農請乞靈于土官以從鄉教（一作校非）余勉之而爲之辭曰（集作云）四牸三牯中一去乳天霜降寒（集作嚴）納（集作入）此室處老農拘拘度地不畞東西幾何七舉其武南北幾何丈二加五偶楹（集作盈非）當間載尺入土太歲在亥餘不足數上締蓬茅下遠官府耕耨以時飲飼得所或寢或訛免風免雨宜爾子

孫實我倉庾

告白蛇文　前人

田廬西北隅有古丘焉高可四望余將升之以眺遠舒鬱農民遮言曰不可是丘有虵巨如井缶而白忤之能爲祟不利人多（集作甚）矣宜無往余取酒沃其丘告之曰物之生而白者犬雞馬牛羊而已其餘則老而後白狼狐兎鹿鳥雀燕雉龜虵之類是也人老而毛髮皓白耗眊昏倒不能記子孫名字形朽神潰以至于死物老而鱗毫羽甲亦盡白白而後有靈非一聖賢在（一作在）乎上德光被于下則不爲之出出必人奉之以獻不敢隱匿惟虵不在瑞典雖然神而且靈尚矣故漢之興神姥謂之白帝子得非天命者

志怪必曰白然多穴（一作空）老壙坎（集作窾）大木要野畔盤毅甌（集作堰）酒之享作小兒女子寒暑膏肱逢巫倚之彈弦（集作絲）瞋目歌舞其妖怛（集作其）駭其惑考鼓用幣僭冒其上歲時奔走畏在人後疾病不治饑寒不辭悉爾輩之爲也古者鑄鼎象物使民知神姦若之姦吾知之矣況旅吾之地由我進退蟄以時出（集作出以）無越昆蟲之職無雜鬼神之事吾宮居若野處各有分齊故不相害然騈（集作斬）騶遁顛（集作巔）爲暇日憑藉之所則不當用（集作與）人爭也如不用吾言吾當顚天霆斷裂首尾然吾誠不移無易爾爲

象耕鳥耘辯　前人

世謂舜之在下也田于歷山象爲之耕鳥爲之耘聖德感

召也如是余曰斯異術也何聖德歟孔子敘書於舜曰濬哲文明聖德止於是而足矣何感召之云云乎然象耕鳥耘之說吾得於農家請試辯之吾觀耕者行端（文粹有而字）徐起墢欲深獸之形魁者無出於象行必端履必深法其端深故曰象耕耘者去莠舉手務疾而畏晚鳥之啄食務疾而畏奪法其疾畏故曰鳥耘試禹之績大成而後薦之於天其爲端且深非得於象耕乎去四凶恐害於政其爲政且畏非得於鳥耘乎不然則雷澤之漁河濱之陶一無感召何也豈聖有時而不德耶孟子曰堯舜與人同耳而好事者張以就其怪非聖人之意也吾病其書之（集無之字）異端敺之使合於道人其從我乎雖不從吾亦不能變其說

朱氏夢龍辯（一作辨）　劉蛻

吳郡朱氏言昔之夜夢龍入井客之好誕者作佳占以祥朱氏予曰予未嘗識周公孔子者也然而使予得夢一丈夫苟冠衣之古者因謂之周公孔子人必知其自欺也未嘗識越不知越之城郭宮室逵巷苟或夢之未可自知其何城也然則朱氏之所夢入井者朱氏安知其龍乎豈非常見畫工者屈其脊拏其爪施甲鬣雲氣於身則似乎其所入井者耶是朱氏之夢畫者也殆非夢龍矣自夏后以來人不見龍然而言龍者信其畫而已漢魏之數見者見其畫者也薄姬之娠者亦畫者也時門之鬬者亦畫者也史皆謂之龍且明史之妄況朱氏之學妄哉夫龍不輕出又不可褻乎婦人有德不鬬故知皆非龍也嗚呼龍以變化爲德也故孔子曰唯龍也不可知是則德也而如蠖如蚰如魚未可知不爲龍也或者謂如所畫亦可謂之龍也則朱氏所夢曾何龍乎

蓄狸說　楊夔

敬亭叟家毒於鼠暴穿墉穴墉室無全宇咋齧篚筐笿無完物及賂於捕野者俾求狸之子必畜於家畜數日而獲諸汴逾得駿餙茵以棲給鮮以茹之（一作之字）撫育之厚如子（一作字）諸子其攫生搏飛舉無不捷鼠懾而殄影暴腥露羶縱橫莫犯矣然其野心常思逸於外罔以子育爲懷一旦怠其紲逾垣越宇倏不知其所逝叟惋且惜涉旬不弭弘農子聞之曰野性匪馴育而靡恩非獨狸然人亦有旃梁武於侯景寵非不深矣劉琨於疋磾情非不至矣既負其誠復返厥噬嗚呼非所畜而畜孰有不叛哉

文苑英華卷第三百七十二

文苑英華卷第三百七十三　雜文二十三

諷諭一

截冠雄鷄志一首　說鶻一首
羆說一首　捕蛇者說一首
紀鵶鳴一首　養狸述一首
紀稻鼠一首　蠏志一首
禽暴一首

截冠雄鷄志　李翺

翺至零口北有畜鷄二十二者七其雄十五其雌且啄且飲（集作且飲且啄）而又狎乎人翺甚樂之遂掬粟投于地而呼之有一雄鷄人截其冠貌若營群望我而先來見粟而長鳴如命其衆鷄衆鷄聞而曹奔於粟既來而皆惡截冠雄鷄而擊之而曳之而逐出之已而競還啄其粟日之暮又二十一其群栖于楹之梁截冠雄鷄又來如慕侶將登于梁且棲焉而仰望焉而旋望焉而小鳴焉而大鳴焉而延頸喔咿其聲甚悲焉而遂去焉至（集作者）于庭中直上有木三十餘尺鼓翅哀鳴飛而栖其樹顛翺異之曰鷄禽于家者也被五德者也其一曰見食命侶義也截冠雄鷄是也彼衆鷄得非幸其所呼而來耶又奚爲既來而共惡所呼者而迫之耶豈不食其利背其惠耶豈不畏喪其見食命侶之一德耶且（一作是）何衆栖而不使偶其群耶（集作也）或告曰截冠雄鷄客鷄也予里東鄙夫曰陳氏之鷄焉死其雌而陳氏寓之于我群焉勇且善鬭家之六雄鷄勿敢獨校焉且其（集作是以）曹惡之而不與同其食及棲焉夫雖善鬭且勇亦不勝其衆而常孤遊焉然見食未嘗先啄而不長鳴命侶焉彼衆鷄雖賴具召召（集無此字）既至反逐之昔日亦猶是焉截冠雄鷄雖不見答然而其迹未曾變移焉翺既聞之惆然感而遂傷曰禽鳥微物也其中亦有獨稟精氣義而介焉者客鷄義勇超於群群皆妬焉尚不與儔焉况在人乎哉况在朋友乎哉况在親戚乎哉况在鄉黨乎哉况在朝廷乎哉由是觀天地之（集無之字）間鬼神禽獸萬物變動情狀其可以逃乎吾心既傷之遂志之特（集作將）用警予且可以作鑒于世之人

說鶻　柳宗元

有鷙曰鶻者穴於長安薦福浮圖有年矣浮圖之人室于（集作於字）其下者伺之甚熟為余說之曰冬日之夕是鶻也必取鳥之盈握者完而致之以燠其爪掌左右而易之旦則執而上浮圖之跂焉者縱之延其首以望極其所如往必背而去之焉苟東矣則是日也不東逐南西北亦然嗚呼孰謂爪吻毛翮之物而不爲仁義器耶是故無號位爵祿之欲里閭親戚朋友之愛也出乎鷇卵而知攫（集作搏字）食決裂之事爾不爲其他凡食類之饑唯旦爲甚今忍而釋之以有報也是不亦卓然（文粹作絶）有立者乎用其力而愛其死以忘其饑又遠而違之非仁義之道耶恒其道一其志不

欺其心斯固世之所難得也余又疾夫今之說曰以喣喣而黙徐徐而俯者善之徒以翹翹而厲炳炳而白者暴之徒今夫梟鵂晦於晝而神於夜鼠不穴寢廟循墻而走是不近於喣喣者耶今夫鵲其立趯然其動砉然其視的然其鳴革然是不近於翹翹者耶由是而觀其所爲則今之說爲未得也孰若鵲者吾願從之毛耶翮耶胡不我施寂寥泰清樂以忘饑

羆說

鹿畏貙貙畏虎虎畏羆羆之狀被髮人立絶有力而甚害人焉楚之南有獵者能吹竹爲百獸之音嘗集作昔云持弓矢甖火而即之山爲鹿鳴以感其類伺其至發火而射之貙聞其鹿也趨而至其人恐因爲虎而駭之貙走而虎至愈恐則又爲羆虎亦亡去羆聞而求其類至則人也捽搏挽裂而食之今夫不善內而恃外者未有不爲羆之食也

捕蛇者說　前人

永州之野產異蛇黒質而白章觸草木盡死以齧人無禦之者然得而腊之以爲餌可以已大風攣踠瘻癘去死肌殺三蟲其始太醫以王命聚之歲賦其二募有能捕之者當其租入永之人爭奔走焉有蔣氏者專其利三世矣問之曰吾祖死於是吾父死於是今吾嗣爲之十二年幾死者數矣言之貌若甚慼者余悲之且曰若毒之乎余將告于莅事者更若役復若賦則何如蔣氏大慼汪然出涕曰君將哀而生之乎則吾斯役之不幸未若復吾賦不幸之甚也嚮吾不爲斯役則久已病矣自吾氏三世居是鄉積於今六十歲矣而鄉鄰之生日蹙殫其地之出竭其廬之入號呼而轉徙餓渴而頓踣觸風雨犯寒暑呼噓毒癘往往而死者相藉也曩與吾祖居者今其室十無一焉與吾父居者今其室十無二三焉與吾居十二年者今其室十無四五焉非死而徙爾而吾以捕蛇獨存悍吏之來吾鄉叫囂乎東西隳突乎南北譁然而駭者雖鷄狗不得寧焉吾恂恂而起視其缶而吾蛇尚存則弛然而卧謹食之時而獻焉退而甘食其土之有以盡吾齒蓋一歲之犯死者二焉其餘則熙熙而樂豈若吾鄉鄰之旦旦有是哉今雖死乎此比吾鄉鄰之死則已後矣又安敢慍毒耶余聞而愈悲孔子曰苛政猛於虎也吾嘗疑乎是今以蔣氏觀之猶信嗚呼孰知賦斂之毒有甚是蛇者乎故爲之說以俟夫觀人風者得焉

紀鶚鳴　林簡言

東渭橋有賈食於道者其舍之庭有槐焉聳幹舒柯布葉凝翠若不與他槐等其舍既陋主人獨以槐爲飾當乎夏日則孕風貯凉雖高臺大屋諒無慚德是以徂南走北步者乘者息肩於斯稅駕於斯亦忘舍之陋長慶元年簡言去鄜得息其下覩主人德槐之意亦高臺大室者也洎二年去夏陽則槐薪矣屋既陋槐且爲薪遂進他舍因問其

故曰某與隣俱賈食者也某以槐故利兼于（一作子）隣隣有善作鵶鳴者每伺宵晦輒登樹鵶鳴凡側于樹若小若大莫不凛然懼悚以爲鬼物之在槐也不日而至也又私於巫者俾於鬼語槐於去鵶不息主人有毋者且瘵慮禍及毋遂取巫者語後亦以稀賔致困簡言曰假爲鵶鳴㦲樹殃家甚於真鵶非聽之誤耶然屈平謇諤非不利於楚也靳尚一鵶鳴而三閭放楊震訐謨非不利於漢也樊豐一鵶鳴而太尉死求之於古主人亦不爲甚愚

養貍述　　舒元輿

野禽獸可馴養而有裨於人者吾得之於貍貍之性憎鼠而喜愛其體趫其文班予愛其能息鼠竊近乎正且勇嘗

觀夏人有生致者因得請歸致新昌里客舍舍之初未爲某居時曾爲富家廩墉堵地面甚足鼠竅穴之口光滑日有鼠絡繹然某既居果遭其暴耗常白日爲群雖敲拍叱嚇略不畏忌或暫黽俛跧縮須史復來日數十度其穿巾孔箱之患繼晷而有晝或出遊及歸其什器服物悉已破碎若夜時長留缸績（疑作續）晨興役夫更吻驅呵甚擾神抱有時或缸死睫交黑暗中又遭其緣榻過靣泊泊上下則不可柰何或知之借櫝以收拾衣服未頃則櫝文孔矣予心深悶當其意欲掘地誅剪始二三十日間未果頗患之若抱癢疾自獲此貍嘗閟關實竇縱於室中潛伺之見軒首引鼻似得鼠氣則凝蹲不動斯須果有鼠數十輩接尾而出貍忽躍起堅瞳迸金文毛磔班張爪呀牙劃洩怒聲鼠黨帖伏不敢竄貍遂搏擊或目抉牙截尾捎首擺瞬視間群鼠肝腦塗地迨夜始背缸潛窺室内洒然予以是益寳貍矣（一作命）常自馴飼之到今僅半年矣貍不復殺鼠鼠不復出穴穴口有土蟲絲封閉欲合嚮之謳櫝服物皆縱橫拋擲無所損壞噫微貍鼠不獨耗吾物亦將咬囓吾身矣是以知吾得高枕坦卧絶瘡痏之憂皆斯貍之功異乎鼠本統乎陰蟲其用合晝伏夕動常怯怕人者也向之暴耗非有大膽壯力能凌侮於人以其人無禦之之術故得恣横若此今人之家苟無貍之用則紅墉皓壁固爲鼠室宅矣苴醲鮮肥又資鼠口腹矣雖乏人智其柰之何嗚呼

覆燾之間首圓足方竊盜聖人之教甚於鼠者有之矣若時不容端人則白日之下故（一作此字）得騁於陰私故桀朝鼠多而關龍逄斬紂朝鼠多而王子比干剖魯國鼠多而仲尼去楚國鼠多而屈原沉以此推之明小人道長而不知用君子以正之猶嚮之鼠竊而不知用貍而止遏縱其暴横則五行七曜亦必反常於天矣豈直流患於人間耶某因養貍而得其道故備録始末貯諸篋内異日持諭於在位之端正君子

化稻鼠　　陸龜蒙

乾符己亥歲震澤之東曰吳興自三月不雨至於七月常時汙坳沮洳者埃壒坌勃棹檝支派者入扉屨無所汙農

民轉遠流漸（平聲）潤（集無此字）稻本晝夜如乳赤子欠欠然救（集作極）渴不暇僅得葩折穗結十無一二焉無何群鼠夜出嚙而僵之信宿食殆盡雖廬守板擊毆而駭之不能勝若（集作苦）官督尸責不食者有刑當是而賦索愈急棘束械榜箠木肌（集作體）頸者無壯老吾聞之於禮曰迎猫爲食田鼠也是禮缺而不行久矣田鼠知之後（集作後）歟物有時而暴歟政否貪而廢（一作發）歟國語曰吳稻蟹不遺種豈吳之土鼠與蟹更伺其事而效其力殲其民歟且魏風以碩鼠刺重斂碩鼠斥其君也有鼠之名無鼠之實詩人猶曰逝將去汝適彼樂土况（集作矧字）乎上招其財下啗其食率一民而當二鼠不流浪轉徙聚（集作徒字）而爲盜何哉春秋螽蝝生大有年皆書是聖人於豐凶不隱之驗也余通於春秋又親蒙其災於是乎記

蟹志

蟹水族之微者其爲蟲也有籍見於禮經載於國語楊雄太玄辭晉春秋勸學等篇考於易象爲介類與龜（集作用與字非）鼈剛其外者皆乾之屬也周公所謂旁行者歟叅於藥錄食疏蔓延乎小說其智則未聞也唯左氏紀其爲災子雲譏其躁以爲郭索後蚓而已蟹始窟穴於沮洳中秋冬交必大出江東人云稻之登也率執一穗以朝其魁然後從其所之蚤夜觱沸指江而奔漁者緯蕭承其流而障之曰蟹斷（音鍛）斷（音短）其之江之故（文粹無故字）道焉爾然後扳援（文粹作奔）紛越軼遯而去者十六七（文粹作八九）既入于江則形質寖大於舊自江復趨于海如江之狀漁者又斷而求之其越軼遯去者又加多焉既入於海形質益大海人亦異其稱謂矣嗚呼穗而朝其魁不近於義耶捨沮洳而之江海自微而務著不近於智耶今之學者始得百家小說而不知孟軻荀楊氏之道或知之又不汲汲於聖人之言求大中之要何也百家小說沮洳也孟軻荀楊氏聖人之瀆也六籍者聖人之海也苟不能捨沮洳以（集作而）求瀆由瀆而（文粹作以）至于海是人之智反出水（集作水）蟲下能不悲夫吾是以志其蟹

禽暴　前人

冬十月予視穫于甫里旱苗離離年無以支憂傷于（集作盈）懷夜不能寐往往聲類暴雨而疾至者一夕凡數四明日訊其叱曰鳧鷖也其曹蔽天而下蓋田所當之禾必竭穗而後去曰得無弋羅者捕而耗之耶對曰江之南不能弋羅常藥而得之椑櫛（上篦下西）塗枝叢植于陂一中千萬膠而不飛是藥也出於長沙豫章之涯行賈貨錯歲售於射鳥兒盜與巳來蒙衝塞江其雖敢商是藥既絕群鳧恣翔幸不充乎口腹反侵人之稻粱予曰嘻失馭之民化而爲盜關梁急征商不得行使江湖小禽亦肆其暴以害民食古聖人毆害物之民出乎四裔况害民之物乎俾生靈之衆死乎盜死乎饑吾不知安用馭者爲

卷終

諷諭二

鐵鑪步志　柳宗元

江之滸凡舟可縻而上下者曰步永州北郭有步曰鐵鑪步余乘舟來居九年往來求其所以爲鐵鑪者無有問之人曰蓋嘗有鍛鐵者居其人去而鑪毀者不知年矣獨有

其號冒而存余曰嘻世固有事去名存而冒焉若是耶步之人曰子何獨怪是今世有負其姓而立於天下者曰吾門大他不我敵也問其位與德曰久矣其先也然而彼猶曰我大世亦曰某氏大其冒於號有以異於茲步者乎向使有聞茲步之號而不足釜錡錢鎛刀鐵者懷價而來能有得其欲乎則求位與德於彼其不可得亦猶是也位存焉而德無有猶不足以大其門然且樂爲之下子胡不怪彼而獨怪於是大者桀冒禹紂冒湯幽厲冒文武以傲天下由不知推其本而姑大其故號以至於敗爲世笑僇斯可以甚懼若求茲步之實而不得釜錡錢鎛刀鐵者則去而之他又何害乎子之驚於是末矣余以古有太史觀民風釆民言若是者則有得矣嘉其言可釆書以爲志

吏商　前人

吏而一作有商也汙吏之爲商不若廉吏之商其爲利也博汙吏以貨商資同惡與之爲曹大率多減耗役傭工費舟車射時有得失取貨有苦良盜賊水火殺敓焚溺之爲患幸而得利不能什一二身敗祿奪大者死次貶廢小者惡終不遂汙吏惡能商矣哉廉吏以行商不役傭工不費舟車無資同惡減耗時無得失貨無良苦盜賊不得殺敓水火不得焚溺利愈多名愈尊身富而家强子孫葆光是故廉吏之商博也苟脩嚴絜白以理政由小吏得爲縣由小縣得大縣由大縣得刺小州其利月益各倍其行不改又

由小州得大州其利月益三之一其行又不改又由大州得廉一道其利月益三倍不勝富矣苟其行又不改則其爲得也夫可量哉雖赭山以爲章涸海以爲鹽未有利大能若是者然而舉世爭爲貨商以故敗吏相逐於道百不能一遂人之知謀好邇富而近禍如此悲夫或曰君子謀道不謀富子見孟子之對梁惠王三字集作宋牼乎何以利教爲也柳子曰君子有二道誠而明者不可教以利明而誠者利進而害退焉吾爲是言爲利而爲之者設也或安而行之或利而行之及其成功一也吾哀夫沒於利者以亂人而自敗也姑設是庶由利之大小登進其心集作志字幸而不撓集作有乎下以成其政交得其大利吾言不得已爾何暇

從容若孟子乎孟子好道而無情其功緩以疏未若孔子之急民也

鞭賈　前人

市之鬻鞭者人問之其賈宜(文粹作直)五十必曰五萬復之以五十則伏而笑以五百則小怒五千則大怒必五萬而後可有富者子適市買鞭出五萬持以夸余視其首則拳蹙而不遂視其握則蹇急(集作友)而不植其行水者一去一來而不相承其節朽(集作杇)黑而無文材掐之滅爪而不得其所窮舉之飄(集作剽)然若揮虛焉余曰子何取於是而不愛五萬曰吾愛其黃而澤且賈者云余乃召僮爚湯以濯之則遬然枯蒼然白嚮之黃者梔也澤者蠟也富者不悅然

猶持之三年後出東郊爭道長樂坂下馬相踶因大擊鞭折而爲五六馬踶不已墜於(集作之)地傷焉視其內則空空然其理若糞壤無所賴者今之梔其貌蠟其言以求賈技於朝者當其分則善(文粹無此句非)一誤而過其分則喜當其分則反怒曰余曷不至於公卿然而至焉者亦良多矣居無事雖過三年不害當其有事驅之於陳力之列以御乎物以夫空空之內糞壤之理而以責其大擊之効惡有不折其用而獲墜傷之患者乎

蝜蝂傳　前人

蝜蝂者善負小蟲也行遇物輒持取卬其首負之背逾(集作愈)重雖困劇不止也其背甚澀物積因不散卒躓仆不能起人或憐之爲去其負苟能行又持取如故又好上高極其力不已至墜地死今世之嗜取者遇貨不避以厚其室不知爲己累也唯恐其不積及其怠而躓也黜棄之遷徙之亦已病矣苟能起又不艾日思高其位大其祿而貪取滋甚以近於危墜觀前之死亡曾不知戒雖其形魁然大者也其名人也而智則小蟲也亦足哀(集作悲)夫

農夫禱　劉軻

丙戌歲大飢楚之南江黃爲甚明年予將之舒途出東山見老農輩鳩其族爲禱於伍君祠其意誠而辭俚因得其文以潤色之亦以儆于百執事者云農夫某謹遣精誠于明神嗚嗟我耕食之人誰非土之人人之有求神得不以

聰明正直聽之耶曩者仍歲薦飢人爲鰥婺田無耕夫桑無蠶姬癘疫瘡痍一方尤危踵以吳蜀弄兵吏呼其門敺荒餘之人挾弓持戟女子生別行啼走哭王師有征羣盜繼誅乃歸其居乃復室廬廬壞田蕪亦莫蠲其租今之收合餘燼人百其力幸大成于秋誠慮旱而不雨既雨而潦必不爲潦又慮其不苗不秀秀而不實又慮爲螟蝗又慮夫廄馬之奪其食贓吏之厚其斂嗚呼必馬無厭粟者妾無厭羅紈者吾斂其薄矣亦於何厚其所薄耶伏希神明無有所忽禱曰無瘠農人以肥瘯馬無寒蠶婦以暖妓妾無銷耒耜以滋兵刃農人不飢而天下肥蠶婦不寒而天下安耒耜不銷而天下饒妾媵而嬌兵滋而殘馬肥而

豪不蹟不眦足食足衣皇天皇天胡忍是爲苟不此爲民其嘻嘻神其怡怡尚饗

悲剡溪古藤說（文粹作文）　舒元輿

剡溪上綿西五百里多古藤株枿逼土雖春入土脉他植發活獨古藤氣候不覺絕盡生意予以爲本乎地者春到必動此藤亦本於地方春且有死色遂問溪上人人（文粹不疊人字）有道者言（文粹作云）溪中多紙工持刀（文粹作刀斧）斬伐無時擘剝其（文粹無其字）皮肌以給其業噫藤雖植物者溫而榮寒而枯養而生殘而死亦將似有命於天地間今爲紙工斬伐不得發生是天地氣力爲人中傷致一物疵癘之若此異日過數十百郡泊東雒西雍歷見言（文粹無言字）書文者皆以

剡紙相夸乃（文粹作字）窮囊見剡藤之死職正由此（文粹此字疊）過固不在紙工且今九牧士人自專言能見文章戶牖者其數與麻竹相多聽其語其自安重皆不啻握驪龍珠雖苟有曉寤者其倫甚寡不勝衆者亦皆斂手無語勝衆者果自謂天下（文粹作之）文章歸我遂輕傲聖人道使周南邵南風骨折入於楊白（文粹二字作折楊黃）華中言偃卜子夏文學陷入於淫靡放蕩中比肩握管動盈數千百人下筆（文粹作筆下）動數千萬言不知其爲謬誤日日以縱自然殘藤之命易甚桑枲（文粹作易其桑葉）波波頹沓未見其止（文粹作止息）如此則妄言文輩（文粹作綺文妄言輩）誰非書剡紙者耶紙工嗜利曉夜斬藤以鬻之雖舉天下爲剡溪猶不足以給況一剡溪者耶以此恐後之日不復有藤生於剡矣大抵人間費用苟得著其理爲（文粹作則）不枉之道在則暴耗之過莫由橫及於物物之資人亦有其時時其斬伐不爲沃閼予謂今之錯爲（文粹有文字）文者皆沃閼剡溪藤之說（文粹作流）也藤生也有涯而錯爲文者無涯世（文粹世字疊作無涯）之損物不直於剡藤而已予所以取剡藤以寄其悲

書襄城驛屋壁　孫樵

襄城驛號天下第一及得寓目視其沼則淺混而茅（集作汙）視其舟則離敗而膠庭除甚蕪堂廡甚淺（集作殘）烏覩其所謂宏麗者訊於驛吏則曰忠穆公嘗牧梁州以襄城控三（文粹作二）節度治所龍節虎旗馳驛奔軺以去以來轂交蹄劘

由是崇侈其驛以示雄大蓋當時視他驛爲壯且一歲賓至者不下數百輩苟夕得其庇飢得其飽皆暮至朝去者（集無者字）寧有顧惜心耶至如棹舟則必折篙破舷碎鷁而後止漁釣則必枯泉汩泥盡魚而後止至有飼馬於軒宿隼於堂凡所以汙敗室廬糜毀器用官小者其下雖氣猛可制官大者其下益暴橫難禁由是日益破碎不與曩類其（集作某）曹八九輩雖以供饋之隙葺（文粹作葺一二加）治之其能補數十百人殘暴乎語未既有老甿笑於旁且曰舉今州縣皆驛（文粹作役）也吾聞開元中天下富蕃號爲理平踵千里者不裹糧長子孫者不知兵今者天下無金革之聲而編戶（集作戶口）日益破碎疆埸無侵削之虞而墾田日益寡生民日益

困財力日益竭其故何哉凡與天子共理天下者刺史縣令而已以其耳目接於民而政令速於行也今朝廷命官既已輕任刺史縣令而又促數於更易且刺史縣令遠者三歲一更近者一二歲再更故州縣之政苟有不利於民可以出意革去者其（二字集作其甚者）在刺史則曰明日我即去何用如此在縣令亦曰明日我即去何用如此愁當醉饑當飽（字文集作愁當醉醲飢當飽鮮）囊帛匱金笑與秩終嗚呼州縣者其驛耶矧更代之隙黠吏因緣恣爲姦欺以賣州縣者乎如此而欲望生民不困財力不竭户口不破墾田不寡難哉予既揖退老吒條其言書于褒城驛屋壁

蠹化　　陸龜蒙

橘之蠹大如小指首負特角身蹙蹙然類蝤蠐而青翳葉仰噬如饑蠶之速不相上下人或張觸之輒奮角而怒氣色桀驁一旦視之凝然弗食弗動明日復往則蛻爲蝴蝶矣力力拘拘其翎未舒襜黑譜蒼（集作蒼黄）分朱間黄（集作蒼）腹填而樠（音塱）緌纖且長久醉方寤羸枝不楊又明日往則倚薄風露攀緣草樹聳空翅輕瞥然而去或隱蕙隙或留篁端翩旋軒虛颺曳紛拂甚可愛也須臾犯蝥網而膠之引絲環纏牢若桎（文粹作桊）梏人雖甚憐不可解而縱矣噫秀其外類有文也嘿其中類有德也不朋而游類絜也無嗜而取（集作食）類廉也向使前不知爲橘之蠹後不見觸蝥之網人謂之鈞天帝居而來今復還矣天下大橘也名位大羽化也封略大蕙篁也苟滅德忘公崇浮飾傲榮其外而枯其内害其本而窒其源得不爲大蝥網而膠之乎觀吾之蠹化者可以惕惕

較貪　　楊夔

弘農子遊卞山之陰遇鄉叟巾不完屨不全負薪仰天吁而復號因就訊諸抑喪而未備乎抑有寃而莫訴乎何聲之哀而情之苦耶叟致薪而泣曰逋助軍之賦男獄于縣絶糧者三日矣今將省之前日之逋已貨其耕犢矣昨日之逋又質其少女矣今田春而頻播之莫稔貨之靡售且以爲助軍之用豈一一於軍哉今十未有二三及於戎費餘悉爲外用又黠吏貪官盈縮萬變去無所之往無所資

非敢懷生柰不死何弘農子聞其言且助其嘆退而省於世萬類中最爲民害者莫若虎之暴將賦之以警貪吏庶少救民病是夕夢鷙獸而人言曰爾欲警于貪將以吾爲首雖爾之絜柰辱我之甚乎余曰賊人之畜以自飽腹爾不爲貪哉獸曰不豢不農何以給生苟不捕野無實吾嗛吾以其饑而求食之苟或一飽則晏然匿跡不爲謀矣豈爾曹智以役物豢之畜之畋之漁之以給其茹也桑之育之經之營之以供其用也一物之可求一貨之可圖汲汲爲謀孜孜繫心如壑如溪莫滿莫盈豈與吾獲一飽則晏然熟寢而欲比方哉弘農子驚而寤諦而思若然則人不如獸也遠矣

卷終

文苑英華卷第三百七十五　雜文二十五

論事

西邊患對　沈亞之

元和十有二年夏六月亞之西出咸陽行岐隴之間採其風得西土亡降故老爲余言邊之所以爲患可痛之狀辭甚條悉或短曰微叟以西戎蠕蠕之旅而爲邊出若言使聞北塞匈奴雜虜之風叟曾不哭(文粹作知)也盖天子之憂甚勤與師長分節符給所用以事邊何困對曰不然今言所以爲患者非一因此而邊兵不得胥伎險不得爲固百姓不可爲生如此吏尚輕易之然則北虜匈奴雖以逸馬强弓乘嚴寒時南馳其來衆不過數千其所掠民財貨一人所衆而已猶鷙隼不能止屯兵畱塞且北迥(集作過)千里而屬烽望其輿塵知奔蹄之幾(受降城故事云虜南下望其塵高下則知衆寡)視其狀則烽燧次發然後收民畜嚴壁而待之且每歲八月戍有清野之火使其馬無所食彼縱至不暇解鞍而旋矣而西戎則不然其衆蟻聚多包山川沮陸之利其兵材雖一(集有字)不能當唐人然其策甚遠力戰不患死所守必險所取必地而唐人軍中以爲材不能皆易之故自安西以東河蘭伊并及西涼至於會寧天水萬三千里凡六鎮十五軍

皆爲西戎有由易而見亡也聞其始下凉城時圍兵厚百里伺其城既窘乃令能通唐者告曰吾所欲城耳城中人無少長即能東吾亦謹兵無令有傷去者城中爭號曰能圍即(集有東字)解其後取他城盡如凉城之事由此人人皆固生無堅城意自得(集作羅)其策以來爲語相傳尚近奈何客獨不聞其說乎岐隴所以可固者以隴山爲阻也昔其林比(避必切)繁故戎不得爲便道今盡於斬伐矣而蹈者無(集作有字)不達且又虛兵(集有之字)號與實十五又有非戰鬬而役入山林伐麐(集作麞)鹿熊(集作羆)麏麝豪豕是從者居十之三窮岧障芟(集作刜)繁取材斤聲合叫不息於寒暑是從者居十之四發畜粟金繒文松大梓奇藥珍(集作言)禽薰臭之具挽輓於陸浮筏於渭東抵咸陽入長安部署相屬是從者居十之二其餘兵當守烽擊柝晝夜捕候者則皆困於饑寒衣食或經時不賑顧其心怨望幸非常尚能當戎耶是皆賴主上聖神彼戎畏其化而不敢東刃今岐隴之土甚饒而農食不充秕稗衣結縷無完(集作帛)布其租稅納粟官一而耗倍細吏憑法而要賂賂厚者雖逋亦寬之粟雖後至必亟與符賂薄者或稽一日即白吏笞之粟當輸則曰次當其人又當其人故有累日而不得者其他征徭做此農盡所獲不能出其費尚無不忍吏是民由蓬息而處又何聊生今所患衆多其畧可痛如此長吏終不省尚輕易之噫奈何爲不困

叛解　李甘

或曰申恒何讐而叛解曰盜賊害家(文粹作豪)讐乎且怵其財而强索之若究其主也申習盜恒習賊差乎解曰害財曰盜以盜害人曰賊天下有士家之有紵粟也天下有相家之有子弟也申憑葉縣非盜歟恒驚宰相非賊歟或曰有盜一金費千(文粹作十)金而可捕爲之乎有賊一夫殺十夫而可磔行之乎今三年兵之(一有費字)非千(文粹作十)金而捕如費何萬人死之罪(文粹無罪字)非十夫而磔如殺何解曰以金爲輕而不捕則窮人家家謀盜矣富人家家遇盜矣以一夫爲寡而不磔則壯夫人人爲賊矣懦夫人人被賊矣是故盡天下之盜者三年爲發也勝天下之賊者萬人爲少也或

曰吾聞勇夫重閉盍鍵乎解曰天雨垣敗盜賊乘之門之閉耶曰以彼習叛之巧也贖而吏之何如解曰盜賊欲巧吏不欲擾如贖娼而爲妻也爲娼且淫爲妻且禁乎者也(文粹無此二字)

罪言　杜牧

國家大事某不當言實言之(集作之實)有罪故以云(集作罪言)人生常病兵兵祖於山東亂於天下不得山東兵不可死山東之地禹畫九土一曰冀州舜以其分野太大離爲幽州爲并州程其水土與河南等常重十一二故其人沈鷙多材力重許可能辛苦自魏晉已下亂浮羨淫工機纖雜意態百出俗益卑弊人益脆弱唯山東敦五種本兵矢他不能蕩而自若也復產健馬下者日馳二百里所以兵常當天下冀州以其恃强不順理冀其必破弱雖已破弱冀其後强大也并州力足以并吞也幽州幽陰慘殺也故聖人因其風俗以爲之名黃帝時蚩尤爲兵階(阪泉在今嬀川縣)自後帝王多居其地豈尚其俗都之耶自周劣齊霸不一世晉太常傭役諸侯至秦萃銳三晉經六世乃能得韓遂折天下脊復得趙因拾取諸國秦末韓信聯齊有之故蒯通知漢楚輕重在信光武始於上谷成於鄗魏武舉官渡三分天下有其二晉亂胡作至宋武號爲英雄得蜀得關中盡得(唐書作有)河南地十分天下有其(唐書作之二字)八然不能使一人渡河以窺胡至于高齊荒蕩宇文取得(唐書作之)隋文因以滅陳

五百年間天下乃一家隋文非宋武敵也是宋不得山東隋得山東故隋爲王宋爲霸由此言之山東王者不得不可爲王霸者不得不可爲霸猾賊得之是(唐書作足)以致天下不安國家天寶末燕盜徐起出入成皐函潼間若涉無人地郭李輩常以兵五十萬不能過鄴自爾一百餘城天下力盡不得尺寸人望之若迴鶻吐蕃義無有敢窺者國家因之畦河修障戍塞其街蹊齊魯梁蔡被其風流因亦以爲寇以裏拓表以表撑裏混澒軋轉顛倒橫斜未嘗五年間不戰生人日頓委四夷日昌熾天子因之幸陝幸漢中焦焦然七十餘年矣嗚呼運遭(集作啇)孝武澣衣一肉不畋不樂自卑冗中拔取將相凡十三年乃能盡得河南山西

地洗削更革罔不順適唯山東不服亦嘗再攻之皆不利以逐豈天使生人未至於帖泰耶豈其人謀未至耶何其難哉何其艱哉今日天子聖明超出古昔志於理平若欲悉使生人無事其要在先去兵不得山東兵不可去是兵殺人無有已也今者上策莫如自治何者當貞元時山東有燕趙魏叛河南有齊蔡叛梁徐陳汝白馬津盟津襄鄧安黃壽春皆戍厚兵凡此十餘所纔足自護治所實不輟一人以他使遂使我力解勢弛熟視不軌者無可柰何階此蜀亦叛吳亦叛其他未叛者皆迎時上下不可保信自元和初至今二十九年間得蜀得吳得蔡得齊凡收郡縣二百餘城所未能得唯山東百城耳土地人戶財物甲兵

校之往年豈不綽綽乎亦足自以爲治也法令制度品式條章果自治乎賢材奸惡搜選置捨果自治乎障戍鎮守干戈車馬果自治乎井閭阡陌倉廩財賦果自治乎如不果自治是助虜爲虐環土三千里植根七十年復有天下陰爲之助則安可以取故曰上策莫如自治中策莫如取魏魏於山東最重於河南亦最重何者魏在山東以其能遮趙也既不可越魏以取趙固不可越趙以取燕是燕趙常取重於魏魏常操燕趙之性命也故魏在山東最重黎陽距白馬津三十里新鄉距盟津一百五十里（黎陽新鄉並屬衞州）陴壘相望朝駕暮戰是二津虜能潰一則馳入成皐不數日間故魏於河南間亦最重今者願以近事明之元和中纂天下兵誅蔡誅齊頓之五年無山東憂者以能得魏也（田弘正來降）昨日誅滄頓之三年無山東憂者亦以其能得魏也（史憲誠來降）長慶初誅趙一日五諸侯兵四出潰解以失魏也（田布死）昨日誅趙一日罷如長慶時亦以失魏也（李聽敗）故河南山東之輕重常懸在魏明白可知也非魏強大能致如此地形使然也故曰取魏爲中策最下策爲浪戰不計地勢不審攻守是也兵多粟多敺人使戰者便於守兵少粟少兵不敺自戰者便於戰故我常失於戰虜常困於守山東之人叛且三五世矣今之後生所見言語舉止無非叛也以爲事理正當如此沉酣入骨髓無以爲非者指示順向抵侵族觷語曰叛去酋酋起矣至於有圍急食盡餤

屍以戰以此爲俗又豈可與決一勝一負哉自十餘年來凡三收趙食盡且下尭山敗（郗尚書士美）趙復振下博敗（杜叔良）趙復振館陶敗（李聽）趙復振故曰不計地勢不審攻守爲浪戰最下策也

原十六衞　　前人

國家始踵隋制開十六衞將軍總三十員屬官總一百二十八員署守（集作字）分部夾峙禁省厥初歷今未始替削然自今觀之設官言無謂者其十六衞乎本原事跡其實天下之大命也始自貞觀中既武遂文內以十六衞畜養戎臣（褒公鄂公之徒並爲諸御將軍）外開折衝果毅府五百七十四以儲兵伍或有不幸方二三千里爲㓂土數十百萬人爲㓂兵蠻

夷戎狄踐踏四作此時戎臣當提兵居外至如天下平一暴勃消削單車一符將命四走莫不信順此時戎臣當提兵居內當其居內也宜爲將軍綬有朱紫章有金銀千百騎趨奉朝廟（集作謁）第觀車馬歌兒舞女念功賞勞出於曲賜所部之兵散舍諸府上府不越一千二百人（五百七十四府凡有四十萬人）三時耕稼襏襫耞耒一時治武騎劍兵矢裨衛以課父兄相言不得業他籍藏將府伍散田畝力解勢破人人自愛雖有蚩尤爲帥雅亦不可使爲亂耳及其當居外也緣部之兵被檄乃來受命於朝不見妻子斧鉞在前爵賞在後以首爭首以力搏力飄暴交捽豈暇異略雖有蚩尤爲師雅亦無能爲叛者也（一作）自貞觀至于開元末百三（集作）

五十年間戎臣兵伍未始逆篡此聖人所能柄統輕重制障表裏聖筭神術也至於開元末愚儒奏章曰天下文勝矣請罷府兵詔曰可武夫奏章曰天下力強矣請搏四夷詔曰可於是府兵內剗邊兵外作戎臣兵伍湍奔矢往內無一人矣起遼走蜀繚絡萬里事伍強寇（奚契丹吐蕃雲南大食國）十餘年中亡百萬人尾大中乾成燕偏重而天下掀然根萌燼然七聖旰食求欲除之且不能也由此觀之戎臣兵伍豈可一日使出落鈐鍵哉然爲國者不能無也居外則叛（韓黥七國近者祿山僕固是也）居內則篡（莽卓曹馬已下是也）使外不叛內不篡兵不離伍無自焚之患將保頸領無烹狗之喻古今已還法術最長其置府立衛乎近代以來於其將也弊復爲甚也人囂曰廷詔命將也名出視之率市兒輩蓋多稽（文粹作路）金玉負倚幽陰折券交貲所能也絕不識父兄禮義之教復無慷慨感槩（文粹作激）之節（集作氣）百城千里一朝得之其強傑愎勃者則撓削法制不使縛已斬族忠良不使違已力一勢便罔不爲寇其陰泥（去聲）巧狡者亦能家筭口斂委於邪倖由卿市公去郡得都四履所治指爲別館或一夫不幸而壽則戛割生人畧匝天下是以天下每每兵亂湧溢齊人乾耗鄉黨風俗淫窳衰薄教化恩澤壅抑不下召來災沴被及牛馬嗟乎自愚而知之人其盡知之乎且武者任誅如天時有秋文者任治如天時有春是天不能倒春秋是豪傑不能總文武是此輩受鉞誅暴乎曰於是乎在

其人行教乎曰於是乎在欲禍蠢不作未之有也伏惟文皇帝十六衛之旨誰復而原其實天下之大命也故作原十六衛

書田將軍邊事　孫樵

背臨卭南馳越二百里得嚴道郡實與沉黎越嶲俱爲邊城逼於羣蠻田在賓將軍刺嚴道三年能條悉南蠻事爲樵言曰巴蜀西逼于戎南逼于蠻宜其有以制之者當廣德建中間西戎兩飲馬於岷江其衆如蟻前鋒魁健皆擐五蜀之甲持倍尋之戟徐呼按（文粹作接）步且戰且進蜀遇鬭如植橫堵羅戈如林發矢如蝱皆折刃失（集作吞）鏃不能斃一戎而况陷其陣乎然其戎兵踐吾地日深而疫死者日

衆卽自度不能晉亦輒引去故蜀人爲之語曰西戎尚可南蠻殘我自南康公鑿青溪道以和羣蠻俾由蜀而貢又擇羣蠻子弟聚于錦城使習書算業就輒去復以他繼如此垂五十年不絕其來則其學於蜀者不啻千百故其國人皆能習知巴蜀土風山川要害文皇帝三年南蠻果能大入成都門其三門（大入成都是一句門其三門是一句今文粹集本盡削其三門三字而云大入成都門乃不成語賴英華可證其非）四日而旋其所剽掠自成都以南越巂以北八百里之間民畜爲空加以敗卒貧民持兵羣聚因緣劫殺官不能禁由是西蜀十六州至今爲病自是以來羣蠻常有屠蜀之心居則息畜聚粟動則練兵講武（集作戰非）而又俾其習於蜀者伺連帥之間隙察兵賦之虛實或聞蜀之細民苦於重征且將啓之以幸非常（李丞相綱言續西蜀時有編民李權者遺子麟書通鑑言蜀無備可取狀邊戍捜獲之按問得實棄市至今武有踵其所爲者）吾不知羣蠻此舉大劒以南爲國家所有乎且每歲發卒以戍南者皆成都頑民飽稻飫豕十九如狐雖知鉦鼓之數不習山川之險吾嘗伺其來朔風正嚴緩步坦途日次一舍固已呀然汗矣而況歷重阻卽嚴程束甲而趨拔戟而鬪耶加以爲將者刻薄以自入餽餫者縱吏而（一非以）鼠竊縣官當給帛則以苦（文粹作疎）而易良當賑粟則以砂而參粒（每歲當給帛主將輒先市輕帛以易重帛然後敢諸邊卒當給糧下吏必先盜其米然後以砂補其數以給邊卒以此爲根四字集作常以口爲怨之也）如此則邊卒將怨望之不暇又安得（集作能）殊死而力戰乎此巴蜀所以爲憂也樵曰誠如將軍言苟爲國家計者孰若詔嚴道沉黎越巂三城太守俾度其要害按其壁壘得自募卒以守之且兵籍於郡則易爲役卒出於邊則習其險而又各於其部繕相美地分卒爲屯春夏則耕蠶以資其衣食秋冬則嚴壁以俟其寇虜連師即能督之歲遣廉白吏視其卒之有無劾其守之不法者以聞如此則縣官無餽餫之費奸吏無因緣之盜兵足食給卒（集有胥字）無怨於將軍則如之何（四字集作何如）田將軍曰如此何患

言卒遂書

文苑英華卷第三百七十五

文苑英華卷第三百七十六　雜文二十六

雜製作

中和樂九章　補大戴禮祭法文一篇

補周禮九夏系文一篇　九夏歌九篇

山書十八篇

中和樂九章　盧照鄰

歌登封第一

炎圖喪寶黃曆開璿祖武類帝宗文配天玉鑾垂日翠華陵煙東雲千呂南風入絃山稱萬歲河慶千年金繩永結璧麗長懸

歌明堂第二

穆穆聖皇雍雍明堂左平右墄上圓下方調均風雨制度陰陽四窻八達五室九房南通夏火西瞰秋霜天子臨御萬玉鏘鏘

歌東軍第三

遐哉廟畧赫以台臣橫戈碣石倚劒浮津風兵拂籜日域清塵息夷復祀龍伯來賓休兵寓縣獻馘天閽旆海凱入耀一作輝震震

歌南郊第四

虔郊上帝肅事圓丘龍駕四牡鸞旗九斿鍾歌晚引紫煬高浮日麗蒼璧雲飛外求皇之慶矣萬壽千秋

歌中宮第五

祥遊沙麓慶洽瑤衣黃雲晝聚白氣宵飛居中履正禀和體微儀刑赤縣演教椒闈陶鈞萬國丹青四妃河洲在詠風化攸歸

歌儲宮第六

波澄少海景麗前星高禖誕聖甲觀昇靈承規翠所問寢瑤庭宗儒側席問道橫經山賓皎皎國胄青青黃裳元吉邦家以寧

歌諸王第七

星陳帝子嶽列天孫義光帶礪象著乾坤我有明德利建倏發存苴以茅社錫以犧樽藩屛王室翼亮堯門八才兩獻夫何足論

歌公卿第八

蹇蹇三事師師百寮羣龍在職振鷺盈朝豐金輝首珮玉鳴腰青蒲翼翼丹地翹翹歌雲佐漢捧日匡堯天工人代邈邈昭昭

總歌第九

明明天子兮聖德揚穆穆皇后兮陰化康登若木兮座明堂池濛汜兮家扶桑武化偃兮文化昌禮樂昭兮股肱良君臣已定兮君永無疆顏子更生兮徒皇皇若有人兮天一方忠爲衣兮信爲裳飡白玉兮飲瓊芳心思荃兮路阻長

補大戴禮祭法文　皮日休

祭法曰法施於人則祀之咎繇作帝嚳為士師其道叅乎舜禹不曰法施於人乎何祀典之闕哉祭法曰能禦大災則祀之堯舜之世山林蕃鳥獸㬥益作虞也山林疎鳥獸鮮人民安不曰能禦大災乎何祀典之闕哉祭法曰以勞定國則祀之昔者周公輔武以寧殷亂佐成而定（集作周立）業制禮樂立明堂不曰以勞定國乎何祀典之闕哉如以咎繇伯益之功小於舜禹不在祀典則契為司徒而民成咎繇也宜勤其官而水死伯益也如以聖人制禮自有七廟不合列在禮典則文王以文治武王以武功周公也如皆以功烈列於民者則吾之先師仲尼萬德於百王垂化於萬代孰不若契為司徒冥勤其官也哉日休懼聖人之

文將亂而墜敢叅補而附之其文曰

咎繇能平其法以位終益能立其功以讓禹政周公以文化仲尼以德成非此族也不在祀典

補周禮九夏系文　前人

周禮鍾師掌金奏九（集作凡）樂事以鍾鼓奏九夏按鄭康成注云夏者大也樂之大者歌有九也九夏者皆篇名也頌之類也此歌之大者載在樂章樂崩亦從而亡是以頌不能具也嗚呼吾觀之魯頌其古也亦以久矣九夏亡者吾能頌乎夫大樂既去至音不嗣頌於古不足以補亡頌於今不足以入用庸可頌乎頌之亡者俾千古之下鄭衛之內窈窈冥冥不獨有大卷（音權黃常樂名也）之一音（集作章）者乎

九夏歌九篇

王夏之歌者王出入之所奏也

爞爞皎日歘麗于天厥明御舒如王出焉爞爞皎日歘入于地厥晦惟貞如王入焉出有龍旂入有珩珮勿軀勿馳惟慎惟戒出有嘉謀入有內則繄彼臣庶欽王之式

王夏四章章四句

肆夏之歌者尸出入之所奏也

愔愔清廟儀儀袞服我尸出矣仰（集作迎）神之轂杳杳陰竹坎坎路鼓我式入矣得神之祐

肆夏二章章四句

昭夏之歌者牲出入之所奏也

有鬱其鬯有儼其㸑九變未作全（集作金）乘來之既酳既酢爰輴（音亂小鼓）爰舞象物既降全（集作金）乘之去

昭夏二章章四句

納夏之歌者四方賓客來之所奏也

麟之儀儀不蟄不維樂德而至如賓之娛鳳之愉愉不篝不籞樂德而至如賓之娛自筐及筥我有牢米（集作醑）自筐及篚我有貨幣我牢不憖我貨不匱碩碩其才有樂而止

納夏四章章四句

章夏之歌者臣有功之所奏也

王有虎臣錫之鈇鉞征彼不憓一撲而臧王有虎臣賜（集作錫）之珪瓚征彼不享一虔（集作虔烘）而泮王有掌訏遉（音偵）爾疆

里王有掌客饍(於限反飽之貌)爾饔饟何以樂之金石九奏何以
賜(集作錫)之龍旂九旒(去聲)
章夏四章章四句
齊夏之歌者夫人祭之所奏也
墟墟(集作墟墟皆可疑)衡笄翬翬褕狄自内而祭爲君之則
齊夏一章章四句
族夏之歌者族人酌之所奏也
洪源誰孕疏爲江河大塊孰埏播爲山岳厥流浩漾厥勢
嵯峨令君之酌慰我實多
族夏二章章四句
裓(讀爲陔)夏之歌者賓醉(集作歸)出之所奏也

禮酒既酌嘉賓既厚牘爲之奏禮酒既竭嘉賓既悅應爲
之節禮酒既罄嘉賓既醒雅爲之行(牘應雅三樂器也賓醉而出奏裓夏以此三器築地爲之行事也)
裓夏三章章三句
鶩夏之歌者公出入之所奏也
桓桓其珪袞袞其衣出作二伯天子是毗桓桓其珪袞袞
其服入作三孤國人是福
鶩夏二章章四句

山書一十八篇(并序)　劉蛻

予於山上著書一十八篇大不復物意茫洋乎無窮自號
爲山書

天地之氣復則結者而爲山也融者而爲川也結於(集作爲非)
其所者安靜而不動融於其時者疏決以(集作而)忘其及(二字集作反)故山之性爲近正川之性爲華爲(二字集作融)是以處其
結者有(集作爲)君子處其融者爲利人
天地之先未嘗有形故字其刑爲人民爲禽蟲萬物然後
受其字據其形之動曰生形之靜曰死嗚呼我苟不生乎
天地先而未嘗用其形竅以出納斯非混沌之似乎故吾
以混沌不嘗在天地先而在我之不爲萬物(集無萬字)鑿者而
已矣
壞人者天地也使其數出故觀數以象動則有爭殺亂患
夫數始乎手足故離吾之指爲吾視其指而心亦離則數

數人乎心(四字集作入)矣故知指生六而爲有餘生四而爲不
足不足與其(集作有)餘也爲體不備嗚呼心既分身之有餘
與不足也則爭殺亂患何嘗不足盡(二字集作日)其數出
聖人重其生以揄出先濟其用故耳璮之臭出於揄末而
後網罟不足於也(集作野)以牢養(集作豢)於宮中故天下忘身
以自給嗚呼上古食而棄其餘(集作揄)熱而棄其皮亦足矣
是知聖人欲化而更亂其生聽鳳鳴而吹管果象也故有
象竹之聲者必有象葭之器其(集作然)則造其爲(集作鳴)而恥
葭學者鳳也故不世而來造其象而恥人學者聖人也故
末世而不出嗚呼
江河鑿而山木泣以爲川既出而必伐舟也舟既入水而

蛟魚相對（集作市）以其居泉而遠於殺者也今則造泉之具成是大道存而異其質大道亡而遲（集作連）其禍利以覩（集作勸）天下利盡而天下畔道以歸天下道薄而天下去嗚呼爲利物所間（集作惡）爲道亦不偶故始愛其應者終亦將以應人然則利盡所畔者必滅其後道薄而所去者貴不殺其孤而已

城廓溝池以固民也有竊城廓溝池以盜民（集作民字）者則殺人甚於不固夫有竊固之具必有功（集作攻）固之利苟有利之物寇必生其下是以太古安民以巢故於野則無爭巢固民則相殺

車服妾媵所以奉貴也然而奉天下來事貴者賤夫有車

服必有雜珮有妾媵必有娛樂聖人既爲之貴賤是欲鞭農父子以奉不暇雖有杵臼吾安得粟而眷之嗚呼教民以杵臼不若均民以貴賤

古之弓矢所以防惡也懷惡者在內所以能避（集作持）弓矢也故射惡未及死而奪械可以殺人於天下天下從而禁畜私械者嗚呼古之弓矢所以防惡也今則不然反防人之持弓矢也

萬物無常聲而主聲者定其悲歡則聽在心而耳職廢也謂雷爲可畏則以畏聲聽之不知有時雷可長養也謂瑟爲可狎則以狎聲聽之不知有時瑟可流哀（集作衰）也則有幽思之深砧聲之悲也去家日遠雨聲之愁也嗚呼悲愁果在心也雷與瑟無常聲也

爲學豈有歲故勞於農夫以其有遇世也故佚於使人然而雖佚不妄（集作忘）學以其勞而未嘗運是故死而不得止（集作正）其心古有志者猶悲日月之易于人也故謂（集作爲）飛鳥走兎在其中付大藏之鑰未必有信之友也夫取人之鑰必薦信以入其中（集作心）受人之託必有情以寄其內故大信者不使人付（集作信）有道者不使人求

棺衣之厚葬以王禮百姓不貪其死以其愛名不甚於愛身任時之重必多怨借君之權必易死是於名則君子愛身不甚於百姓焉

聖人有意哉故勸善以爵使利爵者樂脩夫惡殺人與殺

盜鈞爲仁人之心則亦召盜以爵嗚呼使聖人無意則勸善不以爵矣故君子爲善不獨樂欲爲（一作與）聖人而出是不見仁人之術使爵以召盜乎

食秦人之炙則懷其妻子聞秦婦之嫁則垂涕悲其身當是時亦疑天下之妻矣吾過富貴之門則懷其爵矣及聞秦人以爵死者則垂涕悲其身當是時不顧天下之貴矣

有惡雀鹿（集作爵祿）之甚者揮（集作持）帚以驅雀結罟以禁鹿夫帚罟既可以駭物則帚罟必可以取物嗚呼執其具以逐雀鹿安知不有學其具以取之故善惡去者不必惡其名善逐者不示人以其具

猿鳴不過薜蘿以其有蔓蔓者必組物夫能過其組必自

硋（集作駭）其心嗚呼髫之組吾髮也帶之組吾腰（一作身）也線（集作線紩之）之組吾衣（集作身）也亦是（集作是不是）矣今蔓在天下安得復硋（集作駭）其心哉

文苑英華卷第三百七十六

文苑英華卷第三百七十七　雜文二十七

征伐

爲建安王誓衆詞　陳子昂

諸惣管部將旗長隊正各聽命夫聖人用兵以伐有罪姦慝竊命戎夷不龔則必肆諸市朝大戮原野我皇周子毓萬國寵綏百蠻遐荒戎狄莫不率職契丹凶羯敢謀亂常蜂聚九（一作凡）山豕食遼塞（十六字集作聚兵率衆非欲勞人盖逆不可縱亂不可長所以屈已推轂垂涕泣辜誠恐蒼生顛墜塗炭今契丹凶羯敢亂天常爲封豕長蛇荐食上國玉帛布幣棄而不貢名器正朔僭而有謀乃將紿神靈人暴殄天物故）皇帝命我肅將王誅今大師已集方將問罪公等諸衆及士卒已上須各嚴職事肅恭天命契丹凶賊本爲中國奴隸昏狂不道勞我師徒今與公等及士卒久勤干戈冐犯霜露夫四郊多壘士大夫之恥蕞

爾凶狡一劍可屠況皇帝義兵尅期誅翦此猶太山壓卵鴻毛在鑪今日之伐須如雷霆之震虎豹之擊搴旗斬馘掃孽除凶上以攄至尊之憤下以息邊人之患鼓以作氣旗以應機公等各宜戮力務當其任若能奮不顧其（二字集作顧）命陷堅摧鋒金紫玉帛國有重賞若進退畱顧向背失機斧鉞嚴刑（集作誅）軍有大戮各自（集作宜）勉勵無犯典刑

補逸書

湯征諸侯葛伯不祀湯始征之作湯征湯征葛伯荒怠敗禮廢祀湯專征諸侯肇徂征之湯若曰格爾三事之人逮千一日（集作有）衆啓乃心正乃容明聽予言咨先格王有彝訓曰祿無常荷荷于仁福無常享享于敬惠乃道保厥邦覆乃德殄厥世惟葛伯亙易天道怠棄邦本雹于民慢於神惟社稷宗廟罔克尊奉暨山川鬼神亦靡禋祀告曰罔犧牲以共粢盛予介（集作界）厥牛羊乃既于盜食曰罔黍稷以奉粢盛予佑厥稼穡乃困于仇餉今爾衆曰葛罪其予聞（文粹作其如予）予聞曰爲邦者祗奉明神撫綏烝民二者克備尚克保厥家邦吁廢于祀神震怒肆于雹民離心自（集作頃）繩契已降暨于百代神（集有恕字）亟民叛而不顛隮者匪我攸聞小子履以涼德欽奉天威肇征有葛咨爾有衆克濟厥功其有儆師徒戒車乘敬君（文粹作吾）事者有明賞其有罔率職罔戮力不龔命者有常刑明賞不僭常刑無赦嗚呼朕告汝衆君子鑒于茲欽哉懋哉罰及乃躬不可悔

讀司馬法　皮日休

古之取天下也以民心今之取天下也以民命唐虞尚仁天下之民從而帝之不曰取天下以民心者乎漢魏尚權驅赤子於利刃之下爭寸土於百戰之內由士爲諸侯由諸侯爲天子非兵不能爲非戰不能服不曰取天下以民命者乎由是編之爲術（六韜也）術愈精而殺人愈多法益切（文粹作工）而害物益甚嗚呼其亦不仁矣蚩蚩之類不敢惜死者上懼乎刑次貪乎賞民之於君猶子也何異乎父欲殺其子先紿以威後諂以利哉孟子曰我善爲陳我善爲戰大罪人也（文粹作大罪人集作大罪也）使後之君子民有是者雖不得土吾以爲猶上焉

雜製作

時日無吉凶解　沈顏

古者國家將有事乎戎祀必先擇時日以定其期是用備物於有司習儀於禮寺俾臻其慮而戒其誠非所以定吉凶決勝負也後之惑者不詳其故惟考時日妄生穿鑿斯風不革拘忌益深至使凡庶之家將欲越一溝隍折一葭葦必待擇日而後爲之搆一衛宇薙一榛蕪必審方位而後爲之且吉凶由人焉繫時日夫四遠之衢輪蹄未嘗息也五都之市貨賄未嘗絕也萬家之邑斤斧未嘗斷也七雄之世戰伐未嘗已也其凶也必由於人其吉也必由於人故吉人凶其吉凶人吉其凶一於人之所爲而已矣然

則惑者不知其在人有一不知則罪於時日矣且以不謀之將不練之士有能時日勝者乎不耕之士不實之穀有能以時日種者乎以鐵爲金以石爲玉有能以時日濟者乎是皆不能也則時日於人何有哉夫王者之兵以德勝霸者之兵以義勝其次以智其次以勇故古之名將未嘗不以此而戰勝也未嘗不以此而立功者也

妖祥辨　前人

凡所謂祥者必曰麟鳳龜龍醴泉甘露景星朱草所謂妖者必曰天文錯亂草木變性川竭地震冬雷夏霜或者以爲察王道之廢興國家之治亂則乱（古稽字）考於是而不知君明臣忠百司稱職國之祥也信任讒邪棄逐讜正刑賞不一貨賂公行國之妖也既三代已後廢興之兆理亂之故鮮不由此矣若嚮所祥者果祥則周道衰而麟見妖者果妖殷道盛而桑穀生庭不其明與也（一無也字）

相解　皮日休

今之相工言人相者必曰某相類龍某相類鳳某相類牛馬某至公侯某至卿相是其相類禽獸則富貴也噫立形於天地分性於萬物其貴者不過人焉有真人形而貧賤類禽獸而富貴哉將今之人言其貌類禽獸則喜真人形則怒言其行類禽獸則怒真人心則喜夫以鳳爲禽耶鳳則仁義之禽也以騶虞爲獸耶騶虞則仁義之獸也今之人也仁義能符於是哉是以行又不若於禽獸也宜矣哉（集無哉字）或曰相者有乎哉曰上善出於性大惡亦出於性中庸之人善惡在其化者也上善出於性若文王在毋不憂（體不變故不憂）重耳弱不好弄是也大惡亦出於性若商臣之蜂目豺聲必殺其父叔魚之虎目豕腹（集作心）必以賄死是也中庸之人善惡在其化者若大舜設化而有苗格仲尼垂諭而子路服是從善而化者也若齊桓公管仲輔之則霸竪貂輔之則亂是從惡而化者也故舜相於堯而天下平禹相於舜而大災弭咎繇相禹斯爲相見者也見人知其賢愚見國知其治亂亦相也或曰賢愚者見行事而知也敢問聖人之相人知其有位哉曰堯之於舜任之以天下知其有位也舜之於四凶投之於四裔知其無位也曰苟

若是聖人之能相人也是必賢者得其位不肖者不立朝三苗九黎焉得以國（文粹作侯）飛廉惡來焉得以爵曰有是者其君不能相也將其國之是滅豈暇相人而用哉是則三苗九黎未聞不滅飛廉惡來未聞不誅嗚呼聖人之相人也不差忽微不失累黍言其善必善言其惡必惡言其勝任必勝任今之人不以是術行其心區區求子卿唐舉之術居其窮阨其困不思以道達不思以德進言其有位必翻然自負生（集作坐）白屋有公侯之姿食藜羹有卿相之色蓋不能自相其心者也或有士居窮阨困望一金之助已有沒齒之難有妄誕之人自稱精子卿唐舉之術取其金則易於反掌耳有能以聖賢之道自相其心哉嗚呼舉世

從之吾獨疾也其不勝明矣

禹書上　劉蛻

以功不就而受誅則可謂勤民而死乎曰不然然則夏之郊也奚不尋其先安得以鯀配曰以功不可就則不可謂勤民（文粹作以功不就則可謂勤民）而死也以誅其身則可爲（文粹作謂）勤其家矣不怨君誅而尋父功鯀當誅也傳曰不以家事辭王事既勤其家爲天下故報其勤家於夏郊而已矣有鯀之誅而不廢其功禹爲其子也不以得（集作得以）天下而擇其功者禹（文粹有禹字）之事鬼神也微禹之爲子先人之罪將不食矣故其子之功由勤父嗣也然則夏郊宜矣於是君誅其怠也而子不怨而家祭其勤也民神（文粹作弗）畔盖禹以天下

不遠事其父而致孝乎鬼神云

禹書下　前人

治天下之野見之於夏功而未見先於夏功者久矣夫八年之間生聚非不壞也委積非不耗也常無憂則人怨無樂則民愁（文粹作帝憂則民愁樂則民喜）故以憂樂隱顯而助之常（集作帝）能治其心也（集作者）故禹後雖以身先天下而不以一身負天下之土石以其得治世之心而易使也嗚呼必不得和心之人而爲可以智治則豈羽山之下忍不以智獻其父者歟夫（文粹作夫天下）見濡手足之禹則不見土階之上以治憂樂者也故曰心治乎人也功治乎水也其可獨禹云乎

較農　前人

功以救於民賴其功者有遺順德以化於民敎其民者有疾徐夫以三月除穀地五月穀入土雖當世不拔其苗後世不毀其穀其飲食之道順於情也故生不疵癘其道死則俎豆其功（集無功字）聖人救壞以禮垂世以法當世伐其樹後世毀其法所以禮遠其情法遠其欲者也是以生爲旅人疵癘於天下肉腐於俎酒乾於器然後爲聖人是愚民賴聖人之功忘聖人之道嗚呼禮亡而爭器矣雖有粟弱者安得而食之法壞而奪其三時矣雖有山澤農者安得而種也（集作之）

疏亡　前人

盜惡名也取之有以合聖人若取其亂而理之取其死而生之則民樂其取也後豈擇其故歟故昏夜之盜爲小人衰亂之盜爲丈（一作大）夫能知其取者而背蹈其背也故不以無人而棄其守者有大棄天下者仁義盜其名有小棄其國者小人有盜其器故春秋不貶其器聖人以（一作必）正其名嗚呼盜非惡名也左右前後亦可懼哉

刪方策　前人

古之記惡將以鑑惡而後世爲昏謾淫逆徒而將徵於古謂古不盡善若其涕泣以信其詐罪已以固其恩陰謀反覆從書以滋其智矣然而記惡者將以懼民也去善者不足懼昔紂讀是（一無是字）夏書而背（一作常）笑其亡國嗚呼惡既不足以鑑則刑（一作刊）可也古無其迹可也無其迹可也（集不

（疊此五字）

寒泉子對秦惠王　陸龜蒙

寒泉子（秦之處士）見秦惠王曰客有自趙來以約從連横事說大王者為誰惠王曰東周人蘇秦也寒泉子曰書六上而王弗聽有之乎曰然其道如何王耶霸耶曰霸黜其霸以濟（一作躋）王乎曰不（一無不字）然則何上書之煩而不用之棘（一作而用之迹）乎惠王曰醯鷄不能混雷霆嬰兒不能抗烏獲者響與之懸絶故也蘇子誠辨矣安能以三寸舌嫌（一作謀）山東諸侯使西面朝秦者乎寡人非不知不破一領甲不折一隻（一作枝）矢之為利也顧其猶捕風耳諸侯不可一非一朝也齊桓晉文之霸也始若膠附終若水拆豈止連鷄不能

俱上於棲而已哉寡人塞耳義弗聞也寒泉子曰不然夫齊晉三荆（文粹作齊荆三晉）之人病（一作疾）於兵久矣方城之金十九為兵一為鑄銚董澤之蒲十九為幹一為箕捲父子兄弟之血前後濺野草齊魂為燕氣趙骨化魏土悽鳴之聲入金石出絃匏聞之者悄戚酸屑泣不自禁一旦有人謂曰朝與秦連横暮得帖帖安卧秦亦猒戰雖敲牙頰未能吞諸侯秦休而強吾亦勇而奮矣設有辨口安能反覆乎大王不用秦詔一武士尺鐵斷秦（文粹作其）頸無令車輪輾關下土使東諸侯聞其言合從散横東向以背秦大王出則奪氣入則苞羞及其殆也披土地以奉讐國獨不念秦仲之業艱難乎春秋祀事何面目以見宗廟惠王卒弗用寒泉子耕於鄗趙封秦為武安君六國果奉教閉關者十五年（十九字集作趙即封蘇季子為武安君六國果拒秦閉關門十五年）

讀韓詩外傳　皮日休

韓詩外傳曰韶用干戚非至樂也舜兼二女非達禮也封黄帝之子十九年（集無年字）非法義也往田號泣未盡命也日休曰甚哉韓詩之文悖乎大教夫堯舜之世但務以道化天下天下嘻嘻如一家室其化雖至其制未備豈可罪以越禮哉如以韶用干戚非至樂（一有野字）則顓頊之八風高辛之六莖（一作英）不以（一作可）作矣如以舜兼二女非達禮也則堯之世其禮未定不當責也又宜矣以封黄帝之子非法義也則丹朱商均無封邑是庶人也哉（一無哉字）傳曰賢者子

孫必有土又曰公侯之子孫必復其始夫賢者與公侯其子孫尚不廢况有熊氏道冠於五帝化施於千世哉如以往田號泣未盡命也則舜之孝道匪天也其誰知之不號泣也（文粹無也字）則吾恐舜之命不及乎（一作于）堯用嗚呼韓氏之書抑百家崇吾道至矣夫如是者吾將間（一作闕）然

題叔孫通傳　前人

古之所謂禮不相襲樂不相沿者何哉非乎彼聖人也此聖人也不相襲者角其功利之深淺乎（一作爾）不相沿者明其文武之優劣乎（一作爾）故三王迭作五帝更制夏殷易置文武遞述其禮文昭昭若雨躍爭朗百川注潰者矣然猶周公刑之仲尼正之以周公之才之美謂後世無其人乎

乃有仲尼仲尼之後迄至於今望其道如顏閔文如游夏者鮮矣況聖人哉是後之人（一無人字）制禮作樂宜取周書孔策爲標準也漢氏受命禮壞文毀（集作時）無聖人苟措其儀立其禮不沿襲於聖製者妄也夫國之大祭不過乎郊祀宗廟也則（文集無則字）漢之既命其祀也（文粹作郊祀）止於五畤之祀者禮不曰兆五帝之郊者乎止於昭靈之園者禮不曰天子七廟者乎而叔孫生不爲之正郊祀立宗廟去秦畤（一作時）之非制議昭靈之不禮汲汲於朝會之儀俾漢天子爲高祖身不得郊見享不及七廟噫生刱其制物刑（集作刑）厥式非不標準　聖人也將以漢世斯始夫（四字文粹作新去）水火方弭兵械難爲改作乎將不明壇墠之位禘祫之儀

者乎若然者湯武伐桀周公去紂（文粹作湯伐桀周伐紂）其制可知也嗚呼不明於古制樂通於時變君子不由也其叔孫生之謂矣

題後魏書釋老志　前人

魏收爲後魏書大夸西域氏之敎以爲漢獲休屠王金人乃釋氏之漸也秦始皇聚天下之兵鑄金人十二於咸陽漢復置之豈可復爲釋氏哉夫仲尼之脩春秋君有僭王號者皆削爵爲子況戎狄之道不能少抑其說耶孟子曰能以言拒楊墨者遠矣不能以言抑者收也亦聖人之徒（文粹作亦聖徒之）罪人矣謂史必直歟則春秋爲賢者諱之爲尊者諱之歟（集無歟字）筆削與奪在手則收之爲是媚於僞齊之

君耶不然何不經之如是

題安昌侯傳　前人

安昌侯禹見時災（集作變）異若上體不安常擇日絜齋露蓍於星宿正衣冠筮得吉卦致其名（集作則獻其）占如有不吉禹爲感動日休讀漢史至是未嘗不爲之動心因書曰天宰相之節以已道輔上天地平則致於君夷狄服則致於君風敎行則致於君苟天地有災則歸於已兵戈屢動則歸於已此眞大宰輔之職也禹也爲漢名相居師傅之尊處輔弼（集作導）之位見災異屢發上不能匡於君下不能稱其職孜孜稱其（集無此二字）於筮爲事斯不足以爲賢相之業也嗚呼當漢帝之重禹禹之有言如師訓門人未有門人可

遣師之旨也依違在位竟無所發誠伊周之罪人也大凡國有災異檜禳占問（一作筮）之事自有司存（若官有龜人占人占夢眡祲大祝）也爲宰相者當提大政之綱振百司之領握天下之樞而已不空以斯處位也以直論之近乎佞以誠論之近乎僞宰相其名儒之恥耶嗚呼漢之尊禹崇師道也禹若此者卽非崇師道之過矣

文苑英華卷第三百七十七

文苑英華卷第三百七十八　雜文二十八

識行

行難　韓愈

或問行孰難曰捨我之矜從爾之稱孰能之曰陸先生參何如曰先生之賢聞於天下是是而非非貞元中自越州徵拜祠部員外郎京師之人日造焉閉門而拒之蒲街甚嘗往問客(一作賓)席坐定先生矜語其客曰某胥也某商也其生某任之其死某誅之某與某可(一作何)人也任與誅也非罪歟皆應曰然愈曰某之胥某之商其得任與誅也有由乎抑有罪不足誅而任之耶先生曰否吾惡其初不然任與誅也何尤愈曰苟如是先生之言過矣昔者管敬子取盜二人爲大夫於公趙文子舉管庫之士七十有餘家夫惡求其初先生曰不然彼之取者賢也愈曰先生之所謂賢者大賢歟抑賢於人之賢歟齊也晋也且有二與七十馬而可謂今之天下無其人耶先生之選人也已詳先生曰然愈曰聖人不世生(文粹作出)賢人不時出千百歲之間儻有焉不幸而有出於胥商之族者先生之說傳吾不忍赤子之不得乳於其母也先生曰然他日又往坐(集無坐字)焉先生曰今之用人也不詳位乎朝者吾取某與某而已在下者多于朝凡吾與者若干人愈曰先生之與者盡於是乎其皆賢乎抑猶有舉其多而沒其少者乎先生曰固然吾敢求於(集作其)全愈曰由宰相至執事凡幾位由一方至一州凡幾位先生之得者無乃不足充其位也耶不早圖之一朝而舉焉今雖詳(集有且微二字)其後用也必粗先生曰然子之言孟軻不如

交難說　李覯

交之難兮久矣且苟合兮爲耻昔人病於無友嗟友不可以已矣絶壑萬丈歘歘(集作鏗鏗)龍吟玄雲遂與六合爲陰碧山嵌空虎嘯其中百獸悍慄歘然(集作焉)長風夫物以類感何感不致交以心契何心不契(此處疑衍)何心不秘然孰可久之契先古稱利(集作制)言求於斯不可易易二氣陶甄曰人是先足矩地首規天大樸摧頹六情入焉一與一奪失(集作喪)其自然積有億年人增險難(集作艱)使我行無所之居無所安游(集作未)流濺濺漬我素源源無清流棄沉逐浮作(集作詐)色自伐僞心相求睢盱蝎歘未竟成讐一日銷落連如涼秋其(集作朝)榮無遺俗態豈留獨見神岳寒栢千尋無傳

直天而生高畧(集作千)手牛下覞群植匪堪與謀(集作偉)何者
爲交窮達不偷樂亦同樂憂亦同憂生死循環其道率由
破産之(集作)惠不相爲酬如斯之謂也昔夷吾九合之策
知者不孤巨鄉千里之哭今也(集作人)則無石父觧縛於齊
相智鎣負慙於賀夫行(集作信)微其可有(集作及)乎知我則友
何微之居(集作拘)古之奉交多(集作都)不獲全耳餘之初刎頸
慨然隱憫就辱激昂自堅及其擁兵而坐勢不相果白刃
可吹(集作追)赤心乃携憑怒相殺氣干虹蜺嗚呼噫戲也交
之難兮(二字集作以利)苟合忿深咆哮余當識(集作常戒)之不妄語交
别今之人兮無異(二字集作實)蒙虺蜥是故獨處兮而悲蠨蛸
冀幸歎(集作若及若)可振乎願言與隣驂吾相之駕捧仲尼之

輪義者有其義仁者師其仁不其仁不其善(疑作義)歎何滯
於斯憂辛

述行

噫聖人之所能而賢人所難曰德德不愧則脩立之事著
矣琛每究聖人旨顯而微隱而著義讓以表其外德行以
明其內恩信以招其賢寛惠以廣其物剛毅以將其志温
柔以制其勇去義讓則父子之道乖捨德行則君臣之志
缺廢恩信則朋友之道墜亡寛惠則刑法之政弊用剛毅
則勇果之心遂斥温柔則和弱之旨怠六者聖人之尊賢
人之難也所以堯舜而治卌病而廢禹湯得堯舜之道桀
紂蕪禹湯之化是則德行義讓恩信剛柔皆隨時而晦明
也吁以偶爲巳任以利爲巳友(一作文)夫如是雖冠帶儼然
事虛美於寰宇下具年足之一氣爾烏異沐猴而冠者耶
德行可置宜乎哉

雜制作

祇園寺净土院志　梁肅

祇園精舍净土院者沙門常輝觀佛三昧之所也按契經
西方極樂界曰有佛(集作有佛曰)無量壽如來誕敷本願爰宅
彼土垂拱東向以提群生如想念者利有攸往往而至者
住不退地至矣哉盖出世之康衢三乘之舟楫也原夫真
俗同體聖凡一貫隨心升降見境差別於是深靜(集作寂靜)相
形依正相成離爲百界合成一念如來以其然也故因其

所習覩其所安隨所感化示所依處無量壽國盖所示之
一歟有若觀心佛二者不來不往誰縛誰觧如是觀者生
之上也如是如見(集無如見二字)信解觀念漸絶生之次也繫緣
事猒染懐净又其次也或近或遠或真或假值佛聞法
同歸一地此西方教所以爲至也或者以爲法有相空不
可得生彼界者與斯土何以異是不知佛意遠矣輝既脩
此道場懼昧者不知所以然因命我紀之

植松論　符載

楚國主人嗜材搴異有樹美松於庭者培沃土灌卉澤根
抵深固柯葉暢達居二三年起盈尺挺於累丈始筳筋大
於拱抱高姿傑然若陵重芬主人方凝蹴結意曰是可釆

之矣將行斧焉客有遇之者曰噫其甚也是木有旻雲之姿有構厦之材繩墨大速恐夭其理今植於庭除之間克耳目之翫尚見狎近氣色不振若徙於嵩岱之間沆瀣之華注於內日月之光薄于外祥鸞嗷嗷戲其上流泉湯湯鳴其下巖岫重複漠漠然清淨靈風四起聲揜竽籟是時也當境勝神王接地千丈大疑衍根實黃泉枝摩青天則可以柱明堂而棟大厦也豈暇曠之旨捨此而取其榱桷棼橑哉主人曰客言雖淵而無岸然余終能大之矣

觀市　劉禹錫

由命士已上不入於市周禮有焉乃今觀之蓋因也元和二年沅南不雨自季春至於六月毛澤將盡郡守有志于

民誠信而雩遂徧山川方社又不雨遂遷市于城門之逵余得自麗譙而俯焉肇令下之日布市籍者咸至夾軌道而介分次焉其左右前後班間錯跱如在闤闠制其列區榜楬價名物參外夷之貨馬牛有牽集作縴私屬有閑在巾笥者緘文及素焉在几閣者彫彤及質焉在筐筥者白黑巨細焉業于饔者列饔膳集作饍陳䴵餌而苾然業于酒者舉酒旗滌盃盂而澤然鼓刀之人設高俎解豕羊而赫然華實之毛畋魚之生交蜚走錯水陸群狀夥名入隧而分韞藏而待價者負挈而求沽者乘射其時者奇贏以游者坐賈顒顒行賈遑遑利心中驚貪目不瞬於是質劑之曹較固之儈合彼此而騰躍之易集作冒非良苦於集作之非巧言數量衡於險手扶忽之差鼓舌傖儜詆欺相高詭態橫出鼓囂譁坌煙埃奮羶腥壘集作疊巾屨匝而合之異致同歸雞鳴而爭赴日午而駢闐萬足一心恐人我先交易而退陽光西徂幅員不移徑如初中無求隟地俱唯集作為守犬烏樂得腐餘是日倚衡而閱之感其盈虛之相尋也速故著于篇云

觀博　前人

客有以博戲自任者遨集作遝余觀焉初主人執握槊之器寘於廡下曰主進者要者約之既揖讓則集作即次有博齒齒異乎古之齒其制用骨觚稜四均鏤以朱墨耦而合數取應期月視其轉止依以爭道是制也通行之久矣莫詳

所祖以其用必投擲故以博投謂之是日客抵骨於局且祝之曰其來如趣集作趨其去如脫事先趑趄命中無蹉跌無從彼呼無俾集作戾我怛分曹道迫自旦至于日中昃而孛與所祝異焉客視骨集作祝如有情焉或憑焉悉詈之不洩又從而齕齧蹂躪之莫顧其十目之咍讓也乃曰非余術之不工是朽骼者不余畀也請刷耻于奕棋主人促命燭以續之騖神嘿計巧竭智殫主進者書勝負之數于牘視其所喪又倍前籍焉觀者曰以夫人之褊心亦將詬棋而抵枰矣既乃恬而不恤赧然有失鵠求身之色人咸異之子劉子曰先人者制人博投是已從人者制於人枯棋是已二者豈有數存乎其間哉何屬之勢異耳是知當軸

者易生嫌而退身者易爲譽易生之嫌不足貶也易爲之
譽不足多也在（集作亦）辨其所聚而已

骰子選格序　房千里

古之序班位列爵祿非獨以理萬民揔百事且用以別白
賢不肖堯爲君舜爲相其下有共鯀焉成王爲君周公爲
相其下有管蔡焉舜周公之貴非幸也宜也共鯀管蔡之
殛放非不幸也宜也故賢者宜進之雖已貴益其祿厚其
爵不爲幸不肖者宜退之雖已賤奪其廩削其秩不爲歉
由是人用自勵遷善去惡強奮自篤後代衰微升於上者
不必賢沉於下者不必愚得不必功失不必過賢者知其
善不足恃恥比肩而趨故賢未嘗進不肖者知其惡不果

棄（文粹有惟字）奮臂而逞故不肖未嘗退有賢者退人雖心知
之卒無柰何且曰非人也命也有不肖者進人雖心知之
又（文粹有盜字）無可柰何亦曰非人也命也以是善不勸而惡
不悛率曰付（文粹作賦）諸命而已矣果如是聖人所謂仁誼忠
信者何足道哉姑徵其有命無命耳悲夫斯後代之不可
復古豈不由是也開成三年春予自海上北徙舟行次洞
庭之陽有風甚急繫船野浦下三日遇二三子號進士者
以六骼（文粹作骰）雙雙爲數（文粹作戲）更投局上以數多少爲進身
職官之差數豐貴而約賤卒局座客有爲尉掾而止者有
貴爲相臣將臣者有連得美名而後不振者有始甚微而
欻升于上位者大凡得失酷似前所謂不繫賢不肖但卜
其偶不偶耳達人以生死爲勞息萬物爲一焉果如是吾
今之貴者安知其不果賤哉彼真爲貴者乃數年之榮耳
吾今貴者亦數刻之樂耳雖久促稍異其歸於偶也同列
禦冠叙穆天子夢遊（集作事字）近者沈拾遺述枕中事彼皆異
類微物且猶竊爵位以加人或一瞬爲數十歲吾果斯人
也又安知數刻之樂果不及數年之榮耶因條所置進身
職官遷黜之目爲骰子選格序

植蘭說　楊夔

或種蘭荃鄙不遄茂乃法圃師汲穢以溉而蘭净荃潔非
類乎衆莽苗既驟悴根亦旋腐噫貞哉蘭荃歎遲發舒守
其元和雖瘁而茂也假雜壤亂天真雖沃而斃也守真介

而擇祿者其蘭荃乎樂淫亂而偷位者其雜莽乎受莽之
僞爵者孰若龔勝之不仕耶食述之僭祿者孰若管寧之
不位耶嗚呼業圃者以穢爲主而後見龔管之正

止妬

梁武平齊盡有其內獲侍兒十餘輩顏娛於目俄爲郗后
所察動止皆有隔抑拘其憤恚殆欲成疹左右識其情者
進言曰臣嘗讀山海經云以鶬鶊爲膳可以療其事使不
忌陛下盍試諸梁武從之郗茹之後妬減殆半帝愈神其
事左右復言曰願陛下廣羞諸以遍賜群臣使不才者無
妬於有才挾私者不妬於奉公濁者不妬其清貪者不忌
其廉俾其惡去勝忌削皆知華心亦助化之一端也帝深

然其言將詔虞人廣捕之會方崇內典誡於血生其議遂寢

文苑英華卷三百七十八

文苑英華卷第三百七十九　雜文二十九

紀事

廣陵散觧一篇　魏生兵要述一篇

記異一篇　義激一篇

紀錦裙一篇　言贈一篇

雜製作

上洪範圖章一篇　旱辭一篇

答問諫者一篇

紀事

廣陵散觧（文粹作琴止息說）　韓皋（又載舊唐書本傳）

妣哉稽生之為是曲也其當晉魏之際乎其音商主秋聲（六字文粹作其音主商為秋聲）秋也者天將搖落肅殺其歲之晏乎又晉承金運商金聲也（文粹有此字）所以知魏云（文子作之）季而晉將代也慢其商絃而與宮同音是臣奪君之義也此所以知司馬氏（文粹有之字）將篡也司馬懿受魏明帝顧託後嗣反有篡奪之心自誅曹爽逆節彌露王陵都督楊州謀立荊王彪毋丘儉文欽諸葛誕前後相繼為楊州都督咸有匡復魏室之謀皆為懿父子所殺叔夜以楊州故廣陵之地彼四人者皆魏室文武大臣咸敗散於廣陵故名其曲為廣陵散言魏氏散自廣陵始也止息者晉雖暴興終止息於此也其哀憤躁蹙憯痛迫脅之旨盡在於是矣永嘉之亂其應乎叔夜撰此將貽後代之知音者且避晉魏之禍所以

託之神鬼也

魏生兵要述　　劉禹錫

余爲書殿學士四年所與居皆鴻生彥士一旦詔下懐吳郡章而東門下生咸惜是行且曰吳中富士必有知書宜爲太守所禮者及下車閱客籍森然三千有鉅鹿魏生將（集作持）所著書來謁曰不佞始讀書爲文章凡二十年在貢士中孤鳴甚哀卒無善聽者退而收視易慮伏北窻下考前言成兵要十編度諸侯未遑是事將笈而西求一言以生羽翼予取其書觀之始自黃帝伏蚩尤終于隋氏平江南語春秋戰國事最備磅礴下上數千年間其攟摭評議無遺策用是以干握兵符貴人宜有處已而樂聞者予盍

行乎吾知元侯上舍不獨善雞鳴彈長鋏三五九九之伎顧之而已

記異　　白居易

華州下邽縣東南三十餘里曰延年里里西南有故蘭若而無僧居元和八年秋七月予從祖兄曰皞自華州來訪予途出於蘭若前及門見婦女十許人服黃緑衣少長雜坐會語於佛屋下聲聞于（集作門）外兄熱行方渴將就慰且求飲望其從者蕭士清未至因下馬自繫韁於門杜舉首忽不見意其退藏於窻闥之間從之不見又意其退藏於屋壁之後從之又不見周視其四旁則堵墻環然無隙缺覆視其族談之所則塵壤（畀香）然無足跡繇是知其非人拝

然大異之不敢詈上馬疾驅來告予予亦異之因訊其所聞兄曰云云甚多不能殫記大抵多云王胤老如此觀其辭意若相與數其過者厥所去予舍八九里因同往訪之（集作馬）果有王胤老者年老即其里人也方徙居（集作於字）蘭若東百餘步葺墻屋築場蓺樹僅畢明日而入既入不浹辰而王胤老死不越月而妻死不踰時而胤之二子與婦一孫死餘一子曰明進大恐懼不知所爲意新居不祥乃撤屋燃樹夜徙去遂獲全焉嘻推而徵之則衆君子謀於社以亡曹婦人來藝蘗笠之室信不虛矣明年秋予與兄出遊因復至是視胤老之居則井湮竈夷閴然惟環墻在里人無敢居者異乎哉若然者命數耶偶然耶將所徙之居

非吉土耶抑王氏有隱慝鬼得謀而誅之耶茫乎不識其由且志於佛室之壁以俟辨惑者九月七日大原白樂天云

義激　　崔蠡

長安里中多空舍有婦人傭以居者始來主人問其姓則曰生三歲長於人及長聞父母逢歲飢不能育棄之塗故姓不自知視其貌常人也視其服又常人也歸主人居傭無有闕亦常傭居之婦人也旦暮多閉關雖居如無人居且久又無有稱宗族故舊來訊問者故未自道終莫有知其實者焉凡爲左右前後隣者皆疑其爲他且窺見其飲食動息又與里中一無有異唯是織紝緘縫婦人當工者皆

不爲罕有得與言語者其色莊其氣顥莊顥之聲四馳雖里中男子狂而少壯者無敢侮居一歲懼人之大我異也遂婦于同里人其夫問所自其云如對主人之詞觀其付夫之意似沒身不敢貳者其夫自謂得妻也所付亦如婦人付之之意既生一子謂婦人所付愈固而不萌異慮是後則忽有所如往宵漏半而去未辨色來歸于再于三其夫疑冇以動其心者怒頓去之以其有子子又乳也尚依違焉婦人前志不衰他夜既歸色甚喜若有得者及詰之乃舉先置人首於囊者撤其囊面如生其夫大恐恚且走婦人即卑下辭氣和貌怡色言且前曰我生於蜀長於蜀父爲蜀小吏有罪非死罪也法當笞遇位而酷者陰以非

法繩之卒棄市當幼力不任其心未果殺今長矣果殺之力符其心者也頸無駭又執其子曰爾漸長人心漸賤爾曰其母殺人其子必無狀既生之使其賤之人爲非勇也不如殺而絕遂殺其子而謝其夫曰勉仁與義也無先已而後人也異時子遇難必有以報者辭已乎疑其夫央既出戶望其疾如翼而飛云按蜀婦人求復父仇有年矣卒如心又殺其子捐其夫子不得爲恩夫不得爲累推之於孝斯孝已推之於義斯義已孝且義已孝二字疑婦人也自國初到於今僅二百年忠義孝烈婦人女子其事能使千萬歲無以過孝有高愍女貞義婦楊烈婦今蜀婦人宜與三婦人齒前以隴西李端言始異之作傳傳備傳陵翟蠡文作文目其題曰義激將與端言共激諸義而感激者蜀婦人在長安凡三年來于貞元二十年嫁于二十一年去于和元初

紀錦裙　陸龜蒙

侍御史趙郡李君好事之士也因余話上元瓦官寺有陳後主羊車一輪天后武氏羅裙佛幡皆組繡奇妙李君乃出古錦裙一幅示余長四尺下廣上狹下闊六寸上減三寸半皆周尺如直其前則左有鶴二十勢若飛起率曲折一脛口中銜莩蘤莖右有鸚鵡聳肩舒尾數與鶴相等二禽大小不類而隔以花卉均布無餘地界道四向五色間雜道上累細鈿點綴其中微雲瑣結互以相帶有若駮霞

殘虹流烟墮霧春草夾徑遠山截空壞墻古苔石泓秋水印冊浸漏粉蝶塗染盤縮環珮雲隱涯岸濃澹霏拂霜抑宜密始如不可辨別及諦視之條段斬絕分畫一一有去處非繡非繪縝緻柔美又不可狀也裹用緗緣下製綫尚如舊兩旁皆解散蓋圻裂零落僅存此故耳縱非齊梁物亦不下三百年矣昔時之工如此妙耶曳其裾者復何人焉因筆之爲辭繼于錦譜之後俾善詩者賦焉集作之

言贈　林簡言

長慶壬寅歲簡言僦居善和里貧窶濩落交親罕至無何一日門有扣聲合中疾薄部得何紹姓字延乎宿館具酒爲誠再至亦如之既熟至之又至之乃至於日至嘗從容

談及忠孝之道無位無陳力之所無聞非過也孝之道以色以至難貧如黔原無聞非過歟予聆其詞得其心知其孝道篤也後曰吾遠親久矣趨庭之意無曠日時今越七日歸古有贈言豈無曠乎曰慈烏返哺孰謂禽也吳起不歸孰謂人也

雜製作

上洪範圖章并序　盧碩

予以尚書洪範篇書于縑素施于屋壁有客覩之而言曰此其所謂君人之大法武王所以繼三爲明盖能盡心于是也苟將諸吾君列乎鳳扆之右足以與三代之理予乃條其事爲章以奏之

臣聞下言上貢各以其職儒學之流請以儒言夫彝倫九疇不可紊叙之數之自微而彰持之一得陰陽咸賴行之一失細大被咎夫始之以五行盖明五行所主之宜也繼之以五事爲事在諸身順之則乎道故貌恭作肅言從作乂視明作哲聽聰作謀思睿作聖夫行不敬則貌不恭正不理則言不從明不察則視不皦心喪識則聽不達性不通則思不睿次之以八政教之勤以足食也教之求貨積貨也教之以敬鬼神以成化也設思主人土居人也司徒教衆禮義也司寇考淫盜而原過濫也賓師以往來而防姦賊也又次之以五紀所以占日月星辰歷數之變度君理內則五紀和叶一歲之功成焉又次之以皇極所以用五福錫庶人亦天子作民父毋爲天下王也又次之以三德謂人君之德施有三也能以正正人之曲能以剛強立己之事能用和氣以理于物皆隨義而伸道也次之以稽疑謂先占謀于龜策與人事叶吉而後歸之於正也又次之以庶徵謂風雨暘燠寒也風以動雨以潤暘以乾燠以長寒以成君尚敬則雨潤尚理則陽舒至明則燠暢能慮則寒順去察則風調疑君任妄行過差專逸豫縱剽急肆昏瞶則咸反次以五福六極謂君善茂育則人蒙壽富康寧好德終命之福死免凶疾憂貧惡弱之極也九者具于天蟠丁地格于人

旱辭　周墀

元和九年旱不周纖斗位直午祝融權威焦金爍石火雲犇馳雄猷遁足棲烏不飛太陰戹薄雨龍慵嬾有泉涸源有木拆枝有地文裂有草戕萎炎光鬱洞太陽赫曦田莫可牛稼莫可鎡瞻彼雲漢萬民莫綏秋既罷矣奚瘵民飢行者燔趾居者焮肥迺命長吏分土之師曝巫于日徙地而市偶泥而龍歌鍾彈吹誕搜祠廟牲宦繁祀威巫虔祈以期是擬期而越應答巫不媚萬民首仰日瞻其尚渾碧萬里光蒸交湯於戲天胡不降原也煌烈極目一狀民罕求穀殍莫求奠拒飢而憊困燠而瘴持順訴天怠聽而望於戲天胡不降汝南周子宇靡其間上靡其壓不稼不穡焉就口食祗寺蚕暮暇惟滂滌天既不豢我憂孔盜徙市

賜巫揮時紛徙俗宜此尚天其知庠汝南周子稽首謂曰大凡天地陽壯春夏陰結凝沍當陽之盛陰南施雨過而不時陰陽失序帝心既憂吏民亦告命太史兆何失其所昔漢宣帝遭潤旱暵憂惟不寧退避正殿公卿大夫省宰損膳以禳民災以拯大難焉今效昔葉憝民患無使蒸庶蒼傍摸亂於戲胡不爲滂荒㸑之境不勞旻蒼地惠中國以綏天子邦

答問諫者　　陳黯

或問古之士能直諫不君之君者其誰爲最曰有諫秦者齊人茅焦也曰夏無龍逄耶殷無比干耶曰不以之無而功德相遼耳夫諫者不獨以言忠而欲其氣雄不獨以名

彰而欲其事立四者克備是爲難矣昔羸氏吞噬群雄以取天下豪恭奢侈古初無先故非有必爲而諫有必死當其遷太后於雍有及泉之誓凡戮諫者二十七人矣天下忠赤之士莫不囚氣鎖詞是時焦能獨奮勇果不顧其威且肉視虎狼冰顧湯鑊諤諤造庭折其四失俾暴主悔非遷善敬從其言繇是骨肉之恩斷而再續君臣之義捨而再交諫爭之路塞而再啓皆由焦之功也噫亡軀徇忠亦諫者之職然決死於二十七人之後不難其心乎進諫於二十七人之後不難其詞乎斯可謂言忠氣雄名彰事立備矣豈若龍逄諫桀比干諫紂徒自柔聲婉詞而又身不免事不立其足爲茅先生之徒歟問者喜而退溫陵黄伯光曰焦戰國士耳不難其死以賈名時多能之黯喜其言售至貶削二賢以讚揚其美斯亦過矣覽者詳焉

文苑英華卷第三百七十九

文苑英華卷第三百八十

北省一

侍中

沈文季加侍中詔　沈約

門下散騎常侍尚書左僕射西豐縣開國侯新除鎮軍將軍沈文季業宇流正鑑識超允秉兹恭恪誠著匪躬難起非慮寄邇墉圻（疑）罄力盡勤萬雉增固寵服攸加實爲朝典可侍中僕射新除侯如故主者速施行

崔慧景加侍中詔　前人

門下護軍將軍樂安縣開國子慧景志氣㴑通識幹詳正誠烈款盡義簡朕心加榮近侍抑惟廟（疑）序可加侍中子

如故主者速施行

王亮王瑩加授詔　前人

門下京輔華首端副要重政首民經任切朝寄尚書左僕射亮濬哲淵深道風清邈時京（疑）民譽僉望所歸中領軍南徐州大中正南鄉侯瑩德宇夷曠鑑識凝遠（闕）協隆內外允諧逆徒從慝躬衛時難氛祲既澄並宜光贊緝熙穆兹景化亮可侍中丹陽尹瑩可侍中尚書左僕射本官中正侯並如故主者速施行

臨川王子晉南康侯子恪遷授詔　前人

門下侍中臨川王子晉志業清敏器尚夷通秘書監右領軍南康縣開國侯子恪理識閑悟思懷韻警宜出聞朝政入侍帷幄子晉可左臣（疑是民字避唐諱）尚書子恪可侍中王侯並如故主者速施行

王茂加侍中詔　前人

門下居中作衛號望清重任摠儲宮朝難其選望蔡縣開國公新除尚書右僕射茂器度淹弘志局詳穩契闊艱夷情深恒寄顯命載加允副僉屬可侍中衛將軍領太子詹事開國公如故給鼓吹一部主者施行

中書令

授張說中書令制　蘇頲

門下咸有其德委廊廟之元宰知無不爲歸掖垣之成務銀青光祿大夫檢校中書令上柱國燕國公張說合和育

粹特表人師懸解精通見期王佐立言布（唐詔令作希）文武之用定策勵忠公之典才冠代而不有功至大而若虛自頃弘益時政發揮王道萬事必理一心從乂以觀其獨伯起慎於四知常得其貞叔敖謹於三省（詔令作者）故能深而不竭乂而彌芳宣大號於紫宸潤昌圖於清禁我憑柱石爾作鹽梅正名之謂群議斯集可守中書令散官勳封如故主者施行（先天二年九月十一日）

授姚崇兼紫微令制　前人

黄門天之紫微地在清禁宰臣為重庶政攸先不有殊才曷云兼寄金紫光祿大夫兵部尚書同紫微黄門三品監脩國史上柱國梁國公姚崇河山粹氣禮樂清英德量在

寬公心益厚（詔令作讜）詞必體要行之自遠學以窮微志於可
大允茲忠讜光我謀謨聞善若驚欲仁斯至衣冠以爲蓍
蔡廊廟資其柱石朕之欽者晉樂人之傑者蕭張遂能以
身許國開物成務邦是用乂朝惟得賢北辰環拱西垣近
密俾因題劒之榮式演如絲之命可兼紫微令餘如故主
者施行（開元元年十月二十日）

授劉幽求同中書門下三品制　前人

門下弼諧庶政亮釆有邦不遇人傑孰膺王佐金紫光祿
大夫守尚書左僕射知軍國大事監脩國史上柱國徐國
公劉幽求偉量天假宏才代出子産之道四既取諸身咎
繇之德九以成其用伊昔遘屯感義（詔令作憤）謀始洎于開泰

防萌釁物景化俟其丹青讒詞變於白黑頃居炎瘴受鼇
之對莫聞亟踐台衡從政之言益啓聰茲密勿方聽訏謨
宜兼委於掖垣仍具瞻於禮閣可同中書門下三品餘如
故主者施行（先天二年九月八日）

門下侍郎

授崔日用黃門侍郎制　前人

門下才爲於時以宣可大之業精貫於日以定非常之勛
古稱王佐今乃人傑太中大夫守兵部侍郎兼知雍州長
史修文館學士騎都尉安平縣開國子崔日用果行育德
修辭立誠孝則揚親忠於事主堂堂乎貌暢君子之風諤
諤其言蘊大臣之節故能書讀萬卷文窮四始高步登朝
平心待物日者醜莘未殄嘉謀潛圖臨危不顧見義而作
是用底寧實所緊賴師兵戢矣京兆晏如宜緝台階之政
式拜掖垣之寵可銀青光祿大夫行黃門侍郎參知機務
學士勳封如故主者施行

授張庭珪黃門侍郎　前人

黃門東西禁掖出納王言精選賢良用存駁正正議大夫
行尚書禮部侍郎上柱國兼判尚書左丞張廷珪文儒秀
士謇諤忠貞汪洋有大雅之風明敏得至公之操言惟及
霤暴藏嘗聞學則臨池當時莫比自歷遷臺省受理綱轄
聲塵益茂問實攸稱俾登青闥之榮式踐丹墀之列可黃
門侍郎勳如故主者施行

中書侍郎

授薛稷中書侍郎制　前人

門下慶傳於家者代濟其美才許於國者時無與讓由是
密勿爲用訏謨所歸銀青光祿大夫行黃門侍郎修文館
學士河東縣開國男參知機務薛稷河汾之英廊廟之寶
相門前社則名優作誥詞場舊業則譽動飛文公貞性成
仁和道勝怛然之量群物不干其靜穆如之風九流不測
其度頃罹多難克佐嘉謀翼戴朕躬保寧王室厥功茂矣
朝廷賴焉俾廻踐於綸闈以增輝於鼎席可行中書侍郎
餘如故主者施行

授徐安貞中書侍郎制　孫逖

門下中樞之要久闕其官仄席而求實難其選中大夫檢校尚書工部侍郎兼集賢院學士上柱國徐安貞清才特達雅量深沉爲德行之宗師是文詞之雄伯頃司水土兼典圖書儔綜維精彌綸有叙王言是屬公議攸歸宜增秩於五字俾齊名於三入可守中書侍郎餘如故

左右常侍

授觧琬左散騎常侍制　蘇頲

門下散騎之列豐貂入侍選於耆艾用均師友金紫光祿大夫致仕上柱國解琬文合騷雅學殫經籍百城分按南憲是繩萬里出師西戎即序頃以剖符從政解印歸休竜既拜而遂行禮及傳而則往雖風規莫擬而志力猶茂乞

言伊屬寧忘賜杖之榮替否旁求宜副安車之命可行左散騎常侍散官勳如故主者施行

授褚無量右散騎常侍制　前人

黃門獻納之任虛求是屬列于侍臣莫匪耆舊銀青光祿大夫前散騎常侍上柱國褚無量佩服絁行周旋雅道夙侍金華之講屢膺石渠之命故能禮自柔嘉動多忠益頃在艱罰近終喪禮覃思研精華皓不倦直辭讜議清明可覿俾重春卿之儒還居德建之任可右散騎常侍勳如故主者施行

授王晙左散騎常侍制　前人

黃門侍臣之任朝廷所重賞善惟速蕪才是先銀青光祿大夫并州大都督府長史上柱國王晙志力堅剛風情慷慨傳爲書癖成誦在心言應筆精目懸於手受一方之委總三軍之令士卒感恩以爭效穗戎戚迹而皆遠功其茂矣朕實休之用憑龍豹之韜更踐貂蟬之位可左散騎常侍兼檢校并州大都督府長史勳如故主者施行

授李季卿右散騎常侍李涵尚書右丞制　常袞

門下侍從出入贊清禁之事管轄紏正録中臺之書多用儒雅必求公亮正議大夫守尚書吏部侍郎集賢侍制隴西縣開國子賜紫金魚袋李季卿碩量寬弘雄詞典麗道素可尚風猷自遠銀青光祿大夫前行尚書右丞兼御史大夫充河北宣慰使襄武縣開國公李涵文以禮樂主於

忠信雅有學行通於禮體並才望推重聲華茂著端（集作竭）誠之效早見於艱虞從政之績備彰於事任簡廉無私純白不染守以直道行其至公載馳輶軒善喻中旨歷踐臺閣率由舊章按選部之滯才留左曹之駮議士林公族歸美攸多或久次懋官已深於蒲歲或外除過禮且聞於踰月宜遷顧問之職俾膺懋典之授季卿可守右散騎常侍餘如故涵可尚書右（集作左）丞散官封如故主者施行

授崔昭右散騎常侍制　前人

門下散騎以替導侍從承答顧問前代參用言語政事之臣（集作官）俾其盡規忠益以穆朝化也今位望逾重選之更精銀青光祿大夫前京兆尹兼御史中丞博陵縣開國子

崔昭經之以文敏紀之以憲則直而不肆剛而能容精識知微長材致遠不易於風雨之晦不爭於險易之途常所委遇多在雄劇理平之美居最一時任畿甸（集作邦畿）千里之重齊趙張三王之政事當其適義合於權檢肅姦豪撫懷孤老資奉軍國從容贍濟翼翼之化刑（集作布）于四方予欲左右有人訪求得失服玆舊列俾爾廻翔可守右散騎常侍散官封如故

授能元皓左散騎常侍制　前人

門下聯八貂之貴同二府之品望尊而事不親地近而職非客蓋贊達之所尚俾勞臣而處休命（集作令）所以廣其員而盛其選也太子賓客兼光祿卿上柱國河南郡開國公

能元皓以忠烈自將以勇謀用師夷險一心精剛百鍊不奪之節貫於風霜殊常之勳銘在鍾鼎杲更任遇休有令聞出入龍樓已先調護之列優游騎省載昇顧問之地可行左散騎常侍餘如故

授郭晞左散騎常侍制　前人

勅切問之司實參朝議僉諧之命允屬時髦同朔方節度副使特進試殿中監察御史大夫充朔方先鋒兵馬使上柱國太原郡開國公郭晞文武成器公忠亮（集作立）節年方稚髦理適經通詩禮之方服於廷訓韜鈐之畧稟自朝謀以少年之才椎有老成之持重俾張我武克定西疆業其勳以象賢大其門而出將兵嚴既解朝選攸歸舉以令聞允玆近侍可行左散騎常侍散官勳封如故

授蔣渙右散騎常侍制　前人

門下獻納之重周爰是咨必擇通贊用光近對銀青光祿大夫光祿卿上柱國汝南郡開國公蔣渙德弘禮器學貫儒流孝友彰其令名文詞是其餘力合大雅之明哲達中庸之隱微清方有恒華皓益固直道而處風猷自高爰藉論思之才用膺侍從之事副予良選佇爾嘉言可右散騎常侍散官勳封如故

授裴何左散騎常侍制　元稹

勅周文王侍從之臣無可使結轡者我知之矣左右前後無非令人朕以將壯之年臣妾天下司其忽（集作怨）速其在

於持重溫良之士以鑑之乎前陝虢等州都防禦觀察處置等使中散大夫陝州大都督府長史兼御史中丞萬全縣（河東有萬泉縣無萬全縣）開國子賜紫金魚袋裴何縉紳之徒言其閨門之行僅至於衣無常主兒無常父矣推是爲政仁何遠乎是以發自王畿至于陝服多歷年所終無尤違每移孝友之風以懲強暴之俗苷棠之下廉讓興焉予欲用垂璫夾乘之官以代吾盤盂帯弦之戒不亦可乎守左騎常侍散官封賜如故

授孔戣右散騎常侍制　白居易

勅昔齊桓公心體懈墮則隰朋侍漢武帝（敘本雖同疑是）親重儒術則劉向從今之常侍是其任（集作選）矣中吾選者莫匪

正人（集作稱其任若唯正人乎）大中大夫守尚書吏部侍郎上柱國賜紫金魚袋孔戣言行謹直風操端莊肅然禮容清廟之器始自筮仕至（集作迄）于天官虛舟爲心利刃在手全材具美時論多之可使珥貂立于（集作吾）左右從容侍從以備顧問隰朋劉向豈遠乎哉可右散騎常侍

授歸登右散騎常侍制　前人

敕近侍之列騎省爲貴歷代迄今選任頗重必詢望實而後命之工部侍郎歸登朴忠沉厚心無適莫（集作詭詐）介圭不飾止水無波澹然自居以致名稱抱此素行歷踐清貫掌議左掖貳職冬官歲時滋深體望益茂可以備顧問應對之選列言語侍從之臣冠貂附蟬立之于右訪諸時論僉以爲然可守右散騎常侍

授趙真齡右散騎常侍制　杜牧

勑仲尼曰慎擇邇臣爲人之道（集作導）夫言語應對之選爲顧問耳目之官若非善良必致壅害朝散大夫守太子賓客上柱國漢中郡開國公食邑二千戶賜紫金魚趙真齡其先君子祗事祖宗出入屛毗餘四十載爾爲令嗣克肖素風好學頗專樹善不倦凡曰賢彥無不與游雲水登臨多聞放志風塵趨競殊不縈心是以長人有慈惠之名處官無纖介之失其爲行已斯亦多矣丹墀文陛之内貂羽金蟬之榮超以授之無忝所舉可守右散騎常侍散官勳封賜如故

授令狐定右散騎常侍制　崔嘏

敕前西川節度副使令狐定夫言語侍從之臣朝夕論思獻納必求明誠端厚文而不佻者以備吾之顧問今以定業茂儒素道光縉紳恬於晉取之機蔚有貞方之譽踐歷華貫周旋正塗佐台席而籌畫居多登副車而聲猷甚暢從知既久畢志方歸嘉其委質之誠寵以附蟬之貴阮貂換酒潘直逢秋既榮高閣之居亦有達人之美勉思清切以遂優游可依前件

授裴廷裕左散騎常侍制　錢珝

勑具官裴廷裕國之用材在乎稱職況詞臣之任君命所埀苟詳慎之有乖繫事機而實重既聞輿論得以移官以

爾學植素深文鋒甚銳自居侍從亦謂勤勞乃推游刃之功庶叶匪躬之道未能降秩且復立朝珥貂猶假於寵光夾乘仍親於左右將存大體以息多言可依前件

授李澥右（總目作左）騎散常侍制　薛廷珪

勑國家龍朔中有侍極官今之左右常侍也前代崇寵秩比侍中寮參帷幄之謀時號清重之選從容獻納允屬名儒令執政言爾具官李澥地實華腴性惟貞介聚學爲已脩禮藩身清明照物以忘疲澹泊居貞而有守來司綸誥潤色推工去卧雲山含章見譽增重價誠由於合櫝固深根頗異夫揠苗久滯搜羅幾爲遺逸昇之近署官以封貂宜俟併伸勉從虛佇可守右散騎常侍

三百八十卷終

文苑英華卷第三百八十一　中書制誥二

北省二

給事中

授于惟謙給事中制　李嶠

鸞臺文昌右司郎中于惟謙局量宏深理識精遠幹能兼備詞學並優會府提綱雖佇才用鎖闥待問更資弘益宜登待從之職以光清切之署可朝請（一作議）大夫守給事中

授于經野給事中制　蘇頲

門下尚書兵部郎中上柱國于經野雅量端實閑機密靜有恒其操無擇斯言理必中於繩墨才見推於札翰中臺奏草已承更直之榮左曹顧問宜接雙遊之美可朝請大夫守給事中勳如故

授李懷讓給事中制　前人

黄門朝議大夫尚書兵部郎中上柱國李懷讓直方自守貞獨不群理可析於毫芒文可成於藻繪雖手揮繁綜而心寄閑遠絲綸所屬輩推起草之能駮正是司更接遊蘭之寵可守給事中散官勳如故

授柳渙給事中制　前人

勑朝議郎守尚書司門郎中柳渙學思優博禮容莊敬蘊公直之志有廉正之風早以聲華亟從推擇丹墀列侍必選英髦青闥命官宜參顧問可守給事中散官勳如故

授褚廷誨給事中制　孫逖

門下朝議大夫守諫議大夫上柱國褚廷誨師臣傳業官序良才文儒實百行之資翰墨當一時之妙駮正為務疇咨所難宜遷左禁之榮式允中朝之望可守給事中散官勳如故

授裴遵慶給事中制　賈至

勑禮部郎中裴遵慶清正介直公才雅望智能利物行可檢人今東夏務殷宰臣任重是資髦士以佐輶軒宜居駮議之職仍領銓衡之務可給事中

授崔寓給事中制　前人

門下會稽太守崔寓識敏而周器清而直有冉季之政事兼應劉之詞藻累昇臺省咸以才遷驟歷藩條時惟德舉

左曹樞近爰司駮正宜擇士林之秀俾參鸞渚之榮可給事中

授張孚給事中制　前人

勑司膳郎中張孚果行育德疏通知遠是瑚璉之良器抱豫章之美才文以藻身屢得詞場之雋公而持操更推吏道之能譽洽禮闈風清憲簡宜擢拜於青瑣俾駮議於黄樞可給事中

授賀若察給事中制　常衮

門下中散大夫行尚書吏部郎中賀若察講求學術藻飾藝文顧言行以檢身酌智能以經務任參六典選重一時從容晋劇每識通而理當達練起草亦體大而思精聲猷

益茂公望惟允分曹殿中職在論駁尚書奏議俾爾平之可給事中散官如故主者施行

授崔侁蕭直給事中制　前人

門下銀青光祿大夫御史中丞東都留臺崔侁峻而能通和而有節朝議郎守太子左庶子賜紫金魚袋蕭直性資高朗識詣冲妙各以文儒致用貞亮處心（集作自處）持綱憲府必執其中贊事宮坊允歸於正彰聞望於公器振英華於士林顧茲掖垣素用髦彥文昌奏議多所論駁俾承並命式副良選侁可行給事中散官如故直可守給事中散官賜如故主者施行

授趙涓給事中制　前人

門下朝議郎檢校尚書吏部郎中兼御史中丞賜緋魚袋趙涓純白高朗儒林表儀炳文揚彩時謂清拔早以贊良茂異服我周行歷踐三臺之列嘗忝二陝之佐其於事典多所精詳頃毗荊郃尋罷戎務近侍方缺選才正難評南宮之上書次東廂之奏事夙夜思職爾無面從可守給事中散官賜如故

授常謟給事中制　前人

門下通議大夫行尚書吏部郎中彭城郡開國公常謟在人之德承家積厚先致美以施政終秉彝以存誠朝之清序多所階歷忝我六典冠于諸曹學以辨疑文以決滯五年勤職時謂淹才宜守（集作侍從）殿中以平臺議詔書未當實

得封還官能守常事勘失中是有選用爾其揚之可行給事中散官封如故主者施行

授鄭覃給事中制　白居易

勅給事中之職凡制勅有未（集作不）便於時者得封奏之刑獄有未合於理者得駁正之天下冤滯無告者得與御史糾理之有司選補不當者得與侍中裁退之率是而行號為稱職故不專於掌侍奉贊詔令而已中大夫行諫議大夫雲騎尉滎陽縣開國男食邑三百戶鄭覃清節直行正色審詞（集作寡言）先臣之風藹然猶在自居首諫益勵謇諤擢領是職必有可觀亦欲天下聞之知吾獎骨鯁之臣來諫諍之道也可行給事中散官勳如故

授孔戣等給事制　前人

勅渾金璞玉方圭圓珠雖性異質殊皆國寶也是故能官人者亦辨而用之諫議大夫孔戣靜專貞白不涉聲利執言守事無所依違駕部郎中薛存誠廉絜直方飾以詞藻中立不倚介然風規吏部員外郎王涯端明精實加之以敏懿文茂學尤推於時並歷踐朝行恪勤官次諫垣郎署藹其休聲宜加公獎擢在近侍左右禁闈可以同升必能評奏臺議發揚綸誥臨事有立厲詞可觀各隨所長分命以職祗奉乃事無替厥猷戣存誠並可給事中涯可兵部員外郎知制誥

授竇易直給事中制　前人

勑前御史中丞竇易直器質識智厚重開敏文合法要學
通政經累踐臺郎擢司邦憲寬猛舉措甚得其中官不易
方府無留事前因病免今以才遷俾升瑣闈用集作以備顧
問凡制令奏議官徵典章苟有依違皆得駁正所任不細
宜敬乃官可給事中

授崔璹給事中等制　崔嘏

勑瑣闈冠三省之高奉常列九寺之右凡所選擢必俟才
賢惟爾璹以賓筵雅度早踐霜臺儁以正殿雄詞超昇省
署文雅當於題柱列郡洽於褰帷迭居二尹之雄並處亞
卿之列而皆本以明敏發爲文學玉在湼而不緇金投火
而彌勁眷言久次一作春闈既久是用遷昇我有絲綸期汝論駁

我有金石資爾諧和無忝官常自貽公讓議一作璹可給事
中儁可太常少卿

諫議大夫

授薛稷諫議大夫制　蘇頲

門下中散大夫行尚書禮部郎中脩文館直學士河東縣
開國男薛稷奕代雄詞身濟其美光時雅量士慕其風故
能懸帳絕倫昇堂覩奧掖垣密勿宇列黃纁仙闥從容文
一作雲飛赤管箴闕之任惟賢是擇俾登才子式寵諫臣可
諫議大夫餘如故主者施行

授吳兢諫議大夫制　前人

黃門朝議大夫前行尚書水部郎中兼修國史上柱國長
垣縣開國男吳兢雅思周密素風清曠著書微婉東觀是
稱起草閑達南宮所重宜列諫臣之位復膺良史之才可
守諫議大夫兼脩國史散官勳如故主者施行

授尹愔諫議大夫制　孫逖

門下右省署掌諫之官立司過之史所以書君舉箴王闕
不次而授惟才是與道士尹愔識洞微妙心遊淡泊祗服
玄言弘敷聖教雖渾齊萬物獨詣於清貞而博通九流兼
達於儒墨朕方貴無名之璞期不言之化資其妙道寘彼
周行宜居納誨之職仍存記言之地可朝請大夫守諫議
大夫集賢院學士兼知史官事

授宋渾諫議大夫制　前人

門下朝議大夫前行尚書駕部郎中上柱國襄國縣開國
男宋渾清才敏識人望時英未可易量將其必復頃辭省
闥言侍庭闈雖私心則然而公用久闕策名委質非無古
人之訓移孝爲忠宜在諍臣之列可守諫議大夫散官如
故

授楊慎矜諫議大夫制　前人

門下太子右贊善大夫兼御史專知大府出納權知御史
中丞事楊慎矜堅正有才通明足用久持天憲兼掌國泉
竭忠公之一心杜詭偽之千變爰升獨坐用肅具寮而潛
懇固辭執謙難奪顧收恩於後命析晝節於前功得失不
驚將敦薄俗始終如一以勸守官特遂由衷之誠仍居出

納之任（一作納諫之職）可行諫議大夫兼侍御史仍依舊知大府出納

授高適諫議大夫制　賈至

勑監察御史高適右（一作立）節貞峻直躬高朗感激（一作懷）效經濟之畧紛綸贍風（一作文）雅之才長策遠圖可云大體讜言毅（一作義）色定謂忠良（一作臣）宜廻糾逖之任俾超諫諍（一作風論）之職可守諫議大夫　一作皆舊唐書

授張鎬諫議大夫制　前人

門下侍御史南汝（疑）節度判官張鎬崇德廣業宣慈惠和主善爲師志古之道或直而温可以居諫諍之任或强而誼可以在準繩之職或理而敬可以司草奏之繁官得其

人鮮有敗事列于鴛鷺僉曰惟允可諫議大夫

授暢璀（總目作暢璀）諫議大夫制　前人

勑爲川者決之使導爲臣者宣之使言故堯有敢諫之鼓誹謗之木此其所以聖也楚靈稱凡百箴諫吾盡知之無怫吾慮此其所以敗也朕嗣守鴻業將方艱難實賴有位之士匡其不及故注意諫臣必求諸道關內鹽河判官暢璀願直養正精潔惠和有質直而無流心秉忠信而持讜議頃歲去職晦跡丘園愛其身以有待養其志以有爲厥德不回允諧司議可兼諫議大夫餘如故於戲宫之奇懦不能强諫春秋以爲之失常臧僖伯繼諭納卻鼎君子稱必有餘慶于遠汝弼汝無面從（舊唐書有暢璀傳嘗爲諫議大夫）

授王延昌諫議大夫兼侍御史制　前人

門下古者天子有諍臣七人而事君有犯無隱故能獻可替否從諫則聖京兆少尹知雜王延昌學于古訓秉心塞淵以文藝之資餙幹時之器頃者彌綸省闥綱紀臺憲舊章克舉雅望攸歸貳政浩穰雖藉其條理列職規諷更思其讜直諫大夫之密侍御史之雄爾宜兼之以匡予理可諫議大夫兼侍御史知雜餘並如故

授宋晦諫議大夫制　常袞

勑通議大夫檢校尚書兵部郎中兼侍御史上柱國宋晦忠潔簡惠和而不流理暢思精適於群務位以才達政以禮成徃者理軍岐陽贊我戎事（集無此字）重艱貞之操義有可

懐臺閣更拜久於清秩外掌邦賦任居其艱（集作難）底慎均節以資經費事皆求當慮不及私積勞可書責實當進加以亮直行之有恒屬諫臣之高選參髦士之大用以匡不逮無伏嘉言可行諫議大夫散官勲如故

授李收諫議大夫制　前人

勑書曰后德惟臣不德惟臣實賴左右前後有位之士匡其不及天子有諍臣職在司過若有犯無隱獻可替否則臏然不變將惟休哉中散大夫前行尚書兵部郎中贊皇縣開國男李收敏而好學文以彰之清澹寡欲不以得喪于慮徃屬時難保兹艱貞事君之節足以存勸歷踐郎署率由舊章而使雅居正可參諷議無或尸官以罔聞當灼

見以箴闕也可諫議大夫散官封如故

授崔鄘諫議大夫制　元稹

勑朝散大夫守尚書吏部郎中上護軍崔鄘昔我太宗文皇帝以魏徵爲人鏡而姦膽形於下逆耳聞於上及徵没而猶歎過失之不聞夫以朕之不敏不明託於人上月環其七而善惡蔑然豈諫議之臣未盡規於不德邪朕甚懼焉以爾鄘端愿（集作厚）誠明濟之文學恭而能立謙而逾（集作愈）光命汝弼予式冀無過於戲宋景公一諸侯耳尚感列星（集作而陳星退）之詞齊威王獨何人哉能辨日聞之候爾其極諫無隱朕不漏言可守諫議大夫散官勳如故

授元晦諫議大夫制　李德裕

勑昔汲黯薄（一作嶲）淮陽守願出入禁闥補過拾遺則諫諍之任實資諒直我求其比今得正人吏部郎中元晦往在內庭嘗感先顧奮發忠懇不私形骸伏俯青蒲至於雪涕數共工之罪不赦堯聰辨垣平之詐益彰文德近因旌別邪正宰弼上言以彝公藏器莫如寘華於左右漢后輯檻孰若列榜於公卿是用命爾登于文陛其副我寵擢不替初心勿沾小名以枉大節勉服官業期於有終可諫議大夫

授李方右諫議大夫等制　崔嘏

勑居諫納之地副銓綜之司致予聰明適彼倫要自非端方正直之士檢身御衆之才則何以輸及霤之忠誠率提衡之藻鑑爾等皆擢秀瑶林飛華桂苑早登俊造共許清貞入憲府而自竦孤標歷芸昌而更光列宿分符茂績遠繼於龔黃視草雄詞舊推於賈馬是用擢居右省陟彼首曹爾宜徵五諫之司佐三銓之任無疑逆耳必在精心勉服寵光益揚善價可依前件

授姚勗右諫議大夫等制　前人

勑朕高居穆清端拱思理尚慮旒纊蔽吾聰明故精求諫納之臣投我藥石之語而天官正郎地連藻鏡職佐銓衡必資明幹之才以副經通之目以勗端方雅厚正以操心以簡求和易周旋敏於臨事而皆富文奧學早昇俊造之科利用長才累處重難之任是用擢於粉署置在禁垣昇

自外郎膺茲首選爾其詳求五諫左右三銓勉思及霤之忠更致提衡之美勗可右諫議大夫簡求可吏部郎中

授董禹左諫議大夫制　薛廷珪

勑朝廷具位之臣得直言天子過失太平之基也矧司我諫議列吾軒墀啓乃心而沃我心盡爾言而攻我過眷求之道時惟難哉具官董禹嚳中詞科優有藝文西漢故事甘泉遺儀聞其討論多所詳悉逮事先帝頗揚直聲徵還周行歷踐臺閣靡所附麗能精典墳公論推其才術鄉校言乎淹恤今擢爾爲諫議大夫置朕左右勉揚厥職往副旁求夫立肺石挹獸樽扶將顛袪未箝在覆正直務去將迎爾或推公朕豈憚改書紳銘座服我訓詞佇稱人情勿

孤朝獎可左諫議大夫

文苑英華卷第三百八十一

文苑英華卷第三百八十二　　中書制誥三

北省三

中書舍人

授鄭勉紫微舍人等制　　蘇頲

黃門朝議大夫守給事中鄭勉措一作留心精覈尤明理體朝議大夫尚書庫部郎中戴令言屬詞方雅深達政端咸蘊公忠備聞學行紫闈星拱必佇賢臣青閣雲連實旌奇士　專文事　中散官各如故主者施行

授崔琳紫微舍人制　　前人

黃門正議大夫行尚書屯田郎中上柱國魏縣開國子崔琳素履一作操純懿清心諒直文辭爲從政之端忠孝是立

身之本分符作牧共賴仁明賜筆題工咸推練習掖垣近密禁省旁求宜遷振鷺之行用集栖鷄之地可行紫微舍人散官勳封如故主者施行

授王丘紫微舍人制　　前人

勅通直郎紫微舍人內供奉王丘思會風雅文成典謨介獨爲操直方　近其華望自弘　青瑣事密黃縑頡頏歲年籍甚聲聽俾弘詞禁之美宜正掖垣之秩可守紫微舍人散官如故

授齊澣紫微舍人制　　前人

勅朝議郎守給事中內供奉齊澣運心孤邁懷器獨立屬詞每窮其雅實臨事益表其甄明故能早召聲猷備經推

擇左曹駁議常接於雙遊右掖詞言佇光於五字可守紫微舍人散官如故

授達奚珣中書舍人制　孫逖

勑朝議大夫守職方郎中兼試知制誥達奚珣文學素優忠勤克著自經試用備聞詳密草奏南宮已擅一時之妙掌綸西掖愈彰五字之能宜就列於即真俾正名於近侍可守中書舍人散官如故

授賈登中書舍人制　前人

門下朝請大夫守給事中騎都尉賈登脩詞自達守道為師有大雅之文章稟中和之德行駁正之地已著能名綸綍之司更膺高選可守中書舍人

授梁淑中書舍人制　前人

勑朝議郎守尚書兵部郎中梁淑通明致用博雅為文才冠時英望高人譽五字之選一臺所推宜旌起草之能俾效司綸之職可中書舍人散官如故

授常斌中書舍人制　前人

門下國子司業常斌貞規不雜敏識惟精標麗則以工文秉直聲而濟美久從散秩未展清才豈避姻親遂妨公用宜特昇於禁掖俾專事於司言可行中書舍人

授李玄成中書舍人制　前人

勑朝議郎守尚書考功郎中仍試知制誥兼知史官事李玄成中和有裕直道自然文章為致用之資慎密是周身之本久司綸綍深惬器能宜拜命於即真俾甄才於試可可守中書舍人兼知史官事

授杜鴻漸崔倚中書舍人制　賈至

勑知中書舍人鴻漸等忠肅恭懿美秀而才蘊清通之理義兼貞固之幹能用制軍誥允屬夏卿持衡審官時惟小宰慎擇多士僉曰爾諧宜當銓綜之劇仍掌絲綸之任鴻漸可守中書舍人判武部倚守中書舍人判文部侍郎

授裴敦復中書舍人制　王丘

勑朝議郎檢校吏部郎中裴敦復等並行標純一材蘊經通或學辯文鼎核綜兼於隱賾或詞搖靈蛇光輝映於等夷職居要劇聲振發揮近密之職搜擇宜精俾對掌於絲

言無聯華於省闥可依前件

授崔翹中書舍人　前人

門下朝議大夫守給事中崔翹學行自中方直形外明而能晦簡不違謙始方蔚於文章終激揚於吏道駁議既久要密遍遷宜自珥貂之司俾參鳴鳳之掖可守中書舍人散官如故

授李彭年等中書舍人制　王從敬

門下朝請大夫守給事中李彭年等器業弘深風規穎秀士林楨幹文苑英髦並綜覈前言閑習政事理劇駁正既稱詳密盡省彌綸允推精練俾遷掌於綸綍咸列侍於軒墀可依前件

授裴度中書舍人制　白居易

勑司勳郎中知制誥裴度以茂學懿文潤色訓誥體要典麗甚得其宜施之四方朕命惟允況中立不倚道直氣平介然風規有光近侍臺郎滿歲班列當遷綸閣之職所宜真授可中書舍人

授崔群中書舍人制　前人

勑庫部郎中知制誥翰林學士崔群端厚和敏飾以文學溫良忠敬得侍臣之風自列內朝兼司誥命事煩而益密職久而彌精六年於茲勤亦至矣況小大之事常所訪問盡規極慮弘益居多所宜寵以正名式光禁職欽乃嘉命其惟有終可

授賈餗等中書舍人制　前人

勑叅掌宥密斧藻訓誥侍立於文陛之下揮翰於禁署之中非第一流不在其位朝散大夫守太常少卿知制誥上柱國賈餗器範溫雅詞藻弘嚴朝散大夫守尚書職方郎中知制誥上柱國清河縣開國男食邑五百户崔咸學探奧旨文有正聲而皆公論所歸清規擅稱比美王而光彩外溢服華組而煥耀揚輝　苟大章之才　識王濬冲之質則損乎文仵爾酌中明吾試可無使相如視草專美於前時也其懋承之餗可守中書舍人散官勳如故咸可守中書舍人散官勳如故

授李渤給事中鄭涵中書舍人等制　前人

勑舉才命官得人斯重詢事考績稱職爲難況駮正違失典司文誥參我密命爲吾近臣非望實兼優則不在茲選朝議郎守諫議大夫知匭使上騎都尉賜緋魚袋李渤清標雅裁器韻不群贍學積文泉源益濬有濟人經國之術資通時利物之才朝散大夫守尚書司封郎中知制誥上柱國鄭涵藻履堅明椎文炳蔚虛懷宏達雅思冲深立言嘗見其著誠秉志頗聞其經遠夫澄其源者必清其流端其本者必正其末其便蕃禁掖潤色王猷君不可以私其人臣不可以虛其受簡材既因於朕志當官爰俟於爾能其有嘉聞以光茂選渤可守給事中散官勳賜如故涵可守中書舍人散官勳如故

授李訥中書舍人李言大理少卿制　崔嘏

勑禮部郎中知制誥李訥等彰施帝載潤色王猷朝出乎九重夕馳於四表必資其金相王立之器懷其騰蛟吐鳳之才以發揮人文流布天澤而臯繇作士蓍明以贊至理定國持刑公平而昌後嗣使匹婦無霣霜之嘆遐甿離束濕之冤陰陽氣和手足可措必在乎理獄之官明慎用刑哀矜守法今訥言等皆以器能犀利文彩光華演綸推倚馬之工剖竹著懸魚之化以茲遷擢誰曰不然勉吾右文恤刑之意也訥可守中書舍人言可大理少卿

授裴諗中書舍人制　前人

勑居禁密之地聞善則遷當演綸之工有勞斯陟此所以

光吾侍從榮彼縉紳翰林學士司封郎中知制誥裴諗家承茂勲身有韜行早襲弓裘之業克隆堂構之基閎瀋自居囂浮不染自擢居内署掌兹制命謹密無曠馨香有聞問對備見其一心敏捷共推其七步兕臧孫有後且聞得鳳之音枚乘多才雅蓄雕龍之妙爰因滿歲授以正名爾宜思弘用以致君勵精誠而正已慎爾聞見奉吾周旋無彰温樹之名克保詞林之美可依前件

授秘書少監賜紫盧光啓守中書舍人制　錢珝

勅西省設官之重實代吾言故脩禁之章漏泄居其首而稽緩次之受選者率用靖默專敏之士然後君（疑作爲）得其官盧光啓勵精不怠處默有倫定志而靜專其謀好古而斂求其要總是四善謹於一心則攻學與文嘗試之於禁闥矣能於（一作能君又作而能）散地自安素風不去乃資公論復典訓辭夫入官惟勤執事惟敬苟視禁以無犯則立身而有章行之克終利亦焉往可依前件

授祠部郎中知制誥賜緋王鉅守中書舍人制　前人

勅遷不欲速則人將競遷而不安其職也掌誥故事多用外郎歲滿而升乃正郎位歲又滿始得其秩所以持重官次展張辭業有毛羽者不亦樂於翔翔乎具官王鉅敏於内而秀於外其發也爲文章棲於禁垣沓以健筆若夫規格罔有輕浮試之三年未嘗亂日且聞講學必務本根今掌誥再遷一如故事論諸游官於爾甚優兼佩金章俾光飛步自兹而往厥路彌高敬而行之何患不到可依前件

授翰林學士鄭延昌守本官兼中書舍人制　劉崇望

勅以爾彩纓著稱夢筆爲文富以美才披其禁闥典由中之詔成布下之言方謂得人雅當入侍蓋聞羊祜議謀是草皆焚周仁重厚其言不泄親近之地慎密爲先爾既不能何爽居外西省亦吾教誥之地戒之可矣可依前件

授膳部郎中知制誥錢珝守中書舍人制　薛廷珪

勅具官錢珝孟子不云虞舜聞一善言見一善行若决江河沛然莫之能禦也朕疑神穆清躭味墳史用爾掌綸誥時推得人觀其書詞憂絶塵滓褒貶盡春秋之要指指歸决訓誥之源流傳聞四方平視三代而秉守甚正韜藏有程介然獨行卓爾清峙閱爾之能事多矣聆爾之嘉猷藹然信乎虞舜之心若江河之不能禦也俾卽（一作爾）真秩斯爲舊章夫叅贊樞衡典司綸綍職業彌重扶揺漸崇勉副柬求無孤寵待可中書舍人

授庚準楊炎知制誥制　常衮

知制誥

勅中大夫行尚書吏部郎中上柱國庚準檢校尚書兵部郎中充山南（集作劒）副元帥判官賜緋魚袋楊炎等詔令之

重潤色攸難其文流則失正其詞質則不麗因宜酌風雅之變參漢魏之作發揮綸旨其在茲乎爾各以茂才碩學敏識純行俾其對掌可謂得人仍轉郎位式光朝選準可行尚書職方郎中知制誥散官勳如故炎可守尚書禮部郎中知制誥賜如故

授郗昂知制誥制　前人

勅朝散大夫檢校尚書司勳郎中郗昂冲和簡朴不飾其外有稚俊之才可變風雅有精深之學實究儒玄加以忠敬兼之亮直率由茲道可謂正人夫化成天下在於文匡朕不逮主於諫數暢綸旨箴規朝闕所掌皆重爾其懋哉可守諫議大夫知制誥散官如故

授嵩覿給事中庾敬休兵部郎中知制誥　白居易

勅職之要莫先於駮正文之選莫難於司言將使朝綱有條朕命惟允在二者得人而已中大夫使持節蘇州諸軍事守蘇州諸軍刺史上騎都尉嵩覿精微專直通乎事典可使平奏議而坐右曹朝散大夫守尚書禮部郎中上柱國庾敬休温裕端明飾以詞藻可使書誥命而立西序集作西專右寮而輪轅鑿枘各適所宜夫惟刺史守列城郎官應列宿選任倚注一作寄非不榮重然吾左右前後方求正人如覿敬休不宜踈遠亦猶有聲之玉無纇之珠不置佩服之中掌握之上集作不置於佩服常握之間皆非其所也宜自敬重無忝吾言覿可行給事中散官如故敬休可尚書兵部郎中知制誥散官如故

授獨孤郁守本官知制誥制　前人

勅考功員外郎史館修撰獨孤郁爲人沉實敏行寡言槩然文藻秀出於衆累升諫列再秉史筆洎掌絲綸率以直聞求之周行不可多得而掖垣近職綸閣重選俯詢時議爾宜居之

授錢徽司封郎中知制誥制　前人

勅中臺草奏內庭掌文西掖書命皆難其人也非慎行敏識茂學懿文四者兼之則不在此選祠部郎中翰林學士錢徽藹然儒風粲然詞藻縝密若玉端直如弦自參禁司

益播其美貞方敬慎久而彌彰應對必見於據經奏議多聞於削一作焚稾迨今六載其道如初嘉其忠勤宜有選擢俾轉郎吏仍參綸閣茲乃榮獎爾其敬承可依前件

授獨孤郁轉司勳郎中知制誥制　前人

勅考功員外郎知制誥獨孤郁學識文行時論所推選自外郎擢居右闥綸言樞命既重且難委以發揮甚聞稱職而端諒忠謹介然自居爲臣若斯足可嘉獎官當滿歲職亦逾年宜從美選以光近侍可司勳郎中知制誥

授裴諗知制誥制　崔嘏

勅傳曰有功德於人者其後必大伊爾烈考勤勞王家出有平寇之功入有致君之志式多令嗣以承清基惟爾諗

生而有文弱不好弄中蘊明敏外涵清和藹然君子之風蔚有賢人之操自擢昇翰苑入侍禁闈動必知機靜而適道大王之韻清越以長小山之姿貞芳自茂是用資其粉澤演我絲綸斧藻方耀於鳳銜揮灑更期於鴻筆式光帝載無鬱王猷可依前件

授考功員外郎賜緋魚王鉅駕部員外郎知制誥

制　錢珝

勑某官某夫舉典申命以進退在位之士而指其否臧箋儆百職者本乎聖人之法言也法言之不爲浮言而已知言之士過實必蓋因使出辭當能近法鉅積中有美欲昧而彰永惟季父令名常恐所承不以似（一作）百川學海進則

至焉吾欲激而成之是以擢居禁省往司明誥罔畔法言至不漏不踰茲爲能矣可依前件

文苑英華卷第三百八十二

文苑英華卷第三百八十三　中書制誥四

北省四

起居郎

授韓休起居郎制　蘇頲

勑朝議郎左補闕內供奉判尚書主爵員外郎韓休理識清暢襟靈夷雅探學精微屬詞婉麗甲科對策嘗副求賢左史記言用觀書法可行起居郎散官如故

授賀知章起居郎制　前人

勑朝議郎（一作大夫）前行戶部員外郎賀知章業優詞學特重才行稟精微之高妙體仁恕以明達必能書法不隱立言可觀宜迴職於版圖佇擅聲於鉛筆可行起居郎散官如

故

授楊齊宣起居郎制　孫逖

勑朝議郎前行左補闕楊齊宣規行介立守道安貞雅致表於文詞清標傳於緒業頃忝諫職考績已深自聞謝病歲年滋久雖宰臣立節每避舉親而公器須才終難滯用宜發命於中旨俾分官於左言可行起居郎散官如故

授裴綜起居郎制　賈

勑左史記事君舉必書先王之制也晉則董狐書法不隱楚則倚相能讀典墳善惡成敗實由其言慎擇端士求難其人殿中侍御史裴綜緒業清純言行惇敏俾之直筆底爲厥官可行起居郎

授崔琔等起居郎制　崔嘏

勑載筆赤墀之下掌禮曲臺之中注記行而鉛槧是資褒貶當而縉紳知懼顧茲所職豈易其人而擢備宮僚亦爲佳選以琔貞規素履紹克儉之家風以碣秀質清門承定傾之祖德以贍雄詞麗藻躡珠履於賓筵以景表退跡安時寄霜華於憲省（一作署）我之自得爾亦馨聞各膺寵擢之榮自有雲霄之路可依前件

居起舍人

授太子舍人劉如玉等右史制　李嶠

鸞臺朝散大夫行太子舍人劉如玉朝散大夫檢校麟臺著作佐郎崔融等並言芳蘭芷行溫珪璧或譽美銅樓或

名高石室記言之重選衆尤難宜收傳辨之才俾居良史之任並可行右史散官如故

授洪子輿起居舍人制　蘇頲

勑通直郎著作佐郎洪子輿雅淡不群清貞自遠學探微旨詞造幽典立心有恒常慕直臣之節書法無隱可稱良史之才俾列軒墀亦光鉛槧可守起居舍人散官如故

授崔銑起居舍人制　前人

勑朝請郎前試守（一作通事舍人）崔銑識遠心明懷才蘊藝缺碑盡記亡篋不遺實朝序之英髦爲士林之俊拔趨侍西掖洽聞東觀期書法以無隱俾舉能而有聲可守起居舍人散官如故

授陳九言等起居舍人　孫逖

勑朝議郎守太子舍人攝殿中侍御史朔方節度判官陳九言朝議郎行太常博士兼史館脩撰劉貺等清才雅望敏學工文是周行之俊人有致遠之良具史臣之選公議所（一作攸）歸宜並拜於軒墀俾分官於左右九言可行起居舍人散官如故貺可行起居郎餘如故

授孔述睿起居舍人制　常袞

勑宣議郎試太常博士東都河南江淮南等道轉運使判官孔述睿左右史正用第一流其選殆精於尚書郎也今東觀諸儒皆約注記而脩簡冊事之當否多取正焉以某（集作爾）聖人之裔歷代儒首博通古訓述作可傳出入起居

期於秉直可守起居舍人散官如故

左右補闕

授許景先左補闕等制　蘇頲

勑奉議郎行楊州大都督府兵曹參軍事許景先詞含風雅有公直（一作正）之量宣議郎前國子監四門直講馬利學揔典墳稟亨嘉之德士推令問人假清規致之掖垣用廣賢路景先可行左補闕利徵可岐州扶風縣丞員外置同正員仍直紫微省散官各如故

授楊齊宣左補闕制　孫逖

勑朝議郎前行右拾遺內供奉楊齊宣耿介不群精明有識傳清白之素業著詞華之令名遠禮云終外除將久宜

承寵命更列近臣可左補闕餘如故

授薛廙適左補闕制　常衮

勑朝請郎前行萬年縣丞薛廙適兄弟致美士林推重詞清行潔政以幹稱在煩劇而有餘守貞方而不易文章侍從朝夕論思忝我諍臣以箴朝闕可行左補闕散官如故

授辛丘度工部員外郎李石可左補闕李仍叔可右補闕等制　白居易

勑朝散大夫右補闕內供奉飛騎尉辛丘度等朕詔丞相求方畧忠讜之士置於左右而播等以石可暨仍叔應自塞詔書言其爲人厚實謇直常（集作諤）以文行謀畫從容於幕府之間臨事敢言當官能守可使束帶同升諸朝又言

立度介潔靜專不交勢利宜加推（一作擢）獎以勸其徒況又（集無又字）久次者轉遷後來者登進皆適所用平章可之可依前件

授盧文（集作士）玫起居郎劉從周補闕等制（下同）　前人

勑君有舉左史得書之政有闕諫官得補之二職者歷朝之清選也前侍御史盧文玫嘗在西川時爲從事亂危潛伏能潔其身前監察御史劉從周頃佐宣城奉公守正（集作玫）端士之操終然不渝時所稱論並宜甄獎況學術詞藻見推於衆並命清貫僉以爲宜記事盡規各佇能効文玫可起居郎從周可右補闕

授前合州刺史顏䓊禮部郎中殿中侍御史李德璘右補闕監察御史鄭渥右補闕等制　錢珝

勑具官顏䓊等昔太師魯公拘在寇迮渠魁有危（一作脅）迫之問對以諸侯朝覲之禮奮發直言不屈端凝守正而殁理命之戒家廟爲先賢哉鉅人可謂忠而知禮矣今䓊行高學茂洪緒有承因太師之所爲遂以禮曹郎命爾用昭遺德且勉令脩德璘合矩中規擢髦彥之稱渥端居慎守積監視之勞擢爲諫臣實就近列使吾聞過繄爾當官無或面從以墜其職可依前件

左右拾遺

授梁升卿等拾遺制　蘇頲

勑宣德郎行岐州雍縣尉梁升卿等或敷暢學旨或該通詞藝爰廣獻書之路用開納諫之門不獨美於雕龍頗思齊於市駿咸宜採擇以申甄獎可依前件

授常袞左拾遺制　賈至

勑劍門縣令常袞雅有文詞仍兼政術諫官近密必擇正人忠讜之言期於無隱可左拾遺

授趙關右拾遺制　常衮

諸獻再試文學考入第三等應士趙關或懿文清拔四科之美或純孝彰著百行之先或以言精梗槩

屬覩風省俗頓網求才幽滯靡遺精麤咸紀俾昇榮於中外庶有光於獎擢可右拾遺

授郎士元等拾遺制　前人

勑前渭南縣尉郎士元等有君子之行有詩人之風頃尉於畿亦克用乂匪躬之故無以易焉進思直言入告於內勿使流議塵於上聞懋乃所職其無遺政可依前件

授盧告左拾遺等制　杜牧

勑承奉郎行京兆府長安縣尉直史館盧告等朕觀不理之代無他道也取唯諾之士爲耳目之官是以太宗皇帝之理天下也德爲聖人尊爲皇帝三日不諫必責侍臣況予寡昧固多遺闕不官才彥安能知之告是吾賢鄉老之令子弟也以甲科成名以家行著稱取自史閣授居諫垣夫朕之不德吏之不平政之失中人之不寧四者之闕悉

陳其志此乃漢文帝開諫諍之詔也忠告不倦爾當奉職自用則小子不悋過勉思有犯無事遜言景宣與揚皆有才幹糾繩大府贊佐兵郡各宜勉力以讐知己可依前件

授前起居舍人常序禮部員外郎前櫟陽縣尉常溪左拾遺　錢珝

勑具官常序等近朝賢相名卿以貞重簡潔爲大其門者序則承之故華選陟居昭其嗣也爾復稟粹揚清不涔不屈播在公論使我思聞其或風法名家鉅宗稍替溪則繇身而進志欲與爲一羅等疑譲久爲驥滯仍嘉好學俾列近班夫戕奏所司典章誠重而昭嗣之選大不在辭廷諍之臣惟直是舉欲與之志官以道彰華選近班各詳茲訓可依前件

授前起居舍人崔居巖庫部員外郎前好畤縣尉充集賢脩撰獨孤霖守左拾遺等制　前人

勑具官崔居巖等郎署之選僚諫臣之選重必用門子以清朝倫居巖恧而自求以守名卿之嗣進學而不倦能從長者之言聞其退居皆已甚久苟無甄擢何爲搜揚可依前件

授監察御史李漸左補闕前著作佐郎張道右拾遺制　前人

勑具官李漸等朕常推感寤之意闕艱難之途實務塞違用昭致理爾等或奕代之盛風聲有傳強以自晶守若不

隊或從學之道外直（一無此字）固在中慎無　揣我之情然後舉職從諫則聖吾詎無心於此哉可依前件

授長安縣尉直弘文館楊贊禹左拾遺鄠縣鄭谷右拾遺制　薛廷珪

勑具官楊贊禹等以贊禹挺生公族雅有令名檢身如履其春冰操心不愧於屋漏而言行無玷文章可觀連中殊科首冠群彥捨而不顧去奉良知三年於茲潛濬一致自待之意何其遠歟以穀二雅馳聲甲科得雋亦承遺構自致亨衢求諸華流兼慎行止朕方求理道允屬滯淹聞爾贊禹之規爲可以厚風俗而敦教化聞爾穀之詩什往往在人口而伸王澤舉賢勸善允得厥中並命諫垣我爲公

選汝於職業勉自激揚可依前件

通事舍人

授楊洮通事舍人制　李嶠

勅朝散大夫行通事舍人員外置同正員楊洮肅承簪笏頗著聲芳趨奉軒墀兼効勤恪宜加恩命俾從優奬可檢校通事舍人散官如故

授常元珪通事舍人制　蘇頲

門下朝散大夫行太子典膳監常元珪占對閑詳風規韶茂鵷庖分職已命胥梁之緒鸞墀敷奏佇揚賓客之言可行通事舍人散官如故主者施行

授常振通事舍人制　前人

門下朝散郎前守通事舍人員外置同正員常振良玉蘊價明珠耀彩宜擢才於金穴俾趨侍於瑤墀可朝散大夫行通事舍人散官如故主者施行

授盧惟總目有雅字等通事舍人制　孫逖

勅前行潤州丹徒縣主簿盧惟等士族見推人才亦著威儀有則詞令可觀明試以言既閑於敷納爲官而擇宜在於軒墀並可通事舍人餘如故

授張伯餘等通事舍人制　賈至

勅太子左右一作贊善大夫張伯餘博雅温良能詳故事左金吾衛兵曹參軍張總淑慎徽美可立於朝休有令聞忠而周敏出納朕命僉曰爾諧伯餘可兼試太子僕總可守

通事舍人

文苑英華卷第三百八十三

文苑英華卷第三百八十四

翰苑

翰林學士

授學士杜元穎加侍郎制　元稹

勑朝散大夫守中書舍人充翰林學士護軍賜紫金魚袋杜元穎昔我憲宗章武皇帝重烈威明兵定八極大索俊乂以徵謨（集作謀）猷其在禁林尤集賢彥越正月夕庚子將棄倦勤付朕眇末乃詔元穎佐予冲人以道揚丕訓爾亦祗奉顧命咨援（集作授）舊章輔翼哀憂俾克依據是夜而六官承式厥明而百吏授遺草定法儀茲實賴汝官不稱事予懷歉然而又詞源奧深機用周敏申（集作授）之以疊委之

詔而益辨（漢書與辨同）扣之以疑似之間而益明慎獨以脩身推誠以事朕職勞可舉德懋宜升不俟踰時寧拘滿歲綸誥清秩版圖劇曹例無兼榮特示甄寵予以國士遇（集作待）汝汝以忠臣報予効而（集作乃）肺肝司朕耳目可守尚書戶部侍郎知制誥依前充翰林學士散官勳賜如故

授學士沈傳師加舍人制　前人

勑書云臣作朕股肱耳目言天下不可一人理也今國家崇建執事以任股肱妙選侍臣實司耳目股肱良則心膂正耳目審則視聽明苟非端人何以近我而朝議郎守尚書兵部郎中知制誥充翰林學士上護軍賜紫金魚袋沈傳師潔靜精微風流儒雅名因道勝信在言前謙而愈光卑以自牧專對無不達群居若不知而又煥有文章發為詞誥使吾禁省中無漏露之患而朕語言與三代同風勤亦至矣事我滿歲命汝即真悉竭乃誠以輔台德可守中書舍人依前翰林學士散官勳賜如故

授元稹中書舍人翰林學士制　白居易

勑仲尼曰志有之言以足志文以足言言之無文行而不遠故吾精求雄文達識之士掌密命立內廷其難其人爾中吾選朝散大夫守尚書祠部郎中知制誥上柱國賜緋魚袋元稹去年夏拔自祠曹員外試知制誥而能芟（一作削）繁詞剗艷（集作弊）句使吾文章言語與三代同風引之而成綸綍垂之而為典訓凡秉筆者莫敢與汝爭能是用命汝

（集作爾）為中書舍人以司詔令（一作司誥）嘗因暇日前席與語語及時政甚開朕心是用命汝（集作爾）為翰林學士以備訪問仍以章綬寵（一作貴）榮其身一日之中三加新命爾宜率（一作守）素履思未圖敬終如初足以報我可守中書舍人充翰林學士仍賜紫金魚袋散官如故

授蕭俛起居舍人充職制　前人

勑左補闕翰林學士蕭俛頃居諫列職同其憂夙夜孜孜拾遺左右朕嘉乃志選在內庭自參密近益見忠讜終始不替尤足多之記事之官一時清選俾膺是命以弘勸獎可守起居舍人依前件

授學士王源中戶部侍郎制　李虞仲

勑竭誠於補察必罄訏謨鋪文於誥命以先鴻業非明識
憂經於體遠麗藻已著於知微則何以副我虛求允於任
使翰林學士中散大夫中書舍人上柱國賜紫金魚袋王
源中天籟無噐大球不磨範圍可以程縉紳刀尺可以制
度量自接於郎署宜諸中禁嘗因進見敷奏以言揖黃憲
而褊宄疑不生覩汲黯而風神自整今時方無事政在和
平外付股肱內倚心腹必冀協恭以奉上嘗道而同方俾
下無間言上無偏聽萬物攸繫朕將賴之勉勤夙夜之規
以副簡求之望可尚書戶部侍郎知制誥依前充翰林學
士散官勳賜如故

授學士李讓夷職方員外郎充職制　前人

勑夫言語侍從之臣非賢不命久而加獎則彝典也翰林
學士朝議郎行左補闕賜緋魚袋李讓夷器以琢成材爲
衆出蘊積邁時之志發明扶道之心學務研精文推軼拔
早飛聲於戎幕遂躐位於諫垣忠言屢聞密命斯委果揚
溫雅之清宜獲持謙一作訏謨之効亦既久次宜所轉遷受遐
寵於握蘭用酬勞於視草勉弘前懿以服寵榮可行尚書
職方員外郎依前充翰林學士散官賜如故

授學士王源中等中書舍人制　前人

勑朝庭之制外有綸閣之職以奉大猷中有翰苑之司以
專察疑作客命帝王懿範備舉而行森然在前其道一貫朝
散大夫守尚書戶部郎中充翰林學士上柱國賜紫金魚
袋王源中能斷大事美秀而文服君子之儒乘賢人之業
朝議郎行尚書禮部員外郎充翰林學士上柱國賜紫金
魚袋宋申錫和順積中英華發外懷致君之志布經國之
文二者皆國器也先皇帝能用之顧予冲人敢不加敬申
命執事崇其寵章藉右掖之芳名參內庭之重任思爲盡
節朝典宜之源中可權知中書舍人依前翰林學士散官
勳賜如故申錫可守尚書戶部侍郎知制誥充翰林學士
散官勳賜如故

授學士路隋等中書舍人制　前人

勑夫秩高綸閣職贊書命禁署之內用才尤難蓋以討論
而功垂無窮潤色而言流有截非嘉績早一作日著雄文夙

翔則何以茂於轉遷副此僉屬朝議郎守諫議大夫充翰
林學士上輕車都尉賜紫金魚袋路隋澄澄天倪落落風
韻氣含古道行爲人師朝議郎行尚書庫部員外郎充翰
林學士上柱國賜紫金魚袋韋表微符彩外朗誠明中虛
言皆本人疑動必循矩而皆揚歷榮序輝華一作耀朝倫以
高行清議發於身以精理敏識稱於職而澄群疑之聽昭
宣素風況選自先朝擢居內職或依經而諫諍爲志或視
草而周密居心言念前勞是嘉成績洎予嗣位思親賢人
覩形容而鄙恡自祛察言行而公忠益見奧詞達學儒望
清規式叶予求宜從朝獎中書理本內禁化源並承訓誥
之榮往勵將明之道我方舉爾善爾宜懋厥官隋可守中

書舍人依前翰林學士散官勳賜如故表徵可守本官知
制誥依前翰林學士散官勳賜如故

授蕭寘充翰林學士制　崔瑆

勑揮翰金門諒屬詞華之妙論思玉署尤資周愼之才選
署惟精寀授斯重朝議郎行尚書兵部　蕭寘內蘊
沉識外揚清和群居不流雅尚歸厚文摛錦繡學富緗
緗命中於射宮遂從知於壺奧靜無遺心動有餘裕用雖
繫於通塞道自保於歲寒藹然休聲布在公議是宜擢居
密地掌我命書勵夙夜之講求備朝夕之視聽副茲寵榮
佇有弘益可守本官充翰林學士

授曹確充翰林學士制　沈詢

勑職奉命書選歸於鴻藻名參侍從任切於端人由是美
而方陞一作階非一善而能進我今愼擇得自僉言起居郎
曹確秀發人倫行脩儒閫保此全器彰乎令名負賈生之
才識竊夫子之墻仞禮樂盡在襟情甚夷貞而能和用則
善晦遐志陵厲早超脫於池中茂業宏深動聲華於日下
爰自使府列於王庭踐霜臺而職舉方書立文陛而事光
載筆持以風表居然羽儀稽其行能雅副銓擢是用寵爾
良史爲予近臣俾從瑣闥之榮更侍玉堂之奥皇猷思暢
用宣秘密之文清秩不移尚受無私之旨秉心勿替於直
道視草勉高乎訓詞無忘懋圖佇答休命可守本官充翰
林學士

授庾道蔚守起居舍人李文儒守禮部員外郎並
充翰林學士制　杜牧

勑天下爲公選賢與能也況乎拔出流輩超侍帷幄豈惟
獨以文學止於代言亦乃密參機要得執所見若非賢彥
豈膺選擢將士郎守起居舍人庾道蔚善行必備重價無
對嘗自使府升爲諫臣每直言而盡誠不遺忠而偶意朝
議郎行尚書禮部員外郎上柱國賜緋魚袋李文儒才行
冠時名聲譁衆揚歷臺閣宣昭職業無入而不得其道守
正而莫混其源並爲儒者之英咸蘊賢人之操久遊安在
相見何晩一作何相見晩禮曰君子稱人之美則必爵之我既言
矣亦能縶維宜盡忠讜以酬寵遇並可守本官充翰林學
士餘各如故

授裴諗司封郎中依前充職制　崔嘏

勑臺郎望美詞苑地高㮣列宿之輝華叅起草之宥密自
非風儀玉立器宇川渟摛掞天之雄文蘊擲地之清韻則
不足以膺我妙選爲時美談翰林學士考功員外郎裴諗
襲慶於門騰芳載席端莊抱吉士之操謹默得賢一作玄人
之風灼若春華皎如瑞索自擢居文囿叅侍琁墀進對益
見其周詳詞旨不離於雅厚是宜仍金鑾之舊職榮粉署
之新恩保乃休光更流芬馥可依前件

授蕭鄴翰林學士制　前人

勑監察御史蕭鄴吾內有宰輔重德作爲股肱外有侯伯

虎臣（一作眾才）用寄藩翰至於參我密命立於內庭耶必取其器識弘深文翰遒麗動能持正靜必居中揞溫樹而不言付虛襟而無隱此所以選翰林學士之意也前此數者鄰皆有之是用授於群倫寘在親近勉爾端行副吾精求可依前件

授宇文臨翰林學士制二首　前人

勑吾方以文化天下期於太和故左右侍從之臣詞林肴密之地必求其性識弘茂文藻遒麗以備顧問以參周旋聞爾清直無徒雅厚自處富有天爵蔚爲詞人是用輟自儀曹置於翰苑惟端靜可以承渥澤惟敬慎可以期遠圖資爾令猷副我殊選可守本官充翰林學士

二

勑禮部郎中宇文臨吾外有輔臣以敦（一作匡）大化中有股肱（一作腹心）以摠（一作專）樞機而發揮絲綸參侍顧問司我耳目廣予腹心惟是東求擢居近密以爾詞賦清才珪璋雅韻抱孤貞以適性疎端介以操持處衆流之中不爲自異居慎獨之際克念無私由是選自文昌昇於翰苑爾宜一心以奉職勤百慮以省躬勿怠疏遠副吾恩顧可守本官充翰林學士

授沈詢翰林學士制　前人

勑右拾遺集賢殿直學士沈詢參宥密之命處侍從之地居可以備選用於他年動可以承顧問於此日不獨取文翰遒麗之才亦必求孤貞雅厚之士惟乃祖在建中初以懿文奥學司我元良（一作長直）乃父當元和中以清規茂行典我文誥能流積善之風鍾爾挺生之秀是用思彼前德擢於後來置在禁闈光我詞苑爾宜勤其身以勞夙夜弘其用以新志業無俾枚皋嚴助之流獨承榮於漢帝況職當視草官列諫垣宜思及霤之忠更潤演綸之美可守本官充翰林學士

授司勳（總目作對）郎中兼侍御史知雜事賜緋魚韓偓本官充翰林學士制　錢珝

勑執事近臣上無不可敬時（一作持）文墨而分禁職者又加等焉蓋咨訪之勤密期弘益訓詞之暇必進語言思引君

當道之心乃多士以寧之本則授禁職之選被加等之私安可徒任筆端然後爲得具官韓偓動人之行率性自強慎獨不渝考祥甚遠資以講學見於文章惟是求已之多播於群譽矣朕紹嗣丕業擢升諫曹繼陳言辭罔不（一作懼）摩切雖公賞魯光於赤紙而直誠尚記於皂囊愈聞勵脩宜列左右故命爾之誥以詩人孟子之說爲端者茲不有賴於侍從乎可依前件

授右司郎中張玄晏翰林學士制　前人

勑文也者性之表也積中爲性發外爲文冠乎妙用之先繫彼化成之大而文之雅與本具典謨所以教誥萬方昭明百度代我而作求之必公具官張玄晏嘗聞薦紳論者

多以爾儒行踐脩出言之章能積於是聚問之學（一作聚學之樂）斯不爲人乃知發外之文實自積中之性吾越在闗輔不違燕居大盜未屠恭人且墜謂引過則責躬必至謂伐叛則用武方勞爾其擴體會機剪煩揔要而復念害成於垂誠安假寵以自圖勿使詞臣不當朝選可依前件

授中書舍人崔凝右補闕沈文（總目作仁）偉並守本官充翰林學士制　劉崇望

勑具官崔凝等凡帝王有應制侍從之人蓋思其朝夕匡益也下詔先視質疑如流玆所以潤色出言交脩發號大漢氏設玉堂內署開金馬外門得人甚多斯道大振頗是朕未敢忘師虞職思其流以備左右俄聞家遺清風人懷

恭德能濟其美者伊凝有之三代絲綸一門冠蓋不墜其業者伊文偉有之而皆以墨妙詞芬策名試第謙無矜物敏以適時周旋鳴玉之儀頡頏攀雲之路訪於執事亦進厥良眞我雍容之列所宜者也敬承密命允叶同時可依前件

授翰林學士承旨戶部侍郎崔汪尚書右丞學士中書舍人崔湑李磎並戶部侍郎知制誥充學士制　薛廷珪

勑朕以萬乘之尊託于人上居九重之奧以御區中財成天地之宜外委于良輔夙夜宥密之命內咨于近臣佇沃乃心底亍于理具官崔汪山嶽鎮地望之而秀絕無涯金石在懸扣之而宮商有序門地軒冕甲於當時具官崔湑公台華冑名教偉人稟象緯之英姿得乾坤之秀氣器業事望鎮於周行具官李磎學際天人道隆姬孔參言語侍從之列擅淵雲賈馬之才履正居中格于公論而皆體訓誥以事我拱宵極而致身吾得名臣汝遭昌運君臣胥遇千載一時或秩滿佇遷或職勞可舉往膺並命允屬當仁綱轄貳卿清重無對玉堂溫樹近密熟諳遂爾扶搖副我欽屬可依前件

授起居郎李昌遠監察陸扆並守本官充翰林學士制　前人

勑近侍宸嚴參于密命韜經濟彌綸之望爲言語侍從之

臣迺眷周行朕將注意詢于卿士僉曰汝諧爰膺並命之求允屬當仁之選起居郎李昌遠魁梧傳厚寬裕溫良蘊是粹和發爲符采監察陸扆珪璋縝密咸護琤挺藹然休聲礪乃佳器士林擢秀聞爾則百尺無枝筆陣文鋒聞爾則一戰而霸皆伸於知己副我旁求濬柱下之清源無忘啓沃紹雲間之華譽勿皷喧囂慎繼前脩閑言溫樹吾有美實期爾爲鹽梅吾有巨川佇爾爲舟檝勉思稱職無忝飛升可守本官充翰林學士

文苑英華卷第三百八十四

文苑英華卷第三百八十五　中書制誥六

南省一

左右僕射

授蕭重休（一作惠休下同）左僕射詔　沈約

門下尚書萬事之本隆替是寄總司頓闕宜速有人征虜將軍吳興太守建安縣開國子蕭重休才學（一作具）淹通識裁詳允內著嘉肅外敷美政入副朝端僉議斯在可守尚書左僕射餘如故主者施行（南史蕭惠休爲僕射重休恐誤）

授王亮左僕射詔　前人

門下朝端任重刑政（一作禮）斯出自非民望特宗莫諧茲舉通直散騎常侍吏部尚書領太子左衛率王亮器識夷遠

風鑒清舉贊務鑾朝庶績惟允宜崇名器以副具瞻可尚書左僕射主者速施行

授劉幽求左僕射制　蘇頲

門下尚書佐理四方取則端揆成務百工是師非允具瞻孰康庶績封州流人劉幽求風雲玄感川岳粹靈學綜九流文窮三變義以臨事精能貫日忠以成謀用若投水茂勳立艱難之際嘉話盈啓沃之初有讜直以不回（舊唐書作頗又作讜）爲姦邪之所忌釁萌頗露譖端潛（後篇作竊）發元宰見逐讒人孔多旣誅（唐書作殄）羣兇方宣大化期問政於經始載登賢於夢卜可依舊金紫光祿大夫守尚書左僕射知軍國大（唐書無大字）事監脩國史上柱國徐公仍依舊還實封七百户

并賜錦衣一襲主者施行

此篇四百四十八卷重出今已削去

授李林甫右僕射制　孫逖

門下端揆之職官之師長宰輔之位朕之股肱有能兼領必在時傑光祿大夫吏部尚書兼集賢殿學士上柱國李林甫國之懿屬（一作文）有濟時之明畧自委三事于茲九年大猷是經庶績惟叙使夫人登福壽俗致和平垂拱而化以臻于道蓋天之贊我亦時乃之休况矜慎有恒終始如一外無滿盈之色內秉謙卑之誠歲寒彌堅夕惕彌厲襃德之義又何與之宜兼三綬之榮俾在百僚之首可尚書左僕射兼右相吏部尚書餘如故

授李忠臣右僕射制　常衮

勑文昌所以法成象端右所以長庶寮秦漢則內掌武事魏晉或外綏戎政今之垣翰重任勤勞有功歷踐六卿始終一德必訪羣議然後當盛選淮西節度觀察處置等使開府儀同三司檢校工部尚書兼安州蔡州刺史御史大夫上柱國西平郡王李忠臣忠厚純茂信而可親寬肅靜深通而必正備五才之用有百勝之全往者寇孽亂常關洛多故爰奮其旅以先啓行大城名都所麾必克元兇巨猾傳首相望定齊休士有建威之得雋破趙會食亦淮陰之用奇漢東汝南專制千里總三軍之號令兼八使之澄清約已撫人守（集作首）公遵職訓師以禮戢寧於戎閫右賦

從薄繼入於王府四封不聳一紀于茲况忠衛之勳邦家是賴陝郊巡幸憂國存誠能釋位以勤王亦見危而致命疾風逾勁何日忘之申伯于藩自當褒勸韓侯入覲宜有寵光式是南宮俾崇禮秩可檢校尚書右僕射知省事餘並如故

授崔圓左僕射制　前人

門下左右丞相師長庶官無人則缺詔德而授以其父次是有轉遷特進檢校尚書左僕射知省事兼楊州大都督長史御史大夫充淮南節度觀察處置等使上柱國崔圓山東偉才忠厚成性文高大雅學富全經直道而行匪躬之故謀叅經始節貫嚴凝嘗決議於廟堂早書勳於王府

外綏戎政久鎮名都苦心恤人精力勤職圖艱思易適要除煩敦風化而少長有禮齊法令而軍戎知禁正身不渝奉上彌恪有大賂南金之貢有浮泗達河之漕事多弘濟人不疲勞淮海晏然朕實毗倚寵章所以褒善大任所以寄賢俾升禮秩無替成命可檢尚書左僕射餘並如故主者施行

授令狐彰右僕射制　前人

勑中臺萬事之會端右庶僚之式所以總詳叅貳恢演協宣勳德兼崇則殊在師長之重勤勞於外則不親損益之煩允命此官必書於冊極茲朝選用屬時賢滑亳等州節度使開府儀同三司檢校工部尚書持節滑州諸軍事兼滑州刺史御史大夫上柱國霍國公令狐彰腹心純臣忠允明亮有張仲孝友之行有吉甫文武之才秉其直方資以簡厚早擅韜畧尤工墨妙艱危致命出入勤王中興之勳羣帥難尚雖驃騎之北至高闕淮陰之東下井陘積事度長抗衡（集作行）異代自受任千里疆于兩河靖安軍戎肇正封域弘布風敎宣明憲章優禮意於文吏洽仁化於甿俗息馬論道讓其保塞之勞愛人省刑守我中朝之典載脩職貢以奉京師頃者復彼河流省其役費除歷年之所病匪踰月而成功開濟良謀東藩是賴不忘利國益見深衷予嘉乃休朝有明勸念齊侯之勞賜同申伯之封賞厚其禮秩允答奉公可檢校尚書右僕射餘並如故

授田神功右僕射制　前人

門下萬事之本歸於司會百僚之師屬我端右所以綜詳名實叅貳紀綱詔德選勞於是乎在開府儀同三司檢校兵部尚書使持節汴州諸軍事兼汴州刺史御史大夫充汴宋等州節度使上柱國信都郡王田神功忠敬孝友寬厚深（集作沉）毅經之以詩書緯之以韜畧言能顧行勇必體仁信義不愆於風雨知謀自叶於蓍蔡早膺戎寄式是師貞有決勝合變之奇有明賞必罰之當精貫白日氣陵高秋駁（集作友）盧龍之軍萬夫觀政（集作萬里橫海）討淮夷之叛一戰平吳統制濟河懋昭聲績往以犬戎內與華夏多虞入勤服勞扈遊能力忠衛社稷勳書甲令建牙移鎮在浚之郊

守龜蒙鳬繹之險當曹宋齊魯之會牧人馭衆憂國奉公宣文教以佈朝章訓武經以明軍法修職貢之禮率先閫外通轉輸之利益贍關中驅率不從田萊加闢風俗丕一河南晏然夫以勲業之崇而等威未峻報功優異（集作賢）豈名僉觽固宜副文昌之長總周官之任仍兼連率益重方隅可檢校尚書右僕射兼充本道觀察處置使餘並如故主者施行

授韓皐左僕射制　元稹

勑夫一邑之政而猶資老者之智用壯者之決況朝廷之大得不以耆年重望居表正之地儀刑於（集作以儀刑）百辟乎惟爾金紫光祿大夫檢校尚書右僕射兼吏部尚書韓皐

始以直言事代宗皇帝司諫諍復以文章政術事德宗皇帝爲舍人中丞京兆尹在順宗憲宗時出領藩方入備卿長逮予小子歷事五君勤亦至矣而又處權近之際未嘗以恩幸自羅於一時當趨嚮之間終不以薄厚見窺於衆目豈所謂徐公之行已有常而詩人之風雨不改耶日者銓覈羣才兼勞揆務頗煩倫擬有異優崇罷去職勞正名端右（集作揆）俾絕積薪之歎且明尚齒之心凡百庶寮無忘啓稟可尚書左僕射餘並如故

左右丞

授劉知柔尚書右丞制　蘇頲

門下天臺晉轄爰止紀綱人望僉宜方膺授受銀青光祿大夫行尚書戶部侍郎上柱國彭城縣開國伯劉知柔時行推美舊德歸高明暢襟情（一作懷）閑華風表蹈典墳之芳潤總詞賦之筆簧慮常寄於在公迹自勤於爲政萬人登數已聞書版之精六官揆才更俟彈珠之妙可行尚書右丞散官勲如故主者施行

授源乾曜等尚書右丞等制　前人

黄門一轄之重百官取則苟非其人何以成務正議大夫行尚書戶部侍郎上柱國安陽縣開國男兼御史中丞源乾曜清深密靜有彌綸之識正議大夫行紫微舍人上柱國倪若水剛正明斷有精覈之才並果行育德以文飾吏事閑達舊章發揮大體南臺執簡動中規模西掖揮毫舉

成倫要必能主其禁令肅此綱維宜膺郁詵之寵更叶楊喬之拜乾曜可尚書左丞勲封如故若水可尚書右丞散官勲如故主者施行

授陸景融尚書右丞等制　孫逖

門下紀綱中省贊貳六卿稱職惟難任賢斯在滎陽郡太守陸景融等夙昭時望見重人倫修德行爲本源用文章（一作詞）爲潤飾清心雅道獨運虛舟敏識英才高標利器著名滋久更事亦多天臺缺官廷議僉屬宜膺求舊之舉俾叶佐諧之命可依前件

授張紹貞尚書右丞制　前人

門下朝議大夫守益州大都督府長史持節劒南節度

支營田副大使知節度事兼採訪處置使攝御史中丞上柱國張紹貞中積溫惠外彤嚴肅通才應物妙理爲心亟踐方州咸推課最爰施密命且寄專征而紀綱一臺彌綸百事鈌官斯久選衆尤難宜輟南轅用昇右轄可尚書右丞散官勳如故

授宋昷尚書右丞等制　前人

門下紀綱一臺爰資右轄彌綸五教必擇亞卿通議大夫尚書刑部侍郎借紫金魚袋宋昷雅操貞規爲律人之器朝議大夫中守尚書工部侍郎上輕車都尉郭虛己通才敏識有成務之能並文行相資公忠自達履周行而有裕在歷官而必聞柯葉不移芳馨可久宜允副於朝選俾遄

遷於省闥鼎可守尚書右丞虛己可尚書戶部侍郎散官各如故

授崔翹尚書右丞制　前人

門下司會之府尤重於紀綱舉能而官必慎於名器太中大夫守河南（一作東）郡太守本道採訪處置使上柱國崔翹文儒纘業忠爲徇公之節歷官滋久更事亦多南省缺員中朝選舊宜取才於攬轡更馳名於握管可守尚書右丞散官如故

授徐浩尚書左丞制　賈至

勑中書舍人徐浩精潔惠和敏而好學有凌雲之詞賦兼臨池之翰墨祗勤直道厥德允修右掖司言已光綸綍南宮掌轄仍佇紀綱可兼尚書左丞

授崔倫尚書左丞制　常袞

門下蘇武張騫使匈奴十餘歲不失節而歸漢武不過典屬國騫拜中大夫而已朕每以勞大賞薄而流歎也頃以昆夷之俗繼好勤誠不忘綏懷諭我文告乃命太中大夫前守太子右庶子兼御史中丞上護軍賜紫金魚袋崔倫宣明威惠撫柔西海言忠事直舉無二信臨大節而不奪匪謀身而苟免終能復命亦旣序成使乎四方可謂專達況躬服謨訓暢於詞律在天寶中已踐郎位選部草議至今稱之顧其階歷當處要重之地加之以（集作盡）悴服勤所宜超進總典綱紀歸於臺轄以倫才理精密練達朝章俾

參柄用佇明政本仍加榮級以勸勞臣可銀青光祿大夫行尚書左丞勳如故

授張重光尚書左丞制　前人

門下國朝多以六卿之貳出領三輔入必稍遷或復舊職不然則以左右轄處之中外迭居從其班列銀青光祿大夫前華州刺史兼御史大夫充鎮國軍及潼關防禦等使上柱國清河縣開國侯張重光明道若昧大方無隅循（一作脩）禮以節事體信以達順周有擇行在於厥躬其學旣精其德亦厚可以質正大議和恒雅俗服在通列鬱其休聲周歷五曹之副建明萬事之本剖符關輔參化京師亦旣政成且聞河閏紀綱臺務圖任舊人職無不綜佇有條理

可行尚書左丞散官勳封如故主者施行

授席豫尚書右丞等制　徐安貞

門下朝散大夫使持節鄭州諸軍事守鄭州刺史上柱國席豫等早升清近備經推擇或政成大郡或績佇中朝可以秉於樞轄正之僕御副於內府亞以尹京各恭迺職允茲休命可依前件

授庾承宣尚書右丞制　白居易

勑朝議大夫守尚書刑部侍郎驍騎尉庾承宣昔我太宗文皇帝嘗謂尚書丞百職綱維事一失中則天下有受其弊者因命戴冑魏徵及杜正倫劉洎葦繼領是職分居左右職（集作官）修事理人到于今稱之故吾前命崔從持左綱

今命承宣操右轄衆口籍籍頗稱（集作爲）得人況承宣端諒勤敏周知典故必能為我紐有條之綱捉妄動之輪坐曹得出入郎官立朝得奏彈御史決會政要扶樹理本無俾戴魏劉杜專美於貞觀中可守尚書右丞散官勳如故

授孔戣尚書左丞制　前人

勑漢詔丞相歲貢（集作舉）質直忠厚遜讓者蓋所以急賢儁扶政教厚風俗也然則退藏疎賤之士苟有一善尚搜而揚之況任久位崇才全望重而不致於急官要職者將何（集作安可）以紀綱庶政而羽儀朝廷焉正議大夫守右散騎常侍上柱國賜紫金魚袋孔戣自十年來歷中臺左曹國庠卿寺泊藩守近侍之職各於其任皆有可稱矧又貞白端莊澹然自立進無矜蒲之色居無墮替之容求之周行不可多得若戣者宜當扶政教厚風俗之選也尚書丞掌決百事樞轄六曹晉魏以還右減（集作畢）於左惟有立者可以糾吏惟無瑕者可以律人無以易戣往恭乃（一作爾）位可尚書左丞散官勳賜並如故

授周敬復尚書右丞制　楊紹復

勑百事根本在文昌官綱轄不修則庶政墮矣是以選擢之際常難其人不有精才孰膺茲選（一作任）江南西道都團練使觀察處置等使檢校右散騎常侍周敬復以精遂之詞早登科籍以深奧之學遂列顯名振風績於南宮奮華輝於翰苑聲歎（一作由）實著名以事高厥德允修在公不倦

俾贊丞於都座庶警策於周行振舉朝倫有望於爾可尚書右丞

授崔蠡尚書左丞制　崔瑕

勑提六聯之紀綱總一臺之樞要自非才識兼茂風標峻整則何以統攝羣吏肅清衆官前天平軍節度使崔蠡軒裳積慶文學藻身黃鍾涵待扣之音青萍蓄善割之利早分列宿獨膺題柱之榮入踐禁闈共許演綸之美累居重任亟換名藩貢籍銓衡必登於藻鑑觀風馭衆益顯其長才廉車扇愷悌之仁將廗蘊韜鈐之略情惟戀闕志在推賢詞必由衷事多餘美顧我任才之意當爾受代之辰言念前勞載加新命爾其瑩秦臺以分美惡操漢律以檢尤

達必俟端標用分曲〻彰可依前件

文苑英華卷第三百八十五

文苑英華卷第三百八十六　中書制誥七

南省二

吏部尚書

授裴遵慶吏部尚書制　常袞

門下尚書萬事之本選部五曹之右以掌邦典以掄官材漢魏以來多用宿儒髙德蓋重其任也金紫光禄大夫守太子少傅集賢待制上柱國河東郡開國公裴遵慶周慎(集作慎)禮節敬讓素君(集作周慎敬讓道素自君)博學而識前言懿文而敦(集作如)大體迺者臣弼王室克和庶政訓導儲宮用弘三善日新之美歲晚彌彰自陶敏於元和不嬰拂於俗務名臣令望清議攸歸處以銓衡用澄流品抑華取實無俾滯才可吏部尚書散官勳封如故主者施行

授劉晏吏部尚書制　前人

門下獻善宣美職在納言録賢任能必歸冢宰若萬事之本舉得其要一時之才選當其實則致理之體昭然可見光簡求碩德俾之典崇金紫光禄大夫檢校戶部尚書兼御史大夫東都河南江淮山東等道轉運常平鑄錢鹽鐵等使上柱國彭城郡開國公劉晏時傑國楨高才博學超詣精理澹然素懷禮法之綱紀人倫之模表甞處台弼以弘訓範載其清靜濟我艱難自勞于外又竭心力苟利於國不憚其煩領錢穀轉輸之重資國家經費之本務其省約加以躬親小大之政必關於慮出入農里止舍郷亭先

訪便安以之均節（一作均徭役）以事積而不亂理簡而易從故得并賦田租萬億及秭方舟而下以給中都水旱不歎人懷其惠可謂盡瘁事國勤勞王家也思有褒進屢申退讓然以官人之任朝選無踰藉其忝領用鎮風俗所揔群務一以咨之中外兼濟固有餘力可吏部尚書餘如故主者施行

授蕭俛除吏部尚書制　白居易

勅古者君使臣以禮臣事君以忠季代以（集作已）還鮮由玆道先皇帝常創於是故在位十五載凡觧相印者殆二十人多寵爲大僚或付以兵柄矧予小子宜有加焉而輔弼之臣曽經一日造吾膝沃吾心則思與之始終厚申恩禮

不唯勸能者感來者且不敢失墜先志也尚書右僕射蕭俛忠肅孝敬佐吾爲理以勤事國以疾退身本末初終不失其道既免（舊唐書作罷）樞務以爲右揆（唐書作俾居端揆）朕欲加恩超等復吾前言而俛繼上讓章至于三四敦諭頗（集作煩）切陳乞彌堅是用改（集作正）命爲選部尚書而猶冠六卿統百職尚可以表吾寵重亦所以成爾謙光爾宜欽厥始（集作止）慎厥終無忝我褒揚之命可吏部尚書

授鄭絪吏部尚書制　前人

勅天官太宰秩序常尊自昔迄今冠諸卿首非位望崇盛者不可以處之而朕即位以來凡命故相領者三矣迨此而四可不重乎東都留守防禦使檢校刑部尚書兼御史大夫滎陽縣開國公鄭絪有丙吉之寛裕子産之恭惠合而爲用藩輔四朝故事遺愛留於官次國之都府半在東周委以保釐人安吏肅重煩耆德入領冢卿昔魏用崔琰毛玠典吏曹一時之士以廉節自勵國朝以（一有來字）宋璟李義掌選部亦能遏絶謁託（集作詭偽）振張紀綱官無古今得人則理吾言及此欲爾繼之可依前件

授高元裕除吏部尚書制　杜牧

勅昔有虞氏貴德尚齒言於四代其道最優今吾鄉老富有道德以大冢宰表率群僚顧予敢專得於僉議前山東道節度管内觀察處置等使銀青光禄大夫檢校吏部尚書使持節襄州諸軍事兼襄州刺史御史大夫上柱國渤

海縣開國男食邑三百户高元裕始以御史諫官在長慶寶曆之際匡拂時病磨切貴近罔有顧慮知無不爲復以諫議舍人在太和末詞摧兇慝坐以左官繼爲中丞京兆公卿藩服朕始在位徵歸朝廷爰自尚書裂分茅土爲政以德行已唯仁言（集作信）而履之服而樂之餘三十年道益昭著夫中外之任迭有重輕今者干戈韞藏戎狄信順將欲詳考典禮開張教化使吾丞相以降有所咨稟非爾元裕其誰膺之至於官業豈勞倚任祗聽出納無忘教誡可授吏部尚書散官勲封如故

授劉崇望吏部尚書制　錢珝

勅朕常考易象否泰之説詩人雨雪之作知君子消長之

際繫王者政理之端矧乃大宥已行衆累皆滌非其罪者敬以命之具官劉崇望吉德在躬明誠格物辭倡寡和自合正聲昭兆（龜名見左傳）先知宜居前列朕初繼大統方求國禎侍從之臣論思在爾代言之下弘道良多察其寬裕之姿授以弼諧之任恢張大禮（一作體）師法碩人以掩細過爲所能以觀故事爲所樂頃因詭慝偶惑聽聞害賢曾寘於典章尚德敢忘於覺寤顧直書之史冊何損於明還暫免之冠綏且從其所流澤而余心未足經邦而卿位乃虛來整軒裳再提衡鏡山公密啓更廣規模楚客騷離（一作辭）休勞諷諭勉居會府以率六卿可依前件

授孔緯吏部尚書加食邑等制　薛廷珪

勑朕久爲姦倖蔽我聰明其心憒然是非倒置一旦開悟洞决疑迷寰區莫寧邪正茲別明發不寐思于藎臣雖已命官未滿延屬亟加寵澤式示優崇新授具官孔緯直道致君至誠醫國先帝以爾輔弼于冲人業履之勤（一作勳名）明備於前制唯朕不明不敏俾爾堙厄于外者有年矣言念至此心焉震驚苟不驟加寵榮仍復徽數即何以示于補過之心也天官太宰首冠六卿往執銓衡暫煩藻鏡殊恩縟禮並復舊章遜聽履聲佇還袞職惟爾元老體于虛懷可吏部尚書仍復持危啓運保乂功臣開府儀同三司上柱國魯國公食邑四千户實封二百户

兵部尚書

授張仁愿兵部尚書制　蘇頲

黄門名遂身退則聞告老優賢尚齒不忘求舊鎮國大將軍行右衛大將軍上柱國韓國公致仕仍給全禄及品子課朔望朝參張仁愿有將相之才樹忠公之績入稱三傑帷幄所以運籌出揔六師塞垣由其卧鼓懸利器而御物自中於桑林推素心以得士更成於李徑故能居室而應在邦必聞洎養疾歸休辭榮及禮用旌渭濱之兆空想頴陽之問乞言繫賴寵德攸宜佇增題劍之榮更遂揮金之樂可光禄大夫行兵部尚書餘如故主者施行

授李林甫兵部尚書制　孫逖

門下緝熙九法董正六師必在具瞻以弘兼領金紫光禄大夫户部尚書同中書門下平章事上柱國成紀縣開國男李林甫宗盟有慶王國生才明德爲章懿文成範事君之節貫忠貞於四時應物之誠調惠和於一氣爰立作相以期於理不仁斯遠丕績用彰而詰禁制軍安人和衆是爲邦政深期汝諧俾謀猷於七兵仍啓沃於三事可兵部尚書餘如故

授李絳檢校右僕射兼兵部尚書制　元稹

勑中大夫守御史大夫賜紫金魚袋李絳昔先皇帝誨予小子曰堯時有神草在廷屈軼指佞汝知之乎夫邪正在人焉有異物朕有臣李絳猶漢之汲黯也我百歲後爾其

用之爲神羊砥軼斯可矣予小子銘鏤丕訓夙夜求忠是用致理之初闕付授邦憲且欲（集有爲吾二字）丞相以降皆卑下之（集無此六字）以示優遇朕亦嘗命安其步武無爲胥胥之儀而絳屢以疾辭不寧其職又焉敢以勞勌（集作倦）之故煩先皇帝舊臣昔晉僕射何季玄病足求免猶命坐家視事張子儒拜大司馬仍令兼録（一作領）尚書則卧理不獨專在於郡符端右可以旁綏於戎政由古道也爾其處讓持平勉居喉舌慎所觀聽爲人司南可檢校尚書右僕射兼兵部尚書散官勳封如故

授陸扆兵部尚書制　錢珝

勑周之九法歷代用焉進賢興功以分厥職故夏官之重

高位久虛則有掌兵化權方臨邦教惟人之命我不敢私俾正衣冠用光表著具官陸扆貌先恭肅氣實清明言欲訥於否臧德有容於醉飽中出而靜可謂達於樂乎外作而文所以深於禮也頃以宏博本吾論思繼令祖之典謨去邪辭之枝葉洎當大用且屬多虞執政雖新弛頹已急我則有遠塞叔爾詎不如王陵剖竹遂行伏蒲未足還好爵而來惟辨色掩閑門而退乃韜光考之中庸有以自得徙次六卿之首無輕一等之遷進賢興功必在敦故可依前件

授劉崇望兵部尚書制　薛廷珪

勑台衡舊德纓冕碩衆生朝昏常寘於我心事業無忘於汝礪矧朕出潛之日寔操領命之書乃眷滋深公望惟允宜膺重任以副旁求具官劉崇望昔以文詞事先帝爲翰林主人旋以藥石沃朕心號中興宰相歷試宏業（一作周旋）大寮人無間言動不過則云罷鈞軸亟移光陰堂既生白冊惟任鯁浩然正氣充塞乎天地之間卓爾神光瑩徹乎星辰之表琴樽遂性名教檢身家事雍肥物情重贍（一作崇重）靖言素履頗厚時風大道之行斯文未喪將論舊德允屬僉諧爰增光祿之勳往貞尚書之履敬佩休寵克當厥官無或牢讓尚欲高卧可光祿大夫守兵部尚書

戶部尚書

授畢構戶部尚書制　蘇頲

黃門司徒之官實掌邦教常伯之位先求國華銀青光祿大夫河南尹上柱國魏郡開國公畢構達識鴻才調高學贍器無不綜含清明以見微言有可觀負忠讜以居直百郡仰其成績三臺推其故事頃者任殷河尹聲滿洛師姦豪懼秋霜之威孤老懷冬日之愛故可辨于五物書以萬人誰其釐之俾爾作則可守戶部尚書散官勳封如故主者施行

授裴寬戶部尚書制　孫逖

門下敬敷五教保息萬人鉠官而擇副相惟允通議大夫檢校御史大夫上柱國賜紫金魚袋裴寬器識高明風規端肅寒謇之用累彰焉而莫當操割之能斷羣華而何有

丞叅臺閣寀擁旌旄禮樂爲從政之文德刑是戢兵之武雖地卿所掌實佇通才而天憲惟艱尚資兼領宜叓尚書之護仍紆大夫之印可守戶部尚書兼御史大夫散官勳賜如故

刑部尚書

授豆盧欽望秋官尚書制　李嶠

鸞臺天作機衡實惟北斗朕之喉舌其在南宮揆德而君非才莫可新除司府卿上柱國芮國公豆盧欽望踐仁復義抱質含文出莅藩臬兵聞威惠入爲朝諫（一作揀）多所弘益立身必由於清謹處職無廢於忠勤外府國泉雖籍幹用中臺天憲更資明允宜膺尚德之舉令踐詰姦之位可

銀青光祿大夫守秋官尚書勳封如故主者施行

授李乂刑部尚書制　蘇頲

黃門王命司寇汝作士師允迪政刑旁求望實銀青光祿大夫行紫微侍郎（一作舍人）兼檢校刑部尚書兼知制誥昭文館學士上柱國中山郡開國公李乂恒碣之寶衣冠之華業揔四科才抱九德爲邦理要洞入精微當代詞椎居成準的忠義得在公之體清脩稟行己之用紫泥掌誥雖密王言黃沙定罪是懸人命眷茲欽恤尤賴東字俾囬迹於西垣宜正名於北斗可刑部尚書學士散官勳封如故主者施行

授裴敦復刑部尚書制　孫逖

門下六卿分職朝選猶難三典佐王邦寄尤重朝議大夫守河南尹攝御史大夫持節江南東道宣撫招討處置使上柱國賜紫金魚袋裴敦復深沈偉量磊落宏才識無不通俎豆兼於軍旅行有餘力文學資於政事頃者巡撫江徼肅清姦宄大叔之謀既能止盜穰苴之法亦在安人功實簡心賞宜超等委之刑柄俾踐白雲之司錫以身章更增金印之秩可銀青光祿大夫守刑部尚書勳賜如故

授李巨憲部尚書制　賈至

門下褒賢策勳國之大典允文允武人之所賴陳留太守嗣虢王巨（此下疑脫誤）杖鉞分閫掌（一作專）征東夏俾鎮遏寇之職以寵維城之固可守憲部尚書

授房琯刑部尚書制　前人

門下蠻夷猾夏舜命繇作士楙功邁德黎民懷之周官大司寇亦以五刑糾萬民之命邦典定諸侯之獄明德慎罰先王至理前漢州刺史房琯既明且哲貞靜尚寬有文行可濟於時有直言能匡其國獻可替否翼亮先朝今寇賊初滅蒼生凋弊議獄緩死刑期無刑是用採人望於舊臣舉國禎於元老俾掌二典以弼五教庶不仁者遠姦宄道消尚德優賢仍加八命可特進兼刑部尚書封如故

授崔璪刑部尚書蘇滌左丞崔璵兵部侍郎等制　杜牧

勅喉舌百官之本綱轄天下之要戎政國之大事三人爲

槩一舉得之惟君知臣予不敢讓正議大夫尚書左丞上柱國賜紫金魚袋崔瑑德可標準言成文章揚歷中外道益光顯左省駮議不畏彊禦分憂陝服尹兹東郊政既安人化能被俗擢任藻鑑旋職牢籠材皆適宜官無逋事分鎮股肱之邵遂成功實之臣陟處綱曹副以中憲每非（集作師）遽凌常慕史魚抨彈之勇正當時覈翰林學士承旨銀青光祿大夫行尚書兵部侍郎知制誥武功縣開國男食邑三百户蘇滌行冠人倫爵高大秩仁義禮樂之是務克伐怨欲之不行翱翔禁闈出入諷議汲黯爲郡嘗聞卧理下惠去國皆以直道洎宣室思賈其泉召稚造膝盡忠代言稽古近以微恙懇請自便君子之道進退可觀正議大夫前權知尚書户部侍郎上柱國博陵縣開國子食邑五百户賜紫金魚袋崔璵上知自得不器難名既擅高文兼通博學掌言綸閣典貢春闈詞同三代之風士掇一時之秀振舉職業宣昭令名詩曰濟濟多士文王以寧禮曰官備天子爲樂咨爾瑑等實瑞清時予爲爾之德隣爾膺予之愼選典刑不忘於衰敬提綱惟在于公勤舉司馬法勿踵近習各膺重位企佇上酧宜於夙夜無孤官業瑑可守刑部尚書散官勳賜如故滌可尚書左丞散官封如故璵可權尚書兵部侍郎散官勳封賜如故

文苑英華卷第三百八十六

文苑英華卷第三百八十七　中書制誥八

南省三

禮部尚書

授韋陟文部尚書制　賈至

門下周官大冢宰以九職任萬人三歲大計羣吏之誅賞選部綜覈時惟厥任非正人表臣齊明敏哲不可處此御史大夫郇國公韋陟代篤惟忠祇勤於德文可以經國業可以濟時有鄭僑惠主之仁懷史鰌君子之道頃居小宰亹勤萬務銓鑒而必審其實按舉而不失其能秉心塞淵厥有成績可守文部尚書餘如故

授韋綬禮部尚書薛放刑部侍郎丁公著工部侍郎等制

勑尚書左（集作右）丞韋綬等朕以（集作在）東宮時先皇帝垂慈聖之德念予冲蒙選端士通儒使講貫今古自禮樂刑政暨君臣父子之道博我約我日就月將俾予于（集無于字）今不至墻面克荷丕訓大揚耿光實綬被公著之力也故朕嗣位未踰時月或自郡邸或自省署徵擢寵用爲丞郎給事中官雖超拜職亦具舉師道光而心愈讓人爵貴而身益恭宜更褒升重酧輔導以綬精粹辯博有先儒之風可作秩宗以放端明愼重行君子之道可居憲部以公著檢敕規度得有司之體可貳冬官於戲貞百工平五刑典三禮皆重任清秩予無愛焉盖欲表二三子道不虛行而明予

一人德無不報也緩可禮部尚書放可刑部侍郎公著可工部侍郎餘官並如故

授裴休禮部尚書裴諗兵部侍郎等制　杜牧

勑冉有仲由孔氏門人高弟也尚曰處於小國可爲具臣況今照臨百官撫御四海縮牢籠漕輓之職掌五兵六師之重次第超擢爲吾大寮若非僉諧豈敢輕授正議大夫守尚書兵部侍郎兼御史大夫統諸道監鐵轉運等使上柱國河東縣開國子食邑五百戶賜紫金魚袋裴休仁義禮樂文行忠信積此八者以爲成人前宣歙池等州都團練觀察處置等使太中大夫檢校左散騎常侍兼御史大夫上柱國河東縣開國男食邑三百戶賜紫金魚袋裴諗

在元和代惟帝念功四夷九州文化武伏咨爾先父實著大勳天必祚仁門有令嗣道直才富行備名高文學而浹洽專精率履而清净恭儉而皆周歷華顯踐更臺閣處事可法出言成章咸輟自輪閣任寄方伯教訓以禮生聚以康（集作仁）千里封疆一口歌詠休乃命以取士時稱得人用其公方委之筦權事爲之制曲爲之防鉤校姦贓末減賦取公財不耗疲人樂生望爲準繩立作攙依名實兼備德位兩高漢史曰理行尤異者就加禮曰有功於人者進律秩崇八座官副夏卿舉以授之予亦何愧夫宰相佐天子公卿助宰相股肱喆膂任同一身有事必言未爲越局無自愛惜勉荅寵榮休可守禮部尚書依前充諸道鹽鐵轉運等使諗可權知尚書兵部侍郎散官勳封賜各如故

工部尚書

授建昌郡王攸寧冬官尚書制　李嶠

鸞臺事典職隆禮閣望切自非明德莫允具瞻具官建昌郡王攸寧道臻八元名高兩獻行兼爲善業茂多才待問七車屢聞獻替叅司百揆多所弘益頃以牙璋首路棡檄乘邊委以罇俎之謀藉其股肱之用而卑以自牧成而不居固守鳴謙願離（一作辭）劇職重違雅志用成其美宜遷九法之司囬典百工之任可冬官尚書封如故

授劉知柔工部尚書制　蘇頲

黃門司空之職以平水土常伯之任尤重臺閣鴻臚卿上

柱國彭城郡開國公劉知柔碩德耆秀行高才遠文詞有綺績之工望實有珪璋之譽出膺賢守則郡國循良入位名臣則衣冠準的可謂朝之明哲代之純懿俾遷榮於北斗宜作範於南宮可銀青光祿大夫守工部尚書勳如故

主者施行

授盧正己工部尚書河南尹東都留守制　賈至

門下昔成王命君陳分正成周尹茲東郊曰惟爾令德孝恭克施有政實大其寀俾振厥職先朝故事以擇舊德元老貞固之臣每居守焉今寇逆始平洛師殘弊周南分陜寄莫斯重太府卿盧正己忠肅恭懿仁而愛人專鎮分憂居必致理是用命爾問疲瘵之俗政必以寬化遷習之人

謨必以義勸農穡之務事必以靜禁侵漁之暴令必以嚴
可守工部尚書東郡晉守散官勳封如故於戲無替朕命
主者施行

授崔漁工部尚書制　常袞

勅程品之重有若百工號令之先尤難六職崔漁學義精
洞文詞典麗道高王佐才茂國華實每副名言皆顧行頃
調鼎餗庶政惟和及典銓衡羣才式序中外更茂搢紳所
宗雅有大臣之節光其舊德之選冬卿命職汝往欽哉可
工部尚書餘如故

授韋貫之工部尚書制　白居易

勅河南尹韋貫之善馭者齊六轡善理者正六官六官成

則百事舉故吾選賢任舊集有以字次第補之而六卿之材吾
已得五闕一不可待汝而成汝貫之以正行明誠為先朝
輔始以直進終以直退道有消長德無緇磷及師湘潭尹
河洛而廉平清一之政繼聞于京師名簡吾心善入吾耳
宜置朝右以鎮集作之厚時風况今之尚書漢之公卿也言
動可否屬人之集無之字耳目焉固不專於率四屬程百工備
位於冬官而已可工部尚書餘如故

授盧弘宣工部尚書制　崔嘏

勅朕嗣膺寶位繼統洪業思與藩方大臣披其雲霧况中
外迦遷勞逸更處當用才之日急病是思及求舊之時任
賢斯切而中臺為政一作致理之本冬卿亦統任之基方藉
舊僚以裨新政前易定節度使盧弘宣自薊門舀戎爾以
舊族遷于洛京惟是冠婚喪祭之儀禮讓敬恭之則推於
四姓耀此一門而能自以文業吏師驅馳當代歷踐華顯
載茂休嘉累登齊壇常領京邑功有成効人無間言及罷
將軍之麾幢解刺史之印綬來朝絳闕益見册誠是宜正
彼六聯昇于八座曳文昌之履逼秘殿之香一作書更增北
斗之光輝或重南宮之喉舌承我休命爾其敬哉

授鄭紹業工部尚書制　劉崇望

勅具官鄭紹業族掩五侯家多萬石盈數大名之後高門
陰德之餘茲實生賢聿來佐國而勵精士節炳煥人文韻
宇弘深智度恢廓比傅能於武庫方俊德於神鋒終始令

圖出入大任册拜絳闕自風體而弘多起草掌綸由天才
之足用洎揚我休命出守荊門頗聞理聲急於徵請入則
思邦家之久計出則擁旄節之一作於上游良佇忠貞乃期
康濟爰從分務曠已歷時如聞舒不疚之懷安無怨之地
雖有簞瓢之樂寧無憔悴之容能用善人我實所慕是命
進爾於冬官入座乃庶績彝倫之所由焉祇若朕言克邁
乃訓

吏部侍郎

授盧藏用檢校吏部侍郎制　蘇頲

勅朝請大夫守中書舍人兼知吏部侍郎事修文館學士
上輕車都尉盧藏用含和育粹直道正身學貫儒墨詞精

比與風塵之外獨秀瑤林清白之中常懸冰鏡自四年掌誥九品作程峻而不離（一作雜）重輕咸當簡而能要浮競斯遠刀尺之委銓衡已歸特選周才更符僉望可檢校吏部侍郎仍佩魚如故

授陸景融吏部侍郎制　孫逖

門下小宰之官久虛其位至公之用惟才是舉（一作與）守尚書左丞陸景融珪璋成器禮樂爲文剛亦不吐柔而能立恬淡之性足以抑退浮華徽明之識足以激揚掩滯類能而使僉議允屬俾澄清於九流期風俗之一變可守吏部侍郎散官勳如故

授李彭年吏部侍郎制　前人

門下綜彼天秩亞于邦家易人之舉選衆尤難尚書兵部侍郎李彭年人望時秀雅才清識德以全誠文而致用操必割之器遇時事無前持不轉之心在公庭難奪必能敷求名實底慎銓衡宜輟七兵之務俾脩九流之法可守尚書吏部侍郎

授韋陟達奚珣等吏部侍郎禮部侍郎制　前人

門下冢卿宗伯均國和人乃立其貳非才莫可正議大夫行尚書禮部侍郎權知吏部侍郎上柱國彭城縣開國男韋陟明斷一堅純鋼百鍊中書舍人權知禮部侍郎上騎都尉達奚珣忠公淑慎白珪三復各推邦直皆擅詞雄峻節彌高清標不雜頃膺時事之委深得選賢之稱如有所試已副於僉諧必也正名宜光於並拜陟可吏部侍郎奚珣可中散大夫守禮部侍郎勳封各如故

授薛邕吏部侍郎制　常袞

門下昔禹謨咎繇曰知人其難之魏武又云使吏部用心如毛玠風俗之易差不難矣今之銓綜但抑華崇本鎮以禮讓則庶官羣才不濫於進中散大夫守尚書禮部侍郎集賢殿學士判院事上柱國汾陽縣開國子（集作男）賜紫金魚袋薛邕含和保貞莫見其際雄詞秘學德行之餘信厚可親朝之英達往者潤色鴻業煥發綵言之美又與五經諸儒質正石渠之論擢以公望貳于秩宗豈惟人神之和兼舉孝秀（一作悌）之目鑒裁高朗加以直清進退可否歸於

精實慎乃服命五年如初擇吏辯言宜當盛選無易前政副予得人可守尚書吏部侍郎餘如故主者施行

授楊綰吏部侍郎制　前人

門下典化在於官人掄才歸於吏部佐平邦典選重朝倫朝議大夫守尚書左丞集賢殿學士副知院事兼脩國史楊綰澹雅貞亮弘其素範學究先儒之旨文高作者之典三揖而進能守謙光一命而僂不忘恭敬頃司綸言兼掌史筆嘗亦秉直夙推無對領春卿左轄之任有奏議紀綱之績令猷自洽厚德彌彰忝我寮寀屬於清鑒當勵濯纓之操不遺刈楚之才敬爾在公無替厥服可尚書吏部侍郎餘如故

授柳公綽吏部侍郎制　白居易

勑京兆尹兼御史大夫柳公綽長史數易爲害甚多邇來都畿未免斯弊或苛急而人重困或懦軟集作弱而姦不息得其中者其公綽乎細大必躬親剛柔不吐茹甚稱厥職惜而不遷然智者常憂忠者常勞亦非吾以平施御臣下之道也尚書六職天官首之辯論官材澄汰流品比諸內史選妙秩清詢衆用能無易公綽爾其宜集作飭躬承命以裴王崔毛爲心苟副吾言用稱乃職而今而後亦何往而不適哉可尚書吏部侍郎

文苑英華卷第三百八十七

文苑英華卷第三百八十八　中書制誥九

南省四

兵部侍郎

授唐奉一兵部侍郎制　李嶠

鸞臺參貳百揆樞衡九法是司邦政尤切帝難其官唐奉一宇量深明襟懷雅正文場得雋翰苑推工瑣闈一作內朝致延譽之美珪符出守樹威恩之績永言禁暴事切安人俾昇五戎之府佇諧九流之選可夏官侍郎

授裴淮兵部侍郎制　蘇頲

門下通議大夫行中書舍人上柱國正平縣開國男裴淮敏學聰亮雅詞微婉陽秋具體夙夜在公精義拆於連環

規矩同於匪石久典清密見稱忠信簡稽是務軍國是殷宜擢美才俾敭戎政可尚書兵部侍郎勲封如故主者施行

授張均兵部侍郎制　孫逖

門下六官之任夏卿尤重貳職之選時望惟屬正議大夫行尚書戶部侍郎上柱國燕國公賜紫金魚袋張均才畧經通文詞濟美脩身自達擅鴻陸之羽儀涖事無難有龍泉之斷割累拜省闥彌彰器用芳蘭可久垂棘重歸宜允副於僉擇俾增修於舊政可行尚書兵部侍郎散官勲封如故

授李彭年兵部侍郎制　前人

勅朝議大夫守太僕少卿上柱國趙郡開國公李彭年清和稟識博雅爲文堅貞懷匪石之心果斷有刜鍾之利夏卿之亞歲調方殷缺官而擇至公斯在宜副才難之選將觀試可之能可權判兵部侍郎事散官如故

授李恒武部侍郎制　賈至

門下全蜀奥區梁岷設險特清作鎮佰難其人况中夏未寧皇上南幸益州之政允資忠諒非親非賢何以兼腹心爪牙之任前襄陽太守李恒貞固簡亷宗枝標秀歷踐中外咸克有聲今巴蜀之地停鑾駐蹕舉爾以文武之才倚爾以維城之固且小司馬之職連率之重兼而處之不曰厚寄懋哉厥德無替朕命可行武部侍郎

授柳公綽罷鹽鐵守夏官兵部侍郎制　白居易

勅具官柳公綽昔先皇帝知爾有材元和以來應用不暇及領榷筦漕運之務屬陵寢郊丘之禮財給事辦時乃之功宜有轉移以均勞逸況關牢籠無遺利課督有常規令詔刑部尚書播代之亦令守而勿失朕將興理化先務根本凡百職事悉歸有司惟茲夏官實掌戎政簡稽調補令方其時司馬貳卿佐平邦國是爾本職無忘增脩可依前件

授盧知猷兵部侍郎制　薛廷珪

勅叅斷時政允屬公卿鎮重周行式資舊老而叔世掄選率尚英華俾我洪儒碩生軋軋不進汲長孺於馬輿歎竭之武是以有詞思求其人夕惕若厲爰有良輔協吾此心且言爾前尚書右丞盧知猷在和武光孝皇帝朝以文學詞賦擢進士第登宏詞科舊相列藩盖爲交辟雅有淑問鬱爲名儒及我懿考踐阼歷諫省郎署官常兼史職謂然直聲著在筆劄先皇帝嘗輟自朝右再委方州饒陽上洛之人于今懷爾之德旋掌誥命亟服寵榮逮予沖人歷事四帝出入華顯諳練故實子雲之筆札有名周昌之厚重無黨鎮吾風俗繫爾秉持遂用委以五兵贊予九法服我休命稱茲束求往惟欽哉無墜成績可兵部侍郎

戶部侍郎

授源乾曜戶部侍郎制　蘇頲

黃門正議大夫行少府監上柱國安陽縣開國男源乾曜思懋事端言思政要外則經通成務内則周密知微甚識也清以文守法尚方愛費巳稱寶玉之府司徒帥屬更重神仙之闈宜副朝暫滋于邦教可行尚書戶部侍郎散官勳封如故主者施行

授常濟戶部侍郎制　孫逖

勅朝散大夫守京兆少尹奉明縣開國男常濟衣冠吉士文雅清才蘊忠信於身謀傳孝友於門德明而克允遇理必通剛則近仁臨事能斷自升華省迨佐神州皆有令名成歸雅望地官之亞朝選尤難我其試哉無替厥命可試尚書戶部侍郎散官封如故

授韓滉戶部侍郎制　前人

門下周有地官小司徒佐敷五教魏置度支尚書以濟軍國之用政有餘地然可兼之正議大夫行尚書右丞韓滉惟允臣左右烈祖格于皇天濟美之盛中朝所重好學師古潔其清純文不流放言無枝葉素練成式用推至公所更之任事可垂遠久司臺轄嘗亦官人姦吏無寬其情群才各亭其一作協位今戶版不實地征未均每歲經費以之匱竭廼者命使以總領且非典故擇郎以事掌又慮權輕歸于有司期在折衷昔杜元凱之處斯職內以利人外以救邊法可施行者五十餘條以資當時之急委注煩重宜熟計之可行尚書戶部侍郎專判度支散官如故主者施

行

授牛僧孺戶部侍郎制　白居易

勑戶部侍郎周之地官小司徒也掌天下口集作田戶之圖生齒之籍二字集無賦役貨幣之政令以待國用而質歲成元和以還日益寵重善其職者多登大任中茲選者莫非正人誰其稱之我有邦彥朝議大夫集作議郎朝守御史中丞上柱國賜紫金魚袋牛僧孺自舉賢良踐歷臺閣秉潤色筆提糾繆綱而書命無繁詞決事無留獄受寵有憂色納忠多苦言朕心知之何用不可夫以人曹之重如彼僧孺之賢若此俾居是職不亦宜乎可守尚書戶部侍郎散官勳賜如故

刑部侍郎

授閻伯璵刑部侍郎等制　常袞

門下古者參用名儒典領大郡或連書課績之最則次補公卿之缺今甄陶政化黜幽陟明若二千石理行第一中朝右職懸以相待俾長吏知勸至公大行銀青光祿大夫婺州刺史本州團練守捉使上柱國閻伯璵銀青光祿大夫衢州刺史本州團練守捉使樂陵縣開國男田季羔等早以文章侍從潤色綸言朝夕論思處正廷議名高德厚推重周行歷踐藩部集作郡一其政理本經術以制事參禮法以訓人約己馭物集作儉以約己而下不勞靜以存誠而吏不擾風淳俗泰表率方州懋能入遷美選無易慎乎秋典給

事黃門副予簡求以稱厥服伯璵可行尚書刑部侍郎散官勳如故季羔可行尚書給事中散官封如故主者施行

授王翊刑部侍郎制　前人

門下書曰惟敬五刑以成三德秋官之任也貳卿良選其在茲乎充策回紇可汗使王翊力行近乎仁率性之謂道學以博物文能變風出入中外茂昭聲實靜而居易受不辭難使乎四方不辱君命斯之謂矣今不蔽未明柬乎未允命爾作小司寇敬平邦憲在寬可行刑部侍郎

授畢誠除刑部侍郎制　杜牧

勑士師皋陶之恤刑司寇蘇公之用獄既盡哀敬能致治平擢爲大僚膺茲慎選出於予志委以誠臣翰林學士朝

散大夫守中書舍人上柱國平陰縣開國男食邑三百戶賜紫金魚袋畢誠學臻閫奧文越拘攣常以忠信用爲前後爰自郎署擢居內庭謀議有同於壽王奇異輙委於嚴助竭盡心力裨補機要旣久歲序須議遷昇今者耕夫服田戎馬不駕欲使凡一手足皆獲措置是故用汝典司刑罰汝其往哉吾今告汝吾聞孔子曰古之聽獄求所以生之今之聽獄求所以殺之宜念格言深思諭要勉服休命以稱朕意可權知尚書刑部侍郎散官勳封賜如故

禮部侍郎

授楊綰禮部侍郎制　賈至

門下鯨鯢初懸理化未洽思敦馳騖之俗必弘廉退之風太常少卿兼脩國史楊綰質稟天和才優大雅理能自暢學不爲人自委身於周行孤立於中道喜慍莫形於顏色外物無得而親疎聲問日高志致彌遠固足以抑揚雅俗弘獎素風宜貳職於南宮仍屬詞於東觀俾難進之夫增氣干仕之子知慙斵彫澄源朕志斯在可守禮部侍郎仍脩國史餘如故施行

授張謂禮部侍郎制　常袞

勑稱秩元祀春官職焉舉秀興廉國朝兼領非文儒碩茂鑒裁精實重於一時者不在此地中散大夫守太子左庶子上柱國河南縣開國子賜紫金魚袋張謂宏達有檢和平易容豈道廣而難周亦言簡而無擇博涉群籍通其源流振起鴻藻正其聲律翰飛北閣煥發司言居部長人不忘惠訓輔相東禁孝友彰明貳宗伯之掌禮典諸侯之貢士以爾公望副兹眷求可守尚書禮部侍郎散官勳封賜如故

授帛貫之禮部侍郎制　白居易

勑典郊祀之禮獻賢能之書令小宗伯實貳其［集作兼二］事非直清明正者不足以處之中書舍人帛貫之沉實堅峻文以禮樂行成於內移用於官公直之聲藹於臺閣塡以詞藻選脊禁掖秉筆書命時稱得人多［集作久］積勤勞宜有遷轉可使典禮以和神人可使考文以第俊秀儀曹之選僉議所歸往脩乃官無替厥問可禮部侍郎餘如故

授鄭薰禮部侍郎制　鄭處誨

勑儀曹劇任中臺慎擇總百郡之俊造考五禮之異同必求上才以允僉屬中散大夫尚書工部侍郎鄭薰高陽茂族通德盛門秉莊氏之風規藴名卿之器業文諸騷雅鼓吹前言譽洽縉紳領袖時輩操守必脩其謙柄進退常踐於德藩疊中詞科亟升清貫持槖列金章之侍揮毫擅紫闥之工貳職冬官克揚休問是用俾司貢籍以振儒風朕以化天下者莫尚於人文序多士者以備乎時選育材之本惟善是從搴拔旣尚於幽貞聳勸勿遺於曹緒無求冠玉無採雕蟲當思取實之方必有酌中之道爾其盡慮以率至公可守禮部侍郎

工部侍郎

授徐彦伯工部侍郎制　蘇頲

門下太中大夫前守蒲州刺史修文館學士上柱國開平縣開國子徐彦伯素履內融清暉外徹學究精密旁通儒者思含飛動高視詞人名與時行位因才致河潤九里先美股肱邸留一月㓜榮侍從考功之任選衆攸稱可守尚書工部侍郎餘如故主者施行

授蔣渙工部侍郎制　常衮

門下夫任體之急在適於事要當其才難豈限階序况中臺政本司舉舊章六卿貳職爲今盛選銀青光禄大夫守右散騎常侍上柱國汝南縣開國公蔣渙忠信孝友周而

不器得元和之純能以禮節有至静之妙豈因物遷溢聲華於文藻潤理體於經術中外之秩備更要重不失其正行之有恒自分貂蟬之列喻公卿之旨入告嘉猷直而不訐常執德於冲約亦忘情於進趨勤職已久所宜懋能百工惟時命汝典制可行尚書工部侍郎散官勳封如故主者施行

文苑英華卷第三百八十八

文苑英華卷第三百八十九　中書制誥十

南省五

左右司郎中

授韋當規等左司戶部郎中等制　元稹

勑尚書郎會天下之政上可以封還制誥下可以昇召牧守居可以優游殿省出可以察視遠尤非第一流不議兹選守職方郎中上騎都尉韋當規等皆歷踐臺閣閑達憲章或蒲歲當遷或擇才斯授皆極一時之妙足爲三署之光於戲提紀綱而分命六聰左右司之職甚重登生齒以比董九賦人曹部之任非輕勉竭彌綸之心勿虛俊茂之舉可依前件

吏部郎中

授慕容珣吏部郎中等制　蘇頲　總目賈至

書門朝請一作散大夫檢校尚書主爵郎中慕容珣在公無撓守道不回利用特稱其斷割清心自表其剛正正議大夫行商州刺史上柱國申國公高紹羽儀鵷鷺符采珪璋請理愈見於昭明屬詞每聞於警拔九流綜覈五等封建式副爲郎之美宜用選衆之求珣可尚書吏部郎中紹可行尚書主爵郎中散官勳封各如故主者施行

授韓滉吏部郎中制

勑尚書郎中佐理六卿事關政本御史則舉直措枉綱紀周行非雅正之才難在斯任吏部員外郎韓滉恪慎惇敏

且吏且文（一作吏以文）夙夜在公咸宜進位可吏部郎中

授常元曾吏部郎中等制　常衮

勑朝議郎行尚書吏部員外郎賜緋魚袋常元曾朝請大夫前行尚書司封（集作勳）員外郎兼侍御史護軍賜魚元抱等學業優深詞華通贍雅有縉紳之望列於郎署之間久在劇曹尤推精密自登崇部克舉彌綸選重一時職叅六典宜膺並拜之寵式美齊名之論元曾可守尚書吏部郎中散官賜如故元抱可行尚書吏部員外郎散官勳賜如故

授盧元輔吏部郎中制　白居易

勑六官之屬升降隨時獨吏部郎班秩加諸曹之右歷代迄今未嘗改也則其典職之重選用之精可知矣洛州刺史盧元輔深於文敏於行加以剸犀之利洞膽之明潔而用之無往不適連領大郡至于三四刻訛剔弊迎刃有聲宜付劇司俾之操制選曹郎鈌用爾補員歲調方殷佇揚乃職可尚書吏部郎中

授盧懿吏部郎中制　崔嘏

勑河南少尹盧懿總天下之鈌員必先閲於吏曹郎然後達於銓官自非神機穎利識用周密則不得備於斯選也以爾詞鋒絢練門緒清華儒廊許其温恭士林推其端厚自分曹洛汭貳尹三川濬於趨進之途鬱彼静專之操晦跡而囂浮自遠長鳴而風雨不渝是用徵還首曹榮以題

柱必能佐持衡之重任聯藻鑑之清輝勉服官常無孤所舉可依前件

司封郎中

授王丘主爵郎中等制　蘇頲

勑宣議郎守尚書考功員外郎王丘學思文華精而典麗朝議郎守侍御史内供奉判右司員外郎上柱國常虚心神清氣勝敏以甄通或刈於楚翹先有司之課績或提其網轄肅諸曹之塡委（一作委廩）爰旌二妙宜叶再遷丘可守尚書主爵郎中虚心可守右司郎中散官勳如故

授常傑（總目作傈）司封郎中制　賈至

勑司駕員外郎常傑忠義激切智深謀敏懷斷割之利用概國家之深讐淮海多虞寇戎未殄是擇才彦佐斯旄鉞宜兼臺閣以懋勳庸可司封郎中充淮南行軍司馬兼召募使

司勳郎中

授常傳司勳郎中等制　崔嘏

勑常傳等頃以邊城命將肇建麾幢當警塵未息之時及烽火尚明之日故於紛者妙選星郎欲以贊充國屯田之謀佐武賢備戎之術旣而賓筵有耀幕畫已多脊居於沙漠之中夌舍於戎旌之下亦旣勞績亟更歲寒念其累華之誠更復握蘭之美而煥本以文學傳之吏能克踐正途久司宗祏今以三農務急（一作重）九扈才難宜選丞副之榮

用陟亞卿之列無忘素履各服新恩可依前件

考功郎中

授裴諝考功郎中制　賈至

敕君子立義為勇在國而能通故全其節而成其務矣守太子中允裴諝言忠信行篤敬有敏才斯可與權有直道磨而不磷造次顛沛秉心塞淵宜獎固之風緝臺閣之政可守考功郎中

授鄭涵考功郎中馮宿刑部郎中等制　元稹

敕二帝三王之所以仁聲無窮績用明而刑罰當也尚書郎專是兩者疇將若予僉曰前國子博士充史館脩撰鄭涵文無害可以彰善惡守歙州刺史馮宿思無邪可以盡

哀矜庶尹百吏之能否四海九州之性命用汝參斷汝其戒之夫刻則害善放則利淫僻則不通流則自撓惟是四者時考之難亟則失情緩則留獄深則礙恕縱則生姦惟是四者將行之難八者不亂然後可以有志於理矣朕實（集作所）注意爾其盡心涵可考功郎中宿可刑部郎中餘並如故

授趙昌翰考功郎中制　錢珝

敕具官趙昌翰國之舊章槃會府者僅廿六七坐曹郎見墜不舉焉用官為而善最之法所墜尤重非精材彊力安能舉之（一作此）昌翰以名家子實自脩整為縣罷去修然自安公卿有知己之門車馬無致身之跡善養材用益聞精

疆是以考績處之且欲明試於爾愼擇名曹置名士吾不知設官之始獨為人乎如或深思必將召寵可依前件

戶部郎中

授李邕戶部郎中制　蘇頲

黃門朝散大夫守江州別駕李邕探學精奧為文沉鬱謇諤之心動必無撓彌綸之用行則有恆故以高才逸群懿聲藹聽宜膺校圖之任允光蘭握之選可守尚書戶部郎散官如故主者施行

授李規戶部郎中制　常衮

敕朝議郎前檢校尚書戶部郎中兼侍御史賜緋魚袋李規志學純備居有彝檢才理精達動無滯用嘗執邦憲兼

毗使軒處煩行簡從容濟務參我地官之屬首於時俊之科亦既外除尤彰內行正名舊秩以寵廻翔可守尚書戶部郎中散官賜如故

授高允恭戶部郎中判度支案制　元稹

敕行刑部員外郎飛騎尉高允恭書云明德慎罰明德慎之況朕不德兹用省于有司之獄莫不伏念隱悼周知其情惟爾允恭告我詳（集作祥）刑罔不率協稽爾明効陟于他曹大比生齒之書仍掌圻毫之牘戎車方駕物力未豐剖滯應期斯任不細推爾惟慊之意罔或失財用爾無害之文以徵刻下慊不欲過過則不終文不欲繁繁則不逮率是二（集作數）者時惟厥中可戶部郎中判度支案散官勳如

故

度支郎中

授裴倩度支郎中制　　常衮

勑朝議大夫前守饒州刺史嗣正平縣開國男賜紫金魚袋裴倩達識含精長材致遠秉彝尚晦金璞自明當劇居難干將獨割周歷臺閣綢繆藩鎮休聲異政亦克有終底慎財賦之殷校計軍國需一作之用得專其任爰舉舊章佇爾發揮以之贍濟可尚書度支郎中散官封賜如故

金部郎中

授蔡泰客金部郎中制　　蘇頲

黄門正議大夫行尚書右司員外郎上柱國蔡泰客風格

允一作敏正文詞優洽明以在公直而履道聲馳粉署爰提建禮之綱位總金曹宜轉司徒之屬可行尚書金部郎中散官勳如故主者施行

倉部郎中

授倉部郎中制　　劉禹錫

勑周制倉人以辨於邦用廩人以待乎匪頒後代或均輸或平糴皆周官倉廩之職也於戲王者藏於天下吾何私焉收斂以時儲蓄必謹俾夫競荒無患貧富克均宜詠京坻之詩勿守庾區之限可

禮部郎中

授彭景直禮部郎中制　　蘇頲

黄門正議大夫檢校尚書禮部郎中上柱國彭景直通理内融含暉外靜文尚典雅學窮精博故能容臺是則仙閣咸推俾即真於蒲歲更惟允於卿月可行尚書禮部郎中散官勳如故主者施行

祠部郎中

授程休文禮部郎中制　　賈至

勑司封郎中程休文郎中應列宿之位御史為準繩之舉紀必以德任難其人况於四海多虞兩京未復臺省樞要非賢不居或以節推或以才擇可守禮部郎中

祠部郎中

授王璵祠部郎中兼侍御史制　　前人

勑知上黨司馬事王璵藏器於身策名清列多才多藝知

微知章歷茲艱難屢有籌畫宜兼臺省之任仍總師戎之役可祠部郎中兼侍御史充招召權宜處置使

主客郎中

授主客郎中制　　劉禹錫

勑漢制尚書郎四人一人主營部成帝又署客曹主外國戎狄事皆今主客之任也其後或東西列職左右分名統彼行人之家綏其外臣之務朝聘則定位晏會則辨儀穆我四門深于九譯用委藁街之政克資粉署之賢可

膳部郎中

授鄭愔雅膳部郎中制　　蘇頲

黄門中大夫檢校太子洗馬鄭愔雅志業融暢襟靈閑遠

備聞前言嘗習故事來遊傳望旣增清道之華入奏明光
宜副丹墀之寵可行尚書膳部郎中散官如故主者施行

文苑英華卷第三百八十九

文苑英華卷第三百九十　　中書制誥十一

南省六

兵部郎中

授李懷讓兵部郎中制　蘇頲

黃門朝議大夫行大理正上柱國李懷讓直方在心一作公清而轉勁通明應務吏必惎文故能譽滿簪纓望華臺署鵷鳩作士維參聽棘之言司馬訓兵重踐握蘭之任可行尚書兵部郎中散官勳如故主者施行

授李昞兵部郎中等制　孫逖

勑朝議大夫一作郎二字行兵部員外郎李昞等清才雅器人望時英咸以令名光于俊選自膺推擇久効彌綸宜甄滿

歲之勤俾進爲郎之秩可依前件

授張顒兵部郎中立攝兵部員外郎制　賈至

門下上應列宿尚書郎所以稱美也中持風憲侍御史所以推椎也兄兼之藩翰加以師旅宜求全一作異才允廸厥職澤州刺史張顒有一作以貞固之資爲幹時之器澤潞司馬殿中侍御史立攝秉温良之質多利物之才咸提綱憲府佐理戎幕以示脩直展其謀猷必將大耕戰之圖弘臺閣之務式加新秩俾脩舊政顒可守兵部郎中懷州刺史攝可兵部員外郎依前行軍司馬

授邵說兵部郎中制　常衮

勑宣德郎前守尚書司勳郎中賜緋魚袋邵說學致其道

文達其變沉靜有用貞純秉懿藹然盛名光我華省長於
奏議多所損益佐夏官之劇參戎事之殷膺此俊選佇揚
休問可守尚書兵部郎中散官如故

授李深兵部郎中制　前人

勑朝議大夫郎守衢州刺史賜紫金魚袋李深忠義之門
懋昭前烈文儒之道弘著休問經通以濟於用無介以約
其心早擅吏能備更官序藩條之重理行尤彰亦既休閑
頗聞淹久宜膺郎署之選式允公才之拜可守尚書兵部
郎中散官勲賜如故

授蕭祐兵部郎中制　元稹

勑兵部郎中佐夏官理邦國以平不若辨九法九伐之重

輕稽五兵五楯之衆寡非踐更臺閣從容聞望者不在茲
位流品既清選任彌重朝議郎守尚書考功郎中上護軍
賜緋魚袋蕭祐才行忠信達於予聞課吏陟明誕若攸職
拾青紫於儒術擅金石之揮毫允謂賢能宜當慰薦可守
尚書兵部郎中散官勲賜如故

授楊嗣復兵部郎中制　前人

勑吏部郎中楊嗣復官天下之文武重事也兵部郎中二
員一在侍從不居外省旁求其一頗甚難之而執事者皆
曰近以文章詞賦之士爲名輩由此者坐至公卿閑達憲
章用是希少而吏曹郎嗣復州里秀異議論宏博宜其所
長自多然而操剸吏事細大無遺用副簡求允謂宜稱其
試守茲任爲予簡稽苟能脩明茲議超陟可權知尚書兵
部郎中餘如故

授栢耆兵部郎中等制　李虞仲

勑夏官之屬以九法平簡稽司寇之列以三典詰邦禁選
用郎吏斯爲重難朝議郎前使持節婺州刺史上柱國騎
都尉賜紫金魚袋栢耆勁正誠明富以材識揚聲禮閣直
筆諫垣徵事郎使持節蘄州諸軍事守蘄州刺史驍騎尉
賜緋魚袋狄兼謩書德在人文風擅價輿起憲署勞徠疲
甿有以恬退自安滯事而後發有以昭融美稱非道而莫
遷顧茲缺員宜乎並拜懋承寵擢以奉彌綸耆可守尚書
兵部郎中散官勲賜如故兼謩可守尚書司門郎中散官

勲賜如故

授王政雅等兵部郎中制　前人

勑朝議大夫郎守尚書户部郎中兼侍御史知雜事上輕
車都尉賜緋魚袋王政雅朝議郎守尚書户部郎中上柱
國賜紫金魚袋豆盧瞻等御史府紀綱中外事雜而繁故
常以侍御史一人綜其庶務政無大小罔不關決繇是得
參舉中臺郎之可者以無領焉既而第其課績以勸能吏
陟明者必載遷於省閣當選者復繼入於憲闈此其可以
爲重也爾等皆以簡愨端明條詞踐行發強可以守直開
敏可以適中嘗遊刃於京邑亦坐籌於戎閫臺閣之上聲
華益高賛均輸於財征表明慎於郵罰分曹左右其用惟

新是宜舉武部之椎以奬成績授都曹之重以礪奔才佇觀稱服之能式副有司之請正雅可守右司郎中兼侍御史知雜事散官賜如故豆盧署可職方郎中

職方郎中

授杜(集作源下同)寂職方郎中制　常袞

勑朝議郎守尚書度支郎中賜緋魚袋杜寂端一其誠周通於事久於膳部頗有敏才亦既詳達不忘恭慎掌我方志宜從序遷可守尚書職方郎中散官賜如故

駕部郎中

授常翹可駕部郎中制　前人

門下武部員外郎常翹貞固幹事達理明權績惟著於在公才必聞於處劇逅遷郎署俾膺崇寵可爲司駕郎中

庫部郎中

授衢州刺史鄭群庫部郎中齊州刺史張士階祠部郎中制　白居易

勑具官鄭群等今之正郎班望頗重中外要職多繇是遷故其所選不得不愼必循名覆實而後命之群與士階乂典名郡謹身化下有循吏之風會課陟明宜當是選國之大事在祀及(集作與)戎一掌祠曹一司武庫各(集作領)須其要爾宜敬之群可庫部郎中士階可祠部郎中

授杜致美太常少卿楊拙庫部郎中制　薛廷珪

勑朕以至公掄才時致用乂周行進秩公論爲人如聞右司郎中杜致美以吾上台宴爾循子深自抑損不求聞達隱几端居不言時事閉關却掃深味道腴夫何山濤鑒舒校爾優劣而户部員外郎楊拙始以籍甚之稱洽於名場歷聘侯藩亟踐臺省牆學務本履正居中夫何顛驅楊雄作爾專靜奉常典樂建禮含香詢爾清閑明我搜選克敬乃事交脩厥官各謂當才無忝並命可依前件

刑部郎中

授許季同刑部郎中杜羔户部郎中制　白居易

勑前長安縣令許季同前萬年縣令杜羔等華自郎署分宰京邑而長吏待之小乖常禮雖同辭託疾(一作故)動未得中然遠恥以退道不失正各從免職亦既踰時况文行政能皆推於衆詢諸時議宜有遷授尚書郎缺方選才良憲部人曹俾膺並命季同可刑部郎中羔可户部郎中

都官郎中

授高仲舒都官郎中制　蘇頲

黃門通議大夫行太子洗馬高仲舒洽聞殫見倦且居溫士慕清輝人推至行崇賢企德已膺洗馬之榮建禮求才宜拜乘凫之寵可行尚書都官郎中散官如故主者施行

授劉崇夔都官郎中制　薛廷珪

勑具官劉崇夔朕聽政之暇耽玩群書每讀考槃之詩常軫遺逸之慮訪於輿論得爾崇夔聞其常抱業試於有司才優數奇十上不第言行修整文學該通儒雅之聲著於

洛下而以爾全第秉予大鈞鴻飛冥冥不近賢路從軍試吏亦曰疆名苟徇爾私其如公議是用陟居華省寵以郎曹典制六官之重伏奏清蒲之上疇爾夙志予恩不輕凡百未申宜體朕樂善與能之意無患不知也可

比部郎中

授比部郎中制　劉禹錫

勑周以司會貳歲成漢以計相經國用或考百官之要或制三年之期稽以簿書辨其名物俾夫會筭必得經費無差充選望郎以臨計吏可

司門郎中

授柳渙司門郎中制　蘇頲

勑朝議郎前行左司員外郎柳渙色莊心勁瞻學能文堅守憲章務從條理爲時所重滿歲當遷宜罷臺轄更司門鍵可守尚書司門郎中散官如故

工部郎中

授京畿制置使判官兼中丞賜紫李巨川工部郎中制　錢珝

勑具官李巨川夫彊學者始自爲己移於事人君齊美儒先登志士之場優入群書之域中權之佐前著實高多務講論直歸翼戴爾所自比我能知之推共獎王室之心慕不以兵車之力文翰之樂迅捷若飛雖觀者已煩而作者甚暇陪臣盡善賢帥盛稱上既策勳下難遺賞且升郎位如事所知理在庶官勉興墜典常聞好古當念陟明可依前件

屯田郎中

授屯田郎中制　劉禹錫

勑詩云雨我公田遂及我私蓋美大田之盛思賢主之詩人必先公而後私者借力而耕其來尚矣周以司徒蒞職漢以侍郎訓田今則務切如雲任專列宿揔於豫政克藉公才可

虞部郎中

授王踐睦虞部郎中制　蘇頲

黄門中散大夫檢校太子左贊善大夫王踐睦明敏練習

雍容閑雅聲馳在公政曉爲吏往還臺閣已叶於初從今掌衡虞俾光於重入可行尚書虞部郎中散官如故主者施行

授李翱虞部郎中制　白居易

勑金州刺史李翱雅有文藝飾以政事早從吏職久領郡符謹慎廉平頗副所任虞曹郎缺命以序遷敬茲寵命勉守厥位可尚書虞部郎中

水部郎中

授河中節度判官溫緒水部郎中制　薛廷珪

勑天子省方藩后述職睦隣事大允執厥中儼華崇儒行成於内我知之矣彼有人焉具官溫緒懿祖考爲朝廷大

臣儒望威名昔烜赫信史而爾砥節礪行脩詞立誠抱終身之憂脫屣科第伎四方之志服勤官途束帶公朝曳裾侯府刃有餘地人無閒言朕以嬰結往（胡官切）浦兵纒封域藏書之府煨燼罕存爰委潘宣爲我採擷而爾能奉綸旨來貢之書欲以先王之格言廣我視聽思列聖人之行事規我怠荒寘嘉乃心斯驗夙志爾帥具舉予其懋遷升之文昌授以清署用酬稱職以勸事人凡百寮階無忘幕畫

可尚書水部郎中

文苑英華卷第三百九十

文苑英華卷第三百九十一　中書制誥十二

南省七

左右司員外郎

授柳渙左司員外郎制　蘇頲

勑朝議郎行起居舍人判左司員外郎柳渙襟情雅正藝能敏洽珥筆記言才光東觀張燈起草譽動南宮宜同蒲歲之遷式副爲郎之舉可行左司員外郎散官如故

授姜昂右司員外郎等制　前人

勑尚書金部員外郎姜昂殿中侍御史李常等勵節脩身敏才通識金曹典事頗効精勤白簡繩違久聞堅正皆能奉職宜稱遷升昂可尚書右司員外郎常可行侍御史散官勳如故

吏部員外郎

授鄭叔則吏部員外郎制　常袞

勑朝議郎檢校尚書吏部員外郎鄭叔則志經含章仗雅師儉罔有擇行未嘗近名省理辨疑時稱簡達才盛居東之佐禮處司南之重高選髦士以分劇曹正其舊員允是新命可尚書吏部員外郎散官如故

授李建吏部員外郎制　白居易

勑六官之屬選部郎首之歷代以來諸曹郎之中擇其踐歷久考第高加以有器局律度者遷焉今之選任亦由是矣兵部員外郎李建文行才理公勤課績可以具美宜居

厥官歲調方殷勉勤爾事可吏部員外郎

司封員外郎

授李知止司封員外郎等制　孫逖

勑至公之用本無偏黨惟善斯擢豈隔親踈匹從叔前京兆府奉天縣令上柱國知止等咸有人才見推公族秉惟清之操兼致遠之資朕每精念同盟不勤于德當懸右職以觀其徒先委宗卿精爲內舉量能考行歷載踰時名數則多升聞蓋寡倘膺是選諒在得人固可擢以清要遷於臺閣將觀志於七子冀齊名於八人宜各悉心佇聞成績可依前件書不云乎九族既睦平章百姓蓋由內而理外必自近而及遠凡我懿戚可不慎歟達道慢常義無私於

王法謹身勵節恩豈薄於他人期於率先勵我風俗深宜自勉以副明言

授邢宇司封員外郎制　賈至

勑前戶部員外郎邢宇雅志冲澹敏識精達養閑移疾亦有歲年南宮地清列宿虛位擢才進善以佐邦理可守司封員外郎

授班肅司封員外郎制　元稹

勑朝議郎前坊州刺史賜緋魚袋班肅馳競之徒能於寒暑之際不以憂畏移其厚薄之道者鮮矣聞爾爲祠部員外郎時值吾黜姦之日游其門者莫不詮竄奔迸懼懼其身惟爾安分不渝進退有素縉紳之論有以多之復爾中臺以厚吾俗勉慎其始無輕所從可行尚書司封員外郎餘如故

授馮韜司封員外郎等制　崔嘏

勑分列宿之位應覆被之榮入可以封還詔書出可以分領符竹優游於粉署之內談笑於錦帳之前苟非清才不在斯選以韜文章炳煥獨步詞科以同靖門胄光華深通聖典剬玉韜含章之美霜鍾蓄待扣之音是用升彼名曹擢於芸閣文昌之地職業非輕式佇彌綸更期遷陟韜可司封員外郎同靖可金部員外郎

司勳員外郎

授李畬司勳員外郎　蘇頲

勑朝議郎行殿中侍御史李畬雅負才學能循名教莅官執憲歷歲愈聞清操默識爲時所重俾樹聲於勳府宜矯步於仙闈可尚書司勳員外郎散官如故

授李岫司勳員外郎制　孫逖

勑朝議郎行京兆府司錄參軍上柱國李岫訓稟詩禮才稱英妙既博藝而能文亦謹身而勵節疆埸決勝是賴於台臣爵服懋功宜及於胤子雖讓爲德主父則固辭而賞以恩延國有恒典俾增章綬之寵仍在神仙之地可朝散大夫行尚書司勳員外郎勳如故

考功員外郎

授裴耀卿檢校考功員外郎制　蘇頲

勅朝散大夫行河南府士曹參軍裴耀卿士行純密文詞
典麗時人許其清秀職事推其綜核惟才是舉方憑止水
之明在位斯聞佇考觀光之彦可檢校考功員外郎

戸部員外郎

授張博濟戸部員外郎制　孫逖

勅朝議郎行河南府司録參軍張博濟心和識遠藝博詞
優清白承於教忠通明達於從政頃在河洛備聞紀綱郎
官選俊雅望攸歸時宰避親良才久滯宜膺特命俾踐劇
曹可尚書戸部員外郎散官如故

授權審戸部員外郎制　杜牧

勅文林郎守尚書水部員外郎權審湖嶺旱暵百姓楞耗

老弱死道上疆壯入賊中爰求使臣以救其弊執事者上
言爾審學古有文通知理道遂使乘驛視吾饑人果能臨
事知權受命達旨慰撫流散宣導恩澤蠲貸逋逸能裁濶
狹大小輕重各合事宜雖古所謂直指繡衣美俗使者言
之於爾無以過焉用超名曹以酬往効無曠官業勉服休
命可守尚書戸部員外郎散官如故

禮部員外郎徐彦樞改授戸部員外郎制　薛廷珪

勅具官徐彦樞吾前以儀曹員外郎南宮劇選求思特彦
克副僉諧聞爾先臣在會昌中事武宗皇帝文行脩整緯
有令名亦由至公膺此愼選得人之盛于今稱之而彦樞
趣嚮規爲能紹先志俾之繼美亦謂當才而能以爾令兄
執吾大柄絜矩彌峻避嫌不居牢讓之心確乎山立今吾
文安敢以流薄所尚兇爾操脩攷司人曹允叶中道亦欲
使彦若（乃彦樞之兄曾作相）展四體以事我秉一心而律人靡不有
初（一有鮮克有終四字非）爾無忘於自勵其下皆讓予庶幾乎有聞
稽乃檢身慮吾假器自待之旨何其優哉可

度支員外郎

授李元紘度支員外郎制　蘇頲

勅朝議郎守潤州司馬李元紘清貞不雜恬雅自居部劇
著於祠曹養能傳於宰邑頃聞出佐方馳日下之聲爰佇
入官猶屈黄中之美宜遷郎位以寵相門可行尚書度支

員外郎散官如故

金部員外郎

授崔夷甫金部員外郎等制　常袞

勅宣議郎守尚書駕部員外郎賜緋魚袋崔夷甫朝散大
夫行尚書祠部員外郎上柱國韋[illegible]（疑作㲉）等清心在公彊
力從政縱横之辯嘗亦專達緣飾以儒素推彊敏參訂（集作文參）
奏議頗練朝章宜從滿歲之遷俾轉（集作輔）分曹之次夷
甫可尚書金部員外郎散官賜如故[illegible]可行尚書倉部員
外郎散官勲如故

倉部員外郎

授陳惠滿倉部員外郎等制　蘇頲

黄門朝議大夫行尚書祠部員外郎兼判倉部員外郎上
柱國陳惠蒲操履堅剛能守文法朝請大夫前行太子舍
人上柱國蕭嵩風情瀟灑見推才器並頡頏清貫藉甚芳
猷大事曰祀蒸人以粒宜奉舊章俾承新命惠蒲可行尚
書倉部員外郎嵩可行尚書祠部員外郎散官勲各如故
主者施行

授崔郜倉部員外郎判度支案制　白居易

敕奉天縣令崔郜大凡南宮郎無非慎選者也况地官之
屬有堆案盈几之文有月計歲會之課故員郎不可踰時
缺不待滿歲遷（一作故員不可踰時缺郎不待滿歲遷）事劇才難斷可知矣
而郜自操白簡宰赤縣繩舉違謬惠養鰥惸皆有善聲著

于官次豈能於彼而不能於此乎宜率應人佐計務決繁
折滯期有可觀可依前件

禮部員外郎

授李華禮部員外郎制　賈至

敕九隴令李華學行董茂藻思清新譽流京劇政洽巴庸
會府章奏之殷春官典禮之要任難其選才可當人可試
禮部員外郎

授張元夫禮部員外郎制　白居易

敕殿中侍御史張元夫官有秩清而選妙者其儀曹外郎
之謂乎九殿內御史雖文才秀出功課高等者滿歲而授
猶曰美遷有如元夫連膺二選歷彼踐此僉以爲宜况怒
飛青冥翔集禁陛由兹去者十八九焉汝知之乎思有以
稱可尚書禮部員外郎

授徐商禮部員外郎制　李德裕

敕朝議郎殿中侍御史內供奉上柱國徐商于公以容駟
高門虞氏以昇卿名子其所全活不聞大賢猶誠感幽神
慶流苗裔矧乃祖徙以淑問嘗爲理官屬政在呂宗誅傾
王室將相陷辟忠良受誣而深念郡獄之冤固拒詔使分
别楚囚之濫自履危機義激命輕仁爲己任有是陰德宜
覃後昆爾風度粹和文詞溫麗列於清憲雅有貞標既旌
先正之忠爰舉賞延之典勉修官業無替家聲可

授宇文臨禮部員外郎制　崔嘏

敕凡在南宮必資望實而儀曹之選益難其人以爾松篁
清韻瓌璧貞姿以文學爲積行之基用規檢爲脩身之具
餙外以舉其衆能居中自持其謙益佐雲幕而鬱有佳聲
處霜臺而介然獨立玉墀之下益振金相載筆之間共推
直史是宜遷于粉署光彼文星勉膺起草之求無忝握蘭
之美可

授徐彥樞禮部員外郎制　薛廷珪

敕具官徐彥樞文昌列曹代稱清署宗伯之重時難厥官
其在外郎選擢尤重率多虛位以待當才聞爾澹以立身
謙而履道情田萬頃瑶林將玉樹森羅文律九成調露以
承雲交奏動必由禮人無間言克承德行之規不染脂膏

之態介然自立無愧前修是用聽彼羣情懋茲劇選斯文重振資爾之嘉謀時政有疑佇爾之儻論勉臨厥職紹乃家風敬蹈水泉以成踐履可

祠部員外郎

授韋少遊祠部員外郎等制　賈至

勑左補闕直弘文館韋少遊脩詞懿文終溫且惠守右監門衛胄曹參軍許登振藻揚采穆如清風並藏器於身陳力就列南宮郎位是登柱史（一作題柱）之才左禁諫臣方求折檻之直少遊可檢校祠部員外郎登可右拾遺

授褚長孺祠部員外郎制　常袞

勑朝議郎行起居郎集賢殿直學士褚長孺等國之才人

（一作俊乂）拔乎羣萃精力於學五經之大儒覃思於文三變而合雅繫年秉直及霤盡規侍從之勞著於厥服含香載筆允茲並命可依前件

授蕭睦祠部員外郎制　李虞仲

勑朝散大夫使持節袁州諸軍事守袁州刺史上柱國蕭睦中臺總天下之務分以郎吏各有司存前代用人率爲慎選以爾克茂才實嘗擢科名操尚端貞職業脩舉累登使局頃綰郡章（一作領郡符）仍去常見思居不自伐是宜陟以郎署佇其彌綸能稽舊章則無敗事可行尚書祠部員外郎散官勳如故

授李騭（總月作韋陟）祠部員外郎等制　崔嘏

勑由憲府而入文昌自藩方而昇粉署既爲佳選亦舉滯才爾等皆以文藻發身馨香馳譽早茂閨門之行又從賓幕之遊或賜告經時頗積退藏之美或綱丞上請雅膺選擢之科祠膳清曹省闥右地勉思起草無忝應星騭可祠部員外郎特可膳部員外郎

授章仇兼瓊主客員外郎制　孫逖

勑殿中侍御史章仇兼瓊雅有堅操嘗懷遠圖義不辭勞忠能盡節頃逾砂磧能正糾繩興國利於懸車振朝威於絕漠甄其績用宜遷禮闈之榮寄以澄清仍受憲臣之任可尚書主客員外郎餘如故

授裴薦攝主客員外郎制　賈至

勑左拾遺裴薦正直而溫洵美且惠有紛綸之詞藻懷耿介之志氣自居近侍屢獻讜言中原未寧隣國是協俾領攝於郎署爲專對之使人（者一作）可攝主客員外郎

授陸海主客員外郎制　常袞

勑朝議郎侍御史内供奉賜緋魚袋陸海儒流貫穿詞韻清麗貞以自檢峻而能通執法允歸於詳當閑邪不畏於彊禦雖近遷柱史未終莆歲之勞而高選星郎實在一時之俊俾參奏議期有損益可行尚書主客員外郎散官賜如故

膳部員外郎

授房宗偃膳部員外郎制　前人

勑朝議郎侍御史內供奉充山南西道節度管內支度營田副使賜緋魚袋房宗偃孝謹之風克傳素業賢良之器早負清才頃主方書兼毗戎政澹雅高潔在公著美臺郎之盛妙選當人處以彌綸茲謂稱職可行尚書膳部員外郎散官朋如故

授李德脩膳部員外郎制　白居易

勑尚書左曹（集作士）即自奏議彌綸外凡邦之牲豆之品醴膳之數實斜理之今文昌長佐（一作泊）春官卿以朝散大夫守秘書丞上柱國李德脩籍訓于台庭業官于書府掄才考第得補爲郎司膳欽員爾宜專掌可尚書膳部員外郎餘如故

文苑英華卷第三百九十一

文苑英華卷第三百九十二　中書制誥十三

南省八

兵部員外郎

授楊仲昌吏部員外郎李巖兵部員外郎制　孫逖

門下左司員外郎楊仲昌朝散大夫戶部員外郎李巖等雅才明識敏行能文脩身懷止水之清應物有操刀之利並膺時選所謂人英宜遷禮闈之秩更展劇曹之用仲昌可吏部員外郎巖可兵部員外郎散官各如故

授敬羽武部員外郎兼殿中侍御史制　賈至

勑攝武部員外郎朔方採訪等使敬羽美才多適直道斌私通明可以斷疑貞固足以幹事自持風憲糾逖回邪不吐茹於剛柔有鷹鸇之搏擊典能褒美俾轉臺端載執謙光思弘讓節宜遂其雅志退守本官可守前官

授栢耆兵部員外郎制　元稹

勑守起居舍人賜緋魚袋栢耆朕聞亟遷則彝倫斁滯賞則勞臣怠兼用兩者謂之政經夫南憲右掖至于中臺我朝之極選也俾爾環歲之內周歷茲任豈無意焉元和中盜殺丞相賊（集作疾）傷議臣齊冀之間交以榻端相嫁者自青溪窨中提轉丸抑闔之書馳於諸鎮使承宗疑否隔塞一朝豁然納質獻地克終於善承宗飢殁承元授事者又將朕教告命于承元萬衆無（一作誰非）諱一方底定此而不録

將何以勸九百多士無忘急病之心可守尚書兵部員外郎

授李虞仲兵部員外郎崔戎戶部員外郎制　白居易

勑劍南西川節度判官朝散大夫檢校尚書戶部員外郎兼侍御史上柱國賜紫金魚袋李虞仲劍南西川觀察判官朝議郎檢校尚書刑部員外郎兼侍御史雲騎尉賜緋魚袋崔戎等去年春朕憂西南事授丞相文昌鉞往鎮撫之次選郎吏有才實如虞仲輩者往贊理之故其制云苟佐吾丞相以善政聞寧久遺汝於諸侯乎今蜀政成矣蜀人乂矣是汝輩職脩事舉而奉吾詔書甚謹也矣一作前言

在耳安可弭忘並命爲郎主吾信賞虞仲可行尚書兵部員外郎戎可行尚書戶部員外郎散官勳各如故

授前司勳員外郎賜緋徐縮兵部員外郎前庫部員外郎李光嗣右司員外郎等制　前人

勑具官徐縮以丞相之子爲尚書郎人得見於會朝而不得見於私室其言不敢近政其動未嘗違譏用是寡尤式彰能訓論者美宣祖大臣以至行移風稱易名者必曰光嗣之王父也爾克敬有後敏以自函多所周防恐墜遺法而皆以去列可使陟居武庫都曹郎選惟重並舉而授無墮當官可依前件

授司封員外郎賜緋崔貽孫守兵部員外郎判戶部案制　錢珝

勑具官崔貽孫冠族以德範遺後昆者剛鯁清素代稱爾家又能樹立本根嗣守風法爲士之道自求必聞故朝缺美官人思公舉今丞相以版賦之重用爾爲佐理之才更遷右曹往事吾相無謂司貨籍者近乎俗吏而忽於躬親使滋其煩弊也可依前件

職方員外郎

授李何忌職方員外郎制　賈至

誥右補闕李何忌後進人物一時雋選或丕承清緒多負美才或直言正詞有犯無隱或繡衣持斧擿伏擒姦或馳譽翰林文詞藻麗或知名吏道政事詳吝在邦必達歷試

有聞宜居鵷鷺之列俾弘準繩之紀可試職方員外郎

駕部員外郎

授趙昇卿駕部員外郎制　蘇頲

勑朝議郎前行兵部員外郎上柱國趙昇卿爰以詞學亟兼文吏踐行貞固用心純絜校人秪事郎位求才宜膺賜筆之榮重陟含香之列可行尚書駕部員外郎散官勳如故

庫部員外郎

授崔玄曀庫部員外郎制　李嶠

鸞臺朝散大夫行尚方監丞崔玄曀理懷沉正文藝優深內府策名已馳聲績中臺揆務更佇良能宜收起草之才

俾昇握蘭之位可行文昌庫部員外郎散官勳如故主者施行

授趙良弼司庫員外郎制　賈至

勑攝河東司馬趙良弼以敬直方內義形於色蘊帷幄之謀畧真（一作是）士林之忠良元戎起行師出以律將謀韓厥之職宜選子方之智俾登仙署仍佐中權可行司庫員外郎充朔方行軍司馬

刑部員外郎

授張景昇刑部員外郎制　蘇頲

門下太中大夫尚書都官員外郎上柱國張景昇操履精務刑書洞曉自邇郎位咸服吏能用於噬嗑必資哀敬不蔽之審惟才是擇可行尚書刑部員外郎散官勳如故

授栢庭昌憲部員外郎制　賈至

勑監察御史栢庭昌吏道稱優公才致遠文法之用蓋推於友朋操割之能亦聞於臺省仙郎之選人譽是歸道有籍於簡乎官不循於資序當茲清職宜最慎擇可憲部員外郎

授崔殷刑部員外郎制　常袞

勑朝議大夫試太子舍人兼殿中侍御史崔殷學義精深詞華絢（集作縟）麗甚堂郎高選清論洽於朝倫郡椽左遷善聲彰於時聽頃從獎序未副才名亟（集作宜）膺新命俾光舊列可行尚書刑部員外郎散官如故

授王鐩刑部員外郎制　白居易

勑刑曹外郎缺朕詔執事擇可以善於其職者而殿中侍御史王鐩自居殿中能察非法連鞫庶獄多叶平允（一作反）加以溫敏靜專可當是選一歲之獄決在秋冬今方其時宜敬乃職可依前件

授李行修刑部員外郎制　李虞仲

勑登仕郎殿中侍御史內供奉護軍李行修沉正爲質發彊於用敏識可以周務懿文可以誠身連擢憲闈聲績甚茂近以江淮災旱睠切疲黎舉爾忠實往申慰撫攬轡有卹人之色登（一作旋）車多濟物之心（一作方）旣表嘉庸仍當蒲秩（一作歲）優其遷擢以勸公勤刑曹詳讞之難郎署彌綸之

重斯爲盛選無愧當官可守刑部員外郎散官勳如故

授李朋刑部員外郎李從晦都官員外郎等制　杜牧

勑書曰庶獄庶事予罔敢知此乃周文王之所以理天下也惟獄惟事會於南宮求郎之難豈敢輕易將仕郎侍御史內供奉李朋能積行實發其詞華勁正端慎官業克舉天平軍節度副使朝議郎檢校尚書祠部員外郎兼侍御史賜緋魚袋李從晦宗室子弟美秀而文嘗經磨涅不改堅白今者取自憲府擢於幕吏各有所授皆爲清秩當自宣室受讞之際思蒲堂飲酒之言至於刑章尤繫念慮予曰罪爾勿罪予曰寬爾勿寬問法何如無即上意各宜勉

勵勿自輕怠朋可守尚書刑部員外郎散官如故從晦可守尚書都官員外郎散官賜如故

都官員外郎

授苗發都官員外郎制　常衮

勑朝散大夫前守秘書丞龍門縣開國男苗發德享流光相門才子代重一經之業家承萬石之風理詣精微行歸純至麗以文藻振以英華端其誠而有恒敏於事而兼適早登學省用汰儒流衮紱外除素冠未改弟兄有裕清論多之處以彌綸之職當茲俊茂之選可行尚書都官員外郎賜緋魚袋散官封如故

授侍御史沈栖遠右司員外郎殿中張玄晏都官

員外郎制　薛廷珪

勑具官沈栖遠等由御史觴為尚書郎選擢之重難踐歷之清切所以廣毓材之道也以栖遠清白矯正藝實揚名魯人將以為木鐸太一下傳其洪範石渠鉛槧諫署淹翔動靜有常職業惟允以玄晏詞無枝葉道有汙隆復君子之中膺練國朝之故實直方之氣僉論多之文藝之優前輩高許而皆乘驄衣繡為我憲臣揩佞埋輪恪居官業疇其久次爰俾序遷勉思伏奏之勤無忘率職之重可

比部員外郎

授莫藏用比部員外郎制　常衮

勑朝議郎檢校尚書倉部員外郎兼侍御史克稅青苗錢使判官賜緋魚袋莫藏用餙以文行敏於理道(集作政理)自執霜簡頗振風憲頃馳輶(一作輅)軒尤詳使命務辨斯切(集作尤詳使務倚辨斯切)積勞有成宜正列星之次俾承賜筆之寵可行尚書比部員外郎散官如故

授張勝之比部員外郎制　李虞仲

勑宣武軍節度判官朝議郎檢校尚書戶部郎中兼侍御史賜緋魚袋張勝之早以自牧文而有禮既踐憲臺遂參相府事人見必盡之操在醜有不爭之美尚書列曹分莅職聽其會計以考歲成擢用為郎是稱清選勉(一作講)爾從政以體輿議可行尚書比部員外郎散官賜如故

授李渾比部員外郎等制　崔嘏

勑著作郎李渾等台庭積慶文苑馳聲王讓其溫華山挺其芳茂幼聞詩禮在家推鯉也之賢夙稟清英行巳有譪然之譽逢丘探討蓮府周旋頗聞編軸之功雅得副車之體綢曹妙選粉帳華資方承絲服之榮共許應星之美為郎匪因於父任題柱自奏於帝知勉服鴻休更觀驥騁可依前件

司門員外郎

授高弘簡司門員外郎判度支案制　前人

勑司國計者統天下之財貨量入以為用在於賦有餘也事歸一途故必馭(一作取)其疆力多聞分掌簿籍俾操剸無滯精明莫欺弘正上言以爾嘗居憲署亦領郡符適於吏

術素傳儒業是可以分列宿之位理聚人之財爾其佐我
才臣資於國用無俾徤酷以罔遺利可依前件

工部員外郎

授李全昌工部員外郎制　蘇頲

門下朝散大夫殿中侍御史李全昌措懷條暢臨事明允
執憲繩違以文從吏五材審用百工爲職握蘭之美賜筆
攸歸可行尚書工部員外郎散官如故主者施行

授李岑工部員外郎制　賈至

勅京兆府兵曹叅軍李岑敏而好學出言有章累登甲乙
之科嘗居匡輔之任儁才利器在邦必聞俾振翮於仙署
用揚光於列宿可工部員外郎

授羅讓工部員外郎制　元稹

勅義成軍前度支判官朝議郎檢校刑部員外郎兼侍御
史上柱國賜緋魚袋羅讓昔陶弘景一代高人始願四十
爲尚書而猶不遂國朝選署尤用其良以爾讓敏而好學
直而能温甲乙亟登班資歷踐頃將軍辟士權資孫楚之
坐籌今會府掄材復奬馬宫之射策無忘辨護以宣程品
日省月試用勸百工可尚書工部員外郎

屯田員外郎

授游子騫屯田員外郎制　蘇頲

勅通直郎行殿中侍御史河北道度支營田使游子騫在
公必慎臨事克誠言用身謀智爲心計頃持憲簡嘗驚使
車性則甄明動惟弘益宜登仙署之列佇揔公田之事（一作重）
可尚書屯田員外郎散官如故

授宋晦屯田員外郎制　賈至

勅行殿中侍御史宋晦質性温敏行能詳實再策名於霜
簡久更事於輶軒理必有常條而不紊禮闈舉直郎署求
才俾廻秋憲之威以佐冬官之屬可屯田員外郎

授蘇彰（總目作漳）屯田員外郎制　崔嘏

勅具官蘇彰嘗以藝能再昇憲府聞其奉使亦甚稱職往
來萬里勤勞一心而卧疴經時賜告踰歲遷居粉署用應
星文勉思覆被之榮無忝握蘭之美可屯田員外郎

虞部員外郎

授劉繹（總目作澤）虞部員外郎制　孫逖

門下朝散大夫行河南府倉曹叅軍關内道度支判官上
柱國彭城縣開國侯劉繹緒（一作署）業清華行能修飭表過
明於吏跡持雅正於公心幕府徵才久聞成効星臺列位
宜膺俊選可尚書虞部員外郎餘如故

授丘紓陳鴻員外郎等制　元稹

勅朝議郎行左補闕上柱國丘紓諫諍之臣入言於密勿
之際群下莫得而知然而政有汙崇由爾之得失也朝議
郎行太常博士上柱國陳鴻禮秩之官草儀於朝廷之内
四方之所觀聽是以察其事爲見爾之能否矣以爾紓久
於侍從可以序遷以爾鴻堅於討論可以事舉並命省闥

足謂恩榮愼乃攸司無遠夙夜紹可膳部員外郎鴻可虞部員外郎

水部員外郎

授王珙水部員外郎制　蘇頲

門下宣議郎試大理評事王珙奕代儒雅門傳教義風襟育粹詞韻含清雖職尚安卑而才方致遠連枝席寵爰暎於棣華起草升榮俾光於蘭掖可朝散大夫水部員外郎主者施行

授鄭澣水部員外郎制　常衮

勑朝散大夫[集作郎]殿中侍御史内供奉賜緋魚袋鄭澣族華才俊風韻朗然禮以約己學以潤政常在清選久於持綱廉平簡直甚有名望舊制尚書郎缺以殿中執法次補之服我新命用循階歷可守尚書水部員外郎散官如故

授張籍水部員外郎制　白居易

勑登仕郎守國子監博士張籍文教張[集作興]則儒行顯王澤流則歌詩作若上以張教流澤爲意則服儒業詩者宜稍進之頃籍自校秘文而訓國胄今又聚名揚稱以水曹郎處焉前年以來凡歷文雅之選三矣然人皆以爾爲宜者豈非篤於學敏於行而貞退之道勝邪不與之寵名何以奬夫[集作與之寵名可以奬夫]不汲汲於時者可守尚書水部員外郎散官如故

文苑英華卷第三百九十二

文苑英華卷第三百九十三　中書制誥十四

憲臺一

御史大夫

授尹思貞御史大夫制　蘇頲

門下國之副相位亞中台自非[舊唐書作匪]邦直孰司天憲銀青光祿大夫將作大匠[隋煬帝改匠爲監唐初復舊天寶中再爲監今尹思貞除命在開元初英華作大匠是矣或以爲監非]天水郡開國公尹思貞賢良方正碩儒者德剛不護缺清而畏知簡言易從莊色難犯徽先王之體要敷衽必陳拆佞臣之怙權拂衣而謝故以事聞海内名動京師鷹隼是擊豺狼自遠必能條理前弊發揮舊章宜承弄印之榮式允登車之志可御史大夫封勳如故主者施行

授宋璟御史大夫制　前人

黄門三台副職百寮之師紀綱是任莅事惟能國子祭酒上柱國廣平郡開國公東都留守宋璟含純粹之德秉清剛之氣學研精以辦政文體要以經遠古人之察數言有訓君子之愼擇行無違正色而自其陽秋立誠而不借風雨必能靜專動直獻忠納規常聞沃心之任靡憚犯顔之情使其坐以鎭俗毅[一作嶷]然當朝則不能者退不仁者遠王臣蹇蹇懦夫有立俾光天憲式副人瞻可御史大夫勳封如故主者施行

授李傑御史大夫制　前人

黃門副相之重群寮取則爰理其綱錫之以印河南府尹上柱國武威縣開國子李篠直清浩素剛斷精密學究文儒才優經濟物寧滯用若遇盤根人或蒙永似開明鏡心公而惡去聲一本作正惡道正以閑邪河南擅聲天下稱最必撿齊霜憲弘長風猷俾其立朝用爾敦俗可御史大夫勳封如故仍驛赴京主者施行

授敬括御史大夫制　常袞

門下天子綱紀屬於風憲所以彈肅公卿課第牧守姦詐不息法令將廢豈奉憲者道未明歟眷求忠賢舉我事典金紫光祿大夫行同州刺史兼御史中丞充本州團練使守捉使上柱國平陽縣開國子敬括河汾大儒博達今古

清心素行高簡自居粲然文章如振金石職更要重處以公亮不恃祿以私身每依經以制事頃以馮翊近輔化絫京師凋殘之餘勞徠所屬自廷尉之列分內一作外史之餘清靜而鎮流庸悉歸閭閻小康理行第一休有聲績副茲厚委一作遇肆予命爾亞秩台司無以時或多虞法有所貸必訪故實以澄源流直道而行不仁者遠慎乃名位為時行之一作而時飈之可行御史大夫散官勳封如故主者施行

加劉栖楚御史大夫制　李虞仲

勅都輦之下居百郡之首尹正之重俾四方承流苟或抱誠不驚豪右自息所宜增秩以稱任能朝議郎守京兆尹上柱國賜紫金魚袋劉栖楚長才挺生利用能斷徇公忘

已奉上絕私居多急病之心動著必聞之羨黃旗之姦不發赭裙之盜靡聞載勤檢馭之方頗精風化之本繁爾才術副予簡求朕所以惜其聲猷難議遷擢尚留劇任更俟常官就加青綬之秩重委黃圖之理宜崇望實無替威名可以本官兼御史大夫餘如故

御史中丞

授崔沔御史中丞制　蘇頲

勅朝請郎守尚書虞部郎中崔沔純至之心求忠出孝精微之用博學多文故能清以激貪靜而鎮躁頃攝官持憲屢繩諸墨臨事不詘在公則聞宜正三獨之名以光二丞之秩可守御史中丞知東都留臺司事一作散官如故

授李懷讓御史中丞制　前人

黃門貳彼副相一其三獨不任宏才孰膺高選朝議大夫守給事中上柱國李懷讓直方孤聳清迥特立祇服文儒克脩典禮持踈網而不漏常嫉惡以闢邪泛虛舟於自然不近名而過實必能克去煩苛之小節知憲章之大體允符群議光踐中司可守御史中丞散官勳如故

授崔器御史中丞制　賈至

門下權判文部郎中崔器閑雅存誠公而不黨有欒枝貞慎抱史鰌正直歷踐清列名與實偕今豺很未寧中外多故群才難用則哲惟將肅其準繩舉其憲則俾不仁者遠邪佞以慘爾其留心宜專糾正一作逖可守御史中丞餘如

故

授王敬從御史中丞制　孫逖

門下肅我具寮謂之秉憲貳于次相必也任賢中書舍人上柱國王敬從雅量深遠周才傳達脩德行於身謀致文詞於國用自居近密頻歷嚴時忠公盡於掌綸淑慎形於（一作闕於）削藁必能執其繩準正彼簡書宜拜三獨之雄且膺八使之選可中散大夫御史中丞仍充京畿採訪處置等使勳如故

授蕭諒御史中丞制　前人

門下副相之亞朝綱允屬缺官之舉時選攸難鴻臚少卿蕭諒直道有恒澄（一作公）心不撓果斷之用操利器於筆端

通明之識置煩文於度外所歷清要必聞聲實將求獨坐更佇兼才斯正色於準繩俾生風於臺閣可御史中丞充京畿採訪處置等使

授蕭隱之御史中丞制　前人

門下列彼三獨儆于百寮選衆爲難舉能斯在中大夫檢校太府少卿東都知糴等使護軍蕭隱之敏行深識貞標雅器性與公清學欺於暗室才優決斷豈避於盤根自任以長府委之平糴備聞堅正深叶和均將寄朝綱允副人望宜贊貳於南憲俾肅清於東都（一作路）可行御史中丞仍充東京畿採訪處置使兼充和市和糴使散官勳如故

授張獻恭御史中丞制　常袞

勑開府儀同三司行梁州刺史兼御史中丞山南西道節度觀察處置度支營田等使上柱國南陽郡開國公張獻恭正以居業直以輔仁行三復而無玷剛百汰（一作鍊）而不缺階歷要重發揮刑政分總戎詰禁之柄處導俗宣風之長講求典禮以訓三軍精辨文法以檢群吏贍助孤老懷和遠夷峴南之輕裘緩帶蜀郡之得賢樂職交脩文武儁諸古人而貞方侃然清峻自處端本靜性（一作末）未嘗及私固可以準繩朝廷課第郡國入正二丞之列俾分三獨之事可行御史中丞散官勳封如故

授盧絢裴寬御史中丞制　張九齡

勑朝議大夫中書舍人內供奉上柱國盧絢朝散大夫檢

校尚書左司郎中兼侍御史內供奉知臺事護軍裴寬等動有風規成禮樂之度行爲探準是衣冠之則頃登臺閣載光天地可以執儀三獨肅端百寮繩糾（一作舉）所歸澄清斯在宜展舉能之効俾申執憲之誠可檢校御史中丞散官勳如故

授薛存誠御史中丞制　白居易

勑庶官之政得人則舉況中執憲準繩之司所以提振紀綱端肅內外蓋一職脩者其斯任之謂歟給事中薛存誠選自郎署列于左曹居必靜專言皆讜正章疏駁議多所忠益可以執憲立於朝端況副相方缺臺綱是領糾正百官（集作司又作度）爾得專之夫直而不絞威而不猛不附上而（集作

以急下不紀弱而（集作以）遠疆率是而行號爲稱職敬服斯命往其懋哉可御史中丞餘如故

授柳公綽御史中丞制　前人

勑中憲之設糾繆懲違一引其綱百舉其職非清與直不稱厥官諫議大夫柳公綽忠實有恒文以詞學介然端直有古之遺風頃居臺憲累次郎位持平守正人頗稱之擢首諫司器望益重今副相虛（集作缺）位中司專席惟有守者可以執憲惟無私者可以閑邪詢事審官爾當是選光昭新命振起舊章宜一乃心以揚其職可御史中丞散官勳如故

授韋有翼御史中丞制　杜牧

勑昔貞觀開元之爲理也達隱必見情僞必知天下如一家兆庶如一人無他道也綱目皆振法令必行祖宗在天方冊在地人存政舉行之非難（集作艱）故用正臣委之邦憲朝請大夫守尚書刑部侍郎上柱國賜紫金魚袋韋有翼藏仁而行抱義以處墻仞中（集作裏）峻壇宇外寬介特守君子之疆文學盡儒者之業周歷華貫擢爲諍臣攻予甚專言事頗切頃試左輔移理陝郊馮翊之恐失倪寬潁川之喜得黄霸壺漿迎路繼屬攀車徵爲公卿愈見風采恤刑慎罰守法當官巍然立朝爲時準直今者跡其率履委之糾繩爾其念惠文彈理之言思立秋受（集作授）署之旨三尺律令四海紀綱所宜公共無卿（集作即）上意古人有言曰凡爲武鼠計於用捨今之倚任佇觀爾能唯君知臣無累所舉可御史中丞散官勳如故

授前兵部侍郎薛昭緯御史中丞制　錢珝

勑國爵之設公器也君將揭而與之者必問於朝皆曰可與則徇公允御史中丞持天下所共之法等乎庶尹重有加焉乃詔名卿來承俊選具官薛昭緯吾閿元和遺事嘉爾祖執憲之能執躅可尋風聲自在羡延後嗣克奉貽謀爾又歷落開懷精明照物好讓不惑寡過自疆出典誥而理勝辭豐第甲乙而以文蕪行且屬多梗使于列藩與諸侯言繁安危事自肺腸而到社稷激意氣而誘公忠選無虛褒（一作選無重裝）言有清論皆入吾耳盡知乃心宜正衣冠立

爲繩準將分厥職惟聽玆言夫太剛太柔不折則廢作之可久必在居中爾當率寮屬以講求振綱條而審固與其就名而生事未若審實以業官勉思勤行無害有益可依前件

授中書舍人獨孤損御史中丞制　薛廷珪

勑漢制御史中丞入朝得與尚書令專席而坐示威重於百辟也前代之盛風猷具存國朝用人職業尤重非材優望峻者不中玆選丞相言爾中書舍人獨孤損儒林挺秀卿族騰芳文擅菁英學窮壼奥演之爲事業暢之爲人文立我明庭號爲端士逮於寡昧歷事三朝勞爾班行向踰二紀徊翔兩掖尹正神京有聲載揚休問逾暢自掌我誥

命垂爲典謨煥一作炳然一家之書擬于三代之際器業事
望由兹而盐隆蘊勵琢磨所向而可仗朕言念理本係于
臺綱詢謀股肱謂爾宜稱今以爾爲御史中丞其爲我峻
爾風望正言㦸類無憚觸邪勉思舉職佇觀爾志以稱我
心

授吏部侍郎徐彦若御史中丞制　李磎

勑御史中丞以獨坐爲稱豈特崇貴之而已昔常仁約是
其官僚耳猶以鵰鶚自許不肯押公卿激揚清風振駭良
吏況長其屬者可忽慢哉兵戈以來紀綱廢壞不惟提舉
未易其人執政上言云具官徐彦若嘗司憲臺甚著聲績
而自轉遷稱速憤懣猶多使之復爲必或愈於前日且其
祖在天后朝爲大理有正直詳評之聲于公積慶因成相
門而彦若克嗣其家端莊自立踐歷華貫聲聞藹然俾持
準繩無以易者是用輟天官之貳再尊任之爾其砥礪厥
心無忝所舉可依前件

文苑英華卷第三百九十三

文苑英華卷第三百九十四　　中書制誥十五

憲臺二

御史知雜

授崔寛侍御史知雜事制　常袞

勑朝散大夫守尚書考功郎中長春宫使判官賜紫金魚
袋崔寛南臺自兩丞之亞以久於其職者叅領群務近制
或選尚書郎累更執憲著稱一時多以本秩行御史曹事
以寛介直方潔秉彝守中學可辨政文皆達理試用有績
素知其才近司考課事任循簡足以兼濟存乎使能佇揚
峻風無或廢命可兼侍御史知雜事如故

授李琄侍御史知雜事制　前人

勑殿中侍御史内供奉李琄宗室良才士林雅望懿以文
行精於吏術近叅清憲益著令名舉兹臺綱屬在公器宜
膺俊選佇揚厥職衣以朱紱光兹白簡可侍御史知雜事
仍賜緋魚袋

授高允恭兼侍御史知雜事制　元稹

勑御史府不以一職名官盖揔察群司典掌衆政副其丞
者是選尤難而御史丞僧孺首以朝議郎守尚書户部郎
中判度支案飛騎尉高允恭聞於予曰允恭始以儒家子
能文入官在監察御史時分務東臺無所顧慮爲刑部郎
中守訓典復以人曹郎佐掌邦計懸石允釐揀之集作不而
煩簡而無傲靜專動直志行脩明乞以臺郎兼授憲簡雜

錯之務一以咨之朕俞其言爾其自厲（集作勉）無俾僧孺昧於知人可守（一作以）本官兼侍御史知雜事餘如故

授崔瑨職方郎中御史知雜事制　白居易

勑近歲以來副相多缺朝綱國紀咸委中憲而侍御史一人得揔臺事以左右之今御史中丞德裕以中散大夫行尚書吏部員外郎上柱國崔瑨守文無害涖事惟精在郎署中推有才理奏補是職請觀其能因而可之仍加寵秩操執舉措爾無自輕可守尚書職方郎中兼侍御史知雜事餘散官勳如故

授鄭處晦職方員外郎兼侍御史知雜事制　杜牧

勑朝議郎行尚書職方員外郎上柱國賜緋魚袋鄭處晦御史中丞常有翼上言曰御史府其屬三十人例以中臺郎官一人稽糸其事以重風憲如曰處晦族清胄貴能文博學人倫義理無不講求朝廷典章飽於聞見乞為副貳以佐紀綱以爾處晦嘗居內庭草具密命自以疾去于今惜之頗俞其言如我自得有翼為爾之知己予為有翼之德隣上下交舉豈有私愛勉脩職業所報非一可守本官兼侍御史知雜事散官勳賜如故

授兵部郎中鄭黃庭兼侍御史知雜事制　錢珝

勑具官鄭黃庭法者治之具也以人就之則得其所理矣而執法之吏剛失入柔失入懦有善執者惟君其中今

御史中丞歸昌以贊貳之闕推擇斯難舉爾之書稱善頗至亦聞爾端肅詳慎能理其身移之當官信可陳力夫理之不勝吏實相循處剛與柔期于無失審固在己遵行有章克念居中斯為善執可依前件

授禮部員外郎集賢院直學士賜紫金魚袋王摶刑部郎中兼御史知雜事制　前人

勑御史中丞光逢以望輊憲縉紳間咸觀其初故選薦府僚審而後定以爾學文惟博藏器則深正道甚夷有進不競其守則峻其用必通斯可正秋曹即率白簡吏貳綱紀之服執而整墮矣古皇之庭實生砡戭安得今之服冕不若其古者之為草乎官有舊章爾當明舉可依前件

授王摶兵部員外郎兼侍御史知雜事等制　李磎

勑持紀綱以貳于中司書言動以歸于太史二者亦重矣而躁競者徒利於轉遷輩薄者止貪於清近問以職業則杳如物外遂使南臺無典章可采東觀無注記可求壞法曠官莫斯為甚某官王摶等並以科籍早登朝列而憲署以摶茂族英才嘗雜事於亞相皆言其所蘊蓄未盡施設請復兼柱下進省曹以用之丞相以梲大臣今予日禀訓於名父皆言其所聞見妙得規模請引之朕前委直筆以觀之是用同獎擢無所疑焉爾其厲乃冰霜謹乃毫簡勿循往例以正時風可依前件

侍御史

授鼎州司兵參軍崔昇等侍御史制　李嶠

勑承議郎前行鼎州司兵參軍崔昇等學可從政文能按章幹局並優清勤咸著丹墀持法旣佇良才白簡繩違尤資器識宜膺石室之命俾參鐵冠之侶可依前件

授何彥則侍御史制　李迥秀

鸞臺朝議郎行佐肅政臺侍御史上柱國借緋何彥則風標峻遠志懷毅烈學妙（一作涉）群言行歸直道營屯河右克贍軍儲校律湟中載清夷落歲寒彌勵終始不渝宜承懋賞之恩允穆增榮之典可朝散大夫左肅政臺侍御史勳如故

授慕容珣侍御史制　蘇頲

門下朝議郎行密州司馬員外置同正員慕容珣志竭忠讜才克學行方書之亂門傳御史直繩必踐廷奏姦人凜然生風不避當道醜正非罪遺賢久（一作攸）歎長鯨已戮擊隼方秋宜貴寵章復膺清憲可朝散（一作議）大夫行御史臺侍御史主者施行

授褚璆侍御史制　前人

勑通直郎監察御史裏行驍騎尉褚璆清識雅致遒文贍畢養能見其盤錯臨事杜於脂韋比鷙輕軺且持嚴簡逢二庭之寇無乏於餽軍徼萬里之兵有聞於赴敵念勞斯屬懋賞攸憑增遷御史之端式寵侍臣之列可侍御史勳如故

授張遊侍御史制　前人

勑朝議郎行司農寺丞張遊清方自居專直上挑秋風始擊每勵鷹鸇歲寒後凋斯見松栢國儲在於紅粟王憲持於白簡式寄人天之重更聞臺閣之遷可行侍御史散官如故

授游子騫等侍御史制　前人

勑營田使游子騫等砥操礪行慎言檢迹清公乃持法之端詞學皆養能之要臨事必果已畏神羊執心不回先聞擊隼宜在鸞階之列用成烏府之遷可件前件主者施行

授楊瑒侍御史制　前人

勑朝議郎行殿中侍御史楊瑒風度凝整器懷沉密清心所以激貪明識由其應務頃司王憲深練朝經體文質以會理適柔剛以為用必能覆繩作則執簡弘宜夙從臺閣之遷更寵軒墀之列可行侍御史散官如故

授呂周侍御史等制　孫逖

勑行殿中侍御史呂周等體貞（一作含）忠厚器韞通明能兼餙吏之文更有過人之實並膺明選克振朝綱宜展才於草議俾遷榮於執法可依前件

授元巽侍御史制　常袞

勑朝議侍御史內供奉元巽踐行直方秉心純密懿文經務持法奉公積勞既深令聞斯洽宜從職員之正式光風

憲之選可侍御史散官如故

授蔣將明侍御史制　前人

勑宣議郎殿中侍御史供奉東都留臺蔣將明祗服文儒精詳禮體持素範以行己秉清心而在公執法不遠峻風自遠俾遷柱史分領臺綱可守侍御史東都留臺散官如故

授崔益侍御史制　前人

勑通議大夫侍御史內供奉前諸道營田使判官靈昌郡開國公崔益積德垂裕清才致遠乂佐稷農之重仍參邦憲之列事必精當勤而有成宜正臺綱以明朝獎可侍御史散官封如故

授孫會侍御史制　前人

勑朝散大夫侍御史內供奉充福建節度判官知上都留後賜緋魚袋孫會聞義執禮直以方外守信敦睦斷無他腸紹儒門之學行工詩人之比興服我清憲介于戎車休有令名動皆成務允是公選正其命秩可行侍御史散官賜如故

授杜暹等侍御史制　韓休

勑朝議郎行殿中侍御史杜暹禮樂之器直方効節通直郎殿中侍御史內供奉馮宗文儒之業堅正在心咸以清公副茲望實風霜既肅臺閣推美持我邦憲載穆時談俾遷周史之能更奉楚冠之任並可侍御史

授裴注等侍御史制　元稹

勑水部員外郎（五字集作諸道鹽鐵轉運東都留後兼侍御史）裴注等法者古今所以（集無以字）公共也一日去之則百職盡墜是以秦漢以降御史府莫不用剛果勁正之士以維持紀綱季代（集作氏）而還埋輪破柱之徒絕不復出朕甚[illegible]焉去歲以來俾（集作比）命御史丞爲宰相蓋欲慰薦人之不敢爲也爾等或以吏最或以學聞當僶𠈁慎簡之初遇朝廷渴用之日又安可迴惑顧慮於豪黠而姑以揖讓步趨之際爲塞職乎可依前件

授李蔚侍御史盧潘殿中侍御史等制　杜牧

勑將仕郎殿中侍御史李蔚劍南西川節度判官朝議郎

檢校尚書禮部員外郎檢校御史上柱國賜緋魚袋盧潘等夫法不立而化行惡不去而善進雖使堯舜在上未之有也故御史之舉職者前代有埋輪都亭之奏國朝亦有戴豸正殿之劾若非端勁知名之士不在斯選蔚以文行進用已著勞効潘以儒雅流聞今膺拔擢有司列狀詞旨頗公使吾綱目盡張隄防不壞不在法吏其在他乎朕闢祇宮之門開天下之口企以待理無有厚薄爾等吐茹侮畏之道能不愧於詩人斯塞職矣可不勉之蔚可守侍御史散官如故潘可行殿中侍御史散官勳賜如故

授温璋侍御史制　崔嘏

勑大理丞温璋朝廷用人不獨取名聲暢茂曹唱群和而

命之至於御史府尤藉才能以責官業前時陰率衆吏搆成姦謀焚我帑聚其主事以火事上聞付于理寺而璋於群疑之中獨出明見比令左驗事則果然此真憲府之任也俾戴豸冠仍加朱紱勉思奉職無忝我用才之意可依前件

授盧琥等侍御史制　　前人

勑前義武軍節度判官盧琥東川節度判官爾朱抗等侍御史居其府則掌領推按糾繩愆尤立於朝則正其視瞻峻彼風範官號清重才資鯁直板而用之不在階級爾琥爾抗立身有文能用嘉猷參于將席憲丞上請咸曰得人嗚呼神羊在庭屈軼在砌觸邪指佞二物可師無爲畜縮

以孤我誠臣之舉可依前件

授崔義進侍御史趙光裔鄭初殿中丞李皎監察等制　　薛廷珪

勑崔義進等吾近以風憲之任委諸名卿中外肅然佇其振舉果於掄選能擢菁英且言澄濟秉彛進退由禮句義進之脩整也無怠句墻岸山立句時情藹然句光裔之峭直也不黨句英華發外句清勁積中句初之蘊蓄也無多謝於前脩句聞善若驚句覆簣不止句皎之砥礪也頗自彊於遠槩皆克荷先訓來爲聞人俾之整肅周行懲艾風殺一作救皆可疑觸邪指佞厥有可觀爾當其才朕俞其請各揚厥職懋對天休可依前件

三百九十四卷

文苑英華卷第三百九十五　　中書制誥十六

憲臺三

殿中侍御史

授鄭溥殿中侍御史等制　　蘇頲

勑奉議郎行監察御史鄭溥等志蘊公忠才兼學行守文法以明練循憲章以清直神羊共觸常聞避馬之雄夕烏明飛疑作夕烏明飛俾叶遷鶯之舉可依前件

授敬昭道殿中侍御史等制　　賈至 總目何蘇頲

勑朝議郎行監察御史敬昭道等見素爲曆懷清守道學以潤身文能比事自秉驄驍謁禁一作繫隼秋飛或出稟王綸或入持天憲傳衛一作使者之命往則有功按罪人之贓

居而不撓因其績用採以聲華宜叶歲遷允符時議可依前件

授第五琦殿中侍御史等制　　前人

門下監察御史第五琦南海長史楚璆等吏才貞固公心諒直可以佐軍帥歷試艱難必聞其政南越留務西憲準繩是擇髦傑用康厥任俾膺寵命欽乃攸司第五琦可殿中侍御史楚璆可守南海長史兼衞尉少卿餘如故

授高岑殿中侍御史制　　前人

勑京兆府長史高岑脩詞立誠好古博雅策名早從於吏道當劇無聞其政聲人而多鄙脫對很之肆豈士也有節挑戎寇之逆命貞心峻操無忝前脩宜超柱史之列用旌

（一作激）忠臣之志卒可行殿中侍御史

授盧虛舟殿中侍御史等制　前人

敕大理司直盧虛舟閑邪存誠遯世頤養持操有清廉之譽在公推幹蠱之才大理評事權臯臨難思義守死善道見危必稪其臣節在困能變於人謀憲簡繩違紀綱斯屬宜擇髦士俾肅周行虛舟可殿中侍御史臯可監察御史

授董晉殿中侍御史制　前人

敕汾州司馬董晉恪慎勵精詳於吏事飲氷將命克有成績準繩之地舉直任能俾彰善於使車宜即真於憲簡可殿中侍御史

授李常殿中侍御史制　孫逖

敕朝散大夫行河南府陸渾縣令李常等堅白持操通明效官彰吏跡於神州著公方於近縣秉憲之職惟方是與俾諧僉議用肅具寮可依前件

授蓋又玄殿中侍御史制　常袞

敕監察御史蓋又玄直清勵行弘濟知名擢在憲司綽然有裕董其軍賦成績可嘉宜增執簡之威仍佐登壇之律可殿中侍御史

授王延休殿中侍御史制　前人

敕朝議郎行監察御史東都留臺王延休雅有文行精於吏術自膺察視克舉風憲績勞當選（一作遷）獎善惟先（一作允）俾新執法之寵式光纍序之進可行殿中侍御史依前東都留臺散官如故

授王翼殿中侍御史等制　徐安貞

敕朝議（一作請）郎行監察御史王翼五從弟朝請郎行監察御史級等咸以貞固爰司察視騤聞舉直亦旣懲姦歲月增深昇遷有序並可殿中侍御史

授崔楚臣兼殿中侍御史制　白居易

敕成德軍節度押衙銀青光祿大夫檢校太子賓客兼監察御史崔楚臣材膺爪士職在牙旗每祇命以奉辭必竭誠而得禮旣加詳敏亦念恭勤式示寵名宜遷憲秩可殿中侍御史餘如故

授裴廙殿中侍御史制　前人

敕具官裴廙貞觀初張行成爲殿中侍御史糾劾巡察明敏剛正者以爾廙動循道理語必信直勵其志節有類行成因授厥官無忝吾舉可殿中侍御史

授李種常濩裴逵殿中侍御史等制　崔嘏

敕左拾遺李種等御史府有三院凡所選用其器得以專精（集作時）以爲能朕思弘貞觀之風故選御史府官亦先其逵必取其剛廉勁健才行兼至者則可奏而授之今種朴重有文直而不訐司我諫納弘益仍多以濩汎逵咸用詞學器識累參賓畫研朱益丹瑩玉無玷皆可以脩明憲職振（一作起）凜霜標屈軼有靈獬豸不攫惟此二物爾其師之可依前件

授鄭韜殿中侍御史制　前人

勑監察御史鄭韜御史府三院轉遷雖曰彝制至於用捨進退亦繫於一時之事迹以韜立志甚賢居官稱職霜簡在手風標竦身其長吏言請用遷陟班我殿內升爲近臣屈軼神羊無怠前志可依前件

授蔡京趙滂等御史等制　前人

勑監察御史蔡京忠武軍節度副使趙滂桂管副使鄭魯洎陳許觀察判官薛蒙等朝廷之選御史雖委其長吏得以專舉然亦詳求物議然後取舍無私憲丞上言滂與魯洎蒙皆業於儒術傳以吏道其剛明勁果可委以繫斷其溫敏莊肅可資其檢繩而皆久滯藩方未昇朝序吾且循

其舉跡頗契符言是用擢自賓筵置於憲府而京再履大獄吏不敢欺蒲歲當遷吾何所恡京可殿中滂可殿中魯洎蒙竝可監察

授牛希逸殿中侍御史李珽監察御史制　薛廷珪

勑具官牛希逸等我以憲章法理之任付于歸昌俾嗣復家聲振舉職業逖聽風采佇整頹㦯今以爾希逸珽（一作逸等）列狀來上且言文行脩飭操履端潔可使簪白筆以書法冠豸冠而觸邪俾欺闇之人視爾如秦鏡醜正之士畏爾如堯羊昇之明庭聳我昌運樂聞爾志允叶人情即俞所陳式旌懋選噫澄清之始糾正爲先爾宜輔助歸昌提振綱紀無或碌碌以謝前脩則驗爾脩飭端潔之道矣而㒒〔疑是人名〕隱鱗戢翼負志求伸既得其時佇觀所尚而今而後可不勉之可依前件

監察御史

授馮嘉賓左臺監察御史制　李嶠

勑通直郎行瀛州河間縣丞馮嘉賓砥厲名節恭勤職務幹能兼備清直有聞黃綬隨班未展才用繡衣莅事方覩舉察可行左肅政臺監察御史散官如故

授鄭繇監察御史制　蘇頲

勑通直郎行右拾遺鄭繇心堅而靜體密而和文章挺發學思該敏諫臣讜議久列瑤墀御史直繩宜遷石室可行

左御史臺監察御史散官如故

授蔣冽等監察御史制　孫逖

勑朝議（一作通直）郎行大理評事蔣冽等脩身有裕從事惟明標麗則於文場効公清於吏道方期遠致必藉兼才宜膺刈楚之求俾叶持繩之寄可依前件

授姚閎監察御史等制　前人

勑朝議郎前行同州司法參軍關內道採訪度支使上輕車都尉蕭縣開國男姚閎等砥名厲節博藝多能或嘗佐台臣以清關輔或頃諧宮職見美朝端度才而昇舉善以勸俾同官於察視宜竝拜於丞郎可依前件

授邢巨監察御史制　前人

勑前守監察御史邢巨器能通敏詞藻清新文著令名兼稱利用終喪有禮旣及於（一有外字）除執憲須才宜居於舊（一有府字）可監察御史

授崔炎監察御史制　常袞

勑權知絳州絳縣令崔炎愼學潤身工文飭吏錯薪刈楚竹箭有筠涖事咸許於宓生遺風尚傳於絳老公才可擢朝聽用章宜甄避蝗之美式踐棲烏之列可監察御史

授源咸悌監察御史制　前人

勑陝西運使判官朝議郎試秘書省秘書郎攝監察御史賜緋魚袋源咸悌爰資素行早履清途假其執簡之名佐彼汎舟之役且聞集事亦旣書勞蒲歲即眞俾光使局可

行監察御史餘如故

授梁褒監察御史制　前人

勑朝議郎試大理司直兼監察御史知河東節度上都留後梁褒業繼儒門才優吏術絜已以進貞心不渝職佐上軍榮參清憲在公益愼於事尤精宜分察視之員更勵風霜之操可行監察御史散官如故

授楊護監察御史制　前人

勑守左拾遺楊護服于古訓文以彰之靜專向方恒久其道近參侍從之列不忘忠讜之言俾執清憲佇揚厥職可守監察御史

授皇甫翼等監察御史制　韓休

勑朝議郎行河南縣尉皇甫翼朝議郎行長安縣尉常紹朝議郎行醴泉縣尉張季瑀等備聞清操雅有深識進乃安卑退非求譽察其才行副是名實任之舉直可以觸邪並可監察御史

授鄭虛心監察御史制　前人

勑左拾遺內供奉鄭虛心茂其德業蘊是辯詞識通於政理行著於公直清可勵物正以繩違褐衣召見旣司諫省之職繡服承榮俾奉憲闈之任可監察御史

授陳山慶監察御史制　王敬從（總目作敬滋）

勑宣議（一作德）郎行大理評事攝監察御史河西節度採訪處置使判官陳山慶植性方雅從事公勤評刑有欽恤之

名攝職著軍州之効任惟執憲寄以佐邊此焉擇才佇聞成績可監察御史

授李翊監察御史制　元稹

勑前監察御史裏行李翊比制多以詳練法理者行於御史府中（集無中字）或蒲歲即眞或不時署位亦試可之義也以爾翊文學周敏操行端方執憲有聞俯以就制從爾故秩勉脩乃誠可監察御史餘如故

授張徹宋申錫等監察御史制　白居易

勑舊制副丞相缺中執憲得出入御史缺則於內外史（集作官）中考覈其實封奏其名以補之今御史中丞僧孺奏具官張徹具官宋申錫皆方直强白可中御史章下丞相府

丞相亦曰可朕其從之並可監察御史

授庚敬休監察御史等制　前人

敕渭南縣尉庚敬休等咸文行清茂士之秀者宜從吏列擢在朝行各隨才用分命以職司諫執憲佇有可稱

授牛僧孺監察御史制　前人

敕河南縣尉牛僧孺志行修飭詞學優長頃對策于庭其言甚直累從吏職頗爲滯淹訪諸時論宜當朝選俾升憲府以觀其才可監察御史

授蕭鄴李玄監察御史制　崔嘏

敕御史府居朝廷之中傑出他署蓋以圭表百吏糾繩四方故選其屬者必在堅明勁峭臨事而不撓不獨取謹厚

溫文修整容度而已爾等皆以詞華升于俊秀從事贊侯之府馳聲館閣一作學館之中籌畫居多操持甚固是宜持此霜簡峻其風標使避馬之謠不獨美於桓典埋輪之志無所愧於張綱勉服寵榮無忘職業可依前件

文苑英華卷第三百九十五

文苑英華卷第三百九十六　中書制誥十七

卿寺一

太常卿

授姜皎太常卿制　蘇頲

黃門命卿之貴以象冬春化人之本孰踰禮樂殿中監上柱國楚國公姜皎貞夷一作美粹溫精密純固蘊深厚之量懷直方之道學非爲己聞義思齊忠以事君立言成則自歷屯險爰憑翊戴鳴謙蒲於視聽好讓存於始終故可銘之鼎彝光我簪紱在昔唐典惟清乃命洎于周官以和爲重宜守太常卿勳封如故主者施行

授楊綰太常卿制　常衮

門下舜以伯夷作秩宗漢以列侯掌郊廟至於圜丘大射之制禮官博士之論莫不綜詳得失而折衷焉故事職尊冠九卿之首朝議大夫守國子祭酒兼脩國史賜紫金魚袋楊綰常在於道亦周於仁文以君子之言生知聖人之意可我載籍鴻聲不泯常典選舉後之法程廼者崇進名儒俾其宣明師訓講求三代稽合五經濟濟諸生誦之不倦飽於道德之富成其禮讓之風況恭儉忠信一作怡守而彌固一時模表清議所高固可以處楊震桓榮之位領曲臺太子之重勉思厥服以稱任賢可守太常卿依舊兼脩國史散官如故主者施行

授趙宗儒太常卿制　元稹

敕銀青光祿大夫守太子少傅兼判太常卿事趙宗儒昔叔孫通徒以綿蕞草具之功遂獲封侯之賞況朕始見天地初（集無初字）朝祖宗哀勵祇嚴不克是懼惟爾肇自清廟逮予還宮贊道法儀踰於四百俛伏趨數訖無尤違夫何叔孫用是爲比顧此冲昧實賴老成不有甄升孰明勤盡奉常正秩左揆兼榮六樂九儀輿替在此無忘勗率以厚人倫可檢校尚書左僕射兼太常卿散官勳封如故

授崔羣右僕射兼太常卿制　李虞仲

敕僕射貳令之職也奉常正卿之選也假中臺之極稱冠列寺之崇秩無此兼命必資重賢前荊南節度管內觀察處置等使銀青光祿大夫檢校吏部尚書江陵尹御史大夫上柱國清河縣開國公食邑一千五百戶崔羣道合時中識通政本含五行之秀氣爲一代之偉人文學致名公忠蒞職清貞不撓方廉自持曩昇台階助（一作弼）我憲祖實著贊時之績用存經國之規周旋累朝揚歷大位出作垣翰入標羽儀風雨有不已之鳴雪霜無可變之色秉是全德罔聞異詞乃者輟自夏卿授之戎閫統荊衡之巨鎮嗣羊杜之前聲政推洽平理在徵復禮樂之器予心所難其流合雅之音將考依經之制慎簡斯乂僉諧乃俞俾廻軍旅之謀式暢人祇之職伯夷官業佇乃脩明可檢校尚書右僕射兼太常卿散官勳封如故

宗正卿

授高平郡王重規司屬卿制　李嶠

鸞臺百工惟時必在推擇九族既睦仍資敦叙右千牛衛大將軍上柱國高平郡王重規宗室儀表衣冠領袖有姬旦之藝兼劉蒼之善出居連帥功名著於兩河入奉鈎陳誠效申於八校本枝望重河海職隆宜輟掌於魚鈴俾專司於麟族可司屬卿勳封如故主者施行

授韋希仲宗正卿制　蘇頲

黃門中衛司階已崇於命將上卿爲府尤重於睦親左衛將軍上柱國兼通事舍人內供奉韋希仲以醞藉之姿中折旋之禮趨事端雅吐詞雄暢束帶立朝既副聲實彩纓在位迭居文武宜輟魚鈴之委叙于麟族之盟可宗正卿餘如故主者施行

授襄信郡王璆宗正卿制　孫逖

門下公族之任得才則難舉親而官選舊惟允銀青光祿大夫殿中監上柱國襄信郡王璆雅正（一作志）惟恭虛懷敏達近屬蕃翰中朝（一作朝端）羽儀無兢維人不矜於貴分克勤于位每劾於忠公敦叙是司疇咨所屬宜居六尚之職以副九委之勤可宗正卿

授濮陽郡王澈宗正卿制　前人

門下宗卿設位邦族是司必擇親賢（一作賢能）以光明器金紫光祿大夫行太僕卿員外置同正員上柱國濮陽郡王澈清貞履道淑慎持身行無越思動不踰矩以才從政於歷

官而則深以地推恩在同姓而爲近敦叙之任疇咨所難宜受寄於本枝更遷榮於列棘可行宗正卿官勳如故

授李曄宗正卿制　　　賈至

門下前弘農太守李曄體正心和操端行絜或政能茂異所涖必聞或忠孝兼全避權勤讓咸推公議多負卿才官惟其人用必有適宜欽爾職以弼予敎可守宗正卿

授李琬宗正卿制　　　常衮

門下堯親九族禮重於敦序漢睦諸劉秩存乎宗正内姓之選豈伊異人三從叔祖銀青光禄大夫前夔州刺史本州團練守捉使上柱國荆國公琬才秀本枝挺此公器忠敬達順簡廉向方傍禮樂於身文詳典刑之政體夙所任

遇久於階歷勳勞理行當亦兼書思有補察義深肺腑固可以居宗室大臣之位叙文昭武穆之親懷德任賢敬兹休命可宗正卿散官勳封如故

授宗正卿嗣鄭王遜大理卿李克助宗正卿等制

錢珝

勑九卿間重而顯者大宗正卿與廷尉實次奉常焉易官而處惟典之章具官遜等皆吾屬之楨幹也而又荷出相戟之門遜繼分郡符必聞其政又歷庶位咸稱有材克助承忠孝之家踐修冑墜多所該練揚于縉紳今載葺京師敬先宗廟資乎集事速以成功而方備法官是宜改秩往趨急務更在厲精伏念旬時獄可知也我有具律遜其盡心可依前件

光禄卿

授房光義光禄卿制　　　蘇頲

門下上卿之貴爰因德選終獻之禮必由才致宣威將軍上柱國房光義門承冑緒地聯姻戚雅容端操惟玉有温擇行踐言復珪無玷頃祗班序尤稱望實蘭锜趨職已一作以伏於諠何栢梁賦詩俾聞於總領可太中大夫守光禄卿勳如故主者施行

授廣武郡王承宏光禄卿制　　孫逖

門下銀青光禄大夫行房州别駕員外置同正員廣武郡王承宏地在維城慶延分土頃乖周愼因從降黜捨其公犯用申猶子之恩復其舊資俾踐别卿之秩可光禄大夫

光禄卿員外置同正員

授韋珙光禄卿制　　前人

門下銀青光禄大夫慶王傅員外置同正員上柱國扶陽郡開國公韋珙衣冠耆舊德行名賢吏術該通嘗聞理劇道心遠曉雅好攝生一在優閑久淹年序恬和自保志力猶强宜有命於移官俾承榮於列寺可光禄卿員外置同正員勳封如故

授吕仲孺試光禄卿制　　賈至

門下守衛尉少卿充朔方經畧副使吕仲孺心温而直識敏而和習韜鈐之秘旨知孫吳之大畧久副戎幕克濟謨

猷伊茂勳之可嘉俾寵光而宜及旦升其階序列在正卿可中大夫試光祿卿

授前虞王傅賜紫韋師貞光祿卿制　錢珝

勑具官韋師貞國朝考課之法有二善者升上下籍師貞強仕之歲繼爲守養糾率之官二善之名四書于籍校諸能事不亦多乎歷年且深爲吏斯得慰茲班白宜有陟遷夫辨酒必良視牲不瘠粢祀之事繫爾所司往爲列卿勉戒郡吏可依前件

授韋韜光祿卿等制　薛廷珪

勑具官韋韜等卿寺膠庠僉曰清署序遷慎擇必惟其人以韜儒素成家直方守道源本粹茂材術周通以績詩禮

文苑英華　一三百九十六卷　六

餙躬簪裳著代心惟耿介志在功名以承休養素典墳服膺螢雪成如麟角稚有鳳毛以承乂鼎甲華宗松筠茂行貞方從政諫諍有聞而皆久脫朝簪能安陋巷列卿曹而象月次國學以橫經我俞丞相之求爾叶輪轅之用敬愼爾事往臨厥官無或素飡以塞虛位可

衛尉卿

授崔惠童衛尉卿等制　孫逖

門下尚主之恩允歸於人秀睦親之典必洽於朝榮駙馬都尉崔惠童豆盧建等在人物士林在勳華忠貴（一作緒）行能雙美才貌兼資善道自修令名無忝錫之姻好已承築館之榮寵其章服宜列象河之位惠童可銀青光祿大夫衛尉卿建可銀青光祿大夫太僕卿並員外置同正員

授馬丞進試衛尉卿制　賈至

勑左金吾衛大將軍馬承進能以勇幹久於戎旅勳勤克著獎命宜加俾列九卿仍參八命可特進試衛尉卿

授向昌鑾試衛尉卿等制　前人

勑前太子洗馬向昌鑾三品子昌釬等代業忠貞死於王事能遵先志常著貞誠稽彼典謨賞延于代俾超秩次是用旌善昌鑾可試衛尉卿昌釬可通事舍人

授前鹽鐵淄青催勘使檢校左散騎常侍王鄯衛尉卿制　錢珝

勑具官王鄯等稱職之吏無所陟明則陳力者之志怠矣

文苑英華　一三百九十六卷　七

爾自居官次必公爲先若耻告勞但思責實頃者乘諸軺傳使彼海瀆善徵榷酤之名允集鹹鹾之利徃不廢命還可程功是用進爾於朝且升卿列宜奉警巡之事如專行役之心克念不渝後寵當至可依前件

文苑英華卷第三百九十六

文苑英華卷第三百九十七　中書制誥十八

卿寺二

太僕卿

授王希雋太僕卿制　蘇頲

黃門僕臣之任王命斯允在德而舉其名必彰（一作正）銀青光祿大夫檢校太僕卿上柱國華容縣開國男王希雋門承舊閥器蘊通才立言可以敏事為政可以居劇登于副尹聲滿於宇人試乃列卿眷踰於數馬巾車是屬建旟攸司爰賴服勤宜膺邦寵可太僕卿勳封如故主者施行

授王斛斯太僕卿制　孫逖

門下安西大都護王斛斯將略稱多忠誠克著頃自（二字一作自頃）膺邊寄頗洽人心間歲以來頻有驛警能清寇雪不頓甲兵契軍國之遠圖得攻拒之良術有勞懋賞自昔如茲宜踐列卿之位俾兼弁護之職可太僕卿員外置同正員兼安西都護等如故

授王昱太僕卿制　前人

門下列彼九卿正于羣僕允膺茲命必藉兼才正議大夫守太原尹北都留守使持節河東道諸軍節度營田副大使知節度事兼採訪處置使攝御史中丞上護軍賜紫金魚袋王昱韜是明斷資其理識成務有餘奉公不撓自持軍律兼委使車能格刑書以懲貪吏到官未幾除惡已多類能則然賞善宜及俾升榮於左馭仍受任於北京可守太僕卿兼太原尹餘如故

授李林宗太僕卿制　前人

門下中大夫守太常少卿上柱國李林宗行能温厚器識該深清白奉公常聞吏術恭讓應物更表身謨自亞河海亟移星歲友于之愛實掌樞衡致美之心俱懷退讓遂嫌滋久舉滯當遷宜正位於名卿俾欽承於寵命可太僕卿散官勳如故

授竇鍔太僕卿等制　前人

門下中以婚姻必求於才地制於祿位兼取於親賢竇鍔等克嗣高門能修善道有温恭之言行兼美秀之形神勳華之緒既連於舊戚選尚之恩更諧於新禮俾升榮秩乃錫寵章可依前件

授敬令琬太僕卿制　賈至

勅前左金吾衛大將軍員外置同正員敬令琬陳力戎事忠勇有謨入九軍之副獻七戰之捷嘉其誠節錄乃茂功俾列卿士是司馬政可太僕卿員外置同正員充朔方經畧副使

授許誠言檢校太僕卿制　前人

勅金吾大將軍許誠言心和志堅訥言敏行被服禮義嗣圭組之資策名委質誠文武之任課績斯著公勤無斁警其晝夜顧乃執金之勞象其河海寵以列棘之位可檢校太僕卿

授劉士涇太僕卿制　元稹

勑卿寺甚重不易其人或以勳以親以報以勸又何愛焉銀青光祿大夫前檢校大理少卿駙馬都尉劉士涇去歲西戎䠶入涇上京師戒嚴朕慨然有思廉頗李牧之志而習事者言爾父司空之在涇也築平凉等八城二堡塹保定平原使涇人盐樹麥禾以復后稷公劉之教十有六年大戎不敢東顧朕聞其人思見其後果有令子在吾懿親與之討論亦自（集作自亦）奇士鋪陳將略殊有父風訪其班資則（集作且）曰亞諸卿之間十年矣今乃除其憂服命以太僕豈唯報爾先臣榮吾戚里亦欲使緣邊諸將顧其愛子為我竭誠可守太僕卿駙馬都尉散官勳如故

授鴻臚少卿賜紫賈渭太僕卿前太常丞吳方太原少尹制　錢珝

勑具官賈渭等渭比以學文通經之勤而不得志於壯歲束帶入仕今至九卿紱冕既崇光陰云晚詔之就列以慰其心方吏術甚長免官仍久暮齒已踰於月制下僚尚歎於陸沉置之不遷君道何在往作亞尹錫之金章亦有以嘉於老者矣可依前件

授太僕卿制　薛廷珪

勑具官某書曰昔周穆王命伯冏為太僕正曰昔在文武聰明齊聖侍御僕從罔匪正人以承弼厥辟且曰僕臣正厥后克正僕臣諛厥后自聖太僕之為官也重矣朕每讀書乞擇其可矧惟前代畢用名臣數馬執綏故實具在為予禦侮作我前驅審官擇人今以命汝稽諸訓誥得不勉之可守太僕卿

大理卿

授蔡法度廷尉制　沈約

門下民命所懸繫乎三尺（一作尺一）止殺除殘（一作害）寔由乎此是以皐陶作士五刑惟明于張莅官世無冤獄且漢代律書出乎小杜吳雄以三世法家係為理職郭恭以律學通明仍業司士爰及晉氏此風未泯叔則元凱並各名家自茲厥後斯尚漸薄迄至于今搢紳蓋衣冠士子恥復用心州郡姦吏恣其取捨舞文弄法非止一塗朕膺天受命

為兆民主每一念此忘寢與食尚書刪定左曹郎中蔡法度少好律書明曉法令世之所廢篤志不怠至於章句踳滯名程乖礙莫不斟酌厥衷各得其門方欲寄以國刑開示後學文（一作按）才取士豈有定方自世道澆流浮僞雲起量計多少辯校錐刀若遵往從舊守而勿失豈所以軌儀上世垂風干後宜加褒擢弗繫常階可守廷尉卿主者施行

授陸餘慶大理卿制　蘇頲

黃門法者天下所共廷尉天下之平選衆甄才惟明克允宗正卿上柱國廣平郡開國公荊（一作判）尚書左丞陸餘慶早囬翔於近密久踐歷於中外雍容文雅自然素徽清商

議散風華莫不瑶林瓊樹必當和而不撓貞則有恒正罰金於後人戒刻木於前吏念茲欽恤深可哀矜宜修白雲之典俾静黃沙之職可大理卿勳封如故主者施行

授李成式大理卿薛景仙少府監制　賈至

門下守廣陵長史李成式貞白儉約履歷清貫前鳳翔太守薛景仙忠義慷慨憤激危時靖鎮藩條咸有成績遞遷中外宜登卿士成式可試大理卿景仙可少府監

鴻臚卿

授張韓鴻臚卿制　蘇頲

黃門賓客旅庭戎夷在邸眷言任職必佇其才銀青光禄大夫詹事兼尚書右丞上柱國鄧國公張韓雅量温恭志

誠忠信懷直方而不蔽務寬大而不雜委之軍旅則常服威名昇之國朝則咸宜令典非契因潛躍義篤始終可辯鴻臚之儀惣象胥之事爰加寵拜允符成獎可鴻臚卿勳封如故主者施行

授武三思鴻臚卿制　孫逖

門下典于屬國列彼正卿班秩既崇寵光斯在金紫光禄大夫行國子監祭酒武三思延恩戚里効職公朝能勵公勤以脩名撿頊在膠序頗淹星歲度材而用舉類而遷宜增三揖之榮俾正九賓之禮可行鴻臚卿散官如故

授杜希望鴻臚卿制　前人

門下賞以懋功官無虛授所貴天秩斯爲國典朝議郎守太僕少卿員外置同正員使持節都督鄯州諸軍事兼鄯州刺史隴右節度副使仍知經畧度支營田等晋後事賜紫金魚袋杜希望器能開敏才畧雄(一作弘)深識韜鈐之大綱知戰守之良術頃令討罪爰委行師不憚艱危常先士卒恩威必備權變多方征寇已清堅城又克疇庸是屬舉善攸歸俾膺超等之榮仍列上卿之位可通議大夫守鴻臚卿員外置同正員攝御史中丞餘如故

授李光進鴻臚卿制　賈至

勑左驍衛將軍李光進行已莊肅臨戎果斷有卞莊之勇懷孟明之材屢獻奇功益閒幹畧克副難兄之業能摧强寇之鋒允武允文宜加美秩(一作卿士)光進可鴻臚卿同正

授脩渙鴻臚卿制　常衮

門下古之上卿次公一等至于西漢每與列侯參决朝議今之秩望亦謂之崇朕方修文德以撫區外則重譯象胥之事九儀相贊之職正用髦碩俾之典領銀青光禄大夫檢校刑部尚書知省事上柱國汝南縣開國公脩渙顔子之德行張仲之孝友能積其厚以叢于身恭儉之訓可以軌俗學通文變高視一時非得喪之可干亦剛柔之相濟服在通列且踰二紀精於憲章舉有倫要東維居部近郊移風以禮除暴人安其業俾京師之河潤守(一作首)經術之循吏司秋會府訓戛議刑以之弼教能用中典時屬四夷之叙參授大賓之任韓暨以宿德而拜陳紀以至行而遷

求舊任賢正當此選待遇諸國宜約故事使有準以明等威也可檢校刑部尚書兼鴻臚卿散官勳封如故主者施行

司農卿

授鄭賁司農卿制　　前人

門下國有大農實司金穀茲惟古官之重難於正卿之拜朝散大夫試秘書監兼侍御史上柱國賜紫金魚袋鄭賁通敏良才沉詳雅識明斷臨事貞修奉公所更秩序必著聲績早參幕畫在罇俎而止戈自董軍儲有京坻之足食適時多可選衆攸歸爰籍變通主其出納務殷任切倚辦當仁宜膺理粟之命佇繼康成之美可守司農卿散官勳賜如故

授裴武司農卿制　　元稹

勑（一有司字）農天下之大本也故國有九列而司農氏居其一焉前代非牟融之修理康成之儒學不在茲選今海內無事思與公卿等樹立根抵以制四方於是（集作是用）外選方伯之善於其職者入補茲任謂之恩榮前荊南節度觀察處置等使中散大夫守江陵尹兼御史大夫上柱國賜紫金魚袋裴武子聞其先始以孝友書於國籍其後果（集作累）有丞相為唐名臣賢彥因仍代濟不絕武亦嗣其忠孝盛熾家聲嚮為元僚所至稱理嘗居內史屢入正卿自華至荊無非劇地鍵轄豪右衣食煢嫠嚴而不殘仁而有制鎮定南服子方賴之而亟請來朝因求內任嘉其戀我難奪乃誠假以秩宗之榮用制國泉之重貴而不匱爾其勉之可檢校禮部尚書兼司農卿餘如故

授司農卿制　　薛廷珪

勑具官某書曰昔我先公五世后稷以服虞夏之衰也棄稷不務先公不窋用失其官至于武王昭前人之光明事神保人莫不欣喜訓誥具在朕安敢失墜而叔世偷薄乃不知稼穡之艱率以三署為華輕其東用寖以成俗嘻鄭玄漢之名儒也韓信漢之上將也尚聞徵拜或至就加（一作家）來奉嚌膺得不寅畏敬受羲和之職往修后稷之官豐阜有闕朕勸斯在可

太府卿

授豆盧欽望太府卿制　　李嶠

鸞臺宗卿之任選衆尤切銀青光祿大夫檢校司禮卿上柱國芮國公豆盧欽望體業貞簡幹能詳備歷官中外具聞政績象河惟月大府國泉繁要所鍾委任斯在宜加榮（一作寵）擢允茲公議可太府卿勳封如故主者施行

授李從遠守太府卿制　　蘇頲

門下膺河寺之秩寵選方高致泉府之殷惟才是屬銀青光祿大夫行黃門侍郎上柱國常山縣開國男李從遠清密任道直方為量學仞山高詞場雲鬱闕里之室動不違仁潁川之門居而會理比登要近備効忠盡宜夙夕拜式

踐多卿可守太府卿勳封如故主者施行

授呂崇賁太府卿制　常衮

門下九卿之重叅理於佐邦六府孔修頒貨於列藏歷代右職莫非高選開府儀同三司行太子賓客上柱國公呂崇賁忠謹良實居簡何方能用晦於精辨亦體微於剛貞（一作直）峻節孤立清心確然以長才之有餘應羣務而多適擁旄（一作節）乘塞周歷大藩薄於戰功經以事典用明既富之數必厚豐財之德自頃艱阻有司曠廢府寺寂寥卿府虛設寖成其弊朕甚懼焉今再舉舊章各歸其局出納之地眷求惟精兼領三尚之煩以榮四至之列可行太府卿散官勳如故

授裴武太府卿制　白居易

勑聚九州之賦辨百貨之名按其度程謹其出納孰爲主者外府上卿務殷秩崇不易其選具官裴武有通敏之識有倚辦之才以茲器用早膺任使小大之務罔不勵精累有勤績存乎官次而受藏之府國用所資若非使能何以集事俾升顯列仍委劇務爾宜率其官屬欽乃職司會稽藏出入之要修權量平校之法以遵成式無使改易謹而守之斯爲稱職可

文苑英華卷第三百九十七

文苑英華卷第三百九十八

中書制誥十九

卿寺三

太常少卿

授常恒太常少卿制　孫逖

門下朝議大夫守給事中鄭縣開國男常恒神清氣爽識遠心微周才可以求備雅望期於必復自登近密已積歲年淑慎有恒閑和易退奉常之亞稱職爲難宜固夕拜之榮俾在春官之屬可守太常少卿散官如故

授李林宗太常少卿制　前人

門下朝議大夫守衛尉少卿上柱國李林宗寡言敏行清節令名能執謙冲之心以成友悌之美自亞九卿列（一作已）

淹四歲舉必以類既承拜命之榮恩則由中俾佐奉常之職可守太常少卿

授陳中師太常少卿制　白居易

勑尚書吏部郎中兼侍御史陳中師早以體要（集作物）之文待問之學中鄉里選第甲乙科（集有及字）筮仕立身皆有本末不背俗以矯迹不趨時以沽名從容中道自致聞望累踐郎署再參憲司官無卑崇事有（集作無）簡劇如玉在佩動必有聲爲時所稱何用不可朕以立國之本禮樂爲先號令之常（集作令之太常）兼掌其事貳茲職者不亦重乎歷代迄今謂之清選徃服是命行覲（集作行觀一作仲觀）有成乎方急才爾寧久次可太常少卿餘如故

授棣王府司馬崔就太常少卿賜紫制　錢珝

勑暢中簇外以應天地之和在夫八樂而六樂雅司于奉常絃工磬師存者尚習具官崔就召足用之學表之以能文思有畔之農施之於善政失爵之累無機則然乃非敗名人亦觀過一眚之黜數歲方還言念常情得無所欝遂以奉常之亞命服之朝歆爾聽六樂之和以平其氣玆爲君道當識乎心馭貴之崇亦惟其舊可依前件

宗正少卿

授李瀚宗正少卿制　常袞

勑銀青光祿大夫前亳州刺史本州團練守捉使上邽縣開國男李瀚識精於理才辨於政祗服禮訓甄詳事經振

麟趾之芳更隼旟之命馴致其道達於家邦慈惠之化洽於黎老以親九族乃立貳卿宜（一作而）叙周文之昭用毗劉德之任可行宗正少卿散官封如故

光祿少卿

授宋玄奭司膳少卿制　李嶠

勑朝請大夫守司僕少卿宋玄奭藝能詳洽局量優深踐行不虧歷官著稱祭守僕正以表公勤可兼檢校司膳少卿餘如故

授張沛司膳少卿制　前人

鸞臺新除齊州刺史張沛禮義高族忠賢令緒才優識通學敏詞贍實蘊幹時之具雅懷在公之節絃歌出撫亟動於謳謠符傳所經必聞於課最允稱衣冠之胄（一作望）是謂廊廟之珍三署爲卿九流莫尚宜廻負海之駕俾登象河之列可（一本有同字）司膳少卿主者施行

授李椿光祿少卿制　賈至

門下堂姪守太子家令開國男椿恭儉溫良宗枝擢（一作特）秀敏於從政勤以在公宜換儲闈之職俾居亞卿之任可守光祿少卿同正封賜如故

授張光奇光祿少卿制　前人

勑始安充經略使張光奇忠肅周敏懷其利用歷試中外累有能名嶺嶠地遐方隅寄重威懷之政惟衛悉舉（一作允惟克舉）宜參榮於卿士俾兼鎮於蕃條可兼光祿少卿如故

授向蕚光祿少卿制　前人

勑百里之長九卿之亞參於軍事職此廷評必舉才能以匡庶政荆南奏事官守太子僕同正向蕚等咸膺推擢俾在玆任可守光祿少卿同正

授周若氷光祿少卿制　常袞

勑試王府司馬兼福州都督府別駕守（一作占）闕攝寧海軍副使賜紫金魚袋周若氷氣識沈和風儀端偉秉心以正蒞事惟明法以言揚乂參朝序頗有聞望洽於縉紳自佐法方州兼領戎事政術尤著勳勞亦深俾踐亞卿之列仍兼題輿（一作座）之任可試光祿少卿兼福州都督府別駕占闕餘如故

授前峽州刺史李授（一作綬）光祿少卿制　劉崇望

敕近出天屬富有吏能進士已來恪勵無替覽宗正列狀念夷陵當官公舉何多獎用宜及仍聞罷退曠有歲時誠曰任能亦既振滯光祿古官也而比朝于今兼掌尤重是命爾司少其事勉幹吉蠲之職無忽禋祀之官可依前件

授前將作少監趙鑾等光祿少卿制　薛廷珪

敕具官趙鑾等或公卿棣萼或台輔子孫或登史傳之科或著絃歌之政並從閑罷亟涉光陰振滯掄材各當遷陟亞于卿寺頒我詔條洎率屬於膠庠一時之茂選也惟勉思砥礪以應東求大開胥漢之程允屬軒裳之後苟能自奮可徃承之可

衛尉少卿

授鄭孝式衛尉少卿制　蘇頲

黃門朝議大夫守太子率更令鄭孝式早負才幹素聯姻戚詢事可以樹風聽言可以從政韜戈之任衛戟是司俾移名於白簡宜亞寵於丹棘可守衛尉少卿散官如故

授李岫衛尉少卿制　孫逖

門下朝議大夫行秘書丞上柱國清水縣開國伯李岫悅禮敦詩資忠履孝勵清修而立節包屬則以爲文襲者輟務仙臺移官秘府一從閑退七變星霜父在樞衡固守范宣之讓謙冲自牧足鎮於浮躁而進用無黨須歸於至公宜承特命之恩俾踐亞卿之職（一作秩）可守衛尉少卿散官勳如故

太僕少卿

授鄭子獻太僕少卿制　前人

敕朝議郎前行（一作守）宗正卿賜紫金魚袋鄭子獻棻繼簪裳地連姻戚早升班序累効忠勤公族之司頃居亞列太僕之任宜復舊資可守太僕少卿員外置同正員散官勳如故

授嗣虢王溥等太僕少卿制　元稹

敕正議大夫行宗正丞嗣虢王溥守隨州司馬員外置同正員李逢等昔我憲宗章武皇帝法堯睦族深惟本枝乃詔執事曰伯父叔季幼子童孫在屬籍者必命卿長以才

行聞而溥等國族之良雅副玆選糾訓群僕允釐王官各率廼誠無替厥職溥可權知太僕少卿逢可守袁王府長史餘如故

司刑少卿

授杜景佺司刑少卿制　李嶠

鸞臺銀青光祿大夫守秋官尚書上柱國杜景佺薄有吏能頗閑時務比加獎擢令典樞衡乃輕違憲章私樹恩福罔懷緘慎屢有洩言朕情在含弘不忍寘之嚴憲五曹顯秩非可濫居九列通班冀當自効可司刑少卿勳如故主者施行

授徐有功司刑少卿　前人

鸞臺中散大夫行文昌左司郎中東苑縣開國男徐有功器局弘深文藝優贍秉節守義直道正辭繩準憲曹樞機會府咸歸平恕雅有聲績獄吏輕重人咨胥怨天工推擇朕之所難選衆而居庶乎不濫可守司刑少卿散官勳如故主者施行

大理少卿

授陸景初大理少卿制　蘇頲

門下朝議大夫守中書舍人上柱國陸景初識悟清真虛心得妙言符正直獨行𡕿幾故能儒玄黙知文史明達翔集仙署翻飛禁省而咎繇爲理釋之不冤精求上才欽恤中典宜慎刑法俾聞哀敬可大理少卿散官勳如故主者施行

授崔器大理少卿制　賈至

勑國備其官則庶務理官得其人則善政舉廷尉所以執刑柄御史所以糾不法掖垣崇諫諍之職郎署當草奏之煩皆朕注心柬求（一作慎擇）髦士守保定太守崔器諒直忠肅才行周敏登于清列庶績其凝可守大理少卿

授常損大理少卿制　常袞

勑銀青光祿大夫前潤州刺史上柱國馮翊縣開國男常損識清行理強學自輔服於禮而中節居其業以全忠（一作識）識（一作才）能有餘階歷頗久京江按部絡始六年勤職惠人風化一變循吏之稱去而益彰天下之平屬於廷尉乃立其貳方求直清俾之弼教敬爾繇獄可行大理少卿散官勳封如故

授景延之大理少卿制　前人

勑朝議大夫前守河南少尹騎都尉景延之業擅文儒行資忠信推令望於公器著能名於吏途久踐周行夙彰聲實祥刑之地稱職其難任在柬宰選兼勤舊宜參河海之亞俾副朝廷之舉可守大理少卿散官勳如故

授孫乘太理少卿李震宗正少卿等制　薛廷珪

勑其官孫乘等廷尉卿生人之司命也太宗正我族之本根也貳卿之任昔難其材與夫丞殿省而立朝著聽其（一作於）公舉我有人焉以乘等或掌奏大藩或字人劇邑書檄有聞於記室絃歌多暇於琴堂而昌亦號通材丞於六尚言從罷秩久於艱難各使立朝仍觀舉職恤刑庀本勉稱我心可

鴻臚少卿

授李崇鴻臚少卿制　前人

勑李崇等各以材行來服簪裳或字人著績於封畿或習學見推於流輩大卿寺王官儲宮學省一時茂選爾往蒞之飭勵有聞攸勸斯在可

司農少卿

授常玢司農少卿制　蘇頲

黄門正議大夫行太常少卿上柱國薛縣開國男常玢屬

精正已力行徇公從務表其清白幹時允其文采故以臺閣褒稱縉紳甄奬盛禮興樂望雖重於執珪八政一農事尤殷於理栗兕洛京轉漕淮海通波宜任牟融之能遷攺鄭莊之奬可兼司農少卿散官勳封如舊仍分司東都主者施行

授楊先司農少卿制　　孫逖

門下朝議大夫守太僕少卿上柱國朱陽縣開國男楊先精勤從事堅白在公任以器能位於河海出納之恡朝廷所難宜廻職金之府更膺搜粟之寄可守司農少卿仍東都留守

授裴藏之司農少卿制　　賈至

勑蜀都司馬裴藏之等果行育德忠肅温良或持憲握蘭譽流臺省或分憂共理政洽藩條咸在清貫備聞茂績冠難初息庶尹擇才宜任能於雋選俾分職於中外可守司農少卿

太府少卿

授蕭晋太府少卿制　　前人

門下宮相之位亞卿之職朝廷所精擇必惟其人守西河太守蕭晋陽城太守嚴向等歷踐中外皆聞政理涉於艱難左著誠節宜司長府之劇式備儲闈之選晋可守太府少卿向可太子左庶子

授侯希超太府少卿制　　常袞

勑正議大夫試太常卿兼左領軍衛將軍上柱國賜紫金魚袋侯希超温良植性藝業脩身有臨事之幹能彰適時之才用班資久踐職務非親內舉自於元戎正名從於亞列宜成風俗之美俾展多方之效可行太府少卿散官勳賜如故

文苑英華卷第三百九十八

諸監

秘書監

授張昌宗麟臺監制　李嶠

鸞臺校理文籍緝宣大典惟國所重非才勿居新除右散騎常侍中山縣開國男張昌宗鍾鼎盛門珪璋重器資忠履孝遊藝依仁碩學懋於丘墳高才軼於雕渙姿澹雅之操無欲無營體撝謙之風不矜不伐每懷五嶽之舉期陟允仙之路雖混濟之暈未去朝廷而玄遠之心恒對山水項立功祠廟欲以致福朕躬嘉其懇誠用增顯秩而有懷難進深懼將備（一作崩）固辭侍從之班願在優游之地子雲

寂寞雅好文詞季長博通堪典經史宜因松栢之性興以蓬萊之山可麟臺監餘如故

授王方慶麟臺監脩國史制　前人

鸞臺芸閣秘文蓬山奧府是爲國重尤切帝難銀青光祿大夫行鳳閣侍郎王方慶鍾鼎高門簪纓舊德學富今古才優舒向自叅機密亟改涼暄謇諤之風不忘於獻替讜挹之美屢陳於衰病西垣掌誥雖藉謨猷東觀屬詞更資通博宜輟鳳凰之省俾緝麒麟之署可麟臺監仍監脩國史勳封如故主者施行

授馬懷素秘書監制　蘇頲

黃門廼騭文籍塡於外府考古儒雅掌彼中繩左散騎常侍常山縣開國公仍每日入內侍讀馬懷素有舒向之風擅東南之美貫穿從學博而多能沈鬱成章麗而有則自朝翹鎖闥月侍金華事必討論言惟潤色故可以發揮秘奧詳覈異同俾微（疑）荀勗之才更允潘尼之拜可秘書監餘如故主者施行

授蕭昕秘書監等制　賈至

門下圖書之府掌天人之際禮義之柄繫風化之元（一作原）爲官擇人必舉髦士行禮部侍郎蕭昕文質彬彬學于舊史行給事中韓液恭儉莊敬藏器於身咸有令名昇降朝列正我墳典懋乃直清昕可守秘書監液可守太常少卿

授王廻質秘書監等制　孫逖

門下守諫議大夫王廻質茂學純行國之耆耋左補闕韋應清才敏識人之英秀藩維日就實賴於師資軒陛晨趨有光於侍奉各施於用皆著其勤宜拜藏書之府俾還紀言之職廻質可秘書監應可起居郎

授李憑秘書監制　常袞

勑昔劉向父子代典文籍今之秘室豈曰避親（集作豈避遜親）再從叔正議大夫守光祿卿員外置同正員嗣澤王憑幼嗣藩國夙彰忠孝素風自遠清識彌高傳魯恭之古文稟吳季之知樂早承先顧嘗歷大僚秉彝端絜流問休茂自合縉紳之望況推宗室之良寧止於敦族以恩固在於叙賢以位周稱外史晉謂內臺俾領儒官是崇禮秩可守秘書

監餘如故

授許季同秘書監制　白居易

勅大理卿許季同國朝以來有劉德威張文瓘唐臨爲大理卿有魏徵虞世南顏師古爲秘書監則設官之重得賢之盛人到于今稱之今季同以明慎欽恤理刑獄以文學博雅掌圖籍由廷尉而長秘府論者榮之宜自重其官自遠其道又思與劉張唐魏虞顏爲比不亦自多乎可秘書監餘如故

授峽州刺史崔昌遐秘書監制　薛廷珪

勅今之出牧優賢之任也苟昆弟當塗即不敢膺其選避膏粱而示謙畏者果能行之乘氣焰而苟溫足者或自便

矣具官崔昌遐昔以令季作鎮衡湘頗分使符出守荆楚轗自秘府委之夷陵二天方惠於疲人三入復蘇於旱歲亟陳章表牢執撝謙以爲手足秉鈞固絕饑寒之患簪纓委地宜均休戚之懷且惜分飛懼妨賢路操履如是在（一作其）志不回允今之人茲用嘉尚况爾踐揚華顯彬蔚彩章際此脩途資之明識又安敢置爾於要劇之地煩爾於撝揖之勞者哉眷言三閣實秘九流簡求常在於清賢臨長必先於儒者矧晉虛位允屬僉諧更增馭貴之榮不改秩宗之任敬承休寵勉務優閑可正議大夫守秘書監

殿中監

授牛仙客殿中監制　孫逖

門下乃立御府其代天工必在信臣以兼重寄銀青光祿大夫太僕卿朔方節度兼關內道度支（一作支度下同）兼營田壇池押諸蕃部落副大使兼採訪處置使群牧都使監牧度支營內閑廐宮苑五坊等使攝御史大夫上柱國隴西縣開國子牛仙客忠公有度亮直無私長才爲萬里之城沈畧乃（一作是）百夫之禦頃持節鉞掌鎮河湟兵器惟精邊人咸賴出則靖國方資五利之功入則訓騶宜修六尚之職可殿中監散官勳並如故

授李拭等宗正卿殿中監制　元稹

勅殿中監李拭左庶子肅乾度等明皇而下其屬未遠諸王在閣朕得時序其寒溫曆祖（集作宗）而上五十餘族長幼

秩序盡委之於大宗正苟非賢能不敢輕授以爾拭踐履中外論備古今主宗之盟綽有餘裕而執事者又曰殿中監揔六尚以供名物當進圭進爵之時不可虛位僉以乾度文學儒素旁通政經執憲南臺挺直不撓以之代拭允謂其良仍假右貂之冠加之（集作於）宗正之首朕不能無意於吾屬也拭可檢校左散騎常侍兼宗正卿乾度可守殿中監餘如故

將作監

授常湊將作大匠制　蘇頲

黃門職惟共工率以匠石愛力省費爲官擇人岐州刺史上柱國彭城縣開國侯常湊直方在躬孝友成性文學可

以比事高明可以應物素風清節已振循良之聲課最當
先宜膺述守之任可將作大匠勲封如故主者施行

少府監

授崔諤之少府監制　前人

黄門尚方既設内府爲要選衆而求非賢孰與銀青光禄
大夫行太府少卿上柱國趙國公崔諤之承名相之軌有
忠臣之節正無所詘明無不鑒若披雲霧不雜風塵籍甚
才名彬彬文質允茲邦彦尤重時英用符文舉之還庶叶
孟孫之拜可少府監勲封如故主者施行

國子監

授魚朝恩國子監制　常袞

勅大司成以三德行教國子所以明詩書禮樂之宗立忠
信孝友之本使方領矩步敬業樂群繫於化成舊選尤重
參其事任今亦難之開府儀同三司行内侍監兼充監門
衞大將軍觀軍容宣慰處置使仍兼知處置神冊軍兵馬
事内飛龍廐内弓箭庫等使兼檢校鴻臚禮賓上柱國韓
國公魚朝恩國之純臣忠以事朕竭誠宣力義貫神明有
兩朝侍從之勤監六師征伐之事雅達名理希尚儒玄遠
涉源流旁通訓詁自頃右武未遑勤學方弘闕里之教用
誠子衿之詩以其達俎豆之禮嘗亦委膠庠之事能以德
義導其諸生國之俊選其貴遊子弟摳衣鼓篋歌詠先王
之道春誦夏弦服勤師氏之訓而恭敬退讓抗疏累辭重
奪勞謙之志權遂由衷之請今三千之徒資於學植思卒
其業懷之益深用弘儒風式允公望可兼檢校國子監餘
並如故

秘書少監

授李耒秘書少監制　前人

勅朝散大夫前守絳州別駕本州團練守捉副使李耒慶
自相門才推公器武子之德所謂在人玄成之經不忘肄
業早從清秩備著聲華頃佐近藩衆稱淹滯俾叅榮於秘
府仍貳職於名都可檢校秘書少監兼揚州大都督府司
馬散官如故

殿中少監

授高忠良殿中少監制　賈至

門下守司農少卿高忠良植質溫恭持操端慤每恪慎於
公道尤精詳於吏事夙有餘地人無間言亞我九卿旣聞
條理典斯六尚允謂僉諧可守殿中少監

授杜元逞殿中少監制　蘇頲

黄門銀青光禄大夫行光禄少卿上柱國金城縣開國子
杜元逞久登位事早著聲實擇言以法飭吏以文清方藴
其素心斷割成其利器用才可任借太官之滯晉備物惟
殷當御府之關綜宜膺寵命式副僉選可殿中少監散官
勲封如故主者施行

將作少監

授敬暉營繕少監制　李嶠

勑前中大夫檢校洛陽縣令上柱國平陽縣開國男敬暉體業敦(一作端)詳識用強濟護衣仙閣已著聲芳製錦神畿還聞課績杍人務切林署名高宜固三善之能令得百工之任可檢校營繕少監散官勳封如故

授皇甫文備營繕少監制　前人

鸞臺正議大夫行司刑少卿皇甫文備早預衣簪累居清顯恭勤無怠歷職有聲徽纆為官已淹歲序斧斤成用更佇才能宜輟掌於棘庭俾昇營於梓匠可行營繕少監散官如故主者施行

授陳正觀將作少監制　蘇頲

黄門正議大夫前襄州刺史上柱國陳正觀蘊器沈敏懷才雅實在公有甄綜之能臨事有靖恭之譽頃者荆岑作鎮楚望班條時許仁明俗稱威惠五材是用百工分職爰考掄材(一作符)之績宜膺梓匠之司可行將作少監散官勳封如故

授王震將作少匠(一作監下同)制　賈至

門下壽王府司馬王震立志恒新在公惟恪雍容散地未愜其才亮采百工宜欽乃職可將作少匠主者施行

授宋渾將作少匠(一作監下同)制　孫逖

門下朝議大夫前守諫議大夫上柱國襄國縣開國男宋渾明敏自然通和足尚(一作用)承舊德之餘訓有多才之令名表制久除朝章式叙宜升髦士之列俾亞匠卿之任可守將作少匠散官勳封如故

授翟璋將作少監制　前人

門下滑州刺史翟璋等精勤立志果斷雄才有吏道之能名是郎官之俊選掄材考行用掌百工之事牟邑臨人佇為四方之則可依前件

授前左贊德任蕖將作少匠(一作監)制　錢珝

勑具官任蕖丞相進人之請吾嘗觀其所陳或舉淹滯或稱才用有一於此未嘗不行今言爾在公實踰四紀同塗之吏達者固多立事之心老而不已俾越下僚之次以寬暮齒之憂可依前件

少府少監

授李廄直少府少監制　蘇頲

門下(一作黄門)中散大夫守將作少監上柱國李廄直秉節清苦用心該客學探群言文有幽致侍臣對問駮義無差共工之職豈徒有効宜遷內府俾往中京可少府少監散官勳如故仍令東都守(一作留)司檢校主者施行

授馬錫少府少監制　常袞

勑中散大夫諫議大夫賜紫金魚袋馬錫躬服禮義勵之以厚膺用多才動而濬發歷官有政居必修明擢登諫列屢獻忠讜言皆展意事亦主文勤職且淹以時叙進周之內府漢之尚方典掌服御任當親重輟我侍臣俾其參貳

可守少府少監散官賜如故

授薛伯高少府少監制　前人

敕前澧州刺史薛伯高昔楊洪公孫賀皆以儒術居于少府國朝監寺之列亦稱通顯貳于其長所任非輕以爾伯高早踐臺閣亟領詔條勞績有聞聲譽不替因其秩罷寘在周行宜以庶務自居用司所藏之職可守少府少監餘如故

文苑英華卷第三百九十九

文苑英華卷第四百　中書制誥二十一

館殿　附監官

史館脩撰

授沈傳師左拾遺史館脩撰制　白居易

敕京兆府鄠縣尉沈傳師庶職之重者其史氏歟歷代以來甚難其選非雄文博學輔之以通識者則無以稱命今茲命爾其有旨哉昔談之書遷能脩之彪之史固能終之惟爾先父嘗譔建中實錄文質詳略頗得其中爾宜繼前志率前脩無忝爾父之官之職可

授韓愈比部郎中史館脩撰制　前人

敕太學博士韓愈學術精博文力雄健立詞措意有班馬

之風求之一時甚不易得加以性方道直介然有守不交勢利自致名望可使執簡列爲史官記事書法必無所苟仍遷郎位用示褒升可依前件

授考功員外郎鄭璘司勳員外郎盧擇並充史館脩撰制　薛廷珪

敕具官鄭璘等堯舜禹湯文武之善桀紂幽厲之遠非直筆信史後王莫得而詳也我國家列聖行事亦具書于史官將以昭示後昆垂訓不朽紀綱專總於丞相筆削分任於名儒非夫望蘊司南才膺載筆者不當其選而崇望言爾璘等傳聞强識繩直水清四時之和氣襲人一字之褒貶惟正聞見事典一作業周知故實可以著不刊之書論司

過之史爾宜詳於注記紀乎言動之非繼彼春秋明乎得失之跡彰善癉惡無忝厥心舉直錯枉無上下其手佇聞稱職當議陟明可

授陸鼎史館知脩撰制　常袞

勑左補闕陸鼎絃始于學以致其道先儒未詳多所究博（一作精究）東南史之遺直補東觀之闕文左右諫曹所宜迭處鴻都講藝亦在論思可左補闕充史館脩撰

授荀尚史館脩撰制　前人

勑處士荀尚昔荀卿荀悅並有著書而尚遠承儒史之業深得述作之意思精大體經通王道慨然（一作慷慨）論爭來自山東灼見古今之宜熟數理安之用嘉樂賢俊副于懷人

春秋一字使之潤色結綬京輔進而祿之行成乎身不患無位可華州下邽縣尉充史館脩撰

校理

授夏侯曈忠武軍節度副使薛途涇陽尉充集賢校理等制　杜牧

勑前昭義軍節度判官朝議郎殿中侍御史內供奉夏侯曈等曈以科名詞學開敏多才久遊諸侯常蘊令聞周知吏理兼能潔身戎臣上言頗爲毗賛既諸仕以委質宜直道以酬知途以文行策名節趣（一作趣尚）清遠言於後進實爲秀人延閣典校丞相所請勉循階級以至堂奧可依前件

授蕭孜著作郎裴佑之陝府巡官崔滔櫟陽縣尉

集賢校理等制　前人

勑在春秋時晉爲諸侯國並尚立公族大夫教育諸卿之子富有賢哲不假搜聘召同列而會者三百餘年況今天覆盡得而禹畫無遺名卿賢相之家清風素範之族子孫森羅髦雋並作次第敘用豈歎乏才匭使判官將仕郎守國子監太學博士蕭孜等或以秀異得舉文學决科或以行實立身遭逢知己皆後生可畏之士爲當時有才之人東觀著述延（一作集）閣典校參畫幕府開導獻納清秋美職二者兼之不由階級安至堂奧勉於脩慎以俟超昇可依前件

授李毗集賢校理等制　崔嘏

勑秘書正字集賢校理李毗等披書殿讎校之文秉東觀鉛黃之筆必選其雄詞擲地敏學通天者而授之爾等皆以後來之英前達所許人推領袖名於縉紳或荊山韞片玉之姿或桂林擇一枝之秀五常師於中道萬里視其長途況我台臣監領二職以爾上請是謂得人宜思結綬之榮各勉分飛之勢推輪覆簣其在茲乎毗可藍田縣尉充集賢校理滃可興平縣尉直史館

授前京兆府參軍錢珝藍田縣尉充集賢校理鄉貢進士崔昭緯秘書省秘書郎充集賢校理制　薛廷珪

勑具官錢珝等儒術可以厚風俗人文可以化天下帝王

興創不能　之學我皇祖肇基丕闡茲道亙隋氏之政追
孔門之風訖箴弁蹉者餘八千人邦寧本固者垂三百載
詒厥冲眇不敢昏迷佐予中興乃眷於是良重集賢藏書
之府故用丞相司之得選官屬將慎廢墜以翊禮爲身幹
慎得言樞奉典刑之遺無辱趙氏以昭縉名冠來籍道絶
下交居德行之科不減顏子方設鉛槧有期卅　爾宜窮
四部之多正五體之别無使我集賢殿不及漢興之東觀
秘書也勉矣哉可

授户部巡官秘書省校書郎楊玢武功縣尉充集賢校理制　錢珝

勑具官楊玢士子由科而進得爲館殿吏者俯視華資如
拾地芥然而道不益固名不益彰則朝之華資其可俯視
而拾之哉玢質秀氣實自立頗強窺其所爲誠在於道固
名彰之本也今既列書殿仍懷令圖奚患華資不能俯拾
可依前件

授李毅河南府參軍充集賢校理制　李磎

勑李毅書府皆以丞相爲太學士蓋理化之本在焉而集
賢嘗鄙仙殿之稱時之論者亦以爲尤重今太學士謂爾
毅儒學賢相之後以進士擢科今典籍散亡編簡殘缺毅
紹儒學之業實進士之名儻能討等質正請使校群書焉
予嘉而聽之參軍府庭則序官然耳河南京兆大何足論
噫苟能副太學士之委諫官御史豈愖汝遷可依前件

太常博士

授陳貞節太常博士制　蘇頲

勑宣議郎右拾遺内供奉陳貞節卞實輝光楚材翹秀窮
禮經之奥傳踐詞律之風雅參名列侍每獻呂言學事奉
常宜銓令典可守太常博士散官如故

授鄭涵等太常博士制　白居易

勑具官鄭涵等並早以文行久從吏職㞧流之間頗爲淹
滯况雅有學識進脩不已禮官方缺宜當此選凡朝廷禮
制或損益有疑中外謚議或褒貶不决爾爲博士皆得正
之所任非輕各敬乃事並可依前件

授蕭峴太常博士制　杜牧

勑禮至則無怨樂至則不争揖讓而理天下者禮樂是也
今國家上法三代下採兩漢質文降殺皆有舊章今命博
士非欲草具(集作草其)儀法但使提舉考冒而已登仕郎守秘
書省著作佐郎蕭峴聞爾昆弟之間著友愛之稱復能於
知己依投之地竭力報効况乎富有文學默守恬退執(一作操)
心處己不亦多乎爾其爲吾折中輕重詳校疑似使祝
宗卜史之徒不敢以近習欺爾斯則可矣勉於自強可守
太常博士散官如故

授杜藻太常博士制　前人

勑守左拾遺杜藻爾五廟祖常佐太宗同安生人共爲天
下者也爾能自以文學策名清時升爲諫臣豈曰虚授如

聞同列墻進而不爾容爾亦拜章自陳極詞頁情乃令徵辨盡知其由僉曰爾以齒少有才不能韜晦或處衆矜己或遇事褊褰言於慎微則亦乖矣仕於清貫斯豈廢乎考衆惡必察之言徵怨不在大之說官移禮寺跡去掖垣屈既伸眉事亦存體酌此二者頗得中道況乎職業至重蘊蓄可施無使衆多復有窺測可太常博士

秘書郎

授衛惲一作暉校書郎制　常袞

勑二品子衛惲漢制有任子之令國朝二千石理行尤異者賞亦及之況幼有令聞服於經訓校書一作文集秘閣以獎其才可宣義郎試秘書省校書郎

授張籍秘書郎制　元稹

勑張籍傳云王澤竭而詩不作又曰采詩以觀人風斯亦警予之一事也以爾籍雅尚古文不從流俗切磨諷興有助政經而又居貧晏然廉退不競俾任石渠之職思聞木鐸之音可守秘書郎

授王建秘書郎制　白居易

勑太府丞王建太府丞與秘書郎品秩同而祿廩一今所轉移者欲職得宜而才適用也詩人之作麗以則建爲文近之矣故其所著章句往往在人口中求之輩流亦不易得帑藏之吏非爾官也而翱翔書府吟咏秘閣改命是職不亦可乎可秘書郎

授劉縱秘書郎制　杜牧

勑具官劉縱徒步詣闕上獻封章又自叙其先臣陳許間事皆歷歷可聽公侯子弟多溺於驕邪爾能讀書學文自可嘉獎圖籍之府命爾爲郎豈惟振滯求能且不欲使勲勞一作能之後栖栖於塵土中也可秘書省秘書郎

著作郎

授崔融著作郎制　李嶠

鸞臺具官崔融長才廣度贍學多聞詞麗楊班行高魯史外臺羡其方正中省推其良直求言司典尤俟得人載筆西垣既藉徽婉紬文東觀更資博通宜昇著作之庭兼職記言之地可著作郎仍兼一作於右史内供奉官

授吳兢著作郎制　蘇頲

黄門朝議大夫守諫議大夫上柱國兼脩國史吳兢祇服言行貫穿典籍藴良史之才擅巨儒之義頃專筆削仍侍軒階而官之正名禮不以諱宜著書於麟閣復載通一作籍於鴻都可行著作郎兼昭文館學士餘如故主者施行

授胡皓著作郎

黄門朝議大夫檢校秘書丞兼昭文館學士上柱國胡皓屬文用思知名最久才清調遠寓興皆新頃掌秘文佇刊良史宜擢金閨之彦用光石渠之作可行著作郎餘如故主者施行

授司馬利賓著作郎等制　孫逖

勑朝議郎行秘書省著作佐郎司馬利賓等或富於學業
或精於吏能公清爲累已之資詞賦有成名之美舉其同
銜宜並拜於軒墀甄其異用俾分官於儒館可依前件

祭酒

授楊嶠國子祭酒制　蘇頲

黄門師氏之職訓於冑子儒林之選必俟賢人魏州刺史
上柱國北平縣開國子楊嶠直清莊敬浩素純密伏膺勤
業道在其中因心執禮行成於内樹風有循良之課試劇
聞精練之能徃在東都攝于西序巾卷資其導誘紀綱正
其頹弊惟教之立厥聲孔臧俾崇於釋菜逾勸於攻木可
國子祭酒勲封如故主者施行

授劉璪國子祭酒等制　孫逖

門下名器所歸必徵於才實進用之序亦憑於歲年郯王
傅上柱國豊縣開國男劉璪等備聞素行累踐清資佩服
文儒周旋禮讓効官惟謹考績皆深以類而遷既有均於
平施至公斯在亦何患於後時宜悉虚懐各從分職可依
前件

授太僕卿賜紫李涪國子祭酒制　錢珝

勑右武以來國子失教聖域何遠儒風寖衰今朕考元龜
備法駕言旋京師有日矣姑欲開六學之署以教諸生而
張吾理道之本思得通四術者以涖厥職官一作具官李涪
以爾受爵素高去朝斯久奉車親重乃以太僕命之宗籍
宿儒時謂非稱擢居雅秩幸得其人以爾藴學之優當吾
選求之要勉來分職昭我用才可依前件

授前左散騎常侍楊授國子祭酒制　薛廷珪

勑具官楊授乃馳膠庠文學所聚聿求臨長必在通儒以
授洛下高才關西冠籍台庭襲慶士族揚芳守歆器之不
盈蹈黄裳之元吉策名筮仕凿四十年流落栖遲失騫翥
勢所嗟暮齒久困窮途勉當文理之朝涖乃成均之職我
惟求舊爾徃崇儒載推尚齒之恩仍假納言之任噫隸名
之籍今無聞焉丘園之秀爲我屬意敬承休命以振斯文
可依前件

司業

授崔挹成均司業制　李嶠

鸞臺太中大夫使持節博州諸軍事守博州刺史崔挹懷
才抱器悦禮敦詩博究毁陵深窮壞壁秦章漢綬雖踐吏
途魯衣宋冠無輟儒行虎門齒胄蟻術横經重道尊師於
是乎在宜罷外臺之任俾昇上庠之秩可行成均司業散
官如故主者施行

授鄭誗國子司業制　蘇頲

黄門銀青光禄大夫宋王府長史上柱國襄城縣開國伯
鄭誗純固仁厚温恭雅實嘗覽墳籍克脩言行玳琁承寵
巳參佐於王門瓊林講藝用周旋於師氏可行國子司業
散官勲封如故主者施行

授裴巨卿國子司業等制　孫逖

門下朝議大夫著作郎裴巨卿厚德馴行性與淳和朝請大夫殿中丞上柱國張九臯雅量清才體合明允咸推遠（一作達）識皆有令名能勵節於朝廷將致美於兄弟詩書是悦宜當六學之師華奏惟難更擅一臺之妙巨卿可國子司業九臯可尚書職方郎中散官勳如故

授裴迪太僕卿元鎬京兆少尹盧兆國子司業等制　薛廷珪

勑具官裴迪等天子擇侯府之彦昇諸周行掄材與勞斯謂彛制逮于搜索淪滯利儀膠庠四面取人一時慎選以迪卿材應聘儒席稱珍以鎬幕畫有聞賓榮其美以兆華

宗輝譽官路洊芳各負所長求伸其志而諸侯之府裨贊是繫驗安劉載舜之功見難進易退之道太僕卿傅貳尹優賢司成古官歷代清選唯爾三子來服訓詞交脩厥官以稱我意可

文苑英華卷第四百

文苑英華卷第四百一

中書制誥二十二

環衛一

諸衛上將軍

授張奉國上將軍皇城留守制　元稹

勑環太微諸星有上將次將之例所以拱衛宸極誰何不若（句）予置上將軍以禦侮率是道也前皇城留守張奉國謙能養勇明以資忠早飛翕翼於未擊之前痛心疾首於見危之際常（一作能）擒狡猾克定妖氛行賞計功屢昇榮級朕愛其忠厚難以外遷務移衷胄之間不失爪牙之任爲吾守禁勉爾干城可檢校兵部尚書兼左衛上將依前充皇城使

授李演左衛上將軍制　白居易

勑王者法鉤陳設環列非勳勤之將信近之臣則何以乂張爪牙轉置肘腋者也具官李演常從德宗皇帝南蒐于梁籍名功臣謂之定難洎出分戎律入拱宸居內外周旋不懈于位交戟之下周廬肅然今之轉遷示益親信移領左廣仍叅夏卿夫入屯之警巡七萃之勤墮（集作惰）爾爲其正盡得察之宜惜前勞無替乃勣（集作力）可依前件

授韓公武右驍衛上將軍制　前人

勑朝散大夫檢校左散騎常侍兼右金吾衛將軍御史大夫上柱國賜紫金魚袋韓公武我元老之令子也孝於家忠於國故出則秉旄鉞入爲執金吾寵任益崇謙敬彌著

而勤於夙夜疾瘵所侵上陳表章乞就頤養夫環列之衛集作衛之列心膂之臣雖親信之寄則同而勞逸之間或異宜輟繁重俾從便安可檢校左散騎常侍兼右驍衛將軍御史大夫散官勳如故

授左衛上將軍蒲存特進檢校司徒仍復長城郡開國公食邑三千户制　錢珝

敕昔孟明視荀林父之爲將也獲罪於二君或敗以見囚或歸而請死彼秦穆晉景之爲君卒能宥而復用朕雖凉德寧昧於諸侯之霸者哉具君蒲存頃列將壇頗懷臣節且聞禁暴斯有功能一作斯甚有經未嘗敢驕一作驕矜欲保勳績而衛之前事人亦公言幸無爭敵之盟但逼自焚之勢洎乎

連坐得以惟輕懼罪而不懈於心補過而願陳其力是用徵爲環尹兼復疏封載加論道之名俾重秉戎之典庶乎有位知我念功可

授寧遠軍節度使蓋寓左武衛上將軍制　前人

敕環衛之設貴同命卿有以大將軍之名加其秩者實典彌重具官蓋寓凡天下統帥將佐勤勞每至賞勳鮮當佚鉞吾以克用事君有偉節匡國有大功而寓預謀必忠推誠必順致我藩后光于册書是以特越舊章授之師律頗能謙讓復願改張得不表以寵休陟居戎列仍遂再三之請俾啚始卒之心宜舉訓辭是爲嘉善可

授右威衛上將軍契苾璋威衛上將軍制　薛廷珪

敕具官契苾璋尚齒酬勞固開於茂典念功求舊式勸於後生朕嘗因坐朝周視百辟有戴冠擔珪華髮承弁鷹揚鶚立於埤廡之上者一旦便殿詢于宰臣且曰衛將軍璋也夙號良將實著軍功嘗擁節旄無聞善政自爾之環衛委以腹心闘彼汙萊盡作文王之囿化其士卒皆爲君子之營而耆艾服勤班資不稱積薪之歎達我聽聞俾昇上將之尊不假三師之貴吾於爾輩無吝優恩勉服軒裳共致寧謐可

左右衛大將軍

授嗣鄭王希言右衛大將軍制　蘇頲

門下銀青光禄大夫僕卿員外置同正員上柱國嗣鄭王希言才推近屬行稟中和用沈厚以爲謀體直方而成器頻升列棘之位嘗踐執金之秩歷官斯久更事逾深必在親賢用膺心膂宜領右軍之寄仍直大將之任可雲麾將軍守右衛大將軍勳封如故

金吾衛大將軍

授烏薄利左金吾衛大將軍制　李嶠

鸞臺冠軍大將軍行右豹韜衛將軍員外置檢校源頭州督良鄉縣開國男烏薄利族茂蕃庭位參朝佐懷恩慕化守義全忠宜錫殊榮以旌美列可左金吾衛大將軍主者施行

授河内高平王等大將軍制　前人

鸞臺昔程李二將分領東西之宅周邵兩藩並行南北之化兼此重務允歸賢戚右金吾衛大將軍兼檢校洛州長史上柱國河内郡王懿宗司屬卿兼檢校并州長史上柱國高平王重規並麟趾英髦犬牙良翰承朱紱之寵命奉絲（一作綸又作彤）弓之征伐勳藏天府名入史圖或誰何儆巡忘晝夜之倦或敦叙宴翼協親疎之理題輿河輔而桴鼓希聞別乘汾陽（一作坰）而徉牢不葺勤誠著於文武美績宣於内外爪牙任切都輦寄深求賢審官不踰伯叔之國叶心共理佇觀兄弟之政懿宗可左金吾衛大將軍依舊檢校洛州長史重規可右金吾衛大將軍依舊檢校并州長史勳封并如故主者施行

授李延昌左金吾衛大將軍制　蘇頲

黄門兵戈之容是憑於師律輿馬之飾允屬於徼巡自匪周才孰當茲任衛尉卿兼檢校左金吾衛大將軍上柱國李延昌倜儻爲用堅剛立誠學優典墳言綜韜略賈勇聞義則輕於九死好謀盡忠則慤如一敵自膺剌姦之寵推叶彈違之務正名不拜何以光於執金教戰或忘何以勵其投石宜踐迹於中尉俾疇能於亞夫可右雲麾將軍守左金吾衛大將軍勳封如故仍充朔方後軍大摠管

授王斛斯兼左金吾衛大將軍制　孫逖

門下左羽林大將軍兼范陽大都督府長史充范陽節度經略度支營田副大使王斛斯推誠勵節好勇能謀政必有經舉無遺策久鎮幽朔勤修訓練既摧兇以制勝亦懋賞以疇庸而環衛之職金吾尤重宜承後（一作優）命以寵中權可守左金吾衛大將軍兼范陽大都督府長史餘如故

驍衛大將軍

授郭虔瓘右驍大將軍等制　蘇頲

黄門有功必賞勸所以教人立志爲邦作程者也雲麾將軍檢校右驍衛將軍兼北庭都護瀚海軍經略使金山道副大摠管招慰營田等使上柱國太源縣開國公郭虔瓘宣威將軍守右驍衛羽林府中郎將檢校伊川刺史兼伊吾軍使借紫金魚袋上柱國介休縣開國公郭知運等負將帥之才展熊羆之効義烈忠壯以詢其謀（一作以詢其誠）智謀勇敢不懲其策頃者邊（一作二）庭之際孤城獨守戎羯困乏歲時圍逼矢石交下金湯自堅護井漢之所歷懷范羌而莫至獨能宣我王命殫其士力不顧左股仍於右斷厥功至矣朕甚嘉之宜登絶席之任方盛題坐之禮虔瓘可冠軍大將軍右驍衛大將軍知運可雲麾將軍右驍衛將軍餘各如故仍各賜衣一副并金帶主者施行

授張亢方左驍衛大將軍制　杜牧

勑朕據南面之尊制一代之命先謹（集作講）百官之法後行（集作理）四方之政若有罪不問是倒持大阿有頑不磨是廢去砥石則拱視天下何以爲理雲麾將軍起復檢校刑部

尚書兼右羽林軍統軍御史大夫張直方席其先人任爲邊將披誠向闕執玉來朝近臣勞郊大匠理第典兵於禁門之內立侍於交戟之中校其寵榮無與等比而乃每輕法檢恣爲遨遊擅去宿衛潛遊異縣有司問狀持舌不言以至再三姑引愆闕古人有云語人必於其倫覩過各於其黨念其生自戎族素不鐫琢既觸法網亦可矜容加膝墜泉予常自慎小懲大誡爾宜知恩不失將軍之榮仍存兼官之重足得湔洗以俟甄昇可銀青光祿大夫檢校刑部尚書兼左驍衛大將軍御史大夫

授前左千牛衛大將軍李鐇右驍衛大將軍右千牛將軍江斷羨加兼檢校右散騎常侍制

錢珝

勅具官李鐇等大將軍之設有以摠勳翊折衝之屬者有以司禁衛門籍之法者非嚴謹恭愿不可輒居以鐇屢交戟之門有勳可庇嚴而能謹盖稟於家以繼美當啗珠之名有勇可使恭而且愿復秉於心咸以美材俾遷上列兼秩之寵勸善並行可

授劉思謙驍衛大將軍李璀金吾將軍等制

薛廷珪

勅具官劉思謙等大將軍齊之三公執金吾漢之中尉或分黃麾坐正殿之前或佩橫刀立天子之側親近寵貴莫之與京以思謙等昔在艱難不渝風雨克保臣節能知武經而璀祖考勳名功格上下副朕基構克勤班行清修自持儒雅有守朕言念後生遭諸多難朝施勞於旄鉞莫置位於公侯獨爾寂寥未聞熏灼自待之意何其儒歟賞延之典茲用歎嗟屬有虛位先求舊人俾昇喉舌之官以申帶礪之旨爾其服我寵光爲吾心腹侍衛巡警勉於在公佇聞恪居

領軍大將軍

授杜叔良左領軍衛大將軍制　元稹

勅十二衛大將軍典掌禁旅張皇六師循藩垣之捧宸極也爲任不細是以出則授以弧矢驅犬羊於虜庭入則委以爪牙領貔貅於魏闕中外遞用僉謂恩榮前朔方靈鹽

定遠等城節度副大使知節度事觀察處置押蕃落等使元從奉天定難功臣開府儀同三司檢校工部尚書兼靈州大都督府長史太夫上柱國安定郡王食邑三千户杜叔良將門之子不墜弓裘頗閱詩書素明韜略頃以五原近寇禦侮才難遂俾畯擴實資毅勇星霜屢換節制斯勤雖不立奇功而無忘慎固尚多眦倚廼命徽巡勉服新恩以彰前効可驃騎大將軍行左領軍衛大將軍元從功臣勳封如故

授前左武衛將軍李儔左領軍衛大將軍前右監門衛大將軍江繼美左領軍衛大將軍制

錢珝

勑具官李傳等王者之居率先警衛將軍之令必勝戒嚴傳與繼美皆以絳服青綬常立於西序矣在列甚謹其勤亦多戎容頗稱於抱材家食且聞其屢困故以左右領軍之命並而進之兼罷秩已來爲日斯久咸從還陟用舉滯淹可

千牛大將軍

授前威勇軍節度都指揮使楊承襲左千牛衛大將軍制　錢翊

勑拊瑟琴者其聲不諧尚或改而張之况軍旅大事利害可論姑務變通且期寧謐具官楊承襲素以材力聞于朝廷皆屬興師乃思致勇而時惟黷武未足經邦每念殘人遂能俛已既從休息何必訓齊爾其罷彼戎機來歸環衛職親任重假寵甚多無懷逆命之謀宜奉徵還之召况參宿衛亦在促裝可

授牟崇厚右千牛大將軍等制

勑具官牟崇厚等罷行部者入則率執刀之屬以居其官去宿衛者出則勸賣劍之人以成其政中外迭用典故甚明崇厚嘗分吾憂知其理之急善有聞也漢謇能　爾職戒有備之嚴勤可稱也家食皆久賦祿甚宜勿墮（疑作惰）勿踰（疑作媮）以期無咎可

羽林大將軍

授周仁軌左羽林大將軍制　蘇頲

門下周禮命卿六師茂務漢圖拜將三傑推才光祿大夫行光祿卿兼檢校并州大都督府長史上柱國汝南郡開國公周仁軌執心剛彊臨事果決衛青奉法必讓其功師丹守正每聞其直彼汾之間近胡之備吏人仰化戎虜憚威羽翼任隆爪牙寄重宜光絕席用應題坐可鎮軍大將軍行左羽林衛大將軍兼檢校并州大都督府長史勳封如故主者施行

授薛訥若右羽林軍大將軍制　前人

黃門出師禦寇功成於告捷振旅休兵禮備於行賞攝左羽林軍將軍借紫金魚袋薛訥勳閥良將邦家老臣讀太公之立言受穰苴之爲法德業中邃墻仞罕窺智謀宏遠泉源不竭湏竹公孫之勳頗蠲孟明之罪遂能長驅隴上深入湟中殲厥犬戎殘其蠆毒野無遺孽朝有茂勳宜應設壇之寵俾光期門之寄可右羽林大將軍上柱國河東郡開國公仍賜物三百段銀五百兩錢二百貫主者施行

授高仙芝右羽林軍大將軍制　前人

門下四鎮經畧副使前右羽林軍大將軍員外置同正員密雲縣開國男賜紫金魚袋上柱國高仙芝素稱驍悍兼聞智畧久在戎塲夙推武用才有所適禮則從權宜復官資更爲邊扞可起復右羽林軍大將軍員外置同正員

授王士則右羽林大將軍制　白居易

勑羽林所設上法星文軍衛之中號爲雄重稱茲選任不

易其人左驍衛將軍王士則勳戚之家義方之子發身學劍餘力知書早踐班榮累忝環列職近而身彌檢慎任久而心益恭勤甲以自居勞而無伐況一備禁衛四爲偏將滯於久次宜有超遷集作升俾領上將仍升集作遷右廣統良家之騎士訓期門之材官寵任不輕無墮於事可右羽林大將軍

授前驍衛大將軍劉崇文左羽林大將軍知軍事等制　錢珝

勑具官劉崇文等漢家揔率禁軍有北軍南軍之號今羽林領軍之職蓋近之矣崇文廷美常以赳赳之材對濟濟之列稱夫環衛立在西階今復命之俾無遺者勉揚威烈勿怠警巡桂林屬城頗忝戎俗以若納久當官次多達物情分我遠夏資其惠政入居出守各慎所爲懸法甚明賞善斯至可

文苑英華卷第四百一

文苑英華卷第四百二　　中書制誥二十三

環衛二

左右衛將軍

授張玄逸右衛將軍制　孫逖

門下中大夫守光祿寺卿員外置同正員賜紫金魚袋張玄逸幹蠱於君謙冲自下外姻之旅衆望攸歸寘彼周行備聞聲實委之環衛尤切腹心宜昜位於多疑卿俾呈能於真將可明威將軍守右衛將軍勳賜如故

授吳王祇衛將軍等制　前人

門下左衛將軍吳王祇等國之近屬朝之多士或同班警衛有避於天倫或列位周行已淹於歲序各移官命用廣朝恩可依前件

授駙馬鄭何右衛將軍制　白居易

勑周設七萃漢列八屯皆以拱衛王宮肅嚴徼道統茲騎吏其屬親賢具官鄭何擢秀士林挺質公器以貞和陶其性以禮樂文其身善積德門慶連戚里況久踐名職累著聲猷念舊獎能宜加榮寵環列之尹不易其人俾宣力於爪牙不失親於肺腑可右衛將軍餘如故

授王知信左衛將軍并史裒右監門衛將軍等制　杜牧

勑昭武軍校尉前守右驍衛將軍上柱國賜緋魚袋王知信等古人之爲理也不以一眚而掩大功克黃紹子文之

宗霍陽繼傳陸之後知信烈祖具丘之戰可庇十代豈止
曾孫褒父伯仲亦効忠懇提挈全魏（歸）于朝廷今者寵以將
軍旌其舊德豈唯獨舉賞延之典亦欲使裂土（集作列土）諸將
自爲孫謀彝鎬明誼入仕已久皆無悔咎（集作吝）故有序遷
臨封遠邦蔡亳兵部（一作郡）分憂佐理無忘謹廉可依前件

授王知遠左衛將軍制　錢珝

勅具官王知遠堯之克明周有懿德推恩而舉其有遺於
親戚者乎如得其才匪曰私舉知遠稟訓於父且勵事君
在官不遠設爵何恡將軍使爾備宿衛尚書使爾進秋官
且示兼榮則宜竭力報吾推恩之道無所私於親戚也可

授王知道寧州刺史王知勳右衛將軍制　薛廷珪

勅具官王知道等我有寶臣作鎮邠（一作邳）土伯氏仲氏鼎
峙于列藩乃子乃孫胳合于當代宣彼忠力屛于冲人方
將伏之冀靜紛擾開懷以待有請必俞今復上章來陳内
舉碩以屬郡俾知道分憂推其赤心請知勳入衛言觀爾
志式慰我心况聞訓勗甚嚴砥礪甚正旣孝以事父必忠
以事君忠孝存焉君父一也良二千石與大將軍榮爾閨
門列吾禁旅並兼揆路仍亞台司吾於勳賢斯謂臻極唯
爾父子享吾恩榮愼圖始終以保富貴可依前件

左右金吾將軍

授唐先擇左金吾衛將軍等制　蘇頲

門下右金吾衛將軍唐先擇名公之胤理識通明左金吾
衛將軍吕休琳良將之才智謀深遠雖東西列衛俱賴其
人宗族聯官所宜迴避俾從易位用叶朝恩先擇可左金
吾衛將軍休琳可右金吾衛將軍餘如故

授蓋嘉運兼金吾衛將軍制　孫逖

門下右威衛將軍兼北庭都護蓋嘉運百夫稱勇萬里將
軍智則有謀忠而能毅頃者狂寇作梗銳師深入用奇以
往決勝而歸式疇其庸言命之賞宜增秩於中尉仍握兵
於外域可左金吾衛將軍兼北庭都護餘如故

授吾湊左金吾將軍制　常袞

勅將我南軍秩高中尉以禁戎之重任委舅氏之同心具

官吳湊塗山介祉章武雅才言而有宗儉而能廣達禮樂
政刑之要存忠信孝友之誠報屢歷年府寺失職素以賢
戚之望職司太子之家清心奉公庶務悉理擅羡春儲之
寀流芳秋實之詠固可以首當褒進大勸官曹俾執金吾
用彰貴任可左金吾將軍餘如故

授田盛金吾將軍勾當左街事制　白居易

勅右金吾衛將軍田盛夫仕官至執金吾古今之（集作所）榮
重也而盛生勳德門有文武畧居貴介而無佚領譙何而
有勞言念徼巡之勤（集作功）宜乃（集作及）轉遷之命勵左攝事
以表用（集作使）能可依前件

授張直方田牟將軍等制　崔璵

勑統環營於中禁司徼道於右街非節効素彰見義而錙銖爵祿威謀夙著宣力而踐更翰垣則何以爲我信臣膺茲寵寄檢校刑部尚書兼左金吾大將軍張直方沉果知機忠烈繼志承許國之義訓有能軍之勇名豹變除習俗之風鷹揚多御衆之術自脫徒幽薊奉職警廵勤固有夙夜之勞謹嚴得誰何之任前天平軍節度使田牟體懷忠厚氣稟雄邁襲台耀之洪伐振家聲於勲籍深識戰器之本亟升勇爵之班馬嶺鴈塞嘗絶煙塵之警西楚東魯每聞輯睦之方而皆早讀父書動合軍志克隆紹續之業備詳奇正之機是宜委以禁戎爲之禦侮長期門以絶席擁緹騎而式遏俾之重閉斯謂爾勞題鮿弄印仍祗舊服勿替徽問勉承寵光直方可右龍武將軍牟可右金吾將軍

授陳班右金吾衛將軍制　錢珝

勑具官陳班朕求理未濟厥心匪寧實在庶位之間皆欲必獲其所况爾克繼勲藉通知武韜許國之誠忘身靡憚受爵而每期無忝檢身而唯恐有瑕雖秉郡符莫食公廩退居而處沉静可嘉陟以執金仍兼端右俾承閥閲且耀寵章可依前件

授高彥弘右金吾衛將軍制　前人

勑具官高彥弘朕每視朝執金吾率其仗衛陳於陛前退則與大京兆禁暴詰姦以清轂下其職如是非細任也以爾進在周行常爲環尹實於廵警素積勤勞比授郡符將覲爲政屬其節制有所薦聞方資宣力之臣難奪舉材之請未能出守遂至罷居暫解印於外臺復彈冠於近列勉思有寵善戒不矜可依前件

左右驍衛將軍

授安金藏右驍衛將軍制　蘇頲

黄門游騎將軍行右武衛翊府中郎將員外置同正員直太常寺安金藏家本孝悌身全忠懇往在周朝困於酷吏共誣良善敢謗太皇不任楚毒並加刑憲金藏乃自刺心腑見其誠節因而寤主實賴斯人則弘演納肝田光吞舌求之既往未足爲喻眷言酬德自可超倫彰其貞固之美拜以誰何之任可驍衛將軍員外置同正員餘如故主者

施行

授幽州兵馬使劉悚左驍衛將軍制　白居易

勑具官劉悚夙負氣槩早習騎射才推燕趙之士學究孫吳之書加以忠厚可當任用况有令弟爲吾信臣節著艱貞情鍾友愛夫寵寄於外莫重於藩垣委任在（集作於）中莫親於禁衛加此一職寵爾二人豈不爲榮季出叔處可左驍衛將軍

授楊約左驍衛將軍并焦敬復左領軍衛將軍制　錢珝

勑國家之道文武相須故帶綬簪冠而處將軍之位者必求雄俊之材以對我卿大夫具官楊約智則好謀勇而知

禮臨戎之用以律甚明具官焦敬後涖事多能理煩益辦舉其成効可以在庭俾就衛環式昭奬勸使號令有嚴於宿衛謨明（一作威名）皆稱於職官副吾雄俊之求以濟相須之道可依前件

左右監門衛將軍

授元環右監門衛將軍制　孫逖

勑右監門衛中郎將元環衣冠濟業言行資身地在通姻人稱懿戚徼於舊典洽以新恩宜有命於移官更增榮於賜服可依前件

授趙惠琮左監門衛將軍制　前人

門下中大夫守內侍上柱國賜紫金魚袋趙惠琮素韞智

謀早周慎密（一作早標周慎）頃令御命委以臨戎既逾險而深入亦乘危而苦戰遂清狂寇且振邊威不有賞功將何勸善宜列爪牙之任仍真印綬之榮可雲麾將軍守左監門衛將軍仍兼知內侍省事勳如故

授前左威衛將軍安弘度右監門衛將軍制　錢珝

勑具官安弘度等吾以大柄付丞相日行於堂上唯文武之士參用其才耳凡覿公舉亦必可之今具列爾名來請吾命將軍佐吏循次而遷且稍（一作稱）所能兼授貴秩罔有不信往宜思之可依前件

授吳敬存左監門衛將軍張景球虢州司馬兼中丞等制　李磎

勑吳敬存等各以才能効其忠節或誘諭軍帥捍蜂蟻之師徒或善葺都門壯鳳凰之城闕嘉績既著賞典宜及將軍職於禁旅司馬兼於憲丞可謂寵榮足以耀於流輩矣可依前件

左右羽林將軍

授楊敬述右羽林將軍制　蘇頲

黃門瞻彼玄闕衛於丹禁命將擇人制軍為旅雲麾將軍檢校右羽林將軍上柱國楊敬述心堅鐵石器蘊珪璋以俊穎之才有溫謙之美附枝中葉則藝極於彤弓咀實含英則詞殫於緗札自五營高選千廬入侍中而作訓勤以

宣威俾寵誰何正其名秩可右羽林軍將軍勳封如故

授許輔虔左羽林將軍制　前人

黃門國之武士其盛如林朕之賢臣其貞匪石則可以制軍而作訓也雲麾將軍檢校右羽林將軍借緋魚袋上柱國早國公許輔虔方外直內智崇禮卑備聞舊章好讀前史忠於事主信以庇人未嘗不抗節思齊立言致遠頃除蚍蜉之孽特建殊勳洎熊羆之旅蓋稱重器我之所賴爾實命諸必也正名用監中候可左羽林軍將軍勳封如故

授王斛斯右羽林軍將軍制　孫逖

門下太中大夫守太僕卿員外置同正員上柱國賜紫金

魚袋王斛斯智謀宏遠識量冲深位列名卿才優良將頃膺朝寄作扞邊陲惠威有孚羌戎以即序念其勤苦既迈旆於西城任以腹心宜典兵於北禁可宣威將軍守右羽林軍將軍勲賜如故

授彭元昭右羽林軍將軍制　前人

門下中大夫使持節都督洮州諸軍事守洮州刺史同隴右節度副使上柱國賜紫金魚袋彭元昭久統邊事咸推武才必也好謀豈唯有勇洊遷中外方表幹能宜典禁兵以膺重寄可右羽林軍將軍

授于季友羽林軍將軍制　元稹

勑具官于季友天子六軍必有材官佽飛超乘挽彊之士

在焉董之以威待之以信分八合之衆寡均二廣之勞逸不吳不揚不掉不挫皆將軍之令集作命也是以李大亮上直禁中而文皇甘寢則腹心爪牙之任斯不細矣以爾季友時予舊姻念往與懷度才思用榮以服色列于藩垣爾其敬恭無替朕命可守右羽林軍將軍知軍事仍賜紫金魚袋

授王輔元元輔集作左羽林衛將軍知軍事制

白居易

勑國家設十二衛循漢之有南北軍而左右羽林尤稱親重自諸衛而移領者謂之美遷左神武將軍王輔元生勲閥之家通吏理之事佐戎臨郡率著能名可以掌鉤陳而護建章備巡警而嚴羽衛大將軍事假而行之宜勵初終副茲寵任可依前件

授前右羽林將軍李彥佐服闋重除本官兼御史中丞知軍事制　前人

勑軍有羽林用法星象統之爪士以拱宸居具官李彥佐前以忠勞選登戎衛而能訓勇力之士以備時使申誰何之令以奉徼巡夙夜祇嚴不懈于位既終喪紀宜服官常假中執憲之名行上將軍之事勉修舊職用副新恩可依前件

授郭簡右衛制置使右羽林將軍制　錢珝

勑環尹之設皆得以親宿衛時警巡而羽林之名自天垂

象有拱宸之貴擇人匪輕具官郭師簡頗負雄材仍懷勇氣堅秉事君之禮深知用武之權載感時艱因思己立禦寇而隄防甚謹提兵一作臨戎而號令必行善復流亡多謀完葺率先陳力誓不去於京師望幸傾心志有同於父老難能之節臨事始明方資制撫之勤遂假陟遷之寵宜秉激勸更集功庸循懸受賞之期重在平戎之日可依前件

左右武衛將軍

授曹王弼左武將軍　孫逖

門下行左清道率府胄曹王弼籍慶宗枝升榮官序頗一作頃有公累終非自作曾是黜官亦云累載宜叶睦親之道俾遷仍舊之職可左武衛將軍勲如故

授郭玄昇右武衛將軍等制　前人

門下將作少匠郭玄昇忠厚資貞有聞於行守太子家令鄭繼先衣冠濟業不隕其名各在官次頗淹年序宜分職於五校俾增榮於兩宮玄昇可右武衛將軍守右衛將軍繼先可右武衛率勳如故

授裴倩在武衛將軍制　前人

門下前守右武衛將軍裴倩韞是忠勇資其智謀久樹邊功備詳戎事疆場有警方期於効節金革無避宜後（一作復）於奪禮（一作情）可起復守右武衛將軍餘如故

劉泰清左武衛將軍制　元稹

勑劉泰清文武並用必推其才久次不遷則有昇叙以爾

踐更吏職星歲頗淹例當酬勞用進常秩奮我武衛以列周廬斯亦信臣之任也其勤厥職式副予恩可游擊將軍守左衛武將軍

左右龍武將軍

授齊遵等左龍武將軍制　薛廷珪

勑具官齊遵等官之設所以毓材勸能也苟不當其選安以假吾所器而滯爾來者令命爾遵謀命爾琛冠蟬冕横佩刀爲左右龍武將軍所以昭勳庸之嗣而用其無瑕者也浩與齊庋久閒罷免各旌勳痒且振淹滯並升環衛之嚴俱委腹心之寄用明激勸往服恩榮勉務進修以圖光大可

左右神武將軍

授姚成節右神武（集作策下同）將軍兼知軍事制　白居易

勑朝請（集作議）郎前使持節成州諸軍事守成州刺史充本州守捉使賜紫金魚袋姚成節曾爲天平軍裨將當劉悟之立忠勳也謀成事集爾有功焉雖授一城未足酬奬况聞信厚勤恪宜於爪牙肘腋間居之昔漢文帝以宋昌忠勞擢拜將軍使掌環衛今吾用汝循前心也環拱之職得不勉歟可致果校尉守右神武將軍知軍事餘如故

授前千牛衛將軍徐忝右神武將軍兼知軍事等制　錢珝

勑具官徐忝等陳力諸吏曳長組於西階之下而參將軍之位者兄假地官之秩兼騎省之名仕蓋顯矣惟忝暨呂皆嘗立朝自効之勤所聞甚著使之遷擢乃用舊章道隣有勞於公亦宜賦禄郡佐漸優之命勉進爾途可

左右威衛將軍

起復杜賓客右威衛將軍制　蘇頲

黄門雲麾將軍前檢校左監門衛將軍上柱國杜賓客志惟倜儻才稱果決鬪鞞而立特壯三軍之氣奮劒而前將雄萬人之敵頃在艱罰甫懷忠勇金華是任春秋所稱俾適權宜用光戎事可起復右威衛將軍勳如故主者施行

授右千牛衛將軍李璠右威衛將軍制　錢珝

勑具官李璠等朕每據法座命百辟四夷大和會于朝能率其屬建黃麾飛麟之旗立於陛前者有衞將軍之盛職也璠以忠謹之職周旋於藩邸之中以久得遷常爲貳金吾矣武弁有列乃命陟居儔以壯勇之材率陳扈蹕之力以功可進來立於朝既曉王鈐俾登環衞尚書之秩光寵並行可

授王存禮左威衞將軍制　前人

勑具官王存禮等朕於文武之士雖用之有殊而覈之不易以材濟用者是所求也以志立功者是所嘉也至於免官去職寄食屏居言念艱難益多愧歎執政能舉我心允同且以爾等負濟用之良才守立身之素志又復免官寄

食安得置而不圖各敬所遷以揚厥職可

文苑英華卷第四百二

文苑英華卷第四百三　　中書制誥二十四

東宮一

太子太師

授宋王成器太子太師制　蘇頲

門下孟侯之禮雖歸於冢嗣太伯之風實尚於高節左衞大將軍宋王成器幼而聰惠長則溫仁禮樂同歸質文相半孝以爲政每用因親忠而立誠所期尊主故能樂於爲善好在服儒占蟻穴以探微發省臺而成賦自奄有梁宋作藩邦家其儀孔臧其德可大朕之元子當踐副君以隆基有社稷大功神祇（唐書作人神）僉屬由是朕前懇讓言在必行天下公議（唐書作至公）誠不可奪爰符立季之典庶叶從人

之願況別爲九州必資於牧伯貞夫萬國先佇於師傅式副僉諧之求仍光不拜之寵可雍州牧楊州大都督太子太師別加實封二千戶賜物五千段細馬二千匹奴婢十房金銀器皿二百事甲第一區良田三十頃餘如故主者施行

授信安王禕太子太師制　孫逖

門下傳導元子師長庶寮必在正人無非舊德太子少師上柱國信安王禕宗室良翰朝廷碩老踐忠公而立節體明肅而成用頃膺大任頻總中權掌夏司春是爲六官之長戢兵禁暴何止萬人之敵睦親尚齒念舊録功宜優天秩之榮俾極宮臣之位可光祿大夫守太子太師勳封如

故

太子太傅

擬太子太傅制　劉禹錫

勑太子太傅古今之重任也其使吾子目見正事耳聞正道左右前後無非正人繄爾太傅之力乆虛其位式佇端人以爾命之朕無慙德可

太子太保

擬太子太保制　前人

勑禮云三王之教太子入則有保出則有師是以教諭而德成也其實一焉必擇恭敬溫文以輔道其德使吾太子覲爾之道景行之無人則虛不求充位校德而命其稱厥

官可太

太子少師

授唐休璟太子少師制　蘇頲

門下君臣之道欽若從乂師保之寄人具爾瞻必在耆德共康庶政特進前行尚書右僕射同中書門下三品上柱國宋國公致仕唐休璟自天錫夔維岳降精心竭忠公器包文武廟堂隆棟委以弼丞帷幄運籌推其決勝爰當宰任固辭撥職私第懸車耆年益壯公門軾馬朔見逾聞求舊所期懷賢是切諭於三善況得正人營於百工孰過元老宜紆几杖俾作鹽梅可行太子少師同中書門下三品散官勳如故

授岐王範太子少師等制　前人

黃門贊翼皇儲允歸師保崇敬叔父諒屬親賢虢州刺史上柱國岐王範祕書監兼幽州刺史上柱國薛王業等明允篤誠溫良恭儉忠孝先於令典文儒偉於成業自爲我藩翰擁其干旄雅聞邵伯之詩尤羨魯公之政雖頒條是務而導禮兼資因入拜於承明佇來儀於傅望範可太子少師虢州刺史業可太子少保兼幽州刺史勳封等各如故主者施行

太子少傅

授嚴綬可太子少傅制　白居易

勑東朝保傅歷代尊崇漢擇名儒（一作漢擢碩儒）任（一作先）疎廣

晋求耆德選在山濤實資六傅之賢用弘三善之道檢校司徒兼太子少保嚴綬文雅成器恭讓致用出領重鎮以帥諸侯入爲大（集作具）僚以長卿士歷踐中外備嘗艱虞殆三十年勤亦至矣況理心以體道知命而安時是謂教誨之人可居（集作領）調護之任由保遷傅爾其敬之可太子少傅

授鄭餘慶太子少傅制　前人

勑東朝三少歷代重選不必備位在乎得人吏部尚書鄭餘慶貞恒儉素有古人風發自脩身施於爲政出入中外多歷要重咸有勤績存乎（集作于）官次況動中禮法學綜儒玄是謂羽儀之臣可居師傅之任輔我元子爾其勉歟可

太子少傅

太子少保

授崔琳太子少保制

門下貞萬國者必在於元良教三善者是求於端士銀青光祿大夫守刑部尚書上柱國清河郡開國公崔琳中和禀氣厚德資身雅言有章明議能斷標禮樂於先進効忠公於大官堅白不渝芬芳自久緝熈秋典用簡于心調護春宮更難其選宜取才於六職俾齊名於二傳可守太子少保

太子賓客

授韋嗣立太子賓客制　蘇頲

門下望圉賓客非賢莫可中朝碩茂選衆攸歸銀青光祿大夫國子祭酒上柱國逍遥公韋嗣立温恭寡靜孝悌忠實鑒測毫端詞詮象外昆弟承一經之業登相者代不乏人閨門有萬石之風立言者士是則效疇咨蒲於故事潤色敷於令典屬以疾辭用體張良之志貴於德擧宜從綺季之遊可太子賓客散官勳封如故王者施行

授鄭惟忠太子賓客制　蘇頲

黃門元良之重賓友是擇自匪舊德孰膺(一作應)斯拜銀青光祿大夫守禮部尚書上柱國榮陽縣開國公鄭惟忠積温厚之氣暢清純之風學綜幽賾詞含比興屢登近要見美徽猷不訐直而徇名不期後仁以爲利比斗喉舌雖屬於尚書南山調護更憑於耆老而宜廻建禮之秩將益承華之裕可守太子賓客散官勳封如故

授賀知章太子賓客等制　孫逖

門下調護儲宮典司延閣必在擧德固無虛授慶王侍讀銀青光祿大夫祕書監員外郎置同正員賀知章等衣冠耆舊詞學宗師或恬淡風流獨擅東南之美或清貞介特是稱江漢之英負當朝之令名有錫類之純行頃令教導久侍藩維善利則多寵章宜及方之四老用列賓友之任綜彼三墳俾在圖書之府可依前件

授孟温太子賓客等制　前人

門下重位高官必歸於舊德中朝内外亦在於更遷金紫

光祿大夫使持節同州諸軍事行同州刺史上柱國魯國公孟温性與嚴明才優政理朝請大夫使持節魏州諸軍軍事守魏州刺史上柱國安平縣開國伯崔璘清而率下正以持身或累登要劇聲謠夙著或頻更刺擧歲序滋深出入蕪施器能皆適宜膺調護之選俾踐宫坊之任温可太子賓客璘可太子右庶子散官勳封如故

授裴元初太子賓客制　前人

門下宫朝所重賓友爲先誰其徃諧必也求舊通議大夫守太僕卿上柱國聞喜縣開國侯裴元初已勵行全(一作脩已勵行)存誠好德中和應物豈終食而違仁至理爲心每忘筌而合道早升清要(一作官)累踐崇班能慮始以思終不近名

而過實宜膺端士之選以佐元良之貞可太子賓客勳封如故

授嗣吳王祗太子賓客制　常衮

勑古者選孝悌閑慱有道術者輔翼太子今以宗室之老處賓師之位亦親親而教敬也光祿大夫檢校工部尚書兼宗正卿上柱國嗣吳王祗文昭之慶蔚于公族楚元之後繼有忠賢達道虛懷寬厚廉謹藩翰舊德人倫憲行更於內外職事頗循疑年在華皓未嘗衰惰叅會府而百工時叙掌宗卿而九族益親每託肺腑深加優禮宜以冬官之重乃在春儲之列可兼太子賓客其檢校工部尚書及散官勳封如故

授孟子周太子賓客制

勑聞匹夫之愛其子者猶求明哲為之師賢善為之友而况於羽翼元子賓游東朝非舊德耆年孰副茲選前守光祿卿騎都尉賜紫金魚袋孟子周詞藝飾身端厚居業歷官中外休有令聞人推君子之風朝洽名卿之目副予求舊咨爾誠明勉脩諷諭之詞以俟元良之德可守太子賓客勳封如故

授趙昌檢校吏部尚書兼太子賓客制　白居易

門下王者以尚齒尊賢為體以念功任舊為心况文武之才有以兼備則中外之職所宜迭居所以寵舊勳而優耆德者也前荆南節度管內度營田觀察處置等使金紫光祿大夫檢校兵部尚書兼江陵尹上柱國天水郡開國公趙昌聚學飾身脩誠致用久膺事任累著勳猷統護交州威惠之聲克振鎮臨南海撫循之政有經自移部荆門馳心魏闕增脩職貢益勵忠勤爰舉寵章用旌茂績夫望優四皓然後能調護春闈才冠六卿然後能紀綱會府惟爾年德足尚可以周旋其間宜增喉舌之榮以崇羽翼之任服我休命其惟懋哉可檢校吏部尚書兼太子賓客散官勳封如故主者施行

授王牘太子賓客制　錢珝

勑典職之重本於調護之名者非端厚自守練達有聞焉可罷而復居當我為官之選具官王牘始剛方之氣嘗失

志於策名受聘塞垣通籍朝序致強學之力不廢半塗耻巧宦之謀罔違公道利多開物優實在邦戒臧裂以能勤知蒲盧之可化頃因將命遂乃去官爰陟崇階俾還舊秩勉來辨色無墮盡忠可依前件

太子詹事

授畢構太子詹事制　蘇頲

黃門攝生遂性義存於尚德去劇從簡禮切於優賢銀青光祿大夫守戶部尚書上柱國魏郡開國公畢構當代周才幹時良具臺閣推其簡練衣冠仰其全德而五教之重六官是先精以辨政勞而弱疾方欲憑於導引極疑彼清羸暫踐實輿之職亟期呂蒙之愈可守太子詹事散官勳

如故主者施行

授許王瓘太子詹事制　孫逖

門下宮僚之首必擇正人邪圻之內實資良牧銀青光祿大夫祕書監上柱國太原郡開國公王瑺言行立誠是稱親懿嘗以善而爲樂每執謙而忘倦從政已多議能惟允彈遠是屬宜肅事於東朝理劇尤難俾安人於左輔瓘可太子詹事瑺可使持節同州諸軍事守同州刺史散官封如故

授盧詢一作綸下同太子詹事制　前人

門下大中大夫使持節華州諸軍事守華州刺史上柱國盧詢才標公望器重士林頃寄分憂備彰聲稱近聞稱病

已歷旬時雖從政之能循堪於卧理而攝生之道終忌於勞神宜增班秩之榮俾在優閑之地可太子詹事員外置同正員

授程伯獻太子詹事等制　前人

門下準繩儲寀師長國庠爰擇親賢用諧任寄鎮軍大將軍行右金吾大將軍燕弩營使上柱國廣平郡開國公程伯獻勳臣業固幹略有餘雲麾將軍守右武衛大將軍上柱國安平郡開國公李仲思宗子地華行能無悔咸推推量早踐通班或甫及高年或近嬰微疾嘗校之任久以煩卿優閑之職期於遂性宜膺並拜俾在兩宮伯獻可光祿大夫行太子詹事仲思可銀青光祿大夫國子祭酒員外置同正員

授王瑺太子詹事制　前人

門下儲闈掌事端尹命官疇咨所難慎擇斯在雲麾將軍前左千牛衛將軍上柱國太原郡開國公王瑺衣冠貴緒人物通才善自謀身見推於賢戚允所効職必聞於中外頃緣謝病今則有瘳舉其滯淹用升于朝列甄其望實宜首於宮寮可銀青光祿大夫守太子詹事勳封如故

授郭曜太子詹事制　常衮

門下正于宮僚以視邦憲務燕內外選重古今銀青光祿大夫守太子賓客上柱國太原郡開國公郭曜丞相之子夙聞禮訓孝悌信讓清公仁厚端莊慎獨如有大賓之容

沈靜少私澹然儒者之行濟以才識達於公方素多歷職之稱用叶居家之理士林推重朝野洽聞待以客禮既任贊於調護委之官事更持綱於彈糾可守太子詹事散官勳封如故主者施行

太子少詹事

授沈佺期太子少詹事等制　蘇頲

黃門正議大夫太府少卿昭文館學士上柱國吳興縣開國男沈佺期才標穎拔思詣精微早升多士之行獨擅詞人之律正議大夫行衛尉少卿上柱國楊崇禮神情凝正器識沉敏久聞忠義之風充樹循良之積儲闈總務卿寺推能佇執紀綱爰司帑藏佺期可太子少詹事餘如故崇

禮可行大府少卿散官勳如故主者施行

授裴君士太子少詹事制　前人

黄門正議大夫行殿中少監員外置同正員裴君士外以凝正中惟雅實地解垂棘之寶門降穠華之貴自邁迹朝行升榮御府尤聞密静行益（一作益重）柔嘉亞彼儲端允符公選可太子少詹事主者施行

文苑英華卷第四百三

文苑英華卷第四百四　中書制誥二十五

東宫二

左右庶子

授王方慶左庶子制　李嶠

鸞臺昇降銅樓輔弼（一作弼諧）王裕必求時望以隆國本麟臺監王方慶盛門良緒敏學豐才道業夙彰言行無玷備歷清顯式昭幹具體温恭之性造次不違守廉退之風終始若一實舊德之明允見通人之老成昔張良以三傑之才始傳儲右史冉資八舍之重方護春宫簡賢任能抑有前事宜膺九德之選用光三善之業可行太子左庶子散官勳如故

授姚元之等兼太子庶子制　蘇頲

勑元儲者萬國之貞端士者一時之選自匪英傑孰當調護銀青光祿大夫守兵部尚書同中書門下三品上柱國梁縣開國公姚元之中散大夫檢校吏部尚書同中書門下三品宋璟等並以賢良方正茂才異等著於天下揚于王庭忠而在公孝以爲政見義難奪立誠不回發揮文教傳（一作錯）綜儒術故能生此王國戴于朕躬屬少陽初建承華洞啓使股肱之良宣諭道德雖典厥二柄實務兹官必俟大臣俾兼中庶元之可兼左庶子璟可兼右庶子餘如故

授韋抗太子左庶子制　前人

黃門銀青光祿大夫行兵部侍郎上柱國常杭公直有撿
清芳無欲自然禮儀飾以文雅臺閣許其精練縉紳推其
望實故可以發揮夏篇光踐春華宜從綺季之遊益重王
商之拜可行太子左庶子散官勳如故主者施行

授崔珪太子左庶子制

門下太子左庶子崔珪和氣由衷通才應物衣冠貴其雅
道筆札資於利用官坊効職聲實攸歸曾是遞（一作遷）宜
從後命可太子左庶子散官勳如故

授崔秀太子左庶子制

門下古者官宿其業吏不數變將欲觀其始終因以別其
能否若用捨非當遲速不倫是開趨競之門豈曰和均之

道宗正少卿崔秀等名迹早著朝廷所推各勑（一作効）一官
已經四稔誠器能有用久次當遷宜副僉諧俾膺並命且
承平日久從仕者多必憑考績方議進轉但須慎守豈滯
其能如或躁求是招其累速則不達譏而必專允令庶僚
宜悉朕意可依前件

授郭虛己太子左庶子制　前人

門下朝議郎守駕部員外郎兼御史中丞朔方節度行軍
司馬關內道採訪處置使賜紫金魚袋郭虛己雅才明達
和氣清深致遠之資文而飾吏徐雅之用剛且近仁累踐
臺閣頻更任使懋功斯久賞善當遷擢以正人宜拜職於
中庶增其寵服俾兼榮於獨坐可朝散大夫守左庶子兼
御史中丞餘如故

授張謂太子左庶子制　常袞

勑中散大夫前守潭州刺史本州團練守捉使上柱國河
內縣開國子賜紫金魚袋張謂往以鴻筆麗藻列於近侍
典謨訓誥多所潤色較然素節爵有盛名言念華山之巡
不忘潁川之從（一作舊或作徙）俾之領郡亦謂理平而孝悌閒傳
禮容循謹宜在公選首茲正人旌書課第之目忝相春坊
之重可守太子左庶子散官勳封如故

授李廙太子左庶子制　常袞

門下銀青光祿大夫前行給事中上柱國隴西縣開國公
李廙德崇業廣多識前言究墳典之至精考禮樂之所極

時有著述贍而不流其在家邦率由忠儉歷位要重秉茲
諒直久以病免澹然自居混冥元和放（一作屏）絕外務每制
度未決質文或差常亦處正大議冠諸宗室儲宮綜事可
謂優閑豈迫以朝議且須其祿賜煩於贊相寄在親賢可
行太子左庶子散官勳封如故主者施行

授楊歸厚太子右庶子制　李虞仲

勑爲宮相者非班位已深名望有素則不可也前東都留
守判官朝議郎檢校太子右庶子兼侍御史上柱國賜緋
魚袋楊歸厚詞場英華諫省勤舊及典列郡政聲必聞乃
者罷符印之勞佐保釐之重賢士君子歎其不遷儲闈屬
寮中庶爲羨爰用分職爾　其往哉可守太子右庶子分司

東都散官勳賜如故

授前沂王傅賜紫殷盈孫可太子右庶子等制　錢珝

勑具官其等習與性成至哉夏書之訓也故近則相習習則相成國有儲君戒之在習於其附近實屬上僚盈孫學本六經遂達四教出言行事常得指歸是以宮相命之且欽近吾元良利於所習其爾必（三字疑）聞荷前爲博士官竟不就列堅求縣長務供養之資圖樂退居爾能于禄載典而興（一作與）有所嘉焉可依前件

太子中允

授于復業太子中允制　李嶠

鸞臺新除朝議大夫守隨州刺史于復業志識端雅藝能詳洽既罷臺閣方驅節傳銅樓侯俊銀牓魁賢漢水觀風且輟彤襜之務瑶山聽樂宜煦黄離之景可守太子中允散官如故主者施行

授于光寓太子中允制　蘇頲

黄門正議大夫行太子左贊善大夫于光寓立言踐行恍禮敦詩爲文可觀從吏不忝往登仙閣閑練馳聲洎在雄藩清公應務宜以大夫之列更增端士之華可行太子中允散官如故主者施行

授李寮太子中允制　蘇頲

勑李寮賓于諸侯之府者次於公朝之吏籍其叅畫則就加甄擢獻其賢能則入選察事其長有勞可書昇于東朝因愿之請勉奉清秩無曠厥官可依前件

太子司議郎

授魏慤太子司議郎制　蘇頲

勑朝議郎前行洛州録事叅軍魏慤措心和暢祗事清審擢選尤早從殷劇司州揔録已提郡吏之綱望苑求賢宜在正人之列可太子司議郎

授張肩太子司議郎制　前人

勑朝議郎前守渭州司馬上柱國武城縣開國男張肩公清衆知虚白已任政先慈惠理尚仁明每執効官之心必聞奏課之首承華佇雋博望甄才用旌賢相之家宜在正

人之列可行太子司議郎散官勳如故

授許誠感太子司議郎等制　前人

門下朝散大夫行殿中侍御史上柱國許誠感朝議大夫守澤州別駕上柱國嘉興縣開國子姚昌潤等或持邦憲才幹稱多或貳藩條公勤克著青宮列侍玄閣脩文宜拜職於兩司仍佐軍於三蜀誠感可行太子司議郎昌潤可守著作郎仍充劒南節度判官勳封各如故

左右諭德

授楊禎太子右諭德制　前人

黄門大中大夫前試郯王府長史上柱國鄭國公楊禎敬以安仁恭而合禮相門華胄夙著清徽王邸元寮復膺高

選屬肇開於傳望宜審諭於承華可行太子右諭德餘如故主者施行

授殷承業太子左諭德等制　孫逖

門下朝議大夫宗正少卿殷承業行宗正丞王利涉等咸以器能各升班序克勤於事不忝其名九族之司既無取於異姓兩宮之地宜有命於分官承業可太子右諭德利涉可國子監丞

授許從之太子右諭德制　常衮

勑朝議郎試太子司議郎賜緋魚袋許從之學究儒流文推策府行能優敏政事通明公勤之効備彰於履歷遲暮之年固資於順養俾遷階秩仍遂休閑可朝散大夫守太

子右諭德致仕

授王寅太子左諭德制　前人

勑關內河東副元帥隨軍要籍朝議郎試祕書省著作郎賜緋魚袋王寅業繼儒門才通吏術嘗踐清秩不渝素檢自參戎府更展文韜進職宮僚用嘉勤績可試太子左諭德餘如故

左右贊善

授相王男成器太子左贊善大夫制　李嶠

鸞臺相王男壽春郡王成器毓彩桂山承規椒掖韶容霞舉美志月將望苑翹才瑤山佇俊宜參多士之選俾從正人之列可中大夫太子左贊善大夫勳封如故主者施行

授王瑀太子左贊善大夫制　蘇頲

黃門通議大夫行宋王府諮議參軍上柱國王瑀雅清理識尤茂風檢藝能素優名教爲樂雍容朱邸已聞諷議之先（一作華）侍從青宮宜在文儒之列可行太子左贊善散官如故主者施行

授蘇徵太子右贊善大夫制　前人

黃門正議大夫行絳州司馬上柱國蘇徵名公之訓能遺清白才子馳聲特稱敏贍往從遷貶不詘姦邪遂使揚歷官次滯遺年序宜旌絳郡之康式寵青宮之列可太子右贊善大夫散官如故主者施行

授吳昇太子左贊善大夫制　蘇頲

黃門朝議大夫前守陝王府諮議參軍上柱國吳昇悟理明達用心微妙博以才藝精於談吐西園月上亟聞飛蓋之篇東陸春歸宜聽鳴笳之響可守太子左贊善大夫散官勳如故主者施行

授井暉太子贊善大夫等制　孫逖

勑主客員外郎井暉前代州長史元嘉福等或遊心淡泊常有慕於幽人或從事劬勞頗知名於邊郡各循班列仍度器能宜序東朝之列俾遷外藩之佐暉可守太子贊善大夫嘉福可守戎州長史散官如故

授蕭誠太子左贊善大夫制　前人

勑朝議郎恒州司馬隨軍副使幽州節度驅使上柱國借

緋魚袋蕭誠早標明敏久著聲名詞翰推工才能適用頃從戎幕嘗慕征夫宜遷翊贊之榮仍効撫綏之術可守太子左贊善大夫依前幽州節度驅使仍專檢校營內諸軍新召長遠往來健兒事

授常汭太子贊善大夫等制　前人

門下朝散大夫守忠王府諮議參軍常汭等各有才器備彰名實頃膺朝選久在王門儲貳作貞旣承於新令慶賞行惠必先於舊僚宜叶典章用增班秩可

授師良太子左贊善大夫制　常袞

勑朝議大夫前舒州別駕直中書師良久直禁垣叅典書命旣精文理尤達事經常遠其私亦過於慎夙夜有恪歲

時積勞顧班列而頗淹在朝章而可舉藩僚之選以序而進遷一作可守太子左贊善大夫依前直中書散官勳封如故

授王幹太子左贊善大夫制　前人

勑福建節度孔目官朝議郎試左金吾衛長史上柱國賜緋魚袋王幹文林郎壽州錄事上柱國郭皎等貞以幹事敏于在公掌戎門之條目精詳著稱董方州之財賦底慎惟勤宜懋乃官以疇其効幹可試太子左贊善大夫餘如故皎可朝議郎行鄂州武昌縣尉勳如故

授孫履暉太子左贊善大夫制　前人

勑渭亳節度知兵馬使銀青光祿大夫試殿中監孫朝俊父朝議郎行原州司戶參軍上柱國孫履暉器韞黃中行敦素尚勤於學藝守以謙光頃踐班資未申才用顧其徹嗣積有勳勞宜列宮寮俾光庭訓可試太子右贊善大夫散官勳如故

太子洗馬

授竇元泰太子洗馬制　蘇頲

勑昭成皇后四從叔朝議郎行黃州司馬竇元泰觀津之榮累稱外戚伏波之訓方稽後昆可勸導宗黨儀刑門族俾登洗馬之秩罔忝濯龍之戒可太子洗馬員外置同正官散官如故仍爲長檢校本族子弟事

授李思詮太子洗馬等制

勑朝散郎守忠王友翰林供奉兼侍諸王等書李思詮等官分望府名著周行咸以其長各施於用藩維樂善巳陟於元良僚屬延恩俾遷於列位可依前件

太子舍人

授蕭嵩太子舍人制　蘇頲

黃門朝請大夫殿中侍御史內供奉判尚書司勳員外郎上柱國蕭嵩沈密有才清方不競即宮御史巳膺臺閣之求端士正人宜副宮坊之選可行太子舍人散官勳如故主者施行

授姚奕太子舍人制　前人

黃門中散大夫行鴻臚寺丞上柱國夏縣開國公姚奕循

環禮輿祇若讜柄清白爲事文章著名宜升景倩之才更
拜當時之秩可行太子舍人散官勳封如故主者施行

授崔縝太子舍人制　　前人

勑福建等州節度下都知館驛官朝散郎守大理司直賜緋
魚袋崔縝爰資藝文以飾吏事名參使局効著郵亭速置
多方一作才急宣應命類能舉賢懋賞分官俾膺儲寀之任
仍踐憲臣之列可試太子舍人兼監察御史餘如故

授崔宥太子舍人制　　前人

勑殿中侍御史内供奉宥早循學行累踐班資尤推吏道
之能克畏官常之効頃持風憲瀟洽聲猷眷求正人列彼
儲寀宜應朝選式獎公才可守太子舍人

授紀千鈞太子舍人等制　　前人

勑奉議郎試太子左贊善大夫京兆府推勾官輕車都尉
向遊仙奉議郎前行宣州司户參軍京兆推勾官上護軍
紀千鈞等各有藝能兼推吏幹通於文法檢以貞廉公勤
不倫課効斯著俾遷階秩之寵仍加章服之榮遊仙可朝
散大夫守義王府長史勳如故千鈞可太子通事舍人散
官勳如故

文苑英華卷第四百四

文苑英華卷第四百五　　中書制誥二十六

王府

王師

授王績蔡約王師制　　沈約

門下冠軍將軍司徒左長史始平縣五等男績華宗冠冑
器質許和都官尚書約清源素範體業倫正訓茲蕃國
僉議攸在績可隨郡王師加散騎常侍男如故約可零陵
王師加給事中主者速施行

授郗沖兼温王師制　　蘇頲

勑左散騎常侍兼脩國史上柱國平陽郡開國公郗沖族
茂汾鼎價珎垂璧雅負通才備聞遺訓探六經之奧如叩

鴻鍾窮百氏之源若披明鏡挾輿切問侍從增榮擁篲崇
儒師資佇德可兼温王師

王傅

授楊廉陝王傅制　　前人

門下利建子弟旁求師傅委之訓導必學疑方直銀青光
祿大夫前岐州刺史上柱國歸義縣開國子楊廉外示靜
默言將發而寡辭内敷條理德不孤而應物故能遊藝聚
學脩官辦政臺閣盡清華之選吏人懷撫貧之餘儀刑是
稱參議斯在當肆業於鄒衍俾賦詩於常孟可陝王傅勳
封如故主者施行

授殷彥方王傅等制　　孫逖

門下忠散大夫守忠王府長史兼侍讀上柱國殷彦方等朝廷雅望人物周才或聚學冲深或屬詞清遠頃膺授擇皆侍藩維教導之功既聞於日就温文之德遂洽於春儲國有典章義存褒賞宜進秩於高位俾升榮於近傳可依前件

授張崇俊韓王傅制　常衮

勑朝散大夫前守彭王府諮議參軍充内飛龍廐驅使賜紫金魚袋張崇俊敏行資身良才適用列官朱邸早陪文學之車從事玉墀久佐飛黄之皁彊力匪懈清心不渝忠効見稱器能可録王門傳道允籍純臣仍進榮階俾超彝序可銀青光禄大夫韓王傅餘如故

授薛昌朝絳王傅制　元稹

勑薛昌朝等國有政職之要其一曰具員所以稽績用而昇秩序也爾等典掌衆務勤歷（一作勞）歲時無畏（一作瘝）厥官能舉其政擇才以佐諸邸選士以列東朝亦吾藴崇本枝之意也爾無易之可依前件

授太子賓客王牘等諸王傅制　薛廷珪

勑具官王牘等朕聞王者之子在襁褓中置二公以教訓之由古道也我思成人已來遘此多難師訓之義蔑（一作翦）馬闕聞南面稱尊愧於寡昧由是言念諸子用疚厥心因擇正人爲之傅導今丞相言爾牘等並老於文學雅有德行明君臣父子之道知禮樂詩書之源可使高步承華入參望苑琢磨羽翼朕有冀焉或授正卿或加峻級宜旌優異性傳童蒙邪蒿鮑魚勿俾登俎胄筵講肆爲惜分陰使其知東平爲善之規喜王褒洞簫之賦承萬代之業固磐石之基斯賴於老成人也可依前件

授郭保嗣德王傅依前通事舍人等制　前人

勑具官郭保嗣等貪相法儀宣明號令序鴛鸞之行綴整珩珮之威容藏事申嚴罔不賴爾予聞舊制常俾兼官用獎勤勞以示優假今保嗣等其勤至矣厥官罷焉宜舉彝章許之序進矧大勳之後舊將之家尚鑒窮以求思豈淹回之不恤兼八座以傳子愛子亜九卿而立我明庭勉揚休聲茂對殊寵可

王府諮議

授郭元融寧王府諮議制　孫逖

勑典軍郭元融名列戎昭官升王邸頗經歲序克著勤勞宜更文武之職俾在諮謀之任可朝議郎守寧王府諮議參軍

授李夷吾榮王府諮議制　前人

勑朝議郎守青州司馬李夷吾門擅文儒才推幹理從事惟謙在官必達貳于郡職已聞康海之謡官彼王門宜膺背淮之選可守榮王府諮議參軍散官如故

授衛元珪蜀王府諮議制　常衮

勑攝郡牧都使判官朝議大夫行杞王友上柱國衛元珪

頃以勤勞爰從獎授紀官之號有祀閲名俾更他職式叶彝典可守蜀王府諮議參軍餘如故

授王自勵京王府諮議制　元稹

勅王自勵左右禁旅非材力過人而忠厚謹信者不在壁壘庫樓之地惟爾自勵備吾選中平蔡之師亦有功伐追思舍爵之賞擢授曳裾之寮特示新恩且仍舊職可檢校太子賓客兼京王府諮議參軍依前殿中侍御史如故

授郭皎冀王府諮議制　前人

勅郭皎材任爪牙姻連肺腑領轅門之右廣假桂苑之元寮夙著威名嘗須勇爵元戎啓狀慶澤覃恩宜輟豹韜之雄以資鴈沼之晝可行冀王府諮議參軍餘如故

重授李晟通事舍人王府諮議制　白居易

勅李晟昔管仲云升降揖讓進退閑習臣不如隰朋令之通事舍人近此選也而晟常中此選善於其職故相導通奏之節宣揚拜起之儀引之（集作而）賛之不聞失禮既終喪紀宜服官常可使束帶曳裾爲吾謁者可通事舍人

王友

授蕭仲頵郢王友制

勅朝議郎行申王府文學攝賛善大夫兼殿中侍御史借緋魚袋上柱國蕭仲頵風裁端莊器識純懿戎王築館禮盛和親漢使出關事優銜命更列曳裾之寵宜酬杖節之勤可守郢王友散官勲如故

授賀蘭忠肅鄭王友制　前人

黃門正議大夫前檢校鄭王友賀蘭忠肅緒業勳華藝能通敏頃陪賓友已光侍楚之名更佇班資載允從梁之望可行鄭王友散官如故主者施行

授王積新慶王友制　孫逖

門下朝散大夫前行右領軍衛長史王積新傳藝多能精心敏識乂從班秩頗著勤勞俾遷環衛之司宜在從車之列可慶王友餘如故

授盧光啓等遂王友制　薛廷珪

勅君子之風尚推秀木陽翟之俗必誚泰人古嘗病之今孰免者爾光啓洎賛皆以麗藻雅文獨行當代孤標清峙

見譽名臣冊青翰墨之林舟楫文章之海道之將至論者許焉屬爾良知惟其貝錦惑予觀聽罷去鈞衡爾良知等咸被指名置其連坐無辜去國吞恨投荒而聞流落五年窮達一致書空永歎問鵩何之人寔有言用懷愧恧雷雨作觧日月無私今也其時吾將補過徵還朝列將復予衢階序徽章因仍舊貫光啓洎賛知予意焉可依

王府長史

授崔子源岐王府長史制　蘇頲

黃門朝散大夫守尚書駕部郎中崔子源地緒清茂風襟亮拔有如繩之直懷匪石之心學不爲人文能飾吏憲曹白簡秋隼曾飛禮闈青縑晨鳧就列睠于藩邸親則舅甥

俾踐端寮宜膺寵命可檢校岐州府長史散官如故仍追赴京主者施行

授王守廉申王府長史制　前人

黃門朝議大夫守忠州刺史上騎都尉王守廉飾躬清苦居心孝悌徃操簡憲巳著厥聲洎領條寄克脩其政俾璹筵之茂寵忝碣館之元寮可申王府長史散官勳如故主者施行

授魏明彭王府長史制　前史

勅銀青光祿大夫使持節建州諸軍事行建州刺史鉅鹿縣開國伯魏明才業可稱器能適用恪勤彰於事任綏緝著於公方考績有成班資可進宜從使局之請俾踐藩寮

之職可行彭王府長史散官勳封如故

授薛昌族等王府長史制　元稹

勅建邦之王府置長史司馬以紀掾屬之秩序而稽其職業也前寧州刺史薛昌族前泌州刺史烏重儒等皆勳代之子孫並良能之牧守朕河山在念肯忘獎勞藩邸求才實思高選昔阮孚以嘯詠自樂麗秀有忠烈可佳更任王宮咸稱國器今之榮授其在茲乎佇移汝理郡之方以助予維城之固昌族可行絳王府長史重儒可守冀王府司馬散官勳如故

王府司馬

授田幹之溫王府司馬制　蘇頲

門下正議大夫行尚書主爵郎中上柱國田幹之事脩厥德孝稱於德行無玷斯言慎比於三復文儒每固其業清白用傳其範拜郎仙署巳題京兆之名爲相龍藩式賛河間之美可行溫王府司馬散官勳如故主者施行

授李友信蜀王府司馬制　常袞

勅正議大夫試祕書監前吉州刺史上柱國蕭縣開國男賜紫金魚袋李友信徃以剖符閩徼頗守官常移鎮廬陵稍遷秩序而晦明生疾寒暑經時久淹海隅尋易藩寄使臣所鞫情實用彰宜降常資之授俾由頤養之適可試蜀王府司馬散官勳封賜如故

授王承迪等刺史王府司馬制　元稹

勅莒王府司馬王承迪恭王府諮議叅軍賜緋魚袋王承慶等乃祖乃父有勞邦家而承迪等亦効忠於我伯仲叔季罔漏恩榮或典方州或昇清貫惟恐未稱豈礙彝章兼秩憲臺勉當優異承迪可守晉州刺史承慶可莒王府司馬兼侍御史賜如故

授康從固冀王府司馬制　杜牧

勅新授銀青光祿大夫檢校國子祭酒兼濮州長史殿中侍御史上柱國康從固其父秀榮嶢(集作實)爲名將李廣多爭死之士竇嬰無入家之金一枚七關易如拾芥念爾跨馬事敵執戈(集作戎)同仇壯比文鴦勇同李敢予之能仕父教之忠古人之言信不虛設今者頗留闕下以奉朝請念

其垂誨可見冊[集作至]誠戔裾憲寮用示恩寵宜思終始上
報君親可檢校國子祭酒兼冀王府司馬殿中侍御史散
官勳如故

文苑英華卷第四百五

文苑英華卷第四百六　　中書制誥二十七

京府一

京兆尹

授宋璟兼京兆尹制　　蘇頲

勅惟雍設都實難其理尹京鎮俗不易其才御史大夫上柱國廣平郡開國公宋璟天假直清時歸方正端莊以立姦慝遷於望風果斷而行綱維成於不日衣冠所重人吏攸欽俾承彈糾之餘乃綜浩穰之劇可兼京兆尹餘如故

授蕭璿京兆尹制　　蘇頲

黄門九牧之重列爲州伯四方之則求於京兆或匪其才莫膺茲任左散騎常侍上柱國東郡留守蕭璿體峻而整

氣剛而直愼必兼清文能飾吏慈惠可以應務嚴明可以訓人故當權豪革心貴戚斂手三王迭拜况其甫嗣家聲二鮑相承未若累光朝奨休命斯允僉言所屬可京兆尹勳如故主者施行

授孟皡京兆尹制　　常袞

門下天府惟雍神皐作京當四海之會同在三輔而尤劇漢以郡國二千石高第入守而轂下稱之今因其制而選用亦陟明於辨理也正議大夫守汝州刺史兼御史中丞知本州營田上柱國平昌縣開國男賜紫金魚袋孟皡端一簡亮外寬内肅兼文行忠信之美達禮樂刑政之要在割能斷見事風生歷踐通列偘[盧肝切剛直也]然處正自守梁宋

化行山東承大軍荆棘之餘當析骸易子之後苦心精慮夙夜思職淳鹵載作豈止十千之耦流人自占實踰八萬之數可謂大郡表率一時理平移鎮汝墳不易其操懋茲聲績堪委重煩京師化源庶尹之則承平無事統正猶難或多毀傷失名數月輟罷况寇難未靖邊備尚勞率西之師取洽畿内戎衣軍餉困竭閭閻姦人豪奪吏氣傷沮屢有申勅未懲其弊思得至公明斷之才曠然大變其俗是用命爾典司劇任勉脩先父之職以繼緇衣之好肅清權右扶養元元無俾趙張專美有漢可守京兆尹依前兼御史中丞仍充勾當神策軍糧及木炭等使散官勳封賜如故

授賈至京兆尹制　常袞

門下方外甫定惟新制度必於根本源流正之以丕式于十有三牧縣内之御萬邦所瞻將自中刑外致一其政化若獨任辦吏何以模楷故前代尹京多用經術之士翟方進雋不疑皆首參此選稱於轂下今亦因其制而進用也正議大夫行尚書兵部侍郎信都縣開國男賜紫金魚袋賈至高文典誥合於韶雅五經大義會於宗極識略精技輔之以仁全節致命形於危難歷階要重澹然虚懷宗伯以和人神夏官以糾邦國久於參貳多所發揮省理持綱亦既詳當朝有大議訪求所得於公卿大夫之間舉漢魏名臣之奏不失其政有補於時加以經務大才堪任煩劇艱虞一紀曠廢百度及有司失職京邑尤甚頻有賑救差可條緝今京（一作會）府九卿率由舊典大變風俗以明朝綱統尹之重益難其任仗賢立政參領南臺懋乃休績慎乃出令以懲強猾以惠困窮舉能其官則理稱匪其人則敗端本静末爾其誠之可守京兆尹兼御史大夫散官勳封賜如故

授京兆府尹魏少遊加御史大夫制　常袞

門下肅清風俗糾正朝廷必求謇諤之才式總綱紀之任金紫光禄大夫行京兆尹上柱國鉅鹿郡開國公魏少遊直方其行簡亮在躬有玉壺之清澄兼龍泉之斷割通變可以成庶務精密可以舉人倫中外累更風聲益振法無

所避姦不能欺貳職司徒實平邦教三尹京邑備洽人謠不有兼官豈云重寄宜授趙堯之印俾雄張敞之職可檢校御史大夫餘如故

授盧士玫權知京兆尹制　元稹

勅朕日出而御便殿召丞相已下計事而大京兆得在其中非常吏也誠以為海内法式自京師始輦轂之下盜賊為尤（集作先）尹正非人則賢不肖阿枉奏覆關塞則上下不通假以恩威用讋豪右朝散大夫守京兆尹知府事盧士玫自居郎署執政者言其温重不回守法專固副内史行（集無行字）事物議歸之日者景陵將建龜筮有時予心怛然懼不克濟爾嘗倅職應其供求和而不同儉而不隘竣於已

事朕甚嘉焉試命元僚亦既不撓今圜丘甫及慶澤將施秋剽集作剽攘又作剽掠椎埋必有幸生之者案牘卒吏亦當因緣爲姦公費則多而利不下究惟是數者爾司其憂爲爾正名無怯操刺可權知京兆尹餘如故

授李遜京兆尹制　白居易

勅近歲京兆長吏數遷誠不便時抑有其故或鈐鍵不謹吏緣爲姦或鉤鉅太煩人受其弊既非中道皆不得已而罷之宜求恬智寬猛相濟者親諭斯旨使久於其職以息吾人浙江東道觀察處置等使兼御史大夫集作中丞李遜十年以來連守四郡或紛擾之際或荒饉之餘威惠所加罔不和輯賞其殊績擢在大藩自臨會稽一如舊政況省科

禁以便俗通津梁以息征動遵詔條深副朝旨江南列鎮良師則多集課程功爾爲稱首而內史之選久難其人今予所求唯爾可使雖表率州部其委非輕然尹正京師所資尤急宜輟材於浩穰竚觀政於輦轂望爾有成無替厥命可依前件

授韋正貫京兆尹制

勅權知京兆尹韋正貫詩不云乎京邑翼翼四方是則故趙張邊延馳名兩漢而不疑兼以儒學取重當時斯任也吾豈易哉爾敷用政術列爲殊科再昇文字之途一舉雲霄之路近者拔於郡府以尹京師有抑強扶弱之心得通變適時之用煦若春日肅如秋霜干將淬而投刃皆虛騏

驥馭而追風自遠重以郊天盛禮發號鴻恩訖事而物力安舒設禁而寇攘帖息是用嘉乃成効寵之正名爾其奉上思盡臨事思權轄健吏而惠卹刑人簡簿書而提綱目勵剸勿紊居閑勿遺俾推剽絕迹於九衢抱鼓息鳴於五夜克揚顯績用繼前脩可

河南尹

授李傑河南尹制　蘇頲

黃門廼眷清洛嘗聞舊尹重臨黃霸欽若古人銀青光祿大夫陝州刺史上柱國武威縣開國子李傑適務宏才徇公清節以言博物貞固事幹當其奉所任罄厥心必欲存於周密曾不顧於嶮夷可謂國之良吏朝之藎臣宜廻陝

服之委更允河都之借可河南尹勳封如故依舊充水陸轉運使主者施行

授畢構河南尹制　蘇頲

黃門洛陽設都海內均土自非選衆疇能尹宗京或作蒲州刺史上柱國平陽郡開國公畢構純懿篤實直方清勁積學所以體要道力文所以會雅正徇公滅私吏不犯法擒姦擿伏人無間言在邦則聞從政何有六遂分職四方作經思齊李膺之舉宜允袁安之拜可河南尹勳封如故主者施行

授崔隱甫河南尹制　孫逖

門下三川作都四方取則任能而理求舊爲先銀青光祿

大夫守太子賓客上柱國崔隱甫冠冕碩人朝廷儁量士林之秀公望攸歸直而能温寛以濟猛累踐臺閣備彰德器華轂之務風化所急鎮兹雅俗佚彼正人宜受任於兼官俾重臨於故府可兼河南尹餘如故

授崔希逸河南尹制　孫逖

門下制天秩者必在於賞功尹王都者是先於舉德朝散大夫守左散騎常侍持節河西節度經畧支度營田九姓長行轉運等副大使知節度使判凉州事赤水軍使上護軍攝御史中丞賜紫金魚袋崔希逸深識宏才清操雅致明無不達懸朗鑑於胷懷斷則有餘錯盤根於掌握頃膺邦選爰委兵權能行上將之謀畧獻西師之捷寵其命服俾叶於疇庸鎮彼神州更期於表則可銀青光禄大夫河南尹勳如故

授裴寛河南尹等制　孫逖

門下風雨所交是稱中土山河之實斯爲近服有能俾乂其在遴選中大夫使持節蒲州諸軍事蒲州刺史上柱國裴寛高朗多才懷必劌之良器銀青光禄大夫使持節絳州諸軍事絳州刺史上柱國翼城縣開國伯裴伷先貞薦守道秉不凋之勁節或累拜清秩或頻更劇務三汾作郡各著聲謠入使觀風咸推課最類能而使僉議攸歸宜受任於洛都更移官於蒲坂寛可守河南尹伷先可使持節蒲州諸軍事蒲州刺史散官勳各如故

授張延賞河南尹制　常衮

門下域彼四海尹兹東郊分其三川式是中憲加以舟車之會轉輸之殷參貳保釐責成播殖惣此庶務屬於廉才銀青光禄大夫行中書舍人上柱國河東郡開國公張延賞相府餘慶儒門濟美德行文學脩身於四科忠肅恭懿齊名於八族綽有純性澹然素懷凡所歷職必聞異政推之以誠信明恕守之以廉能簡約既精練於典常亦陶融於理本故左曹之駮所爲平當南臺之綱斯焉振舉自叅紫垣之列頗擅黄纁之妙然以素吏中外可任煩劇河洛凋殘其來自久選用良吏庶康疲人典領之重眷求無易勞徠安集往哉汝諧可檢校河南尹兼御史中丞充東都副留守河南水陸轉運使仍充諸道營田副使專知都畿營田事散官勳封如故

授李勉河南尹制

勑四方取則千里分圻寔惟卜洛之都咨爾尹京之任御史中丞東都畿内觀察使李勉才茂宗枝名推公器風摽自肅操履愈高智畧可仗於安危忠貞克同於休戚親賢是頼中外必聞屬肆覲觀風三川展義來蘇望積處劇才難實資模楷之良共緝保釐之政可守河南尹兼御史中丞勳封如故

授崔倰河南尹制　白居易

勑河洛千里邦畿在焉俾之乂安屬在尹正鳳翔隴州節

度觀察處置等使正議大夫檢校禮部尚書兼鳳翔尹御
史大夫上柱國安平縣開國男食邑三百戶賜紫金魚袋
崔倰有精敏之用絜直之操施于（集作於）有政由是知名始
資州縣之勞卒致公卿之位况刺部有理行主計無愆遺
尹右輔而鎮西郊盖獎能報勤之旨也昔吳公爲河南守
謹身蔗平人服教化袁安爲河南尹政令清肅號爲嚴明
誰其嗣之無易倰者往爲士（集作表）則勿替能名可檢校禮
部尚書兼河南尹散官勲封賜如故

授孟容河南尹兼常侍制　白居易

勑昔吳公袁安爲河南尹守皆能以廉平清肅馭吏敎人
孰能繼之我有良吏具官許孟容才志甚大言論甚高在

臺閣間譪然公望嘗尹京邑觀其器用臨事能守當官敢
言不吐剛以茹柔不附上以急下政無煩碎甚合衆心及
是轉遷頗有遺愛河洛千里都畿在焉凡所選任必歸望
實考言詢事非爾而誰不忘舊政可立新績仍以騎省申
而寵之

京府少尹

授秦守一京兆少尹制　蘇頲

黃門正議大夫行萬年縣令上柱國南安縣開國公秦守
一敏而無滯通則有才刻意深尚於政方立言每求於學
術委之京劇時許能聲眷彼州端朝推令問俾升遷於墨
綬佇明察於赭裾可行京兆少尹散官勲封如故主者施
行

授白知愼河南少尹制　蘇頲

黃門正議大夫檢校將作少匠上柱國白知愼博觀貫史
袛奉程式吏道尤精公心不轉郎官起草增其應宿之華
匠者運斤主其乘風之妙任能結約（一作課）省費馳聲爰瞻
上洛之都宜亞尹河之寵可行河南少尹散官勲封如故
主者施行

授路嗣恭京兆少尹制　常衮

勑中散大夫守太子左庶子兼御史中丞充關內副元帥
判官路嗣恭蘊其才畧資以幹能中外累更政聲尤異龍
樓諭善載實春華烏府持綱克平霜憲三王佐理九扈邵

農宜升亞尹之秩兼資大田之務可兼京兆少尹

授黎幹京兆少尹制　前人

勑朝散大夫前守諫議大夫兼侍御史內供奉賜紫金魚
袋黎幹經遠良圖弘通敏識典墳聚學風雅成文操守甚
貞行歸於正早登近掖見重中朝俊德用彰嘉言罔伏塡
有歸閑之志盍存難進之誠亞彼尹京眷求公器宜膺獎
命俾展多方（疑作才）可京兆少尹散官勲封如故

授張平叔京兆少尹兼知府事制　白居易

勑商州刺史張平叔爲人讜直爲政簡惠前後歷府椽邑
宰郡守而去思來暮之謠繼聞於人聽焉及副鹽鐵官刺
商雒部會課報政亦甲於他官自貞元以來用三科取士

奉詳明政術可以理人之詔而得其名有其實者幾何人哉平叔居其一也能効若是何用不撼故事内史鈌未補間亞尹得行大京兆事或假印綬試可而即真者往往有之故其選任日益難重爾宜稱所舉慎厥職無墮大以勤小無急弱以緩強夕念朝行遵吾約束可京兆尹知府事

授左司郎中鄭凝京兆少尹前龍州刺史常貽範右（一作左）司郎中制　錢珝

敕具官凝吉承執政之門知循法之道升在郎署不忘公家多稱抱材（一作儒林）足以集事今京師尹正之大藩后惠之甚理矣貳茲善政期爾必能舉而任之無撓吾命貽範精明不匱弘博可觀嘗佐鉅賢愈脩茂行敏求所至通籍必

華遠牧罷民朝皆思用都曹郎總率之職次管轄焉吾今舉典用人孰云匪重來居斯秩無効淺爲官或有聞何求不達可依前件

次府少尹

授陸操太原少尹制　孫逖

門下守洛陽縣令陸操才膺利用官歷清資當斷不疑在公必濟京兆之亞夫官之劇既馳名於洛邑宜佐理於汾州可守太原少尹散官如故

授賈躭大原少尹制　常衮

敕朝散大夫殿中侍御史内供奉充河南度支判官上柱國賜緋魚袋賈躭燕趙環奇士之儒雅才貞循良秉懿冲用經遠者安邉之上策作分閫之中權行達理體精詳法度論兵契要先務於止戈饋運惟艱且聞於足食累書嘉績備洽令猷素推惠濟之能允叶至公之舉固可以貳其尹正副我保釐俾叅臺閣之寵仍賜綵章之命可檢校尚書膳部員外郎兼太原少尹侍御史充北都副留守河東度支副使仍賜紫金魚袋散官勲如故

授張增鳳翔少尹制　常衮

敕朝議大夫守鳳翔府天興縣令張增平簡以清心直方以慎行積於政理擅於文詞字人晋陽大變風俗更秩陵邑不阿貴強迭居右輔其政如一屬府兼戎號歲聚軍儲允濟率西之師且無大東之刺賞以勸善官惟任能貳我

藩畿仍叅邦憲可守鳳翔少尹兼侍御史散官如故

授楊巨源郭同玄河中興元少尹制　元稹

敕具官楊巨源詩律鏗金詞鋒切玉相如有凌雲之勢陶潛多把菊之情朝請郎前守華陰縣令郭同玄文戰得名吏途稱最劉超推出納之善王渙著抑挫之名皆用已長各居官守因其滿秩議以序遷稽其器局之良宜叅尹正之亞巨源可守河中少尹同玄可權知興元少尹

授孟存成都少尹制　白居易

敕孟存嘗叅極（集作劇）務亦牧疲人咸有能名得於主帥三蜀征鎮屯于成都雖有忠賢委爲尹正至于（集作於）贊脩庶務通統諸曹承而貳之實資亞理勉勸厥職無累所知可

依前件

文苑英華卷第四百六

文苑英華卷第四百七　中書制誥二十八

京府二

萬年縣尹

授秦守一萬年縣令制　蘇頲

黄門楚州刺史上柱國南安縣開國公秦守一才稱幹理迹逰文藝敏而當劇明以燭姦星闈副於求郎河東美其爲宰事般輦轂時佇絃歌既揚百里之風更緝萬年之政可通議大夫行萬年縣令勲封如故主者施行

授鄭巖萬年縣令制　孫逖

門下中大夫行尚書刑部郎中上柱國鄭巖形神俊秀理識通明標幹術於公方飾文詞於吏道累登華省嘗典劇曹宜遷取則之邑更展撥煩之用可行京兆府萬年縣令

授唐慶萬年縣令制　元稹

勑朝議郎守尚書比部郎中賜緋魚袋唐慶輦轂之下豪黠慓輕擾之則獄市不容緩之則囊橐相聚是以前代惟京令得與御史丞分進道路以其捕逐之急也執事言爾慶頃摧東池鹵生息倍稱布露飴散（飴鹽散鹽見周禮）於羅落之間而盜賊絡不敢進（集作近）推是爲理真吾所求之劇令也無或畏避以艱悍婪可守萬年縣令餘如故

授孔戢萬年縣令制　白居易

勑京邑令缺多擇尚書郎有才理者補之兵部員外郎孔戢自御史府遷夏官之屬凡所涖職一心奉公在郎署間

稱有名實加以文學緣飾吏能俾宰京劇佇有成効可萬年縣令

長安縣令

授鄭仙客長安縣令制　李嶠

勑朝散大夫行鼎州長史鄭仙客識量淹通理懷沉正攝官無怠歷職有聲三輔名畿五方雜俗求人之瘼惟帝所難宜遷題坐之風俾試鳴絃之化可檢校長安縣令散官如故

授趙昇卿長安縣令制　蘇頲

勑朝議郎守尚書户部郎中上柱國趙昇卿識融而遠心密而堅行副其才文叅於吏遊刃之美盡中叅林含香之

能獨推蘭握市朝所令輦轂惟溱宜拜神京之宰用懲使（一作狹）窟之姦可守長安縣令散官勳封如故

授徐演長安縣令等制　常袞

勑朝議郎行尚書工部員外郎賜緋魚袋肅罷朝奉郎行尚書倉部員外郎上柱國賜緋魚袋徐演等器行純備文以彰之尢通政體必本經術直道以進當官而行執憲字人早揚厥職自叅俊茂之選各舉彌綸之要遵我風化始於京兆（一作邑）素稱雄劇今則倉廩空虛戎車未寧兵食屢調稅有陪征之重用過經費之數公私抗（一作積）弊人户離逷雖難理之任又屬艱虞而制事之宜亦有工拙苟或貞介純白端誠奉公恭敬以仁明察以斷不侮鰥寡不阿貴強以慈撫馭庶有蘇息擇才而授政豈遠哉俾爾化神皇之俗分司隸之路考其能否當有遷黜勉思誠勑以副憂勤畢可守萬年縣令散官勳賜如故演可守長安縣令散官勳賜亦如故

授楊魯士長安縣令等制　崔嘏

勑兵部郎中楊魯士等朕方以親人之任重其守宰欲使中外迭處周旋可觀至今於尚書省御史府以時序遷者亦皆推於公議復中念孔門以政事文學列爲四科而魯士等各擅其能久而益勵付之劇縣分以名曹必能展剖繁析滯之才副題柱含香之美且有後命爾其敬哉

授前左司員外郎趙均長安縣令制　錢珝

勑具官某慎行於家能養其親也慎言於朝能保其身也士大夫有是二者列于周行善用恬和且聞淹恤循於常典安可滯遷屬京縣寓理之難度材云急流亡未復賦斂循虛以爾所慎之多必當克集其事錫茲銀印耀彼緑衣承寵而將慶問安思報而勉圖爲政可依前件

河南縣令

授鄭瓘河南縣令制　蘇頲

黄門正議大夫行尚書職方郎中上柱國鄭瓘士門雅望名教是先吏道通才聲塵自遠嵩邙帝宅周漢王都宜廻起草之能佇息鳴桴之聽可知河南縣令散官勳如故主者施行

授何士乂河南縣令制　白居易

勑漢朝郎官出宰百里故集有令字京邑令缺多命尚書郎補焉朝議郎行尚書水府員外郎何士乂慎撿集作交和易介然有常守而勿失可使從政然能佩弦以自導帶星以自勤則緩急勞逸之間必使適宜而會理矣以爾思退故吾進之可守河南縣令散官勳如故

授盧攸河南縣令等制　崔嘏

勑前知嘉興監盧攸前知湖南院甯宙等國朝之制自外府正郎至于郡丞半刺不由會府之所選授者中外臣僚歲終得以聞薦而有司鍛鍊其簿籍叅校其資級夏五月各以其名來上惟爾攸等或以文學弃登科第或以才人

早居賓幕或以利用累司榷筦之繁或以薦延乂佐州邦之理嘉乃成績俾其叙遷至於赤縣銅印之榮三川綱轄之任皆吾之慎選也爾其勉之

洛陽縣令

授崔隱甫洛陽縣令制　蘇頲

黃門正議大夫行汾州長史崔隱甫抗迹清循在公明察素禀才識早聞簡練故以正而不撓和而不同迺眷有洛是稱中土百里居官四方作則宜副曹掾之選俾旌王渙之能可檢校洛陽縣令散官如故主者施行

授徐鍔洛陽縣令制　孫逖

門下司封郎中徐鍔業繼文儒才優斷割明而不滯幹則有成五等是司已傳名於臺妙四方之會宜展用於京劇可河南府洛陽縣令

授楊晉洛陽縣令制　常袞

勑朝議郎守尚書金部郎中楊晉性方行純識敏才達本以經術通於理體和而中禮善不近名仙署徊翔士林推重宇人京邑多選臺郎風雨所會俾分洛師之劇桴鼓不鳴佇繼董宣之政可守洛陽縣令仍賜緋魚袋散官如故

授崔咸洛陽縣令制　白居易

勑度支員外郎崔咸漢以四科辟士求多略不惑強明斷决者任三輔令故今四京令缺亦擇尚書郎有才理者補之而咸在郎署中推爲利用加以詞學緣飾吏能操割洛

陽必有餘刃然宰大邑如烹小鮮人擾則疲魚撓集作擾則餒寬猛吐茹其監于玆可洛陽縣令

西畿縣令

授元欽裕櫟陽縣令制　蘇頲

門下正議大夫行雍州藍田縣令元欽裕從政美才幹時良具山稱多玉已鳴絃於屬城地是甬金將候蹕於馳道使聆王訢之辯宜符尹賞之遷可行雍州櫟陽縣令散官如故

授甯光業高陵縣令制　前人

勑朝議郎行岐州陳倉縣令甯光業効官敏濟臨事明察嘉其墨綬聲以淡疑於雞祠見漢郊祀志遷以黃圖政佇成於

鹿苑（見唐地理志）可京兆府高陵縣令

授樊象藍田縣令制　孫逖

門下行京兆府司録条軍樊象發跡詞場馳名吏職克勤於位皆著其能掾彼神州既彰人譽宰于近縣俾叶時須可京兆府藍田縣令

授郴子華昭應縣令制　常衮

勑朝議郎前守池州刺史上柱國賜緋魚袋郴子華藻飾以文周通於事剛腸正色奉法無私臨難而忠義偘然處煩而典禮不易頃者守春秋鵲岸之地介東南牛渚之險既明且察吏不敢欺大姓悅從伏戎（一作盜賊又作伏賊）散落政殊績異風俗一清地稚神皋秩視京縣國朝舊制亦以刺郡

入補副弍良選惠此疲人可守京兆府昭應縣令散官勲賜如故

授東畿令吉旻西畿令制　元稹

勑前河南府登封縣令吉旻邦畿之宰任得其人蓋有以乂我黎庶足以張吾京師也自輦轂在鎬瀍洛務輕長令之善康東人者往往移隸内史今京兆尹季同以畋有幹蠱之稱流聞于西遂陳換縣之求無替字人之術可守京兆尹渭南縣令

授裴寰奉先縣令制　前人

勑裴寰等尹正務重自掾屬已下至于邦畿之長往往選署以聞從而可之亦委任責成之義也以爾等或理謀居最或保任稱能將委劇曹亦專近邑各懋乃職用酬爾知可依前件

授萵珩等西畿令制　前人

勑河陽節度条議兼監察御史萵珩前懷州武德令李鄂等昔先王眚災肆赦則殊死以降無不宥免而受財（集作賄）枉法者常罪（集作常常）罪之以此防吏吏猶有豪奪於人者朕甚憫焉日者覃懷有過籍之賦使吾百姓無聊生於下非珩等爲吾發覺則吾終不得聞東人之疾苦矣今美原藍田皆吾甸内之邑爾其爲吾養理生息以惠困窮使天下長人之吏知朕（集有明字）用蕪激貪之意焉珩可守美原令鄂可藍田令

授李寘咸陽縣令制　白居易

勑某官李寘近者西戎（集作夷）犯塞詔諸將出師司計臣俊言寘有應辦才可司饋餉故自京府掾假臺郎憲職以命之屬寇遁師旋未展其用况在公族推有器幹今授銅印俾宰咸陽夫庶官之理同歸撫字之任爲急西郊咫尺佇爾能聲可京兆府咸陽縣令

授徐登醴泉縣令制　前人

勑徐登京兆尹言登前爲涇陽令清庶簡直奉法愛人請補醴泉再考其績昔子路理蒲仲尼誨曰愛而恕可以容困温而斷可以抑姦今醴泉人與蒲相類宜用此道往訓養之歲時之間期於報政可醴泉縣令

授李友文興平縣令制　崔嘏

勑前鄂州觀察使殿中供奉李友文等畿甸之内百役是

授蔣邕濟源縣令制　前人

勑夫任事之官親於人者莫切於令長也非其才則百里告病得其人則元元獲安況授其臣在乎所舉獻狀推允用觀爾能邕可河南府濟源縣令餘如故

授王沂永寧縣令范傳規安邑縣令制　元稹

勑前汴宋亳潁等州觀察推官殿中侍御史内供奉賜緋魚袋王沂前宣武軍節度推官監察御史裏行范傳規等

比制諸侯吏府罷則歸之有司以第叙常秩近或不𢓜以聞謬異前詔朕申明之以復故典而去歳司徒弘以沂等入覲因獻其能越在後庚之前且寵上台之請命汝好爵時予加恩勉宇邦畿無忝黎獻沂可河南府永寧縣令傳規可守陝州安邑縣令餘如故

授元壽陸渾縣令制　崔嘏

勑右補闕元壽縣令親人之任在昔爲難况我每念疲甿思於共理爾有利用可爲此官宜輟任於諫垣俾足才於宰邑鮮牛利刃來鹿殊祥勉思三異之能無忽百里之地可

授前右補闕孫㩲長水縣令賜緋制　錢珝

勑具官某士大夫不能理其身而能理於人未之有也爾嘗以文行進取科名列士一作在華資詎非素志一旦自一作身退朝實多之所謂能理其身固可理於人矣加之朱綬用表積中寧無所操施爲善政可依前件

文苑英華卷第四百七

文苑英華卷第四百八　中書制誥二十九

諸使一

觀察使

授路嗣恭洪州觀察使制　常衮

勑朕以守將之重兼文武之寄休否得失實繫於茲至于海隅爰及鰥寡每以康濟爲念終夜永懷所以方面久鈌難於授任今大張藩政高選公卿銀青光祿大夫檢校戸部尚書知省事上柱國陳留縣開國公路嗣恭以仁義成準以清公致用練法脩制可以宣明紀綱好謀全節可以協定危難素精吏事連辟宰府（一有寧字）歷位忠恪始終秉彝城彼朔方靖我疆土早貳六官之秩再分五曹之座議刑

必中數教亦寬休望華資積於久次大江之外封略曠遠用達憂勤之旨屬於親重之臣授以藩符建茲戎旆仍委廉課俾揚風聲夫絜其流者清其源正其末者端其本奉爾所守敬無廢命可使持節都督洪州刺史充江南西道都團練觀察處置等使檢校戸部尚書及散官勲封如故

授崔瓘（舊唐書作灌）湖南觀察使制　前人

勑刺史案部外廉數州遵俗宣風所繫尤重今海内甫定方澄化源綱理羣縣大明黜陟安人之寄歷選惟難必二千石職連（一作連職）者處之朗然明觀以訓天下銀青光祿大夫前澧州刺史兼侍御史上柱國義豐縣開國男崔瓘嘗守江潭有清靜簡易之化勤儉約巳精誠感物小大之政必窮本於人情叅以事典出言而信出令而從獄訟衰止流庸還定息貪官之豪奪懲大姓之雄强歲無札瘥俗致康乂及澧陽移鎮一其教理故郡黎庶靡然隨之望風欣然如得父母可謂明恕慈惠吏人之師也況本之以經術濟之以忠敬更於臺閣練達朝章而識略沉達可以專方面之任自湘之東制以連率委之監郡兼亦訓戎彼都之人夙所愛慕叅領中憲以綏一方可使持節都督潭州諸軍事潭州刺史兼御史中丞充湖南都團練守捉及觀察處置等使仍兼充諸道營田副使知本道營田事散官勲封如故

授李栖筠浙西觀察使制　前人

勑王制千里之外設方伯選諸侯賢者而命之俾其遵俗宣風大明黜陟今以刺史條察列郡西漢成式厥惟舊哉銀青光祿大夫常州刺史充本州團練守捉使上柱國贊皇縣開國子李栖筠質朴厚之性秉禮義之宗其學博而精其文簡而當明以辨政居官可紀秩更三署名重一時抗黄扉之論駁舉冬卿之典制自守毗陵尤精藩職初剪横江之盜猶多擊析之虞言撫傷殘克施惠訓清靜少欲以臨其人禮讓之風行於東國考其績用實最方州震澤之比三吳之會有鹽井銅山有豪門大賈利之所聚姦之所生資於大才濟我難理加以中憲雄玆按部慎乃教令薄其征徭無倚法作威無割下附上勉副朝寄以綏一方

可使持節蘇州諸軍事蘇州刺史御史中丞充浙西西道觀察使處置都團練守捉及本道營田等使散官勳封如故

加江西魏少遊刑部尚書制　前人

勑古者外薄四海咸建五長所以考察風俗懋宣理化苟或副憂人之旨有稱職之名彰善陟明存乎著令金紫光祿大夫使持節都督洪州諸軍事行洪州刺史兼御史大夫充江南西道都團練守捉觀察處置等使上柱國鉅鹿郡開國公魏少遊端慤精敏況和貞簡秉心以直臨事不回五踐天臺必辨疑而取正三尹京邑不吐剛而茹柔守其至公休有令問自十連分寄九江作牧式是方隅不渝操履停車決訟閉閤生風明示昇黜蠲除疾苦清靜而百城自向一作化講藝而三軍知禮定其賦稅之差勤於轉輸之役事必條理人皆便安亦既政成不資於周月遷其秩序豈待於滿歲宜分會府之坐載美方州之績可檢校刑部尚書洪州刺史御史大夫餘如故

加朱希彩幽州管內觀察使制　前人

勑古以五長八使考察風俗章善癉惡時而颺之則監部廉部其理也今之元戎有聲績優異者錫命兼領亦進律之制焉而又實其封邑蓋申之以明勸開府儀同三司試太常卿兼幽州大都督府長史御史大夫持節充幽州節度兼營田等副大使知節度事經略軍使兼盧龍節度并管內支度營田及押奚契丹兩蕃等使上柱國朱希彩貞方以合義純厚以納忠智謀濬發才識精辨作我垣翰保于幽燕講求刑禮以叅軍政敦洽敬讓以和人心正其綱條郡務大舉東罷渡遼之警北清戴斗之氣疆吏綏帶戎車稅鞅典從事簡方面以寧厥賦惟錯實於天府選勞則大銘在旂常勤職首公有光相寄委以連率加其真食懋乃勳節服玆寵章可兼充管內觀察處置使仍賜實封一百戶餘並如故

授辛京杲湖南觀察使制　前人

勑觀察列郡之風督諸軍之事兼玆二柄守分一方其在素名俾之專任開府儀同三司試太常卿兼御史中丞同

朔方節度副使上柱國晉昌郡王辛京杲居敬可久盡忠必誠精辨郡務通於典試謙恭下士齊其勞苦先帝簡拔五原從征嘗叅領護早著勳節藩麾佐朕夷險一心開洛事平莫非謀勝累書忠於甲令終不言於賞勞尋掌南北之軍復二河汾之鎮內外勤績厥惟茂哉憂國奉公每形于色牧人馭衆素有其才長沙故郡湘中千里往建南轅之旆仍領司空之秩訓戎遵俗寵以居之可使持節都督潭州諸軍事行潭州刺史兼御史大夫充湖南都團練守捉及觀察處置使仍賜散官勳封如故

授衛中行陝州觀察使制　元稹集無

勑邵伯聽事於棠陰之下而人勿翦其樹我知之非忠信

仁愛以得之耶今自關東由洛而右數百里之地盡置爲輶車臣所理蓋有以表率方夏振皇京律聿求其良用副憂寄朝請大夫守華州刺史兼御史中丞衛中行始以詞賦深美軒然有名甲乙符昇遂拾青紫逮其書命文鋒益銛能搴菁華以集麗則出補近郡號爲兼能勤而不煩簡而不苟郊逆館穀賓至如歸長劭農人咸用胥悅移領巨鎮疇將爾先况封壤因連習俗參合用之政又關陝之吭吾固有虞於爾矣至於觀聽他邑儀刑下寮旁臨傳說之巖特假趙堯之印遺風未泯官業具存苟能行之無患不至可守陝州大都督府長史兼御史大夫充陝虢等州都防禦觀察處置等使

授嚴謩桂管觀察使制　白居易

勅漢置部刺史掌奉詔條糺吏理蓋今觀察使職耳桂林秦郡也東控海嶺右扼蠻荒自隋迄今不改戎府地遠則權重俗殊則理難馴而化之非才不可朝議大夫前守秘書監驍騎尉賜紫金魚袋嚴謩嘗守商洛剌黔巫州部縣道謐然安理是能用寬猛相濟之政撫夷夏雜居之人故也跡其往効式在（集作是）南邦况爾操行端和文學精茂賓寺書府善於其官勉副前言佇申後命可使持節都督桂州諸軍事守桂州刺史兼御史中丞桂州本管都防禦觀察使處置使散官勳賜如故

授丁公著可檢校左散騎常侍守越州刺史充浙東觀察使制　前人

勅古者通守之士（集作選守守士）刺史按部從宜務簡今則合之故任日崇而選日重非廉平簡直兼愷悌之德者曾不足中吾選焉尚書工部侍郎集賢殿學士丁公著常（集作嘗）以學行以（集無以字）禮法誨予一人報德圖勞連加寵擢起曹書殿兼而委之二職增修三命益敬朕以淛河之左抵于海隅全越奥區延袤千里宜得良帥俾之澄清往分吾憂無出爾右假左貂而帖中憲操郡印而握兵符勉哉是行佇聞報政可依前件

授盧士玫瀛州觀察使制　前人

勅夫疆理天下懐（集作懷）制四方乘時省置何常之有故方隅未寧務先經略則專委方伯以揔統之及兵革甫定思弘風化則並命連帥以分理之朕常以幽薊一方環封千里延袤廣莫專制實難屬元戎改轅新帥進律因而制置以叶便宜蓋王者施張變通之要也京兆尹盧士玫爲人端和莅政寬簡自尹京輦人甚便安今司徒總籍甚爾名叶從人望河間列郡乞委士玫因而可之必易爲理况新造之府經始之政勞徠安輯是爾所能俾昇珥貂（集作俾珥左貂）兼執中憲寵任不細勉哉是行可使持節瀛莫等州管內觀察處置等使檢校左散騎常侍兼御史中丞餘如故

授范傳正宣歙觀察使制　前人

勅古之諸侯三載考績選其賢者命之爲長率所以觀（集作勸）

功行而興理化也蘇州刺史范傳正文學政事二美其爲選自郎署出分符竹江南列郡連領者叁所至之部悉心爲理明諭朝旨恭守詔條謹身省事以臨其下政簡而肅意誠而明吏不能欺人是以息而去思之歎來暮之謠復有聞於人聽雖古循吏蔑以加之朕以陵陽輿壤土廣人庶其地險要（集作有險）所寄非輕跡其前効可當此選況黟歙之遺愛尚在吳興之新政方播升車便道足慰人心固當望風自安計日而理倚注於是爾往欽哉可（集作倚注於爾往宜欽哉可）

授裴堪江西觀察使制　前人

勑江西七郡列邑數十土沃人庶今之奥區財賦孔殷國用所繫玆爲重寄宜付長才同州刺史裴堪素蓄器幹久

經任遇日者資其忠諒入爲諫議大夫藉其良能出爲左馮翊魯未周歲政立績成區區一郡未盡其用鍾陵要鎮可以委之夫簡其條章平其賦役徇公率正以臨其人而人不安未之有也祗服厥命往修乃官仍兼中憲以示優寵可江西觀察使兼御史中丞

授薛伾鄜坊觀察使制　前人

勑鄜畤延安抵于中部羌夷種落散在其間戎夏雜居易擾難理宜選寛明之使通知邊事者委以節制（集作符節）而糾緩之右金吾將軍薛伾服勤戎職練達吏道出入中外綿歷歲年能一乃心以宣其力自加寵遇再執金吾徼巡有嚴夙夜匪懈在公若是何用不臧況爲人沉靜外和內肅守封案俗是其所能（集本作內肅外和撫俗守封是其所善）宜輟務於誰何俾宣風於廉察庶乎勞徠諸部綱紀列城奉詔條以安人黎戎索以訓旅欽承厥命往復乃官仍踐冬卿式光重寄可檢校工部尚書充鄜坊等州觀察使

授李納浙東觀察使兼御史大夫制　杜牧

勑仲尼以舉賢才則理大禹以能官人則安況西界浙河東奄左海機杼耕稼提封七州其間繭稅魚鹽衣食半天下不有可伏豈宜委之正議大夫使持節華州諸軍事守華州刺史兼御史中丞充潼關防禦鎮國軍等使上柱國隴西縣開國男食邑三百戶賜紫金魚袋李納溫良恭儉齊莊中正實以君子之德華以才士（集作人）之詞踐（集作揚）歷

清顯昭彰令聞輟自掌言式是近輔子貢爲清廟之器仲弓有南面之才智莫能欺剛亦不吐表率教化皆有法度今者兵爲農器革作軒車言於共理在擇循吏是故用巳効之績託分寄之任擁旄旆而服玄玉化千里而有三軍儒者之榮莫過於此孔子曰仁者愛人智者知人愛人則疲羸可蘇知人則才幹不棄土宇既廣殺生在我達此二者可以報政榮加副相用壓大邦爾其勉之無忝所舉可使持節都督越州諸軍事守越州刺史兼御史大夫充浙江東道都團練觀察處置等使散官勳封賜如故

授紇干泉江西觀察使制　崔嘏

勑鍾陵奥區楚澤全壤控帶七郡襟連五湖人推征賦之

饒俗擅魚鹽之利靜則易理動則難安思得良能以臻富
庶選求之下是舉僉諧中書舍人紇干泉氣惟雅茂才實
變通黃鍾涵待扣之音青萍蓄善割之用早以俊造播其
馨香霜臺竦介立之標蘭省蔚和光之操洎司綸綍益茂
聲猷粉澤惟工克賛鳳池之美温華自潤皆推鴻筆之資
藴商也之文可以華國布求也之政可以觀風是用輟於
演綸付之廉問必能宣我大化蘇其遠人佇聞來暮之謡
必有借留之思爾其簡以臨衆清而自持惠養益厚於疲
羸操斷無遺於桀驁一方之任不愧於前賢五字之精永
光於禁掖仍加中憲式峻外臺可

授鄭亞桂府觀察使制　前人

勑地連五嶺川束三江直千里之奥區雜夷風之阜壤靜
則可理動而難安思得長才以綏裔俗求於僉論多曰汝
諧給事中鄭亞識洞古今情惟端愿富三冬之精學控六
變之雄文早昇甲乙之科雅有詞華之譽周旋粉署堂堂
表題柱之榮糾正霜臺肅肅有埋輪之志人推長者時許
多能洎入賛黃樞超居青瑣彌縫闕漏衮職以之無遺參
酌憲章國典由其益振朕方弘理道志切惠人精求廉問
之才用廣移風之化爾宜將我誠意布其惠和撫俗必務
於絜廉奉巳宜思於簡儉無以地遠而忽其薄書無以官
尊而怠於統馭將期宣展必在嚴明承我寵榮勉思報効

文苑英華卷第四百八

文苑英華卷第四百九　中書制誥三十

諸使二

防禦使

授韓洪山南東道防禦使等制　賈至

勑襄陽太守韓洪左補闕韓絃等令德之後象賢而立克
光代業不墜家聲或謀府冲深才膺鎮禦或文律典麗詞
叶絲綸令寇雪未清邦家多事用武之地宜徵奇傑掌翰
之職故政一作擇英髦洪可山南東道防禦使絃可考功員
外郎知制誥

授竇紹山南東道防禦使等制　前人

門下永王傳竇紹侍御史崔伯陽等強學立名檢身從政

實有忠貞之操仍兼鎮禦之才荆州上遊襄陽衝要北據
漢沔利盡南海連綴吳蜀非才勿居永思諸葛之謀佇振祖
生之任紹可江陵防禦使伯陽可襄陽防禦使餘並如故

授李廣琛江南防禦使制　前人

勑前蜀郡長史李廣琛閑雅存誠貞固幹事或因旁累徃
從遷謫凶逆未剪江介多虞式遏寇戎是仗才傑康巨
鎮長洲右苑使臣之選咸曰其難朂乃謀猷佐斯旄鉞可
守丹陽太守

授魯炅襄陽郡防禦使制　前人

勑戎允成功者才也確乎不拔者節也惟才與節可以戡
禍亂定邦家南陽太守魯炅忠肅懿文仁而能武歷危難

之際見貞固之誠自翰守南陽載罹寒暑城孤師寡負戶以汲羸不得進江漢賴寧古之忠賢無以加也夫功崇者則授以高位才大者必委之厚權漢水方城國之要害宜加亞相之任兼牧禦衆之功一作兼牧南雍之人可依前件

授元載豫章防禦使制　前人

勑荆吳之交撫之以連率貢賦所入董之以使臣非通才多可曷稱斯任守職方員外郎元載識度明允幹能貞固懐龍泉之利器抱鴻羽之榮姿彌綸典章能練南宮故事精詳政理嘗聞五府交辟豫章雄鎮襟帶江湖干戈始寧安人是切俾爾藩守緝熈厥政可豫章太守

授杜濟東川防禦使制　常袞

勑在疑作左綿之東地方千里有彼山帶江之險藉安人禦侮之能太中大夫檢校尚書駕部郎中兼侍御史充山南劍邛副元帥判官勾當劍南東川事賜紫金魚袋杜濟明敏通識達於政理本以忠信飾之文學利器能斷長才多可累佐戎幕勤宣武經於蜀之疆積有邊效九伐之謀必勝三軍之士多師選在人望委茲藩守用能訓其師旅惠此閭閻俾叅中憲之任兼懋臨戎之績可使持節梓州諸軍事守梓州刺史兼御史中丞充劍南東川防禦使散官賜如故

授栢貞節夔忠等州防禦使制　前人

勑開府儀同三司試太常卿使持節邛州諸軍事兼邛州刺史御史中丞南防禦使及邛南招討使上柱國鉅鹿縣開國子栢貞節雅有器幹深於戎律藴三畧以經武秉一心而事君蜀之西疆久典戎務惠和馭衆義勇安邊允勵公忠尤彰名節令聞休績良深嘉重山硤雄重一作江關鎮要衝實藉兼才俾膺茲任佇申禦遏之用仍懋緝綏之術可使持節都督夔州諸軍事兼夔州刺史依前兼御史中丞充夔忠萬歸涪等州都防禦使本官勲封如故

授高重同州刺史兼防禦使制　李虞仲

勑漢號左馮翊分理浩穰近者非清名顯秩不在茲選正議大夫行給事中上柱國渤海縣開國男食邑三百户賜紫金魚袋高重沉厚守道貞介操身以禮法爲踐履之途

以學行爲游泳之地堅金不耗止水無波穆然士風休有美論屬者侍周禁署駁議瑣闈重席有戴憑之名通經得陳邵之美侍從之暇附益弘多移於牧人宜有善政吾以商原故地灃水攸同襟帶山川接畛甸服掌離宮之管鑰領近關之式遏俾揚風化思得兼材爾宜提舉政經蘇息物力清靜率下以奉詔條用答寵榮勿替休問可使持節同州諸軍事同州刺史充本州防禦長春宮等使散官勲封賜如故

授李偲隴州刺史兼防禦使制　崔嘏

勑隴陜之西地連蕃境雖甥舅和好絕塞無虞而邊徼撫循長才以藉爾武能禦寇智可圖功早推奉國之誠共許

統戎之畧及位分六校職長千夫彌彰夙夜之勞益盡爪牙之用是思寵擢委以疆場爾宜推赤心以任人勵玄甲而訓士約以奉已忠以報君無典踴躍之功更許一作起事邊之計靜能制動安亦慮危勉而行之富貴可保將表戎旃之盛仍兼專席之榮可隴州刺史兼御史大夫充本州刺史防禦使

授李繼文隴州防禦使制　錢珝

勅旁攄汧陽橫當隴首地有提封之盛軍多帶甲之雄既用良材宜膺正秩具官李繼文久從戎旅深達機謀忠信交脩德刑並務御衆而推勞必報徇公而約法甚明元帥上聞朝章可舉兼進祝鳩之命更揚建準之威夫牧伯之居憂寄寔重使功名之充位在富貴而可圖已列諸侯勉為政事可依前件

授穎州刺史充本州防禦使王敬蕘加檢校太子太保制　前人

勅書云若網在綱有條而不紊故國家化條施於天下者牧伯謹而舉之政不紊矣具官王敬蕘始學司馬法克礪諸侯翙奮之以果敢之氣濟之以練達之謀自握郡符頗圖成績穎水則清年數且深理濟彌遠耕桑滿地一作野不奪農時卒乘在軍未忘武備遂得見稱元帥是當善舉化條保民之崇增秩甚貴吾用漢家之典爾登循吏之名更務克終斯為守貴可依前件

授齊州刺史充武寧軍防禦使朱玭加檢校司空制　前人

勅歷下名地也司空貴秩也處名地而增貴秩者非夫稱推擇洽物情焉得獨受寵章重宣王化具官朱玭當年思立學武有經固忠順之本根以機權為枝葉且能剌部兼務睦鄰酌寬猛以守常就變通而處衆為善難掩不伐愈彰見求福於自謀信唯人之可召乃行茂典用叶公言可依前件

授鹽州刺史李太直充本州防禦使制　前人

勅有土之寄帶夫一作虜鄣者不其難乎鞠旅所以謹提防揚威所以遏淫蕩試材既可正秩無疑具官李太直昔爾伯氏嘗居五原以塤篪相和之勞致邊境無虞之樂而天倫有戚戎律可歸乃自人情繼臨軍政勇則匪怨智必好謀知金湯不在乎城池而耳目不專於旗鼓勤於宣礪一作厲又作力別用壯心去假守之舊名當諸侯之高位更圖善最無恃寵休勿使漢家獨稱魏尚可依前件

授前河西防禦押蕃落等使馮繼文檢校工部尚書依前充河西防禦招撫等使制　薛廷珪

勅迺眷西涼為吾右地襟帶河曲屏制蕃使厥土豊穰其俗信厚委之鎮撫率伏勲勤不有奇材孰膺妙簡具官馮繼文傳符圯上擅價山西敦詩書設預備之謀脩禮樂為戰爭之器能知軍誌雅有戎容明斥候而辨孤虛恤士伍

而愛君子決戰百勝彎弧六鈞動惟鷹揚靜則山立乃者伏其韜畧錫以土疆旌旗啓行蛇豕當路旣沮已成之命能安靜勝之謀欽屬久勞名器斯在爰昇喉舌再統貔貅復我舊恩成爾夙志防禦西夏控壓三州俯其敷我憂勤宣我教化無禮必敗好戰則亡戢兵而善撫疲人殷備而自求多福祇予恩寄佩我訓詞報政可觀陟明斯在可

團練使

授辛德謙冊延團練使制　常袞

勑上郡北地義渠故國臨制戎狄屏于關中當此襟要難於鎮守前朔方留後在㢈兵馬使同節度副使開府儀同三司試太常卿兼御史中丞單于副都護充振武軍使上

柱國辛德謙山西出將代有勳業長才偉畧主之以忠峻節明斷服之以禮項者職貳留府朔重（一作垂）分鎮橫絶大漠堅守孤城能詳武經載討軍實推以恩信濟其威懷士卒知方羌夷服化休有茂績著於北邊用覩勞臣俾膺重任委以藩事桿茲戎疆列在儲宷之右叅於憲臺之長中外兼榮服我嘉命可試太子詹事兼御史大夫持節都督延州諸軍事兼延州刺史充冊延兩州都團練使守促使散官勳封如故

加常之晉御史大夫制　前人

勑古有牧伯連率所以大明黜陟其後廉使監郡亦其任也奉六條詔書察二千石已下風化綱紀實所繫焉若居部稱最則當遷復留以德授賜令或增秩存於令典銀青光祿大夫檢校秘書監兼衡州刺史御史中丞充湖南都團練守捉觀察處置等使上柱國扶陽縣開國男常之晉以道自處行成乎身言合精理文多雅興學以潤政當孔氏之徒忠而好謀得兵家之要委在方面實叅戎重鎮衡陽之一都刺湘中之諸郡清靜廉簡以禮化之三老孝悌遵其德訓百城強猾服其威懷薄刑名以宣慈均賦役而恤隱地臨南越溪洞伏戎能清篁竹之風屢入苞茅之貢事各條理俗皆便安非大信至公何以臻此褒風憲之長旌理行之尤彰善勸能允茲休命可兼御史大夫餘如故

授崔昭宣州團練使制　前人

勑宣城彰（一作附）郡有牛渚介石之險江左多以護兵之臣鎮焉國家舊制即廉使之部任兼將守寄功於今始（一作姑）務靖人中符朝美銀青光祿大夫守右散騎常侍博陵縣開國子崔昭長才大畧濬發無前納忠事君強學濟吏何劇之不處何難之不居嘗領雍洛屬當殘弊令簡訟平官曹肅給懲姦攝暴都鄙以清風化可行於四方歌謡豈止於千里敬事憂國始終端誠再列貂行久承顧問從容喻旨軒闥增華方賴於左右羽儀以之匡益外中委遇其分一也急在要重時而迭之察俗訓戎歸於辨理叅執開邪之憲仍加馭貴之爵奉法遵職俾人易從可使持節宣州諸軍事宣州刺史兼御史中丞充宣歙池等州都團練守

捉及觀察處置等使弁採石軍仍進封傅陵縣侯食邑一千户散官如故

授陳少遊浙江東道團練使制　前人

勑東南一尉在吳越之境海隅蒼生連歐閩之俗旣分八使兼督諸戎祿勳任良以濟煩重朝散大夫宣州刺史兼御史中丞宣歙池等州都團練守促及觀察處置等使上柱國賜紫金魚袋陳少遊清亮肅敬識通才達度於禮而舉得其中積於理而動必歸當叅考經術交脩政刑歷三臺之郎吏首四方之俊選左輔内史嘗寄風化中軍大夫實毗鎮撫事任皆適聲華朗然自彰疑郡分憂于湖申儆悉心以周務忘巳以愛人舉綱條之目繕完守之備忠敏

内緝服而不離威畧外懷親而不暴載清苛慝盡復流庸錐膠東之户口八萬頴川之理行第一殆無以過也明試以功允茲章陟稱遷大鎮用表懋能仍副丞相以戒群岳可使持節都督越州諸軍事守越州刺史兼御史大夫充浙江東道都團練守促觀察處置等使散官勳賜如故

授魏少遊洪吉等州團練使制　前人

門下東分九江南控百越總兵車之會當水陸之衝式遏澄清實難其任金紫光祿大夫行尚書刑部侍郎上柱國鉅鹿郡開國公魏少遊當官而行直道而進有剛毅能斷之性子之以冲和有精密至察之才濟之以仁恕三尹京邑四方承流不私身以飾名多去秩之遺愛秋典貳職夏臺無冤海隅蒼生嚋咨俾乂眷求良吏出守稚藩宜兼亞相之重式光連率之寄可使持節都督洪州諸軍事守洪州刺史兼御史大夫江南西道洪吉虔撫信袁江饒等州都團練守促觀察處置及莫傜等使散官勳封如故

授象武感疊宕等州團練使制　前人

勑開府議同三司試光祿卿使持節扶州諸軍事兼扶州刺史攝節度副使扶文兩州招討團練使兼綿劒龍遂渝合普漢扶文等一十一州行營兵馬都虞候上柱國交川郡王象武感器幹識畧資之以經遠公忠廉謹守之而有常早探黃石之符久列朱轓之任外鄰戎境内撫疲民誠信不渝威懷相濟克懋分憂之化尤彰式遏之勳右地數

州尚多艱阻將論疑朝旨以綏邊虞不有兼才孰能成務俾叅戎重之副仍錫賞延之寵可試殿中監使持節疊州諸軍事兼疊州刺史充本州團練守促使兼充疊宕兩州招討使同隴右節度副使仍與一子六品官賜緋魚袋勳封如故

授獨孤問俗鄂岳等州團練使制　前人

勑荆吳邊帶之口江漢朝宗之會尚有戎備難於任人外攘内撫文武迭用銀青光祿大夫試秘書監壽州刺史兼侍御史本州團練守促使及諸道營使下疑本州營田使上柱國獨孤問俗才暢於理識通於政居之以簡敬濟之以廉能中朝清秩更於樊苑外臺雄鎮多所典領嘉績休

聲較然明著壽春之課尤最當時守於一郡未展其用可以倚辦煩重保綏險要督數郡之戎事忝中司之憲列陟明增秩懋爾在公可使持節都督鄂州諸軍事鄂州刺史兼御史中丞充鄂岳沔等三州都團練守捉使散官勳如故

授李昌岠辰錦等州團練使制　前人

勑彊楚之裔古之蠻方雜武谿之種落通夜郎之邊壤唐蒙開道馬援南征即其地也國朝舊制方數千里悉統於連帥今以遐闊難守遂分督以綏之政議大夫試光祿卿前撫海州刺史李昌岠素有識畧達於事體剛柔相濟文武中立居職可紀實浮於名迺者以幹特之才刺瀕海之

郡惠和簡潔所謂理平思我遠人眷求良吏撫辰陽之舊俗攘縣道之多虞訓戎數州俾爾專任忝領中憲式榮按部可試秘書監使持節都督辰州諸軍事辰州刺史兼御史中丞充辰溪巫錦業等五州都團練守捉使散官如故

文苑英華卷第四百九

文苑英華卷第四百十　中書制誥三十一

郡牧一

諸州刺史

授成善威等刺史制　李嶠

鸞臺壯武將軍行定王府典親事典軍上柱國成善威効績蕃邸宣功戎陣新除中大夫守并州刺史上柱國卜處冲父忝武衞夙奉文貌一作攙張披遐陬老綿故俗地連荒憬人籍撫循寄以皇華一作厚城佇觀美績善威可使持節并州諸軍事守并州刺史處冲可使持節龍州諸軍事守龍州刺史散官勳如故仍並馳驛赴任主者施行

授坊州刺史豆盧志靜等官制　前人

鸞臺太中大夫坊州刺史上輕車都尉鄧城郡開國公豆盧志靜等登朝受服咸積歲年涖職當官並有聲稱與我共理實存恣岳代天無曠受任得人分命良材佇觀美績可依前件主者施行

授源復等諸州刺史制　孫逖

門下太中大夫使持節徐州諸軍事守徐州刺史上柱國源復等雅才清識踐行立名政表於良康一作惟良歌聞於是賴或歲年滋久必在於更遷或風俗異宜各期於適用俾膺俞往以副僉諸可依前件

授韓朝宗等諸州刺史制　前人

門下朝請大夫使持節都督洪州諸軍事守洪州刺史上

柱國長山縣開國伯韓朝宗等開濟宏才弘深雅量或累升清要常展用於高資或頻膺刺舉久馳名於列郡振其淹滯任以器能宜遞遷於遠近俾更踐於中外可依前件

授元彦冲等諸州刺史制　前人

門下理人之吏深誡於數易度才而遷必憑於久次朝議大夫使持節都督越州諸軍事守越州刺史元彦冲等幹能自達政術有聞化行一郡並逾四稔克愼終始不愆名實宜有遞遷更膺分命書不云乎三載考績黜陟幽明舊章則然古制斯在今所進轉皆爲限約並須畫一無相奪倫庶徼欲速之人將致有常之化凡厥共理宜悉其心可

授崔翹等諸州刺史制　前人

門下中散大夫前使持節滑州諸軍事守滑州刺史上柱國崔翹等詞學爲門貞廉作吏並久從官序能效公心禮及既祥皆聞於俯就才有所適宜在於分官可依前件

授宋樽等諸州刺史制　前人

門下朝議大夫前使持節仙州諸軍事守仙州刺史上柱國宋樽等或郡國良吏或朝廷吉人咸勵厥躬克勤于位循名考行揆務量能宜受命於分官俾呈才於庶績可依前件

授張敬輿等諸州刺史制　前人

門下太中大夫使持節鄭州諸軍事守鄭州刺史上柱國張敬輿等克脩名操久踐衣冠咸適用於當時各効能於列郡風謡具舉歲序皆深曾是移官用叶平分之義或因去職宜承並命之恩可依前件

授翟璋等諸州刺史制　前人

門下中散大夫守將作少匠上柱國翟璋等名跡脩謹藝能該博或累升清秩或久踐通班三年有成各呈才於外郡庶官無曠咸勵節於中朝重寄所難分憂是屬宜膺稍遷之舉用叶汝諧之命可依前件

授秦昌舜等諸州刺史制　前人

勑中散大夫守常山郡太守秦昌舜等器能足用政術多方頃在列藩皆聞致理或居官已久或去職當遷長史缺官中朝愼擇宜膺並命更委親人可依前件

授劉體微等諸州刺史制　前人

門下太中大夫前使持節鄭州諸軍事守鄭州刺史上柱國博陽縣開國男劉體微等器能具舉言行兼資嘗踐郎官類更吏職令名無替成績有聞宜受任於藩邸俾榮遷於郡國可依前件

授裴熇等諸州刺史制　前人

門下中大夫前守安定郡太守裴熇等位分中外名著朝廷或課績多年或招輯成政禮云終服官以授人舊章斯在新命宜及俾膺藩岳之任更展循良之稱可依前件

授魏哲等諸州刺史制　前人

門下前歙州刺史魏哲等以能入仕以疾廢官頃曾罷歸

亦云淹久勿藥有喜既善攝生之術度材而用宜承舉滯之恩可依前件

授李昇朝等諸州刺史制　前人

門下亳州刺史李昇朝等並膺時選俾踐官資才器則殊行能皆著或居喪之禮俯就於外除或同氣之親有妨於聯事或近停郡職或久滯王門宜各稍遷俾從分命可依前件

授李良等諸州刺史制　前人

門下守太子中允季良等早推言行兼有幹能從官必聞服勤斯久分憂是屬愼擇爲難宜副恤人之心俾諸良吏之選可依前件

授韓察等明通沔三州刺史制　元稹

勑朕子育兆人懍乎懼一物之不至將我德澤流布於（集作于）遠邇者其惟良二千石乎朝議郎前守京兆府富平縣令賜緋魚袋韓察等久於吏職皆著能名或常奉詔條風聲尚在或歷居郊甸惠養有方命汝臨人勿遺其俗夫明近於海儒則姦生通邇於巴急則吏擾沔當津會滯則人怨（集作怨起）推是三者引而伸之然後可以分吾（二字集作憂人之）憂矣爾其勉之可依前件

授蕭睦鳳州周載渝州刺史制　前人

勑前劒南三川榷鹽判官殿中侍御史內供奉蕭睦前知鹽鐵轉運山南東道院事殿中侍御史周載等田文學古施於有政三驗所至莫匪良能河池近藩南平東險綏戎阜俗必藉長才副我虛求（一作懷）牧茲凋瘵事時農勸用節人安三年有成惟乃之効睦可鳳州刺史載可渝州刺史

授元輿（集作萬下同）等杭濠歙泗（疑作興）諸州刺史制　前人

勑朝散大夫守饒州刺史元輿等自天子至于侯甸男邦小大之勢（集作勢非）不同子育黎元其揆一也是以郎官出宰百里牧守入爲三公此所以前代稱理古也近俗偷末倒置是非省寺以地望自高郡縣以勢卑自劣盤牙不解積弊不除比比有之患皆由此起今餘杭鍾離新安順政（乃興州）三有財賦（集作用）一隣戎狄將有所授每難其人以輿之

理課甄明以弘度之奏議詳允以學亮之學古從政以達（集作公達）之守道立身僉命爲邦庶可以勝殘（集作庶可勝殘而）去殺矣各奉詔條用慰煢獨可依前件

授楊潛洋州刺史李繫遂州刺史史備濠州刺史等制　白居易

勑朝散大夫守尚書金部郎中上柱國楊潛溫厚靜專有端士之操朝議大夫前使持節吉州諸軍事守吉州刺史上柱國襲鄭縣開國侯李繫精强博敏有才子之稱將仕郎前使持節光州諸軍事守光州刺史雲騎尉史備變通健決有能（集作良）吏之用而皆（集作能）本於文學輔以政事爲郎見其行爲郡聞其聲夫洋東梁之險遂居蜀之腴濠控

淮之要三者皆名郡也今吾提三郡而委之三吏得不思勤儉教導勞來安輯膏雨吾土而襦袴吾人者乎潛可使持節洋州諸軍事守洋州刺史散官勳如故繁可使持節都督遂州諸軍事守遂州刺史散官勳封如故備可使持節濠州諸軍事守濠州刺史充本州團練渦口西城等使散官勳如故

授周愿衡州刺史尉遲銳漢州刺史薛鯤河中府少尹等制　前人

勑前復州刺史周愿等夫勞者之思休息病者之思救療人之本情也今兵戈甫定物力未豐如聞湘衡巴漢之間人猶疲困宜擇良二千石俾休息而救療之而愿銳鯤等

前以符竹分領三郡皆有善政達于朝廷舉課考能無愧是褒息勞救病其有望於汝乎河中吾之股肱郡也貳尹職而佐府事者亦在得人命鯤處之無荒厥職可依前件

授常虒王府長史楊歸厚唐州刺史劉是雅州刺史等制　前人

勑常虒等善官人者先考其能然後授以事任使輪轅槃柄各適其用則郡職庶政得以交脩今以虒官久年高勤於為政俾從優逸入補王宮以歸愿文行器能琴在巴峽勵精為理績茂課高區區方(集作萬)州豈盡所用宜移大郡稍展其(集作奇)才以是早著戎功通詳吏事西南物土罔不周知習俗從宜宜守嚴道分命以職各用所長庶乎咸脩

乃官同底于理可依前件

授鄭公逵王府長史李循興州刺史制　前人

勑鄭公逵等或以行稱或因(集作以)才舉進脩所致班秩不卑敀命序遷各適其用且乘朱輪於國(集作郡)邸曳長裾於王門士夫之子名宦至斯亦不為不遇也立朝寀部各敬爾官可依前件

授李諒泗州刺史兼團練使當道兵馬留後兼侍御史賜紫金魚袋張愉岳州刺史制　前人

勑扼淮壓湖之列城曰泗與岳舟車會焉軍戎屯焉是二郡守不易為政先是守領者多會有故歲時罷去長吏數易人必重困宜擇良二千石救而養之以諒自登城長訖

尚書郎中間又再為州牧三宰劇縣皆苦心卹隱煦嫗及物操刃決滯砉騞有聲而愉亦學古入仕甚自脩飭河西有政次於諒焉故命愉守岳命諒守泗仍以戎職留事憲簡章綬一加於諒諒其聽之哉異日吾將以重官劇職處爾爾安得不副吾所急用爾所長吏宜以難理之郡自試耳各依前件

授灃州刺史李肇中散大夫郢州刺史王鎰朗州刺史溫造並朝散大夫等制　前人

勑朝請大夫使持節灃州諸軍事守灃州刺史上柱國賜紫金魚袋李肇等乃者李景儉使酒獲戾而肇等與之會合飲失於檢慎宜有所懲由是左遷分為郡守今首坐者

既復班列緣累者亦當徵還但以長吏數易爲(集作其)獎頤
甚況聞三郡皆有政能人方便安不宜遷換故吾以采章
階級並命而就加之蓋漢制進爵秩降璽書慰勞良二千
石之旨也爾當是命得不勉哉可依前件

授李諒壽州刺史薛公幹泗州刺史制　前人

勑壽州刺史李諒等詩云愷悌君子人之父母朕三復斯
言往往興歎安得循吏俾父母吾人乎吾前命諒爲泗州
未即路會壽守植卒因改諒守壽命公幹守泗諒之理課
前招詳矣而公幹自尚書郎連領二郡政平法一甚便於
人加以有理戎之材可付留事故輟軍保(一作倅)仍憲秩而
兼寵之夫壽與泗皆郡之大者也諒與公幹皆二千石之

良者也以大郡委良吏不亦宜乎意諒無忘澄城之理公
幹無替亳城之政則愷悌之化吾有望於二郡焉各依前
件

授王計萊州刺史吳鶚蓬州刺史制　前人

勑吳鶚等咸以材畧載筆從戎(集作軍)藝學智謀濡然足用
多歷年紀(一作祀)備嘗艱危進退周旋不聞失道司徒弘正
許奏以聞因以竹符分命試吏而萊蓬二郡各介一方牧
人者但不擾其心不奪其力則雖華夷南北土物不同皆
可以自足自遂矣宜有(集作用)此道往安養之可依前件

除郎官分牧諸州制　前人

勑漢宣帝云與我共理者其唯良二千石乎誠哉是言也

(集無也字)朕每三復安得循吏副吾此心今之臺郎一時妙選
嘗經任歷率有才用雖典曹庀事其務非輕而卹隱分憂
所寄尤重是用並命分牧吾人歲時之間期於報政戶部
郎中某可某州刺史吏部郎中某可某州刺史朕高懸爵
賞佇期酬効咨爾夙夜其念之哉無俾龔黃專美前代可

授裴洲郭矑等諸州刺史制　李虞仲

勑朝散大夫前守蓬州刺史上輕車尉裴洲朝議郎前守
通州刺史賜緋魚袋郭矑等夫上之化下猶泥之在鈞唯
甄者之所爲耳以爾等前所爲政皆播能名人多袴襦之
謠理有綏定之績衡陽苞湖賦繁地闊尤藉良牧以扇仁
風勉奉詔條陟明斯在洲可守衡州刺史散官勳如故矑

可守利州刺史散官賜如故

授王承休等諸州刺史制　前人

勑致果校尉守右監門衛將軍兼御史中丞王承休朝議
郎守太子少尹賜紫金魚袋王弘質等咸以事勞顯於中
外或武稱和義環衞有嚴或吏能適時長征佽佐循其履
歷頗謂優深寵以郡符俾洽條理夫以巴賨雜俗山谷異
宜必在通其有無繕其征賦勉玆勤卹用表分憂承休可
朝請郎使持節陵州諸軍事陵州刺史散官如故弘質可
使持節澤州諸軍事守澤州刺史散官賜如故

文苑英華卷第四百十

文苑英華卷第四百十一　中書制誥三十二

郡牧二

諸州刺史

授竇弘餘加官依前台州刺史蘇莊除鄧州刺史等制　杜牧

敕朝散大夫使持節台州諸軍事守台州刺史上柱國竇弘餘朝議郎前使持節處州諸軍事守處州刺史上柱國賜緋魚袋蘇莊等南郡盜作而(一作時)蕭育拜河南政美而寇恂留爲人擇官因重而撫(集作因撫重之)考於兩漢行古道也弘餘蕪使上言父老有請其爲政也長育多方惠訓不倦凡設教令皆有科旨莊任南康悉心爲理謹身律下節用愛人南陽古都近者小擾臨海越俗尤惜良吏就加起拜各叶所宜仕至二千石可庇人矣無與文律不自貴重副疲羸之望者須念終始坐枉愚之罪者勿理深汚各膺寵祿無忝分寄弘餘可檢校太子右庶子餘如故莊可使持節鄧州諸軍事守鄧州刺史散官勳賜如故

授李暨絳州刺史魏中庸亳州刺史曹慶威遠營使等制　前人

敕中散大夫使持節亳州諸軍事守亳州刺史充本州團練鎮遏使雲騎尉賜紫金魚袋李暨等昔貞觀末遣孫伏伽等二十二人各以六條巡察郡縣以能進者止二十八人獲死者七人流竄黜免僅千百輩以太宗皇帝上聖憂勤之切百執事奉法公謹之心守臣爲奸如此之衆況今黜陟久廢仕進多門緬思疲人每渴良吏牧守之念于常軫懷暨實文士出典兵郡不薄爲吏愛我百姓盜賊奸宄寢而不作鰥寡孤獨皆有所養中庸再分符竹聞立善政允爲理者皆高仰之今用巳劾之才各委共理之任簿書刀筆俗吏云(集作事)耳慈惠教化君子宜之二者較然尓欲何取慶乃身帶兩綬兵分禁營得佩牛刀立於交戟歲有鄉里之譽克肖友悌之風百里長人在王畿内各思答効無忝寵榮可依前件

授薛淙登(集作鄧)州任如愚信州盧藏玘印州等刺史制

敕朝議郎前使持節坊州諸軍事守坊州刺史薛淙等仲尼對魯哀公曰人道之大莫先爲政漢宣帝曰與我共理者其唯良二千石乎念先師賢帝之言思疲人良吏之選夙興夜寢不忘於此淙以文科入仕命守邊郡屬當伐叛兵於其郊勵劇不煩事叢皆辦如遇進以門子屢爲長吏其爲政化可差古人藏玘與逢閱官簿而頗多言理名而亦著紹元嘗聞謹慎可宰百里已所不欲勿施於人無忘格言副我憂寄可依前件

授鄭液除通州刺史李象(集作豪)除陳州刺史等制

敕朝議郎守太原府晉陽縣令上柱國鄭液等今之郡守爲人師帥宣上教化者也以液久在官途雖宰大邑聞其

為理人歌舞之以象執殳前驅矛之雄也光禄護塞居延視胡虜不敢窺士爭為死各委分寄實曰遷昇通州雜以華夷淮陽兩有兵賦尔其往哉今用誡尔為天子之守臣作百姓之長吏言於仕進可曰顯榮夫君子之道先有諸己後求於人苟能律身始可檢下勉詳詔令用謹理行從規始以門子入進恭謹無尤自州佐而昇在朝班列五尚以集作而職於三服亦為良選無忝官常可依前件

授王晏實齊州吳本朸巴陳珽集作徙下同渝州刺史等制

敕正議大夫前使持節淄州諸軍事守淄州刺史上柱國太原縣開國男食邑三百户賜紫金魚袋王晏實等俟善

政而後用或憯集作蔑無所聞滯序進之常塗則怨生於下古今政柄患斯二者晏實本朸珽等三人入仕年多亦嘗為郡聞無悔咎集作吝是熟詔條濟南跨河有兵有賦巴渝夷俗慷慨豪健形於樂曲尔其往哉古人有言曰予苟為善誰敢不勉身率以正孰敢不正欲謹理行在於庶平弘宗清慎有餘王屬咸為美秩銖以文學嘗佐賢侯作掾京兆亦曰美仕皆有官業慎無自薄可依前件

授郭瓊巢州郭宗元興州等刺史王雅康建陵臺令等制　前人

敕太中大夫前使持節文州諸軍事守文州刺史兼侍御史充本州鎮遏使上柱國郭瓊等滌山順政僻處山谷罕知文律易為欺奪瓊與宗元守郡宰邑聞無悔吝尔其往哉仲尼曰正身而人正欲善而人善撫我疲俗宜遵格言苟或不臧貽尔之戚雅康入仕嘗在班列青宮贊導陵邑守奉若非謹慎不膺斯任可依前件

授吳從蓬州賈師由瓊州蕭蕃羅州刺史等制　前人

敕中散大夫前使持節柳州諸軍事守柳州刺史上柱國賜紫金魚袋吳從等地遠京邑俗雜蠻夷不知文律易為欺奪朝廷選置多無名人小則抑鬱不伸大則聚以為寇蓬緣巴徼其風忿勁瓊處海外在兩漢時往往小叐羅居百越溪洞深阻咨尔三吏比者為郡亦報有功勿以荒服

侮我疲人或異詔條必置厥辟稍當叙進優以上佐苟有聞見無忘裨助可依前件

授李褒刺史等制　錢珝

敕李褒等醫一郡之疾苦既藉良能理四方之滯冤必資明慎二者生人之本也深詔執事精其選求以尔褒瞳泊荊或清識雅裁為時雋才或檢操修身累居繩準所至必留其風範當官克勵於霜標而承休前理蜀川頗聞嘉績是可以分我符竹光于省闈虢略巴渠地清俗富刑曹粉署務邃望高遠副分憂勉思伏念褒可虢州刺史帛瞳崔荊並可刑部員外郎承休可果州刺史

授傳德昭羅州刺史裴昶維州刺史趙贊崖州刺

史等制　前人

勑具官傅德昭等建隼在旟晝熊當軾以物彰貴出守者兼而得之故用武以來惟功是賞厚爲寵報多在勤勞以德昭淬礪雄鋩利若大阿之劍以袒展張勁力強於繁弱之弓以贊馳騁茂駿比於渥洼之馬而皆藏勳有籍秉節無尤既當行賞之倫宜受分憂之命勉爲善政無病遠人可依前件

授劉玉蘄州刺史劉潛南五州防遏使高州刺史制　前人

勑具官劉玉等傳曰夫舉無他唯善所在吾聞二帥臣舉知之狀善則可甄而天下諸侯咸當共獎王室有以忠而

告我我必信而與之以玉勇望明堂用苞武庫訓士則專於齊一理人必去其煩苛嘗莅南康且留遺愛以潛好謀不惑任智能通仍懷恤隱之心頗慕徇公之節因以牧養必致惠利是以復委詔條兼資禦遏或進寵移之秩或臨舊理之邦以玉之勇主於任以潛之智立於事則吾南極之地又何憂乎黎庶哉可依前件

授成希戩忠州王進誠嚴州刺史等制　前人

勑具官成希戩等泝峽而上踰嶺而出其人多處險而錯居處險難制錯居難齊非嘗試其才素習其俗未可爲其理也希戩以敏知變而不矜雄勇之材嘗試於忠人皆便之統帥上言乃命真守帥長之秩諸侯所榮進誠自戎入華久處遐徼之地習南方之俗思還其居勳師舉之刻印而當吾委寄咸被寵光處險錯居各懋爲理可依前件

授陵州謝曈兼御史中丞前舒州司馬倪徽端州刺史制　劉崇望

勑某官謝曈等欽惟漢宣帝以英主御無事之朝尚思良二千石以之共理伊予沖昧適丁艱難每以一麾假人既重且慎每聞謝曈以勇誅暴而去害以義利物而移風儻頗得之於一年宜用試之於千里聞尔倪徽久從進宦皆著任能委以方州冀爲良牧吁含哺鼓腹是安人之謀留犢懸魚乃潔己之操惟一二之事皆古之賢刺史所行以爲尔資廣洽予意有以憲承寵官攝之任貂璫還刺史之

班予於疲黎無所愛惜吁往哉可

授鄭璩等諸州刺史制　薛廷珪

勑具官某等揔六尚於瑾墀分一麾於劍閣時之妙選我有人焉以肱代濟科名業傳儒素弱齡勤苦壯歲遭迍本推讓以待時竟漂零而從官凌雲之稱徒見譽於公卿栖棘之悲且未伸於霄漢以璩聰芳冑族歷試宦途使星屢應於旁求卿月再當其茂簡朕方將左蜀坐委信臣言尔有材可使共理亦聞操刺雅適變通俞其奏章是乃良牧惟兹殿省及尔郡符勉承刈楚之恩各勵業官之志眷言郡政在去煩苛俾我遠人再蘇皇化在璩之此行也得不勉歟可

授李充等諸州刺史制　前人

勑具官聞尒充公相令子敦書業文有德守行科第好爵公論許尒如拾地芥而孝於事親志在祿養東書投筆共從下僚縉紳之倫服尒異行遍之名器其心確然且曰親念其孔官未達釆蘭負米願悅晨昏而允祁節著勤王功高捍患心如皦日節貫秋霜屢委郡符猶同畫餅忠臣孝子朕不敢忘勸善獎功於是乎在海隅之郡各徇乃心嘉我遠人今得良牧勉於從政豈俟訓詞各敬乃官無忝休命可依

授梁思讌龍州刺史竹文晟成州刺史等制　前人

勑成紀要衝江油奧壤皆爲重地今實優賢擇其守臣必有所謂以尒具官梁思讌等負通變之材藴縱橫之術見可而進頗習於武經聞善若驚暗合於儒者或從奏薦或恤滯淹戀我者移其一麾致之近地阻兵者換其五馬惠彼疲人各俾分憂勉思布政清賢繼踵惠化洽聞苟奉成規是爲良牧惠玆惸獨往歌袴襦文晟思讌服我明訓無忘勤恪戒於煩苛黜陟幽明典憲斯在五兵五教仍以假之可

授朱讌等諸州刺史　前人

勑朱讌等以讌一心許國四面受敵忠勇既完心城甚固而踼言從征戍亟効勤勞淹留屢變於瓜時辛苦未歸於汶上惟鍳言罷百里承之一麾亦聞政聲可使共理朕每思達聰明目以臨御寰瀛伏予有土之臣爲我求人之瘼繄得良牧惠玆遐方並命奏章各委頒瑞惟尒讌等欽予訓詞罔難惸嫠罔冒貨賄務遵典憲阜安遠人天聽甚卑祇忠則有辟可

授翟州刺史張績等加官制　前人

勑鄜之連帥以金紫光祿大夫前翟州刺史張績聞之守臣以銀青光祿大夫前新州刺史虞戀來告我且言績等求瘼分憂居其所部訓戎蒞俗政有可觀欲人聳求理之心請我行陟明之典玆爲急務聞斯行諸邦敎夏鄉國之祟秩爰詔執事分而授之咨尒二臣膺我並命脩名責實

得不勉之可

授王宗夔宗瀚邛漢二州張無息蜀州刺史等制　前人

勑廣漢上腴臨邛古郡眷求牧守允屬忠勞具官王宗夔等或鶚立轅門或鷹揚玉帳負偃革銷金之術藴經文緯武之機賚我藎臣鎮于全蜀旣練軍誌仍通政經于將溢匣而有聲騏驥追風而絕跡今俾尒分吾憂寄養我黔黎尒宜抜薤推心掛魚累已勿爲重斂戒在虞刑務復憲章無取禍亂允邛奚之內撫文翁之舊封敬服訓詞勤恤人隱而無息亦佩專城之印往俞連帥之求無忘酌泉勉務爲政黜陟之典朕不敢私惟尒三臣礪乃一志輿我共

理期乎有聞敬之戒之自求多福可

授尚汝貞涪州刺史朱塘愿州刺史婺州刺史蔣環檢校僕射等　李磎

勅朕思報功臣以郡事念遠人以司牧惟是二者寤寐疚懷具官尚汝貞在先皇帝時扈蹕駕功高建隼旟布政非時見代可爲愍然具官朱塘將兵之材號爲嚴肅勞績聲著罷免歲深惟浩與恩遠郡之沃饒者也資人以優爾亦資尔以敉人且以玄武之尊亞官之長各從官叙以寵崇之具官蔣環婺人言有政化懇乞增秩端右之命以徇其請各堅尔志無或變渝可依前件

授康君立等諸州刺史制　前人

勅康君立等夫文吏以儒術自進而牧人養物固其所也而論者猶或嗤之而尔等各以軍功達於郡政可謂難矣然武有七德而安人和衆在焉得非皆達其義耶深惟勸能之方遂允爲直之請可依前件

授朱誕等諸州刺史制

勅朱誕等並干鏌奇鋒崆峒勁氣或忠臣薦達播於文武之間或軍功著明迥出輩流之右升遷委任無所偏頗各竭尔才以稱吾意可依前件

文苑英華卷第四百十一

文苑英華卷第四百一十二　中書制誥三十二

幕府一

副使

授王忠嗣同隴右節度副使制　孫逖

門下隴右破吐蕃跳盪功專知節度行軍兵馬使游擊將軍守右威衛翊府左中郎將賜紫金魚袋王忠嗣出自將門習於軍政智謀足用材藝超倫頃在河隴備彰誠節持兵所向料敵無遺挫其侵軼之師收其要害之地念功斯在議賞攸歸宜復舊官置同正員乃同隴右節度副使依前專知兵馬先有勳封並宜如故

授馬元慶河西節度副使制　前人

勅雲麾將軍右驍衛將軍員外置同正員幽州節度副使上柱國馬元慶名重武臣才優將畧有剛勇以制敵能廉幹而成務河湟作鎮戎狄是虞既資攻守之術宜佐軍州之任可充河西節度副使判涼州長史兼赤水軍副使仍都知兵馬使餘如故

授李正已青州刺史制　常衮

勅平盧淄青節度都知兵馬使權知節度副使事開府儀同三司試太常卿兼御史中丞上柱國趙郡開國公李正已蘊經遠之方有盡忠之節雅擅韜畧尤通政理任兼文武誠貫等夷海岱之間兵車所會嘉績明著惟淄其乂實藉循良符節之寄允兹僉屬必能敬事愛人以康流弊宜

曆寵授用副分憂可使持節青州諸軍事兼青州刺史餘並如故

授論惟清朔方節度副使制　前人

勅銀夏綏麟等四州兵馬使同朔方節度副使開府儀同三司前行銀州刺史兼御史中丞歸德州都督武威郡王論惟清智謀況果政理甄詳資忠之誠表於奉上幹事之用聞於在公佐戎律以成師布藩條而訓俗翟土開闢陰底寧威懷相濟聲實惟允晉之北鄙地即濕川介于河汾當此會要憂分式遏實藉良能宜兼中憲之榮式寵外臺之寄可使持節隰州刺史兼御史中丞歸德州都督充本州團練守促使同朔方節度副使散官封如故

授王智興檢校右散騎常侍兼御史大夫充武寧軍節度副使領本道兵馬赴行營制　白居易

勅沂州刺史御史中丞（集作大夫）王智興李愿李愬之鎮武寧也汝爲裨將勵節忘身濟成大功汝實有力獎其成効擢授郡符海沂之間尤著聲績宜加新命以寵舊勞仍提銳師往副戎律夫將之撫衆如子弟則衆之視將如父兄苟推赤心而無疑必蹈白刃而不悔勉親士卒佇翦寇戎可依前件

授薛廷範淮南使制　崔嘏

勅考功郎中薛廷範等吾命重臣往鎮淮海其所選署實僚得以參用朝列伊爾廷範爲時所聞可昇天子之堂早入賢侯之幕周旋不忘於中道出處必踐其正途輟茲考績之能俾倅戎旃之盛爾能以事君之道以奉帥則無往而不適矣惟敎與球皆郵之舊僚也能以適方佐成茂績至今庸蜀人多懷之至於參佐計可主領院務統兩地之推筦專五銖之鎔造各從其請以展良能勉副已知用光所舉可依前件

授盧戡桂州副使制　前人

勅前江陵縣令盧戡等藩方之命宷寮難得以上朝廷亦擇其可者而授之至於昇副車首賓席自非賢才孰允佳選戡尚義有聞積學多識去於榮進樂在閑放以是爲請宜乎得人由山立而下或以吏能發爲官業或以詞藻蔚

彼儁髦各從所適之宜以廣用（一作用廣得）人之路銀章赤紱耀彼華筵可依前件

授鄭齊之靈武副使制

朕以靈武重鎮控制西戎故選於和門付以油節思得幹用以佐參畫如聞齊之自得科名留心政術奉沙漠之使佐推筦之司口不告勞人稱奉職某與思讓臨洎思退皆鑽研文學承襲軒裳暢彼聲光端其操履是可以佐鐏俎於台席奉指敎於才臣而八達九衢曉巡夜警亦執金吾之重務也咸允童奏無忝所從可

授公興鎮州副使等制　前人

勅大廈將構必藉良材雲幕既開是資髦士況易水居常

山之北容川當桂嶺之南惟是徐方俱爲重寄凡所選用誠皆得人爾等或以文學進身或以簪纓襲慶勉思公舉無忝嘉招至於佐戎幕而静轅門輯政刑而撫凋瘵亦副車之任也正即命服吾豈恡焉可

判官

授王師魯等嶺南判官制　元稹

敕王師魯等古稱南海爲難理蓋蠻蜒篠俚之襍俗有珠璣瑇瑁之奇貨爲吏者不能絜身無以格物是以非吴處默之清德不可以耀遠人非孫子荆之長才不可以參容畫爾等皆當茂選取重元戎更職命官各如來奏可依前件

授鄭仁弼檢校祠部員外充横海判官制　前人

敕鄭仁弼諸侯辟士古實有之近制二千石已上乘軺車者則開幕選才由古道也仁弼等有勞參畫重徵以聞威等著稱詞華翩亦致請臺省茂膺兼命式示恩榮無忘切磨用副匡益可依前件

授王陟監察御史充西川節度判官制　前人

敕王陟等列諸侯之賓者遷次淹速得與上臺比倫其或饋餉務繁參畫禮重亦得輟自他職副其所求爾等或以政聞或以藝舉守臣上請信不予欺各竭乃誠以修厥績可依前件

授崔蔵檢校都官員外郎兼侍御史充河東判官

敕崔蔵等自元和已以集作來有大勳烈於天下先皇賚予以保衛者時惟司空度度亦齊慄祇畏不自滿大愼簡其屬毗于厥政惟蔵及銖或在兹選是用輟我紀察副其勤求惟爾敬玄舊由蕃服効誠于長議以序遷莪莪鐵冠晶晶銀印授之以徉其樂所從可依前件

授盧暠監察裏行宣州判官制　前人

敕盧暠等宣城重地較緡之數歲不下百餘萬督幹劇職靈墟近戎分務簡僚不易冗稱爾等研究儒術脩明政經勉愼所從以承其長可依前件

授張洪相里友畧山南東道判官制　白居易

敕朝議郎行太常博士上柱國張洪前嬴莫等州都團練

判官朝議郎兼侍御史内供奉上柱國賜緋魚袋相里友畧等元翼以大節大忠焯聞朝野授鉞開府殿我漢南而又求賢乞能以自參貳則其賓寀宜有以稱之故吾求俊造之英勳烈之胄達朝議而練戎事者與焉今以洪之知國禮奉家聲以友畧之富藝文飽軍旅兩中是選合而命之優秩寵章無所愛惜時無今古代有忠賢苟致吾元翼於羊杜間則有陟明之典在洪可檢校尚書職方員外郎兼侍御史充山南東道節度判官仍賜緋魚袋散官勳如故友畧可檢校尚書屯田員外郎兼侍御史充山南東道觀察判官勳如故

授温堯卿等賜緋充滄景江陵判官制　前人

勑温堯卿等令之俊乂先辟於征鎮次升於朝廷故幕府之選下臺閣一等輿日入而爲大夫公卿者十八九焉荊門景城南北大府而堯卿等或已叅軍要或方受徵書各命以官分試其事名秩章綬分而寵之夫千里之行始於足下苟自强不息亦何遠而不屆哉可依前件餘如故

授王師閔檢校水部員外郎充徐泗濠等州觀察判官制　前人

勑前徐泗濠等州觀察支使朝議郎殿中侍御史內供奉上騎都尉賜緋魚袋王師閔朕以師律授智興智興以軍書辟閔才既爲知己用官不候滿歲遷所以使能而責理也然則賛廉察安戎旅既命之後吾有望於爾焉勉副

所從佇展來効可檢校尚書水部員外郎兼殿中侍御史充徐泗濠等州觀察判官散官勳賜如故

授路貫等桂州判官制　前人

勑藩隅之重委以侯伯軍府之要掌在賓僚貫等以文行修身以智謀從事佐廉問澄清之務撫華夷錯雜之人俾其乂安實在叅賛宜及寵命以光所從可依前件

授裴敞昭義軍判官裴倅義成軍判官各轉官制　前人

勑裴敞等昭義義成令之重鎮實藉賓介以叅謀猷而二帥皆勤於奉公精於辟士度才而授職循序而請官頗合所宜咸可其奏可依前件

記室

授崔鄘等澤潞支使書記制　元稹

勑崔鄘鄭翺等近制藩府臣僚自軍司馬以下皆得選任其良執事者所移異職而鄘等事㦭以狀聞各以秩遷毗于新邑勉爾誠志俾無尤違鄘可監察裏行充澤潞等州觀察支使翺可協律郎充昭義軍書記

授姚元康等官充推官掌書記制　白居易

勑朝散郎行秘書省校書郎姚元康儒林郎誠太常寺協律郎鄭懿等益部浮陽皆大征鎮也文昌金畧皆賢將相也而能以禮聘士以職任才多聞得人咸樂爲用况爾等籌謀文藻各負所長苟能賛察廉掌奏記孜孜不怠翩翩

有聲慰薦褒昇其則不遠元康可試右武衛倉曹叅軍充劒南西川節度推官散官如故懿可試左金吾衛兵曹叅軍充横海軍節度掌書記餘如故

授保大軍節度掌書記檢校右散騎常侍房仁實檢校禮部尚書充職制　錢珝

勑具官房仁實等國朝作相之重在明皇帝時以偉德景躅布於史策者有吾大尉焉爾仁實裔孫始以文進不得其志無所成名令用牋奏符檄之才職居藩服乘傳而至善達戎機思賢之心欲招後嗣春官假秩儒者斯榮且激爾曹勉佐元帥可依前件

授朔方軍節度掌書記檢校刑部員外郎兼侍御

史李東序檢校司勳郎中兼中丞充職制

前人

勑具官李東序九諸鎮陪臣至自其幕府者或計事言功或舉職請命未嘗不召之便殿假以寬言且使鋪陳皆見臧否爾能用儒術佐吾列藩敷揚可取於詳明條貫必由於忠信嘉善之道增秩所宜乘寵而還求觀爾類可依前件

授鳳翔節度掌書記范惟乂左拾遺賜緋充職制

前人

勑具官范惟乂等軍興以來四方之政益煩矣而負才抱術之士參于武幄者吾嘗授之好爵用表嘉賓復勉其左

右聽從始終同獎爾負才甚直抱術且深自有忠謀共贊戎畧故加寵於綖冕之上報勞於師旅之間爾其計事出言必公必信更圖保大無或告勞可依前件

支使

授裴詒監察御史裏行桂管支使等制　杜牧

勑前鄆曹濮等州觀察支使朝散郎試大理評事裴詒等守臣有司上請諸士皆曰詒等士族之中有政事科名清廉公謹嘗經職守衆稱有才古人於一飯之恩尚有殺身以報之者況於知己得不勉之可依前件

推巡

授王摶檢校殿中侍御史充義成軍節度推官制

劉崇望

勑王摶名以文舉祥以獲光敬於交人善爲知己鈇鉞開幕台鉉奉藩方虛婉婉之籌乃顧翹翹之乘能不輟我周爰之任樂爾漢相之徒建禮部郎官惠文御史敬思寵數勉鑿嘉猷可依前件

授柳傑等四人官充鄭滑節度推巡制　白居易

勑試太子司議郎柳傑等古者公府得自選吏屬今仍古制亦命領征鎮者必先慎柬（集作禮）聘而後升聞矧鄭滑帥承元輸忠伏順炳焉有大節於國奉其上蒞其下實藉賓寀以左右之而傑等或緣飾詞華或貯畜材行揣摩思試以待已知宜振籌謀用光慰薦傑等可某官充鄭滑節度推

官巡官等

文苑英華卷第四百一十二

文苑英華卷第四百一十三　中書制誥三十四

幕府二

幕府共制

授韋審規西川節度副使御史中丞李虞仲崔戎
姚向温會等並西川判官皆賜緋各檢校省官兼
御史制

勑西川一有南字曰益部地有險府有兵礙戎屏華號爲難理故吾命文昌爲帥長俾鎮撫焉次命審規爲上介俾左右焉又命虞仲戎向會等爲庶僚俾咨度焉進言者謂文昌賢而審規華以才佐賢蜀必理矣夫輟三署吏賛丞相府假憲官職加臺郎暨一命再命之服以遣之其於張大光

榮四方征鎮之賓寮不侔矣爾等苟佐吾丞相以善政聞使吾無一方之憂吾寧久遺汝於諸侯乎爾其勉之可依前件

授李彤檢校工部郎中充鄭滑節度副使王源中
檢校刑部員外郎充觀察判官各兼侍御史賜緋
紫制

勑萬年縣令李彤侍御史王源中等舜以五長綏四國若今之節制也周以十聯率諸侯若今之廉察也國家合爲一柄付有功諸侯故其陪臣選任益重或輟朝籍授簡書者往往而有况承元有大忠於國受重任于外使其承上莅下敬始善終實在廉寮叶力以濟今之以彤宰京邑有理劇之用如水在器撓之不濁以源中立憲府有糾正之能如刀發硎割之無滯一可以倅戎事一可以佐輶車二職交脩在此一舉臺郎憲吏金印銀章加乎爾身無忝我命可依前件

授楊景復檢校膳部員外郎鄆州觀察判官李綬
監察御史天平軍判官盧載協律郎天平軍巡官
獨孤涇監察御史壽州團練副使馬植試校書郎
涇原掌書記程昔範試正字涇原判官等制
前人

勑具官楊景復等士君子不患無位患已不立苟有所立人必知之惟爾等六人蘊才業文咸士之秀者果爲賢侯

交辟俾朕得聞其姓名是用各進其秩分授以職若脩飾不已籌謀有聞則鴻漸之資當從此始而景復稟訓秪命顯著令稱故因滿歲特假臺郎古者公臣之良入補王闕朝奬非遠爾其勉之可依前件

授李石楊敎集作敎下同張殷衡等官並充涇原判官
制　前人

勑李石等用武之地曰涇與原合爲一鎮控扼夷虜朕授布鉞責其成功布郎集作乃秪惕受命思有以自輔者因上言石敎殷衡等學業才識堪置幄中分務列官咸可其請而布憂邊甚切選士必精爾宜各竭所能爲知己用可依前件

授京兆府司録叅軍孫簡可檢校禮部員外郎判南節度判官浙東判官試大理評事韓似同（二字集作似下同）可殿中侍御史巡官試正字晁朴（一作韓仔）可試協律郎推官制　前人

勑具官孫簡等凡使府之制量職之輕重以命官揆時之遠近以進秩俾等衰有常序遷次有常程則勞逸均而名分定矣簡自登憲司佐相幕既糾天府皆有可稱而似同等亦以文學發身謀畫効用荆楊淛左實藉賔寮況今之公卿大夫皆由此途出慎職祗事爾無自輕可依前件

授李承慶鳳翔節度副使馮軒義成軍推官制　杜牧

勑朝議郎前守太常丞上柱國李承慶等以文學升名於有司以才能入仕於官次諸侯辟之以佐於賔席天子用之以升於朝廷次第等級大小高下亦與古之鄉舉里選考功試言無以異也爾等皆吾卿大夫之令子弟也清風素範克肖家聲屬詞形章能取科第既爲知己皆爲才人賢覩與遊達視所舉今爾賔主兩皆得之義則進否則退無爲美疹（疑作疢）以求苟容可依前件

授白從道東渭橋巡官陶祥福建支使劉蛻壽州巡官等制　前人

勑度支東渭橋給納使巡官將仕郎試大理評事兼監察御史白從道等朕以國計出入委於表臣尚書郎當戰伐之餘財穀殫屢斷長補短以無爲有今者上言三吏皆曰周才校其智能足應事役洎守臣貽孫等亦曰祥蛻文學溫慎可在賔階才者得失之端士者功名之本勉於自勵無負知己可依前件

授盧藉河東副使李推賢殿中丞高湜湖南推官薛廷傑桂管支使制　前人

勑河東節度副使朝散大夫檢校大理少卿攝御史中丞上柱國盧藉等夫諸侯之任重矣其行道也得以阜俗變俗其行法也得以刑人賞人若張政化得以助業（一作宜得所助）某等上言咸舉可用藉等或負才氣倜儻不群或以文章策名俊秀或有幹局可佐幽國皆徇所請予安能知拜州

追胡王業兹始艱難已來何戰不會長沙始安頗聞旱耗各宜良士以佐賢侯夫直道枉道無他故也取容盡節而已勿慮後患宜竭報知洎殿省佐僚縣道爲郡豈曰虛授亦當爾才正霜臺之高名班芸閣之初命各服寵禄勉於自强可依前件

授鄭鵠江西判官李仁範東川推官裴慶（集作處下同）餘山南東道推官處士陳威西川安撫巡官等制　前人

勑淛江西道都團練判官將仕郎監察御史裏行鄭鵠李仁範暨慶餘等咸以文行策名清時諸侯知之命爲幕吏少微四星處士毗輔之宿也天之布列在軒轅前此乃天

意親近賢良先於妃后威者吾能言之耕延陵之皐荷石門之篠沉如魚頏（集作贊）冥若鴻翔非吾賢相爾肯起勉酬知己以壯在野並可依前件

授石賀義武軍書記崔涓東川推官等制　前人

勑朝議郎行秘書省著作佐郎石賀等朕寄諸侯之事重矣大者教化風俗小者惠養黎庶環千里之疆綰三軍之衆講求倚用不五六人守臣公度仲郢所請賀等各以文學決科愷悌干禄觀其褒舉皆是（一作有）才名能報所知能用可用在爾賓主予不與焉暨鑲與鈞亦稱智敏神州作掾五庫掌財足展幹能無惰官守可依前件

授竇回鳳翔節度副使崔澄觀察判官韓渥節度掌書記等制　錢珝

勑具官崔澄等漢詔子弟理郡國必擇諸儒有材行者以左右之故韓安國王尊之徒皆能守法相導炯然可觀而顯位高名終亦自得今朕以汧岐奥壤而輔京師推擇統臨重在藩邸用乃命丞相選賓介於朝而回以術業克官丞相先緒澄以禮義端己實稟天成渥致用於文甚多强力舉是三美濟于一方苟務同心必聞善政吾欲保任親戚表率諸侯往贊理聲日當傾聽爾等亮直勤敬如在諫省郎署時則安國王尊之賢與古相望遷秩命服誠未足多可依前件

授保大軍節度判官鄭晦朝散大夫檢校工部尚書觀察支使劉源長檢校刑部郎中節度推官張道樞檢校詞部郎中觀察推官韓伎檢校工部員外郎招討推官高頎檢校水部員外郎並充職等制　前人

勑具官鄭晦等吾鄜時帥臣盛有忠力於王室其所以輔成勳烈者蓋俎豆之設召置得人言善必行計奇必用而爾等克荷代禄載揚家聲或端敏有爲學術自飾尊獎之志斯不忘於善言奇計之聞信有輔成之道爾故八座諸郎銀章朱紱加於幕府遂被薦聞更推共濟之誠玆亦未多之寵可依前件

授同州防禦判官崔洎充節度判官長春宮巡官郭璘充掌書記防禦推官王丞雍充節推等制　前人

勑具官崔洎等朕以左輔雄近復加節制之權而帥臣舉彼賓寮分其授任且聞洎等各抱美材見善必遷存誠甚直每竭用長之智以匡保大之謀郎署金章吾又何愛噫論兵有略爲政有經叅佐不渝寵光自至可依前件

授前河中府少尹張處休加檢校郎中靜海軍節度副使沈琮檢校員外郎充職裴綽澠池縣令蔣栘臨留縣令等制　前人

勑具官張處休等夫以忠謀直道佐諸侯之善以乂一方

而致其誠節卒歸王室者則陪臣得其職矣於慎獄勸農便百姓之欲而利一邑則令長得其官矣爾等博達吏道善事知己而處休以文學自進扮於勳緒有承閱拔嘉杼遂可其奏皆用訓汝爾其圖之可依前件

授攝淮南觀察支使田光嗣檢校郎中充職李潛嶺南西道觀察支使長盧縣令房殷兼侍御史等制　前人

勑具官田光嗣等從事之任卒以策（一作籌）謀文翰往參諸政能則政舉否則政墮故有條舒繫乎能否安得以一談一笑媚於所從維揚控淮海之會邕南雜夷僚之居各引良材往佐其理而光嗣潛殷之善必有以稱其授聘者咸

來被寵無忝爾知可依前件

授張道蔚朔方節度供軍判官隴州防禦推官李融弘文館校書郎充職等制　劉崇望

勑張道蔚等糧餉其軍防虞所理况自邊徼必資強能是命擢以校文寵茲佐略宜思績効無忝從戎可依前件

高銳奏從事陳璩等三人授官制　前人

勑高銳等既以勤心定賓主之分宜須嘉命為官屬之榮同參執法之司勉副知人之地期將盡力共贊成功依前件

加外藩佐僚郎等將制　前人

勑具官某等或游徼罷居堙鬱彈冠之望或指揮効用周旋免冑之行幹以奉公恭而事上允當選舊亦既賞勞禁旅親營實在將軍之令雄藩武帳宜增列校之威各命寵遷勉成茂績縣升郎佐無忝官榮可依前件

幕職趙儒等加官制　薛廷珪

勑具官趙儒等或以言罷兼官或以來陳厥貢俱懷吏幹思振宦途即俞所陳各徇其請珥貂佐郡咸謂殊恩宜思舊章往佩殊寵可依前件

授温潞湖州防禦判官李壇湖州防禦推（一作判）官霍銖絳州翼城尉等制　前人

勑具官温潞等以潞常佐元戎有聞東曾會計參畫聲猷藹然以壇宗室菁英詞場秀造撫青雲而抗足丁艱運以

隱鱗跡滯江湖價高甲乙方從梗泛言奉弓招賛我勳賢開其淹恤而銖亦以將命頗謂有勞俞其奏章各俾序進星郎侍史洎尉千縣屬者服我恩命各宜勉之可依前件

授澧郎團練副使徐罕檢校郎中賜紫奚承弼鄆曹判官制　前人

勑具官徐罕等通材應聘利刃從軍贊畫允臧吐茹得所伸於知己達我聽聞令朗陵汝陽方纏兵革式佇和寧之報尤資樽俎之謀星郎柱史洎紫金之命則其俞奏薦各懋寵光勉酬所知共偃兵革無厝於蚤暮也可依前件

授攝澤潞副使詹承廙檢校尚書充職嶺南東道供軍判官李谷檢校郎中嶺南東道節度判官鄭

商郎中賜緋制　　李磎

敕詹承廙等上黨南越俱名鎮也倅戎傀運皆重職也以承廙等並以才業達於帥臣正位加官各從所請可依前件

授楊詔嶺南東道節度供軍判官張薦節度判官楊部支使制　　前人

敕楊詔等幕吏之選委之將帥尚矣況元勳大臣而付以嶺表之重者哉詔等或以本官任職或加繡衣白筆之號皆從其請噫以南越之雄富類東閣疑之招延爾豈直賤金階一作躡珠履而已勉贊籌畫無惑盃觴報恩酬知於是乎在可依前件

文苑英華卷第四百一十三

文苑英華卷第四百一十四　　中書制誥三十五

上佐

長史

授張元福勝州都督府長史制　　李嶠

鸞臺寧遠將軍守右衛彭池府右果毅都尉張元福素閑武略兼有吏能荷戟臨戎屢陪蒼兕之陣題輿撫俗庶清白羊之黨可朝議大夫行勝州都督府長史仍馳驛赴任主者施行

授陳璲涼州都督府長史制　　前人

鸞臺刑部司馬上柱國陳璲知足禦戎才堪理劇題輿趙北未展器能分秉河西佇清邊徼假以優命行觀成績可

朝散大夫守涼州都督府長史勳如故主者施行

授艾敬直仙州長史制　　蘇頲

敕朝議郎守豫州司上柱國艾敬直恪勤官次精練文法往持憲簡共憚清嚴頃擁使車旌別淑慝好能遺迹來息舊壤俾州閭之創建佇邦國之誠謠可守仙州長史散官勳並如故

授盧朔萊州長史等制　　孫逖

門下朝散大夫行太原府太谷縣令容一作任城縣開國子盧朔朝請大夫行太原府榆次縣令薛重輝等咸以班列選于令長雖恭所職或異其能工則度材人無求備宜從近邑俾佐遠藩朔可行萊州長史重輝可行括州長史散

官如故主者施行

授楊行審靈州長史制　前人

門下朝散大夫守凉州都督府司馬河西轉運判官柱國楊行審雅推幹術兼有權謀頃在武威克脩官政類能而舉宜增郡佐之秩從帥而遷仍統軍城之務可守靈州都督府長史仍充六城水運使散官勳如故

授楊戩華州長史制　前人

門下岐州司馬楊戩脩身自久從政亦淹凡所効官皆聞著稱三輔之郡貳職爲難宜易務於汧岐俾遷榮於河華可華州長史散官如故

授韋景遠犍爲郡長史等制　前人

門下益州蜀縣令韋景遠鄆縣令韋履言等各因常調俱在親人雖清白自持而方圓未適使者所奏應非百里之才官政式殊俾佐六條之職景遠可行犍爲郡長史履言可行仁壽郡長史

授楊進亳州長史制　元稹

勑楊進頃者師道潛遣兇徒將焚京洛姦謀指日忠告先期俾無頳尾之災實賴赤心之効雖居禁衛未免食貧言念前勞宜沾厚秩式佐郡府仍壯軍容尚旌撲滅之功以示優崇之賞可守亳州長史仍令宣武軍節度收隨要中驅使

授盧捷深州長史制

勑前成德軍節度巡官盧捷朕以鎮冀數州之地刑賞廢置盡委之於弘正度爾才能宜爲長佐且願兼榮允吾台臣是用爾可饒陽大邑無陋厥官可依前件

授董昌齡許州長史制　白居易

勑將仕郎權知泗州長史兼殿中侍御史賜緋魚袋董昌齡頃爲邑宰今贊郡符皆聞約己之名每展在公之節稽其器局允謂廉明議以稍遷用彰勤効可守許州長史兼侍御史散官如故

授楊孝直滑州長史制　前人

勑楊孝直早以材力從戎其方專習武經通知吏事承元移鎮孝直實來詢謀驅馳有所裨助軍郡之佐寵秩非輕用答忠勞以明勸獎可滑州長史

授嘉泰延州長史制　前人

勑前丹州司馬張嘉泰一從戎旅多歷歲時奉職有勞率身無過軍郡長佐資秩不卑自丹轉延頗爲優豫題輿便道往守乃官可延州長史

授柳師玄衛州長史國從瑜刑州司馬制　杜牧

勑夏州節度押衙知進奏朝議郎前權知抗州長史并監察御史上柱國柳師玄等將軍護塞師玄主留邸之職從瑜繼忒以畢練狗公喪塟告滿珪專書府叢委之務咸有勞能遷奬正名亦其常也各宜專勤勿罹悔尤可依前件

授賴師貞懷州長史周少鄘虢州司馬王桂直道州長史等制　前人

勑鳳翔府節度押衙知進奏銀青光祿大夫檢校秘書監前兼亳州長史殿中侍御史上柱國賴師貞等師貞主大藩留邸之事少鄘專史閣錯雜之務皆公謹歲久官次當遷玄奭俾佐郡符亦有可取湖外饑人相聚爲寇蕩覆鄉縣勢如燎火蓋不得已遂至剪伐桂直用命一舉滅之言念功勤宜有褒賞名郡上佐帖以憲秩耀爾軍旅可增義勇可依前件

授田客相州長史等制　崔嘏

勑田客等並以才識聞於所知主帥上言討司有請各從

所便分以命之仍假憲官式彰優寵

授楊知權袁州司馬陳錫溫州長史楊澄端州司馬等制　錢珝

勑具官某等凡臨戎有勇知其能爲將成務有材知其能爲吏然則有勇有材者置之不遷使其興旅食之歎非所以激爲將勸爲吏也各命敘升無忽吾典可依前件

授侯蘊贊善大夫李仁誨棣州長史蘇汾坊州長史制　劉崇望

勑某官某等或以忠勤彰於侯正或以奏獻著彼勞能况侯蘊李仁誨親奉禁營始陪輦路不有遷命將何勸人可依前件

授鄜州判官王堅檢校兵部尚書王彥懷翟州長史程佩思州司馬制　薛廷珪

勑廼眷雕陰仍歲征討厥土既塉（秦昔切）薄（土也）其人用勞誠節是圖貢輸無怠而堅等能（奉）連帥來爲使臣不有超昇孰旌優異五兵重秩式耀寅階下與夫進典午丞郡之榮者皆拔茅連茹之謂也可依前件

授李守一別駕等制　蘇頲

黃門皇三從兄前洛州司馬守一等自登官序並穆政聲趙際燕陲漳濱淇上控河朔之風土盡山東之郡國宜膺別乘往佐專城可依前件主者施行

授韋抱貞虢州別駕制　前人

黃門通議大夫前行郯王府諮議參軍事上柱國韋抱貞早以才地久登班序清徽藹然素風罔墜頃遊朱邸嘗寵於背淮俾騖緹軒往之於封虢可依虢州別駕散官勳如故主者施行

授韋表玘泗州別駕制　前人

黃門朝議大夫前行襄州司馬員外置同正員韋表玘風韻融朗文詞富贍故得朝列著聞選曹甄擇漾流爲漢嘗籍美於珠皐泗逵于河爰馳聲於磬水可守泗州別駕散官如故主者施行

授張景順原州都督府別駕制　前人

黄門朝議郎殿中尚乘奉御兼隴右南牧使張景順襟靈倰爽識具甄明代嗣僕臣家傳馬政慎言且聞於舉荚能養曾靡於缺銜惟在垧之可稱彼量谷之伊佇既叶抽奬仍循職事可守原州都督府別駕餘如故主者施行

授李踐由安州別駕等制　孫逖

門下朝議大夫前使持節房州諸軍事守房州刺史上輕車都尉李踐由朝議大夫行蘄州司馬護軍李惟可等出自士林頻遷官序或方圖疑異用道有變通或昆友同官法宜迴避俾從新命用協舊章踐由可守安州都督府別駕散官如故惟可可鄂州別駕官勳如故

授李裕鄧州別駕等制　前人

門下正議大夫前使持節海州刺史上柱國啇疑山縣開國子李裕朝議大夫前使持節泗州刺史上柱國開國男魏滉等咸資舊德早踐通班頃坐微瑕因從免職賢哲之後可以勸能邦國之功期於補過裕可行鄧州別駕滉可守德州別駕勳封如故

授蕭誠弘農郡別駕制　前人

勑朝請大夫南陽郡長史員外置同正員上柱國蕭誠早因才藝久踐榮班頃涉微瑕未爲深累佐郡之職冗員頗多既有命於省官俾稍遷於近服可守弘農郡別駕散官如故

授張正度汾州別駕等制　杜牧

勑中散大夫前守青州別駕上柱國張正度等各以才能入仕謹慎脩身積日累時咸有知已或有序進或徇所請皆佐別郡無怠官常可依前件

授王叔政洪州別駕制　崔嘏

勑前綿州刺史王叔政等罷專城之印題別駕之榮休揺虜之策遷語掾之任此朝廷所以舉才而振滯也政緣吏昇玠以文進分符得理人之術佐賦有羨入之績隨薦實來有司上奏爰因所舉各類所能厚祿高名無忘効用可依前件

授魏州別駕張景裕等四人正授制　錢珝

勑具官某等任人其難古有試可之説爾等爲吏嘗試於

魏中矣今藩臣信正其秩是必有試可之材皆命與之亦惟常典可依前件

授扈岫常州別駕溫羅濠州長史制　李磎

勑扈岫等凡別駕長史務簡俸優故在京百司諸侯留邸所以勸勤事之吏邸疑奉職之勞今以命爾等即循例也可依前件

司馬

授杜從則雍州司馬制

鸞臺中大夫檢校尚方少監杜從則體業端固器識通敏驅策自久績効有聞作貳神州寔資幹用兼司劇署載佇公勤宜踐新榮仍兼舊職可雍州司馬兼知尚方少監事

主者施行

授吉義福等荆州都督府司馬制　前人

鸞臺檢校河源軍營田游擊將軍守左衛杜陽府左果毅都尉員外置上柱國吉義福等勤績兵欄効申田祖五戎既戢萬庾斯殷宜輟掌於連營俾收功於別乘可鄀州都督府司馬

授温慎微楊府司馬制　蘇頲

門下中散大夫守興州刺史輕車都尉温慎微門資清白家傳詩禮外鳴謙而益光中造理而能密書工懸帳賦掩騶輪閑達彰其起草仁明最于分竹乃睠惟楊之藩是稱重江之奥端寮所擇僉議攸歸可守揚州大都督府司馬

散官勳如故

授樊倡總目作侃益州司馬制　前人

黄門太中大夫前守榮州都督借紫金魚袋上柱國樊倡早負文詞累遷省闥頃揚才智受任軍州敏以邀功斷而臨事峨眉作鎮蠶靈開國惟巴蜀之險接西南之夷式遏撫循尤擇時望端寮副職俾承朝委可行益州大都督府司馬餘如故仍知蜀川防禦副使即馳驛赴任

授馮光嗣揚州都督府司馬制　前人

門下朝散大夫使持節黄州諸軍事守黄州刺史馮光嗣忠信立名見推人物朝散大夫守相州別駕上柱國鄭國公楊獻通明應務雅有吏能頃在中朝各登清貫自居外郡頗聞政績連率之府貳職為難宜膺並命之榮以副缺官之選光嗣可守揚州大都督府司馬散官如故獻可守潞州大都督府司馬散官封如故仍並馳驛赴任

授李廷珎沂州司馬制　孫逖

勑朝議郎行右領軍長史李廷珎爰以疇人遂居先職不脩其任是曠於官曆象之司既非適用海沂之佐俾効所能可行沂州司馬員外置同正員

授李庭芝絳州司馬制　前人

門下行櫟陽縣令李庭芝行能通敏政術優長有士族之令名是王畿之良吏在官既久成効則多宜佐雄藩俾增榮秩可行絳州司馬散官如故

授梁炫鄀州司馬制　前人

勑潘州司戶參軍員外置同正員江南西道採訪使判官梁炫才堪應物累則因人近佐澄清頗彰勤苦以兹補過因可收長宜遷貳郡之榮式允連率之薦可鄀州司馬員外置同正員

授嚴正誨博州司馬制　前人

門下朝散大夫行司農寺丞攝殿中侍御史專知太倉出納使借緋魚袋嚴正誨頗有吏能累遷官守况所効職必聞其政出納之吝或未當才邦國之功期於佐理可博州司馬借緋魚袋如故

文苑英華卷第四百一十四

文苑英華卷第四百一十五　中書制誥三十六

宰邑

外縣令

授元素履忠州臨江縣令制　李嶠

勑奉議郎行涪州隆化縣元素履綰銅兩穴遊刃三巴府推其能人便其政賓寮戀仰蠻漢謳吟宜遂所祈以終美績可忠州臨江縣令

授李承嘉并州太原縣令制　前人

勑通議大夫前守文昌司勳員外郎李承嘉擢秀士林昇榮禮閣公勤無怠幹制有餘旣脩太原是惟舊國爰制美錦實佇良材宜錫崇班佇聞異績可檢校并州太原縣令

散官如故仍馳驛赴任

授趙崇嗣南由縣令等制　前人

勑朝議郎前行慶州同川縣丞趙崇嗣儒林郎守蓬州實縣丞陳義全等或典農朔陲致京庾之積或驅驛巴徼有綏輯之功且敘成勞俾無遺賞崇嗣可行隴州南由縣義全可守澶閬令散官並如故

授實慈遜岐山縣令制　蘇頲

勑朝議郎行司農寺實慈遜爰以幹用歷登班秩憲曹農府星篇未深雍畤岐山絃歌所屬宜遷子男之邑佇聞人吏之謠可岐山縣令散官如故

授畢懷亮清流縣令制　前人

勑前常州晉陵縣丞畢懷亮踐言立行希高慕古弓旌之禮方議於徵辟軒冕之榮每聞於退讓厥聲則遠斯道不渝須嘉賢良可鎮浮競遂其彭澤之志用表太丘之德可滁州清流縣令

授吳太玄宋城縣令制　前人

勑朝議郎行監察御史吳太玄清以立身嚴以持法謠成避馬實憚於霜威政佇遷蝗俾聞於風教可行宋州宋城縣令散官如故

授王璬柳城縣令制　前人

勑朝議郎前行滎州都督府倉曹參軍上柱國王璬早聞幹用兼擅籌畫龍城逵邑俾居銅墨之班鯨海安波仍掌

舳艫之事可行營州柳城縣令散官如故仍充海路押運糧使

授陽洽安邑令制　前人

黃門朝請大夫新除河南府司録參軍事陽洽慎則能密清而又公任之養人特（特疑作時）曰循吏朱鉤應務迹豈滯於中京墨綬宣風才可臨於大邑可蒲州安邑縣令散官如故

授于光庭聞喜縣令制　前人

黃門朝議大夫前行鄧州長史上柱國臨淄縣開國男于光庭早聞詩禮兼著詞學歷職有聲在公無撓宛潭菊水未旌理劇之能漢邑桐鄉式佇宣風之最可行絳州聞喜

縣令散官勳封如故

授韋由太原縣令等制　孫逖

門下朝議大夫守太子中允韋由太常丞長清縣開國男程若水等或業擅鄉族恩延將相或以人才累升官叙北京理劇東朝駮議宜膺並命以叶類能由可守太原縣令若水可守太子中允散官如故

授徐鈞南海縣令制　前人

勑行晉州神山縣徐鈞幹以立身果於從政頻更所職頗効其能言念遠人實資良吏既有使臣之薦宜遷宰邑之榮可廣州南海縣令

授崔綸鄆縣令制　前人

勑益州大都督府倉曹參軍崔綸頃爲郡掾兼佐軍麾清幹有聞公勤亦著名當歲調才應時須宜遷宰邑之榮式允使臣之薦可益州鄆縣令

授銀州刺史劉頗河中府河西縣令制　元稹

勑劉頗朕以自鄜而北夷夏雜居號爲難理乃詔執事求所以綏懷控壓之者皆曰頗在玆選且言其伐蔡之役嘗參事〈集作軍非〉於懷汝之師部分弛張允叶軍政遂命試領州郡事衆果寧阜邊人宜之連帥以聞議請甄奬河西近邑擇吏惟精無恡牛刀爲我烹割可依前件

授齊煦崔諷等鄭縣剡縣令制　前人

勑前橫海軍節度判官監察御史裏行齊煦前衢州須江縣令崔諷等今一邑之長古一國之君也刑罰紀綱約略受制於朝廷大抵休戚予奪之間盡專之於令長矣然而天下至大百吏至衆吾安能以一耳一目觀聽其短長耶煦等皆奉詔條爲人求瘼尉薦於爾豈其欺予各勉厥誠以臻于理煦可華鄭縣令諷可越州剡縣令

授元公度華陰令制　白居易

勑元公度吾欲理化萬方故自近始前授大宗正翻印綬使牧華人翻能副吾此心選吏責課言公度廉明有守乞宰華陰噫華陰當道東西往來先是爲邑者多飾廚傳奉賓旅以沽名譽而不親吾人爾能革之足爲良宰敬長果

法無慢乃官可華陰縣令餘如故

授薛元賞華原縣令制　前人

勑前大理丞薛元賞甸服之制也樹以尹正承以令長上下有統而理化行焉以元賞前爲廷尉丞察獄平刑頗聞敬慎寺卿奏課邑宰缺員故移欽恤之心使布惠和之政上承爾長下字吾人無或越思而乖統理可華原縣令

授辛弁文淄州長山縣令制　前人

勑趙州臨城縣令辛弁文既有吏材又知臣節遁逃寇難奔走道途言念忠勞宜加恩奬俾換銅墨移宰長山可依前件

授裴克諒權知華陰縣令制　前人

勑華陰令卒非選補時調租勉農官（集作政）不可闕前鎮國軍判官試大理評事裴克諒久佐李府頗有勤績屬邑利病爾必周知宜假銅墨試其材理待有所立方議正名

授崔郁南鄭縣令等制　崔嘏

勑前藍田令崔郁前登封令鄭倚前陸渾令李元夔前京兆尹戶曹李廡等撫綏惸嫠陵寢本於廉白藉彼恪勤爰因叅調之資是奉選求之命銓衡之下雖欲掄材資品之間固難專授勉膺奬任無俾蔑聞郁可興元府南鄭縣令倚可鳳翔府天興縣令元夔可莊陵令廡可高陵令

授李瑤雲陽縣令等制　前人

勑李瑤等京縣理劇綱曹糾違書殿讎校之清閑光祿膳

饈之承副從容於蓮蓬之下籌畫於雲幕之間苟非才能不預斯選以瑤等或職任脩舉或文業優長用是被之寵光旌此休問各從其適無忝已知可依前件

授楊鎰西水縣令張廷濟永清縣令盧軺新政縣令孫球下邳縣令等制　劉崇望

勑昔魏郡十五城獨繁陽有異政漢史書之以其爲縣之才未易得也今我擇官憂人之際一朝以難得之才待鎰等四子其何如哉將責試功亦宜申命爲政如御不可改轍而行爲政如農唯在勤思其事無或窮人使爲盜也書稱以庸本朝旌賞遽以印綬光命之球蓋延徐師溥之所舉乃爲之酬當務其實可依前件

授楊弘範鄠縣令制　前人

勑楊弘範能以下位伸于上聞諒屬驅馳不避繁劇鄠大邑也有民人焉勉揚仁風無辱公舉可依前件

授薛瑠新鄭縣令賈希弼汧源縣令李牢麟遊縣令等制　前人

勑薛瑠等我聞焦贛之伺奸邪虞詡之推盤錯皆屏盜之迹爲治縣之先盜既不興縣是用保今其時也勉思齊之其於政之善惡人之理亂賞罰甚明足以自擇瑠得銀章無忘競惕

授于荷雙流縣令制　薛廷珪

勑具官某等嗟乎爾荷丞相之子也栖遲府縣汩沒風塵

美蔭成蹊孤根委地矧吾戚屬茲用軫懷聊效牛刀式遂雞口顧而下則轅之門吏也自陳去職久困家食俾佐方州各均祿仕而荷峻其階序飾以章服吾不能無私於親親之道也可依前件

授沈正言南鄭縣令李登趙縣令楊守節永樂縣令等制　前人

勑宣尼薦弟子之能曰由也果於從政乎何有朕懲乏華之後念疲瘵之人富而教之令長爲急具官沈正言等或納圖籍於書府或稱勞績於本官皆不因依明自論列執政詳驗功狀昭然皆可謂果矣夫甯鄭亞赤永樂次畿及晉之趙城皆名邑也俾爾各爲之宰其乎有成嗚呼無或

果於自謀而殆於從政可依前件

授劉廷溫華原縣令丘景元分水縣令制　前人

勅華原甸服之重分水吳境之清宰字至于屬僚不可輕往以廷溫在官有績罷退稍久景元侯表奏舉其才能資次命之各勤于職可依前件

授李昌偉岐山縣令王羣白石縣令杜蕘曾口縣令等制　前人

勅昌偉等宣宗皇帝命明法吏刪刑書爲統類十編盡去繁詞而獨著元結縣令箴其間是於養人之官殷勤深切矣岐山右輔之名邑固所重也而壁之白石邑之曾口委

以養人之任豈以僻陋而輕哉以昌偉等勲臣所薦跡其勤効咸可寵嘉用爾大小等級俾其並爲令長噫風俗雖異戶口雖殊苟無忽於元箴則皆可副吾旨矣可依前件

授盧蟾富平縣令郭譓武寧縣令李嗣業曲沃縣令馮珙山陰縣令等制　前人

勅盧蟾等十年兵戈兆人流散朕延執政與百執事問所以聚人之方皆愼選令長而已夫畿赤之富平可謂大邑而洪之武寧絳之曲沃越之山陰亦皆著名者也爾蟾等或稱華冑或曰才人華冑以禮讓爲本才人以政術爲宗而珙嘗於佛寺有遷明皇真像避賊火之功可謂忠敬矣以爾四人爲縣庶可聚吾人乎勉端　能以稱其用可依前件

授孔競陰平縣令張標湖州錄事參軍王振蓬溪縣令等制

勅孔競等或連師奏請或郡守薦揚或勞績可稱罷免斯久能自陳列動我聽聞宰邑糾曹皆其任也可依前件

主簿

授高昌首領子蒲類縣主簿制　李嶠

勅麴玄福授跡輪臺策名會府宜受芝泥之命往參蒲海之邑可將仕郎守兆庭蒲類縣主簿

授鄭枋河中府河西縣主簿　白居易

勅鄭滑州觀察推官試太子通事舍人鄭枋材名集作列士

林職參軍府脩身無闕從事有勞既展効於即戎宜試能而補吏俾之糾邑庶有可觀可依前件

授楊彥奉國縣主簿尚殷美萬歲縣主簿制　劉崇望

勅楊彥等主簿之官大要在其勾稽一同百里不亦難乎無言小官而忘幹事黽勉勸沮勉自爲謀可依前件

縣尉

授侯丕壽州霍丘縣尉制　白居易

勅試太常寺奉禮郎翰林侍詔上護軍侯丕夫執藝以事上奉詔而處中其於出入謹身夙夜祗命比他局署實倍恭勤既寵之以職名又優之以祿俸蓋先勞後食之義也

汝其承之可守壽州霍丘縣尉依前翰林侍詔勳賜如故

魏兗二州所薦田夷吾曹璠二人準敕試詩日終百首授以所貢郡縣尉制　前人

敕乃者魏兗二帥以田夷吾曹璠並善屬文貢置闕下有司奉報明試以詩五言百篇終日而畢藻思甚敏文理多通賢侯薦延宜有升奬因其所貢郡縣各命以官而倚馬員來衣錦歸去以文得祿亦足爲榮可依前件

湖州烏程縣尉爭忠等授官仍量留等制　薛廷珪

敕具官某等青杜雲溪之守各脩職貢俾爾來朝實冒險艱所宜酬奬有以兼廷評之命而許留於官有以移掌之吏

秩而與夫掾臨海者皆遂爾晝錦之榮也可依前件

授張饗端陵丞李頊虹縣主簿裴昇新井縣尉等制　李磎

敕張饗等或園陵攝官屬籍吉士宗正以其事跡貢表薦揚裴昇等各以去任在官勞績深自論列情有可依丞簿陵邑各從資序可依前件

授宋郁廣都尉黄去或臨安縣尉主簿顔溫鳳翔文學等制　前人

敕太宗文皇帝論學書骨力喻政化根源朕既達微言則思觀真跡又欲廣書籍之府以正是非存忠烈之家以勵風俗三者皆吾夢想也而宋郁等進獻論列有以副焉丞簿文學用酬其意可依前件

文苑英華卷第四百一十五

文苑英華卷第四百一十六　中書制誥三十七

封爵

封公

封右武威衛將軍沙吒忠義郕國公制　李嶠

鸞臺清邊中道前軍總管冠軍大將軍行右武威衛將軍上柱國賓山郡開國公沙吒忠義三韓舊族九種名家夙奉戎麾遂參文衛蕃夷豕荐虜騎蜂屯頻出奇謀屢摧凶黨昔臨鴈塞能𩣺縛馬之妖今拒很河更翦奔鯨之孽勤功允著誠効克宣宜酧矢石之勞用廣山河之賦可封郕國公食邑三千户主者施行

封致仕唐休璟宋國公制　蘇頲

門下養老乞言是謂侑禮建侯專國（德一作）因而有命特進行前尚書僕射同中書門下三品上柱國酒泉郡開國公致仕唐休璟才實王佐行為物範自綜理朝綱謩猷揆政文武必濟義存簡册公忠不回誠亮始終逮子房休事廣德遺榮雖樂在黄金而慶逢蒼王重其行賞（執昔）優賢宜傳帶礪益增土宇可進封宋國公食邑三千户餘如故主者施行

封郭虔瓘潞國公兼食邑實封制　前人

黄門鬪鼓鞞之聲者則思於將帥裂土茅之賦者則念彼勲庸右羽林軍大將軍兼安西大都護四鎮經畧大使上柱國太原郡開國公郭虔瓘忠壯超倫智謀絶等决勝千里懷孺子之兵符通知四夷有老臣之戎律往者鎮于葱裔獨守孤城煮弩而其人益堅引弓而彼衆不敵故得受子染鍔名王解辮穹廬掃地而將空沙漠聞風以歸附功則茂矣朕實體之宜誓河山開其井邑可進封潞國公食邑三千户仍賜實封一百户餘並如故主者施行

封李林甫晉國公牛仙客豳國公制　孫逖

門下勸賞者國之端既著疇庸之典俾彰為善之制中書令李林甫天寶挺生欝為良佐工部尚書同中書門下三品牛仙客國之名器特表忠臣能協乃心以成大政亟多啓沃聞所未聞導以化源驅之仁壽遂令天下人盡知禁斷獄數十殆至無刑所以比跡於成康高步於文景用人

多矣方獲我心況知無不為釐革庶務損繁取要無往不通古者褒有德賞有功今乃法懸不用德教云洽叶贊之道功則茂焉宜其增封特開井賦林甫可封晉國公仙客可封豳國公主者施行

張均襲封燕國公制　前人

門下正議大夫行尚書兵部侍郎上柱國張均傳範濟美錫復承榮有構廈之瓌材為斲鍾之利器嗣其先職且歷綰雲之司纘乃舊封更開去社之國可襲封燕國公食邑三千户主者施行

封侯

劉領軍封侯詔　沈約

門下南國是式事昺興周原鹿啓土義昭洪漢領軍勇親德之重朝野式瞻在昔中興任推心膂哀疚耿然未堪多難允賴徽猷嗣隆寶業及釁起不虞咫尺宮禁内參嘉謨外宣戎略忽勉勞誠力備盡宗社克固寔倚高謨無言不讐無德不報況忠勳至戚義兼於此者乎宜錫圭裂壤允副僉屬可封開國縣侯食邑二千户主者施行

王亮等封侯詔　前人

門下尚書左僕射亮中領軍南鄉侯南徐州大中正營守吏部尚書志並時宗民秀徽望允集恊贊朝機彝倫是寄秉文經武任惟腹心方賴嘉謨克弼特難宜疏爵建社與國同休亮營可各封一千五百户開國縣　侯本官中正

如故志封千户開國縣侯本官如故主者速施行

常僧景等封侯詔　前人

門下廬陵王中兵參軍事宣閣將軍軍主新除右軍常僧景車騎江夏王參軍事宣閣將軍新除右軍中郎將薛元嗣安東廬陵王參軍事振武將軍徐元稱假寧朔將軍廬陵王國侍郎延明主帥殷係宗前軍將軍宣閣格虎隊主馬廣或氣略強果或志識貞濟或忘家奉國誠著夷險方寄戎昭克清時難宜命爵啓土以獎厥勞可封一千户開國縣侯本官新除驅使悉如故主者施行

封李岫長樂縣侯制　孫逖

門下朝議大夫守衛尉少卿上柱國清水縣開國伯李岫操清行絜學敏詞優克荷教忠之訓以成資敬之德屬交神有慶布澤無偏賜級之榮既覃於良相推恩之典宜及於名卿俾增錫土之封用表傳籯之業可封長樂縣開國侯食邑一千户主者施行

授魏傳節度副使守左右一作司馬知府事長沙縣開國子羅紹威檢校司徒進封開國侯制　錢珝

勑王制之重列爵惟先開國之名徹侯斯貴具官某自河而北地濶兵賦之大實在鄴中而又以雄傑之材統臨有政爾以忠孝全道副貳其權嚴訓所資美譚甚遠不作威而人自畏能處順而事必行理戎每贊於公家秉禮無違

於私室更廣疏封之寵以分勸善之章勿怠象賢是爲守責可依前件

封伯

封申希祖詔　沈約

門下持節督司州諸軍事冠軍將軍司州刺史申希祖志畧沉隱才畧開濟在昔多難任參心膂爰及中興忠款彌著契濶艱危盡其心力逮僞徐侵斥武節飈騰殘寇外殄危城獨困休庸茂績朕有嘉焉宜錫茅土以疇勤烈可封開國伯食邑五百户本官如故主者施行

封三舍人詔　前人

門下輔國將軍驍騎將軍南高平太守兼中書通事舍人

沈徽孚給事中驍騎將軍臨淮太守兼中書通事舍人王
亘之寧朔將軍南濮陽太守兼中書通事舍人裴長穆並
以素冑清才服勤禁省契濶劬勞自須多難軍國務殷內
參帷幄外濟師旅忠規款志義感朕心宜錫茅社同荏賞
冊可封三百戶開國縣伯本官郡驅使並如故主者速施
行

封子

封徐世標制（一作詔）　前人

門下驍騎將軍彭城令徐世標才略貞濟志懷義烈忠節
內款勳勤外著禦侮折衝任惟心膂頃姦慝潛煽危機驟
發夷凶弭難實有力焉宜命賞疇庸錫茲土宇可封開國

文苑英華　一千四百十六卷　五

縣子食邑三百戶

封烏薄利歸義縣開國子制　李嶠

鸞臺左金吾衛大將軍員外置檢校源州都督烏薄利家
近圓城任隆方岳惠洽蕃部功宣朝廷扶津搆匿璲宄生
氛能拒祆凶固守臣節踰馬韜而獻冊汎鯨海而申虔計
議並深忠懇咸到書勞有典方隆將帥之班舉善不遺宜
拓公侯之宇可左金吾衛大將軍員外置同正員仍封歸
義縣開國子食邑一千戶主者施行

授高奕果州刺史安友晟寧州刺史仍封武威縣
開國子加食邑制　錢珝

勑我思致理不欲滯人役於賦祿之間常有失勞之慝改
張之道且就便宜勸善之章必先允當具官高奕周知武
經盛著臣節拳勇之力馳騁有成前以新平殄寇之勳移
北地須條之政而茲之牧守且務緝綏元帥請晉我所難
奪南充善部皆曰可居雖改乘轅將聞叱馭具官安友晟
兄友弟恭共圖富貴被堅執銳惟徇國家當群兇効逆之
秋激受命忘身之氣比膺賞典亦剖郡符且未登車實同
解印或致杜門之歎是忘盟府之書乃寄邊城仍加列爵
爾其各宣美化如立前功必使忠臣無稱循吏可依前件

授金州刺史馮行襲學校太子少保仍封長樂縣
開國子加食邑制　前人

勑漢制郡國有政者皆不易其居就增其秩欲使人安於

文苑英華　一千四百十六卷　六

教化且激勵精本自凋刓皆成富庶具官馮行襲始用忠
謀勇力披難立功每推求敵之心必能禁暴爲武思齊良
將闇合善經而負山面江金石名部燎于兵火毒我編甿
爾則保之如家視之如子盡寬井賦恐奪農時耕無惰夫
廩有豐食地產脩述職之貢市租給備患之師相里所而
同欲乃遷與役徒而施勞何怨炳然之績觀而可論保民
既重於三公開國仍昭於五等如能知勸當更昭明可依
前件

男爵

授李居壬等制　沈約

門下新除太子左衛率軍貞主李居壬志識開敏器懷貞

濟盡力禁門誠著夷險新除太子右衛率軍主湖陽（齊書作汝）陽縣開國男胡松性業詳固才用果烈新除節督青冀二州諸軍事寧朔將軍青冀二州刺史栢和剛正款率夓著勤効新除左中將軍主鴻選氣質強果秉心壯宜並友施南轅以赴危難身先士卒翦此鯨鯢功勤碩茂宜隆賞典孱壬可封一千戶開國縣侯松可增封爲七百戶和可封五百戶開國縣伯選可封三百戶開國縣男新除持節刺史將軍主男並如故主者施行

封左興盛等制　前人

門下游擊王敬則縱兵內侮陵斥畿甸輔國將軍叅軍將軍事（齊書作前軍司馬）左興盛直閤（齊書作輔國）將軍劉山陽受律前

驅豩男爭路或衡至首旆或陷懸中麾元惡梟至氛梗載廓賞不踰時義弘前典可封開國男食邑二百戶并進位一階主者速施行

封劉瑨彭城縣開國男制　李嶠

鸞臺朝散大夫行左肅政臺監察御史劉瑨執簡當朝秉軺撫俗効彰伏柱勤深攬轡堅貞之操既申於栢臺利建之榮宜及於茅社可封彭城縣開國男食邑三百戶主者施行

授沙吒忠義等官爵制　前人

鸞臺辭第鑿門乞稱鼓鞞之將列位疏爵是爲廟堂之賞冠軍大將軍行右威武衛將軍檢校左羽林衛上柱國郕國公右奉宸內供奉沙吒忠義遼東壯傑名蓋於狼河右武威衛將軍員外置同正員右奉宸內供奉駱務整薊北雄渠氣高於龍塞並受登壇之任俱懷出閫之畧或輕齎絕險以應青丘之別軍或高壘抗威以要黑山之潛遁兵強由筭師克在和爰清食蔬之祅遂廓浮萑之黨操袂成市執袪（一作驅）盈路屈指告捷未待於經年疇庸冊勳豈假於踰月宜膺剖珪之錫無峻銜珠之寵忠義可行右金吾衛將軍餘如故務整可左武威衛將軍封盧龍縣開國男食邑三百戶餘如故主者施行

封張嘉貞河東縣男制　韓休

門下任事而爵古之彝訓論功以封朝之通典銀青光祿

大夫守中書令上柱國張嘉貞忠肅恭懿宣慈敏達涵清明以毓德體文武而成器自光帝載昭宣廟謨鼎味用和台階增峻事君有犯而無隱奉國以公而臧私持其憲章式是軌度既邦教有叙亦王猷以穆頃統軍政則城朔方爰底其績未疇厥賞固宜命以圭社崇其禮物俾楚臣授邑克表寢丘之制漢道優賢更叶平津之美可封河東縣開國男食邑三百戶主者施行

授寧州刺史高爽檢校司徒仍封渤海縣男加食邑制　錢珝

勑昔慶父去而魯難寧得臣死而晉憂弭事有所近之類而人有可論之功則用典爲以勸來者具官高爽魁傑之

材好通經畧強禦之力善攄邊防激將帥之雄心憤邦家之多事聞吾出狩來扞近郊遂驅有律之師進討不然之黨壓外既潰衝寇既始一作平忠烈可圖勳勞甚盛進階以敷開國有章且觀得衆情無不悅於是賞勵之不已保則永休可依前件

文苑英華卷第四百一十六

文苑英華卷第四百一十七　中書制誥三十八

加階

加階

授宣城縣令儲孝任等加階制　李嶠

鸞臺朝議郎行宣州宣城縣令儲孝任等並早從推擇夂著勤勞績茂綰銅時逢檢玉千齡有慶既屬休符百里能官宜從榮獎可依前件主者施行

授右衛親府中郎將裴思諒等加階制　前人

鸞臺宣威將軍守右衛親府中郎將檢校左羽林衛上柱國裴思諒等八屯五校俱奉職司三垓九筵咸屬休慶錫以班秩用存優獎可依前件主者施行

授通州刺史于光遠等加階制　前人

鸞臺中散大夫使持節通州諸軍事守通州刺史于光遠並資才藝咸剖符竹勤勞有積聲望俱優神岳泥金明堂會玉頒賞行慶宜加恩獎可依前件主者施行

授皇甫翼等加階制　張九齡

門下朝請大夫檢校尚書左丞上柱國皇甫翼等才有國良望爲時重或紀綱會府成司直之名或彌綸列曹得在公之譽屬禋崇齋祭慶洽衣冠宜加等級之恩用廣殊常之賜可依前件

授張均等加階制　鄭少微

門下中大夫行中書舍人張均等並藻珪璋騰華綸綍文

行致美駁議惟精肅侍嚴禋咸稱慎禮宜覃行慶之典俾承加等之榮可依前件

授李逢吉章秘等加階制　元稹

門下某官李逢吉是朕皇太子時侍讀也忠孝之訓何嘗忘之惟秘泊璀實惟藩臣克壯威猷以固垣翰楊造等祗事內外夙夜惟寅並沐前恩遍昇榮級上下有等式示褒章可依前件

授崔元畧等加階制　前人

敕崔元畧等階之設二十有九有庸有事有叙有加用是四者以詔百吏由閫而上至于元畧曰加曰叙由邇而下至于弘景曰事曰庸光我侍從之臣且優致政之老詔覽

詔德於是乎在堂與益近爾其敬之可依前件

授高元裕等加階制　崔嘏

敕國之肆眚必有霈澤所以惠及於下也爾元裕國之重臣守我封部能以惠化富吾疲甿其地分內外之任盡勤勞之誠皆以所能舉其官業是用因茲大慶錫以崇階各敬爾儀無忝休命可依前件

授內諸司及供奉官敘階制　前人

敕設堂陛所以辨等威置階級所以彰貴賤茍可授者吾無愛焉爾等或司我繁重夙夜無違或侍吾左右勤勞不懈而皆溫和植性廉絜終身方將委以腹心豈止加於爵位爾其率職以事上用降以持滿勿以貴而驕人無以高而自忽保茲貞吉以永休光可依前件

授常懋裴識等加階制　前人

敕記曰爵人於朝與衆共之蓋以階級既崇寵榮斯異疏封錫命列土承家爾等或才推粉澤豈唯五字之工或任重藩垣自茂一方之績或官居象月或位應列星或擁緹騎而分九衢或奉珪璋而總六尚皆聿脩官業克紹家風爰因慶澤之辰更舉山河之誓宜思帶礪永保簪裾可依前件

授李騎等加階制　前人

敕慶澤可以示恩榮貴階可以顯勞績至於叙進則有彝章況爾等咸以儒業吏能累更事任久而益茂志且不渝方承覆露之勤宜錫崇基之漸封妻蔭子斯足爲榮可依

前件

授孫簡等加階制　前人

敕上造出秦中涓自漢古所以叙武功今所以寵文德施恩布澤今古同途爾等皆道光儒業任重藩維才膺歷試之難德茂歲寒之操或卿曹副貳多推幹用之方或正殿贊揚共許詳閑之美況橋山奉職鶴禁來儀既讐事往之勞亦舉優賢之典河山在目帶礪爲期克保初終永光胄緒可依前件

授盧弘正加三品階制　前人

敕天門交戟身耀金紫袍孫可蔭韻室增封自非峻級

崇階其何以致爾等或以强學潤已武畧登壇或望重瑣
闈輝華於粉署或道光憲府輔相於青宮或以長才累更
事任或以吏道久領郡符用則殊途事皆一致爰因慶澤
以布恩榮勉思階級之高無忽柔讓之誠可依前件

授朱克柔張戎等加階制　薛廷珪

勑具官某等外諸臣有政事可以稱家父位尊功大不求
聞於時者可謂能處其身而協進趣之道矣而師保元勲
燕居轂下以遺落之材廣朕聞聽亦深得大臣之體裁一作殺
哉惟玆二事朕實樂聞爾克柔能以政經葺吾舊許人蒞
俗遂至邇安而戎前佐大藩休有淑問盤錯斯驗鋒鋩有
餘或嘉韜櫝之心或允求伸之志大臣子弟朕豈無私元

勳薦揚朕豈不信上公進律少將通班階序徽章旌别優
異惟爾克柔與戎宜知朕寵待汴帥全忠與太保鋌之意
而勉於從政立朝也可依前件

開府

授王仁皎開府儀同三司制　蘇頲

門下后族之榮皃有資敬台儀之重允膺是求特進王仁
皎盛門華緒當代賢戚不言而自有陽秋從信而罔愆風
雨軒星作範已寵於金穴魯管增輝更芳於玉樹三事斯
擬百工式瞻俾延椒臺之祥宜助槐庭之理可開府儀同
三司主者施行

授李抱玉開府儀同三司制　常衮

門下秉德者必先於沖讓報功者亦資於禮秩遂其所執
以彰明哲之心存其所賞以稱勲賢之策一作業則勞臣知
勸群議允從兵部尚書同中書門下平章事潞州大都督
府長史知鳳翔事充陳鄭澤潞觀察處置等使仍充南道
通和吐蕃秦隴淋疑洮以來觀察處置等使上柱國李抱
玉風雲所感挺此人傑文武相濟翊于朕躬竭股肱而宣
力數心腹而納誨道高可以謀訪言惠可以底行鎮撫四
夷旌麾授其二柄決勝千里法令齊於一人端誠馭衆律
畧安邊究詩書之義府脩德刑之戰器故使剛者有禮勇
者有方三軍可用九伐皆尅西戎即叙中夏底寧而又精
心吏職諭我朝旨茂周召之多稼肖龍戊之外徭老少安

懷遠邇和洽社稷之衛邦家之光嘉乃丕績肆于特夏沖
而不盈泰而彌損累執范宣之志不言焉異之功辭禮閣
之端右罷王畿之戎號足以光昭史冊軌度縉紳今之儀
同未曰優異以其遜職是有進階式從彝序無替成命可
開府儀同三司餘並如故

授鍾庭光開府儀同三司制　前人

勑鳳翔節度下歸順羌首領部落副使保寧州都督特進
守右羽林軍試太常卿鍾庭光夙承勲望早勵誠勤自屬
艱虞備申効用既臨危而見節亦因事以成功率先歸懷
丹款昭著益表自新之志允兹從重之賞禮優八命秩比
三司宜茂寵章式疇勲則可開府儀同三司餘如故

授李秀璋開府儀同三司制　前人

勅儀亞槐庭寵分茅社議功而賞舊典斯存河西觀察判官持進檢校左散騎常侍兼泗州刺史上柱國李秀璋識慮深遠理懷明濟勁節不奪長才有餘泣中絕塞久毗戎幕軍師前部仍領藩條萬里孤軍十年連戰主畫以貞師律推誠而得士心摧兇陷堅勝捷相繼軍吏綏帶邊人反耕緬思忠勞爰用嘉歎宜進秩於八命更褒封於五等可開府儀同三司仍封隴州縣開國男餘如故

授張自勉開府儀同三司制　前人

勅淮西節度都虞候特進試太常卿上柱國張自勉體仁以成勇徇節以臨戎職在刺奸威嚴整旅寮軍令之進退

明師律之否臧南清江黃北啓申息遐慶載戢亭候肅然命爵議榮實居其右承景風之章叙比公府之命秩可開府儀同三司餘如故

授論誠信等開府儀同三司制　前人

勅大將軍論誠信等咸有將才早彰臣節或往參締構寔著總干或近歷艱難勳尚負勒錄功行慶啓寵覃恩宜班五等之封更寵三司之任誠信可開府儀同三司

授杜晃開府儀同三司制　前人

門下禮優八命秩比三台名器之崇勳賢所屬特進試太常卿使持節鄜州諸軍事兼鄜州刺史御史中丞充鄜坊等五州都防禦使上柱國鄭國公杜晃植性剛毅立誠忠烈夙有將帥之才早知軍旅之事任當禦侮政在親民宣七德以臨戎須六條而訓俗地臨上郡時屬多虞軍令惟行萬縣賞罰之柄王師所處不敗商農一作不敢傷農恐誤之業戎軒屢捷郊壘用寧制勝功高緝綏課最加以命數抑惟典常可開府儀同三司餘並如故

授阿史那獻特進制　蘇頲

特進

黃門建官制爵立化之本樹善崇功惟能是任招慰十姓兼四鎮經略大使定遠道行軍大總管北庭大都護瀚海軍使節度巴西諸蕃國左驍衛大將軍攝鴻臚卿上柱國興昔可汗阿史那獻凌鐵關之遠塞威揚萬里雄金山之

舊族誠効累朝每讀古人之書凡多奇士之節豈止秺侯忠孝呼韓侃緒而已哉頃服僊戎綏其種落茂勳則遠巳寵於登壇厚秩未加俾榮於開府亞台之典群議允集可特進餘並如故主者施行

授李林甫特進制　前人

門下王度以貞寘寄於良輔天秩有禮允歸於盛德光祿大夫尚書左僕射兼右相吏部尚書集賢院學士脩國史上柱國晉國公李林甫應期致用命代生才禮樂形於物範文章表於王佐自登袞職一紀于茲啓沃之謨酌泉源而不竭忠公之節貫霜雪而罔改彝倫攸叙庶績其凝實賴予弼用熙帝載猶且謙冲夕惕兢慎日嚴問溫樹而不

言覆薄冰而逾勵夂而益著德則茂焉近者禮屬六神恩當進秩雖允恭克讓徒有固辭而惟器與名本無虛授宜昭寵數以鎮崇班可特進行尚書左僕射兼吏部尚書主者施行

授李光顏加階并賜一子官制　元稹

門下朕聞有天下者道德仁義以爲理城郭溝池以爲固故曰不教人戰是謂棄之有備無患可以應卒此先王毆攘戎狄保障黎元之大略也五原列宥夏靈慶之中當蛇豕豺狼之窟將搤咽喉之要爰授命（集作）腹心之臣厥有成功宜加茂典邠寧慶等州節度觀察處置等使金紫光祿大夫檢校司空兼邠州刺史御史大夫上柱國武威郡開

國公李光顏氣敵三軍心師百行有卞莊之勇守之以仁有日磾之誠濟之以武叱咤則風雲迴合開宴而罇俎周旋蓋文武之全才眞古今之良將是以淮蔡之役百勝功高青齊之師一面居最朕以蕭關尚警馬嶺猶虞五餌之詐可羞百雉之防爰度先是屬役每難其人惟爾良能果諧予願程功而不愆于素訖事而不勞于人比命有司褒乃實効僉曰古諸侯勳德優盛則就加特進以寵之我國家封植崇重則有朝請一子以異之予嘉乃勳兼用兩者茲謂上賞爾惟欽哉可特進仍與一子正員四品常參官餘如故主者施行

授張濬特進守右僕射依前充諸道租庸使制　錢珝

勑古者建官取諸垂象故左右執法附於文昌以揔六卿以提庶政用人之本邦國繫焉（一作典邦國焉）進賢旣協於僉公致理詎宜於虛位具官張濬剛而能斷寛則有容保和而實孚元精索隱而若陳洪範他山攻玉鮮類禹珪九牧貢金自成周鼎先皇帝爰立作相朕小子圖任舊人每親夾輔之才且致勤行之道必將率衆由己化兵爲農載胡越以同舟混車書於外户志所未就我實盡知經營向在於四方親附未遺於百姓雖聚財之任不欲允煩大臣而復國所資安可有稽征賦荐若端右兼陟崇階得名器之所歸在典章而斯重未期弘濟更集前功可依前件

授河東節度副使檢校司空（一作徒）王瓌特進制　前人

勑爲國之政在籓有條贊立武於中權屬奸謀於副介具官王瓌河汾之氣當莘爾家欒范之宗亦高他族伯仲繼撫封之盛子孫承錫命之功爾能纘彼勳名主於忠信遠取而寧規勇爵深思而但顧良弓列群后之上卿處前人之許（一作典）國尊獎之道造次必論心或益恭諒籓昌之可保性能召福何富貴之不來朝舉寵章事歸敎勸方布冊勳之澤俾崇馭貴之階善佐末圖以承厚渥可依前件

授沁州刺史張漢瑜加特進封開國男食邑制　前人

勑具官張漢瑜等漢室勲勞始以進奉朝請而好爵之設五等具焉至於任以專城秩叅環衛假之有寵一作典一作典寵亦匪輕漢瑜以致勇之誠臨戎罔憚且能抱節而後立功則良將之才挺然可見宗裕恥同兒戲學在師貞過庭有聞剌部甚美則愛子之號昭然可知是以詔我代言俾茲申命亦用垂勸期于徇公可依前件

文苑英華卷第四百一十七

文苑英華卷第四百一十八　中書制誥三十九

内官

内侍省

授吳承倩内侍省常侍制　常袞

勑漢置十二卿其一尚禁中之事所以司正伯之訓奉詔奏之嚴高選令才俾之叅掌具官吳承倩行本於孝性周於仁直而能温和而有節文以禮樂達于典章自晦吉人之辭深得侍臣之體久在樞近邇乎宥密順以聽命未嘗越思咨而後行動不踰矩志全金石之固事絶絲毫之嫌勤職有功静專端一往逢多故亦既居難退想純誠近從賜服雖疇其效未奬其能省之貳官秩比千石想茲寵授念爾忠勞可内侍省常侍

授劉處宏通議大夫内侍省監充客省副使制　薛廷珪

勑内省華資司賔重任宫朝之選歷代攸難我今得人爰舉茂典具官劉處宏氷霜勵操松桂騰芳弄筆硯以飾躬考詩書而勵行遂爲端士自闕亭衢在公馳幹事之名銜命得使臣之體輩流推許達我聽聞宜示優恩以旌脩整況遐方即序重譯來庭尤思周敏之才用副綏懷之旨兼榮内省仍進崇階敬佩寵光往供乃職可依制誥

授通議大夫行内省侍張建方起復本官制　李磎

勑張建方古之孝子有爲祖母而行服三年者雖有異於禮經而見稱於史筆繄爾至性過絶常流欲追昔賢信爲高行然自東西漢以後南北朝以來大臣奪情固已多矣葢以代更文質事有變通若皆徇私懷則誰當王事况爾職業至重委藉方深宜達奉上之規用叶得中之理從我曉諭是合章程可依前件

授吳承贇朝散大夫内侍省内寺伯判内給事制　前人

勑吳承贇早負器能累更職任清貞自立正直不回加以温故知新鈎深致遠雅好六經之旨旁求百氏之言以此爲官何官不理以此爲事何事不行是用稱之清曹委以

重務俾其稍展扶摇之翰用彰于鏌之鋒無自晦藏副我精選可依前件

內謁者監

授牛仙童内謁者監制　孫逖

勑奉議郎行内侍省奚官局令護軍牛仙童脩身淑慎從事忠公夙夜惟勤出入無悔不有賞善何以勸能宜進官榮且增章服可内侍省謁者監仍賜緋魚袋

授劉惠通内謁者監制　元稹

勑宣議郎内侍省宮闈（一作闈）局令賜緋魚袋劉惠通愿吾愛之俾在左右將我密命達于四方去盡行人之詞還致諸臣之復言必忠信事無尤違使朕不出戶而知三軍之

志者爾有力焉深念其勤將以爲報（一作將有以報）階秩兼進用示恩榮各依前件

授劉泰倫起復内謁者監制　白居易

勑朝議大夫（集作郎）前行内侍省内謁者監上柱國賜紫金魚袋劉泰倫古有中涓謁者皆侍奉親近之臣也今之寵秩亦由舊焉况泰倫有行義可以飾身有材幹可以掌務監臨内署朝請中闈謹密端和甚宜厥職久於其事蕪之實難宜加進秩之恩仍舉奪情之典勉承奬任勿替初終可起復朝議大夫行内侍省内謁者監

授孫孟宣朝請大夫内侍省内謁者監等制　李磎

勑孫孟宣等並廉正操心温茂成器自領職務皆著能名無纎瑕可指於羣倫有嘉績可書於史氏聲譽旣洽階秩宜遷噫爾有高才我有高位更宜升進勿自緘藏可依前件

授閤門使李全績中大夫行内侍省内謁者監等制　前人

勑李全績等夫榮參禁署光總内朝贊文武俾不失威儀導君臣令無所壅隔永言斯任諒在得人以全績等行潔心貞神清氣爽加以洞達名法明解典章不以富貴驕人不以才能傲物居然重器迥出常流自領職司並彰殊効是用不移所任加以官榮無忘操持更俟遷擢可依前件

局丞令　內局令判內謁丞

授掖庭局丞賜緋張嗣復內局令判內僕局丞制

劉崇望

敕具官張嗣復性推端慎才任公方居爲勵巳之能動有逸羣之度爰當職局備覩通明諒此精脩諧於擢用是命俾其寵奬延以上司俟典幹之繼聞顧優崇之何遠敬思勉勵跂及騰翔可依前件

授孫可讓內僕局丞制　前人

敕孫可讓才質稍高謙和特立秉端正（一作厚）恭敬之禮（一作體）備起居左右之勤入用甚優（一作多）前途更遠噲諧奬進俾列官司勉副寵榮無忘夙夜可依前件

授奚官局丞上柱國西門廷暉掖庭局丞制　前人

敕廷暉出入禁門周旋實（一作有）地恭謹之心無失公忠之節愈明必有才能可當委用勉荷特遷之命宜思與進之途可依前件

授儒林郎內府局丞賜緋魚袋楊復隨給事郎行內侍省奚官局令制　前人

敕具官楊復隨資於周敏濟以器能居廣衆而和光列禁司而幹務播於公議實曰上流諒檢操之不渝顧津途而莫測允承嘉命勉副寵遷無違恪恭以就光大可依前件

授楊魯潛內侍省內府局令制　李磎

敕楊魯潛萬方兵革之時所難者道路九府困乏之日所切者貢輸而魯潛不顧艱危任當使命俾其琛賮得至賞錫粗行嘉爾勤勞合爲遷轉可依前件

內官加恩

授劉全禮等七人並除內侍省府局丞置同正等制　杜牧

敕賜緋魚袋上柱國劉全禮等畫任傍側皆有才能旣歷歲時合當班秩各宜敬恭職祿不懈忠勤可依前件

授內官加階爵制　崔嘏

敕惟善是求有勞必報命其開國賜以崇階轉遷於禁掖之間優寵於樞機之地我有成命爾其敬之具官某等周

旋左右出入宮闈盡誠敬於寸心守貞廉於直道皆能介然自處蔚有休聞念其歲月之勞被以寵章之美宜思奉國永保宜家可依前件

授內官劉益讓加官制　薛廷珪

敕具官劉益讓惟爾參我樞近之務副我腹心之求允謂才難克彰試可委任斯重端莊有聞冰清繩直絜巳蒞事數馬而對問樹不言稽爾秉持稱吾宥密是用升之峻級實彼崇班且疇職勞式示殊寵宜保優異勉圖始終敬慎不愆必致遠大可依前件

授內官晏希伯加官階制　前人

敕內官晏希伯內外之任必惟其人遴擢之恩允屬試可

以爾南珪無玷東箭有筠山明見松雪之姿天靜聳嵩衡
之勢詩書內積儒雅外彰聞其恭勤可委事任階秩並進
聰暱斯深勉服寵光往勵職業可

授內官張居翰等加官階制　前人

勑具官張居翰等守道立身執忠事任造次不遠於善行
錙銖必本於彝典一作章藏器未伸彈冠待進吾今知爾爰
用加恩升階序而遷品秩振堙沉而示恩澤唯爾居翰勉
於致身往服寵光匪懈夙夜可

授內官馬從朗加官階制　前人

勑設階陛所以示堂奧之嚴正品秩所以明躋陟之漸也
率由次第以序忠良苟當其人吾必與進爾從朗止水藏

鑒壺冰孕清蹈禮樂以脩身躭詩書而養志夜親墀廡拱
辰之列宿分華曉近冕旒捧日之卿雲配潤動必中矩行
無越思歷試可觀序遷惟允九重華省三品崇階用酬爾
勞往馭其貴惟爾從朗服吾寵光立事檢身所宜匪懈可

授學士使鄭文晏將軍金紫光祿大夫制

勑國家設翰墨之林延髦碩之士　前人
以潤色鴻筆發揮王猷
妙選內官脩辭立誠者以與我言語侍從之臣朝夕遊處
膺是柬掄實惟重難而具官文晏常夢綵毫亦吞文石富
有事業志於討論孔光之問樹不言石慶之數馬而對濯
濯春柳風摽迥出於輩流落落長松節槩不移於霜霰自
擢居密署言奉詞臣所爲當材且聞稱職縻之好爵貴則
號其將軍峻以崇階勳莫重於光祿敬承寵渥往蒞清華
率由此途以至崇達惟爾文晏得不勉之可

授內官劉重遇加階官制　闕　前人

授內官王可方加階官制　前人

勑出膺使命入奉宸嚴惟茲東求允屬心膂爾可方將命
而去成功以還別利器於盤錯之間驗絜矩於脂膏之際
試可斯驗愿吾愛之俾其序遷並謂至當徵還內省冠以
豐貂惟爾可方勉圖懿効可

授內官馬昌裔加官制　前人

勑昌裔參我樞機奉吾指顧能慎密以植志端莊而飭躬

動畏四知絜無貳過委注斯久霜雪不渝職勞可酬序進
惟允升其階秩示以優崇爾往蒞之益敬其事罔懈祗礪
稱于渥恩可

授內官張禹珪加官制　前人

勑張禹珪本以端莊飭之儒雅鵰鶚負橫秋之勢梗柟擢
構廈之材蘊是器能在予左右歷試事任亟涉光陰聞其
恪勤宜示優奬階級秩序俾之俱遷服我新恩保爾懿効
雖覆一簣古人有言爾宜之知勉自勗率可

授內官孫昭裔加官制　前人

勑昭裔干鏌銛鋒騂騮逸步文之以禮樂飭之以詩書白
玉無瑕朱絃讓直拱我宸極繁如華星慎爾樞機不對溫

樹歷試茲久其材益彰移之崇班加以峻級且旌優異用激端脩敬怠不同崇高可致惟爾昭荅知予意焉可

授内官劉繼明王思齊驍衛將軍加階制　李磎

勑朕每思中興深念庶政至於近密之任尤資忠讜之臣凡所擢居莫非精選具官劉繼明等並介絜自持而器能相比各於職掌並著聲名論功考績之時旣無差異加寵進階之日豈可偏私勉務殊榮更期超擢可依前件

授内官韓坤範等加恩制　前人

勑榮居近密任總重難居疑上之恩遷則殊而人臣之敬忌尤切其有端靜無失進退可稱而復以幹能彰於官業

名隨位進行與才兼不有異一作亦遷何示奬勸宣徽小馬坊使某絜矩操心温潤成器剛而不暴柔而不回宣徽含光使某本於誠明文以禮讓止而不滯行而不流起復宣徽南院副使某明見事情智通微妙光而不耀晦而不幽皆調金玉之聲並秀松筠之色至於績効實爲著明嗚呼守職奉公爾旣盡其節矣崇階厚禄吾豈刓於印哉可依前件

授内官韓龜範加官制　前人

勑龜範代濟功勳志懷忠烈部領琛賮貢奉闕庭踰王壘之艱越銅梁之險績効斯異爵賞宜加况奉職可謂歲深處衆獨聞位下不有升陟何謂勸能可依前件

授内官董全珝等除諸司副使制　前人

勑董全珝等副貳之重其來尚矣維古之列國小侯繼好一使猶尊命介以應事機况我大朝命官而中禁分職責惟咨邇務極繁難若不優以崇班何以責其所任以爾等並懷忠亮盛藴器能名節不變於風霜勤勞仍彰於歲月况今方馳鴻漸合爲升遷示以新恩雅符故事可依前件

文苑英華卷第四百一十八

文苑英華卷第四百一十九　　中書制誥四十

命婦

國夫人

封姚崇妻鄭國夫人制　　蘇頲

黃門兵部尚書兼紫微令監脩國史上柱國梁國公姚崇妻榮陽郡夫人鄭氏榮河地緒簪組家聲輝相門以才淑冠邦族而婉嫕蘭儀蕙問式備言容習禮聞詩載兼圖史金鉉作輔爰開土宇之封石窌承榮宜表珩璜之盛可封鄭國夫人主者施行

封牛仙客妻王氏豳國夫人制　　孫逖

門下卿之內子實著於禮經國有舊章亦褒於淑德銀青光祿大夫守工部尚書同中書門下三品持節朔州節度使度支　營田鹽池押諸蕃部落副大使上柱國豳國公知門下省事牛仙客妻瑯琊郡夫人王氏道膺圖史言成箴誡賢明自遠柔惠兼資作配台臣能修壺敎寵其車服已膺命婦之榮錫以山川更表從夫之貴可封豳國夫人主者施行

封李愬妻韋氏魏國公夫人制　　元稹

勑夫尊於朝婦貴於室由古道也安有邦君之妻而無湯沐之地乎况魏博等州節度使特進檢校左僕射同中書門下平章事涼國公李愬妻韋氏德宗皇帝之外孫也笄年事愬克有令儀夫蔭雖高猶執婦道持其門戶使愬有姻族之和奉其蘋蘩使愬有蒸嘗之絜愬當分閫之際終無內顧之憂者由此婦也今愬積行累功以致爵位六遷重鎮名列上台而韋氏猶限褒章未嘗開（一作恩命）國甚不稱也因愬大名之邦式建小君之號可封魏國夫人

封烏重胤妻張氏鄧國夫人制

勑古者夫爲大夫則妻爲命婦况在小君之位未加大國之封豈唯有廢徽章是無以（集作抑亦無）勸忠力也某官烏重胤妻張氏以鳴鳩之德作合邦君輔成勳猷馴致爵位雖從夫貴未授國封今以南陽本邦善地錫爲湯沐加號夫人茲乃殊榮足光閨閫可封鄧國夫人

封石雄妻索氏涼國夫人制　　崔嘏

勑西川貴族南國華容代有功勳門多閥閱早以懿德嬪于元臣既推內輔之才頗蘊中閨之德是宜疏封表貴開國旌賢蘭儀示配於金夫蕙問更光於石窌勉思健婦以佐良人可封涼國夫人

中書侍郎同中書門下平章事陸扆妻渤海郡夫人高氏進封燕國夫人制　　錢珝

勑命婦之寵數有四而國邑居其首主爵郎舉職勑請必有舊章因以勸焉朕何敢愛具官陸扆妻渤海郡夫人高氏高國族大稱於古者久矣冠冕就列尚想前修閨室有婦令聞令望（一作門）配君子而相敬承宗事以無違鏘然和鳴信可偕老考祥之應已屬台臣守貴之謨方資內助主

爵之請孰云不宜他日中宮受朝則與伯婦俱至佩玉相顧爾家盛哉非獨榮吾相之小君亦以勸天下從夫之道也可依前件

內中齊國夫人扶風高陽郡夫人並封婕妤樂安郡新秦郡廣陵郡太丘郡雲安郡五夫人並加封秦晉楚越燕國夫人制　　前人

敕朕既建中宮將聽內理法度方形於四德等威宜越於九嬪齊國夫人某氏柔和有稟閑雅自持椒蘭讓薰環珮爭歟近輦見欲辭之色攬衣懷必濟之心用是謙勤保我恩澤重惟漢制遠釆周官與名而大國重開錫號而舊章復振勉脩懿範俾稱寵休共承陰教之端永輔長秋之盛

可依前件

封魏博節度使羅弘信妻越國夫人某氏進封燕國夫人代州刺史傅瑾妻丘氏封吳興縣君等制　　前人

敕具官某妻越國夫人某氏等撫地圖總兵籍處邦君之位與夫持使節須化條當牧守之任者理軍爲政皆勣善經而褒寵之謨亦多內助女師稟訓夫族稱賢不遠柔順之規且習閑和之性或功庸克備風法有承或環珮之音周旋可聽是宜增大名之國開初命之封亦所以榮外臣而勉內助也可依前件

淛西節度使錢鏐燕國夫人吳氏進封晉國夫人制　　前人

敕齊之壁司徒（左傳壁司徒主壘壁者）武力之臣也其妻有禮尚獲錫地於君今師長萬夫提封千里內資淑媛助我勳侯國進大名是惟舊典具官錢鏐妻燕國夫人吳氏肅雍之美箴戒不忘聞雞鳴而致敬事姑諷鵲巢而思齊有德輔成功烈諒屬柔明爰舉寵章載加常等勉承膏澤以耀閨門可依前件

襄州節度使趙匡凝妻豫章郡君羅氏可進封燕國夫人制　　前人

敕隨夫之爵考禮有文冊勳既集於藩維流澤可榮於閨室（一作壼）具官趙匡凝妻豫章郡羅氏肅雍有美柔順不遠

爰自和鳴克融懿範旁濟中權之盛實資內助之勞致我良臣表于諸夏眷言淑德既封未稱於宜家越被舊章用典俾光於開國勉脩婦式無忽人倫可依前件

武昌軍節度使杜洪妻晉國夫人進封秦國夫人制　　前人

敕經夫婦之本者莫近於詩故宜爾室家言稱也如鼓瑟琴言和也具官杜洪妻晉國夫人王氏贊洪守土宣力爰致顯爵爾以嘉耦之道遂能居而有之助彼藩條賴茲閨室宜室家而何媿鼓琴瑟以有聞仍命增封用旌柔順因吾肆赦是謂典常可依前件

鳳翔節度使李茂貞妻秦國夫人劉氏進封岐國

夫人制　前人

勑封邑之制當列國甚貴矣其或舉玆重典進受大名俾增伉儷之光以稱侯王之爵弘之在我宜者則行具官李茂貞妻秦國夫人劉氏能脩懿範潛助元勳福雖盛而心益恭封既大而勤不匱內言必正同獎自多贊武幄之忠謀保魚軒之寵數而茂貞宣力守土在岐以是加恩用彰有禮必使事君之節相勉克終則不獨宜爾室家兼明報國可依前件

楊行密妻朱氏進封燕國夫人制　薛廷珪

勑具官楊行密妻朱氏作嬪藩翰宜爾室家六姻以寧四德具美俾我行密爲吾藎臣統戎有方述職無怠繄爾輔

佐致之輯柔慶澤所加序進惟允全燕列壤大國疏封式示寵榮以旌賢淑可進封燕國夫人

秦寧軍節度使葛從周母廣平郡太君宋氏進封廣平郡太夫人制　錢珝

勑具官某母郡太君宋氏古者事親竭力而養樂於負米信有其人今從周秩帶三公貴享十乘實賴嚴明之訓以成忠信之名爾既承顏必盡無違之志吾方敦孝遂加有典之勳（一作榮）可依前件

中書舍人苗深母瑯琊郡太君王氏封瑯琊郡太夫人祠部郎中知制誥張文蔚母扶風郡太夫人蘇氏封馮翊郡太夫人等制　劉崇望

勑具官苗深等母瑯琊郡太夫人王氏等本於仁原於禮保於和處於順故圖史素學風法不衰立我彥臣率由貞訓而識者服儒之道不使怨言加己以羞其親深與文蔚有之矣乃子勉謹身之行履危懼辱之恩以承其志渙等有之矣且皆賦祿於朝相戒以養俾榮報德當貴疏封慶集而家教行吾國古之孝理不在玆乎可依前件

許州節度使王蘊母趙氏進封楚國太夫人制　李磎

勑古之爲將言有老母而三戰三北者朕每讀其書而非之夫爲將者皆然則何以同在三之義勵士衆之心而逃無勇非孝之譏哉苟如斯亦其母之未賢爾忠武軍節度

使王蘊方榮色養既孝而忠委以節旄遂稱名將賈勇而力過投石臨陣而義不聞金得非其母趙氏賢以善訓邪豈特築朱序之城寧陳嬰之族而已嘗錫以郡夫人之號今蘊功業益進爵位益隆宜加大國之封以助南陔之慶可依前件

郡夫人

進封賀蘭琬母楊氏弘農郡夫人制　蘇頲

門下太僕卿員外置同正員賀蘭琬母楊氏家臨桃塞門映蓮峰賦著實於周詩承累葉於台相言成箴戒淑慎其儀德憲圖史閑和其性正家貽則徙宅成規姻親載隆寵章猶闕宜比絳紗之學用膺青綬之命可封弘農郡夫人

王者施行

封劉悟妻馮氏長樂郡夫人制　白居易

勑古者有冊名命婦賜號夫人蓋積善於閨門而受封於
國邑也澤潞節度使劉悟妻馮氏傳芳茂族作合良臣成
此忠貞之功因於輔佐之力禮從夫貴慶叶家肥俾開大
郡之封以正小君之命可封長樂郡夫人

封宋叔康妻房氏河東郡夫人制　杜牧

勑詩稱鵲巢禮榮翟茀既彰爪牙之効宜齊伉儷之榮左
神策軍護軍中尉兼左坊功德使特進左領軍衛大將軍
知內侍省事上柱國廣平縣開國侯食邑一千戶宋叔康
妻清河縣君房氏懿慈柔淑作配忠勲能絜蘋蘩克叶姻

族成此內則穆其壼風稱爲令人實光婦道爰疏封爵用
秉典章可服寵榮勉於輔佐可封河東郡夫人

封吐突士曄妻鴈門郡夫人制　前人

勑詩美夫人禮稱內子允膺腹心之任宜崇家室之榮弓
箭軍器等使特進行右領軍衛大將軍知內侍省事上柱
國陰山縣開國公食邑一千五百戶吐突士曄妻咸陽縣
君田氏生於富貴作配忠貞柔婉自卑儀範可則職勤賓
祭道睦姻親既諧閨門克成婦德爰加禮秩之貴以彰輔
佐之勤榮我疏封無忘內助可封鴈門郡夫人主者施行

翰林學士兵部侍郎盧說妻博陵郡君崔氏進封

博陵郡夫人制　錢珝

勑爲人之婦能從其爵以益貴者是必宜其家矣而階品
在三等之設有銀印青綬之崇則從爵之名所增益貴具
官盧說妻博陵郡君崔氏族大多聞多聞者風法性成不
易不易者柔和勉說代我之言必能恪居其職助於內者
足以彰焉是謂宜家可當用典展衣之餙不其盛哉可依
前件

郡君

泰寧軍節度使葛從周妻清河縣君張氏進封清

河郡君制　前人

勑具官葛從周妻清河縣君張氏生自良家配吾戎帥頗
能佑助克濟功名柔順睦親內則有聞於宗族溫恭近禮

外言不出於閨房既屬推恩是宜用典進之郡邑俾稱蕃
侯可依前件

太君

石門扈駕功臣六都指揮使檢校司空孫德威母

博陵崔氏封博陵縣疑太君制　劉崇望

勑具官某母崔氏夫爲人者能以忠勇之謨勞于國戎旅
之權既重上公之秩仍高而母氏之封寵章未稱則於王
化有所不弘方屬推恩是宜用典以光孝養且厚勲臣可
依前件

縣君

封竇澣等母邑號制　崔嘏

勑古者男子生則射以桑弧蓬矢蓋取欲使有事天地四方也及長而貴則光其六姻况堂高有親當室自立不有嘉命曷彰令儀具官竇濟等母某氏或以衣冠胄胤或以勳績緒餘皆知訓子之方早識從夫之義爰因霈澤各俾增封式示恩榮用光閨闈可依前件

文苑英華卷第四百一十九

文苑英華卷第四百二十　翰林制詔一

赦書一

登極赦書

睿宗受禪制　蘇頲

門下天下神器非上聖無以運其機域中大業非元良無以固其本欽若靈命寅奉神宗屈己順人用安四海承祧主鬯實貞萬國頃者家臻大憫在疚惟憂梟獍潛衞豺狼塞路武職戎政必任凶族國要時權咸升逆黨社稷之守但望包桑忠義之懷誰期艾棘階禍稔惡伺隙乘間煩言碎辭所不勝述皇太子隆基正氣凝姿端命毓德自家刑國英徽日甚移孝爲忠雄謨電發北軍馳入掃攙搶於紫

微南宮反正闢日月於黃道平亂寧國翼戴朕躬一旅不勞功逾復禹七德咸舉事邈興周聲應吹銅望當歸璧令司空讀冊侍中授璽實由立義豈曰尚親承華肇開元嗣以建方流樂風之緒宜申洊雷之澤朕爰初踐極書氣呈祥天人叶心象緯昭晰官名有紀年號用憑可大赦天下

睿宗受禪制（唐大詔令作即位赦）　內制

門下朕聞自古帝王光膺圖籙則尊尊親親之義著于典謨諒在至公蓋非獲已我大唐乘時撫運累聖重光當四海之樂推受三靈之眷命大行皇帝奄棄寓縣痛結仇讐朕志掃巨逆保寧嗣主今皇帝哀煢在疚託于朕躬勤懇再三頻成茲意朕以不德猥承丕緒念今追昔載感于懷若涉大川罔知攸濟思荷宗祧之業屬此惟新式揚渙汗之恩與之更始可大赦天下

開元皇帝受禪制　同前

門下繼明嗣德王者所以承天尊祖奉先聖人所以崇孝敬上之禮著乎重華月朔之祠襲乎文命猗歟作頌發流濬哲之祥清廟升歌思表配天之業歷選前載可得而言我國家首出開元繼文膺統七代觀德至道洽於生人三后在天垂裕光於後嗣太上皇帝道超寰表功軼帝先名言不測於乾行仁智不知於日用累讓神器非以黃屋爲尊俯膺大寶蓋爲蒼生屈志黎人於變淳化斯登載懷脫屣疇咨菲薄竭讓德之志天眷莫迴陳拜（一作非邦）首之誠中

襟逾邈遂以寡昧祇踐宸居循顧紹庭載深寅畏爰擇初吉躬展肅雍虔肆獻之儀申大號之典神保之饗斯洽介福之道攸宜億兆同歡人祇同慶恭承聖訓申茲霈澤可大赦天下

大中十三年十月九日嗣登寶位赦　編制

門下朕聞龍之騰天漢也則必乘風雲鼓雷電以震（詔令作濡非）六合君之踐大寶也則必敷仁惠煥號令以煦萬方是以地不問於幽遐事罔論於輕重洪聖興而皇澤溥德音振而庶類蘇故愆咎咸除枯沉盡起斯皆前代令典國朝成規委嚮諒戒於惠奸凝命（詔令作旒）始懷於布澤肆（詔令作頎）予寡德嗣纘丕圖夙夜乾兢若俯泉谷永惟我高祖太宗之

艱難締構又惟我列聖之慈儉統承思所以克紹休明弘
濟億兆剗昨倸之弊清理化之源肇祥導和應天順物致
驩心於率土知恭巳以臨人爰申在宥之恩用洽惟新之
慶可大赦天下自大中十三年十月九日昧爽巳前大辟
罪巳下罪無輕重巳發覺未發覺巳結正未結正繫囚見
徒常赦所不免者咸赦除之惟犯十惡叛逆及故殺人官
典犯贓及持杖行刼並不在此限其故殺人者巳傷未死
巳死更生意欲殺傷偶得免者並同巳殺人法處分又刑
獄之内官吏用情推斷不平因成寃獄無問有贓無贓不
在原免之限在降官量移近經量移者更與量移其合復
資者五品以上中書門下即與處分六品以下仍依常例

選集丁憂去任及在憂制受貶者服闋日亦與量移如有
親故在上都任經所司陳狀使與處分不必更待本州府
申請其別勑因責受降資正官及曾因忤累停免未經引
用者並與進（一作追）改流入配隸及別勑安置不問道俗及
巳到未到者並與量移近處先巳再經量移者仍並放還
流貶人中從元勑云雖逢恩赦不在量移之限或長流及
充百姓終身勿齒者並與中書門下量與收叙處分及量
移近處如巳亡殁家口欲還及須歸葬者聽隨所在（一無此字）
便如緣葬事幼弱飢窮不能自濟者委所在長吏量給棺
櫬優恤發遣坐累歲深加刑巳衆累經赦令久未該恩用
弘開網之仁俾釋向隅之戚應元和末惡黨前後處斷人

數巳多自今巳後宜一切不問先有勑令追捕未獲者亦
更不復追獲應先闕連上件配流人并家口等縱元勑云
長流充百姓雖逢恩赦不在量移及放還限者並與量移
近處如到流所經六載仍並放還如巳亡殁家口欲還並
准前流人等例處分天德五城流人負罪素重元勑未經
十載不得放還今屬鴻恩須令沾及宜减三年如年巳滿
便放還如情愿便住者亦聽在降官及流人先有官者如
有亡殁各還本官亡官失爵痕累禁錮者並從洗滌唯自
今年八月九日巳後坐事流貶並不該此新恩之限嘗奉
園陵所資幾未備慮其科率困撓黎元應緣山陵制及喪
儀禮物宜委中書門下及諸官之長講求故實必誠必信

務遵遺旨用副朕懷所緣山陵用度近巳出内庫及戸部
錢物充給應緣人夫功價宜各速令所司以不折估匹段
兼見錢分數支給不得令侵屈百姓山陵未畢情禮有異
其降誕進奉宜且權停志方思於遂物心匪樂於從禽止
備蒐畋所宜節减諸道進鷹鷂每年共許進二百聯仍選
擇堪處進奉餘悉放免貢獻無藝物力難充華靡不除時
風豈厚諸道節度觀察使除大例合貢獻外不得別有進
奉雕文刻鏤及異色綾錦難得寶貨一皆禁絶京畿賦役
頗繁河洛凋瘵亦甚欲其綜（疑）息當在蠲除京兆府今年
秋青苗錢宜每貫量放五百文所放錢如是府司占留色
目即委戸部准舊例據數支填不得令有虚折其大中七年

已前百姓積欠兩稅斛㪷及青苗榷酒并稅草職田麵麩䅗等徵收不得空繫簿書亦並放免如在官典所由腹內不在此限河南府今年秋青苗錢宜每貫量放三百文如是府司占額錢數亦委戶部准例支填應人積欠府司及度支戶部鹽鐵諸司大中七年已前諸色錢物斛㪷銀錫草等如身已逃亡及身在貧窮家業蕩盡頻經校料終無可徵納者宜並放免如在主掌人吏所由腹內者不在此限逋負年多徵攤力竭咸令已責庶可惠甦度支戶部鹽鐵三司應收管在城及在府州并諸色場監大中七年已前欠負諸色錢物斛㪷等除官典所由請領官錢和糴市及在場官招商所由腹內外其餘人戶所欠錢物如身家已

亡歿或在貧窮家業蕩盡無可徵納并逃竄捕捉未獲囚繫妻男攤徵保人等如此之類虛掛簿書中無填納之日宜并放免如聞後赦令蠲免放欠負所司不及時處分元係簿書徒有蠲免之名卻爲分外攪擾今所放錢物宜各令本司差辦事官典據年額人戶姓名所欠錢物色目檢勘便下文帳不得更起條樣勘逐所徵可放生事擾人仍令所在場監院及州縣於要署分明懸榜示人戶俾令知悉仍仰所司各限月日處分訖具所放錢物單數分析聞奏災沴流行黎甿困窘免其租稅漸冀輯寧諸道州府有遭水損甚處其今年各納苗稅錢等委長吏酌量蠲放如太中十二年已前欠負兩稅米在百姓腹內徵收不上者亦宜特放其實遭災沴處仍具析聞奏闓抱器逢時諒恩晨用畢棲踈迹能不懷嗟如聞中外官僚或有滯屈雖限以貞關致此因循而念其考歷孰非勤舊宜可中書門下各量才分漸與選敘廣我四聰在於多士才弘景化思拜昌言諸色人若上封事極言時政得失有官司者官吏長收狀聞奏無祿位者任自投匭進狀當必親覽須務體國公言不得用情謗訕每想候封歲思於荒稔莫非王土物合通其有無諸道州府閉糴禁錢頗爲弊事前後赦勑累有條具尚恐因循依前壅塞宜委出使郎官御史切嘉察訪如有違越即具奏聞叛徒相扇既已翦除脅從潛逃宜從寬宥湖南江西嶺南宣歙等處去年所遭狂猘擾亂尚恐

軍人百姓至今未安如先有爲患一作惡者關連親族或逃竄尚未復歸令一切不問仍各委本道長吏分明曉諭切加招誘安存勿令疑懼如百姓曾經被賊俘劫錢物官與收獲得者仰分明勘認本主給還勿使曖昧欺隱仍具分析聞奏如聞京城內富饒之徒不守公法厚利放債損陷飢貧前後累有勑文約勒非不丁寧無良者都不遵守致貧乏之人日受其弊宜令京兆府准寶歷三年四月二十日及開成二年八月二日勑文切加提舉曉諭嚴切約勒處分凶險之輩情狀難容如聞將吏傭保奴僕之徒或因愆過幾遣之後輒生怨謗捃拾本使及郎主細微之事意在僥求苟無所得便成恐脅或闇投無主文字或擅進文狀

此若不絕交害平人自今已後宜準律文及大中二年九月十日及大中六年八月二日勑便於當處焚燒所由不得收領及與聞奏其擅進文狀宜勘責重加料誠如所由固違勑文不焚燒所投文書尚敢將出當與告訴者同罪其容修文狀挾奸蠹者委臺府及諸軍諸使切加訪察如有此色便捉獲送府縣推問須令痛懲天下州郡於所公用之餘收糴年谷自備水旱以救疲人賑絕及時免待奏請探聞惠物頗謂通規今年正月一日赦文但令不別置倉廩頗別差官吏主當所以令寄常平義倉任自分別支用如聞所在州郡未能盡諭詔旨衮入常平義倉縱遇年豐不務糴歛謬爲廢閣切在舉明令所在州郡細詳今年

正月一日赦條處分其刺史去任日仍委本道觀察使便以在任日所收貯斛㪷多少支數以爲考課言念士子祿以代耕選人例迫飢寒遠赴調集頻年被駐情實可矜宜令吏部准今年正月一日赦文處分廣敬坤儀當舉推恩之典垂仁盤石在霑霈澤之榮太皇太后及元昭皇太后第二等以上親委中書門下量才叙用大長公主嗣王各與一子出身九廟子孫陪位者普恩之外各加兩階無官者各賜勳兩轉仍據使主封後與一人出身委宗正司鄉檢詳圖譜一房最沉翳者充數具名奏聞宗子中有行義可稱才幹足用者亦委搜採一作擇具名銜事狀送中書門下量才叙用內外文武見在及致仕官三品已上賜爵一級

四品以下加一階仍賜勳兩轉應入三品欠一考未足者考足日聽叙致仕官量與改轉依前致仕弼諧萬物鎮靖四方洎于文武具寮咸宣忠力並稟義方之訓宜推錫賚之恩追飾寵光式彰孝理中書門下及諸道節度使帶平章事祖父母亡殁未經追贈者并與追贈已經追贈者更與改贈東都留守諸州府長官在京及分司常參官神策衛金吾六軍統軍將軍四衛十二衛將軍威遠營鎮國軍等使父母亡殁未經追贈者並與追贈品秩已崇請廻贈祖父母者亦聽父在無官者量與致仕官父殁母存量與邑號者量與進改竭力扶危捨生取義不旌後嗣曷表遺忠故尚父汾陽王贈太師晟贈太尉秀實子孫中各與一

人正員官張巡許遠南霽雲顏真卿杲卿子孫中各與一人出身秖奉典冊誠禮無違宜被優恩以酬厥効即位日攝太尉奏詞中書令讀冊侍中進寶承旨宣制奏外辦禮畢各與一子正員七品官奉寶書綬讀冊及書玉冊官各特加一階書寶押寶授舉舁寶冊官溥恩之外加兩階合選人減一選其餘應職掌人行事及寫制令太常條選儀注等官三品已上更賜爵一級四品加階仍賜勳兩轉中書門下儀制官內侍省內教各特加一階鐫造玉冊並填金字造寶裝寶冊人等各賜物五十段承顧命撰制冊文及寫制官並已有昇其餘自八月九日至十三日諸寫制誥官各加二階大明宮留守及緣國慶告郊廟太清宮行

事官三品巳上賜爵一級四品以下加一階應緣崇冊太
皇太后及追謚元昭皇后冊禮職掌行事官及鐫造冊寶
填金字人等節級賜物周詩歌白馬之客魯國闡素王之
風尚德崇儒宜旌冑裔二王三恪文宣王子孫各與一子
出身藩邸臣寮誠勤久著各加優奬用示恩榮鄆王府官
今年八月九日巳前在任者五品以上並與進改六品以
下所司非時與分流外畨考巳足未足並放入流內侍省
及鄆王府官三品巳上賜爵一級四品巳下加一階五品
以下賜勳兩轉八月九日至十三日北內當上及從駕者
四品以下溥恩之外賜爵一級五品以下更加一階自身
更賜勳兩轉神策六軍金吾威遠皇城將士三品以上賜

爵一級四品以下加一階仍並賜勳兩轉馳奉章奏分居
職役冊勳進級甄彼勤勞諸道進奏官及緣國慶奏表到
京者溥恩之外各加一階仍賜勳兩轉翰林待詔并諸色
直長及供奉人等三品以上賜爵一級四品以下加一階
無階者賜勳兩轉飛龍閑廄宮苑典引掌扇內園總監栽
接少府將作中尚書武德軍器內外弓箭庫等諸使下白
身及無品直司定額長者雜匠巧兒黃衣長上監門直長
雜仗二衛七色引執駕細引執扇角手挐濮騎武士天文
觀生歷生漏生典鼓工人樂人主膳主酪典食手宰手掌
閑幕士駕士御醫工獸醫門僕樂童御書手流外行署等
賜勳兩轉宿陳仗衛師旅有勞委質蕃方偏裨著効咸加

奬賚庶給恩榮應赴御樓立仗神策六軍金吾威遠及皇
城等將士宜准舊制量賜錢帛其神策軍應在畿內鎮將
亦各賜物有差應諸道將校三品以上賜一級四品以下
加一階無階賜勳兩轉遠人慕義上國貢獻將表懷柔俾
霑寵錫鴻臚禮賓院蕃客等各賜物有差禮經重於問年
宜加廩餼王化存於勸善用激里閭天下耆老八十巳上
者各賜絹兩疋粟二石九十以上各賜絹三疋粟米五石
並以上供錢常平義倉粟充給仍令令長親致縣庭宣詔
頒賜不得委人吏致有欺隱其九十以上者仍加板授孝
子順孫義夫節婦旌表門閭終身勿事先有旌表者準耆
老例優賜除獘安人由於制命寢而不用致理良難大中

以來頻有赦令有司廢閣多不遵行宜委中書門下檢尋
提舉有便於人者次第施行或有事理未盡不便於人者
仍委中書門下及所在長吏條具聞奏其法詳斷刑獄今
年正月一日赦書巳有條具處分仍本司切加提舉遵守
施行不得輒有喫畬峻極靈長効祥興利俾申祀典以達
明誠五嶽四瀆名山大川各委本道長吏以禮致祭亡命
山澤挾藏軍器百日不首服罪如初赦書有所不該載者
所司明作條具聞奏敢以赦前事相告言者以其罪罪之
赦書日行五百里布告遐邇咸使聞知主者施行

文苑英華卷第四百二十

赦書二

改元赦書

改天監元年赦詔　沈約

門下五精遞襲皇王所以受命四海樂推殷周所以改物雖禪代相舛遭會異時而微明迭用其流遠矣莫不振民育德光被黎元朕以寡闇命不先後寧濟之功屬當期運乘此時來同（梁書作因）心萬物遂振厥弛維大造區夏永言前蹤義均慙德齊氏以代終有徵曆數云改欽若前載集大命于朕躬顧惟菲德辭不獲命寅畏上靈用膺（梁書作應）景業執禋柴之禮當與能之祚繼迹百王君臨四海若涉大川

罔知攸濟洪基初兆萬品權輿思俾慶澤覃被率土可大赦天下改齊中興二年爲天監元年賜民爵二級文武加位二等鰥寡孤獨不能自存者人穀五斛逋布口錢宿債勿復收其有犯鄉論清議贓汙淫盜一皆蕩滌洗除前注與之更始長從勑繫之身特皆原遣亡官失爵禁錮奪勞一依舊典

開元元年赦書　蘇頲

黄門朕聞聖人無心同於吹萬上皇有道契於明一居天下之尊者莫大體其大以昭臨成天下之務者至公順其公以康濟故能稽昌曆考元符通于神祇格于上下鴻名不可以深拒盛典不可以固違斯豈在予而徇於物也朕以菲德丕承聖訓掃除欃槍保衛宗稷内問安以承志外聽理以推誠始自朝廷納之以軌物終加蠻貊洎之以聲教欲令政行冡飲含齒戴髮去其夭札蠲其疵癘每兢兢於紫座寧自貴於黄屋而九我羣辟顧斯兆庶以爲人謀協從天意欽若王者人所歸也帝者天之號也歸之者以德號之者以功然號以功成則功不可以不表歸以德厚則德不可以不勵朕猥屬與能之運遂忘冲讓之私將逮臨（一作建）寅之歲首甫擇建子之天統是用發揮景命受茲禮册夫循名者責實謀始者慮終勉而全之非敢自滿所以克己思政惟懐永圖懼弗勝荷用多慙惕赦令所作其來尚矣是則姦人之幸嘗思奔馬之喻朕但欲令其畏惡

化之爲善庶比屋可封豈開羅爲惠朕之此志每用形言頃屬（一作自填）冬序頗愆農功（一作澤）洎簡辰練日有司備禮則上天同雲比風雨雪意者將乘廣慶必待湛恩宜行（一作懋）宥過之典以叶隨時之義可大赦天下改先天二年爲開元元年十二月一日昧爽已前大辟罪已下已發覺未發覺已結正未結正繫囚見徒咸赦除之云云禮尚於儉書誡於奢朕方（闕）敦朴以存勸沮至於乘輿服御及土木之功蠲除樽節貴從簡省王公已下宜識此心欲將先自朕躬冀能化行海内薛伯陽以卤魁之子合寘嚴刑緣尚主之恩特令遠貶旋念從夫之禮深矜自我之出宜復舊婚再承新命可唐州別駕員外郎置同正員郭元振往立大

功保護於朕頃因閱武頗失軍器容責情放逐將收後效可饒州司馬員外置同正員朕聞罪不相及先王之制叔向豈同坐一作於凶弟展禽見稱於哲兄劉廙不以劉偉獲辜王導不以王敦廢職崔滌爲其兄湜構禍每進欵誠事朕有年心則無隱忠邪既判賞罰宜均俾踐儲卿式彰臣節可太子僕員外置同正員國初以來宰相及實封功臣子孫一房沉翳未承恩者令所司訪擇有可才一作用者量加擢用周朝酷吏來俊臣周興之徒殘害宗枝毒害良善未言及此深所痛一作歎恨其酷吏有身在及酷吏身後有子孫亦令所司勘會甄別處分諸軍將士有年歲深久所由要籍或不得選集及未叙勞効咸委軍將據實奏聞仍

令所司早賜處分及諸軍將佐總管以上自今已後冬正東帛一準京官例給亡命山澤挾藏軍器百日不首復罪如初敢以赦前事相告言者以其罪罪之赦書日行五百里布告遐邇咸使知聞主者施行

一作皆唐大詔令

改元天寶赦　內制

門下古先哲王之致理也皆上順天心下稽人事特令贊發生之重一作德祥一作靈符叶紀年之稱考彼前載斯爲一作爲大猷恭惟烈祖玄元皇帝天寶錫慶象帝之先垂裕後人重光五聖自朕嗣守丕業洎三十年實賴宗社降靈昊穹孚祐萬方無事六府維脩寰宇晏然一作如庶臻于理然則乾元在上仁覆爲首皇王臨下惠化攸先恩弘善貸用廣滋一作慈育尊道寶之一作而建元暢玄風於不宰況屬陽和布氣猷歲發生宜覃在宥之恩式降維新之澤可大赦天下改開元三十年爲天寶元年自天寶元年正月一日昧爽已前大辟罪已下罪無輕重已發覺未發覺已結正未結正繫囚見徒常赦所不原者咸赦除之諸色左降官并其流人未經量移者亦與量移禁釁外以遂生成自今已後每年春天下宜禁弋獵採捕如聞百姓之內或有戶高丁多苟爲規避父母見在乃別籍異居宜令州縣勘會其一家之中有十丁已上者放兩丁征行賦役五丁以上者放一丁即令同籍共居以敦風教天下侍老八十以上

者宜委州縣官每加存問仍量賜粟帛侍丁者令其養老孝假者矜其在喪此王政優容俾申情理而官吏不依令式多雜役使自今後不得更然國之急務莫若求才頃者雖屢搜揚士庶尚慮遺逸更宜精訪以副虛懷其前資及白身人中有儒學博通及文詞秀逸或有軍謀越衆或武藝絕倫者委所在長官具以名薦若乃弘我風化實惟方岳必佇其人以膺共理其京文武官五品以上清資并郎官據資歷人才堪爲刺史者各任封狀自舉但文宣至訓事必正名而黃鉞古來以金爲飾金者應五行之數有肅殺之威去金稱黃理或未當其黃鉞宜改爲金鉞符威武之義焉內外文武九品已上各賜勳兩轉前王重典在乎

祭祀況屬維新事宜照告五嶽四瀆名山大川諸靈迹及自古帝王忠臣義士並令所由本州縣致祭

一作皆唐大詔令

奉天改元大赦制　陸贄

門下致理興化必在推誠忘己濟人不吝改過朕嗣守（詔令作服）丕構君臨萬方（詔令作邦）失守宗祧越在草莽不念率德誠莫追於既往永言思咎期有復（詔作補）於將來明徵厥初（舊唐書作其義）以示天下惟我烈祖邁德庇人致俗化於和平拯生靈於塗炭重熙積慶垂二百年伊爾卿尹庶官洎億兆之衆代受亭育以迄于今功存于人澤垂于後肆予小子獲纘鴻業懼德不嗣罔敢怠荒然以長于深宮之中暗于經

國之務積習易溺居安忘危不知稼穡之艱難不察（唐書作卹）征戍（詔令作戍役）之勞苦澤靡下究情不上通事既壅隔人懷（集作情）疑阻猶昧省己遂用（詔令作致）興戎徵師四方轉餉（文粹作運）千里賦車籍馬遠近騷然行齎居送衆庶勞止或一日屢交鋒刃或連年不解甲胄祀奠（詔令作典）乏主室家靡依生死流離怨氣凝結力役不息田萊多荒暴命（唐書作令）峻於誅求疲甿空於杼軸轉死溝壑離去鄉閭邑里丘墟人煙斷絕天譴於上而朕不寤人怨於下而朕不知馴致亂階變興都邑賊臣乘釁（詔令作隙）肆逆滔天曾莫愧畏敢行陵逼萬品失序九廟震驚上辱於（詔令作累于）祖宗下負於（詔令作于）黎庶痛心靦貌（詔令作面）罪累在予永言愧悼（詔令作詠）若墜泉谷賴天地

降祐人神（唐書作祇）叶謀將相竭誠爪牙宣力屏除（詔令作逐）大盜載張皇維（唐書作屏皇維郡盜斯戢張）將弘永圖（詔令作丕猷）必布新命（詔令作令）朕晨與夕惕惟念（唐書作省）前非乃者公卿百寮累（詔令作類）抗章疏（詔令作表）猥以徽號加以朕躬固辭不獲俯遂輿議昨因內（文粹作循）省良用矍（唐書作瞿集作懼）然體陰陽不測之謂神與天地合德之謂聖顧惟淺昧非所宜當文者所以化成武者所以定亂今化之不被亂是用興豈可更徇群情苟膺虛美重余不德秖益懷慚自今以後中外所上書奏不得更稱聖神文武之號夫人情不常繫於時化大道既隱亂獄滋豐朕既不能弘德導人又不能一法齊衆苟設密網以羅非辜爲之父母實增愧悼今上元統曆獻歲發生（唐書作祥）

宜革紀年之號式敷在宥之澤與人更始以（文粹作用）答天休可大赦天下改建中五年爲興元元年自正月一日昧爽已前大辟罪已下罪無輕重已發覺未發覺已結正未結正繫囚見徒常赦所不原者咸赦除之李希烈田悅王武俊李納等有以忠勞任膺將相有以勳舊繼守藩維朕撫馭乖方信誠靡著致令疑懼不自保安兵興累年海內騷擾皆由上失其道而下罹其災朕實不君人則何罪屈己私物余何愛焉庶懷引慝之誠以洽好生之德其李希烈田悅王武俊李納及所管將士官吏等一切並與洗滌各復爵位待之如初仍即遣使分道宣諭朱滔雖與賊泚連坐路遠未必同謀朕方推以至誠務欲弘貸（唐書作未念舊勳務存弘）

貸如能効順亦與維新其河南河北諸軍兵馬並宜各於
本道自固封疆（詔令作土）勿相侵軼朱泚大爲不道棄義蔑（詔令作滅）
恩反易天常盜竊名器暴犯陵寢所不忍言獲罪祖宗
朕不敢赦其應被朱泚脅從將士官吏百姓及諸色人等
有遭其扇誘有迫以兇威苟能自新理可矜宥但官軍未
到京城以前能去逆效順及散歸本軍本道者並從赦例
原免一切不問天下左降官即與量移近處已經量移者
更與量移流入配隸及罰藩鎮効力并緣罪犯與諸使驅
使官兼別勑諸（詔令作於）州縣安置及得罪人家口未得（詔令作許）
歸者一切放還應先有痕累禁錮及反逆緣坐承前恩赦
所不該者並宜洗雪亡官失爵放歸勿齒者量加收叙未

復資者更與進叙人之行業或未必兼構大厦者方集於
羣材建奇功者不限於常檢苟在適用則無棄人沉黜免
之人沉鬱旣（文粹作頗）久朝過夕改仁何遠哉流移降黜亡官
失爵配隸流人等有才能者聞者特加録用勿拘常例諸
軍諸使諸道赴奉天及進收京城將士等或百戰摧敵或
萬里勤王扞固全（文粹作金）城驅除大憝濟危難者其節著復
社稷者其業崇我圖爾功特加彝典錫名疇賦永永無窮
宜並賜名奉天定難功臣身有過犯遞減罪三等子孫有
過犯遞減二等當戶應有差科（詔令作偶）使役一切蠲免其功
臣已後雖衰老疾患不任軍旅當分糧賜並宜全給身死
之後十年內仍回給家口其有食實封者子孫相繼代代

無絶其餘收録及功賞條件待收京日並準去年十月十
七日十一月十四日勑處分諸道諸軍將士等久勤扞禦
累著功勳方鎮克寧惟爾之力（詔令作績）其應在行營者並超
三資與官仍賜勳五轉不離鎮者依資與官賜勳三轉其
累加勳爵仍許回授周親內外文武官三品已上賜爵一
級四品已下各加一階仍並賜勳兩轉見危致命先哲攸
貴掩骼埋胔禮典（詔令作經）所先雖効用而（詔令作之）或殊在惻隱
而何間諸道兵士有死王事者各委所在州縣給遞送歸
（詔令作赴）本管官爲葬祭其有因戰陣殺戮（詔令作捕）獲伏辜暴骨
原野者亦委所在逐近便收葬應緣流貶及犯罪未葬者
並許其家口各據本官品以禮收葬自頃軍旅所給賦役

繁與吏因爲姦人不堪命咨嗟怨苦道路無聊汔可小康
與之休息其墊陌及稅間架竹木茶漆榷鐵等諸色名目
悉宜停罷京畿之內屬此寇戎攻劫焚燒靡有寧室王師
仰給人以重勞特宜減放今年夏稅之半朕以兇醜犯闕
遠用于征爰度近郊息駕兹邑供儲克辦師旅攸寧式當
褒旌以志吾過其奉天宜昇爲赤縣百姓并給復五年尚
德者教化之所先求賢者邦家之大本永言兹道夢想勞
（集作增）懷而澆薄之風趨競不息幽棲之士寂寞無聞蓋誠
所未孚故求之不至天下有隱居行義才（集作道）德高遠晦
跡丘園不求聞達者委所在長吏具姓名聞奏朕當備禮
邀致諸色人中有賢良方正能直言極諫其博通墳典達

於敎化弁識洞韜鈐堪任將帥者委常衮官及所在長吏聞薦天下孤(集作者)老鰥寡惸獨不能自活者並委州縣長吏量事(詔令作加)優恤其有年九十巳上者刺史縣令就門存問義夫節婦孝子順孫旌表門閭終身勿事大兵之後內外耗竭貶食省用宜自朕躬朕當損(詔令作節)乘輿之服御絕宮室之華飾率巳師儉(集作率以節儉)爲天下先諸道貢獻自非供宗廟軍國之用一切並停應內外官有冗員及百司有不急之費委中書門下即商量條件停減聞奏布澤(詔令作恩)行賞抑惟舊章令以餘孽未平帑藏空竭有乖慶賜深愧于懐赦書有所未該者委所司類例條件聞奏敢以赦前事相告言者以其罪罪之亡命山澤挾藏軍器百日不首

復罪如初赦書日行五百里布告遐邇咸使聞知

興元二年改爲貞元元年正月一日大赦天下制

前人

門下王者體立元極欽若乎天地纂業承統嚴奉乎祖宗所以敬事修誠務本敦孝尊其上以御于下謹其身而訓于人百神允諧(詔令作懐)兆庶来賴立國之本斯其大經(詔令作國)之大典莫重於斯朕獨理不明違道招損徃遭大(集作多)難淪陷國都天地宗祧曠而莫主是則欽若嚴奉之義缺矣朕甚懼焉洎再(集無再字)復京師遷將告謝有司以人力耗斁禮物廢墜(詔令作隳)日居月諸歲聿云暮卜其近日俯(詔令作甫)在上春齊心未懐坐以待曙而百辟卿士抗疏(詔令作表)上言咸謂人心未寧不足以盡敬愆孽猶在不足(詔令作可)以造功迫於羣情俯仰(詔令作抑)誠顧郊廟孔邇瞻言莫定悼心慙顔胡寧自處重以和平未洽灾沴荐臻去歲旱蝗兩河爲甚人流不息師出靡居加之以徵求困之以荒饉困窮餒殍轉死丘墟而又關輔之間冬無積雪土膏未發宿麥不滋詳思咎徵有爲而致(詔令作其失安在)豈兵戎之後餘梗(詔令作殺)尚存將獄犴之中深寃未釋(詔令作息)又河左(詔令作中)淮右逆將(詔令作賊)阻兵汗脅齊人陷之死地雖欲自雪厥路無由抱義銜寃足傷和氣此皆由(集作自)朕爽(詔令作寡)德播災于人爲之父母實用愧恥今玄陰巳謝春日載陽勾萌畢伸幽蟄咸震思與海內同心自新發號(詔令作布澤)更元用符天意宜改興元二年爲

貞元元年自正月一日昧爽以前大辟罪巳下巳發覺未發覺巳結正未結正繫囚見徒罪無輕重咸赦除之應在河中脅從將士多是奉天赴難功臣本居朔陲夙尚忠節豈以一夫詿誤棄其累代勳庸朕於此軍尤所不忍特宜洗滌待以初誠自非與官軍决戰死於鋒刃其餘雖臨戰(詔令作陣)擒獲亦並(詔令作便)釋放如舍(集作棄)逆歸順者在身先有官爵實封一切如舊仍準前後制勑所在便給賞錢幷與甄叙如有因危効節建立殊庸量其事蹟特加奬擢李懐光若能翻然悔(詔令作改)過束身赴闕(詔令作朝)念其嘗有大勳必當終始全護仍準前勑授之官封朕於功臣庶亦無負淮西將吏百姓等有被刼制乂爲匪人詢事原情諒非獲巳

令王師四合計日誅夷玉石同（一作俱）焚用增惻憫宜令諸道進軍之日唯罪首惡一人自餘徒黨悉從原宥如有歸明（詔令作順）及立功者並準河中將士例褒獎爲國之要在於審官共理分憂守宰彌切閭境性命繫乎其人將使里閭無愁苦之聲風俗興廉讓之教得不慎柬髦彥寄之化源自今已後諸州刺史有闕中書門下於朝官中精擇有理人才術者授之如刺史縣令在任頻年課績尤異（詔令作著）者擇授給舍郎中（詔令作擢侍郎給舍官）御史中外迭處用觀其能賞罰必行期于競勸自頃選曹署吏唯以書判求人務騁浮華莫詢（詔令作稽）實行且能言者不必適用藴用者或未能言爲官擇人其在精覈宜令清資常叅官每年於吏部選人

中各舉所知一人堪任縣令錄事叅軍者所司依資叙註擬便於甲曆之内具標舉主名銜仍牒報御史臺如到任後政理尤異及有贓犯事蹟明著者所司錄舉官姓名聞奏以爲襃貶其内外官員及京城諸使名目委御史審勘會商量幷省停減仍集百寮定議務從（詔令作欲）簡約息費便人其京官外官職田及利息官錢等或黠吏詆欺移易壇畔或貧人從徙捕繫親隣日月滋深耗弊彌甚亦令百寮議其折衷擇善而行往以賦役殷繁人不堪命定爲兩税事頗易從比屬兵興或踰始制法無所守吏益爲姦哀我勞人汔可小息其諸州府除兩税外應有權宜科率差役一切悉停京畿及側近州縣所欠百姓科（詔令作和）市和糴價

直委度支即勘會支給諸道非臨寇賊州縣自去冬已來新點召（詔令作名）官健子弟等並宜放散任營生業應經陷賊州縣百姓屋宇被焚毁幷貧病老弱及遭傷損之類所在量加優卹使得安存天下名山大川幷自古聖帝明王賢臣烈士祠廟墳墓各委當處長吏擇日致祭必資精潔以達至誠班爵有差所以叙賢也廩秩有等所以明勸也今或高卑失次中外相踰至於卿士之家尚罹凍餒之患忠信重禄豈其然耶内外官禄及俸錢手力雜給等委中書門下與度支即叅詳定額聞奏應赴奉天及收城將士等並功存社稷節著艱危中心藏之豈忘酬報頃緣府藏空竭賞給未周（集作充）乃眷勲臣實用增愧應準元勑合請賞

錢人等委所司節減宮内及百司費用據所支（集作有）財物速與給付（集作支給）應在京城及諸道立功將士等先有詔旨並許甄昇所司勘會淹歷時月委中書門下即與處分諸軍行營幷河中朝邑被脅從將士家口在京及諸州府者宜令本道節度觀察使常存賑卹各令優給應諸軍諸使立仗見在城將士等共賜物七萬疋云云

文苑英華卷第四百二十一

文苑英華卷第四百二十二　翰林制誥三

赦書三

尊號赦書一

開元二十七年冊尊號大赦天下制　孫逖

門下（一作勑）古之執大象建皇極者必稽彝訓而受鴻名所以應乎天而順乎人也朕嗣守丕業二十七年受命之初既膺明號尚多祗懼已謂崇高而公卿宗子緇黄耆艾披誠瀝懇詣闕上言僉以爲乃聖乃文祖宗大烈恭惟纘服必在欽承顧以休名施于薄德抑而不許凡已十年爰迨于今又陳八請上迫奉先之義下稽從衆之言將存至公不可固拒以今日敬依大號曰開元聖文神武皇帝勉從

典冊良增感懼惟新之號既不私於朕躬非常之澤宜並（一作普）覃於率土可大赦天下自開元二十七年二月七日昧爽以前大辟以下罪無輕重已發覺未發覺已結正未結正繫囚見徒常赦所不免者咸赦除之自開元已來諸色逋負痕累人等咸從洗滌令許自新所司更不須以此爲累其有別勑停官及亡失爵者放歸不齒之類量加收叙左遷官及諸色流人並稍量移近處朕每念黎甿常恐失所救其困乏所貴（一作必在）及時比來諸州或有損處所在賑給例遍春農比及奏報又淹時月既無救於懸絶亦何成於惠養自今已後每年至秋收後卽宜遣使分道宣慰仍與採訪使及州縣相知巡檢百姓間或有乏絶不自支濟者應須蠲放及賑給便量事處置訖奏聞天下百姓宜放今年地稅州縣官月料錢緣錢有濫惡致損於人或徇私者多得罪亦衆所以改支庸調將便公私聞百姓之間加織造若以此勞弊又非得所自今已後宜各以當道所鑄充其月料古者三載考績黜陟幽明允叶大猷以勸天下比來諸道所通善狀但優仕進之華輿爲選調之資責實循名或乖古義自今已後諸道使更不須通善狀每至三年朕當自擇使臣觀察風俗有清白政理著聞者當別擢用宗廟致敬必先於所在神人所依無取於非族滌惟至理用切因心其應緣太廟五享宜於宗子及嗣王郡王中揀擇有德望者令攝三公行事其異姓官吏（一作更）不須

差（一作令）攝其草澤間有殊才異行文堪經國爲衆所知不求聞達者所在長官以禮徵送皇太子璵男宜並封授官邠王守禮寧王憲各與一子三品官其內外文武三品已上賜爵一級四品以下各加一階長公主及嗣郡王各與一子官郡主縣主各放一子出身二王後及諸方蕃客宜各賜物諸致仕官量與進秩依前致仕天下耆老百歲已下版授下州刺史婦人版授郡君賜粟五石綿帛五段九十已上版受上州司馬婦人版授縣君賜粟三石綿帛三段八十已上版授縣令婦人版授鄉君賜粟兩石綿帛二段京城父老宜共賜物三千段道僧等賜物一萬疋天下觀寺六齋日宜轉經讀典懲惡勸善以闡文教赦書有所

未該所司類例處分率土之內賜酺五日五嶽四瀆名山大川自古帝王忠臣義士並令州縣致祭其有亡命山澤挾藏軍器百日不首復罪如初宣布中外咸使知聞主者施行

一作皆唐大詔令

文武孝德皇帝冊尊號赦書 長慶元年 元稹

門下昔我高祖太宗化隋為唐奄宅區夏包舉四海全付子孫其何事哉彼昏盈而我勞敬也明皇承之能大其業六戎八蠻罔不貢奉由是庶尹弛政庶吏弛刑視人不勤視神一作盗不謹燕冦勃起洞無藩籬六十有七年兵革大熾其何事哉據逸安而易萌漸也逮我聖父勤身披攘斬斷誅除天下略定曾是幽冀賜予傢來荷賴景靈丕訓不墜

環歲之內方平寧粤予何功時帝之力而卿大夫猥以大號加于眇身讓于四三益甚其請皇太后如聞其事歎然慰心慈旨下臨臣誠上迫祗受太一作典禮禀乎余懷尚念昔者七十二君莫不升中慶成自以為堯舜莫已若也然而不為堯舜之行者來代無傳焉朕嘗推是為心不欲名浮於實今卿大夫謂我為文武孝德矣其將何道以匡予子其業業兢兢日慎一日慕陶堯虞舜之行以自勉思文祖憲考之道以自勤予苟不思無忘納誨於戲溢美之名既不克讓及一作潤物之澤夫何愛焉可大赦天下

一作皆唐大詔令

大中二年正月三日冊尊號赦書 編制

門下我國家披皇圖以立極執大象以升中睿父嗣孫詔令作睿嗣神宗重熙累盛逮予稽古聖孝紹復中興洗滌宿氛廓開昌運天命不易賜予元符荷宗社之耿光致寰瀛之小泰干戈載戢風順雨時北狄來賓西戎効職詔令作欸豈予菲薄汔此肅清皆中外元僚文武多士同心協贊而使之然益用兢慙以戒盈滿而乃累陳冊懇願上鴻名牢讓不從瀝誠彌切於戲昔賢有云舜何人也我何人也苟或讓之不遂予亦敢不思齊今百執事謂予曰聖敬敢忘湯武日躋之詩謂予曰文思敢忘放勛欽明之典謂予曰和文敢忘保大之功謂予曰光孝敢忘繼志之義以是自勗庶無悔焉浮實之名既不獲已乗春之澤當務惟新可大赦天

下自大中二年正月三日昧爽已前大辟罪已下已發覺未發覺已結正未結正繫囚是徒罪無輕重咸赦除之惟正犯十惡五逆已上故殺人及官典犯贓不在此限持仗行刼必欲害人苟遇支敵即行殺戮捍逆追捕肆意奸宄不懲此流無以除惡并故殺人者雖以自今已後稍更廣求如有未曾任刺史縣令居然有誠略才術為衆所推者亦任於諸色人中選擇為兩省官周之宗盟寔惟封建漢之子弟亦謂大牙廣盤石之宗增維城之固當今源流遠大枝葉蕃昌王室子孫不合布素宜令本司檢尋譜諜明驗房從貧窮不濟未有身名者每房放一人出身如有父見在朝門蔭可自補身名者即不在此限應諸州府縣等納

稅只合先差車牛優長户近者多是權要及豪富之家悉
留諸縣輸納致使單貧之人却湏僱脚般載從今已後湏
令有車牛豪富人户送太倉及州府輸納其留縣並湏先
饒貧下不濟户如有違越節級官吏重加科殿所在逃户
見在桑田屋宇等多是暫明東西便被隣人與所由等計
會推云代納稅錢悉將砍伐毀折及欲歸復多已蕩盡因
致荒廢遂成閑田從今已後如有此色勒鄉村老人與所
由并隣近等同點檢分明分析作狀送縣入案任隣人及
無田產人且爲佃事與納稅錢如五年內不來復業者任
使耕佃人爲主逃户不在論理之限其屋宇桑田樹木等
佃人逃户未歸五年內不得輙有毀除砍伐如有違犯據

根口量事情科責并科所由等不撿校之罪諸道州府應
欠開成三年終已前因水旱不熟貸借百姓及軍用欠闕
借便度支户部鹽鐵錢物斛㪷積欠相承日月既久百姓
或無本户長吏累又改更全無本色可以支填所司徒有
徵索之名終無送納之日虛繫簿書宜並放免三公僕射
不常除官每至上時湏有聚會委以府縣即湏擾人宜令
度支户部勾當局席便取京兆府本色錢充不得令府司
差配百姓吏部去年冬選人如聞多縁文字差錯所司駁
放既添員闕亦可矜容若非身名踰濫及欠選欠考并準
格不合收外其餘委吏部與重磨勘量收待殘闕比遠注
擬上已重陽曲江宴會自有本色伍伯貫錢費用之間不

合欠闕每聞差配百姓不免擾人從今已後宜令京兆府
先與度支鹽鐵計料據所用一物已上除以本色錢物外
如有欠少即委度支鹽鐵據數均給府縣不得輙配百姓
其所市易並湏先給付價錢如有妄配百姓買物不給價
錢官吏等並準此同枉法贓例處分仍令御史臺切加察
訪天下州府有官吏犯贓皆遞相蒙蔽不肯發明縱有申
聞百無一二自今已後管內縣令有犯贓事發州司不舉
者連坐録事參軍有贓犯刺史不舉者坐刺史其刺史有
贓事發觀察使不舉者連坐廉使則遞相檢轄功過可明
各務清廉悉心爲政度支鹽鐵户部三司茶綱欠負多年
積弊斯久家業蕩盡無可徵索虛繫簿籍勞於囚縶者復

委本司各條流理聞奏如先將茶貼賣與人及借貸人錢
物若文帖分明的知詣實即與帖州縣徵理如組織平人
妄有指射推勘了後重加决責釋氏之教清凈爲宗將悟
昏迷實資善誘上都除先置寺外每街更各添置寺五所
東都除先置寺外更添置寺五所每寺各度五十人每處
僧寺三所尼寺二所西川荆南揚州潤州汴州太原河中
襄州已上八道除先置寺外更各添置寺二所每處僧置
寺一所尼寺一所諸道節度觀察使府除先置寺外更各
添置寺一所其所置僧寺各度三十人諸道管內州未置
寺處宜各置寺二所僧寺一所尼寺一所每寺各度三十
人五臺山置寺五所如有見存寺便令脩飾充寺每數度

五十人數内置尼寺一所已前添置寺宜並先度僧尼漸漸教化建造寺宇不得遞有勞役其僧尼年幾限約并諸條流準會昌六年五月五日赦條事例處分道濟生靈功成克伐晦明雖隔禮敬宜加唐功臣墳墓無子孫者不許砍伐委所在長吏差人巡檢爰念農耕是資牛力絶其屠宰須峻科條天下諸州屠牛訪聞近日都不遵守自今已後切宜禁斷内外文武任及致仕官三品已上賜爵一級四品已下加一階仍賜勲兩轉神策六軍金吾威遠皇城將士普恩之外各賜勲兩轉道宗僉聖禮洽虔賓式舉舊章以榮（一作崇）後嗣二王三恪及文宣公各賜物五十疋環衞星陳華夷雲集眷兹勞効俾示恩華神策六軍金吾威

遠皇城等諸軍將統軍已下各有賜物其將士等長行立仗并守營者各賜物有差鴻臚禮賓院應在城内蕃客等并節級有賜物澤貴流根宜須禄秩義隆追遠用慰孝思常參官及諸州府長史父母見存未有官封者並量與五品致仕官及階并邑號父母亡殁未經追贈者量與追贈官及邑號攝侍中讀寶官攝中書令讀册官各賜一子出身撰册文賜一子正員官奉寶綬官書玉册官書寶官各加兩階進寶綬進册進中嚴外辦禮儀賛導押册押寶綬舉舁寶册官各加一階其餘應職掌行事官太常脩撰儀註禮官并内行事官三品已下賜爵一級四品已下加一階仍並賜勲一轉鐫造玉册官各賜物五十段中書門下儀制官特加一階禮崇養老道貴旌賢爰示優恩以弘教化天下百姓年九十已上委所在長吏量加存問孝子順孫義夫節婦旌表門閭終身勿事先已旌表者亦量加優䘏川岳玄功聖賢幽賛宜因霈澤用薦馨香五岳四瀆宜委本州長吏備禮致祭名山大川自古聖帝明王忠臣烈士委所在以禮致祭亡命山澤挾藏軍器百日不首復罪如初赦書有所不該者所司具作條例聞奏敢以赦前事相言告者以其罪罪之赦書日行五百里布告天下咸使聞知主者施行

元和十四年七月二十三日上（一作冊）尊號赦

編制

門下朕聞惟人戴后因事必極於推尊惟辟奉天有善必歸於讓德在敷景化以荅玄功居有勞謙之思進多蒲假之懼緬自遂古何嘗不由是而致理焉朕獲纘曆圖祗膺神器上奉大祭下安群生恭已臨軒兢懷馭朽志欲周於四海念常切於一夫旰食宵興唯恐失墜運屬休泰時丁小康方隅廓清氛祲銷盪斯乃上荷乾坤之垂祐宗社之降靈下賴卿士之叶心戎臣之宣力端拱嚮道推誠任能豈予寡昧用集丕績況至化猶鬱勤憂未寧而中外臣僚文武多士累陳懇疏並進昌言願獻鴻名以增虚美詎衆心而率籲轉切顧眇身而内愧靡安乃擇吉辰爰受典冊禋告于清廟慶聞于昊天當兹盛儀夕惕增厲於戲朕自

御極再加景號在徽章而孔備諒浮實而多慙宜因行慶
之辰誕布惟新之澤與物咸遂求乎于休可大赦天下自
元和十四年七月十三日昧爽已前大辟罪已下已發覺
未發覺已結正未結正繫囚見徒罪無輕重咸赦除之唯
故殺人及官典犯贓不在此限左降官量移近處已經量
移者更與量移如復資者即任赴選集丁憂去任服闋日
亦與量移如有親故在上都任於所司陳狀便與處分不
必更待本州申請如準前制已合量移有司未註擬者並
任累叙并別勑因責授降資正員官所司亦與處分亡官
失爵放歸不齒者量加收叙流人移隸等並與量移近處
僧尼道士移隸者得罪人已亡殁家口未放歸者一切放

歸如自情願住者亦聽住左降官及流人先有官者如有
已亡殁各還本土應反逆緣坐配流在遠處身已亡殁者
如有親戚任便歸葬棄瑕宥過既咸遂於幽明録善舉才
庶無遺於廢滯或中外前資見任官如有因瑕累未階録
用并左降官事情可恕才行足稱者宜委中書門下量加
簡授隨能録用妖寇久阻汚脅所加今既盪清宜從洗滌
其淄青舊管內官吏將士百姓等縱有跡同惡逆掛涉流
言事在往時一切不問維新之後仍不得遞相糺告革其
弊俗阜彼遺人切在分憂期於共理鄆曹濮淄青沂海等
三道百姓久淪寇境皆被殘傷宜委本道觀察使刺史設
法綏撫務令安輯勲籍所著常典必行常恐踰時無忘終

食應平淄青諸道立功將士宜委本道速準前勑條疏聞
奏當與甄獎自經討伐鋒刃所交言念傷殘每深憫惻其
淄青舊管四面官軍陣亡將士等已有前勑處分收葬量
事致祭其是賊徒遺骸委在中野者亦委所在州縣速與
掩瘞輦轂之下萬邦所瞻封畿之內百役斯集求言凋瘵
是用蠲除其京畿諸縣今年秋稅戶青苗及秋冬季榷酒
錢每貫量收四百文從元和五年已前諸縣百姓欠負錢
物草斛㪷等共一十三萬五千一百一十三貫石速委京
兆府踈理具可放數聞奏天寶已後戎事方殷兩河宿兵
戶賦不入軍國費用取資江淮繭絲所收寧免加厚物力
有限水旱相因歲月既深凋瘵亦甚眷言及此憫歎良多

今上天垂休氛沴清息師旅之後又茲豐穰省事恤人庶
乎惠養其淮南浙江東西宣歙江南湖南福建山南山東
荆南等九道今年秋稅錢合上供者每貫量放三百文度
支其今年秋稅留州留使錢并鄂岳共十道每貫量放一
百文度支元和五年已前諸道州府監院送省除前制放
免外諸色久負逋縣錢物等共四百二十八萬八千八百
貫石等監院鹽鐵使從貞元五年已後至元和五年已前
制踈理量放外應負諸色錢物斛㪷共三百三十二萬二
千一百五十一貫石等戶部從建中三年已後至元和九
年已前除前制踈理外諸色欠負錢物共計五十三萬九
千四百六十四貫石等並委本司踈理具徵可放數聞奏

御史臺及秘書省等三十二司公廨及諸色本利錢其主保逃亡者并正舉納利十倍已上攤徵保人納利五倍已上及展轉攤保者本利並宜放免其正舉未至十倍亦委御史條疏聞奏京城内私債本因富饒之家乘人急切終令貧乏之輩陷死逃亡主保既無資産亦竭徒擾公府無益私家應在城内有私債經十年已上本主及原保人死亡又無資産可徵理者並宜放免比來州縣多不定户貧富變易遂成不均前後制敕頻有處分如聞長吏不盡遵行宜委觀察使與刺史縣令商量三年一定必使均平其京兆府亦宜準此河隴迥遠風沙早零動切烟塵之虞居勞晝夜之警方加拊勉寤寐在懷緣邊諸軍自今已後所

給衣賜及軍粮價直宜委支稍加優恤展材効用既竭忠勞行慶覃恩所宜優給内外文武見任及致仕官三品已上賜爵一級四品以下加一階仍賜勲兩轉神策六軍金吾威遠皇城諸道將士等普恩之外賜勲三轉諸道將士經淮西淄青兩度立功者更賜勲兩轉詩歌有客王道攸存禮著先師儒風載闡永懷後嗣寧忘加恩二王三恪及文宣公賜物五十疋仁親爲寶睦族是先霈澤所行用頒慶賜大長公主長公主嗣王各有賜物宸居所拱禁衛斯嚴寄切爪牙効彰忠勇恩榮素厚寵錫宜周神策六軍金吾威遠皇城等諸軍將軍已下各有賜物其將士等長行立仗者并守本營者每人各賜有差四夷來庭萬里觀禮

柔遠之義恩不可遺鴻臚禮賓院應在城内蕃客並節級賜物祗受冊典永垂鴻休皆惟皇臣克贊盛禮崇階高爵任子延恩式示寵章以明酬獎讀冊官侍中韓弘讀寶官戸部侍郎平章事皇甫鎛並加一階已至三品者賜爵二級撰冊文官中書侍郎平章事崔群與一子正員官奉冊寶綬書玉冊書寶官加兩階進寶綬進冊禮儀賛導押寶綬舉舁寶冊官加一階其餘應職掌行事官寫制書官太常脩撰儀注禮官并内侍省行事官三品已上賜爵一級四品已上各加一階仍賜勲兩轉鐫造玉冊并填金字造寶官等各賜物五十段每懷先正尚想舊勲將以勸忠故茲進録故尚父子儀贈太師晟贈太尉秀實各與子孫中

一人八品官張巡許遠南霽雲顔杲卿真卿各與子孫中一人出官陝州元從奉天定難功臣三品已上普恩之外賜爵一級四品已上更賜勲三轉身殁未經追贈者宜與追贈太學崇儒教化根本兩都國子監舘宇如有隳壞處宜令本司計料聞奏當與脩葺官屬師氏委中書門下及所司精慎選擇用賛納諫常所虚心計科求人抑有古典天下諸色人中有賢良方正能直言極諫博通墳典達於教化軍謀宏遠堪任將師詳明政術可以理人者委中書門下尚書御史臺及諸司四品以下清望官五品已上清望官諸道觀察使刺史各舉所知仍限來年正月内到上都朕當親自策試宗子中如有才行可稱者委宗正寺及

所在長吏具以名聞仍委中書門下量才叙用國典舊章墜廢滋久者各委本司條疏奏請當議施行元和元年已來制報處分有未遵行者委御史臺提舉聞奏大明黜陟署在格言所以考官吏之濁清究黎人之利病敷我化理屬于使臣宜委中書門下選黜陟使分巡天下恤其耆老必及於州閭表其行義用敦乎風俗天下百姓年百歲以上各賜米五石絹二疋綿一色羊酒有差九十以上各賜米三石絹兩疋仍令本縣令就家存問孝子順孫義夫節婦旌表門閭終身勿事先已旌表者量加優邺祀典所載朝章是崇或美利在人或遺風可慕必資申敬乃副于誠五岳四瀆宜委本州府長吏備禮致祭名山大川及自

古聖帝明王忠臣烈士各令所在以禮致祭亡命山澤挾藏軍器者百日不首復罪如初赦書有所不該者所司具作條例聞奏敢以赦前事相告言者以其罪罪之赦書日行五百里布告天下咸使知聞

文苑英華卷第四百二十二

文苑英華卷第四百二十三　翰林制詔四

赦書四

尊號赦書二

寶曆元年四月二十日冊尊號赦文　編制

門下朕聞奉天地之大統必酌于人心荷宗祖之誠訓必叅于國典顧惟眇身守任重器道未能被物德不足蓋身賴于宗工碩老輔導丞弼享祧主詔令作奉暨重燎告玄履曆正元敷施大號庶方咸若四表穆然皇祖披攘之基列聖焦勞之業恬焉而有泰焉而居晝以度心夜以省己其何德以堪之方將法乾以行健體咸而致和執冲以固高守約以持滿而文武百辟章奏四上以爲人心不可以曲讓

國典不可以矯違亦用慰于太皇太后皇太后之意屈而後俞諒非獲已豈不以予非生知欲以徽稱懿號誘掖勸慕之乎將使循名而勉其實力實而應其名乎然則予方且以爲帚弦方且以爲箴誥栿于皇極庶無尤違是宜與物同利惟新大澤可大赦天下自寶曆元年四月二十二日昧爽已前大辟罪已下已發覺未發覺已結正未結正繫囚見徒罪無輕重咸赦除之惟故殺人及官典犯贓不在此限應左降官未經量移者宜與量移近處丁憂去任服闋日亦與量移如准前制已合量移有司未注擬者並任累叙流人未到所在及已到未經量移者並與量移近處僧尼道士移隸未經量移者並亦一作與量移近處中外

前資見任官頃因延累未及用才并左降官中有事情可
恕名跡素聞者宜委中書門下量加奬用勿使屈滯授田
制祿歲久而弊深留獄要因期舒而濫廣隱冐啓逃姦之
漸倍稱成豪奪之源亟舉舊章徜循宿蠹永言謀始必俟
申明在京百司職田散在畿内諸縣舊制配地出子逐畝
平攤比量舊制孰爲久便宜委京兆府與屯田審計會條
疏奏聞如京城諸司捕繫推劾經旬時每季御史巡囚罕
能察訪舉劾積成寃滞爲弊頗深宜委御史臺重舉用長
慶元年七月十八日赦文條件聞奏京畿百姓多屬諸軍
諸使或戶内一人在軍其父兄子弟不受府縣差役頃者
頻有制勑處分如聞尚未遵行宜委京兆府重舉用長慶

元年七月十八日赦文條疏聞奏應京城内有私債經十
年已上曾出利過本两倍本主及原保人死亡並無家産
者宜令臺府勿爲徵理應天下典貼得人庄田園店等便
合祇承戶稅本主收贖之日不得引令式及言私契組織
貧人令煩而政撓積習而弊生欲其適宜須有釐革使人
不倦必在變通今年正月七日制勑處分條目中有未經
施行者委御史臺令提舉仍條録聞奏宜委百司官長各
具條疏當司利病奏聞擇其善者當議改更弘文崇文館
生及齋郎三衛所用資蔭踰濫頗多澄源清流切在釐革
宜委禮部兵部侍郎條疏以久遠可行用者蕉每蔭别限
年限明作條例聞奏懋官述職禦侮宣威暨于庶僚咸竭

乃力峻其爵秩以極封崇内外文武見任及致仕官三品
已上賜爵一級四品已下加一階仍賜勳两轉神策六軍
金吾威遠皇城將士普恩之外各賜勳两轉列虞賓之位
崇褒聖之祀所以闡德教而昭前烈也二王三恪及文宣
公各賜物三十疋朕上奉两宫下臨九有庶幾廣愛之道
以行教化之風太皇太后皇太后二等已上親委中書門
下約舊例量加優賞二廣分營六師環衛梯航貢奉玉帛
會同既勤勞而可嘉亦懷來之所尚神策及六軍金吾威
遠皇城等諸軍將軍統軍以下各有賜給其將士等長行
立使者并守本軍本營者各賜物有差鴻臚禮賓院應在
城内蕃客等並節級有賜物宜賛盛禮潤色鴻徽爰錫寵

於崇階亦推恩於任子攝侍中讀寶官門下侍郎平章事
竇易直攝中書令讀册官中書侍郎平章事李程各賜一
子出身撰册文官左僕射平章事李逢吉宜依舊例賜一
子出身正員官奉册奉寶綬官書玉册官書寶官各加两
階進寶綬進册中嚴外辦禮儀賛導押册押寶綬舉舁寶
册官各加一階合入三品者待考足日聽叙合選人減一
選其餘應職掌行事官及寫制書官太常修撰儀注禮官
并宫内行事官三品已上賜爵一級四品已下加一階仍
並賜勳一轉造玉册并填金字造寶裝官各賜五十疋前
王之令政未有遺年前哲之格言寔先顧行義存忠厚教
裕家邦天下百姓九十已上委所在長吏量加存問孝子

順孫義夫節婦旌表門閭終身勿事先已旌表者亦量加優卹生甬炳靈出圖表異故能發洩雲雨蓄洩風雷望秩之儀必資蠲絜五岳四瀆宜委本州府長吏備禮致祭名山大川及自古聖帝明王忠臣烈士令所在以禮致祭亡命山澤挾藏軍器百日不首復罪如初赦書有所不該者所司具作條例聞奏敢以赦前事相告言者以其罪罪之赦書日行五百里布告天下咸使聞知

會昌二年四月二十三日上尊號赦文　編制

門下昔我高祖太宗始造區夏闢乾坤以覆載竭日月以照臨威德耿光格于上下昊天有成命我二后受之列聖丕圖克大其緒文綏武靖奕葉連枝逮予纘修罔敢失墜

誠欲追縱在昔貽範將來陶末俗於至和返大朴於已散而道不足以居域中之大文不足以成天下之化恭已南面夙興夕惕遐想理古歎然于懷至於嗣歲豊穰寰海康靜祆沴滅息華夷大同兹實監祐自天匡救在下諒非已出安敢自多而三台百辟陳忠懇懇加我大號其何以堪謂予守文宜述先志抑而不行者三請確而不拔者群誠豈貪在已之名始念從人之欲祗應典冊良深惕勵於戲顏子匹夫也猶曰舜何人哉矧有其位行其教化而不思齊其道也尚念交修俾克用乂今維夏長養之時動植之物莫不自遂思有以導迎和氣生活吾人是用稽羲經之作解法虞書之肆赦推恩宥過思與（詔作與物）同休可大赦天下自會昌二年四月二十三日昧爽已前大辟罪已下已發覺未發覺已結正未結正繫囚見徒罪無輕重咸赦除之唯犯十惡叛逆已上故殺人及官典犯贓不在此限應左降官恩赦後未經量移者與量移近處丁憂去任服闋日亦與量移如準前制已合量移有司未注擬者速與處分流人未到所在及已到未經量移者並與量移近處僧尼道士移隸未經量移者亦與量移近處中外前資見任官頃因延累未及用才并左降官中有事情可恕名跡素聞者宜委中書門下量加獎用勿使砥滯俗未臻於富庶念每切於黎元衣食寡充旰昃興嘆百司田疇地有高低歲有善惡傷於水潦則低地不稔稍遇亢旱即高處無苗

近聞州縣長吏掩其災損務求辦集唯於熟苗上加徵將填欠數致使黎元重困惠養全乖自今後州縣百姓有遭水旱苗稼不收處檢驗不虛更准前後勑文被免不得加徵熟田人戶令本配額外重出斛㪷商通百貨士奉公程俾無行旅之虞在去萑蒲之聚應州郡連帶江湖常多寇盜結構群黨潛蓄弓劒殘害平人剽刼財物道途商賈常患不安方今海內無虞所宜普奏委諸道節度防禦使如界內帶江山淮海處切加警備仍差巡檢更於要害處加置軍鎮捉搦擇有機畧軍將鎮守遊奕明立賞罰如能設計擒獲賊黨二十人已上并獲贓物推問行刼蹤跡分明者量其功績節給優賞仍與遷職如界內有刼殺不能捉

獲者亦節級重加懲責仍委出使郎官御史及所在巡檢院切加訪察不得更使因循邊戍禦扞戎夷士卒衣粮最爲切事如聞逃亡浸廣營壘多虚又供給公私皆率官健妻孥困乏不免飢寒委本道節度使與監軍使躬親點閱據逃死欠闕人數便取軍中少壯有武藝子弟填替不得遺有虚名其見在將士衣粮皆須及時給付正身不得輙有減刻别將支用令其凍餒仍委出使郎官訪察聞奏有遺當案覆科貶抑強扶弱實王道所先賦役以均則窮人靡怨度支塩鐵户部諸色所由茶油塩商人準勑例條免户内差役天下州縣豪宿之家皆名屬倉塲塩院以避徭役或有違犯條法州縣不敢追呼以此富屋皆趨倖門貧

者偏當使役其中亦有影庇其真疑作僞難分自今已後委本司條疏應屬三司及茶塩商人各據所在塲塩正額人名牒報本貫州縣準勑文處分其茶塩商仍定斤石多少以爲限約其有貿名接脚短販零少者不在此限其小鋪所由主人牙郎火夫牛户父兄子弟幷在任州縣依例使例所蕫勞逸稍均疲人蘇息給事郊廟之服奉繭絲之稅蠶桑是繁封植攸資宜設科條用絶違犯勤課種桑比有勑令每年奏聞如聞都不遵行恣爲剪伐列於市肆鬻爲柴薪州縣宜禁斷不得輙許更賣犯者科違勑罪理貴便人事存可久苟非撫實則昧適時州府兩稅物斛㪷每年各有定額徵科之日皆申省司除上供之外留後留州任

於額内方圓給用縱有餘羨亦許州使留備水旱其留使錢物更令諸道分析破用去處所立文帳皆是搆虚文百姓墾田承前已申頃畝及斛㪷單數近年又令其人户稅錢等第墾田水陸頃畝挾縣鄉分析徒爲繁弊無益政途今年已後並宜停送州縣攝官假名求食尚懐苟且不卹疲人其闕少官員處並委本州刺史於當州諸縣見任官中量閑劇分配公事勾當如官員數少力實不逮處即於前資官中選擇清謹幹用者差攝不得取散試官充職制禄授田著於定制貪猾利已不修舊章應畿内在京百司職田方聞本地多被佼吏及豪強平直隱蔽廻换遷指荒閑墝薄田地即配與浮客佃食免被豪吏欺隱如或因循

不存勾當官吏等必當節級處分使命經行供備夫役既懷額例事頗姦欺須議舉明以全物力江淮兩浙每驛供使水夫價錢舊例約十五千已來使過元額須别供舡夫近日相承取索無度從蘇常已南每驛使供四十餘千或界内或四五驛往來須破四五百千宜依往例不得數外妄供如更有違長吏已下節級書罪立政之本所務均平設法之源在絶僥倖京畿諸縣太常樂人及金吾角子皆是富饒之户其數至多今一身屬太常金吾一門書免雜差役今日已後只放正身一人差使其家下並不在影庇限涉歷吏事蓋崇理本自因近制却啓倖門太和九年十二月十八日勑進士初合格並令授諸州府參軍及緊縣

簿尉未經兩考不許奏職蓋以科第之人必弘理化黎元之弊欲使諳詳非唯可塞倖門實亦用懲澆俗近者諸州長吏漸不遵承雖注縣寮多靡使職苟從知己不顧蒸人流例寖成侵費不少況去年選格更嘗府充職一人從事兩諸科錢虛占吏曹正員不親本任公事其進士宜至合選年諸道依資奏授州縣官即不在兼職之限武官選用本求才藝近日入仕多門虛僞轉甚就中兵部武選其弊尤深都無本根妄兼甲曆但求遷轉莫可討尋其武選且停見任武官即仰依前守職仍差官量與修甲曆得甲曆定然後許前資赴集輦轂之下諸色人中非吏非商閑行遊手物惣名越事潛得容奸自今後有自謀職任私用貨財

詭計多端經過朝貴者委御史臺京兆府嚴加察訪捉搦畿甸賦繁園陵至重先事立制冀免虛勞親陵栢栽每歲添補約力計費役用至多歲久而不見其功人勞而未除其弊蓋由栽植動土須先奏聞待勅下有司及擇日到縣已過期限豈盡施功空閱數以計備皆朝種而夕朽自今已後每至歲首委有司於正月二月三月八月四箇月內擇動土利便之日先下奉陵諸縣分明榜示百姓至時與設法栽植畢月縣司與守胥使同點檢據數牒報與折本戶稅錢高秩峻級榮蔭子孫蓋寵勞能著存令式近者漸寡廉撲多補名身不獨假蔭近房兼有規求厚利選曹既闕磨勘長吏不閑糺繩此弊公行吏途太濫自今後並須準格用蔭人數年限不得逾越委吏部及御史臺嚴加覺察據其選授官到本道本州須審磨勘稍疑踰濫及察知冒賣資蔭便收禁牒報有司懲官述職禦侮中威暨于庶僚咸竭乃力峻其爵級以極封崇內外文武見任及致仕官三品已上賜爵一級四品已下加一階仍賜勳兩轉神策六軍金吾威遠皇城將士普恩之外各賜勳兩轉位列虞賓胄崇褒聖所以闡德教而昭前烈也二王三恪及文宣公各賜物五十疋二廣拱辰五營列衛明庭執玉航海會朝念申力以賞勞示懷柔而優寵神策及六軍金吾威遠皇城等諸軍將軍統軍已下各賜物有差鴻臚禮賓院應在城內蕃客等並節級有賜物光賛典冊發揮鴻名實

賴重臣共揚休烈爰推恩以廣愛亦峻給以崇階攝侍中讀寶官中書侍郎平章事李紳攝中書令讀冊官右僕射兼中書侍郎平章事崔珙（一作珙是）各賜一子出身撰冊文官司空兼門下侍郎平章事李德裕賜一子出身正員官奉寶綬官書玉冊官書寶官各加兩階進寶綬進中嚴外辦禮儀贊導押寶冊官各加一階其應職掌行事官三品及寫制官太常修儀注禮官并內行事官三品已上賜爵一級四品已下一階仍并賜勳一轉鐫造寶冊并填金字造寶裝玉冊官各賜物五十段養老引年旌閭表行冀弘忠厚之俗以振節義之風天下百姓年九十以上委所在長吏量加存問孝子順孫義夫節婦旌表門閭終身勿事先

已旌表者亦量加優卹降神表峻出實應圖秩視公侯德穫災患式崇明祀咸薦吉蠲五岳四瀆宜委本州長吏備禮致祭名山大川自古聖帝明王忠臣烈士各令所在以禮致祭亡命山澤挾藏軍器百日不首復罪如初赦書有所不該者所司具作條例奏聞敢以赦前事相告言者以其罪罪之赦書日行五百里布告天下咸使聞知主者施行

文苑英華卷第四百二十三

文苑英華卷第四百二十四　翰林制詔五

赦書五

禋祀赦書一

赦書　沈約

門下朕昧旦（一作爽）夙興念兹治道而明不燭遠弘之未易仰尋先烈思致隆（一作升）平日頃多故戎役（一作軍）代有軍政國容事緒非一刑禮条用未臻和簡何隅之情未言增歎今郊禋載洽幽明允從思隆（一作崇）嘉祉被之兆庶可大赦天下主者施行　一作皆初學記

南郊恩詔　前人

門下卜日禋饗政道莫先厚下布澤哲王是務朕仰祇靈

眷俯臨億兆歲象廻環恭事亡及牲玉必荐感敬備申升煙燎於穹昊致精誠於太一思霑颽（可亥切南風也）潤惠兹窮生應天監三年內犯奪勞及左降可悉原降繼市職不充人身及家口質繫悉散還私家督備前歲三五犯讁因及隨曹景宗授司州委叛應讁役者並量所蠲降尚書所檢巧陳淫辭普更開恩百日各聽自首不問往罪京師三縣尤窮之民詳加賑恤主者速條格施行

南郊恩詔　前人

門下朕肅膺乾睠君臨率土雖日旰劬勞而仁恕未洽星琯驟廻履端告始禋饗云備誠敬廉（一作兼）申宜和布澤情深待旦凡內外文武可各賜勞一年叛亡未擒若百日內

有首還役不問往罪女子實繫悉且散遣文書輕重坐罪並皆從原主者詳爲條格疾速施行

南郊赦書　張九齡

門下朕獲主三靈于今一紀聽政中昃每不敢康觀書乙夜將求諸道頻年已來每思至理（詔令作爲理思至）或遠人不率或嗣歲不登淳朴未還惕厲斯在爲人上而懋德奉天明以畏威故祝史宣辭必期於陳信郊丘備禮將俟於昇平今正宗廟降靈克開厥後乾坤交泰保合太和麟鳳龜龍玄符黃瑞之祉蠻夷戎狄梯山航海之琛莫不日月以聞道路相屬顧惟不德承茲休運欽若昭報疇咨故實所以今年獻春恭祠（詔令作祀）后土季秋吉日追崇九廟採必先於

魯（集作曾）經稽肆類於虞典爰因長至欽謁上玄告受命之元符昭嚴配之成績大典云備至誠克展諸侯駿奔來於穆之相百神受職率咸秩之文六變已陳三獻斯畢蓋春秋之大事莫先乎祀王者之盛禮莫重於郊柴燎克終感慶罔極豈予一人之福亦爾萬邦之賴宜因咸和之際俾承厚下之澤可大赦天下自開元十一年十一月十六日昧爽已前罪無輕重已發覺未發覺已結正未結正繫囚見徒大辟罪已下咸赦除之其十惡死罪造僞頭首刼賊殺財主在不赦例就中仍慮有寃濫者所司具狀送中書門下盡理詳覆奏聞朕將親覽其有亡命山澤挾藏軍器百日不首復罪如初敢以赦前事相告言者以其罪罪之

升壇行事官及供奉官三品已上賜爵一級四品已下加一階諸獻官并準此升壇例內外文武官及致仕并前資陪位者賜勳一轉緣大禮有職掌并押當者更加一階齋郎並放出身皇親諸親陪位未出身者並放選已出身者賜勳一轉親王公主各與一子官三品衛監門黃衣長上飛騎萬騎并仗內雜色人在齋宮宿衛及諸色人有資勞人緣大禮有職掌并流外行署預見大禮者亦賜勳一轉其充香爐執扇及禮生祝史賛者賜勳外簡日選優與處分兵士宿衛齋宮并諸色無資勞緣大禮職掌及京兆府百姓緣南郊祗應者各免其家一年雜科差南北衛將軍率中郎將宿衛齋宮者並同升壇例其諸軍節度大使及

三都留守雖不陪位委寄既重特宜同升壇官例百歲老人賜綿帛五段粟五碩縣令至其家存問給付孝子順孫義夫節婦旌表門閭終身勿事已旌表者量加優恤諸州百姓或因逢水旱流寓未安者宜令所司與朝集使即作賑乏（一作恤）安輯法奏聞其單貧衛士番鎮久次令州府長官簡擇灼然者放免番役征行人家州縣檢校勿使侵欺磧西鎮人途路懸邈（一作遠）特宜賜勳一轉鰥寡惸獨亦令州縣倍加矜恤使得存濟元置義倉救人不足承前貸百姓糧及種子未納者並放充不得却徵自古聖帝明王忠臣烈士名山大川並令所管致祭其已得賛官人并輕（詔令作轉）累未得處分非老弱疾病猶堪處事者量加收叙使免失

職其左貶官非逆人五服内親及犯贓賄名教者所司責
勘奏聞量移近處其官人有清白政術堪任刺史縣令及
抱器懷才不求聞達者州長官具以名薦宗室中有孝悌
才術爲衆所知仍在卑任者委宗正具以名奏君臣一體
休戚共焉朕欽承天命恭傳大寳蓋憑累祖餘業得一之
符亦由群公舊勳不二之力永言繫賴其敢忘之自武德
已來實封功臣知政宰輔有身無大故而亡官失爵子孫
淪屈者所由勘實具以狀聞存者可籌其官榮逝者當録
其胤嗣使幽明同慶知有令辰亞獻邠王守禮終獻寧王
憲各賜物一千疋捧俎申王撝夾侍岐王範薛王業各賜
物柒百疋侍中源乾曜中書令張說兵部尚書同中書門

下三品王晙各賜物伍百疋正衣駙馬都尉王守一王繇
温曦宗正少卿崔濵各賜物三百疋二王後賜物一百五
十疋壇場使京兆尹孟温禮賜物二百疋脩造羽儀使賜
物一百疋脩撰儀注官五品已上賜物一百疋六品已下
賜物七十段自餘陪位預宴官一品賜物一百疋二品三
品八十疋四品五品六十疋六品七品四十疋八品九品
三十疋鴻臚諸蕃使與見大禮及在本蕃王侯大酋長並
同宴會例給賜郡主縣主各賜物八十疋緣大禮數處有
職掌者任於一頭從高敘天下州府賜酺三日京城五日
前任所在百姓村坊宴樂不得科率聚斂其有慰分未該
者令所司及本使比類奏聞赦書日行五百里主者施行

東封赦書　前人

門下朕聞天監惟后后克奉天既合德以受命亦推恩而
復始厥物作者七十二君道洽德（集作跡）著時至符出皆用
事于介丘升中於上帝人神之望蓋有以塞之皇王之序
固可得而言也朕接統千歲承光五葉惟宗祖之德在人
惟天地之靈作主徃有内難幽贊而集大勳間無外虞守
成而纘舊服未嘗不乾乾終日思與公卿大夫上下叶心
聿求至理以弘我列聖其庶幾乎馨香今九有大寧群氓
樂業時必敬授而不奪物亦順成而無夭懸建皇極幸致
太和洎乃幽遐率由（詔令作皆）感被戎狄不至（集作執）唯文告而
來庭麟鳳巳臻將覺悟而在藪以故凡百執事亟言大封

顧惟不德初欲勿議伏以先聖儲祉與天同功荷傳符（詔令作慶）
以在今敢侑神而無報大節斯在朕何讓焉遂奉遵高
祖太宗之業憲章乾封之典時邁東土柴告太岳（詔令作岱岳集作岱宗）
精意上達肸蠁來應信宿行事雲物呈祥登降之禮
斯畢嚴配之誠（詔令作義）獲展百神群望莫不懷柔四方諸侯
莫不來慶斯事天道之介福邦家之耿光也無窮之休祉
豈獨在予非常之惠澤宜其逮下可大赦天下自開元十
三年十一月十三日昧爽已前大辟罪已下罪無輕重已
發覺未發覺已結正未結正繫囚見徒咸赦除之唯十惡
死罪不在此限（詔令作例）流人未達前所者放還其有挾藏軍
器亡命山澤百日不首復罪如初敢以赦前事相告言者

以其罪罪之內外文武官三品已上賜爵一等（詔令作級）四品已下加一階夘王守禮寧王憲岐王範薛王業各與一子三品官公主嗣王郡主縣主各與一子官其應文武行從官加階之外並賜勳兩轉三衛引（詔令作司）駕細引黃衣長上飛騎彍騎先有武散官者加兩階未給武散官者各賜勳兩轉衛士馬主戎車主幕士掌閑供膳太常及仗內音聲人行署及蕃官七色并別勑雜色定名行從人亦賜勳兩轉緣大禮登山供奉侍從行事轝脚等官三品已上特賜一階仍與一子官四品已下特賜一階仍賜勳兩轉量與進改其四軍別抽登山宿衛及諸司上山執當官三品已上賜爵一等仍與一子出身四品已下加一階賜勳兩轉

亦量進改其白身人及行署蕃官放蕃選其山下昇壇行事官三品已上加爵一等賜勳一轉四品已下加一階賜勳一轉選日稍優諸獻官及宿衛齋宮將軍率中郎并郎將并兩京留守諸軍節度使並同昇壇例諸有職掌押當非昇壇例諸有職人加一階選日優量其加階應入三品五品人非特賜者並依十一年三月二十八日勑節限齋郎禮生見任官前資官已上人並依資量材與處分未出身者放出身皇親別勑承勑（詔令無此字）恩陪位者亦準此諸州岳牧四府長史朝覲陪位者泛階之外各賜勳一轉諸方使人及諸州父老宗姓并從家子孫至岳不得陪位者並賜勳一轉賜物五段諸州及兗州道僧至岳見大禮者

並賜物五段孔子後襃聖侯量才與處分天下致仕官各依本品賜一季祿并束帛其陪位者仍賜勳一轉諸蕃侯王酋長來會禮者各加一官至都節級並與賜物其入朝留在邊軍人亦準此其蕃中知（一作秖）侯衛官刺史縣令並賜物及袍帶突厥可汗小殺等諸國王守護塞垣歲月朝貢並宜賜物副使將徃侍老年百歲已上者版授下州刺史婦人版授郡君年九十已上者版授上州司馬婦人版授縣君年七十已上者版授縣令并婦人並級量賜粟帛其預見大禮侍老各別加侍丁一人孝子順孫義夫節婦旌表門閭終身勿事行人之家及鰥寡惸獨并疾病不能自存者委州縣長官倍加存䘏諸軍行有文武散官已上

者加一階白身者賜散勳一轉欠負官物逋懸租調並宜放免其行過州縣供頓勑勞并貼頓百姓有雜差科并車馬夫役者並免一年租賦（詔令作稅）兗州免二年租賦（詔令作稅）當頓官人始末不絕者與中上考仍賜勳一轉朕求惟王業緊賴舊勳元首股肱其猶一體自武德已來功臣宰輔或名存王府遺嗣沉淪或身無大故銜䘏泉壤宜令所司訪擇申理唐元六年六月二十六日（按唐書唐隆元年六月二十日玄宗究內亂睿宗改元景雲今赦文避玄宗諱隆故作唐元是也復增六年六月字則非）立功官人徃屬艱難能盡忠義今成大禮何日忘之宜各與一子出身無子者任回與周親之人有司試策三道等第收奬朕躬陟天門宿齋日觀時屬嚴冬雪後初夜風寒朕因露立祈恩誓欲

代人當咎俯仰之際頻息霜飈蒖獻之晨變同韶景誠荷上天埀祐亦賴靈山叶祥詩云無德不報宜封太山神爲天齊王禮秩加三公一等宜令所管崇飾祠廟環山十里宜(集此無字)禁其樵採給近山二十户復以奉神祠率土之內賜酺五(集作七)日任於村坊內宴樂不得聚(詔令作率)歛煩勞其節文有未霑及者所(詔令作有)司比類奏聞其封祠(集作祀)有數勑行事者從一勑叙赦書日行五百里主者施行

后土赦書　前人

門下昔者巡狩所至柴瘞所在蓋取誠享以遵告類朕恭承祖宗之烈獲主神祇之祀夙夜祗畏不敢荒寧故勒兵朔陲先展義於汾(詔令作枌)社廻旆睢上遂有事於郊壇王者

父事天毋事地漢氏祈穀未始正名周禮降神乃爲徼福而已朕以天命之重子道爲先惟茲精誠在乎敦孝庶蒙福於四海期永康於兆人是以率由舊章敬恭明祀嚴配之誠既展奠獻之禮又終且春秋之義大事在祀齋祭之福庶品維祺豈獨在予而有斯慶可大赦天下自開元二十年十一月二十一日昧爽已前大辟罪已下罪無輕重已發覺未發覺已結正未結正繫囚見徒常赦所不免者咸赦除之官人犯贓及有罪(詔令作事)被推者本罪雖原不得更令却上仍別與勑分自先天(詔令作奉先非)已來有雜犯流移人等并配隸人等各量移近勑左降官未經量移及經量移未復本資者奏聽進旨(詔令作止)天下遭損兗州應損户成(詔令作減)一分已上者及供頓州無出今年地稅如已徵納聽折來年地稅逋租懸調貸糧種子欠負官物在百姓腹內者並宜放免其不損兗(一作兗)州自開元十七年已前所有貸糧種子負欠官物在百姓腹內者亦宜準此諸州緣供頓所差貼助夫亦放其家今年地稅孝子順孫義夫節婦旌表門閭終身勿事諸州侍老百歲已上賜粟七石九十已上賜粟五石八十已上賜粟三石所由速付勿淹旬日大原路府侍老等先已加恩不在此例亞獻皇太子鴻賜物二千疋終獻慶王潭賜物一千疋邠王守禮寧王憲薛王業各賜物一千疋忠王浚已下各賜物三百疋夾侍正衣進珪捧珪汝陽郡王湰等各賜物三百疋皇太子夾侍

正衣各賜物一百五十疋裴光庭蕭嵩張說(?)亮朕躬弘益斯遠不有優異何殊等夷(詔令作倫)加階賜爵之外各與一子官無子者任與周親仍各賜物三百疋二王後各賜物二百疋長公主各賜物三百疋嗣王郡主縣主各賜物二百疋行從文武官三品已上賜物八十疋四品五品賜物六十疋六品七品賜物四十疋八品九品賜物二十段昇壇官三品已上特賜一階四品已下各加一階應入三品五品官階相當不限考數聽得入知頓使及判官脩禮儀官撰玉冊文官知頓御史加一階脩壇塲州刺史及書冊(詔令作脩壇覽)官各賜物一百疋其已有昇壇職掌從一頭勑分緣大禮有職掌官賜勳三轉行從官首末不絕及陪位官各賜

勳兩轉內外文武官三品已上賜爵一等四品已下各加一階致仕官三品已上賜物七十疋四品五品各五十疋行從蕃客鴻臚安置陪位見大禮者宜賜物五十疋節級分付南北衙應宿衛齋宮官及左右廂知兵馬虞候惣管已下（詔令作）及判官（詔令作司）別奏兼孔目官等更加勳一轉前資官選日稍優與處分自守身（三字一作白身）人有資勞者簡選之日優與處分無資蔭者賜勳兩轉南北衙行從三衛飛騎萬騎引駕細引（一作仗）及監門直長主帥黃衣長上各賜勳兩轉仍各賜物五段兩營弩（一作弓）手六番併行宜各賜勳兩轉物五段仍量折番役諸衛彍騎及兵角弓手官馬主掌閑幕七駕士供膳主習馭工人樂（詔令作築）人雜户官户

白身有職掌人合行從人等各賜勳一轉物三段其齋郎既是見任官準壇上壇下有職掌官例處分執彈三衛及禮生贊者各減二年勞無勞可減者簡選日稍優與處分流外行署從者各賜勳一轉有職掌者各賜勳兩轉供頓州刺史同陪位官例始末專知頓官各與一中上（詔令作上中）考蒲州刺史竇鼎縣官同昇壇官處分管壇一鄉百姓給復二年蒲州侍老等準太原潞州例降一等處分武德初功臣每有大慶必存追遠業叅運始義合賞延其子孫沉翳無任朝者宜令勘實即與一子官唐元初立功臣（一作官）等艱難之際誠效亦深言念其初豈忘終始其三品已上各賜一品官五品已上各賜紫金魚袋有亡殁者優贈一

官仍與一子官一子先（一作已）得官者選日優與處分兩京留守京兆河南尹四大都督府長史諸軍節度副大使準行從官例處分諸方通表疏使人預見大禮準陪位官處分諸道戰（詔令作陣）亡人家仰州縣存恤不周濟者量事賑給諸軍（詔令作道）健兒別勑行人各賜勳一轉仍令所司速勘會團奏官爲告身送付諸道行人或有身死被（詔令作波）逃猶徵課役累及親隣即宜審勘爲其除削皇親中有文武才用堪任使者委宗正具薦（詔令作具以令上）當與奬擢五岳四瀆名山大川自古聖帝明王忠臣烈士輔相各令致祭務盡誠潔赦書有所不該者所司比類聞奏亡命山澤挾藏軍器百日不首復罪如初敢以赦前事相告言者以其罪罪之

率土之內賜酺三日赦書日行五百里布告天下（詔令作遐邇）咸使聞知主者施行

文苑英華卷第四百二十四

文苑英華卷第四百二十五　翰林制詔六

赦書六

禋祀赦書二

天寶三載親祭九宮壇大赦天下制　孫逖

門下九宮之祀百代莫修豈日給之不暇將明靈之有待朕當泰君臨握圖纘業每聽政中昃疇咨讜言觀書乙夜以求故實勵精爲理三紀于茲上荷宗廟廷祥克開厥後下賴股肱叶德以致邕熙而麟鳳龜龍近遊郊藪蠻夷戎狄遠輸賝賮乘將年（一作來）之休運恢皇王之遠圖是以圓丘方澤之儀昇中告類之禮靡（一作無）典不舉靡神不懷恭

惟九宮明祀尚闕載深兢惕用建靈壇爰以元辰親執奠獻叶青陽（一作春）發生之慶祈黔庶吉祐之福今至誠式展大禮云備瑞景和風神心如答則無疆之祉豈獨在予非常之澤宜覃率土可大赦天下自天寶三載十二月二十五日昧爽已前大辟罪已下罪無輕重咸赦除之其十惡死罪造僞頭首謀殺攻刼及官典犯贓不在免限朕惟善政實在養人作法務從於寬簡任事必量於齒力比者成童之歲即掛輕傜既冠之年當便正役憫其勞苦用軫予懷自從以後天下百姓以十八已上爲中男二十三已上成丁又任土作貢先標程式或非所有不免貿遷事既非宜理難經久并應徵課稅及支遣諸色物或期程之間遲

速（一作遠）非便並委所司與朝集使商量取使穩便奏聞（實録載赦文云每歲庸調八月徵收農功未畢恐難濟辦自今已後延至九月三十日爲限）諸軍行人遠爲邊捍修短之分雖有定期役從而終良深軫念其有陣亡及在軍亡殁骸骨未還鄉貫者宜令節度使給棺櫬遞歸又防邊禦寇實爲艱勞貧戶單丁固茲（疑）存養更令差遣去住難堪自今已後應差行人家無兼丁不在取限自古聖人皆以孝理五常之本百行莫先移於國而爲忠事於長而爲順永言要道實在弘人自今已後令天下家藏孝經一本精勤誦習鄉學之中倍增教授郡縣官長明申勸課百姓間有孝行過人鄉閭欽伏者所由長官具以名薦其有父兄見在別籍異居虧敗名教莫斯爲甚特宜

禁絶勿使更然并親殁之後亦不得令有分析郡縣切勒令在惟行自今已後如有不友不恭傷財破産者宜配隷西用清風教朕惟熙庶績博訪逸人豈唯振拔滯淹以期於大用亦欲褒崇高尚將敦於薄俗虛佇之懷兼在於此其有高蹈（一作道）不仕遁跡丘園遠近知聞未經薦舉者委所在長官以禮徵送又崇德追遠式閭封墓用旌前烈以叶大猷自古聖帝明王名臣烈士陵墓有頹毀者宜令所管（一作掌）量事修葺仍明立標記禁止樵採天下侍老百歲已上賜帛五段粟三石八十已上帛三段粟二石仍於郡縣長官存問給付亞獻太子諸宜賜物二千疋終獻慶王琮一千疋正衣夾侍各五百疋親王各三百疋新封建郡

王及國公各一百疋賢妃三百疋長公主各三百疋公主各二百疋嗣郡王各一百疋中書門下三品竭心翊戴弘益實多各與一子官如先已授官量與一人轉内外文武官三品已上賜爵一級四品已下各加一階一品賜物七十疋三品已上六十疋五品已上四十疋六品已下二十疋諸節度使各賜物一百疋三京留守及二王後各八十疋採訪使各六十疋諸蕃客共賜二千疋其唐元功臣締構之初竭其忠欸録功念舊情所不忘普恩之外更賜一作加一階其身殁者各贈一官皇親五等已上及九廟子孫諸親三等已上未有出身者並放出身其前資者選日稍優與處分見任者更賜勳兩轉應天下賜酺三日赦書有

所未該者所司類例聞奏宣布中外咸使知聞主者施行

一作皆唐大詔令

南郊赦 天寶六載　内制

門下昭事昊穹必惟禋祀盖順帝則而成政也肅雍清廟必惟嚴享一作必嚴大享盖繼先志一作盖叶先心而為孝也則累聖之德在人元陽之氣在候所以達明靈之景貺廸皇王之大猷者矣朕夕惕宵衣奉天纘業勉思政道惟懷未圖一作徽賴百一作列辟庶官臣子不逮聲朔及遠車書靡殊加以乾符神珍日來月至感福應之尤盛懼明祠之未般且資父事天因一作自親設教洽情以達禮廣敬以推尊時享之誠寧宜異數日衆之饋豈忘事生是用華故爲新禮物對越上靈聿追嚴配既而崇牙宿設明德惟馨敬爾工駿奔執豆陟降至止一作陟丘止樂樂徧禮成精意上升神休下荅宜廣維祺之福以覃作解之恩

同前 天寶十載　内制

門下皇天眷命必順於五行哲后御時實遵於三統考古之道何莫由斯朕欽若上靈一作玄嗣守丕業察璿衡以齊政念稼穡以勸人日慎一日四十載于兹矣何嘗不夙夜懼畏憂勞在懷思共黎元臻夫至理幸以刑清俗阜天成地平萬方底寧群物咸遂雖慙大化且謂小康此皆至道儲祉宗社敷祐豈予薄德一作而克致焉然則上稽曆象傍採輿議爰以土德承漢火行是憑大易之辭用紹前王

之烈禎祥累應正閏攸分不改舊章惟新景命一作違屬獻歲初吉乘時布和是用展禮一作祀崇禋竭誠昭布一作報庶叶發生之序載覃雷雨之祥一作澤

一作皆唐大詔令

拜南郊制 景龍三年十一月二十三日　内制

門下朕聞展禮禘祖昊穹著其成命就陰即陽經一作墳典明其大節故豺獺有祭下不隔於微品犧牲畢陳上以先一作老於嚴配軒皇用事則雍旁五祠漢帝絜齋則城南七里用一作固能使敬而不黷求而不匱祈穀則九載可登焚柴則三載無闕是知上靈大德不私於亭毒之仁正直聰明有感於馨香之薦贍高欲語無易兹道我高祖神尭皇

帝開階立隧一作極配末循機太宗文武聖皇帝仗金策而
清四方運璇機而齊七政高宗天皇大帝與乾坤合其德
與日月合其明則天大聖皇后建補天立極之功受河圖
洛書之統五精歸運四葉重光朕虔順樂推欽承睠命紹
宏基於累聖日慎斯兢執大象於群生夙興如勵遠人殊
俗占風而起一作集鑾邸美瑞休符繫月而揮一作輝史筆故
得三邊靜柝五兵銷刃寰宇大寧人神式序而德慙被物
誠謝動天水旱尚臻陰陽猶舛永以憂懼一作惕無忘鑒寐
然則事天事地莫盛乎禋祀弗躬弗親執申乎誠敬朕自
臨四海于今五年幸承祧社之靈未展郊丘之謁方今朔
風候律南至一作晷登辰乘上日而恭饗奉高禋而肅事揚

宗祖之休命酌壇場之令典百神受職三才合契備殷薦
之容行昭報之禮豈惟靈光所燭但驗其徵方與後先不
遠實受其福至若五刑之屬十惡為重自頃恩赦罕聞該
及朕以眇身膺乎大寶下人不足每切如子之傷上帝所
臨敢逃在予之責開居三月未弭厥僽靜念終朝載增寅
畏侑神伊始與物惟新用弘曠蕩之恩以荅高明之貺可
大赦天下云云

一作皆唐大詔令

祠后土制　內制

門下朕聞大事在祀禮極于郊丘大德曰生道存乎赦宥
故至誠斯感允接神明之休盛典聿脩必敷雷雨之施古
先帝代躬祀后土所以崇兼載之功配傅臨之義有虞氏
之合禘遍于山川成周氏之從祀逮于林澤西漢汾陰之
睢東洛翠嬀之禪雖制無休備而道有可觀曹馬以還數
百餘制無載蓋設儀而不服或誠信而未孚有其廢祀莫
之能舉我國家受命也承百王之季啓三統之元高祖神
堯皇帝膺錄授圖繼天立極太宗文武皇帝弔人伐罪南
征北怨是用極生靈於塗炭登物態於休和高宗天皇大
帝維扆作聖垂衣而理大聖天后受闕托從權當宁化洽
中宗孝和皇帝允恭克讓守文御寓能致刑措於變時雍
朕以眇身恭荷丕構常恐政理乖中風雨愆期暢慮周於
萬方疚懷深於一物幸乾坤交泰宗社降靈氣無疵癘之

災物遂生成之性呼韓慕化侍子趨庭月支請職名王入
貢大荒同軌瀛海無波俯循涼德載懷寅畏故以歲首肅
事禋宗爰撰令辰親祀方澤採黃圖之舊制定累朝之前
基神地取則於禮經宥密同規於詩頌三祖登配群望畢
從咸池之舞在列合鍾之管斯陳祥風入候當乎八變之
殷瑞日揚暉屬乎三獻之始臣工勖而胥悅兆庶觀以相
趨精誠克申感慶交集頃緣郊籍已肆眚災貸宥之道未
應頻降但精享云闕既曠代而方修福釐所被恩寰宇之
同休疑宜因大典式暢洪恩可大赦天下

貞元元年冬至郊祀大赦天下制　陸贄

門下君天下者受命于天地繼業於祖宗致其誠心惟敬

與孝遠敬莫大於廢祀虧孝莫大集作甚於黷神朕以眇身
屬承大統縱欲敗度浸生厲階兵連禍深變起都邑六師
播蕩九服震驚郊廟園陵陷於兇逆神人乏主將迫周星
列聖大集作之業幾墜于集作於地遠敬虧孝罪由朕躬撫臨
萬邦甚用自愧側身思咎庶補將來股肱元臣比義叶德
爪牙衆集作將士戮力同心誅集作除大憝而京邑廓清翦逋
寇而關河底定玆朕再興王公卿尹洎億兆之人備其威
容修其禮物薦誠清廟展敬圓丘陳謝罪愆告情集作憤雪
恥感慕慙惕若無所容上帝顧懷再新景命豈伊匪集作菲
德獨荷鴻休思與普天誕膺多福可大赦天下自貞元元
年十一月十一日昧爽已前云云　李希烈僭逆不道誠所

難容朕憫念蒼生務息征討頻降集作有詔令許其自新若
能歸降依前待之以不死淮西管内將士官吏百姓等一
切原宥與之如初先有官封亦皆復舊如能特建功效集作
業者當別超擢若家口親屬在諸道者長吏撫綏各使安
存其歸順百姓仍委節度觀察刺史給空閑地任便安居
優復終身務令全集作存濟大事平已四字集作待事平之後聽歸本
貫云云　自頃兇渠唱亂逆將附姦保據國都憑陵甸服朕
出次郊邑再遷巴梁險阻艱難靡不經歷暴亂之後乃彰
烈士之功憂危之中方見直臣之節録勳進善其可弭忘
應奉天興元元年元從立功集作扈從功臣幷收京城將士食實
封者各隨文武與一子官餘並加兩階仍賜勳兩轉其文

武百寮扈從到興元府者五品已上賜爵一級六品已
下各加一階云云　自建中四年已來有身死王事義烈著
明未經褒贈者本道即具名銜事蹟聞奏諸道有觧退官
健州府長吏功務安存仍量以空閑田地給付集作授免其
差役任自營生社稷之勳以輔興王業統帥之任以惣制
戎麾集作威職弼諸集作袞職參者其德崇授旌集作髮節者其功
大方鎮乃國之垣翰禁衛實予之爪牙尹京實賴於集作其
肅清主計尤資於辦集所須慶澤宜越常倫司徒兼中書
令晟宜與一子五品正員官幷四品階諸道副元帥各與
一子五品正員官都統與一子六品正員官中書門下平
章事充節度使各與一子七品正員官節度使及神策兵

馬司六軍充節軍金吾六軍大將軍判度支侍郎各與一
子八品正員官都團練都防禦等使京兆河南尹金吾六
軍將軍殿前射生兵馬使各與一子九品正員官多難已
來三十餘載克平禍亂屬在戎臣或節著艱難或勳高戰
伐受任雖專於惣帥成功亦賴於群材懋賞推恩宜加徧
嗣諸大將功業崇高者各與一子官本使即詳定録名集作
具狀條録聞奏副元帥都統兼節度使下每道共三十人節度
使下每道共一十人都團練都防禦使下每道各十八人
如大將子孫之中有藝業優長性行純確者本道使具狀
聞薦仍量事資集作支給令赴上都朕當隨材授官以充侍
衛庶使功臣之後與國無窮故尚父子儀先朝元勳再復

京邑贈太尉秀實以死爲（集作衞）國節冠古今宜各與子孫
一人五品正員官自至德巳後節度使大將忠烈績効著
明其後淪替（集作曙）者所司即條録聞奏與子孫一人正員
官諸色人中應在賊中（集作廷）潛奉神主頃巳甄賞宜更優
崇云云　江淮轉運使檢校左僕射同平章事韓滉勵精勤
職夙夜在公漕輓資儲千里相繼事無僽素人不告劳掾
于凶災厥有成績可進封晉國公關畿之内連歲與戎荐
屬天災稼穡不稔穀糴翔貴蒸黎困窮倉廩空虛莫之賑
贍每一興念惻然痛心宜令度支取江西湖南見運到襄
州米一十五萬石設法搬赴上都以救百姓荒饉如山路
險阻車輓（集作乘）難通仍召貧人令其搬運便以米充脚價

務於全活流庸廢事優饒蠲朕勤恤立國之道始於親親
所以厚骨肉之恩弘（集詔令並作明）教化之本况荐經艱故宗族
漂淪敦穆之情有加常日大長公主長公主公主各與一
子七品官嗣王郡主縣主各與一子官出身如宗子中有
德行才能者宗正卿具以名聞當別奬任致理之本在乎
審官審官之由資乎選士將務選士之道必精養士之方
魏晉巳還澆風未革國庠鄉校唯尚浮華選部禮闈不稽
實行學非爲巳官必徇人法具非精弊將安救宜令百寮
詳思所宜各修議状送中書門下叅校得失擇善而行有
虞建官三載考績在漢爲吏或長子孫盖以吏久於官則
人情不苟官久於事則理化有成日者制度廢墜考課乖

舛淹速靡準升降無名欲令庶僚何所懲勸自今巳後刺
史縣令未經三考不得改移（集作易）自餘非在職績効殊尤
亦不得越次遷轉刺史停替須待魚書内外五品巳上及
常叅官在任年考巳深者即量其才効與改中外迭處以
觀其能夫明目達聰務廣聞見或慮懷才抱器之士輸忠
納諫（一作說）之倫地處幽遐無由自達求言於此寤想不忘
應諸色人有長策濟時忠規匡主者任具陳所見詣所居
之州委刺史畧與討論觀其旨趣但有裨理道不涉私情
便與附驛遞進朕當親覽自立兩稅經今六載或初定之
時巳有偏併或户口減耗舊額猶存輕重不均流亡轉甚
（集作裝）委度支郎折衷條理以恤困窮古者雖有水旱人無

菜色皆由儲蓄不匱勸導有方前代所置義倉國初亦循
（集作修）其制備災救乏甚便於人宜即準貞觀故事天下所
墾見田上自王公下及百姓每豊稔之歲秋夏兩時州縣
長官以理勸課據頃畝多少隨所種粟豆稻麥逐便貯納
以爲義倉如年穀不成即量取賑給官司但爲其法勸諭
不得收作用度（四字集作收糴）各（集作仍）委本道逐便宜處置聞奏
敦本厚生如資播殖當今所切莫甚於斯自今後百姓有
墾闢田疇加於常歲者所加之地不得輙更徵租稅其刺
史令長考課亦以本界墾田多少爲殿最今年蝗蟲損甚
（集作田）州府開春之後量給種子以便（集作使就）農功天下應荒
閑地（集作田）有肥沃（集作饒）堪置屯田處委當管審細檢行以

諸色人及百姓情願者使之營田如部署精當收獲數多
本道使刺史特加褒昇屯官等節級優賞如是逃田地本
主復業即(集作並)却給還輦轂之下四方會同供應既多難
爲準定急賦煩役人何以堪宜令京兆尹與度支計會長
安萬年兩縣每季各先貯備錢五千貫文於縣庫收納定
清翰官專知應緣卒須別索及雜供擬幷工匠等縣令與
專知官先須給付價錢季冬(集作終)之後申度支勘會應關
和市和顧並須先給價錢兩稅外一物已上不得科配百
姓御史臺朝廷紀綱尚書省理化根本百度得失繫乎其
人自頃制敕施(集作頒)行所司多不遵守主(詔令作王)臣奉職豈
所宜然委御史臺左右丞切糾稽違無壅朕命(云云)

文苑英華卷第四百二十五

文苑英華卷第四百二十六　翰林制詔七

赦書七

禋祀赦書三

貞元九年冬至大禮大赦天下制　陸贄

門下朕以寡德屬當大統皇天眷祐俾主兆人懼不克承
夙夜祗畏緬慕前烈致于昇平寸心浩然罔知攸濟小大
之務曷嘗不勤蒭蕘之人亦莫不敬慮每存於致理忠恒
在於恤人中宵憂輿終食累嘆一事乖弛(詔令作當)怒焉疚懷
一夫罹殃惻若傷體思於海內同臻太和息其戰爭保其
生業降心從衆實匪有(詔令作靡有集作有其)辭克己利人誠無所
悋然以視聽有極思慮難周況乎長自深宮安於近習損

益之理寧免過差幽遠之情固多未達由是兢兢砥礪悔
往修來燭理所患於不明推心庶幾於無負日慎一日于
今十有五年矣上靈降鑒多士叶誠五稼屢豐四鄙不憂
方鎮輯睦干戈底寧邊壘繕完殊方款附協天地會昌之
運實宗社無疆之休慶既荷於玄功禮有昭於大報矧惟
霜露之感永切孝思禋燎之儀每勤精意將申誠敬其在
躬親是與公卿大夫虔奉犧牲恭奠珪璧陳其文物薦其
馨香類秩(集作秩記)於太壇朝享于清廟率職來助萬邦攸同
備物致嚴百禮具舉誠慕獲展神人允諧明發永懷慶感
斯集純嘏所錫豈惟朕躬思俾普天均承惠澤可大赦天
下自貞元九年十一月十一日昧爽已前(云云)其見於官司

辨對者亦並（集作便）與免官人犯贓不可令其却上已後勿
以爲累左降官及流人并量移（云云）寵謫遐裔冀速霑恩
比者準制量移所司皆待申牒屢加盤覆累涉歲年旣甚
淹遲且不均一宜令吏部刑部審細檢勘本流貶及量移
勑旨比類元犯事狀輕重兩月內與處分內外文武（云云）
從我巡狩涉於艱難錄其忠勞宜有優異應從奉天扈從
至興元府文武官將士等普恩之外三品已上賜爵（云云）
兵興已來垂四十載稅額（集作旣）煩重人已（集作多）困窮因之
以流離加之以凍餒爲人父母實切哀傷誠由德化未敷（集作孚）
耗斁猶廣每欲蠲復使（集作與）之小休迫於軍儲有意
未就姑示勸恤減其田租惠貸非多良深憫愧天下百姓

貞元十年地租斛斗應合度支收管者宜並三分減收一
分如當管無屬度支斛斗即減放合送上都十分之一其
所放斛斗錢物並委巡院官與觀察經畧等使計會審勘
定數分明牓示百姓仍具申奏去年以來所有貸粮種子
並存百姓腹內者一切放免富國（集作裕）安人在於薄歛必
不得已簡則易從自頃削去煩苛定爲兩稅旣無他撓（集作擾）
煩便於時朕推誠御人所貴在（集作存）信保此成法期於
不踰九百有司所宜遵守儻求取無節則因緣起（集作啓）姦
獲利失人殊乖朕意諸司諸使及諸州府除兩稅外別有
科配悉宜禁絕近年以來因和市和糴欠負百姓錢物並
即填還已後官司應有市糴者各須先付價直不得賒（集作先）

取抑配因茲歛怨擾人水旱爲災古人（集作今）不免苟有
豐蓄（集作備）則無凶年間屬多虞里閭凋耗如務求於日給
不遑廣於歲儲一穀不成人則艱食害至而救其傷已多
俾無餒殍之憂將在備之而已宜委諸州府長吏每年以
當管廻殘餘羨錢物穀賤時收糴各隨便近貯納年終具
有無多少報中書門下兼申考功以爲考課升降如有替
代各分明交領準前申報若遇災異（集作旱）不稔即量事給
與（集作賑給）百姓輙有（集作如）將充諸色用者以枉法贓罪之其
勸課百姓自置義倉仍準貞元元年十一月十一日制處
分立人之道惟孝與忠孝莫大於榮親忠必先於竭節惟
爾師長鄉（集作卿）校洎乎方岳列藩保乂皇家交修庶績竭

節之效旣昭乃誠榮親之恩宜洽國典應內外文武清望
職事官并節度觀察都防禦團練等使父在未有官量授
檢校五品官母在未有邑號者各封（集作授）邑號（云云）佐運
之臣納忠之輔功既存於社稷慶宜及於子孫故周錫土
田漢傳帶礪（集作礪）其爵邑與國始終固以明報德之恩
勸爲臣之節（詔令作義）其或年代未遠利澤猶存詞宇已變於
荒墟胤嗣不編于（集作於）仕籍思其人猶愛其樹況奠享之
主而不加省錄者乎興滅國繼絕代所以禮先賢也脩宗
廟敬祀事所以教追孝也化俗歸厚此其大綱（集作端）應九
廟配享功臣及武德以來將相名節特高有封爵廢絕祀
廟無主者宜許以子孫一人紹封以時享祀自今以來（集作

後應有家廟子孫但傳襲封爵者並許享祔干（集作享於）廟其
有毀賣私廟及買之者各以犯教義論自古聖帝明王忠
臣烈士各令所在長史以禮致祭書叙明目達聰垂拱而
理詩稱濟濟多士文王以寧捨已從人故能通天下之志
弃瑕録用故能盡天下之才昔在太宗勤求理道納諫如
響任賢勿疑致裕於太平垂範於永代朕獲承鴻緒追慕
（集作慕）聖猷書之座隅恒自儆勵朝夕翹想虔聞嘉謀（集作言）
夢寐勞（集作典）懷思得良士凡厥在位所宜共成（集作宜共輔成）諸
司官有陳便宜者各盡所見條疏封進事有宂滯政有闕
遺悉當極言無或隱避詔勑不便於時所司執奏以聞天
下有蘊德懷才隱居不仕委所在觀察使表荐當以禮邀

致諸色人中有賢良方正能直言極諫或博通墳典達於
教化或詳練故事長於著述或精習律令暁暢法理或該
明吏術可委理人或識洞韜畧堪任將帥委所在州府長
史及臺省常參官詳録行能舉奏仍牒報吏部其所舉人
並限來年七月内到京朕當親試應縁大禮職掌行事並
與加恩主者施行

長慶元年正月三日南郊改元赦文　編制

門下朕聞自昔盛王之所以合天地諧神人莫過乎誠敬
致其誠展其敬莫重於祭祭之大者莫大於郊廟故必躬
行而心奉之然後百靈助慶萬國蒙福此帝王之孝也我
國家祖宗功德立極配天日月所照雨露咸被孝思善繼
聖敬允升郊丘歲奉於嚴禋宗廟時修其明薦朕以冲昧
自獲纘承仰荷睠命懼不克享幸天多祐俾歲大穰河朔
底寧邊封靖謐及此元日至于上辛式遵典禮有事郊廟
當祇見之夕感慕增懷洎大報之辰誠敬彌勵因禮元而
紀號用敷化以覃恩可大赦天下改元和十六年為長慶
元年自長慶元年正月三日昧爽已前大辟罪已下罪無
輕重已發覺未發覺已結正未結正繫囚見徒咸赦除之
惟故殺人在十惡内者及官典犯贓不在免限左降官量
移近處已經量移者更與量移如復資者即任便赴選集
丁憂去任服闋日亦與量移如有親故在者都任於所司
陳狀便與處分不必更待本州府申請如準前制已合量

移有司未註擬者並任累敘并別勑因責授刺史已下降
資正員官亦與進改亡官失爵放歸不齒者量加收叙流
人未到所在及已到者與量移近處已量移者并放還僧
尼道士移隷者亦與量移近處并得罪人已亡殁家口未
放歸者一切放歸如有情愿住者亦任左降官及流人先
有官者如已亡殁各還本所（詔令作官）自今日已前所有痕累
禁錮及反逆縁坐等一切並與洗滌其左降官及流人如
所坐之罪本因犯贓到任及所配處未經二年者不在量
移其天德軍流人滿十年即放廻其粮賜委防禦使便別
召人充補營田驅使朕自君臨萬寓常思子惠群生每念
困窮猶勞杼軸宜加恩於寰海用蠲賦於齊甿天下百姓

今年夏稅每貫放一百五十文底貢之宜本於任土阜財之道亦在便人天下州縣應徵科兩稅榷酒錢內舊額須納見錢數者並任百姓隨所有疋段及斛㪷依當處時價(詔令作佑)送納不得邀索見錢度支鹽鐵戶部應納茶稅及諸色見錢兼糴鹽價中舊額須得(詔令作納)見錢數者亦與納時估疋段及斛㪷其輕貨即充上供雜物當處支用如情願納見錢者亦任穩便永為常式京城坊市聚貨之地若物無集處即弊生其中宜委度支鹽鐵使於上都任商人納榷糴諸道監令在城疋段各有所入即免物價賤於外州仍委所司具條疏聞奏其公私便換錢物先已禁斷宜委京兆府及御史臺切加覺察理財正辭弊必除於既往豁

通已責禁方絕於將來應度支鹽鐵戶部三司所管諸官吏所由人戶等欠負元和十三年已前諸色錢物斛㪷等各委本司盡理勘實如是貨(疑作貿)易估招入已隱欺即準條處分如緣收貯年深盤覆欠折水火沉爇保累剥徵并緣用兵之時所在貯備雜物準擬軍需及賊平之後不堪上供勒令迴變因有損折如此之類除檢責家產及攤徵元保外如實無可納空掛薄書連年囚禁者宜令各具色目聞奏並與疎理其諸軍諸使應有欠負亦準此處分天下兩稅外不得雜(詔令作別)有差率刺史若(詔令作如)遠越委觀察使舉奏觀察使或有事乖格勑刺史不得接受已有前勑宜重申明仍委御史臺嚴加訪察不得妄稱供應及軍府

褊迫捍禦疆陲必先財力使其節用方可實軍訪聞邊上諸鎮比緣使臣所到或私申饋潜耗資儲假此為辭因而積弊將令完緝功在立程應京西京北邊上諸軍州鎮自今已後如有中使及郎官御史奉使到所管並不得與人事比部令勾諸司錢粮(詔令無粮字)穀載在格令其事訛謬歲月已深宜令中書門下精擇比部郎官修舉典制勾諸司錢穀仍立時限具條疏聞奏山河之固險易不常疆理之間廢興從便今干戈已戢寰宇大同壤制之宜所資垂久應諸道諸州及諸縣宜委中書門下審商(詔令無商字)量制置其州縣兼委觀察使刺史量閑劇利便可併省者具事宜聞奏河北諸道管內自艱難以來久無刑法各隨所在徵

斂不時色目至多都無藝極宜委本道觀察使勘實據桑產及先各徵配量輕重團定兩稅務令均濟其刺史已下俸料仍據州縣戶口徵科多少并職田祿粟作等第河南諸州府例條疏分析聞奏如聞河南北州縣凋殘戶口未復官員備設曹局至闕或非其才徒費其祿其縣州官各據都邑大小量公事多少留置餘並權停仍先於久經假攝才行彰著人內選擇委觀察使訪察勘實各具前後歷攝勞考約前銜資序便與正授如先無官者以假攝年深課績尤異各具事績聞奏委中書門下類例如資序或未相當且令權知兩考候有政能即與正授其見在正官多是流外遠不任公事切宜揀擇堪留者全給課科使其盡

心合減省者並勒停罷仍擬已得資常選之内與減兩選
未得資者任以前銜便放選集仍名銜申牒有司自今已
後委吏部切加揀擇量才比擬所冀惠政及於疲人應諸
道管内百姓或因水旱兵荒流離死絶見在桑産如無近
親承佃各委州縣切加檢實據桑地數具本户姓名申本
道觀察使於官健中取無庄園有人丁者量氣力可及據
多少給付便於公驗任充永業不得令有力職掌人妄爲
請射其官健仍量借貸種粮分番上下各任營農放三年
差（詔令作租）税年限滿後據桑地準例團定合當下番營農者
停給月粮其衣物賜及雜賞給並如舊應天下典人庄田
園店便合祇承户税本主贖日不得更引令式云依私契

徵理以組織貧人天下榷酒錢有已分配百姓處又別置
酒店官酤及諸色榷率宜切禁斷應亡官失爵及放還流
人如有先庄田不經沒官被人請射作（詔令作本）主及子孫到
並委州縣却還務令安業州主牧宰職在親人其有徭賦
不均流庸未復刑罰不中教化未行必當分命使臣大明
黜陟三代致理皆重學官兩漢用人蓋先經術天下諸色
人中有能精通一經堪爲師法者委國子祭酒訪擇具以
名聞將加試用稱成康之盛則舉措刑讚文景之德亦言
斷獄况自文祖太宗皇帝親録囚徒躬省冤滯法官所選
豈易其人其大理寺官屬比來吏部所授多非其才宜令
精選（詔令作擇）有志行詞學兼詳明法律注擬其有課績特殊

堪在朝獎者臺省官有闕宜先選擇部符共理按部分憂
繁於生人所任最切近日刺史或一歲再遷或累年尚滯
勞者不勸否者不懲自今郡守勤（詔令作恪）奉詔條清廉可紀
者四考與轉其有殊績及久歷外郡者或就加章綬或擢
列朝行庶使中外有倫遠邇無異其刺史有闕委中書門
下選擇當時進擬不得稽遲其江淮諸道縣户一萬已上
税錢五萬貫已上皆謂之大縣所擇縣令宜準元和二年
赦節文處分其去年二月五日赦書中所薦縣令兼取散
試官及白身并見任官者不學而製其弊固甚未操而割
所傷則多豈有白身及散試官未經試吏堪任縣令永言
及此殊匪朕懷又見任官更求舉薦亦長僥競不可施行

其散試官及白身並見任官令吏部並停注擬自今已後
所舉縣令更不得舉薦此色將致乎理必在官循其方將
盡其才必在吏久於政先朝深知積弊首舉具員近日因
循又不遵守遂令躁競者不安其位唯望速遷自今已後
宜委中書門下所有除授並依元和二年具員勑處分其
諸道年終亦宜準承前勒停如刺史於留州數内妄有減
削非法破用者委觀察使風聞按舉必當重加科貶以誡
列職如刺史不承制勑不得稱有公事請赴本使其録事
參軍亦不得擅離本州將欲化人必先興學苟異名於俊
造宜甄異於鄉閭各委刺史縣令招延儒學明加訓誘名
登科第即免征徭天下所置常平義倉準元和元年正月

赦書節文處置未便者委刺史各具事由條件聞奏有司
更與商量處分郵傳所置令式有文近年以來多有逾越
遂使馬畜損耗供億勞煩宜準元和二年赦節文處分天
下諸州府縣官吏應行鞭捶本罪不致死者或假以責情
致令殞斃宜委御史臺及出使郎官御史等切加訪察聞
奏天下諸道或閉糴禁錢自爲條約自今已後切宜禁斷
仍委塩鐵巡院勾當其內外文武及致仕官三品已上賜
爵一級四品已下各加一階陪位白身人賜勳兩轉故尚
父汾陽王賜太師晟賜太尉秀實各與一子八品官頹真
卿杲卿張巡許遠南霽雲各與一子出身武德以來功臣
子孫量加奬用中書門下及節度帶平章事者各與一子

文苑英華　（四百二十六卷）　十　朱倫

八品正員官祖父母及父母並與官封父殁母存者與邑
號已贈已封者更與追贈及邑號禮儀使大禮使度支塩
鐵使京兆尹各與一子出身文武常叅官并致仕官及諸
道節度觀察經畧等使及神策等諸軍使父見存者量與
致仕官母存者與邑號父母亡殁與贈官及邑號東都晋
守及諸道節度觀察經畧等使神策金吾六軍將軍威遠
鎮國軍等使各與一子出身陝州奉天與元功臣更賜勳
爵有差身殁未經追贈者並與追贈應元大禮移仗宿衛
御樓立仗將士普恩之外賜勳爵有差仍準舊例賜錢物
二十萬四千九百六十端疋貫大禮職掌行事官吏及晋
守等吏賜勳爵及加階升壇殿行事官更特加一階應在

城內蕃客等賜物有差常叅官及刺史有停替及病假解
官及終制未授官者委中書門下量才進擬其有情愿授
致仕官者亦聽天下諸色人中有賢良方正能忠言極諫
傳通墳典達於教化軍謀宏遠堪任將帥政術詳明可以
理人者委有司各舉所知限今年十月到上都天下百姓
高年者賜米及綿絹有差其元和十五年二月五日赦節
文中有未處置者有司速舉施行庶令大信洽于天下百
司之職布在舊章特舉正經必歸理本宜令尚書省應掌
閑幕士御士醫工獸醫門僕藥僮御書手楷書手典書流
外署等各賜勳兩轉通氣炳靈是資嶽瀆禦災捍患爰想
聖賢將達明誠式崇祀典其五嶽四瀆宜委本州府長吏

文苑英華　（四百二十六卷）　十一　朱倫

備禮致祭當極豐絜以副如在之誠名山大川及自古聖
帝明王忠臣烈士各令所在以禮致祭亡命山澤挾藏軍
器百日不首復罪如初赦書有所不該者所司具作條例
奏敢以赦前事相告言者以其罪罪之赦書日行五百里
布告天下咸使聞知主者施行

文苑英華卷第四百二十六

文苑英華卷第四百二十七　翰林制誥八

赦書八

禋祀赦書四

寶曆元年正月七日赦文　編制

門下朕以眇薄纂承洪構祗見九廟肇祀二儀外餙備物中惟盡敬(一作志)昆蟲草木(一作水草)之實致豊於蠲潔哀樂和愉之感庶交乎(一作於)神明四海駿奔衆祗受職冀下覿而化皆内誠乎心百王之禮樂在陳列聖之聲詩合奏敬極嚴配道備饗親虔奉成式惕然惴懼而今而後不敢滿假庶無大悔以貽祖考之羞因體元以紀曆遂頒(一作洽)恩而大宥可大赦天下改長慶五年爲寶曆元年自寶曆元年

正月七日昧爽已前大辟罪已下罪無輕重已發覺未發覺已結正未結正繫囚見徒常赦所不原者咸赦除之其官典犯贓不在免限左降官自長慶四年三月三日制後未經量移者與量移近處已經量移者更與量移如後資者即任依常調選丁憂去任服闋日亦與量移如有親故在上都任於所司陳狀便與處分不必更待本州府申請別勑因責授降資正員官未經改轉者亦與進改亡官失爵放歸不齒者加收叙縱元勑云終身不齒者亦量與收叙流人未到所在及已到者量移近處如已收叙者量才録用并僧尼道士移隷者亦與量移近處得罪人已亡歿家口未許歸家者一切放歸如自情愿住者亦任諸色得

罪人中如先有勑云縱逢恩赦不在免限者并別勑安置者亦並宜委中書門下量事狀輕重節級處分左降官及流人先有官者如已亡歿各還本官流貶人所在身亡任其親故收以歸葬仍仰州縣量給棺櫬優當發遣諸色人中有痕累禁錮及反逆緣坐等一切並無洗滌常參官及諸州刺史有先因停替及因病假解官并終制未授官者委中書門下量才進録勿令稽滯致仕官未經改轉者量改官依前致仕諸軍先擒獲吐蕃生口配在諸處者宜委本道資給放還本國毋許因循所在停住國家與吐蕃舅甥之好彼此無虞自今已後邊上不得授納投降人并擒獲生口等天下諸州府縣官應行鞭捶本罪不至死者假

以責情致令殞斃每念於此良增惻然宜委御史臺及出使郎官御史等切加覺察(一作察訪)仍具事由聞奏澄清教化莫尚乎太學怱(一作明)治心術必本乎六經天下諸色人中有能精通一經堪爲師法者委國子祭酒選擇具以名奏天下州縣各委刺史縣令招延儒學明知訓誘名登科第即免征徭刑罰不清不足以言理職官不重不足以棲賢開(一作閑)出入之文柬上下之手必資慎選庶叶詳平大理寺官屬比來吏部所授多非其才宜令精選有志行文(一作詞)學兼詳明法律者注擬其有課績特殊堪在朝獎者臺省有闕宜先選擢一夫不獲時予之辜苟有向隅之悲遂軫納溝之慮如聞去冬吏部三銓選人駁放者衆或文狀

夙昔（一作累錯）或書判差池主司守文不得不爾既施惠澤亦
有（一作在）霑恩其長名及雜駮放選人如有未離京城者委
吏部令月内檢勘畢除涉踰濫者餘並却收以地遠殘闕
量才注擬如不情願受地遠官亦不可強之仍速處分不
得出選限内比者法（一作下）令懸科彰示大信法既無守人
何適從赦命不行因循成俗誕告四方爲虛設開施庶政
爲虛文豈吾德之未明爲有司之見負永言歎息中夜寢
懷朕即位之初已有敕令至如損徹服御止絶他獻限裘
韡以息淫費禁奇靡以專女工隱實版圖謹守儲備及從
他徑擅賦閉糴禁錢吏行姦欺人冒依庇僧道踰濫流貶
重輕錢幣利害軍屯侵占車馬衣服之制度公坐入已之

贓私悉令條疏貴欲該備頒宣未幾廢格已多或職司墮
慢而不能將明或誥命纔行而下已不守以此求理不亦
難乎其元和已來詔書并長慶四年三月三日赦令委廢
不行事在朕躬者諫官（一作自）極言得失無有所隱其系（一作在）
臺閣者左右丞據詔條司額重加分配勿容推倚若因
循寢廢無所申明及雖曾宣下不能（一作明）提舉者具事由
聞奏量加沙汰其在有司州郡者委御史臺及分察使郎
中御史（一作分察使出使郎官御史）度支鹽鐵巡院准前後詔勑切加
訪察各具犯狀移勘奏聞其本判官及刺史已下必加貶
責用懲不恪如舉察之司循默自守事狀泄露者亦據容
庇量加殿黜仍並委中書門下重有舉明去年三月三日

赦令及今年赦文一事已上切加懲督責據時限量官吏
勤惰具科殿重輕聞奏京西京北邊上諸軍州鎮自今年
已後如有中使及郎官御史奉使到所管並不得與人事
物應天下典人莊園店地（一作莊田園店）便合祇承户稅本主贖
日不得更引令式云依私契徵理組織貧人虞氏建官必
明黜陟漢朝置吏皆長子孫政成簡用咸登右職近代遷
除過速資給轉繁甫爲特風莫有固志親人之職爲弊尤
深眭俗土宜未及週悉迎新送故已聞代換吏勞（一作閙）雖
遷資望如初善否不分升降莫驗（一作辨）徒爲煩擾無益公
私自今已後刺史縣令若無所犯非滿三周年不得除替
如理行尤異但議就加其有才宜他職灼然要籍者中書

門下先具事由及授上年月奏聽進止滿歲遷代無闕敗
者即與進改磐石維城義深麟趾穠華下嫁禮次椒塗縉
紳文武之良才執事恪居之奉職克叅祼獻載叶肅雍亞
獻嘉王運終獻循王遹等各賜物一百疋夾侍正衣進珪
捧珪各賜五十疋亞獻終獻正衣各賜物四十疋大長公
主嗣王郡主縣主各有賜物内外文武見任及致仕官三
品已上賜爵一級四品已下加一階合入三品五品欠考
未合叙者待考足日聽叙斯文未墜降聖克昌道逾三代
之英化立百王之範象賢崇德垂裔作賓教儀斯崇憲章
無改文宣王二王三恪各與一子官其祠廟委所司量加
修飾克稱敦（一作淳）叙周述本枝睦族是先觀親斯在皇五

等已上親三品以上賜爵一級五品已上加一階六品已上及前資常選散官簡選日優與處分未有出身陪位者每家放一人出身應陪位者皇儲五等以上親及太皇太后皇太后三等已上親三品已上賜爵一級四品已下加一階諸親四等及諸州賀正官幷諸色陪位官等五品已上加一階六品已下及白身人並賜勳兩轉其前資及有出身者各减一選締構興王弼成昌運勳藏冊府烈冠史編九原推可作之風百代凜如生之氣載懷丕績何日敢忘武德以來配饗功臣及将相名節尤著長慶四年三月三日制未霑甄叙者委中書門下條疏聞奏量加優奬故尚父汾陽王贈太師晟贈太尉秀實子孫中未曾經甄奬

者每家與一人正員官元和已來有因戰伐死於王事其名跡顯著未有優贈者各委本道節度使條錄聞奏如勘覆詣實當有處分其有骸骨暴露者宜令所在埋瘞弘教愛之典（一作理）爰命推恩念追遠之懷用頒徽贈常參官及諸州府長官父母見存未有官封者並量與五品致仕官及階幷邑號父母亡殁未經追贈者量與贈官及邑號已經追贈者更與改贈如贈官已至一品邑號已至國夫人者不在此限中書門下及節度使帶平章事者宜與一子正員七品官祖父母父母先亡殁各與追贈經追贈者更與改贈官已至一品邑號已至國夫人者不在此限節度使與一子正員八品官東都留守度支塩鐵使觀察處置

都團練都防禦經畧招討等使及神策金吾六軍將軍大將軍上將軍統軍威遠鎮國軍等使皇城留守各與一子正員九品官京兆尹特加一階父母先亡殁未經追贈者各與追贈職脩祀事禮奉嚴禋既洽殊恩宜加異等應郊廟升壇升殿行事官普恩之外宜更加一階如合入三品五品者任待考足日聽叙尚書省三品四品已上中書門下五品已上特加一階便蕃殿省給事郊丘顧以忠勤是宜甄奬內行事官三品已上更賜爵一級四品已下更加一階內侍省及內侍省內坊官四品已上各賜勳五轉五品已下各賜勳三轉應從駕至郊廟者普恩之外三品已上賜爵一級四品已下各加一階品官白身賜勳兩轉環

列師營服勞扞衛申威攸屬敷惠是膺神策六軍金吾威遠皇城及諸道將士等三品已上賜爵一級四品已下加一階無官者賜勳三轉在城神策六軍威遠營在右金吾及皇城將士應大禮移仗宿衛御楼立仗等普恩之外三品已上賜爵一級四品已下加一階仍準舊制賜物有差其神衛將士賜加一階仍準舊例賜物有差神策將士應在京畿諸縣者亦各有賜物應緣大禮職掌行事官幷修撰儀注及留守副留守倉庫卿等普恩之外三品已上賜爵一級四品已下各加一階慶奉職貢載觀致仕官及郊禋俾覃錫賚之恩用廣懷來（一作柔）之義鴻臚禮賓院應在城內蕃客等各有賜物翰林待詔供奉及諸色直見任及

前資并員外試官三品已上賜爵一級四品已下各加一階無官者賜勳兩轉導藩服之誠承帝庭之命忠勤既著勳賞宜周諸道知上都進奏院官在城者各賜勳兩轉應緣大禮四方進表疏及賀正官各賜勳三轉敬承禋祀賛執豆籩列庶位以觀光酌多儀而中矩誠在儼肅一作格理叶褒升郊廟行事齋郎減二年勞室長掌座禮生賛者減一年勞無勞可減者便放出身崇玄館行事學生及齋郎禮生番考已滿所司緣大禮却追入行事各減一選國子監學生陪位者賜勳一轉中書門下儀制官各特賜一階應緣祇供作官直司長上諸州行綱考典兩縣耆壽諸色番後當上在城并量留十二月番者各賜勳兩轉飛龍閑

廄宮苑典引掌扇内園總監栽接少府將作内中尚武德軍器内外弓箭庫等諸司諸使下白身人及無品直司定額長上雜匠巧兒黄衣長上監門直長雜使三衛七色引駕細引執扇角手弩手彍騎武士天文觀生曆生漏生典鼓典鍾工人樂人主衣主膳主酪典食胡食手宰手掌閑幕士御士醫士獸醫門僕樂僮御書手楷書手典書流外行署等各賜勳兩轉尚年貴老所以教孝也從義嘉節所以貞俗也天下百姓高年者上縣以上每縣十人中縣五人下縣三人並以縣界年最高者充數并孝子順孫義夫節婦先經旌表行義不虧者人各賜米三石絹兩疋仍敀受上佐將君並委令長齎粟帛就家宣賜訖具名本道一

時聞奏其未及絹仍於上供數内申破神祇峻極德稱靈長秩既升於王公禮合加於牲幣五岳四瀆宜委本州府長吏備禮致祭當極豐絜以副如在之誠書稱望秩禮著不封仰堯舜之聰明慕文武於方册遐想忠貞之跡緬懷義烈之風能禦大災咸申祀典名山大川及自古聖帝明王忠臣烈士各令所在以禮致祭亡命山澤挾藏軍器百日不首復罪如初赦書有所不該者所司具作條例聞奏敢以赦前事相告言者以其罪罪之赦書日行五百里布告天下咸使聞知主者施行　一作皆唐大詔令

文苑英華卷第四百二十七

文苑英華卷第四百二十八

赦書九　　翰林制詔九

禋祀赦書五

太和三年十一月十八日赦文　編制

門下王者祗見宗廟情極於孝思肅事郊丘義崇於嚴配諸侯駿奔以助祭百靈肹蠁而降祥感達神明（詔令作祗）斯爲茂範朕以冲昧獲嗣丕圖奉累聖之耿光承上天之眷命以簡易弘宣政本以勤儉調順化源宵旰勵心思臻至道兢業寅畏于今四年屬興伐叛之師未暇燔柴之禮賴祖宗保祐上帝監臨氛慝澄清弓戈櫜戢今因南至有事圜丘薦誠敬於二儀申感慕於九廟群祀來享至誠必通既

陳信以告虔宜覃恩而廣澤可大赦天下自太和三年十一月十八日昧爽已前大辟罪已下罪無輕重已發覺未發覺已結正未結正繫囚見徒常赦所不原者咸赦除之唯犯惡逆已上及故殺人官典犯正入已贓不在免限左降官量移近處已經量移者更與量移如復資者五品已上中書門下速與處分六品已下即任依常調選丁憂去任服闋日亦與量移如有親故在上都任於所司陳狀便與處分不必更待本州府申請別勅因責授降資正官員未經改轉者量與進改亡官失爵放歸不齒者量加收敘縱元勅云終身不齒者亦量與收敘流人未到所在及已到者並放還泚降死從流者並與移近地如已收敘者量

才錄用并僧尼道士移隸者亦與改還得罪人已亡歿家口未許歸者一切放歸如有情願留者亦任諸色得罪人中如先勅云縱逢恩赦不在免限者并別勅安置者亦並委中書門下量事狀輕重節級處分左降官及流人先有官者如已亡歿各還本官流貶人及諸色得罪人所在身亡任其親故收以歸葬仍仰州縣量給棺櫬優當發遣諸色人中有痕累禁錮及逃匿者一切並與洗滌常叅官及諸州刺史有先因停替及以病解免并終制未授官者委中書門下量才進擬勿令稽遲已才命士所貴任賢黷貨鬻官深爲敗法縱恩寬宥亦慮惠姦其有僞官出身人近已從流者與移近處未處分者㦸等處分未發覺者賣官買

官人並仰赦書到後一月內於所在納官告陳首得免其罪如不陳首者已後事覺不在免罪限封錢之內供億常殷既渥恩宜加霑給其京兆府明年夏青苗錢宜放一半財貨之司姦弊皆有切資政（一作踈）理以遏倖門應度支鹽鐵戶部三司所管諸色官吏所由人戶等欠負太和元年已前諸色錢物斛㪷等各委本州盡理勘實如是貿易招狀入已隱欺即準條處分如緣收貯年深盤覆欠拆水火深爇事實有憑如此之類除檢責家產及攤徵元保外如實無可納空掛簿書連年囚禁者宜各具色目聞奏河南諸鎮仍歲兵荒百姓困窮宜有蠲免其鄆曹濮淄青兗海及滄德管內齊州明年夏稅錢每貫放二百文其秋子每

畝十分放二分諸道方鎮自兵興以來或緣進奉助軍或緣本道徵發務求濟辦多是權宜今寇賊既平中外無事宜申典法以救傷殘天下除二稅外不得輒有科配其擅加雜榷率一切宜停仍令御史臺及出使郎官御史幷所在巡院嚴加訪察自滄景用兵所在逐急須借諸州常平義倉斛斗權充軍糧宜令度支勘計速還收糴填數聞奏邊防至重悉宜有素器械倉廩尤須精實比歲有司屢以營田奏報納計諸鎮儲蓄合支數年尚恐主吏欺罔未加約束宜委度支與本道節度及營田使仔細勘會自營田已來所貯糧見在倉者多少支得幾年軍糧具實聞奏又緣邊諸鎮兵額虛實器械色目亦仰聞奏如涉虛謬本判

官必加懲責有欠闕當議添置務令據實無掛空文纂組文采貴貨勞人奇技淫巧蕩心喪志將欲導其儉朴必在抑其華飾率化天下先自朕躬應緣乘輿服御宮禁詔令作宗廟供須一事已上當從儉約自今已後四方並不得輒以新樣難得非常之物爲獻其機杼織作有纖麗尤甚若花絲布繚綾之類及幅尺廣狹不中常度者並宜禁斷仍仰天下州府勅到後一月日內所有此色機杼一切焚棄訖聞奏并委觀察判官嚴加檢察犯者以故違勅論縣令政切親人糺曹職當舉轄命於選部非不擇才比者令常參官得各舉縣令所舉不當雖有明文法既因循遂開僥濫自今後宜令諸州刺史及本道觀察使各舉管內堪任縣令錄事參軍者仍須賓考相近幷據闕申奏所舉官如才職不稱刺史書下考如至贓犯闕刺史停見任觀察使據事輕重臨時處分如政事修舉課第殊尤亦當明賞以觀能者立法之意使人不移苟移用之有名在公費而何害天下州府兩稅占留錢每年支用各有定額其迴錢羨餘準前後赦文許充諸色公用長慶四年二月三日制亦具言緣無分明條件可使執守刺史每被舉按即以坐贓論須爲立程俾無甚弊其州府應合公用羨餘物并因循舊例與格令不同者並令尚書省御史臺明立條件散下州府使知所守永可遵行緇黃之衆蠹食生人規避王徭凋耗物力應諸州府度僧尼道士及創造寺觀累有禁令尚

或因循自今已後非別勅處分妄有奏請者委憲司彈奏量加貶責其百姓中有苟避徭役冒爲僧道所在長吏量爲科禁古者理戎皆舉成法將卒有制簡閱有時所以籍無虛名軍無冗食至於符守各奉詔條諸道先發轄屬支郡將士如聞衣糧觧補猶繫使司詳其事理頗非簡便宜委本使差官檢元轄名額及賜糧等第文案與刺史勘會除續準詔勅抽停外據所合給錢米並以當州合送使錢米依虛實糙熟分數拆計割入留州錢數勘會訖州使各具分數聞奏應闕觧補支給幷委本州其使司更不緣得收管諸道諸州所置將吏如非原額周事之外各隨閑劇務從簡省方鎮刺史在京除官所須收補隨從人數有司

即為節限他時替罷仍令隨使停解其方鎮交代之時及知留後官不得輙有(一作又)補置如違委巡院官具事目申臺司録奏其違犯官重加科貶所補人并本職停解刺史職在分憂得以專達事有違法觀察使寧不糺繩(四字詔令作然後舉奏頃年赦令非不丁寧)如聞遠地多未遵守州司常務巨細取裁至使官吏移攝將士解補占留支用刑獄斷結動須禀奏不得自專雖有政能無所施設選置長吏將何責成宜委御史臺及出使郎官御史嚴加察訪觀察奏聽進止本判官不能匡正及刺史不守朝章並量加貶降若所管州郡控接蕃夷軍戎之間事資節制須得使司共為條理即不在此限邦畿之內物役殷繁事苟不均人何以濟如聞近

年以來京城坊市及畿甸百姓等多屬諸軍諸使諸司占補之時都無旨勑差科之際頓異編氓或一丁有名則一戶合(詔令作全)免往年制勑無復遵行宜委本軍本使及京兆府各切(詔令作切加)提舉準元和二年八月京兆府所奏勑及長慶元年制度節文處分自先朝以來累有赦令防姦除弊條目甚詳至如閉糴禁錢橫徵暴賦兩稅物估之虛實四方進獻之豐省再三處分非不丁寧出令不行名實自爽從元和二年已後所有勑令宜委中書門下及內外百司按事施行勿踵前弊仍令御史臺嚴加糺察諸色出身三衛最濫假冒官蔭妄用優勞補既過多簡亦失實既悉選序命此理人積歲倖門誠宜杜塞其三衛三二年且不

得(一作須非)補待簡先補人數盡無如更要補委有司條疏嚴為限制每所補注挾名替闕如便可停廢亦請實奏聞禮著從人詩稱下嫁義當選尚俾各有行其六宅十宅諸王女縣主每令每年於選人中擇其情願者配尚授官之日量加優賞罷秩之後仍減兩選其初婚者便有賜與使備行禮如非士類不在選限其該載未盡處委中書門下別條疏聞奏量能授用允屬於群材舉善推賢是先乎公族經學可以弘教本高尚可以觀時風宗子中有才行著明文學優異者委宗正寺具名聞薦比類加獎諸色人中有精究經術洞該今古求志不期聞達委所在長吏具以名聞國家與吐蕃甥舅之好彼此無虞自今已後邊上不得

納投降人并擒捉生口締構興運翼贊昌期勳鏤鼎彝名光簡冊載懷夙烈何日忘之武德已來配享功臣及將相名跡尤著節義顯聞而子孫陵替官閥廢墜未經甄錄者委中書門下搜訪胤(一作役非)嗣特(一作並非)加優異故尚父汾陽王贈太師晟贈太尉秀實子孫中未經甄奬者每家與一人正員官盤石之親義資敦敘穠華之慶道備肅雍文武庶僚中外執事或敬恭厥位或祗奉嚴禋爰考舊章用申慶澤亞獻循王遹終獻恭王通等各賜物一百疋夾侍正衣進珪捧珪各賜物五十疋亞獻終獻正衣各賜物四十疋大長公主長公主嗣王郡主縣主各賜物有差內外文武見任及致任官三品已上賜爵一級四品已下加一階

合入三品五品欠考未合敘者待考足日聽敘素王設教
崇儒配於斯文虞賓在庭想遺風於先烈微言不墜令德
攸彰文宣王之後及二王三恪各與一子官其祠廟委所
在量加修飾禮重睦親化先合族慈訓克承於椒掖寵光
宜首於觀津太皇太后皇太后二等已上親皇后三等已
上親委中書門下各擇有才行者量與改官無官者各與
出身皇五等已上親三品已上賜爵一級五品已上加一
階六品已下及前資常選散官簡選日優與處分未有出
身陪位者每家放一人出身應陪位皇五等已上親及太
皇太后皇太后三等已上親三品已上賜爵一級四品已
上加一階諸親四等伍等并諸色陪位官五品已上加一

階六品已下及白身人並賜勳兩轉其前資及有出身者
各減一選推恩之令所以申孝愛褒贈之典所以極哀榮
爰加寵章用舉徽數常參官及諸道州府長官父母見存
有官封者並量與五品致仕官及階并邑號如已有者量
與進改如官已至五品已上者即與五品階父母亡歿未
經追贈者量與贈官及邑號輔弼之臣鈞衡是屬既當大
慶爰錫殊恩中書門下及節度使帶平章事者宜特加一
階如本階已至正三品已上者與一子正員八品官祖父
母先亡歿各與追贈已追贈者更與改贈節度使與一子
正員九品官東都留守度支鹽鐵使觀察處置都團練都
防禦經畧招討使及神策金吾六軍將軍上軍統軍威遠

鎮國軍等使皇城留守各與一子出身父母先亡歿未經
追贈者各與追贈禮儀使大禮使京兆尹各與一子正官
九品官大祀有嚴殷薦尤重凡在厥職宜特加恩應郊廟
升殿行事官普恩之外宜更加一階如合入三品者量減
三考入五品者量減兩考仍待考足日聽敘其合選人與
減一選禮奉郊禋任親殿省忠勞既竭甄録宜優內行事
官三品已上更賜爵一級四品已下更加一級內侍省及
內坊官四品已上各賜勳五轉五品已下各賜勳三轉應
從駕至郊廟者普恩之外三品已上賜爵一級四品已下
各加一級白身賜勳兩轉陳列威容肅清警衛載加寵錫
用示恩私神策六軍威遠營左右金吾及皇城將士應緣

大禮仗宿衛御樓立杖等普恩之外三品已上賜爵一級
四品已下加一階仍依舊例賜物有差其神策將士應在
京畿諸縣者亦各有賜物應緣大禮職掌行事官併修撰
儀注及留守副留守倉庫卿等普恩之外三品已上賜爵
一級四品已下各加一階要荒地遠職貢方來既覲郊禮
之盛儀須覃慶賜之殊澤鴻臚禮賓院應在城內蕃客等
各有賜物諸道知上都進奏院在城各賜勳三轉應緣大
禮四方進奏疏及賀官各賜勳三轉藝術所資優假宜及
況因大賚當給新恩翰林待詔供奏并諸色直見任及前
資并員外試官三品已上賜爵一級四品已下各加一階
無官者賜勳兩轉爰執豆籩克恭薦饗或贊引叶於義矩

或祗絺奉其事功心畢㪅勤理當褒奬郊廟行事齋郎減二年勞室長掌座禮生荅者减一年勞而勞可减者使放出身崇玄館行事學生及齋郎禮生畨考已滿所司緣大禮却追入行事各减一選國子監學生席位者賜勲一轉中書門下儀制官各加一階應緣祗供作官直司長上諸州行綱考典兩縣耆壽諸色畨役當上在城并量留十月畨者各賜勲兩轉飛龍閑廐宮苑典引掌扇內園總監栽接少府將作內作中尚武德軍器內外弓箭庫等諸司諸使下白身人及無品直司定額長生雜匠巧兒黄衣長上監門直長雜伎三衛七色引駕細行執扇角手弩手彍騎武士天文觀生曆生漏生典鼓典鍾工人樂人主衣主膳

主酪典食胡食手宰手掌閑幕士御士醫士獸醫門僕藥僮御書手楷書手典書流外行署等各賜勲兩轉夫務仁壽莫若敬耆老厚風俗莫若勸名節天下百姓婦人年九十已上各賜米五石絹兩疋綿一屯羊酒有差版授下州刺史郡君八十已上各賜米叁石絹兩疋版授上佐縣君孝子順孫義夫節婦旌表門閭終身勿事先已旌表者量加優恤並委令長賫米帛就家宣賜訖具名申本道一時聞奏極天而峻既多鎮定之功赴海不窮且有朝宗之義五岳四瀆宜令本州刺史備禮致祭大報之後咸秩當行常祀雖定於歲時徧祭凶宜乎柴燎載慕前王之令德復想古人之義風名山大川自古聖帝明王忠臣烈士各令所在以禮致祭亡命山澤挾藏軍器百日不首復罪如初赦書有所不該者所司且作條例聞奏敢以赦前事相告言者以其罪罪之赦書日行五百里布告天下咸使聞知主者施行

文苑英華卷第四百二十八

文苑英華第四百二十九　翰林制詔十

赦書十

禋祀赦書六

會昌五年正月三日南郊赦文　編制

門下王者事帝必嚴禋祀之容臣下歸功爰極推崇之義既膺顯號式展咸儀因時布和順歲更始前聖垂範逮予是遵矧以眇身幸逢昌運雖履氷惟懼而涉道未迴緊我輔臣洎茲列岳內盡交修之志外分共理之憂乃者虜衆乖離部族款附收帝子於氊裘之所致名王爲冠帶之臣堅昆來朝不遠萬里夷貊嚮化克同九州重以上黨徂童竊襲叛跡問罪之師既集元兇之首遂梟廓清亂風洗滌

汙俗剪逆豎而故都底定竄摩尼而壞法永除由是退惡進賢化行令舉刑姦贓之吏破黷貨之家此皆宗社降靈助成時政豈朕涼德獨擅厥功而中外誠臣文武多士累陳懇疏冊舉鴻名辭不獲從被此虛美是用虔告清廟明禋上玄煙燎所升靈既如答既畢郊禮重申國經宜因行慶之辰誕布惟新之令同我景福永孚于休可大赦天下自會昌五年正月三日昧爽已前大辟罪已下罪無輕重已發覺未發覺已結正未結正繫囚見徒常赦所不原者咸赦除之唯犯十惡叛逆已上及故殺人官典犯入已贓持仗行劫縱不殺人並不免限左降官量移近處已經量移者更與量移如已在近處未復資者有司別條聞奏如復資者五品已上中書門下速與處分六品已下依常調選丁憂去任服闋日亦與量移如有親故在上都任於所司陳狀便與處分不必更待本州府申請從九月二十九日降郊禮勅後流貶人不在此例燕比來與劉稹楊弁同謀惡逆配流及伏法身死有父兄子弟及諸親族等配流者並不在放還及量移之限別勅因責授降資正員官未經轉者量與進改亡官失爵放歸不齒者量加收叙縱元勅云終身不齒者亦量與收叙流人未到所在及已到者並放還唯降死從流者與移近地如收叙者量才録用弁僧尼道士移隸者亦放還其情狀難容者不在量移及放還之限得罪人已亡歿家口未許歸者一切放歸如自情

願住者亦任諸色得罪人中如先有勅云縱逢恩赦不在免限者并別勅安置者亦委中書門下量事狀重輕節級處分左降官及流人先有官者如已亡歿各還本官流貶及諸色等罪人所有在任身亡任其親故收以歸葬仍仰州縣量給棺櫬優當發遣近年將相及任使文臣如因事貶降身已淪沒情理屈者並量與追贈諸色人中有痕累禁錮及逃匿者一切並與洗滌應昭義逆黨親族除已處置外其他素不同謀者並一切不問常叅官及諸色刺史先因停替及以病解克終制未授官者委中書門下量力進擬勿令稽遲國家與吐蕃舅甥之好彼此無虞自今後邊上不得受納投降人並擒捉生口功盖本朝賞延後嗣

是加恩禮用勸臣心故尚父汾陽王贈太師晟贈太尉秀實贈司徒顔杲卿贈太師顔真卿許遠張巡南霽雲子孫中未經甄奬者每家與一人出身耕桑豈約上應征租泉貨重輕宜均物力丁徭若絶其影占組織又去其纖奇則農桑無荒女工斯勸京畿百姓應兩税及青苗地頭納見錢等充給府縣官吏及諸色支用今天下諸州所納兩税皆據分數納見錢除納者估疋段給用之日錢貨並行其京畿應納諸色錢等許納諸州及本土上色絹每疋與折八百文充官吏料錢及諸色給用京畿今年夏税麥數内每㪷放五勝京兆府諸縣應欠開成五年終已前青苗榷酒秋夏品逃府倉正税地租百官職田資百姓種粮戸部

和糴變（一作麥）色粟驛蓄科稈草麲麩並放免畿内條税百姓准元和二年八月二十五日勑會昌元年正月九日赦節文計戸内丁數多少充諸司盡栅弟子致令鄉縣所由無人差役各委諸軍諸使司準前後勑文收補仍具姓名奏聞勑下京兆府重磨勘如有人戸遠越妄托屬諸軍諸使不準勑文影占收補者並準前後勑文處分諸使諸軍諸司人在鄉村及坊市店舍經紀準前後赦文收與百姓一例差科不得委有影占應屬官庄宅使司人戸在店内及店門外經紀求利承前不復随百姓例差科者從今後並與諸軍諸使一例準百姓例供應差科畿内諸縣百姓租佃百官職田地訪聞其中有承虚名配佃多時縣司但據額徵收租子或無本地及被形勢庄園將塝薄田地迴換令人戸虚頭納子歳月既久無因申明名委縣令子細磨勘別立薄書具明段四至申報仍委當司審勘會分析奏聞畿内諸縣鄉村及城内坊市人戸不是正額食糧官健及非工巧之徒假以他名諸司諸使影占納課其數至多各本司羮華凡是納課人戸並停觧逃歸本縣收入色役京畿内近日足陌用錢唯益富室疋帛苦賤又害疲人宜却令依前行墊陌錢每墊八十文其公私交關五貫已上令一半折用疋帛武功既暢經術是修宜闡儒風以弘教化應公卿百寮子弟及京畿内士人寄客修明經進士業者並隷名太學每一季一度據名籍分番於國子監試

帖三度帖經全通者即是經藝已熟向後更不用帖試如三度全不通及三度託事故不就試者便落下名籍至貢舉時不在逃者之限其外寄居及士著人修進士明經業者並隷名所在官學仍委長吏於見任官及本土有學行人中選一人充試官亦委每季一試餘並準前處分如無經藝雖有文章不在逃省之限所冀人皆嚮道學務通經職碍官常各宜歸正詳刑决獄豈可容姦在京諸司典吏考滿合赴選者官成後皆作計勾留不肯赴任今日已後官成後便勒赴任本司不至各令本司發遣不得奏請勾留如一年選不成者且勒依舊執行文案至二年選不成者勒停守選諸州府有遺擲官及職掌人推案刑獄比及

刑部詳斷其閒或節目不盡或與奪用情將有勘尋便種停罷向後諸州府推事並須差見任官仍在兩考內者其刑部大理法直並以明法出身人充據律已去任者公罪流已下勿論公罪之條情有輕重苟涉欺詐豈得勿論向後公罪有情狀難恕者並不在勿論之限上柱國前代烈勳謂之八柱品居第一宜峻寵章向後非特恩不在累叙之限近日諸道奏官其數至廣非惟有侵選部實亦頗啓倖門向後淮南兩浙宣鄂洪潭荆襄等道並不得更有奏請其三川邊鎮河南北地遠官無選人肯去闕員稍多處即任量要切奏請仍每道一歲不得過七員應諸道軍將昨緣酧奬戰功多授正秩今日已後非因戰功不得請正

官其已有正官者或因停替亦須待三五年後方得奏請比來山劍湖嶺間刺史多居閒行散位日久而選縣佐率是諸曹胥徒年滿則授生人舒慘屬在此流朝廷典章罕能具舉自今已後每除湖嶺山劍南間刺史取其流品稍高兼曾歷三四任已上州官者如有政績委本道觀察使具以名聞其遠處縣邑多是中下縣其縣丞薄尉等例是入流令史苟求自利豈知官業其中下縣丞中縣薄等自今已後有衣冠士流經業出身經五選如願授者每年便許吏部投牒依當選人例下文書磨勘注擬如到任清白幹能刺史申本道觀察使每年至終使司都爲一狀申中書門下得替已後許使上縣薄尉選數赴選與第二任好

官三衙官中名本於宿衛當番就役其事甚微舉每年兵部選特號爲文簡合選之數全淺於明經齋郎注擬之時争先於諸親宗子其於踰濫莫甚於斯入仕之門此徒最弊自今已後但令武簡其文簡並停宗子每因恩澤皆賜出身自幼授官多不求學未詳典法頗有僭違委宗正寺收補明經每年許叅三十人出身同兩碩例與補各投圖籍精驗源流明爲保舉不得容有踰濫仍一季一度試帖經餘並進士明經條例處分京師佛刹相望其數已多既臨康莊足壯都邑近緣踈理僧尼訪聞大寺房院半已空閑其坊內小寺或産業素貧或殿宇摧毁僧數既少不足住持併合同居事從簡當委功德使條疏各具去着名額

奏聞其所折寺僧尼如行迹非違不守佛之禁戒者亦宜揀選勒令還俗仍依前勑處分兼具數聞奏其餘僧尼即令移入側近大寺有房院居住又京城諸市亦不盡有産業就中即有富寺今既踈理僧尼兼停脩造所入厚利恐皆枉破委功德使檢責富寺邸店多處除計料供常住外賸者便勤貨貢不得廣占求利侵奪疲人所去不均之患冀合裒多之義又諸州府所申還俗僧尼已有定額若無私度者當臧耗諸道每至年終各具見在僧尼數申省其續有死亡及犯事還俗并分析申報本司磨勘奏聞如聞兩浙宣鄂潭洪福三川等道緣地稍僻姑務寬容僧尼之中尚多踰濫委長吏更加揀其有年少無戒行者雖先在

保内亦須泌汰古者受祿之家食祿而已不與人争業然
後利可均布人可家足如聞朝列衣冠或代承華胄或在
清途私置質庫樓店與人争利今日已後並禁斷仍委御
史臺察訪聞奏如聞兩川税租盡納見錢蓋緣人多伎巧
物皆纖麗凡所織作不任軍資所以人轉困窮俗增侈靡
然以風土所習頓革稍難委刺史與縣令商量勸課有機
杼之家依果閬州且織重絹仍與作三等估上估一貫一
百下估九百待此法行後每年兩税一半與折納重絹即
異人稍蘇息軍用不虧或因官遊遂輕去着戶籍既減征
徭難均江淮客户及逃移規避户税等人比來雖係兩税
並無差役或本州百姓子弟纔霑一官及官滿後移住隣

州兼於諸軍諸使假職便稱衣冠户廣置資産輸税全輕
便免諸色差役其本鄉家業漸自典賣以破户籍所以正
税百姓日減州縣色役漸少從今已後江淮百姓非前進
士及登科有名聞者縱因官罷職居别州寄住亦不稱爲
衣冠其差科色役並同當處百姓流例處分除盜懲姦在
去其枝葉校功責課必削其根本如聞江淮諸道私鹽賊
盜多結群黨兼持兵仗刼盜及販賣私鹽因緣便爲大刼
江賊有仗者雖未殺人不在該恩之限又逃還復業户雖
先有格令近來多因刺史縣令務虛名者招携逃户侵奪
已成産業轉令居者不安姦人得計苟求非時考課虛申
招復逃亡及至定税徵科依前逃散税錢緣已申省使郎

須擲記疲人從今已後應諸州縣逃户經二百日不歸復
者其桑産居業便招收承佃户輸納其逃户縱歸復者不
在論理之限其有稱未逃之時典貼錢數未當本價者便
於所典買人户下據户加税亦不在刼收索及徵錢之限
義重維城慶流多葉叙睦之道寵渥惟宜中外群寮文武
多士或郊禋奉職或司署業官各洽恩波以類申典亞獻
撫王紱等各賜物一百疋夾侍正衣進珪捧珪各賜物五
十疋亞獻終獻正衣各賜物四十疋大長公主公主嗣王
郡主縣主各有賜物内外文武見任及致仕官三品已上
賜爵一級四品已下加一階合入三品五品欠考未合叙
者待考足日聽叙孔氏行教折中於百王亹亹展敬不廢

於千古敢忘咨禀爰用褒明文宣王之後及二王三恪與
一子出身各賜物五十疋其祠廟委所司量加脩飾莚稱
睦族漢貴推恩在明廣敬之義式長奉親之孝太皇太后
二等已上親王三等已上親委中書門下各擇有才行者
量與改官如無堪奬用者即不必與改皇五等已下親及
三品已上賜爵一級五品已上加一階六品已下及前資
常選散官簡選日優與處分應陪位皇五等已上親及太
皇太后皇太后三等已上親三品已上賜爵一級四品已
下加一階親四等五等并諸色陪位官五品已上加一階
六品已上及白身並賜勳兩轉其前資及有出身各減一
選前聖立言教人以孝慶覃存沒禮洽閨門俾奉高堂之

榮用霑漏泉之澤常參官及諸州府長官父母見存未有
官封者並量與三品致仕官及階并邑號如已有官封者
並量與進改如官已至五品已上者即與五品階父母已
歿未經追贈者量與贈官及邑號公台輔弼柱石列藩俾
弘追饗之恩仍昭賞延之典加於存歿用洽寵章中書門
下及節度使帶平章事者宜與一子正員八品官祖父母
先亡歿各與追贈已經贈者更與改贈破廻鶻及攻討昭
義立功節度使不帶平章事者及劉沔李思忠各與一子
正員九品官節度使東都留守度支鹽鐵觀察處置諸防
禦經畧招討使及神策金吾六軍將大將軍威遠鎮國等
使皇城留守各與一子出身父母先亡歿未經追贈者各

與追贈禮儀使京兆尹各與一子出身寅奉典冊肅恭明
禋或勤贊相之義或專扈從之禮時當慶澤豈悋恩華應
郊廟升壇升殿行事官普恩之外中書門下尚書省御史
臺三品已上特加一階四品已上各賜一階如合入三品
者量減三考入五品者量減二考仍待足考日聽敘其合
選人與減一選内行事官三品已上更賜爵一級四品已
上更加一階内侍省及内坊官四品已上各賜勳五轉應
從駕至郊廟者普恩之外三品已上賜爵一級四品已上
各加一階白身賜勳兩轉攝侍中讀寶官攝中書令讀冊
官各賜一子出身選冊文官賜一子正員官奉冊奉寶綬
官書玉冊官書寶官各加二階進寶綬進冊進中嚴外辦

禮儀贊導押冊押寶綬轝舁寶冊官各加一階合選人減
一選其餘應職掌行事官及寫制書官太常修撰儀注禮
官并内行事官三品已上賜爵一級四品已下加一階仍
並賜勳一轉鐫造玉冊并填金字造裝玉冊官各賜物五
十段禁營軍師信宿警衛宜須慶賚以奬勳勞神策六軍
威遠營左右金吾及皇城將士應緣大禮儀仗宿衛御樓
立仗等普恩之外三品已上賜爵一級四品已下加一階
仍準賜物舊例有差其神策將士應在京畿諸縣者亦各
有賜應緣大禮職掌行事官并修撰儀注及留守副留守
守倉庫鄉等普恩之外三品已上賜爵一級四品已下各
加一階梯航奔走慕化在庭藩岳奏陳不虧奉職勤勞禁

署已積歲時鴻臚禮賓院應在城内番客等各有賜物諸
道知上都進奏院官在城者各賜勳三轉應緣大禮四方
進表疏文賀正官各賜勳三轉翰林待詔供奉并諸色直
見任及前資并員外試官三品已上賜爵一級四品已下
各加一階無官者賜勳兩轉祠薦展儀掌贊供事恪勤無
怠甄奬宜申郊廟行事齋郎減兩年勞至室長掌座禮生
贊者便放出身崇玄舘行事學生及齋郎禮生番考已滿
所司緣大禮郊遣入行事各減一選國子監學生陪位者
賜勳一轉中書門下專知儀制官各特加一階應緣祇供
作官直司長上諸州行綱考典兩縣耆壽諸色番役當上
在城并量留十二月番者各賜勳兩轉飛龍閑廐宫苑典

引掌扇內園物監裁接少府將作內中尚武徳軍器內外弓箭庫等諸司諸使下白身及無品直司定額長上雜匠巧兒黄衣長上監門直長雜仗三衛七色引駕細行執扇手角手弩手彍騎武士天文觀生漏生典鼓典鍾工人樂人主衣主膳主酪典食胡食手宰手掌閑幕士御士醫士獸醫門僕藥僮御書手楷書手典書外行署等各賜勳一轉耆老加恵耆在前經節義所褒用明古道天下百姓年九十巳上委所在長吏以留州物量加存恤孝子順孫義夫節婦旌表門閭終身勿事先巳旌表者亦量加優恤公卿視秩靈瑞降祥生植所資導利庶物五嶽四瀆宜委本州府長吏備禮獻祭助宣和氣福我黎人將竭精誠在嚴

祀事名山大川及自古聖帝明王忠臣烈士各令所在以禮致祭亡命山澤挾藏軍器百日不首復罪如初赦書有所不該者所司具條例聞奏敢以赦前事相言告者以其罪罪之赦書日行五百里布告天下咸使聞知主者施行

文苑英華卷第四百二十九

文苑英華卷第四百三十　翰林制詔十一

赦書十一

禋祀赦書七

大中元年正月十七日赦文　編制

門下執大象者導陰陽之和帝率土者茂生植之化粤自軒昊暨于唐虞側身皇階虛巳大位(詔令作寶)懸金鏡(詔令作握金鏡)之朗耀致玉燭之融明恵中國以綏四方欽上玄而育兆庶所謂至徳勞深企懷朕荷先聖之眷求(詔令作命)奉祖宗之成憲獲撫萬國統和三靈兢嚴丕構惕厲神器賓賴昊穹嘉饗(一作響)神祇降休蠻夷戎狄之聿來鳥獸草木之咸若實真宰潛運玄功啓光麥禾豐登兵革偃息物不疵癘人

無夭亡(一作札)發揚氤氳敷佑寡昧夙夜祗戴訏謨經紀尚懼徳教之未宜黎元之未泰貪(詔令作暴)虐之害政朋邪之敗風未念困窮思臻富庶每輿赤子之歎不知黄屋之尊爰因首正克舉彝典告受命之慕緒展嚴配之盛儀柴燎升聞馨香殷荐羣祀昭答百神來享精誠既達感慶良深是用肆眚恤刑改元建號利時者不廢便人者必行俾覃在宥之恩以順發生之氣與之更始咸使維新可大赦天下改會昌七年爲大中元年自大中元年正月十七日昧爽巳前大辟罪巳下罪無輕重巳發覺未發覺巳結正未結正繫囚見徒常赦所不原者咸赦除之唯犯十惡五逆巳上及故殺人並不在免限官典犯入巳贓無情淡巨蠹及

持仗行刼縱不殺人並不在免限左降官量移近處已經
量移者更與量移如已至刺史者準刺史月限例處分諸
色官未復資者有司條疏聞奏如復資者五品已上中書
門下速與處分六品已上依常調選丁憂去任服闋日亦
與量移如有親故在上都任所司陳狀便與處分不必更
待本州府申請從九月二十二日降郊禮勑後流貶及引
決妄稱冤人等并重推覆囚徒並不在此例別用勑責授
降資正員官及曾因痕累停免未經引用者並與進改流
人及降死從流者與移近地如有収叙者量才録用并僧
尼道士移隷者亦與放還其情狀難容者更不在量移及
放還之限流貶人如已亡歿家口欲還及須歸葬者聽隨

所便如緣葬事幼弱饑窮不能自濟者委所在長吏量給
棺櫬優恤發遣左降官流人先有官者如已亡歿各還本
官亡官失爵痕累禁錮者並從洗滌諸色流貶人元勑內
云雖逢恩赦不在量移限者自去年五月五日赦文後已
經量移者五千里外更與量移千里三千里外者更與量
移五百里情狀難容者不在此限常叅官及諸色刺史先
停替及以病觧免并終制未授官者委中書門下量才進
擬勿令稽滯國家與吐蕃舅甥之好彼此無虞自今後邊
上不得授納投降人并擒捉生口誓著山河勲銘鼎彝恩
延後裔義在勸人故尚父汾陽王贈太師晟太尉秀實司
徒顏杲卿贈太師顏真卿許遠張巡南霽雲子孫中未經
甄獎者每家與一人正員官元和以來河朔節制以土地
朝者各與其家一子正員官迴鶻殘寇尚擾窺邊諸道防
秋固是常例如有別有徵發久未放還念其辛勤須議存
恤應緣迴鶻別徵集防戍人等宜令中書門下節級量事
賜物仍即具數聞奏歉沴頻甚已議賑恤無免流亡自今
已後所在時雨稍愆有傷農畝即仰長吏當時聞奏如涉
隱蔽必節級處分古者郎官出爲邑宰公卿外領郡符所
以重親人之官急爲政之才（舊唐書作本）自澆風興翦此道稍
消頗積清途便至顯貴理人之術未嘗經心欲使救百姓
之艱危通天下之利病不可得也朕爲政之始思厚時（唐書
作儒）風軒墀近臣盖備顧問如不周疾苦何以膺朕訪（唐書作眷）

求自今已後諫議大夫給事中中書舍人未曾任刺史縣
令及縱曾任有敗累者並不在進擬限守宰親人職當撫
字三載考績著在極言貞元元和頻有詔縣令五考方得
改移近者因循都不遵守雖諸州縣令或得三考兩府畿
內亦罕及二年以此守人望其成化（唐書作昔爲成政）轉書案牘
寧免姦欺道路有迎送之勞鄉里無蘇息之望自今已後
刺史縣令除授後一例須滿三十六個月方得替換其責
授遷擢即不在此限其受替後量其在任課效作三等聞
奏其在第一等委中書門下及吏部優與處分第二等依
資改轉第三等量加降黜其受替後委刺史録事參軍比
驗等第申觀察使與觀察判官勘驗詣實申奏後因事考

覈有不如所奏觀察判官刺史録事叅軍擿人節級懲罰
觀察使奏聽進旨其刺史委觀察使判官具考課聞奏雖
去任已久但因事發露合懲合奬並準元勑處分其合授
擢貶黜者則不拘此限長吏舉荐縣令録事叅軍雖有近
勑如涉請托是啓倖門其諸州府縣令録事叅軍吏部所
注之官雖與替亦須具所替人罪犯及不勝任事狀聞奏
所舉之人須前任曾有殊考不然課績尤異分明有據者
方得論請此外中書門下不得與進擬河東振武易定京
西北等道官吏料錢過聞寡薄省司注擬罔不固辭承乏
之由其新收闕官料錢户部不收用晉便令本府少尹與
司録叅軍勾當并舊給課料數額添給見錢在官無少尹

即仰觀察判官與録事叅軍同勾當使司輒不敢妄有借
貸支用如違本州官量加貶責長吏别議處分仍委所在
塩鐵度支院判官叅訪中書門下如違院官準本州官例
處分諸色入仕近者轉多内外官員無不填塞蓋因州府
論請多用虛銜軍師奏功或未摭實自今已後無正官及
無出身者並不在奏州府縣官限縱有出身亦須去避稍
近方得奏請諸軍將非有殊功者不在奏無州縣官限素
非吏部注擬之處即不在此限仍委中書門下準此處分
京畿之内荆南數州或頻歲辛勤或遭罹歉沴須免租賦
以慰疲人京兆府今年夏青苗錢及元和十五年已後至
會昌三年終已前應有諸縣欠日掌閑並宜放免荆南管

内應遭旱損農户掖書下後新年夏随地稅錢宜並放免
塞上置兵本防戎虜苦寒之地尤要撫綏如聞軍中小有
所須舊例不無科率或有逋欠必載簿書給衣散粮之時
尅折畧盡永言此獘積有歲年爰因慶澤須使蠲改自今
已後邊上兵士除本分差役外輒不得妄有科配春冬給
衣及每月粮米並須當時分付如依前尅拆本判官本將
並重加貶責長吏别議處分仍從前應有此色欠負不問
多少更不得科校徵索所在塩鐵度支院切加訪察中中
書門下如違院官與判官同議貶責榷酤之利諸道榷宜
如聞所設科條過有嚴酷一分抵罪連坐數家或没人資
財或身處極法里閭之内遂至無聊豈有疲人堪此陷穽

宜令中書門下商量停罷續作條疏聞奏州府折寺尾木
堆積多時風雨所侵朽蠧將盡所在出賣雖有勑文百姓
畏懼嚴刑莫敢投狀廵檢防護豈免勞人自今已後百姓
要買者任二年續徵納價錢州縣輒不得㬥有校科私茶
塩雖要止絶法或連坐則害平人自今已後但科犯茶塩
要人罪其買茶糴塩及經過食宿之處並不要勘問差役
不時妨農爲甚古者用人之力歲不過三日蓋爲此也如
聞所在修築動踰數月事非甚切所妨即多自今已後所
在州縣如要脩理者任和雇諸色人役使仍須據時價給
錢　方今謊使農户輒不得追擾過忙時五月六月九月
事非切時屋宇城壘不在修築限如違官吏並節級貶責

仍令御史臺及所在度支塩鐵院檢舉申中書門下如涉隱蔽本御史及本院官並準前處君以人爲國人以食爲天有國有家捨此無急如聞州府之内皆有閑空田長蒿萊無人墾闢與其虚棄曷若濟人宜令所在長吏設法召募貧人課勵耕種所收苗子以備水旱及當處軍粮其初建置或鎮小力微不辨營備任量常平義倉粟充粮食種子及耕農仍具各任本道自詳軍便條疏處分訖申奏每年所收營田苗子除給耕種人牛量事填補所借常平義倉收物所冀野無荒田灾有儲備觀察使刺史起營田試年巳後據見穀爲殿最泉重貨輕當今最甚甿庶捎瘠莫不由斯輸納租征須從利便應天下百姓所出土貨幸是

官中每年收市之物即所在州府具色目先下文帖指揮令據官中收市價輸納不得一一徵納見錢切不得令所由妄納耗剩如違本判官録事參軍重加貶責塩鐵度支院官不加檢舉亦準此處分諸道藩方牙門將校不獨資以武畧亦在挍其幹能近門下商量停罷續作條疏聞奏近年隨使人多宂食要職傾奪占位勳舊無依慮不均平例有停觧如聞或有自遠招收或因其投募人材武藝要籍轅門或因類能擢處右職軍中巳著勞績選衆又合甄昇一例勒停實乖至當其應隨使軍將及驍勇官健等有超軼輩流者並許待使到後選驗處分設法施禁固在長人訪姦去邪尨繫胥吏若紀綱不漏上下相同雖損益懸

殊功利百倍度支户部塩鐵三司吏人皆主錢穀去畱之際切在類能若一槩即以年勞衆職從何條舉必資奬誘明示勸懲其中如有才用智識昭然獨見自期展効建立事功或剔抉疵瑕或糾正案牘發明巳往之咎條理將來之規宜委本司便與奏論特有遷授仍與勾當依前本司驅使如守職多年無事可稱但循默自容者一例準舊年限勒赴選不得妄許（一作訴）事故畱在本司其案牘中或有過犯並不用追理貴許自新以示弘貸磐石維城本枝祚慶親賢之義寵渥宜申文武庶官中外執事皆肅恭職任祗奉郊禋禋合推恩同沾霈澤亞獻福王綰終獻撫王紘等各賜物百疋夾侍正衣進珪捧珪各賜物五十疋亞獻

正衣各賜物四十疋内外文武見任及致仕官三品巳上賜爵一級四品巳下加一階合入三品及五品欠考未叙者考足日聽叙魯聖儒風虞賓前典必須展敬允叶國章文宣王之後及二王三恪各與一子官其祠廟委所司量加修飾孝惟資愛禮著事親屬當布澤之辰用覃睦族之慶太皇太后二等巳上親皇三等巳上親委中書門下合擇有才行者量與改官無官者與出身皇五等巳上親三品巳上賜爵一級五品巳上加一階六品以下及前資常選散官簡選日優與處分未有出身陪位者準會昌五年正月三日赦文處分應陪位皇五等巳上親及太皇太后皇太后三等巳上親三品巳上賜爵一級四品巳下加一

階諸親四等五等并諸色人陪位官五品已上加一階六品已上及白身並賜勳兩轉其前資及有出身各减一選孝弟之道王教攸先哀慶之禮人倫所重常叅官及諸州府長官父母見存未有官封者並量與五品致仕官及階并邑號如有官者量與進改如官已至五品已上即與五品階父母亡殁未經追贈者量與追贈官及邑號義深心膂寄重蕃垣俾命追崇延恩存殁用酬勳效豈恡寵私中書門下及節度使帶平章事宜與一子正員八品官祖父母先亡殁各與追贈已經追贈者更與改贈節度使各與一子正員九品官東都守度支鹽鐵觀察使置都團練都防禦經畧招討使及神策金吾六軍將軍大將軍上將軍

統軍威遠營鎮國軍等使皇城留守各與一子出身父母先亡殁未經追贈者各與追贈禮儀使京兆尹各與一子正員九品官昭宣典冊寅奉郊禋宜普恩光以荅公幹應郊廟升壇升殿行事官普恩之外中書門下尚書省御史臺三品已上特加一階四品已下各賜一階如合入三品者量减三考入五品者减兩考仍待考足日聽叙其合選人與减一選内行事官三品已上賜爵一級四品已下加一階内侍省及内坊官四品已上各賜勳五轉五品已下各賜勳三轉應從駕上郊廟者普恩之外三品已上各賜爵一級四品已下各加一階白身賜勳兩轉禁營兵仗列衛爪牙言念勤勞宜須慶賚神策六軍威遠營左右金吾

及皇城將士應緣大禮移仗宿衛御樓立仗等普恩之外三品已上賜爵一級四品已下各加一階仍準舊例賜物有差其神策將士應在京畿内諸縣者亦各有賜物應緣大禮職掌行事官并修撰儀注及留守副留守守倉庫卿等普恩之外三品已上賜爵一級四品已下各加一階琛賮來朝梯航入貢蕃方陳奏職業無虧或禁署策名或官司効用俾同霑渥各示加恩鴻臚禮賓院應在城内蕃客等各有賜物諸道知上都進奏院官在城者各賜勳三轉應緣大禮四方進表䟽及賀正官各賜勳三轉翰林待詔供奉并諸色直見任及前資并員外試官三品已上賜爵一級四品已下各加一階無官者賜勳兩轉掌贊禮儀祗

奉郊廟理宜優奬用洽恩華郊廟行事齋郎减二年勞室長掌座禮生贊者减一年勞無勞可减者便放出身崇文舘行事學生及齋郎禮生番考已滿所司緣大禮却遣入行事各减一選國子監學生陪位者賜勳一轉中書門下專知儀制官吏各特加一階應緣祗奉供作官直司長上諸州行綱考典兩縣耆壽諸色番役當上在城并量留十二月番者各賜勳兩轉飛龍閑廐宮苑典引掌扇内園掌總監栽接少府將作内作中尚武德軍内外弓箭庫等諸司使下白身及無品直司定額長上雜匠巧児黄衣上監門直長雜仗三衛七色引駕細引執扇角手弩手彍騎武士天文觀生漏生典鼓典鍾工人樂人主衣主膳主酪典

食胡食手宰手閑慕士御士醫士獸醫門僕藥僮御書手楷書手流外行署等各賜勳兩轉立敎之本在敦於耆老勸俗之道莫先於節義天下百姓九十已上各賜絹三疋八十已上各賜絹兩疋仍委長吏賚帛就家宣賜孝子順孫義夫節婦旌表門閭終身勿事先已旌表者量加優恤嶽瀆享靈公侯列位功宜景化利及含生宜委本州主長吏備禮致祭皇王應期贊哲濟代式遵令德用達明誠名山大川及自古聖帝明王忠臣烈士各令所在以禮致祭自會昌元年後赦文及諸色條疏有不便於人者委有司及外州府長吏條疏聞奏亡命山澤挾藏軍器百日不首復罪如初赦書有不該者所司具條疏聞奏敢以赦前事

相告言者以其罪罪之赦書日行五百里布告天下咸使聞知主者施行

文苑英華卷第四百三十　終

文苑英華卷第四百三十一　翰林制詔十二

赦書十二

平亂赦書

赦詔　沈約

門下朕肅纂乾統思弘祖業方欲克廣法猷寧濟遐邇實賴群才共康世務至於股肱宗戚情委特隆垂拱責成緝熙是寄而各包藏禍心規縱醜逆朕每存容隱冀或能悛而靡懲前愿彌結後釁七百業艱宗廟事重不得不垂涕行戮以義斷恩或藩屬皇宗或睦姻近戚夫豈不懷社稷故也雖四門已穆群凶靡餘而泣辜之歎義兼自昔方勵精思治登賢任官隆平之化庶從茲始宜播嘉惠咸與維

新可大赦天下自今月二十日昧爽已前謀反大逆手殺人以下皆赦除之頃歲軍旅繁興叛征者衆其質繫家屬及同伍代役三署見徒詳所尤（疑）原遣主者施行

大赦詔　前人

門下王室多難祲沴相仍昔歲紛阻鋒交九逵今茲狂煽兵連萬雉時事屯戹罕有斯逆故令迷疑互起向背者多元惡既懸情懼彌廣奔亡草澤自反莫因近雖曲赦輿之更始而愚昧之徒猶多竄伏且逋寇未夷後連遐邇刑政弛張陷罪非一思所以獷敷嘉惠被之億兆可大赦天下九與崔惠（南史作慧）景協契同謀首爲奸逆爰及降叛輸力盡勤良由世道交喪流源浸遠風槩靡立以至如斯悉皆盪

滌一無所問凡諸反側咸與維新並加宣慰還復民伍國信之明皎如日月榜勒鐵要咸使聞知惟崔惠景諸子不在赦例主者施行

誅張易之等赦文　内制

鸞臺多難興王殷憂啓聖蕭墻之禍自古有之朕以虛寡宿承先顧社稷宗廟寄在朕躬親理萬機年踰二紀幸得九玄垂祐四海乂安何嘗不日旰忘食夜分輟寢戰戰而臨寶位乾乾而握聖圖憂百姓之不寧懼一物之失所但以久親庶政勤倦成勞頃日以來微加風沴逆豎張易之昌宗兄弟比緣簿解調鍊乂而園苑驅馳賜以殊恩加其顯秩不謂豺狼之性潛起梟獍之心積日包藏一朝發露

皇太子顯元良守器純孝奉親知此釁萌奔衛宸極與北軍諸將戮力齊心剿撲兇渠咸就梟斬斯乃天地之大德幽明所叶贊者乎豈惟朕躬之幸抑亦兆庶之福朕方資藥餌冀保全和機務既繁有妨攝理監撫之寄屬在元良宜令皇太子顯監百官總已以聽朕當養閑高枕庶獲延齡可大赦天下

淮西平赦文　玉堂遺範

朕聞王者法天作則與衆守邦奉三無私居兆人上當恭己嚮方之際切臨深馭朽之懷憂勤靡遑今古何遠所重者兵革不試軌度自貞熙仁翕和以至大道朕顧惟菲德祗奉睿圖承昊天之睠命纘列聖之丕緒旰食以求至理

虛心而俟昌言兢兢業業常懼失墜迨今十有四年矣道且希於廣運意常在於包荒推誠則深感物亦至頃歲蜀川浙右怙亂阻兵人神共誅剪滅相次務漸偃革期於措刑方藩斧以懲奸庶干羽以成化而淮蔡寇孽稔禍挺災問罪興師蓋非獲已每念征行之暴露軫饋給之煩勞中宵惕然載盈祗厲妖兇既殄黎庶用康斯皆宗社垂休中外協力將勤恤於下士冀昭答於上玄茲朕所以思與群公卿士勵精於庶政也今屬獻歲發春授時惟敬勾萌盡達幽蟄咸蘇徽纆可矜縲囚在念俾疏網之是決與慶澤而惟新可大赦天下

平朱泚後車駕還京大赦制　陸贄

門下致理之體先德後刑禮義興行故人知耻格教令明當則俗致和平然後姦慝不萌暴亂不作古先哲后莫不（集則何莫）由斯國家受命百七十載八聖儲慶敷佑下人邁種寬大之德累蠲苛酷之令蓋仁之所積者厚故澤之所流者深茲予小子獲主重器懵於理亂之本溺於因習之安授任不明賞罰乖當立法以齊衆而犯命愈甚興戎以除害而長亂益繁賊臣蓄姦乘釁竊發九廟之主（集作祀）兆人靡依猰貐肆其吞噬豺貙穴於宮闕歲未云半載罹播遷仰慙穹昊（集作旻）俯愧臣庶敢愛霣越苟全耻躬（集作身）誠懼益縱寇讐重辱宗社（集作社稷）忍耻誓志庶補前羞賴億兆宅心不忘先德將帥戮力恭行天罰（集作誅）俾余寡昧再膺多

祐總(詔令作紐)乾綱於既紊復天柱於將傾言旋鎬京不改舊物宗祧以(集作有)序朝享有經(集作則)責重慶深彌增感惕嗚呼君者所以撫人也君苟失位人將安仰朕既不德致寇興禍使生靈無告受制兇威苟全性命急何能擇或虧廢名節或貪冒貨利陷於(集作于)法網事非一端究其所由自我而致不能撫之以道乃欲繩之以刑豈所謂恤人罪已之誠含垢布和之義滌清汚俗咸與更新可大赦天下自興元元年七月二十三日(集作二)昧爽已前大辟罪已下已發覺未發覺已結正未結正見繫囚徒常赦所不原者咸赦除之今年五月二十八日已前左降官即與量移已經量移未復資者更移近處流人及配隸罰鎮効役(集作力)並

即放還亡官失爵放歸不(集作物)齒者量加收序已經收序未復資者更與進改其黜免人等有素著行能傍連(集作遺)譴累特加録用勿以爲負不有忠者誰復社稷不有勞者誰從巡狩連帥之重所以殿邦禦侮(詔令作戎)也二千石之任所以分憂共理也方鎮將校勤奉戎役中外寮吏恪居官次國有大慶所宜同之内外文武及致仕官三品以上賜爵一級四品已上(集作下)加一階仍並賜勳兩轉司徒兼中書令晟應時傑立光輔中興再定皇都一匡天下推恩之典貽慶無窮宜與一子五品正員京官侍中瑊沈邃(集作純粹)忠厚服勞王家保全危城剪除大憝嘉乃茂績次于寵章宜與一子六品正員京官鎮國軍潼關節度使檢校右僕射駱元光京畿渭南商州節度使檢校右僕射尚可孤邠寧等州節度使檢校左僕射韓遊瓌奉天行營諸軍節度使檢校右僕射戴休顔咸秉大節著于艱難同勳叶忠翼我興運宜各與一子七品正員官諸道節度使及行在(集作營)都知兵馬使都虞候興元扈從左右金吾大將軍等各與一子八品正員官諸道諸團練觀察處置等使各與一子官應諸軍赴役上都收復將士等俱以忠(集作純)誠奮其勇節連年帶甲百戰摧鋒有忘身以效命有滅族(集作親)以徇義誓平國難如復私讐競揚貔武之雄克清梟獍之孽策勳行賞傳嗣榮親播乃功名與國終始自去冬以來未經甄叙者即與超八資改轉已經甄叙者更與超三資進

改三品已上祖父母父母在先無官封者量與(詔令作授)致仕官及邑號亡者並與追贈四品已下父母在先無官封者亦授致仕官及邑號亡者亦與追贈其賞錢委所司即依元勑支給應扈從將士三品以上賜爵兩級四品已下各加兩階仍並賜勳三轉其祖父母父母官封追贈及支給錢賞並準收京城將士例處分應扈從官普恩之外三品已上更賜爵一級四品已下更加一階若常參官祖父母父母先無官封者量授致仕官及邑號亡者並與追封贈諸州刺史普恩之外賜爵一級諸道進表官陪位者更加一階其奉天定難及元從功臣宜令本軍本使即定名聞奏所司各準元勑優賞其諸道鎮國軍及行營將士三品

已上賜爵一級四品已下加一階仍準今年正月一日制速與甄叙成德淄青魏博等道節度使下并諸道諸軍應歸順將士等各蘊誠義積著功勞由朕失於撫綏頃歲暫懷疑阻尋能勵節不替舊勳是資宴犒俾洽王澤宜委所司即約額支計各賜錢物賞設仍委本道節度淮前後敕速條流甄叙其朔方并諸軍應在河中管內及（集作并）同州將士等自遠赴難解其重圍念茲功勞並未酬報雖遭脅制情有可矜應到行營未經甄叙者並準元敕超五資改轉其賞錢比收京將士例各給一半委本軍兵馬使速條録名銜聞奏所司即支計給付其食實封者亦便配額令其請受應天下諸道諸軍（詔令作府州）將士如有年老及疾患

尩弱不任軍旅願歸鄉里者並給身券（詔令作終身）優復州縣切加安存（集作存恤）勿令侵擾如無家業可歸者量給田宅使得存（集作全）濟見危致命先典所尚況忠衛社稷殺身成功朕於斯人義有加等贈太尉秀實天授貞烈沮茲奸邪倉卒（集作倉黃）之中獨蘊雄（集作神）斷將紓國難詭收兇兵竟謀既瀿吾事果濟忠誠奮發手擊渠魁英風凛然振邁千古宜即差官致祭并旌表門閭府縣護其喪事緣葬所要一切官供仍於墓所官爲立碑以揚徽烈其所賜實封五百户嫡子授正員三品官諸子各授正員五品官委中書門下即準元敕處分應諸道諸軍將士有身死王事者委本道本使具名銜聞奏即與褒贈仍以在身官爵授其子孫內

外文武官及諸親諸色人等有橫遭逆賊殺害者各聽其家及親識（集作戚）於所司陳牒勘會（集作責）聞奏亦與追贈如跡著忠烈衆所明知仍訪其子孫量加優恤尚齒養老王風之首三代制理未或遺年朕將遵古典以興化本人心而敎孝用優秩賜式慰里閭京兆府耆壽年八十已上並與版授刺史仍賜紫七十以上及諸州府迎駕耆壽亦各版授本縣令仍賜緋天下侍老耆壽等亦各與版授本官如年九十以上者州縣長吏歲時躬親省問貧弱不能自存者量賜粟帛頃屬多難人俗流獘加之以師旅因之以凶（集作饑）饉賦役繁起農桑失時哀我瘵人訖可小息然以國計猶歉軍實未（集作靡）克未盡復除良增（集作深）愧悼應天

下建中四年年終已前所有諸色逋欠在百姓腹內者一切放免百司及諸軍諸使舉放利錢今年六月已前百姓欠負未納者亦並停徵京兆府百姓普恩之外給復一年其供頓官吏委京兆府尹類例具名銜聞奏量與優獎（集作賞）古者計户以署吏因時而建職既不乏事亦無冗員今田畝汚萊版圖（詔令作籍）凋耗齊人編户托庇官曹貪吏黠胥誘爲蠹獘（集作蠹蠹）啓奸墮（集作懈）業爲害（集作患）尤深應在京百司色役人及流外等委御史大夫即與諸司官長吏（集作諸使長官）審擬據見所掌事之閑劇定額聞奏仍挾名送中書門下務從減省副朕憂人以後應須署置並定名先奏仍求爲恒式今年正月一日赦書事（詔令作節）目有所未行者所司

並舉而行之赦書或有不該即此類條件聞奏敢以赦前事相告言者以其罪罪之亡命山澤挾藏兵器百日不首復罪如初赦書日行五百里告布遐邇咸使聞知與元元年七月二十三日

文苑英華卷第四百三十一

文苑英華卷第四百三十二　翰林制誥十三

赦書十三

立太子赦書詔　沈約

門下朕夙纘璿祚君臨四方夕惕寅畏若寘淵谷思所以光闡洪基克隆景命王公卿士咸以爲樹元立嫡有邦所先守器傳統於斯爲重是用俾茲幼蒙體乾作貳永固宗祀以貞萬國元良之寄非獨在余宜令嘉慶被之億兆可大赦天下賜民爲父後者爵一級主者速施行

冊太子禮畢赦文　玉堂遺範

門下朕丕承寶圖撫有方夏夙夜寅畏不敢遑（一作荒）寧永惟祖宗之洪業歷考皇王之令典思所以垂統立極事神保人推明至公安固大本尊廟祧而主匕鬯嚴社稷而奉粢盛俾開春闈乃命元子斯古人之通誼也皇太子寧清淨（一作明）體仁莊敬好禮服典謨之訓一君親之誠允諧詢謀用建儲貳爰以吉日冊于明庭鼓鍾載和文物大備盛禮云畢慶感良深是宜布澤申恩自中達外厥有前躅舉而行之可大赦天下自元和四年十月十八日昧爽已前天下應犯死罪非殺人者降從流流罪已下遞減一等左降官未經量移者與量移文武常參官及諸州府長官子爲父後者賜勳兩轉應緣冊禮行事官賜階及勳爵有差鄧王府官量與進敍夫輔翼元良敎諭成德使目覩正事耳聞正言形于施爲漸于心術非齊莊忠慤之士不在茲

選工部侍郎歸登給事中呂元膺並踐履端方行義脩絜通於經訓而得其要達於教化而蹈其中侍講承華師範磐石訪乃公議副于精求並可充皇太子諸王侍讀登宜加一階元膺宜賜紫金魚袋天下孝子順孫先旌表門閭者委所管州縣各加存恤五嶽四瀆名山大川委所在長吏量加祭祀　一作皆唐大詔令

冊太子禮畢赦文　崔群

門下王者司牧黎元紹膺統緒必建儲貳以貞家邦故春秋垂冢祀之文易象著震方之位朕屬承景運嗣守丕圖稽前王之令謨奉列聖之彝訓上以嚴宗祧之顧下以繫億兆之心無疆之休用崇主鬯秖荷成憲敢怠于懷皇太

子恒忠孝溫文率義由禮寬粹莊重自誠而明慶靈所積姿器夙茂能辨南陽之牘允符東海之貴承華載啓命以居之擇吉展儀神人允洽舉是典冊授之軒墀百辟在庭四方來賀以言承序所感則深永惟國　詔令作固　本爲慶滋大宜弘欽恤之令亦覃命賜之恩與衆共之無遠不被可大赦天下自元和七年十月七日昧爽已前天下應犯死罪非殺人者遞減一等左降官流人並與量移如因流貶所亡殁及得罪之人並任歸葬文武常參官及諸州府長官子爲父後者賜勳兩轉應緣冊皇太子行事官加階賜勳爵有差文武常參官及陪位官并宗子諸親賜勳一轉遂王府量與進官春闈毓德肇錫嘉名磐石聯華義深敦序澧王寬宜改名惲深王察宜改名悰洋王寰改名忻絳王寮改名悟建王客改名恪夫習近遷性聖賢所慎詳觀古昔輔正元良必惟其人朝夕講訓然後明君臣父子之道通禮樂教化之情自非學究宗源行可師範則無以膺兹茂選式是儀刑其皇太子及諸王侍讀宜委中書門下精擇二人具名奏聞天下孝子順孫先旌表門閭者及高年癈疾者委所管州縣各加存恤五嶽四瀆名山大川委所在長吏量加祭祀布告遐邇咸使聞知

大和七年八月七日冊皇大子德音　編制

門下帝者承天地貞邦國法明離之象固鴻基　一作業　之本必命元子以備儲闈斯皇王之令謨古今之丕典朕祇受

眷佑虔恭寶圖欽若彝章光脩聖緒皇太子永幼稟仁智生知孝愛體溫文以立德資敏哲以保躬寬裕有常貞慎無怠爰膺盛禮俾奉青宮嚴宗廟主鬯之儀遵朝夕視膳之節冊命云畢感悅良深問安既慶於寢門布澤宜覃於天下可大赦天下自太和七年八月七日昧爽已前天下應犯死罪降從流流已下罪遞減一等惟官典犯贓及故殺人劫獄奪囚持杖強劫者不在此限左降官流人並與量移如應流貶及諸色得罪人所在亡殁並任歸葬宗周之盛實在於維城二漢之隆亦由於磐石自開元以後累聖子孫皆長於深宮罔知稼穡曾不得習詩書以脩禮樂交氣類以叙人倫雖有間平之才莫施衞魯之政永言淪

廢深軫朕懷諸王等宜以今年以後相次出閤具授緊望已上州刺史上佐觀其才能續有序用人倫所先婚禮為重笄年許嫁則有明文其十六宅諸府縣主（一作亦）宜擇選良偶以時出適仍委吏部於諸色選人中取情愿者揀選具名奏聞亦當別加優奬令久於其道政乃可成方鎮刺史三考已下不得輒議替換如理有異等委中書門下訪察就加寵奬如灼然可録者別與甄昇其或政理有乖害及百姓者即不在滿三考限易識豐屋傳美甲宮彫刻磨礱先賢所戒近者官僚陞於郎署位始至於都府（一作符）莫不高其門閥（一作閈閎）廣以池榭非唯僭侈踰制實亦耗蠹傷百姓財其百官第宅已造成者並許仍舊今已後如更有

創立新宅及屋宇高大者並委御史臺彈糾必嚴加黜責御史臺所置六察分糺百司比來因循鮮能舉職起今已後諸司如有身名偽濫隱盜官錢及違法等他時發覺者本察御史並當貶斥考課之法前王所重蓋以綜覈吏理勵精政途名實苟違將何勸激宜準故事置內外知考使兼令中書舍人給事中各一人監考百姓困窮弊由奸吏政苟不擾人皆自安其司農寺供宮內及諸司廚冬藏菜並委本寺自供其菜價仍委京兆府納每年時價支付更不得配京兆府和市其諸陵守當失宜委京兆府以價直送陵司令自雇召並不得差配百姓寒食杏仁鷄子月進土蘇白麥榭栽選場棘針修橋梁木等便於本戶稅錢內

剋折不得更令和市天下諸州府應納義倉及諸色斛𣂏除準式每𣂏二合耗外切宜禁斷仍委度支監鐵分巡院及出使郎官御史切加訪察如聞今歲所在豐稔其義倉斛𣂏先有借用處委戶部勾當並須及時填足文武常叅官及諸州府長官子為父後者賜勳兩轉緑冊太子攝太尉稱賀攝侍中承旨宣制進中嚴外辦中書令讀冊授冊各賜爵一級其行事職掌官其就禮漢代用人皆由儒術故能風俗深厚教化興行近日苟尚浮華莫脩經藝先聖之道理（詔令無理字）湮鬱不傳况進士之科尤要釐革雖鄉舉里選不可復行然務實抑華必有良術既當甚弊思有攸張今寰宇乂寧干戈已戢皇太子方從師傅授六經一二

年之後當令齒胄國庠以興墜典宜令國子監於諸道搜訪名儒置五經博士各一人其公卿士族子弟明年已後不先入國學習業不在應明經進士之限其進士舉宜先試帖經并略問大義取經義精通者次試議論各一首文理高者便與及第其所試詩賦並停其試帖經官便以國子監學官充禮部不得別更奏請弘文兩館生齋郎並依令式試畢仍差都省郎官（一作中）兩人覆試須責保任不得輒許代替苟涉情故必加罪責卿大夫者群下（舊唐書作下人）之所視遠方之所傚若非恭儉克己庶貞化人而望其服從固不可得况朕不寶珠玉不御纖華逮于六宮皆務儉薄卿大夫得不叶朕此心（一作志）率先兆人比年所須制度皆

約國家令式去其甚者稍爲（一作謂）得中士大夫苟自便身安於習俗因循未革以至于今百官士族起今年十月冬服裘巳後其衣服輿馬並宜準大和六年六月十七日勅處如固違制度九品以上量（唐書作重）加黜陟其布衣五年不得舉選百姓軍人各委州府長吏漸施敎化使自遵行不要便爲禁制令其鷩擾惠養疲人本於廉吏卑其生殖在絶貪求其諸道方鎭刺史等有聚歛貨財潛行饋遺者御史臺糺察以聞仍委度支鹽鐵分巡院同爲訪察不得容放（一作蔽）親人之官切在守長及書寶引册寶舁舉册寶禮儀使禮官等三品以上賜爵一級四品巳下加一階撰册文官特加一階仍並賜物有差導引官各加一階造册寶

填金字裝寶人賜勳兩轉行事流外及禮生等各賜勳一轉文武官常叅官及陪位官并宗子諸親各賜勳一轉晉王府官未經進改者量與進改其皇太子侍讀宜委中書門下精擇二人具名聞奏天下孝子順孫先旌表門閭者及年高廢疾者委所管州縣各加存恤五嶽四瀆名山大川委所在長吏量加祭祀布告遐邇咸使聞知（一作皆唐大詔令）

寶應元年皇太子監國頒天下赦文

門下天下之本屬於（一作于）元良四方之民資其繼照是有傳歸之義必膺監撫之重克廣前烈與人守邦非君父之獨親俾生靈以（一作之）同戴朕號慕方劬寢居縗絰頃以疾苦未能康寧殘寇猶虞中原多壘軍國大務理須叅決乃眷匕鬯共承宗祧皇太子豫天縱聰明日躋德業中興丕構巳有大功問安寢門知九國之夢制勝戎閫高五官之才時方艱難禮在諒陰且以庶政委之元子宜令權知（一無知字）監國又以上天降寶獻自楚州神明告歷數之符金璧定妖㚲之氣總集瑞命祇承鴻休因以體元叶于五紀其元年宜改爲寶應元年建巳月改爲四月其餘月並依常數仍依舊以正月一日爲歲首受茲福應佇以升平因日月之重光布雲雷之（一作雲雨）渥澤可大赦天下見禁囚徒罪無輕重并巳發覺未發覺巳結正未結正四月十五日昧爽巳前一切放免左降官巳量移者宜即更與量移近處流人一切放回有司更不得輙有類例條件其楚州刺史

并出寶縣官及進寶官等量與進改隨進寶官與傔等各量與一官宣布中外咸知朕意主者施行（一作皆唐大詔令）

籍田赦書　見四百六十二卷　張九齡

文苑英華卷第四百三十二

文苑英華卷第四百三十三　翰林制詔十四

赦書十四

雜赦書

曲赦并州管內詔　許敬宗

門下上玄育物大德基於施生前哲至仁大造源於去殺是以矜慎庶獄得其情而泣辜兼濟含靈窮其巢而解網朕懷此道逾切古人彼蒼垂鑒使膺司牧爰自幼齒乃屬時屯五岳爲封豕之墟四海被長鯨之毒茫茫區夏並懸命於焚原蠢蠢窮黎咸轉胥於氷谷是用仁心內發龔討外申吟嘯風雲揭日月而清大祲籔跳山河補乾坤以正封域拯其墊餌之厄惠其壽考之安煦以陽和同被發生

之既溽以膏潤申茲凱澤之錫與自斯壤首建鴻名資此義徒遂登大寶夫小物不忘稟靈周於兆庶惟朕懷舊植性同其五情語地雖異中陽論心不殊代邸今茲黃髮已晋運於廣宴在彼赭衣宜霑恩於宥罪可曲赦并州管內貞觀二十年正月十六日申時以前大辟罪已下已發覺未發覺已結正未結正繫囚見徒皆赦除之其犯十惡故殺人刼賊傷人謀殺人已傷官人枉法受財監治主守自盜所監治并常赦不免者不在赦例其有挾藏軍器亡命山澤百日不首復罪如初敢以赦前事相告言者以其罪罪之

安養百姓及諸改革制　內制

勅愛人者天地之德育物者陽和之氣朕立極行政體元順時期於緝熙致彼仁壽今來惟春令慶在發生當萬有之遂心慮一物之失所救人恤隱雖已著於成式施惠布德俾更弘於新令其天下百姓有灼然單貧不存濟者緣租庸先立長行每鄉量放十丁猶恐編戶之中懸磬者衆限數既少或未優洽若有此色尚軫于懷特宜每鄉前放三十丁仍準旨條處分待資產稍成任依恒式其所放丁委縣令對鄉村一一審定務須得實仍令太守子細案覆本道使察訪如有不當者本里正村正先決一百配入軍團縣令解大守本道使不舉者量貶降十德爲武必先禁暴五材並用誰能去兵自古蓋非獲已關山遠戍雖多戀

本之情禄位高懸終有懋功之賞若能感激信可優矜其諸征行人家有兼丁如載限向滿情願自相替者宜聽其家內應合更差防及諸雜差科一切放免古者黜陟幽明廉問風俗匪惟察吏亦以恤人今考績之期已過於三載求瘼之意欲觀於四方宜即選擇使臣分往諸道訪察官吏善惡巡問百姓疾苦兼太守縣令老耄者比問諸郡或有損處尋令賑恤猶慮艱辛須更優矜務使周濟其開元二十九載內外官所舉太守縣令等朕以撫字之任急於用賢特令舉親務欲求實翹車既至頓網無遺不限登科皆令効職既推心而無負期濟理而有成一自守官向已終秩思聞爲政之績以觀推篤之義先有處分必行賞罰

无須審察將復前言廻日並具狀奏聞且量地制邑大小雖殊置吏養人遠近如一比來中下縣令或非精選吏曹因循徒務塡闕天下大率小縣稍多至於蒼生詎免其弊若無優奬豈致循良既在得人寧拘格限直令選人内取中外清資是明經進士應制明法并資蔭出身有幹局書判者各於當色内量減一兩選注選擬赴任之日仍令引見朕當察審去就其老弱者更不得輙注考滿之後準畿官等例三選聽集在任有政績尤異者三考外委本道採訪使與逼狀應是下下縣仍并昇爲中下縣又令長字人不可暨闕比來補授直至選時亦可縣在僻遠多不情愿遂虚其位累載闕人既無本官爲政不一户口逃散莫不

由玆自今已後宜令選司先量才注擬如非時有事故等闕者所有當月牒中書門下於内外官中簡擇進擬遣令所在京員外人數稍衆既無職事頗亦滞才其高品者宜簡擇量授郡守六品以下堪理人者亦授縣令俾其効用兾有成績天下郡縣先有欠公廨本處今既分税錢並準式依本足例支給使厚其禄以竭其心經國之制省官爲本况分司揆務既有常員授職任人須存定限若踰程式實紊紀綱其内外六品以下員外官至考滿後一切並停合依選例自今以後更不得注擬其皇親諸親幼小及諸色承恩授官軍功技術内省左右龍武軍并諸番官等不在此限所司仍具作條件奏分且禮經垂訓篇目攸殊或

未盡於通體是有乖於大義昔如尭命四子所以授時周分六官曾不繫月先王行令盖取於斯苟分至之可言何弦望之足舉其禮記月令宜改爲時令但五分定位岳鎮揔其靈萬物阜成雲雨施其潤上帝攸宅寰區是仰且岱宗西岳先巳封崇其中岳等三方典禮猶闕朕以耿身紹膺鴻緒紫機夙讓黄屋非尊屬天衢未亨王室多難載廹公卿之議遂膺曆數之重凜乎馭朽慄若渉泉自臨萬邦斯爲三載頃者居遏密之際莫議郊禋之禮霜露之思日月增深今三元告辰萬物伊始假于清廟昇彼圜丘躬耕祈穀率禮斯備太官視膳而牲㮚奉常陳樂而邕和爰自降制之始迄于禮畢之際祥風候律瑞日揚光卿雲紛集

於壇場甘露傍流於郊甸非常之慶豈獨在予宜因天地之心式覃雷雨之澤可大赦天下

至都大赦天下制　蘇頲

黄門周宅中土秦里上田皆王者之都也時邁觀風載巡展義皆王者之政也朕嗣守宸極頗移年所晃旒而視心每周於萬邦車轍所届迹不出於三輔豈懐安於憚勞姑省費而休力然以設京師者不偏於西攝奉宗廟者亦俟於東征安可阻從人之心增徯予之怨是用闓陽發歲練日簡辰乘和氣以應物御惠風以行令永言告至載叶俾來顧玆菲躬畏此鴻業下輦而有宫室即舊不加登臺而有山川覧今猶昔森然在目用軫于懐思弘遠圖俾作寛

典不忘師古之義特布惟新之渥可大赦天下自開元五年二月三日昧爽巳前大辟罪巳下罪無輕重巳發覺未發覺巳結正未結正繫囚見徒常赦所不原者咸赦除之唯謀反大逆不在赦限（云云）夫政欲清淨詞尚省要間者思致於（一作于）乂未臻其道文書盈几閣而吏益欺詔命下閭里而人莫諭得非失於抵捂弊於（詔令作在）煩蕪耶簡而易從禁則難犯令式格敕有不便者先令尚書省集議刊定宜詳厥衷合于大體亡命山澤挾藏軍器百日不首復罪如初敢以赦前事相告言者以其罪罪之赦書日行五百里布告天下知朕意焉主者施行

大暦四年大赦天下制　常衮

敕至理之代先德後刑上歡心以臨下下欣然而奉上禍亂不作法令何施去聖又遠薄於教化簡書填委獄訟煩興苛吏舞文寃人致辟思欲刷耻改行厥路無由豈天地父母慈愛之意也朕主三靈之重託群后之上夕惕若厲不敢荒寧內訪卿士外咨方岳日不暇給八年于茲而大道湻風鬱而不振四郊多壘連歲備邊師旅在外役費尤廣賦輿輸轉疲耗吾人困竭無聊窮斯濫矣下之愚昧（舊唐書作下庶暗昧集作下愚闇昧）不見刑綱戎士在軍未習法令犯禁抵罪其徒寔繁幽繫狴牢（集作繫牢之間）未詳事實吏議不決動淹時序傷沮和氣屢彰咎徵此皆朕之不明教之未至豈上失其道而繩下以刑敢不罪巳以答災眚且人者君之支體害之則君有所傷刑者教之輔助失之則人無所措慮有寃濫惻然憂傷用明慎罰之典俾弘在宥之澤其天下見禁囚徒死罪降從流流巳下罪釋放其左降官及流人并移隸等並與量移仍委所司即勘責具名中書門下奏聽進止如聞縣官比年率意恣行麤杖不依格令致使殞斃深可哀傷頻有處分仍聞乖越自今巳後非灼然蠹害者不得輙加非理仍委觀察節度等使嚴加捉搦勿令有犯如違錄名奏聞量情科貶宣示中外宜悉朕懷

大暦五年大赦天下制　前人

門下惟辟奉天作人父母若天垂戒於上人不安於下則脩德勤政以達至誠恤刑獄之寃滯問閭閻之疾苦招納

諫諍訪求賢良允迪前烈率由茲道朕獲承宗廟之重托于王侯之上夙夜齋慄莫敢荒寧推誠以撫萬邦屈巳以安百姓憂勤之至日慎一日服御之給損之又損而涉道猶淺燭理不明國經王度多有廢闕加以寇戎驟犯軍國頗勞賦重人竭因之歲歉田荒業廢逋散相仍每深怵悼頻有黜降兼亦簡求良吏以惠矜人除去奸宄用達幽枉大變風俗更張刑政冀人和之漸洽何天眚之屢彰固以朕德之寡昧化之衰薄其咎不遠在予一人亦由郡邑之政未盡條理或貪以害物或擾以傷農有凌弱暴寡之寃有不均失中之政人無所措多陷刑辟蓋上之教道未至豈忍以文法繩之惻然憂嗟深自引慝雖靡草麥秋之候

方斷薄刑而薰風長養之時宜寬赦徽大央踈（集作網踈）與之更新其天下見禁囚徒死罪並降從流流已下並釋放內外文武官及前資官六品已下并草澤中有碩學專門茂才異等智謀經武諷諫主文者仰所在州府觀察牧宰精求表薦如所由搜揚未盡遺逸林閒者即宜詣闕自舉親當策試量能擢用朕每覽漢文詔書至陽和之時草木群生之類皆有以自樂而吾百姓或阽於死亡而莫之省緬然遐想感嘆增懷哀今之人又甚於昔思有贍恤俾安其居觀察節度使及刺史各宜訓勵所部使奉科條變貪官之節激循吏之行其清白明著政理殊尤者具以名聞必加獎擢若冒于貨賄黍我綱紀切宜糾摘當峻刑憲其

官人犯賄（集作贓）經恩免罪者並宜申報中書門下及所司不得容其却上自王室多故積有歲時皆我文武之臣中外戮力今天下既定崇德報功與之剖符傳代不絕至於溢官述職各宜明慎典刑貽慶子孫求同休戚於戲武德貞觀之間有若魏徵王珪李靖李勣房玄齡杜如晦等扶翼大運勤勞王家尊主庇人匪躬致命咸有一德格于皇天緬然長懷風烈猶在其後嗣淪翳特加優獎如廟宇荒毀即宜脩葺無德不報何日忘之其鰥寡孤獨老幼貧窮不能自存者委州府縣吏取諸色官物量事賑給仰招攜戶口勸課農桑應所在州府有興功役處非灼然急切者宜並停之四瀆五岳名山大川神明所居風雨是主宜委中書門下分使致祭以達精誠孝子順孫義夫節婦事跡明著者特加旌表須示中外知朕意焉主者施行

大曆七年大赦天下制　前人

門下濟於道者化醇而刑措善於理者綱舉而網踈朕涉道未弘燭理多昧常亦遐想太古高揖玄風保合太和在宥天下蓋德薄而未臻也是用因時以設教便俗以立防務盡平恕用伸哀恤又教淺而多犯也加以邊虞未戢井賦猶繁荒瘵之際寇攘斯起遂令圜土嘉石之下積有纍囚危章互簡之中困於法吏屬盛陽之候大暑方蒸求念狴牢何堪鬱灼所以沮傷和氣感致咎徵天道人事豈相遠也如聞天下諸州自春以來咸（一作或）愆時雨首種不入

宿麥未登哀我矜人何恃不忍皆由朕過益用懼焉惕然憂嗟深自咎責所以悉減常膳（唐書作減膳撤樂）別居齋宮禱于神明冀獲嘉應仲夏之月靜事無刑以助晏陰以弘長養斷簿決小已過於麥秋繼長增高宜順乎天意可大赦天下其大曆七年五月十五日昧爽已前已發覺未發覺已結正未結正應天下見禁囚徒罪無輕重一切悉宜放免所司（詔令作由）更不須類例聞奏宜令諸道節度觀察及諸州牧縣宰於當管內所有名山靈跡各精誠致祭祈降甘澤冀獲豐稔求思流弊廢振風猷其巴南諸州仍歲水旱迫於凍餒或至流離因有剽求苟全性命懼刑網之所及姑嘯聚以相依抑有由焉蓋非獲已永言其弊用軫于懷如

能相率來歸各安生業並無所問咸許自新敢以赦前事相告言者以其罪罪之亡命山澤挾藏軍器百日不首復罪如初赦書日行五百里宣示中外咸使知聞主者施行

大赦京畿三輔　前人

門下古者以季春三月布德行惠恤刑振乏朕親執犧牲玉帛獲奉于上帝神祇九年于兹矣克己思理明不能燭昆夷未叙王略猶虞歲會三秦之師日有千金之費悉索弊賦疲於餽軍侯甸之間徵求耗竭百穀翔貴關中小歉窮則斯（集作思）濫安能懼刑因而成盜多有犯法至於軍戎之士致使稟賜不充因之逃亡抵于（詔令作或抵）邦憲事非獲已情亦可察焉（集無此字）近以露濡之感（集作思）明發有懷屬禁

煙（集作火）之令節方薦鮪於寢園聖祖數佑景靈告祥先天後天載荷嘉貺以陰以雨又助發生固順宜釋（音曲）成之仁布惟新之命赦罪育物曠然滌除其京兆府及三輔并京城內諸司諸使見禁囚徒犯死罪已下特宜釋放其有犯未發覺者罪無輕重亦宜一切放免如有妄論告者以其罪罪之其官典犯贓不在免限頃者魚朝恩夙有功勳委之戎事而徵求黎庶空竭閭閻加之廣有貿易奪人賄利京城之內擅致刑獄恣行忍虐幽執無辜部領師人乖於撫馭資糧刻薄勞役煩苛惡稔釁盈自嬰沉痼念其勳舊許以優閑令罷兵權遂其養疾而宗社降鑒神明所殛羸瘵不起旋至斃亡既往無追一切不問所管將士等同坐

於王事各効忠（詔令作辛）勤是朕爪牙自致勳業並宜仍舊勿有憂懼蓋以朕誠乖感物明未知人失於授任而臻此也今則虛懷引咎親御禁戎特（集作必）加優寵以表勞績其資聖寺禁人并追捕勘責等即宜並停然以王畿艱（集作多）弊矜恤疲人蠲稅罷徭與之休息尚恐流庸罕復貧弱未安益用憂勤諒資損約京兆府百姓承前應欠負官物等委所由勘責實在百姓腹內者一切放免其在所由腹內者不在放限畿內官人手力資課及府官充職掌名額稍多所有（集作在）祗供不免煩費並諸縣郵遞路次館驛諸色徵科等一物已上並委中書門下與京兆尹即會計責取色目一一商量條件處置務令減省以息煩勞其諸司諸使

廻易一切並停不急之務亦宜且罷農隙之後然準常式宣示中外知朕意焉

赦京城內囚徒制　前人

門下朕以寡薄獲守丕圖恭（詔令作龔）默思道克謹天戒常恐至誠不達景化未敷寅畏之誠寢興在慮自純陽用事靈雨愆候麥雖有秋禾未嘗畝有阻三農之候將貽百姓之憂是用齋心滌思禱于上下神祇雲從自郊月未離畢膏澤不降憂勤益深雖水旱成災陰陽恒數而刑法（集作政刑）失中或致愆伏豈信（集作簡）孚有爽秉彝未誠歎嗟我矜人陷於（集作于）刑辟當炎蒸之序在縲紲之中久積幽冤有傷和氣所以引成湯之六事過實在予寬大禹之九刑誠存育

物期於作解以救如焚其京城見禁囚徒死罪降從流流已下罪一切釋放仍委中書門下即疎理處分訖奏聞雖赦罪從輕或謂之長惡宥過無小寧失於不經庶空夏臺用綏秋典宣示中外令知朕意

文苑英華卷第四百三十三

文苑英華卷第四百三十四　翰林制詔十五

德音一

宣慰德音

劉晏宣慰河南淮南制　常袞

勑書曰元后作人父母又曰一夫不獲則曰時（集無此二字）予之辜政或不平訟或不理則人受其弊氣生其灾嗟咏連聲愁苦無告州縣長吏莫知省憂念茲疚懷中外三嘆朕以不（集作否）德託於人上求言理道敢不厲精然自兵亂一紀事殷四方耕夫困於軍旅蚕婦病（詔令作疲）於餽餉欲求無事豈可得乎致令戶口减耗十無一二而河南淮南又甚諸道得非蒐乘補卒之數急賦横稅之煩致使惶駭匪寧流庸不復無亦親人之職少有政術稱者其於賦役多患不均靡室靡家皆籍其穀無衣無褐亦調其庸雖節制廉察皆務令條理而貪官冒法未絕姦源誅求無厭鰥寡重困水歎遐想過實在予巡撫之寄資於碩德某官某相府之舊道在安人自河之南天下之半底慎財賦衣食京師久於倚任多所弘濟因其旋南將命攸屬所至之處宣示詔書撫將校之勤勞問黎元之疾苦事有不便法或不行委之釐革歸於允當或収後（集作其）征徭私有聚斂或托以貢獻公然乾沒厚取於人歸怨於上虧損時化朕甚懼焉宜委某與節度觀察切加疎理勿令寃濫以副憂勞其官吏有徇便禁身推問具狀聞奏當峻刑典以息貪殘

宣慰嶺南制　前人

勅理天下者先務於遠安本人情者必令其上達或刑罰不中德信未孚則生怨咨是有申諭朕以服嶺之表方隅之大南盡百越專制萬里擇將置守常亦難之至於臨遣屢有明誡俾施惠政以恤疲人而長吏議法不平作威以逞因其猜阻陷我忠良馮季康何如瑛等南方右族累代純臣協其義烈之心積有艱危之効惑於所譖虐用其刑無狀致辟遂生邊患朕自托人上每勞日昃法天地之生成弘父母之慈愛聞此濫罰惕然疚懷尋亦辯明特令昭雪如聞溪洞尚有紛擾哀我庶士勞於甲兵豈不求安良有以也所以更謀良師先用舊德兼御史大夫徐浩歷典

中外長於撫綏素所親信俾其政緝玄冬之首當至彼方必能大布風化永清麾管仍命尚書比部員外郎莫藏用往嶺南宣慰問以疾苦吊其死喪其季康等遇害之家躬自存撫切加贍恤務令得所以慰遺孤其軍州所有結聚明申中旨懸示大信但能歸附即是平人豈唯復業安居亦當隨才命職兼至桂州宣慰應水旱所損或須蠲免宜與觀察使商量處置勉膺朝寄以慰朕懷

宣慰湖南百姓制　前人

勅震澤之南數州之地頃以水潦暴至沱潛潰溢既敗城郭復潴原田連歲大歉元元重困餓殍相望流庸莫返加之以師旅煩之以賦役哀我矜人何以堪命朕君臨之道猶鬱牧養之政未弘咎之所降諒在於此雖天災流行則有恒數而夕惕若厲豈忘責躬夫振人育物大易之明義也自漢魏已來水旱之處必遣使巡問以安集之國朝因其制焉亦命近臣慰撫俾輸求瘼之意用紓科（集作將）泛（方勇切覆也）之急宜令中散大夫給事中賀若察往湖南宣慰處置其百姓遭損不能自存者應須賑給蠲免宜與本道觀察使商量處置訖聞奏仍齎詔書體問周恤（集作躬自問恤）宣示郡邑令悉朕懷

宣慰魏博德音　王堂遺範

勅奉君親竭忠孝人倫之大端也賢智可（一作所）以盡心賞功勞懋名節國家之急務也皇王可（一作所）以致理朕嗣守

（一作朕）丕業恭臨萬邦每念政之未孚化有不暨怵惕惟厲（一作臕載）勤于懷常以為宵質稟靈皆思綰善亦在甄明撫導推示信（一作至）誠樹績必使其光揚敷惠（一作懽患）必冐其安緝永言及此終食豈忘魏博大藩東夏雄屏軍戎勇於見義黎庶懷于有仁自中原始兵革之虞河朔為用武之地抱才器者或慮恩（一作感恩）而盡力中節効者果因事而彰明時將大寧斯獲尋志昨者季安薨謝其子幼童姦邪憑依妄肆威福一境危懍懼致覆亡比屋凋傷疲於杼軸田興杖義奮發剪去憸人大安方隅屢獻忠懇達三軍奉上之志激千里望闕之誠誓遵典彝不變舊俗忠諫指切感于朕心是用特授旌旄俾靖封略言念將士同德叶謀守正

如金石之堅凌寒挺松栢之操垂令名於不朽示臣節於將來清風載揚丹誠（一作款）可鑒嘉尚歎息勞於寢興賞不踰時式示旌勸其管內百姓等身勞耕稼力竭征徭每念于懷用當憂憫宜令司封郎中知制誥裴度往魏博宣慰親諭朕意仍賜錢一百五十萬貫以河陰院諸道合進內庫綾絹絁等支送充賞給將士及六州縣百姓科差宜給復一年使之蘇息州縣之中或有殘破偏甚者委田興逐便宜處分朕以布澤之時務從人欲好生之德期洽衆心魏博管內宜赦見禁囚徒其與叶心立功大將及判官等委田興具名銜聞奏當有甄昇如有父母在別加優恤當道從前已來官吏將校等或忠義可嘉而刑戮濫及如有

此色委田興條録聞奏當加贈如有家口見存宜厚加優卹管內高年惸獨或天寶遺人夙沾皇化或孤獨癈疾不能自存田興差官存問仍量給粟帛管內有清勤奉職爲衆所知者田興具事蹟奏聞當加進改如身在丘園行義素著或才兼文武名節可稱亦委田興具名聞奏贈太尉李安姻戚舊臣常任將相飾終之典宜示優崇其塋事委田興差官勾當禮物之間務從周厚田懷諫在疚之初政出羣小因致軍府騷然不寧以其幼年嗚呼聳（一作賚）善念功惟恐不及卹人厚下惟恐不豊庶洽雍熙遂櫜弓矢爲仁由己其道信然樹德務滋在乎終始九百多士宜悉朕懷

一作皆唐大詔令

放減德音

減徵京畿夏麥制　常衮

勑夏后氏五十而貢殷人七十而助周人百畝而徹其實（集作稅）皆什一也故謂之天下中正而頌聲作矣遁者因三代之制定其稅典務於行古庶以便人屬外攘四夷歲會戎事軍國用度公儲匱乏役費荐至近於倍征而吏或奉法不謹失我字人之意孤惸者恣其厚斂豪富者貸以（集作其）輕徭動而生奸浸以流弊謂之什一其實太半致有去父母之邦并傭保之役流離逋蕩靡室靡家或阽於死亡而莫之省每一念至良深憫惻頃亦釐革（集作改）從其便安量沃瘠之差寬賦斂之重令邦畿之內宿麥非稔去秋墾

田又減常歲眇者徵稅其數頗多朕以萬姓不安三農將癈憂勤鬱悼中外以興思有康濟未（集作庶）臻其道每欲悉免量入息其重困而未解兵嚴循資日費用蠲恒數以恤疲人其京兆府今年所率夏麥宜於七萬碩內五萬碩放不徵二萬碩容至晚田熟後取雜色斛㪷續納仍委京兆府崔昭差少尹李椅于頎等分縣巡撫必躬親宜示朝章令知朕意大曆三年六月

減徵京畿丁役等制　前人

勑天下（集作之）所命俾朕字（集作子）人豈敢怠荒（集作遑）期於康濟勞精極慮十有四年（集作載）務崇省約以訓天下方其疾苦屢有蠲除公稅之差僅從盍徹宮衛之備仍罷踐更棊

損服御用資軍國大去煩弊以休邦畿遊食之人悉歸南畝墾田之數漸復平時神降嘉生歲乃大熟震于珍物景福紛委蓋上玄列聖之儲祉也豈寡昧之德而臻此耶夙夜祗惕求懷增懼然以令有緩急物有輕重故粟輕而帛散錢重而難聚古人所謂糴之至賤與貴其傷一也如聞閭閻未免告疾（集作病）至乃以粟數斛易錢一緡雜以他徭難以（集作於）償費轉用所寶念之惻然深可重惜所宜節省其京兆府諸色番役等訪聞諸司或有徵課比緣時儉資數稍多估折（集作物估）皆賤不仍舊貫（集作不可仍舊）其掌閑彍騎三衛及橋堰丁匠等如本（詔令作有）司須徵資並納錢三千米六㪷其青苗地頭天下諸州每畝率錢十五頃以京師煩劇

供應頗多苟從權宜遂倍其數自今已後宜准諸州例徵率朕以帝王之教人如父母之訓子所以至纖至悉必躬必親苟或便之豈憚煩也宜示百姓（集作中外）知朕意焉

京兆府減稅制　前人

勑三代之時籍而不稅降及近古或至倍征承平則省於經入有事則煩於荐費亦古今之常也朕厲精憂人夙夜勤約至如王制之定（集作度）國用人曹之制地征必視豐穰與之上下然以邊未徹警十年於（集作于）茲連五兵七萃之屯有賦輿調食之重徵求橫作空耗吾人所以征地之數有踰常典頃者躬自節儉勵于三軍斂從其輕以減太半今舊穀既沒宿麥未登尚使餒殍相望流庸不返邦畿千里編戶大殘虛（集作墟）有自存之人未喻詔書之意臨時科率或恐增加以茲躊躇多不墾闢行及春暮田萊盡荒屬膏雨霈然慮失農候故重明朝旨更減田租蓋畿內移軍所餘全少山東加運其功頗多朕又親統六師大閱戎籍事必精實自然蠲省京兆府夏麥上等每畝稅六升下等每畝稅四升荒田開佃者每畝稅二升秋稅上等每畝稅五升下等每畝稅三升荒田開佃者每畝稅二升比（集作昔）者百姓不安皆因稅重據其減數漸復平時頗有優當兼罷徭役加之誡勑又絕侵漁所宜鑿井畊田各勤生業自今已後必致康寧仍委京兆尹及令長分明宣示以勸（集作之）勸東作躬親慰撫稱朕意焉

放京畿丁役及免稅制　前人

勑王者承天命以養人也愛之如身豈止如子餒者食之寒者衣之猶恐仁之不至愧悼之心惻隱於內而不能已也故天下有道藏於百姓古之使人不過三日可以長孺齒可以養孤老蓋太平至理之化何施而集（一作臻）於此乎朕承奉大業于茲八載不能恢弘王道被之六合雖德之寡昧未燭於理常亦憂勤損節以濟元元豈不知乾坤以易簡成物帝王以惇儉守位從賦斂之薄省哉然時或多故事非獲已屬外攘夷狄連歲備邊兵車之會不下十萬餉饋耗竭邦畿大殘又郊社宗廟之祀府庫賜與之用庶事之費皆仰給焉急賦暴徵日益煩重加以水旱相乘歲

非豐（一作善）熟方冬之首穀已翔貴又宿豪大猾橫恣侵漁致有半價倍稱分田刧假於是棄田宅鬻子孫蕩然逋散轉徙就食行者甚衆念之疚心夫安土重遷人之常性向非誅求之數豈去父母之邦哉蓋以朕不敏不明虧於教化德之寡薄以至於斯傳曰百姓不足君孰與足書曰民非后何戴后非衆罔與守邦今縣內告病流亡不已失於撫育之道得不愧于心乎哀痛勤（一作懃）約（一作灼）明發不寐在予之情（一作責）懼惕良深宜有蠲除以惠貧弱其京兆府今年秋稅於所徵數內減（一作放）十萬石百姓應納諸色物等比緣朔方軍糧輸轉勞弊又時方收斂從便省其草粟等並於中渭橋東渭橋納仍各隨當縣道路穩便如法（一作須）般入苑南及於苑北面貯積及檢納等宜委中書門下與所由計會處置百官及府縣官職田歲月深久多被換易纔有本主皆是蒿荒虛配戶人令出苗子閭閻之內其弊至深今年宜四分徵一餘並放免其諸司諸使丁役及夫匠掌閑三衛彍騎等戶多非正丁皆率貧弱填雜減省循慮艱辛宜委中書門下即各與本司計會如灼然須役正身者具所要色目事由聞奏除此之外商量和雇并百姓先出資者並官出錢充資畿內至來年五月已來一切停差遣來年准旨及勑并度支符應年支諸色雜物合各徵科百姓等宜據所由供數並官出錢置使依市糴（三字一作和市和糴）供所徵百姓宜停應供往來郵遞從來年正月至麥熟已來並官出給百姓應有欠負一物已上及諸雜夫役庸課（一作調）未酬納者一切容至麥熟填還所由不得輒有干擾如官典隱盜在腹內及有欠負者不在免限且風化之由繫於長吏黜陟之典所宜大明宜令御史臺切加糺察其戶口有減田萊不除或流庸稍歸農畝加闢即宜具名條奏當峻刑賞庶使凋瘵之人僅於蘇息憂勤之志上達神明宣示詔書令知朕意　一作皆唐大詔令

減淮南租庸地稅制（大曆七年十一月）　前人

勑王者以冢宰制國用以司會質歲成必視豐荒之年以均輕重（詔令作賦入）之數自近古以來天下郡縣亦有水旱之處則亦減其田租休其力役不急之務不便於時亦皆節省以惠窮乏上天眷命屬朕黎元敢不敬承勵於勤儉（集作卹）躬自菲（一作儉）薄刑于（一作於）家邦非上薦宗廟下資師（一作軍）旅未嘗私於所奉更有徵求藏之於人孰謂不足廼者屢減邦賦以勸耕農而四時罔愆九扈皆叙近自關右達于（一作於）海隅溥其百穀之穰寧止三年之積非朕寡德所能臻茲蓋祖宗景靈被此嘉貺仰荷殊慶兢懷益深而淮南數州獨罹災患秋夏無雨田萊卒荒閭閻艱食百賈皆震永念於此尤（一作良）憎憮然我心憂傷終夜不寐宜有蠲貸用安流亡其淮南今年租庸地稅所（集作旨）支米等宜三分放二（詔令有分字）楊洪宣等三州作坊往以軍興是資戎器既屬歲歉頗殘吾人徵材役工蒋費尤甚惟務省約以息

困窮亦宜并停宣示百姓知朕意焉（自既屬至意焉三十六字詔令作既屬歲時大歉慮乎人不寧居徵夫役工損費尤甚務從省約以息疲人亦宜并停朕精誠奉天誠懼臨下惟恐明有所不照聰有所不達百辟卿士咸弼予違宣示百姓令知朕意）

減京兆府秋稅制　前人

勑頃以蕃寇猶虞王師未戢所資軍費皆出邦畿征調荐興日加煩重閭閻困竭人轉流亡念之疚懷旰食增惕近者省月更之役減歲入之租務於惠養冀有蘇息尚聞告病終未安居深用悼懷（一作愧悼）更思優卹令關輔諸屯墾田漸廣江淮轉漕常數又加在（一作計）一年之儲有太半之助其於稅地故可從輕其京兆府來年秋稅宜分作兩等上下各半上等每畝稅一斗下等每畝稅六升其荒田如有能開佃者宜準今年十月二十九日勑一切每畝稅二升仍委京兆尹及令長明申詔旨分牓鄉閭一一存撫令知朕意

免京兆府稅錢制　前人

勑守位聚人有賦有稅所以奉宗廟之祀備水旱之災事之大經古今不易國家計其户籍俾出泉貨著在令典謂之兩稅天下通制行之久矣自師旅荐興征調煩數法度多峻（一作改）遂廢其名近舉舊章用遵薄賦施于中外其法一也屬歲會戎事聚於邦畿以鰥寡孤獨之人當征徭力役之重久於供費皆至匱竭蕩然流散言念傷懷比之四方此實尤甚思其綏貸庶令蘇息其京兆府見科差百姓年秋稅錢特宜放免

減京畿秋稅制　前人

勑周以司會立經制漢以丞相校簿書（兩句舊唐書作古者）量其國用差其（集作而立）稅典必以省費（唐書作必於經費）由之重輕公田之籍可謂通範（唐書作制）履畝而稅斯誠弊法將期（唐書作所期集作期於）折中以便於時億兆不康君孰與足故愛人之體先於（詔令作以）博施富國之源必在均節（唐書作均節用）朕自臨宸極比屬艱虞（唐書作艱難集作外虞）亦常慕淳朴（詔令作敦朴唐書作常欲闡淳朴）之風守沖儉之道每念黎庶思致和平而邊事猶殷戎車屢駕軍興取給皆屬邦畿九伐之師尚勤王畧千金之費重困吾人乃者遵冉有之言守周公之制什而稅一務於行古今則編户流亡墾田減耗計量入之數甚倍征之法納隍之懼當宁軫懷慮失三農憂深萬姓務從省約稍冀蠲除用申勤卹之旨以救憚婺之弊其京兆府所奏今年秋稅（二字唐書作合徵稅）八十二萬五千石斛㪷數內宜即減（詔令作減放）一十七萬五千石委黎幹據諸縣户口地數均平放免仍分明牓示百姓令知當户所減斛㪷數訖聞奏其應徵青苗地頭錢亦宜三分放一其先欠永泰元年地頭錢一十四萬九千一百四十一貫並宜放免除丁匠掌閑正番外至來年麥熟以來府縣一切更不得輒有科稅朕當躬儉節用以贍黎元中夏漸寧庶有康濟宣示百姓知朕意焉（永泰二年十一月）

減放大原及沿邊州郡稅錢德音　編制

門下朕思三五巳降誰能去兵文武之道叅用爲理况以寡昧獲承丕構環四海九州之大予圓首方足之多一夫之疾痛必軫其憂一士之忠勞必思其報一風一雨之愆候必申其祈一作所祝一士一役之横費必念其所來業業兢兢如即深薄雖興兵動衆非予素懷而伐罪弔人有國常憲干戈一舉飛輓是勞緣路徵輸指期調發耕夫不遑於壠畔織婦有輟於機中予之疚懷豈忘終食頃以虜騎犯塞王師戒一作戍邊今以路寇阻兵靈旗指晉一作境始無虞於塞北復有征于山東勞者未安居者寧逸一作遷擾盖不獲巳且多懼焉念其徵發師徒道路供給地素貧褊物力

巳窮今欲及徵秋稅之時宜有蠲免用布慈仁之澤冀爲疲瘵之醫免副曲恩永安生業其太原管内忻雲汾代蔚朔六州振武天德及河中晉絳陝沿路州縣今年秋稅及地頭錢宜放免河南府亦是供頓往來道路比晉絳太原即免編併其沿路畿縣及河陽汜水縣秋稅地頭錢量放上供一色其合晋使晋州錢物各委本道觀察使且放欠額數聞奏當與商量於戲朕君臨萬方子育兆庶務將去害豈謂佳兵上天鑒予玄功福善佇聞掃殄共樂清平未間之心憂愧而巳凡百多士宜體朕懷會昌三年七月八日

雨災減放稅錢德音　編制

門下朕恭臨寶位祇嗣丕圖勤卹憂兢夙夜匪怠懼天下之目專專然以觀予動懼天下之耳顒顒然以聽予言何嘗發一言不遵祖宗之法制動一事不副鄉士之群心雖克巳甚勞誠心無逸驅時風於朴素絶進取於争馳便於人者無不爲厚於身者無不去然而惠化猶鈌懲勸未行殘虜在邊尚煩饋餉一作餫狂童叛潞猶擾干戈盖不得巳而用之事有違其志者顧惟寡昧慙歎方深今朝野叶心忠良同志共除氛祲日冀清平而秋雨經旬有防收積一作刈穫雖云苗稼未害亦恐陰沴爲灾慮生人之疾苦未蠲刑獄之滯寃未理勵堯舜敬天之志當夕興嗟虞禹湯罪巳之心詰朝下詔衆貧國何云富人瘠君安得肥况畿甸差科終年無巳百司取給供億實多其京兆府秋稅及青苗

錢共放八百萬便委張賈與諸縣令同商量各據所損多少作等第減一作矜放更不用檢苗覆損煩於申奏其合徵納物仍量與寬限容待路通後輸納如聞貧人未及種麥仍委每縣量人户所要貸與種子寬限至麥熟日塡納如京兆府自無種子即據数聞奏太倉給付其御史臺京兆府所有囚徒委宰臣一人與左僕射王起御史中丞李回就都省踈理如情狀可矜者便委决遣其諸州府囚徒亦委長吏親一作躬自踈理勿令寃滯於戲水旱之災陰陽定數實當菲德合恤疲人施令布恩期於蘇息凢厥臣庶宜體朕懷會昌三年九月二十一日

一作皆唐大詔令

文苑英華卷第四百三十四

文苑英華卷第四百三十五　翰林制詔十六

德音二

賑恤德音上

賑貸（詔令作給）京畿百姓德音　玉堂遺範

門下王者布德行惠必順天時發廩賑乏蓋循舊典朕君臨寓縣念切黎元思欲咸致其安各阜其業事關恤下政在便人予無愛焉斯爲大本而甸服之内比年豊穰一歲不登遂至艱食豈非轂下賦役經制猶繁物力所資凋耗已甚靖言於此愧歎良深今春陽發生田事具飭苟迫於歉乏不能自存而耕植損（詔令作頓）虧秋成何望所以特加恩賚（詔令作惠）蠲彼徵求庶農桑之及時俟（詔令作候）麰麥之方稔式

當和煦之候載示憂勤之心我其末懷俾厚生殖京畿百姓宜共賑給粟三十萬石内八萬石以京兆府常平義倉粟充其餘以（詔令作用）太倉粟充支給比者田穀致損蒭藁隨之今已過時益難濟辦其并職田草共一百一十五萬束並宜放免又有常賦錢穀蠲放之餘貧弊者多慮難輸入欲令寬息須有憂矜其京兆府欠去年兩稅青苗等錢二萬一千八百貫欠秋租雜斛斗及職田粟五萬三千三百石並宜放免元和六年春賑貸京畿百姓義倉粟二十四萬石亦宜放免朕誠意靡達黎人未康憂積於（詔令作于）衷鑒寐增惕爰自去歲以迄於今存救之恩屢降明詔乃眷長吏職惟親人爾其撿（詔令作極）慮撫綏指陳利病將我惠澤被于鰥孤叶於便宜無使勞擾故茲示諭當悉朕懷（元和七年）

賑貸京畿德音　同前

門下朕聞王者之牧黎元也愛之如子視之如傷苟或風雨不時稼穡不稔則必除煩就簡惜力重勞以圖便安以阜生業況邦畿之内百役所從雖勤恤之令亟行而供億之制猶廣重以經夏炎暵自秋霖霪（唐書作澍）南畝虧播殖之功西成失豊（唐書作農）登之望内乏口食外奉王徭豈惟轉徙（唐書作輪非）之虞慮有餓（唐書作餒）殍之患斯蓋理道猶鬱和氣未通求言于茲良所咎歎宜加惠貸式示誠懷京兆府每年所配折糴粟二十五萬石宜放如百姓有粟情愿折納者時估外特加優饒今春所貸義倉粟方屬歲飢容至豊熟

歲送納元和五年以前諸色逋租並放百官職田其數甚廣令緣水潦諸處道路不通宜令所在貯納度支支用令百官據數於太倉請受遭水旱處所損便與除破不得撿覆朕以爲理之本在乎安人咨爾尹京宰邑之官實惟親人阜俗之寄必當詢其疾苦奉我詔條當恤隱爲心無怠於事罔或徇利於尅（唐書作剝）不吐剛而茹柔使閭井咸安鰥惸獲濟各勉忠効宜悉朕懷（元和六年十月戊寅）

遣使賑恤天下遭水百姓勑　編制

勑王者欽若天道惠綏下人脩己以導其和平推心以恤乎（詔令作其）災患康時濟理何莫由斯朕以薄德託于人上勵精庶政思致雍熙而誠不動天政或多闕陰氣作沴暴風

荐臻自江淮而及于荆襄歷陳宋而施于河朔其間郡邑
連有水災城郭多傷公私爲害損害一作壞廬舍浸敗田苗
或親戚漂淪或資産沉溺爲之父母所不忍聞興言夜懷
良深愧憫夙夜祗畏悼于厥心用是寢不遑安食而忘味
特加賑恤庶洽幽明宜令中書舍人奚陟往江陵府及襄
郢復隨鄂申光蔡等州左庶子姚齊梧往陳許宋亳潁徐
泗濠等州祕書少監常詔令作雷咸往恒冀德棣深趙等州京
兆尹常武往揚楚廬滁潤蘇常等州宣慰應諸州百姓因
水漂蕩家業淹損田苗交至乏絶不能自存者委宣撫使
量與賑給沉溺死者各加賜物仍並以所在官中兩稅錢
物地稅米支給其溺死人所在官爲收斂埋瘞用申惻隱

以慰幽冤其田苗所損亦與宣撫使與觀察使刺史約所
損多少速具聞奏於戲一夫不獲一物失所刑罰不中賦
歛不均皆可以損詔令作傷陰陽之和致水旱之沴其州縣應
有繫囚及獄訟久未决者委所在長吏即與疏理務從寛
簡使絶滯冤貪官暴吏倚法害公特加懲肅用明典憲災
傷之後切在撫綏咨爾方鎮之臣洎于州縣守宰咸知悉
乃心力設法救人以恤凶災以補傷敗庶令安集式副憂
勤宣布朕懷使各知悉貞元八年八月

賑恤遭水災百姓敕　同前見唐大詔令

敕惠下䘏人先王之政典視年制用有國之恒規故有出
公粟以賑困窮弛歲征以寛物力救患之道何莫由茲頃
以諸道水災遣使宣慰中心是屬夕惕彌勤省覽條奏載
懷憫惻用加救恤以濟吾人應諸道遭水漂蕩家業淹損
田苗乏絶户宜共賜米三十萬石所司各據州府乏絶户
多少速分配每道合給米數聞奏並以度支見貯米充度
支即與本道節度觀察使計費各隨便近支付委本使差
清幹官請受分送合賑給州縣仍令縣令及本曹官同付
人户務從簡便無至重擾速分給訖具狀聞奏其州府水
損田苗及五六分者今年稅米及諸色官田租子並放
一半損七分以上一切全放其所放米如是支用數內
應令度支及本道以諸色錢物充填並委度支條件聞奏
其兩稅錢所司準舊例處分朕撫臨兆庶思致和平理化

未臻良增寅一作愧畏方鎮守宰職在親人所宜分憂以救
艱食必躬必信副朕意焉貞元八年十二月

分命使臣賑恤水旱百姓敕詔令作遣使賑恤江淮敕　同前

敕王者立國本於安人暨海隅蒼生不忘弘覆天下至廣
咸務和寧其或郡國罹災存恤至詔令作爲重癸稟蠲賦時惟
舊章獻歲布和前聖高躅朕膺眷命纘承洪緒居兆人之
上五載于茲推大信以撫萬邦體至仁以蕃庶類夕惕惟
厲憂深納隍豈布理猶鬱上玄未感精禋相盪陰陽或愆
近者江淮之間水旱作沴緜亘郡邑自夏徂秋雖誠禱神
祇無愛圭璧而災流下土虧我生成遹忘靡依凋瘵斯甚
瘝俗艱食時予之辜當宁夜懷宵衣興歎閔茲求瘼臨遣

使臣分命巡行特加存恤往救災患冀安流庸俾免其田租或賑以公廩隨便亟給惠此困窮其元和三年諸道應遭水旱所損州府合放兩稅錢米等損四分以（詔令作已）下者宜準式處分損四分以上者並準元和元年六月十八日勑文放免仍委中書門下即於朝班中擇人分道存撫其有卑貧之户轉徙未安便於常平義倉所貯斛㪷量事賑貸務令存濟副朕憂軫嗚呼方岳長吏職居親人永言分憂亦惟善政敬哉有土咸悉予懷（元和四年正月）

亢旱撫恤百姓德音　同前

勑承天理物莫尚於愛人謝譴彌災必先於咎己朕臨御萬國逮今伍年亦常勵精罔敢暇逸誠雖勤而未妥於事

澤雖布而未浹于人吳蜀建功關輔覂稔群生咸若荒服會同將何以答昊穹之顧懷承宗社之眷祐固宜示以災眚警予增脩自去冬以來時雪微降及此春暮積爲愆陽宿麥不滋首種未入東作慮遠於農候西成何望於歲儲爲人父母甚可憂憫況江淮之間歉饉相屬物力疲耗人心無聊雖存救之術已行而凋傷之弊猶切是用輟食而歎中夜以興得非刑獄之冤滯未申貨財之聚歛未息忠鯁之言未盡達不急之務未盡除有一于兹即傷和氣居高莫喻愧悼是懷爰命禱祠豈答神祇之望空勤惕厲豈爲恤隱之方莫若側身推誠循政務實法乾坤易簡之理贊天地茂育之仁將以塞遠疚乎于道屬陽和之亭品彙

數榮俯念繫絏俾從寬宥其京城内見禁囚徒犯死罪非殺人降從流流已下罪遞降一等鹽鐵使下諸鹽院舊招商所由欠貞元二年四月已前鹽稅錢及永貞元年變法後新鹽利經貨（詔令作輕貨）折估錢共二十八萬七千七百五十六貫文並宜放免除此錢外諸色所由人户及保人有積欠錢物或資產蕩盡未免禁身或身已死亡繫其妻子雖始於肙没而終可哀矜宜委鹽鐵轉運使即據狀事疎理具可徵可放免數聞奏度支京西京北諸院榷鹽使并畿内在城諸色所由人户欠負從貞元十一年以後至貞元十五年終主保逃亡攤徵保人并保人又逃亡及身在貧窮非家業見存姦猾延引者所欠錢物斛㪷柴草等項

亦宜放免亦委度支續具合放數聞奏諸道兩稅外據榷率比來創制勑處分非不丁寧如聞或未遵行尚有此弊永言奉法事豈當然申勑長吏明加禁斷如刺史承使牒擅於界内榷率者先加懲責仍委御史臺及出使郎官御史察訪聞奏夫制事立程必根源本末有上敦節儉而下有困窮上好豐盈而下獲安輯顧財用之所出念耕織之爲勞自中原宿兵調賦尤廣更脩無名之貢獻必有無藝之徵求或稱出於羨餘或稱不破正稅相因慕效寖以成風華弊立防何切於此其諸道進獻除降誕端午冬至元正任以土貢脩其慶賀其餘雜進除旨條所供及犬馬鷹隼時斯滋味之外一切勒停如遠越者所進物送納在藏

庫仍委御史臺具名聞奏如諸道停進奉後尚務因循或有聚歛亦委出使郎官御史察訪聞奏政理之本在於簡約由内及外以示率先昨者六宮内人量已放出猶慮内廄之馬其數稍多委飛龍使等（詔令作即）條流減省續具聞奏嶺南黔中福建等道百姓雖處遐俗莫匪吾人多懼掠奪之虞豈無親愛之戀以玆興念良用憫然應緣公私買賣奴婢宜令所在長吏切加捉搦并審細勘責委知非良人百姓然許交關有違犯者準法條處分朕理國濟人以義為利務於當者必舉詢其弊者必除其在卿士叶心方岳宣力勉脩爾職以惠黎元慎守彝章咸悉朕意（元和四年三月三日）

賑恤百姓德音（一作賑貸諸道詔）　同前

勑王者本憂人之心有順時之令故及新生之候必弘利澤之規以此惠人期於阜俗今三陽布和萬物遂性惟人之窮乏者或不能自存朕所以愍然省憂議所賑救如聞京畿之内緣舊穀已盡宿麥未登尚不足於食糧豈有餘於播種矧其耕植固在及時念彼微求尤資寬貸京兆府宜以常平義倉粟二十四萬石貸借百姓其諸道州府有乏少糧種處亦委所在官長用常平倉米借貸淮南浙西宣歙等三道元和四年賑貸米並宜（詔令作且）停徵容至豐年然後填納編户之徵既有藝極字甿之要當恤有無苟徵歛之不時則困弊之無日近緣諸州送使錢物回充上供合送使者使司又立程限所以每至歲首給用無資不免量抽夏稅新陳未接營辦尤難委觀察使宜以供軍錢方圖措便輒不得量抽百姓夏種夏貢（詔令作貢賦）有差先千任上用弊殊等實在便人近日所徵布帛並先定物樣一例作中估受納精粗不等退換者多轉將（詔令作易）貨賣皆致損折其諸道留使留州錢數内絹帛等但有可用處隨其高下約中估物價優饒與納則私無棄物官靡通財其所納見錢仍許五分之中量徵二分餘三分兼納實估疋段錢以準貨本約重輕制之不均遂權百物由是競為蓄聚漸爽流通粟帛轉錢農桑益廢若無釐革其弊難堪公私交易十貫錢已上即須兼用疋段委度支鹽鐵使及京兆尹即具作分數條流聞奏茶商等公私便換見錢亦（詔令作並）須

禁斷自定兩稅以來刺史以户口增減為其殿最故有折户以張虛數或分產以繫户名兼招引浮寄用為增益至於稅額一無所加徒使人心易搖土著者寡觀察使嚴加訪察必令詣實朕嗣守丕圖于玆七稔每念萬方所奉唯在一人百姓未康豈安終食故所以賑贍優貸思致乂安方鎮牧守誠宜遵奉如有違越委御史臺及出使郎官御史訪察以聞宣示中外明悉朕意（元和六年二月二十八日）

文苑英華卷第四百三十五

文苑英華卷第四百三十六　翰林制詔十七

德音三

賑恤德音下

淄青蝗旱賑恤（一作優卹蝗旱諸州詔）　編制

門下朕嗣守丕訓恭臨大寶兢兢業業十有三年何嘗不惠下以愛人克己以利物外無畋遊之樂內絕土木之功浣衣菲食宵興夕惕厚於身者無不去便於人者無不行損群方之底貢驅時風於朴素將以弘祖宗法度致夷夏雍熙心雖勞於九垓道未進於一取顧惟不德慙歎方深今雖遐邇甯寧忠良叶志五兵戢其鋒刃百姓絕其征行勤求理道日冀平泰而去秋旱蝗所及稼穡卒痒哀此蒸人罹罹艱食是用順時布令助煦育之深仁施惠覃恩法雨露之殊澤其淄青兗海鄆曹濮去秋蟲蝗害物偏（一作徧）甚其三道有去年上供錢及斛斗在百姓腹內者並宜放免今年夏稅上供錢及斛斗亦宜全放仍以當處常平義倉斛斗速加賑救京兆府諸州府應有蝗蟲米穀貴處亦宜以常平義倉及側近官中所貯斛斗量加賑賜災旱之餘撫養尤切眷茲長吏必在得人應遭蝗蟲處刺史委中書門下精加訪察如有煩苛暴虐貪濁懦弱者即須與替邦畿之內徭役殷繁言念疲人固資矜恤京兆府今年夏青苗錢宜量放一半應遭蝗蟲及旱損州縣鄉村百姓公私債負一切停徵至麥熟即任依前徵理及准私約計會其遣蝗蟲及旱損處准勑添貯義倉每畝九升斛斗去秋合徵在百姓腹內者並宜放免其天下州府貸種糧子在百姓腹內者更不要徵閉糴禁錢爲時之蠹方將革弊尤藉通商其見錢及斛斗所在方鎮州府輒不得擅有壅遏任其交易必使流行仍委出使郎官御史及所在度支鹽鐵巡院切加勾當兼委轉運使設法般運江淮糙米於河陰積貯以備節給賑濟累時以來水旱時有方隅郡府杼軸屢空厚下所以安人裒多由其稱物至於徵斂亦在寬恤應方鎮州府借便度支鹽鐵户部錢物斛斗經五年以上者並宜放免天下百姓人吏欠大和九年以前官錢斛斗家業蕩盡無可徵納囚繫囹圄動經歲年者亦宜放免犴獄之重人命所懸將絕冤濫必資慎恤京城百司及畿甸見禁囚徒委中書門下差官疎理無使冤濫輦轂之下法在肅清奸盜竊發理難容舍親仁坊今年五日賊依前委京兆府左右街使鳳翔邠涇金商同華等州切加捕逐如獲頭首准法科斷其餘支黨一切不問於乎唯此凶災是彰菲德情敢忘於罪己惠所貴於及人施令布和期於蘇息凡厥臣庶宜體朕懷主者施行（開成三年正月二十四日一作皆唐大詔令）

賑救諸道水災德音（一作優恤水災諸州敕）　編制

勑朕以寡德臨御萬邦宵旰憂勤匪敢自暇然仁未及物誠不動天陰陽失和水潦爲敗致茲災沴害及生靈江淮

之閒滁和尤甚當宁軫惕永言疚懷其淮南道滁和兩州應水損縣據所申奏漂溺人户處宜委本道觀察使與本州刺史子細檢勘全放今年秋稅錢米仍以義倉斛斗逐便據户賑接（一作救）其浙西浙東宣歙鄂岳江西鄜坊山南東道並委觀察使與所在長吏據淹損田苗漂壞廬舍及虫螟所損節級矜減指實奏聞如没溺甚處亦以義倉量事賑救（一作賜）其京兆府河南府所損縣即據頃畝依常例檢覆分數蠲減州縣牧宰各務撫安必令均濟稱朕意焉（一作用稱朕意）大和四年十月九日　一作皆唐大詔令

雨雪賑濟百姓德音　編制

勑朕聞天聽自我人聽天視自我人視朕之菲德涉道未

明不能調序四時導迎和氣乃自去冬以來踰月雨雪寒氣尤甚頗傷天和念茲庶甿或罹凍餒無所假貸莫能自存宵寢（一作中宵）載懷旰食興嘆悚惕若厲在（一作時）余之辜思弘惠澤以順時令其天下犯死罪巳下除官吏犯贓及故殺人者餘並特降從流流罪巳下遞降一等應京兆府諸縣宜令以平常義倉斛斗量事賑濟仍先從貧下户給其京城內鰥寡孤獨不能自濟瘖聾跛躄窮無告者亦與京兆尹兩縣令量如賑恤訖具所破數聞奏躬（一作須）自省閲務令均贍其諸道雨雪過多處亦委所在長吏量事優恤於戲天生蒸民君以牧之朕憂勤政經思致于理言念赤子視之如傷天或儆余示此陰沴撫躬夕惕余甚悼焉布告遐邇明悉（一作知）朕意（太和六年正月十八日）　一作皆唐大詔令

賑恤諸道遭旱百姓勑（詔令作以旱賑救畿內諸道勑）　編制

勑朕承上天之眷佑荷累（舊唐書作列）聖之丕圖宵旰兢（唐書作憂）勞不敢暇逸思致康乂八年于今而水旱流行疾疢屢作（唐書作疾疫作沴）兆庶艱食札瘥相仍盖德未動天誠非（唐書作未）感物一類失所有（唐書作其）過在予載懷罪巳之心深軫納隍之歎宜敷惠澤式表憂勤如聞自去年以來河東鬭輔亢旱為患秋稼不收百姓之中頗甚困窮（八年詔令作人甚困窮）今方春（唐書作春作）之時須務農事（唐書作農務又切）若無（詔令作不）賑救恐至流亡其京兆河南河東河中等九州府宜賜粟五十六萬石京兆府賜粟十萬石河南府河中府絳州各賜粟七萬石

同華陝虢晉等州各賜粟五萬石並以常平義倉及折糴斛斗充如無本色即與運米折給仍委本州府官長（詔令作長吏）明作等第差清強官吏對面宣賜先從貧下户起給其京兆府太和六年青苗榷酒錢在百姓腹內者並宜放免京兆河中河南同華陝虢晉絳等九州府自太和六年秋稅以前諸色逋懸除所由車户巳徵得外在百姓腹內者一切放免議獄恤刑前王攸重苟有寃滯即傷陽和應在城諸司諸軍諸使應有囚徒速宜疎理限七日處分訖奏聞河南府等八州府勑到後亦宜准此處分諸色工役非灼然交切者並勒停省應久旱處管內名山大川能致風雨者亦委長吏精誠禱請水旱之數雖云常理導化失節

亦致咎灾顧惟寡昧敢忘克責常叅官及外府州長吏如
有規諫者各上封事極言得失俟有主（詔令作斥）正期于阜安
咸啓乃誠用致於理無或有隱以忝在公内外官有貪暴
殘虐蠹政害人者憲（詔令作臺）司宜糾察聞奏朕為人父母虔
奉丕業夕惕若厲夙夜匪寧减膳撤縣庶答天誡咨爾長
吏實分予憂勉加撫綏用副惻隱庶切救灾之義爰申為
上之懷中外臣寮宜體朕意（大和七年正月二十四日）

賑救諸道百姓德音　編制

勑朕以寡德託于兆人之上雖兢兢業業思理不怠而政
道多闕和氣用傷仍歲水旱黎人艱食為之父母斯心鬱
陶如聞魏博六州阻飢尤甚野無青草道殣相望及山南

東道陳許鄆曹濮淮南浙西等道皆困於飢疫癘之種餉
其魏博宜賜粟五萬石山南東道陳許鄆曹濮等三道各
賜糙米三（詔令作二）萬石充賑給委度支逐便支遣仍各令本
道擇飢乏之處賑給淮南浙西兩道委長吏以常平義倉
粟賑賜應諸道有飢疫處除出軍粮積蓄之外其屬度支
戶部斛斗（詔令作雜穀）並令减價出糶以濟貧人其有牧宰非
才貪殘為害及承前積弊須有條流或寃獄留滯速宜疎
决者並委觀察使糾察詳訪具狀聞奏用彌天眚以副朕
焦勞之慮焉（太和九年三月二十二日）

賑恤江淮遭水旱疾疫百姓德音　編制

門下朕以寡昧嗣守丕圖奉列聖之丕訓撫寧四海受（作一）
膺上天之景命司牧兆人敢忘勵志勤身虔恭寅畏雖勤
思罪已而陰陽爽候每念惠人而蒸黎尚困是由政教無
素王澤不流精誠未達於玄穹災沴遂痛於下土是用中
宵輟寐未明求衣言念及此良深愧惕近者江淮數道因
之以水旱加之以疾癘流亡轉徙十室九空為人父母寧
不震悼此乃天之垂誡咎實在予焚灼于懷夙夜增懼當
宁興歎遂命使臣乘驛撫廵便宜救恤减上供饋運發諸
道倉儲免積歲之逋租蠲逐年之常貢尚思灾疫之後閭
里未安須更申明用示憂軫應揚潤廬壽滁和宣楚濠泗
光宿等州其間或貞元以來舊欠逃移後闕額錢物均攤
見在人戶頻年灾荒無可徵納宜特放三年待稍完復却

即令依仍（作舊）或逋懸錢物斛斗數内先已放免度支却
徵收者宜委本司細詳元勑磨勘如合放免不得追徵或
先因水旱賑貸欠常平義倉斛斗若終不可徵收亦宜放
免或令年合徵兩稅錢物量百姓疾疫處各委逐州準分
數於上供留州留使三色錢内均攤放免或收管諸色逋
懸錢物等年月深遠但掛簿書空務追徵益生勞擾宜委
有司速勘會了絶蠲放不得留為應在以資奸蠹之徒其
濠泗宿三州大中六年以前所在逋懸宜亦放免或以常
平義倉斛斗賑恤者宜委本司收破其賑貸者即待秋熟
填納其所减上供運米及州縣諸色斛斗等已令减價糶
貸救接百姓用止翔貴以濟周貧或每年進奉茜草藥物

紵練貢布等亦已條流節級停減已前諸色應蠲免節目等或已行勅令或見勤條流並委中書門下各令本州及本司速准此勑分仍具各分析聞奏所有諸道放免事例宜委州縣於鄉村要路一一榜示遍令閭閻分明知悉又以數道疾疫百姓流亡未言宵旰之勤豈務珍華之貢其淮南宣歙浙西三道今年賀冬及來年賀正所進奉金銀錢帛宜特放免均融仍各委本道觀察使據所放均融貸貧下户塡納税租其逃亡户如賑恤使有所不該者亦以此更宜濟助務令蘇息又江淮數州水旱相繼安南一境寇擾初寧公用之間必常匱竭但緣及時錫賚須遣使臣其淮南宣閩安南等四道今年冬衣使本道合與常例人

事物等亦宜權停於戲天災流行自古未免屬在牧宰爲吾撫安豈無惠育之方以濟凋殘之弊如或守法不謹吏緣爲奸紀律乖訛刑罰（一作法）踰濫重繫者因循不省逮捕者追擾滋多或征賦不均或微科無算有一於此重困吾人即何以消弭災譴用康疲瘵宜委所在長吏慎恤刑獄踈决囚徒必務躬親俾無冤滯檢轄暴吏懲殿慢官寬常賦之征罷不急之務詳求病利悉以奏陳顯佇良規用副憂寄苟不遵詔旨尚務侵欺必正刑書義無容貸宣示中外宜諒予懷主者施行（大中九年七月十三日）（一作皆唐大詔令）

文苑英華卷第四百三十六

文苑英華卷第四百三十七　翰林制詔十八

德音四

招撫德音

長慶元年德音（詔令作討鎮州王庭湊德音）　元稹

門下朕嘗讀玄元書至於佳兵者是樂殺人因念自孩名之逮于羈丱不三十年不能爲成人豈忍以一朝之忿驅而殺之然而田弘正首以六州之衆歸於朝廷開先帝之雄圖變河朔之舊俗除去苛暴昭宣惠和愛人如身養士如子拊循教訓必以忠孝爲先是以魏之師徒一年而知恩二年而知禮三年而相與讓於道矣故南征淮蔡東伐青齊北定趙地元勳茂績皆自魏師肆我憲宗付之心膂

入則輔弼出則藩宣推誠不疑近實無比顧朕小子獲受丕圖嗣守不遑何暇恢復而承元請覲冀部擇才苟非勳賢不敢輕授是用咨我元老臨於是邦而又寵諸將以懋官加三軍以厚賜（集作賞）復其租入惠彼烝黎於此一方之人可謂無有不至而梟音未革狼顧猶存忍害忠良恣爲殘賊臨軒震悼撫几驚嗟天乎不仁一至於此朕下爲君父上奉祖宗毀冊檝於鯨鯢啗股肱於蛇豕尚欲因循忍恥偃俛偷安非惟傷心於田氏之子孫亦將何顔謁先帝之陵廟人神共憤卿士叶謀咸願誅夷用申寃痛使合輿師進討以剪奸兇尚念一軍之中豈無義勇倉卒變動必非衆謀苟得其魁餘復何罪（集作苟得罪人其餘何過）宜令魏博横海

昭義河東義武等軍各出全軍以臨界首仍各飛書檄具諭朝旨如王庭湊能執首謀爲亂扇動三軍者送付隣道或就鎮州處置然後束身歸朝必當升(一作超)奬授三品正員官並與實封二(一作五)百戶其餘三軍將士一切不問其中大將等或有能相諭勸翻然改圖者各隨事跡便當(集作當加)寵擢如王庭湊仍遂迷不悛諸道宜便進軍以時剪滅苟不得已至於用師其有效忠則宜懸賞如有能梟斬兇渠者先是六品以下官宜與三品正員先是五品以上官節級升進仍與實封三百戶庄宅各一區錢二萬貫以一州歸順者便與當州刺史仍賜實封二百戶如先是本州刺史以一州歸順者升(集作超)三資與官仍賜實封三百戶以一縣歸順者升(一作超)兩資與官仍賜實封一百戶如有能率所管兵馬及(一作并)以城來降者並升(一作超)三資與官仍賜爵實封一百戶賜錢一萬貫以身降者亦與轉改仍賜錢帛應付行營將士如有能梟斬兇渠者亦准前例處分其有城鎮將士百姓等守節拒賊身死王事者各委長吏優給其家仍具事跡聞奏當加褒贈其有潛謀誅斬渠魁被其屠戮者宜(一作便)便加追贈并賜錢帛仍與一子官諸軍所至不得妄加殺戮及焚燒廬舍掠奪資產并有拘執以爲俘馘其管內州縣有能自置義營堡柵王師所至能相率來歸各加酧奬時當秋候務切農功近界之人懼廢耕織應緣軍務所須並不得干擾百姓如要車牛夫役

及工匠之類並宜和僱須各情願仍優給價錢賊平之後應立功將士並與升資改官節級賜物其長行官健歸降者亦當優厚褒賞幽陵變擾誠謂亂常以其旁及(詔令作害)寘寮有異上品台鉉較其輕重示以招携尚開迷復之門用廣自新之路如聞賊中文牒妄作異端皆云(一作指)朝廷徵兵欲戎邊塞此皆狂詐扇動人心況今邊上甲兵人以備禦欲令悉知(一作委)故重宣明仍委所在即時(一作節將)以此吉諭昔者堯舜之俗比屋可封虞芮之人讓畔可感仁義則水大可蹈忠信則蠻貊可行由是言之亦在化之而已逮我理長何其遠哉豈朕之蒲假荒寧自聖而不可教耶將朝之魁梧骨鯁自持而莫我念耶二者之來皆朕不敏內省終夕其心浩(一作歎)然於虖封域之中干戈作矣廊廟鐏俎無忘弭寧布告朕懷以須良畫主者施行(八月十四日)

長慶三年德音(一作破汴州李岕勑)　　編制

勑理天下者務安於(一作於安)遠邇致康濟者資懷於(一作於懷)兆人朕統馭萬邦式敷王度任藩方以俾乂冀干戈之載戢虔恭惕勵(一作厲)未始暫忘推尋是心布及中外昨者夷門逆將遝遂興師(一作夷門逐師遂將興師)蒼皇變生士庶無告逆賊李岕驅掠恐害流離毒痛在浚之郊若鼎將爨逼脅我軍士盜竊我戈鋋驅馳外坰敢肆蜂蠆朕所以丕降明命未即誅夷(一作未行天誅)容其革心以俟迷復蓋以一方軫念三面開羅將弘愛物之私用表好生之施而梟音恣醜狼顧憑兇

危巢已焚禽息猶若光顏韓克曹華智興等感激忠勇揮戈誓師雷奮鼓旗所向風靡逆黨殲殄郊原霧清熊羆之師漸及摩壘夫疾風斯來而勁草方辨熾火將燎而良金益明果聞義烈之臣奮起轅門之內一揮斬首三令無喧嚴城洞開以候來師來言忠效是賜寵章其梟斬逆賊李㝏宣武軍都知兵馬使李質已從別勑處分忠武兖海汝寧鄭滑等軍將士等感主帥之忠誠忘身赴敵視寇仇而忿嫉決命爭登高承簡以睢陽一郡之師當蛇豕奔衝之勢咸能勦其醜類如刈草菅各振軍聲用宣武略其忠武兖海汝寧鄭滑應赴行營及宋州將士等並節級各有賞物已別處分支遣（一作給）委本軍據功勞額例給散歸還之

時仍加宴勞朕念彼無辜墜茲塗炭橫爲凶險驅脅傷夷其汴州管內州縣官吏軍鎮將健及諸色職掌人等皆罹脅汙自拔無由撫事量情亦可矜恕除同惡巨蠹者其餘一切不問仍加牓示如或妄有恐嚇言告者科其反坐之罪干戈蹔興里閭必害春言農畝是廢耕桑其汴宋鄭三州罹此兇逆士馬屯集供給（一作繫）併繁雖事乃旬（一作徇）時而人亦勞止予懷軫念豈忘憂矜其三州府（一作界）內有兵馬所到縣百姓或被驚擾處宜於今年秋稅內三分量放免一分仍委州縣長吏切加綏撫其賊中雜差點子弟夫役並宜放還鄉里俾安生業其中有不能自存者量事優恤應百姓中有被分外無名賦斂者並當持勤停義士忠臣見於死節賞功褒美冀及傷寃惠恤其孤庶明報効官軍有陣亡將士等并李㝏爲亂已來有潛謀孝順誠節可嘉并因此遇害者並委本道（一作軍）審勘具名銜事跡申奏當與甄獎及加褒贈仍令本軍優賞（一作給）其家三年不停衣糧并委所在州縣速於收瘞量事致祭其將士有因戰陣傷損尤甚以至（一作致）殘廢者各委本軍加厚優恤仍勿停觧掩骼埋胔國之令典逼於兇醜誠可傷嗟念其本亦吾人蓋亦事非獲已經戰陣處所有賊中遺骸並委所在州縣隨事收瘞勿令暴露於戲吊伐之道予遵格言靖寇安人豈忘終日朕載櫜弓矢思保黎元而雨露所均動植所繫一夫竊歎朕每興懷况茲浚郊都邑之會所以慎擇

將帥期於乂安今寇孽已清封壤寧息師之所處用軫予衷將申宥恤之恩庶息瘡痍之後布告中外咸使聞知（八月二十五日）（一作皆唐大詔令）

叙用勳舊武臣德音　　編制

勑朕聞昭德示威先王所以用武禁暴夷難後代安能去兵故文德誕敷武備宣耀外以環禦四海內以底靖中原則軍旅之制有經師律之能必表朕纂承鴻業虔奉丕圖宵分求懷何以康濟豈獨鼓鞞有感方思將帥之臣征伐爲心乃寵干戈之士况文武並用古之格言勳舊不酬勞者何勸惟我高祖太宗以晉陽之旅平一海內肅宗以靈武之衆收復二京代宗有郟鄏元從之臣德宗有奉天戡

難之士每念勳伐無忘寢懷如聞近日武班之中淹滯頗久雖負才畧無由足（一作是又作自）明又有諸道薦送大將或隨節度歸朝自今已後宜令神策大將軍軍使及南衙常參武官各具由歷授官年月前後功績（一作勳）牒送中書門下若勳伐素高人才特異者候有相當用處即具聞奏量加獎擢其常參武官資考深久未得遷轉者惟具員年月與改轉不得令有滯淹其先授文官者亦宜準此使幕賓僚皆有年限（一作代）改轉軍府（一作將）大將豈可獨不序遷自今已後諸道節度都團練經畧等使下各隨本處是大將名目已曾授監察已上官者並限三周年量與改轉如有功效合非時與改轉者不在此限其職名是兵馬使都虞候

押衙已上前後並未曾奏官者亦仰量績効奏官轅門委質營壘分師有役干戈無由耕稼（一作稼穡）况自天寶已後屯兵七十餘年皆成父子之軍不習農桑之業一朝罷歸壠畝頓絶衣糧言念饑寒深用嗟憫應天下節度都團練防禦經畧等軍所置軍數各委本道據守舊額以度（一作爲）定數不得輙有減省其有逃亡病死及過犯觧退當時揀擇有武力藝能者添補奮於行陣决命殞（一作損）軀不顧危亡每嘉忠烈官健有死王事者三周年不得停本分衣糧如有父兄子弟試其武藝堪在軍中承名請衣糧者先須收補孝本安親深惟（一作惟深）養老敷恩惠以慰耆年應軍將及官健有父母年及九十以上委本道本州每至節歲量與

酒麪優養守塞備邊固不可廢烟塵既靜亭障無虞諸道舊有防秋兵馬已在邊上者自依年限替代近者師旅屯集饋餉頗多不免於諸道留州留使錢內每貫量留三百文以充國用幽鎮既以洗雪供費亦漸有常其河北諸道及山（一作河）東兖鄆淄青汴宋陳許徐泗澤潞河陽鄭滑等道并邊上諸鎮並不用抽（一作得）刀斗晨嚴烽烟夜謹勤勞沙塞寒苦邊陲其沿邊鎮伐烽子等並委所管節度及城鎮使量與優賞仍與交番上下使其勞逸得均使命往來本於傳達軍期緊急遂至繁多非惟郵傳不供抑亦虢令難一自今已後應緣山東行營兵馬未歸本道已來進退事機並宜轉委節度使仍仰條疏舊弊一一奏聞除事關

迫切須遣專使外其餘書詔文牒一切分付度支入遞發遣制使中使到諸道行營不得輙受人事錢帛及行非理鞭朴當加訪察義不優容榷筦之設誠爲救弊隨方適變所貴便人其河南河北鹽法宜委鹽鐵使與節度使審度會計商量務以便人爲法閲習土宜則通吏理既因試效可驗政能應河北諸道宜委觀察使訪察管內見攝官中如有實（一字作或）清強有才能課績者具前後所攝年月并事跡聞奏當與正（一作政）授從政之方必原風俗視人相土乃合所宜施張在達於無私法令所期於不擾（一作撓）應河北諸道并鄆兖青等州道應有新舊科條有不便於人不宜於俗者委宣慰使與所在長吏商量廢置務從人欲於戲

朕戴天子之操執重器不以四海之富而恃其力每以百
姓爲念而兢于心慮文教之未敷思武畧之多闕所以輟
食當宁求衣未明揣摩萬機寧止三省頃以馭一作御宇之
歲藩方乂安委于廟謀以輯軍政而有司不達苟以惜費
爲心致兹停減之名無裨毫釐之用使軍中老幼愁歎無
歸朕博聽群言用革前弊舉其指一作旨要冀叶群一作人情
庶乎侯伯列城與我師旅勵精撫士用副憂勤中外布宣
明知朕意長慶三年三月十日　一作皆唐大詔令

長慶三年德音一作赦鎮州德音　同前

門下仲尼有言詩云執轡如組審此言可以爲天下也蓋
爲聖人組修其身而成文於彼故伯益贊禹則曰滿招損

謙受益所以服有苗夏后啓亦云吾德未至教未善故能
克有扈苟齊俗有禮化人以躬尚可感於神明柔於蠻貊
況累聖遺教昇平舊風堅金在鎔惟人之所鑄猛獸在柙
由人之所馴因而撫之敢忘前訓朕以菲德纂承鴻緒屬
先皇掃剛中寓康濟兆人八表晏然五兵咸息常兢懍於
繼述思致理於和平豈以樂戰爲心佳兵在念而鎮州以
承宗云亡自歸誠欵幽州以劉總懇志願釋兵符相繼來
同無思不服非朕勤於遠畧力以致之亦旣綏柔咸加霈
澤不愛金帛以惠我戎士不恡爵賞以寵其偏裨復以一
二台臣常推謹厚一作愿庶將朕志以靖方隅而佚於旣安
莫能思患曾未累月旋聞叛離朕亦欲因其人心命將興

師頋念弘正盡忠先朝身嬰陷一作伐害受於一作家受署戮爲
之元首能不痛心是用下制先申告諭求其兇惡冀釋幽
寃仍令四面節制各守封境不欲遽加誅討所望自效忠
誠而將士等懼罪以相保王庭湊爲衆所逼固其封壤捍
以兵鋒每聞戰爭未念黎庶爲之君父又何忍乎是用輟
食忘寢晝夜萬慮恭惟烈祖之訓必用兼愛之心務以安
人爲國本不以窮武爲威力顧予寡昧敢忘遵承爲追念
而一作以興師已極君臣之分爲一作以軫憂而捨罪豈非帝
王之道況王庭湊倉卒之際固一作本非始謀接之以恩榮
自當展其志義委之以戎鎮必冀效於勳庸禍福無門行
之則是弛張在我用亦何常苟推信誠便保忠順苟得其

衆孰非吾人擢而任一作用之式示光一作榮寵宜特舍雪仍
授檢校右散騎常侍兼鎮州大都督府長史御史大夫充
成德軍節度鎮冀深趙等州觀察處置等使應成德軍將
士官爵一作吏一切依舊待之如初仍令兵部侍郎韓愈充
宣慰使於戲朕於彼三軍惠非不至於彼闔境恩非不周
今弘寬大之典以應陽和之令使離散者見親愛之樂暴
露者歸室家之安各宜感悅以就寧泰布告中外體朕意
焉主者施行　一作皆唐大詔令

朝元御正殿德音　同前

勑朕以寡昧獲守重器兢勵一作厲畏惕于兹五年皇王之
事罔不修備而大典有闕舉而補一作行之粤以元正朝一作

祚于正殿百辟咸序萬方來庭思欲推至仁以布和奉天時以一作而施令况上玄貽慶列聖垂休輔于寡躬以致寧復思與臣庶同被慶靈俾兹囚隷亦洽流澤自今年正月一日已前犯死罪者並降從流流罪以下遞減一等其故殺官典犯贓犯十惡者並不在降等之列左降官未曾經量移者與量移近處流人各據本年限與減一年如本限止一年者放還朝賀之禮國之盛事肅恭班位敷賛威儀俾申慶賀以示弘普其應元日緣朝賀行事官三品以上賜爵一級四品以下加一階文武常參官并六品以下及宗子應陪臣者并諸道賀正使各賜勳一轉先已至上柱國者任迴與周親諸藩陪位賜物有差今兵革甫寧典常

文苑英華　一○四百三十七卷　十

未一作粗舉雖甦至理可謂小康唯水旱猶虞黎元一作蒸黎重困公私蓄積頗有未豐宜令諸道觀察使刺史各具當處利害其有弊事可革有便一作益於人者并言何術可以漸致富庶附驛以聞亦不用專使詣闕以爲煩費其封畿之內百姓利病令一作委京兆河南尹具以條奏於戲求帶立朝必咨忠讜濟時利物式佇謨猷其文武百寮各上封事極言得失無有所隱如有事可施行者便委中書門下量加奬用朕以執契馭時任賢興化孜孜王道期致太和凡在官寮宜悉此意長慶四年正月一日　一作皆唐大詔令

文苑英華卷第四百三十七

文苑英華卷第四百三十八　翰林制詔十九

德音五

征伐德音一

伐劉闢德音詔令作招諭劍南諸州詔　編制

門下朕聞皇祖玄元之誡曰兵者凶器也不得已而用之恭惟聖謀舊唐書作謨常所祗服故雖唐書作維文誥有所不至誠信有所未孚姑唐書作始務安人必能忍耻朕之此志亦可明徵近者德宗皇帝舉柔遠之規授宰衛之傑詔令作任弘我廟勝遂康巴庸故得南詔入貢西戎寢患績成始著詔令作究元臣喪亡劉闢乘此變故坐邀符節朕以枉成唐書作成枉命者雖乖於理禮從權便者所冀於輯寧竟違卿士之謀遂允

文苑英華　一○四百三十八卷　一

僥求之志朕之於闢恩亦弘矣曾不知負牛羊之力飽則逾兕畜梟獍之心馴之益悖狂惑士伍圖逼詔令作迫梓州誘陷戎臣塞絕劍路師徒所至燒掠唐書作刼無遺干紀之辜擢髮難數朕爲人司牧育唐書作字彼黎元在詔令作如闢之罪非朕敢舍是用叶群率之謀除百姓之害永清妖孽底定一方伐罪吊民於是乎在其逆賊劉闢在身官爵並宜削除令王師鼓行尋齊天險梓潼成守已觧攻圍座夘注營坐看撲滅其西川將士如有乘此聲勢翻然改圖梟斬兇魁以效誠節者必當特加爵秩高位重賞朕無愛焉其餘將吏等但能去逆效順以所領歸降者超三資授官以一身降者亦與改轉長行官徤歸順者並與叙録仍加賞給其西

川管內刺史等當其阻亂孰克靜科雖童表未通而裏誠可見今能歸款亦仍舊職如或乘機立效因事建功並特加賞務極優厚夫皇王之道弔伐所加義在除殘誠非樂戰故脅從罔理必誠於徂征焚溺是哀俾與於徯怨禁暴止亂其在茲乎況有跡陷寃徒心非黨惡歸我無路遂至淪胥言念斯流尤深軫惻所以明諭將帥罪止渠魁其餘染汙一切勿問布告遐邇咸懷朕意（詔令作宜悉朕懷）（元和三年三月）

詔討鎮州王承宗德音　編制

門下天地以太和（一作德）煦物而高秋勵肅殺之威皇帝以至道育人而前王設誅討之（一作罰）典於是乎有阪泉之役有丹浦之師（一作威）情豈佳兵義存禁暴朕嗣膺寶曆於茲

五年以惕厲居于人上以仁恕撫于天下恭惟文祖之訓敢以武功爲先昨者吳蜀興妖師徒獻捷朕每念陳原野之棄行鈇鉞之刑雖舉彝章頗有慚德蓋不獲已豈樂於斯王承宗頃在苫廬潛窺戎鎮而內外以事君之禮將（唐書作逆非）而必誅分土之義專則有辟朕念其先祖常有茂勳貸以私恩抑於公議使臣旁午以告諭孽童俯伏以陳誠願獻兩州期無二事朕欲收其後效用以曲全授節制於舊疆齒勳賢於列位況德棣本非成德所管昌朝又是承宗懿親俾撫近鄰斯誠厚澤外繼兩鎮中實一家而承宗象恭懷奸脅貌稔禍欺裴武於得位之後縶昌朝於受命之中豺狼之心飽之而愈發梟獍之性養之而益生（唐書作兇）

加以表疏之間悖慢斯甚神祇所（一有以字）不捨（一作赦）天地所（一有以字）不容智士所以奮懷義夫所以興憤式遏亂略期於無刑龔行天罰示于有制其諸道諸軍進討兵馬已從別敕（一作制）處分王承宗在身官爵並宜削奪其鎮州管下（一作內）將士官吏等久在戎行未知朝典或陷於邪說或迫以兇威雖有忠誠無由自達但能效順即是王人上惟自新（一作豈止惟新）當加寵擢其有能囬戈殄（一作殲）寇因事立功特有褒崇不拘資次貴爵厚祿設之而高懸實封名藩待之以懋賞其以一州歸順者便與當州刺史仍賜賞二百户如先是刺史以州歸順者超三資與官仍賜實封三百户如以一縣歸順者超兩資與官賜實封一百户其長行官健

歸降（一作順）者亦當（一作當與）優厚褒賞如將校內有飜然改圖梟斬元惡者授以不次之位寵以殊常之封王承宗如能革心悔過束身歸朝待之如初一切不問仍賜舊官爵別加寵授（九字一作仍舊官爵寵授）於戲王者之師蓋除於暴亂止戈之武豈願於傷殘而承宗不能負荷舊勳祇承新命自貽其咎寧怨於天（一作遷）此興戎至於用鉞固非素意用歎千懷百辟萬方宜諒朕志宣示中外咸使聞知（元和四年十一月十日）（一作皆）（唐大詔令）

討王庭湊德音（一作詔）　編制

門下雷庭雪霜上天所以成物明罰敕法聖人垂之易象豈陽春不可以獨化將輔理固在於威刑乎則遏亂禁非

法天齊俗諒有爲而然也何則三綱五常王化之正本彰善癉惡國經之大防君人者苟不提此柄以示天下是納人於陷穽道俗於豺狼而欲家固人安上和下順猶北轅而適楚也李同捷罪暴寰宇告之則悖寵之益凌亂君臣父子之紀綱棄覆育生成之恩義則緩討之命蓋不得已爲而王庭湊爲（一作作）我藩臣久膺寵命致爵位於攘救之際齊恩澤於忠義之倫贖過圖功宜百群帥而首刷同捷使起自墨縗黨惡之心剽於武兇負德之醜逾于（一作於）梟獍驅忠義之旅以授兇渠率悅順之人以侵鄰壤藩方統帥飛疏互來朝右公卿懇章繼奏皆期鳴鼓問罪奮戈啓行朕道希包荒志在含垢多端曲護大開坦途諭之使致

奇功告之將爵重位顯招密示抑義降心繼馳信臣累諭深旨而傲狼彌甚兇肆不悛飾（一作刑）惡言於布（一作報）章資盜糧於狡寇拘四隣忠告之使堅一境代襲之謀與逆豎爲輔車絕舊歡於姻好屢有降卒備驗奸蹤潛軍入援（或擾）（作）德棣縱燎以焚瀛莫河東易定被毒騷然愿誠從諫見侵相繼加以猜懟無辜安忍逞欲有族坑屋誅之令極削下僭上之圖井邑咿嚘道路以目自頃異其迷復未議加刑但令閉境猶希補過而乃大舉將卒期覆定州取怒人祇迎風亢解愆慝搆亂前古罕見若尚爲包容則孰分逆順其王庭湊在身官爵並宜削奪應諸道州鎮接界處各宜遂便攻討其鎮州將士如有梟斬王庭湊者先是六品

以下官者便授三品正員官其先是五品以上官者節級超奬仍賜庄田各一區錢二萬貫兼授以土地及賜實封如有能率所管兵馬以州郡來降者超三資與官仍便正授刺史賜錢一萬貫以城鎮來降者超兩資與官仍賜錢五千貫如先未有官者即特授三品四品官如以一身降者亦與改轉仍賜錢帛其諸道將士有因立功能梟斬庭湊者亦准前例屬分成德一軍山東所賴扼制徑險控東河防武俊之拯橫流承元之變舊俗言念誠節何日可忘智知父兄見刼妻子爲質愍惻之志朝夕在懷當無疑謀自致恩外昔光武存大信而捨朱鮪魏祖推至誠而納張綉非無故事朕不食言如庭湊自能束身歸朝並與洗雪

若執迷安禍罪止其身其餘脅汙一切不問縱有跡涉逆節事出一時刼於兇威並從寬宥四州之內如有謀爲向順屈於垂成家族無辜殘酷所及者宜優加追贈并賜錢帛其有子孫得脫免委四面節度切加搜訪當議與官四州管内百姓久困寃害横罹挾制念同赤子莫匪吾人諸軍所次不得妄加殺戮并焚爇廬舍暴掠財產及有拘繫以爲纍囚四州百姓久廢生業如有歸投各宜存撫老幼丁壯量加優恤仍給與空閑田宅使之如歸事平之後願還本貫亦聽於戲原野陳師雖前王之不免干戈屢動諒非德之所興孤我宿尚良深撫然咨爾輔弼之臣暨于藩守群帥爾尚悉乃忠力匡予寡昧經遠猷以端理本恢上

署以速戎功緝庶政以康中邦明大教以昭昧俗宣示內外俾知朕懷（太和元年九月十一日）（一作皆唐大詔令）

破李同捷德音　編制

勑王者誅暴亂弔傷殘明賞報功拯弊綏衆蓋爲邦之大紀也李同捷頃自先朝擅謀專士輒抗成命私行墨縗暨朕臨御實思含垢授之以兗海諭之以詔書使臣相望兇志自若而更挺袄結黨刦衆阻兵毒流無辜害被闔境繇是藩臣潛（詔令作瀝）懇鄉士獻覘至于興戈諒非得已自元戎環壤王旅進攻知窺危巢飈振槁葉動必乘彼（詔令作於）機會退皆扼其咽喉故戴義啓入郛之殊庸李祐展下城之勝略累䋲遘寇一朝削平此誠天人合符中外叶力求言勳效無忘寤思其戴義及李祐應加爵命并幽州及齊德兩道在營立功將士各有賞賜並已從別勑處分其賜物仍委度支逐便速與支送仍命使臣分往宣諭各於當處厚加宴勞其立功軍將未經寵授者委戴義李祐即差次等第速具聞奏即有甄獎用答勳勤李同捷力屈計窮方圖轉禍朕好生存信初議貸刑而面縛在途陰懷狡計夜縱火號潛誘家僮更謀網漏自速梟獸惘彼兇魁坐沉家族顧茲貽慼載軫于懷其母孫氏妻崔氏併男及家口等並宜特從寬有令於湖南管內諸州有空閑處安置其歸降將卒不涉翻覆者與戴義李祐審細勘責各與衣糧分配驅使其滄景等州將士有謀執兇黨竟遭誅夷或雖被刦致能全名節者並委李祐按實條奏量加贈録其滄景德棣等四州百姓有是近日被賊黠名團結者並放歸營農除非同惡相濟以死拒命者餘一切不問四州百姓久陷汙俗每罹威虐莫匪吾人今既脫艱難當施德令並宜給復一年不能自存者量給種食其刺史縣令仍委中書門下慎擇循良俾加存撫應諸將校自經戰伐或致死亡載念捐軀良深憫歎並委戴義李祐審加勘定具名銜事跡申奏即與褒贈其長行官健陣亡者並令所在長吏量與收瘞同爲祭酹其有家口在者各委本軍優恤仍三年無絕糧賜其有因中矢石遂至殘廢者各委本軍厚加存養仍給衣粮終身勿絕勑旨有未該者委戴義李祐比類更作條件奏聞其昭義義武等軍行營在賊境者比相犄角皆有功勤各別有處分於戲整師除害義切於安人撫俗策勳道存於布德爰申彝典且乂新邦咨爾多士宜悉朕意（太和三年五月十三日）

討鳳翔鄭注德音　編制

門下王者之御天下也推至誠以格物委大信以任人故能邦家用寧上下交感所以詔爵祿而不慭待臣下而無疑豈謂變起股肱患生睚眥寤寐興嘆難弭于懷且負德背恩干紀悖矣而古今未有能濟者蓋人神之所不容逆賊鄭注氣本兇狂志懷奸逆害時蠹政卜射張皇行詐而經述（一作緣術）多端黷貨而谿壑難滿情惟黠白口可鑠金罔

冐包藏爲悪滋甚朕處九重之内不得備聞擢於妄庸驟列華貫入司喉舌出揔爪牙惟務㱣忘不思報國棄生成之恩義亂君臣之紀綱稔慝與祆前古未有罪同梟獍法在必誅况詔旨旣追已離城堞一作邑險謀且敗中路遷延又追邏使人迎接逆賊李訓稽之國法豈逭常刑其鄭注在身所有官爵並宜削奪將士如有能奮揚義勇執戮梟魁者先是六品已下官者便授三品正員官其先是五品已上官者節級超奬仍賜莊田各一區錢二萬貫如有能率所管兵馬以州郡來降者超三資與官便正授岳牧仍賜錢帛諸道將士雖各守疆土非惟進功如被侵掩因事立効者亦准前例節級處分賊如能知義悔過束身歸朝

並與洗雪仍加寵奬幽明可鑑朕不食言但有欵誠自通即委諸道與奏若不能悛悟自取誅夷罪止一身其餘脅汙一切不問其有追於兇威曾著失節顧存家族事出權時待其平寧並從寬宥將士如有潛謀立功効順被其屠戮並優加追贈并賜錢帛仍與一子官應州縣百姓陷在暴雪莫保性命誠可哀矜諸軍環境不得妄加殺戮并焚毀廬舍掠奪資産及有拘執以爲俘囚如有歸投者委諸道優丁壯老弱量加優恤仍給與空閑田地便就生産事平之後願歸本貫者亦聽鳳翔一軍素著忠義每臨霜雪之際實見松筠之心凛然義風簡在朕志其大將及軍士並宜坦懷自勵勿以爲憂兵革旣平寵待如故鄭注初到鎮日間有優賞軍士常事不足爲疑州縣百姓亦當優給復勉於自效以保令圖於戲佳兵者聖祖之所戒文德者前哲之所崇肆予寡昧敢忘丕𢽳然以齊四方者號令立人紀者君臣斯言苟遠大倫安設今則絶其奔軼示以申嚴懐柔誠貴於止戈執悪何慙於用武布告中外咸知朕意一作懐　大和九年十一月二十四日　一作皆唐大詔令

文苑英華卷第四百三十八

德音六

誅罪德音

破党羌（一作平党項）德音

門下冒法干紀豈限於華夷伐罪弔人固資於典訓朕端拱御寓六年于玆兢兢業業不敢荒息（一作怠忽）常恐一物失所群心靡寧旰食宵衣思底于道屬者以党羌恣爲侵叛尤苦農商朕爲人父母豈無憫惻雖傷財害物非朕躬之願而禁暴定功實武經之要是以爰興師旅龔行天討而兇渠稔惡稽曠歲時師宿既勤物力將匱賴宗社儲祉中外叶心大摉妖巢盡定關隴誠殫財而竭力亦暫費而永寧今則軍功已成制置將就息戈解甲固在及時縱捨（一作捨罪）緩刑所宜布澤南山党項爲惡多年化諭不悛頗爲邊患近與兵士經歲討除拒官軍者悉就誅擒懼法令者皆從逃竄大開湯綱已施去殺之仁遠竝羌年寧限可封之屋今聞殘寇無所依歸皆是王人豈忘惻憫其南山党項已出山者或聞逼於饑乏猶行刼奪平夏不容無處居住今委李福且先遣蕃官安存招誘令就夏銀界內指一空閑田地居住所有從前掛涉惡跡者今一切不問唯再犯疆界刼（一作却）入山林或不從指揮即召募平夏党項精銳者討逐議不容稔如能革心向化願同平夏即須投（一作輸）誠獻欵跡効分明撫馭之間便同赤子如有屈事即任於

本鎮投狀論理仍各令本鎮遣了事軍將安存平夏党項素聞爲善自旬月以來發使撫安尤見忠順一如指揮便不得狂各守生業自玆必永戴恩信長被華風或聞從前帥臣多懷貪黷部落好馬悉被誅求無故殺傷致令怨恨從今已後必當精選清廉將帥撫馭羌戎明下詔條漸令知悉靈鹽夏州邠寧鄜坊四道官吏自用兵已來責辦公事亦甚辛勤軍將皆已得官文吏具名聞奏有官者與依資轉遷無官差攝者當與正官仍具差攝年月申奏直須公當不得轉授囑託如是將帥親情亦須具言四道百姓徵斂不時差役至多疲瘵亦甚或聞屋宇被賊焚燒至于桑麻亦遭砍伐生業既失須加安存宜各給優三年其有無屋可居無牛可種者委長吏量事接借一一奏聞仍須早設法招携令各歸復勿令豪富便占產業爲生自用兵已來諸道應徵發之處所有將健或沒于鋒刃或存被重瘡（一作瘡痍）雖經褒贈及曾優恤委本道更加存撫或自因癈疾不任在公者終身不停衣糧如情願回與子孫兄弟甥姪者便與補替應討伐党項諸道在行營將士已須賞賜（俟一作候）邊上制置有敘績節級放還仍委本道敘錄具名聞奏當奏甄獎自用兵已來京師與鄜坊邠寧兩道接界及當路諸縣差役繁併物力凋殘若無優矜必難存立其今年夏稅錢及青苗錢每貫量放三百文其斛斗糧量放一半仍委京兆尹差官子細磨勘其或雖在鄉村不曾經供

應者不在准例放限仍一一條件等第聞奏如是分路處
就中更校便併者量加優恤必使均平其所放錢及斛斗
委户部以實錢支填仍令京兆府及下諸縣散榜鄉村要
路曉示百姓務令知悉用兵以來城鎮曾遭陷没官健百
姓因被殺傷親戚既無遺骸在野委所在長吏差人爲收
拾如法埋瘞仍量事致祭應有增收城鎮添置堡候一作戍
委所在將帥擇其要害絶彼窺覦切務堅完令可固守邊
上不許以兵器於部落傳易從前累有制勑約勒非不丁
寧近年因循却不遵守自今已後委所在關津鎮鋪切加
捉搦不得輒有透漏其有犯者推勘得實所在便處極法
其所經過州縣關津鎮鋪節級痛加懲責義無容貸其間

或情涉隱欺準所犯人處分党項本是邊甿只合州縣撫
馭致令一朝侵叛由於處理乖方既往不可加刑從令必
行法令一作必欲行法自此之後邊上逐界皆已有制置把捉如
或更有羌寇侵盗即是將帥依前貪求當先加罪於本界
邊將然前逐寇賊通商之法自古明規但使處處流行自
然不煩饋運委邊鎮宜切招引商旅盡使如歸除禁斷兵
器外任以他物於部落往來博易應緣徵兵處士馬皆劾
勤勞亦以各有賞賜其本道將帥當續議量加酬奬京畿
及鄜坊靈鹽邠寧夏州并涇州鳳翔振武天德等道自用
兵已來人頗勞苦今須德澤潤令曲恩應見禁囚徒據罪
減一等唯官典枉法犯贓及賊中有持杖刦人故殺人等

不在此限如有積年逋賦必加徵督不得者委長吏條流
聞奏准格律大功已上親及女婿外甥不許連任自用兵
已來諸道節將及長吏權宜差親表主持公事兵罷之後
理當不然其三族内親並不得令主兵權及充要職如是
元在本軍先充職掌者亦須具名聞奏自用兵已來科配
百姓事取濟辦多出權宜令既罷兵諸道節度防禦刺史
及鎮使等不得更依前妄有科配仍令具本管侵害百姓
須釐革者作條件聞奏自党項擾亂以來所在多被攻刦
白刃之下必有孝子順孫義夫節婦事跡有可稱者委所
在長吏察訪優恤其家仍具名聞奏將加旌異於戲蠻夷
猾夏固有用於常刑撫馭乖方遂致興於薄伐傷夷暴露

朕實愧焉是用覃恩以慰勞瘁布告中外咸使聞知主者
施行太中五年四月二十九日　一作皆唐大詔令

洗雪南山平夏詔令作平夏党項德音　編制

勑平夏南山雖云有異源流風俗本實不殊我國家累聖
已來許居内地久奉聲教亦立功勞朝廷撫綏常布恩信
近者邊陲之帥制御乖方遂有凶悍之徒不率父兄之教
或侵暴州鎮或攻掠道途告諭罔悛猖狂頗甚朕君臨區
寓深念黎元凡曰含生皆同赤子但欲爲人除害固非黷
武佳兵每覩殺傷深多惻惻是以去年洗詔令作特雪平夏驅
除南山及聞窮困無歸復有懷來之意遂令白敏中李安
業分統諸軍先示招携仍加訓練但知非則赦免不得已

則誅鋤王者之師義實在此近得敏中狀申南山盡願歸峯瀝懇輸誠惟思展効請般運糧料乞要保護封疆閱其奏章深愜朕意比者或有剽刦必推南山南山或有寇攘亦指平夏既相非斥互說短長終難辯明衹益仇怨今則並從洗雪咸許自新但能各務安全遞相勸勉保其生業絕彼侵踰從前所有愆違自此一切不問惟鹽州深居沙塞土乏農桑軍士運（詔令作依）糧須通商旅沿路堡柵事須修營今委李安業依朝廷制置差兵建築防守尤恐部落心懷疑慮委令李安業駐軍塞門朕之屈法從人斯為極矣若執迷不反干犯國章後悔難追深宜自省（太中五年七月六日）

洗滌長慶亂臣支黨德音　編制

門下皇王之令兇逆（詔令作慝）必寘於嚴誅天地之仁含育亦存乎在宥除惡務絕其根本原情必諒於親疎慮興詿誤之嫌用安反側特舉寬弘之典盡滌瑕痕追惟長慶之初亂臣賊子之輩人神共憤覆壽不容頃以論刑是從流竄而東宮覬覦之黨亦參帷幄之謀顧偷冐以取恩陷君父於不義必資懲創以盪奸源議法當然非朕敢赦而曾不知過交搆流言興謗道途扇惑人聽盡以從前捜捕未盡巢穴猶存再令根尋果獲支黨無非近戚咸伏其辜在臣節而既虧於國章而難逭并已從別勑處分除竄逐遐荒及配諸陵守當外應諸惡黨從祖兄弟子壻妻族內外親戚門生故吏及此來別居并從疎遠等降德音後一切不問諸司諸使更不用尋勘務從寬恕俾絕憂疑惟先推鞫得姓名合流者雖已逃竄如獲日准前勑處分頃者屢降明詔以順人心重此究窮蓋非獲已今則更無餘孽永絕猜嫌攄憤之志既申懲惡之刑亦至乘春布澤大與惟新明示中外咸知予意主者施行（太中八年正月十一日）

誅逆人蘇佐明德音　編制

勑蓋君天下者莫尚乎崇淡泊子惠困窮遵道以端本推誠而逮（一作達）下故聖祖之誡以慈儉為寶大易明訓垂簡易之文未有上約而下不豊欲寡而求不給朕以眇薄遭逢內難刷君父之仇耻攄億兆之哀寃有（一作而）股肱之大臣群卿庶士引義抗請至于再三以圖宗社之安以答華

夷之望俯從衆欲夙夜震兢思所以克己復禮脩政安人宵興匪寧旰食勞慮夫儉過則酌之以禮文勝則矯之以質庶乎俗登太古道洽生靈儀刑邦家以化天下其在內宮女（四字一作內庭宮人非職掌者）宜放三千人其中願嫁及歸近親者並從所便不須尋問其長春宮總監及脩造等並依今月十三日勑處分其長春宮見在錢及斗斛絲綿席草等約二十九萬七千五百三十餘貫石兩領束等依前戶部收管鄠縣漢坡鳳翔駱谷地等并宜却還府縣其教坊樂人翰林待詔醫（一作役）術官并總監諸色職掌中冗員者共一千二百七十人並宜停廢其總監中一百二十四人先屬諸軍並宜各歸本司餘七百三人勒納牒身放歸本貫先

供教坊衣糧一百分廂家及諸司新加衣糧三千分竝宜停給應緑田獵鷹鷂猷犬等竝宜解放除五坊加配諸鷹鷂等及長慶已來每年常進外宣索者自今已後一切停進其須備蒐狩要量留者宜准憲宗朝故事其今年新宣附食度支衣糧小兒一百人竝宜停罷應副別詔宜索綦組彫鏤不在常貢者一切竝停度支鹽鐵戶部及州府百姓應供宮禁年支一物已上竝准貞元中額爲定度支撿勘具元和以來加配合停色數二十日内分拆聞奏并散下州府供司各令知悉先造供禁中床榻以金筐瑟瑟雜寶鈿真珠碼碯裝飾宜停造東頭御馬坊毬塲宜却還左龍武軍其殿及亭子令所司毀拆收掠餘舍竝賜龍武軍

收管應行從處張設不得用花蠟結綵華飾今年已來諸道所進音聲女兒（一作人）各賜疋（一作束）帛放歸應城外墳墓先開斸道路以備行幸處宜令兩軍及府縣曉示百姓任其脩塞其大逆魁首蘇佐明王加憲石定寛閻惟直及因兇賊奸計遂與同謀人留克明田務澄許文端等汙瀦無赦梟鏡與倫各已處斬竝藉沒袄（一作妖）妄人僧惟真正簡道士趙歸真楊冲虛方士李元戢等竝咸假託以醫方疑衆挾姦卜（一字或作假如卜筮或托以醫方疑衆扶邪）矯誣干禁竝從流竄以清京師其情非姦謀（一作惡）跡涉詿誤者自今已後一切不問兇徒既殄寰宇佇康載舉令猷用弘庶慎（一作績）於戲昔漢文惜十家之産而天下乂我太宗文皇帝勤四海之理而

帝業昌暨于列聖罔不承式而歲代滋久訛弊以生仍委艱故未遑改作朕祇荷神器重䆃大寧將至躬以立訓奚取新而華故咨爾百辟卿士外服侯衛其諭朕志未堅乃心無遑欲而敗度自底身于不類率是敬典用孚于休布告中外咸使知悉（開元二年六月八日　一作皆舊唐書文宗紀）

誅張韶德音　編制（詔令作常袞厚）

勅朕祇荷大構屬當冲眇九廟之嚴因予以輕重四海之大由我而慘舒每懷推誠不敢自用大布利澤嘉聞讜言庶無儆尤以享重負尚慮（一作豈翼）信不及物德不動天少（一作以）懷宴安遽此致寇逆賊張韶蘇玄明等驅率工徒刼攜兵刃白晝竊發㬥犯宮闈震驚朕躬近幸禁壘即勒五營

騎士七萃熊羆少命偏師纔分左廣皆憑忠奮發賈勇爭前自申及酉撲滅皆盡斯實上玄降監宗杜垂休賚予冲人俾無顛覆其兩軍立功將士已節給優賞諸將校是（一作其）日部領軍士者委有司即條流甄獎具名聞奏其逆賊親屬除同居知情之外一切不得輒更追擾尚慮（一作恐）因緣仇隙告訐平人自今日已後縱爲袄（一作小妖）有黨所（一作有小）詿誤者一切許其自新更不須勘問於戲秦皇車碎於博浪漢高心動於柏人或不悞而終亡或自新而流祚齊晉多難以啓國衞邢無難而喪邦蓋緣（一作謂）憂勤則福興安肆則禍稔天其意者警於予乎而今而後知玄貺可以德歸神器難乎力恃咨爾服肱輔臣庶僚百辟洎方郡侯伯

有位之士無或棄吾（一作予）謂不可教其有違道傷理徇慾
懷安面刺廷攻無有隱諱成王之紹文統武帝之開高業
皆竝祚日末（一作日十）享國歲深夫豈他哉蓋大臣維之而不
昳也使朕無羞於二主者緊爾多士乎布告天下咸使聞
知（長慶四年四月三日）　一作皆唐大詔令
唐書通鑑竝作四月丙申誅張韶蓋十七日也英
華作三日未詳

文苑英華卷第四百三十九

文苑英華卷第四百四十　翰林制詔二十一

德音七

雜德音一

貸逃背征役德音　編制

門下朕祗膺靈命君臨寓縣（詔令作區宇）承凋弊之餘拯橫流
之難雖復蠲除徭賦督課耕農安集黎元與之休息然而
鯨鯢未翦四海多虞師旅荐興事不獲巳及其士卒浮惰
苟求逸樂憚於征役離其營伍因此逃竄潛匿崎嶇盜竊
爲資規免朝夕良由勸勵不明部署失所弛慢之責在於
朕躬琴瑟不調巳云變華多墜刑網情實（一作無）矜悼宜從
寬宥許以自新其義士募人有背軍逃亡者自武德二年

十月二十日以前罪無輕重皆赦除之饑寒困弊不能自
存者所在官司隨事賑給士非素厲難以應敵設法垂憲
期於不犯自今以後有背軍鎮征役者隨即科興必無容
貸宜明宣告咸使聞知（武德二年十月）

原宥代州德音（詔令作宥劉武周餘黨詔）　同前

門下祝網泣辜章乎舊典赦過宥罪著自前經往者劉武
周竊據邊陲擁逼良善石嶺以北皆罹其弊雖復武周奔
竄寄命番夷而殘黨餘氛尚懷旅拒致使朔漠猶警關塞
未寧屢動干戈久謀聲教代州總管定襄王大思勤績克
著安輯邊境討擊未賓率其從化朕君臨天下義存撫育
念彼凋弊君納諸隍但朔代黎元逆命日久今雖歸附仍

憂(詔令作懷)反側其代州總管府內石嶺以北自武德四年二月二十九日以前所有愆犯罪無輕重悉從原宥可並令安居復業勿使驚擾(武德四年二月)

恤刑慶賜德音(詔令作賜孝義高年粟帛詔)　同前(又見太宗實録)

門下百行之本要道唯孝一言終身恕而已矣春生夏長寬仁(實録作簡詔令作裕)之令行焉齊禮道德恥格之義斯在朕爰自幼年夙稟庭訓豈徒學聞詩禮因令匡定家國(實録作國家)是以提三尺之劒起一旅之師戮鯨鯢於原野拔(實録作救)蒸黎於塗炭雲雷締構備嘗夷險仁發於心義形於色大敵必勇匪爲身謀大憝必誅志安天下太上皇留情姑射尚想軒轅駐蹕大安使朕正居紫極顧惟虛薄辭不獲免祗

奉制詔負扆當朝乃眷宮宇載懷氷谷未明求衣乙夜忘寢靜思七政言念九功何以答上玄之心稱嚴君之志庶欲勤恤典刑舉直措枉乂蠻人瘼親賢用能拯濟困窮抑損澆偽開直言之路廣不諱之門聞所未聞日慎一日望人皆見德變於志道若一物失所一人有惡則朕躬之責(實録有恐字)訓道不明也朕聞書曰至誠感神況於兆庶乎比聞遠近黔黎恥爲盜賊州縣囹圄多並空虛豈由德教至此自是人心厭亂因其遷善可以化之朕往因征伐行天下多矣每見村落丘墟未常不撫膺歎息自登九五不許橫役一人唯冀遐邇休息得相存養長育(詔令作幼)有序敬讓興行其孝義之家賜粟伍石高年八十已上粟二石九十已上三石百歲加絹二疋婦人正月以來生男者粟一石鰥寡孤獨不能自存逃戶牣還交(實録作裁)無糧貯州縣長官量加賑恤(詔令作濟)諸州官人或正直廉平刑清訟息(實録作簡)或貪婪貨賄害政損人宜令都督刺史以名封進白(實録作比)屋之內閭閻之人但有文武才能灼然可取或言行忠謹堪理時務或在昏亂而肆情遇太平而克己亦錄名狀與官人同申泣辜慎法前王所重枉繫一日事等三秋州縣法司特宜存意普告天下知朕意焉(貞觀三年四月)

養老德音(詔令作大上皇康復詔)　同前

門下書不云乎一人有慶兆民賴之朕虔奉大安愛敬崇極日嚴之養祗慄斯在近日聖躬違豫寢膳有虧憂懼在

懷不遑寧處博求醫術備盡蠲療祈告明靈具陳懇篤上玄降福遂蒙昭祐應時康愈萬福咸宜喜幸之隆實兼家國思班愷樂洽於鄉士然而尚齒崇孝德教所先饗餼是加義超常等諸州都督刺史及文武官人老人八十以上并孝子旌表門閭者並宜節級賜物以申饗宴庶使萬國之內同此歡心施于四海皆知朕意(貞觀四年七月)

優獎太原勳舊德音(詔令作高祖山陵畢賜元從功臣及百姓恩澤詔)　同前

門下高祖太武皇帝天縱神武膺籙受圖可久之德格乎區宇敦睦九族協和萬邦賢能必進德化潛洽華百王之弊興三代之風天平地成邇安遠肅至德被於四海休烈

光於千載巍巍蕩蕩無得而稱焉朕嗣膺寶祚夙夜兢惕
思述先志被之率土其内外姻戚平生故舊太原元從官
人及歷試之所文武僚佐爰洎胥吏往雖每降國恩恐未
周悉或才用不申階品屈滯或家道貧匱子孫淪沉須有
矜量咸使得所先朝憂勞庶政唯以恤民爲本諸州都督
刺史政績可稱者宜以名聞奏其諸州百姓營奉山陵者
宜量與（詔令作有）蠲免可令所司詳爲條例聞奏并務從優厚
稱朕意焉（貞觀九年十一月）

嗣聖德音（後編作發宣撫使勅）　同前

門下昔者明王之御天下也内有公卿允釐庶績外有侯
伯司牧群黎猶懼至道不孚淳風或替故有巡狩之典黜

陟幽明行人之官省方察俗用能遐邇咸乂（一作遂性）情僞無
遺於變時雍率其道也朕祗膺嗣德恭守帝圖上稟過庭
之謨下憑士庶之力竭精思理兩載于茲冀逮小康漸躋
至化而區宇遐曠風教未周負扆長懷責深在己近者奸
回搆釁竊起蕭墻宗社降靈應時殲殄今又恭承聖訓總
統大猷率彼百官釐茲七政恐倉廩不實禮節未興吏靡
息於貪殘人或滯於幽枉永言於此明發疚懷今卜征未
及時邁仍遠宜分輶軒慰撫黎庶畢搆等並操履公清識
具明允茂績彰於歷試嘉譽滿於周行宜膺行李載光原
隰所至之處申諭朕心并令屏絶浮華敦崇仁厚務修孝
悌勤事農桑耆老鰥惸征人家口不自存者咸加恤問德

舉言揚唯賢是急若有良才異等藏器下僚哲人奇士隱
淪屠釣審知才行灼然者各以名聞凡百牧宰洎乎吏人
咸悉朕心各敬厥事勤則不匱仁遠乎哉勉矣朂之以副
朕意（先天二年七月）

此篇四百六十一卷重出今已削去

居大明宮德音（一作大明宮成放免囚徒等制）　蘇頲

黄門朕聞養人者謂之司牧非逸於人上事天者謂之帝
皇（一作王）蓋御乎（一作於）天下故作爲棟宇以避燥濕居於臺
榭以順高明斯乃奉時令布政教（一作而行政）也朕以不德祗
膺睿圖寶十家之産愛兆人之力未嘗興功於土木役思
於池籞冀之休乂以致雍熙自律應長嬴時方大暑溽雲

屢起温風且至伏以太上皇宴居珍（一作順）衞滌慮清閑迹
不徃於甘泉心每期於汾水朕侍于左右以奉晨夕助玄
默之化則斷於聽理當炎蒸之序又瀆以囂煩惕焉在懷
敢忘順色然大明創兆先聖所營即舊不加因時而徃千
門萬户外雖謂於別宮一日三朝中自連於複道下所以
寧問安之懇上所以資胥靜之娛實獲我心裨康政理右
有服珍裘者則念人之寒居夏屋者則念人之熱況此歲
阻饑饉甫田不稔或愚人陷罪圜土稱冤凡厥庶寮將何
以恤兩京及諸州宜令長官親理冤獄除犯名教及官典
犯贓并緣祅（一作妖通用）僞以外餘罪徒以下咸宜放免其有
茂才異等拔萃超群緣無紹介久不聞達者咸令自舉朕

當親問其應宜撫咸使名聞舉人試第四等宜准舊例別加優獎見任人各量與改轉前資常選人至冬依選例處分其未出身者兼(一作並)授散官先天以來軍將押衙官等在陣戰亡者令本軍勘實奏聞其妄說災祥往惑閭里并令州縣長官等嚴加捉搦仍令御史金吾訪察繩糾有能直言極諫補朕之闕者各封狀進朕將親覽如有可採當加獎擢其皇親諸親及東宮承優任員外檢試等官近停令至冬處分者有家道貧迫情願外任者亦令所司勘續闕量才注擬其緣坐流人處置有輕重不類者令所司勘會聞奏主者施行(開元二年六月八日)

營興慶宮德音(一作興慶宮成御朝德音)　一作皆唐大詔令　編制

門下朕昔在藩國此維邸第乾坤未泰陰陽尚冢則有神物効靈祥符肇見飛嘉(一作佳)氣於在田之際湧瑞池於或躍之時惟此舊居式加新宇周墻僅板於百堵界宮不皆於三尺棟梁之用毀撤所餘聊以紀天地之休徵貽子孫之儉約耳屬春令變(一作愛)始時惟發生萬國來朝千官入賀既稱觴以獻壽宜施惠以布德况農桑在候稼穡正興或幽被囹圄獨隔陽和之澤或迫於徭役不遂農桑之務言及於此軫歎良深其徒已下罪且令責保其(一作并)應當番兵丁匠等灼然單貧者所由勘會並放營農所在訴訟長官隨事疎理勿使冤滯非軍國所要餘不急之務一切並停仍加勸課循植農穡其河北水損戶既屬春事處有之絕不支濟者宜委使與州縣相度量加賑恤諸處行人之家及鰥寡惸獨不能自存者州縣長官親加優撫使得存濟應有差科量事矜放且宣風緝化職在令長有司銓藻之次特宜審擇其才惟德與刑爲政之要頃無聞於風化多取威於櫝楚理人之道其若是乎愚昧之流或輕抵犯宜加曉諭使識章程其含生之類不得輙有屠殺天下捕獵亦宜禁斷仍嚴加捉搦百司各遵時令務弘寬大之典使正理無失稱朕意焉(開元十六年正月二十六日)

一作皆唐大詔令

皇太子納妃德音　張九齡

勑禮有謹於初義亦重其本凡是婣媾且宜正於人倫况

在元良更將承於宗祀皇太子鴻儲副是屬仁孝自然爰從吉辰式備嘉禮上祀(一作事)下繼君子重之言告言歸朕豈無慰非獨在予之慶宜申與衆之澤應天下囚徒死罪特宜免死配流嶺南遠處流罪降至徒徒已下罪並宜釋放其造僞頭首勾合知情受僞人等罪雖徒流仍使隸於百姓至彼勿許東西諸道征行人家及鰥寡惸獨委州縣長官檢校矜放差科使安其業中間有不支濟者量事賑給仍量助其營種長安萬年兩縣百姓及今月當上彍騎衛士雜匠掌閑幕士駕士工人樂人供膳主膳官馬主食弓手等並免其家今年地稅三衛細引飛騎萬騎監門長上及禮生有職掌者各減一年勞在京文武官九品已上

見在京外官因公使及堂上在京新除五品已上外官未辭并致使官朝朔望者各賜勲一轉東宮官九品已上及諸司緣禮會祇供官等更加勲一轉五禮使兵部尚書兼中書令蕭嵩特封徐國公禮會使黄門侍郎同中書門下平章事韓休特與三品妃禮會使少府監馮紹正賜紫金魚袋諸副使及判官更加勲一轉禮官儐者夾侍官及孔目官使典主旌節等選日優與處分仗内馬家内侍省給使教坊音聲人緣太子禮會祇供者各賜勲一轉皇太子舅尚輦奉御趙迥遷特與三品仍改與三品官前右武衛騎曹趙迥進特與五品仍改與五品官皇太子侍讀侍書等各加一階皇太子諭德潘蕭特與五品太子妃兄通事

舍人薛愿特與五品仍改與五品官兄吏部常選愆特與五品仍與五（集作六）品官今日應預會官等各節級給賜物即宜領取宴慰者所以宣其情頒賜者所以將其意公卿百辟庶知朕心（開元二十一年五月二十一日）

優恤德音

門下朕猥集休運多謝哲王而哀矜之情大小必慎自臨寰宇子育黎蒸未嘗行極刑起大獄上玄降鑒應以祥和叶平邦之典致之仁壽之域自今有犯死刑除十惡宜令中書門下與法官詳所犯輕重具狀奏聞崇德尚齒三代不易移風勸俗五教攸先其曾任五品已上清資官以理去職者所司其錄名奏老疾不堪釐務者與致仕祿道士女道士宜隸宗正寺僧尼令祠部檢校百司每旬休節假並不須親識事追勝爲樂以示内外知朕意焉（開元二十五年正月十七日）

歲初處分德音　張九齡

勑天地以大德育群生（詔令作生群）有聖人以大寶守萬物古者受命之君謂之承天之序明有所代夫豈徒然若道無歆崇命不永保帝實臨汝人曷戴君朕所以每期庶乎合於仁覆之意也夫伏羲神農黄帝堯舜或誅而不怒或赦而不誅彼亦何爲獨臻於此朕自有天下二紀于兹雖未能畫衣以禁亦未嘗刑人於市而政循蹐駁俗尚澆漓當是爲理之心未返於本耳凡人豈不仁於父母兄弟不欲於

飲食衣服乎而率彼無孝友之名不温飽之困其故何哉蓋未聞義方不識善道或任小智而爲僞或見小利而苟得致遠則窮繼之以暴已而身受戮辱家不相保愚妄之徒類多自陷獄訟之弊恒由此作吁可悲乎亦在教之不明也蓋刑罰者不獲（詔令作得）已而用之天下黔黎皆朕赤子以誠告示其或知歸何必用威然後致理先務仁恕寧不懷之且五常循行豈須深識六親和睦何待丁寧自宜勉之以副所望刑措不用道在于兹今獻歲之吉迎氣伊始敬順天常無違月令所由長史可舉舊章諸有嫗伏孕育之物蠢動生植（一作靈）之類慎無殺伐致令夭傷九土異宜三農在候聚衆興役妨時害功特宜禁止以助（一作租）春事

至若家有征鎮人或孤惸物向陽和此獨憂齊良可憫也亦令所由（一作在）隨事優恤蓋不體仁無以爲長不知道無以用心故道者衆妙之門而心者萬事之統得其要會義可以兼濟於人失其指歸生不能自全於巳故我玄元皇帝著道德經五千文明乎真宗至於妙用而有位者未嘗（詔令作之）講習不務清淨（一作靜）欲令所爲之政（詔令作正）教何從而至于太和者耶百辟卿士各須詳讀勉存進道之誠更圖前席之議至如計較小利綜緝煩文邀名且行去道彌遠遠天和氣生人怨心朕甚厭之所不取也各勵精一共興玄化俾蒼生登於仁壽天下還於淳朴豈遠乎哉行之可至其老子道德經宜令士庶家藏一本仍勸習讀使知指

要每年貢舉人量減尚書論語一兩道策准數加老子策俾敦崇道本附益化源朕推誠與人有此教誡必驗行事豈垂空言今之此勑亦宜家置一本每須三省以識朕懷

（開元二十二年正月一日）

文苑英華卷第四百四十

文苑英華卷第四百四十一　翰林制詔二十二

德音八

雜音德二

建中四年德音（一作建中四年伐西河叛帥勞慰本道百姓勑）　編制

勑朕嗣守鴻緒（一作大業）于（一作於）今五年承祖宗之休烈受明靈之眷命曷嘗不損巳求瘼視人如傷思省徭賦以阜（一作康）兆俗納群生於壽域躋大化於升平而德固虛薄志不昭感叛人未附戎馬方殷在予之責鑒寐多懼自兩河肯誕兇逆相因殺害非辜盜竊城邑搖蕩我邊鄙掠食我黎元勞我師徒費我征賦累更時歲未克底寧朕子育萬人務康暴亂棄其細故待以初誠申之以大信示之以好惡

將冀迷乃知復困則思通亦欲先德後刑有征無戰不勞師旅以及和平而包藏禍心自構扇亂（一作自相構）侮慢朝旨偷盜甲兵去順效逆魯無悛志謂天可罔謂責可逃緩之則爲患日深逼之則矯窮困抗挾藏姦（一作詐）憑詭毒萬端陷誤忠良申雪無路朕爲人父母實所痛心豈可忍此姦回爲之覆燾是以大整師旅肅將天誅載清寓縣以息黎庶事不得已而至於斯頃以軍興飛輓相次供億之費餽餉之勤擾擾農商或擅其利州縣征賦重及疲人朕期（一作心）於止戈日冀蠲復先志未就後慮繼之徽責既加名目猶廣百姓私養罔以自贍惟是夙夜不遑安寧豈不知耕織之艱難轉輸之勞苦每一念至載深憂旰黨上玄垂鑒

烈祖降靈憑將帥之設誅股肱之戮力俾我一戎來清四海則須賦名目當日悉停兩稅定數亦各減放以便萬姓咸與昭蘇各委節度觀察使及刺史縣令所在郡一作邑明加曉諭使悉一作知予意朕欝于大道遠邇未寧必藉一作假人力以靖多難宜宣布中外咸使聞知七月十一日

放免諸道先停放將士資糧德音　編制見唐大詔令

勑興理化者務積於人長國家者以義爲利故歛之欲薄而使之以時然後億兆歡心遠邇欣戴政平俗阜必本於茲朕服承天命撫臨區夏憂矜在慮宵旰忘勞苟可以助化寧人便特益下事無大小皆盡其心比以中夏甫寧頗勤經費遂收諸道停減將士糧斛用叶權宜言念疲甿重

茲供億頃雖疏理轉送猶勞睠彼東南良深矜歎夫崇儉可以足用節事可以豐財所當約己菲躬量宜濟務豈資厚取方給軍須思息遺黎俾蠲徭賦其貞元二年三年已前所收諸道停減放歸營農將士軍資糧斛錢米等綠送納向畢任依前勑收管其貞元四年已徵到及在路者即依前送其在百姓腹內者並宜令放免其貞元五年已畢每年合收一百七萬八百八十八貫石宜並放免仍委每道觀察使具當管每州都放錢數聞奏並各下本州曉示百姓令知其悉於戲人惟邦本本固邦寧百姓苟豐君孰不足式敷簡惠俾革煩擾庶其安逸各務農桑布告遐邇明知朕意貞元四年二月

會昌元年彗星見避正殿德音　內制

門下天道運行二氣交感著明不息周有僭差苟或變見是爲至誡朕以寡德祖宗眷祐撫臨四海茂育群生夙夜祗慄思臻和洽年穀幸豐方期富庶而德有所未至信有所未孚妖星謫見旣一作旬望未感天乖常象咎徵昭然觀占次舍寢興愧惕雖罪己之詞常申謝譴而在予之責更示深衷是用側己脩身以答天意冀有感召導迎休祥自此未御正殿宰臣與群官有司一作群有司之官且於延英聽命慎刑審獄理滯申恩冀絕冤結以通和氣其天下見禁囚徒京城內宜委宰臣一人於尚書省詳覆如情狀冤屈疎理訖且錄聞奏諸州府各委長吏親自覆問不得信任官

吏令有冤誣不急之務或慮勞力且令休罷亦示一作是恤人應京城及諸州內府及公廨寺觀如非要切所有營繕並勸權停救患備災爲政之本言念黎庶彌切憂勤應今年諸道水災蝗虫諸州縣或有存恤未及處並委所在長吏與鹽鐵度支延院同訪問聞奏或恐明年又有水旱蝗虫其近江州縣令正當農隙各委本道加築隄防及勸課百姓種植五豆以備災患其常平義倉先有收貯未足處切令校料不得信任所由欺隱永思天誡用警畋遊克己省躬損之又損其臘日京兆府及諸司進食並宜權停於戲譴告之徵幽微玄遠上天垂耀鑒一作炯誡彰明思獲銷禳深用競勵遐思殷宗之道脩德以勝妖緬懷宋景之賢

發言而退舍將欲推誠以御物化災而爲祥庶或感通以
遂福應宣示中外宜諒至懷主者施行（十一月十五日）

大和六年德音（一作水災令百官早言事及優恤人户部）

門下朕聞王者之理天下一物失所興納隍之咎一夫不
獲歎時予之辜雖飢疫兇荒國家代有而陰陽祲沴儆戒
朕躬自諸道水旱害人疾疫相繼宵旰罪己興寢疚懷屢
降詔書俾副勤恤發廩蠲賦救患賑貧亦爲至矣今長史
申奏札瘥猶甚蓋教化未感於庶蒸（一作蒸人）精誠未格於夫
地法令之或爽官吏之或（舊唐書作爲）非百姓寃究稅役多弊
奸贓未去農業失時有一于兹皆傷和氣並委內外文武
常叅官一一條流各具所見聞奏必當親覽無憚直言其

諸道應有災荒處其疫死（一作疾疫）之家有一門盡殁者仰官
給凶具隨事瘗藏如有一家口累因疫死一半者其長吏
量事即與本户稅錢三分中減一分死一半已上者與減
本户稅錢一半其疫疾未定處並委長吏差官巡撫量給
藥醫詢問救療之術各加拯濟事具（一作畢）條流奏來其有
一家長大者皆死所餘孩稚拾貳至襁褓者不能自活必
至夭傷委長吏勸其近親收養仍官中給兩月米糧（五字一作給糧兩月）
亦具都數聞奏江淮諸道既有凶荒賦入上供悉多
蠲減國用常限或慮不充其度支鹽鐵户部及百司除諸
軍衣糧布帛及宗廟祭享切急所須并常科用外所有舊
例市賣貯備雜物一事已上並仰權停待歲熟時豐別舉

處分於戲朕自臨御于今七年兢兢乾乾不敢自逸而冲
昧寡德未能燮調暵旱水災或懼於藩郡夭亡疾苦或橫（一作害）
於生人悼于厥心省己自責其州府長吏各奉詔條
勉加拯恤凡在中外宜體朕懷主者施行（五月二十八日）

太和八年疾愈德音　內制

門下朕祇若天命纘承曆圖正統紀以清庶方序彝倫以
貞百度慄慄寅畏于兹九年雖儉已飭躬推誠育物懼有
未至不遑晏寧屬節氣交時疾恙嬰體列聖垂佑涉旬後
初既上慶於兩宮宜覃恩於兆姓庶與寰宇同兹福祥自
太和八年二月九日昧爽已前天下應犯死罪降從流流
徒等已下罪遞減一等唯官典犯贓及諸色所由破用官

錢故殺十惡等罪不在此限左降官流人緣近有（三字亦作宜準）
去年八月九日勑宜即與處分爲政之要必在去煩厚下
之恩莫先已責應度支户部鹽鐵積欠錢物或因繫多年
資產已盡或本身淪没展轉難徵簿書之中虛有名數囹
圄之下常積滯寃言念于斯所當矜恤其度支户部鹽鐵
應有懸欠各委本司具其可徵可放數條流聞奏不得容
有姦濫在京諸司諸使食利錢其元舉人已納利計數五
倍已上者本利並放其有人户逃死攤徵保人其保人納
利計兩倍已上者其本利亦並放免其納利未蒲此數者
待納利數足徵本停利其諸色私債止於一倍不得利上
生利仍委本縣各爲詳理處分京邑之中本無榷酤屬真

元用兵已（一作之）後費用積廣始定店戶等第令其納榷况萬戶（一作方）所聚私釀至多禁令既不可施榷利自無所入徒立顆額殊非惠人其長安兩縣見徵納榷錢一萬五千一十（一無此字）貫八百文若先次者並放免其榷酒錢起今日已後亦宜並停比者滄景干紀稽誅數年諸道興師累獻戎捷時方討叛難議釋縲免死戍邊已爲（一作有）恩貸今滄州一道久被朝章念其懷土之心必有向隅之歎俾之遂性用洽優恩其諸道所送滄州將健配流及邊鎮營田役使者共一千三百五十九人並委本道節度觀察使據見在人放歸本管如有已效軍職及自有生業不願去者亦任便任董昌齡自至邕州累平溪洞兵威所向首惡皆擒

然每念蒼生無非赤子况在荒徼尤當撫循其溪洞茹有未歸附者向後非因侵擾更不用進討仍加存撫使各懷安其所獲黃洞百姓並分配側近州縣令自營生不得沒爲奴婢將充賞給如元是奴婢者即任充賞南海蕃船本以慕化而來固在接以恩仁使其感悅如聞比年長吏多務徵求嗟怨之聲達於殊俗况朕方寶勤儉豈受（一作愛）遐琛深慮遠人未安率稅循重恩有矜恤以示綏懷其嶺南福建及楊州蕃客宜委節度觀察使常加存問除舶脚收市進奉外任其來往通流自爲交易不得重加率稅天下諸州府如有冤滯未伸宜委御史臺及出使郎官察訪聞奏於戲朕百靈所祐獲遂痊和虔奉神休敢忘昭報其五岳

四瀆天下名山大川各委所在長吏致祭仍加豐潔以副精誠朕以寡德上奉丕構宗社流慶玄穹叶靈微恙愆和旋就康復渥澤恩及於人瘼徹戒先自於朕躬俾我華夷共歡富壽中外臣庶宜體予懷王者施行（二月九日）

一作皆唐大詔令

疏理囚徒量移左降官等德音　編制

門下朕聞惟天爲大唯堯則之施及文王昭事上帝朕遐思古訓順考前文仰止於皇王之間規範於堯文之際始如徒涉而望超溟渤中若策蹇而求躡雲霄思逮於三希之則至由是力於恭己銳以濟人九載於茲一致不怠然而德未甚腆信未甚孚雖懷汔可之詩敢企康哉之詠尚

賴社稷降祐祖宗垂休兵革向寧朝野斯乂自頃誕施渥澤冀獲霶流循慮莫及昭蘇愈多乏困今則夏田豐稔倍於常時不足之憂暫免興慮又以西成未保蟲蝗是慮（一作虞）永惟惠卹之宜庶叶銷禳之要苟能利於百姓賴於四方可使稼穡有年邊疆無事則惟恐不及豈憚於必行是用更理闕遺載新提舉一陽斯始爰開蕩滌之恩晏陰將成式繼矜齵之令副我誠切在邇司存應京畿及天下見禁囚徒暑毒之時要令疏理牢獄之內慮有滯冤宜令臺府及諸軍司并所在州縣長吏據見禁囚徒流限德音到後七日內親詳罪名疏理訖聞奏不得更延引時日除非巨蠹有礙去年赦條外餘並節級遞減一等從輕處分左

降官及諸色流人近雖累有赦令皆以沾恩欲其悔過自新豈憿頻施霈澤經去年赦條已得量移者更與量移合復資者准則例處分其去年十一月十日後至今年五月以前續有左降官及流人亦便與量移如令放還者所司速與處分內人久在深宮常膺役使不惟勤勞可憫固亦親愛是思宜令揀選宮人五百人放出各歸其家屬俾無離怨用叶推恩見在宮人尚令揀放諸節進奉宜有指揮應諸親及公郡主等每年端午及延慶并嬪妃生日所進人（一作女）口自今已後宜並停進鷹鶻之設本資畋遊朕端居穆清不好馳騁所宜改放以遂物情左右神策軍各放二十聯伍坊放三十九聯飛龍放一十九聯其左右神策

軍每年進鷹鶻放（一作於）數內停減春秋二社兩進九月十五日各停進鷹二聯共停一十四聯應租庄宅使司產業庄磑店鋪所欠租斛斗草及舍課地頭等錢所由人戶貧窮無以（一作可）徵納年歲既遠虛繫簿書緣咸通七年赦條不該今宜從大中三年至大中十三年已前並令放免京兆府奏雲陽等一十二縣百姓論去年宿種麥苗下子後旋被蝗虫食損今年盡不滋生雖京畿之間去冬蠲放不少但以疲人墾訴須務哀矜已令府司差官巡檢如有損處即時特與減放令府司具合放數指實聞奏戍役辛勤道途綿歷將還鄉土在贍供須安南邕州已奏放回北軍其餘頓遞經過本州縣界並須如法先自備辦攤排比切

不得臨時差配百姓及借索擾人仍錄前後德音赦條於鄉村分明榜示不得違越仍委所在長吏嚴立條置專加覺察枷禁所施在防奸蠹舉便欠負未涉重條如聞府縣禁人或錄私債及有錮身監逐無計營生須有條流俾其存濟自今已前應百姓舉欠人債如無物產抵當及身無職任請受（一作奉）所在州縣及諸軍司須寬與期限切不得禁錮校料令其失業又輒不得許利上生利及回利作本重重徵收如有違越勘實奏聞去年德音條流事件極多貴其普及生靈惠沾寰宇尚聞所赦令在未盡施行令重舉明俾無留滯宜令天下長吏差清強判官專勾當切更分明檢舉一一據事節施行訖奏聞如更因循必行朝典其所差判官仍速具名銜分拆聞奏好生之德宜及禽魚宇（一作卯）育之時須加條制舊勑每年起三月一日至五月末不許採捕水虫禽鳥雖有舊勑（一作教禁）尚恐因循宜令臺府并諸軍司每及時禁之月更嚴提撕勿使違犯儉德之脩聖賢所重近日俗多澆靡時尚矜誇朕常慕素風斯遵儉制去年赦文之內已曾明有指揮所宜克副朕心用誡奢僭東川每年進蜜浸茘枝道路遥遠勞費至多自今已後令宜停進布告中外稱朕意焉主者施行（咸通八年五月十八日）

一作皆唐大詔令

疎理京城諸司及諸州軍府囚徒德音　編制

勑慎恤刑獄大易格言語曰如得其情哀矜而勿喜而獄

吏苛刻務在舞文守臣□因循罕聞親(一作俔)事以此械繫之輩溢於陛罕逮(一作追)捕之徒繁於簡牘實傷和氣用(一作因)致沴氣況時屬熇蒸化先茂育並赦罪戾式順生成應天下所禁繫罪人非(一作除)十惡五逆及故意殺人造作(一作合造)毒藥持仗行刼開發墳墓外餘宜並疎理什放如或信任人吏多有生情繫留續察訪得知本道觀察使判官州府本曹官必加懲譴以誡慢易勑到十日內速疎理分析聞奏(咸通十二年五月十六日)(一作皆舊唐書)

文苑英華卷第四百四十二

翰林制詔二十三

冊文一

皇帝冊文

肅宗皇帝即位冊文　賈至

維天寶十五載歲次景申七月癸丑朔十二日(一作壬子朔十三日)甲子皇帝(文粹作太上皇)若曰咨爾元子某惟天爲大惟人君則之順乃德故舜禹揖讓而發皇極咈乃道故冊朱商均不能保鴻業是以啓有惠迪而夏嗣焉隋有亂紀而唐受焉五聖之御極(文粹作寓)皆以勤儉兢業日愼一日故能享祚長久垂慶無窮洎于六業恭位四紀厭於勤倦緬慕汾陽當保靜怡(文粹作順)神思我烈祖玄元之道是用命爾元子某

當位嗣統於戲爾有忠孝之誠極於君父爾有友愛之義信于兄弟爾有仁恕之行通於神明爾有戡難之才彰于兆庶予懋乃懿績(文粹作德)嘉乃神武天之曆數在爾躬汝惟推誠禍亂將翼爾而(文粹無而字下同)能(詔令作求)清爾惟從諫社稷將冀爾而復寧佞言惟疵直言惟師任賢勿貳去邪勿疑雅非后孰去(文粹作民非后孰理)后非賢罔與守邦欽哉愼乃有位無忝我祖宗之丕烈矣

德宗皇帝即位冊文　王言會最

維大曆十四年歲次已未五月辛丑朔二十三日癸亥皇帝若曰於戲昊天有命皇王受之立嫡以賢春秋之義傳歸(詔令作之)於子漢氏成規宗廟社稷實賴其慶咨爾皇太子

适禀天地之仁合日月之耀道光三善孝著十倫頃者國步多艱委以戎律理軍靖難保太定功克復帝圖廓清妖孽既表建侯之業俾承守器之重仁孝之德夙夜惟寅朕天命有終弗興弗瘳非至公無以主天下非至法(詔令作德)無以臨四海是用命汝陟于元后嗣守皇業上繼宗祧下安群望其令(詔令作命)門下侍郎同中書門下平章事常袞奉冊即皇帝位於戲宜遵太宗之法度肅宗之儉約任賢勿貳去邪勿疑與衆守邦祇敬予訓

順宗皇帝即位冊文　同前

惟貞元二十一年歲次乙酉正月辛未朔二十三日癸巳皇帝若曰於戲天下之大實惟重器祖宗之業允屬元良咨爾皇太子誦睿哲温恭寬仁慈惠文武之道禀自生知孝友之誠發於天性自膺上嗣毓德春闈恪慎於(一作于)厥躬祗勤于大訓必能誕敷至化安勸庶邦朕寢疾彌留弗興弗瘳是用命爾繼統俾紹前烈宜陟元后永綏兆人其令(詔令作宜命)中書侍郎同中書門下平章事高郢奉冊即皇帝位爾惟奉若天道以康四海懋建皇極以熙庶功(詔令作工)無忝我高祖太宗之休命(詔令作烈)

穆宗皇帝即位冊文　同前

維元和十五年歲次庚子閏正月甲辰朔三日景午皇帝若曰於戲上天降鑒保祐于我國家十聖丕承光宅四海鴻休大業以逮于一人嚴恭祗畏懼弗克負荷賴宗社垂慶生靈乂安朕寢疾彌留弗興弗瘳神器所付屬之元良以(詔令作)咨爾皇太子恒孝友聰明温文睿哲自主七鬯日新厥德必能纘予勤志綏靜萬邦是用命爾陟于元后宜命中書侍郎平章事令狐楚奉冊即皇帝位懋建皇極無忝我祖宗之休烈

敬宗皇帝即位冊文　同前

維長慶四年歲次甲辰正月辛亥朔二十六日景子皇帝若曰惟天輔唐德我祖宗克荅天意邁德勤道紹休大業洎予一人嗣守四海祗事天地愛育萬類罔或失墜(詔令作怠)惰于今(詔令作茲)五年今寢疾彌留弗興弗瘳(詔令作不興不瘳)不獲以重器付之元良咨爾皇太子湛列祖垂慶自天生德孝友慈惠温良恭敬必能輯寧邦家輝光緒業是用命爾陟于元后宜令中書侍郎平章事牛僧孺奉冊即皇帝位爾有廣大之量可以奉天地爾有孝敬之志可以事神祇和惠可以撫萬邦仁愛可以親九族任賢尚德遠佞去邪爾惟欽承無忝我祖宗之休烈

文宗皇帝即位冊文　同前

維寶曆二年歲次景午十二月甲午朔十二日乙巳太皇太后若曰大行皇帝睿哲英能對天明命方夏底績夷蠻貢庭罔有不端大康有截宜荷九廟之重永享億年之禄豈虞奸妖竊發矯專神器蠱惑中外扇誘群朋駭動神人釁深梟獍咨爾江王某聰姿(詔令作哲)孕粹清明毓和智籌機

關玄謀電發躬率義勇大清兇徒且膺當璧之符爰擴枕戈之憤既殲巨害當享豐福是用命爾陛于元后宜令司空平章事裴度奉冊即皇帝位朮惟高祖太宗之剪定隋亂玄宗之浸漬利澤憲宗之堅除詔令作按蠹孽艱難險阻最乃負荷小心以事上帝儉德以刑家邦懋于令聞持久如始敬之休哉

尊號玉冊文

上應天神龍皇帝冊文　李嶠

維神龍三年歲次丁未九月景申朔五日庚子具官某及文武群官等謹昧死再拜稽首奉冊言爰自厥初肇興司牧皇矣無極蒸哉察道莫不因時適變改物殊徵推五運

而陟崇高步三微而膺曆數天地人皇之立稱始別洪荒唐虞夏帝之君尊漸詳文質姬木以推輪發號烈山以斲耒增名然後仁被德宣功昭業遠歷訪前古茲爲舊式我大唐受乾坤之睠命當寓縣之謳歌奄有黎蒸遂荒宸象應天皇帝陛下垂統御辯截海披畜承四業之休光握三靈之寶契虞舜蒸蒸之德未錫群方周文翼翼之心其凝庶績驅齊民於仁壽致雅俗於醇濃六府咸修五兵一作戎不用航海梯山之客奉贄輸琛畊田鑿井之夫擊壤鼓腹中外靜謐表裏雍熙而孽子滔天亂臣干紀謀同觸瑟禍劇弄兵不虞之灾忽生于肘腋無象之鑒獨憤於神祇干時凶竪逼樓聖君憑檻威靈下濟覺封豕之周惶醜逆上瞻見神龍之傳一作轉翼寶伏似億千之衛天威一作儀成夾六之容衆瑞俱一作共臨群祆大駭盡迷方而失據咸喪一作奪氣而亡精顧聆而斬戫釁屍指揮而氷銷霧廓雖復草爲兵甲泰師驚將帝之神樹作幡幢釋主麾一作屁魔王之衆蚍軀之變媧后蛟影之隨漢高未足以匹此奇徵方斯偉應自非冥符幽贊靡感潛通何以承波若之護持享高明之福助昔者伏牛之主是曰犧皇名鳥之君仍題鳳紀法身用馬鳴成道上士以龍德爲仙敢託元符爰咨故實謹上尊號曰應天神龍皇帝鴻猷載肇昌曆惟新庶以仰順乾心俯從人欲天長地久更隆四大之尊名玉振含聲恒爲百王之稱首盛矣美矣皇哉唐哉臣某等誠歡誠喜頓

首頓首死罪死罪再拜以聞　一作皆唐大詔令

開元神武皇帝冊文　蘇頲

維先天二年歲次癸丑十一月辛酉朔二十八日戊子攝太尉臣某等文武官六千五百一十四人言臣聞厥初生人首出庶物物不自理惟后所以康乂后不自專一作尊惟人所以歸往古先哲后安人育物表功崇號不可避一作辭也皇矣上帝臨于巨唐降氤氳垂耿光重熙而累盛至太皇而授聖臣等敢稽首而言曰曩者景龍之末長蛇縱禍陛下慮宗祏之墜提劍而夷之則因親以尊主間者朝有賊臣天罰大憝陛下拯邦家之難授旗而勦之則措枉以舉直戮不及嗣惡惟其魁一作身思與王公卿士下逮元元

楊閭澤而育(一作布)和氣臣又聞軒轅華胥堯期姑射未有一其道而順大皇之心文王之事武王緝熙未有一其時而居聖神之位褰裳釋重至公也端冕(一作宸)罶明至孝也使九族敦(一作惇)叙百工允釐東西南北砥礪聲教被靈有四招翠黄而可乘我寶有三捐珠玉而不御然猶發揮禮樂馳騖典墳論思獻納進善從諫日慎一日上稽乎天意下考於人謀卓哉協元符而爍靈命者也夫開者泰也罔不通武者威也罔不服臣等不勝大願昧死上尊號曰開元神武皇帝謹上玉冊玉璽臣等誠惶誠恐死罪死罪謹上

一作皆唐大詔令

會昌二年上尊號玉冊文　李德裕

維會昌二年歲次壬戌四月乙丑朔十四日戊寅攝太尉光祿大夫守司空兼門下侍郎同中書門下平章事臣德裕銀青光祿大夫守尚書左僕射兼門下侍郎同中書門下平章事臣夷行金紫光祿大夫尚書右僕射兼中書侍郎同中書門下平章事臣珙銀青光祿大夫守中書侍郎同中書門下平章事臣紳及文武百官金紫光祿大夫檢校司徒兼太子太保臣僧孺等六千五百七十四人言臣聞羲皇首太古之號成湯顯甚(文粹作神非)武之稱我高祖皇王是憲尊名若古貽厥丕訓爲孝孫之(集無之字)法豈不善始善述(一作終)哉矧乃巨唐受命繼體承業理運將至大君以興昊穹所以開至聖也向者明兩未定帝華不協含猶傳聖深惟至公先后所以昭天命也亦猶堯發於唐侯文興於代邸神明之祚不其難哉(詔令作乎)伏惟皇帝陛下清明溥鬯光耿四海玄德真(一作詔莫)隣天休大賚(一作集)日角見表氣志如神爰初定命正心理物如辰居其(集無其字)極而天下無邪矣由是昭德塞違尊賢遠佞禹不自滿成不敢康罔般(詔令作遊)于田不邇于色自閨壼以施王教由家道而刑國風去比周覆名實攬權綱折聖律(詔令作紀文粹作德)脩舊典協成(詔令作誠)質乾嘉壇欽太(詔令作泰)一進正臣以端治表禮故老以求讜言遠無蔽獄近無留令(一作命)祈玄祖而膏雨降祀靈岳而嘉穀登省刑罰而蓬宇清(一作消)發倉廩而蠡螟息去歲龍旂承祀大輅親郊捧玉瓚而一獻光靈來格振金石而

六變魄寶昭臨(一作靈)然猶古訓是學緝熙于道天文炳煥雲漢其章温恭敬遜承太任之教和樂愷悌洽戚藩之心德風偃于群黎威霆重乎絶域又以敬養不逮於長樂昭配未昇於禰宮每懷嗣徽烝烝而慕所以奉若慈訓對越兩儀因心立志永錫其教寬底剄之罪興惻隱之仁迴霜收電(一作迴霆收靄)爲之反汗及單于慕義景附朔邊耀德戢兵讌臨是受至於備文物展國容莫不先甲而布耳澤丁辰而廓陰翳和景晏温卽靄絪緼斯所謂神祇之心應矣天人之際交矣於是服冕之士戴鶡之倫暨藩衛(一作侯)邦伯黄髮鮐背不謀而進曰陛下玄默天幹輝光日新大矣孝熙四極爰臻誠宜玉版温潤鏤鴻明之德神寶粗耀存億

萬(詔令作萬斯)之年丕天大典不可辭也陛下循謙退固拒至
於三四群臣不已乃曰俞哉夫徧覆包含之謂仁極深研
幾之謂聖憲度著明之謂文蠻夷震懼之謂武感而遂通
之謂神無思不服之謂孝臣等不勝大願謹奉玉冊玉寶
上尊號曰仁聖文武至神大孝皇帝伏惟陛下乾建不息
謙尊而光樂戒其耽禽戒其荒壽乃侔於殷宗德(詔令作裕)乃
孚於成康貽燕後昆受福無疆臣德裕等誠懽誠躍(一作耀)
頓首頓首謹言

會昌五年上尊號玉冊文　前人

維會昌五年歲次乙丑正月己酉朔光祿大夫守太尉兼
門下侍郎同中書門下平章事臣德裕光祿大夫守尚書

左僕射兼門下侍郎同中書門下平章事臣悰朝議大夫
檢校尚書右僕射兼中書侍郎同中書門下平章事臣讓
夷朝議大夫守中書侍郎兼戶部尚書同中書門下平章
事臣鉉及文武百官太中大夫守太常卿臣孫簡等六千
二百二人言臣聞昔在周宣玁狁內侵四牡簿伐以定王
國焉則詩人大其功暨于漢宣北夷乖亂呼韓慕義郅支
遠遁則簡策著其美惟此二代稱爲中興間者開成之末
星孛如雲螟飛蔽天先帝戚之黎人懼焉乃授至聖遺大
投艱迄茲成功厥有冥數伏惟仁聖文武至神大孝皇帝
表應龍翼位合(集作梓含)乾剛神全而正氣凝宇定而天光發
智燭千里動必察微(集作綴)心鏡萬機物來斯應於是五材
用四維張建中和之極舉(集作紹)前聖之綱重樞機脩法制
刑御家之理無出梱之言銷讒邪遠巧佞斥背公之黨退
好徑之人內嚴體貌增堂陛之峻外絕締交抑(一作去)輔車
之勢古所謂受命於天惟順獨正也又曰一心定而萬物
服惟陛下得之矣者北夷矜功耗蠹中國種類盤牙根柢
封殖異術肺腑縞衣如荼挾邪作蠱浸淫宇內倒懸不解
百有餘年既而龍祠煙威携國欵塞質帝女廢漢(集作毎)疆
有很頓平城之心鯨吞咸洛之志爰命驍(集作梟)將寨旗刈
旃兵鏖穹廬火烈荆榛飇剗幙碎轒轀六纛遯逃貫女(一竹)
(主)生還剗臧妖迹勦除醜類故名王結髮冠帶入臣堅昆
稽首鞮譯來獻而又奸臣放命二紀陸梁擄大行之固下

窺洛邑通故絳之道旁睨近關樹其遺孽以竊兵柄議者
僉曰精甲十萬積穀十年梟魚不察湯網宜懸陛下雄斷
霆聲群疑冰釋楊清風以(一作而)掃雲霰迅雷以破山任馮
異則扳天井而震上黨伏吳漢則發突騎而傾(一作窺)邯鄲
壺關失險山東奪魄屬有戍邊叛將竊發參墟人心搖蕩
異議放肆陛下臨朝而言曰二寇獲罪于天寻所不舍未
三旬而定晉陽纔斯年而戡潞子不以金購孫將多降不
勞師克粵首馳報非至德感物孰能臻於此乎由(集作於)是
台宰百辟藩屏將帥上言曰成伐東夷而肅慎來賀景剪
七國而王室乃安莫不始於武功終致刑措將以禋上帝
薦祖宗宜受鴻名以荅玄貺陛下猶謙遜而五讓之(集作請帶)

勤勤罔已乃屈已以俞之雲漢爲章所以昭法度也神明其德所以成教化也巍巍乎有功帝堯之則也勤于大道玄祖之訓也臣等不勝大願謹奉玉冊玉寶上尊號曰仁聖文武章天成功神德明道大孝皇帝伏惟陛下不有其名以保其成不德其功以戒其盈享殷宗之福致周道之平熙我王度求（集作玉）振金聲臣德裕等誠歡誠懼（一作耀）頓首頓首謹言

文苑英華卷第四百四十二

文苑英華卷第四百四十三　翰林制誥二十四

冊文二

皇太子冊文

晉王爲皇太子冊文　王言會最

維貞觀十七年歲次甲辰四月某朔日於戲惟爾并州都督右武侯大將軍晉王治忠肅恭懿宣慈惠和仁孝發於自然信義備於成德禎祥夙著睿哲日新永言少陽匕鬯是寄疇咨朝列卿士叶從是用命爾爲皇太子往欽哉爾其思王道之艱難遵聖人之炯戒勤修六德勉行三善無或舉非法度忘恭儉而好驕奢無或理乖彝倫遠忠良而近邪佞非履道無以揚名非任賢無以成德爾身爲善國

家以安爾身爲惡天下以殆睦九族而禮庶僚懷萬姓（詔令作卿）而憂遐裔兢兢業業無怠無荒克念爾祖宗以寧我社稷可不愼歟

冊代王爲皇太子文　同前

維永徽七年歲次丁巳正月景寅朔六日辛未於戲夫明兩載象道貫三才元良表德業隆千古是以夏啓作貳光闡高猷姬誦升儲緝揮王道詳求典冊式瞻匕鬯固本重統允推（詔令作歸）正緒惟爾代王弘倚蘭毓祉喬桂凝華岐嶷表於天姿符彩（詔令作瑞）彰於神授器業英遠風鑒昭朗踐嘉義而總深仁捨幼志而標成德爰資玉裕早振金聲朕虔奉靈圖肅（詔令作肅）膺丕業仰惟七廟之隆（詔令作重）思高（詔令作隆）萬

華之慶疇咨列辟欽若前修是用命爾爲皇太子往欽哉爾其祗奉憲章率由軌度盡謙恭於齒胄審方俗於迎郊春禮冬詩趨庭靡懈三善六德勗志無忽絶驕奢之心納忠良之訓播徽猷於外守申敬奉於中闈允睦周親務殷堯族永隆四術式寧萬類無怠無荒固保我宗基可不慎歟

冊平王爲皇太子文　同前

維唐隆元年歳次庚戌七月庚戌朔二十日己巳皇帝若曰天有丕命集寶位于朕躬所以奉若天道建茲元嗣其明聽朕言咨爾平王隆基幼而聰允長而寛博有夙成之量爲夫禮以修外樂以修内者是務於文也春夏學干戈秋冬學羽籥者是兼於武也繫於百姓聞於天下者是由於仁也一日三朝嘗藥視膳者是資於孝也爾有文武仁孝之德以知君臣父子之道朕甚休之間者賊臣搆逆窺窬神器則我有唐之祚危若綴旒爾義刑邦家忠衛社稷誅其凶惡以之康濟主匕鬯者非爾而誰是用命爾爲皇太子古人有言曰爾身克正罔敢不正人心罔中惟爾之中昭昭臨下不可不畏愼簡乃僚允迪端士恭儉惟德遠於憸人則萬邦以貞庶荅揚我四聖之鴻烈敬之哉

冊成王爲皇太子文　同前

維乾元元年歳次戊戌十月庚子朔五日甲辰皇帝若曰於戲自昔聖王咸建儲貳蓋將嗣守神器虔奉宗祧是以禮經著元貞之德易象載重明之義朕纘服鴻緒丕承前烈思弁圭鬯之賢寔符當璧之命咨爾太尉（唐書作元帥）成王俶（按新舊唐書立成王俶爲皇太子會要十月五日冊命改諱務作豫蓋用新名）道備文武生資睿哲温文彰於日就孝友禀於天成往以兇醜亂華干戈集事是能出陪戎駕入奉廟謀克符卅水之師實剪綠林之盜所謂功定社稷義臨君親今萬邦以貞三善斯屬宜膺上嗣之典俾踐少陽之位是用命爾爲皇太子以副朕躬爾其思王業之艱難遵聖人之炯戒非尊賢無以成德非廣孝無以承親遠斥便佞詢謀正直兢兢業業庶保于大猷然後無忝爾祖宗克寧我邦家往欽哉丕膺景命可不愼歟

冊廣陵王爲皇太子文　同前

維貞元二十一年歳次乙酉四月庚午朔五日甲申皇帝若曰建儲貳者必賢（韓愈順宗實録及詔令并作歸）於冢（詔令作上）嗣固邦本者允屬於（詔令作于）元良咨爾元子廣陵王某幼而（實録詔令作挺）岐嶷長標洵淑佩詩禮之明訓禀（實録作宜）忠孝之弘規居常保謙（實録作居惟保和）動必循道識達刑政器含（實録作合）温文愛敬奉於君親仁德聞於兆（實録作士）庶神祇龜筮罔不叶從是用命爾爲皇太子於戲惟我烈祖之有天下也功格于上帝祚流于無窮光纘洪緒（實録作業）逮于十葉虔恭寅畏日慎一日付爾以承祧之重勵爾以圭鬯之勤以貞萬國之心以揚三善之德爾其尊師重傅親賢遠佞非禮勿踐（詔令作履）非義

勿行對越天地之耿光丕承祖宗之休烈可不愼歟

冊郢王爲皇太子文　內制

維開元三年歲次乙卯正月甲申朔四日丁亥皇帝若曰於呼書不云乎一人元良萬方以貞易不云乎黄離元吉得中道也將以守監從撫主器承祧執經陳東序之容端冕見南剡之禮本枝百代宜哉福祉（詔令作録）咨爾郢王嗣謙忠肅恭懿元亨利貞遵在鎬之惠慈禀生知道孝乃因心書及春卿懸知（詔令作推）早秀言窮淑譽遠愧生知當試象之年備成人之敏九玄有（詔令作賛）命百姓與能正位少陽欽惟大典是用命爾爲皇太子其在靖恭爾位聿修厥德詩書禮樂敦悅爲本父子君臣威儀罔忒寢門

問竪必視寒暄望苑招賢用資端直使三靈合契四海係心延我累聖之業積爾重輝之慶必敬必戒無怠無荒往惟欽哉可不愼歟

冊忠王爲皇太子文　內制

維開元二十六年歲次戊寅七月戊寅朔二日己巳皇帝若曰於呼受天命者皇王之業大爲國本者儲副之位崇所以上承宗祧下固黎獻咨爾開府儀同三司單于火都護河東河北道行軍元帥朔方軍節度大使兼關內支度營田盐池押諸蕃部落等使上柱國忠王璵幼而夙成長有宏量佩服仁義周旋禮樂忠孝極於君親友愛聞於兄弟正以率下謙以持盈識洞於微智周於物通刑政之大體備（詔令作貫）文武之殊能果於積德樂於爲善凡此數美常試皆能然豈矜自知（詔令作知子）之明諒曰至公之義兄復仰稽天道俯察人心立長則順天所助也議才則賢人之望也是用命爾爲皇太子往欽哉爾其敬膺典冊無忘戒愼思創業之艱難（詔令作多難）知守器之爲重作貞萬國允協重明以揚烈祖之耿光末貽後嗣之成式可不愼歟

冊遂王爲皇太子文　內制（一作王堂遺範）

維元和七年歲次壬辰十月庚戌朔十七日壬寅皇帝若曰於呼建立儲嗣崇嚴國本所以承祧守器所以繼文統業欽若前訓時惟典常粤我祖宗克享天禄奄宅九有貽慶億齡肆予一人序承丕構纉武烈祖延鴻本枝受無疆

惟休亦無疆惟恤負荷斯重祇勤君勵永懷詞訓當副君臨咨爾遂王恒體乾降靈襲聖生德教深蘊瑟氣叶吹銅早集大成不屑幼志温文得於天縱孝友因於自然符彩昭融器業英遠爰膺錫社實寄維城懿河間之不群慕東平之最樂自頊離明輟耀震位虛宮地德可尊人神攸爲式稽令典載煥徽章是用冊爾爲皇太子往欽哉有國而家有君而父義兼二極重繫萬邦何好非賢何惡非佞何行非道何敬非刑居上勿驕從諫勿咈懋昭乃德惟懷永圖用陪貳朕躬以對越（詔令作揚）休命可不愼歟

擬冊皇太子文　劉禹錫

維某年月日皇帝若曰於戲易云明兩作離大人以繼明

照於四方蓋所以毓其明德繼于正體邦本由是固萬方由是寧粤祖宗之闡帝業亦莫不由此而繼于明德肆予一人緒承大寶纂奉丕構懼有失墜以貽先帝之羞永懷主器以繼明用副予不德咨爾元子王某襲列聖之姿體健行之質吹銅稟異辨日耀奇早習德成克敬師保事崇可大和順積中天縱溫文生知孝悌洎分錫土望出東平符彩昭彰禮樂文錯固可正位重震爲天下之儲君人神叶從德任相稱仰稽令典光載盛儀是用册命爾爲皇太子往欽哉夫富貴莫大於家天下忠孝莫大於敬君親俟爾一人貞于萬國必咨正事必近正人必杜逸遊必樂善道求諫如不及惡佞如探湯懋爾厥修惟懷克和以貳于

朕躬無忝祖宗之烈可不慎歟

册德王爲皇太子文　薛廷珪

維乾寧四年歲次丁巳二月癸卯朔十七日巳未皇帝若曰粤夫立愛惟明建善惟長（一作則固）先王茂（一作盛）躅有國丕圖承祧仰鏡於前星守器式當乎長子遐瞻載籍耿覿洪荒雖步驟殊（一作踰）時質文異制逮于（一作乎）傳序罔不率循國家高視百王同符三代平一區夏（一作宇）統和人神垂三百年歷十八葉暨朕寡昧祇荷景靈爲天步艱難岱宗牢落蒸人未乂舊典爰曠庶尹卿士藩輔元僚思正儲闈式固鴻業咨爾長子德王裕象叶增搆明啓少陽溫文在躬睦友成性博文強識無愧於老成學禮讀書庶資乎師訓迺斬群議爰資舊章是用命爾爲皇太子嗜毓問承華重輝望苑永貞萬國明照四方入則有師出則有保無怠三善往崇四術務親正人誠近群邪淑慎爾德（一作止）峻防所攻勉植厥猷罔墜丕訓

立秦王爲太子詔　王言會最

詔曰儲貳之重式固宗祧一人元良以貞萬國天策上將（太宗實錄有軍字）大尉尚書令陝東道大行臺尚書令益州道行臺尚書令雍州牧蒲州都督領十二衛大將軍中書令上柱國秦王某器（詔令作氣）質冲遠風猷昭茂宏圖夙（詔令作昔）著美業日隆孝惟德本周於百行仁爲任重加於萬物王迹初基經營締構戡翦多難征討不庭嘉謀獨舉長筭必克

政大邦宜風區輿功高四履道邁二南任總機衡庶績惟允職兼內外彝章載穆遐邇屬意朝野具瞻宜承鬯業允膺守器可立爲皇太子所司具禮以時册命（武德九年）

立晉王爲皇太子詔　同前

詔曰昔者哲王受圖上聖垂範建儲貳（詔令作西）以奉宗廟總監撫以寧邦國既義在於至公亦事兼于權道故以賢而立則王季興周以貴而升則文帝定漢詳諸方册豈不然乎并州都督右武侯大將軍晉王治地居茂親才惟明哲至性仁孝淑質惠和夙著夢日之祥早流樂善之譽好禮無倦強學不怠今承華虛位率土繫心疇咨文武宜（詔令作咸）所推戴古人云知子莫若父知臣莫若君朕謂此子寔允

衆望可以則天作貳可以守器承祧永固百世以貞萬國宜立某爲皇太子可令所司備禮册命（貞觀十七年四月）

立代王爲皇太子詔　同前

詔曰洊雷揚祉承祧之道爰著重離闡耀守器之方斯存故能撫寧軍國守固（詔令作永保）邦家詳覽遐（詔令作歷）圖緬瞻遐册繼業垂統咸率茲典代王弘地居嫡胤天縱英徽器質冲華神鑒韶（詔令作昭）遠恭謙表志仁孝居心夙彰睿哲之風早通詩書（或作禮）之業朕以虛薄方啓無疆之祚永傳不朽之基取則前王思隆正緒宜升上嗣養德東宮可以立爲皇太子仍令所司擇日備禮册命（永徽七年正月）

立平王爲皇太子詔　同前

門下舜去四凶而功格天地武有七德而戡定黎元故知有大勳者（一有必字）受神明之副（詔令作福）仗高義者（一有必字）爲匕鬯之主朕恭臨寶位亭育寰區以萬姓之心爲心以兆人之命爲命惟（一作雖）承繼之道咸以冢嫡居尊而無私之懷必推功業爲首然後可保安社稷永奉宗祧第三子平王隆基孝而克忠義而能勇比以朕居藩邸虔守國彝貴戚中人都無引接群邪害正凶黨寔繁利口巧言讒說罔極常爲溫孫秀（一作處）朋黨競起晉卿楚客交構其間潛結回邪擠排端善潛貯兵甲將害朕躬隆基密通其期先難奮發挺身鞠旅衆應如歸呼吸之間凶渠殄滅安七廟於幾墜濟群生（一作群臣拯）於將殞方舜之功過四比武之德逾七靈

祇望在昆弟樂推一人元良萬邦以定爲君副者非此而誰可立爲皇太子有司擇日備注册命（唐隆元年六月庚午）

一作皆舊唐書玄宗紀

立忠王爲皇太子制　孫逖

門下大寶曰位實在於（詔令作呼）丕承萬邦以貞由（詔令作必）建於明兩朕嗣守鴻業祇膺永圖恭惟匕鬯之主豈捨人神之望開府儀同三司兼單于大都護河北河東道行軍元帥朔方軍節度大使兼關內度支營田鹽池押諸蕃部落等大使上柱國忠王璵天假聰明生知仁孝君親一致友弟三成溫文之德合於古訓敬愛之風聞於天下嘗亦視其所以察其所安考言有章詢事皆中知子者父允叶於元良以長則順且符於舊典宜膺擇嗣之舉俾受升儲之命可立爲皇太子仍取來月內擇日册命所司准式主者施行（開元二十六年六月三日）

立陳王爲皇太子制　王言會取

門下古先哲王之有天下也何嘗不正國本而承天序建儲兩（唐書作貳）而主重器朕以寡昧祇荷丕圖虔恭寅畏思固鴻業慎擇令懿曠于旬時而卿士獻謀龜筮告吉以爲少陽虛位願舉盛儀列聖垂休俾合予志（詔令作俾予合志）選賢而立式表無私敬宗皇帝第六男陳王成美天假忠孝日新道德溫文合雅謙敬和楷（唐書作保佑）蘊端明之體度尚詩書之辭訓言皆中禮行不遠仁是可（詔令無可字）以順（唐書作宜）考舊

章欽若成命授之匕鬯以奉粢盛宜田朱邸之榮俾踐青宮之重可立爲皇太子仍（唐書作宜）令所司擇日備禮冊命（開元四年十月十四日）

立景王爲太子制　同前

門下朕聞王者敬承廟祧欽若天命必建元子用寧邦家所以光叶繼明嚴當主鬯朕纂承聖緒寅奉丕圖惟懷國本之安爰在皇儲之重青宮久曠望苑未開則何以式表元良昭宣鴻業稽於往冊用舉彝章長男景王湛孝愛恭和忠敬誠懿慈惠特禀寬仁夙彰言通典謨動合儀矩睦友宗屬遵承傅導克脩令聞日茂嘉猷宜踐儲闈以承休命朕以君尊父嚴每推乾道聞詩學禮用首人倫嘉翼翼於誠心都（詔令作覩）蒸蒸於孝敬古稱知子無議前修俾奉粢盛式昭元嗣宜立爲皇太子宜令有司擇日備禮冊命主者施行（長慶二年十二月七日）

立鄧王爲皇太子制

門下朕聞君天下者亭承統業何嘗不樹建儲貳固安（詔令作安固）邦家況長子有主器之義元良真立國之本上以嚴宗社之奉下以順恒久之宜歷考前載率由斯道鄧王寧性與忠敬生知孝友秉寬明之度體寬明之心學師訓謩詞尚經雅動皆中禮慮不違仁稽以舊章允膺上嗣朕獲纘丕緒夙夜恭虔常懼神明未歆政理多闕曠茲茂典亟涉歲時令屬方內甫寧品物咸遂監皇王之制詢卿士之謀時瞻大猷莫此爲重是用授之匕鬯位以青宮欽惟永圖俾服休命宜冊爲皇太子仍令有司擇日備禮冊命主者施行（元和四年四月）

立鄂王爲皇太子制　内制

門下樹之后王所以輯寧黎獻承之副兩（一作儲副）所以安固宗祧故能崇四術之科爲萬國之本長幼君臣之叙齒胄知歸溫文恭敬之風生人攸仰（一作郡佳攸居）古之制也其在茲乎鄂王嗣謙聰睿夙成端莊特秀三雍禮樂必也生知五官詞藻居然暗合體道爲器非假於學問資靈授德自符於神解樂華禮業地義天經立人之道既彰爲子之誠亦（一作益）著今昇平在運中外咸寧將有事於元良固不踰於樂（一作三）善宜光近日之敏俾則前星之耀宜以來年正月四日備禮冊爲皇太子所司准式（開元二年十二月十七日）

一作皆唐大詔令

冊皇太子制　内制

黄門朕聞王者神器天之大業寰百里而崇孟侯照四方而建元子其所由來尚矣我國家參天貳地濟以豊功祖武宗文承於峉命顧循菲德寅畏鴻名太上皇命朕以位卿大夫補朕之闕僉謂率先自爾稽古惟新國本之大不可以不務皇儲之重不可以不立故宵衣當宁聞義是將朝服升階（一作臨軒）擇賢而舉皇太子嗣謙生知禮樂性成仁孝字孫之愛則敬不絕馳問豎之安則恭而至寢觀其言

精視牘思敏題鞭固以叢東序之討論契南山之調護今少陽踐位獻歲發春草樹自樂乾坤交泰副君之榜已別其宮太史之書更藏於府帝圖斯永人望所歸庶符知子之明豈獨在予之慶用施寬惠光于政理今望苑初開端僚是切天下有高才懋德碩學純儒比迹春卿齊名夏綺具以徵辟

立遂王爲皇太子制　玉堂遺範

門下承祧之尊固邦國之本重其緒業貞以元良斯今古之通制也乃者春宮曠位已涉歲時（一有將恐二字）祼獻闕主鬯之儀膠庠虛齒學之道其何以億寧方夏章（詔令作彰）示教源稽諸往冊用舉彝典遂王宥孝敬忠肅寬明惠和遵保

傅之言佩經訓之旨友于兄弟睦于宗親傳愛而恕已以誠慎行而飭躬以禮載觀所履克茂厥猷（又克慎厥謀）宜升儲闈以對休命朕祗若成憲惟懷永圖法三王垂統之規紹十聖重光之烈致嚴禋配俾奉粢盛式昭上嗣之崇庶協明離之吉宜冊爲皇太子改名恒仍令有司擇日備禮冊命主者施行（元和七年十月）

文苑英華卷第四百四十三

文苑英華卷第四百四十四　翰林制詔二十五

冊文三

諸王冊文一

封授臨川等五王詔　沈約

門下神牧帝鄉（類集作神州帝城）冠冕列岳諸宮樊鄧形勝是歸居中作衛翌宣戎勳（類聚作重）隆茲（或作名）寵號寔允舊章並非親勿居惟賢斯授西中郎將護軍宏朕之外（類集作介）弟早宣（集亦作富）德譽董一藩政緝是嘉庸國禮家情瞻寄隆重使持節督南徐兗二州諸軍北中郎將（梁書作輔國將軍）南徐州刺史秀風穎儁邁識業標簡任居藩翰政以化成使持節都督雍梁南北秦四州諸軍事安北將軍（梁書作冠軍將軍）寧蠻校尉

雍州刺史偉體韻淹穆神寓凝正經綸夷雅（類集作經綸夷險）參贊王業冠軍右衛將軍恢神檢外洽淵量內湛奉職鈞陳周衛以穆使持節督荊湘益寧南北秦七州諸軍事安（按梁書作平）西將軍荊州刺史憺秀識冲情允文允武經啓王業寔有厥勤並契闊綢繆分形並氣處家盡其匪躬朕承運迭興光宅四海藩維廣樹經朔攸屬出納之宜塋實惟允宏可使持節散騎常侍都督揚南徐州諸軍事後將軍揚州刺史封臨川郡王秀可進號征虜將軍餘官如故封安成郡王偉可使持節散騎常侍都督雍梁荊寧南北秦六州郢州之境陵司州之隨郡諸軍事寧蠻校尉雍州刺史將軍如故封建安郡王恢可侍中前將軍領石頭戍事領

兵景佐封鄱陽郡王憺可使持節都督荆湘益寧四州諸軍事平西將軍荆州刺史封始興郡王食邑各二千戶

封衡陽郡王成義爲申王等制　蘇頲

門下古者帝王受命以臨萬國子弟建封用尊五等其所由來尚矣尚書右衛大將軍衡陽郡王成義等敦詩執禮本仁祖義名教之樂得自幾深溫良之容發於忠孝晨趨魏闕則望掩軒霞夕賦曹園則思含澄景朕祇奉歷數旁稽載籍克輔王室所謂通邑大都俾爲唐藩故能帶河礪岳分膺往命咨爾眷歟（一作不可慎歟）可依前件仍各實封一千戶餘並如故主者施行（唐隆元年六月廿七日）

封鄧王等制　王言會最

門下昔周室制法備建宗盟漢室垂統畢封子弟其盛也二南教化首在國風其詳也九國土疆載于侯表朕嗣守丕業惟懷遠圖永言盤石之固宜本介人之重男平原郡王寧等孝友忠敬溫文惠和禀其樂善之姿強於好古之學君親之教罔敢失墜保傅之言亦惟佩服由是寡悔至於通方庶可膺兹典章列是藩屏疏爵以冠于侯伯分茅以賜于山川用明至公且叶前訓南平郡王寧可封鄧王同安郡王寬可封澧王延安郡王宥可封遂王彭城郡王察可封深王高密郡王寰可封洋王文安郡王寮可封絳王第十男審可封建王宜令有司擇日備禮册命主者施行（元和元年八月七日）

封周王詔（顯慶二年二月）

詔曰昔周武垂則汾邑啓維城之固漢文承統睢陽樹磐石之基所以作鎮邦家克隆景業早分茅土第七子顯折派天潢疏封日觀（詔令作氣粹雲峯分輝日觀）風儀秀舉神識冲和挺王質而含章振金聲而發彩夙遵（一作停 尊非）敎於詩禮方導（一作遵非）德於間平既表支嶷之資宜申珪社之既可封周王食邑一萬戶

封諸郡王勅（一作封皇太子大男寧平原郡王等制）　同前

勅王者嗣統必上尊祖廟中立人紀下及諸孫所以光贊鴻猷發揮大典者也皇太子大男寧等溫敏茂淑依仁游藝髫亂之歲自降其心詩書之言夙盈於耳朕初建儲兩

末固宗祧既當知子之明彌稱抱孫之慰（一作尉）是用依方建邑（一作辨色）籍（一作藉）土疏疆俾奉邦家式崇藩屏本支百代冀邁（一作叶）於周詩子弟畢封更高（一作隆）於漢室於戲承紫極之慶禀青宮之訓惟師友是敬惟忠孝是憑以樂善爲心好賢爲德古有成範爾其欽哉

貞元二十一年四月　　一作皆唐大詔令

封諸王制（詔令作封汚王制）　同前

門下朕獲承天序欽若前訓用建藩輔以明親賢斯古先哲王之令典也弟景等孝友寬厚溫文肅敬行有枝葉道無緇磷踐君子之中庸究賢人之義理情惟樂善志不近名慕間平之令德希曾閔之至行是用宜分建茅土衛我

邦家叶于展親末固盤石是用舉其成命錫其徽章弟景可封鄘王第九弟悅可封璦王第十弟恂可封汚王第十一弟懌可封婺王第十二弟愔可封茂王第十三弟怡可封光王第十四弟協可封淄王第十五弟憺可封衡王第十六弟悅可封澶王長男湛可封鄂王第二男涵可封江王第五男湮可封潁王宜令有司擇日備禮冊命主者施行（長慶元年三月）

封晉王制　同前

門下昔周室之興也藩戚竝建式資於維城漢氏之制也皇子畢封用固於盤石斯所以載弘丕緒惟懷永圖且茂德於本支遂推恩於嗣息（詔令作後嗣）況某（詔令無某字）祇荷眷祐屬

當長嫡宜承寵章允膺舊典長男普幼稟異質夙應嘉祥既表岐嶷之資日慕恭良（一作日良恭非慕）之性朕以寡昧虔奉宗祧廣明父子之親以及君臣之義命以樂國錫其介珪用敷可久之基爰叶至公之道可封晉王宜令有司擇日備儀（一作禮）冊命主者施行（寶慶元年十一月）

冊梁州都督漢王元昌文　岑文本

維貞觀元年十二月巳卯皇帝使某副使某持節冊命曰於戲夫易陳利建道貫三才傳稱夾輔業隆百世是以周之魯衛式固維城漢之梁趙克隆（一作昌）盤石惟爾使持節都督梁洋集畢四州諸軍事梁州刺史漢王元昌幼聞教義器識聰明早開土宇禮數優隆（一作崇）遏矣南郊襟帶西蜀按郡之重茂親是寄持名之譽恭月有聞是用式以茅賦（一作土）備茲典冊爰誓山河允作藩屏朕聞曰事君盡禮資於孝敬爲政以德始於仁厚故士無貴賤由之者揚名時無古今背之者殄行徃欽哉爾其執心於忠孝踐行於儉約無好逸豫以犯非禮無縱嗜欲以邇宵人明率舊章永保疆土可不慎歟（爾其至慎歟四十字一作爾其去奢從儉遠佞尊賢克効匪懈垂憲乃後可不慎歟）

冊潞州都督韓王元嘉文　前人（一作初學記）

維貞觀十二年四月巳卯皇帝使某官某持節冊命曰於戲肇自黃唐洎乎漢晉莫不敦睦（詔令作穆）親戚任用賢能咸作疆土世爲藩翰惟爾使持節潞沁韓澤四州諸軍事潞

州刺史韓王元嘉識量沉厚業尚脩整夙稟趨庭之訓早膺折桂之寵上黨奥壤地連秦晉開國之典攸居按部之譽允穆是用率由故實光備寵章式固維城傳之永世朕聞曰詩書禮樂仁義之府也孝友忠信人倫之基也是以河間之賢在於脩學東平之譽成於爲善往欽哉爾其覽載籍之旨求聖賢之訓戒茲邪僻以仁厚爲心易彼怠荒以重慎爲德乃服明命（詔令作明乃服命）勿替敬典可不慎歟

冊遂州都督彭王元則文　前人

於乎蓋五等肇於帝軒周殷不改其制六條創於有漢魏晉必修其道是知選賢建戚莫先於藩衛經邦政治允資於刺舉惟爾使持節督遂普果合四州諸軍事遂州刺史

彭王元則幼稱岐嶷夙禀義方褰帷汝潁之地聲績可紀建旟巴蜀之境風俗以康是用率由令典錫茲寵命傳爾子孫長爲唐輔朕聞爲臣子者踐行繼於忠孝處富貴者貽戚在於驕奢故能播名當時垂芳後裔往欽哉爾其監于經籍詢于蓍龜見善如不及見惡如探湯無違禮以害身無縱欲以敗俗夙夜匪懈罔有後羞可不慎歟

册雍州牧左武侯大將軍越王泰改封魏王文

維貞觀某年某月某日甲子皇帝曰於戲昔在哲后受命君臨並建茂親以爲藩衛然則古之列國今之按部循名或異立政是同皆所以共治黎元俱獎王室克隆鼎祚咸悉由之惟爾雍州牧左武侯大將軍越王泰生而韶敏幼而好學樂善不倦才德日新地則維城禮優分器惟彼三魏寔號五都非親勿居夾輔攸屬是用命爾爲使持節都督相衛黎魏洺邢貝七州諸軍事相州刺史改封魏王傳之子孫長爲藩翰古人有言皇天無親惟德是輔民（詔令作人）心無常惟惠之懷往欽哉爾其監此（詔令作茲）格言無自驕奢無邇邪佞競競業業以保爾茅土可不慎歟

册洺州刺史鄭王惲改封蔣王文　前人

於戲朕光膺寶圖欽若前典崇睦（詔令作穆）親之義固惟城之業並錫之以土地授之以刺舉爰誓山河永作藩翰惟爾洺州刺史鄭王惲幼稱岐嶷早聞詩禮式開土宇允備車服惟彼漢地兼舊楚作鎮之重僉議攸歸是用命爾爲使持節襄州諸軍事襄州刺史改封蔣王傳之子孫長爲唐輔朕聞立身之基曰忠與孝爲政之本曰禮與德行之則成名違之則喪道詳求大訓莫此爲先往欽哉爾其祗服朕詔敦演（詔令作說）經典無奢侈以乖節儉無逸豫以虧謹肅聿修厥德垂徽於永世可不慎歟

册岐州刺史許王元祥改封江王文　前人

於戲蓋王者受命聖人作則垂法度以經邦選賢戚以布政作屏王室莫先於胙土共治天下寔寄於頒（詔令作班）條惟爾岐州刺史許王元祥幼禀義方早有志尚地惟邢晉禮優河裴（疑姑）蘇輿壤舊吳是宅既建作牧必俟懿親是用命爾爲使持節蘇州諸軍事蘇州刺史改封江王傳之子孫世爲唐輔朕聞曰孝敬忠貞人之美行也禮讓仁恕政之善經也是以奉上者戒於邪僻御下者儆於驕傲然後能保其疆土和其民人往欽哉爾其鑒持身之規求爲邦之道尊五美而屏四惡近君子而遠小人祗畏競競無替朕訓可不慎歟

册紀王慎爲荆州都督文　上官儀

維顯慶伍年歲次庚申某月某朔某日甲子皇帝若曰於戲南紀之津上躔翼軫西浮之路旁帶巴巫信形勝之大澤是英靈之奧府恤隱之寄懿親攸屬頒（詔令作班）條之美良翰爰歸左衛大將軍澤州刺史上柱國紀王慎漸天潢而含潤資日觀以摛文藝重三雍道優二陝梁地挺秀燕館

趨贊位表銜珠入光蘭猗職華分竹出美棠陰簡惠以孚聲績斯邵是用命爾爲使持節都督荆岐岳朗等四州諸軍事荆州刺史上柱國紀王動封竝如故往欽哉夫道德齊禮乂布政之化踐孝施仁誠立身之本必宜周旋勿墜雅譽彌高勉脩廼職對揚休命可不愼歟

詔冊虢王鳳爲青州刺史文　同前

維麟德元年歲次甲子正月巳酉朔二十一日巳巳皇帝若曰剪商胙邑寵秩盛於隆周懲秦錫（一作啓）社徽名崇於有漢況乎爵窮五等榮總六條乃茂德之攸升固非賢之罕（一作而靡）擇泌州刺史上柱國虢王鳳稷局端嚴襟神秀整道光懿戚望重宗維恭愼之心符小言而緝譽虛凝之度

包大雅而揚聲體備剛柔藝殫文武騰芳桂巘動貞韻而鏘金寫照荷池嚮清文而振玉若廼緇源廻跨岱址斜臨人被萊風俗兼齊舊布中和之化申簡惠之風觀政所先建邦斯在（一作親）是用命王使持節青州諸軍事青州刺史勳封如故往欽哉王其克邁十倫稽往賢之峻躅勤宣九德蹈前哲之英規絕浮競之津廣眞淳之路光昭淑問可不愼歟　一作唐大詔令

詔冊江王元祥爲鄜州刺史　前人

維麟德元年歲次甲子正月巳酉朔二十二日庚午皇帝若曰於戲列爵開基資連屬而敷化班條馭宇籍藩衛而裁勵是以（一作知）光闡帝猷發揮人極冏宗庶而兼列必親賢而竝建鄜州刺史上柱國江王元祥識尚閑儁體局貞凝履順而居眞（一作自居）冲輝（一作僞）而持（一作待）物梁臺旣啓皆准之裾爰萃（一作竝）舘（一作宮）載闢發清之駕相趨甄綜掩於河書精通符於沛易無道（一作神道）糾察政叶寬平包吐茹之奇逝弦常之用乃至地隣宗翼俗備（一作格）於五方壤密廻（一作寰）封潤沾於九里是用命王爲使持節鄜州諸軍事鄜州刺史勳封竝如故往欽哉懋德惟忠持盈在約思勤躬而景問無弛度以斅名宗簡正之規邁安常之節祗膺寵命可不愼歟　一作唐大詔令

詔冊周王爲并州都督文　前人

維龍朔元年歲次辛酉十月癸亥朔十七日巳卯皇帝若

曰夫騰華星苑崇名器於藩維憑暉日御峻寵章於侯服故本枝增蔚鴻緒滋繁而汾陽奧區鎮龍山而控遠冀方（一作北非）腴壤接鴈塞而疏疆連率之寄親賢攸屬咨爾洛牧上柱國周王顯風則開秀器彩靈（一作虛）明識表魏州之象詞掩蘭臺之駕西園孤月秀心鏡而齊鳴小山叢桂偃情田而竝烈溫恭夙邵（一作卲）業尚日新棣蕚交芬瑾璋具美是用命爾爲使持節都督并汾箕嵐等四州諸軍事并州刺史牧及勳封竝如故爾其克脩天爵事（一作聿）苞地義方資化敷大夏惠漸京陵必宜鈌社鳴桴（一作鈌社鳴鵂）褰帷廣聽懋宣聲績長綏福履光膺顯命可不愼歟（一作皆唐大詔令）

冊詔殷王旭輪文　前人

維龍朔三年歲次壬戌十二月景戌朔六日辛卯皇帝若曰於戲夫握鏡黄道經邦盛於建侯司契紫宸體國昭於宗翰故廼作延邳（疑作郕）鼎之業歷峻豐社之基惟爾第四子旭輪毓景星纏遵源天漢亞重離而接耀承少海而分瀾秀質挺華（一作秀實恢華）芳聲金潤天人之望夙彰髫綺大雅之規遐形襁褓幼智該於玄表潛識冠於黄中冊象垂風方慙性與封蟻宣譽終謝生知是用命爾爲王上柱國往欽哉將用齊衡兩獻比迹二南彫藻珪璋粉澤仁義竹池逾浚棣萼增輝（一作華）受茲茅土可不慎歟（一作祗慎）（一作皆唐大詔令）

詔冊殷王爲單于大都督文　前人

維麟德元年歲次甲子二月巳卯朔九日丁亥皇帝若曰

於戲帝子之星憑紫潯而啓耀天孫之嶽峙青路而摛光故慶表栽梧德成觀梓皇封叡屏聲孚地軸之西儲秀英藩風偃宸街之北冀州大都督上柱國殷王旭輪金精挺秀玉顗層敷姿表淹凝符（詔令作器）彩閑雅淮南之鏡混冲昭於髫宸雎陽之藻齊洪輝（或作耀）於綺日緑車就駕朱邸洞開勝道招英賜田期彦蕙徽清風宜芳於大雅蓋承流日（詔令作月）澄華於高義固以聯崇蹕於河楚疊茂軌於鄞郈是用命爾爲單于大都護大都督勳封並如故往欽哉爾其緘訓趨庭競懷履薄方資威橫鴈塞惠漸龍沙光膺朝獎可不祗慎

冊汴王邕文　蘇頲

維景龍四年歲次庚戌五月辛亥朔二十八日戊寅應天神龍皇帝若曰易不云乎義崇於利書不云乎道尚於敦睦故知树藩屏者以奉先王之言强宗室者乃歸諸父之胤咨爾金紫光禄大夫行秘書監檢校太尉殿中監知隴右三使仗內諸閑廐上柱國嗣虢王邕爾門膺魯拜地冠虞封本以忠孝仁義之規成乎宣慈惠和之業思窮占（東觀漢紀沛獻王輔善京氏易永平五年少雨上以易林占之繇曰蟻封穴户大雨將軍上問輔輔曰蟻穴居知雨將至　詔令作沾非）沛經不測其精詞高賦月陳詩莫踰其麗匪惟政脩中夏稱於虢叔固以姻連外戚寵則吾姨遂能在位不驕鳴謙自牧造次何者寧忘服儒從容謂之最樂爲善加以望隆才位聲軼典司動則有恒靜而無撓載刊三

象厨委於殺青爰捧六龍廐填於伏皁故可以榮絶乎四履位徵乎九就夫陳留者徙梁之邑在浚之郊井邑遂割於鴻溝舳艫遠通於巨壑雖帝堯遺俗國中承重厚之風而王武（梁王武一作也賦非）舊邦天下擅膏腴之地親既賢矣我圖爾居是用命爾爲汴王於戲爾其敏厥行祗厥典思不怠畏不法取則前鑒罔貽後羞行作我唐藩以惠于汴土眷之哉其保朕之休命

文苑英華卷第四百四十四

文苑英華卷第四百四十五　翰林制詔二十六

冊文四

諸王冊文二

冊漢中王瑀等文　賈至（見唐大詔令）

惟天寶十五載歲次景申七月戊子朔皇帝若曰咨爾漢中王瑀泉御史中丞魏仲犀王室多難兇逆未誅是用建爾子姪以爲藩屏命爾忠良以攝傅相安危繫是舉可不慎歟夫王侯之體則以任能從諫爲本親賢伏信爲則好問樂善爲心安仁容衆爲節然後能建其功業夾輔王室是以漢之宗王多委政守相故能享祚長久令聞不已朕聞汝瑀能寬大儉約樂善好賢敦悅詩書動必由正而又

於高簡未習政途又聞仲犀才幹振舉憂勤庶績必能固爾磐石匡補闕漏軍旅之事必委其專獄訟之煩必與其決簡賢任能必使其舉懲惡勸善必任其斷惟協惟睦其政乃成同德合義何往不濟於戲瑀其鎮撫黎人莊肅守位仲犀其悉心戮力贊我維城瑀有任賢之名仲犀有忠勤之績匡復社稷戡定寇讎在此行也勗哉其無替朕命

冊魏王文　玉堂遺範

維咸通三年歲次　皇帝若曰夫翦珪分器事炳周經裂地疏封道光漢冊莫不克隆盤石作固本枝並建親賢以崇藩翰朝有定制朕安得私爰稽盛時俾榮錫社咨爾長男佾通輝日月亨慶霄漢（詔令作黄）蔭若木之凝華泒璿源之積潤天姿岐嶷神侍（疑）聰明早彰樂善之規夙有辨膺之知卓爾器度藹然徽猷宜荷寵章以開土宇今遣使門下侍郎兼吏部尚書平章事杜悰副使左散騎常侍趙格等持節命（詔令作冊）爾爲魏王於戲河外名都漳滏奧宅爾其竭奉上之孝敬慎臨下之儀刑守道宜鑒於遠名尊賢無忘於置醴用新魯衞之政以昭間平之德服我休命可不慎歟

冊涼王文　同前

維某年月日皇帝若曰夫維城作捍寔隆定嵒之業大矛列國以盛建瓴之功故廣樹戚蕃畢王子弟歷朝茂典列聖宏規舉而行之朕不敢廢咨爾第三男侹分暉紫極誕

（詔令作挺）質冊宮器度沉詳姿容端粹藹有成人之量形乎佩韘之年志翫楚詩情通沛易不勞師傅之訓動形忠孝之規爰嘉令猷俾建侯社今遣使門下侍郎兼吏部尚書平章事杜悰副使左散騎常侍趙格等持節冊爾爲涼王爾其奄長洪河大啓西土紹于前烈保我舊疆敬慎於朱邸之間謹睦於玳筵之上靖恭其位克廣其心無從匪彝服我休命

冊蜀王文　同前

維某年月日皇帝若曰夫堯序九族周列五等事高維翰（或作幹）道在睦親況居帝子之尊宜荷封王之典用彰慶羡以固洪基咨爾第三男佶符彩昭融咨容朗悟騰英日域

儲秀星樞已多秤象之能㡬是勝衣之歳靜不好弄言必成文曾無紈綺之心每服詩書之訓嘉其幼智錫以大封今遣使門下侍郎兼吏部尚書平章事杜悰副使左散騎常侍裴㭰等持節冊爾爲蜀王爾其宅于坤維建諸赤社既以江漢鎮以岷嶓列爲侯王藩我宮禁以謹恭而接下秉忠孝以律身服是寵光終于戒愼

擬冊齊王文　劉禹錫（以下四篇集無）

維某年月日皇帝若曰咨茲東國境于青州略嵎夷導濰淄鹽飾貢庭縻絲入篚粤在少昊爲爽鳩之域沃若殷商乃薄姑之丘周賓太公之國積海岱之饒習戎華之盛因俗簡禮其政易成咨爾第二子某直諒多聞溫裕有立樂

於爲善力其未能行本貞㦯言依忠孝固可錫茲青社俾藩于東是用命使某官某乙持節冊命爾爲齊王往欽哉宜聽朕命夫敬人可以理國然後已可以得人謂已不明任賢良以爲明謂已不德資師傅以爲德國安則備爾忠孝人散則忝爾君親愼乃厥脩無替休命

擬冊楚王文　前人

維某年月日皇帝若曰衡岳峙靈雲夢潤德錫十朋以備神物包三脊以供王祭浮江潛漢寔曰渚宮俗輕而佻上難其化咨爾第三子某正性自得懿行克脩廣淡居心寬裕推已移此成器綏于荊蠻錫爾赤社以屏南土是用命使某官某乙持節冊命爾爲楚王往欽哉宜聽朕命於戲布政在寬革俗先信分吾之憂以惠黎庶勵爾之志以報君親爲子爲臣克忠克孝臻於二德在理一邦祗敬勿休無忝我命

擬冊邠王文　前人

維某年月日皇帝若曰朕讀詩至豳風見古公亶父之跡然後知王業之難仰惟我太祖太宗之櫛沐風雨以啓天下是用競惕若墜泉谷幽之舊地積德之餘俗厚而忠人悅其上王于茲土克懋賢戚咨爾第四子某質重性和神清氣茂威儀儼若恬淡寡言介然風規坐鎮流俗固可將吾勤儉宣化豳郊錫爾白社藩于西土是用命使某官某乙持節冊命爾爲邠王往欽哉宜聽朕命於戲播種者后

稷公劉之業善繼者古公亶父之志積德行義國人戴之詩有七月之章非惟王業艱難亦俗阜化成之風也爾其日夜思之談以溫柔之教無奪農時使獨戴周德以忝我一人之命

擬冊晉王文　前人

維某年月日皇帝若曰涉河之東千里而廣右泛衛水左據常山蒲阪唐堯所封之丘歷山虞舜隱耕之地晉陽我高祖誓衆之野本晉國也而謂之唐其人憂深思遠有帝堯之遺風焉故我國家因之以啓王業將我朝政保茲舊邦克建戚藩以任賢德咨爾第五男某和裕稟質端貞理身撝謙似不能好善如不足行歸於厚口無擇言本孝克

家資忠體國固可嚴奉啓聖之域綏懷積德之邦錫爾黒
社以藩于北是用命使某官某乙持節冊命爾爲晋王往
欽哉宜聽朕命於戲踐唐堯之地理虞舜之人開高祖之
域爾其兢兢底慎以臨其人思流愷悌之風祗敬興王之
地無一舉足以忘我祖宗艱難之業往利厥土以孚于休

封鄂王制　　蔣神（見唐大詔令）

門下周家受命諸子疏封漢氏造邦二等垂制式崇藩屏
思固本根逮于國朝必稽典憲太宗創乂長之業乃建親
賢列聖遵繼守之文廣分土宇朕獲承丕構敢廢彝章非
唯未保於皇基蓋亦無私於天下第六男潤生而聰敏性
則温恭孝敬夙彰誠明日至能服詩書之教居然禮義之

姿雖在幼年動由義訓周旋知爲善之樂謙和無自伐之
心足（一作是）可以膺大牙之封厚麟趾之慶授以茅社錫其
桐珪俾爲戚藩以輔王室爾宜繼二南之美躅習三雍之
舊儀敬服斯言用光禮命可封鄂王令所司備禮冊命（大中五年六月）

封棣王制　　沈詢

門下朕聞王者建植子弟胙以茅土將欲蕃昌盤石深固
本根周漢之隆率由斯道及我列聖每用舊章所以撫安
生靈保祐中外朕恭承天序敢忝前規爰加立愛之恩厥
廣推公之義憲宗第十八子惴生則温柔性惟聰達神邁
氣朗閎（詔令作閑）禮知方蘊積中之粹和資奉上之孝敬必能
副予之（詔令無之字）友愛始終令圖以耀金枝以輔王室是命
俾開朱邸盛建戚藩載啓唐虞之風用崇麟趾之慶嗚呼
惟茲盛典用別親賢必思繼美二南紹休五等佩維城之
重思外屏之尊無怠無荒服我丕命可封棣王仍令擇日
備禮冊命（大中六年十一月）

冊景王文　　錢珝

維年月日皇帝若曰周官八統其一親親漢制皇子爲王
得使立社於國固本之大哲后皆然咨爾第八男秘當襁
褓（詔令作保抱）之間有敏惠之性亦既總角遂能勝衣黙識天
經潛滋日就未嘗玩物可以疏封乃告守龜且聞叶吉來
受茲典求爲東藩今遣某官某乙持節冊爾爲景王嗚呼

見厥賢而能思賢爾則必賢矣知可逸而能無逸爾則常
逸矣是宜廣王緒承丕休敬而聽之罔失厥度

冊輝王文　　前人

維年月日皇帝若曰古君子篤於親者使天下興於仁也
故二王五子之封非獨立愛而已咨爾第九男祚克岐之
質見善欲遷禀訓導而必開故戲言而不受一隅以（詔令作已）
達四術可陳乃申胙土之章俾奉成人之美（詔令作禮）今遣某
官某乙持節冊爾爲輝王於戲爲臣爲子皆在爾躬有器
有名敢私國典錫類則非孝不可遠耻則非恭不能無替聿
脩以光利建白茅金璽昭物具焉爾其夙夜循思用稱休
命（乾寧四年十月）

冊祁王文　前人

維年月日皇帝若曰廟立之重天序可承將茂本枝式遵懸法肅就至公之體諒非吝予之心咨爾第十男祺植性惟貞（詔令作和）挺才亦秀餙躬罔念於紈素樂善欲忘於鼓鍾枌壤之休自天而體臨軒之命秉禮則安今遣某官某乙持節冊爾爲祁王於戲保在深宮鮮知政（詔令作正）範在（一作任）之作傳我必擇人苟有如常孟之諷諭安國之輔導者爾當俯聽其言勤行其教使我自家之訓克刑于（詔令作彰於）萬邦而固爾建社之寵不其大哉（乾寧四年十月）

冊雅王文　前人

維年月日皇帝若曰周王之嗣分茅土者十五國漢景之

代書簡冊者十三王朕以寡昧之資奉神靈之統每顧諸子實惟天休期訓導之將成諒封建而可享咨爾第十一男祺方當稚齒復在深宮有知憂知懼之心見聞詩聞禮之志（詔令作學詩學禮之性）自然而稟最樂不渝遂詔有司往申舊典今遣某官某乙持節冊爾爲雅王於戲受冊之命重屬汝躬列聖在宮百辟在位在天必聽在位必觀罔怠交脩用承多祐（光化元年十一月）

冊瓊王文　前人

維某年月日皇帝若曰不廢懿親大封同姓吾嘗觀於經籍矣然而歷代賢君正名用典必擇材行使之光昭其可以子弟之私恩冒先王之成憲朕雖不德必慎有爲咨爾第十二男祥於兒戲之時多幼敏之智謂之材也不曰近乎處昆弟之間有推讓之性言其行也不曰類乎是宜疏封且命申誥今遣某官某乙持節冊爾爲瓊王噫作德日休爾則逸作僞日拙爾則勞擇利而行令名斯至

封棣王虔王沂王遂王制　陸扆

門下我國家奄宅中區光啓祖業拆珪胙土唯親與賢故本根茂而枝葉榮王室尊而藩屏壯肆予眇末叨獲纂承賴至道之玄慈鍾列聖之餘慶頃茲胤嗣實謂蕃昌爰稽典謨用建邦土第三男栩星辰毓粹岳瀆降靈早彰岐嶷之姿克稟徇齊之度第五男禊龜龍應瑞鵬鶚凌空溫恭自得於天和穎悟實由於神賦第六男禋璆琳挺秀鸑鷟

呈祥爰當好弄之年雅號夙成之器第七男禕珠璣耀彩菌簵含貞風神潛茂於端莊質性已彰於惠敏而皆生知孝敬志樂文儒問安靡曠於晨昏稟訓每由於詩禮智有刻舟之妙辯多對日之奇是宜分以白茅錫其朱邸叶犬牙於漢制光麟趾於周詩厭次名邦境連於齊魯南康粵壤上接於荊吳瑯瑘（詔令作敦）儒素之風遂寧實阜殷之俗咸稱重地各服徽章於戲器以琢成道由學顯勉稟君親之教敬承友傳之規勿追平樂之歡無好任城之勇懋建厥德永享于休栩可封棣王禊可封虔王禋可封沂王禕可封遂王仍令所司擇日備禮冊命主者施行（乾寧元年十月）

皇第十一男禛封雅王第十二男祥封瓊王制

張玄晏

門下成周之建藩翰也本以宗盟大漢之分茅社也先諸子弟推強幹弱枝之義遵自家刑國之文用能夾輔公朝尊奬王室朕上承宗廟下撫黎元罔安(詔令作妥)萬邦惠綏群品事必在於師古理寧繫於徇私爰舉舊章式爲令典第十一男禎忠肅挺秀清明在躬孝敬本於生知端粹資乎神授蘊題鞭之妙思慕置醴之前規第十二男祥美秀呈姿溫良毓德體寬雅以情(詔令作成)性持原兼而立身蹕爲善之懿圖繼好學之休譽咸在齠齔克守義方必當茲茂清徽俱爲令器是用各分圭瑞並列封疆申以渥恩委之善地於戲當締紱之歲膺茅土之榮厭序聯芳犬牙錫壤爾宜

啇以蓰裒儉而在公善交應徐敬師申白交脩魯衛之政俾成䕫内之風往惟欽哉服我丕訓禎可封雅王祥可封瓊王仍令所司擇日備禮冊命主者施行(光化元年十一月)

皇帝第八男祕第九男祚第十男祺封王制(詔令作封景王輝王祁王制)

鄭璘

門下昔者明王臨御之理立德於至道茂緒於惟親朕嗣守丕圖祗若鴻訓未嘗不稽古以建于邦家勵精以奉我皇唐之宗祖況洎漢而還封冊之重抑有前典煥乎彝章當知子之敢私亦内舉之良媿第八男祕粹和包美謹厚自居踐禮樂之德文佩詩書之義府第九男祚生而向善夙賦好謙克明教導之風蔚有端莊之質第十男祺後星表(詔令作會)潤甲觀呈祥妙彰岐嶷之姿雅得聰明之性而又並標嘉器皆稟溫文慰沃且多寵數冝舉爰擇重地式崇其名於戲恭乃脩持服諸訓順俾成(詔令作盛)盤石之固允膺典禮之榮勉樹令徽各欽休命祕可封景王祚可封輝王祺可封祈王(乾寧四年十月)

文苑英華卷第四百四十五

文苑英華卷第四百四十六　翰林制詔二十七

册文五

皇后册文

册皇后文(詔令作太上皇立皇帝妃爲皇后制)　内制

睿宗誥曰王者建邦設内輔之職聖人作則崇陰教之道式清四海以正二儀妃王氏冠蓋盛門幽閑令德藝兼圖史訓備公宮頃屬艱危克揚功烈聿興昌運實賴贊成正位六宮宜膺盛典(詔令作禮)可册爲皇后(延和元年七月)

册淑妃王氏爲皇后文　陸贄

維貞元二年某月日皇帝若曰乾坤合德聖人則之惟帝承天惟后配帝嗣續百代母臨萬邦位定于(集作於)中而尊

加於外德修諸己而化被於(集作于)人御於家邦所繫斯在三代崇替靡不由之予是以詢衆採賢重難兹命中壼虚位於(詔作于)今歷年陰儀或虧宗事無主(集作相)缺於典禮朕甚愧焉稱是徽章聿歸全德咨爾淑后王氏天與淳(集作純)粹氣(集作神)鍾元和含章在中發秀于外卓爾風操穆然容輝周旋中規進退有度仁愛恭儉本於生知詩書禮樂成自師氏竭于(集作其)孝弟祗事先朝承訓(集作順)無違克諧尊旨徙居桂苑淑問已彰洎奉椒塗謙光載路六宮攸叙九族以親嘗屬艱迍(集作屯)累從行幸思賢才以輔佐知臣下之勤勞庶績伊(集作其)凝頻資内助永念頃筐之志凡懷求劍之情崇位長秋永懷盛典矧惟元子貞我萬邦稽以舊章是宜從貴今遣攝太尉某官某乙持節册命爾爲皇后嗚呼敬哉王教之端始於内範風美關雎之化雅詠思齊之德罔懈厥位忝于前脩克念有終庶無咎悔奉承休命可不慎歟

册淑妃爲皇后文　錢珝

維乾元五年歲次戊午四月庚子朔二十七日丙寅皇帝若曰惟王法天惟后象地統理之道相須而成秉陽雖繫於昭垂養物必歸於厚載惟(詔令無惟字)處大倫而克正輿元化而同光上贊君臨旁資婦順遠徵百代咸本六經而禮曠累朝位虚中壼嚴禋怵惕玉齍無所進之人内令寂寥彤管有不書之史興廢之重作配實難咨爾淑妃何氏柔

既可觀儉皆中度外言罔入懿則自成處閑房而椒亦蜚聲御(詔令作遇)衆妾而未能逮下洎邦家多難輔佐克勤每見求衣未嘗安寢先知旰食不視晨脩欲齊京室之賢罔慕長秋之盛勞謙之報降福是宜乃顧皇儲仍因子貴公卿來請龜筮斯從實上帝之所嘉諒朕心之可柳今遣某官某持節册爾爲皇后於戲極位正名居尊齊禮典一申而百神聽禮一行而萬國歡(詔令作知)懼恐(詔令作誠懼)可以保其名齊莊可以守其位徃司(詔令作弘)陰教以永天休

册淑妃何氏爲皇后文　楊鉅

門下朕博採大易聊觀詩訓觀柔剛咸感之象賦鳴鳩肅雍之德將以視天下之内理叙人倫之大端宜于家邦厚

示風化㤗九廟在上籩豆是薦三揖在下綦章具陳得不敬（詔令作虔）乃禘禴稱茲典禮俾承光於軒耀式正位於坤儀淑妃何氏明配圓靈德符厚載珪璋特達鸞鳳萎蕤同輦必辭脫簪能諫四德克備六宮是推述壺職以彌勤煥彤史而斯美況惟元子既登儲貳順考古道雅協徽章受貞吉辰薦于盛典咨爾克持婦政以率內和齊莊是儀用諧靜德明章之道允在茲乎

公主冊文

冊信成公主文　孫逖

維開元二十五年歲次丁丑八月癸卯十五日丁巳皇帝若曰於戲易著于歸詩稱下嫁所以正風化厚人倫也咨

爾信公主淑慎由衷聰（詔令作柔）明形外訓以師氏頗詳環珮之儀修其婦功更習紘綖之藝曰徵先近年及有行宜錫徽章俾膺茂典今遣使金紫光祿大夫兵部尚書兼中書令集賢院學士修國史上柱國晉國公李林甫副使中大夫守中書侍郎集賢院學士徐安貞持節禮冊（四字一作持節冊爾為信成公主）爾其光昭閫德弘長國風無怠厥心永綏介福可不慎與

冊昌樂公主文　前人

維開元二十五年歲次丁丑八月癸卯朔二十九日辛未皇帝若曰於戲好合之禮以正人倫肅雍之德用成婦道咨爾昌樂公主生知法度性與柔和函聞彤史之言頗識采蘋之事素以為絢既閑於內則梅有其實式遵於下嫁宜膺冊書之命以備車服之庸今遣使銀青光祿大夫工部尚書牛仙客副使黃門侍郎陳希烈持節冊禮（四字一作持節冊爾為昌樂公主）爾其欽崇四教承順六姻式是大邦受茲明命可不慎歟

冊高都公主文　前人

維開元二十五年歲次丁丑九月壬申朔十一日壬午皇帝若曰於戲古之聖人垂訓作則必正內外之位以明婚姻之禮茲爾高都公主生於宮闈自稟幽閑之性教以師氏更彰柔順之（詔令作更有徽柔）則能循法度克慎言容魯館于歸沁園將啓宜膺冊命俾叶典章今遣使工部尚書牛仙

客副使黃門侍郎陳希烈持節禮冊（四字一作持節冊爾為高都公主）爾其自下于心增修厥德式瞻清懿永固恩榮可不慎歟

冊永寧公主文　前人

維開元二十六年歲次戊寅八月丁酉朔二十二日戊午皇帝若曰於戲人倫式敘以正國風女子有行將成婦道咨爾永寧公主自幼及長終溫且惠引圖史為鏡鑑用柔和為粉澤許嫁而笄既遵於彝（詔令作禮）典備物之冊宜承於寵命今遣使金紫光祿大夫兵部尚書兼中書令李林甫副使上柱國徐安貞持節禮冊（四字一作持節冊爾為永寧公主）爾其謙恭自下淑慎為先無忝公宮之教永貽邦媛之則可不慎歟

冊臨晉公主文　內制

維開元二十六年歲次戊寅閏八月丁卯朔十六日壬午皇帝若曰於戲古之帝女下嫁諸侯以正婚姻之大（詔令作懿）綱昭肅雍之令德咨爾臨晉公主蹈和成性體順爲心頒協生知之敏更承師氏之訓柔明益著淑慎攸彰蕙四教而不遠勤六行而無斁近日云吉嘉禮有期宜穆彝章載光冊命今遣使侍中𨚗國公牛仙客副使黃門侍郎陳希烈持節禮冊爾其克遵法度用廣徽猷發明閫德垂範于後可不慎歟（此篇英華題作公主出降制誤入封制中）

冊嘉誠公主文　陸贄

維貞元元年歲次乙丑六月甲子朔十三日丙子皇帝若

曰王者以義睦宗親以禮敦風化義之深實先於友愛禮之重莫大於婚姻故春秋書築館之儀易象著歸妹之吉予是用祗考令典（詔令作明義）率由舊章（二句集作追考前典舊章率由）咨爾嘉誠長公主孝友柔謙外和內睦（集作內和外敏）公宮禀訓四實（集作德）備修（孝友至備修十六字詔令作特禀生知重承先訓行必中則意不遠仁柔謙惠和孝友純懿嘉乃全德特惟咸人）踈邑啓封命公爲主徽章所被（詔令作備物）禮實宜之今遣使光祿大夫檢校司徒同中書門下平章事沂國公勉持節冊命（四字一作持節冊爾爲嘉誠公主）爾往欽哉（詔令作嗚呼戒哉）下嫁諸侯諒爲古制肅雍之德見美詩人和可以克家敬可以行已奉若茲道求乎于休懋敦王風勿墜先訓（詔令作懋昭令問無替朕命）光膺盛典（詔令作禮）可不慎歟

擬公主冊文　劉禹錫（集無）

維某年月日皇帝若曰桃李發詠雲日連輝禮秩克柔肅雍載美築館大國建號名邦乃躅通規用光懿範咨爾長女金枝寵慶玉質輝奇蘊異體和含章挺秀柔順懿德幽閑可貞巳及初笄言從下嫁主之以同姓叔父配之以貴族聞人式遵舊儀錫是土宇是用命使某官某持節冊命爾爲某公主於戲何彼穠矣詩之國風盖美王姬能成婦道爾其克念以敬所從無忝戒之休命不其衎歟

冊益昌公主文　薛廷珪

維乾寧元年歲次甲寅十月庚申朔十四日甲子（通鑑作庚寅朔十四日癸卯當考）皇帝若曰粤昔漢須魯風魏錫常山縣鍾愛以

分封亦推賢而別壤前王茂典歷代成規朕命嗣守不敢失墜咨爾第七女蘭芷（詔令作芷）芳猷肅雍懿範坤順之性體於自然天倪之資禀于陰教不明爾德孰慰我心爰稽舊章俾率彝訓乃疏湯邑仍錫粉田所以示鳴鳩均養之仁樂螽斯宜爾之慶夙興夜寐無忘女史之箴下氣怡聲勉胥家人之禮女儀婦道可不慎與

公主制

封皇第二女常芬公主等制　蘇頲

黃門諸女皆封先王之制第二女等慶聯霄漢體自穠華常閱禮於后庭必聞詩於師氏朕撫臨億兆憲章古昔俾裂河山之賦用疇湯沐之恩可依前件主者施行（開元三年十二）

月十日

封高都公主等制　孫逖

門下肅雍之範以成女德湯沐之賜爰著國章第十一女等生於公宮訓以師氏溫惠之性頗有天姿圖史之學仍聞日就初笄甫及外館將歸宜（詔令作因）司待禮之期式備疏封之典可依前件仍各實封一千戶主者施行

封永寧公主制　前人

門下自昔帝女必建封邑典章不易等數猶存第十七女幼而閑和長實徽懿引圖史以自鑒用肅雍而成德（詔令作邑）將擇近日言遵下嫁宜承湯沐之賜以備車服之庸可封永寧公主邑（詔令作食實）封一千戶主者施行（開元二十六年）

封平昌公主制　前人

門下詩美肅雍遠著於風雅禮有封建乂存於簡策第十九女尚柔成德克順由衷稟於天然自有閑和之性訓以師氏備詳圖史之學宜開湯沐俾叶典章可封平昌公主食邑一千戶主者施行

封永昌公主制　制集

門下普寧公主天泉浴（詔令作滋）德崇蘭發彩纂組之華每工於經目保阿之訓深得於雅言（詔令作稚）禮必叶中言無出閫（詔令作容禮必叶言行無間）從容珩璜之韻婉娩柔嘉之儀而疏封舊邦禮宜改避是擇美邑再申異恩可改封永昌公主主者施行

第七女封公主制　元稹（見集本）

門下長女等抱子弄孫之榮貴賤之大情也朕以四海奉皇太后於南宮問安之時諸女侍側螽斯之慶上慰慈顔鳲鳩之仁內懷均養雖穠華尚少出閤未期而湯沐先施分封有據宜加美號以表令儀可依前件主者施行

第十二妹等四人各封長公主制　白居易（見詔令集無）

勑古者帝子下嫁必使王公主焉近代或有未笄年而賜湯沐者亦加公主之號以寵重之第十二妹等先皇帝之子也比朕之子宜加等焉故當幼年各封善地咸命為長公主未及釐降先開邑封所以慰太后慈念之心表先帝肅雍之訓亦欲使吾孝理之道敦睦之風自骨肉間以及天下可依前件

封大和長公主制　前人

勑公主之封號也或以善地或以嘉名立愛展親茲惟舊典第四妹端明成性和順稟教靜無違禮故組紃有常訓動必中節故環珮有常聲歲茂穠華日新淑問乃眷肅雍之德俾開湯沐之封可依前件（集作可封某公主）長慶元年三月

封盛唐公主制　蔣伸

門下展親外館則必待年廣愛中闈宜先啓邑第七女祥開銀漢秀發金枝孝敬生知柔閑早稟克奉姆師之訓每遵詩禮之文法度自持穠華益茂爰申彝典載錫嘉名俾承湯沐之封式示邦家之慶可封盛唐公主備禮冊命

此爲英華誤入册文中今移于後

文苑英華卷第四百四十六

文苑英華卷第四百四十七　翰林制詔二十八

册文六

九錫文

册陳王九錫文　徐陵

大哉乾元資日月以貞觀至哉坤元憑山川以載物故惟天爲大陟配者欽明惟王建國翼輔者齊聖是以文武之佐磻溪蘊其玉璜堯舜之臣榮河鏤其金版况乎體得一之鴻姿寧陽九之危厄援（陳書作極）横流之（南史作於）碣石撲燎火於崑岑（南史作岡）驅馭於帝彭畤暱於齊晉神功行而靡用聖道運而無名者乎今將授公典策其敬聽朕命日者昊天不弔鐘亂于我國家漏網吞舟強胡内鼎茫茫宇宙慄慄

黎元方趾（陳書作足）圓顱萬不遺一太清否抗橋山之痛已深大寶迍如平陽之禍相繼上宰膺運康救兆民（南史作黔黎）鞠旅於滇池之南楊旌於桂嶺之北懸三光於已墜謐四海於群飛屠窫窳於中原斬鯨鯢於蒙汜功滿上國光啓中興此則公之大造於我皇家者也既而天未悔禍夷醜存臻南夏崩騰西京蕩覆群胡孔熾藉亂乘間推納藩枝盜假神器冢司昏撓旁引寇讎既見貶於桐宮方謀危於漢閣皇運已殆何殊贅旒中國摇然非徒如綫公赫然投袂匡救本朝復莒齊都平戎王室朕所以還膺寶曆重履宸居挹建武之風猷彰（南史作歌）宣王之雅頌此又公之再造於皇家者也應務之初登庸惟始三川五嶺莫不窺臨銀

洞珠宮所在寧謐孫盧肇亹越貊爲群（南史作災）番部阽危勢將淪殄公赤旗所指袄疊洞開白羽纔撝凶徒粉潰非其神武夂喪南藩此又公之功也大同之末邊政不修李賁狂迷竊我交愛敢稱大號驕聲（陳書作恣）甚於尉他據有連州雄豪熾於梁碩公英謩雅筭電埽風行馳御樓船直跨滄海新昌典徼（陳書作徼）備履艱難蘇歷嘉寧盡爲京觀三山豫洞八角轡郵遂矣水寓（南史作寓）之鄉悠哉火山之國馬援之所不届陶璜之所未聞（南史作開）莫不懼我王靈爭朝邊候歸賧天府獻狀鴻臚此又公之功也自寇虜清（南史作陵）江宮闈幽辱公枕戈嘗膽提劔折心（陳書作摧）氣漏清霄神飛紫路（陳書作閣）而番禺連率本自諸夷言得其朋是懷同惡公伏此忠

誠秉機勳定執沛令而豊鼓平新野而據鞍此公之功也世道多艱方隅多難動門桀黠作亂衡山兵切池隍衆兼夷獠公以國盜邊境知無不爲衈是同盟誅其醜類莫不魚驚鳥散面縛頭懸南土黔黎重保蘇息此又公之功也長驅嶺嶠夢想京畿緣道首豪遞爲榛梗路養渠率全據大都蓄聚逋逃方謀岨亂百樓不戰雲梯之所未窺萬弩各張高墉（陳書作牖）之所非敵公龍驤虎步嘯咜風雲（一作雲從風生）山靡堅城野無強陣清妖氣於瀨石滅沴氣於雩都此又公之功也遷仕凶悪屯據大皐乞活類馬騰之軍流民多杜弢之衆推鋒轉鬬自北徂南頻歲稽誅實惟勍虜公坐揮三略遂制六奇義勇同心貔貅騁力雷轟電擊谷靜山

空列郡無犬吠之驚篆祠罷孤鳴之盜此又公之功也王師討虜次届淪波兵乏薰儲士有飢色公迴麾彭蠡積穀巴丘億庾之詠斯豐壺漿之旿（陳書作迎）是衆軍民轉漕自無砥柱之難舳艫相望如運敖倉之府犀渠貝胄顧蔑雷霆高艦層樓仰捫霄漢故使三軍勇悅（南史作銳）百戰無前承此軍糧遂殄凶逆此又公之功也若夫英圖邁俗義旅如雲溢疊猜携用淹戎略公志唯同獎師克在和鵠塞非虞鴻門是會若晉侯之誓白水如蕭王之推赤心臽禮交盟人祇感咽故能使舟師並路遠近明心（南史作遠邇歸心）此又公之功也姑孰襟要崤函所（陳書作阻）憑寇虜據其關梁大盜負其高錀公五（南史作一）校栽撝三犨並奮右角沙潰左廣土崩（南史

作左賢右角沙潰土崩）木甲殪於中原亹裘赴於江水他他藉藉萬計千群鄂坂之隘斯開夷庚之道無塞此又公之功也義軍大衆俱集帝京逆豎凶徒猶屯皇邑若夫表裏山河金湯險固蹠龍首以抗殿剪華岳以爲城雜虜憑馬強兵白若公迴茲地軸抗此天羅曾不崇朝俾無遺噍軍容甚穆國政方修物重覩於衣冠民還瞻於禮樂楚人蒲道爭歸於葉公（陳書作覩）漢老銜恩俱歡於司隸此又公之功也天子內難（南史作內難初靜）諸侯出關外郡傳烽鮮卑犯塞莫非沮渠當户中貴名王冀馬迴於淮南胡笳動於徐北公舟師坐（南史作步）甲亘野橫江殲厥群羝逐殫封豨莫不絓木而止戎車靡遺遇濘而旋歸駿（陳書作駿）盡殪此又公之功也公克黜禍

難劬勞皇室而孫甯之黨翻格狄人（陳書作心）伊洛之間咸爲虜戎雖金陵佳氣石壘天嚴（或作巖）朝闇戎塵夜喧鉦鼓公三籌既畫八陣斯張裁梟靈鉦亦抽金僕咸俘醜類悉夊高墉異李廣之皆誅同龐元之盡赦此又公之功也任約叛換梟聲不悛戎羯貪婪狼心無改穹廬氊幕抵北闕而爲營烏孫天馬指東都而成陣公左甄右落箕張翼舒掃是攙搶驅其獮狁長狄之種埋於國門推髻之首烹於軍市投秦坑而盡沸噎洪水而不流此又公之功也一相居中自折爨鼎五湖小守妄懷同惡公夙駕兼道衣製袂戎玉斧將揮金鉦且戒袄寇（南史作酋）褰帽遽請灰釘䙝櫬以表其含弘焚書以安其反側此又公之功也賊龜凶横陵虐

具區阻兵安忍憑災怙亂自古蟲言鳥跡渾沌洪荒允或履劉未此殘酷公雖宗居汝潁世寓東南育聖誕賢之鄉含章挺生之地眷言桑梓公私憤切卓爾英猷承規奉筭戮此大憝如烹小鮮此又公之功也亂離未久（陳書作末）群盜孔多浙右凶渠連兵搆逆豈止千兵五校白雀黃龍而已哉公以中軍無率選是親賢姧寇途窮（自豈止至途窮二十七字見陳書而南史及英華但云勢窮力蹙而已）漼然冰泮刑唐（陳書作漘又注作塘）之所文命動其天（陳書作大）威雷門之闇（陳書作間）勾踐行其嚴戮英規聖跡異代同風此又公之功也同姓有扈頑凶不賓憑籍宗盟圖危社稷觀兵匯澤勢褭京師威迫蠻夷（陳書作驛率南蠻）已爲東帝公論兵於朝堂之上決勝於樽俎之間冠賈樊勝浮江下瀨一朝萬撲無待甸師萬里澄清非勞新息此又公之功也豫章袄寇依憑山澤繕甲完聚多歷歲時結從連横爰洎交廣呂嘉既獲吳濞已擒命我還師征其不恪連營盡拔僞黨斯擒曜聖武於匡山廻神旗（陳書作旌）於彝泒此又公之功也自八紘九野瓜割（一作剖）豆分窮帝偷王連州比縣公武靈已暢文德又宣折簡馳書風猷斯遠至於蒼蒼浴日杳杳無雷北洎夫夫之鄉南踰女子之國莫不屈膝拜手（陳書作膜拜）請（陳書作求）吏款關此又公之功也京師禍亂亟積寒暄雙闕低昂九門寥廓寧秦宮之可視豈魯殿之猶存五都簪弁百僚卿士胡服縵纓咸爲戎俗高冠厚履希復華風宋微子麥穟之歌周大夫黍離之詠較於斯日未

足爲悲矣公求衣昧旦旰食高春興搆宮闈具瞻遐邇郊庠宗稷之典六符十等之章復（南史作還）聞太始之風流重覩永平之遺事此又公之功也公有濟天下之勳（南史作重）加之以明德成性合道威德符天（南史作凝神體道合德符天）用百姓以爲心隨萬機以成務恥一物非唐虞之民歸含靈於仁壽之域上德不德無爲以爲夏長春生顯仁藏用忠信爲寶風雨弗騫（陳書作無愆）仁惠爲基牛羊勿踐功成治定（南史作化合）樂奏咸雲安上治民（南史作御人）禮兼文質物色丘園衣裾里巷朝多君子野無遺賢菽粟同水火之饒工商富猗頓之旅是以天無藴寶地有呈祥滴露卿雲朝團晚（陳書作曉）映山車澤馬服馭金閑（陳書作登）既昺煥於圖書方歲紀於史牒高勳

踰於象緯積德冠於嵩華固無德而稱者矣朕又聞之前
王宰世茂賞尊賢式樹藩長惣征群伯二南崇絶四履遐
曠泱泱東(南史作表)海祚土維齊巖巖泰山俾侯于魯抑又勤
王反鄭夾輔遷周召伯之命斯隆河陽之禮咸備况復經
營宇宙寧唯斷鼇足之功弘濟蒼生非直鑿龍門之險而
疇庸報德寂爾無聞朕所以垂拱當宁載懷慙恡者也今
授公相國以陳留等十郡(六字南史作以南豫州之陳留南丹陽宣城楊州之吳興東陽新安新寧南徐州之義興江州之鄱陽臨州十郡)封公爲陳公錫茲青土苴以白
茅爰定爾邦用建冢社昔姬(南史作旦)奭分陝俱爲保師晉鄭
諸侯咸作卿士兼其內外禮實攸宜今命使持節兼司空
王通授相國印綬陳公璽紱使持節兼司空王瑒授陳公

茅土金獸(南史作虎)符第一至第五左竹使符第一至第十相
國秩踰三鉉任惣百司位絶朝班禮由事華其以相國惣
百揆除録尚書之號上所假節侍中貂蟬中書監印章中
外都督太傅印綬義興公印策其鎮衛大將軍楊州牧如
故又加公九錫其敬聽後命以公禮爲楨幹律等衡策四
維皆舉八柄有章是用錫公大輅各一玄牡二駟以公賤
寶崇穀疏爵待農室富京坻民知榮辱是用錫公衮冕之
服赤舄副焉以公調理陰陽燮諧風雅三靈允降萬國和
同是用錫公軒縣之樂六佾之舞以公宣導王猷玄(南史作弘)
闡風教光景所照擬象必通是用錫公朱户以居以公抑
揚清濁褒德進賢髦士盈朝幽人虛谷是用錫公納陛以
登以公嶷然廊廟爲世鎔範折衝四表臨御八荒是用錫
公武賁之士三百人以公執(陳書作執)茲明罰期在刑厝象恭
無赦干紀必誅是用錫公斧鉞各一以公英猷遠量跨厲
嵩溟混(一作包)一車書括囊寰宇是用錫公彤弓一彤矢百
盧弓十盧矢千以公天經地義貫徹幽明春露秋霜允供
粢盛是用錫公秬鬯一卣圭瓚副焉陳國置丞相以下一
遵舊式往欽哉其恭循朕命克相皇天弘建邦家允興洪
業以光我高祖之休命

唐王以相國惣百揆并九錫詔　王言會最

詔曰於戲惟爾假黃鉞使持節大都督內外諸軍事録尚
書大丞相新除相國惣百揆唐王夫乾道貞觀四象所以

運行坤德含弘萬有憑其載育是以天地交泰資始由乎
聖人陰陽順成惣已歸其元輔故能陶甄百物代彼天工
息四海之羣非廻三靈之撓耀百揆時叙五典克從伊尹
格于皇天公旦光於四表方諸蔑如也今將授王典冊其
敬聽朕命上天不造降禍于我國家高祖棄盛業而昇龍
太上釋寶圖而委御王室如燬喪亂弘多數屬道消時鍾
世季郊廟絶主有若綴旒則我祖宗之基已墜于地矣王
應幽明之道從兆民之欲奉七璽於代邸飛六轡於周京
此則綱我絶紀爲有大造於皇家者也曩者塞表省方羣
胡反噬矢流君側圍甚平城淪陷有期阽危莫恤王釋位
同謀惣戎千里晨炊蓐食倍道兼行匈奴遠跡乘輿反正

此又王之功也歷山飛觧兵燕趙妄假名號河朔響應山西屯結王道啓戎行大殲醜類此又王之功也夷狄貪婪憂伲關塞逼脇良善殺掠吏民王鞠旅治兵卷甲長驚追奔逐北掃地無遺此又王之功也威王徒黨潛謀逆亂外交邊裔內騁姦回實繁有徒將傾宗社王収戮凶渠罪人斯得此又王之功也四郊多壘三輔倒懸黃圖示宮闕之名赤眉掘園陵之禍凶荒仍歲荆棘旅庭王投袂義舉星言電邁取霍邑若摧枯舉泰關如反掌尅清河渭志存匡復此又王之功也北荒獯鬻事藉羈縻比者中原多故龍堆道絶王式遏有方款關請吏更敦隣睦復我舊藩此又王之功也汾晉地險逋逃攸聚山藏川量負罪稽誅類馬

騰之乞活同嚴尤之盡敵王懷柔伏叛杖信示威交臂屈膝申其正旦此又王之功也河潼轉漕密邇關畿京坻委積由來尚矣羣凶保據一鼓而崩此又王之功也京師危逼姦臣放命異一象之居內同四凶之扇禍王大誓師旅興言感慨蕩清上國拯厥贅旒暴骨焚屍並勤群惡此又王之功也上天貽愛莫甚乎民爰作聖哲弼于冲幼官守司存社稷有奉濟方割於下墊燦圓光於上墜此又王之功也唐弼凶竪草竊岐陽吞噬舊邦侵逼都鄙王制以銜策觀其携貳新（疑作親）衆叛離我盡收之此又王之功也華陽黑水控接岷峨山川阻深盡爲逋藪義風所靡行化江漢此又王之功也薛舉崇姦同惡相濟僭擬輿服滔天泯

夏西土游魂秦川肆毒赫斯授律咸俘醜類岐隴齊其京觀汧渭爲之不流此又王之功也三蜀隩區一都之會夷民雜糅蠻陬荒梗王發一介之使降咫尺之書而靈關洞開劍閣無隘此又王之功也弘農甸服襟帶河洛鞠爲寇場連城阻亂長策遠振不征而服此又王之功也王有濟天之勳重之以明德爰初發迹肇自鴻基峻極於嵩華潤連於溟渤體茲將聖道被如仁在物不失其宜含靈咸安其所春生夏長信及四時地平天成義兼一德惣萬機之務因百姓之心保乂我皇家弘濟其多難者也是以濟濟多士庶政緝熙穆穆四門要荒式叙敦澆風以勵俗暢和氣以調元神功侔於造化積德高於垂象朕又聞之先王

之宰世也尊賢尚德茂賞疇庸五侯專征九命作伯周褒光錫桓文是膺大啓南陽以表東海況今業冠伊稷功高晉鄭酬勳茂爾朕甚懼焉今進授相國以河內汲郡清河武安魏郡信都高陽平原趙郡襄國通前二十郡增封唐國錫以黑土苴以白茅爰定爾邦用建宗社（一作冢）昔周邵分陝咸爲保傅毛畢諸侯入作卿士內外之任禮實攸宜今授相國印綬唐王璽紱茅土金獸符第一至第五行使符第一至第十相國體絶群臣任惣百司朝班彜數宜與事華其以相國惣百揆去録尚書之號上所假黃鉞中外都督丞相印綬又加王九錫其敬聽王命以王繩紀禮度哀矜折獄剏不用情無或遷志是用錫王大輅戎輅各一

玄牡二駟以王分地敦本民天是賴畹爵務農所實惟穀
是用錫王衮冕之服赤舄副焉以王風雅所被德戎咸格
陰陽順理遐邇宅心是用錫王軒懸之樂六佾之舞以王
翼宣黃道義齊疑遐暢三才所運四海攸歸是用錫王朱
戶以居以王登賢命世褒德昇朝思帝所難能官流詠是
用錫王納陛以登以王正色持衡鎔範御下式遏姦宄蕩
滌華裔是用錫王武賁之士三百人以王威同夏日厲等
秋霜刑有其章寬而不漏是用錫王鈇鉞各一以王明罰
信賞折衝無外是用錫王彤弓一彤矢百旅弓十旅矢千
以王霜露履踐禋祀恭嚴天地幽通孝思至感是用錫王
秬鬯一卣珪瓚副焉唐國置丞相以下官一遵舊式往欽

哉祇奉大禮用膺多福以光我高祖之休命可不慎歟

文苑英華卷第四百四十七

文苑英華卷第四百四十八　翰林制詔二十九

制書

命相一

房琯文部尚書同平章事制　賈至

勑憲部侍郎房琯清識雅量工文茂學秉忠義之規靡憚艱險挺松筠之操寧移歲寒宜承題劒之榮式允濟川之望可文部尚書同中書門下平章事天寶十五載七月十四日

封郭元振爲代國公制　太平內制

門下大臣立事夷險不易良相昇朝安危所繫兵部尚書同中書門下三品郭元振偉才生代宏量匡時經綸文武今之王佐出入將相古之人傑夙侍帷幄疇咨廟堂思致

堯舜以期胥樂朕往在儲闈洎登寶位每覩其聞義感激頗別忠邪立誠慷慨密陳弘益爾其至矣朕實嘉之頃者梟獍興謀干戈作釁太上皇命朕討除元振又馳奉宸極始則賚予爲弼終則寧朕問安可謂格于皇天貫于白日元惡既剪品物維新昌言是圖朕豈忘舊宜開井邑永誓山河可封代國公食實封四百戶

張說拜中書令制

門下殷命百工傅膺審象漢推三傑良屬運籌不有斯人孰賚予弼尚書左丞張說居正合道體真理精朕昔在承華首延傅望談經之際欽若讜言攜翰之間潤色鴻業屢陳匡益見嫉姦回頃雖抗跡疎遠而載懷飢渴今群兇已

服大猷伊始末言亮采光朕側席之期俾咨啓沃成朕濟
川之望宜發（疑作登）鼎鉉式綜綍綸

姚元之拜相制　同前

門下王佐之重師兵之任勞求昇翰膺此具瞻同州刺史
姚元之宏畧冠時僃才生代識精鑒遠正辭強學有忠臣
之操得賢相之風累踐台階匡益斯在頃居藩郡循良是
屬載懷一德分命六官訏謨允歸文武兼濟式憑帷幄之
筭宜副韜鈐之委

劉幽求拜左僕射知軍國事制（已見三百八十五卷）　同前

盧懷慎拜相制　同前

門下宰輔之任謨猷是屬不有大才孰康景化黃門侍郎

盧懷慎貞良敦朴孝悌仁厚度量深於江海堅清邁於冰
雪事皆體大詎觀非聖之書心必在公雅契惟賢之典故
能危言正色直道匪躬比之徵管而求得說宜寵鎖闈參
乎鼎座可同紫微黃門平章事（開元元年十二月）

源乾曜拜相制　同前

門下軒夢三相舜舉八元必佇人傑以宣邦政尚書左丞
上柱國安陽縣開國男源乾曜博文強學達識周才貞白
可以勵時道義可以弘物虛懷同於抱月懸鏡不疲利器
比於成風制鐘無滯固可充左曹之駮議翊中臺（詔令作禁）之
謀猷用參金鉉之司兼踐玉壼之制（詔令作副）可黃門侍郎同
紫微黃門平章事勲封如故（開元四年十一月）

宋璟蘇頲拜相制（詔令作宋璟兼黃門監蘇頲平章事制）　同前

門下（詔令作黃門）虞廷稱盛任於夔龍周邦以寧屬於閎散是
知出納惟允必藉英奇啓沃有光實資茂彥銀青光祿大
夫守刑部尚書上柱國廣平郡開國公宋璟宇量凝峻執
心勁直銀青光祿大夫行紫微侍郎兼知制誥上柱國許
國公蘇頲風檢詳密藻思清華或掌憲南宮持平邦典或
揮翰西掖匡輔政途咸竭奉上之心俱盡匪躬之節九流
俟其澄序衆務資其弼諧宜委銓衡兼侍帷幄璟可守吏
部尚書兼黃門監頲可同紫微黃門平章事散官勲封並
各如故（開元四年閏十二月）

張說拜相制（詔令作張說同三品制）

門下乾坤以陰陽化成后王以輔相輿理（詔令作弼）所以寅亮
天工（詔令作極）緝熙帝圖非夫大賢孰寄斯任天平軍節度大
使右羽林將軍兼并州長史攝御史大夫燕國公兼修國
史張說挺其公才生我王國體文武之道則出將入相盡
忠貞之節亦前疑後丞諒可以弘此大猷揔其邦政允釐
庶績保乂皇家可守兵部尚書同中書門下三品勲封脩
國史如故仍即馳驛赴京（開元九年九月）

張說拜中書令王晙拜相制（詔令作張說中書令王晙同三品制）　同前

門下周稱內史以司號令漢曰尚書是主喉舌用平邦典
以佐王教兵部尚書兼中書令張說履道體正經邦（詔令作德）

立言吏部尚書王晙忠肅剛簡博聞宏識並才包王佐望重時英内訓五品外清九服嘉謨必盡庶績允釐（詔令作康）宜忝五臣之命以正三台之象說可中書令晙可兵部尚書同中書門下三品（開元十一年四月）

陳希烈拜相制　同前

門下仲虺相湯言宣雅誥子魚相魏任惣中兵將代天工允憑時傑光祿大夫門下侍郎同中書門下平章事集賢院弘文館學士崇玄武舘大學士太清太微宮使上柱國臨潁縣開國侯陳希烈逸量弘達英才卓邁既服直而成範亦忠賢（詔令作亦賢忠）而炳德學該流畧義惟守於經門文麗風騷言必銓於理要自黃樞貳職侍講金華紫府弘真叅

謀王鉉歲月逾久而其道彌光人師有屬於在三王度式歌於盡一疇咨僉允亮采惟熈宜正貂蟬之榮用兼喉舌之寄可行左相兼兵部尚書餘如故（天寶六載三月）

韋見素拜相制　同前

門下緝熈帝載必候大賢砥礪公才允膺殊奬銀青光祿大夫行尚書吏部侍郎上柱國彭城郡開國公韋見素風度宏遠操履貞固懐至公之節守難奪之誠學富典墳每思經濟之義文雄縉紳豈獨彫蟲之英莾居東提顧問有光累拜南宮銓衡式序清素之業恵澤彌彰爾惟不矜朕志先定信可發揮邦政翊贊台階（詔令作堦）將弘夢卜之感俾協蒼生（詔令作黎元）之望可守武部尚書同中書門下平章事集賢院學士知門下省事散官勳封如故（天寶十三載八月）

除韋嗣立鳳閣侍郎平章事制　同前

鸞臺鳳池清切鸞渚便藩（詔令作繁）出納兩闈允資一德中散大夫天官侍郎韋嗣立當朝人傑（詔令作望）奕代相門道周性全才高識遠誠以待物寛而容衆往司綸翰五字見推洎處提衡九流式序懐宗廟之掌有社稷之能宜竭忠賢翊宣政化可守鳳閣侍郎同鳳閣鸞臺平章事散官如故主者施行（長安四年正月）

除唐休璟左庶子同鳳閣鸞臺三品制　同前

鸞臺獻替儲闈管綜王職聿求多士必在正人夏官尚書同鳳閣鸞臺三品上柱國酒泉縣開國公唐休璟業履清

醇恭肅忠亮言必從行學以知道居八座之重握四嶽之要出將入相允文允武謀猷是屬弘益以深頃以暮年固辭退位跳閑去劇優賢尚齒巨源請老仍叅畫賛之榮叔子養德選預國朝之議宜輟五曹之務俾同三令之班可金紫光祿大夫行太子左庶子依舊同鳳閣鸞臺三品勳封如故主者施行

除裴耀卿黄門侍郎張九齡中書侍郎同平章事制　徐安貞

勑（詔令作門下）風雲之感必生王佐廊廟之任爰在柱臣中大夫守京兆尹護軍借紫金魚袋裴耀卿含元精之休體度弘遠正議大夫前檢校中書侍郎集賢院學士仍副知院

事上柱國賜金紫魚袋曲江縣開國男張九齡挺生人之秀器識通明並風望素高人倫是仰可以叶彼寅亮當茲啓沃幹特待士既資鼎實之和爲國急賢寧惟金華之事耀卿可黃門侍郎同中書門下平章事弘文館學士散官勳如故張九齡可起復中書侍郎同中書門下平章事兼修國史餘如故主者施行（開元二十一年十二月）

除韓休黃門侍郎平章事制　張九齡

敕思致雍熙聿求元輔乂勞夢寐延彼周行太中大夫守尚書右丞上柱國韓休蘊道弘深秉德經遠清裁可以範物素行可以律人一自登朝備聞體國志存公亮誠著始終而羽翼朕躬金玉王度人望是在朝選無踰宜拜命於瓊闈俾燕和於鼎實可守黃門侍郎同中書門下平章事（開元二十一年三月）

李吉甫拜相制　王堂遺範

門下昔周宣王思弘文武之道則以申甫代天工漢宣帝思繼祖宗之風則以邴魏執邦政是以克從（一作紹）前烈俱稱中興朕以眇身託于人上亦思所以續（一作纘）列聖之緒致太階之平懷柔四夷親附百姓將成莫大之業遂獲非常之才授之鈞衡俾作舟楫銀青光祿大夫行中書舍人翰林學士上柱國李吉甫符彩外發清明內融體仁而溫抱義而峻識洞精頤知皇王致理之由學該古今窮天人相與之際自擢於綸閣列在禁闈敭三變之文潤色王度惣五才之用叅贊廟謨化俗思邁於成康致君願及於堯舜當注意之所向每罄心而必陳深中不回獨立無懼經綸常見其道建激切每（一作多）至於涕零王綱以張蜀寇斯殄左右密勿實由嘉言降神而生輔朕爲理調三光以序六氣遂物情而熙帝猷是爲中樞司我大本命爾俞往其惟勗哉於戲宰相之任安危所繫百辟爲憲萬邦所瞻與其明察以爲光不若嚴重而有制與其將順於其美不若匡救於纖遺審涇渭以序人倫謹繩墨以正天下交泰之運其若斯乎敬聽朕言以踐乃職可守中書侍郎同中書門下平章事散官勳如故主者施行（元和二年正月　一作唐大詔令）

裴垍拜相制　白居易

門下朕聞后德惟臣良臣惟聖在太宗時實有房杜贊貞觀之業在玄宗時則（集作實）有姚宋輔開元之化咸克祐我烈祖格于皇天朕祇奉丕圖懋繼前烈思欲貞百度和萬邦建中于人垂拱而治永惟房宋之化寤寐求思至誠感通上帝眷祐果賚良弼輔予一人正議大夫行尚書戶部侍郎上柱國賜紫金魚袋裴垍器得天爵文爲國華行有根源言（集作詞）無枝葉忠敬恭順輔之以誠心方潔貞廉輔之以通識王立不倚扣之（集作金和）有聲洎潤色（集作泊內掌）綸言密叅樞務嚴重得大臣之體溫雅秉君子之文每獻納之時動有直氣當顧訪之際言無隱情遠圖是經大事能斷匡予不逮時乃之功及領地官且司邦賦會計務劇出納事

殷投利刃而皆虛委紛絲而必理歷試茲集作已久全才益彰宜登中樞以允僉望夫宰輔者下執邦柄上代天工爲國蓍龜注人耳目爾尚降乃德以親百姓廣乃志以序九流匡朕心而以集作清化源從人欲以致和氣予欲宣力汝爲股肱予欲詢謀汝爲心膂予遠望于於一作汝弼勿謂不從汝言逆于朕心必求諸道獨立勿懼直躬而行明聽斯言敬慎厥乃集作位嗚烏集作虖罔俾房宋專美于前可守中書侍郎同中書門下平章事散官勳賜如故主者施行元和六年十一月

李絳拜相制　王堂遺範

門下司重柄者允屬于長才熙大猷者固資於端士朕纘鴻緒撫有萬方夙夜祗勤懼遠於道故注意宰輔勞懷憂想誠以得失之効邦家所繫疇若僉論簡予深衷必惟其人是舉爰命朝議郎守尚書户部侍郎驍騎尉賜紫金魚袋李絳質秀珪王文含彩彰抱器挺生居貞特立有史魚秉直之操勵山甫匪懈之誠忠孝兩全學識兼茂清標可以範雅俗正氣可以肅群倫頃自周行俾參密命動由於義詔令作必以知無不爲謇謇懷匡濟之心孜孜陳遠大之畧言無隱避居則靜專貫于初終其道一致地卿之貳爰委典司理財先示於簡廉利物每懲其聚斂經通立制器用彌光臺閣之間讜有公望是宜權衡百度宰理庶工允副具瞻宰我樞密於戲予欲驅人俗以躋富壽感人心而致和平爾尚修明憲章宣布德澤必寬詔令作廣大其志無徼察爲公恒其道以秉彝裕其體以臨下各任以職無忘陳平之言苟便於人勿憚蕭何之請敬茲寵擢其懋式哉可朝議大夫守中書侍郎同中書門下平章事勳賜如故主者施行元和六年十一月

張弘靖拜相制　同前

門下虞以爲盛循咨五臣殷之用興亦賴三后朕勵精恭已十載于茲常以國鈞委之公務輔熙庶績敢怠旁求思欲左右有人在廣股肱之任歷選列辟洎于藩維兾獲賢能俾匡正道爰茲所命允屬至懷河中晉絳慈隰等州節度支營田觀察處置等使正議大夫檢校禮部尚書兼河中尹御史大夫上柱國開平縣開國子食邑五百户賜紫金魚袋張弘靖德緻詔令作稟精微器含冲用温恭諒實明允克誠素推君子之風雅有大臣之體蘊積稽古之學發揮經綸之文甞司朕言動叶謨訓歷踐清貫具揚淑聲爰統方州載膺節制奉法遵制存詔令作首公無私人無不懷績用丕茂予欲正百工之理成太平之堦若臨巨川以重舟檝是用命爾列于中台每念臣鄰之規以貞棟崇之吉必翕積慶嗣德漢廷文子勤身繼匡晉室爾惟朝夕納誨以翊朕躬是資衮職之勤式重緇衣之美仍帥司寇之屬俾靖皋陶之刑懋宣厥猷往踐于位可守刑部尚書平章事散官勳如故元和六年六月

常貫之拜相制　同前

門下弼成大化叅叙彛倫克廣元首之明其服股肱之任朕所以不自暇逸務求賢能式重舟檝之才以弘經濟之道疇若予志僉諧乃公中大夫守尚書右丞上輕車都尉賜紫金魚袋常貫之清明在躬禮樂之器藴珪璋特達之德茂廉正博雅之規静而知微動必有守凡踐列位備聞嘉猷當官而行臨事能斷道可鎮於風俗望彌積於朝倫（詔令作論）是宜和靖陰陽紀綱邦國命作心膂列于台階夫能慮四方揆百事愛利萬物辨論群材示公忘私時乃之職而况圖靖藩服繫在廟謀爾惟順下以訓人奉上以宣力因衆功而致用（詔令作象非）衆志以為心朝夕獻可否之誠

經綸底文武之績祇膺厥命勿懈于時可守尚書右丞平章事散官勳如故（元和九年十二月）

張弘靖拜相制　同前

門下贊天地之化阜成萬物正邦國之紀康于群生夔弃旁求精誠上達况乎明誠以久嘉猷日聞股肱之任耳目所注具官弘靖實天生德惟嶽降神端方静深信厚温密質抱荆山之璞光含魏國之寶錯爾素履穆然清風出備爪牙總近關之紀律入膺喉舌練中臺之法制從容宰輔密勿鼎司誠惟在公慮必經國濟川舟檝人望具瞻和羹鹽梅朕志先定宜登右弼之任用正中台之耀纂乃祖考光于家邦於戲天工人代予遠汝翼必當悉乃力同乃心役天下之才以貞百度通天下之志以佐萬機唯直道是行唯讜言是進内懷親附拯黎元之方困外思鎮撫偃兵甲於將興勿罔養以崇名無逡循而避事對揚成命時乃之休可守中書門下平章事

李逢吉拜相制　同前

門下朕觀古先哲王興化致理未嘗不選建良弼熙寧庶工俾之敷陳大猷左右乃辟者也朝議郎守中書舍人權知禮部貢舉輕車都尉賜緋魚袋李逢吉疏通而守於經制質厚而輔以文章貞恒自居和易待物體賢人之志業茂端士之風規履歷班行發揮事任厥心匪懈所至有聲自彌綸粉闈駮正瑣闥且司言於右掖嘗納訓於東儲誠

明一貫聞望旁洽俾司貢士彌著嘉聞方今外興不得已之師内有不獲安之俗恒忘食於將旰務求衣於未明冀清原野之誅用止干戈之役登爾匡輔代予憂勤爾宜宣至化於吾人告嘉猷於厥后銷弭氛祲導迎和平事有不槩其中政或未孚於下爾惟啓沃無乃面從可朝議大夫守門下侍郎平章事賜紫金魚袋（元和十一年二月）

王涯拜相　同前

門下上宰叅職所以法三台之耀中樞議政在乎遂萬邦之宜朕獲承鴻休思建皇極冀沃心而納誨佇注意以求賢通議大夫尚書工部侍郎知制誥翰林學士上柱國清源縣開國男食邑三百户賜紫金魚袋王涯動直静專踐

方居易挺歲寒之勁質抱夙夜之端誠言唯守中慮每經遠屬者禁垣揮翰五字日宣選部持衡九流風動荐居肘腋之地歷試股肱之才進登伏於青蒲出不洩其温樹牟融得大臣之節毛玠有古人之風詢廟筭以生知論兵鈐而暗合方今戎馬尚駕郊壘猶多必俟清明以消氛沴是用宥（詔令作付）以機密陟于崇高爾其發號令以端其四方陳便宜以寬于百姓行臺閣之故事弘朝廷之大體秉德以立徇公不回俾予一人垂拱而理敬聽朕命茂哉（詔令作戒）茂哉可守中書侍郎平章事（元和十一年十二月）

裴度拜相制

門下輔相之任重作於股肱經濟之才難注人（或作任之）耳目

苟非慮周（一作研）物表識洞事先則何以出納中樞平章大政詢于時論僉曰汝諧朝議郎守御史中丞兼尚書刑部侍郎飛騎賜紫金魚袋裴度勁直循道清通（一作明）秉彝文融菁華行茂枝葉居然廊廟之器出于領袖之門西掖司言南臺執憲常懷遠（一作常陳明）畧屢告嘉猷實宣力以徇公况（一作能）外身而憂國霜雪無改雷風有恒朕欲旋觀其能用試於事俾歷戎閫載馳使軒王澤渙汗以遐宣軍情密勿而上達將議抽擢因罹震驚崇道德之藩籬士有致命資忠信之甲冑兵無容刃人具瞻爾天方賚予昆命于龜爰立作相爾其展四體堅一心廣其道以用賢厚其風以易俗五兵未戢爾惟保定武功百姓未康爾惟勤恤人隱臨事必斷當官而行齊台階於底平補袞職之有闕光膺慎選其戒之哉可朝議大夫守中書侍郎同中書門下平章事勳賜如故（元和十年六月）一作皆唐大詔令

崔群拜相制　同前

門下成萬方之化通天下之志緝熙帝載昭暢玄猷在于股肱之臣共凝理本旁求時彦以叙彝倫朝散大夫守尚書户部侍郎上護軍賜紫金魚袋崔群粹密由道端莊保和本清明之上才體醇厚之重德學貫通儒之業詞含大雅之風居敬有恒循性能斷自然宥（三字一作自承）我密命職參内庭高文煥若（一作發）於綸言敏識詳達於國典伏奏無撓直躬不回勤勞八年始終一致春闈取士必後其浮華地

官理才能制其輕重僉惟（一作以）約已忠惟事君才適而用深望積而實著風猷已洽於人聽忠勤（一作已屬）方注於朕心乃膺（一作爰咨）審象之誠以副具瞻之地况奸宄叛逆尚駕戎車未明求衣思戢干櫓爾宜酌古今之見舉刑政之中守（一作職）厥位以代天工陳其謨以明皇極敬兹重命往踐台階可守中書侍郎同中書門下平章事散官勳賜如故（元和十二年七月）

一作皆唐大詔令

文苑英華卷第四百四十八

文苑英華卷第四百四十九　翰林制詔十三

制書二

命相二

權德輿拜相制　玉堂遺範

門下夫宰相之任上以代天工輔佐之宜下以立人極燮調之理（詔令無此四字）爰得忠正方膺股肱正議大夫守太常卿上柱國襄武縣開國侯賜紫金魚袋權德輿器度端實智識通敏學成師法文爲國華素履常踐於貞方黃中允合於易簡自出入清列茂著嘉聲名利無屑於中懷風雨不移（詔令作易）其常性驥騄之質常識於遠途鸞鳳之姿宜巢於阿閣期于致理推之至公寵以春卿掌我樞務輔天地之德俾化及平明導陰陽之和使物靡疵癘予違汝弼言無面從君可臣否事已心同（詔令作許）用佇弘美式副虛懷可守禮部尚書同中書門下平章事散官勳封賜如故（元和五年九月）

武元衡再入相制　同前

門下邦國興理將相是資選衆而舉思賢俾乂故有台臣外撫宣力已靖於四方袞職迭居懋功復凝於庶職允茲崇踐爰屬上才前劍南西川節度副大使知節度事管內度支營田觀察處置統押近界諸蕃及西山八國雲南安撫等使銀青光禄大夫檢校吏部尚書兼門下侍郎同中書門下平章事成都尹上柱國臨淮郡開國公食邑二千户武元衡粹厚端莊簡易常壹有誠明之道以致用有宏茂之略以佐時貞方自得於性術操尚不愆於風雨加以懿文合雅聚學承師通禮樂刑政之源達古今治變之要歷登華貫休聞穆然洎處鈞衡中立不倚致君思堯舜之盛脩職以丙魏爲宗益部大藩比仗兼濟而能布宣威惠撫綏蠻髦縣道輯寧疲黎安息推心而下皆率附正已而人自觸方臨之累年理有殊（詔令作異）等朕以出納王命緝熙帝圖總庶官之職業爲百度之樞鍵惟此重任屬于黃扉分憂遂輟於殿邦具瞻再歸於碩望爾尚行之以中正煦之以和平毗于一人膏潤天下祗膺禮命無替徽猷可守門下侍郎同中書門下平章事兼崇玄館大學士充太清宮使（元和八年三月）

令狐楚拜相制　同前

門下贊天工而成光濟叶帝力以致昇平非中和禀氣不能將燮調之道非誠明在躬何以膺弼亮之位況今積秩（詔令作殄）已彌而邉鄙猶虞大化方行而里閭未泰將欲舉百度甄群材外撫四夷內輯諸夏納之壽域被以仁風代予之勤其孰克任眷求斯得是用命之河陽三城懷州節度使朝議郎持節懷州諸軍事守懷州節度兼御史大夫賜紫金魚袋令狐楚根於粹厚著以端明表山立之莊容洞泉渟之精識文高雄富學茂該通自頃揮翰掖垣持橐禁署嘗延造膝屢竭沃心發言有（詔令作必）誠臨事無惑藹是公望居然國楨及剖符近郊兼暢牧人之術仗節分閫尤深

駁衆之方可謂器適中外效宜文武宜展舟楫之用式登鼎鉉之司管于中樞持我大柄於戲輔翼之任人臣極崇未至而衆駁有歸既愿而其名罕副萬務攸託朕何賴焉爾其敬聽此言渝思其道行致君之志終始勿渝以報國爲期夙夜益勵無俾厥后有慙知臣可朝議大夫守中書侍郎同中書門下平章事（元和十四年七月）

李夷簡拜相制　同前

門下致理之道王者由其盡心弼成之功輔臣所以宣力皇極是建蒼生乃安敷求實難倚任斯重將付大政必惟僉諧正議大夫守御史大夫上柱國成紀縣開國侯食邑一千户賜紫金魚袋李夷簡學（詔令作才）稱通明性本嚴重守

以正直傳之文華羽儀朝端冠耀宗籍早司邦憲爰總地征糾逖無聞於避強經費克均其定制中立不撓孤標出倫聳善激（一作仰）貪法行令肅自鎮漢上洎臨蜀州儉德載彰清規一貫山岳比厚雷風有常勵貞峻以理心竭忠勞而奉上人望汲黯印歸趙堯俾之持綱萬目皆舉固可以綜条庶務允釐百工爕和陰陽宣發號令是用申命陟于台堦於戲說積爾躬憂協朕志虛已將求其弘濟纖言罔懼於拂違道必舉中位無苟曠膺此寵擢敬哉戒哉可守中書（詔令作門下）侍郎同中書門下平章事（元和十三年三月）

夏侯孜拜相制　同前

門下篙楫克脩航艦以之濟海羽翮可勵（一作厲）鵾鵬於是摩天朕恭已寰瀛勞誠憂衛將以篙楫贊輔羽翮寶臣摩三代至理之英濟群生並洽之欲載伏舊德期獲我心翊南西川節度副大使知節度使事管内度支營田觀察處置統押近界諸蠻及西川八國雲南安撫等使光禄大夫檢校尚書右僕射同中書門下平章事（元和十三年三月）上柱國譙都開國公食邑三千户夏侯孜大鼎分精維嵩挺秀擅四海之贊後作中朝之表儀禮樂詩書資其懿範温恭孝愛輔以多才服道以致身含章而底力經國之用貫百川而不改其清應物之明體萬象而莫窮其照周踐華烈多識舊章即署諫垣休聲夙振東陽故絳惠愛洽聞洎井棠政成會府徵命兼領臺轄之任再居邦憲之尊正色無私

當官必舉惣征賦以贍國幹山澤而富人美利無嘉遺澤盍覩積是朝著（一作德）昇於台司内竭謨明外弘體理馳咎夔之極摯陋周漢之遐蹤克彰爲輔之聲允叶有開之契屬者以西南重鎮邊徼多虞爰賴惠征以除外閫福星時雨既惠巴庸景化元和須歸鼎鉉是用召於驛騎待（一作代）以天工重開集鳳之池再仰問牛之化弼謨萬務師長庶僚亟付機衡俾康區夏於戲刀非礪不剖（一作割）魚非水不行爲君誠難得中（一作特）甚易决疑定計吾以爾爲神龜肥國救人吾以爾爲上藥盡布四體懋堅一心勉哉勿疑對物我休命可尚書左僕射同中書門下平章事散官勳封如故（咸通三年七月）　一作皆唐大詔令

韋執誼入相制　同前

門下宰相之職寅亮緝熙導陰陽之和贊天地之化裁成百揆惣領庶官非道契時中識通理本則何以敷暢皇猷（一作拯）阜安群庶（一作黎）朕以眇身嗣守丕業思立人紀以承鴻休（一作天）其代予言允屬良弼朝議郎守吏部郎中騎都尉賜緋魚袋韋執誼孝友忠肅自誠而明茂實本於宗師英華發於事業乂叅內署動宜靜惠累踐中臺職脩事舉克有令（一作公）望冠于群倫以予冲人龔默思道是用命爾納誨弼違必能行四方之風成天下之務祗乃茂（一作服乃）職厥惟欽哉可守尚書左丞同中書門下平章事賜紫金魚袋（永貞元年二月）

一作皆唐大詔令

皇甫鎛加恩制　同前

門下選衆舉材俾叅大政俟善績丕著嘉謨有成然後進厚台階協宣德務乃制輕重謂之盈虛以經用靡虧而成功克集黃扉之位式示疇勞具官皇甫鎛器識端方性尚孤直文發貞而詞去枝葉學爲己而政資本根每脫落於浮榮能優游於劇任志圖經遠心惟徇公自貳中臺專惣大計昇之相府兼贊鴻猷屬問罪二方徵師十萬千金難藏於日費百役併萃於司存而供億罔差中外咸樂（一作若）泉貨無虞於竭涸干戈遂致於清寧允茲忠勤副我倚任是宜踐居左輔均賦中邦漸於雍熙期乃成績可守門下侍郎平章事依前判度支

皇甫鎛罷判度支制　同前

門下古者丞相府不接吏蓋以任重體大地親禮崇苟非征討之時豈仗貨財之事爰俾出納歸諸有司用嚴台庭以輔吾道中大夫守門下侍郎同中書門下平章事判度支上柱國賜紫金魚袋皇甫鎛精明絶倫乾健不息藴是器業發爲英華頃以守位聚人必資大計因其能事委以重權致用之機所以經天下之務重輕之法所莞天下之財自淮右不庭東平伆順兵車在野饋食連年而乃庖無折刄御有濡轡既授明命升之股肱軒裳所瞻崖峯（詔令作岸）益峻請謁自絶其風禀然況贍給之餘謀慮必至平二方之險阻慮載戢之干戈庸非坐籌佐朕而致今則百揆攸

叙萬邦保和宜全相府之重勿領計司之劇撫夷夏調陰陽用安元元時乃之職可守門下侍郎依前同中書門下平章事

程异拜相制　同前

門下漢宣帝弘祖宗之業正刑德之本簡求輔相以致中興朕祗荷丕圖思揚聖緒每懷舟檝以涉巨川俾人不迷用底于道今獲良弼式允僉諧朝散大夫守衛尉卿御史大夫充諸道鹽鐵轉運等使賜紫金魚袋程异厚德外嚴沈機內朗抱精微以致遠本誠明以格物盡瘁事國誠明在公常擇化原雅高學術揚歷斯久公望藹然自位列大寮惣諸劇務達榷酤之利適財賦之方贍出納於邦家中

績效於官業頊以淮夷未殄師旅在郊有漕輓之勞兼供億之費言念多事恐傷吾人而异法能變通道益明著言無伐善動必由衷蘊夷難致君之心見懷道佐時之略況屬饋軍之事尚倚良能載閱前功宜當大用乃服休命俾叅中樞爰表秩於冬官仍兼綜於舊職膺茲重任用表全材爾宜左右朕躬朝夕啓沃干戈未絕（詔令作戢）左佇廟謀敬聽斯言副我明獎可守尚書工部侍郎同中書門下平章事依前充諸道鹽鐵轉運使（元和十三年九月）

楊收加恩制　同前

門下古先聖哲之御天下也莫不勞於擇賢逸於任已（一作恭己）是以巖求匪易殷代稱宗畋獲甚難周王受命（一作膺）肆

朕在位天授（一作樹）正人於言語侍從之間得亮采惠疇之俊固亦高邁前烈垂休當朝敬遵用汝之文（一作訓）爰舉弼予之典雅符不讓斷自無私翰林學士承旨朝議大夫守尚書兵部侍郎知制誥柱國賜紫金魚袋楊收器茂渾金寶欽大玉瑩清冰於溽暑挺綠桂於嚴霜行過曾顏道兼夷惠詞（一作文）冠一時而若非游藝學該（一作窮）千古而似不能言自鴻飛名場鷺振班列憲署每聞其守法曲臺咸著於推公所蒞有聲歷試皆可才（一作用）彰簡要已洽譽於含香業擅精微遂騰輝於視草戒慎攸至初終莫（一作不）渝常懷造膝之中俾見沃心之古謝安體識王儉精（一作才）能動爲僉論所諧居益（一作溢）具瞻之望由是擢於禁苑升以台階求匡輔之勤用燮和之事（一作俾申匡輔之勤用燮和之重）爾其慕伊周之志弘皐益之謨九流既分百辟斯正嘉猷可紓於前席妙畧尚在於止戈式序三才允歸一德懋乃致主副予知臣無使載筆之褒獨稱於姚宋也可守本官同中書門下平章事散官勳賜如故主者施行（咸通四年五月）

一作皆唐大詔令

授李逢吉門下侍郎同平章事制　同前

門下朕聞天地洪鑪鼓之者橐籥帝王大業成之者股肱故堯舜垂衣禹湯恭已弘道任德惟（一作爲）予輔臣則八表清寧萬邦咸乂（一作理）故伊尹之舉皐陶之升庶績其凝不仁自遠正議大夫守兵部尚書輕車都尉賜紫金魚袋李

逢吉大方比量中正持心貞玉無瑕精（一作堅）金匪礪（一作在礪）峻節而高山是仰推誠而止水可觀剛柔所持吐茹無易徃以青宮藍學導我典墳儀刑式孚蘭蕙馨茂洎升台席翊奉先朝訏謨密聞獻替潛達外順明德中深至言溫恭聿脩終始一貫朕嗣守丕業思得賢良將俟和羹期於舊老易之裏漢居以南宮每詢嘉言啓沃惟允今授之相印委以樞衡代天之工爾在專任於戢發號施令選賢任（一作與）能申於百辟之上行於四海之內朝無黨比人絕澆浮白黑燦然淄澠不溷使巖廊重位揚我清風弘宣大猷以暢王度可守門下同中書門下平章事散官勳如故主者施行（長慶二年六月）

一作皆唐大詔令

除鄭朗工部尚書同平章事制　同前

門下雲因龍興龍非雲無以施膏澤臣由君用君非臣無以播皇猷信乎際會相須以康天下永念（詔令作言）良弼常切寤思詳求國禎乃獲時傑通議大夫守御史大夫上柱國賜紫金魚袋鄭朗間代應期禀靈作瑞王室髦彦士林菁英溫華凝珪玉之姿磊落負棟梁之任諫垣蘭省常推讜正之風廉俗登壇克懋撫循之績洎領劇務益見盡忠杜邪徑而啓公途懲奸吏（大制誥作利）而絕私託饋軍無闕贍國有經委以憲綱尤彰直道是宜毗賛大業翊宣景化朕以區區齊晉取覇諸侯率由三賢叶心五臣同德况今四海爲宅百辟盈庭未能寇靖塞陲人歸壽域豈無長策俾及

升平惕然疚懷莫知攸措肆予命汝往踐台階勉弘濟代之功罔致曠官之誚善調兵食以備我邊虞慎舉典章以貞我庶品敬戒于位惟其有終可工部尚書同中書門下平章事散官勳賜如故主者施行（大中十年正月十二日丁巳）

韋貫之授中書侍郎平章事制　同前

門下地拱宸居任膺宰臣宜明大號佐佑丕圖失其道而庶事靡陳得其道而彝倫攸叙成我柱石在乎鈞衡况今右丞韋貫之代秉廉清天資貞白奇文包於五色茂德體於千鈞含和抱公居易求已徊翔禮闈堅明以辦其姸媸綱轄仙臺密靜克脩其班制動有直氣居無流心洎權登衮職參事樞務平章庶事慶入三臺遠猷是經中立不倚玄成之慶靈斯集山甫之恭勤日聞俾重輝於相門爰正位於台座於戲宰相者實執人柄以爲國楨化有未孚于休物有不遂其性俟爾高議副予虛懷予欲惠于兆庶爾思均賦之宜肅覲在位式序品物咸享鼓時風以淳厚吾人流王澤以光昭乃辟服我成命仰而行之可守中書侍郎平章事

擬門下侍郎平章事制　同前（集無）

門下天地至大任四時以成功元首雖尊託三台而佐理况外居黃閣入奏青蒲寅亮皇猷緝熙帝載以相予位以安兆人必有夢卜之期式重將明之職求其具位果獲良

臣

擬中書侍郎平章事制　前人（集無）

門下四輔齊耀衆星拱於北辰百職分官萬物歸於西掖翺翔鳳閣泛泳龍池報我祖宗格於上帝今獲良弼天實賚予

授盧翰劉從一門下中書侍郎平章事制　陸贄

門下（集作勑）寅亮天工弘宣理本俾予從乂時乃輔臣邑暉載馳以勞定國懋官遷列式是彝章銀青光祿大夫行尚書兵部侍郎同中書門下平章事范陽縣開國公盧翰嚴重不撓貞方自持眷恬鎭俗（集作淬）啓簡濟（衆言）思無隱事必有恒守尚書刑部侍郎同中書門下平章事賜紫金魚袋

劉從一質厚器深識精體遠（集作雅）沖用無竭真規不渝從容以和出納惟允自鸞（一作鑾）車載駕薄狩于梁執羈有從我之勤及雷厲匪躬之節交脩不逮（集作怠）庚續其凝俾並命於掖（集作禁）垣仍參掌於樞務今百度伊始四維載張論駁是非不可以不審宣揚憲令不可以不明爾其欽承無墜我丕（集作休）命翰可守門下侍郎同中書門下章事餘並如故

授劉滋崔造齊映平章事制　前人

門下朕嗣位君臨精求理道小大之務靡不經心日慎一日于今八載教化未洽蒸黎未康因之以甲兵繼之以災沴斯固鑒有所不至慮有所未周予衷（集作心）浩然若涉深

水思所以匡我致理助我官人宣其澤而四方以寧執其要而百工式序允是大任其惟輔臣夢想勞懷敷求俊乂得茲良弼爰在周行權知吏部侍郎劉滋操履貞清介然自守居能慎獨動（集作思）不違仁折理究其精微勵學探於旨趣（集作旨奥）其守給事中賜緋魚袋齊映脩巳崔夢識通化源適時有成務之才事上懷匪躬之節蘊蓄器業居為名臣中書舍人賜紫金魚袋齊映脩巳以立（集作敬）自明而誠體賢人可大之規用君子時行（集作中）之道虛受能擇清通不流惟滋之直方可以激風俗惟造之體度可以振條綱惟映之精深可以該物理我有大典爾其參之懋昭厥猷勿替休聞滋可守（集作左）散騎常侍同平章事造映可各守本官同平章事造仍賜紫金魚袋其有散官勳封賜並如故（貞元二年正月）

文苑英華卷第四百四十九

文苑英華卷第四百五十　翰林制誥三十一

制書三

命相三

授王播中書侍郎平章事兼鹽鐵使副制　元稹

門下昔蕭何用新造之漢而能調發子弟完補報亡使關東糧饋不絕者以其盡得秦之圖籍而周知其衆寡也我國家秉十一聖之區寓提億兆人之生齒而曰不能足食足兵朕甚惜焉得非調陰陽撫夷夏者不欲侵貨泉之任而主會計較虛盈者不得參邦國之重乎予今（集作矜）兼之允在能者諸道鹽鐵轉運等使太中大夫守刑部尚書騎都尉太原縣開國男賜紫金魚袋王播在德宗時以封詔

入仕踐履（詔令作更）臺閣由御史中丞京兆尹掌縣官鹽鐵爲春曹（集作官）尚書乃長邑髦（詔令作⿱髟手）以控蠻蜒盡稱厥職達于予聞馹（詔令作洎）詔徵還便殿與語得所未得聞所未聞（詔令作聞吾未聞）昭然發蒙幾至前席重委操剸鋒刃益精國有美財而人不加賦東師在野物力蕭然不有主張孰能戡濟是用命爾作相仍以舊務因之爾爲（詔令作其集作則）西備戎羌東定燕冀內實九府外豊萬人百度群倫罔不在爾於戲典謨訓誥行之具存邪正是非知之孔易予唯以不敏不明（集有茲字）故用爾爾（集疊爾字）爲股肱耳目又安能以（詔令無以字）一二戒誨垂之空言爾其自勵于爾心無令觀聽者論爾於鄉校可守中書侍郎同中書門下平章事依前充諸道鹽鐵轉運等使散官勳封賜如故（長慶元年十月）

授張弘靖門下侍郎平章事制　白居易

門下夫佐佑天子燮理陰陽平章法度登進賢哲外撫夷狄內安元元使百官各修其職一物不失其所此宰相之任也朕思得良弼訓致此道咨命于汝其殆庶乎具官張弘靖惟乃祖乃父代居相位咸有成績于旂常爾其忠正恭肅文以禮樂日濟其美振揚家聲一時之人謂之才子亟登清貫益著令聞洎出刺陝部移鎮蒲坂政不苛細甚得人心寮吏將卒皆樂爲用清簡之化聞於京師由是鄉風緇衣之好漢廷玄成之美朝望時議翕然與之人謀旣同朕志亦定乃用登爾以（集作于）左輔援爾以大政尚克欽

乃嘉命業乃代官竭其股肱服我前訓嗚呼三代爲相邦家之光爾其敬（集作念）哉無替乃前人之徽烈

授李絳平章事制　前人

門下昔在堯舜聰明文思尚賴良臣實以相濟況朕薄德不逮先王是用急疾於求賢置之於左右俾承弼納誨以匡不逮言或（集作雖）逆耳必求諸道事苟利人咸可其奏茲足以宣股肱之力成天下之務歷選多士爰得良輔乃降厥命其聽之哉具官李絳齊莊嚴重內明外直進退舉措有大臣體自參內職每備顧問忠讜之操終始（集作然）不渝及貳地官專領財賦未逾周月亦有成績歷試多可人望攸歸俾登中樞無易絳者於戲爾以文學入仕以正直奉

上才膺大用職亦屢遷十年之間位至丞相何以報國在乎匪躬欽哉懋哉無忝朕命

授韋貫之中書侍郎平章事制　前人

門下周宣漢宣繼世之主一得申甫一得魏邴咸克致理號爲中興朕嗣位以來永鑒前烈惟是豐俊籍籙求思歷選周行乃獲時彥宜以政柄舉而授之具官韋貫之温重明正國之公器當官必守臨事能斷簡在朕志迨今累年乃者擢居諫司以觀其直出領符竹以觀其理煩之以劇務以觀其用訪之以大政以觀其體歷試必中而衆望允屬倚之爲相僉曰宜哉可守中書侍郎同中書門下平章事夫臣事君則(集作以)忠后從諫則聖靡不有始鮮克有終

理化不成恒由於此今我與爾求終是圖雖休不(集作勿)休以臻其極嗚呼二宣之業吾有望焉

授武元衡門下侍郎平章事制　前人

門下朕嗣守丕業行將十年實賴一二輔臣與之共理故外鎮方域則倚以爲將有絳侯厚重之資有丙吉寬大之風自登台司克諧(集作厭)人望頃屬巴蜀軍後人殘權委節旄俾徃鎮撫信及夷獠(集作貊)思加疲瘵每因利以施物(集作惠)不易俗而脩教政無苛簡人用便安惠茲一方時乃之績報政已久屬望益深宜歸左輔以參大政夫坦然公道可以叙衆才曠然虛懷可以應群物(集作務)弼違救失不以尤悔爲慮進善紬(集作懲)惡不以親讎自嫌用此輔君足爲

名相欽率是道徃復乃官可守門下侍郎同中書門下平章事

授段文昌中書侍郎平章事制　杜元穎

門下眷求輔(詔令作良)弼期在濟時必惟才臣乃克成務況端絜剛毅可以肅具寮敏裕周通可以熙庶績外無餙虛之體(詔令作禮)中有效實之誠簡于朕心乃命以位朝散大夫守中書舍人翰林學士武騎尉賜紫金魚袋段文昌門襲忠勳器包才傑廣而不雜峻而能温脩詞每擬其菁英(詔令作華)所尚者風格發言必探於指要所貴者變通識古今理亂之源知遐邇利病之本自掌文翰苑列籍金門出入五年恭勤一致屬朕初承寶命屢進嘉猷諒我憂傷之懷竭其

公忠之力(詔令作志)昨因召見更用(詔令作有)咨詢造膝之言注意斯得必能奉將明之大任申獻替於虛襟爰升鼎鉉之司冀展舟檝之用於戲萬物之始九有所瞻將致治平可不兢勵爾其夙夜惟慮輔道朕躬使四夷咸賓百度惟乂(詔令作理)阜俗必蘇其疲瘵審官無爵其賢能理當詳於機深道當固於久大惟自誠可以化物推克已可以律人勉哉戒哉無忝我首命之重可守中書侍郎同中書門下平章事

元和十五年閏正月

授李鄘門下侍郎平章事制　蔣防

門下凝(詔令作弼)成庶政必屬於長材經制四方是資於顧望況叅酌理本爕和化源苟非傑寶孰允斯任爰立舊德將

諸具瞻淮南節度副大使知節度事管內度支營田觀察處置等使銀青光祿大夫檢校尚書左僕射兼揚州大都督府長史御史大夫上柱國江夏縣開國侯食邑一千户李鄘性惟直方器本弘固冲敏足以成務通明可以質疑懷匡主之忠規蘊經邦之遠略歷居雄鎮累服大寮臺閣藩方動留成式資爲重望綽有餘材必能翼宣鴻猷導迎嘉祉是用徵拜陟于黃樞竭爾訏謨司我號令法期畫一俗俾康寧寅亮庶工屬在良弼（詔令作輔）可守門下侍郎同中書門下平章事散官勳賜如故（元和十二年十月）

授蕭俛門下侍郎平章制　類制

門下天生烝民樹之司牧非輔弼不能宣其教化非忠賢

無以廣其謀猷其履道居直開物成務才能彰於人望績方著於國均是宜表式周行歷踐樞禁朝議大夫守中書侍郎平章事蕭俛器懷沉正風度夷逵識蘊通人之量文爲君子之儒守道易知臨事難奪內庭推謹密之效司憲弘端肅之規所以伎其公忠寄之啓沃嘉乃匡益副予簡求思亭德以任賢冀資忠而致理俾光明渥再踐台階無替前勞往服休命於戲秉一心者時惟良弼宰萬物者是資化源后德惟臣予既虛心而納誨國家在相爾宜勵節以致誠無媿知人式佇明效可門下侍郎平章事

授崔鉉魏扶拜相制　沈詢

門下潤色王業允俟於良臣丹青帝圖必資於宰匠朕嗣膺大寶思闡鴻猷永惟化源實屬髦傑斯所以（三字詔令作所期）調六氣以遂物摠萬機而富人憂帝賚予爰立作相正議大夫守御史大夫崔鉉山河秀氣經緯長才金聲含正始之和玉立在風塵之表正議大夫行尚書兵部侍郎判部事魏扶天與全德性惟中庸有致遠之宏謨負佐王之盛業並操身特立抱器挺生高標旁映於群倫明識動符於大雅早登華顯備閱休嘉穆然清明藹有素望居易求己秉仁立誠每懷憂國之心益竭徇公之志或早以精慮形於咢司深陳造膝之言客勵匪躬之節或嘗以敏用服于大寮智有洞於機權才復深（詔令作推）於練達爰委綱憲佐名節而立朝亦摠地卿嘗會計而經國紀綱式叙征稅益饒

陟其休庸付以大柄朕欲宣明號令弘濟生靈致寰海之乂安復河隍之土宇爾從容奏議朝夕揣摩副華夏之具瞻展舟航之大用輔教化本乎無隱辨雅正在於至公俾踐中台同參庶務敬服明訓式揚茂勳鉉可中書侍郎同中書門下平章事扶可守本官同中書門下平章事（大中三年四月）

崔龜從拜相制　崔璵

門下丹青神化寅亮天工將寄陶鈞必歸才望故漢中大業魏邴克贊其謨謀開元盛時姚宋同匡其治理嘗覽前代緬懷斯人寤寐以求夢卜（一作以冀）終叶適當舉衆不讓知賢户部尚書判度支崔龜從道峻嵩華志凌煙霄氣包元

精識邁前哲巖廊符瑞禮樂英華弘通多鑒物之明堅直
(詔令作正)抱佐時之術而學窮源委詞涌濤波吐論素勵於公
忠理躬不踰於信厚烈火方熾珪璋更寒飛霜已嚴竹栢
猶挙自出入劇職徊翔清途經歷五年恭勤一貫粉署累
賜衣之操掖垣高白鳳之文澄清宣威節制持重既位延
舊德一井掌地圖任切良材柄專國用閭閻不困帑藏有餘
邦賦程均節之能軍食表供湏之效我有好爵本邀茂勳
況乎國楨宜在(一作任)人傑是用命汝同心弼予廾于鼎司
執此政柄吉甫德全於文武彥回望著於台衡既諧具瞻
寔允元輔(詔令作當)酌古訓以佩令猷帖人部喉舌之雄允討
曹經費之務期爾鎮撫式彰顯崇於戲惟木從繩載懷樂

文苑英華　四百五十卷　七　七五

石之誠惟風偃草冀流霖雨之功與其順美以昭忠不若
盡規而輔德與其嚴刑而就理不若齊禮以安人佇聞嘉
言共底交泰無令伊傅獨美典墳可户部尚書同中書門
下平章事(大中四年六月)

魏謨拜相制　沈詢

門下天不能獨運任寒暑而成歲功君所以稱尊伏股肱
而熙帝載高拱巖廊之上奉成天地之宜故風后登庸軒
圖以穆文終佐理漢業遂昌何莫由斯夫豈相遠爰感風
雲之會果符夢卜之求屬在休期俾升良弼户部侍郎判
户部事魏謨賡贊運之間氣負王佐之宏材山岳孤高珪
璋特達道德忠信資以脩身文章政事乃其餘力自騰芳

詞苑振跡諫垣文宗知臣深加寵遇檢校甚峻守道不回
未至達官蔚爲國器星霜屢變流落幾途秀木摧風燎原
見玉汲黯心存乎廟廊望之志在於本朝朕獲奉寶圖勵
精理本盡伸人隱思變時雍佇聞宣室之言是有夕扉之
拜備其風望委以憲綱正色立朝不仁自遠貳于卿秩掌
我地征吏不敢欺身無伐善彌見精強之用頗聞流衍之
能朕常咨以謨謀觀其識略動中理會慮必輸忠切劇每
賴其沃心慨慷不忘於造膝是宜樹爲名表載之休聲俾
增耀(詔令作輝)於三台庶(詔令作允)僉諧於四岳於戲鹽梅之調元
咼舟楫之濟巨川(詔令作調鹽梅之元鼎濟舟楫之巨川)上維四方之安危
下繫群生之舒慘居是任者不其重歟夫激濁揚清衆自

文苑英華　四百五十卷　八　七六

聳善著誠去僞人斯歸厚爾其開張教化之具導迎陰陽
之和使萬物各遂其宜百官得任其體昔爾先祖爲唐輔
臣人鏡之名阿衡比德爾尚纂承義訓克嗣清風勉思貽
厥之謀以闡將明之業勿畏嫌而避事無執讓以自疑永
孚于休用觀乃績可守本官同中書門下平章事依前判
户部事(大中五年十月戊辰)

授裴休中書門下平章事依前判鹽鐵制　前人

門下我國家之稱至理其惟貞觀開元乎雖盛德成於祖
宗而致君存乎輔弼委是丕構付于冲人實咨獻臣共荷
洪業俾登王鉉用振金聲正議大夫守禮部尚書充諸道
鹽鐵轉運等使裴休明堂棟梁清廟瑚璉道崇五美學綜

九流持去邪與善之心蘊尊主濟時之術早昇甲乙首冠賢良諫垣馳讜正之名史氏動直言之筆羽儀著定律呂縉紳仙闈道播於彌綸右掖詞推於潤色三臨藩郡皆垂良史之能四貳卿曹益見大臣之體洎乎司泉貨之重莞山澤之財用適變通法均寬猛大計如富疆之業常規多饒羨之功人無告勞刃有餘地是可以載光袞職爰陟台堦式賛雍熙宜膺夢卜爾其允釐庶績俾（詔令作盛）起訏謨涉大川而示吾津涯馭六馬而遺吾銜策俾臻皇極克嗣前脩於戲人代天工予違汝弼悉乃心力作吾股肱無使阿衡專美於殷家山甫獨稱於周室勉弘懿德勿忝虛懷可守本官同中書門下平章事依前充諸道鹽鐵轉運等使

授王摶中書侍郎同中書門下平章事判户部制

吳融

門下朕聞王茂弘官在治中已恭佐命謝安石身爲相椽常切憂時後果俱秉國鈞克諧人望忠誠懿烈焜燿冊書孰謂我朝鍾茲丕運厥有佳士龍興壯圖植勁草於衰腸繫苞桑於宗社特立當代何慙古人將表至公爰申異渥且官王摶霜高一鶚玉抜孤峯孚和煦於情田自華而實道縱橫於義路無（一作何）往不通蘊是淑聲居然上品縶駒場裏早颯清塵振鷺行中難究逸翰踐揚三署横絶一時實名教之丹青乃縉紳之領袖昨者朕失遵王度致降天災釁起蕭墻幽加洊棘而賴能謀於上相說彼中權反正乘輿肅清輦轂疇其忠節雖已擢於禁林惜此奇才難久留於誥命豈在凝神軒夢問兆周畋用之不疑命以爰立旣調金鉉仍總版圖必務豐財以資經費於戲爾前未達則能有奮於時此後所行不宜苟安於位獻可替否滅私徇公慎保初心勿孤大任

授陸扆平章事制

楊鉅

門下昔在太宗時則有房杜持國鈞在玄宗時則有姚宋司政柄降于列聖代濟名臣宜搜間代之賢冀適濟時之用其有懷（詔令作瓌）材已試亮節孔彰俾膺霖雨之求期正彝倫之叙式舉茂典吾無所私翰林學士承旨銀青光禄大夫守尚書左丞知制誥上柱國嘉興縣開國男食邑三百

户陸扆簡節正音温光瑞玉咸濩抱降神之韻珪璋挺華國之容包倚相之典墳紹平原之詞藻爰自高才赴召册地代言絲綸必本於典謨獻納已觀其事業仍歲扈和鑾之狩六年專詔誥之勤讜正自持聞望彌峻况爾伯祖贄昔以才行嘗居禁林當德宗避狄（詔令作秋）之時實乃祖納忠（詔令作言）之日積其偉節升于鼎司書命諫章流在人口是用選自客勿陟之台衡昭于前光期於休命（詔令作期以後効）職我人柄貳茲地官旣表殊恩且明丕訓於戲姦宄（詔令作究）尚熾干華未平生靈流離宗稷榛莽爾其舉墜典正頹綱進賢良遠姦慝勿依違而避事無拱默以叨恩（詔令作掛）庶乎艱難有望康濟往踐乃位敬而戒之可尚書户部侍郎同中書門

下平章事餘如故（三年七月）

授孫渥平章事制（詔令作孫渥判戶部制）

門下在天成象拱帝座者三台在地稱崇鎮方輿者五嶽我有賢輔立于（詔令作乎）大朝協三台照耀之功契五岳匡扶之力既凝庶績冝峻嶶章正議大夫守中書侍郎同中書門下平章事上柱國賜紫金魚袋某璧立孤峯渭清一派早以閨門之行聞於鄉黨之間（詔令作鄉里）張融高文聚爲玉海孫綽麗賦擲作金聲頗喧鵞座之詞華遂整中天之羽翼鵬張上國顏淵首冠於諸科弓招小山稷生道優於置醴厥後簪御史筆講博士書從容累踐於南宮諫諍俄升於左闥蘭香見忌玉冷多猜比騷人湘浦之行繼賈誼長

沙之役朕自知直道召歸掖垣每於敷陳必盡肺腑因朱雲折檻之對識張華王佐之才斷自中宸爰立作相彌縫不倦匡益居先操心願華於澆浮進善必先於行實搜抉沉滯拔用隱淪致我時風自爾而厚張說當玄宗之代礿啓集賢賓叅居德宗之朝別分戶部一則寵九流之墳籍一則萃四海之賦輿式伏英規遂兹兼領高建楚子之爵貴升鄭衆之階勉殄寇讎以復廟社可銀青光祿大夫依前中書侍郎同中書門下平章事集賢殿大學士兼判戶部事仍封樂安縣開國子食邑五百戶

授朱朴平章事制　韓儀

門下夢傅巖而得真相殷道中興徵渭濵而載獻臣周朝致理是知顯諸仁而藏諸用君子但守其沉機懷其寶而迷其邦大器曷虛其（一作於）顯位朕自逢多難渴佇英賢暗禱鬼神明祈日月果得哲輔契于勤求（詔令作契乎）朝散大夫守國子毛詩博士柱國賜紫金魚袋朱朴學業優深識用精敏久徊翔而不振彌貞吉以自多朕知其才遂召與語理亂立分於言下聞所未聞兵農皆在於㝅中得所未得不覺前席爲之改容須委化權用昌衰運是乃振於庠序陟於鈞衡自我拔奇寧拘品秩於戲時風甚薄國步方艱兵戈未息於近郊經制日隳於故事宮闕焚蕩邑里凋虛外則未殄元兇內則未凝庶績整我綱紀成我雍熙百度群倫俟爾康濟勉思敬戒以服寵光（詔令作章）可朝議大夫同

中書門下平章事上柱國賜紫金魚袋（乾寧三年八月）

授王摶平章事制

門下朕聞軒轅得力牧而爲五帝先夏禹任臯陶而爲三王祖雖不言而化自契於玄功而端拱仰成實資於哲輔況有嘗持太柄久竭訏謨振寅亮於巖廊立惠迪之軌躅俾乃舊貫再委平衡斷自朕懷用符僉屬扶危匡國致理功臣新授武勝軍節度浙江東道管內觀察處置兼宣撫等使金紫光祿大夫檢校尚書右僕射同中書門下平章事使持節越州諸軍事越州刺史上柱國　開國公食邑二千戶王摶道累秋霜文含夏采（詔令作春彩）動不踰矩立必正方行中乎絕類之貞保大有匪彭之節訥於言而

敏於行深恥名浮竭其力而致其身唯將道勝頃歲朕察其才智可委鈞衡拔自貳卿升之四輔果能推誠憂國罄慮匡時啓沃心之嘉猷進苦口之良藥洎汧岐叛換京國戒嚴罔懼觸鱗屢陳逆耳且搏以明君待我故每敢極言我以忠臣任搏亦常加獎納深知盡瘁求用寘懷自鑾輅省方難(詔令作艱)危扈蹕澄心無撓臨事應機爲時而生信非虛言昨以祄清鏡水新蕩稽山慎擇周才以康疲俗是乃(詔令作用)輟於台鼎俾(殲闕)壇念鄉前後奏陳有犯無隱吾雖不敏深諒至忠靜復鄉言皆合朕志讜正之事久而彌芳雖浙左(詔令作右)之瘡痍誠思惠養顧岐陽之祆逆尤籍機籌且歸班瑞之符卻秉代天之筆爾其內凝庶績外殄元兇勉精醫國之謀報我知臣之德天官重位光祿崇階兼以命之用旌寵數服茲休命可不慎歟可光祿大夫守吏部尚書同中書門下平章事功臣勳封並如故(乾寧三年正月)

文苑英華卷第四百五十

文苑英華卷第四百五十一　　翰林制詔三十二

制書四

都元帥

普王荆襄江西等道兵馬都元帥制　陸贄

門下君人立極所務於勝殘秉律成師寔先於謀帥申明號令總制紀綱弘九合之功決百勝之畧非重慎(集作愼簡)不可以濟事非僉屬不可以臨人集大勳者必振其宏綱體至公者無避於內舉爰擇藩翰俾掌元戎開府儀同三司舒王謨性稟忠厚訓知禮樂居常樂善動不違仁察其內直(集作總)外溫必能安人和衆體方識敏諒可成功庶乎知子之明授以帥貞之律可揚州大都督持節充荆襄江西沔鄂等道節度及諸軍行營兵馬都元帥餘如故仍賜名誼改封普王嗚呼小子誼其敬聽朕命我國家之有天下百七十載于茲矣祖宗垂統(二字集作垂化紹統)功德繼茂威加殊俗惠洽普天海隅蒼生代受亭育躋之於壽域(集作富壽)煦之以仁和(集作和平)源廣流長慶深祚遠歷數有嗣纘于朕躬兢兢業業懼不克負荷虔恭寅畏歲五周星循列聖之耿光稽上古之㝠(集作明)訓一物失所是用疚心萬方有罪每懷咎巳懸法更考于(詔令作皆考于)天則(集作意)舉事必酌於人謀期合大中罔徇私欲而涉道猶淺燭理未明文闕於化成武乏於定亂刑賞失中選授(集作授任)乖方厚澤未均大信未著致使兇悪熾禍干紀亂常悖違君親茂棄天地盜擴我郡

邑毒痛我士庶驅脅丁壯暴骸於原野摽奪羸老轉死於溝壑忠良隕命義烈銜冤迫以凶威莫由（詔令作能）自奮憤深骨髓怨結蒼旻朕所以中宵覆輿終食三嘆哀蒼生之無告念（集作憫）赤子之非辜爲人父母寧忘愧悼賴三事大夫竭誠於内群帥爪牙宣力於外交脩不逮（集作怠）日冀康寧江漢上游建瓴制寇亘千里之地連十萬之師保大定功宜有統壹允副茲選往哉汝諧無以貴驕人無以善自伐無從己之欲無咈衆之謨（集作謀）從（集作納）諫如流改過勿恡卑躬降志以奉賓傅絕甘分少以撫軍師布誠信以歸人心明賞罰以盡士力詰禁誅暴懋昭乃勳敬事恤人無替成命膺茲重任可不勉歟（建中四年九月二十六日）

副元帥

郭子儀兵馬副元帥制　賈至（見唐大詔令）

制昔伊尹與湯合傅說與高宗合尚父與周合故哲后良臣莫不至合非賢不乂有開必先乂大之業也公上略宏才惇信明誼受我旄鉞輯寧區夏典器銘勳高視前古寔邦家之傑豈獨爲予社稷之衛可獨弼予節制咨謀安危斯屬懼朕之不稱也往欽哉司空子儀可兵馬副元帥主者施行（至德二年四月）

李抱玉河西等道副元帥制　常衮

勑周以元老監方伯漢以丞相撫四夷則軍國之務中外一體自華陽而西至於隴坂涉河之右兼控五原總三將之師專萬里之寄詰禁經武宜有統制憂邊謀忠深仗輔臣開府儀同三司行兵部尚書同中書門下平章事潞州大都督府長史知鳳翔府事充懷鄭澤潞觀察處置等使仍充南道通和吐蕃泰隴臨洮已來觀察處置等使上柱國涼國公李抱玉文以經邦德以鎮俗孝友忠信人之模表禮樂刑政朝之訓式以道匡朕允升大猷參聽斷之可否載清淨以寧一兼委戎旅屏于方夏知謀變化潛合神明將校悅從親如父子事出韜鈐之外功成戰伐之前勤勞王家以衛社稷有致君庇人之績冠旂常彝鼎之銘顧以國之憑倚乂任憂患兵車之半悉以咨之當不憚煩以時鎮定也可兼充山南西道觀察處置度支營田等使判

梁州事隴右懷鄭澤潞等使如故充山南西道河西隴右等道副元帥

授馬燧渾瑊副元帥招討河中制　陸贄

門下天地殊位君臣異制苟不率道茲謂（集作爲）亂常退而增脩於是有舞干之義諭以遷善於是有文告之辭若循未悛乃用致討興戎動衆豈得已哉李懷光擢自軍候委之節制亟有勤（詔令作勞）績累加寵榮揔衆駿奔自遠赴難解圍盪（集作逐）寇朕甚德之位極上台寄崇統帥親之若同體信之無間言朕於斯人亦已厚矣而器小任重固貽顛覆有功自棄無罪（集作過）自疑崇信讒邪却逐將帥養寇資亂（集作姦）蓄姦幸灾（集作幸灾樂禍）朕素所推誠猶（集作尚）謂非實優容

任遇常懷（集作坦然）如初凶德既盈醜跡彌露謀危社稷通結渠魁公相往來無復畏忌（集作避）窮（集作肆）極兇悖所不忍言朕播遷（詔令作越）巴梁遠違陵寢大懼失墜爲列聖羞頼先澤在人兆庶知感朔方將士（集作校）忠節不渝懷光既沮（集作阻）姦謀詭稱効順累陳欵疏請詣闕庭朕深惟舊勲務欲全貸授以師保（集作傅）之重疇其井賦之食爾書勞問誓以始終懷光遂殺辱使臣完聚守備將以悖慢之罪加於忠義之軍因兹脅從與與同惡謂衆可罔謂天可欺覆載所不容人神所共棄討除大憝招緝非辜爰咨輔臣以董戎寄銀青光禄大夫檢校司徒（詔令作空）平章事兼太原尹北都（詔令作京）留守充河東（集作中非）保寧軍節度觀察處置度支營田等使北平郡王馬燧操業端亮器宇閎達（集作氣宇宏達）秉難奪之節負不覊之才恒持至誠（集作公）深識大體感槩（一作激）而三軍有勇彌綸而庶績允諧威聲所臨郡邑皆復（集作服）殿於（集作下）北土隱若長城元從奉天定難功臣開府儀同三司行（詔令作守）侍中兼靈州大都督充靈鹽豐夏等州節度管内支度營田觀察處置押蕃落等使仍充朔方邠寧振武等道奉天永平等軍行營節度兵馬副元帥上柱國樓煩郡王渾瑊淳粹積衷（詔令作中）仁厚成性布（詔令作藴）寛大以容衆著誠信以撫人事必沉詳臨危益辦節惟貞固在險逾彰弘濟艱難茂昭勲閥出納朕命光膺具瞻並文武全才安危注意副我憂勤時惟二臣比德叶謀往濟（集作清）多難燧可兼充奉誠軍及晉絳慈隰等州節度并管内諸軍行營兵馬副元帥餘並如故瑊可兼河中絳州節度觀察處置等使仍充河中同絳陝虢等州節度及管内諸軍行營兵馬副元帥功臣開府本官勲封並如故嗚呼朕之不敏不明失於君道連禍未息勞師靡居中心自咎慚若焚灼又以朔土之衆代（集作大）著忠勞横遭汙脅深所閔惜爾其敬敷朕命明諭朕懷務於招綏非黷威武惟輸誠歸順罔有不赦惟執迷非命（集作拒順）罰止元兇寧失不經無濫非罪列爵懸賞用俟勲賢布告遐邇咸令知委（集作悉）

授李晟鳳翔隴右節度使兼涇原副元帥制

前人

門下周之元老以分陝爲重漢之丞相以憂邊見稱故方嶽克寧疆埸不聳安人保大致理之端今所以重煩上台作鎮西土奉天定難功臣司徒兼中書令充神策節度使兼京畿渭北（詔令作南）鄜坊丹延等州節度觀察處置等使仍充京畿（詔令有渭南二字）渭北商州華州（集作商華等州）兵馬副元帥上柱國合川郡王李晟勵精剛之操體博厚之德適時通變（一作動適時變）而大節不奪虛受廣納而獨斷自明奉法以律身推功以及（集作先）下衆無犯命人用樂推（集作從）懷德畏威令行禁止誓群帥（詔作帥）於危疑之際駐孤軍於版蕩之中氣凌風雲誠動天地一鼓而兇徒折（集作攝）北再駕而京邑廓清師皆如歸人不知戰載安社稷（集作宗社）功格皇天而明識

秉彝清風激俗雅尚恬曠撝謙有光朕以汧隴近郊扶風右地川阜連亘抵於（集作干）畄中限界諸夷（集作戎）藩屏王室所屬誠重付之（詔令作允付）元臣兼二將之甲兵崇十連之統帥宣威耀德罷警息人俾予仰成時乃丕烈可兼鳳翔尹充鳳翔隴右節度支度營田觀察處置等使仍充鳳翔隴右涇原節度兼管內諸軍及四鎮北庭行營兵馬副元帥改封西平郡王功臣本官兼官勳並如故（興元二年八月四日）

都統

授王縉侍中兼河南都統制　常衮

門下天地之德資陰陽以成功帝王之道任將相而興化聿求左輔命掌元戎必籍文武之才用經軍國之務金紫

光祿大夫行黃門侍郎同中書門下平章事兼弘文館崇玄館大學士知館事仍充大清大微宮使太原縣開國伯王縉有高妙之行有弘達（詔令作通）之識學該古訓文正國風夢帝賚予濟川用汝百揆時叙四維克張累陳造膝之言彌契沃心之道濱海之右自河而南王旅攸同戎車殷會監于方伯之國利用建侯之司大將息人予有禦侮鎮漢汚淮淝之地統齊梁魯鄭之軍揔制高牙紀綱群帥弘七伐四征之策成一匡九合之功式遏外虞底綏多難將授銅符之律爰咨瑣闥之謀往哉汝諧無替朕命可侍中持節都統河南淮南淮西山南諸道節度行營事仍進封郡公食邑二千户餘並如故主者施行（廣德二年八月）

授劉洽檢校司空充諸道兵馬都統制　陸贄

門下論道經邦允歸碩望建牙統衆必籍雄才中外具瞻安危注意今以（集作之）二柄委之（集作付）以元臣開府儀同三司檢校尚書左僕射同中書門下平章事使持節宋州諸軍事兼宋州刺史充宣武軍節度支度營田宋亳潁等州觀察處置等使仍權知汴滑宋亳等州（集作道）都統兵馬事上柱國懷德郡王劉洽秉志端亮飭躬簡儉博厚足以容衆和易足以長人純孝棠親盡忠事主分我閫寄殿予大藩（集作邦）抚（集作撫）制淮夷保（詔令作堡）障楚甸戎捷繼至軍聲載揚殪群兇於宛丘驅大憝於梁野控引漕輓委輸京師予嘉乃懋（集作與）勳亮（集作懋）乃貞節用錫丕命俾揚王（集作洪）休燮

贊三台紀綱群帥式是大任爾惟欽哉可檢校司空同中書門下平章事依前充宣武軍節度支度營田宋亳潁等州觀察處置等使仍充宋亳潁等州管內諸軍兵馬都督散官勳封如故

授范希朝京西都統制　白居易

門下閶闔風至太白星高謀帥護邊國之大計具官范希朝忠貞勤儉以爲質惠和智勇以爲用一代名將三朝信臣朕以西邊列鎮三四若有揔統則易成功思得良帥有威名者并護諸將歲一巡邊乘秋順令揚其威武則南牧之馬引弓之人知我有備不戰而去誰可任者無如希朝以爾有朔方之勞有振武之効功在疆場名聞羌戎惟實

輿聲咨副是選令拜爾爲大將尊爾爲司徒節制進退一
令諮稟倚望如右可不愼歟可充京西都統

招討使

加裴度幽鎭兩道招討使制　元稹

門下夫以區區秦伯而猶念晉國曰其君是惡其人何罪況朕均養億兆爲之君親燕人冀人皆爲乳哺而育之者安忍以豺狼驅脅之故絶其飛走盡致網羅止行佗命之誅是用開其一面河東節度觀察處置等使金紫光祿大夫守司空兼門下侍郎同中書門下平章事大原尹北都留守上柱國晉國公食邑三千户裴度昔者區域之中蜂蟻巢聚蔡有逆孽齊有狡童厥初圖征疑議蒲野不懼不

惑挺然披攘苟無司南允罔能濟佑我憲考爲唐神宗實賴（集作惟）股肱運用心力肆朕小子象受景靈冀服於前烈平於後而撫馭失理蠻牙復生求思弭寧中夕有得國老尚在夫何患焉是用亟宜懇惻之誠就加招撫之命於戲頃者師道元濟秉累代襲授之資藉山東結連之勢以丞相布畫於千里之外使諸將持重於四封之中而猶劉悟裂虵豕之驅李佑潰鯨鯢之腹蓋逆順之情異而忠孝之道明也況彼幽鎭無名暴征（詔令作征暴）以丞相近觀其宜以諸將齊奮其力斧鑕之刑坐迫椒蘭之氣外薰誰不自愛其生焉能與亂同死度宜開懷緩帶以待其歸可依前守司空兼門下侍郎同中書門下平章事河東節度使充幽鎭兩道招撫使餘如故

加裴度鎭州四面招討使制　前人

門下傳云死者不可復生刑者不可復續是以先王斬一枝（集作支）指殺一犬彘莫不伏念隱悼至于旬時決而行之（集作者）蓋不得已也予於鎭人亦旣（集作然）伏念俟其悛革詎止旬時乃命相臣招懷撫諭矜其詿誤示以生門期於盡脫網羅豈可驅之陷穽而豺狼當道荊棘牽衣雖欲歸於有仁（詔令作歸於有生集作歸之於仁）厥路無由而至況王師壓境義勇爭先朕每抑其鋒鋩未忍覆其巢穴是猶愛稂莠而傷稼穡養癰疽以潰肌膚獨懷兒女之仁慮失祖宗之典今上台居鎭籌畫無遺操晉陽之利兵驅邑產之良馬舉河東

義武之衆合滄景澤潞之師當元翼受命之初秉田布雪冤之憤舉毛拾芥其易可知無用威恩尚存招致宜令河東節度使裴度充鎭州四面招討使於戲以一城之卒敵天下之師徇倡獗（詔令作任）之徒抗君父之命吾哀爾輩死實無名苟能自新亦輿容汝主者施行

鳳翔李業河東李拭並加招討使制　崔琮

門下邊境未寧固資於選帥輪轅適用必在乎與能無煩易地之勞各副長城之委鳳翔節度使檢校刑部尚書李業生自將門久知勇態悅詩禮而不倦索韜鈐而甚精河東節度使檢校禮部尚書李拭早膺儒術克擅文場幼挻瑚璉之姿尤通冉季之政並累更重任必播能名或居劇

塞而練卒討羌或領乜門而尅巳訓士皆勤勞備著功効居多朕以右輔之新拓土疆是資綏緝大鹵之連控戎落尤籍隄防或更户封之崇或仍舊貫之美各膺新命無替前勞

異姓王制

冊太原節度使守大師兼中書令晉王制　錢珝

維年月日皇帝若曰我國家作法於仁達情以禮振典褒而誕告載名器以公行何嘗不動懷多難豈報丕烈矧乃圖先廟社允集王功誠動日星必承天祐王功建而臣節盡天祐至而君命宜昔經武爲師賜履荷宗周之寵今在邦猾傑剖符受全楚之封英儒相侔古今同典當勳而舉

非我有私具官某慱厚自持堅剛不惑抱公能察守貴必恭驁然飛將之風增彼懦夫之氣而先臣奇備間代雄才圮上視書太公來受雲中饗士李牧復生出肇洛以行師轉淮沂而殄寇倬哉茂績興在後昆爾乃開國象賢勤王繼志諒因心而無改敬遺體以有爲英蕩旣臨文茵是籍率乎辟后自絶他時控彼諸戎下連右臂曰者驅除大盜爰復神州焜燿元功載書盟府以啓紹開之慶是資戡定之勞而復念先朝荐罹否運朱玫則罪極邉伯李熅則親非子頹肆其廚置之謀黷我纘承之統是以奮飛長檄條列本枝遏濟惡之亂流披崇姦之僭黨夷凶有力賀福無遠近則王行瑜驕以叛恩顛將敗族爾乃先知塗地每耻同天顩刑憲之可加抗封章而不避潜思歃血憤欲寢皮而逆豎犯闕興兵朕方奔車出次始懷愧懼未暇剪除行瑜轉禍終迷于誅罔畏螫手而不能自斷噬臍而誰復與論爾聞難成憂直躬決策衝冠激怒折箠興言襲行巳勵於五申急召寧煩於二節武剛夙駕砥産跳驅存誠而有禮則安舉事而不疑何卜乃聲鍾皷乃合諸侯留屯雖在於郊圻宿飽匪勞於漕輓爾臨渭曲深溝而親拒寇讎我復鎬京高枕而無虞侵軼然後進攻外壘盡復強軍支剪喉舂如麻滿野或交杖以來獻俾噍類之不遺元惡出奔勢窮就戮廓清而罷約束尚嚴受降無譲於使臣擇帥請行於國命一如紀律以報會盟天賛孔昭主憂盡釋始未

見若之而今盡見若之心神聽斯言衆圖是賞畫雲臺而其顯篆樂石而非多師氏建官位惟極致春秋列國晉實大名典重而近古不行勳盛而今衰何愛廣廷備物且授詞臣法座臨軒式光禮命今遣中書舍人薛廷珪冊爾爲大師兼中書令仍進封晉王於戲獨立王功忠乃善藏之府求膺天祐敬惟能保之軀則必慶于而家樂于而土戒之勿怠與國無窮

李茂貞封岐王加尚書令制　吴融

門下夫天有星辰爲之綱所以保乎乾健地有山嶽爲之鎮所以定乎坤柔故王者話夾輔之臣資股肱之任安危所係動靜是憑其在周也則姬公盡心於經營其在漢也

則絳侯竭力於匡贊惟天所相何代無才厥生英賢爲我
柱石拯茲艱運柯彼洪勳欲示褒旌爰加徽數具官某三
光結粹一氣融精合鸞鳳之正音動諸律呂有麒麟之逸
足步一作追出塵埃抱鐵石於寸心棲雪霜於勁節倜儻俠
廓深沉温雅允爲王國之楨實稟生人之秀自岐陽振跡
隴右成功虬騰周翰之間鶚立漢壇之上弓鳴霹靂劒躍
蜿蜒指揮而川陸可回叱咤而風雲立變一居右輔累復
皇都殊庸已煥於旂常嘉頌早傳於金石　昨妖興肘腋
釁起宮闈而能憤激衷腸睿施籌畫致禁軍之鵰武戮當
路之豺狼安宗社於綴旒復乘輿如反掌人祇共慶華夏
同歡旣而伏瑞節以來朝秉桓圭而展敬靜與之語簡而

有常動叶生知克符中道披肝露膽皆本於至誠言發涕
零必期於盡瘁感通天地激動人臣得不嘉乃奇功申茲
異渥表爾優崇南省統率六宗一作卿尊大西郊封超五等
在常時而難舉非盛烈而莫當傑立群倫光流萬代勉膺
朝獎敬答天休可守尚書令兼侍中仍封岐王餘官勲並
如故

授韓建昌黎郡王制　　韓儀

門下記曰諸侯有功德於人者加地進律書云德懋懋官
功懋懋賞其有功宜於宗社德被於生靈立扶危定傾之
勲展安社建儲之力忠誠貫天地貞節伏鬼神須行不次
之恩用報非常之績俾諧僉議爰舉寵章具官某維嶽降
神自天生德巨材山立雅量海深行徤不以武而以文明
處順不以邪而以忠正其動也直其靜也專孫武理兵令
惟畫一文翁訓俗教必在三臨大事則偘偘丈夫在平居
則謙謙君子生知無對默識絕倫自鎮關防已周星律化
驍雄之士盡閱詩書流愷悌之風大行鄉里去秋迎鑾郊
次駐蹕州城語時事之艱危言淚俱下奉行朝之供億勤
竭無渝而又請謁元龜載營複廟總當旬浹更事嚴禋椒
壁虹梁備聞壯麗禮容備物靡不精周旣而首貢封章議
建儲貳復六十年之墜典振三百載之洪規邦本以貞丕
基永固寔自良畫成此懿圖去不令之人以清朝列懲左
道之輩用肅群倫謀無不臧動有成憲肇我中興之業因

其活國之誠永念殊庸實無與二是乃錫功臣之號封異
姓之尊用答元勲勉膺異渥噫嘻當屯室之時雖危無咎
者鮮秉泰亨之際在上不驕者難全卿始終罔怠操執賛
輔以德永孚于休

授王鎔常山郡王羅弘信長沙郡王劉仁恭彭城
郡王制　　前人

門下五嶽承天共振横胷之力四瀆紀地咸施潤下之功
所以國之勲臣特之哲輔亦如華嵩衡霍登九命而冠三
公海瀆江河輯六瑞而踰五等居牧伯之位秉桓信之圭
苟非茂績昭宣殊勲啓洽豈可膺茲並命用叶僉諧我有
三臣實全七德爰舉疇庸之典式符進善之經具官王鎔

夙紹弓箕丕承堂構襲重侯之積慶允武允文奉先王之成規克勤克儉剛簡而無傲寬栗直而務温寬言必有章動不踰矩具官羅弘信將星瑞彩卿月祥光常竭力於公門每推心於王室保大有九三之盛任重而不危守中孚六四之貞致遠而不泥既爲良帥復號吏師具官劉仁恭氣薄雲天義形霜雪秘玄符於腹笥機術無儔運黄畧於意筌弛張有度以恬養智用壯處謙三軍敬之若神明百姓仰之如膏雨居然侯度屹若國禎而背道邁般賢名齊漢傑洞達揔戎之要翦起扶輪精通育物之源龔黄拜手犬牙而理人心以寧屏蔽一隅繚長城於翰海藩垣中夏布横（一作貳）落於天田疇咨協恭奮揚熙載或尊（疑作莫）茲冀

土成阜安於大名或宅彼幽都共綏懷於有北駢闐勳緒照灼簡書敷進律之殊恩獎殿邦之美化真相正三台之位掌武居一品之尊增實封以錫圭田升虛邑而光實節酬功報德惟恐不多勉竭乃誠各膺休命

授成汭上谷郡王制　前人

門下朕聞賞有功則勞者勸考其績則政事彰能否既分黜陟斯在其有勳已銘於簡冊化復被於謳謠表率公侯澄清土宇静憂澤於千里盡闢汙萊曜軫宿於九霄光生芒角行爵繼（一作出）禄顯忠遂良式副僉諧爰登寵寄具官成汭氣含冬日志烈秋霜藴雄特之標中能抑畏抱介絜之操外富通明自節制衡巫統臨荆楚承匪人之貪暨屬生聚之流離比衛文之華車無無三百同魏相之版户畧不盈千會（疑作曾）未踰時俄成樂國井閭富庶人物殷繁璣組之賦聿脩苞茅之貢常入砮册靡闕箘簵咸臻陸隣而西境風行蕩寇而三峽浪息况蔓聯湖嶺輻輳梯航既水陸之靡難致賦輸之罔滯績兹功緒寔謂忠勞苟無舉善之文是廢疇庸之典今則移紫微之尊秩疏異姓之殊封位冠三台爵踰五等用奬分憂之績乃申進律之恩勉力在公傾心報國張我休命無忘恪恭

趙凝進封南康王制　楊矩

門下叩黄鍾者大則大應建殊績者多則多疇匪我之私惟人所召亦若樹桃李者而獲其實勤麓裘者必蓄羨糧

安有豐功而無貴仕况我襄峴奥壤荆吳要津資上將之撫寧興庶人之歌詠宜旌善政以馭殊榮豈惟疇庸式俾垂勸具官趙凝訓承馬服術茂龍韜藴倜儻之宏才負縱横之遠畧性推忠厚連管懷敢死之心德尚寬和比屋佩來蘇之化加以戴君義切許國誠殷集列岳之梯航贊大朝之經濟憂時奉法曾不捨於朝昏問俗撫封固尋彰於遠邇使鳳闕罷祈夏水澄源歡康以布於百城政令克齊於五屬是用特申異數用顯休勳封崇既盛於一時寵貴仍遷於右座爾其彌勤後効益暢前脩爲垣翰之準繩遂鄉閭之帖泰永刊鍾釜以奉簡書厥惟丕承勿忝休命

文苑英華卷第四百五十一　魏泗

制書五

節鎮一

授崔希逸左散騎常侍兼河西節度副大使制　　大平內制

門下位忝顧問必擇正人道重威懷寔資良帥朝散大夫使持節陝州諸軍事守陝州刺史上護軍水陸轉運使崔希逸雅稱瓌偉（一作儻度）常聞大節況畧有制精識必斷鎮臨湟塞守在羌戎且利安邊兼資用武宜其謀此令德式叶遠圖俾聯寵於軒墀往綏靖於河隴可守左散騎常侍持節河西節度經畧支度營田九姓長行轉運等副大使知節度涼州事赤水使隴右河西採訪處置使仍賜紫金魚袋散官勳如故

授李尚隱户部尚書益州長史劍南節度採訪使制　　前人

門下司徒之職事殷九賦連率之任寄重十州兼而統之其在能者銀青光祿大夫守太子詹事上柱國高邑縣開國子李尚隱長才致用直道爲謀大任亟登晚節彌厲臨事克斷不敢於煩苛去邪勿疑無避於強禦必能內均上壤外撫華戎保息萬人俾修夏官之典澄清三屬仍揔使臣之務可守户部尚書兼益州大都督府長史持節劍南節度營田副大使兼節度採訪處置使散官勳封如故

授烏重胤河陽節度使制　　同前

門下鎮衛甸服控臨河津當五達之要衝主三軍之號令自頊選任多用勳勤必爲忠良乃稱獎擢昭儀軍節度右廂都押衙兼馬軍都知兵馬使同州節度副使銀青光祿大夫檢校太子賓客兼潞州大都督府左司馬御史中丞上柱國張掖郡開國公烏重胤稟絜白之性抱堅貞之資任涅不緇凌寒益茂承家得孫吳之術許國慕辛李之風固已業擅戎韜聲藹軍府乃者山東整旅河右致誅守臣習非浸以成過事君不信撫衆無恩言多隱欺政務苛刻孤我委遇自虧功名士心咸忿其驕矜人力頗怨其凋盡雖趣召而有命蓋羣情之不容惟爾跡在轅門屬當此際一言秉禮百姓（一作衆）無譁居常表持重（一作正）之難臨事見知幾之勇况地當師次營壓厲塵人情素悅而易從軍令既明而自戢眷茲諒實可委藩垣必能同士伍之衣食知黎元之病苦繼前政之風躅爲將來之表儀是用拜之壇場授以旌鉞命副相之崇秩敉覃懷之舊封式佇嘉猷用報明奬夫行高則名著事舉則功存立政在初爲人（一作仁）由已無或墜替欽承寵光可使持節懷州刺史御史大夫充河陽三城懷州節度營田等使散官勳並如故主者施行

授鄭滙義武軍節度使制　　玉堂遺範

門下鮮虞（一作于）舊國上谷雄藩揔中山之甲兵接薊門之

封壤聵求良帥允屬碩臣銀青光祿大夫守太子賓客分司東都上柱國滎陽縣開國男食邑三百戶鄭涯弘廓宏才易簡正性雅（一作偉）量湏廣貞標嶽孤通銓匱之奇書負珪璋之雅器自發揚術業歷踐清途懿聞淑聲推爲茂德日者常（一作嘗）膺獎任屢鎭方隅惠愛洽於轅門謳歌溢於閭井洎謫居遐徼旅處洛師惕厲日聞屯夷一貫是命載圖來効復議寵遷於戲選將之難古今爲重而況易水之上尤藉謀猷爰求惟舊之賢式重作藩之寄爾其勉思鎭馭益念訓齊惟克己可以愛人唯推恩可以撫衆褰帷豈專於仁祖（晉謝尚字仁祖）褰帷宜嗣於賈琮俾外秩於春卿更增榮於亞相往承休命無忝新恩可檢校禮部尚書使持節定州諸軍事兼定州刺史御史大夫充義武軍節度易定等州觀察處置北平軍等使散官勳封如故主者施行（大中九年九月十四日）

一作皆大中制誥

授劉悟滑州節度使制　同前

門下王者驅大順以道至和不能無狡冦天將廓沴氣以息暴亂則必有忠臣非處迷何以明其勁節非嘉獎何以表其尤功況討罰之初詔命斯著高懸寵爵獲則當之淄青都知兵馬使金紫光祿大夫試殿中監察御史上柱國劉悟忠孝（一作勳）之後義勇爲心久淪跡而未伸每蓄謀以思奮屬姦兇負阻將帥徂征宣威已震於河山肆逆猶固其巢窟遂能潛通密款先事指期決策於萬衆之中挺身於重城之內感深而信誓君一氣直而神明爲徒梟彼渠魁殲厥醜類乃飛章以馳獻緊大慶之遐聞臨軒載懷是舉斯命眷彼雄鎭惟茲滑臺有二郡察俗之殷其人勁而剛有三軍制節之重其士毅以肅俾膺分閫式委觀風超昇題劍之名所以崇其望兼假弄印之任所以峻其威疏封廣載其土田真食爰優其戶賦仍加厚賜用示深恩高門大啓於通衢別墅榮分於沃野凡是賞典稱乎國章於戲在昔天寶季年羯胡首難惟悟之祖職居平盧能裁賊臣竟逼朝命賜名以旌其忠授鉞以仗其材今悟又能除妖可謂濟美勉持忠孝以保家邦可檢校工部尚書使持節滑州諸軍事（云云）

授田興魏府節度使制　同前

門下經邦制理先務於安人乘義秉忠（一作秉義納忠）良存乎體國有其堅持正性動合衆心材當與能善可垂勸則宜荷推轂之寄爲分閫之臣建侯貞節宣我利澤魏博光軍步射都知兵馬使同州節度副使僉校祕書少監御史中丞沂國公田興深明有融忠孝是力介若金石通乎弛張効用思齊於昔賢累誠期報於君父生此王國跡淪戎藩逢時乃彰會節有立日者元臣即代穉子幼年小人任事以作威諸將解息而增懼政理茲紊刑章亟乖群情危疑幾至顚越朕用憂憫方圖輯寧而興任在轅門心惟大體義勇斯奮姦兇伏辜士心所歸不令而肅征鎭安固厥庸茂

焉既而保貴胄之家將致上國全故帥之績永復中軍表
章屢陳情懇備至以勳則特異以義則可觀周旋令圖蓋
有餘裕朕高懸爵命以待能賢嘉爾殊勞允宜懋賞晉軍
謀帥郤縠嘗學於詩書漢將議功竇融實冠於名節魏郊
巨鎮河上奧區仗鉞可以宣國威觀風可以率彝典習俗
至於丕變夜旴徯而（一作於）汔康佇光策書用寄心膂紫級
俾登於七命顯秩超踐於六卿仍兼副相之雄以重元戎
之寄服茲休命其懋戒哉可銀青光祿大夫檢校工部尚
書兼御史大夫充魏博等州節度觀察處置支度營田等
使

授范希朝神策軍（三字一作京西行營）節度使制　同前

門下古之命將帥修封疆在於整軍非以耀武故繕理亭
障訓齊車徒以申國威以固王略非誠節昭（一作茂）著無以
分統六師非勳績彰明無以并護諸將副茲重任實在忠
賢特進檢校右僕射右金吾衛大將軍充右街使成紀男
范希朝有貞臣之節有良將之風識達武經學綜兵要臨
事能斷好謀而成嘗領元戎鎮于朔野控河上（一作中）之塞
拒漢南之庭脩其政刑諭以威德士吏向化（一作慕）裔夷綏
懷入覲京師策勳王府洎司警衛禁旅增嚴直道彌彰嘉
庸益茂固可以總統北落節制西陲成魏絳和戎之勳振
晁錯備邊之策俾異俗率化獷人成功師乘以和烽候無
警懋建（一作昭）丕績時乃之休可開府儀同三司檢校左僕
射兼右神策軍京西諸城鎮行營兵馬節度使封如故（貞元）

一作皆唐大詔令

授韓弘宣武軍節度使制　同前

門下統制大刑揔率羣帥功庸既獻于社爵服宜加於朝
翼宣帝猷出納王命持綱以揆百度賛道以釐庶工時惟
宥密昔所華重寵我元輔昭其茂勳淮西諸軍行營兵馬
都統宣武軍節度副大使知節度事管內支度營田汴宋
亳潁等州觀察處置等使金紫光祿大夫守司徒同中書
門下平章事使持節汴州諸軍事守汴州刺史上柱國潁
川郡開國公食邑三百戶韓弘天毓間氣時推上材靜蓄
滄波不測之深動發迅雷殷然之勢竭彼肝膈忝予股肱

殿于中邦式是四表自淮濆俶擾將校徂征而原燎方揚
妖氣不斂爰命巖廊之傑董茲貔武之師薦其忠誠勵彼
勇節叅掌廟筭指授神機策畫得於慮深威略宜於制遠
俾趨重地遂拔堅城轂中全謀果立奇績既殄兇醜宜疇
厥庸載加常伯之崇以正宰司之位詔爵增邑懋茲休勳
爾其敬之服我成命可守司徒兼侍中使持節汴州諸軍
事兼汴州刺史充宣武軍節度副大使知節度事管內支
度營田汴宋亳潁州等觀察處置等使許國公食邑三千
戶散官勳賜如故主者施行

授張弘靖太原節度使制　同前

門下授鈇鉞之賜其惟爪牙掌管籥之司允歸心腹況乎

天兵作鎮王業成都全晉山河陶唐風俗外以威懷七狄內以承衛二京操節制戎師之權兼澄清列郡之寄訓齊五校表率一方歷選元僚無逾上相中書令張弘靖高蓋若慶大珪含章和順在中莊敬發外翼翼有致君之道兢兢懷許國之忠言觀器能早授方任風謠果洽於分陝膏澤實彰於近關洎登爲鼎臣輔我袞職出納萬務清明一心弘宣遠猷慎守成式寡帝所賴疑伊人是瞻朕以龍山之前卒疑作率秉殷鴈塞之上稽胡雜居求明畧以拊循資盛名而鎮定是用輟於鈞軸授以節旄崇高超列於天官密勿淺參於台席敬聽後命載揚先聲在貞元初乃考成肅公弼諸德宗以敷景化肆予嗣位推爾業官匪惟勤

勞于我邦茲亦光輝于爾家於戲入而惟輔出而爲藩行思永圖勿替舊服可檢校吏部尚書平章事云云

授裴度彰義軍節度使制　令狐楚

門下輪弼之臣軍國是賴與化致理則秉鈞以居取威成一作定功則分閫而出所以同君臣之體而一中外之任焉屬者問罪汝南致誅淮右蓋欲剷其汙俗弔彼頑人雖棄一作挈地求生者寔繁有徒而嬰城執迷者未革一作剪其志一作類何獸困而猶鬭豈鳥窮之無歸歟由是逆聽鼓鼙沂輟樞軸授以成筭一作更張琴瑟頌我台席革茲戎旃朝議大夫守中書侍郎同中書門下平章事飛騎尉賜紫金魚袋裴度爲時降生協朕夢卜精辨宣力堅明納忠當軸而才謀老成運籌而智畧前定司其樞務備知四方之事付以兵要必得萬人之心是用禱于一作於上玄擇一作練此吉日帶丞相之印綬所以尊其名賜諸侯之斧鉞所以重其命爾宜大布清問恢壯徽猷感勵連營蕩平多壘召懷孤疾字育夷傷況淮西一軍素効忠節過海赴難史策上一作書勳建中初攻破襄陽擒臧崇義此一作比者脅於兇逆歸命無由每念前勞常思安撫所以內輟佐輔爲之師帥實欲保全慰喻使各得其宜爾往欽哉無越我丕訓可守門下侍郎同中書門下平章事使持節蔡州諸軍事兼蔡州刺史充彰義軍節度管內度支營田使一作事申光蔡等州觀察處置等使仍充淮西宣慰處置使散官勳如故

一作告大唐詔令

授崔弘禮天平軍節度使制　玉堂遺範

門下節制師戎一作旅考一作廌察風俗誠藩方之倚任實朝廷之注意至於簡拔常所重難況齊魯分疆河朔接境遏寇虞而固封守宣德教而按州部付之專柄思得全才是用輟近輔之循良撫東平之凋瘵式孚成命所爲至公正議大夫云云崔弘禮文學發身擴之以襟度忠信爲主輔之以誠明累分郡符亦總戎鎮理行第一奏課連最來必畏晚去常見思挹長者之聲光得大臣之體要屬樂陵未靖戎事方殷上宰憂勞舊恙纏迫念茲易置期在思安當使恩威並行剛柔適用率之以義則無不化齊之以禮則

罔不服恢武畧以經務清吏職而約法必有餘地以康吾人大將鼓旗諸侯弓矢文昌顯秩憲府雄班忝以命之寵玆俞往承我休德勿替前修可檢校户部尚書使持節鄆州諸軍事兼鄆州刺史御史大夫充天平軍節度鄆曹濮等觀察處置使散官勳如故

授李愬山南東道節度使制（詔令作李愬移鎮加官階爵邑制）　同前

門下伐叛除兇必俟乎奇畧進封超位允答於殊庸况四紀逋誅三州竊據積妖遺育縱亂（一作逆）挻災累年徂征一舉主致論功既當（一作歸）於異等議賞豈待於踰時唐隨鄧等州節度觀察處置等使通議大夫檢校左散騎常侍使

持節鄧州諸軍事兼鄧州刺史御史大夫賜金紫魚袋李愬宗臣之胤王國克生毅勇蓄深温良煦外禮樂戰攻（一無攻字）之器黙識其源詩書義理（一無理字）之府洞窺其室雖早昇朝序而未展將材頃以懸瓠滔天宿兵既久方城壓境易帥頗頻未懷韜畧之家必有弓裘之嗣將（一作分）執金鼓載持干旄果副眷求克揚威令緝傷夷之後振怯爲雄制寇邇之間保危成固推忠厚以感物本信惠而知人一其鬬心厲厥（一作彼）死力秉虛徑襲負雪兼行風驅如合於百神雷發（一作震）若出於九地堅城立潰狡竪坐擒遺畊安堵以知歸餘黨釋甲而請命古之良將其孰過焉巳申獻捷之儀當舉策勳之典爰擇（一作授）名部俾恢重藩自洛而遥惟

襄爲大絲亙楚服横臨漢津揔八郡以澄清秉三軍之節制式因加地往繼沉碑特遷左揆之尊崇玆（一作以）崇天秩仍假南臺之長峻彼（一作肜峻）霜威表以勳階賜之茅社（一作上户）豊真食門貴延恩洽此寵榮從于茂烈於戲天鑒非遠（一作昧）不庭者必誅王爵無私有功者是享揚名濟美惟孝著於家聲鍾鼎山河惟忠光于國籍九曰臣子得無企歟可銀青光禄大夫檢校尚書左僕射使持節襄州諸軍事兼（一作守）襄州刺史御史大夫充山南道節度營内度支營田襄鄧唐隨復郢均房等州觀察處置等使仍賜上柱國封梁國公食邑三千户并賜食實封五（一作三）百户與一子五品正員官主者施行（一作皆唐大詔令）

授李光顏忠武軍節度使制　同前

門下授鈇鉞之寄當兵車之會力鋤兇險志殄寇讎星霜固難奪之誠始終見師貞之節嘉猷益茂力集休勳宜崇寵光肆于時夏考諸前志斯爲大經忠武軍節度使李光顔崆峒秀氣爲時生才謙和不流簡厚能斷本忠信以經武閲詩書以理戎首職北垣聲雄大鹵受命既平於朔野懸軍亦勦其巴庸巳積功勞銘在鍾釜朕以淮濆負固歷紀稽誅自授兵符獨運明畧分營先得其地險吞敵壘挫於賊鋒當下名城拔其趙幟制勝之術動合鬼神百戰表於忘軀一心注於報國歲月滋久堅誠不回當兇妖就執之初是潰黨乞降之際單騎以入其柵壘免冑而弔其傷

殘納之不疑乃見全德今攙搶已滅申蔡無虞寢興以思用息戎馬則報功顯秩位宜重於三公駁貴殊勳賦亦開於千乘陟論道之優禮奬述職之崇名爾其敬之無替舊服可檢校司空使持節許州諸軍事兼許州刺史御史大夫依前充忠武軍節度胥內度支營田陳許等州觀察處置等使仍賜上柱國封武威郡開國公食邑二千户散官勳如故主者施行

授裴休荆南節度使制　　同前

門下王者分職設官所以理天下外建州牧侯伯內置公卿大夫故野無遺賢朝無闕政俾率土絶愁嘆之音接畛有富庶之泰當是選也豈可易乎具官裴休巖廊重德文

學宗師才爲代生智尚物表發言所以興家國脩己可以伏華夷自脅藻儒林射策藝圃廻處頻冉之列疊昇晁董之科濟代之心已彰於事業奉君之志皆推於友朋抗疏七人之官正色三署之內縉紳多士慕高韻以指南貝錦巧詞自退身於有北遂金玉王度冊青憲章三領廉車一剖符竹皆著去思之稱共興（一作歌）來慕之謠宏圖豈滯於割鷄令問果還於振鷺委茲文柄任之春闈大呈公鑒之明備傳德（疑作得）人之美校籍繁務莞推劇權成富國之奇謀施安邊之大畧先皇帝憂想髦彥勵精理道採以公論付以化權致百度之惟貞覺三合之益重羌戎擾叛調發時雨之師農畝廢荒申明作霖之旨凡所經濟知無不爲

四鎮入境而獲安三軍推誠而俱感整（疑）盡臣節何愧古人朕以全楚奥區荆衡重地湊舟車之都會控湖嶺之要衝藉爾分憂施吾惠澤蘇彼疲瘵勿倦殷繁王帳兵符既榮冠於今日文場武庫當繼蹤於昔賢（一作時）祗服典章無替徽烈可檢校尚書右僕射兼江陵尹御史大夫充南荆節度觀察處置等使散官勳封如故主者施行

文苑英華卷第四百五十二

文苑英華卷第四百五十三　翰林制誥三十四

制書六

節鎮二

授李燧（總目作遂）平盧軍節度使制　玉堂遺範

門下跨千里之山河綮五城之風俗海物惟錯民庶寔繁作我藩侯斯爲重寄膺是任選其惟信臣通議大夫檢校工部尚書兼少府監充內中尚使上柱國襄岐國公食邑三千户實封二百七十户賜紫金魚袋李燧鍾鼎垂休勳庸襲慶擅文武之全致蘊公忠之大經用冨機權學贍韜略智足成務詞能飾身屢更惟月之曹亟踐執金之貴嶠南著招撫之績涇上重訓齊之名英烈之門爾實爲冠（一作繼）於戲乃祖乃父克成元勳惟子惟孫合異常寵是用擢爾于優散之地復爾于節制之權擁吾朱旗往鎮青社爾其敷我雨露脩吾政刑竭册款以事君推赤誠以御衆虛己接士傾心禮賢勿恃貴以自驕罔厚斂以虐下使精鋭之號益振於三軍愁歎之音不輿於百姓優寵之典吾何愛焉俾遷秩於秋卿仍兼榮於弄印勉懋休績克終令圖可檢校刑部尚書兼青州刺史御史大夫充平盧軍節度使登萊棣州觀察處置等使散官勳封如故主者施行

授鄭愚嶺南節度使制　同前

門下朕推轂求才登壇命將每於邊遠尤屬賢能况邕南地界蠻鄉甫新戎號外虞連歲創痍焚刼之餘上將開藩兵甲繕完之始中權所寄慎固尤難（一作慎東固難）用廻懷接之仁往整律竭之旅恭官鄭愚價高東序氣茂南薰挺超卓之奇名蘊精剛之利器詞源獨潛其波瀾經笥莫窮其韜略貯（疑）自郄堂搴秀儉府增華霜署諫垣聯翩羽翰郎曹史館洋溢聲光盖部播戎華之功商嶺著條剌之跡博洽强志居無流心遠略精能動有餘地日者熟其業用委以察廉果能宣布惠和講求利病總報下車之政已蘇闔境之人發爲歌謠流蒲道路朕以郎寧地分零桂共控夷蠻將以重城鎮於兩江壯服領於西道俾崇旄節用固疆陲而屬統馭有乖撫循生變戎章既失城守已離宜得通敏之材以敷勞來之旨是用輟於隣部授以軍麾載觀易地之能俾服揚旌之貴既懋師節仍長憲臺勉承顧遇之榮佇觀緝柔之績可守邕州刺史兼御史大夫充嶺南四道節度觀察處置等使散官勳封如故主者施行

授孔溫裕忠武軍節度使制　同前

門下朕欲考名實以臨八表明賞罰以正萬機爲官擇人不可廢闕謂郊廟禮之重也設壇場旨之深也稱此劇選屬于僉諧朝散大夫守尚書户部侍郎上柱國賜紫金魚袋孔溫裕才爲國華德擅邦傑心勁而行密神清而氣和飛文凌邁於曹劉案牘庶幾於顏閔高標踑望迥立正途鳳彩葳蕤棲止碧梧之月鶴情瀟洒徊翔紫蓋之烟自步武中朝馳聲內署井泉侍從宣室對敭相如之工爾實無

愧河洛神明之政闡防惠養之風授以版圖陟于蘭省奉二卿之班列司九典之征徭時論益高官業彌舉宜申茂典式叶至公朕以長葛故城潁州重地兵甲甚銳賦輿至殷爰委材能俾膺統馭洎于訓齊師旅潤澤蒸黎導（一作追）爾前功何煩教令知臣之道不亦至乎玉節彤弓已極儒生之貴儀曹憲印用彰貲帥之威勿替令圖往祇休命可檢校禮部尚書兼許州刺史御史大夫充忠武軍節度陳許蔡州觀察處置等使散官勳賜如故主者施行

授鄭涯山南東道節度使制　同前

門下王者之於元老碩臣優敬為大苟有繫（一作煩）於庶務則思尊以寵章中外迭居眷惟僉屬文武二柄揭而授之

況弄印之威望已行淚碑之風流未遠將疇茂績以繼昔賢金紫光祿大夫御史大夫上柱國滎陽郡開國公食邑三千戶鄭涯鵷鷺瑞時璵璠希代鑒澈止水氣融冬曦聲塵獨邁於軒裳符彩迥高於輪列多士程準大朝羽儀禮容全備於身文和易雅彰於心術自承明曉對建禮晨趨參密命於北門演綸言於西掖相如椎麗咸推視草之工孔先莊重空聞言樹之誠屢解交（疑）於都座無尹正於二原會府功著於彌綸神州政傳於表則洎登車按部仗節總戎移風有佩犢之謠家已有掛魚之操輕裘緩帶而師律以貞投壺雅歌而坻俗自泰屬者千旄入覲宣室對敭掌地征而天府既饒執邦憲而朝綱載肅朕以漢皐巨屏現首名都將鎮上游必資全德是命輟於副相委以專征仍兼揆路之榮以示啓行之貴敬踐乃位時惟懋哉可檢校尚書右僕射守襄州刺史御史大夫充山南東道節度使管內觀察處置等使散官勳封如故主者施行

授高承恭振武麟勝等軍節度使制　同前

門下寓縣乂安戎夷即叙雖亭障無虞於侵軼而卒乘難廢於訓齊況乎保固邊方控臨雜虜將付戎律是擇良才銀青光祿大夫檢校刑部尚書兼右執金吾衛大將軍御史大夫充右街使上柱國渤海郡開國公食邑三千戶高承恭爾先父勤勞王家式遏邊陲戡定庸蜀事存竹帛功銘鼎彝惟爾承恭克荷堂構學通奇正業擅機謀寬弘得

大將之風質厚有端人之操早升朝序累踐寵榮擁緹騎以徼巡勤彰夙夜建油幢以鎮撫績著公忠嗣乃家聲爲余爪士朕以單于舊地境接外蕃備紫塞之風煙屏黑山之寇盜是用錫以旄節俾作翰垣於戲張奐守節（一作正）却酋長之金鐻（一作孟非）陳泰惟公絨豪右之賓貨遂得羌戎稽顙種落歸心行之非難勉企前哲罔遺訓誡負我知人仍兼八座之崇式重三軍之任保茲終始懋乃嘉猷可檢校刑部尚書兼安北都護御史大夫充振武麟勝等軍州節度觀察處置等使散官勳封如故主者施行

授高瑀劍南東川節度使制　同前

門下南荊舊俗政美劉公西陝芳陰勳傳邵伯我用特儁

思齊昔人況梓橦奧區賢彥徊翔之地也稽玉堂之顯効授黃鉞之殊榮輟諸禁林允叶令典翰林學士承旨朝議大夫守尚書金部侍郎知制誥上柱國賜紫金魚袋高璩潘陸重價曾顏上流機神粹和道業堅白呈瑞質而鳳離冊穴聳孤標而鵷翥（一作翺倚）青天合珪璧之寒輝咸資逸韻聚雲霞之秀色併在高文光映古今羽儀中外頃者名塲頡頏早振詞科桐閣從容長專奏記乃升華貫爰近赤墀青瑣闥中封章不啞紫微天上詔令無雙王褒直侍從之才徐邈擅文儒之譽親挺史筆首列諫垣俄忝起部之榮遂陟夏官之貴鬱有公望稱於朕心雖密贊大猷誠資敏識而將圖善政亦藉長材眷彼左綿寔爲椎鎮旁控巴峽

高抗（一作闓）蜀門前以幢蓋剸權委任巖廊舊德歲久而功懋軍嚴而吏安改命廷臣俾嗣仁化按節而去自春徂秋旣以疾聞則宜代用爾之俞往得於僉言勉竭公忠用酬倚注予欲成爾美志故授以儀曹八座之尊予欲壯爾威聲故帖以憲閣亞相之秩紅旌啓路紫綬登壇當年得之別是殊寵勉務勳業副予意焉可檢校禮部尚書兼梓州刺史御史大夫充劍南東川節度副使知節度事管內觀察處置等使散官勳如故

授畢諴昭義節度使制　同前

門下築壇中命推轂就途受幢節之榮分藩閫之寄膺茲重任允屬良臣邠寧塩慶武等州節度管內營田觀察處置兼充慶州南路救援鹽州及當道沿途鎮寨粮料等使朝散大夫檢校工部尚書使持節寧州諸軍事兼寧州刺史御史大夫上柱國平陰郡開國男食邑三百户賜紫金魚袋畢諴宇量凝曠業履端脩抱不器之才懷盡忠之節聲馳文囿學茂儒林掇芳桂於月中擅嘉名于日下自升朝籍畢踐清班屢鎮邠郊頗彰績効得營平屯田之術有伏波備寇之謀曠土多栖畝之粮窮塞無晏開之壘是宜進律以勸將來尹於神州能安疲瘵畢張敞擒姦之稱鄗廣漢擿伏之奇衢路絕赭衣之人閭井稀桴鼓之響用錫武節明余無私乃眷壺關方擇良帥顧惟郇邑思繼成功副我旁求俾爾俞往陟以五兵之秩升于八座之榮服茲

寵光佇聞報政可檢校兵部尚書兼潞州大都督府長史御史大夫充昭義節度副大使知節度事充潞滋邢洺等州觀察處置等使散官勳賜如故

授徐商崔璵節度使制　同前

門下建牙訓戎登車問俗分山河之委寄授旄鉞之寵榮非夫試可之才難膺俞往之命河中晉絳慈隰等州節度觀察處置等使正議大夫檢校户部尚書兼河中尹御史大夫上柱國東苑縣開國子食邑五百户賜紫金魚袋徐商植性忠厚接物通和愛日可觀澄波莫測前宣州都團練觀察處置等使正議大夫檢校禮部尚書兼宣州刺史御史大夫上柱國博陵縣開國子食邑五百户賜紫金魚

袋崔璵守道堅固行已端方良玉齊貞霜松比操並以才業優茂累踐清華或視草於内庭或司言於右掖專一特之美價擅五字之雄詞既彰東里之能周歷南宮之秩洎築壇作鎮按部化人竭爾忠勤副余倚屬進律當升于重地酬勞冝處于近關乃眷漢濱扼東荆郢顧茲蒲阪俯邇郊畿錫以旄幢俾之長理於戲惟惠可以安百姓惟威可以整三軍推誠而人必歸心尚廉而吏將自化謹是四者以綏一方服我新恩勉弘善政商可檢校户部尚書兼襄州刺史御史大夫充山南東道節度管内觀察處置等使璵可檢校禮部尚書兼河中尹御史大夫充河中晉絳慈隰等州節度觀察處置等使散官勳封如故主者施行

授蔣伸畢諴節度使制　同前

門下入則持大政以調化源出則建高牙以主兵柄安危所屬選任尤難況地壓夷門鎮雄全晉籍機籌以分閫資紀律以臨戎爰得上才乃申並命河中節度使金紫光禄大夫檢校兵部尚書平章事河中尹上護軍樂安縣開國公食邑二千户蔣伸道惟天縱氣實間生靈芝茂三秀之姿威鳳富九苞之彩銀青光禄大夫守兵部尚書上柱國河東縣開國男食邑三百户畢諴峻同嶽立注若川渟祥雲煥五色之章卄雨灑四時之澤而皆備更華貫周歷清塗文飛藻麗之詞位藴名卿之望或互叅禁署咸稱衆翰之功或繼秉國鈞俱播和羹之美以伸輟於台鼎委以旌旄壓城典禮讓之風蒲阪肅關河之禁馳聲甚遠奏課居高嘉乃懿圖俾遷巨屏以諴萬機所繫微恙忽嬰願辭傅說之舟郄曳鄭崇之屨今則復佩相印載陟齋壇用光推轂之勞式示彝章之重是咨爾德作于藩垣總梁國三郡之雄控侯衛中條之險於戲代天理物允屬英奇撫俗貞師豈勞戒勵服我嘉命往乎于休伸可檢校工部尚書平章事充宣武軍節度汴宋亳等州觀察處置等使諴可檢校兵部尚書平章事兼河中尹充河中節度觀察處置等使散官勳封如故主者施行

授蔡京嶺南西道節度使制　同前

門下天賦全才所以登將壇而衛王室國有令典所以舉

能吏而懲慢官其有術業優長理行彰顯則冝錫殊常之命行不次之恩乃崇德報功之旨也朝散大夫權知太僕卿充荆襄巴南宣慰安撫使上柱國賜紫金魚袋蔡京學富縹緗文含組繡識略甚遠智能出群本於孤貞濟以勤恪驊騮蹀躞向天路以無疑鵰鶚騰凌入秋雲而不返早以豊藝陟于高科周旋官途振舉官業簪白筆而獲聞峻節擁朱輪而克播清風班資既崇聞望彌重去歲藩臣失守蠻冦犯邊永念遐長莫窮根本用爾奇事申予至懷目前而情僞皆分言下而安危可決運深謀而禦敵寧遠裔以成勳適及回車召于便殿敷陳之際備得機冝浣吾憂勤賴爾忠藎遂以月卿之秩俾酬星使之勞爰籍變通更

資宣撫載圖嘉績用洽優恩朕濱海而南邕爲重地城臨甌駱俗本剽輕居常則委經略之權有事則付節制之任是用改其舊號建以新軍一時之榮千古無對爾其領惠養以馭衆示寬嚴以訓兵濟活鄉閭保安谿洞貂冠近侍之首烏府亞相之尊當此寵位冝何如哉於戲特舉徽章直謂殊渥苟或失職吾何望焉勉於奉公勿以爲喜可檢校左散騎常侍兼邕州刺史御史大夫充嶺南西道節度使觀察處置等使散官勳封如故

授王安實天雄軍節度使制　同前

門下虜無南牧漢高魏尚之功地覇西戎秦用孟明之力平褰舊壤成紀雄軍控壓外夷保障中夏請兵出塞非幢

節無以取威謀帥因時非材傑不足授任安邉制勝移孝爲忠俾膺紅旆之榮且用墨縗之典正議大夫前守右金吾將軍上柱國大原縣開國男食邑三百户賜紫金魚袋王安實韜鈐宿將勳閥名門家傳淮水之靈神授圯橋之略堅剛不拔捷勇欲飛訓武旅以衛宸嚴握兵符而叅禁近匪躬奉上宣力任公剖竹淄川克茂藩條之政執金緹騎彌昭夙夜之勤朕以七萃屯師三秦繕塞屬山西之氣俗扼隴首之咽喉地要而城孤野豐而兵勁張其羽翼可以捍此疆陲壯彼金華無辭戒於鼙鼓息疑專城之舊制築命將之新壇撥務與能選材仲用苴麻順變聞命登壇載仗出車之令佇揚鎮遠之聲總轄師徒撫寧藩部無邀功以生事勿慢政以啓戎俾老少安懷邠垌静一假南臺之憲印分北落之朝班勉樹嘉庸以固吾圉可起復忠武將軍守金吾衛將軍兼秦州刺史御史大夫充天雄軍節度秦城河渭等州營田觀察處置押蕃落等使散官勳封賜如故主者施行

授温璋王式節度使制　同前

門下幽土名藩鬱門奥壤理公劉之故國接煬帝之通津控地數千帶甲逾萬非威能肅物勇可貞師則何以備天子之牙爪建上將之旗鼓斷自朕志果叶僉諧武寧軍節度徐泗宿濠等州觀察處置等使朝議大夫檢校左散騎常侍兼徐州刺史御史大夫賜紫金魚袋温璋禀慶德門

騰輝儒苑節峻大王氣敷早春立言鏘韶濩之音行已植松筠之操嘗以懿問列于通班佳聲克著於埋輪善價益彰於題柱累換符竹頗洽謳謠前歲祭俗苑溪分麾沛邑禍息萑蒲之盜風行鈇鉞之權前浙江東道都團練觀察處置等使銀青光禄大夫檢校左散騎常侍兼越州刺史御史大夫上柱國襄魏郡開國公食邑二千户王式文動星芒學通奥旨早以殊藝射策明廷孫弘之條奏甚精晁錯之鋪陳無闕既升高第亟踐清途臨事不回當官有守邇者擢自交趾授以淛東果能清越水之波瀾掃稽山之祲氣鑿舉十連之化全蘇一境之人而並樂鏡貞明黄陂澹泞風雨不渝於遠節機謀自契於生知爰命疇庸是加

一作惟膺懋賞乃眷巨屏宜委宏材三禮百工俱榮於題劍鑿門推轂共貴於登壇疊是恩光我無愛惜爾宜壯轅門之號令恤閭井之疲羸務農訓兵俾先南牧之備興利除害求絶東顧之虞更樹奇功以酬劚寵璋可檢校禮部尚書兼邠州刺史御史大夫充邠寧節度營田觀察處置等使式可檢校工部尚書徐州刺史御史大夫充寧武軍節度徐泗宿濠等州觀察處置等使主者施行

授韋有翼劍南東川節度使制　同前

門下授律中權分憂外閫制彼短長之命握乎生殺之機境歷實踰封含要害克膺委屬必在忠貞朝散大夫守尚書兵部侍郎兼御史大夫充諸道鹽鐵轉運等使上柱國

賜紫金魚袋韋有翼蘊德無隅藏鋒向晦行滋蘭畹志茂松心當官澄止水之明臨事出龍泉之利早升台閣備歷清華陳蔡石於諫曹司黃素於右掖長纓得儁美價自騰左輔施河潤之功右陝繼召南之愛佐于三典麗刑多哀敬之心貳彼五兵整武得弛張之道委茲權管制以重輕才識變通法均寬猛今以劍外之封疆夐邈東蜀之輿賦殷繁慎簡難能俾承重寄是舉報功之典庶協易祿之文於戲荆州思叔子之仁蜀郡愛文翁之化壤界相錯風謡尚存冏使潼川獨無贊守題劍重登壇之貴持綱增攬轡之威往圖嘉庸對我休命可檢校工部尚書使持節梓州諸軍事兼梓州刺史御史大夫充劍南東川節度副大使知節度事管由觀察處置等使散官勳如故主者施行

文苑英華卷第四百五十三

文苑英華卷第四百五十四　翰林制詔三十五

制書七

節鎮三

授渾瑊京畿金商節度使制　陸贄

門下（集作勑）王者之制安不忘危弘其道則文武齊政教其人則農戰兼務故雖縣内（二字集作當無事）不可去兵況密邇寇虞千紀稔憑都邑郊甸騷然靡寧聿求信臣特建戎號濟人夷難允屬勳賢京畿渭北節度使兵部尚書行在左（集無左字）都虞候渾瑊忠貞（集作信）博厚温恭簡肅持重不撓好謀而成居業克敦其詩書受賜每陳於廊廡能推誠而（集作以）撫下不伐巳以拒（一作短）人委任中外咸著聲績夷險一貫

隱然殷邦朕越在郊坰僑於（集作于）兇醜授之師律式是戎昭侍（集作警）衛增嚴斥候無爽檢身齊衆同士伍之勞苦敦陣整旅壯行列之威容静以伐謀動而制勝臨危厲節予有賴焉王畿之内沃壤千里綿亘商嶺屛於（一作于）南門觀風靖人詰禁誅暴俾爾兼領用孚于休可京畿渭北渭南（集無此二字）金商等州節度觀察處置等使餘並如故

授杜亞淮南節度使制　前人

門下（集作勑）淮海奥區一方都會兼水漕陸輓之利有澤漁山伐之饒俗具五方（集作人）地綿千里（集作方）聿求良牧豈易其才今又革車方輿（集作殷）軍賦屢調體（集作尚）於寛大則事鈌務於辦集則人殘自非剛柔適中文武兼備其何以副我憂爲惠綏南方（集作邦）正議大夫行尚書刑部侍郎上柱國扶風縣開國男杜亞識精體（集作典）要學究宗源（集作元）妙於用而有常通其變而能久爲理敦（集作隆）教化之本立言叅禮法之中道無緇磷（集作磷緇）行有枝葉回翔省闥表彌綸獻納之勤踐歷方州著清凈循良之稱其嚴重可以鎮俗其材術可以匡時休有令聞（一作名）輝映朝列朕以東南思乂注意求賢爰輟名臣俾寧藩服往率厥職特惟欽哉可揚州大都督府長史兼御史大夫充淮南節度觀察處置等使散官勳封如故

授唐朝臣振武節度論惟明鄜坊觀察使制

門下（集作勑）分命使臣統臨方岳弛張之道盖亦從宜近甸

無虞則但兼風俗邊陲式遏則兼假旌旄名制雖殊委任俱重膺是選命莫非勳賢開府儀同三司檢校兵部尚書兼鄜州刺史御史大夫充鄜坊丹延等州節度觀察處置等使平樂郡王唐朝臣嘗揔偏師遘於（集作于）多難仗義率衆臨危不回保全關衛抗絶兇逆守而能固出則有功每急病而讓夷（出國語）嘗以寡而敵衆竟殲大憝克集茂勳炳然真心堅若金石洎息師歸鎮按俗頒條軍旅慰安流庸悅附元從奉天定難功臣開府儀同三司檢校工部尚書兼左（集作右）金吾衛大將軍充右街使上柱國建康郡王論惟明釋位勤王有赴難之節扞城禦寇有持危之功奉主忘身棄家從國赴自郊甸載踰巴巽險阻艱難靡不陪扈

忠義所在死生以之乂司禁戎盃茂勳（集作勤）績器質敦實
識度寬敏通明吏職練達武經本之以純良輔之以材術
俾居藩翰僉謂汝諧朕以北控單于國之巨鎮彼方戎率
沉痼是嬰卧護邊軍已淹寒暑閔其盡瘁難以重煩爰咨
信臣更踐厥職朝臣可檢校兵部尚書兼單于大都督御
史大夫充鎮武綏銀麟勝等州節度支度營田觀察處置
押蕃落等使開府如故惟明可依前檢校工部尚書兼鄜
州刺史御史大夫充鄜坊丹延等州都防禦觀察處置等
使功臣開府勳封並如故

授劉總守司徒兼侍中天平軍節度使制　元稹

門下百谷所以朝巨海海不疑其貳於我也四五（集作岳）所

以鎮厚地地不畏其軋於巳也故山澤之氣上騰天應之
則爲雲爲雨台輔之精下降君得之則稱帝稱皇是以乘
群疑者終不能成大功也（集無也字下同）推至信者必有以來大
順也况朕志先定臣誠素通偃七十年之干戈垂千萬代
之竹帛非我獨斷安能遽行其官劉總生知禮樂神授機
符移孝資忠本仁祖義學弄之始畫地而壁壘之勢成言
兵之時聚米而山川之形見（集作具）象賢秉哲脫倍遺榮慕
清凈以爲宗會富貴之來逼自居劇鎮亟集殊切（集作亟立殊勳）
威立兩番化行八部（集作郡）日者除克淮甸易師常山張吾
掎角之雄賴爾股肱之力加以深衷早達寄款屢聞求奉
浮圖之眞頓棄全燕之重城嘉素尚難遂適中縱妻子之

可捐豈君臣（集作父）之能捨朕惟鄒衆之地鄆實居多倍尚
師儒人推古朴（集作朴厚）施之美化豈無衆善之恩華其非心
寧失大權之旨是用正名台座重委藩方爾其張我四維
敷我五教握龍節以率下露蟬冕以行春宜體臯陶（集作夔）
之令啚勿徇（集作循）巢由之獨行可守司徒兼侍中使持節
諸軍事守鄆州刺史充天平軍節度鄆曹等州觀察處置
等使散官勳封如故主者施行

授李愿檢校司空宣武軍節度使制　前人

門下昔者魯侯伯禽徒以周公之故遂荒大東重耳以定
傾之勞子孫不絕於晉昔我大師西平王在德宗時能復
京邑書于鼎彝每懷宗廟之安實念江山之末而又繼有

（集作其）英哲克全（一作生）令人惟弟惟兄莫非頗牧尚想德施
於十代何憚恩積於一門鳳翔節度使檢校尚書左僕射
李愿生長紈綺之中而素風自德（集作得）蘊礴驍雄之器而
性與温恭怡怡於叔季（集作季孟）之間翼翼於班行之内始爲
夏帥遂著能名蹄角齒毛之良一無取于（集作於）爽落而不
貪之實（集作者保）大布於朔陲旋（集作洎）領徐方會征淮右隣寇
陰狡將勁鴟張來犯東郊蔓延碁刻爾乃提持戈戟淬礪
卒徒一戰而蜂蠆盡殲不特而鷹鸇就戮聿來岐下號令
益明繕完甲兵爲我保障朕以浚郊重鎮（集作地）尤藉良（集作長）
材俾爲司空以表東夏持我邦憲用清爾人夫四海九
州非不廣也然而靈武魏傳至於（集作于）大梁斷長補短方

數千里皆爾爲仲又何加焉於戲睢陽在爾之東張巡效
忠之城未毀(集作誠尚在)夷門在爾之境侯嬴報恩之跡尚(集作猶)
存又安知憧憧往來之徒不有以仁義匡於爾者爾(集作孰)
服休命其惟戒之可檢校司空汴州刺史充宣武軍節
度使散官勳如故

授劉悟檢校司空幽州節度使制　前人

門下朕聞將星明則英豪用靈旗指則妖(集作氛)祲銷勁草
可以披疾風盤根然後見利器苟非處劇何以用長兒幽
并少年燕趙奇士居常以紫騮自騁失意則白刃相仇將
領斯難是先才傑昭義軍節度副大使知節度事澤潞滋
邢洛等州觀察制置使金紫光祿大夫檢校尚書左僕射
兼潞州大都督府長史御史大夫上柱國彭城郡王食邑
三百户劉悟天與忠誠人推敬讓蘊孟賁之勇不以力聞
避廉頗之強使之心伏是以居危邦而智免臨大節而功
高嘗見委於先朝屢作藩於右地朕以遼陽巨鎮自我底
寧姑欲撫之以仁然後示之以禮而守臣嬰疾幕吏擅權
撓政行私爵恩剥下過爲撻楚妄作威稜不均饗士之羊
但(集作徒)養乘軒之鶴致茲撓(集作擾)變職此之由不有將材
孰懲兒戲數求朕志深謂汝諧是用拔奇式輿宣力帖以
亞相寵之上公俾光十乘之行以壯三軍之氣可檢校司
空兼幽州大都督長史御史大夫充幽州契丹兩番經畧
盧龍等使散官勳封如故

授劉悟昭義勇節度使制　前人

門下昔潢池驟變則龔遂亟行河内去思而寇恂來復所
以順人情而急時病也況雜澤衛漳附于上黨控帶河洛
搤束燕趙其土瘠其人勁養理訓習尤所重難而幽州盧
龍軍節度使檢校司空劉悟前臨是邦其政方睦兵甲完
備師徒具嚴刑當罪而人不冤賞當功而財不費軍政威
而無(集作非)虐吏道察而不苛州里行信讓之風鄉曲除武
斷之患方將乂安以惠斯人而難起幽陵救深焚溺轂於
既理與彼惟新乘軒纔及於邢郊妖彗忽生於冀分空沉
合座未辨渠魁予懷震驚物聽傾駭校其遠邇當分後先
遂駐腹心之雄以供臂指之用復還龍節再息棠陰勉受
新恩無移舊貫可依前檢校司空兼潞州大都督府長史
兼御史大夫昭義軍節度副大使知節度事澤潞磁邢洺
等州觀察使勳封如故

授馬總檢校刑部尚書天平軍節度使制　前人

門下吏乂其職人安其業此前代所以稱理古也況奪三
軍慈愛之帥換百姓仁惠之長有迎新送舊(集作故)之弊因
朝令夕改之煩自非有爲而爲曷若因(集作且)仍其舊前天
平軍節度使檢校禮部尚書馬總始以徼奏翩翩俾從軍
府儒學之外自此知兵踐歷他官所至皆理處馭南海仁
聲甚遠還珠之祥前事復出先皇帝以淮夷未殄命相出
征物雖元僚亦佐參畫大憝既剪合衡復歸遂以丞相度

旌旗授之於總總果善理蔡人宜之會鄆寇底平復換麾祭丕變汚俗大蘇憚發不時成功周月報政朕饱其聲續渴見儀形如聞就路之初頗有擁轅之戀由是罷徵黃霸復借寇恂誠阻急賢之心姑務從人之欲仍加憲部以壯戎藩勉服新恩用彰前効可檢校刑部尚書依前天平軍節度使

授田布魏博節度使制　前人

門下經曰父母之仇不同天雖及匹士（集作大）而猶寢苫枕干以期必報是以子胥不殉伍奢之死卒能發既藏之墓鞭不義之屍取貴春秋名垂萬古而況於身備（集作發）將壇父死人手家仇國恥併在一門當懷嘗膽之心豈俟絕漿

之禮金革無避其在茲乎前四鎮北庭行軍兼涇原節度使檢校左（集作右）散騎常侍御史大夫田布咨爾先臣惟國元老首自河朔來朝帝庭而又東取青齊北討燕趙挺摯義旅勤勞王家冒白刃而不疑推赤心而自信屬冀方求帥余所重難輟自大名付茲巨鎮而中台暗拆上將妖侵蟊賊潛窠於腹心豺狼勃興於肘腋人神憤痛朝野驚嗟深軫予懷誓擒元惡以爾布詩書并習忠孝兩全常用魏師克征淮蔡素行恩信共著勳庸豈無奮檄之酋（集作徒）為報寇仇之黨且魏之諸將由爾父而崇高魏之三軍蒙爾父之仁愛昔既同其美利今豈忘其深冤爾其淬礪勇夫敬恭義士一飯之飽必同於士卒一毫之費必用於戈（集作干）其矛非筭盡不萌於心非軍旅勿言（一作宣）於口居則肅藁寢則抱冰以喪禮處之若哀心感者必有為橫身刎頸感智捐軀下報營魂旁清醜類於戳至誠可託稔惡難逃矧彼凶殘（集作兇狂）去將安往墨縗在體玄纛在前提劍執金無忘哀敬可起復寧遠將軍守右金吾衛大將軍員外同正員檢校工部尚書兼魏州大都督府長史御史大夫充魏博等州節度觀察處置等使勳賜如故主者施行

授牛元翼深冀等州節度使制　前人

門下鷹隼擊則妖鳥除弧矢張則天狼滅湯沐具而蟣蝨相弔針石熾而疵（集作瘵）疽立潰苟得韓盧而示之狡兎則可備俎豆而俟脯醢矣復何憂於越軼（集作逸）乎夫將者亦

蟣蝨之湯沐而狡兎之韓盧也我得之矣又何患焉檢校右散騎常侍深州刺史牛元翼挺生河朔之間廻鍾海岳之秀幼為兒戲營壘已成長學神樞風雲請曉衆推然諾已任安危（集作功名）善用奇兵尤精攻（集作技）擊陳安之矛丈八顏高之弓六鈞或山立於軍前或肉飛於馬上而又譙能養勇孝以資忠雖膽力過人而心誠許國自常山作沴上將罹災慟哭轅門誓清妖孽羽書三奏驛騎四馳上請廟謀旁徵隣援指期斬叛尅日為功斷自予衷開懷用爾夫以爾之才力而取彼之兇殘是猶以火焚枯以石壓卵螳臂拒轍雞肋承拳萬萬相殊破之必矣而況於鎮之黎人皆朕之赤子爾之部曲即鎮之卒彼聞爾鼓鼙之音懷爾

椒蘭之德吾知此輩誰不革心爾其寒者衣之饑者食之無發室廬無害農稼苟獲戎首置之槀街下以報忠臣之寃上以告先帝之廟則蚩蚩從亂予又何誅於戲殺人盈城爾其深戒𢍰戮誓衆朕不忍言再換蟬冠新持武節恩不虛授爾其敬之可檢校右散騎常侍充深冀等州節度觀察等使

授牛元翼成德軍節度使制　前人

門下王庭湊山東之（集無之字）一叛卒也非有席（集作序）勳藉寵之資強大結連之勢一朝驅朕赤子弄吾甲兵是猶以羊將狼莫不以（三字集作其下必當）潰其心腹而猶越月踰時莫見春其喉者豈非常山無帥趙子弟無（無集作未有）所歸耶翕而受之我有長晝深冀節度使檢校右散騎常侍牛元翼燕趙間號爲飛將望其旌（集作旗）幟者莫不風靡（一作飛）兩散畣其戰伐不可勝書而又忠孝謙廉慈仁和惠愛養士伍均如鳴鳩鎮之三軍爭在麾下自領深冀殷若雷霆居四戰之中堅一城之守以少擊衆以智料愚鼓角不驚而梯衝自殞人頗爲用寇不敢前掃吾氛煙捨此安往前所謂我有長晝莫若用（集作命）爾以來鎮人是用益以二州超之八座帥乃成德廉其四封爾其來者懷之迷者諭之老者視之幼者撫之往者遏之逆者絕之惟是六者爾其懋哉可檢校工部尚書充鎮州大都督成德軍節度使鎮深冀趙等州觀察處置等使

授楊元卿涇原節度使制　前人

門下士以捐妻子冒白刃忠於許國勇於忘家（集作勇於爲國輕於爲身）貢先見之明於群疑之際者大將書竹帛以示後次則建麾棨以臨戎功不見畣則勞者何勸忠不見用（集作賞）則悖者何誅聿求其人用徹爾類游擊將軍守右金吾衛將軍御史大夫（四字集作權勾當右街事）楊元卿衣冠貴胄文武長才常求三畧之師耻學一夫之敵是以視豺狼之穴履尾甚（一作防）危蓄鷹鸇之心卑飛待擊請分金以間楚頗奉璧以伐虞身以智全家因義喪謀蔡之始實有力焉及典方州尤彰績効自君環尹益茂勳勤西旅未平是資良帥授以（集作授於）不次式竚奇功爾其關我土疆謹我封守視我士卒如爾子攘我夷狄如爾仇勉竭乃誠以敷朕志珥貂持簡用示兼榮可朝散大夫檢校左散騎常侍使持節涇州諸軍事兼涇州刺史御史大夫充四鎮北庭行軍兼涇原等州節度觀察處置等使勳賜如故主者施行

加授陳楚義武軍節度使（一作檢校左僕射）制　前人

門下朕聞（四字集作門下昔楚師多寒楚子巡而撫之士皆如挾纊明號令之可以動人也由是）天以雷霆蘇蟄氛兵以鼓聲作戰力高官重秩可以興起人之壯心（八字集作其爲號令也不亦多乎）我無愛焉加之（集作以）戎帥亦所以作萬夫之氣而增一鼓之雄也義武軍節度使檢校工部尚書陳楚茂昭之甥雅（集作[illegible]）似其舅捴齊武旅（集作義武）於今六年以兩郡之賦輿備三軍之供費人不勞耗而兵能

繕完政有經矣今遼揚冀方紛亂交𨻶楚實間居於此其
勤可知自非國之干城物之利器安能為我保障芟夷寇
讎將欲激其懋勳（集作壯心）夫何恡於好爵加之左揆以盛中
權苟有庸功豈無後命勉爾勳効副余憂勤（八字集作於戲書云功懋懋賞言其當也傳曰捨爵策勳言其速也今則寇未平而進律賦方獻而先恩吾於將臣可謂無所負也苟不自勉其如法何）可檢校左僕射使持節定州諸軍事兼定州刺史克
義武軍節度使散官勳封如故主者施行

授烏重胤山南西道節度使制　前人（集無）

門下惟梁州會險形束襟帶皇都南開蜀國西控戎落地
宜用武政必兼文茲惟信臣膺是專委横海軍節度使烏
重胤才本雄勇器惟温茂承累將之業不以驕人歷重兵

之權每思下士況威不耀至信自彰立奇節於遏亂之初
成休勳於盪寇之日焯然來効夙簡朕心自經理海邦訓
齊戎旅災荒之後安阜爲難政以和均人斯悅勸善績可
舉壯猷克宜是用遷鎮近藩更弘遠略恢復西土伊正南
都式寵忠勳宜服榮獎可檢校司空充山南西道節度使

授王佖檢校戶部尚書靈鹽節度使制　白居易

門下靖邊之要選將爲先夫有統馭之才然後以制節度
（一作授）以節制之任有撫備之略然後以鎮夷夏之衝期乎懷遏
寇虞慎固封域令予命爾時謂得人開府儀同三司檢校
刑部尚書兼右衛上將軍寧塞郡王食實封二百五十戶
王佖忠厚立誠果斷効用慎始終而行有枝葉踐夷險而
道無磷緇早練武經累從軍職頃逢多壘實佐元戎節著
臨危功參定難位由勞致名以忠聞自列六卿且司七萃
星霜屢變金石彌堅宜中命以北轅俾遏戎於南牧進地
官以崇新命極勳秩以褒舊功中簡朕知（集作心）外諧僉議
況五原重鎮諸夏長城修戎政莫先於威聲牧邊氓莫尚
於惠實師雜昆夷之悍訓必在和地爲儌虜之隣撫宜以
信勉率是道往分朕憂歲時之間期於報政委望斯在爾
其聽之可檢校戶部尚書兼靈州大都督府長史御史大
夫充朔方靈鹽定遠城節度副大使知節度事管内支度
營田觀察處置押蕃落等使仍賜上柱國散官封實封並
如故主者施行　四年六月三日

授閻巨源邠寧節度使制　前人

門下華夷要地實衛（集作爲）藩漢鈇鉞重柄必授忠賢況乎
犄角諸軍金湯中夏有坐甲護邊之旅任切於拊循有引
弓犯塞之虞寄深於備禦中（集作内）作心腹外張牙爪苟乏
（集作非）信臣不在茲選奉天定難功臣開府儀同三司檢校
尚書右僕射兼羽林軍統軍御史大夫上柱國定襄郡王
食邑三千一（二字集作千三百）戶閻巨源忠而能力勇以好謀誠諒
著於艱危勳績彰於事任蓄是武略爵爲將才洎出鎮朔
陲入司環衛徼戎即叙時乃之功禁旅統和時乃之訓可
謂備知虜態明練兵符來惟頗牧之能宜授邠郊之寄長
南宮而遷左揆壯西郊而委中權既圖前勞且佇來效於

戲十連之帥可以觀政萬夫之長可以樹勳勉弘令猷副我休命可檢校尚書左僕射持節邠州諸軍事兼邠州刺史御史大夫充邠寧慶等州節度管內支度營田觀察處置等使功臣散官勳封如故主者施行（四年十月一日進）

授軍使邠寧節度使制　前人

門下金方之氣凝爲將星王者法天選命豪傑授之以鈇鉞拜爲將軍以威西戎以護中夏而倚望若是安可非其人哉某官某乙出忠入孝仗信抱義行有餘力學勉讀書蔚然將才文（集作用）兼文武自領軍衛爲我牙爪夙夜警巡不懈於位材官知訓環列增勳服勤五年玆爲成績可以移用使之守疆卹邠大藩控扼胡虜若得良將則無外虞

知臣者君非爾不可仍加副相以重是行勉樹勳勞式光寵擢

授王某魏博節度使制　前人

門下師長之選重難其人況河上列城鄴中雄鎮初喪良帥思安衆心若親與仁方膺是命具官王某出忠入孝根乎至性好學樂善出於餘力簽自修己施于爲政可以守土可以長人今兩河之間三軍之帥是用命爾領玆大藩澄清魏風疆（集作輯）理相土爲我垣翰末孚于休往其欽哉無替厥問（集作職）可魏博等州節度觀察使

授薛平鄭滑節度使制　前人

門下武牢以東至于白馬形制之地水陸之會宜擇文武兼備者以爲守臣右衛將軍薛平自司禁旅爲我爪牙訓整警巡能宣其力常使于絕國可謂有勞嘗牧於大都（集作郡）亦聞有政況忠厚爲質通明爲用秉吏道之刀尺襲將門之弓裘可以爲三軍之帥可以理千乘之賦俾輟才於北落往按節於東方爾其式遏四封輯寧百衆明簡稽以實軍旅信賞罰以勸吏人勉率乃職無忝厥命仍以冬卿副相兼而寵之可檢校工部尚書御史大夫鄭滑潁等州節度使觀察處置等使

授田興工部尚書魏博節度使制　前人

門下馭下安人其道不一或序能以次用或因效（集作功）以授才所命雖殊同歸共理具官田興特屬本軍初喪戎帥

亂政或起群心不寧而與列在偏裨奮其義勇謀戚必中事至能斷智略所及指麾所加一軍獲安百衆悅附連獻章疏恭俟制命有節有禮朕用嘉之夫以將材如彼軍情若此允膺不次之舉可責非常之功是用寵之冬卿擢爲大將及以印授就拜軍中行乎敬之勿墜乃力可檢校工部尚書兼御史大夫魏博等州節度觀察等使

授李夷簡西川節度使制　前人

門下征鎮之重（集作大）實惟蜀川西距于戎南漸于海有重江複山之險有長轂堅甲之旅水陸交會華夷雜居疇能理之我有良帥山南東道節度使李夷簡以正事上以簡臨下伏玆器用累當任遇執憲之難也爾爲臺臣其職甚

舉司計之重也爾調邦賦其效可稱爰資長才出領重鎮
自捴符鉞于漢之南專奉詔條削去弊政均轂藉不一之
賦罷舟車無名之征近悅遠來歸如流水倍用不變人汔
小康三載考功爾爲稱首（一作爲足稱道）進其右秩遷于大藩以
均惠乎四方以旌勸乎群吏昔文翁明於教化种暠優於
政能巴蜀之間遺美猶在不替前效可以嗣之佇聞有成
用光厥命可檢校吏部尚書劒南西川節度等使

授袁滋襄陽節度使制　前人

門下漢以二千石之良者入爲公卿周以六官之賢者出
蕃侯伯內外之任所命則殊至於理軍國寵忠賢其致一
也户部尚書袁滋奉上甚勤臨下甚簡安人附衆尤是所

長頃貲其能移鎮東郡略其科禁緩其征徭政不滋彰人
用休息在部七載績茂課高璽書徵還益聞遺愛老幼遮
道事隣古人朕方勤恤疲甿褒奬循吏累月再命其有旨
哉舉鄭滑之政也故旌武公之美寵以司徒憂襄漢之人
也故拔（一作仗）叔子之才委茲征鎮類能而使其在此乎勉
揚厥聲無替前効可某官充山南東道節度等使

文苑英華卷第四百五十四

文苑英華卷第四百五十五　翰林制誥三十六

制書八

節鎮四

授韓弘河中節度使制　李紳

門下王者統馭萬寓緝熙庶政必有文武全器柱石之臣
出壯藩岳入和台鼎使其效彰中外聲播華夷所居而人
心自寧所莅而軍令自肅克是任者其惟至公開府儀同
三司守司徒兼中書令上柱國許國公食邑三千户韓弘
受天地凝粹之氣得山川崇深之靈厚其體而壯（詔令作莊）其
容虛其心而宏其量早洞戎韜之學久膺節制之權懸然
大梁克有成績及功宣盪寇志展勤王懇申戀闕之誠竟

遂來朝之禮位高百辟榮冠一時恩極而愈恭名光而益
勵朕方欲樹以垣翰仗乎忠賢乃睠關河之首（詔令作守）實惟
股肱之郡自昔重寄無非元勳是用命以上公復茲雄鎮
於戲頃居東夏父子偕分閫之榮今處近郊伯仲並登壇
之貴道苟積於忠實顧何愛於寵章往惟欽哉副我明命
可守司徒兼中書令河中尹充河中晉絳慈隰等州節度
觀察處置等使散官勳封如故主者施行

授柳公綽襄州節度使制　蔣防

門下江漢之間襟帶之重歷考前載咸稱上游濱七澤之
川源爲一方之都會撫封命帥匪易其人朕所以屬意忠
賢達于寤寐思弘至理暢合（一作洽）元元是用選茲庶平付

以疆土名叶僉議庸歸至公銀青光祿大夫尚書左丞相
柳公綽儒門令緒文苑弘才器含剛堅質抱沉厚臨事有
斷龍泉挺霜雪之鋒處身無瑕大玉蘊雲虹之氣間者擢
居臺閣累守方隅長沙流易簡之風鄂渚肅鼓鼙之令及
典司饋運牧長京畿銓綜庶官紀綱百度咸能舉其典則
奉以周旋顧惟公忠朕所嘉尚今乃命爾伏茲旌旄鎮峴
首之城池撫襄陽之耆舊於戲昔羊叔子以寛厚弘其化
杜征南以文雅播其猷人到于今往往稱歎勉爾終始嗣
乎風流罔俾二臣獨輝專美霜臺峻秩人部榮班載光超
擢之恩式崇連帥之拜服我嘉尚爾其欽哉可檢校户部
尚書襄州山南東道節度等使

授王宰高承恭田牟三道節度使制　封敖

門下朕常日出視朝與三四宰臣百辟卿士詳求理本期
臻大和矧軍旅之事豈忘念慮古者命將必登壇告廟推
轂授脤所以示專征之任也況許昌宜祿鄜疇三鎮之重
一時所難誠當注意之求俱承並命之選銀青光祿大夫
檢校工部尚書兼御史大夫充邠寧節度觀察處置等使
上柱國太原郡開國公食邑三千户王宰誠貫金石秀鍾
山河文該禮義之源武服鈐符之奥銀青光祿大夫檢校
右散騎常侍兼右金吾衛大將軍御史大夫充右街使上
柱國渤海郡開國公食邑二千户高承恭心澄水鏡嚴奪
秋霜幼知仁義之方壯慕功名之業朝散大夫豐州刺史
檢校工部尚書兼御史大夫賜紫金魚袋田牟風雲應兆
鵰鶚當秋素懷搏擊之威夙負騫騰之志而皆公台令嗣
勳閥才人奉嚴訓以承家推大忠而許國淬心百氏有志
四方知山川險易之形識古今興亡之道累更任用咸著
聲猷或屏衛四郊而西戎修舉或譙何右仗而緹騎整嚴
或安靜朔陲而虜塵載息吾之用汝不愧知人今以忠武
師徒始終誠節南征北伐每聞盡瘁之誠破敵摧堅必茂
策勳之典洎乎新平捍疆埸之要洛郊當控帶之衝固其
金湯利彼牙爪九爲展効皆竭忠誠爾其爲吾申恵慈布
膏澤懷忠伏順者延其賞窮羸孤瘵者加其恩使人人知
吾待爾之心其厚若是勿獨以鼓鼙之壯號令之嚴報於

朝廷是曰爲政服我休命爾其戒哉舊秩新恩同登八座
之貴擁旌展旆分榮十乘之行宰可本官充陳州節度使
承恭可檢校工部尚書充邠寧節度使牟可守本官充鄜
坊節度使

授史憲忠涇原節度使制　前人

門下旌善所以勸人毓才所以任事其有誠明夙著績效
兼聞舉其風猷以示甄擢況貴擁旄鉞榮分土疆苟非僉
諧豈在良選正議大夫檢校左散騎常侍隴州刺史充本
州防禦使上柱國賜紫金魚袋史憲忠生知臣節幼學兵
符氣高風雲聲振河朔許國之心既壯忘家之義以明忠
必盡於君臣情可斷於昆弟秉是名節服吾周行使寵榮

陽旋歷環衛稱職之論流芳可聽日者轂於牙爪守在邢龐戎事旣肅㫝心用安求瘼而承醫盡痊折煩而迎刃先解頗謂良牧眞爲才人今以涇上右軍平原善地左接甸服右連蕃疆固鄷鎬之金湯窒犬戎之巢穴是以擢自郡邸陟于齋壇曳尚書之履聲舉將軍之戎律爾其靜我邊鄙撫我師徒嚴如秋霜愛若冬日於戲亞夫之營細柳叔度之化頴川彼之何人茲實望爾憲臺華省節制澄清敬服寵光勉揚茂効可檢校工部尚書充涇原等節度使

授劉礎鄜坊節度使制　前人

門下渭州之北泰山之東乃眷雕陰寔曰鄜畤兵甲完勁賦輿殷繁扼朔塞之咽喉爲鎬京之管籥苟非勳賢令嗣

術業聞人則不可列彼土疆授之鈇鉞式舉成命其惟至公銀青光祿大夫檢校左散騎常侍兼左金吾衛大將軍御史大夫左街使上柱國彭城縣開國公食邑三百户劉礎唯爾先父在長慶中自幽陵舉旆歸國志誠白日節高青雲艱難已來勳績無對果有令嗣何嘗之賢而礎居然將才蔚有公望孫吳之機變學則能通頗牧之功名企而必及踐歷中外周旋寵榮拖朝服而休問洋洋握郡符而理聲藉藉動有餘裕行多去思洎官奉誰何力勤巡徼有勞夙夜倫竭忠公是用旌其器能委在推擇寵以維翰坐（一作榮）以建牙擁紅旆以臨戎宣皇風而問俗十乘在列雙旌啓行節制連營澄清屬郡長冬官之峻秩冠栢署之崇班無以貴自矜無以善自伐勉樹爾德克揚家聲敬之戒之無忝休命可檢校工部尚書兼御史大夫充鄜坊等州節度使

授崔元式太原節度使石雄河中節度使制　前人

門下築壇命將在選攸難建旆臨戎爲榮斯極况并汾有豐沛之舊蒲絳居關輔之雄擢其才能付我憂寄河中節度使檢校右散騎常侍御史大夫上柱國博陵縣開國男食邑三百户崔元式族茂鼎甲器合珪璋明當察毫智必周物所涖之職居然有聲晉絳行營諸軍節度使銀青光祿大夫檢校工部尚書武威縣開國男食邑三百户石雄

等業擅韜鈐志堅金石勇無前敵義必忘身所舉之鋒何往不利况佩服榮顯作時津梁或剸職名藩累聞於尤績或南征北伐常紀於殊勳龔黃之接武尚優廉白之差有無媿爾其懿效吾乃宣言陟明之命是曰彝憲噫并部叛卒已見成擒壺關狡童尚偷餘息干戈未偃飛輓猶勞爾其外訓甲兵内康黎庶誅祆翦怪勳庸勿讓於他人布渥行恩愷悌俾流於隣壤儀曹起部長憲尹京俱成提劍之榮各重擁旄之任敬服寵命佇聞休聲元式可檢校禮部尚書充太原節度使雄可守本官充河中節度使仍晉絳行營諸軍征討等使

授崔龜從嶺南節度使制　前人

門下庾嶺之南五諸侯而番禺揔其襟帶他管之務豈相侔焉琛賮叢湊蕃夷交錯非廉平之操不可以勵其風非幹敏之才不可以齊其俗副我所任惟時之良中散大夫前宣州觀察使崔龜從襟靈坦夷器局沉厚溫王外朗澄瀾中深慎言克保其樞機養德善周其藩屛早藉重價歷登華資望高綸綍之工才見版圖之極常鎮關輔人懷去思試操銓衡又有餘利洎乎重剖符竹初命廉車江左奧區宜爲右地一去臨莅五更炎涼風猷溢聞課第居最陟明之典誰實爾先吾以登齋壇授戎柄百越稽顙雙旌建牙可謂宦遊峻一作過途儒者極致旌爾懿効服吾寵光況儀曹居八座之榮副相冠栢臺之首重以朝命崇其使車

爾宜廣施惠慈遠去珠玉無使伯周獨擅名於合浦隱之未繼美於貪泉佇聞淑聲用益休命可檢校禮部尚書兼御史大夫充嶺南節度等使

授盧商東川節度使制　前人

門下入則掌邦計操利權績雖綿於歲時事不虧於國用經費之道吾所委焉出則築齋壇授戎柄才可寄於分閫令可信於貞師節制之椎吾將付也苟非全器孰謂當人正議大夫户部侍郎兼御史中丞范陽郡開國子食邑五百户賜紫金魚袋盧商天生才能性稟忠厚心鏡融朗情田坦夷固道德於藩籬服仁義之干櫓早以文行偹由班資休問溢於臺閣善政行於封部先朝轂自廷尉牧于長洲治成歌謠聲達輦轂亟長憲署委登廉車揔十連之阜殷澄六郡之風俗由是徵自藩服歷居劇權貳秋曹而無留獄大京兆而有餘地及授其征賦較其盈虛屬武車在郊軍食繼輓役其心慮所効則勤均以勞逸用旌乂次梓橦據梁蜀之險紅旆雜一作飾鼓鼙之嚴仗茲變通允乃文武訓以戎事修其政經遠俗俟爾而安皇風俟爾而暢布政佇聞於盈耳服榮無忝於建牙題劍儀曹持綱憲府用光朝寄式壯戎麾可檢校禮部尚書兼御史大夫東川節度使

授李執方陳許節度使盧弘宣易定節度使制　前人

門下節制之重難其任者莫不貴擁旄鉞榮分疆土連營申號令之嚴列郡舉澄清之化況許國爲河一作京洛之屛中山當朔漠之衝時維重藩吾實注意將命其帥必資才人義武軍易定節度使銀青光祿大夫檢校吏部尚書上柱國李執方道茂宗枝業光任用武有成筭文多攄經顚顚其姿倜儻負丈夫之氣中大夫檢校工部尚書兼秘書監賜紫金魚袋盧弘宣名重詞苑價高朝行青雲有聲名玉無玷落落其壯雍容得君子之風而皆明當察毫智必周物大小惟叩方貞靡常求瘼而爲吾良醫拆繁而宣爾利刃常踐顯任俱流淑聲或執金吾而勤晝巡夜警之績或尹京兆而著擒奸擿伏之名輦轂之下風稜甚舉人有

懷矣乎常賴之類其勞能權在推奬比者河橋作鎮玄武董戎訓練有律於貞師惠化頗行於問俗田遷易水入拜遂山耀武庫之戈亦煥麟臺之圖藉緯有令望宜承寵光建牙三煥其雙旌授鉞再榮於十乘天官舊貫人部新曹同假正卿分兼大憲式示登壇之貴用申列土之榮勉服官常無忝休命執方可檢校吏部尚書兼御史大夫充陳許節度使弘宣可檢校户部尚書充易定節度使

授盧弘正常讓等徐滑節度使制　李納

門下彭城故壤南據長淮滑臺重鎮（一作藩）西彌巖邑建牙謀帥於是攸難合得全才式光並命義成軍節度使盧弘正識略圓名襟靈倜儻行有枝葉文耀菁華扣洪鐘而自

韻宮商挺銛刃而前無根節檢校左散騎常侍駙馬都尉常讓機謀通敏誠性端和族茂簪纓望兼賢戚鄙嬴金而必專詩禮挺玉質而不雜風塵並禀粹元精宜符景運或發聲文囿攘臂吏途休功流美於劇權理行推高於良翰經武著安人之略事君堅許國之心或早踐通班騰芳懿行職守交修干列寺出納無愧於有司操刀呈剸割之能馭黠有神明之稱徊翔中外迭振徽聲簡自予心膺茲閫寄惣齊邦事節制王師朕以徐方一軍義勇素著帥臣無狀戎府不寧爾其便道持行（一作封）著安（一作安堵）閫境推誠宜先乎必信開懷以勗其後圖使軍城保晏開之安邑居絕夜吠之警然後昭宣號令折衷恩威務壯其猷以清厥憝（一作憲）將俾望風而理豈期朞月有成屬在新規注意彌切於戲訓戎撫俗節用厚生政苟有經人自知禁為邦之道豈易於斯並進秩於六官仍並榮於三事往踐乃職爾惟欽哉可檢校户部尚書工部尚書各兼節度使

授薛元賞昭義軍節度使制　前人

門下上黨古今之重地也東山東之襟要控河内之封壤擇我良帥屬在全才銀青光禄大夫袁正傳薛元賞性含弘厚智識圓方秉忠孝以立身叅文武而為用早備器使雅聞公才誠明與人寬大懷物再尹京邑威名甚高寇攘之徒相視束手旋以長轂臨于彭城嚴而不苛通則有守移旆巨野益恢壯猷將材吏師首出藩服洎惣牢盆之任

頗多贍國之能存分竹符理行居最常慕子文之道爰從賈誼之徽恬然自若物論歸重是用擢於傳導命以土田解長君於戚藩樹高牙於重閫爾宜貞厲師律卹其農功訓齊撫綏無墮前志　職分五兵之重南荎膺副相之榮疊貺寵光俟乃成効

授陳君從鄜州節度使塞門行營使制

門下洛水交波鄜城舊畤地當寇壘界接王畿外為襟帶之邦中有賦輿之實屬者黠羌未戢烽燧猶虞宜將或垂征師向老顧（一作恩）得頗牧付之邊疆擢吾材臣式昭奇策鄜州刺史陳君從學啓玉鈐志昭甲令機符天與信愿生知浸淫於勳伐之門奮發為英謀之士特禀雄氣魁然壯

猷窮黃石之三編笑長沙之五餌久服戎旅益通武經遂升外臺俾守栒邑歌襦袴而苛慝不作提卒乘而障塞不驚而又累陳表章頗展材効雖遵條共理仁風旣重於朱幡而授脤分麾將星宜明於紫塞旣申引拔寧棄班資爰思訪鞏乃錫鈇鉞秉列部察廉之務佐兵車招討之名首戴附蟬之冠位長集烏之府揔制師旅振揚軍聲徃踰休庸勉答殊寵於戲玉關迢遞定遠收功先零猖狂營平善計建此勲者彼何人哉宜堅盡敵之心以固請纓之志無令直筆有愧前修

授李珏楊州節度使制　　蔣伸

門下維楊右都東南奧壤包淮海之形勝當吳越之要衝闤闠星繁舟車露委若非人倫碩望台鼎舊臣則何以鎮撫巨藩允膺僉屬金紫光祿大夫守吏部尚書李珏器量弘深襟靈冲粹道光朝彥德契人師文章窮三變之風學術洞九流之奧莊敬形外溫和積中松筠自高珪玉不耀負經國之策蘊致君之謨輔弼兩帝始終一心忠直貫於金石節操勵於氷霜邦家克寧毗倚是屬敭歷斯久聲猷益光洎受鉞孟津宣風列郡而能訓齊師旅潤澤烝黎姦豪懼秋霜之威孤弱懷冬日之愛載膺柬選望洽冢卿銓管無差操鑒惟允惟爾早踐驪龍之位再分卭武之權儒臣之榮可謂全美式崇端揆之重仍兼亞相之雄勉思令圖副我嘉寵

授鄭涓徐州節度使制　　前人

門下地控淮沂俗推豐沛將軍閫右旣膺分閫之權元戎啓行必仗貞師之節爰衆成命屬於信臣平盧軍節度使檢校左散騎常侍鄭涓峻直無徒堅明有立渾金發彩貞玉不彫屬文能搴其菁英聚學必窮其根本誠同匪石利可制鍾早踐華資備揚翰述憲府常聞於避馬外臺亦致其攤轅遂列粉闈旋升瑣闥彌高素望深竭忠規洎尹正神州益彰才用不施鈎鉅之術自銷桴鼓之鳴論洽縉紳名喧輦轂爰授征鉞出臨全齊先路馳聲下車報政黃霸布理人之績冠恂推馭衆之材閱乃器能式光委寄今以彭門重鎮禹貢名區兵車素號於精堅舟楫適當其津要

求我良翰惟爾僉諧是宜節費通商均勞齊佚剛柔無忘於迭用威惠必在於兼行約己豐財正身率下俾夫三軍畏愛一境澄清懋昭厥庸祇服休寵加榮忠履以壯登壇勉副知人佇酬明獎

文苑英華卷第四百五十五

文苑英華卷第四百五十六　翰林制詔三十七

制書九

節鎮五

授孫範青州節度使制　蔣伸

門下作朝廷之巨屏寔利建侯委兵旅之大權必先謀帥況地雄北海境接東萊任貢鹽絺俗尚經傳（一作術）所付至重擢才惟難守大府卿孫範文學傳家清貞勵己以詞律振跡用吏理揚名周旋臺閣之間浹洽休嘉之稱連分符竹出撫蒸黎所至皆號爲循良秉心不爽於誠信洎徵還朝籍服在大僚物情與能公論彌暢俾列象河之位仍司長府之殷出納有程帑藏無耗念此勤效爰議疇勞乃眷

全齊名高中域州寔分於伯禹化則起於太公具五方之人成一都之會其所撫制必俟通明夫務穡勸分之謂勤秣馬訓兵之謂備保大定功之謂德救患睦鄰之謂仁率彼三軍行玆四美藩垣東夏羽（一作承）衛中邦勤脩武經靜致俗阜先副朝獎用答予知既超鄭默之官又進周昌之秩皆謂殊寵佇聞休聲可檢校左散騎常侍青州節度使

授王宰河陽節度使李拭河東節度使制　前人

門下盟津雄牙大鹵名都上控三川旁聯七邑風俗近陪於卜洛山河舊壯於列京苟非謀叶理戎惠能及物則何以並膺閫寄服我朝章河東節度兼諸道行營招討党項使王宰業貫韜鈐家傳帶礪備五才爲戰器講七德爲武經氣本沉雄望高宿將河陽節度檢校禮部尚書李拭學深堂奧慶襲軒裳以言行爲樞機以禮義爲干櫓才推通變時號正人咸早分武符（一作旅）共平壺關既弘偃伯之功並著勤王之節嘗疇顯効乆殿參墟歷涉清途動聞直道爰自大府出戍漸河載申攬轡之能果稱宣風之美用稽懿績乃踐齋壇朕以雜虜犯邊天兵在野盡護諸將屬於長材而宰以微恙所嬰全師難進虜成逋寇始務更張宜擁旆於中軍復建旄於善地又以晋陽作鎮戎索所鄰撫其四封必資碩望而拭臨人著術整衆有方克樹休聲允膺茂選俾改轅於東夏盛推轂於北門爾其肅彼戎行條其吏職內安凋弊遠贍征徭勉副虛

懷佇振紀（一作貞）律不移鄭武之位再居陳寵之班懋乃有終式承丕命

授幽州留後張允伸充節度使制　前人

門下統制方隅昭宣威略苟非績効之茂孰當委寄之權故開幕任青登壇拜信建置斯重古今爲常幽州節度留後檢校左散騎常侍張允伸性稟誠明才推倜儻端己每存於忠孝嗜學早習乎天人偘然器能冠於戎籍自維城遂領留務在躬惟專報國之心以洽奉公之道節度既換倹恪彌勤況遼陽甲兵之雄幽都控馭之遠假機謀以董雜俗資刑賞以靖朔鄰由是錫鈇鉞之正名授喉舌之顯秩升以亞相示之殊榮於戲施令在嚴失之者則豈爲仁

由惠過之者則非所宜政不建苛法不隳制講武備以禦
寇舉化條而育人服吾寵光佇爾休問可檢校工部尚書
幽州節度使

授田牟靈州節度使制　前人

門下秦築城以備虜未若選將爲長城漢設策以禦戎吾
知得人爲上策况朔野之北全凉以東兵臨五城地遠千
里非疇勞無以分爵士非用武何以示恩威副吾勤求允
屬雄傑檢校金疑部尚書金吾衛大將軍田牟才度間生
智能兼發家承弓冶業擅韜鈐而又揭厲儒流詳閑吏術
不戰而烽煙自息言兵而勝負已知洎早服官榮嘗忝羽
衛流五原之懿績播三鎮之威聲風猷藹然令望斯著如

一作知爾弟兄之孝友化於閨門祖父之忠貞書於竹帛是
用擢在環列爲予警巡靚其形容益見誠意朕以党羌未
戢邊障是憂藉汝通明與我安撫所宜勵清廉於虜俗宣
惠澤於戎人恢紀律貴乎齊刑理蠻夷惡其生事藩垣北
地控帶長河仍加毛玠之榮不改趙堯之秩可檢校吏部
尚書靈州節度使

授鄭光河中節度使鄭朗汴州節度使制　前人

門下蒲津重鎮式居關輔之榮梁苑故都上應房心之野
若非德繼周勇才超漢臣誰當重難允彼僉議銀青光祿
大夫檢校兵部尚書兼左金吾衛大將軍鄭光風宇冲曠
襟懷坦夷常推陰識之心早慕竇嬰之美浙江道觀察使
檢校工部尚書鄭朗氣韻黄鍾文含大雅退食著羔羊之
節進身無茅茹之連或業擅宏圖名高懿績鎮青方而謳
謠未息揔緹騎而績効已宣或誠由事彰行與言契踐三
署而風猷暗襲蕪四方而惠愛相輝而皆並立本朝藹然
時傑品乃才用副吾深憂錫瑞分珪以示恩寵嗚呼國家
自天寶之後中原宿兵元和已來信義方洽近者或任非
所付官不敬常流事者以依阿爲雅尚之名將軍者以姑
息爲苟安之計爾宜改轍而理貞師以嚴吏姦必除法弊
當革是以再題陳寵之劒不易趙堯之印授彼戎律榮登
將壇勉揚休聲罔忝厥命

授李丕鄜州節度使制　崔嘏

門下天垂星而分將帥北極是尊地列嶽以體藩垣四方
乃定自古王者因而法之旁求俊髦應彼形象前振武節
度檢校刑部尚書李丕天資壯勇代習韜鈐追奔而不務
前矛疑虜已而常慙背北一作常思背水頃者壼關不順方事阻
兵爾能蹈白刃而來推赤心向國洎累更符竹咸布謳謠
陟其所明以邊事首遂著平戎之効遥張破虜之威致使
黄河陰山寇盜皆息朕以燒羌作梗朔塞成榛禍結兵連
兩經春夏是用輟爾代北委之雕陰作吾金湯翼衛邠甸
所宜以克伐一作伐謀爲上策以無戰爲奇功禁暴安人克靖
烽馹秋曹貳憲再飾旌旄往惟欽哉順我休命

授柳仲郢東川節度使制　前人

門下擁旄作鎮授任分憂訓師旅以恢武經厚風俗以闡文敎膺玆重寄允屬勳臣正議大夫守河南尹柳仲郢清嚴莅職禮樂承家動惟執中居必慎獨稟端慤之正氣抱通濟之弘才早踐華資備揚懿業會府著彌綸之美諫垣留謇諤之規洎領郡符亦茂休績出入十載尹正兩京堅貞不回沉毅有斷歷試斯久聲猷必能克終令圖副我專委是用付以戎律登玆將壇乃眷左綿實爲右屏控壓夷落保衛皇都非慈惠愽施不可以乂安黎庶非威懷並舉不可以綏靖封疆所宜膏潤一方澄清八郡簡條章以檢郡吏齊法令以肅三軍大宗伯大司憲兼而寵之以表殊獎勉承新命無怠前脩

授紇干泉嶺南節度使制　　沈珣

門下周禮將軍以六官參選漢庭拜郡俾九卿迭處出入中外參揮聲績選用之重古今所難銀青光祿大夫行尚書工部侍郎紇干泉惟爾元和中以文學德行升爲甲科貞規藹然雅有公器火化而方知玉性歲寒而益見松心洎振拂朝纓抑揚官閥章羽儀於省署煥詞藻於綸閣朕以瀕江之西悍俗難理輟爾禁掖委之藩條果能宣愷悌之風著循良之迹南臺起部無展爾庸所宜將我舊章化彼南服於戲朕垂衣裳以臨四海因性分以撫群生必欲叶軌而同文不敢重近而輕遠况駱越故地蠻夷錯居尤須謹廉以察封部青綬繫趙堯之印皂襜分鮑永之兵同升將壇式表予意爾其往哉勉移風俗不挹於貪泉無使珠璣獨還於合浦可

授白敏中邠寧節度使制　　前人

門下昔孫弘以儒學進（詔令作脩）身寵兼裂土鄧禹以勳庸著効儀比三司是皆內外同規古今所重爰揚新命允屬元臣特進守司空兼門下侍郎同中書門下平章事充山南平夏招討都統處置使（十二字詔令作充招討山南平夏黨項兵馬都統制置等使并南北兩路供軍使）白敏中才智可以替玄功誠明可以匡大務事君惟恐不盡守道惟恐不遜（詔令作孤）而能以無心爲待物之心以無用爲當官之用朕君臨之歲首付台衡六更星霜勤節如一自羌戎犯塞師旅屯邊招懷莫來征伐無狀爰用

命爾往其鎮之果能潛移梟獍之心坐終豺狼之首始自夏半及于秦正大建功勞克寧烽駟終此誠意非卿而誰今封部既清是用休爾之討伐馬牛皆散是用罷爾之統臨不移論道之榮更帖持衡之貴慕乃舊事對予勤懷可守司空同中書門下平章事充邠寧節度觀察使（大中五年十月）

授康季榮徐州節度使鄭涓昭義節度使制　　前人

門下彭城重鎮西楚故都壼關奧區上黨雄寄一則控長淮之津要一則衛洛邑之封疆撫制稍難才謀是急爰得二帥乃建戎麾前四鎮北庭涇原節度使康季榮方面信臣軍旅良將氣振金鼓義激風雲慕耿恭拜井之誠有王

剪請田之計武寧軍節度使鄭滑杞梓宏材珪璋秀質明能燭物利可剸犀挺翁歸文武之能繼叔度循良之美或藝習韜鈐性惟忠義擅威聲於百戰布雄名於五營作鎮邊方克彰勳業（一作闕）或早踐華資夙揚休問騰芳猷於詞圃振官業於吏途累膺寄任必流政聲並用推驟衆才蘊幹時績効既宜獎擢是命建高牙於徐土移大旆於邢郊用展良能務從委著爾其分蒞茲土敬敷國恩嚴號令於三軍信賞罰於百吏使轅門推戴閭井謳歌再膺九擯之榮更峻六卿之命仍兼亞相式寵中權無替前功勉扠壯節

授杜琮淮南節度使制　前人

門下星以斗牛鎮臨吳楚有重江複關之奧寔通都大邑

之雄控制上游儀刑群后自非台衡舊德廊廟宏材則何以膺茲山（疑）嶽之求副彼經邦之寄高選中外無踰碩臣劍南西川節度使杜琮間氣孕贊相門襲慶韜安之國器弘茂元凱之武庫深嚴禮樂文身守而勿失政刑體要用之則行夙振英聲（一作猷）荐登相（一作高）位廟堂之上有所不爲縉紳之間共稱其道象賢祖德嗣美前修體平陽之縝密暢黄瓊之練達自持瑞節作鎮靈關盛有建明衆推理行故疆晝復嚴道峕清夷洛威懷軍儲流衍德政有同於冬日邊封不讹於秋毫朕以禹貢九州淮海爲大阜貨入郡井賦甚殷分閫權雄列鎮罕比通彼漕運京師賴之自江已南近間歲歉黎氓稍困流庸是虞思得慈惠之師以行惻隱之德黄霸在位朕無憂焉汝爲司空無持邦憲慎乃出令以臨其人務遵訓誡勉弘休績

授白敏中西川節度使制　前人

門下寅亮天工既稱星瑁葺寧戎塞頗茂功庸信出入之有勞顧優崇而宜及况梁岷巨鎮全蜀奧區有彭僕之富饒帶巴陜之險要非圖舊德難洽新恩邠寧節度使白敏中嶽降英靈時推才傑周旋文雅城府寛弘久侍禁闈備流聲績及居鈞軸頗茂芳猷朕起滯淹網羅髦彥外野無孤鴻之嘂歸軒有連茹之征揚於王庭爵矢皇士莫匪爾績勳契予衷洎羌寇憑陵戢茲西土戎醜飲路柵堡相望既收功於郇邠宜移旆於井落於戲勿以地遠而怠於躬

親無以位高而忽於微細勗思後効無替前勞懋哉懋哉服我成命

授李景讓襄州節度使制　前人

門下漢制郡守有善政者增秩賜金周官諸侯有聲名者加地進律前代令典我將因之天平軍節度使李景讓早以文學德行列于四科中含柔善（一作嘉）表（一作以）堅白直比汲黯孝如曾參素懷澹然清節可貴峻風規於臺閣流愷悌於方州居爲國楨出作藩柄朕惟憲宗親除彼究手復全齊付任在予不敢祇授（一作守）以爾事親既孝於我必忠俾之鎮臨果茂聲績是用載新杜土改築齋壇不可使莘羙於東方所宜遷仁於南國况經衡舊服江漢上游天作城

池地連襟帶昔曹王以法繩封部歲久則弊除于頃以共東征徭人流而賦在不有恩惠安能理之勉圖官守式佇聞問可

授常損鄆州節度使制　前人

門下登壇伏鉞訓整爲先攬轡登車澄清是切膺一方之寄任兼二事之重難不有宏才孰允茲選銀青光祿大夫守刑部尚書常損稟天之粹體道之和接物如冬月之溫操心若寒松之勁導詞源而不竭泛學海而莫窮久服大僚早揚休聞累更中外迭處清崇善政克著於藩方雅量見推於朝右朕以天平巨鎮慎擇帥臣割據魯衛之方控帶山河之壯臨制綿遠戎旅驍雄非仁惠無以蘇疲人非

威信無以正師律以爾才周物務識洞事先斷自余懷得之長理爾其推誠撫士布德安人容易則惠姦苛察則撓政害於事者必去無顧慮以妨公利於俗者必行勿因循而不決當竭乃力副我知人异崇班於五兵啓元戎之十乘服茲寵渥勉恢令圖

授盧鈞大原節度使制　前人

門下陶唐古郡晉國全服掌北門之管籥控朔塞之河山貔虎（唐諱虎前後皆作武後人不知悞改作虎）連營氐羌萬落用鎮輿王之地必求易（一作高）俗之才果獲碩臣允膺謀帥銀青光祿大夫檢校司空兼太子少師盧鈞玉山當晝水鑑澄秋揣摩政經淬勵心術蘊賢人之大業蹈君子之中庸進取不争於險夷操尚無移（一作易）於風雨歷踐華貫早揚淑聲便蕃大僚始終一致屢委戎寄亟聞獻功番禺清紹於隱之江漢受代於叔子壺關所復汗俗惟新辭亂繩而有條遷惡子而從化洎佩囊天府授鉞夷門克樹風猷存舉方策今以塞垣未靜虜族多虞莫善綏懷愈生疑貳道路既聞於漁奪充殘頗見其鴟張尚念前勞猶寬肆伐爰擇待時之器式觀禦衆之能輟於朝端俾之鎮府爾其賞罰無私德刑公用以清靜之方闡吾聲教以愷悌之義宣我化條理必成於恩威政無膺於煩紊（一作褒擊又作褒伐）勉（一作緊）爾令典副予知人於戲北虜熾周南仲有往城之績西羌擾漢營平陳保勝之方疇其嗣之必有能者寵秩既光於論道恩榮仍

亞於台庭以壯戎旃勉服休命

授李業鄭滑節度使契苾通振武節度使制　前人

門下鎮臨白馬介趙魏之封壓地控黑山扼羌渾之衝要僑茲並命允屬長才前河東節度使李業宗室誠臣幹時良傑傳山西之將略襲隴右之家聲右金吾衛大將軍契苾通早擅英姿常推壯志挺鷙立鷹揚之操知玉鈐金匱之書或建旆雄藩功宣保塞或馳軺異俗績茂和戎咸竭器能載光任使穆揮謙於大樹蘊風望於長城以爾威足靖邊故委以疆埸之事政能檢下故授以統馭之權於戲整旅訓戎觀風涖俗仗誠明以懷循悍布惠化以郵疲羸

將務息人無或生事明典刑以謹候度示恩信以洽戎心用叶睦鄰宜籌經遠換騎省八貂之貴仍地卿六職之榮勉恢壯猷無忝登壇之寄

授畢誠邠寧節度使制　前人

門下太公經武首述文韜春秋謀帥亦啓義府大暢弛張之道必求通變之才況乎撫易動之羌戎扞難集之關郡安邊禦侮斷付能臣權知刑部侍郎畢誠端愨知善（一作善端）和性文學致身氣則沉詳思有高妙早馳榮問亟踐清途該洽憲章抑揚臺閣聿來禁署益茂芳猷孔光之溫樹不言王褒之洞簫曾諷憲應必振於遠大抗志不避於重難擢於文昌以酬職効強明不滯朕心器之固可以式是師干

授之能節況地雄秦塞境壓邠郊壯南牧於盛秋作西陲之巨屏是宜平其險難（一作險其走集）繕彼甲兵征（疑作貞）律臨戎推誠馭衆遠明邊務贍　軍儲（一作旅非）厚衣食之恩養之勇稱於無事之日常爲有備之謀連營苟示於嚴莊種落自當於柔服布我大信深伕親規於戲實嬰賜金不爲廊廡之有營平積粟免煩餽輓之勞減費惠人於斯爲急節宜柄任稱朕意焉貴視漢貂榮兼趙印茲爲寵數以耀啓行可

授常愨鄂岳節度使制　前人

門下王者建諸侯以鎮撫方域立將帥以藩屏皇家受任惟難選命斯重而況控三江之律（疑）廉揔六郡之賦輿必得無能乃膺成獎前鄭滑觀察使常愨紳冕令才人倫粹器業光經濟道茂溫恭蘊冐雪之貞姿挺發硎之利刃自馳聲詞苑耀價儒林雅範蘭馨詞雄綺麗踐更華貫揚歷顯途懿効彰明布于臺閣自職司誥命忝貳春官業彌振於訓詞道愈光於得士及再還會府休聞尤彰由是嘉乃良才俾升節制流美化於洪河之曲布威聲於白馬之津宜舉寵光用酬休績乃眷夏口實曰雄藩通波遠接於荊衡作鎮式臨於漢沔由是再新戎旆改築齋壇福（一作與）滑臺之詠歌慰鄂渚之黎庶爾其以信義爲理本以賞罰爲政柄法亞夫訓旅之術以肅轅門採龔遂理人之方以清郡國崇秩兼寵無易舊恩勉乃令圖勿替前志

授李彥佐鄜坊節度使制　前人

門下撫千里者必仗於誠信統三軍者固資於良帥況地雄鄜畤壤接王畿揔貔武精銳之師制犬羊（一作制虜胡）雜種之俗聿來上將以鎮近郊守太子少傅李彥佐夙負雄明早通軍志生知忠義旁閱詩書計擬六奇功高百勝聚米而山川可料變幟而壁壘盡傾奮廉藺之明謀蓄闔張之妙用頃者常膺獎任累踐藩垣信洽戎夷愛深師旅有馭衆安人之効著在邊方有廉平貞慎之規騰（一作布）於朝論自避榮私室物論尤歸朕以彫陰重藩羌渾小擾蓋由乖於撫馭遂失和寧思得長才往圖鎮理爾其敷我恩信戢其倡任靜彼戎疆用資壯略（一作志）嗚呼廉頗（一作譬平）雖老尚

請臨戎李牧居邊未嘗生事遐觀前舉勉副徽猷榮加五
敎之尊仍帖三（一作栢）臺之貴服兹休命無忝寵光

授崔珙鳳翔節度使制　前人

門下乃眷岐陽襟汧擁漢古稱右輔以扶助王圻今爲別
京以屛翰戎落載煩元老往撫舊邦實資經國之謀高副
安邊之寄守太子少保崔珙禀粹嶽靈挺生國戚門容駟
馬族盛八龍胷襟洞開智略輻湊早以茂業踐于持（一作台）
衡宣力致君有佖無隱恬（疑）叔敖之喜愠體白玉之卷懷
（一作舒）泊服休天朝保釐洛邑誠明之道華皓不踰能全素
履之真雅得大臣之體方叔之猷克壯師尹之望攸歸朕
以保塞禦戎深圖良筭餽軍艱食常在勞懷由是渴王商

之儀形佇營平之籌畫伏蒲之奏前席忘疲既符咨嶽之
求宜舉齋壇之典自閫以外爾實專之斷守（疑）宏才庶集
吾事勉敷恩信務洽華夷且慰恩（一作志）思善圖政柄峻槐
庭之禮命寵茅社之侯封服我徽章敬兹有土

授常傳淄青節度使制　前人

門下乃眷營丘表于東海富強號千乘之國繁雜聚四方
之人假上將之威權壯中軍之垣翰將疇閫寄必在信臣
守尉衛卿常傳文苑騰芳儒林擢秀襟靈曠遠風度詳閑
周通爰表於器能強濟式彰於事任早以重價踐遷清途
諫垣流謇諤之名通邑擅神明之稱頃自移曹九棘緩步
八塼沖澹安身卷舒惟道應兹圖任允叶僉諧懿彼全齊
實爲右壤禹貢別九州之盛海濱綜五郡之雄昔周命大
師漢封韓信啓土用申於帶礪分茅克懋於藩維選任之
隆古今攸重於戲平仲盡規之節夷吾當俗之方經常卓
而徽猷可循指牛山而忠讜如在餘波未泯遺愛斯存禮
節既洽於里閭風謠尚傳於古老爲政之暇無忘諮詢盛
鐵馬於師壇帖金貂於騎省祗膺成命勉服寵光

授裴休汴州（二字一作宣武軍）節度使制　前人

門下將相大臣中外迭任入奉股肱之寄出爲藩翰之雄
無爽具瞻式彰注意金紫光祿大夫守中書侍郎兼戶部
尚書同中書門下平章事充集賢殿大學士上柱國河東
縣開國子食邑五百戶裴休氣禀嶽靈夢叶巖瑞威鳳孤

翔於玉圃仙鶴獨步於芝田學精典墳文縟邦國自彤庭
對（一作發）策諫列升班粉署擅貳卿之榮綸闈廻五字之妙
泊司饋運整葺牢籠策畫每得於親聞功庸必見於（一作其）
顯効章呈軌範歷試無差是用付以權衡宜承任委咨之
遠略炳然大綸四后協心萬邦繫爾今百度有截庶績其
凝前時屢以疾辭循煩卧理豈無優賢之道因遂由衷之
意乃眷梁苑實爲重藩統大東於周疆梭小沛於（一作之）貢
壤富庶將及悍勇無譁仁化已洽於一方清風漸扇於全
境閑（一作開）關自固懸厳不鳴可佚台臣眞之靜理爾其踐
厥位暢厥庸侯服既增相印不解輔弼莫繫於遠邇聲容
暫間於朝昏敬哉戒哉服我重命可檢校戶部尚書同中

書門下平章事使持節汴州諸軍事行汴州刺史充宣武軍節度副大使知節度事汴宋亳等州觀察處置兼亳州大清宮等使散官勲封如故主者施行大中十年六月七日

一作皆唐大詔令

授李玭鳳翔節度使制　前人

門下秦之舊都漢為右地扼戎疆之要害作上國之藩籬旁聯封畿前抗巴蜀其所受任必擇忠良刑部尚書兼宗正卿李玭生王侯之大家傳帶礪之盛業夙負才術顯於官名周旋令圖佩服義教信以自立誠而致明北海著輯睦之規南方流愷悌之化潔清知已寛猛協中連委翰垣載髙理行朕心所屬物議與能洎擢處月卿掌戎天族不

忝維城之寄副予同姓之求今以昆夷來朝頌納故壤將復河湟之境必資整訓之方遂結疆埸付爾汧隴於戲惟昔乃祖曾顯是邪勿隳貽謀光膺分閫無尹正祭蕙之重帖文昌憲府之崇勉副家聲以酬殊獎

文苑英華卷第四百五十六

制書十

節鎮六

授朱崇節河陽節度使制　陸扆

門下朕聞天垂星緯王者象之以設官地裂山河歷代定之以建國所以咽喉中夏藩屏皇家非威望不足以鎮寧非仁惠不足以撫養其有勲勞夙著宜申胙土之恩韜略素精屢委殿邦之任二者兼備斯為得人國有彝章我復何愛前昭義軍節度使潞慈刑洛等州觀察處置等使特進檢校司空兼潞州大都督府長史御史大夫上柱國沛縣開國子食邑五百户朱崇節雄略縱横忠誠貫直夙著

一作抱揔戎之術常韜靖亂之謀臨危不屈於壯心多難益全其大節去病辭第晳彰鍾鼎之勲王翦請田非為子孫之計日者平陽求瀆馮翊須條隰川竟保於孤城汝海將一作緩繩其弊俗其後孟津分閫上黨臨戎智謀潛契於蓍龜義烈彌堅於金石擁衆而出陳兵以行指揮而神氣激揚叱咤而飛鴻惕息今則郷閭顧慕士卒謳歌廉金咸佇於寳嬰竹馬思迎於郭伋是用再兼五教重委雙旌既資董衆之能仍舉疇庸之典於戲功名易守自伐者必顛富貴可圖懷驕者難保失道則禍生旋踵守義則福貽後昆勉爾令圖服我明訓可依前檢校司徒充河陽節度使散官如故

授周岳嶺南西道節度使制　前人

門下夫山結川融皆予之寓縣蠶衣租食悉我之黎元憐舒雖繫於陰陽覆燾豈殊於遠邇自頃中原搔擾遐裔阻難或王澤不流或國章靡及念茲黔首糸（一作昌疑）我皇風聿求養理之仁兼藉鎮寧之略訪于執事果得能臣武安軍節度湖南觀察處置使特進檢校右僕射食邑三百户周岳黄石傳符豐城得劒倜儻挺義夫之節縱横抱名將之才擐甲執兵閫外以雄豪見許絶丗分少江東以信義相推嚴武備而不喜戰争頒吏術而每先恩惠遂致塵清四鄙農勸三時鄉閭阜安卒乘雄富是用疇其懿績仗以英謀轂乳哺於賦鵶之鄉壯藩垣於獲象之郡爾其克膺重

寄更茂嘉猷必令嶺嶠蠻陬欽我之風化無使黄金翠羽累爾之清廉然後馬援威聲孟嘗介潔苟能礪操諒可齊名仍推（疑）百越之封俾進三槐之秩恩不虛受爾其欽哉可檢校司空充嶺南道節度使餘並如故

授陳珮廣州節度使制　前人

門下漲海奥區番禺巨屏椎髻蕃夷之寶貨冠吳越之繁華苟非令人難著清節列聖襃令必求賢良故宋璟播美於前李勉垂芳於後朕初君臨寓縣方以武定藩維獨命鄉往鎮茲土而崇龜果以清净為理謳謡日聞固追詠於夷齊豈慙名於宋李代其任者不亦難乎爰求勳舊之間別得英奇之士左軍都指揮使前静江軍節度使開府儀同三司檢校司徒平章事潁川食邑三千户實封一百户陳珮雄姿岳聳俊氣膺揚家傳忠孝之風代襲韜鈐之術愛士卒而更逾吳起敬君子而不讓張飛位以功高名由義振先皇帝荐臻難運再新侯封挺身於版蕩之中竭力於沾危之際或警怨於西蜀或侍從於南梁殄岐陽兵火之災爾功居最戡京國宗祧之難爾効復多皦潔忠誠貫黄河而不濁堅貞壯節冒烈火而寧焚雖衛排銘勳韓壇受律未臨列土豈答豐功是命殿彼大邦授其峻秩仍示優崇之旨再敦台衮之榮於戲吳隱之昔號清廉英聲未泯馬伏波嘗推功業廠跡猶存苟能視糠粃於翠羽明珠張紀律於遐陬異俗吳馬之政今古寧殊無使璟勉崇龜獨

誇於前哲也勉服丕訓無替令猷可檢校太保同平章事充嶺南道節度使餘並如故

授李籌盧龍節度使制　前人

門下召奭舊邦燕昭故國其地廣而要其俗勁而雄儻非英備之才孰控臨戎之任詢于執政爰有良臣具官李籌制鍾利器構廈宏材負頗牧之威名藴關張之節槩夙明軍志妙（一作預）揣敵情訓戎兼務於詩書養士必加於鶡冠日者咸推友悌實倅元戎屢叅必勝之謀常贊在和之義洎專庶務益洽群情貔貅仰愛日之恩疆場賴仁風（一作長城）之固是用寵其龍節榮被鴒原俾登韓信之壇仍進王祥之秩爾其稟我王度振乃家聲推信義以睦鄰封謹法令

以威蕃落武有備而不用士使樂而不驕四者聿脩七德斯在服我明訓厥惟欽哉可檢校太保幽州大都督府長史盧龍軍節度使餘並如故

授周岳湖南節度使制　前人

門下荊渚懷仁陶侃昔嘗再理潁川思乂黃霸於是重臨苟徇人情何傷國體而况干戈乂試宵旰爲憂將蘇塗炭之災俾復旌旄之任詢于執政僉曰嘉謀具官周岳早洞武經兼通政術嘗鎮湘中之地克揚閫外之威執紀律以不踰播謳謠而甚遠拊封疆謹述職惟勤垂竹帛之功名委旌幢之貴寵（一作尋垂竹帛之名方委旌幢之貴）而遽因疑間遂致遷移適五嶺之遐荒奪重湘之奧壤乃使軍戎憤悱黎庶怨咨

煙塵不絕於累年瘡痍偏傷於一境旋聞軍吏之衆耆老之徒咸詣護戎借留贊帥遭權臣之擁遏致明命之稽延今我朝政惟新庶事思理雪爾肺腸之憤申于雨露之恩俾殷舊邦用諧衆志爾其速蘇凋瘵無念仇讎戢矛戟之連營勸農桑於列郡布于惠澤服我徽章茂繼前勳永膺重寄可依前檢校司徒武安軍節度使餘並如故

授張鐇彰義軍節度使制　前人

門下隴陰重地涇上雄藩勵控弦帶甲之徒資護塞和戎之略爰自動知邊事夙練兵機加以制彼西陲屏于中夏傳採輿人之論果聞良帥之才爰降命書式諧衆欲具官張鐇雷霆勁氣鵬鶚奇姿秉孝愛以承家挺忠直而事主

王鈐金匱弟兄咸繼於孫吳雪嶺蕭關蕃虜遠懷於頗牧矧示令委殿于是邦著勳烈於兩朝耀威名於一紀訓兵積粟述職安邊城隍元固於金湯士卒必均於觴豆功垂竹帛政洽謳謠並馳（一作大張）賢將之名仰自元昆之訓豈爲（疑作謂）降年不永閱水與悲將既（疑作繼）前脩是資同氣設齋壇而錫命馳瑞節以頒恩式光十乘之雄不改三槐之秩爾其奉于紀律固乃封疆推誠信以睦隣竭忠勞而報國自可委安祿位益茂功名於戲爾鐇服我明訓可檢校司徒彰義軍節度使餘如故

授趙凝檢校太尉開府制　前人

門下王者裂土疆以任材臣下推腹心以報主能任其材

則國理能報其主則功高其有鎮拊巨藩訓齊義旅克展忠貞之効每遵紀律之條斷自予懷將頒殊渥具官趙凝倜儻雄材縱橫奧略奮垂天之羽翰聳發地之巖巒頃纂舊封克承先訓嚴武備而不矜戰伐緩軍令而不害惸嫠鄉閭阜殷卒乘輯睦領峴首漢陽之地實四會五達之莊扼咸鎬之咽喉遵荊吳之貢賦途路無梗艑航若流不有威聲孰能通好（一作齊）朕以姦兇構患都邑縱兵爰避艱虞出居巖險而能徑馳專使來達臣誠乃陳底貢之儀備輸忠之節况爾先父寔余藎臣前勳尚煥於彝鍾令嗣克傳於弓冶永言念舊尤在賞新（一作延）俾升掌武之班益重拊封之寄仍遷峻級式示隆恩爾其保祿位以榮家竭忠

勞而許國勉欽明訓無忝厥官可開封府儀同三司檢校太尉平章事充忠義軍節度使餘並如故

授石善友鎮武節度使滕從免邕州制度使制　前人

門下朔野雄藩地臨於強虜海濵巨屏境接於諸蠻苟非威畧不足以鎮寧非惠和不足以綏撫其有久專留務具著能名雅稱分閫之才宜賜登壇之命具官石善友夙知邊事素練戎韜驊騮騁風無遠不適具官滕從免早習兵機常推忠欵豪曹出匣其銳難當而能誓建功名克遵紀律（一作克律紀法）洎膺試用咸務恪恭封疆遠憚其威聲溪洞每懷其信義固可以靜茲絕塞阜彼遐陬使風煙罷警於北

陲環賁遠臻於中土方資重委宜洽優恩俾真旄鉞之權用壯藩宣之寄或榮遷端揆或寵陟秋官勉竭厥誠貳則有碑善友可檢校右僕射充鎮武節度使兼安北都護從免可檢校刑部尚書嶺南道節度使餘如故

授武臣邠寧節度使制　鄭畋

門下推轂揔戎朝廷之重寄登壇受鉞將帥之殊榮况地接燕（集作回）山境連京甸兵雄俗阜供我宸居宜擇英賢以壯垣翰具官某乙雷泉稟氣邳石降籌習我（集作起）翦之兵書用閔張之戰畧雄嚴可憚忠赤無疑彰勇藝於轅門顯勤勞於禁旅言皆許國志在忘（集作不謀）家驊騮豈戀於縶維鵰鶚常思於振擊今故錫（集作委）之旄鉞（集作節）授以土田俾侯于邠用示殊寵爾其申嚴斥候訓習師徒增嶹壠以崇豐穰飾器甲以圖精利蒐乘補卒無惑於（二字集作或）惰游禦寇安人必（集無必字）期於靜謐尚父之英威未殄古公之風化猶存勉揚政經無負憂寄可檢校某官充邠寧節度使主者施行

授李師望定邊軍節度使制　前人

門下全蜀之南封部遐廣屏限蠻貊寔爲要衝間者守將不嚴寇兵來陷蕭條故地寂寞有年與其黷武開疆孰若屯師固圉况精甲可用腴田可耕苟得其人豈復訛寇是用割分州里崇建翰垣思其長才付以重事更求中外格于旬時果得良臣式契朕志朝議大夫前鳳翔少尹上柱

國賜紫金魚袋李師望早以才幹彰于吏途縱橫不羈沉毅有斷頃歲王師伐叛命爾供軍糗糧相繼於路岐兵士皆忻於飫飽裘甫之後爾守天台克以偏師大挫狂孽厥後繼領符竹咸推器能二尹岐山既從休罷鷙羽豈閉於韝上神鋩終躍於腰間朕以荒服未寧坤維多虞式當經制尤渴英奇知其可行召與之語嘉謀響荅雄論風生奏刀而髖髀皆虛聚米而山河盡覩築壇驟拜余無悔焉於戲初造之邦詎有堅敵種落雜處兵糧未敷全資智謀克在威愛爾其投醪共味立法推誠理軍猶家養士如子闢汙萊以務稼穡籌險阻以制關防弓矢戈矛當嚴鍛礪風雲氛祲無忽視瞻孰孫武之韜鈐慕孔明之事業使苴咩

城下常驚鼓鼙之威大度河南永保金湯之固勉思報國勿負知臣擢握兵符銜榮憲印統諸軍之鈇鉞兼六郡之賦輿上應星辰貴爲侯伯將旌殊渥匪限彛章敬之戒之無忝休命可嶲州刺史兼御史大夫充定邊軍節度使眉蜀邛雅黎等州觀察處置統押近界諸蠻幷統領諸道行營兵馬制置等使

授驪從武寧平難軍節度使改名師古制　張玄晏

門下沛澤遺封硋漢書作芒山奥壤俗稱雄富人本質良古爲用武物一作非之鄉今乃優賢之地况自嬰多難極迫挻災蒸黎嘗困於流離全材久專於綏撫已觀試可爰議正名時

擧寵章用申奬勸具官驪從夙懷明畧早負壯圖精專能習於豹韜瓌偉素推其鷙領襟靈豁達氣宇剛嚴居然將領之才邈爾深沉之度差有頗翦接武韓彭揚閫外之休聲留幄中之嘉畫自委之留事頒我詔條惠愛行於鄉閭威望揚於士伍克成謳詠遠副憂勤臨戎既耀於雄稜撫俗備揚其善政遄移歲月足洽篇靈是宜錫以旌幢進其官秩奄有徐夷之一境爰撫大彭之故都膺吾眷求求作藩翰於戲敬敷五教光揔十連踐論道之華資加御貴之榮級無忘惕勵以奉恩光可某官仍改名師古主者施行

授王敬蕘武寧軍張珂彰義軍節度使制　前人

門下錫以土田付之旌鉞必擇非常之士載弘不次之恩况沛澤雄藩涇川巨鎮委用咸彰於試可節制宜膺其正名爰擧徽章式並一作分戎閫具官王敬蕘夙號將才早探軍志襲淮流之積慶挺山立之雄姿勇實兼人智能周物蘊變通之茂用懷經濟之遠圖具官張珂閥閱名門韜鈐秘畧孝友克宣其遺美忠勤幼闡於令名劍氣干霄鳳音合律撫士則能均其苦推誠而可貫神明頃者頒我詔條各成政化一作郡政惠愛亟沾於疲瘵威聲益布於鄉閭爰自主留彌觀奉上既播褰帷之美勉承建節之榮仍俾疏封用光裂鎮噫硋漢書作芒碭壓境種落連營握兵符而皆是通候撫大旆而具爲上將當思報効以服恩榮敬蕘可某官珂可某官主者施行

授馮行襲昭信軍節度使制　前人

門下分節制之任所以嚴我翰垣膺廉問之權所以宣吾風化矧夫界連梁楚襟束咸秦據廣漢之上游振終南之巖險昔爲禦侮之地用固神州爰升連帥之雄以疇丕績言從人欲乃降朝恩昭信軍防禦使特進檢校太子太保使持節金州諸軍事守金州刺史兼御史大夫上柱國長樂縣開國伯食邑七百戸馮行襲決雲利刃逐日奇蹤獮衛重一鶚之名鬭羽蓋萬人之敵御衆布投醪之德禮賢懷比飯之恭智畧出群忠果成性造次不違於尊奬周旋備覩於公勤自委以頒條命之剖竹蒞事繼懸魚之美臨人宣建隼之威疲羸既成其息肩豪右屢聞於破膽獻奉

無關賦租罔慭況頃者荆襄路途兵戈驟起而能遐開閭道俾達上京盡通江嶺之貢輸來助朝廷之經費尋彰績効今有甄酬而一境緇黃數邑耆艾咸陳章疏請降節旄膺吾入保之榮茂彼登壇之寵往服休命無忘敬恭可某官主者施行

授李思敬武軍李繼顔保大軍節度使制　前人

門下洋源奥區鄜畤重鎮近境深聯於甸服長川古號於塞門念斯節制之權睠乃察廉之寄必資才傑用副選求乃者雕陰實維戎事壁壘且勞於九拒干戈僅徧於四封姑務安人爰從易地具官李思敬練達韜鈐振揚威望保風雨不渝之操得寬猛相濟之機奉上誠專（一作深）康時績

茂常蓄持危之志雅推御衆之能具官李繼顔驍果馳聲剛柔蘊用負致君之全畧逞邁俗之宏規克稟義方幼知忠孝發黃問而破敵麾白羽以臨戎並早沐恩榮俱分憂寄不乏循良之稱亟彰持重之名繼成襦袴之歌顯著山河之誓今則俾之迭處用叶厥宜公台不改其華資終始各思其竭節於戲土田其（疑）廣爵秩互崇當遜志以保家勉輸誠而佐國勿恃險以生事宜恭己而守常服我寵光無忘敬慎思敬可某官繼顔可某官主者施行

授王潮威武軍節度使制　前人

門下朕言念蒸黎常勞旰食其在遐徼尤所注懷況閩越之間島夷斯雜非威望不足以懾伏匪仁恕詎可以惠綏其言善政已成殊庸未陟則宜假之鈇鉞錫以麾幢俾兼節制之權式寵察廉之寄具官王潮術深金匱學富玉鈐彎弧傳百戰之名撫劍號萬人之敵才高御衆志本勤王風雲暗合於機謀霜雪不移其節槩爲仁由己重士逾山雅負將材尤精吏理自撫寧列郡振舉六條疲甿懷愛戴之心漓（一作裔）俗仰廉潔之德集是休烈溢於聽聞而職貢交脩賦輿靡闕尊主之誠可見勝殘之踐（疑）無踰是用負海建牙踰閩錫社徇彼遠人之懇慰其闔境之情爰壯中權仍遷左掖爾其守茲舊貫服我新恩勿恃貴以驕人無作威以生事更勵奉公之節益堅惠下之規別俟寵靈罔虧績効可某官主者施行

授李繼徽秦州節度使制　前人

門下邠土雄藩西郊故壘封境克連於甸壤城池近接於昆夷爰膺節制之榮兼奉察廉之寄向非雄傑孰稱選求況仍歲干戈未蘇惸獨鎮靜允先於良將拊循尤藉於通賢得不因彼士心（一作忠宣）茂茲朝委我有休命人其聽諸具官某生知武畧夙號將材得黃石之沉機揔青萍之利用貞心貫日壯氣凌雲蘊豐財和衆之名遵抱義戴仁之事自四郊多壘一劍臨戎推誠明以奉君親仗忠信以爲甲胄處衆每觀其自奮遇敵雅號於無前茂著功庸動彰節槩乃者剖符隴坻建隼吳山穎條早振其休聲守上載揚其善政委之鈇鉞錫以土疆撫成紀之遐封治秦川之拓

地投醪布德減竈傳謀憂國忘家赤心可見飲水食蘗清
操難儔今則再寵緑徽是光黑貂增其好爵質彼爰田用
分宵旰之憂式徇疲羸之請爾其將我惠澤施於一方簡
以臨人寬而整衆可推養理之志用宏輯睦之規無怠親
隣勉思稼穡奉於公者必舉涉於私者勿爲副此虛懷更
圖明陟

文苑英華卷第四百五十七

文苑英華卷第四百五十八　翰林詔制三十九

制書十一

節鎮七

授葛從周兗州節度使制　韓儀

門下建牧立監施亭育之深仁顯忠遂良表激揚之茂典
其有聲馳軍伍績著郡符威令夙振於戎行美化雾流於
封部允契求材之念宜當分閫之榮遂舉寵章俾膺重寄
具官某學洞玄符智苞黃石抱刻銘燕然之志蘊刊碑勃
弄之心氣薄雲天義凌霜雪以和爲貴用壯處謙御下而
寬猛有經料敵而錙銖罔失朕以鄆魯重鎮兵華連年慎
擇可人用蘇瘵俗得於僉論叶我敷求昔魏延以勇略逸
群自偏裨而登上將呂蒙以材智拔萃捨行陣而揔戎麾
況乎早踐方州屢登崇秩績効已彰於靡盬獎酬宜示於
優恩仍加水土之尊式寵旌旄之寄爾其静訓驍勇之士
惠先惸獨之人布我憂勤康其凋瘵膺茲超擢無忘恪恭

授李思讓延州節度使制　前人

門下夫息亂以静濟道者權當底定干戈之時乃更易節
旄之任寀辭攺作式貴叶宜不移將相之榮別奉藩宣之
寄用光勳傑爰舉寵章具官某氣薄雲天志堅金石蘊翦
起之雄勇負寇賈之智謀誠明可以伏鬼神義烈可以貫
風雨累代以勲勞報國徇節忘生一門以忠孝承家推心
濟物功銘鍾鼎誓著山河每逢多難之秋必奮安危之用

昨以邠岐動衆鐵甸匪寧授以統臨錫之鈇鉞舉旄効命
枚枎連行倫聞靡盬之誠克抱盡敵之意朕念兵革繁興
十有八載蒸黎版蕩（一作蕩板）邑里洞虛爲人父母之心深（一作但）
愍凉德拯國艱危之運唯有責躬爰議罷兵用安率土
又念昨者邠人不令潛持兩端有悞軍機遂成退守復臨
彼土自不懷安雖欲撫寧諒難輯睦是乃換雙旌之雄重
割兩郡之膏腴成一家千里之封列三鎮十連之貴勉思
勤竭膺我寵靈

授李成慶夏州節度使制　前人

門下夫有大功德於天下者必慶垂私門賞延於公室者
必傳家令子賞延者國俾嗣者侯著之格言是爲彝則祇

膺丕訓虔奉成規徵比事經式登功緒必盈僉論方舉寵
章其官繼美勳門生知戎略識度早聞其善將風稜尋號
於老成朔漠之氣嚴天資毅勇崆峒之人武神授端莊以
忠孝爲身經守讜直爲家法諸父每舉宿將知歸徐晃沉
詳幼而特立既克紹於門風爰委用於舊土未行真命且
假劇權士心咸感於惠和封部果臻於寧肅既符試可須
議與能方當殄寇之時將用正名之典我之異渥實爲訏
謨以爾成慶代有殊烈祿山滔天之日文巳載於司勳朱
泚盜國之時績復書於盟府洎黄巢犯闕先臣進兵兄弟
宗族携率征討首謀大計果成元功麟閣册青鴻鍾紀勤
垂之不朽永以無窮今則近輔元渠久未誅翦朕之鬱憤

格于皇天爾其思鲁高戡禍之勳纘父叔定傾之烈盡驅
銳旅速殄祅巢克副家聲以康國步服我休命所宜若何
勉樹功名勿孤注倚

授涇州節度使張璉加檢校司徒同平章事制　崔遠

門下書云用命賞于祖不用命戮于社然自三代以還未
有不戮暴亂不賞功庸而安國家定社稷者也近者徵其
銳旅討彼元兇不越月而捷書繼聞未逾旬而鎮城連下
易如拉朽勢若建瓴諒非昭代之才孰濟勤王之績我有
懋賞爾其聽之某官切玉雄鋒摩霄健翼智符靈蔡節貫
寒松繼乃父之休勳鎮于巨屏誓忘家之壯志控彼邊陲

積粟訓兵安人阜俗不忝登壇之寄彌光出將之門近者
宋文通顯背國恩堅違君命將清叛亂爰仗忠良首奉詔
書龔行討伐選射戟盤矛之將率控弦帶甲之徒既巳先
啓行復深入其阻立志無懟於馬革輕生不讓於鴻毛矧
聞纔出封疆繼降城鎮（一作鎮戍）既臨賊境克保龐城振貔武
之威聲斷螳螂之怒臂而又不勞經費自備糗糧惟睠曜
以用兵不因循而翫寇今則方憑妙畧共殄長鯨雖伐罪
吊民以覩訓齊之令而誅妖翦怪合資掃蕩之謀是用俾
壯軍威仍加相印以勵始終之効勿辜倚注之恩敬之戒
之服我丕訓

授蘇文建邠州節度使制　前人

門下梁漢古封河池名郡有關山之險阻當巴蜀之要衝苟非勳賢不可輕授我今有命允謂當人某官截海雄姿卓風逸步得左馬右人之術洞玉鈐金匱之書加以幼慕功名早懷壯槩攬轡蘊澄清之志臨風多慷慨之詞頃在禁宮屢竭忠節四奉指揮之任久彰羽衞之榮洎委節旄俾之鎮撫當巨逆梟夷之後是邠郊凋瘵之秋而爾復茂政能益堅撫字未周星律已播謳謠方深倚注之懷用安黎庶旋屬干戈之患每軫焦勞既互有奏陳慮多嫌隙冀寧生聚爰職改更復以末戮奸宄方思勳舊殄寇既資於上略惣戎宜錫其名邦俾居十乘之榮以長萬夫之氣爾其便提驍果亟赴征行破其城社之祆刷我宗祧之耻然後仗茲龍節莅彼雄藩髙居將相之尊永保山河之誓人臣之節丈夫之榮何以加焉爾其自勉

授安友權安南節度使制　鄭璘

門下朕以伯侯之崇列於藩翰旌鉞之寄屬在忠勞况其俾奉詔條佇乃聲效宜洽念功之典用資撫俗之才具官安友權學奧六韜術探三志得子王理兵之要有少卿養士之心自屬艱難彌勵成節侍衞之勞既著星霜之志靡渝載陟周行益恭環列校其勳績宜舉寵靈乃眷海隅地聯越俗每思封部尤在撫安徃分瑞節之榮更益公台之重爾當奉茲七德睦彼四隣夙夜以勵武功周旋以修軍政成于樂土副我朝恩勉服訓詞欽承厥命

授錢鏐潤州節度使制　前人

門下登壇命帥俾宣力於四方暢轂戎車付機權於十乘鎮于列土委茲誠臣所以功著者寄崇勞大者賞厚由是將疑作特膺蕪領迭擁戎旌爰稽至公遂行殊渥某官凌霜勁節溢匣奇峰功成不居卑以自牧分山西之秀氣將疑特特禀威稜讀圯上之偏書洞知韜畧名齊飛將績茂冠軍自撫藩條綽聞政理法去滋彰之弊人稱勞徠之安蔚然風聲遠陳謠詠昨者董昌輙生狂逆顯負恩榮既署官僚復更正朔自稔貫盈之罪敢憑城社之安謂天網之可逃宜有土之共棄悖慢之狀遠邇咸知鏐於此時獨奮忠節掃欃槍之巨祲清沴氣以無遺爰整干戈竟開城壘捷書上獻殊庸卓然且思勸善之文遂舉疇庸之命是用益其疆土感彼旌旄增鏡水之名封兼金陵之奧壤合此重寄殷爲大藩風煙載嚴控制甚廣允暢萬夫之望彌張列郡之權我所報功斯謂格寵爾當勿私彼教每務謐寧偃戢兵戎拊循凋弊動體安人之本自成樂土之風獎任益崇鎮臨攸重勉承明訓徃惟欽哉

授李鋋邕州節度使制　前人

門下漢之上將或委登壇古之萬夫用期觀政所以典拂素難於方面僉諧遂舉於寵章有我勳勞豈愜恩擢某官秉節持重抱器謙明既熟戎韜兼通軍志拂青萍之出匣百鍊無前整紫鷰之追風千金莫對感激而雷霆助順訓

齊而雞武增榷爰自先朝荐逢多難功烈昭著金石無渝
且聞宿衛之忠亦著載馳之効每稽功秩盡瘁十年爰用
陟明嘉于一志乃睠邑部實爲舊藩接服嶺之要衝連駱
越之奧壤付茲重寄繄爾雄才爾當清以臨人和而馭衆
善施條教動慰蒸黎蘇我彼封佇成樂土仍峻保安之秩
式崇鎮撫之名往惟欽哉勿怠丕訓

授李繼峉山南西道節度使　前人

門下朕以恭己視朝詳理興化對山河之美必念功臣聽
鼙鼓之聲每思良帥况其華陽奧壤黑水上游提封遠振
於三川列郡豈惟於千里爰授勳略往膺撫綏斷自朕懷
允符僉屬具官深沉曠度果敢知名秉義向公服於吏事

披堅執鋭振彼軍功奉國勵心以身率下暑不張蓋惠若
投醪刺隴坻而師必樂隨鎮洋川而人皆自便卓然威稱
洽乃風聲令以梁漢之間撫理是切允思安乂諒屬智能
旣習俗以不遷睠寵章而宜舉况爾伯父鎮于是邦舊愛
尚流承家益羨想彼下車之後必聞澁政之方爾其蘇秦
蒸黎務勸耕織謐寧封境謹奉詔條致我巨藩成其樂土
不改三公之貴用光十乘之權厥惟欽哉勉承嘉命可權
知河陽節度使觀察留後特進檢校司徒兼御史大夫上
柱國隨郡開國子食五百戶

授李思敬馬殷湖南節度使制　盧說

門下十國爲連萬夫是長兼文武之寄居方嶽之重握我
兵符疇咨人傑而又東神京襟帶扼衡越咽喉疏五時之
封疆跨三湘之土壤節制之重柬求惟難允叶僉諧爰膺
並命具官李思敬族著山西神交圯上昂鍾刻伐帶礪誓
封探義府之淵（唐詔一作振疑作根）源暢和門之方畧雙鞬小戟承
家而後臂推奇叔豹季貍濟美而牛頭入夢具官馬殷夙
彰奇節素挺英才究六韜三略之微得十闔五攻之要誅
暴救亂戰必勝而攻必取安人和衆近者說而遠者來旣
有勇而知方善勝殘而去殺並懷仁抱義履信資忠載張
四維俱崇七德或貳戎車之政令寬緩不苛或列雄鎮之
偏裨動用安重使悍婺服其惠桀黠畏其威爲我寶臣咸
彰嘉績有以難兄告老遲懇以聞俾諾內舉之誠爰頒試

守之命有以元戎殞喪軍俗上陳言其以得士心可使爲
帥姑徇人欲爰假武符或曾未半朞或始逾星紀皆聞報
盡允叶陟明而善守化條克固吾圉綏懷有庶協比其隣
底貢率循于舊章賦事罔愆於彝制不有即真之命曷明
勸賞之文是用授以旌旄錫之鈇鉞或昇其駁賁啓以邑
封洎夫端揆之崇並壯方隅之寄各竭誠節以奉明恩撫
字蒸黎尊奬王室無窮九貢靜布六條咸思不濫之言以
謹有終之戒服我謨訓往惟欽哉

授孫德昭安南都護充清江軍節度使制　吳融

門下夫悍大患者必見危致命立奇功者乃知幾其神苟
非憤激于秉義形於色則安能彰明大節果斷一時正臿

象以廻天决浮雲而出日惟人所至何代無才既得忠賢卓然超異宜加寵數用激人倫具官孫德昭河右英才山西勁氣通白猿之劒術得玄女之兵符振跡和門登名勇爵非義不服惟忠是圖克揚羽衛之事功罔墜先人之職業朕憶昨釁生不測禍起非常儲皇因逆黨脅從大寶為渠魁摇動萬乘幽辱兆民震驚爾能首唱義師力扶王室率貔武於重城之内戮鯨鯢於兩觀之間出予棒棘之前復我當陽之位今則皇綱反正天性如初議臣誠則冠彼群倫語將略則高於一代是用授之旄鉞帖以鈞衡既兼保傅之崇仍益井田之廣階升一品職重六都誠謂殊榮未酬忠力勉圖終始用保休光

授王行審鄜州節度使制　前人

門下古之命將也推轂以示其優恩設壇以彰其異禮蓋付以生殺之柄受其制臨之權用為翰藩以固疆土北馳榆塞南控金河欲靜烟塵必資心膂既俞公議爰命誠臣某官隴右良家山西茂族稟風雷之勁氣挺鵰鶚之雄姿自名冠伍符身登勇爵孔明八陣列于胷中呂望六韜懸於掌内况早專留務甚洽政聲帝澤皇風嘗聞其導達殊方異域悉致其懷來耕農不廢於三時凋瘵盡蘇於一境夫賞功所以華國貴不逾時旌善所以勸人務將致理是用委之玉節寵以牙璋仍加五等之封更厚一成之賜於呼爰自多難常思勲臣期於渏注之間能濟艱難之運然則未富土地者我富之以土地未貴節旄者我貴之以節旄苟懷報上之心宜顯為臣之道勉膺重寄善立奇功山河在前終始無替

授孫儲秦州節度使制　前人

門下武惟靖亂文以守成蓋自昔之通規亦當今之令典况地連隴蜀城控邊陲久息戰争近經惠養思繼前政用安一方爰屬僉諧得兹人傑某人學富縑緗文輝組繡有經濟安時之術負恢張出世之才加以立性端方操心勁直臨事罔思於擇利當官每切於推公以是淑齊居為理具將重其選孰與之先昨以邠土奧區逾時闕帥俾專旗鼓用息烽煙而屬十乘未臨三軍獻狀既聞陳請須議改

移今復以成紀巨藩仇池善地將畱靜鎮乃易麾幢不離空土之崇增以列侯之貴仍加食采更重登壇於呼制御悍者須用其至公撫疲羸者無先於不擾非仗忠正兼資絜廉則何以副吾乃睠之憂慰彼倒懸之急勉盡終始無忽重難敬之戒之服我休命

授劉崇望東川節度使制　前人

門下武惟靖亂文以守成二者相須百王不易眷彼左蜀寔為奧區分襟帶於銅梁束咽喉於劒閣久纏兵革今靜烟塵當疲瘵息肩之初是循良為理之日不推舊德何撫新邦式副僉諧爰申寵數具官劉崇望文含大雅道茂中庸藹玉燭以舒和挺金相而禀秀閨門寮行每垂範於縉

紳朋友推誠自可期於風雨蘊是休稱居爲令人洎踐歷諸華敷揚典誥迫於公議委以國鈞而能上宣三光下遂萬物臨事而曾無辭遜操心而惟務和平尋於東土多虞徐方擇帥乃兼金鉞付以牙璋爰自罷歸累更寒暑既經多難彌振居聲今以庸蜀休兵梓潼無事俾銜專命往尉蒸黎而中外群情朝廷所屬皆言重寄可委當仁是用寵以麾幢授之方面進升揆路仍假台司且彰倚注之深更示統臨之重於呼汝當爲吾輔相吾固熟爾訏謨舉必推公動能克己今欲推公則莫若無黨克己則在乎不貪勉副前言更彰後効無忘警戒以保厥圖

授孫儲邠州節度使制　裴廷裕

門下惟彼邠郇連近咸鎬雜華夏羌渾之俗有公劉后稷之風地控三州境延千里撫茲疲俗允屬名臣某官磊落喬松晶明片玉以雍睦作理家之本用詩書爲干祿之基信厚難窺端莊不倚動皆顧行王遠每恥於妄言志切尊人季路罕聞於宿諾明鏡利劍高謝塵埃止水秋山居爲圭表自拔於侯府選在明庭心惟業官舉不避事廣明中盜侵關輔兵滿京師恭惟先皇帝遠幸右蜀爾則佐彼上相首誅勑桀之人賛我元勳大挫吠堯之黨爾後一麾出牧雙節升壇安人得賢太守之風訓兵盡真將軍之令龔黃並駕管樂齊肩疊是功庸宜臻顯貴艱乃巨屛素號名藩爰自前朝必求名帥郭子儀以山河之誓勘定多難白

敏中用廊廟之尊經營薄代近則荐其（疑作典）喪亂方苦流亡將欲戢彼干戈保其生聚朕意（一作是）念人惟爾所宜靜以撫封倹而植已弔彼凋殘之後弘其惠愛之仁副我殷憂佇爾蘇息大司空貴秩左光祿崇階亦遣進封皆勸爲理苟孤委任其如法何

授韓建華州節度使制　楊矩

門下越自去秋狩于太華萬乘所至兆人是歸而大無不周細無不具其間舉重典振條（一作類）綱封畿肅清宮闕斷度罔有廢事其何故哉吾有誠臣社稷之福今馮翊近藩襟帶河渭撫馭不謹煙塵不驚將汝廓清爰考前績官占蔽志吾何疑焉具官某星緯炳靈山河間氣理先正本謀

必應機知義安居士皆盡力厚生利用人得保家閭閻則咸仰吏師軍族則共推良將范宣子尤先典讓成安君止用作謀以標式大朝準繩列鎮一受命則表章十上以得請爲期一推心則忠孝兩全以奉公爲本揔是全德實吾儒人今者沙澤之陽疆理相接厲階斯搆改作是宜俾薰純制之權允峠撫綏之惠爾當視同如華濟猛以寬則吾坦然人俟安一敬服丕命以孚于休

文苑英華卷第四百五十八

文苑英華卷第四百五十九　翰林制詔四十

詔勑一

命將

命呂休璟等北伐制　蘇頲

門下朕聞守在四夷蓋安人以和衆加於百姓豈窮兵而黷武然則日之所出弗俾于化故知天之所討必襲其罰自默啜虔劉肆恭桀驁反常獨爲匪人假命驕子者有歲時矣雖奉書就邸或避於聲朔而控弦犯塞已毒於疆場朕惟務懷柔每在含忍遂使庶邦憤積稽其六月之師逋寇禍盈窮此百年之運金山道前軍大使特進賀獵（一作臘下）同毗伽欽化可汗突騎施守忠二庭貴緒萬里威聲忠而

善謀勇則能斷自膺殊禮名寵於外藩思立大勳志勤於中國無遺弟右監門衛將軍守節長驅沙漠直指金微默啜舉其種類來相抗拒近殪於鋒鏑之下已若亂麻遠慮於廟堂之上將同破竹堅昆在右犄角而東並累獻封章請屠巢穴朕又聞不得已而用者孰若兵機不可得而違者遂符人事求言取亂宜戒徂征右領軍衛將軍兼檢校北庭都護碎葉鎮守使安撫十姓呂休璟心堅鐵石氣橫風雷始則和戎之利先得晉卿終而逐虜之功方邀漢將可爲金山道行軍大總管北庭副都護郭虔瓘安處哲等懷才抱器蓄銳俟時慣習軍容備知邊要並可爲副大總管領瀚海北庭碎葉等漢兵及驍勇健兒五萬騎金山道

前軍大使特進賀獵毗伽欽化可汗突騎施守忠領諸蕃部落兵健兒二十五萬騎相知計會逐便赴金山道朔方道行軍大總管右武衛大將軍攝右臺大夫同中書門下三品上柱國韓國公張仁亶文武將相莫之與京心腹大臣（一作牙爪）是所繫賴當分閫之任受升壇之律常願身先士卒不以賊遺君父與副大總管右監門衛大將軍魯受信等領蕃漢兵募健兒或用絕羣飛騎城傍等十五萬騎赤水軍大使涼州都督司馬逸客外寬內明正辭直道標慷慨之節曾不顧身蘊經營之志期於盡敵與右武衛將軍陳立右金吾衛翊府中郎將李玄通（一作道）副使右驍騎衛鹿陵府折衝能昌仁左衛神山（按唐地理志神仙府在晉川詔令作神仙非）府

折衝陳義忠等領當軍及當界蕃漢兵募健兒七萬騎豐安軍大使靈州都督甄粲副使張趙璧常元寂等領蕃漢兵馬六萬騎防禦羣牧大使臨洮軍使甄亶領當軍莫門（唐會要作莫門非）積石等軍馬募及秦蘭渭城等州大家子弟總二萬騎建康（會要作建庫非）軍士甘州刺史李守徵玉門軍使肅州刺史湯嘉惠墨離軍士瓜州都督李思明伊吾軍使伊州刺史李春交等各領當軍兵馬與突騎施守忠呂休璟等計會共爲表裏莫不運其長策悉心而効六奇接以短兵指掌而論七縱使天陣齊舉雲置備設賈勇於飲醪之夫一以當萬揚威於汗血之騎左縈右拂咸繫龍斬蛟曳牛佩豕必能力鈹窮海聲壓大荒刈谷蠡之庭拔祆（一作權）

渠之壘不邉渭橋之拜巳見陰山之哭然則待旌節執金
詖者所以問不賓誅首惡而比夫不誠復迷則兗俾存開
網之仁頓軨焚舟之歎休璟所領兵馬甲伏一事已上仍
依別勑處分主者施行（景龍四年五月十五日）一作皆唐大詔令

命姚崇等北代制　前人

黃門（一作門下）朕聞上古聖王之政（一作致）理則教之以戰陳之
以兵蓋威不讋而服不順也故始於禁暴終於偃華（一作伯）
斯不得已而用之朕以寡昧誕膺鴻業思欲率於動靜歸
之教化豈要荒之外棄為匪人而亭育之中視則如子罔
不遵我文軌修其貢賦歲時相望道路抵（一作砥）屬而默啜
素稱桀驁鳴鏑於狼居頃自懷柔屢（一作獻）書於象魏朝廷

所以許其通好議以和親使臣累齎繒帛侍子令襲冠帶
度中國無事長城罷守戢干戈而銷劍戟者朕之意焉豈
謂我盟不渝爾約斯背伊庭之際遂敢侵軼西北偏隅尚
聞嘯聚雖摧其精銳而困於圍逼此不虞之失也朕甚（一作皆）
憐之犬羊無親不可恃信而輕敵熊羆有勇咸能宣威
而制勝朕由是詢卿士之奏攬英雄之心謀元帥而得佐
軍恢遠圖而舉長策隨時之義其在豫乎兵部尚書兼紫
微令監修國史上柱國梁國公姚崇天降（一作假）其才日新
厥德禮義為本居有四鄰（一作科）謩猷是先坐知千里以仲
山甫之操管夷吾之能智湧泉而不窮精貫日而愈勵信
廟堂之柱石鼎鼐之鹽梅必能奮爾六奇光我三傑可持

節靈武道行軍大總管管內諸軍咸受節度右領軍衛大
將軍兼檢校單于大都護鎮守軍使張知運寬厚沉毅外
方內直威而勇决自懾單于之羣惠則撫循咸仰將軍之
樹可中軍副大總管權檢校原州都督李欽憲家承將相
器兼文武求古人之節臨事不回讀前史之言好謀而斷
可佐軍副大總管檢校左威衛將軍靈州都督呂休璟慣
知邊要久探戎律誠期報國夫病安用家為奮不顧身伯
昭不恃賊遺可右軍副大總管左驍衛將軍論弓仁右金
吾衛大將軍勿部珣左領軍衛即將攝本衛將軍張直（一作真下同）
楷單于副都護臧懷亮右領軍衛中郎將王海濱前
朔州刺史劉元楷右武衛郎將楊楚客并州定清府果毅

元蕭然等頗牧為用關張其敵懷才倜儻嘗邀百勝之功
立志經營備習九章之訓弓仁及詢並可前鋒總管直楷
可左虞候總管懷亮可右虞候總管海濱元楷楚客蕭然
等並可行軍總管大僕少卿田崇璧鄜州刺史韓思復等
強力從政精心在公知無不為利有攸往入數事典省閣
稱其閑練出綜條察吏人（或作官吏）畏其嚴明崇璧可兼行軍
長史思復可兼行軍司馬兵部郎中李休光司勳郎中張
敬忠兵部員外郎王上客刑部員外郎楊欽明江州別駕
李邕等或特達珪璋所謂登壇之寶或翩翩書記曾聞及
霤之詞可以光贊出車弘宣入幕並可行軍判官靈武軍
兵加滿十萬人借馬既少宜於內外閑廄抽壯馬添滿六

萬疋原夏等州要害處亦量加馬其後軍兵六萬人馬二萬疋先來點定宜令衛尉卿李延昌左羽林將軍楊敬述等至冬檢閱且當處團結待後進止其有先鋒破賊斬馘摧堅功効獨然者並委軍將便定功賞不須限以常格摠管以下有損失兵馬不能力戰棄軍逃命者便殺（一作斬）其有棄軍入賊不能（闕）死節者妻子依叛緣坐法凡此私衆誓于師兵統燕犀冀馬之雄屯斬蛟挈龜之勇鼓鼙沸野旌旗彗雲豈式遏於河塞方震驚於沙漠於是乎善醪以信之芳餌以賞之戮揚干之僕必行其令持穰苴之兵不枉其法堅壁清野則投石而有餘追奔逐北則掃塵而無類俾權宜於閫外仍布告于天下暫勞永逸在此行焉主

者施行（開元二年三月十八日）　一作皆唐大詔令

命薛訥等與九姓共伐默啜　前人

黃門朕聞天所與者奉天命而不違人所棄者順人心而必伐由是古先帝王光宅區縣實伏威武用清荒戎時義遠矣默啜以叛亡餘隸凶忍遺孽敢迷聲朔獨匪人臣禍皆所召袄不自作舉其巢穴盡是離心瞻我闕庭相望內面猶竄身於寒苦且寄命於旬時當胡運之已窮在軒兵而可逐九姓部落等忠誠貫日義烈聞風數其擢髮之愆成於屈指之計請除驕子累遣使臣摧鋒而願先驅蓄銳而期後命右羽林軍大將軍朔方道大摠管薛納左衛大將軍安北副大都護兼郯王府長史平郡公張知運右羽林軍將軍兼涼州都督赤水大使楊敬述右驍衛將軍論弓仁左武衛將軍大武軍大使于仁晳右武衛將軍豐安軍大使杜賓客豐州都督西受降城使呂休琳（一作璟）勝州都督東受降城使邵宏左金吾衛大將軍廻紇伏帝匐右（一作左）衛大將軍渾元忠左衛大將軍似和舒右武衛將軍兼賀蘭州都督契苾承祖等或出將入相有經濟之才或敦詩閱禮有韜鈐之筭或嫖姚仕漢有遮虜之勳或由余入秦有伐戎之策謀彼元帥擇于佐軍可以授旗遂行推轂而進納可中道大摠管賓客宏休琳等爲副知運可東道大摠管弓仁仁晳爲副敬述可西道大摠管伏帝匐元忠和舒承祖等爲副各領馬匹五萬人與九姓討會三軍

既整百道齊入吳鈎楚練照曜陰山之峯冀馬燕犀張皇窮漢之地况彼殘惡積我師義動知存亡者觀其兆摧枯朽者鮮其力庶使疆埸罷候從此息人邊鄙不虞（一作虞）因而盡敵布告天下咸遣知聞主者施行（開元四年正月二日）

一作皆唐大詔令

賜將士書

與昭義軍將士書　白居易

勅昭義軍節度下將士等當軍將士與諸道不同自經艱難多易將帥而忠順之節未嘗有虧朕每思之無時蹔忘盧從史爲卿主將作朕藩臣權位尊崇恩寵優厚而乃外示恭順內懷奸邪刻剥軍中暴殄境內朕以君臣之道未

恐發明爲之含容頗有年月近又苟求起復請伐（集作討）恒州與賊通謀爲國生患自領士馬久屯行營收當軍賞設之資加本道芻粟之右不爲公用盡入私家此則主將之恩於卿何有臣子之分負朕實深卿等辨邪正之兩端識逆順之大義抱忠勇者耻居其下守名節者憤發於中失三軍之心已聞大去犯衆人之怒果見不容遂察事宜備知誠欵與言嘉歎至于再三其當軍將士等賞設已有處分上自將校下及士卒各勵爾志再思朕言卿等從（集作承）前已來常保忠貞之節自今以後永爲心腹之軍宜念始終副玆屬望故今宣慰宜並悉之夏熱卿等各得平安好遣書指不多及

同前　前人

勑昭義軍節度下將士等卿等久在行營尔無主將而士旅輯睦軍壘安寧足彰守正之心尤見盡忠之節以此歎囑勞於寤興孟元陽是朕信臣爲國良將威畧可以懾兇孽慈和可以牧師人累著忠勤克諧朕命爲其主帥必副羣情況卿等同嫉姦邪久困貪暴宜以仁賢之帥撫卿忠義之軍靖思元陽無出其右今授元陽檢校尚書右僕射充卿等當道節度使勉同王事以慰朕懷烏重胤特効忠誠深宜獎擢今便授河陽節度使兼御史大夫故令宣慰並宜知悉

與昭義節度親事將士等書　前人

勑昭義軍節度下親事將士等盧從史受恩至重負國至多衆所不容追令赴闕朕以誤曾任使貴全始終今則止於貶官此亦（集作蓋）曲從寬典卿等抱忠懷義朕所素知頃以諸營同事從史三軍一體俱是王臣旣不相干又能自効朕方優賞以酬功勳何至不安有此疑懼必恐從史已追之後元陽未到之間卿等當營尔無主將或被外人扇誘遂令衆意憂疑勢使之然事非獲已朕雖在此遠見卑情料卿本心必無此意況元陽勤儉恤下寬厚愛人久在河陽甚近澤潞元陽臧否卿等合諳以卿忠義之軍故擇仁賢爲帥已有詔旨宣諭元陽若到行營一無所問乃至將士家口亦令優卹安存卿復何憂必得其所况昭義將

士艱難已來保守忠貞未嘗虧失天下稱歎卿已（集作亦）自知又卿父母妻兒家田墳墓一物已上並在潞州倉卒（集作頃刻）之間豈忍便棄朕之此語卿宜細思各相勉諭同保忠順計元陽已合到彼卿等便取元陽指揮想卿等心必副朕意故令宣慰宜並悉知

授恒州節度下將士等書　前人

勑成德軍節度下將士等朕以王者之道與物無私若違命執迷則罔有容捨若知非改悔則無不含容（集作宏）不窮無告之人不塞自新之路頃屬奸臣從史謀遘異端致使恒陽隔於恩外六郡之地皆廢農桑三軍之人並罹鋒鏑朕每一念至中心憫然今卿等繼獻表章遠輸誠欵省承

宗之勤懇難阻其情思武俊之功勞不能無念况事因詿誤而理可哀矜今已降制書各從洗雪承宗仍復舊官爵允恒冀深趙德棣六州觀察使成德軍節度使將士等官爵實封並宜仍舊待之如初卿等各宜協力同心知恩感德共保終始稱朕意焉故令宜慰宜並知悉

與韓君雄書　鄭畋

勑魏博權知兵馬留後韓君雄及將士等何全皥藉祖父之餘基受朝廷之重寄身居節制位極公台所宜慮危圖安忘私濟衆乃驕矜失道滿假爲心刻削衣糧恣行殺戮致三軍之怨怒乗馬匹以奔逃忽此敗亡良可驚歎君雄素聞奇節久著威聲權於衆情主彼留事果能撫安戎旅

鎮定軍城將士等義激英雄名光壯武雖從權而選帥終請命以聞天况知乂寧尤用嘉矚今遣高品康道偉等專往宣慰其他續議指揮想宜知悉秋凉卿比平安好否遣書指不多及

與張文裕及魏博軍書　前人

勑文裕及魏博三軍將士等駱全諷至知全皥紀綱失制軍府離心衆議不容脫身潛遁再三省問驚歎良深且何氏一門將相三代進韜則首推誠義弘敬則累建勳庸全皥紹襲其芳主張軍旅亦能輸心向義赴難興師雖無盪定之功頗著勤勞之節朝廷念其壯武並以官榮位列上公寵妻台座一時之美無以過焉豈爲（疑作謂）弛慢生災驕荒致患皷師徒之怨怒貽祖父之包羞三軍將士等義勇無倫忠貞有素負山西之壯氣因河北之威聲必當洞明禍福之源深惜變更之體因以物情積憤軍令乖張不可保安致茲騷動大凢郵人者則父母虐我者則仇讐訓傳所言古今無異何全皥旣敗戎律郎當舉正朝章韓君雄君合羣情權可主其留事（一作務）更俟奏報當有指揮將士等切宜禁戢兵戎肅清疆境勿因驚擾妄有殺傷特遣高品康道偉等專往宣慰言不盡意當識朕懷秋凉三將軍士等各得平安好遣書指不多及

文苑英華卷第四百五十九

文苑英華卷第四百六十　翰林制詔四十一

詔勑二

朝集使

處分朝集使勑　蘇頲

勑朝集使等朕自臨萬邦倏已三載何嘗不兢兢業業勵精政道思欲棄末敦本阜俗安人寰瀛之間日月以繼所以急於農務不奪人時富而教之庶乎可致夫苛政甚於猛虎貪人比之蝥賊頃雖臨軒遣使（詔令作臨遣使臣）未能澄正此弊或刻以害物或擾以妨農或背公向私或全身養望至使錢穀不入杼軸其空損瘠相仍流庸莫返且四方事廣一人獨化共理之寄非卿而誰卿等至州遞相勗勉（詔令作勵）勤恤孤弱勸率耕桑各効清勤無或隳廢（詔令作息開元三年三月十五日）

同前　張九齡

勑朝集使等朕恭己承天守文繼位布一心於兆庶明四目於萬方恒恐道或未周物不遂性旁求俊乂共理黎元于咨（集作茲）群辟寧不我副凡今政要畧有四端衣食本於農桑禮義興於學校流亡出於不足爭訟由於無耻故先王務其三時將以厚生也修其五教將以惇俗也有國有家同知此義不患不知患在不行耳且長吏數改政教屢移在官當先爲國理人各暢其職不當冒榮干進苟利其身澆俗不可不革淳風不可不長近令刺史在任四考方遷實欲始終其情黜陟斯繫必若縣得良宰萬户息肩州有賢牧千里觧帶仁政不遑行之則是皆能勵節朕復何憂且如浮逃客户所在安輯征鎮人家每事優當（集作倉郵）廩（集作儲）惟實賦役惟均鰥寡撫存盜賊禁止郵驛無弊姦訛不生念茲八事朕常屬（集作憂）想嗟爾庶尹可不用心卿等還州遞相勸勉遵此王度恤彼下人敬順天常無違月令夫星列躔次土分區域休咎之徵惟人所感善必知生惡亦有由每至歲成當加賞罰宜知朕意（詔令有焉字）並即好去（開元十二年三月十三日）

處分十道朝集使勑　前人

勑朕臨御天下二十餘載每思至理實仗群賢何嘗不敷

求循良共底于道隼旟熊軾光寵有加苴露鳳凰寂寥無紀豈朕之不德感致所然爲庶尹所能已極於此是用寤寐增歎殷憂（集作勤）永懷更爲後圖或未晚也且一郡之政繫一人（集作已）之能泉源既清蓬麻自直爲長吏者可不勉之卿等至州遞相慰誨以副共理之意用光分命（集作憂）之委且如河南（集無此二字）江左爰及山南歲小不登人已菜色皆由好逐朝夕之利而無水旱之儲卒遇凶年莫非艱食此則政乖慮始人無勸分欲免流庸不可得也夫萌（詔令作甿）者冥也豈能自謀政者正也當矯其弊所有長吏可不勉歟相其物土之宜務以耕桑之本時無妨奪吏不侵漁既富而教奚畏不理至若征鎮役重孤弱命窮特須哀矜以

遂仁恕其餘常科所禁自可舉而行之豈煩縷説但（集作方）
振綱領乃者庚子制書已明理要徐思其意勿謂空言若
風教未弘議能蓋闕競入朝計冀幸遷除勿曰不知而（集作將）
自誣也方牧叅佐各宜思之朕所待賢能不惜官秩唯
聲實是與唯理行是憑古者刺史入爲三公郎官出宰百
里豈有限也何在汲汲不安於理郡哉誠須勵精以俟後
命並即好去（開元三十一年閏三月一日）

處分朝集使勑

勑朕受命于人義兼君父思致可封之化（集作地）無忘終食
之間自有萬邦幾將二紀而刑政或舛風俗尚澆行所望
而未至顧本懷而自失雖朕之不德在予之過有歸而卿

等共理患已之誠豈到至如典郡（集作州）當侯伯之尊宰邑
蔽子男之寵好進之輩且不務於政成欲速（集作達）之心獨
未思於義取朕所以數戒勑以見意增禄秩以勸能何嘗
有公方清白者不升理道循良者不用聲績未著黎庶未
康牧守來（集作未）朝而輒遷叅佐踰年而競入此獨爲人之
資地耳豈是責成之意耶以故一切還州將矯弊也（集作其弊）
卿等至彼明諭朕意知不以中外爲隔惟以億兆爲憂頃
以天下浮逃先有處分所在括附便入差科輒相容隱亦
令糾告如聞長吏不甚存心致令流庸吏滋前弊未革自
行此法即有姦生逃者租庸類多乾没長吏明察豈其然
乎此色每年別須申省比類多少以爲殿最又獄訟所寄

人命是懸近恐妨農特原輕繫俾加閱實乃多幽枉都邑
尚爾郡縣可知各已貶官用懲主吏自今以後天下繫囚
非應申覆知議在遠而就中稍重者不得過十日次不得
過五日其餘輕科量宜決遣不得因此復加楚毒且外臺
者長吏主之至如禮義不興耕桑不勸孤寒（詔令作寡）不恤徭
役不均不肅吏人不清盜賊不懲侵暴不糾姦訛有一於
此是誰之過其遊僧幻者誑誘愚人窮其根萌特須禁絶
諸軍征鎮每遣憂矜如聞比來未免辛苦特宜撫恤使得
安存今農邑戒期耕夫在野事非急切不得追呼卿等至
州一一宣示當遣察問勿不用心並（集作即）宜好去（開元二十一年四月一日）

處分十道朝集使勑　前人

勑十道及朝集使等信賞以勸能必罰以懲惡謂之二柄
所以一人朕念彼黎元比遭水旱而賦役不等浮惰相仍
且無緝寧漸用凋弊所以慎擇長吏兼命使臣寵數所加
亦云不薄知（詔令作智）能自效豈爲是圖政之殊尤求用虛佇
且郡縣所理黎庶是切善爲政者防於未然（詔令作萌）均其有
無省其差役事事有豫早爲之所雖遭歲惡固亦人安況
在豐年不能招輯遂使户多虛挾（詔令作桂）人均苦攤務欲削
除吏成詭故（詔令作圖）已逃者未必得（集作爲）削爲姦者因此便
除一姓其端豈勝其弊向若州有明牧縣有良宰而精心
緝理豈若是乎卿等至州將朕此意優柔慰勉各令用心

招撫流庸補綴居業使免叻逃之費是爲救弊之先此不存心更知何理且刺史縣令專任不輕自有非違將何率勵至於親識遊客憑恃威權囑託下寮撓動獄訟或差遣不當致令損失或處置（集作分）有乖便致煩擾兼有不肅諸吏唯只自謹一身姦豪盜賊無所畏懼是虛荷榮寵徒費祿秩此而可容孰爲尸曠並委諸道按察具狀奏聞今井澤以時耕桑爲重不急之務先已勒停宜更申明勿妨春事諸處百姓貧窶者多雖有壠畝或無牛力勸率相助令其有秋所繫囚徒速宜（集作令）決斷無令冤滯致有妨奪鰥寡惸獨征鎮之家倍須存恤勿有科喚朕所懸爵秩唯待賢能若政舉一州惠施一縣使者廉問必以狀聞既能副

於朕懷亦當待以不次誠可復也豈食言哉並宜（集作即）好去（開元二十一年）

勅朝集使八道

勅朝集使等朕聞御寰瀛者不可以獨化養黎庶（詔令作獻）者必存於共理故專一方親百姓能致循良之術使無愁苦之聲非牧伯之賢疇能於此所以精求臺閣歷選縉紳常舉百寮之要以先六制之重虛想佳政用成庶績自去冬入計者則循名責實詢事考言雖不無等差終未有殊異得非歲時或淺風教未洽耶故一切不除各再臨所典至於敬耆老恤煢弱止姦盜挫豪强人不忍欺吏不敢犯田疇墾闢獄圄空虛徭役必平浮（詔令作逋）逃自復門杜請謁庭無滯留若是者廼關乎職思可以力致至於弭災眚集休祥尚德義崇禮樂儒風大長道化滂流耕夫克讓織婦知節草木不夭昆蟲咸遂扇彼淳源登茲壽域若是者亦弘之在我仁遠乎哉豈惟祿秩就加當以公卿入拜其或靡副朝獎不恭朕言陟既有之黜故宜及勉旃逾往各勤我班瑞之分命（開元六年三月六日）

又

勅諭朝集使朕聞天生蒸民溥于四海天有成命孚于萬邦必內立公卿外建侯伯后非賢罔使賢非后罔事借耳以廣聽假目以遐覽則諭上古通下情庶政諧而群萌樂矣由是三考黜陟百官會疑昔之訓然耶朕以薄德祚膺

寶位受乾坤之顧荷宗廟之靈凛乎若涉春氷如馭朽索責在司牧所賴分憂曷嘗不想望賢才馨香至化七年于茲矣咨爾群岳寔邦之良服勤政圖深佇嘉績豈爲吏罕久與人未信何由異絕寥寂厥聲恭惟永圖當副虛矚孔子曰苟有用我者三月有成漢宣曰庶人安於田里無愁恨之心者政平訟理也以爲太守數易則下不安誠哉是諭矣今之牧守古之諸侯寵數特加情寄尤切故躬饗庭內則飲食宴樂幣帛篚入至朕前則敷袵以陳命席而對所冀仁且不遠言之必行以副朕憂勞之心託卿勤恤之叻卿等宜慎厥始成厥終往欽哉祇守而典操一州之統分六條之察念茲在茲用光我班瑞之命有賞有罰朕

無戲言並即好去開元七年三月十一日

又

勑朕自君臨區域子育黎庶歲年是愼夙夜惟寅而誠或不孚信詔令作政猶未洽所在旱澇屢覩章表因饑饉而爲理竭憂勞以養人非夫二千石孰應斯委下户給之高户貸之所須賑恤並先處分至於常賦則著恒典檢據成損蠲減有條又近日已來中外少事差科調發殆至於無處馭通融當免於弊不知卿等從州來日百姓間得安穩否以其間閭未便勑令有闕具以陳聞副我深寄時寒涉路並平安好且三兩日辤親識後取曹司進止開元七年十月二日

又

勑朕聞諸禮曰刑禁暴爵舉賢則政均矣好惡著則賢不肖別矣其道然也詔令作耶朕以虛薄祗膺景命荷宗社之靈當億兆之責曷嘗不早朝晏坐畏天愛人思欲保其和樂躋於仁壽則與我共理者其唯良二千石乎每計吏還州與之陛見示其賞罰錫以筐篚亦云命而已矣而朝集使豫州刺史裴綱分典刑獄爲政煩苛頃歲不登合議蠲復部人有訴便致科繩縣長爲言仍遭留繫御史推按遽以實聞眢政弊人一至於此朕夙夜兢惕匪遑寧居尋遣使存問其諸道有損處已量加賑恤水旱不時寔朕之過惠養失所分剌之由是用黜綱於嶺裔儆彼群嶽朕於蒼生若保赤子爲之均田邑制廬井必欲其時和年登遠安邇肅託于牧宰代以躬親故歷難其官誠經國致理之意也夫德惟善政政在養人故土煩則草木不長水煩則魚鱉不大必也寬恕貴乎清淨諸剌史都督宜問疾苦拯窮貧杜吹詔令作侵漁察冤獄至於賦役務從減省深刻爲事人何以堪私惠苟行法或將墜理須折衷用存楷式其百姓有便者隨事條奏朕將親覽焉欽爾有官各勤爲政如風化允穆課績殊尤當擢之不次旌乃厥美凡百庶邦敬聽朕命開元八年二月十八日

又

勑朝集使古者班一作覲群后比萬國黜幽陟明循政思理罔之廢也朕以虛薄屬當期運受命穹昊司牧黎元何嘗

不中夜求衣分晝忘食欲其日月所燭霜露所墜一不獨親其親不獨子其子五穀豐殖萬物阜安爲無爲事無事與能共化于玆八年矣而淳源未還至道猶鬱豈朕之不德耶將吏之不賢耶徭賦或繁耶綱維或紊耶故延入陛階躬問得失悉如卿所對則朕無憂矣書曰知之非艱行之惟艱語曰仁遠乎哉我欲仁斯仁至矣卿等宜祗典厥職克正其身修于國章允玆朝寄因乎風俗示之訓誘必也道德齊禮以公滅私田里息愁怨之聲邦家聞寬厚之化乃及優賞如或依勢作威倚法以削流亡未至教令不行加乃常罰自餘宜依別勑處分勤恤人隱以副朕懷並即好去開元八年三月十一日

又

勑朝集使等朕承天丕命子育萬方樹之師長俾敷景化將以固茲邦本致諸昇平而大道緬然淳風未暢租賦頗減戶口猶虛水旱相仍耕桑莫贍蓋朕之不德而吏之無方求言於茲良增歎息往歲河南失稔時屬薦饑州將貪名不爲檢覆致令貧弱萍流外境責其政理有從貶黜因茲以來率多妄破或式外奏免或損中加數至如密州去秋奏澇管戶二萬八千八百不損者兩戶而已無田商賈之流雷同入數自餘諸州不損戶即丁少得損戶則丁多天災流行豈應偏併皆是不度國用取媚下人裒之刻薄也如彼今之踰濫也如此不副朕意一至於斯疎息之懲

雖已會赦尸曠之跡豈不多慙當令所司比類澄汰卿等與朕共理實惟分憂各勉思政途以匡不逮其百姓間事理(詔令作物)去冬赦書已處分訖若人有疾苦鄉有姦豪不勤農蠶不崇學校並宜敦勸以正風俗逃亡人戶必籍招携差科之間務令停減如臺省處事有不穩便於時者具利害聞奏勿徒依隨以損百姓卿等至州之日宜一留念(詔令作意)用綏我庶人並即好去　開元十年正月十一日

又

勑朝集使等朕君臨寓內子育黎元何嘗不簡易愛人勤恤庶政天下至廣不能獨任故樹之方牧咨其共理而淳化未敷至道猶鬱庸賦未減戶口且虛水旱相仍倉儲莫贍無聞慈惠之政未息凋弊之流豈朕之不明而吏之無術言念於此用惻于懷卿等是行勉思厥政百姓間有鰥寡惸獨不能存濟者務令優養游業浮惰不勤稼穡者特令懲肅敦以學校勸以農桑差科之間務使平允逃亡之戶兼籍招携令其下人使得蘇息諸州遭澇之處多是政理無方或堤堰不修或溝渠未洩頻已處分竟無成稟常破(詔令作被)租庸是何檢校至州之日各宜勸勉應合修塞開導宜預施功若不蹔勞何以獲利已令御史分知訖宜勵所職勿祀常科今考課績深者已有除改資歷淺者更佇良能應還州人已令所司各與賜物待駕發後三五日別親識並即好去　開元十年二月二十七日

又

勑朝集使等弘風善俗寄於良吏求瘼䘏隱職在親人朕並建藩牧擇其師長欽若古訓俾人用康而教化或未洽黎甿或未定(詔令作寧)攘竊者時有犯禁逋亡者罕聞復業豈朕敦諭之道尚闕而牧守之訓未明歟永念於此不忘旰昃卿等咸承朝寄分掌外臺共理之道期於康濟至若率身以正馭衆以仁而下不化者未之有也卿等還州宜禁侵漁絕浮惰惸獨鰥寡時(詔令作恤)賚惠育盜賊祆訛特宜禁斷其征鎮人家每須優當科斂之事必在均平頃者水災薦及河朔朕思無不至憂彼元元發倉廩漕江河以賑之蠲租稅停征役以安之今屬春陽布和農事方起慮有乏

絕致妨耕桑雖已令（詔令作遣）使宣撫或恐事未周贍如有未及（詔令作支）濟者即便量事賑給諸道有損之處亦宜准此朕不欲一物失所一夫不獲納群生於仁壽躋大化於升平卿等各宜恭守朝章宣布朕意雖萬方有罪敢（詔令作莫）忘在予而三載考績須徵行事安人稱職可不勉歟並宜好去

開元十六年十二月十七日

文苑英華卷第四百六十

文苑英華卷第四百六十一　翰林制詔四十二

詔制三

巡撫使

遣巡撫使敕　賈至

敕厄運者天地（一無地字）之時也理亂者人君（一無君字）之政也是以軒轅不能止蚩尤之患帝舜不能無有苗之征蓋在於人君脩德刑以除之也頃者羯賊開釁亂常干紀誘脅戎卒竊弄邊兵九有之人罹其凶害當戰爭之地則肌骨多斃於鋒鏑在遐僻之方則杼軸其空於征賦離鄉去邑棄業拋（一作亡）家契闊凍餒飄颻畏逼朕每永念心折涕零是用嚴奉睿謨恭行天罰躬被介冑大率戎夷掃清中原誅

斬蛇豕豈朕薄德能建功業蓋人心竭節於本朝而戮力於寇難也所以給其優復減其賦稅省其聚斂息其征徭賑其匱乏宥其罪戾實其倉廩捨其逋懸養其傷痍賙其死事將使萬（一作百）姓永登仁壽循慮撫字尚闕疾苦未除於是分遣使臣親訪閭里夫人君高居大位非可以目徧四海耳周八極必伏賢能以廣其視聽而（一作頃）今使臣咸未稱職多僶俛經（一作輕）畧未盡至公致（一作遂）令遠人寃不上達而弊不下去今擇朝端忠貞仁惠之士飲冰乘驛巡撫四方其有政教煩苛敕令不便妨於耕稼害於蠶桑徵徭於人無踰小大咨爾兆庶必聞於使又有官吏邪虐豪猾侵漁擾於黎甿冒於貨賄上無隱也當悉心徵之朕方以

萬（一作百）姓心爲心蒼生壽爲壽自欲獨賢自聖而爲理捨懸惠姦而墮人率土之濵宜知（一作悉）朕意（至德十年二月日）

（一作皆唐大詔令）

宣撫使

發宣撫使勑（此篇已見四百四十卷題作嗣聖德音詔令作遣畢構等慰撫諸道制）　內制

勑昔者（前篇作門下）風化（前篇詔令並純作風）咸知（前篇作咸人）之模（詔令作之謀）庶尹（前篇作士庶詔令作士庶）所冀（前篇詔令並作冀逮）遐曠（詔令作遐遠）禍起（前篇詔令並作）起（籍）疢懷（詔令作疢事）識見（前篇作識具）嘉聲（前篇作嘉譽）洎于（前篇詔令並作洎乎）各恭（前篇詔令並作各敬）

遣宣撫使勑　內制

勑爲國之道莫不家給人足令行禁止而族譚者苦彊埸之戍役偶語者傷户口之凋殘且夫懐土重遷人之常性離邦去里孰無其情或委非其才或政非其要致令父不保子兄不寧弟井邑有流離之怨道路有吁嗟之聲靖言思之良可歎息故發使車以廵郡縣其縁邊兵士等或遠辭鄉壤乆事戎旃饑寒而食衣不充疾病而醫藥不至邉烽忽警將何以堪　云云

宣慰使

出使優恤制（詔令作遣使何此河南巓察利害詔）　內制

勑伊昔明王奉若天道所賓惟穀所尚（詔令作伏）惟賢故能務穡勸分興利除害朕以薄德纂成洪緒政期克已誠不動天頃歲河南北諸州蝗虫爲害雖當道常遣除瘞恐今仍生育天戒若是朕甚懼焉罪實在予殃豈移歲且牧宰之任朝廷所委苟得良才式敷惠訓古有壽張飛逝中牟不入者斯其効也刺史縣令等當各竭乃心用攘厥患方考休咎大明黜陟惟爾凡百可不勉歟宜令户部郎中蔡泰客往河北道侍御史崔希喬往河南道觀察百姓間利害便宜州縣等籌度隨事處置還日奏聞（開元五年二月）

遣鄭叔清往江淮宣慰勑（一作制）　賈至

勑逆虜未平師旅淹歲軍用匱乏常賦莫充所以税畝於荆吳校練於淮海從權救弊盖非獲已夫法明則吏不欺歛均則人不怨輯事無擾繫乎使臣度支員外郎鄭叔清

貞固幹事節用愛人考績視成所厝斯枉（詔令作考志視成可歷斯任）宜以本官兼侍御史充江淮東西及淮南道宣慰使（至德二年七月十二日）

李涵河北宣慰制　常袞

門下河朔一隅地方千里外捍夷狄内輔成周撫勤王之師脩任土之貢顧其方鎮可謂崇重眷我侯伯是有勲勞且將相國之股肱兆庶君之支體事同休戚寧忘鑒寐思撫廵而未獲念征鎮而永懐爰命宗臣往申旨諭銀青光禄大夫尚書左丞襄武縣開國公李涵朕之茂親腹心攸寄純固所以致命文質所以經邦温恭禮讓誠信易直勵匪躬之節秉憂國之心美其公才皆所任委毋令宣撫皆

合事經既述謙誠之辭兼陳理化之績（詔令作述）慰我憂念意甚嘉之今秋冬在候從戍勤止將校有介冑之勞黎元有賦稅之役代予親問詔爾使臣仍兼副相之秩（詔令作榮）式重登車之務可兼御史大夫充河北宣慰使本官勳封如故

李涵再使河北制　前人

勅書有施命以誥四方禮有誦志以巡邦國明王所以垂拱而天下理者非家至而日見之也實賴腹心耳目之臣審訓命於外俾德澤教化敷於四海情有所達事適其宜上下交暢則天地之和應矣諭我朝旨寄於宗英銀青光祿大夫行尚書兵部侍郎襄武縣開國公李涵志以定言學于古訓安和好敬愼靜尚寬服居大僚常所親信每授

重寄必揚休聲往以幽燕（詔令作薊）渤碣之間戎府方州之大俾輔（詔令作付）王命以親諸侯至於再三秉此純一盡人臣之節罔或辭難徇國家之利豈憚勤遠信以協誠惠以交福周爰咨度不遑啓處朔陲寧晏敬賴親賢今以侯伯之勳勞師人之戍守顧其忠効宜在（詔令作有）撫巡高選中朝允茲僉論（詔令作議）加以丞相之副增其原隰之華時惟懋哉無替厥服可兼御史大夫河北宣慰使餘如故

臧希讓使朔方制　前人

勅元帥都虞候臧希讓冲明在躬質重成性閱禮樂以經武秉公忠而濟時夙傳金匱之符久揔牙璋之律勳高坐樹業茂分茅中外洽其嘉聲始終全其勁節嘉乃公望簡于朕心惟彼朔方久罹邊患地即興王之所人推奉上之誠言念勤勞豈忘慰恤宜應使乎之選式副往哉之寄

溫造可起居舍人充鎮州四面宣慰使制　白居易

勅殿中侍御史溫造嘗糾天府不曠官馳軺車不辱命況爲人外和內決以兼濟爲心持橐（亦作按居）殿中以備指使會吾憂兩河間事求可以諭朝旨慰人心者使焉撥劾酌能汝中吾選故不待滿歲擢爲右史出則銜吾命入則記吾言獎任不輕思有所立可依前件

授劉沔招撫廻鶻制　李德裕

昔東漢中夏既寧匈奴饑饉臧宮請命將臨塞圖刻石之

功光武報云柔能制剛弱能制強且傳聞之事常多失實雖臧大恩不如息人朕每覽前史爲之典歎又以大舜脩德有苗歸心周穆徂征荒服不至固存取亂在擇良圖廻鶻頃以本國荐饑種落攜二黠戛（集作紇吃）斯乘其衰亂遂覆危巢既焚老上之庭盡剪名王之族可汗失地遠客來附塞垣朕言念親姻不忘勳力諭以呼韓美志（集作款塞）漢氏舊章戎不亂華國之大典且分兵食救彼饑人令歸漠南方議贍恤（集作賑贍）屬可汗久嬰沉痼酋長異心雖隨畜荐居固無定所而控弦深入頗已（集作亦）渝盟邊將戎（集作良）臣屢控其（集作章）疏策慮副（一作幅）臆咸請驅除朕以王者之師以全敢勝匈奴見短嘉妻敬之善籌馬邑設畫（集作權）戒王恢之

兵首推誠含垢亦已踰時況朔野沍寒有皸瘃之患陰山違路多曲折之艱宜以德綏豈勞兵瘁具官劉沔久臨汾漠頗識虜情旣啓十乘之行必致六羸之遁委之告諭方俟成功可守本官兼充招撫迴鶻使如不自改悔終須驅逐其諸道行營兵馬使權令指揮主者施行

授張仲武東面招撫迴鶻使制　前人

門下古人云兵者所以明德除害也故舉得其（集作於）外則福生於內朕每念戎事務安生靈旣獲遠圖宜旌長筭迴鶻可汗寄託塞上未歸虜庭近者遣使薊門懇陳誠款宋人病告於予亥朝鮮心附於樓船我之信臣實得要領幽州盧龍節度副大使知節度事觀察處置押奚契丹兩蕃

經略盧龍軍等使銀青光祿大夫檢校工部尚書兼幽州大都督府長史御史大夫蘭陵郡王食邑三千戶張仲武風雲感契鳧藻協誠自升將壇屢（集作首）剪狂寇戈鋋亟聞於彗掃馬牛殆至於谷量故能望影揣情巳探致虜之術豈止聞風破膽益堅慕義之心遽奏封章願申告諭彼旣率服寧忘懷柔況虜騎往來疾於風雷（集作電）沙場夐邈介（集作但）以山川臨敵應機固難統一昔衞霍之襲單于異道而征辛趙之擊罕（集作當）羌兩從其志成于廟勝之策在舉髦傑之臣俾爾膂拂拄其很顧將服蠻夷之叛固在七擒勉思將帥之風無忘五利崇以夏官之秩委其統制之權當竭一心敬茲休命可檢校兵部尚書兼充東面招撫迴鶻使其當道行營兵馬及奚契丹室韋等並自指揮餘如故主者施行

巡察使

遣陸象先等依前按察制　蘇頲

黃門古者協和萬邦疇咨四岳柔遠能邇明目達聰以變於人也自朴散醇醨割方肆直失於德者格之以禮失於禮者助之以刑故懼羅網而畏簡書必振其綱而操其柄庶乎舉（二字詔令作平）政之要也間歲天下諸州岳牧先充本道按察誠以今之刺舉昔之率連蓋欲爲吏之黜陟審人之愁苦中念作姦犯科獲罪相次棄木或尤於拙匠採葑不以於下體由是申命有司咸多叙用至於按察暫令休罷

夫泉有魚矣雖見則不祥林有獸焉而爲之不採與其存而勿用孰若狎以玩之俾便於時復脩其政銀青光祿大夫益州大都督府長史姚巂處置兵馬上柱國兗國公陸象先等早蘊宏量深識大體清能勵俗仁以敦風必將權豪檢御昭明淑忒宜興化以樹善佇責成而求當可依前件餘各如故一事巳上並准舊例處分本道所隸之州有偏遠不穩便者仍令所司量宜分割未爲定額訖奏聞主者施行（開元二年三月七日）

遣王志愔等各巡察本管內制　前人

黃門上天降禍大行太上皇厭代升遐俾予一人煢煢在疚攀號荼毒觸向摧隕百辟卿士等上遵遺誥下徇群心

寰區任殷社稷務重資於聽斷不可暫闕遂力衰迷甫從勤請恭惟顧託之吉思致平和之化雖在荒疹敢忘負荷是用泣血撫膺執喪視事夫後王者代天理物師表者助朕理人物之所以茂育人之所以蕃庶蓋欲遂其性而安其業也朕每置旌進善仄席翹賢恐閭閻有愁苦之聲草澤無明敭之舉吏或慢法官或非才因（疑）之致理且未為得其何以無庶（詔令作敗）政恤究刑問悍嫠招茂異寬賦斂節征（詔令作更）徭使天下為無為事無事也頃分連率則曰使臣將求人瘼克宣朕命諸道按察使楊州長史王志愔廣州都督宋璟益州長史常杭傳州都督（詔令作蒲州刺史）程行諶汴州刺史倪若水魏州刺史楊茂譕（詔令作譕）靈州都督強循潤

州刺史李濬荊州長史任昭理泰州都督張嘉貞洪州都督楊虛受梁州都督張守潔等並邁迹垂憲儒才通識有其直方無所迴避宜令各巡本管內官人有清介獨立可以標映士林或文吏兼優可以潤益邦政者百姓中有文儒異等道極專門或武力超倫聲侔敵國者並精加訪擇具以名聞其官人有老弱及久病妨於政理并才用劣下全不稱職者上佐已下委使人便停務其官交要者便簡清勤人權攝其京官及畿內州委御史大夫及吏部長官准此詳察録奏諸道僻遠州及嶺南道委使人量差判官分道巡按其天下囚徒應有究滯宜令大理寺及本巡使所在按理流罪已（詔令作以）下非犯名教及官典取受並聽減

一等收贖即便并理均事可疑者并杖以下罪並宜放免緣山陵所科夫匠等有父母年老家無中男已上者容其侍養不須差遣其河南河北遭蝗虫州十分損二已上者差科雜役量事矜恤（詔令作放）百姓間有不穩便事委按察使與本州長官商度隨事處分奏聞布告遐邇令知朕意主者施行（開元四年七月六日）

按察使制（詔令作遣御史大夫王晙等巡按諸道制）　前人

勑苛慝不作人斯無怨寬猛相濟政是以和周禮以官刑糾邦理以官叙正群吏允迪前烈式惟舊章且夫寰宇至大不可以周覽黎甿至殷不可以獨化熙我庶政寔惟具寮苟非其才罔以稱理朕惟夙夜不遑晏寧言念政道載

深宵旰頃開元之初分遣按部糾擿姦犯頗聞懲息以其事久則煩尋亦並從停廢綿以歲月浸成寬弛今聞在外官寮多違憲法牧守則寄任茲重令長則禄秩且優亟聞侵竊屢有章奏雖賜金為惠未媿張武之心而還珠表德罕見孟嘗之政豈敦諭之言未孚於訛列將貞高之節有謝於前脩永懷於此良用沉歎且政寬而慢法弊則弛通而張之庶其可理（一作可其致理）御史大夫王晙等並識通政要位以才達茂其聲實弘此憲章宜分命巡按以時糾察巡內有長吏貪擾獄訟究滯暗懦尸禄苛虐在官即宜隨事按舉所犯罪狀並推勘（一作鞫）準格斷覆訖聞奏仍覆使因夫牧宰之任（一作識）教道是先録曹之職（一作任）糾綱（一作綱紀）斯

在其有政績（一作理）殊尤清直獨立者咸以薦舉（一作名薦）餘官有清白著聞及諸色不善各別爲科目同狀奏聞其尋常平狀並不須通俾夫善取其尤罰無所濫蹤而不漏（一作）察不爲苟必將正其源流弘彼綱目不可揔此煩碎擾其吏人應是州縣常務事非損益者使人更不須干預其百姓交下不支濟應處分訖奏聞（一作置）事有不便於人須釐華者與州縣商量處分訖奏聞宜副虛佇之懷以光澄清之舉其外官充使者至明年冬入朝京官須奏任量事來去判官任使簡擇各依前件（開元八年八月　一作皆唐大詔令）

文苑英華卷第四百六十一

文苑英華卷第四百六十二　翰林制詔四十三

詔敕四

巡幸

幸新豐及同州敕　蘇頲

敕屬之四朝且編區寓漢之三輔本同京師晉於古者考於今發乎邇者應乎遠若順豫之事缺則褰於王制巡遊之典備則慮於人勞朕受命膺期勵精設教幸乾坤幽贊風雨咸若百物既阜三農已登同頡薦（詔令作獻）於宗廟穡穗生於群國我無大勞實欣於歲取人有小康未果於時邁但左翊之地近入黃圖新豐之邑甫鄰青綺山川宮館咫尺相望欲過灞亭而涉戲（音義新豐水名）經沙阜而臨渭見彼耆耋問其疾苦察長吏之政恤黎甿之冤蓋所以展義陳詩觀風問俗始自畿甸化于天下宜以今月二十五日幸長春宮停五日緣頓所須並令所司支備一事以上不得干擾州縣發日唯量將飛騎萬騎行更不須別遣兵馬及妄有科喚朕此行之處不得進奉在路有稱冤嘗州縣不能疏決者委御史金吾收狀爲進各勉所職副朕意焉（開元二年）九月十一日

幸東都制　前人

黃門朕聞遂物之宜上則聽其和樂遂人之欲下則生於怨思一物安可弗遂萬人安可固違且先王卜征觀乎風俗大易順動應乎天地由是巡以五載尚徧於人褰設於

（詔令作爲）兩京兒稱於帝宅東幸西顧乃其常也然朕以行必清道不爲無事至而供帳是則有勞故恤人之隱憂人不足于今四年矣遂使東土耆老傾心而徯予中朝公卿屢言以沃朕或謂國之中洛王者上地均諸侯之賦當天下之樞陸行漕引方舟擊轂費省萬計利踰十倍更知夫便於物者非自奉以懷安嗟於人者豈不誠（詔令作識）而阻頽於是乎見品彙之阜因京坻之饒則無奪農矣陳太師之言猷史臣之頌則無鈌政矣信可以備法駕乘陽春歸于成周布我時令以來年正月五日行幸東都仍取北路所司準式主者施行（開元四年十二月三日）

幸長安制

門下觀俗省方所以愛人治國尊崇（一作宗尊）廟貌所以事神享親欽若昔典此言大哉（一作義）朕祇膺鴻業積念咸秦去歲欲幸洛京已發成命旋屬重營太廟（一作天室）因將中止誠以其繩則板功且未即展軫効駕信弗可遠終四覲於東方恒載駝於西土流罣不駐通喪求畢象君始成如在增慕朕之前志日夕（一作夜）匪遑故可以詩陳肅邕禮極禋祀神明之奧（一作隩）時惟雍州稼穡有年莫若關輔王假用吉后來其蘇實獲我心俾從人欲可以今年十月取北路幸長安所司準式務在節省無得勞費主者施行（開元六年六月六日）

幸西京制　張九齡

勑朕所時邁皆順物情頃屬關輔無年遷爾東幸固非爲已將以息人今百穀既成庶務皆省而五陵所奉誠在京師安可更留周南有闕時薦宜以來年正月七日取南路幸西京所司準式應行幸所須務從節減所申明爲條例勿使勞煩

玄宗幸普安郡制　賈至

門下我唐受命百有十載德澤浸於荒裔聲教被於殊鄰紹三代之統緒綜百王之禮樂我高祖神堯皇帝奄有大寶應天順人我太宗文武聖皇帝戡難造邦光澤天下我高宗天皇大帝脩文偃武惠綏四方我中宗孝和皇帝聿遵孝德惟新其命我睿宗大聖真皇帝清明在躬玄化溥暢朕承累聖之洪訓荷祖宗之丕緒兢兢業業不敢自寧往歲韋氏作逆宗社將墜是用翼戴先後掃盪兇徒宸極既真寰區載晏爾來在位垂五十年中原幸無師旅戎狄歲來朝貢夙興旰食勤念蒼生庶弘至理永躋仁壽媿無帝堯之聖德而有寄體之不明致令賊臣內外爲患蔽朕耳目遠朕忠良或竊弄威權或厚歛重賦梟（一作蟻）壞一漏成此滔天構逆召戎馳突中夏傾覆我河洛擾亂我崤函使衣冠奔走於草莽黎庶狼狽於鋒鏑伊朕薄德不能守厥位貽禍海內負茲蒼生是用罪已責躬寤寐戰灼上媿乎天地下媿乎庶人外媿乎四夷內媿乎九族乾乾惕厲思雪大耻夫定禍亂者必伏於群才理國家者先固其根本太子某忠肅恭懿閑禮敦詩好勇多謀加之果斷末王鄰

盛王琦豐王珙皆孝友謹恪樂善好賢頃在禁中而習政
事察其圖慮可試艱難夫宮相之才師傅之任必資雅善
允屬忠貞況四海多虞二京未復今當慎擇實惟其人太
子某宜充天下兵馬元帥仍都統朔方河東北及平盧等
節度使與諸路及諸副大使等討會南牧長安洛陽以御
史中丞裴冕兼左庶子隴西郡公劉秩試守右庶子永王
鄰宜充山南東道及黔中江南西路節度採訪等使江陵
大都督如故以少府監竇紹爲之傅以長沙郡太守李峴
爲副都大使仍授江陵郡大都督府長史兼御史中丞盛
王琦宜充廣陵郡大都督府長史仍領江南路及淮南河
北等路節度採訪都大使依前江陵郡都督府長史劉彙

爲之傅以廣陵郡長史李成式爲都（一作副）大使兼御史中
丞豐王珙宜充武威郡大都督仍領河西隴右安西北庭
等路節度採訪都大使以隴西郡太守鄧景山爲之傅兼
武威郡都督府長史御史中丞充都副使應須兵馬甲仗
器械糧賜等並於當路自供其諸路本節度採訪度支防
禦等使職王巨等並依前充使其署官屬及本路郡縣官
並各任便自簡擇五品以下任署置訖聞奏六品以下任
便授已後一時聞奏其授京官九品以上並先授名聞奏
聽進止其武官折衝以下並賞借緋紫任量功便處分訖
聞奏其有文武奇才隱在林藪宜加辟命量事奬擢於戲
咨爾元子等敬聽朕命謹恭祗敬以見師傅端莊簡肅以

涖衆官慈恤惠愛以養百姓忠恕哀敬以折庶獄色不可
犯以臨軍政犯而必恕以納忠規往欽哉無替朕命

搜賢詔　　隋文帝

日往月來唯天所以運序山鎮川流唯地所以宣氣運序
則寒暑無差宣氣則雲雨有作故能成天地之大德育萬
物而爲功況以一人君於四海睹物欲運獨見致治不籍
群才未之有也是以唐堯欽明命羲和以居岳虞舜叡德
升元凱而作相伊尹鼎俎之媵爲殷之阿衡呂望漁釣之
夫爲周之尚父此則鳴鶴在陰其子必和風雲之從龍虎
賢哲之膺聖明君德不回臣道以正故能通天地之和順
陰陽之序豈不猶元首而有股肱乎自王道衰人風薄君

上莫能公道以御物爲下必踵私法以希時上下相蒙君
臣義失義失則政乖政乖則人困蓋同德之風難嗣離德
之軌易追則任者不休休者不任則衆口鑠金戮辱之禍
不測是以行歌避代辭位灌園卷而可懷黜而無慍放逐
江湖之上沉赴河海之流所以自絜而不悔者也至於閭
閻秀異之士鄉曲博雅之儒言足以佐時行足以勵俗遺
棄於草野堙滅而無聞豈勝道哉所以覽古而歎息者也
方今區宇一家煙火萬里百姓乂安四夷賓服豈是人功
寔乃天意朕惟夙夜祗懼將所以上嗣明靈是以小心勵
己日慎一日以黎元在念憂兆庶未康以庶政爲懷慮一
物失所雖求傅巖莫見幽人徒想崆峒未聞至道唯恐商

歌於長夜抱關於夷門遠迹犬羊之間屈身僕隸(隋書本紀作僮僕)之伍其令州縣搜揚賢哲皆取明知今古通識治亂究政教之本達禮樂之源不限多少不得不舉限以三旬咸令進路徵召將送必須以聞(隋書作禮)(仁壽三年七月丁卯)此詔英華止載庶政爲懷已下而無前段今以隋書本紀增入

舉賢良詔(一作搜訪才能詔)　許敬宗

門下高明之天資星辰以麗象博厚之地籍川岳而成形況於帝王體元立極臨馭萬物字養生民(一作靈)者乎所以致治(一作政)之君遠讒佞近忠良屈已以伸人故能成其治(一作化)爲亂之主親不肖踈賢臣甘下以恣情用能成其亂明君遵彼而興國暗主行此而亡身是以朽壤毀於蓮蓬

巨壑傷於翠葉蓮蓬墜澗竟無反嶺之期翠葉隨風終無歸林之望故知亡者難以復生敗者不可重全所以御朽臨氷銘心自戒宵興旰食側席思賢庶欲博訪丘園搜採英俊弼我王道臻於太平(一作化)焉可令天下諸州明揚側陋所部之內不限吏民(一作人唐太宗時二名不偏諱高宗令易民爲靈爲人易治爲政爲化疑是後人追改)其有服道栖仁澄心礪操出片言而標物範備百行以綜人師質高視於琳琅人不間於曾閔絜志丘園揚名里閈或甄明政術曉達公方稟木鐸於孔門受金科於鄭相奇謨(一作謀)開發明畧可以佐時識鑒清通儒才堪於幹國或含章傑出命世挺生麗藻遒文馳楚澤而方駕鉤深覩奥振梁苑以先鳴業擅專門詞高載筆或辯調春圃(一作圃)談瑩秋天發研機於一言起飛電於三寸蓋期(一作蓄斯)奔箭未遂揚廷並宜推擇咸同舉薦以禮將送具狀奏聞限以今冬並與考使同赴庶擬焚林之舉咸矯翼於巖廊尺木之堦方振鱗於遊霧翹心俊乂稱朕意焉主者施行(貞觀二年正月六日)(一作皆唐大詔令)

搜揚懷才隱逸等勑　蘇頲

勑立政之本惟賢是切朕祗膺大曆殷鑒遠圖揚于王庭生此王國朕之所望久矣豈徵辟爲事未極於巖藪而高尚絕塵見遺於草澤將何以舉逸而勸賁然來思且才之或偏器罔求備固非藏文之智則尚其言收曲逆之奇則掮其行過而能改仁遠乎哉天下諸州有懷才隱逸跡迤

不調及失職冤人等並令諸道檢察使博訪具以名聞副朕饑渴之懷庶廣搜揚之義(先天二年十一月四日)

詔天下搜賢俊制　賈至

勑朕聞惟理亂在庶官以先王旁求俊彥思皇多士以倡九牧阜成兆人頃者姦臣執權專利冒寵惟正直是醜惟邪佞是比壅塞賢路罔蔽天聰使忠臣不得盡其謀才士不得展其用廢三載之黜陟寢九德之推擇多有老於郎署滯于丘園吏稱無人才不給位朕以薄質嗣守大寶遘戎未殄王業惟艱(詔令作難)兢兢乾乾日慎一日緬惟堯舜求賢之意周公吐握之義思欲廣進髦乂輔寧邦家實賴公卿大夫弘我視聽易曰方以類聚語曰舉爾所知凡宰相

王臣宜加搜擇其常參官及郡縣長史上佐等皆從歷試而踐通榮如各知其實行異能博學深識才堪濟代術可利人名不彰聞位不充量湮淪屠釣流落風波者一善可錄便宜公舉遠則裁（詔令作訪）表附驛近則進狀奏聞勿避親讐無限儕伍其有獨負奇才未逢知己即仰投匭弁所在陳狀自論長官登時與奏夫惟（詔令作蔡）薦士非止一舉末為恒典有即登聞昔荀桓子立翟之功士伯受瓜衍之邑柳下惠賢而不舉臧文仲被竊位之名春秋書之千載不朽凡百在位可不勉歟宜宣示中外令知朕意（至德二載四月八日）

求訪賢良詔　　制集

鸞臺上之臨下道莫貴於求賢臣之事君功豈踰於進善

文苑英華　四百六十二卷　八

所以允疑庶績式靜群方成大厦之凌雲濟巨川之沃日故周稱多士著美風謠漢號得人垂芳竹素歷觀前代罔不由茲朕雖宵分輟寢日旰忘食勉思政術不憚劬勞而九域之至廣豈一人之獨化必佇材能共成羽翼雖侯群龍在位振鷺充庭仍恐屠釣或遺邁軸尚隱未殫巖穴之美或委丘園之秀所以屢迴旌帛頻遣搜揚推薦之道相尋而虛佇之懷未愜末言於此寤寐以之宜令文武官五品已上各舉所知其有抱梁棟之才可以冊青神化蘊韜鈐之略可以振耀天威資道德之方可以獎訓風俗踐孝友之行可以勸率生靈抱儒素之業可以師範國胄蓄文藻之思可以方駕詞人守貞亮之節可以直言無隱履清白之操可以守職不渝凡此八科實談三道取人以器求才務適所司仍具為限程副朕意焉主者施行

舉賢制　　同前

鸞臺朕聞璧月珠星寔為麗天之象蒼波翠岳爰標紀地之形是知正位辨方體元建極不憑群彥孰贊皇猷事總萬機心覃億兆恒靡遑於寢食誠罔憚於憂勤佇賢良則終宵失寢（一作寐）詢政道則竟日停餐豈直未明求衣昃晷忘食而已比者屢垂旌帛頻訪丘園雖志切於旁求然未逢於俊乂待舟航而涉水思羽翼而陵虛今者更啓搜揚庶得不遺草澤其有文可以經邦國武可以定邊疆蘊梁棟之宏材堪將相之重任無隔士庶具以名聞若舉得其

文苑英華　四百六十二卷　九

人必當擢以不次如妄相推薦（一作薦耀）亦寘科繩所冀多士翼於隆周得人踰於盛漢布告遐邇知朕意焉

搜訪賢良詔　　同前

鸞臺朕聞文武之道憑經緯而開國春秋之功藉生殺而成歲雖後車書混一中黃之椎氣諒存溫煦方茲太白之高星必應事既不昧理乃固然朕自臨御天下憂勞兆庶宵衣佇旦望調東戶之風旰食忘眠希緝南薰之化故得中外褆福遐邇乂安控蟠桃於滋穴之墟通細柳於炎洲之域楚鋒越刃俱鑠大農之冶俠客椎兒皆服鴻都之肆今若循其至理任彼無為則取夬之道有餘止戈之義不足兕金方起暴玉河未靜偷安榆鬼之鄉竊險麻奴之地

然而北幽向化已事和親之禮而西璟（疑作惧）負恩不習用
師之備隨時之義寧可自然當土宇曠脩人物繁富三門
九地之秘豈謝前規白緌蒼兕之奇何慚曩烈或英謀冠
代椎畧過人總韓白以先驅掩孫吳而得儁或力能拔距
勇絶蒙輪胃白刃其如歸掃蒼壁而不顧或迹隱鄽肆身
託村閭行雖犯於俗流器乃堪於拯難或捷如迅電走若
追風彎弧則七札洞開奔陳則重圍自潰並有思於制命
俱未遇於時須可令文武內外官五品及七品已上清官
及外官刺史都督等於當管部内即令具舉且十室之邑
忠信尚存三人同行我師猶在會須搜訪不得稱無薦若
不虛自從褒異之典舉非其士豈漏貶責之科所司明爲

條例布告遠近知朕意焉

籍田制　張九齡

門下粢盛所以奉神祇耕耤所以勖人力既義率于下而
敬在其中是爲先農存諸大典故周宣不復於古而虢公
致諫漢文能脩其制而班史美談朕自御極以來勤（集作動）
咨故實唯是十畝未展三推匪神困人降災移歲靡不在
此良以憮然今星紀既周土膏將動去農祥而不日考帝
籍之以特朕其親耕以實御廩宜令禮官博士詳擇典故
有司速即施行

籍田制　前人

門下昔者受命爲君體元立極未有不謹於禮而能見教
於人朕其庶乎有慚作者方冊存而可舉舊章闕（集作絶）而
復尋自古所行無一而廢將以上乞靈於宗社（前篇作社稷）下
家福於黎元朕玆精誠上入實降鑒今則獻（二字前篇作嗣）歲祊吉
農事將起（前篇作興）禮有先於耕耤義緣奉於粢盛是所嚴祇
敢不敬事故躬載耒耜親率公卿以先萬姓遂終千畝謂
敦本之爲大（集作爾）可布澤之更深宜有順於發生俾無偏
於行惠可大赦天下自開元二十三年正月十八日昧爽
已前大辟罪已下罪無輕重已發覺未發覺已結正未結
正繫囚見徒咸赦除之其犯十惡死罪不在赦限自餘死
罪特宜配流嶺南遠惡處官典犯贓本犯至死貶與嶺南
遠惡左降官至流者亦量貶與遠官典配諸軍効力計贓

至徒仍不得重令却上天下諸州損免處地稅先矜於（詔令）
（作放）其非損免處有貧乏未納者並一切放免京兆河南府
秦州百姓有諸色勾徵及逋懸欠負亦宜放免其在官典
及倉督等腹内者不在免限天下色役委及支用務令節
减并諸州貢賦先令中書門下均融减省宜準前勑速即
條奏損免州稅户錢未納并七等已上户租先未處分及
五色資錢課未納灼然不辦者並放至蠶麥秋收已來贖
納損免州逃兵健兒承前訪捉不獲合取籍人充替自資
裝送軍程期逼迫頗亦辛苦並放至蠶麥已後發遣仍令
所司預與軍州計會諸軍征行人並令州縣存恤其行人
有父母年七十已上者委本道採訪使檢責取實牒報本

軍即放還本貫軍司據闕數募取健兒充替行人及防丁有身亡者爲造棺櫬遞還本處（詔令作卿）諸州應發遣防丁去本貫一千里已上比來除正課之外給一丁充資多不濟辦宜更量與資助兩京城內今年所有諸雜夫役並宜免放應須使役以諸色錢和雇取充農桑是時不得妨奪州縣長官倍加勸課孝子順孫義夫節婦旌表門閭鰥寡惸獨不能自存量加優恤天下侍老百歲已上版授上州刺史九十中州刺史七十以上上州司馬其九十以上所由仍量給酒肉各令存問亞獻皇太子鴻賜物二千疋終獻慶王潭賜物一千疋邠王守禮等各賜物一千疋忠王浚已下各賜物三百疋夾侍正衣進珪捧珪汝陽郡王淳等

各賜物二百疋皇太子夾侍正衣等各賜物一百疋裴耀卿張九齡李林甫自其翊贊誠有忠盡須賞以序等數須優宜與一子官仍各賜物三百疋二王後各賜物一百疋長公主公主各與一子官仍各賜物二百疋嗣王郡主縣主各賜物一百五十疋在京文武官見任及致仕并諸色陪位官一品賜物八十疋二品七十疋三品六十疋四品五十疋五品四十疋七品六品三十端（詔令作段）八品九品二十端（詔令作段）節度使大夫（三字詔令作副大使）三都留守京兆尹各一百疋四大都督府長史諸道採訪使各八十疋諸賜物應兩給者從一處給其耕官及待耕官各賜勳兩轉丞相蕭嵩與一子官仍賜物二百疋攝九卿諸侯等各與一子出身仍各賜物一百五十疋侍耕執牛官各賜物一百二十疋昇壇行事官脩禮儀官及刺史判官等更賜一階應入三品及五品官階相當減四考聽入攝司徒信安郡王禕禮儀官帛縚既不叙階禕與一子官賜物二百疋縚與一子出身賜物一百五十疋其昇壇及脩禮儀兩兼者從一加階應與一子官及出身者若無子聽迴與周親供奉及押階不昇壇并壇下行事及助耕勤牛官別勑差中書門下差定人等泛階合入三品五品官階至考未定者待考定日聽叙非待考者賜勳四轉未承別賜者各賜一等知頓使賜物一百疋脩壇場長官屯官撰玉冊文官各賜物捌拾疋書玉冊官賜物五十品管籍田縣令賜物六十疋

在東京文武官朝集使外官充十道採訪使并判官諸道節度副大使并諸方通表使諸勑使判官新除五品已上官未赴任都城畿縣令見陪位者三品以上轉爵一級四品已下進一階皇親諸親及九廟子孫不入等陪位者并外文武官九品已上各賜勳一轉諸蕃入朝及賀正蕃客應陪位者共賜物五十疋節級分付南北衙行從宿衛齋宮者及文武官押當有職掌并諸色雜職掌并應耕公卿從官等各賜勳一轉萬騎及飛騎見當上者各賜勳一轉其宿衛齋宮者加賜物三段仗內坊侍諸色行從人各賜物三段彍騎番兵角弓手弩手官馬主見至（詔令無至字）當番及留帖人掌閑幕士駕士供膳習馭工人樂人見當有上

職掌并厮人應耕者各賜物三段齋郎禮生賛者行事者
並減兩年勞無勞可減者齋郎放出身禮生賛者選日稍
優與處分三衛詔令作七色見當番并流外行署及蕃官見
上有職掌者各勳一轉河南洛陽縣陪位父老各賜物五
段近壇百姓各免今年雜差科宗廟致享務在豐潔禮經
沿華必本人情籩豆之薦或未能備物服制之紀或有所
未通宜令禮官學士詳議具奏朕自臨天下二紀于兹不
敢荒寧日加兢惕前篇作日增兢業而災眚未彌黎人未康若有
由而然則在予之責有能直言極諫者具以狀聞每渴賢
良無忘鑒寐頃雖虚佇未副旁求其才有王霸之畧學究
天人之際智勇堪將帥之選政能當牧宰之舉者五品已

上清官及將軍詔令作軍將都督刺史各舉一人孝悌力田鄉
閭推挹者本州長官勘責有才堪應務者各以名聞致仕
叉歷清資始終著稱年漸衰邁情有可矜量與改職依前
致仕宗子中有才行著聞比尚沉臣者委宗正勘實奏聞
唐元兩營立功官任折衝並改與郎將郎將改與中郎其
亡官失爵量加收叙五嶽四瀆名山大川及自古聖帝明
王忠臣良相宜令所司二字集作所在官長精潔集作以禮致祭赦書有
所未該者所司比類奏聞亡命山澤挾藏軍器百日不首
復罪如初敢以赦前事相言告者以其罪罪之都城内賜
酺三日赦書日行五百里布告遐邇咸使知聞主者施行
前四百三十二卷赦書門有此全篇題作籍田赦令

籍田門所載乃節文自門下至赦天下而止已刪前
卷録全文于此

勸農訪民所疾苦詔　沈約見齊書鬱林王本紀

門下執耜罄寒則如懸比室秉機或惰則無褐終年非怠
非荒雖曰王道不稂不莠實寄齊書作賴民和頃歲多稼無麥
遺秉如積而三登之美未臻萬斯之基尚遠且風土異宜
百民舛務刑章治緒未必同源妨本害政事非一揆晃旒
屬念無忘夙興可嚴下州郡務兹齊書作滋耕殖相畝闢疇廣
開地利深樹國本克阜民天又詢訪獄市博聽謡俗傷風
損化各以條聞無使壅瘼之苦載興比屋主者詳爲科齊書作
條格稱朕意焉隆昌元年正月

勸農制　　　　　　　　　　　　類制

勑農爲政本食者人天豐荒相半天之常道陰陽或愆作一
舛人則爲災頃者關輔秦雍月離于畢沿河至海雨澤愆
期秋穀不登宿麥全少雖令賑給慮未存濟朕視之如子
繫于一人元元何辜將致損瘠朕之不德深用耿然宜令
户部侍郎馬懷素往河南道少府監源乾曜往河北道安
撫存問其有不收麥處量與賑恤令及秋收仍與牧宰等
勸課黍稌及粟穀使得支繼應有蕃役非灼然要者宜委
使人量事停減訖奏聞公私不急之務及事有不便於時
者須節省以拯饑乏至於寃滯不申刑獄不理亦委使人
隨事處分百姓間有奇才異行藏器抱璞委棄草澤婆娑

州里者官人内或貪殘有聲但從私室或循默自守無益公家者還日各具名聞奏所至分明告示務加優養稱朕意焉

文苑英華卷第四百六十二

文苑英華卷第四百六十三　翰林制詔四十四

詔勅五

改革

改尚書洪範無頗字爲陂勑　孫逖

門下典謨既作雖曰不刊文字或訛豈必相襲朕聽政之暇乙夜觀書匪徒閱於微言實欲暢於精理每讀尚書洪範至無偏無陂遵王之義三復茲句常有所疑據其下文並皆協韻唯頗一字實則不倫又周易泰卦中无平不陂釋文云陂字亦有頗音陂而（詔令作之）與頗訓詁無別爲陂則亦會意爲頗則聲不成文應由煨燼之餘編簡墜缺傳授之際差舛相沿原始要終須有刊革朕雖先覺兼訪諸儒

僉以爲然終非獨斷其尚書洪範無偏無頗字宜改爲陂庶使先儒之義去彼膏肓後學之徒正其魚魯仍宣示國學主者施行

改正朔制（一作改元載初赦）　制集

朕聞上（一作元）皇纂曆則天地以裁規大聖握圖法陰陽以施化故能牢籠品類陶鑄生靈敷景運於休期闡宏基於光大昔有隋失馭率土分崩赤縣爲禾黍之場蒼生遇塗炭之酷我高祖神堯皇帝龍興汾晉鳳起冢區殄梟獍而安八荒剪鯨鯢而清四海太宗文武聖皇帝膺昊穹之曆數鼓雷電之權威服遠冠巢燧之前開邊越羲農之際鴻名邁於三五茂績隆於往初高宗天皇大帝稟雷澤之禎

符降天縱之神器湛恩所被匝乾坤覆載之鄉至化所覃
盡舟車所通之境撫璇卌極輯瑞蒼嚴天平地成淳風啓
千年之運樂和禮備寶祚隆三聖之基逖聽王猷熙熙開帝
載朕以虛薄處奉獻圖業業兢兢不遑寢食幸穹昊貽祐
宗社延祥河薦合天之符洛出永昌之籙時和歲稔遠肅
邇安斯皆先德所延屢彰嘉貺自恭臨兆庶（一作億兆）已積炎
凉尚想移風未臻於至道顧循菲德媿切於深衷思弘顧
託之恩再闡混元之始夫以玄穹列象三辰以之（一作以所）麗
天厚載含章五行於焉紀地易曰三五以變錯綜其數通
其變遂成天下之文極其數遂定天下之象水火相變其
卦為革彖曰天地革而四時成言五德更相生變革萬象

（一作物）故帝者改正施教明受之於天不定之於人者也仲
尼曰其或繼周者雖百世可知也蓋以文質相因法度相
改故矣是以伏羲高陽有周皆以建子之月為正神農少
昊陶唐有殷皆以建丑之月為正軒轅高辛夏后漢氏皆
以建寅之月為正後雖百代可知者以此雖遭遇之不同
步驟殊致未有不表明軌物以章靈命之符者也我國家
創業常有意乎正朔矣所未改者蓋有由焉高祖創草百
度因循隋氏太宗綿地經天日不暇給高宗嗣曆將弘丕
訓改作之事屢發聖謨言猶在耳永懷無及自五帝纘統
三王馭宇或父子相承同體異德或金木迭改應天順人
故納麓登庸孚受終于文祖干戈革命必理曆於明時然

則開元配永肇自陽來之旦統曆履端基于朔易之首孳
萌發內氣律由中品物（一作彙）任而昭蘇生類蕩而敷華是
知夏之人統不逮殷之地正殷之地正有劣周之天統元
命所苞實在茲矣周文稽古制禮於成王之日漢高握德
改元於武皇之代則知文制大備未遑於上業損益之道
諒屬於中平朕所以遵餙禮經奉成先志今推三統之次
國家得天統當以建子之月為正考之群藝厥義明矣宜
以永昌元年十有一月為載初元年正月十有二日改臘
月來年正月改為一月自載初元年正月一日子時已前
大辟罪已下罪無輕重已發覺未發覺已結正未結正繫
囚見徒皆赦除之其謀反大逆緣及子孫殺祖父母父母

部曲容女奴婢殺主不在赦限其與敬業徒中并諸徒友
往還其魁首並已伏誅其支黨事未發者並特從原免不
得更相言告內外見任文武九品已上職事官並賜古爵
之級天下百歲已上老人板授下州刺史米粟五石帛十
疋（一作段）九十已上板授上州司馬米粟四石帛七段八十
已上板授縣令通懸調并丁夫雜匠衛士及有番地等違
番及逃走應陪番及徵課調者並特宜放免其欠負物官
料及盜詐三庫物並不在赦限孤寡惸疾篤疾等不能存
立者量加賑恤孝子順孫義夫節婦旌表門閭終身勿事
天下百姓年二十一身為戶頭者各賜古爵之級女子百
戶賜以牛酒明堂役工人未被恩及者付司即類例定等

級奏聞十五日内使了緣供明堂致死人其有未霑勲賜者亦宜準例酬給今年來不熟處及遭霜澇之處並量放庸課州縣好加檢校勿使饑饉新年軍差科百姓稍有辛苦亦宜量加優恤蠲其徭役所司類例處分供豫州軍百姓艱辛處未得復者宜給復一年洛州輦轂徭役繁多代朔并忻等州行軍及諸州供明堂未及銅處所司各類例節級給復皇親諸陪位未出身者量才處分已出身者賜勲一轉富商大賈衣服過制喪葬奢侈損費生業州縣相知捉搦兩京兼委金吾檢校天下百姓皆須嫁娶以時勿使外有曠夫内有寡女戰亡人格外贈勲兩轉迴授恭親其子孤惸者州縣給糧安養征鎮人家口州縣存恤勸課

殷有之家助其營種勿使外人侵欺仍令所司刊正禮樂删定律令格式不便於時者内外官五品已上各舉所知九經文字俱學士詳正華其訛舛亡官失爵量加叙録長流人別勅流人移貫人降授官人及後緣逆人用當特詔令無特字及造罪過特處分者雖未至前所並不在赦限西府功臣及晉府子孫屈滯者量加收叙所司奏聞亡命山澤挾藏軍器百日不首復罪如初敢以赦前事相告言者以其罪罪之率土之内賜酺三日赦書日行五百里朕又聞之人必有名者所以吐情自紀尊事天人是故以甲以乙成湯爲子孫之制有類有象申繻明德義之由朕今懐柔百神對揚上帝三靈眷祐萬國來庭宜膺正名之典式敷行政之躅宜朕以曌之少切武后名爲名自卦演龍圖文開鳥跡萬人以察百工以乂所以弘敷正道宣明禮樂指事會意改易異途轉注象形屈伸殊制周宣博雅史籀興古篆之文尼父温良丘明述春秋之傳自諸侯力爭姬室浸微離爲二周分成七國法律異令田疇異畝言語異聲衣冠異制秦兼天下刻滅古文隸卒屢興兵車歲動官獄繁夥爰創隸書自著秦文筆興八體刻符兼於大篆摹印逮於殳書兩漢因之九千餘字張敞杜鄴講學於前楊雄甄豐校理於後魏晉以降代乏名儒穿鑿多門形聲轉謬結造新字附會其情今古訛舛稍益繁布規畫無端平之體魚爲增奔放之容轉相效倣日滋月甚遂使後生學徒罔知所

舉先王載籍從此湮沉言念澆漓情深憫悼思反上皇之化佇移季葉之風但習俗多時良難頓改特創制一十二字率先百辟上有依於古體下有改於新文庶保可久之基方表還淳之意昔在包羲開木德之運軒轅應土行之序循環終始布在方册莫不績著帝猷功宣皇道方列三微之統乃膺五行之曆雖則盛比共王彊踰嬴政齊桓晉文之業大彭豕韋之美纔爲覇者豈登帝籙自炎精湯覆王風衰思漢氏蒙塵中原離析當塗逆取但肆兵威典午專權無聞德化故三方鼎峙五胡幅裂或道乖嗣德或業匪孫謀良由取之不以樂推失之在乎虐用者也及齊梁竊據僻在江淮周魏勃興奄宅咸洛雖變夷從夏號令雄

行於境內而智小謀大聲教不通於天下隋文御極陳氏猶存開皇之申繞聞混一嗣主失道俄至分崩七八年間生人泯絕秦項之酷猶未之半開闢已來蓋未之有我國家祖宗積德文武重光仁風被於四表英猷冠于三代易不云乎天地之道恒久而不易者也仲尼曰善人爲邦百年可以勝殘去殺則知聖王久於其道而天下化成矣自魏至隋年將四百稱皇僭帝數十餘家莫不廢王道而立私權先詐力而後仁義勳未踰於列國德不慙（一作漸）於霸圖雖復時合諸侯一匡區域晉武踐祚茂烈多慙於水官隋帝乘時雄圖不逮於秦氏惟彼二君閏位況區區者豈宜當三統之數者乎朕遜聽皇綱幽求帝典定王覇之真

僞洗生人之耳目庶叶三權（一作推）之美光宣五帝（一作常）之次況合宮布政景化惟新太初開曆上元伊始宜以發揮大寶申明曆數俠皇家正土之符繼炎漢眞火之序摛之罔極垂之無窮以周漢之後爲二王仍封舜禹成湯之裔爲三恪所司求其苗裔即加封建其周隋宜同列國封其嗣使主祭焉布告遐邇咸知朕意主者施行（載初元年正月一日）

一作皆唐大詔令敀尚書省中書門下省九寺十二衛名及官稱號敀正朔敀殘文字錢斤兩詳審刪定申理冤屈

減大理丞廢刑部獄制（一作敀元光宅赦）制集

鑾臺朕聞上皇建極體元氣以育群生大聖承天法開陽而陶庶類與時舒卷叶三正而推移隨道汙隆應五幹以通變故能牢籠宇宙埏植人靈符景運而財成契休期以光宅昔有隋標季率土淪胥豺狼肆吞噬之災億兆被虔劉之酷高祖神堯皇帝披圖汾水仗鉞參墟廓氛祲而安四維掃攙搶而清六合太宗文武皇帝負日月而膺運鼓雷霆而震威蕩海夷山功浹八荒之外救焚拯溺仁霑萬域之表樂和禮洽天平地成茂績光於邃初鴻名冠於開闢高宗天皇大帝雲旁誕膺虹渚降靈受綠錯之禎符應朱綈之景命飛車乘毳臣軒頊之不臣沒羽浮金畫禹湯之未畫開邊服遠更闢寓於先基富國寧人重增輝於前烈撫璇當宁調五氣於明堂考瑞升天朝百神於日觀茫

茫衆俗寧知覆燾之恩蠢蠢庶萌孰辨陶甄之力固已千年啓曰三聖重光歷選前書無聞往載豈謂道隆金鏡運迫鼎湖方延翠渚之祥遽托白雲之駕以社稷之大任屬荒耿之微躬欽奉遺言載深悲懼遂以茲菲德開導嗣聖武綜萬機載宣風化所賴王公卿士各竭迺誠若濟巨川實憑舟楫然自恭臨朝㝢已積炎凉教靡致於移風道尚慙於變俗良以哀迷在疚荼棘纏身（一作心）陵廟未安匪遑專慮今者鳳京遙踐龍馭上升既因大禮之終宜更中區之始朕母臨赤縣求瘼之志每盈子育蒼生恤隱之懷鎮切惟欲勵精爲政克己化人使宗社固比辰之安區寓致南風之泰以斯酬眷命用此報先恩冀上不負於尊靈下

徵申於至懇夫五行迭（一作遞）用列代相承欲崇其德先遵
所尚故夏以金運乘驪而尚玄周以木行貴騂而尚赤將
隆毋德必欲子扶近者地不藏珎山無祕寶皇家土（一作上）
德勝氣彌彰宜崇白賁之象以輔黃中之運自今以後旗
幟皆從金色仍飾之以紫畫以雜文其應合改者所司詳
依典故供奉帷幔咸用紫色自錄府衛所旗並改以皂八
品以下舊服青者並改以碧其在京諸司文官職事五品
以上清官并六品七品清官並每日入朝之時常服袴褶
諸州縣長官在公衙亦準此自餘官朔望朝參皆依舊其
色皆依本品又鎮星之在太微已歷年載著土精之美應
表坤祚之元符宜同成帝以時薦享又東都宜改爲神都

宮名太初宮但列署分司各因時而立號建官置職咸適
事以標名而今曹僚之中稱謂多爽宜改尚書省爲文昌
臺左僕射爲文昌左相右僕射爲文昌右相吏部尚書爲
天官尚書戶部尚書爲地官尚書禮部尚書爲春官尚書
兵部尚書爲夏官尚書刑部尚書爲秋官尚書工部尚書
爲冬官尚書門下省改爲鸞臺中書省改爲鳳閣侍中改
爲納言中書令改爲內史太常寺改爲司禮寺鴻臚寺改
爲司賓寺宗正寺改爲司屬寺光祿寺改爲司膳寺太府
寺改爲司府寺太僕寺改爲司僕寺衛尉寺改爲司尉寺
大理寺改爲司刑寺農寺依舊左右衛亦依舊左右驍衛
爲左右武衛左右武衛爲左右鷹揚衛左右威衛爲左右

豹韜衛左右領軍衛爲左右玉鈐衛左右金吾衛依舊其
餘曹司及官寮名未改者所司速制名奏聞又司隸之官
監郡之職所以巡省風俗制舉愆違今人物殷繁區寓遐
曠而所在州縣未能澄肅可置右肅政御史臺一司其職
員一準御史臺專諸州按察其舊御史臺改爲左肅政御
史臺專知在京百司及監諸軍旅并出使其諸州錄事參
軍宜依舊仍令在京五品已上清官每日於章善顯福等
門各一人待詔朕當親訪正道詳求得失又玄元皇（一無皇字）
帝者皇室之源蘊道德而無爲冠靈仙而不測業光衆妙
仁覃庶品豈使實僞見御宸居先毋竟無尊位可上尊號
曰先天太后宜於老君廟所敬立尊像以申誠薦又洛州

境內所有帝王之陵及自古清直之臣忠廉之佐並令州
縣就其塋域一申祭享又自武德以來元勳佐命或以忠
鯁事主或以道德匡君非身在有犯緣子孫絕封者前詔
雖已處分或尚有闕遺宜降霈澤重申前命又往日先朝
聖武蕩定遐方日月照臨咸爲郡縣皆荷生成之惠無復
遠近之殊朕矜撫之懷豈隔中外每念其殄嗣愍愴良深
繼絕興亡實惟本志宜各求其後僞立以承嗣（一作享獻）其諸
都護蕃官及鎮兵等並悉放還其營奉山陵使及鹵簿使
等並依別勅處分又兩京之所徵賦宜蠲亦令所司作優
量法使勞逸得所靈駕所涉千里斯遥在路黎氓（一作崩）莫
不衰奉念其勞弊情增感惻其緣供頓及山陵者並免今

年課稅又比來諸道軍行敘勳多濫或端居不出以貨買勳真偽相蒙深爲巨蠹自今以後所司宜明爲條例務令禁斷責成斯在可不勉歟如更有遺必越法科處分又比來放出宮女已降詔書然以在內多時咸悉願住但念其各有親屬豈可久致分離宜準前恩即令放出夫隆平日久戶口滋多物務既繁欺隱斯衆其上州萬戶已上大縣萬戶已上各宜折出別置州縣唯雍京二州不在此限又濟時之道求賢是務其官人百姓等或器標瑚璉材堪棟幹或在職清慎或抱德幽棲或武藝馳名或文藻流譽宜令京官九品已上及諸州長官各舉一人咸以名薦務取得賢之實無貽濫次之譏又前者有詔具述內外官寮備

陳行事以申勸沮仍恐百官在職尚有虧遺今欲重降霈（一作霈）恩更垂寬宥棄瑕錄用罔責於前非滌罪論功必期於後善若又不悛已過重挂疎羅當使寘以嚴刑倍加其罰思與士庶共此維新可大赦天下改文明元年爲光宅元年自九月五日昧爽已前大辟罪以下罪無輕重已發覺未發覺已結正未結正見繫囚徒皆赦除之流人未達前所者放還其犯十惡官人枉法受財監臨主守自盜所監臨刼賊殺人故殺人謀殺人及逆緣坐并軍將臨戎挫威失律鎮遏失所虧損師徒及常赦所不原免者並不在赦例亡官失爵量加收敘諸年八十已上各賜粟二石綿帛二段九十已上各賜粟三石綿帛三段百歲已上賜粟五石綿帛五段並依舊例板授孝子順孫義夫節婦旌（一作或）表門閭鰥寡惸獨篤疾之徒不能自存者並加賑恤亡命山澤挾藏軍器百日不首復罪如初敢以赦前事相告言者以其罪罪之布告天下咸使知聞其詔書內事有未盡仍令所司作條例處分（光宅元年九月五日）一作皆唐大詔令

興復　神龍開創制（一作中宗即位制）　制集

門下聞天地盈虛四時有消息之度皇王興替五運有遷革之期稱號斯殊驪驤亦異受明命者罔不由茲我大唐高祖神堯皇帝聖期首出天與神器有大功於區夏有大造於生靈太宗文皇聖皇帝道則繼明業推構極類商湯之起亳若姬發之承周彈壓九皇牢籠萬古高宗天皇大

帝上聖御圖大明司契手調元氣心運洪爐齊五緯而平太階應三神而登日觀羅網開闢包冠義育大猷備闡能事斯畢僊駕不追逆臣闚（疑作開）覬敬業挻災於淮甸務挻潛應於沙場天柱將摇地維方絶非撥亂之神功不能定人之危矣則天大聖皇帝亶聰成德濬哲應期用初九之英謀開太一之宏略振玉鈐而殪封豕受金鉞而斬長鯨受河洛之圖書當昊穹之曆數惠育黎獻並登仁壽既而凝懷問道屬想無爲以大寶爲劳生遂復子於明辟且有後命俾承先緒光啓大唐之國用崇興復之基交際在辰情深感愴（一作慰）奉高祖之宗廟尊太宗之社稷不失舊物寔在於茲業既惟新事宜更始可改大周爲唐社稷宗廟

陵寢郊祀禮樂行運旗幟服色天地等字臺閣官名一事以上並依永淳已前故事其神都依舊為東都北都依舊為并州大都督府永昌來庭兩縣並從省廢其百姓依舊分屬河南洛陽兩縣周朝宗廟陵寢及官宜令所司商量處分朕之遠系出自老君靈祐所資貽慶長久宜依舊上尊號為玄元皇帝省司差使冊告天下村落佛堂並令開門灑掃不得因茲聚斂創加脩葺庠序之規風教之首京都兩學尚且闕脩欲令四方何以取則其京都學館及先聖廟堂所有破壞未營造者逐要脩葺速令畢工仍不得浪有勞擾樂府之設國風所繫豈惟易俗抑乃和神至若絲竹繁聲倡優雜伎淫乖禮則並宜量事減省國之禮儀

已經改撰隨時適變務在弘通宜令禮官重加詳審於行事有不便者即從損益脩制一作制勑刪定處分已久宜從易簡務速施行分事設官固須量才稱職比來委任稍亦乖方遂使鞫獄推囚不專法寺撰文修史豈任秘書營造無取於作專勾勘罕從於比部名差別使又著判官在於本司便是曠位並須循名責實不得越守侵官皇家親屬籍沒者則天大聖皇帝雖已溥暢鴻恩其有任五品已上官枉遭陷害者並宜改葬式遵禮典若有後嗣還其蔭資其別勑安置并在貶者亦復其籍屬量還官爵仍遣諸流移人除犯贓賄及畜蠱毒造偽避讐反逆緣坐勘會不免者餘並放還天下軍鎮不要者多轉輸艱辛府庫虛耗事須

改弊不可循常宜簡內外官人有材識者分遣充遣巡邉按覆須留鎮遏及應減一事已上並委使人共所管詳度還日具利害奏聞其應支兵先取當土及側近人仍隨地配割分州定數年滿差替各出本州永為格例不得踰越五品已上致仕曾伏事先朝有賜爵一級曾任州府幕府及任洛州牧日官人並勘責奏聞經任東宮官僚見任六品官計階應入五品官者特宜不拘年限餘依常例三衛細引主帥直司行署番官七絕等通前各減二年勞考滿日各加勳一轉合得官日稍優與處分中書門下官人計階考入五品者優量令史番官準羽林例處分直者及外司官典二十二日誅賊之時緣抵承在中書省者各賜勳

一轉諸司有品直司宜加一階無品直司賜勳一轉禮官緣即位脩執儀注者各賜物二十段正月當番三衛監門等於武成衙內明福門外南衙及諸門者賜物十段左右羽林及東宮北門厨供膳及匠準例各賜物十段正月量追三衛細引監門細引直長飛騎雜伎飛騎各賜物十段東宮北門官及三衛細引監門直長各賜物二十段仍類例功夫多少奏聞其引王冊及舉冊讀冊等官人各賜物五十段授冊使人賜物一百段書冊人各賜物十段其舉腰輿官人賜物二十段飛騎各賜物十五段其舉香蹬三衛及舉寶人各賜物二十段頃者戶口逃亡良田差科繁劇非軍國切要者並量事停減若要和市和顧先依時價

付錢自非省支勅索不得輙有進送諸貢物皆須任土當處無者不得別求仍於常數每事量減緣百姓間所有不穩便者並委州府具狀奏聞朕當親覽即為釐革天下百姓並免今年租及地稅自今以後租庸準符配定更不須徵折腳錢其已前未徵得者亦即放免天下宗姓並準舊式房州百姓宜給復三年其諸司官員并雜色役掌閑幕士門僕之徒兼音聲人及丁匠等非灼然要籍並量事減省所司速為條例廐馬數多皆須秣飼食人之粟日費滋深殿中諸閑廐馬量支留以外抽送外州馬坊及本監牧其東宮諸王公主等馬應官供者亦令隨事減省奢滛伎巧實為蠹弊皆因節日宗屬婚親諸王公主詔令作王公妃主競

相賀遺或造珍麗妄為進奉錦綵異飾雕鏤奇文假撰樓臺偽裝禽獸諸如此類深是害時宜明勅格嚴加禁斷衣服綵章一準令式夫鄒纓齊服尚且變俗移風朕率先百僚必期化成兆庶東都正月當上番兵年至五十五即放出前赦及今制處分有不盡者並令所司類例續奏布告遐邇咸使知聞主者施行神龍元年二月五日

復尚書省故事制　　制集

勅唐虞之際內有百揆庶政惟和至于宗周六卿分職以倡九牧書曰龍作納言帝命惟允詩云仲山甫王之喉舌皆尚書之任也雖西漢以二府分理東京以三公揔務至於領錄天下之綱練覈萬事之要邦國善否出納之由莫不麗正於會府也令僕以綜詳朝政丞郎以彌綸國典法天地而正四叙配星辰而統五行元元本本於是乎在九卿之職亦中臺之輔助小大之政多所關決自王室多難一紀于茲東征西伐略無寧歲內外薦費徵求調發皆迫於國計切於軍期率以權便裁之新書從事且救當時之急殊非致理之道今外虞既平罔不率俾天意人事表裏相符將明畫一之法大布惟新之令甄陶化源去末歸本魏晉有度支尚書校計軍國之用國朝但以郎官署領辦集有餘時艱之後方立使額參佐既眾簿書轉還將無弘益又失事體其度支使及關內河東山南西道劍南東川西川轉運常平鹽鐵等使宜停禮儀之本職在奉常往年

置使因循未改有乖舊制實曠司存委太常卿自舉本職其使宜停漢朝丞相與公卿已下五日一決事帝親斷可否且國之安危不獨注於將相政之理亂固亦在於庶官尚書侍郎左右丞及九卿參領要重朕所親倚固當朝夕相見以之匡益也頃以邊陲未寧日不給暇又省寺之務多有所分簡而無事曠而不接今大舉綱目重須憲章並宜詳校所掌明徵典故一一條具面陳損益如非時須有奏議亦聽詣閤請對當親覽其意擇善而從朕受昊天之成命承累聖之鴻業齋心滌慮夙夜憂勞顧以不敏不明薄於德化致使舊章多廢至理未弘其心愧恥終食三歎雖詔書屢下以申振恤而朝典未舉循深欝悼思與百辟

鄉士勵精於理俾國經王道可舉而行各宜承式以恭爾

位大曆五年三月

文苑英華卷第四百六十三

文苑英華卷第四百六十四　翰林制詔四十五

詔勅六

廢置

置乾封明堂縣制　制集

東臺元天著象於紫微厚地區域於赤縣外崇四岳伊帝闢其宏規旁別九州玄王啓其丕績所以料茲物土畫野分疆相彼人事觀時濟俗開物成務理則由然高祖皇帝誕膺靈命肇開景業括囊軒頊孕育胥庭太宗文皇帝大聖登期自天縱哲撲崑岑之猛燎拯滄海之飛流巍巍蕩蕩無德而名朕以虛薄夙奉瑤圖承累德之洪猷奄會昌之嘉運中外禔福遠邇乂安仰薦成功升煙岱巘緬惟嚴

配祗建合宮感事開元聿光先德俾我黎獻永賴隆平寧濟之方寔資寬簡鑒寐凝想思致厥塗以為冀翼上京率土攸仰鶉華抗堞貫渭疏瀾城闕崇嚴都邑夷敞戶口盈積市獄殷繁東西兩縣官曹尚少在於撫字事或難周至于辭訟綜理時闕須分所職各使兼濟其長安縣宜置乾封縣萬年縣析置明堂縣並於京城內近南安置其戶口即於兩縣逐便割隸應須官寮并公廨等一事以上并準長安萬年兩縣各令所司處分奏聞庶使憂勤之懷獨朕於前古建元之慶長垂於後葉總章元年十一月二十二日

置鴻宜鼎稷等州制　集制

鸞臺朕聞先王疆理天下也莫不料其土宇相其地宜分

五服以應財成宅三川而適通變辨方樹辟協和之道以隆置郡罷侯經始之圖載遠而區分或異制度罕同連率法於在鎬牧守儀於進沛官稀則政毀地狹則人勞義在隨時期於致乂我大周席蘿闡化蔓梓登期通三授玄扈之濵得一升翠嬀之汭（春秋合成圖曰黃帝遊玄扈洛上云云又河圖挺帷輔曰黃帝齋七日至翠嬀之川云云並見藝文類聚）維嵩設險聳危峯於少室在河㳽防導洪波於太史卜玆洛食是曰奧區物產孔殷形勝斯在朕仰膺睠命俯叶時雍（詔令作樂推）即瀍澗之基恢鼎革之運珍符實旣貢發郊藪佳氣榮光昭煥川澤建明堂而陟配立清廟以嚴禋方闡隆周之業以光卜年之兆况成王定鼎此則餘基永言朝貢實歸中壤是霜露之所均當水陸之

交會庶齊勞逸無隔遐邇作制王畿雖憲章於故實緬惟帝邑未折衷於新規宜弘自我之典式廣來蘇之澤但京兆之地舊號秦中廼睠編甿最為繁殖一州獨治事多擁滯宜令雍州管內揔置五州其間於雍州以西安置潼關即宜廢省然以千里之內舊制通畿征賦所出事資廣遠又王侯設險以固其國若無襟帶何以為守雍州并所揔州同州太州並通入畿內洛州南面東面北面仍各置關庶幾食菜之家（詔令作地）自分湯沐之邑棄繻之客更從軒蓋之遊其雍州舊管及同太等州土狹人稠營種辛苦有情願向神都編貫者宜聽仍給復三年百姓無田業者任其所欲即各差清強官押領并許將家口自隨便以次（三字詔令作便於水次）量給船乘作船次進發至都分付洛州受領支配安置訖申司録奏聞人惟邦本本固邦寧將以不肅而成旣庶而富欲令率土黔黎咸得遂性勞求安措（一作集）人不廢（詔令作失）業其有諸州人或先緣饑歲流宕忘歸或父兄去官因循寄住為籍貫屬恐陷刑名荏苒多時未經首出衞士雜色人等並限百日內首盡任於神都及畿內懷鄭汴許汝等州附貫給復一年復蒲便依本番上下其官人百姓有情願於洛懷等七州附貫者亦聽應須支割及發遣受領並委本貫共新附州分明計會不得因玆隱漏戶口虛蠲賦役并新揔五州三面及雍州以西置關處所司具為條例務從省便奏聞（天授二年七月九日）

廢潼關雍洛州置關鄭汴許衞等州府制（詔令作以鄭汴等州為王畿制）

鑾臺朕聞上圖列宿垂七紀而環紫微下料物土制八紘而尊赤縣是以帝猷方盛開甸服於平陽王業肇基創神郊於景亳雖政或沿革道有汙隆強幹弱枝率由玆典用能體國經野阜（詔令作濟）俗安人法天險之崇高顯宸居之壯觀朕膺（詔令作應）此符命大庇黎元俯順謳歌君臨區夏紹隆周之睿業因丕洛之鴻基相彼土中實惟新邑五方入貢兼水陸之（詔令作而）駿奔六氣運行均霜露而調序山川形勝祥祉荐臻遠寐乾心近收甿欲式建宗社大啓神都知王者之無外明在德之可久　自夏殷分土列爵爰及秦漢

置守罷候所以東姬握圖王畿存千里之制西京御歷帝
里據三輔之饒否泰既殊損益且異務歸於適物義尚於
隨時朕以鼎業惟初寶祚伊始斟酌今古申畫封疆征賦
科徭寔資寬簡沃壤勞逸宜有平分緬懷習武之規載隆
辨方之術可以洛東鄭州汴州南汝州許州西陝州虢州
北懷州澤州潞州東北衛州西北蒲州爲王畿內鄭州汴
州許州可置八府汝州可置二府衛州可置五府別兵皆
一千五百人所司詳依格格明爲條例庶使固本之道轥
轢於前脩足兵之義牢籠於振古主者施行（天授二年四月二十九日）

却置潼關制　　集制（見唐大詔令）

鸞臺山河作固肇自往圖關梁是脩抑惟前典朕情存太

朴志在無外成皐姬陝勿用咽喉函谷秦封解其襟帶欲
使鴈行靡拾鶉居不擾而吒俗澆弊浮惰者多非所以禁
絕末遊作限中外事資權變理貴從宜便可率由舊章安
置應須脩補及官典兵防一事以上所司速準例處分其
神都四面應須置關之處宜令檢校文昌虞部郎中王玄
珪即往檢行詳擇要害務在省功斟酌古今必令折衷還
日具圖樣奏聞（聖曆元年五月十九日）

置勞州都督府制　　制集（見唐大詔令）

朕聞舞干戚者所以懷荒遠固城池者所以款戎夷我國
家頃有營州茲爲膚障使北戎不敢窺覘東藩由其輯睦
者久矣自趙翽失於鎮靜蕃部因此攜離頗有負塗之睽
旋聞改邑之歎高墉塡壍故里爲墟言念於此每思開復
達奚饒樂郡王李大酺賜婚來朝已納呼韓之拜契丹松
漠郡王李失活遣子入侍彌嘉秺侯之節咸申懇請朕所
難爲宜恢遠圖用光舊業其營州都督宜依舊於柳城置

置北都制　　制集

經邦創制建都設險必因時順人統物立極我國家以神
武聖德應天受命龍躍晉水鳳翔太原建萬代之模爲億
兆之主猶成湯之居亳有（一作姬）周之興岐顧朕（一作朕以）眇身
纂承昌運守宗社（一作祖宗）之大寶恢中原之鴻業叶時卜宅
始經此（一作北）都事本因心情兼惟舊近者嘉（一作禎）祥荐至
休瑞屢臻此皆宗祐（一作祉）降靈神祇潛暨豈予匪（一作伊）菲德

獨享厥休昔堯理唐郊式建冊陵之地漢居洛邑更表南
陽之都今王業所興宮觀猶在列於邊郡情所未安非所
以恢大聖之鴻規展孝思之誠敬其并州宜置北都改州
爲太原府刺史爲尹司馬爲少尹太原晉陽爲赤縣諸縣
爲畿縣官吏品第視京河南府（開元十一年正月一作唐大詔令）

詳定刑名制（詔令作頒行新曆詔）　　制集

條理

門下朕聞大德曰生肖天地而爲貴大寶曰位體宸極以
居貞所以經綸三才彌綸萬物順人心以敷化因天討而
立刑易稱明罰哀矜之志愈遠書云肆眚簡惠之道斯崇
故能象服畫冠化隆上葉道德齊禮刑清中代暨乎大道

旣隱淳風已衰元首司契御驕奢以臨下股肱賛道用深刻爲奉公罪名積於簡書玆章被於率土姬訓夏法峻網備於三千秦苛周科深文加於九族漢祖約法後嗣不勝其弊晋武蠲刑末流竟致一作臻其酷遂使茫茫區寓圖犴所以寔繁蠢蠢黔黎手足爲之無措自斯以降禁網愈密雖深衷準之書事切劉弘之奏太宗文皇帝至道難名玄功不測撥亂反正恤獄慎刑杜澆弊之餘源剗繁苛之峻法道臻刑措二十餘年恥恪之義斯隆惻隱之懷猶切王凡遺訓重令刊改瞻奉隆規興言感咽朕以虛寡夙嗣寶圖寅畏上玄憂勤庶類秉奔履薄懼一物之未安旰食宵衣慮萬方之多罪雖解網之德有慙列聖而好生之惠無

媿伊心於是仰遵先旨旁求故實詔太尉揚州都督監脩國史上柱國趙國公無忌開府儀同三司上柱國英國公勣尚書左僕射監脩國史上柱國燕國公志寧尚書右僕射監脩國史上護軍北平縣開國公行成光祿大夫侍中監脩國史上護軍蓨縣開國公高季輔銀青光祿大夫行黃門侍郎平昌縣開國公宇文節中書侍郎柳奭右丞段寶玄太常少卿令狐德棻吏部侍郎高敬言刑部侍郎劉燕客給事中趙文恪中書舍人李友益少府丞張行實大理丞元紹太府丞王文端刑部郎中賈敏行等爰建朝賢詳定法律酌前王之令典考列辟之舊章適其輕重之宜採其寬猛之要使夫畫一之制簡而易從約法之文詔令作章疎而不漏再移朞月方乃撰詔令作始勒成宜班下普天埀之來葉庶設而不犯均被皇恩詔令作均被上皇凡在群司詔令作臣逮于列岳其務在審愼稱朕意焉永徽二年閏九月十四日

刪定刑書制　制集

門下蓋大帝臨下覆燾之德彰焉聖人在上財成之跡著焉然則統天理運徵政令不能通其道經國訓人非渙汗無以宣其化故羲爻演繇后以施命誥四方虞典記言帝乃敷文備九域豈惟遒人振鐸理存乎闡敎象闕懸書義在於垂法雖時分步驟必脩詔令作循先甲之規代變驪騵無革達名之軌旣而淳源已徃澆風漸扇姦宄於是萌生譎詐以之飈起相彼群俗頗乖於信義顧之庶尹罕副於忠

勤尺一交馳徒有書亭之弊五條間出猶招掛壁之譏非所謂光闡帝圖作爲人極者也由此綠綈爰降尤慎於繁冗黃素所施彌崇於曉諭皇家創業抑揚前古粤在貞觀大啓憲章浹聲敎於幽遐燭文明於區宇鴻池衍誥統理詳密螭鈕騰文規模弘遠固以貽厥將來懸諸日月朕祗肅鴻業恭臨寶位握千載之禎符承百王之末緒凝神閑館託軒夢以憂人深誦康衢用堯心而拯物然以萬機事揔恐聽覽之或遺四海務殷慮綏緝之多闕南宮故事綜覈已殫內史舊章搜羅殆盡自御宸扆一作居每懷氷谷身雖處於巖廊情實係於億兆比者在外州府數陳表疏京下諸司亦多奏請朕以爲帝命多緒範圍之旨載弘王言

如絲彌綸之道斯洽前後處分因事立文歲序既淹條流遂積覽之者滋惑行之者愈詔令作逾怠但政貴有恒詞務體要道廣則難備事簡則易從故自永徽已來詔勅總令沙汰詳稽得失甄別異同原始要終捐華摭實其有在俗非便事纔省而悉除於時適宜文雖繁而必録隨義刪定類別詔令作以類區分上禀先規下齊庶政導生靈之耳目闢風化之户牖俾夫施之萬祀周知訓夏之方布之八埏共識司南之路仍令所司編次具爲卷秩施行此外並停自今已後諸有表奏事非要切並準勅令各申所司可頒示普天使知朕意主者施行儀鳳元年十二月五日

定刑法制詔令作頒行律令格式制　制集

門下朕聞唐虞膺録畫象而人知禁夏商御圖設刑而罪不息周秦以降沿革罕同漢魏而還條流浸廣雖或輕或重一弛一張義在於訓人事期於肅物然則刑辟勿用見稱於昔典法令滋章貽譏於前誓朕情在愛育志切哀矜疎網恢恢實素懷之所尚苛政察察良夙心之所鄙方冀化致無爲業先刑措近見所司進律令格式一一自觀至於經國成務之規訓俗懲違之範萬目咸舉一事無遺但能奉以周旋守而勿失自可懸諸日月播之黎庶何事不理何化不成先聖憂勤萬務遺念庶績或慮須有弛張所以汎令刪定今既綱維備舉法制弘通理在不刊義歸無改豈可更有異同別加撰削必年月久遠於時用不便當廣延群議與公卿等謀之今未有疑無容措筆其先律令格式之本宜早先布凡厥在職務須遵奉輙造異端妄踰軌躅者咸禁除之庶用刑符於畫一守法在於無二内外寮寀知朕意焉文明元年四月二十二日

申理寃屈制　制集

門下大帝降鑒無幽不燭下人上訴在屈必伸將使處巖廊者户牖絕千里之蔽詔令作遥御億兆者門庭無九重之隔故堯推心以撫俗業濟天下湯克己以察寃惠孚海内朕祗膺寶曆詔令作曆嗣寅奉璇圖常居安以戒危每在得而思失慮一夫之弗獲憂萬方之有罪以爲承平既久區寓至曠州邑相望衆庶殷阜事繁則詐起法弊則姦生念兹寃

滯載懷惻隱是以頻發詔書庶幾息訟比命申理未副朕懷百姓雖事披論官司不能正斷及於三司陳訴不爲究尋向省告言又却付州縣至有財物相侵婚田交争或爲判官受屬有理者不申或以按主取錢合得者被奪或積嫌累載横誣非罪或肆忿一朝枉加殺害或頻經行陣竟無優賞或不當矢石便獲勳庸改換文簿更相替奪或於所部憑倩織作少付絲麻多收絹布或營造器物耕事田疇役即伍功程無半直又境内市買無所畏憚虚立錢價抑取貴物實貪利以侵人乃擄估以防罪或進退丁户等色多有請求或解補省佐之流專納賄賂或徵科賦役差點兵防無錢則貧弱先行詔令作充有詔令作行貨則富強獲免亦

有鄉邑豪（詔令作旋）強容其請造或酒食交往或妻子去還假託威恩公行侵暴凡如此事固非一緒經歷臺省往來州縣動淹年歲曾無與奪欲使元元何所控告見在京訴訟宜令朝散大夫守御史中丞崔謐朝散大夫守給事中劉景先朝請郎守中書舍人裴敬彝等於南牙門下外省共理寃屈屬戶所有訴訟隨狀爲其勘當有理者速即奏聞無理亦語發遣其有虛相構架浪擾官方若更憑分喧訴不絕者宜即科決使知懲厲仍限今年十二月内使了其在外州縣所有訴訟寃滯文案見未斷絕者並令常處速爲盡理勘斷務使甘伏勿使淹滯若處斷不平所司糾察得實者所由官人隨即科賦（一作條付）布告遐邇使知朕意主

者施行（儀鳳二年十一月十三日）

省獄官制（詔令作減大理丞廢秋官獄勅）　　制集

鸞臺崇德簡刑列辟之彝範併官省事有國之良圖聖人執契以乘時道苞乾大善政改絃而馭俗義叶鼎新朕虔荷先基恭臨下土運一心之淺慮憂四海之群生馭朽載兢踐氷惟惕幸賴九玄垂裕七廟宣靈天地以清風雨咸若菽粟登稔彊徼無虞茂祉日繁殊禎歲集荅昊穹之睠命順億兆之誠祈蒼璧靈壇展嚴禋於上帝黃金秘牒追顯號於前王大典聿申鴻符允暢斯實祖宗之遐慶函夏之多福豈朕虛薄能臻此乎但萬歲初元肇開昌曆九章恒憲甫釋嚴科遠近無縲絏之寃老幼有歌謠之樂人皆遷善政在惟新丹筆刑官已絕理梧之聽黃沙獄户將爲鞠草之場而法禁之曹寀寮斯衆司刑一局便有八丞既空囚徒靜無推案豈煩多士虛習夏書宜減二員俾從他職文昌國府建禮天闈庶政是歸具寮攸仰諒青縑之美地非頳服之攸居雖復時有申讞頗斯聽斷兩造之文必具五詞之理亦窮詎彼徙牢方甄枉直先臺置獄甚謂非宜今欲摠撤踈羅寧可別施囹圄其秋官獄即宜除毁朕既深居秘宇不能徧覽綿區惟伏時賢共康天下州縣牧宰寄重親人僚守勾曹任惟綱紀百姓或有愆犯必須盡理推尋審知罪狀分明方可禁身科斷不得纔聞小過遽繫圜扉高下其心同叔魚之鬻獄輕重其筆奏定國之平

刑黜吏從姦恣其乾沒要囚多滯積以炎凉有一于兹當加貶譴幸悉心而慎罰同底績以勝殘佇弘勿辟之規用闡無爲之化將使三千之罪永絕於當年豈惟數百之刑僅寬於昔代布告天下識朕意焉（萬歲登封元年十月十三日）

申寃制　　制集

門下九重嚴邃非叫閽之可聞萬邦遐曠因表疏而方達朕尊居黃屋乃心（詔令作心念）蒼生微物不安每切納隍之慮一人失業更軫宵衣之懷思欲下情上通無令壅隔所以明四聰者也其官人百姓等有寃滯未申或獄訟失職或賢才不舉或獻納（詔令作進獻）謀猷如此之流任其投匭凡百士庶宜識朕懷（神龍元年二月二十七日）

卷終

文苑英華卷第四百六十五

詔勅七

戒勵官寮制　蘇頲

門下法之所設本以懲非令之必行期於禁止致理爲要何莫由斯至如官典受贓國有常法承前雖有處分在外多未遵奉且不戒視成爲暴不令而罰爲虐豈含容之日（詔令作自）久將訓導之未明歟朕情存畫一過欲不貳恐愚人陷罪莫識隄防姦吏徇私自嬰徽纆永言於此明發興懷今日已前既往不咎今日（詔令作九百）已後有犯必繩朕不食言爾無荒怠所以勤勤懇懇預戒百官（詔令作九百）者蓋以罰止罰可不慎哉告示遐邇令知朕意主者施行（先天二年九月七日）

每日聽政勉勵百寮勅　前人

勅三春布和萬物資始而去冬無雪以迄于今將何以敬授人時欽若天道豈政有所缺將教有不明致茲亢旱深用祗惕堯舜以百姓爲心禹湯以萬方罪己朕雖薄德匪敢遑寧自今以後每日聽政思弘道理俾康庶績至於日旰忘食未明求衣惟懷求圖朕之志也凡百在位可不勉歟（開元四年正月七日）

命新除牧守面辭　前人

勅自古帝王莫能獨理爰樹侯伯所以分政則今刺史之（詔令無之字）謂矣蓋欲亭之毒之納於富壽不夭不札以致和平朕受天睠命作人父母殷鑒遠圖罔知攸濟頃者都督刺史惟良是求而寂寥厥聲孰副虛想豈六條察舉未詢事以考言將三載黜陟不責實而求當遂令進之則易吏煩於送迎退之則難人務於苟且豈所謂安孤老長子孫之意邪漢宣由是興言劉廣爲之長歎誠有旨也今事誚伊始邦政惟新俾凝庶績思改前弊自今已後都督刺史每欲赴任皆引面辭朕當親與疇咨用觀方略到任之後宜待四考滿隨事褒貶與之改轉諸州上佐五品已上應改轉限亦宜准此夫類其才則適用久其事則有恒致用孰恒未聞不致於理也（詔令作九）咨爾在位可弗勉哉（先天二年二月十四日）

誡百寮與供奉人交通制

勅朕聞事君者必在至公行已者貴於獨立如聞供奉近侍之輩比日因循（一作皆因循節）廣有招携未能周慎爰與朝列頗相闒茸苟非親表不合數至門庭多行請托便涉趨附眷言此弊須革前非宜體朕懷深自戒勵自今已後百官輙不得與入內供奉人往還

誡勵御史制　內制

勅御史之職邦憲是司先正其身始可行事當須舉直錯枉不避親讎糾慝繩違務存公正如聞愆過陰自鼓動不即彈射自樹私恩（詔令作恩私）曾無忌憚仍有請托將何以寄之鷹隼用屏豺狼如此當官深負所委自今以後不得更然

誡勵兵吏部侍郎及南曹郎官制　孫逖

勑銓綜之司名器所屬苟虧審慎必有姦濫及今按詰其數頗多焉有害群罪雖在於胥吏龜之毀櫝過亦由於主守其御史中丞楊慎矜所奏前後知銓侍郎及南曹郎官等忝効職司不能舉察合投嚴譴用肅慢官猶以久踐朝班夙昭人譽過其能改必在增脩特宜寬宥俾自懲警

誡勵吏部兵部禮部掌選知舉官等勑　前人

勑官邪則敗國賞僭則利淫自昔至言政之明誡朕祇膺大寶豈忘兢業臨馭已來且踰二紀期大道之成化冀天下之爲公凡百卿士豈不協力而選舉之司委任尤重若名器失序則勸沮何施近者流外銓曹頗多逾濫有塵清

議實紊彝章胥吏之徒雖則微賤仕進之路終爲厥初必澄源流無雜涇渭不慎於細其傷則多小既不可不懲大亦不可不誡其吏部兵部禮部掌選知舉等官各宜飭勵當盡至公必須杜邪枉之門絶請托之路何止一變仍圖永清且銓綜九流必仗賢俊取諸賞鑒立斷可知何至淹時至稽團奏開聞之後餘甲未終既滯官曹長茲罪過舊選未畢新格復修此乃因循實爲煩弊自今以後吏部選入三月三十日已前團奏事畢其兵部二月內畢其流外銓及武舉專委郎官恐不詳悉共爲取捨適表公憑每至留放之時皆就尚書侍郎對定既上下檢察庶在得人而覆車尚在殷鑒非遠法不可廢宜識朕懷

誡勵兵吏部兩司勑　前人

勑設官分職將以奉法禁非實在上下叶心中外一德共熙庶績用絶姦源如聞百司頗皆寬縱遂令胥吏得以挾私近者兵部令吏因令推鞫或在選曹增減之狀雖小人之過則惟其常永言在官亦爲暁略朕今申之寬宥許以自新庶觀將來冀能効節至如（詔令作於）兵吏兩司是掌衡鏡進趨者非一挾姦巧者亦百端推而言之或所未免無謂幽昧朕皆察焉各宜盡心靖恭爾位

誡勵風俗

誡勵風俗勑四首　制集

勑建立州縣列置官司所以導俗宣風懲姦息暴頃以承

平既久中外晏安人懷弛慢之心官無警覺之意遂使綏宋二州屢奏亂常之黨荊并兩府頻言構逆之徒發露雖復數州包藏猶慮未絶此等妖訛尋自伏誅旬日之間驚害良善誠按察寬縱禁止不明或使無辜陷於非命興言及此深用惻隱（詔令作隱惻）自今以後在州縣官寮各宜用心檢校或惰於農業專事末遊或妄說妖訛潛懷聚結或棄其井邑逋竄外州或自衒醫工（詔令作占）誘惑愚昧諸如此色觸類旁求咸須防糾勿許藏匿又屬當首夏務在田蠶雖則各鮮趨時亦資官府敦勸若能肅清所部人無犯法田疇墾闢家有餘糧所由官人宜加考第功狀尤異者別加外擢若爲政苛濫户口流移盜發罕能自擒逆謀爲外境

所告輕者年終貶考甚者非時解替御史及臺郎出使審加訪察各以狀聞宜宣示諸州各令所在知悉（文明元年四月十三日）

二

門下朕克纘丕業誕膺景命憲章昔典欽若前王克己勵精緬思至道宵衣旰食勤脩庶政夙夜寅畏匪遑底寧若涉泉氷罔知攸濟頃屬殷憂啓運多難興邦禮義載復品物咸乂思欲致萬姓於仁壽歸六合於昇平求言政途庶幾沿革猶恐學校多闕賢俊罕登牧宰不存政理農桑未加勸導樽俎之儀不習冠婚之禮莫脩朕所以當宁興歎載懷兢惕者矣庠序者風化之本人倫之先仰州縣勸導知禮節每年貢明經進士不須限數貴在得人先賢廟及

州縣學即令脩理春秋釋菜使敦講誦之風天下有奇才異行沈伏不能自達及官人百姓有能極言時政得失者並令本州責狀封進鄉飲禮廢爲日已久尊德尚齒弘益極深宜令諸州每年遵行鄉飲之禮令有勸慕王公卿士務存訓獎子弟成立則有冠婚婚禮糟粕或存冠禮久爲廢闕自今以後並行冠義責以成人之道使知負荷之難食爲人天農爲政本綏撫萌庶勸課農桑牧宰之政莫過乎此刺史縣令有課最尤異委廉察使名聞當別加甄擢縣令字人之本明經爲政之先不稍優異無以勸奬縣令考滿考詞使狀有清字無負犯明經及第常選每至選時量加優當若屬停選並聽赴集真如設教理歸清凈黄老垂範道在希微僧尼道士女官之流並令修習真寂嚴持戒行不得假託功德擾亂閭閻令州縣嚴加檢察私度之色即宜禁斷諸州縣官有不因選序別犯贓賄非時除受官等皆依倚形勢恣行侵剝如有此色仰州長官録事叅軍速勘責奏聞訖宜停務待進止仍委吏部兵部速勘責處分諸州百姓多有逃亡良由州縣長官撫字失所或住居側近虛作破除或逃在他州橫徵隣保逃人田宅因被賤賣宜令州縣招携復業其逃人田宅不得輙容賣買其地任依鄉源（詔令作原）例租納州縣倉不得令租地人代出租課寺觀廣占田地及水碾磑侵損百姓宜令本州長官檢括依令式以外及官人百姓將莊田宅舍布施者在京並

令司農卿即收外州給貧下課户凡此數事咸宜區分繫乎風俗義存奬勸刺史縣令等各申明舊章勉思撫輯罷凋弊之務歸淳厚之源訓導黎蒸宣我朝化書不云乎德惟善政政在養人布告天下咸知朕意（唐隆元年七月十九日）

通鑑唐隆元年七月庚戌朔二十日己巳改元景雲詔令只作十九日是矣英華於十九日之上添二字恐非

三

黄門朕聞天爲大者莫先於育物物最靈者莫甚於愛人故樹之后王以康兆庶朕緬鑒前烈深惟遠圖懼德之不脩化之未偃寅畏夙夜如臨泉壑然則疇咨命於四岳黜

陟存乎三載既以百姓爲心明非一人獨理今之牧守古稱侯伯賢者任之則循良之迹著不賢者任之則愁苦之聲作每冀精於所擇委之命（詔令作前）往豈時或頽靡苟且尚多而吏之殊尤寂寥不嗣静言政要朕用憮然閒歲水旱周於郡國倉廩不蓄閭閻荐飢加以出攝頗多冗官增弊至於處置皆憑刺舉當於京官内簡宏才通識堪致理興化者量授都督刺史等久在外藩頻有昇進狀者量授京官使出入常均永爲恒式課最超等必議昇遷循默守常必裁貶黜昭賞罰不可不慎屬冬朝禮成春事方起朝集使等俾還所蒞欽若朕言官寮間或幹濟清苦或貪濫侵漁灼然稱職及不稱職並委都督刺史審察奏聞罔或阿容自貽悔咎諸道雖遣使存問尚切憂勞牧宰等深體朕懷各宜隱恤交至乏絶者速量事優當公私債負停徵至秋州縣差科務減常日昔國僑相鄭以至和平曹參相齊貴於清静清静則不擾不擾則和平和平則不争不争則知耻愛費而與休息除煩而從簡易自當農者歸隴畝蠶者勤紡績既富而教乃克有成導德齊禮不遠斯復庶幾在位弘朕此心九厥遐邇各令委悉主者施行（開元二年正月十三日）

四

勅國家祖武宗文重熈累洽克清寰極大庇生人玄德獨化與乾元而資始至道無名合（詔令作含）帝先而首出自削平區宇混一車書六合晏然百有餘載則我文武之業有大造於生靈朕嗣守丕運纂成鴻緒恐不敷弘前烈光闡圖夙夜祗畏若臨泉谷曷嘗不恭默思道寤寐勤政從人之欲每以百姓爲心屈己之勞常矜一物失所且夫法久而弊法弊則通制國以立法爲先教人以地著爲事自屬清晏人多媮怠國章或弛吁僞寔繁今正朔所及封疆無外雖户口且增而租賦不益莫不輕去鄉邑共爲浮惰或豪人成其泉藪或姦吏爲其（詔令作之）橐囊逋亡積歲流蠹日滋雖朕之薄德罪則在予亦官無其政吏不守法耳今欲去其末而歸其本閑其邪而正其德使法有所立人知嚮方是用恤孤窮逸通貸式廣自新之路俾申莫厚之恩

禁制

禁斷錦繡珠玉制（詔令作勅）　蘇頲

勅朕聞召公曰弗作無益害有益孔子曰奢則不遜儉則固斯乃聖人（詔令作賢）之至言矣叔代遷訛僻王驕縱惟崇（詔令作顧禁）於王盃象筯不務於捐金抵璧好之者君也習之者人也即用疋帛服長纓之類歟朕爰在幼冲每期質朴手未曾持珠玉目未嘗觀錦繡頤言其志造次不忘自寅奉體圖勉康政道常想漢文衣綈之德晋武焚裘之事竟未能令行禁止敦本棄末朕甚懼之今王侯勲戚下洎厮養所得者重於遠所求者貴於異至雕文刻鏤衣紈履絲習俗相誇殊塗競爽有妨於政無補於時豈朕言之不明教

之未篤也且一夫一女不耕不織則天下有受其飢寒者令四方晏如而百姓不足豈不以尚於珠玉珍於錦繡墾田疇而奪其務出布帛而害其功歟其珠玉錦繡等自今以後切令禁斷如更循舊弊並歸罪長官仍令御史金吾嚴加捉搦州牧縣宰勸督農桑待至秋收課其貯積使人知禮節俗登仁壽有司仍爲條例稱朕意焉（開元二年七月三日）

斷珠玉等制（詔令作焚珠玉錦繡勅）　内制

勅朕聞珠玉者饑不可食寒不可衣故漢文云彫文刻鏤傷農事錦繡纂組害女功農事傷則饑之本女功害則寒之源又賈生有言曰夫人一日不再食則饑終歲不制衣則寒饑寒切體慈毋不能保其子君焉得以有其人哉朕

以恥身託于王公之上曷嘗不日旰忘食未明求衣思使返朴還淳家給人足而倉廩未實饑饉相仍水旱或愆糟糠不厭静思厥故皆朕之咎致有漿酒藿肉玉食錦衣互相夸尚浸成風俗夫令之所施惟行不惟反人之所化（詔令作化上）從行（詔令作好）不從言是以古先哲王以身率下如風之靡何俗不易此事近有處分當以施行朕若躬服珠玉自玩錦繡而欲公卿節儉黎庶敦朴是使揚湯止沸洪海無濡不可得也是知文質之風自上而始朕欲捐金抵玉正本澄源所有服御金銀器物今付所（詔令作有）司令鑄爲鋌仍別置掌以供軍國珠玉之貨無益於時並即焚於殿前用絕浮競至誠所感期於動天况於凡百有遺朕命其宮掖之内后妃以下皆服澣濯之衣永除珠翠之飾當使金土同價風俗大行日用不知克臻至道布告遐邇知朕意焉（開元二年七月）

禁斷女樂勅　蘇頲

勅朕聞樂者起於心心者動於物物不正則不可爲樂樂不和則不能理人况天生黎蒸區別男女外則導之以禮中則由之以樂苟或不臧孰云致理自有隋頹靡庶政彫弊（詔令作缺）徵聲徧於鄭衛衒色矜於燕趙廣場角抵長袖從風聚而觀之浸以爲俗此所以戎王奪志夫子遂行也朕方大變澆訛用清淄蠹眷兹女樂事切驕淫傷風害政莫斯爲甚旣違令式尤宜禁斷自今以後不得更然仍令御

史金吾嚴加捉搦如有犯者先罪長官務令杜絕以稱朕意（開元二年八月七日）

禁斷大酺廣費勅　前人

勅禮存寧儉書戒無益約費畜財爲國之本至如賜酺合宴正欲與人同歡廣爲聚斂固非取樂之意况目徇於奢是不誠也心勞於僞是不經也殷鑒于此良增（詔令作用）憮然自今以（詔令作已）後兩京及天下大酺（詔令作酺宴）所作山車旱船結綵樓閣寶車等無用之物並宜禁斷（先天二年八月二十五日）

禁斷妖訛等勅　前人

勅釋氏汲引本歸正法仁王護持先去邪道失其宗旨乃般若之罪人成其詭怪豈涅槃之信士不存懲革遂廢津

深眷彼愚蒙相陷坑穽彼有白衣長髮假託彌勒下生因為妖訛廣集徒侶稱解禪觀妄說災祥或別作小經詐云佛說或輒畜弟子號為和尚多不婚娶眩惑閭閻觸類寔繁蠹政為甚刺史縣令職在親人拙於撫馭是生姦宄自今以後宜嚴加捉搦仍令按察使採訪如州縣不能覺察所由長官並量狀貶降（開元三年十一月十七日）

禁斷臘月乞寒勅　前人

勅臘月乞寒外蕃所出漸漬成俗因循已久至使乘肥衣輕競矜胡服闐城溢陌深玷華風朕思革頹弊返於淳朴書不云乎不作無益害有益功乃成不貴異物賤用物人乃足況妨於政要敗（詔令作取非）紊禮經習而行之將何以訓

自今以（詔令作已）後即宜禁斷（開元二年十二月七日）

勅（詔令作禁）天文圖讖制（詔令作詔）　常袞

勅天文著象職在於疇人讖緯不經蠹深於疑衆蓋有國之禁非私家所藏雖裨竈明徵子產尚推之人事王彤必驗景略猶寘於刑典況動涉（詔令作皆）訛謬率皆（詔令作是）矯誣者乎故聖人以經籍之義資理化之本不言曲學實紊大猷去左道之亂政俾彝倫而攸叙自四方多故一紀于茲或有妄庸輒陳休咎假造符命私習星曆共肆窮鄉之辯相傳委巷之談飾詐（詔令作偽）多端順非而澤熒惑州縣詿誤閭閻懷挾邪妄（詔令作懷挾邪紀）莫逾於此其玄象器物（詔令作局）天文圖書讖書七曜曆太一雷公式等準法官人百姓等私家並不合輒有自今以（詔令作已）後宜令天下諸州府切加（唐書作宜）禁斷各委本道觀察節度等使與刺史縣令嚴加捉搦仍令分明牓示鄉村要路并勒隣伍遞相為保如先有藏畜者限勅到十日內齎送官司委本州刺史等對衆焚毀如限外隱藏有人糾告者其藏隱人先決杖一百仍禁身聞奏其糾告人先有官及無官者每告得一人超資授正員官其不願任官者給賞錢伍百貫文仍取當處官錢三日內分付訖具狀聞奏告得兩人已上累酬官賞其州府長史縣令本判官等不得捉搦委本道使具名彈奏當重科貶兩京委御史臺切加訪察聞奏準前處分咨爾方面勳臣洎于連庶尹罔不誠亮王室簡于朕心無近憸（詔令作宵）人慎乃有位端本靜末其誠之哉（大曆二年正月癸酉）

文苑英華卷第四百六十五

文苑英華卷第四百六十六

批答一

答上尊號

答百寮上尊號第四表　内制

省表具知前上三章皆有報旨推本帝王之道研究天人之際可謂盡矣能無亮（一作諒）哉朕辭愈堅來奏愈懇考著龜之意酌卿士之心義貴從人事難徇志然體未濟之象敬慎居方（一作警慎將然）復大畜之文模法往行虞舜勤人以恭巳文王事帝而小心自勵則鑒乎殷湯盤銘持盈則戒乎周廟歌器還珠却馬使無媿於前脩（一作賢）菲食罷臺冀有示於來代率是道也庶無悔乎勉徇（一作遂）群心祗循祖訓

敬允誠請愧惕良深（寶曆元年四月三日）　一作皆唐大詔令

答元和南省請上徽（一作尊）號表　常袞

省表具知朕纘嗣鴻業託于王公之上常恐陟道猶淺燭理未明夙夜祗畏罔或（一作敢）寧逸至於法天象以垂制順人心而平亂立刑辟而不峻興禮樂（一作教）而不倦簡出澆浮延納忠直思濟于道保合大和今寰海削平載櫜弓矢皆賴於輔弼之誠（一作臣）盡規於左右將帥之畧宣力於邦家循省表章請崇徽號武功文德揚美於予用愧于懷何以及此尚以昆夷未叙邊鄙猶虞不果（一作敢）允從宜斷來表（元和十四年）　一作皆唐大詔令

答請上尊號第三表　前人

省表具知昔我祖宗每崇徽號皆以道侔天地澤被生靈故請之不疑而受之不愧是謂典禮鴻光赫然朕以寡昧祗承寶位寅恭（詔令作虔躬）惕厲不敢荒寧常懼理化未敷非以自尊爲善（詔令作意）若蕩清冦孽脩舉政刑此乃中外英賢叶心所致況復前蹤亦巳言之卿等善則稱君過陳功德表章三至益愧于懷豈大體之必然何懇言之不巳沉吟終日未果允從

永貞元年答宰臣請上尊號表　編制

省表具知伏以高祖太宗接千載之統垂無疆之休太上皇承九聖之烈傳莫大之慶嗣德纘業允武允文弘帝堯之欽明宗玄元之清靜付朕天下顧神保和至道光於唐

虞至仁合於天地卿等虔述休德祗獻鴻名循省再三允符朕志（詔令作意）朕獲守寶位丕承睿訓雖嚴恭寅畏不敢怠遑而澤未洽於群生理未臻於皇極遽言徽號何以當之雖嘉乃誠難遂來請其上獻太上皇尊號宜依所奏凡百卿上當體至懷

元和二年答宰臣請上尊號第三表　前人

省表具知朕獲承丕緒以撫萬邦照臨無日月之明膏潤無江海之浸常恐吉蠲雖備未享於天心教導雖勤未諧於人欲諒慙非德敢議鴻名而卿臣宗公群后庶尹上引祖宗之丕矩下述黎獻之深誠誡予以處泰而思勞告予以受名而務實陳以懇迫至于再三先典不可以固違群

情不可以屢阻與其牢讓而繁飾不若納規而徇公遂捬至懷勉從來請顧惟不稱兢惕殊深十二月二十二日

元和十四年答宰臣請上尊號第四表　編制

省表具知建崇名加大號必自盛德而因全功苟非其時難以擬議朕紹十皇一作聖之統緒尊百代之憲章冕而事天憂慄一作懼不暇乃者忠臣敦化良將策勲有冠難而必殄必平用兵戈而不蝗不旱此乃多士叶力成茲小康豈予一人獨運而致卿等四陳章疏每瀝肺肝同一作表士庶之誠心徵朝廷之故實願飾虛美皆爲過談諭而復來勢不可止雖重煩典禮殊不自安而深念奏陳亦當從欲一作允勉依所請良用愧懷六月七日　一作皆唐大詔令

大中元年答宰臣請上詔令作百寮請加尊號第三表

省表具知朕獲承丕業詔令作緒奄有萬方憂物之心常懷惕厲荷天之力漸至底寧此皆中外元僚文武庶政咸有一德以臣冲人而卿等猥以鴻名加于非薄拜章瀝懇至于再三伏念自列聖以來何嘗無今日之請然卒不能讓者上慰宗廟之靈下迫群臣之願粵予小子豈敢乆勞卿士大夫之心哉敬允乃誠良深自媿所乞宜依十月

長慶元年批宰臣請上尊號第二表　元稹

省表具知朕聞天職生植聖職教化天職舉則四時行聖職修則萬方理然而天不以行四時而爲德故蕩蕩無名聖不以理萬方而爲功故謙謙不宰顧朕小子獲承丕圖上賴祖宗之靈下託股肱之力先定鎮冀次來幽燕皆吾日月之所照臨車書之所轍跡失之則有以自愧得之則何足自多況今四海雖清物力方困六戎雖伏邊備尚勞百吏雖存官業詔令作守多曠萬目雖設紀律未張有此四者不敢遑寧思與卿等夙夜俾乂卿宜爲我提振大法修明政經讋集作懾竄戎夷阜康黎庶四者既理名焉用之朕方以皋夔之務委卿卿宜以堯舜之事敎我詔令作朕驟加徽號深恥近名循省表章難遂集作徇來請四月

批第三表　前人

省表具知昔齊桓議封禪管仲詔令作叔牂驟諫其未宜晉武平江東何曾深惟於詔令作其遠馭彼二臣者居安思危之志明而有隱無犯之誠切也況朕寡德謬膺集作應昌期賴先帝削平之威蒙列聖浸漬之澤聿來燕冀甫詔令作克靖華夷既無德而有成實以祥而爲懼卿等所宜朝夕納誨警予荒寧雖休勿休日慎一日而乃過爲溢美頻上鴻名諒多丹集作志赤之誠殊非藥石之愛汝爲予礪爲朕揣磨集作摩汝爲予舟爲朕康濟强我懿號不若使我爲有道之君加我虛尊不若居我於無過之地宜罷來請用副延懷

批第四表　前人

省表具知朕以正月元日祗見于九廟對越于上玄千官在前萬乘在詔令作居後覩聲明文物之盛望城社宮闕之尊尚念高祖大宗艱難於經營德宗憲考殷勤集作憂於丕纘

後惿不克負荷以羞前人寅畏嚴恭式冀無過而燕趙底定戎馬和寧實惟列聖之休安（集作焉）敢自大其意左右輔弼庶尹師長猥以鴻名願加薄德三詔執事抑而不（詔令作未）行物議逾（詔令作愈）堅亨衷未信四陳章表備引（詔令作列）古今且曰告虔之時寧忘繼志問安之下胡不慰心事有切於顯榮理難從於封執於戲允恭克讓既見奪於群情克己為仁庶自勤於三省勉依來奏深用愧懷（五月）

答元義等請上尊號表　白居易

省表具知朕自君臨運逢休泰歲時豐稔兇醜殄夷此皆宗社降靈忠賢宣力顧惟寡德敢受鴻名卿等發于（集作中發）懇誠上尊美號雖屬人望難貪天功宜悉所懷勿固為請

答黃裳請上尊號表　前人

省表具知朕以薄德嗣守不圖不敢遑（集作荒）寧以弘理道幸屬歲時豐稔兇寇梟夷風雨不愆祀（集作禮）圜丘以報（集作而致）本雷霆未震釁太社而服刑斯皆十聖降靈幽贊寡昧百辟叶德馴致和平永惟鴻名實懼虛美卿上稽祖訓下酌群陳獻表章請加徽號洎于公卿士庶（集作王公卿士）降及耆艾緇黃咸一乃心各三其請朕嘗以宰元化者曲成於物法天道者從欲於人雖恤隱泣辜未臻三五之化而樂推忻戴難違億兆之心德非稱焉讓不獲已勉從所請深媿于懷

答李扞等謝許上尊號表　前人

省表具知朕自臨萬邦僅經三載位雖託於人上化未洽於域中永念眇身敢當大號卿等義深宗室忠盡君親一其精誠三有陳獻迫於人望獻于天心遂抑所懷勉從其請固辭而事非獲已撫德而何以堪之再省謝章彌增惕慮（集作屬）

答賀赦

答朱仕明賀冊尊號及恩赦表　前人

省表具知朕以寡德嗣承睿圖俯從眾情（集作誠）勉受鴻稱慶之大者豈在予一人推而廣之宜及爾百姓爰因受冊之禮遂施作解之恩俾與群生同斯大慶卿盡忠訓旅推美奉君省茲賀陳深見誠至

批宰相賀赦王承宗表　前人

省表具知先臣武俊功不可忘後嗣承宗過而能改朕所以捨其罪悔議以勳親垂宥善（集作過）之恩尚宜及爾十代引泣辜之責誠合在予一人與其黷武而取威不若匿瑕而務德卿等重居台輔密贊謀猷發於忠（集作表）誠有此稱賀省閱章表（集作奏）嘉歎久之

答賀德音

答王承宗謝洗雪及復官爵表　前人

省表具知帝者之道蕩然無私唯推赤心以牧黔首故一夫不獲若納之於隍一物歸誠則容之如地況卿家聯懿戚寵自先朝祖立茂功賞延後嗣因人詿誤不汝疵瑕浸

滌集作以恩波喣之龍澤撫舊封而察兼六郡進新律而統制三軍蕩織加恩何以過此及觀觀集作來表乃見深誠言必由衷事皆知感承家襲慶誓繼力於前修補過酬恩願指期於後効未言爾志甚叶朕懷勉思始終用副眷矚所謝知

答李嗣賀處分王士則等德音表　前人

省表具知朕臨馭天下以懲勸爲先有惡必誅無功不念顧承宗之罪誠合討除思武俊之勳宜令嗣襲兒墳墓禁其前伐將校許以歸降庶明用師蓋非獲已卿職修卿寺誠奉宗枝省茲賀章備見忠盡

答王鍔賀賑䘏江淮德音表　前人

省表具知水旱流行江淮艱食朕明申詔旨親遣使臣蠲其逋租賑以公廪爰興利物之利用表憂人之憂庶俾疲氓均沾惠澤卿克勤所乃集作職共理爲心省茲賀陳深見誠意

答宰相杜佑等賀德音表二首　前人

省表具知古先聖王既託集作詑于人上與百姓同其欲與天下同其憂唯是推集作推是心可底于道朕臨御萬國迨茲五年惕厲之懷雖勤於夙夜伏臘欲伏集作之候猶害於歲時思革弊以救災在濟人而損己是用欽刑緩死責己恤貧罷郡國之貢珎省宮廐之煩費延春令而布仁行惠先南風而解慍阜財庶憑歡心以召和氣卿等或匪躬獻替或悉力弼諧啓沃之間已申霖雨之用燮理之際佇見陰陽之和各宜勉之以輔予理所賀知

二

省表具知朕以春候發生歲功資始順陽和而布政賑貧乏而勸農載念罷罪集作罪非人因除弊事隨其所利施以爲恩冨庶之端實漸於此卿等義敦宗戚誠揭君親省茲賀陳用增嘉歎

答宗正卿李詞等賀德音表　前人

省表具知朕統承鴻緒子育蒼生累歲有秋今春不雨在陰陽之數雖有盈虛爲父母之心敢忘惻隱俾除人弊以盪歲災卿等任重宗卿恩連屬籍省茲陳賀深見忠誠

答將軍方元蕩等賀德音表　前人

省表具知朕以時暘舛候春澤愆期思備旱之方無如貶省務動天之德莫若精誠是以修己恤人去煩節用冀荅天戒以致時和卿志竭邦家職修軍衛省茲章表深用嘉之所賀知

批宰臣賀下誅廻鶻德音表　封敖

省表具知廻鶻背棄恩親犯擾邊鄙梟音不息獸性難馴自號天驕常爲國患比者雖閑困弱尚肆猖狂朕念以親姻隱忍而已良思忌器難決用師皆無悔禍之詞屢有干誅之狀戎臣奮志甲士齊心用奇而果建殊勳決勝而且無遺策今則公主歸止元兇逭逃罪惡既盈誅夷難逭用

須制命以正典刑每思除害之言臣以隹兵爲念故非獲已有愧賀章

文苑英華卷第四百六十六

文苑英華卷第四百六十七　翰林制詔四十八

批答二

答賀破賊

答宰臣賀破賊狀　張説

省表具知蠢茲戎狄侵軼邊鄙不交鋒刃自取敗亡既邊將之功亦天道所棄心之有慰與卿同之

答薛平（集作華非）賀生擒李錡表　白居易

省表具知朕自嗣耿光每多惕慮念必先於除害志無忘於安人李錡大負國恩自貽天討（集作罰）師徒未勤（集作動）於疆埸父子俱肆於市朝信上天之禍淫與率土而同慶省視來表深鑒乃誠所賀知

批百寮賀王宰破陽城縣賊表　封敖

省表具知討彼狡童苹乎茂（疑作戎）卒星霜既換牛馬未遑每軫勞懷渴聞捷報今者王宰麾下大破賊徒廣治砦既巳平除陽城縣復見誅臧自茲乘勝足以震威蕩定有期凱旋可徒（疑作待）外禦多忠臣之力内謀有賢相之籌豈無成功亦復何慮所賀知

批宰臣賀石雄破賊陣表　前人

省表具知有名之伐義勇爭登干紀之兇幽明共戮逆順之理何嘗不然况内有賢相之謀外多良將之力舉則必勝動皆成功吉語屢聞　來獻相繼於道涂斬級申威每盈於原野畜產兵仗所獲蓋多武力軍聲殊

爲善陣想其危亟坐見清平卿義極謨猷道光翼贊推功之賀懷愧良多所賀知

批宰臣賀正月一日河中陳許行營破迴鶻表　前人

省表具知迴鶻恃衆忘恩棄盟犯境朕以勲親是念討伐未行而乃尚肆梟音敢回佷顧恣行驅劫涂（疑）見奔衝戰士等蓄鋭多時奪身自効循鬬之歎何足以枝梧成擒之虜幸獲於逃遁蜂蠆自殲馬牛皆歸此實上帝威靈輔臣謀畧豈寡薄德所可致焉循省賀章良多媿慰所賀知

批宰臣賀太原破迴鶻奪得太和公主表　前人

省表具知朕聞匈奴爲中國之患者久矣爰自漢魏迄于

周隋制控之謀罕見其術曁乎國朝以懷柔之道稍致和寧然猶邊兵遠屯貴主下嫁國用且費人心未寧昨者迴鶻以失國爲詞欵塞相託朕懸知矯詐且求（疑作示）含容旋肆梟音屢聞佷顧虜騎唐突羽書飛馳方命戎臣各嚴師律可汗不知藏匿尚敢猖狂繇是我載張天威震貔貅之勇暫奮其威稜犬豕之微豈煩於牙齒邊塵掃蕩公主歸還豈獨壯於茲辰實可超於遠古此皆上玄降佑九廟垂休台輔元臣咨謀允叶不然寡之寡昧何以致焉順羨之詞省章多愧所賀知

答賀表

答張九齡賀西幸延期表　魏知古（附見張九齡集）

省表具知朕初聞三輔之間今歲善熟朕緣陵寢誠欲西幸（集作行）然積累虛（集作歷一累）年乍得小稔即又聚食心所（集作所慮）重難儻夏麥不登未免匱乏百姓不足君（集作朕）孰與安所以弃三𤸎懷欲去不忍至於宫苑所樂氣候非宜苟得人安終不以此爲念𦊅可宣前旨更俟後期所請徧示朝列及宣付史官亦豈（集作忌蜀）煩也任卿等自商量

太宗答顔真卿賀肅宗即位表　常袞（附見顔真卿集）

省表具知兇逆亂常侵侮中夏曩者潼關失守京國不寧朕因涉岐梁至于巴蜀遂命皇帝肇登寶曆爰静祅氛今官軍益振回紇效欵即議（集作擬）南行共爲剪滅卿忠惟奉國孝則保家懷不二之心秉難奪之操皇帝累申寵命兼

以崇班宜有懋於深恩（集作功）且用光於重寄（集作守）

答段祐等賀册皇太子禮畢表　白居易

省表具知朕祗膺統序恭守典常爰推至公乃命長子使主國鬯用貞邦家册畢禮成良增感慶卿等各司軍衛同奉表章備見忠誠益深嘉歎所賀知

以下五篇並見集本

批李夷簡賀御撰君臣事迹屏風表　前人

省表具知朕思求理化親閲典墳至於去邪納諫之規勤政慎兵之誡取而作鑒書以爲屏與其散在圖書心存而景慕不若列之繪素目覩而躬行庶將爲後事之師不獨觀古人之象卿詞彰順美義見忠規省覽再三深叶朕意

所賀知

批百寮嚴綬等賀御撰屛風表　前人

省表具知朕烈祖太宗以古爲鏡用輔明聖實致集作理臻平垂作孫謀毋懼乎失墜取爲殷鑒遂飾以册青至若明君直臣前言往事森然在目如見其人論列是非旣庶幾爲座隅之誠發揮獻納亦足以開臣下之心况卿等職在儀刑政當補察各勤所任共副玆懷所賀知

答文武百官嚴綬等賀御製新譯大乘本生心地觀經序表　前人

省表具知朕勤求道本廣祀教源以真知不二之宗助清淨得一之化况斯經典時爲大乘名理精微翻譯成就雖

契心則離於文字而得意亦假於筌蹄庶使發揮因爲序述卿等精通外學懇竭忠誠引經贊揚奉表稱賀幷三省覽嘉歎久之

答蕭俛孟簡等賀御製新譯大乘本生心觀地經序狀　前人

省表具知大仙經典最上法乘來自西方閟于中禁將期利益必在闡揚遂命僧徒譯其句偈兼詔卿等潤以文言昨因披尋深得真諦悟本生不滅之義證心地無相之宗方勤護持聊著序引求言述作循愧聖明卿等賀陳良深嘉尚

答謝表

批王播謝官表　元稹

省表具知朕聞有衆不言弱有地不言貧是以管夷吾用區區之齊而諸侯九合今朕四海之大億兆之衆獨不能擒庭湊克融而曰物力先困朕甚惑焉况高祖太宗之法令具存德宗集作憲宗考之舊老集作章猶在制詰比下選狀集作投日聞較量重輕勤恤人隱而室閭盡耗縣官益貧職業壞隳程品差戾議論講貫殊無古風意朕聽之不聰而股肱耳目莫得宜其効也先皇帝以卿有廊廟之畫倚以爲相耿朕小子得而用之卿宜勉竭誠懷副玆屬集作囑望

答杜兼謝授河南尹表　白居易

省表具知卿文通史道學達政源凡歷官常輒聞績効觀

能以授俾亞理於三川試可而遷宜專臨其一府盡委封畿之政仍兼運漕之權歲時之間佇有勞集作勤効勉勤集作華爾職重副寄懷所謝知

答劉總謝檢校工部尚書范陽等兩道節度使表

以下四篇並見集本　前人

省表具知卿幼承義訓長有令聞能遵忠孝之風不墜弓裘之業朕所以命加異等寵冠常倫特授雙旌超登八座豈唯延賞亦在任能將懋前修勉申後効載省章疏深鑒誠懷所謝知

答裴垍謝銀青光祿大夫兵部尚書表　前人

省表具知卿自居鈞軸日獻謀猷載君常竭其股肱憂國

每形於顔色及嬰疢病益不遑安未踰四旬以至三讓撝謙秉㧑退之道堅懇陳難奪之詞遂抑朕心俯從卿請而七命印綬五兵尚書官秩甚崇事務稍簡兢以優養冀乎和平載省表章深見誠意所謝知

答薛苹謝授浙東觀察使表　前人

省表具知卿久踐吏途累聞能政及居藩鎮尤見忠勤訓道而群黎向方廉察而列郡承式實嘉乃績每簡于心宜遷雄劇之藩以廣循良之化勉於爲理副朕所懷所謝知

答李鄘謝三品狀　苑咸

省表具知以卿有渾厚之德貞固之行遠勵衣冠近光宗室況友于之美克替𠔌平故改以章綬之名用表禮賢之

意也所謝知

批劉悟謝上表　元稹

省表具知朕聞上黨亦天下勁兵處昔者李抱真用之一舉破朱滔再舉覆田悦訓養十萬威聲殷然人到于今號爲良將夫以卿之勇義才畧循將遠慕韓彭區區抱真夫豈難繼況以克融庭凑之狂賊小賊比朱滔田悦之結連大盜（集作懺大結連）是猶以孩嬰而校賁育也蜂蟻相聚其能久乎卿宜密運謀猷明宣號令避狂擊惰取暴撫羸勿爭虵豕之鋒直取鯨鯢之首再圖麟閣未涣縑緗無爲他人所先當使功居第一策勲在近勿復爲勞所謝知

答元膺（集作應非）授岳鄂等觀察使謝上表　白居易

省表具知夏口重鎮屬在時賢非明肅不能理其軍非簡儉不能阜其俗以卿有仁厚之質謇直之風累踐班行皆著名節遂輟中憲徃臨外藩知巳下車當（集作深）慰人望佇玆報政用副朕懷所謝知

答李鄘授淮南節度使謝上表　前人

省表具知卿抱兼人之才秉衜公之節每登要職輙（集作悉）著能名若刄發硎投而不滯如玉在佩動必有聲朕以距淮而南人物繁會非廉明何以貞師察俗非簡惠何以通商綏農前勞既彰後効何遠載省來表知巳下車勉副虚懷佇觀新政所謝知

答元素謝上表　前人

省表具知卿用兼文武識合變通輟綱領於中朝授麾幢於重鎮（集作外門）吏能足以惠物將畧足以董戎人望所歸予心是賴知卿巳到本鎮當慰疲人深籍撫綏之方以安凋瘵（集作弊）之俗日期報政歲望成功勉勤所圖用副朕意

答杜兼謝上河南少尹知府事表　前人

省表具知三川（一作帥非）封畿實重其任貳職綱紀亦難其人卿素懷器能累著聲績亞理以明慎選專領以展長才知巳下車當親綏撫佇聞報政用副憂勤所謝知

批敬昕謝上表　封敖

省表具知卿蹈履中和修絜大雅推經笥而微言如貫聽文韻而清音不窮亟稱才能歷踐華顯洎尹正洛汭臨戎

孟津洽（不避諱恐作理）行推高號令有律遞遷白馬重擁青幢接
畛素洽於謳謠先聲載揚於道路既聞至止當慰予懷所
謝知

批盧鈞謝上表　前人

省表具知負才略者不辭於難事付重難者思得於才人
朕以上黨雄軍壺關重寄劉悟始以勳力授之旌旄而擁
鄆州兇孽之餘汙潞府忠良之俗苟法脅衆僞言欺天洎
從諫襲有父兵坐邀朝命嘯聚姦惡稔成悖兇狡豎何知
群逆相濟以卿端厚可以鎮俗誠明可以訓戎舉二鎮之
旌旗滌五州之汙染果有變節翻爲吾人今元兇盡誅舊
風可復已知到鎮用深慰懷善撫傷夷務矜凋瘵俟爾報

政副予所知

批鄭涯謝上表　前人

省表具知卿道茂搢紳望高班列夷澹自處守（一作端）莊有
嚴直如朱絃清比嘉玉內庭西掖留重價於稚文憲府南
宮藹餘芳於嘉話出入更踐便蕃寵榮所涖有聲溢於聞
聽是用授之鈇鉞鎮以荊蠻壓江漢之上游撫吳蜀之都
會苟非良幹其誰付焉知已下車故多勞止勉弘政術必
副憂勤所謝知

文苑英華卷第四百六十七

文苑英華卷第四百六十八　翰林詔制四十九

蕃書一

迴鶻書

與迴鶻可汗書　陸贄

皇帝兄敬問可汗弟兩國同（集作和）好積有歲年申之以婚
姻約之以兄弟誠信至重情義至深頃因（集作屬）賊臣背恩
構成嫌釁天不長惡尋已誅夷（集作尋正典刑）使我弟兄恩好如
舊周皓及蹹本啜黒達達等至得弟來書省覽久之良以
爲慰弟天資雄傑智識通明（集作性稟聰明）親仁善隣敦信明義
罷戰爭之患弘禮讓之風保合太和用寧區宇（集作域）惟玆
盛美何以加焉朕之素懷與弟叶契爲君之道本務愛人

同日月之照臨體天地之覆育其（集作期）於廣被彼此何殊
兄累代以來繼敦姻戚與弟俱承先業所宜遵奉令圖（集作
猷）自玆以還（集作來）情契彌固垂之百代永永無窮緬想至
誠當（集作必）同此意所附蹹本啜奏請降公主姻不失舊頗
叶通規待弟表到即依所請宜示百寮擇日發遣緣諸軍
兵馬收京破賊頻立功勳賞給數多府藏（集作庫）虛竭其馬
價物且付十二萬疋至來年三月更發遣一般餘並續續
支付弟宜悉也安西北庭使人（集作般次）入奏今並却歸本道
至彼宜差人送過令其速達弟所寄馬並到深愧厚意

與迴鶻可汗書　白居易

皇帝敬問迴鶻可汗夏熱想比佳適可汗有雄武之姿英

果之略統制諸部君長一方纂承前修繼守舊好故得邑
落蕃盛士馬精強連挫西戎末藩中夏兄嚮風之義每勤
於朝聘事大之敬常見於表章動皆由衷言必合禮朕所
以深嘉忠欵遐想風規至於寢興不忘歎矚勉弘令德用
副誠懷達覽將軍等至省表其馬數共六千五百疋據所
到印納馬都二萬疋都計馬價絹五十萬疋緣近歲已來
或有水旱軍國之用不免闕供今數內且方圓支二十
五萬疋分付達覽將軍便令歸國仍遣中使送至界首雖
都數未得盡足然來使且免稽留貴副所須當悉此意頃
者所約馬數蓋欲事可久長何者付絹少則彼意不充納
馬多則此力致困（集作歉）馬數漸廣則欠價漸多以斯商量

宜有定約彼此為便理甚昭然況與可汗禮在往來義存
終始親隣既通於累代恩好益厚於往時所以萬里推誠
期於一言見信遠思明智固體朕心其東都太原置寺已
令人勾當事緣功德理合精嚴又有彼國師僧不必更勞
人檢校其見撫拓勿施鄢（集作鄙）達干等今並放歸所令帝
德將軍安慶雲供養師僧請住外宅又令骨都祿將軍充
檢校功德使其安悉立請隨畝次放歸本國者並依來奏
想宜知悉今賜少物具如別錄內外宰相及判官摩尼師
等並各有賜物至宜準數分付內外宰相官吏師僧等並
存問之遣書指不多及

賜回鶻可汗勑書　李德裕

勑我國家統臨萬寓列塞在陰山之南先可汗擦率本部
建牙於大漠之北各安土宇二百餘年此天所以限隔中
（集作內）外不可逾越近聞為紇吃斯所敗加以饑荒國邑為
墟屍僵道路今可汗稍收離散漸近邊城將務（集作議）遠圖
先示（集作命先）文誥故茲命使宜聽朕言可汗累代已來亦（集作
推）誠嚮國往者中原有難助剪群兇列聖念功每加優寵
寧國咸安二公主降嫁龍庭爰及先朝復以今公主繼好
又以土無絲纊歲遺縑繒恩禮轉深諸蕃榮羨久保誠信
兩絕猜嫌但以國家舊章蕃漢殊壤稍踰經制豈朕所安
去歲嗢（集作没）斯特勒已至近界邊將憤激便請驅除朕
每念其無主可歸宜令安撫今可汗既立彼又降附便合

率領漸復舊疆漂寓塞垣殊非良計又得宰相頡干伽思
等表借振武一城權與公主可汗（集作可汗公主）居住中國之制
與外蕃不同須守前代規模祖宗法度昔漢朝單于乖亂
呼韓欵塞宣帝送單于出朔方鷄鹿（漢匈奴傳作鷄鹿塞在朔方郡集作祿恐
非）塞唯賑以米粟國初太宗皇帝令（集作命）李思摩建牙於
漢南遺跡並存事皆可驗未有深入漢界借以一城與羌
（集作退）渾党項纖小雜種同為百姓實亦屈可汗之尊貴亂
中國之舊規若以未復本蕃或欲別遷善地求大國聲援
戢諸部交爭亦須率思歸之人且於漠南駐（集作住）正朕當
許公主朝覲親問事宜儻須應接必無所恡冀令彼國從
此輯寧豈不謂去危就安轉禍為（集作成）福朕緣公主將可

汗册（集作忠）誠來告深感于衷制置之間須存遠大故遣右金吾衛大將軍兼御史大夫王會副使宗正少卿兼御史中丞李師偃馳往喻懷爰定所居更申誓約神明是質豈可食言可汗宜保一心自求多福

賜太和公主書　前人

勑姑遠嫁絶域二十餘年跋履險難（集作艱）離此故土（集作備罹屯否）朕每念於此良用惆然恭惟太皇太后春秋已高慈愛頗（集作深）厚比者望姑朝謁再叙悲歡倏已歳暮寂無音耗想姑見舊國之城邑能不銷寃望漢將之旌旗（集作麾）必嘗（集作當）流涕今朔方既至霰雪已零絶塞蕭條固難久處旃墻罽幕何以禦（集作御）冬肉飯酪漿且非適口朕俯臨萬寓子育群生一物未安終食三歎況姑累年漂泊何日忘懷想姑高明必自懸鑒姑承宗廟之餘慶為王室之懿親先朝割愛降婚義寧家國謂回鶻必能禦侮安靜塞垣使邊人子孫不見兵華昔射雕者不敢西向畏軒轅之臺今回鶻所為甚不循理蕃渾是朕之百姓牛羊亦國家（集作之）所有昔（集作因）依漢地遂致蕃孳（集作滋）回鶻託以私讎恣為侵掠毎馬首南向姑得不畏高祖太宗之威靈欲侵擾邊疆豈（集作姑得）不思太皇太后之慈愛為其國母足得指揮若回鶻不能禀命則是棄絶姻好今日之（集作已）後不得以姑為詞若將恃我為親禀姑教令則須便自戢斂以繼舊歡想姑以朕此書諭彼將相令其知分不更（集作更不）徇非塞外和

寒且無絲纊朕毎御裘服則思彼未授衣豈可以回鶻請張遂忘親愛今寄冬衣若干事具如別録

賜回鶻嗢（集作没）斯特勒等詔　前人

勑回鶻嗢没斯特勒那頡啜特勒曳于伽思於觧亦阿思於觧亦何（集作阿）䖍于（集作迓）思莫賀達干宰相伊難未（集作朱）密伽諦略咄將軍（三字集作摩咄將）諦略等天德軍遞多覧所奏（四字集作所奏）表至再三省覧憂屬良深彼蕃自忠義毗伽可汗已來代為親隣連降愛主恩禮特異古今莫及朕臨馭（集作君臨）萬國撫育殊方苟有未安則宜上來（集作告）況特勒等乃祖乃父歸誠累朝昨遣嗣澤王溶吊册先可汗回如聞卿國中喪亂諸部乖離救患恤隣敢（集作豈）忘令典方圖（集作思）鎮撫已命使臣令又知堅昆等五族深入夌雪可汗被害公主及新回鶻（集作可汗）播越他所未歸城邑特勒等力不能制思存遠圖想率遺逃萬里歸命又知欲奉公主朝覲忠謀不從已道沙（集作大）漠之南同欵五原之塞發此單使布其赤心言念艱危惻然軫歎料卿等皆英酋貴族羈寓沙塲懷土之情如何可處豈非欲討除外寇匡復本蕃抱此至忠託于（集作於）大援但緣未知止（集作指）的難便聽從又慮邊境守臣見卿忽至或懷疑阻不副朕心故遣鴻臚卿張賈馳往安慰（集作撫）朕既奬卿忠欵報以信（集作至）誠雖隔塞垣已如相見卿須深明朕意盡吐所懐一一言於使臣令其速且還奏佇聞誠願續有指揮心當副彼急難固不惜

於事力勉於謀度用保忠勳秋熱卿及部下諸官幷右(集作左)相阿彼元等部落黑車子達但等平安好遣書指不多及

突厥書

勅突厥苾伽可汗書　張九齡(見集本)

勅突厥苾伽可汗比數有信知彼平安良足慰也自為父子情與年深中間往來親緣義合雖云異域何殊一家邊境之人更無他慮甚善甚善此是兒可汗能為承順副朕之所親厚人間恩好無以過之長保此心終享福祿子孫萬代豈獨在今比秋氣漸冷卿及平章事首領部落並平安好遣書指不多及

勅突厥可汗書　前人(見集本)

勅兒登里突厥可汗天不福善禍鍾彼國苾伽可汗傾逝聞以(集作之)惻然有二十年間結為父子及此痛悼何異所生又聞可汗繼立蕃落並得寧靜良深悲慰且知無他朕與可汗先人情重骨肉亦既與朕為子可汗即合為孫以孫比兒似疎少許令脩先父之業復繼往時之好此情更重只可從親若以為孫漸成疎遠故欲可汗今者還且為兒義結既深當熟思此意人情終始固亦可知葬事所須並依來請即與弔祭使將往必令及期言念宿昔深懷感愴春初猶冷可汗及平章事幷首領部落並得如宜遣書指不多及

勅突厥登利可汗書　前人

勅突厥登利可汗日月流邁將逼葬期想崩慕之心何可堪處朕以父子之義情與年深及聞宅兆良以追悼前歌利施頡斤至所請葬料事事不遣所以然者將答忠孝故表紀之數禮物有加道之所存地亦何遠今又遣從叔金吾大將軍佺持節弔祭兼營護葬事佺宗室之長信行所推欲遠(集無遠字)達其情必重其使以將厚意更敦前約且以為保忠信者可以示子孫息兵革者可以訓疆埸故遣建碑立廟貽範紀功因命史官正辭朕亦親為篆寫以固終始想體至懷春中尚寒可汗及平章事部落並平安好遣書指不多及

勅突厥可汗書四首　前人

勅兒突厥可汗書與先可汗結為父子及兒紹續情義日深至於國計亦欲無別兒去年東討雖有先言然兩蕃既歸國家亦即不合侵伐朕既與兒無間終不以此為懷契丹及奚諸蕃窮者土地不足以放牧羊馬不足以貪求遠勞師徒兼冒鋒鏑勝不為武不勝亦危以此言之當務其大者突騎施本非貴種出自黑姓唯任姦數誑誘群胡十數年間又承國家庇蔭因其荒遠遂得苟存近日已來敢茲背德又知兒意亦欲破之前與先可汗舉哀其使不肯就哭當特辭拒彼使具知兒若揔兵西行朕即出師相應安西瀚海近已加兵欲以殲之復何難也儻事捷之日羊

馬土地摠以與兒子女王帛別行（集作有）優賞信是長策可孰思之與兒親情故言及此耳今有少信物至宜領取春初尚寒兒及平章事首領百姓已下並平安好遣書指不多及

二

勅兒可汗比來和市常有限約承前馬數不過數千去歲以兒初立欲相優賞特勅欲谷前至納馬倍多故摠與留著已給物市買中間蘇農賀勒兼領堅昆馬來朕以一年再市舊無此法歌解骨支去日丁寧示意又移建（集作健）達干後到亦以理報知不遣重來須存信約遂乃不依處分驅馬直來無禮無信是何道理朕緣兒義重深爲含容論

其無知豈能不恠計兒忠孝必無非理未委此等何故也（集作而）然念其遠來磧路艱苦勅令却退去似不親（集作相親）令覯都賜蘇農賀勒下及堅昆使下摠二萬匹絹任其市易想兒知之其馬令並勒令却去至彼之日以理告示也夏末甚熱兒及平章事部落百姓並平安好遣書指不多及

三

勅兒突厥可汗道路既遠使命復稀近日已來音信斷絕朕每多懸念想所知之與兒情義既深庶事無間父子之國直往直來何異一家真無外（集作別）也蘇農賀勒處剌達干等去歲將馬廿六數倍多又有諸蕃馬來亦是兒所發遣往者先可汗在日每年納馬不過三四千馬既無多物亦易辨此度所納前後一萬四千緣兒初立可汗朕又結爲父子恩義相及不可却回所以摠留計物五千萬匹兼屬國家大禮並放天下租庸用度無窮非獨和市緣此馬價遍容稍遲處剌達干未還不是故爲留滯念昔此意當復寬心今見續續市易不久望了即當發遣回日非賖在此還如當家去住亦何異也此後（一作度）將馬來納必不可多還如先可汗時約有定準來交易發遣易爲事須久長不是限隔今故令內侍趙惠琮往并有少信物別具委曲至宜領取秋氣漸冷兒及平章事首領百姓並平安好遣書指多不及

四

勅突厥兒可汗內侍趙惠琮從彼還一一口具深慰遠懷兒表中猶言前年退馬多兼云蘇農賀勒處羅達干三年在此與兒更無間外庶事一家所以趙惠琮去時皆以實報今者來表尚未體悉且去年所將馬來前後數倍常歲至於好惡未必皆以兒知其中老弱病患及驅格全小不堪駕馭如何摠留所以略簡多少仍是十退一二是於兒處大爲存情何故來章尚嫌多退必若求（集作留）售惡馬亦恐諸蕃笑人兒既君長北蕃便與朕爲父子須存分義使遠近知之勿信下人專由利動蘇農賀處羅達干等續續市買甚有次第雖校遲少許物並好於往時不久當廻亦

勿惟也所欲遣使來者旣爲父子之國來往乃是尋常須知平安復申朝覲佇聞來使用慰朕心冬中極寒兒及平章事首領百姓並平安好所有委曲皆使至口具遣書指不多及

党項書

賜党項勅書

勅自爾祖歸欵國家依附邊塞爲我赤子編於黔黎牛馬蕃孳（集作滋）種落殷盛不侵不叛効信効誠（集作頻効信誠）比聞邊將不守朝章失於綏緝因緣徵歛害及無辜念爾遠人莫知控告特命朕之愛子實懋元戎所冀群師聽命而不敢自專諸部懷冤而有所披訴奉我憲令以保和寧如聞莫顧恩私遂懷憑恃攘奪不避於官物驅掠罔憚於平人擅舉（集作興）甲兵恣行攻刼豈有朝廷內地輙此鴟張道路阻艱商旅殆絕朕使欲詔命諸鎮悉力勦除深意王石難分善惡同釁今再爲條制各使得宜郤令節將（集作相）指揮許其處斷如事有冤濫政乖公平並遣巡院奏聞朝庭必與（集作爲）申理如或不知恩貸猶敢猖狂國有典章必難容捨故茲宣示當體朕懷

文苑英華卷第四百六十八

文苑英華卷第四百六十九　翰林制詔五十

蕃書二

吐蕃書

勑吐蕃贊普書七首　張九齡

皇帝問贊普緣國家先代公主旣是舅甥以今日公主即爲子婿如此重姻何待結約遇事足以相信隨情足以相親不知彼心復同以否近得四鎮節度使表云彼使人與突騎施交通但蘇禄小蕃負恩逆命贊普旣是親好即合同嫉頑兇何爲郤與惡人密相往來又將器物交通賂遺邊鎮守捉防遇是常彼使潛行一皆警（集作驚）覺夜中格拒人或死傷比及審知亦不揔損所送金銀諸物及偷盜人等並分付悉諾勃藏郤將還彼旣於贊普親厚豈復以此猜疑自欲坦懷畧無所隱縱逼異域何慮異（一作易）心又西南諸蠻元是異類或叛或附恍惚無恒往年被畧彼蕃率種歸我緣李知古處置失所又即翻然改圖彼此之間有何定分而彼有來者乃云此先舉兵以蠻爲詞未知孰是今旣無外當以此思之緣彼州鐵柱前書具報一言不信朕豈厚誣更以相仍便非義也鐵柱書唐九徵所作百姓咸知何不審之徒勞往復至於邊將在遠下人邀切變好爲惡誠亦有此非獨相規亦當自誡如此覺察更有何憂萬事之間一無限隔所以細故無不盡言想所知之體至懷也晚春暄極（集作極暄）贊普及平章事首領并百姓以下並

平安好今有少信物別具委曲遣書指下多及

二

皇帝問吐蕃贊普近賓元禮往事具前書贊普後來亦知彼意朕推心天下皆合大和況於彼蕃復是親婭仍加結約盟誓再三以至道言之此亦仁義不薄也而贊普且循未信是復何心君長大蕃固不容易所云去年七月巂州將兵抄掠兼有該誘巂州之外尚隔諸蠻既背吐蕃自行寇抄掠而乃推托於我何爲遙信虛詞且西南群蠻別是一物既不定於我亦不專於吐蕃去即不追來亦不拒乃是兩界所有只合任其所歸自十數（集作數十）年來或叛或附皆所親見豈假縷言往者此蠻背恩侵我邊鄙昆明即巂

州之故縣臨井乃昆明之本城今復舊疆何厥修築而云除却是何道理自邊境備守彼此常事今既和好何有嫌疑至如西自葱嶺已來緣邊諸處或地勢是要或水土是好彼有城鎮亦皆內侵朕豈不觧廣求更以自益緣已和好不可細論且八疊山築城置鎮皆如漢界何曾以此爲言而彼即生詞未知何意邊城委任當擇忠良無信小人令得間構也夏中已熱贊普及平章事部落百姓等並平安好遣書指不多及

三

皇帝問贊普自與彼蕃連姻亦已數代又與贊普給約于今五年人使往來（集作還）未嘗有間朕與（集作以）兩國通好百姓獲安子孫以（集作已）來坐受其福疆場之事行（集作幸）且無憂此雖境上有兵固是存而不用況（集作在）彼邊事與此何殊近得來章又論蠻中地界所有本末前書具言贊普不體朕懷乃更傍引遠事若論蠻不屬漢豈復定屬吐蕃耶彼不得所即叛來此不得所即背去如此常事何乃固執復於國家何有朕豈利之至如彼州（集作忠）鐵柱州圖地記是唐九徵所記之地誠有故事朕豈妄言所修城壁亦依故地若不復舊何謂（集作豈爲）通和蠻中抄掠彼人勘問亦有此事緣其初附法令未行亦有姚巂邊人姦險求利或入蠻同盜亦不可知既與贊普重親朕又君臨大國正欲混同六合豈復侵取一隅再三已論何乃不信頗慙薄德良

用咨嗟且如小勃律國歸朝即是國家百姓前遭彼侵伐乃是違約之萌朕以結信既深不顧其小中間遣使曾不形言贊普何獨相尤而不思已惡（集作西）之事所存既大當共成之近聞莽布支西行復有何故若與突騎施相合謀我磧西未必有成何須同惡若爾者欲先爲惡乃以南蠻爲詞今料此情亦已有備近令勒兵數萬繼赴安西儻有所傷慎勿爲怪也朕心無所負事欲論平但國家之所守者信鬼神之所助者順未有背道求福違約能昌何況兵衆不可當而又天道所不假以此求濟不亦難乎遠道所傳多應不實亦言（集作計）贊普不合異圖故令人審度（集無度字）看定何緣也待潘息回日更具委曲今附少物具如別數

爲路遠不得多附春首尚寒贊普及公主比如宜也平章事及首領已下並平安好今使內常侍實元禮遣書指不多及

四

皇帝問贊普得七月一日信所言陰承本奏請不擬與彼和將兵馬大入者至如和與不和事皆由朕自斷何人輙敢奏聞何兵即敢擅入且舅甥（三字集作所結）親好不是近年文成公主已來亦重疊矣中間或絕或繼終是舊好存焉唯道此有幾臣不知彼專構造亦須自覺豈可推過至如兵馬邊備彼與此同既見彼處加兵豈令此惣無備矣疑自彼起不可相尤近日築城不出疆界邊頭有要隨事修營

何所致疑以此爲語如彼頻歲亦築數城若不惡心何故嚴備固是邊境常事不足爲言忽此相尤深所未達彼蕃必其自守此兵終不妄行所先立盟約更知何用鬼神知意不復多言秋氣已冷贊普及平章事已下並平安好遣書指不多及

五

皇帝問贊普此使前至之日具知彼意實元禮（集作中禮）中間所云亦已備論且親以舅甥之國繼（集作申）以姻婭之好義非不重心豈合疑項歲已來加之盟約此又不信其如之何至如境上蠻夷元是衆物來不可拒去不可追前書已言想所知也而每來信使皆以爲辭或云赴界築城或稱將兵抄掠且蠻既背彼伊自築城城在蠻中人即隨地所有侵竊亦是群蠻皆在遐荒豈關處分而歸過於我無乃甚乎邊境小人不識大體此既未免彼亦有之閒構既行猜嫌互起朕近已知此贊普亦須察之勿取浮言虧我大信以絕兩國之好甚善甚善所有諸事皆具前書公主所請與人官及內人品第即當續有處分春晚漸熱贊普及平章事首領百姓並平安好今有少物別其委曲至宜領取遣書指不多及

六

皇帝問吐蕃贊普朕與彼國既是舊親近年已來又加盟約如此結固仍有猜嫌明知異域之心亦難可保此者所

有信使唯知怨此相遺自料國家何負於彼至如突騎施最偷醜虜頃年恃我爲援幸至今日而敢辜恩朕未即誅之待其惡積贊普越界與其婚姻前者以意向道即去尋已告絕朕亦委信以爲必然今乃定婚如物黨惡可見又莽布支西出朕具知之今實元禮往彼問以何故又道別緣他事爲此追還其人實將兵向西擬行攻取前後詐妄言與事違驗在目前得不歎恨夫人之所以爲貴者以其有信有禮國之所以能強者亦云唯信與義若言不可信義不可親雖在匹夫尚多恥媿何況君長能無情乎彼突騎施人面獸心偏僻荒遠見利則背與親實難贊普背朕風恩共彼國（集作相）厚應非長策可熟思之又比來觀彼事

意有殊往日唯任計數以此爲能今與突騎施和親密相結託陰有贊助而傍作好人如此潛謀亦非遠計所欲爲患不過邊庭且邊鄙（一作庭）之於中國如毫毛之在身耳以彼戎狄侵我毫毛雖實無多何須有損朕所以殷勤和好欲靜邊人君國之心不能忘也亦與贊普累代舊親幸無大故不宜輕絕今邊鎮兵馬不可不防彼亦有之與此無別既不先舉自足知心從（一作承）前所言豈有虛也秋晚稍冷贊普及平章事首領百姓並平安好遣書指不多及

七

皇帝問吐蕃贊普此亦覺彼事勢有異畧加防備仍未益兵今得安西表來莽布支率衆已到今見侵軼軍鎮并踐

暴屯苗先知彼有異謀猶自未將至此者且莽布支西出朕先知之前令問其行由得報自緣別事今乃爲賊負心如何安西諸軍去此萬里倉卒遇敵何暇奏裁既被交侵必應拒鬬儻有傷損可無相尤軍城鎮守之人不可束手受死事由彼起深所咨嗟且累代舊親復新有盟約彼既欺負天地違犯鬼神如此用心更知何道一往邊頭所備只緣慮有非常今果如言防乃不錯突騎施異方禽獸不可以人道論之贊普與其越境相親只慮野心難得但試相結久後如何於朕已然義則合絕但爲誓約在近親好又深彼雖背恩我豈尤効（集作我尤効）先今犇問欲盡舊情必定爲惡別爲之所一昨遣內常侍劉思賢送公主分物并每年國信物見已臨路適會表來思賢此行量其在道遲緩今故令劉思賢判官劉明子先行具宣往意秋冷贊普公主及平章事首領百姓等並平安好遣書指不多及

勑吐蕃將相書　　陸贄

勑尚覽鑠論莫陵悉繼（集作維）等至省所陳奏朕具悉之國家與大蕃親則舅甥義則隣援息人繼好固是恒規朕嗣位君臨思安兆庶常以信讓爲事不以爭競爲心區域雖殊覆育寧別贊普天資仁德惡殺好生與朕同心重修舊好（集作和）會蕃漢將相告天地神祇約誓事之言至嚴至重大信一立義無改移所請奉天盟書勒於清水碑石審詳事理頗甚乖違往歲賊臣稱兵竊據城（集作宮）闕尚結贊志

惟嫉惡義在（集作切）救災頻獻表章請收京邑朕以宗廟社稷悉在上都但平寇戎豈惜酬賞（集作獎）遂（集作當）許四鎮之地以答收京之功旋屬炎蒸又多疾疫大蕃兵馬便自抽歸既未至（集作到）京有乖始望奉天盟約豈合更論朕欲苟徇彼情便令鐫刻則是事非務實信不由衷欺天罔神莫大於此凡曰通好貴於推誠將垂百代之名豈顧一時之利但以事之去就須定是非若不辯明便成姑息親隣之義豈所宜然故遣使臣與卿詳議卿是大蕃輔佐必當（集作應）智識通明事理昭然不足疑惑儻有他見宜具奏聞審細研窮須歸至當所論先許每年與贊普絹綵一萬疋段者本來立約亦爲收京然於舅甥之情此乃甚爲小事二

國和好即同一家此有所須彼當不悋彼有所要此固合供以有均(集作易)無蓋是常理賛普若須繒帛朕即隨要支分多少之間豈拘定限假使踰於萬疋亦當(集作冀)稱彼所求朕之所重者信誠所輕者財利思與率土同臻大和想卿深體至公務存(集作全)大義安人保境垂美無窮勉思令圖(集作猷)以副朕意今遣倉部郎中兼侍御史趙聿與來使同往書中意有不盡並令趙聿口宣尚結賛論莽羅等皆總師徒遠來赴難功雖未就義則可嘉其所領將士等朕先許其賜物壹萬疋段並已排比訖待卿所商量指定此使却回即發遣往今各賜卿少物至宜領之

勑吐蕃宰相尚結賛書　前人

勑尚結賛卿天資才術(一作傑)作輔大蕃識通古今志奉忠信義聲積著遠近(集作邇)流傳比聞入典樞衡近知還揔戎務二國所定和好首末是卿商量得卿却來深以為慰昨者邊軍狀奏云彼國兵馬踰越封疆朕以畫界立盟先有定分賛普素熟仁義卿又特禀純誠背約侵漁必無此理但勑邊城自備不令輙動干戈若使効尤恐成交惡初疑界首遊奕少有爭宜不謂大發師徒(集作兵車)漸加侵軼興兵動衆必合有名蕃軍此行未測其故朕自嗣膺寶位即與賛普通和敦以舅甥結其(集作為)鄰援懲戰爭之弊弘禮讓之風彼此大同務安衆庶乃於境上建立壇塲契約至明誓詞至重告于皇天后土諸佛百神有渝此盟殃及其國

朕敬奉誠約分毫不移(集作欺)信使交歡歲時無絕碑文具在可(集作足)以明徵豈有一事不行一言不守頃令趙聿專往近從彼方(集作近方從彼)却回兼聞彼蕃使同來至今猶在道路卿所論奏朕並未知待審(集作詳)事由乃(集作然)可商議既稱和好埋絕相疑未合輕舉甲兵便踰境界盟誓之語忽焉若遺天地明神豈其可罔卿智識明遠朕所深知頃年猶舉義師救此災患今豈不存大信遂棄令名故專遣(集作遣專)使見卿欲審知來意竚聞還奏以副所懷趙聿及蕃使等計朝夕合(集作即)到待覽表中意旨(集作事意)續即商量報卿卿涉遠而來當甚勞頓今賜卿其物至宜領之秋冷卿比平安好將士等並存問之

勑尚結賛第三書　前人

勑尚結賛蕃使論拱熱等與趙聿同到卿所陳奏朕具悉之誠意勤勤志敦和好上以陳(集作敦)舅甥之義次以表結(集作結鄰)援之歡外以彰禮讓之風內以息戰爭之患兼此數美昔賢所難(集有非字)卿才越等倫識通今古故(集作豈)能匡輔大國弘宣遠圖(集作猷)施美利於當時傳盛名於不朽眷懷明畧歡尚良多然以賛普來書務於叶睦卿之所奏亦貴通和勑覽其言實嘉德義及觀其事頗訝乖違以卿賢明朕素信重棄義踰約計必不然未測事由因何至此頃年所定和好言約頗謂分明至如四鎮北庭元不割與蕃國及朱泚悖逆作亂上都卿仗義興師請收京邑遂許四鎮

北庭之地將以答報成（集作其）功旋屬炎蒸蕃軍便退奉天之約豈可更論事甚分明固無疑惑凡言結好所貴和同通體商量有何不可大蕃若必要四鎮北庭之地即合直以情言彼但說其誠心此亦自有分義豈可（集作服）曲徵前事廣起（集作說）異端仍發師徒（集作兵師）務張威勢蕃使猶未至此蕃軍早已越疆或稱欲自赴朝或言更定言誓既虧盟約且失禮義言與事違將何取信夫人君（集作君人）立國必不徒（一作爾）然惟漢與蕃各受天命勝負固有定分強弱寧由力爭卿欲以衆相侵以威相脅謂天地可罔謂盟誓可渝即當肆意所爲何必更論好和儻若守其前約敦以親鄰去就之間固宜有禮遣使來往足得商量張皇師徒（集作兵師）

是何道理和好者禮義之事甲兵者爭奪之由二端懸殊理不並用今欲以甲兵之勢定和好之辭事必不成縱成（集作亦成）何益卿識見通敏器宇沉詳如此事宜不言可悉未知來意竟擬（集作欲）何如且首末論和是卿商議清水會盟之日卿又親發誓詞將期去殺好生修文偃武永安兆庶垂法子孫天下稱嗟以爲盛美未經數歲遽有變移非獨見誚於四方亦將（集作當）取笑於千古以此思度甚欲通和彼雖小似侵漁（集作陵）朕亦未即交惡故遣某官某乙與卿更審籌量卿若必務和同更無他意即宜便歸本界遣使其述本（集作事）情所須四鎮北庭朕當自有推讓如或託稱繼好志在別圖（集作謀）依前縱兵不即歸國唯利是視亦聽彼懷和與不和於茲決定書中事有不盡並令某乙口宣宜令速回屿垤來奏所獻方物深表遠誠今賜卿某物至宜領也秋冷比平安好

與吐蕃宰相鉢闡布書　白居易

敕吐蕃宰相沙門鉢闡布論與勃藏至省表及進奉具悉卿器識通明操（集作藻）行精潔以爲眞實合性忠信立誠故能輔贊大蕃叶和上國弘清淨之教思安邊陲廣慈悲（一作愍）之心今息兵甲既表卿之遠畧亦得國之良圖況朕與彼蕃代爲甥舅兩推誠信共保始終覽卿奏章遠叶朕意披閱嘉嘆至于再三所議割還安樂秦原等三州事宜已具前書非不周細及省來表似未指明將期事無後艱必

在言有先定今信使往來無壅疆埸彼此不侵雖未申以會盟亦足稱爲和好必欲復修信誓即須重畫封疆雖兩國盟約之言積年未定但三州交割之後尅日可期朕之衷情卿之志願俱在於此豈不勉歟又緣自議三州已來此亦未發專使今者贊普來意欲以再審此言故遣信臣往輸（集作論）誠意即不假別使更到東軍此使已後應緣盟約之事如其間節目未盡更要商量卿但與鳳翔節度使計會此已處分令其奏聞則道路非遥往來甚易頗爲便近亦冀速成更待要約之言皆已指定封疆之事保無改移即蕃漢俱遣重臣然後各將成命事關久遠理貴分明想卿通才當稱朕意曩者鄭叔矩路泌因平凉盟會沒落

蕃中比知叔矩巳亡路泌見在念茲存没每用惻然今既約以通和路泌合令歸國叔矩骸骨亦合送還表明信誠兼亦在此其論與勃藏尋到鳳翔舊例未進表函節度不敢聞奏自取停滯非此稽留昨者方進表函旋令召對今便發遣更不遲回仍令與祠部郎中兼御史中丞徐復及中使劉文榮等同往其餘事宜等巳具與贊普書內卿宜審於謀議速副誠懷兼有少信物賜卿具如別錄至宜領也冬寒卿比平安好遣書指不及多

文苑英華卷第四百六十九

文苑英華卷第四百七十　翰林制誥五十一

吐蕃書下

與吐蕃宰相尚綺心兒等書　白居易

勑吐蕃宰相尚綺心兒等論悉吉贊及論思諾悉等繼至省表并進奉具悉卿等才器特茂識略甚明伏義立身資忠事主上佐贊普下康黎元以尋盟納款爲謀以繼好息人爲請是卿上策叶朕中心每覽表章輒用嘉嘆朕與彼蕃國代爲舅甥日結恩信自論盟會頗歷歲時常欲速成以爲永好雖誠明之内彼此無疑而言約之間往復未盡今故畧叙來意重示所懷想卿通明當所鑒悉河隴之地國家舊封論州郡則其數頗多計年歲則没來甚近既通

和好悉合歸還今者捨而不言豈是無心愛惜但務蚤成盟約所以惟論集作言三州則没於彼者甚多歸於此者至少猶合推爲集作於禮讓豈假形於言詞來表云此三州非創來侵襲不可割屬大唐且此州本不屬蕃豈非侵襲所得今是却歸舊管何引割屬爲詞去年與論教藏來耶一作却云覆取進止贊普便請爲定今兩般使至又云此之小務未合首而論之前後既有異同信使徒煩來去雖欲速爲盟會其如無所適從靜言二三固不在此若論和好即合各無侵軼巳同一家若議修盟即須重定封疆先還二郡若三郡未復兩界未分即是未定封疆憑何以爲要約彼若恡惜小事輕易遠圖未能修盟且務通好至於信使

二往一來但令速數得中足表情意不絶彼有要事即令使來此有要事亦令使往若封境之上小小事意但令邊頭節度兩處計會商量則勞費之間彼此省便前般蕃使論悉吉贊至緣盟約事大須審商議（集作量）未及發遣後使續來來使雖是兩般所論只緣一事故令相待令遣同歸在於日時亦未淹久所送鄭叔矩及路泌神柩及男女等竝已到此良用惻然厚賵（集作贈）遠歸深嘉來意其劉成師元非劉闢之子姪本是成都郡人已令送還本貫其餘事目竝賛普書中卿等宜審參量以副朕意使回之日可備奏聞今遣兼御史中丞李明銛及中使與回使同往各有少信物具如別録（集作數）至宜領之秋涼等各得平安好遣書指不多及

與吐蕃賛普書　封敖

皇帝舅敬問賛普外甥尚弭立熱論拱熱等至得書并物具悉外甥雄武挺生英威特立本邦奉化隣國推賢修仁義以保名伏誠明而遂物櫜弓匣劒無聞戰伐之音被野緣原不廢耕耘之具（一作作）儻非理化孰見和寧足觀盛業興行人心率服以茲觀政深用慰懷朕自守丕基敬遵前訓君臨四海子育萬方誠信必及於豚魚恩澤不遺於草木況外甥親臨極分歲月茲深雖山河阻修而音耗鄭重疆分二塊地合一家載覽來章具悉深旨所欲務存久要頗見良圖但能各重其歡各厚其俗戎車息駕烽火不飛共保封疆兩均休戚質神明而不惑覽日月而常明宜體至懷未綏多福承前朝覲人數界首素有常儀公家之事難於遠越昨者尚弭立熱等到鳳翔隨從共七十人準舊例只合十人入朝今緣兩國和好不同元和已前遂令三十五人赴闕自今已後所遣使須遵舊例不得剩吏差人勿令交馬之後妄有論請拱熱等還蕃有少物數如別録

黠戛斯書

與黠戛斯可汗書　李德裕

皇帝敬問黠戛斯可汗溫仵合將軍至覽書及所獻馬百疋鶻十聯具悉可汗特禀英姿生知雄畧奮揚威武底定龍荒掃回鶻之穹居報怨以直護公主之罽幕事大以誠又

遣貴族信臣載馳朔漠名馬鷙鳥遠涉流沙既展同姓之親克副懷柔之意（集作旨）眷言勳績深慰予衷朕獲奉丕圖撫寧萬國豈望化乎有截致殷湯來享之明實恐德未徧覆愧漢宣兼臨之盛況與彼國壤隔外內非正朔所加禮既不施政豈宜及但以惜可汗宗盟之國願保光（集作先）名為可汗久（集作弘）遠之謀須除後患所以具古今禍福往諭至懷昔呼韓耶單于以郅支尚存國難未靖稱蕃事漢福及子孫至後漢單于比以其（集無其字）大父依漢而安繼襲其號上書款塞末願藩蔽漢南遂得（集作致）朔塞底寧烽燧未息近則回鶻仗（集作結）八國之援雄長北蕃諸部率從莫敢不服一隅安樂百有餘年此事昭然可汗所覩今回鶻種

類未盡分集作竊居蕃漢之閒爰及黒車子久畏其威素習其信慮彼再振常持兩端須令小蕃知朕親厚可汗棄絶回鶻實在和好分定內附約明則邪計姦謀無由而入故欲顯加冊命昭示萬方況登里可汗回鶻舊號是國家頃年前集作所賜非回鶻自製此名今回鶻國已破亡理當嫌避朕以可汗先祖在貞觀中集作往在貞觀身自入朝大宗授以左衞將軍堅昆都督朕思欲繼太宗之舊典彼亦宜遵先祖之明誠便以堅昆爲國施於冊命更加美號以表懿圖集作覩況堅者不朽之名昆者有後之稱示不忘本豈不美歟朕昨令禮部尚書鄭肅等與彼使臣面陳大計温仵合將軍等皆諭朕旨願言結成豈必契徑路之金舉留犂之酒前漢匈奴傳單于以徑路刀金留犂撓酒注云徑路匈奴寶刀契刻也留犂飯匕也英華直作瑠璃今從漢書保茲誠信固在厥初頃者回鶻初至塞上請國家精兵十萬送至漠北漸歸本蕃又請借漢界一城養育疲羸以圖興復朕以可汗之故盡不聽從今回鶻是國家叛臣爲可汗讐敵須去根本方保永安況是天亡之時易於攻取古人云天與不取反受其咎可汗須乘此機便早務芟夷回鶻未滅已前可汗勿以飲食爲耳戈獵爲樂勵兵秣馬不可暫閑所恨限集作隔在諸蕃國家難爲集作以同力儻更近塞豈復稽誅又恐餘孽歸降集作無歸可汗未能盡戮納有罪之衆受逋逃之臣儻收吾憎必仍邊隙此則是蕃養虺毒自生厲階前年回鶻宰相等向漢使云李靖擒頡利可汗後國中只是三二十人便却興復雖在危困尚示集作未張皇可汗深察此言豈得不慮又聞合羅川回鶻牙帳未盡毀除想其懷土之心必有思歸之志要速集作速要平其區落無使孑遺既表成功彼當絶望可汗以集作已攄積年之憤自爲一代之雄至於居處服章皆宜變華焉得安於所習姑務因循則何以饗耀北方彈壓諸部朕撫有中夏愛育生靈常恐百姓未安一物失所豈願更廣威畧遝制要荒但緣與可汗方保和盟義同憂樂纖微之事皆欲備言想可汗與將相籌謀副茲誠意此使到日必諒朕心即宜速遣報章此當遣重臣冊命夏熱想可汗休泰將相已下並存問之遺書指不多及

與黠戛斯書　　前人

皇帝敬問黠戛斯可汗將軍諦德伊斯難珠至覽書并白馬二匹具悉可汗降精斗極雄漠朔以爲君集作雄朔漢以稱君禀耀尨頭分天街而建國特表集作負英豪之氣夙推統馭之才眷相嘉歎載深寤歎來書云温仵合將軍歸國後漢使不來温仵合去日朕書具云速遣報章此當遣重臣冊命自是可汗未諭此意報答稍遲此則尋欲遣使只是延望來信又云金石路隔絶蓋爲山川悠遠未得自與可汗封壤接連非是兩國之情猶有阻隔想可汗明識無復致疑又云兩地遣書彼此不會且書不可以盡言言不可以盡意況蕃漢文字傳譯不同只在共推赤心永保盟好豈必

緣餙此語以此交歡想每欲思惟先思好意不更疑惑便
是明誠又曰(集作云)欲除却兩楹間惡刺此之一事最(集作實)
是嘉言緣回鶻雄據北方代爲君長諸蕃臣伏百有餘年
今可汗掃除穹廬(集作掃其穹居)大雪讐恥功業旣高於前古威
聲已振於北荒固當深務遠圖豈可更留餘燼黑車子不
度德量力敢保寇讐則是侮慢可汗獨不嚮化此而可恐
孰不可容况可汗前來云求訪送公主使上天入地必須
覔得今若捨而不問何以取信朕懷想可汗前秉彼盛秋
長驅精騎問回鶻逋逃之罪行黑車子後服之誅取若拾
遺役無再舉從玆蕩定豈不美歟來書又云送公主到彼
無一語來緣公主纔離可汗五日便被回鶻刼奪所遺來

使盡被傷殺公主二年之中流離沙漠事已隔遠所以不
再叙言然趙蕃去日已具感悅之心足表懃懃(集作慇懃)之意
又聞今秋欲移住(集作就)回鶻牙帳滅其大國便保舊居足
使諸蕃畏威回鶻絕望稍近漢(集作邊)境頗謂良圖所云請
發遣兵馬期集去處緣黑車子猶去漢界一千餘里在沙
漠之中從前漢兵未嘗到彼已聞回鶻深意常欲投竄安
西待至今秋朕當令幽州太原振武天德緣邊四鎮要路
出兵料可汗攻討之時回鶻必當潛遁各令邀截便可梟
擒此是軍期須如(集作合)符契想可汗必全大信用叶一心
諦德伊斯難珠朕已於三殿面對兼賜宴樂並依來表不
更滯留續遣重臣使冊命故先達此旨令彼國明知冊
命之禮並依回鶻故事可汗爰始立國臨長諸蕃須示隣
壤情深宗盟義重以此鎮撫誰敢不從宜體至懷共(集作恢)
弘遠畧春暖想可汗休泰將相以下並存問之遣書指不
多及

與黠戛王書　前人

皇帝敬問黠戛王時及陽和想比佳適注吾合素等至省
表并進馬事具悉國王陰山雄勁朔野英雄包智畧以周
身推誠明而有衆聲高夷落威重蕃疆專遣使臣遠獻名
馬嚮化之誠旣展輸忠之効頗明臨軒省章輟食嘉歎眷
言忠藎寧忘寢興頃於貞觀中彼國常奉朝貢亦授官爵
寵賜而還爾後但許音耗久乖不知中爲回鶻所隔及覧

來表方嘉壯圖蓄銳多年乘機大舉快雪寃憤豁開心懷
回鶻之營壘旣平國家之山河不間旣爲隣境遂閱貢章
又知破回鶻之時取得太和公主特遣專使送歸闕庭雖
聞行至中途却爲回鶻所奪在國王遵以禮義推之和寧
遠同族之議嫓厚親隣之恩信賢明如此愧慰難名回鶻
頃以失國爲詞款塞相託朕以勳親是念拯䘏屢加曾不
知恩漸開(疑)稔惡賤棄公主侵暴平人日尋干戈時竊牛
馬朕爲全舊好不下明誅歲月滋深邊防將倦各用長策
繼彰殊勳焚帳幕而公主歸還透網羅而元惡逃遁顧其
餘類何所寄生國王遠聞想同深(一作與同)慰然猶恐奔竄尚
有姦兇又慮侵彼封疆將復讐怨國王亦須嚴爲備擬善

設機謀同務討除盡其根本無貽後患勉繼前修親仁善鄰惟彼與此勿謂遐遠常（一作嘗非）存籍思因注吾合素回且先詔示其他禮命續專遣使宜慰想宜知悉

紇扢斯書

（按唐書黠戛斯古堅昆國亦曰紇扢斯後訛爲黠戛斯詳書中事意與前黠戛斯書及唐黠戛斯傳並同今華既出黠戛斯門又有紇扢斯門當考）

與紇扢斯可汗書　前人

皇帝敬問紇扢斯可汗時屬載陽想彼休泰朕撫臨萬寓子育群生思致洽和用臻至理將軍踏布合祖等至覽表具知可汗生戴斗之鄉居寒露之野智謀精果材志沉雄威動龍荒聲馳象魏眷言丕績深注予（集作用注）懷我太宗文皇帝聖德高於百王英才軼於千古內定諸夏外服百蠻貞觀四年西北蕃君長詣闕頓顙願請上尊號爲天可汗是後降璽書西北蕃君長皆稱皇帝天可汗臨統四夷實自茲始洎貞觀六年太宗遣使臣王義恒（集作弘）至可汗本國將命鎮撫貞觀二十二年可汗本國君長身自入朝太宗授左屯衛將軍昆堅都督至天寶末年朝貢不絶則可汗祖先已授我國家恩德計可汗國中遺老必自流傳朕續奉丕圖思申舊好比聞天德（集作寶）已後爲回鶻所隔久阻誠欵（集作懇）回鶻自謂天驕罔修仁義肆行殘忍凌虐諸蕃知可汗代爲仇讎果能報復殲其國邑皆以丘墟驅彼酋渠盡逾沙漠茂功壯節近代無儔回鶻當中國伐叛之時嘗展勳力列聖加其大順累降姻親今失國逃亡依（集作藩）于塞上只合早歸窮欵受朕撫循而乃轉自鴟張益懷很額在陰山之外誘惑小蕃乘我無虞即來侵掠恣爲邊患今已四年朕大徵甲兵欲盡（集作久欲）除剪比令幽州太原兩道節度皆充招撫以示綏懷望其悛心猶務含育而陵蔑公主頓擬傷殘馳突邊城敢謀竊盜近太原節度使劉沔不勝其忿潛出偏師乘其譸張便襲虜衆大潰穹廬盡焚亢惡傷夷（集作殘）脫身潛竄已取得太和公主即至闕庭回鶻殘兵不滿千人散投山谷計旬日之內必合梟擒朕再見公主良深（集作用）欣慰可汗既爲讎怨須盡殲夷儻留餘燼必生後患想遠聞慶快當倍恆（集作愜素）心聞可汗受氏之源與我同族北平太守材氣天下無雙結髮事邊控弦貫石自後子孫多習武略代爲將門嫡孫都尉提精卒五千深入大漠單于舉國來敵莫能抗威身雖陷敗名震蠻貊（集作天下）我國家承北平太守之後可汗又是都尉苗裔以此合族尊卑可知昨聞太和公主爲可汗兵衆所得可汗以同姓之國便遣歸還有此見可汗秉禮義之心重親隣之好朕深用感歎至于涕流（集作零）公主尋爲回鶻刼奪久不歸國可汗所遣使臣皆被殘戮朕言念傷痛至今不忘昨見可汗表求訪送公主使上天入地必須覓得今邊將憤惋已立奇功回鶻罪人討日可致即當顯戮以謝可汗況回鶻夷殲種族必盡與可汗便爲隣國各保舊疆繼好

息人事同一體從此邉陲罷警弓矢載櫜必當諸部服從皆懷徤羡知我兩國永爲宗盟想可汗明智自有良筭故令太僕卿兼御史丞相趙蕃特充節使以答深誠質於神明用存大信朕言不貳可不勉歟又自古外蕃皆須中國冊命然可弾壓一方今欲冊命可汗特加美號縁未知可汗之意且遣諭懷待趙蕃回日別命使展禮以申和好彼國間集作將相並存問之遣書指不多及

南詔

勑西南蠻大首領蒙歸義書　張九齡

勑西南蠻大師特進蒙歸義及諸酋首領等卿等近在邉境不比諸蕃率種歸誠累代如此況卿等更効忠赤朕甚

嘉知集作之頃者諸酋之中或有携貳相率自討惡黨悉除即日蕃中應且安帖然則地臨外境亦須有豫人無遠慮必有近憂卿可思之豈虛語也所有蕃中事意使者具知之比秋凉卿及首領百姓並平安好遣書指不多及

勑柘靜州首領書　前人

勑柘靜等州部落昨王承訓去縁當州百姓有相扇動故令宣旨告示彼人如卿柘靜等州種落各異本自寧帖何復爲言比者誅訪使處置或未得所朕既知之已有處分卿等祖父忠赤輸誠國家既是子孫久襲冠帶各守先業足得坦然何所憂虞而云驚懼宜各遞相告語勿使更然夏中已熱首領百姓等並平安好遣書指不多及

勑西南蠻大首領蒙歸義書　前人

勑蒙歸義吐蕃於蠻擬行報復又嶲州鹽井本屬國家中間被其内侵近日始復疑收得卿彼蕃落亦應具知吐蕃唯利是貪數論鹽井比有信使頻以爲辭今知其將兵擬侵蠻落兼取鹽井事似不虛國家與之通和未嘗有惡今既知此不可不防卿即與達奚守珪部落勤團集作練候其有動然可出兵必無事蹤亦不得先舉又嶲州相去道里稍遥若有警急復須爲援並委卿與達奚守珪計會無失事宜卿於國輸畫集作誠在邉爲捍委寄得所朕復何憂秋中漸凉卿及首領部落百姓並平安好故令内給事中王承訓往一一口具遣書指不多及

勑蠻首領鐸羅望書　前人

勑故姚州管内大酋長鄭傍特嫡孫將軍鐸羅望卿之先祖輸忠奉國邇聞徂逝深愴于懷言念邉人必籍綏撫又逼蕃界兼貲鎮遏卿宜纘承先業以副朕心故遣宿衛首領王白子姚州都督達其守珪計會就彼吊慰便授卿襲浪穹州刺史并賜綾綵三百疋至宜領取秋中已凉卿及首領已下並平安好遣書指不多及

勑安南首領爨仁哲書　前人

勑安南首領嶲州刺史爨仁哲潘州刺史潘明威獠子首領阿迆和蠻大鬼主孟谷悞姚州首領左威衛將軍爨彦徵將軍昆州刺史爨嗣紹黎州刺史爨曾戎州首領右監

門大將軍南寧州刺史爨歸南王寧州司馬威州刺史都大鬼主爨崇道昇麻縣令孟聘（集作騁）卿等雖在僻遠各有部落俱屬國家竝識王化比者時有背叛似是生梗及其審察亦有事由或都府不平處置有失或朋讐相嫌經營損害旣無控告自不安寧兵戈相防亦不足深怪也然則旣漸風化亦當變俗（二字集作顏華蠻俗）有須陳請何不奏聞蕃中事宜可具言也今故遣披庭令安道訓往彼宣問竝令口具有不穩便可一一奏聞秋中已凉卿及百姓已下竝平安好遺書指不多及

與南詔清平官書　白居易

勑南詔清平官叚諾突李附覽爨何棟伊輔首叚谷普李

昇傍鄭蠻利等叚史倚（一作傍）至知異牟尋喪逝朕以義重君臣情深軫悼卿等哀慕所切當何可任又知閤勸繼業撫人輸誠奉教黎蒸咸乂封部獲安皆是卿等同竭忠謀佐成休績來言及此喜（集作嘉）慰良深勉於（集作終）令圖以副遐矚今遣諫議大夫兼御史中丞叚平仲持節用命閤勸想當悉之卿等各有少信物具如別錄至宜領也春寒卿等各得平安好遺書指不多及

同前　封敖

勑叚琮傍叚酋琮獨揀楊遷趙文奇立家善政李守約等各蘊器能夙懷忠義宣功爾室贊理本邦禮樂具修車書必會勵輸忠之節操披嚮化之誠明亟涉道途遠遵職貢威儀就列同慶於三朝筐篚克庭有勤於萬里道光殊俗禮慕華風克成君長之賢深見佐臣之美勞忠可尚鑒寐寧忘勉守令圖用慰遐矚得前嶲州録事叅軍陳元舉男播狀稱父及弟未等二十七人自太和三年没落在彼未蒙追索詳其語旨切在感傷朕思骨肉之情人倫所極家鄉一異音耗兩亡生死莫知幽明同怨爲人君長深用軫憂今與豊祐書中具言其事卿等職當毗贊義重君臣執之何補於良圖歸之尤重於交好想同叅議用觧幽冤今賜卿少信物具如前數

文苑英華卷第四百七十　終

文苑英華卷第四百七十一　翰林制詔五十二

蕃書四

驃國書

與驃國王雍羌書　白居易

勑驃國王雍羌卿性懷(集作弘)毅勇代濟忠貞(集作貞良)訓撫師徒鎮寧封部欽承王化思奉朝章得睦鄰之善謀秉事大之明義又令愛子遠赴闕庭萬里納忠一心稟命誠信彌著忠嘉(集作嘉相)益深今授卿檢校太常卿并卿男舒難陁那及元祐摩訶思那等三(集作二)人亦各授官告往至宜領之此所以表卿勳勤申朕恩禮敬受官爵(集作新命)永為外臣勉弘令圖以副遐矚今有少信物具如別錄想宜知悉也冬寒卿比平和(集作安)官吏百姓等並存問之遣書指不多及

新羅書

勑新羅王金興光書三首　張九齡

勑新羅王開府儀同三司使持節大都督雞林州諸軍事上柱國金興光賀正使金竭(集作碣)丹等至兼得所進物省表具知海路艱阻朝賀不闕歲益忠謹日以嗟稱所謂君子為邦動必由禮頃者渤海靺羯(集作鞨)不識恩信自(集作負)恃荒遠且爾逋誅卿疾惡之情常以奮厲故去年遣中使何行成與金思蘭同往欲以叶謀比聞此賊困窮偷生海曲惟以抄竊作梗道路卿當隨近伺隙掩襲取之奇功若有所成重賞更何所愛(一作惜)適欲多有寄附實恐(集作慮)此賊抄奪不可不防豈資窮寇佇蕩滅之後終無所惜昨金志彝等到頻緣事物(集作緒)未及還期忽嬰疹疾遽令救療而不幸殂逝相次數人言念殊鄉載深軫悼想卿聞此良以增懷然死者生之常固其命也固當理遣無以累情秋初尚熱卿及首領百姓以下並平安好今有答信物及別寄少信物並付金信忠往至宜領取遣書指不多及

二

勑雞林州大都督新羅王金興光賀正謝恩兩使繼至冊省來表深具雅懷卿位總一方道踰萬里純誠見於章奏執禮存乎使臣雖隔滄溟亦如會面(集作面會)卿既能副朕虛已朕亦保卿一心眷言(集作言念)懇誠每以嗟尚況文章禮樂粲焉可觀德義簪裾浸以成俗自非才包時傑義(集作志)合本朝豈得物土異宜而風流一變乃比卿於魯衛豈復同於蕃服朕之此懷想所知也賀正使金義質及祖榮相次永逝念其遠勞情以傷惻雖有寵贈猶不能忘想卿乍聞當甚軫悼近又得思蘭表稱知卿欲於浿江置戍既當渤海衝要又與祿山相望仍有遠圖固是長策且蕞爾渤海久已逋誅重勞師徒未能撲滅卿每嫉惡深用嘉之警寇安邊有何不可處置訖因使以聞今有少物答卿厚意至宜領取春暮已暄卿及首領百姓並平安好遣書指不多及

三

勑雞林州大都督新羅王金興光比歲使來朝貢相繼雖隔滄海無異諸華禮樂衣冠亦在此矣皆是卿率心忠義能此恭勤朕每嘉之常優等數想卿在遠應體至懷頃者彼遣(集作處)使來累有物故水土不習飲食異宜奄忽爲災遂至不救言念逝者此其命乎想卿乍聞應以傷悼所有(集作以)表奏皆依來請夏初漸熱卿及吏人並平安好今有少物並付來使至宜領取遣書指不多及

與新羅王金重熙書

勑新羅王金重熙金獻章及僧沖虛等至省表兼進獻及進功德并陳謝者具悉卿一方貴族累葉雄材秉(集作伏)忠孝以立身資信義而爲國代承爵命日慕華風師旅叶和

遐疆寧泰況又時修職貢歲奉表章進獻精珍忠勤並至功德成就恭敬彌彰載覽謝陳益用嘉歎滄波萬里雖隔於海隅丹悃一心每馳於闕下以茲歎賞(集作嘉尚)常屬寢興勉弘始終用副朕意今遣金獻章等歸國并有少信物具在(集作如)別錄卿母及妃并副王宰相以下各有賜物至宜領之冬寒卿比平安好卿母比得如宜官吏僧道將士百姓等各家存問遣書指不多及

渤海書

勑渤海王大武藝書四首　張九齡

勑忽汗州刺史渤海郡王大武藝卿於昆弟之間自相忿鬩門藝窮而歸我安得不從(集作容)然處之西垂(集作陲)爲卿之故亦云不失頗謂得所何則卿地雖海曲常習華風至如兄友弟悌豈待訓習骨肉情深自所不忍門藝縱有過惡亦合容其改脩卿遂請取東歸擬肆屠戮朕教天下以孝友豈復忍聞此事誠是惜卿名行豈是保護逃亡卿不知國恩遂爾背朕(集作德)卿所恃者遠非能有他朕比年含容優恤中土所未命將事亦有時卿能悔過輸誠轉禍爲福言則已(集作似)順意尚執迷請殺門藝然後歸國是何言也觀卿表狀亦有忠誠可熟思之不容易耳今使內使往宣諭朕意一一並須口述使人李盡彥朕亦親有處分皆所知之秋冷卿及衙官首領百姓並平安好并遣崔尋挹同往遣書指不多及

二

勑渤海郡王忽汗州都督大武藝不識逆順之端不知存亡之兆而能有國者未之聞也卿往年背德已爲禍階近能悔過不失臣節迷非復善即又可嘉(集作迷復非遠善又何加)朕記人之長忘人之短況又歸服載用嘉歎永祚東土不亦宜乎所令大茂(集作戊)慶等入朝並已處分各加官賞想具知之所請替人亦令還彼又近得卿表云突厥遣使求合擬打兩蕃奚及契丹今既內屬而突厥私恨欲讎此蕃卿但不從何妨有使擬行執縛義所不然此是人情況爲君道然則知卿忠赤動必以聞永保此誠慶流未已春晚卿及衙官百姓並平安好遣書指不多及

三

勑渤海郡王忽汗州都督大武藝多蒙國所送水手及承前沒落人等來表卿輸誠無所不盡長能保此末作邊捍自求多福無以加也漸冷卿及衙官百姓已下並平安好遣書指不多及

四

勑忽汗州刺史渤海郡王大武藝卿往者誤計幾於禍成而失道未遙聞義能徙何其智也朕棄人之過收物之誠表卿洗心良以慰意卿既盡誠節永固東藩子孫百代復何憂也所（集作近）使至具知款曲兼請宿衛及替亦已依行大郎雅等先犯國章竄逐南鄙亦皆捨罪仍放歸藩卿可

知之皆朕意也夏初漸熱卿及首領百姓等並平安好遣書指不多及

與渤海王大彝震書　封敖

勑渤海王大彝震王子大昌輝等自省表陳賀并進奉事具悉卿代襲忠貞器資仁厚遵禮義而封部和樂持法度而渤海晏寧遠慕華風聿修誠節梯航萬里任土之貢獻俱來夙夜一心朝天之禮儀克備龍庭必會鯷域何遥言念嘉猷豈忘寤歎勉弘教義常奉恩榮今因王子大昌輝等廻國賜卿官告及信物至宜領之妃及副王長史平章事等各有賜物具如別錄

奚書

勑投降奚等書　張九齡

勑新來投降奚等汝本小蕃不自存立頃年依我稍得安全而常持兩端遽即背叛忘恩負義豈是人心今者聞汝復歸亦應知過仍緣困蹙未免嫌疑汝若誠能洗心求以寄命便令處置汝等當須一一聽從即捨往愆更收來效官賞諸事皆如舊日各宜自勉勿不知恩比嚴寒汝等部落百姓並平安好遣書指不多及

勑奚都督李歸國（集作圖下同）書二首　前人

勑李歸國近得李首珪表稱奚衙官孶（集作撐）雲輸構異謀携間部落兼藏突厥仍欲圖卿知卿忠義一心糾逖無隱臨危制變果獲罪人此雖天誘其衷亦是卿誠效克著聞

已誅翦是自滅亡朕於諸蕃含養過厚忝預人類亦合知恩但百姓無識易爲驚擾安危動靜處之在人以卿才能自應率伏念加威惠勿使猜嫌既去亂群當已寧帖所設官賞惟待有功苟能盡節何憂不賞宜各（集作各宜）勉勵以副朕懷秋涼卿及將士百姓（四字集作衙官）以下並平安好遣書指不多及

二

勑奚都督右金吾衛大將軍歸誠王李歸國朕比聞突厥欲滅卿兩蕃先勑守珪嚴爲防護今聞涅禮已破兇徒仍慮其收合餘燼復來掩襲卿可與涅禮相爲腹背但突厥不盡後患終深卿可伺其歸師乘其喪氣與諸將計會討

逐(集作逐要)追襲時不可失宜自思之秋深極今卿及衙官將
士並平安好遣書指不多及

契丹書

勑契丹王據埒可突于書　前人

勑契丹王據埒及衙官可突于蜀活刺史鬱健等順道則
吉惟智能圖逆節則凶豈愚所覺卿頃年背誕禍實自貽(集作實養禍貽)今而知之亦猶未晚固是轉災而爲福因敗而成
功去百死之危保萬全之計則昔者之去何其悖也今茲
復來又何智也皆是卿素有籌畧本於忠誠率先種人拔
於死地自爾之後更有何憂朕於諸蕃未嘗負約況於卿
等更有舊恩聞卿此來豁然慰意一則兵革都息二則君

臣如初百姓之間不失耕種豐草美水畜牧隨之更無外
虞且知上策人生自奉誰不求安保此永年一無他慮在
卿所見不(集作何)假朕言部落初歸應須安置可與守珪審
定務依蕃部所欲相次(集作相其)沃饒之所適彼寒暑之便無
令下人有所不愜也冬末極寒(集作寒甚)想卿及衙官軍吏刺
史以下及諸部落百姓平安好遣書指不多及

勑契丹都督涅禮書　前人

勑契丹都督涅禮往者屈突于兇惡無心憂矜百姓背叛
於我將日自防丁壯不得耕耘牛馬不得生養及依附突
厥而課稅又多部落吁嗟卿所見也李過析(集作折下同)因衆
人之忿誅頑兇之徒諸部落酋豪相率歸我已令人隨事
賞錫(集作賜)亦云且得安寧過折封王豈直賞功而已亦爲
百姓衆意賴其撫存不知近日以(集作已)來若爲非理亦聞
殺害無罪捶打又多衆情不安遂致非命然卿彼之蕃法
多無義於君長自昔如此朕亦知之然是卿蕃王有惡輕
殺爲此王者不亦難乎但恐卿今爲王後人亦常不自保
誰願作王卿雖蕃人是當土豪傑亦須防慮後事豈取快
志目前過析既亡卿初知都督百姓諸處復又安寧以否(八字集作諸處分復得安寧以否)守珪先擬往彼亦即令便就處置卿應
有官賞即有處分夏中甚熱卿及首領百姓並平安好今
賜卿錦衣一副弁鈿帶(二字集作腰帶恐非)七事至宜領取遣書指
不多及

勑契丹知兵馬中郎李過析書　前人

勑契丹知兵馬中郎李過析等卿比在蕃中已知才畧一
此行事十倍所聞既立殊勳又成大節何其壯也可突于
狡算翻覆人面獸心事其君長不忠不義處其種落無信
無恩專持兩端隨事向背而屈烈(集作列)愚蔽與之同惡卿
此(集作此此)觀變實爲遠圖誅元兇而存一蕃行權宜而合正
道所全者大所慮實深今諸部帖然皆卿之力也且頃者
携叛聞(集作又)甚崎嶇羊馬不保於孳生田疇不安於耕種
寄命山谷併力干戈總由頑凶致此勞苦向若無卿此舉
信彼所行以疲弊之殘人當驍雄之巨衆彼則朝夕奔命
此方歲月攻守而衆寡不敵殲滅有期賴卿先見之明遠

爲轉禍之計以救萬人之命以成萬代之名豈獨大功真
爲上智今將疇其井賦異姓封王以旌厥庸且有後命在
彼朸有變故乍應驚擾百姓既知所當安帖卿可與張守
珪量事處置務遂便宜今既一家愛同赤子惟其所欲隨
事撫存春朸尚寒及衙官刺史縣令并百姓以下並平安
好遣書指不多及

與契丹王鶻戍書二首　封敖

勑契丹王鶻戍大首領末荷得等至省所朝賀及進馬具
悉卿英推挺出忠信生知威令可固於封疆誠素必彰於
禮義情深向闕志切輸忠萬里趨風表堅明之節操元辰
稱賀見罄盡之忠勤想屬冊二寧忘寤寐將綏多福勉守

令圖今賜卿少物至宜領之妃以下及男等并兵馬使屯
刺史梅落達磨縣令等各有賜物具如別錄末荷各賜官
告想宜知悉春寒卿比平安好否兵馬使以下並各存問
之遣書指不多及

二

勑契丹王鶻戍其至省所進馬事具悉卿才雄沙漠氣勁
燕山忠良自稟於生知毅勇豈資於時習禮備正朔誠懸
表章職貢聿修遠致右竃之獻威儀就列常嘉左衽之風
節及元正慶均多福永遵令善無替前勞相屬之懷寤興
爲念今賜卿少物至宜領之

突騎施書

勑突騎施毗伽可汗書　張九齡

勑突騎施毗伽可汗天地有正位鬼神有正主敢此遠犯
必有禍殃不信朕言但誠看取可汗雖爲君長實在幽荒
陰陰（集作陰陽）之氣偏僻如此縱欲自大其如天何往年可汗
朸有冊立以我國家常爲勢援諸蕃聞此不敢動搖是我
有大惠於可汗行德音（集作陰德）於彼國自爾以後二十餘年
情義相親結爲父子可汗身自不覺豈不是（集作知）彼之大
援而戎俗少義見利生心故闕（集作闕）俟斤入朝行至北庭
有隙因此計議即起異心何竭達所言既是彼人自告縱
跡已露然始行誅邊頭事宜未是全失朕猶以擅殺彼使
兼爲罪責北庭破劉渙之家仍傳首於彼可汗縱有怨望

亦合宜有奏論朕若不依舉兵未晚而乃揔無來狀即起
凶謀侵我西州犯我四鎮連年累月馬死人亡於群胡已
聞怨嗟於國家豈能大損中間使歌德都耽及安胡數半
泥臨河來此求和朕亦信受故遣使相逐具宣往意其後
審觀形勢各（集作全）是詐欺故密勑半道令廻豈是元心有
負自爾之後侵犯不絕可汗有何兵衆遂此憑陵諸國聞
此豈不得計約筭已西諸國未敵我一兩大州可汗亦應
先知何煩遂爾爲惡況西州（集作安西）北庭將士皆是鐵石爲
心可汗具詞不煩更道此則承前輕舉彼自無義却以我
爲失無乃重其過乎可汗向若有禮以理論奏闕（集作闕）俟
斤下羊馬數雖稍多欲爲補答亦何足難惟費一州庸調

酬還則已大多而乃無義爲（集作酬醻）暴我邊鎮孤城小堡倉卒見危大率而言其數非少彼若討索馬價我亦須得此物忝是有識之類可不自觧思量又可汗正爲寇敗闕伊難如從我界過慈嶺捕獲并物奏來所有蕃書具言物數朕皆送還贊普其中一物不留可汗亦以此爲詞謂言朕留此物且蕃中貧薄所見不廣銀瓶香子將作珍奇墨（集作黑）毯赤麖（集作麞）亦爲好物我中國雖在貧下固不以此爲貴可汗宜識此意勿妄生詞且闕伊難如越界可汗復遣頭作梗如此不促更促何人適是邊軍明其用命觀可汗求和之意似（集作此非）未有眞心只擬引誘國家乘便取利如此等事何用言爲（集作之）我國家守信如天終不欺於物

謂天無信物應自（集作自無）知然於四時終不差也可汗若遂能爲惡朕當別有處分三二年内試看君少（二字集作若爲必其）自省前非更思舊恩朕既棄捨大過父子如初可汗更有何處百姓皆得安樂一任可汗自料朕亦不復多言一一在使者口具秋中漸冷可汗及公主衙官纛官首領百姓並平安好遣書指不多及

護密書

勑護密國王書二首　前人

勑護密國王眞檀（集作檀下同）朕知卿忠赤能保國境所以前加禮命用叶蕃情卿感此殊恩盡力外禦聞有兇寇能申遠績以義動衆雖弱必强豈獨人心亦有神助甚用嘉歎不可忘也冬末甚冷卿及首領以下（四字集作將士）比並何如遣書指不多及

二

勑護密國王眞檀毅匐積惡自取滅亡想所具知不復煩述卿比（集作此）者雖受冊立緣此未得還蕃彼既伏辜固無隔閡卿宜揚國命慰撫遠人保我西垂（集作陲）長守誠節突騎施兇逆慮其寇抄（集作掠）卿宜善計勿令不覺其來已西商胡比遭毅匐劫掠道路遂斷遠近吁嗟卿既還國必須防禁蕃中事意遠路難聞可量彼權宜便與王斛斯計會夏末甚熱卿及首領百姓已下並平安好遣書指不多及

諸國書

勑識匿國王書　前人

勑識匿國王鳥訥没莫賀咄卿比與護密相爲脣齒而發富兇狡劫殺商胡罪不容誅走投異域朕知其惡積故立眞檀遽聞却來還占本國卿等雖姝頑暴相率誅之累歲逋逃一朝翦滅未言忠義深所嗟稱今授卿將軍賜物二百匹錦袍金鈿帶七事以下亦節級有衣物（集作已下節級亦有衣物）各宜領取夏末甚熱卿及首領百姓等並平安好遣書指不多及

勑渤（集作勃下同）律國王書　前人

勑渤律國王蘇没謹忙得王斛斯表卿所與斛斯書知卿忠赤輸誠國家外賊相誘執志無二又聞被賊侵寇頻亦

蠻虜能自支持且得退散并有殺獲甚用嘉之卿兄麻來兮及首領以（集作已）下各量與官賞具如別敕今賜卿物三百匹銀胡瓶盤（四字集作銀盂瓶銀盤）各一衣一副并金鈿帶七事至宜領取夏中甚熱卿及首領以下並平安好遣書指不多及

敕諸國王葉護城使等書　前人

敕諸國王葉護城使等突騎施不道連年作寇使我邊鎮常以爲虞諸處攻圍所在堅守能伺其隙各有誅夷此卿等赤誠臨事效節使祅（集作妖）不勝德氛祲自消遥料兇謀還慮再下且賊衆烏合疲於重來勞則心離久必有隙卿等常須有豫以逸待之一二年間奇功甚（集作可）立富貴之

舉彼賊是資亮忠（集作烈）之懷此心可度今各賜卿衣一副聊慰勤誠所有勤（集作勳）勞今已（集作已令）叙定當續有處分想亦知之比春暄卿及首領將士百姓等並平安好遣書指不多及

敕罽賓國王書　前人

敕罽賓國王得四鎮節度使王斛斯所翻卿表具知好意然事在絕域不可預圖卿若誠心任彼量度事遂之日必有重賞且朕每於遠國未嘗有所食言想亦知之（一作想若誠心）勿致疑也秋杪尚熱卿及首領以下並平安好遣書指不多及

敕日本國王書　前人

敕日本國王主明樂美御德彼禮義之國神靈所扶滄溟往來未嘗爲患不知去歲何負幽明丹墀眞人廣城（集作成下同）等入朝東歸初出江口雲霧斗暗所向迷方俄遭惡風諸船漂（集作飄）蕩其後一船在越州界即眞人廣城尋已發歸計當至國一船漂入南海即朝臣名代艱虞備至性命僅存名代未發之間又得廣州表奏朝臣廣城等漂（集作飄）至林邑國既在異域（集作國）言語不通並被劫掠或殺或賣言念災患所不忍聞然林邑諸國比常朝貢朕已敕安南都護令宣敕告示見在者令其送來待至之日當存撫發遣又一船不知所在永用疚懷或已達本（集作彼）蕃有來人可具奏此等災變良不可測卿等忠信則爾何負神明而

使彼行人罹其凶害想卿聞此當用驚嗟然天壤悠悠各有命也冬中甚冷（集作中冬甚寒）卿及首領百姓並平安好今朝臣名代還一一令口具遣書指不多及

文苑英華卷第四百七十一

文苑英華卷第四百七十二　翰林制詔五十三

鐵券文

賜李納田悅王武俊等鐵券文　陸贄

維興元元年歲次甲子正月癸酉朔二日甲戌皇帝若曰咨爾某官某乙嗚呼君者所以撫人失於所撫則叛下者所以奉上乖（集作失）於所奉則刑（詔令集作爲尤）各當其理德用不擾各遂（詔令作者遂集作各乖）其分亂於是生朕德薄化淺昧於君道罔知省已姑務責人是以徵師徂征連歲靡息惟爾亦以誠志之不達叉側於（集作于）厥衷阻衆興戎結壘固守（集作結纍拒守）豈非上失（集有於字）所撫而下乖（乖集作失於）所奉歟書曰萬方有罪罪在朕躬我實不德兆人何咎俾廢其生業離其

室家陷於（集作于）困窮死于鋒刃（集作戰陣）老疾廢養孤煢靡依結怨蒼旻感傷和氣朕爲人父母得不愧于心哉晨興以思夕惕以懼（集作悼）自其（詔令作于）嗣位迄今六載天將悔禍朕方覺寤爾亦知衆心之厭亂思所以保安叶于朕懷若應（詔令作有若）符契非天地合德人神合謀將茂育羣生（詔令作將止役好生）則何以臻此朕是用（詔令作以）上順天意俯從人心滌爾疵瑕復爾爵位坦然靡阻君臣如初功載（詔令作書）鼎彝名藏玉府子孫代代爲國勳臣河山帶礪傳祚無絕朕方布大信承天子人若食其言何以享國於戲其祗若明命（詔令作其敬聽）朕命用保無疆之休

賜安西管內黃姓纛官鐵券文　前人

維貞元二年歲次景寅八月丁巳朔三日己未皇帝若曰咨爾四鎮節度管內黃姓纛官驃騎大將軍行左金吾衛大將軍員外置同正員兼試大常卿頓啜護波（集作沈）支惟乃祖乃父率（集作代）服聲教勤勞王家勳書鼎彝族（詔令作名）列于蕃（集作藩下同）籍爾克紹祖先之烈而重之以忠貞嗣守職官祗若朝（集作教）化率其種落保我邉（集作疆）陲册誠向化（集作風）萬里如近是用稽諸令典錫以券誓（集作風）若金之堅末代無變子孫繼襲作我藩臣爾其欽承勿（集作無）替休命

賜陳敬瑄大尉鐵券文　樂明龜

維中和三年歲次癸卯十月甲午朔十六日己酉皇帝賜功臣劍南西州節度副大使管內觀察處置統押近界諸

蠻及西山八國雲南安撫制置指揮諸道兵馬供軍等使開府儀同三司太尉兼中書令成都尹上柱國潁川郡食邑三千户食實封四百户陳敬瑄鐵券曰烹巨鼇者鼎大於滄海斬長鯨者劍倚於青天既立異勳勉（一作克）膺殊寵李晟免其十死子儀成其九功鏤以金鏞賜（一作錫）其鐵契後來繼者豈在他人歲寒知松栢之心國難見忠貞之節五山鎮地一柱擎天氣壓乾坤量含宇宙自居環衛出擁旌幢論清政而水境無光吐赤誠而朝霞失色手持玉節身鎮錦城扶乾綱則（一作而）萬國安（一作齊）心紐坤維則（一作而）百蠻遠指三川欽（一作欽）化一境歸仁朕以稅駕褒斜省方卭蜀觧甸而來迎鳳輦驅馳而速建龍宮百辟來朝萬方

入貢夏禹塗山之會未盛於斯漢高沛國之歡無以過此戮阡能（邛州首望阡能）疾如剪草除秀昇（渠州叛校韓秀昇）易若焚巢不讓武侯之勳無愧文翁之化海東獻欵雲南披誠人穀豐登三農務（一作茂）盛濟贍軍國拯接朝廷（一作寮）內竭家財外罄公帑千官感惠一國推功今則巨猾奔逃神州克復將歸上國即別成都致朕身安由卿忠盡（一作力）前封公爵後賜郡王詢於衆情未愜羣望今賜卿鐵券赦其十死望泰山而立誓指黃河以為盟山無盡時河無竭日君君臣臣父父子子永遠貴昌並皆如此（一作皆唐大詔令）

賜許國公韓建鐵券文　崔涓

維光化元年歲次戊午九月戊辰朔八日乙亥皇帝若曰

咨爾宣力興復功臣鎮國匡國等軍節度管內觀察處置修葺宮闕同州長春宮等使開府儀同三司守太傅兼中書令興德尹使持節同州諸軍事兼同州刺史上柱國許國公食邑四千户食實封一百户韓建朕以前代功臣實重信賞至有刻於（詔令作于）斿彝紀在旂常垂帶礪之言保金石之誓勳賢所付宜茂明恩況卿秉謙蹈和持重守正屬朕前歲巡狩而乃躬親奉迎季孫之道在事君周勃之心唯安國畢力扈駕衛我出車（詔令作居）克奉行朝更無遺事可謂忠於社稷光映簡書旋以歸復京都葺修宮闕載弘舊制皆叶規程睠是殊庸實用嘉矚雖迭增崇數而未足酬功宜申誓券之文以示旌勳之典矧夫黃河不竭青山匪窮比此賞延錫于苗裔使卿永荷祿位長受寵榮對銘鏤以同堅煥聲徽而轉美卿恕九死子孫恕二死或犯常刑所司不可加責禮命甚重往惟欽承宜付史館頒示天下

青詞

季冬薦獻太清宮青詞　白居易

維元和二年歲次丁亥十二月甲寅朔二十六日己卯嗣皇帝臣稽首大聖祖高上大道金闕玄元天皇大帝伏以今年司天臺奏正月三日祀上帝于南郊佳氣充塞四方溫潤祥風微起廬州申連理李樹一株彰義軍節度使奏（集作進）白烏一鄭滑觀察使奏瑞麥五科司天臺奏六月五日夜鎮星見河陽節度使申（集作進）白雀一荊南節度使申

連理李樹一本山南西道觀察使申嘉瓜一枚司天臺奏六月十三日夜老人星見河南府申芝草兩莖司天臺奏冬至日佳氣充塞瑞雪祈寒者臣嗣承丕圖肅恭寅畏祖宗垂慶嘉瑞荐臻虔奉禎祥伏深祗惕今時惟玄律節及季冬仰薦明誠敬率恒典謹遣攝太尉司徒平章事杜佑薦獻以聞謹詞

上元青詞　吳融

維光化四年歲次辛酉正月乙酉朔十五日己亥皇帝臣稽首大聖祖高上大道金闕玄元天皇大帝伏以時當獻歲節及上元爰命香火道人烟霞志士按科儀於金闕陳齋醮於道場伏願大鼓真風潛垂道蔭俾從乂正永保無

虞四海九州干戈偃戢東皋南畝皆獲豐登冀與兆人同
臻介福謹詞

下元金籙道場青詞　張玄晏

維乾寧二年歲次丙辰十月戊申朔十二日己未嗣皇帝
臣稽首大聖祖上大道金闕玄元天皇大帝伏以強名曰
道迥出氤氳之表惟天爲大是生恍惚之中融和氣以陶
蒸藹真風而煦育况黄廷碧落集列聖之威儀絳闕丹臺
聚群仙之步武爰啓祈恩之路寔開請福之門敢用真誠
陳於下會今雖物無疵厲年獲豐登遠人不倦於梯航絶
塞靡虞於烽燧而鯨鯢作慝蛇豕爲祅塗炭黎元黷亂紀
律宫朝載罹於焚毀簪裾仍迫於羇離敢不寤寐思僁曉

夕引咎由是廣延真侶重叩玄關幣帛交陳香燈備設伏
願堅覆露之德暢亭毒之恩使氛祲盡消萬彙咸泰復安
宗社大定寰區及臣恥身同霑弘造謹詞

太清宫祈雪青詞　封敖

維年月日嗣皇帝臣稽首大聖祖高上大道金闕玄元天
皇大帝伏以百穀實生靈之本萬姓爲國家之基言念老
農常思薄德今時雪罕降宿麥是憂同雲未施嘉穀何望
臣祇應疑作膺景運亭育兆人德不動天言徒罪己粢盛匱
闕於明薦災沴恐及於生靈誠竭齋莊禮虔夙夜伏惟玄
功不宰至道無言垂福祐於群生假膏濡之德澤謹遣尚
書兵部侍郎高元裕啓告以聞謹詞

祈雨青詞　前人

維年月日嗣皇帝臣稽首大聖祖高上大道金闕玄元天
皇大帝臣猥奉顧託獲臨宇宙四海之寧晏萬物之生成
必繫厥躬敢忘其道是用虔恭大業寅畏上玄勵無怠無
荒之憂勤期一風一雨之調順苟或僁候常多愧心今三
伏之時五稼方茂稍渴膏潤未爲僁陽而憂勞所牽念慮
已及恭持冊懇上瀆玄功冀弘清净之源溥施霑濡之澤
粢盛必遂煩燠可消將展敬於精誠俟降靈於雱霈謹遣
吏部侍郎韋湛啓告以聞謹詞

歎文

爲太平公主五郎病愈設齋歎佛文　宋之問

至矣哉釋迦之本願也念起於大悲業成於廣濟代俗以
積迷爲用有感斯通衆生以諸病作身至誠能愈我鎮國
太平公主娥靈襲彩女曜聯英戒環佩於中闈邑山河於
外館位彌高而跡彌下保是洪猷身日貴而心日微由乎
夙植全其忠孝頌美於家邦宜爾子孫理歸於福壽第五
子某官某才光性與慧發生知山桂含芳而通人階蘭吐
秀而驚俗頃以寒暄稍改保攝微乖留卧玳瑁之牀陪侍
鳳凰之宇公主上祈妙福蒙降慈恩濩賜黄金還依膝下
隋珍明月再入掌中今者上報慈恩大張名供於是披甲
第闢梵筵幢蓋乘空而下來龍象接武而爰集廻供絶陁
之國求饌香積之宫麪爲丘而蔽庭酪爲沼而環砌龍王

歘水噴車馬之埃塵天女散花綴山林之草樹無邊之施
下飽於三塗普救之心傍寬於六趣伏願以斯妙福上薦
聖朝應天皇帝長保金圖永臨璿極九族既睦祛其有漏
之緣萬人以安不捨無生之見順天皇后慶垂椒掖德盛
蘭宮國風流洽於鵲巢坤儀光贊於龍衮皇太子業齊聖
敬本固元良諸王公主等擢秀本枝崇榮湯沐三槐九棘
庶職羣寮咸維赤縣之圖共翼青雲之紀備該空有遍燭
幽明俱超解脫之津永拔輪回之地

上元日歎道文　白居易

道本無象功成強名生一氣之先爲萬物之母吹煦寒暑
陰陽節而歲功成輔相乾坤上下交而生物遂故能阜蕃

動植啓䆗雍熙邦家保安夷夏咸若今以時因集作歘歲
節及上元女道士某等奉爲皇帝焚香行道敬脩功德伏
願聲聞紫極丕降玄休大庇群生永康四海流光垂慶億
萬斯年

立春日玉晨觀歎道文

夫道本無爲雖強名而不離乎清淨功歸不宰運陰陽而
必致乎生成今四歲環周三光燭耀勾萌盡達閉蟄皆驚
和風競發於年華玄造豈知其日用女道士等奉爲皇帝
稽首齋戒焚香莊嚴伏惟冥鑒照臨神功保衛精誠上感
至道潛通高明廣被於無窮福祐庶垂於有感南山比壽
將聖祚而齊隆東海量恩與天波而長潤旁沾動植溥救
幽陰咸保乂寧永綏多福

憲宗忌日玉晨觀歎道文　前人

清淨無爲之謂道是非有作之謂名道知其源名亦歸正
由是群生遂性咸臻妙有之功四氣順時自契不言之信
洪鑪假喻大塊無形載厚地以繁滋覆高天而悠久伏以
今月二十七日憲宗皇帝忌女道士等齋戒精脩焚香虔
懇伏願追縱玄運息駕黃庭保聖祚於無疆降神功於有
感日月所照福祐同霑

慶陽節按唐會要武宗六月十一日生名慶陽節英華作德陽恐非玉晨觀歎

道文　前人

莫高者天莫大者道天以不言而信道以不言而功玄關

潛契於虛無祕籙廣傳於妙有由是自我聖祖達吾神孫
微言載流真教不墜膏濡動植亭育生靈豈獨練氣谷神
保元恬淡而已伏惟仁聖文武至神大孝皇帝陛下生知
至道宿應上玄紹列聖之皇圖冠群仙於紫府光承景運
溥濟含靈凝旒而道用中深端拱而玄風淡泊伏以今月
十一日皇帝降誕之辰女道士等焚香行道敬脩功德伏
惟聖壽山固皇恩海深將四序而周行與三光而長燭天
覆地載何得而名道護神扶臻乎無極

玉晨觀祈雨歎道文　獨孤霖

茂多稼者唯雨司其澤者在天求惟法道之言宜叶憂人
之旨今屬旱苗方蔫膏潤不霑女道士某等奉爲皇帝依

教發誠循儀啓願冀由栗懇仰達上玄遂使觸石未周遍
聞泛灑隨風而遠俄覩滂霈大田既詠於豐年庶品咸康
於樂業

同前

蓋聞天下者君弘道在聖天既不遠於有作道當冥助於
無爲今屬夏景將臨春陽已亢女道士某等奉爲皇帝虔
脩法事恭啓至誠庶將憫雨之心冀解憂人之念伏願油
雲散布膏澤遠流來觀離畢之祥已覩斯倉之兆覃此餘
慶洽于可封

七月十一日王晨觀別脩功德歎道文　前人

若乃喻指未通昧三光於黄道齊心不動披衆妙於玄關

歲計方晤其有餘物理孰知其大庇今屬金行御氣張宿
司辰告朔是先迎秋方始女道士某等奉爲皇帝鋪陳法
要啓迪真筌伏願雨潤大田雲垂多稼書稱舞羽詩詠戢
戈凡當比屋之封盡沐薰絃之樂

九月一日王晨觀別脩功德歎道文　前人

原夫襄城迷往明牧童之可求函谷知來顯至人之所得
固以窅冥執有恍惚非無獨見且乖多岐復奭道之遠也
庸可量哉今屬鴻鴈賓秋鶉羊司朔女道士某等奉爲皇
帝存誠香火冥懇雲天希用專精默諧禱望伏願災消中
夏稔稼穡以盈箱兵息南溟鑄戈鋋而益柱然後五行皆
序四維畢張歌我舜風復此周道　四百七十二卷

文苑英華卷第四百七十三　策問一

策問十五道

策賢良問五道
策秀才問三道
策傳通文典達於教化科問一道
策識洞韜略堪任將師科問一道
策神岳舉問一道
策賢良問三道
策宰相科問一道

策賢良問五道

第一道　顔師古

問天生蒸庶樹之司牧立化成俗闡教弘風璽印之抑塗若槃盂之置水汙隆各隨所廢方圓在其所制夏后尚忠之政固以率服萬邦殷人先敬之道亦足儀刑百姓亟從華變靡定沿襲所貴雖殊同歸於又先聖設法將不徒然厥意如何停聞詮釋

第二道

問夫雜用霸道不純德教是非稽古何以稱強權宜一切寧可埀訓其理隱微其說安取且設官分職非賢不任知人則哲惟帝難之良由言行相違名實乖舛情態難覩蘭艾莫分藻鏡銓衡苦其混揉如何審綜察茲優劣八觀之術往彥所陳七繆之郵非無前說澄汰糠秕其可必陳何謂七繆宜具條錄勿致闕遺又西京課吏其法何以鄴洛考功衆議孰得且公卿已下負祿素定量其閑劇職務總舉而散官一色多乏器幹縱非鄙弱則有疵瑕至於銜命諸方承肯出使按察撫勞絡繹相趨若差職事之人則於官曹闕廢如其專遣冗散又致前塗曠失彼此難周未能通允欲施何法使得兼濟又二代寮寀大數幾何用官詳備遣人可觀準望聖朝繁省何若自秦及漢掌外使者何人當塗典午出邦畿者何職書傳所說可得而言識達化方久應商畧既無礙滯悉俟敷陳

第三道

問潔己以進陳諸往冊平康正直彰乎前訓脩身勵操俱曰可稱攝職當官何者尤切必能兼善其利博哉互有所長宜甄先後今既舉茲二事欲委共康廣扇清風大矯流俗施行條教可用率下使人懷氷碧（一作玉）之心家有素絲之節軌物昭範佇觀表儀若在姬周號稱多士龐氏居位亦有賢人誰脩廉潔之道孰當正直之舉爰及兩漢魏晉已來歷載遐長廉直衆矣其間尤異凡有幾人必須具列姓名分條事迹無或非當意狀殊遠先古有言惟德作乂既允廉潔之選又應正直之科誠宜追蹤曩人尚想同志並驅前烈誠可比肩企仰高山誰者弗逮當仁不讓寧假撝謙近取諸身豈或涯分無而爲有是則非廉虛美雷同又乖正直兼茲學植（一作殖）理必該通原始要終當盡弘博

第四道

問學以從政昔賢令則博文強識君子所尚結髮釆朝敷衽受職開物成務率由茲道是以登高能賦可列大夫試諷籀篇乃得爲史然而筭祀悠邈載籍寔繁鑽仰雖多罕能擇練今將少論古昔庶異見聞勿用浮辭當陳指要九流七畧題目何施八體六書名義焉在三皇五帝諸說不同列次區分誰者爲允翠爲（疑作嫣）玄扈臨之而安得緣紺黃玉所表其奚事陰康驪畜行序孰當封鉅大塡胡寧游處彤魚昌僕出何典誥窮蟬聲望厥類惟何管仲文錦既醜何貴子産深練寔厚何俾周鼎所存議（疑作識）者幾物齊鍾所釁卒用何牲罷絀諸侯何名三十六都褒貶將相何謂三十二人至如象棄之精乎棄日木鷄之巧乎異端著於簡諜何所沮勸學綜古今想宜究悉一二顯析無憚米鹽

第五道

問八政所先食貨居首萬商之業市井爲利菽粟稻粱飢饉足以充口布帛絲纊寒暑足以蔽形生靈所資莫此爲急爰及室宇器械同出五材皆禀造化之功取者得供其用而龜貝之屬何故爲寶競取而多誰所創意錢幣之作本以何施億兆賴其何功政教得其何助若夫九府之法于何貿遷三官所統又何典掌未知乘時趨利濟益淺深起僞生姦有何虧敗九府之名欲知其九三官之號何等爲三宜各指陳務令可曉子綷（前漢食貨志赤仄應劭曰子綷錢也）赤仄稱貴文飾何如赤仄殊形以何閒錯又賣穀極賤則農夫劬勞而不給糴價翔踴則工商窘乏而難振爲政之道患在不均設法籌筭去其太甚使夫荷鍤擁耒阡陌之用獲饒作工通財倉廩之儲不匱又糴三舍一起自何人以母權子云誰所建各中何法厥利焉如今欲脩之孰可孰不可亦宜辨說不可曖昧佐時經國此亦一隅旣膺斯舉何所興讓聊動翰墨豈中餘勇

策秀才問三道　獨孤及

第一道

問儒有安身以全德有殺身以成仁有徇名以行已有忘名以救物雖俱出於儒墨而用之不同聖人立言豈其無操持歟（集作豈其）夫魏顆遺命申生受賜伍尚赴郢伍胥如吳四者孰孝比干死而（集作之）微子去之太公投竿伯夷採薇四者孰義石戶竄於海上伯陽隱於柱下鴟夷子去（去字集作范蠡汎舟於）越三者孰絜今欲考其本末度長以挈大較其去就合異以爲同渴聞貫之之道辨之之說

第二道

問黃帝氏以無爲爲政故垂衣裳而天下順周人三千其儀亦克用乂舜誅四罪天下咸服而成康恭巳刑措不用致化之本豈不同源而文質殊貫損益相反以古範今何爲去（集作去何）就孔子用鉞兩觀而魯至於道（集作子）窓子賤鳴

琴單父（集作培轍）而民（集作單父）亦自化寬猛之際小大奚俾比權量實其義焉在數暢厥旨敬停嘉言

第三道

問傳曰其君齊明精絜則神饗人聽故神明降之夫天地絪縕冲氣爲人神何由降明何由出至如晉崇實沉嵩生申甫編傳穀城之老言發魏榆之石禱杌杜伯與商周而存亡黃熊白毛狩晉號而興敗是何神也根本焉在二三子貢然來思宜究乎天人之終始其悉數以對

策傳通墳典達於教化科問　陸贄

問皇帝若曰朕承祖宗之鴻休（登科記作烈）獲主神器任大守重懼不克堪思與賢士大夫共康理道虛襟以佇側席以求而群議紛然所見異指或牽古議而不變或趨時會而不經依違以來七年于（登科記作於）茲矣國制多闕朕甚愳焉今子大夫傳習典墳深明教化褎然充舉咸造于庭其極慮精思以諭朕心之未寤仲尼叙禮樂删詩書脩春秋廣易道六經之義（登科記作數）所尚各殊豈學者脩行理當區別將聖人立意本異旨（詔令無旨字爲是英華疑）宗源（集作源）頗非施之於時孰爲先後考之於道何者淺深差次等倫指明其義夫知本乃能通於變學古所以行於今（詔令作用）之教人則異於是工祝陳禮樂之器而不知其情生徒誦禮樂之文而不究其（集作試以）事欲人無惑其可得耶將革前非罔有良術尭舜師天下以義比屋可封桀紂師天下以暴比屋可戮然則上之化下罔或不從而三仁四凶較然同（集作自）異有教無類豈虛言耶（集作哉）作樂移風聞諸昔典夫至雅必淡至音必希文侯（英華作公非）列國之賢君猶曰則惟恐寐矧彼流俗其能化乎將天地同和災殄不作黎人丕變姦慝不萌何施何爲以至（一作致）於此王者制理必因其時故忠敬質文更變迭救（一作改）三代之際罔不由之自秦剗古法漢雜伯道紛綸千紀王教不興國家接周隋之餘俗未淳一（集作純壹）處（集作居）都邑者利巧而無（一作忍）恥躬（一作服）田畝者朴野而近愚尚文則彌長其澆風復質則（登科作文）莫救其鄙俗立教之本將安所（登科記作何適）從自昔哲王唯此（一作以）三正互用後之術士乃言五運相生漢應火行則周爲木德禮猶（一作稱）尚赤義則（集作登科記作烈）頗乖永言於義（一作茲）莫識厥理九流得失之論歷代興亡之由王鄭釋禮（登科記作識禮）之異同公穀傳經之優劣必精心考究（詔令作必精必究）用沃虛懷

策識洞韜鈐堪任將帥科問　前人

問皇帝若曰朕遐覽典謨詳求至理（集作理道）三代之制（登科記作際）粲然可徵未嘗不文武並興農戰兼務故能居則足食動則足兵足兵則暴亂息足食則教化行（十二字集作登科記並作兵足則威食足則固威則暴亂息固則教化行）興（集作理）國之本實在於此秦漢已降王制不脩選士廢射御之儀教人無蒐狩之禮即戎者不知其稼穡力本者罕習於干戈於是異文武之人分農戰之道守則乏食征則鮮兵歷茲千年竟莫能復抑知之者

蓋寡將行之者惟艱與朕念之甚勤思繼前躅良以軍旅之事戎詔令作役戌靡寧勳庸既多爵秩咸貴俾服田畝慮興怨咨仰於一作紛縣官不可勝計由是版圖歲登科記作日減阡陌日登科記作歲荒水旱小儆廩餉咸竭欲使軍人悅歸於耒耜儒者蕪達於韜鈐田萊盡耕攻取必勝誘人甚集作孔易其術安施王者之師本於立德兵家之法方務出奇德以信成奇以詐勝理有遠反將何適從宋襄成列而敗軍見嘉魯冊韓信決囊以詔令作而推敵取貴漢朝然則喪國亡家豈集作存字伯王之道冒危乘險非詔令無字仁義詔令作誼之心所宜討論以定褒貶夫衆寡不敵克必以謀樂生下齊孫子破楚魏武之勝袁紹宋高之滅姚泓成敗之由備陳本末古

人有言曰誅伐不可偃於天下又曰善為國者不師二端異焉其有深旨子房次序一作列兵法任宏論撰軍書指明一作陳異同詳錄名氏所聞高略一作想聞商略擇善而行之

策神岳舉問

此篇所答策載四百八十卷賢良方正科策問隨策今不重出止存其名

策賢良問三道

策第一

問天六地五經緯斯列內和外順禮樂攸興體也備而後成履也踐而乃立厥語則興導諷誦厥德則祗肅孝友而大道之行本無制作忠信之薄繇為亂首終以六君子由此振三代之英四豪士遠之嬰五伯之罪焉往可以還淳反朴何適可以持盈守成郁乎文哉周監二代網羅奔放沿革多端至若緇布纁祗疑夏腒冬雉亐矢詢於五物嗇卒正於三命示惠而加折節訓恭而置房蒸簡問殷聘攢三挾一詩懷柷蝦絲綵尸賓杌疑木虞筐桑匱籍館然棋驚盎泛飄疑作沉齊苟敬之儀甫竈之節此等之物各爲何興用之安所捨之何從經邦之略焉假設施別白書之無或曖昧

第二

第三

右二篇所答策第二篇載四百八十三卷賢良方正科第三篇載四百七十七詞標文苑科策問隨策今

不重出止存其名

策宰相一作臣科問

問聖人握天下之圖居域中之大莫不仗群材而康庶績咨多士以牧黎元夢想傅巖之野佇思磻溪之上遂得乘箕入相就三命而作鹽梅投釣昇朝封四履而稱師父故知英靈間出千載一賢皇化軌躅殊途共貫我大周道冠犧軒功高媧燧長楚必割翹木無遺盧席旗賢宵衣納善降賢良之制下徵辟之書子等並藏器待時懸瓠俟扣深識宰臣之體妙達經邦之術欲使陰陽調六律風雨應四時一百姓之心平九州之利餘糧棲畝外戶不扃亭障無虞關河罷戍漁者盧湍瀨田者讓肥腴路不拾遺市無二

價眷言於此何道以臻至如九儀八座之指歸四師六典之題目並馭人之大體撫俗之良規幸陳名義之端無致疎遺之對

文苑英華卷第四百七十三

文苑英華卷第四百七十四　策問二

策問十九道

華州試進士問五道　試進士問九道

試進士問五道

乾元元年華州試進士策問五道　杜甫

第一道

問古之（集無此二字）山林藪澤之地各以肥磽多少爲差故供甲兵士徒之役府庫賜予之用給郊社宗廟之禮奉養禄食之出辨乎名物存乎有司是謂公賦知歸地着不撓者已今聖朝紹宣王中興之洪業于上庶尹備山甫補衮之能事于下而東寇猶小梗率土未甚闢總彼賦税之獲盡贍軍旅之用建（集作逮）是宫御之舊典闕矣人神之攸序乖矣欲使軍旅足食則賦税未能充備矣欲將誅求不時則黎元轉罹於疢苦矣子等以待問之實知新之明觀志氣之所存於應對乎何有佇渴救獘之通術願聞強學之所措意道在此矣得游説乎

第二道

問國有輶車廬有飲食古之案風俗遣使臣在王官之一守得馳傳而分命蓋地有要害郊有遠近供給之比省費相懸今玆華惟襟帶關逼輦轂行人受詞於朝夕使者相望於道路屬年歲無蓄積之餘職司有愁痛之色（集作況歎）軍書未絶王命急宣揷羽先翥於騰鷹獘帷不供於埋馬

豈芻粟之勤獨爾實騄駬之價關如人主之軫念屢及於茲邦伯之分憂何嘗敢怠乞恩難再近日已降水衡之錢積骨頗多無暇更入燕王之市欲使轞軒有喜主客合宜閭閻罷杼軸之嗟官吏得從容之計側佇嘉論集作當聞新語適集作齊時

第三道

問通道陂澤隨山濬川經啓名賢策問作啓關之理疏奠名賢策問作鑿之術一作跡抑有可觀其來尚矣初聖人盡力溝洫有國作爲隄防洎後代控引淮海漕通涇渭因舟楫之利達倉庾之儲又賴此而殷亦行之自久近者有司相土決後支渠旣潰而亂河竟功多而事寢人實勞止岸乃善崩遂使委

輸之勤中道而棄今軍用蓋寡國儲未贍雖遠方之粟大來而助輓之車不給是以國朝仗彼天使徵茲水工議下淇園之竹更鑿商顏之井又恐煩費居多績用莫立空荷成雲之揷復擁閼名賢策問作墳淤之泥若然則舟車之用大小相妨矣軍國之食轉致或闕矣矧夫人煙尚稀牛力不足者巳子等飽隨時之要挺賓王之資副乎求賢敷厥讜論

第四道

問足食足兵先哲雅誥蓋有兵而集無而字無食是謂棄之致能掉鞅靡旌斯可用矣況寇循作梗兵不可去日聞將軍之令覩司馬之法關中之卒未息灞上之營何遠近者鄭南訓練城下屯集贍彼三千之徒有異什一而稅竊見明發教之集作以戰鬬停午放其庸保課乃菽粟集作麥以爲尋常夫悅以使人是能用古伊歲則云莫實慮休工文粹作土未卜及瓜之還交比翳桑之餓群有司自救不暇二三子謂之何哉

第五道

問昔帝堯之爲君也則天之大敬授人時十六昇自唐侯者巳昔帝舜之爲臣也舉禹之功克平水土三十登爲天子者巳本之以文思聰明加之以勞身焦思旣睦九族協和萬邦黜去四凶舉十六相故五帝之後傳載唐虞之美無得而稱焉易曰君子終日乾乾詩曰文王小心翼翼竊觀古之聖哲未有不以此集無此字君唱於上臣和於下致乎

人和年豈成乎無爲而理者也主上躬純孝之聖撫非常之功內則拳拳然事親如有闕一作侍外則悖悖然求賢如不及伊百姓不知帝力庶官但恭己而已寇孽未平咎徵之至數也倉廩未實物理之固然也今大軍武步列國鵠立山東之諸將雲合淇上之捷書日至二三子議論弘正詞氣高雅則遺稜蕩滌之後聖朝砥礪之辰雖遭明主必致之於堯舜雖降一作降及元輔必要之於夔皐集作稷离驅蒼生於仁壽之域反淳朴於羲皇之上自古哲王立極大臣爲體恥然坦途則何往不順集作利往何順子有說否庶復見子之志豈徒瑣瑣射策趨競一第哉頃之問孝秀集作殊取備尋常之對多忽經濟之體考諸詞學自吐文章在策以徵事

昌成凡例焉今思之粗徵貴切時務而已夫時患錢輕以至於量資幣權子母代復改鑄或行乎前榆莢後契刀當此之際百姓蒙利厚薄何人所制輕重又穀者所以阜俗康時聚人守位者也下至十室之邑必有千鍾之藏苟凶穰以之貴賤失度雖封豕相而猶困侯大農而謂何是亦（一作以）繼絶表微無或區分踰越蒙實不敏仁遠乎哉

進士策問　　韓愈

第一道

問夫子旣沒聖人之道不明蓋有楊墨者始侵而亂之（集有其時二字）天下咸化而從焉孟子辭而闢之則旣廓如也今其書尚有存者其道可推而知不可乎其所守者何事其不

合於道也（集作者）幾何孟子之所以辭而闢之也（一無也字）者何說今之學者有學於彼者乎有近於彼者乎而（集作其）已無傳乎其無乃化而不自知乎其無傳也則善矣如其尚在將何以救之乎諸生學聖人之道必有能言是者其無所爲讓

第二道

問所貴乎道者不以其便於人而得於己乎當周之衰管夷吾以其君伯九合諸侯一匡天下戎狄以微京師以尊四海之內無不受其賜者天下諸侯奔走其政令之不暇而誰與爲敵此豈非便於人而得於己乎　秦用商君之法人以富國以強諸侯不敢抗及七君而天下爲秦者商君

也而後代之　稱道者咸羞言管商氏何哉庸非求其名而不貴其實歟　願與諸生論之無惑於舊說焉

第三道

問夫子之言曰盍各言爾志又曰居則曰不吾知也如或知爾則何以哉今之舉者不本於鄉不序於庠一朝而群至乎有司有司之不知也宜矣今將自州縣始請各誦所懷聊以觀諸生之志死者可作其誰與歸（集有文曰君是邪也六字）事其大夫之賢者友其士之仁者敢問諸生之所事而（一有所字）友者其誰乎所謂賢而仁者其士（集作事）如何哉言及之而不言亦君子之所不爲也

第四道

問春秋之時百有餘國皆有大夫士詳於傳者無國無賢人焉其餘皆足以充其位不聞有無其人而闕其官者春秋之後其書尤詳以至於吳蜀魏下及晉氏之亂（集作下及晉魏氏之亂）國分如錙銖讀其書亦皆有人焉今天下九州四海其爲士地大矣國之舉士內以明經進士外有方維大臣之薦其餘以門地勳（一作勢）力進者又有（集作加）倍於是其爲門户多矣而自御史臺尚書省以至於中書門下省咸不足其官豈今之人不及於古之人耶何求而不得也夫子之言曰十室之邑必有忠信如丘者焉誠得忠信如聖人者而以委（一作而爲之以）大臣宰相之事有不可乎況於百執事之微者哉古之十室必有任宰相大臣者今之天下而不

足士大夫於朝其亦有說乎

第五道

問周易之說曰乾健也今考乾之爻在初者曰潛龍勿用在三者曰夕惕若厲無咎在四者曰無咎在上者曰有悔卦六位一勿用二苟得無咎一有悔安在其爲健乎又曰乾以易知坤以簡能乾之四位既不爲易矣坤之爻又曰龍戰于野（集有其血玄黃四字）戰之於事其足爲簡乎易六經也學者之所宜用心焉願施其辭陳其義焉

第六道

問人之仰而生者在穀帛既豐無饑寒之患然後可以行之於仁義之途措之於安平之地此愚智所同識也今天

下穀愈多而帛愈賤人愈困者何也耕者不多而穀有餘蠶者不多而帛有餘有餘宜足而反不足此其故又何也將以救之其說如何

第七道

問夫子言堯舜垂衣裳而天下理又曰無爲而理其舜也與書之說堯曰親九族又曰平章百姓又曰協和萬邦又曰曆象日月星辰敬授人時又曰洪水懷山襄陵下人其咨夫親九族平章百姓和萬邦則天道授人時愁水禍非無事也而其言曰垂衣裳而天下理者何也於舜則曰慎（集有徽字）五典又曰叙百揆又曰賓四門又曰齊七政又曰類上帝禋六宗望山川徧群神又曰協時月正日同律度量衡五載一巡狩又曰分十二州封（集作濬）山濬川恤五刑典三禮彰施五色出納五言嗚乎其何勤且煩如是而其言曰無爲而理者何也將亦有深辭隱義不可曉耶抑其年代遠矣（集作已遠）失其所（集無所字）傳耶二三子其辨焉

第八道

問古之學者必有所師以通其業成就其德者（集無者字）由漢代（集作氏）已來師道日微然猶時有授經傳業者及于今則無聞矣德行若顏回言語若子貢政事若子路文學若子游猶且有師非獨如此雖孔子亦有師問禮於老聃問樂於萇弘是也今之人不及孔子顏回遠矣而且有所師然其不聞有業不通而道德不成者何也

第九道

問食粟衣帛服仁行義以俟死者二帝三王之所守聖人未之有改焉者也今之說者有神僊不死之道不食粟不衣帛薄仁義以爲不足爲誠何道耶聖人之於（集作于下）人猶父母之於子有其道而不以教之不仁其道雖有而未知之不智仁與智且不能又烏（集作焉）足以爲聖人乎不然則說神僊者妄矣

試進士策問（元和二年爲府試官作）　白居易

問禮記曰事君有犯無隱又曰爲人臣者不顯諫夫（集作夫字）（集作然則）不顯諫者有隱也無乃失事君之道乎無隱者顯諫也無乃失人臣之節乎語曰不知命無以爲君子易曰樂天

知命故不憂語又曰君子憂道不憂貧斯又憂道者非知命乎樂天不憂者非君子乎夫聖人立言皆有倫理雖前後上下若貫珠然今離之則可以旁行合之則不能一集作同貫豈精義有二耶抑學者未達其微旨耶

右第一道

第二道

問夫集作夬字大時不齊大信不約大白若辱大直若屈此四者先聖之格言後學之彝訓有國者酌之以行化也立身者踐之以脩己也然則雷一聲而蟄蟲蘇勾萌達霜一降而天地肅草木衰其爲時也大矣斯豈不齊者乎日月代明而晝夜分刻漏者準之無秋忽之失焉春秋代謝而寒

暑節律呂者候之無忝累之差焉其爲信也大矣斯豈不約者乎堯讓天下而許由遁周有天下而伯夷餓其爲白也大矣斯豈辱身者乎桀不道龍逢諫而死紂不道比干諫而死其爲直也大矣斯豈屈己者乎由是而觀有國者立身者惑之久矣衆君子試爲辨也集作之

第三道

問大凡人之感於事則必動於情發於歎興於詠而後形於歌詩焉故聞蓼蕭之詠則知德澤被物也聞北風之刺則知威虐及人也聞廣袖高髻之謡則知風俗之侈集作奢蕩也古之人君者採之以補察其政經緯其人焉夫然則人情通而王澤流矣今　有司欲請於上遣觀風之使復採詩之官俾無遠近一作邇無美刺日採於下歲聞於上以副我一人憂萬人之旨識者以爲何如

第四道

問百官職田蓋古之稍食也國朝之制懸在有司兵興已還吏鮮克舉今稽其地籍則田亦且存計以户租則數多散失至使内外官中有品秩等局署同而厚薄相懸不啻乎十倍者斯積弊之甚也得不思革之乎請陳所宜以救其失

第五道

問穀帛者生於下也泉布一作貨者操於上也必由均節以致厚生今田疇不加闢而菽粟之價日賤桑麻不加植而

布帛之估日輕懋力者輕用而愈貧射利者賤收而愈富至使蠶農益困游手益繁夫然豈穀帛斂散之節失其宜乎將泉貨輕重之權不得其要乎今天子方策天下賢良政術之士親訪利病以活元元吾子待問於王庭其將何辭以對

文苑英華卷第四百七十四

文苑英華卷第四百七十五　　策問三

策問二十二道

策進士問五道　明經諸經策問七道

道舉策問三道　弘文崇文生策問二道

禮部策問進士五道

策進士問五道　權德輿

第一問

問六經之後百氏塞路微言大義寖以乖絶使昧者耗日力以惑天理去夷道而趨曲學利誘於內（名賢策問作知誘於外）不能自還漢庭用經術以昇（集作都）貴位傳古義以决疑獄誠爲理之本也今有司或欲舉建中制書置五經博士條定員品列於國庠諸生討論歲課能否然後删非聖之書使舊章不亂則經有師道學者（一作皆）顓門以爲如何當有其説至於九流百（一作六）家論著利病有可以輔經術而施教化者皆爲别白書之

第二問

問易曰君子夕惕若厲語曰君子坦蕩蕩禮之言絅衣則曰惡其文之著也儒行則曰多文以爲富或全歸以爲孝或殺身以成仁或玉色以山立或毀方以瓦合皆君相戾未能盡通顏回三月不違仁孟軻四十不動心何者爲優柳下惠三黜而不去子文三已而無愠何者爲愈召忽死于糾管仲相小白棠君赴楚召子胥爲吳行人何者爲是析疑體要思有所聞

第三問

問周制什一是稱中正秦開阡陌以業農戰今國家參酌古道惠綏元元均節財征與之休息豐年則平糴於轂下恒制則轉漕於關東尚慮地有遺利人有遺力生之者少靡之者多粟帛寖輕而緡錢益重或去衣食之本以趣末作自非翔貴之急則有甚賤之傷欲使操奇贏者無所牟利務農桑者沛然自足以均貨力以制盈虚多才洽聞當究其術至若管仲通幣之輕重李悝視歲之上下有可以行於今者因亦陳之美利嘉言無辭悉數

第四問

問懲忿窒慾易象之明義使驕且吝先師之深誡至若洙泗之門人故人（謂原讓）漸漬於道德固已深矣而仲由愠見原壤夷俟其爲忿與驕不亦甚與商不假蓋賜能貨殖從我之徒而各恡缺如是皆所未達試爲辨之

第五問

問育材造士爲國之本脩辭待問賢者能之豈促速於儷偶牽制於聲病之爲耶但程試司存則有拘限音韻頗叶者或不閑於軼響瑰瑋特達者亦有累於微瑕欲使楚無獻玉之泣齊無吹竽之濫取捨之際未知其方子曰盍各言爾志趙孟亦請七子皆賦以觀鄭志古人有述祖德叙家風之作衆君子藏器而含章者久積善（集作厚）而流慶者

遠各言心術兼敘代德鄙夫虛佇以廣未聞

明經諸經策問七道

春秋第一問 五經弘文生同

問孔聖屬詞丘明同恥裁成義類比事繫年居體元之前已有先傳在獲麟之後尚列餘經豈胞簡之難徵復絕筆之云誤子產遺愛也而賂伯石叔向遺直也而戮叔魚吳季札附子臧而吳衰宋宣公捨與夷而宋亂陣爲鵞鸛戰豈捷於魚麗詛以犬雞信寧優於牛耳子集有之字所習也爲予言之

禮記第二問 五經弘文生同

問三代之弊或朴或薄六經之失或愚或誣夫以殷周之理道詩書之述作施於風俗豈皆有所未至耶輟祭納書誠爲追遠執戈挑葪無乃傷恩何二者之相反耶兩楹坐奠歎有切於宗予九齡魂交數能移於與爾何二者之不一耶山節藻梲豚肩狐裘皆大夫也又何相遠耶檀弓祖免子游衰麻何如直諒而忠告之耶各以經對

周易三問 五經道舉同

問四營成卦三古遺文本自河圖演於羑里而西鄰禴祭斯乃自多箕子利貞且居身後豈理有未究復古失其傳乾彖辭乃次六爻之末坎加習字有異八純之體無妄則象稱物與同人則彖引卦名或備四德而纔至悔亡或無一德而自居貞吉訪於承學思以稽疑至若康成之陰陽

象數輔嗣之人事名理異同優劣亦爲明徵

尚書第四問 五經同

問左史記言古之大訓何首載堯典而乃稱虞書當文思之代而九官未命及納麓之時而四凶方去豈允恭克讓待玄德而盡善耶仲虺作誥伊尹作訓豈臣下忠規之稱耶伯禽費誓穆公秦誓豈帝王軌範之書耶好風好雨既從於箕畢時若恒若復係於休咎何所適從耶伏生傳於耄耋魯壁得於殘缺前代講訓孰爲名家可以詳言用窺奧學

毛詩第五問 五經同

問二南之化六義之宗以類聲歌以觀風俗列國斯衆何限於十四陳詩固多豈止於三百頌編魯頌奚異於商周風有王風何殊於鄘衛頗疑倒置未達指歸至若以句命篇義例非一瓜瓞取綿綿之狀草蟲棄喓喓之聲斯類則多不能具舉既傳師學一爲起予企聞傳依之喻當縱解頤之辨

穀梁第六問 五經同

問魯史成文以一字爲褒貶漢庭尚學有二傳之異同雖子夏援經孫卿肄業而去聖寖遠傳疑儻多閏以定時何非乎告朔雩乃閔雨奚憂於去讓文有無天之說定有無王之年例或難通理亦未盡衛輒辭以尊祖於義安乎許止闕於嘗藥受誣乃甚以茲疑滯皆藉發明穀梁子之言

國當有據應上公於古役是何神諸儒待問一爲覼縷

論語第七問（弘文生同）

問孔門達者列在四科顏子不幸伯牛惡疾命之所賦誠不可同至若攻冉求以鳴鼓比宰我於朽木言語政事何補於斯七年可以即戎百年可以去殺固弛張之有異曷遲速之相懸爲仁由己無信不立拜陽貨則時其亡也辭孺悲則歌使聞之聖人之心固當有爲鄙則未達子其辨歟

道舉策問三道

第一問

問莊生曰吾聞庖丁之言得養生焉蓋以其游刃無全善

刀（一作刄）而藏之故也禦寇則曰養生如何肆之而已莊生曰嗜慾深者天機淺禦寇則以朝穆善理內而性交逸何二論背馳之甚耶夫一氣之暫聚爲物之逆旅誠不當傷性沽名以耗純白儻昧者未通矯抗之說因遂耳目之勝甘心寘（一作宜）力則如之何旣學於斯佇有精辨

第二問

問駢拇之言曰有虞氏招仁義以撓天下天下莫不奔命於仁義以易其性庸詎知不有性於仁義而不可易者乎以伯夷死名於首陽之下庸詎知伯夷非安於死而不可生耶徵濠上觀魚之樂則莊生非有虞與伯夷也又安知有虞與伯夷之不然耶徵鳧鶴短長之脛又安知有虞與伯夷之性非不可斷不可續者耶雖欲齊同彼是先逆（集作逆）後合惡用謬悠卓詭如是之甚耶蓬心未達幸發吾覆

第三問

問至人恬淡外其形骸使如死灰如木雞斯可矣至若蹈履水火而不燋沒雖以誠信庸至是乎斯所以有疑於呂梁丈人商丘開之說也蓋有以誠信安於死而不遷者未有以誠信蹈難而必不死者此何所謂其質言之

弘文崇文生策問二道　前人

第一問

問儒館設科以優華緒亦明勸學然後審官諸生或以紈綺之年講誦未暇在琢玉之或怠於製錦而如何儻稍舉

章程以明課試因粲粲之質加孳孳之勤可以遠圖固爲耋善但因循旣久慮物議爲難盍自言之將求折衷

第二問

問左掖東朝載弘學敎貴游胄子於是翔集法禁或弛藝實難徵推恩補員擴闕升第或人疑張祿或詞假葛龔（川文粹作龔是）誠瑕不揜瑜豈仕優則（一作方）學澄汰則衆心未允因仍則流弊寖深有司病諸幸喻其術

禮部策問進士五道（貞元十九年）　前人

第一問

問漢廷董仲舒公孫弘對策言天人相與之際而施於敎化韋玄成匡衡之倫以明經至宰相封侯皆本王道以及

人事今雖以文以經貴祿學者而詞綺靡於體（川文粹作景）物寖失古風學困緣於記問寧窮典義說無師法經不明家有司之過敢不內訟思欲本司徒之三物崇樂正之四術不率教者屏之遠方則名義益脩風俗益厚程孝秀之本業參周漢之舊章慮難改作式佇嘉話事關理本必議上聞斯悉（集作）乃誠求諸生毋忽

第二問

問齊人之所以務於賦輸用給公上大抵饋軍實奉邊備而已今北方和親亟通禮命南詔納款屢獻奇功而蠢茲西戎尚有遺類循調盛秋之戍煩勤中夏之師思欲盡復河湟之地未銷爟（一作烽）燧之警師息左次人無外徭酌古

便今當有長策乃若戎人願脩前好因請其俘或曰彼實無厭絕之以固吾圉或曰始示大信許之以靖吾人或曰歸貴種以懷其心或曰奪長技以翦其翼當蘊較然之見備可舉之方

第三問

問祖宗昭穆王者之盛典明祀嚴禋有國之大事頃歲奉常上奏以獻祖之位非正太祖之尊未申而公卿諸儒雜有其議皆以百代不遷宜居東向而獻懿二主所歸不同或曰藏於夾室或曰寘於別廟或曰附於德明興聖酌殷周之制或曰遷於園寢石室裨漢魏之儀而又有並居昭穆之列竟虛其位分饗禘祫之禮互處於西衆議云云莫有所一至今留中未下誠聖意所重難也至當無二衆君子辨之

第四問

問人之生也稟五行之秀其化也順一氣之散而牛哀爲獸杜宇爲鳥趙王爲蒼犬夏鯀爲黃能（一作熊）傅巖之相爲星圯橋之老爲石變化糾紛其故何也夭壽貴賤賦命萬殊而驪山之儒長平之卒歷陽之魚鼈南陽之侯王豈稟數斯同復適然也衆君子通性命之理究古今之學幽探造化佇所未聞

第五問

問有司之求才與多士之求進其心不相遠也諸生知之

乎計偕者幾乎五百籍奏者不逾二十蓋二十五之一也諸生又知之乎雕龍之辨皆謂有餘靈蛇之珠無非在握射或失鵠瑜寧掩瑕雖涇渭終分而蓬麻未直匿名飛語詆訛（一作計）云云誠無它腸時有讒口豈有司之道未至復諸生之所習難化耶異時有司固諸生之所履也復何如哉非有防川之心願聞易地之說

文苑英華卷第四百七十五

文苑英華卷第四百七十六　策問四

策問二十八道

中書試進士策問二道

吏部試上書人策問三道

策問明經八道

道舉策問二道

弘文崇文生問一道

禮部策試進士問五道

又明經策問七道

貞元十三年中書試進士問策二道　權德輿

第一問

問先師之言辨君子小人而已勸學則舉六蔽咸事則稱九德推其性類又極於是矣孟軻之數聖者有清有和文子之言人位上五下五列夷惠於天縱頗有所疑况牛馬於最靈豈為至當班固之古今表劉邵之人物志品第乖逆（集作違）或鉤摭纖微誠有可觀恐未（集作非）盡善旣強為巳之學必有折理之精敬佇嘉言以袪未達

第二問

問乃者西裔背盟勞師備塞今戎王自斃邊遽以聞而議者或曰因其喪而弔之可以息人或曰乘其虛而伐之可以闢地或曰夷實無厭兵者危事皆所以疲中國也不若如故是三者必有可採思而辨之

元和元年吏部試上書人策問三道　前人

第一道

問天下理本繫於朝廷乃者夏州阻命益部干紀皇帝神武制勝指期致誅二方晏清九有貞觀紀律載新於耳目爵命畢集於勳賢內脩八柄外弘九法教理刑政之要制軍詰禁之宜使人皆嚮方兵不復用一其禮俗以致和平酌於古而行於今舉其大而遺其細佇達聰聽子其昌言

第二道

問聖人虛心思天下之理至矣求天下之士勤矣搜於中林縻以好爵者往往至焉君子澡身聚學被褐藏器方伯上薦賁然而來與夫充賦計偕者異而論也其何以佐理道陳嘉猷去徭戍而徼塞無虞減農征而財用不乏子（集作固）所蘊積悉期指明

第三道

問四方之人萃於選部六品以下繫有司積資者豈盡獲吏能考言者或見遺敏行一日之鑒固不能周四方所稽亦慮未盡近日甸內達於海隅命官親人利病所屬欲使舉皆稱職吏必首（集作當）公則輪轅適宜鰥寡受賜企聞體要一二言之

策問明經八道　前人

左氏傳第一道

問魯史之文先師用明於王道漢武之代左氏不列於學

官誠義例之可觀徵集作終誣艷而多失鳳凰啓兆陳氏不得不昌鸛鵒成謠季氏不得不叛既未然於前定於立教而謂何同耻釋經豈其如是夏五之闕雖繫月而何嫌艮八之占於兼山爲何象因生因謚未詳命氏之殊德命類命請數制名之義一集作生既充賦無辭説經

禮記第二道五經明經弘文崇文生同

問冠婚成人著代之義一獻之饗舅姑先降以奠酬三加彌尊毋兄皆拜而爲禮責婦順而則可於子道而謂何一與之齊終身不改而夷狄有問服二姓之合爲重而孔門多出妻蹈白刃或易於中庸引重鼎奚列於儒行裼裘襲裘之制繼别繼禰之差生既講聞佇觀詳辨

周禮第三道

問周制六官以倡九牧分事任之廣詳名物之多下士吏胥頻頗繁於冗食上農播殖力或屈於財征簡則易從寡能理衆疑宋毋之失實豈周公之信然今欲舉司徒之三物教賓興之六藝又慮樂舞未通於韶濩徒玩干旄鄉射有昧於和容務持弓矢適廢術學豈資賢能至若六變八變致神祇之格天産地産有禮樂之防忝貳春官企聞詳説

周易第四道

問作易者其有憂患乎又曰樂天知命故不憂𢦏天下之動者存乎辭又曰吉人之辭寡寂然不動則感而遂通見幾而作乃不俟終日豈各有所趣幸備言其方至若巽之於人爲廣顙白眼坎之於馬爲美脊薄蹄誠曲成以彌綸何取象之瑣細佇聞體要然後忘言

尚書第五道

問堯之文思也命羲和四嶽敬授人時其道巍巍矣舜之登庸也則流放竄殛考績黜陟熙帝載而亮天工者二十有二人其理昭昭矣至禹則别九州導九河分五服建五長辛壬癸甲荒度土功其勤云云矣夫以陶唐虞夏皆聖人也而勞逸斯殊豈時不得不然復道有所不及何事功玄德煩簡相去之遠耶願聞其説

毛詩第六道五經明經同

問三綱之道有君臣焉有父子焉周南召南以風化于天下關雎鵲巢乃首於夫婦舉后妃曷若先天子美夫人曷若稱諸侯豈自邇而及遐將舉細而明大又太師所採孔聖所删以時則齊襄先於衛頃以地則魏土福於晉境未詳差次何所後先一言雖蔽於無邪六義乃先於譎諫既歌乃必類何失之於愚理或出於鄭箋言無憚於臣説

穀梁傳第七道

問褒貶之書宣父約於史氏清婉之傳卜商授於門人經有體元且無訓説日稱夜食頗近迂異微禿眇之脩聘聚綦輒之方言晉大夫奚侯於偕行衛公子豈名其天疾慝居攝以崇讓鄭討叛以戚親未曰申邪寧爲積慮郤氏夾

氏學旣不愽（傳集作）尸子沈子復爲何者鄙夫未達有佇嘉
言

論語第八道（明經弘文崇文生同）

問子曰君子無終食之間違仁又曰仁遠乎哉則子文之
忠文子之淸由也之果求也之藝皆曰不知其仁豈盡非
君子耶胡爲乎登夫子之門而稱齊楚之賢大夫也其愚
如愚甯武與顏生孰愈三思三省季文子與曾子孰優厘
仲尼居以放言下惠辱身以降志頗殊取捨皆曰逸賢探
索精微當有師說

道舉策問二道

南華經第一道

問安時處順泊然懸解至人之心也故曰材全而德不形
又曰休影息迹與夫五漿先饋屨滿户外者固不侔矣然
則以紀渻之養鷄痀僂之承蜩匠石之運斤梓慶之削鐻
用志不分移於教化則萬物之相刃相靡者悠然而順闇
然而和奚在於與無趾無脤之徒支離形德然後爲德耶
願聞其說

通玄經第二道

問文子玄處師其言於老氏計然富利得其術者朱公疑
傳記之或差何本末之相遠人分五位智辨居忠信之前
體包五藏耳目乖肺肝之中皆何故耶當有其說至於積
德積怨實昧其圖上義下仁願聆其旨大辨若訥大道甚
夷豈在顛之倒之使學者泥而不通也

弘文崇文生問一道

問鄉賦國庠已有定制又闢兩館以延諸生蓋砥礪貴游
而進之於學也二三子江夏童年頗聞岐嶷舞雩春服皆
已鮮明雖異賓興亦稱講業於經書所好何句於古哲所
慕何人兼陳從政之方用辨保家之美

貞元二十一年禮部策問五道　前人

第一道

問古之善爲政者在得人而已在求理而已周以功德詔
爵祿秦以農戰居職員漢武帝詔察茂異可以爲將相者
夫功與德非常才所及也農與戰非筮仕所宜也安危注

意之重非設科可俟也是三者固有利病幸錯綜言之又
三適之宜九品之法或計户以貢士或限年以入官事有
可行法有可採制度當否悉期指明

第二道

問夏殷周之政忠敬文之道承弊以救始終循環而上自
五帝不言三統豈備有其政或史失其傳嬴劉而下教化
所尚歷代相變其事如何豈風俗漸靡不登於古復救之
之道有所未至耶國家化光三代首冠百王固以忠厚勝
兹文弊前代損益佇聞討論遽數之中所希體要也

第三道

問古者士足以理官業工足以備器用商足以通貨賄而

農者居多所以務三時之功有九年之蓄用阜其業實藏於人乃者惰游相因頗復去本今皇帝勵精至化在宥萬方德音聖澤際天接地凡弘於理道者無不至也措於濟人者無不被也而又詢吏祿公田之制稽財征榷筦之宜使羣有司質政損益廢官匹士皆得上言衆君子躬先師之儒生盛聖之代佇茲嘉話當薦所聞

第四道

問昔伊尹酒保傅說胥靡竟昌殷道以阜王業春秋時觀丁父彭仲爽申郤之俘也充州蔘朝陳蔡楚邦賴之漢廷韓安國徒中拜二千石張釋之以貲爲郎並稱名臣焯叙前史然則俘徒作役或財用自發前代取之而得人如是

魏晉巳降流品漸分筮仕之初率先文學或薦賢推擇皆秀發州閭而致理之風頗未及（集作及）古豈朴散寖久或求之大精其故何也（集作斯故何也）常有所慎（集作常有所情）今四門大闢百度惟貞執事者固欲上副聰明悉搜才實幸酌古道指陳所宜

第五道

問言身之文也又曰灼於中必文於外司馬相如楊雄籍甚漢廷其文盛矣或奏琴心而滌器或贊符命以投閣其於溺情敗度又奚俟（集作事）於文章耶至若孔融禰衡夸傲於代禍不旋踵何可勝言兩漢亦有質朴敦厚之科廉清孝順之舉皆本於行而遺其文復何如哉爲辨其說

明經策問第七道　前人

左氏傳問一道

問春秋者以仲尼明周公之志而脩經丘明受仲尼之經而爲傳元凱悅丘明之傳而爲注然則夫子感獲麟之無應因絕筆以寄詞作爲襃貶使有勸懼是則聖人無位者之爲政也其於筆削義例豈皆用周法耶左氏有無經之傳杜氏又錯傳分經誠多艷富慮失根本旣學於是頗嘗思乎

禮記第二道

問大學有明德之道中庸有盡性之術闕里弘教微言在茲聖而無位不敢作禮樂時當有開所以先氣志然則得

甫申之佐猶曰降神處定哀之時亦嘗問政致知自當乎格物夢奠奚數（集作難非）於宗予必若待文王之無憂遭虞帝之大德然後凝道孰爲致君爾其深惟以判其（集作斯）惑

周易第三道

問絜浄精微研幾通變伏羲重其象文王演其辭設位盡通於三極脩德豈惟於九卦何思何慮旣宜以同歸先甲先庚乃詳於出令儉德避難頗殊蹇蹇之風趨時貴近方異謙謙之吉窮理盡性之奧入神致用之精乾元用九之則大衍虛一之數成性有存存之道知幾窮至至之不此所講聞試陳要（集作崔）略

尚書第四道

問洪範之美大同也曰子孫其逢吉數五福也曰考終命皆其極致也至若允恭克讓而生冊朱方命圮族乃產神禹何吉凶之相反也金縢請命方秉珪以植璧元龜習吉乃啓籥而見書豈賦命之可移也絕地天通未詳厥理血流漂杵何乃溢言待問而來幸宜集作陳師說

毛詩第五道

問風化天下形於詠歌辨理代英華作治世非之音厚人倫之道邶鄘褊小尚列于篇楚宋奧區豈無其什變風雅者起於何代動天地者本自何詩南陔白華亡其辭而不獲谷風黃鳥同其目而不刊舉毛鄭之異同辨齊魯之傳授一有正字墻面而立旣非其徒解一有人字頤之言斯有所望

穀梁傳第六道

問穀梁名經興於魯學劉向傳書稱於漢朝或貶絕過深或象類無據非立異姓乃以莒滅成文同乎他人豈謂齊侯之子興類頗甚後學難從諱親諱賢當舉其例耳理目理幸數其言何詞所謂近於情何義所謂失於短凡厥師授爲予明之

論語第七道

問夫子以天縱之聖畏匡厄陳行合神明故集作攸圖禱於丘禱將行理道奚失於天厭對社栗之問宰我强通歎山梁之時仲由未達季氏旅岱冉求莫救皆見稱於達者或繼比於具臣嘗肄善言頗多滯義末卷載游夏之事終篇紀

舜禹之詞頗疑不倫可以敷暢

文苑英華卷第四百七十六

文苑英華卷第四百七十七　策一

文苑

詞標文苑策三道

玄經

洞曉玄經策一道

詞標文苑策科（永昌元年）

第一道

問朕聞立極開基之主經文緯武之君莫不象法（集作法象）殊流汚隆異制至於安人導俗咸即運以垂芳緝化宣風各因時而播美是以道乎繩木爰膺九翼之年圖秘龜龍用啓六爻之代窮桑御曆押（集作狎）威鳳以分（集作踐）司軒后（集作

丘）列位因景雲而命職徵汾陽之跡則十政方凝俯河濵之化則四門攸闢祥披玉斗理九土以興功柞徙金精調五聲而作教周崇六禮仁義之道爲先漢設三章王覇之圖斯雜皆所以牢籠八際隱括三靈齊四大以居尊叶五神而稱正且隨時之義既不相沿師古之言又聞前誥朕欽承先聖顧（集作對）越上玄當宁興懷真切推溝之慮凝旒結想方深馭朽之情思所以式展宏猷勉康庶績而撫兹薄德昧此永圖儞等積學多聞含章獨秀未顯疇庸之德宜申待扣之音適時之務何先經國之圖何取（集作最）帝皇之道奚是王覇之理奚非佇聽良謨朕將親覽

對　　張說

對臣聞舜命昌言漢徵極諫普覽千古賢哉二君今陛下發德音下明制（集作詔）選空巖穴訪匝輿臺大哉邈乎過之遠矣臣以草莽（集作芳）之賤謬當（集作忝）車乘之招誠不足以庶幾王庭充塞大問（集作允塞天關非）伏讀聖旨乃知天情之所在（集作存）焉臣聞昔者鳥跡代繩龜（集作龍）文演卦水土遷王時更萬祀金木互興人非一姓（集作姓非）暨乎三皇五帝氏往夏商（集作殷）周漢氏作或導人以禮樂或驅俗以政刑或革（集作救）弊以忠敬或沿風以文武非師古之誥有殊盖隨時之義且興（集作興也）伏惟聖母神皇陛下誕受鴻基光膺駿命君曰（集作粤若）立極格天之業論道布政之典任賢克暴之功出洛飛雲之瑞此金藏緯玉冊勒休金版鬱映於前古揚

光於後葉者矣至於（集作若）創業垂統之則宏猷永圖之義（集作美）重光三聖載（集作再）清六合可不謂然乎猶或惕慮推清勞謙馭朽謝文明於薄德想疇庸於清（集作下）問此陛下之至讓也愚臣何足以知之策曰適時之務何先經國之圖何取（集作最）臣聞古者因人以立法乘時以設教以義制事以禮制心夫人者理得則氣和業安則心固崇讓則不競知耻則遠刑若強人之所不能雖令不（集作莫）勸禁人之所必犯雖罰且違故曰政不欲煩煩則數數則政無定（集作煩則數改數改無定）人懷苟免之心網不欲密密則巧巧則文多傷（集作密則深文深文多傷）下有非辜之懼竊見今之俗吏或匪正人以刻爲明以苛爲察以剝下爲利以附上爲誠綜覈之詞（集作

司考課專於刀筆撫字之宰職務具於（集作爲）簿書陛下日昃雖勤守宰風化多闕臣以爲將行美政必先擇人失政謂之虐人失人謂之傷政捨人爲政雖勤何爲伏願陛下進經術之士退掊克（集作刻）之吏崇簡易之化流愷悌之風畫一成歌此適時之務也慎賢而用此經國之圖也苟能英才不棄大化方隆而猶曰朝謝垂衣野非擊壤則文武之道尚何言哉堯舜之君徒虛語耳策曰帝皇之道奚是王覇之理奚非者布在方冊臣聞之矣聖（集作皇）人御曆上淳而下信帝者應（集作膺）期君明而臣哲周用王道教化一而人從漢雜覇道（集作攻）刑政嚴而俗僞故親譽優於畏侮文景劣於成康謹對

第二道

問朕禮崇三典方弘慎罰之規書著五刑不以深文爲義朕毋（集作君非）臨赤縣子育黔黎夏日貽憂懼青牛之結氣秋荼軫念慮丹筆之成冤然以人尚掛於湯羅情倍深於禹泣頃者荊郊起祲淮甸興（集作服）祆（集作挺）朕惟罪彼元凶餘黨並從寬宥今敬眞（徐敬業豹）之輩猶蘊狼心不荷再生之恩重搆三藩之逆還嬰巨釁便犯嚴科豈止殺之方乖於折衷將小慈之澤爽彼大猷予大夫等學富三冬才高十室刑政之要寔所明閑傾此虛襟佇聞良說

對　前人

對臣聞刑以助教德以閑邪先王慎於好生大昜誠於緩死今陛下毋（集作父非）臨黔首子育蒼生上佑下人克配上帝然有東南小侵荊蠻遠郊雖聖德泣辜尚用防風之戮天心罪己仍勞淮甸之師（集作征）其有詿誤閭閻脅從井邑陛下愍孤嫠於海淮恤困窮於江漢捨從寬宥此陛下之恩也而蕞爾餘孽蠢玆頑兇思弄兵於潢地之下將構釁（集作難）於戎狄之域罪盈稔貫禍得萌芽此又陛下之明也今陛下乃賜臣策曰豈止殺之方乖於折衷將小慈之澤爽彼大猷臣實見折衷大猷之規不知小乖微爽之義也策曰刑政之要實所明閑臣聞政同（集作猶）水火刑譬陰陽頃者三監亂常有司旣糾之以猛于今四罪咸服陛下宜濟之以寬明肆赦之渥恩安萬人之反側布深仁於羅鳥收

至察於泉魚豈不大哉天下幸甚且夫人者眡也暗而不可罔庶者衆也愚而不可欺是以（集作故）刑在必澄不在必慘政在必信不在必苛故明王之理天下也刑一則人畏而不干政簡則俗齊而不僞於是禍亂不作災害不生君安於上臣（一作人）悅於下百姓日用（集作而字）不知其然四海之內風行（六字集作四海風動）惟帝之則道暢鍾石聲流舞詠其行已也非他所理者以此刑政之要庶幾一隅謹對

第三道

問朕聞仰觀乾象房心爲布政之宮俯察坤元河洛建（前篇作惟）受圖之所是以上稽珠緯得風雨之和下表圭躔（集作臺）均遠近之節定都考室斯焉是崇顧以庸虛謬（集作忝）膺大

寶乾乾夕惕每軫納隍之懷栗栗集作懍懍宵興恒勞馭朽之
念而昊穹眷命靈貺屢彰雲構既隆天城斯畢是用內省
多愧上答僉愈集作逾勤將欲殷薦有常嚴配不墜光啓惟新
之躅申明祀典之方順四時以布和風考五物以作集作而行
正氣盛禮之要猶慮未弘爾等並積學基身含章表質或
遠從賓薦集作貢聲蒲於州閭或遐應搜揚譽光於朝選採
皇王之粤旨援一作接周漢之前蹤蘊集作藴彼冑襟咸應備
曉未知何代之政參酌集作詳適中何禮之規施用爲切前篇
作當務從必簡之道式前篇作庶崇可久之基陳彼集作試陳嘉謀爾
其揚搉思擢太常之第副朕求賢之懷集作意

此篇問目又載四百七十三卷前已削去

對　前人

對伏惟陛下則天法地畏命重人攄河洛之規模總風雨
之交會軒后魚圖之水建邦設都周公龜墨之地考堂作
室靈祇降福嘉祥薦祉制同神造力以子來時集作將以殷
薦上帝至德也嚴配先王至孝也加以八風攸序四時克
諧無得而稱能事畢矣猶復孰勞謙之不已懼盛禮之未
弘訪末學之臣詢稽古之政斯事體大臣何足言然而敢
不欽承以竭涓滴耳策曰何代之政參詳適中何禮之規
施用爲切臣謹錯綜三五明徵典墳集作謨竊以緯武經文
布方策而非遠英風顯號流頌聲而可襲未有反義背德
而至昇平之政棄古集作禮違經以克永終之祿莫不發號
施令集作德惠法乾坤而集作之動靜執契懸衡順金木之刑德
集作敀是故青陽玄室遵季孟而觀風白輅朱旗乘集作因離
父而布政養老用上庠之禮教冑取大學之義環水著辟
雍之名嚮陽表明堂之位蓋所以享羣瑞朝諸侯班正集作
朝朔調景緯成節易之業集作基崇久大之基集作業也皇王
與旨廣此詳探周漢前蹤固難守集作事用臣才智駑劣草
莽鯫生至如軍國務廣政刑理急但至敬無文信言不美
陛下欲聽其說必觀於事將逆集作違其謀先求諸道危言
抵禁破膽寒心伏惟聖主稽集作稍留天聽謹對

洞曉玄經策天寶末

問大象無體玄功陰隲雖稟生之類萬殊而含道之原一

致是以至人垂訓將以利物演爲真宗貽厥後學包括六
藝周流八表或因事以立言或寓言以集作而詮意至如交
樂於天交食於地不相與爲事不期集作相與爲謀善無所
私惡無所棄施之於教何以集作所勸勉經曰不爭善勝不
言善應正直如繩平易如水常務斯道何集作曷往不臻又
曰善建不拔善抱不脫子孫以祭祀不輟斯言信矣昔放
勛欽明光宅天下人歌擊壤政叶雍熙可謂善乎建抱善
集作免乎拔脫宜其帝緒集作繇蕃遠貽厥孫謀綿綿瓜瓞邁
德垂裕何丹朱之不嗣而祭祀輟乎又天無二日民無二
王若以天下觀天下豈有二君乎夫君爲元首臣爲股肱
君無賢臣誰與共理粤昔舜舉八元致垂拱之化漢用三

傑成覇王之業夏殷之末任佞去（集作棄）賢宗社淪亡爲無臣輔經稱不尚賢者其旨何也（集作哉）聖人立教尊氣致柔故刑不欲勞往不欲竭深根固蔕可以常存則有朝穆肆任（集作固穆肆枉非）勞逸過度促齡損性却（集作都）以爲然又有惟靜惟清守貞守朴二經之説何取則焉又聞善攝生者動與吉會武不措爪兵難容刃單豹嵓居水飲身代俱損壽求色羸不免噬搏何衛生之不異而利害之頓殊乎旣洞曉玄經探微索隱矛盾若此何以會明側席虛心佇聞啓沃

對　獨孤及

對臣聞道之爲物無名無形蓋聖人酌而用之推而弘之

取其精以脩身用其麤以頓（集作救）物從本降跡散朴爲器於是有可道之道忘言之言其大畧雖以冲寂爲宗虛極爲體然妙用無朕故不可致詰今陛下詰其體探其宗豈不欲因言演教其（集作於）教遺有夫長風吹而衆竅號則大無不動細無不應況陛下用爲大道（作大道爲非）以鼓羣有臣則吹萬之一音也敢不唱於衆竅之末臣謹按天有施地有利用天之施以處其和謂之交樂分地之利以養其正謂之交食夫相與生於有爲有爲生於有事有事則謀名存矣善惡生於公私公私生於用用則棄名立矣然聖人有爲不爲焉有事無事焉有謀不謀焉有善無善焉有惡無惡焉泯善惡於一致合同異於萬殊則妙門可存教父斯立（一作在）臣又按道德經云天网恢恢踈而不失常有司殺者殺之此不争善勝之應也文宣王稱天何言哉四時行焉百物生焉此不言善應之驗也周書云無偏無黨王道蕩蕩此正直如繩之效也經又云居善地心善泉（英華作淵非）與善仁（集作人）言善信（英華於字非）此平易如水之證也陛下坦（集作弘）其言挹其道以爲天下式三（集作四）十有二載矣且復推功外名不有不恃考言詢事若冲若鈌詔臣等曰常務斯道曷往不臻臣鄭生也焉知其辨雖然有一於此願陛下守而勿失與神爲一使神不遠於人人不遠於天天人合并（集作契）如影響交應則甚夷之道焉往而不臻夫有國者必善建皇極善抱至道道之不存傾其宗遷其社之

謂拔禁放（集作奔）南巢受死牧野是也極之不建失其器亡（一作喪）其國之謂脱太康去洛汭幽王敗驪山厲王流彘是也至如堯知天曆在躬故以至公官天下天下戴之而不辭知丹朱不肖又以至公禪天下天下去之而不怨可謂邁德矣其後裔更覇迭王重之以御龍唐杜之代禄可謂垂裕矣陛下興廢繼絶立五帝祠即（集作飾）春秋備其祭典亦可謂祭祀不輟矣方之援脱臣謂不同經曰不尚賢使民不争大哉聖人之知微知彰乎夫尚賢者國家之所當先然古先聖人曰（二字集作王）雖求賢審官其用未始不無爲也而聖人能無爲於求賢不能使無爲無迹存則有爲者尚之以爲利於是有飾智以驚愚脩身以明汙其漸起於

一時之名其幹存乎千載之後不尚賢者非謂廢股肱之
任絶臣輔之力也盖欲因時致功功成則遺（集作遣）而遺之
因義立事事遂則有而無之無之則跡滅跡滅則争息争
息則於爲無爲於事無事雖八元以翼唐弼虞三傑之戡
秦滅項卄六無爲無事一也若夫齊天地宜萬物莫大於全
真專氣致柔全真之本也惟清惟静全真之中也各然其
所然各可其所可全真之末也設教者三合其道一以貫
之雖逍遥與道養殊途然性静與力命同轍苟因其命（集作合）
而較其分則子産不得不勞於刑政朝穆不得不逸於
肆任若矯其肆任之性以徇刑政之端是續鳧截鶴虧其
全矣故聖人以大猷御六氣之辨以大方合二經之旨明

應變無方立言不一學者宜忘言以究其體統不可執言
以滯其（集作於）筌蹄經不云乎迈（老子作及）者道之動惟動而常
静静可以取則權足以合義義無反經凡養生者以本爲
精以物爲麄閉其外慎其内迹不踐凶危之境故兵不能
容其刃心不居馮恭之地故武安得措其爪苟守其精而
遺其麄故得於内而丧（集作於）其外外内無以持其分則衛
生之經悖矣謂之不異臣竊異之至如希微大體微妙玄
鍵陛下得黄帝之遺珠久矣雖廣成無所陳其至精傳說
無所用其舟楫啓沃之問豈臣及之有黷睿謀懼殞越于
下謹對

文苑英華卷第四百七十七

文苑英華卷第四百七十八　策二

將相

道侔伊吕策三道

智合孫吴可以運籌决勝策二道

道侔伊吕策三道

第一道　張九齡

對嗣魯王道堅所舉道侔伊吕科徵仕郎行秘書省校書
郎張九齡伏覽睿問大哉國體九品流弊甞所憤焉幸因
對揚庶言其可古者諸侯貢士司徒論士必講禮觀能鄉
舉里選故十五十八之歲大學小學之節誦習以時教化
以禮則孝悌之行可知於鄉里政事之業可昇於國朝先

王務教此其大者及周既衰斯文將喪秦氏滅學唯力是
視仁義大壞俊造亦亡漢高以馬上非理復修三代之事
魏武以軍中是務權立九品之儀後代因循莫能改作紛
紛横調滔滔皆是天下公器可謂傷心伏惟殿（集作陛疑）下以
（集無行字）神啓睿圖天佐（集作佑）明德物不終否則（集作故）受之以
泰弊不遂極乃鼎之以新滌瑕蕩穢今其時也伏願圖之
夫正其本者萬事理勞於求若逸於用豈有大明御寓慮
此假權之人循良擇人安得謝恩之義是則外臺會府真
君漏於網（集作貯）中濟理適時復何殊於掌上者也且有備
無患忘戰必危是以振旅茇舍之儀羽林佽飛之衛漢家
徵選咸出五陵周制供王不踰千里此以均其遠近會其

中正王者之制豈虛乎哉必開井賦於要服俾裒益於畿甸雖經始之規何施不可而圖遠之業猶願勿遵且將振九品之頹綱維百姓之絕紐使官有位次賢（集作資）有等才苟不仵時所勿取使夫能者代上帝之理議者息高門之談吏精其心人享其利流遁不日而來復耕桑何憂乎不稔動之斯應綏之斯來若唯作法於末途非救弊之本意盛德大業孰與歸乎九齡怖慄塵埃棲棲非得言之地慷慨禾莠拳拳因獻策之時何敢望焉盡心而已謹對

策二道　前人

對王道務德不來不強臣霸道尚功不伏不偃甲由（集無由字）此勞逸異數得失可明故曰務廣德者昌務廣地者亡是

則漢武事胡豈比重華之干羽秦皇戍越豈比（集作奚擬）公劉之槖兵（集作槖囊）雖古人有言（集作遺言）引之者有同於秦漢而王者大化行之者必本於唐虞不亦然乎此其開基之大者也國家因已有之地廣無私之仁犬戎即敘肅慎入貢若力不能救豈惟桓公之耻征在其蘇是必成湯之怨然而春秋所貴惟義所在內諸夏而外夷狄此明中國恐弊不興異域之功下人苟安何惜救兵之舉則知弔伐之義隨時之道也頗至（集作今頗）凋弊抑非其時至如守塞則侯應之言為得斥地則蒙恬之弊可知前事昭昭足為明戒者也必欲繫單于之頸裂匈奴之肩奚霫背恩受制於北虜小人發憤請議於東征謹對

第三道　前人

對伏惟陛下德盛問安教存齒學則孝悌之感元良之旨詠子衿之詩義形乎辭真吾君之子也天下幸甚伏以化憑於勢聲若順風之遠或因於時德甚置郵之速則何草不偃何心不應而曰未能動俗殿下之至謙也尚何術之務而舍此乎今文降意微言徵諸墜典至如皇帝斵木蓋取諸意文王演卦乃言其象雖成象之時不同而得意之言一也周公制禮夏正得天繼損益可知而因循不改去聖既遠禮經殘缺遺文苟存羣儒紛揉故喪服異制諸家殊執（集作執）故王肅之旨約情以斷鄭玄之言引經取決呂氏因封侯之餘俗採禮官之舊儀故戴聖採十二紀之首

為十二月令存周禮之典其故匪他仲尼以尊魯而取美於頌穆公以尊周而見序於書左氏以豔富稱誣穀梁以文清為婉范甯序事其義則詳樂書因秦而遂亡空有河間之制夾氏在傳而不見唯餘班固之說謹對

知合孫吳可以運籌決勝策

問朕聞武以保大定功刑以禁邪止殺軒轅三皇之聖莫能去兵陶唐五帝之聰時猶振旅故知體國經野宜有弔伐居安慮危可無設備朕纂承丕業虔守大寶因祖宗之既康恐文武之將墜兢兢戒慎翼翼憂勤而德教誕敷烽燧尚警三邊每勞於征伐百姓不歌於耕鑿言念于役深軫於懷所以日旰忘食中宵輟寐思謀臣以制敵折衝於

樽俎索名將以守邊降伏其戎寇行何法也得致斯人哉子等藏器待時呈才應命盡陳古今之事備詳攻守之策至時賢著述往彥勳庸兵法有五十三家宜分其四種漢臣有二十八將自比夫幾人景略可逮於孔明張遼得齊於關羽斛律光賀若弼近代之用誰優我李勣與李靖先朝之光誰最又邛南一方之地磧西萬里之域將棄之以促境寧守之以勞人鎮涼州至於流沙軍隴坂至於積石險阻要害予疑汝明泰中歲役於防水若爲鑾華代北年疲於禦塞奚所變通薊門屯田何術以休其弊柳城梗澁何籌以繫其虜凡此邊廷今爲重鎮何經何見何履何歷若兵不獲已用何奇謀貞我師旅使有征無戰必文可來

之施何異政柔彼夷狄使懷惠畏威咸述爾能直言其事當有昇壇之拜佇伸推轂之寵

對　楊若虛

對臣沐清化忝紆黃綬屬陛下聽鼓鼙之音載懷將率䘏邊鄙之聳思輯軍容臣竊歎三隅未寧爲日久矣不以庸菲謬膺推薦恭承大問俯踏玉陛咫尺天休以抒情素臣聞古先哲王鮮不征伐禁暴止亂咸以爲人思患預防實爲善政伏惟陛下允恭克讓虔守四表俊乂咸理以孚于人猶恤彼勤勞求茲政道實天下幸甚臣聞事適於務則理有成法宜於時則功可建是以廣采輿誦詢於芻言不以人廢言不以欲違衆故討濟事立利倍功大完軍保勝道泰人安雖三邊未清而百姓不弊臣聞或多難以啓其疆土或無難以喪其守宇天其啓此邊難以警陛下勤於政理以致和平因定荒亂之宜以爲子孫之業也不然者豈聖明之時屢有斯寇今若以明視遠以聰聽德欽崇天意允釐庶績制以官刑儆于有位愛敬立於親長始終協於家邦崇禮以致賢脩德以來遠言合于道雖賤必行議乖於政雖貴必罰謀得其要必申瓜衍之賞刑當其理不貽戮僕之愆則在庭之官足以致化臣聞燕昭立館以報強讐越踐自勤竟雪深耻景略用而秦道霸孔明起而蜀業成豈明明之朝不如區區之國其珠玉無足愛之必至賢良思用求之必來惟陛下知與不知用與不用苟得其

任何憂制敵降戎而已哉必資聽之不濫擇之無失審甄其操履明試以言謀之以八徵求之以五聽穰苴進於晏子韓信用自蕭何是以君人勞於求才逸於任使舍人求勝臣以爲難臣聞自古用兵成敗相半賢者得其大愚者得其小莫不同用於法焉至於戰勝攻取無出三事類文校義分爲四種記之金策具於玉鞱漢臣以之撥亂輔時上應列宿振威耀武咸得其才以臣之愚何以堪此然守終持滿竊仰鄧禹之能勍敵伸謀頗慊馮異之畧至隱若敵國思其奉上之故亦採於一善未致其全若景畧比於孔明功當術淺張遼比於關羽壯劣情優斛律光著破虜之功賀若弼有平陳之績論其攻戰則可齊肩語其才雄

此或先駕彼亡隋之任士内用罷戚外階朋黨忠言死於逆耳國命出於讒言政以賄易功以財成鴈門之圍兵士以微而不賞浪河之敗許公以親而不誅天下分崩人受塗炭是以李勣與李靖為國家用因隋亡之臣致有周之業靖則克勝其任匈奴於是破亡勣則能達其謀高麗以之終滅謀功比事勣可同年以功取人靖以居上臣聞惇德允元柔遠能邇王者無外守在四夷張綱棄兵竟和南國充國不戰亦定西夷若李牧以居邊魏尚而為牧遠和邇鎮固障持邊遠和則不勞邇鎮則居逸是謂釋遠謀近逸而有終然後明其伍候守其交禮謹其走集誠以不虞足以輯和士庶羈縻夷狄何必棄南邛之戎捨磧西之地

隳先朝之業致將來之誚焉蹙國挫威臣所不取臣又聞華夏者國之心腹邊陲者國之支體若心腹充盈則支體無害古既守之不損今禦之而何失古以之足今以之虛非古今有殊理實授非其任然東自榆林西至蒲海限之以亭塞隔之以山河啓玉關金微之險有臨洮墨雞之阨飛狐白石爰在并汾木狹土門出於幽薊李靖距頡利於峽口終絕南侵李傑敗王師於榆關遂貽東難險阻不異成敗乃殊以是言之非才莫可今若漸收塞上之士申晁錯之謀安輯雲中之人曉嚴尤之術保以邑落守以城池求賢良以為守習農桑以為教敵至則收其積聚使野無所遺賊去則伺其虛危使兵不失利則秦川歲減於冬戍代北不懼於秋犯臣見薊門屯田防軍寇之乘攻守餘暇務耕耘之積省兩河之粟資三軍之費但使役之無擾何憂兵以致弊軍既未息此安可停臣聞取亂侮亡書之明義固險而守國之恆政若郴城之寇不虐於邊人鴻臚之賓未絕於來使則養士卒以待其衰也必若虐暴邊隅須申致寇之畧如其毒痛於下方興問罪之師任之以智能申之以謀策明賞必罰教人以信山林水澤之陣識以權宜父子兄弟之軍赴湯蹈火然後揚兵耀武示之以威則師旅以貞夷狄柔服惠懷無戰其在於茲若但行以秋霜之嚴而無時雨之澤不討而動離怨在心驅以合敵貪以取敗既輕有生之命求幸白刃之中使天威挫衄者臣竊

恨焉易曰差之毫釐繆以千里此之謂也臣以不才展効州郡每懷報國屢上微言神龍二年進狀論沙塲喪敗開元四載投匭言降戶得失鑾駕西幸又於河中府上表并進柔遠論一首而才微理拙不蒙顧問制問曰何經何歷敢不盡言臣識淺才微罔知攸據至若鼎壇之拜推轂之寵豈可一策所能及愚臣暗昧不足以當之俯伏惶恐若履冰谷謹對

同前　張仲宣

對臣聞玉弩垂芒耀明威於紫緯金方戒序凝殺氣於丹霄然則負扆登樞規七衡而立辟垂旒御辨法四選以詳刑是故黃運披圖靜妖氛於涿鹿丹陵啓業耀佳兵於洞

庭伏惟陛下陟上帝之耿命順下人之樂推總不測之謂
神包混成而爲道然後運天地日月以臨之洩雷雨水火
以育之宣道德仁義以綏之張禮樂刑政以肅之然則宿
離無忒天清也海外無波地平也左學上庠文明也保大
定功武威也由是東西沉潛朔南浹洽草木咸若昆蟲無
夭猶且日愼一日雖休勿休俯徇謙光循易象之明義降
詢得失追漢策之高蹤所以廣訪芻蕘旁求道路臣戎旃
賤伍樗散陋容策蹇以忘疲勵弱而知倦猥玆庸菲充賦
闕庭奉詔慙惶啓處無地所冀齊庭設炬九九之術先收
燕館初開先尊郭隗而已敢緣斯議罄竭丹誠制策曰思
謀臣以制敵折衝於樽俎索名將以持邊降伏於戎寇行

何法也得致斯人哉臣聞晉謀元帥漢召材官必資悅禮
之英咸選良家之子誠請秋風授律吉日拜將收不疑之
十計問子明之五策賞必以功罰必以信則良將斯至矣
大功可舉矣制策曰兵法有五十三家且分其四種臣聞
習手足便器械積慮關且攻守伎巧之兵也權德刑隨斗
繫因五勝䚡鬼神陰陽之兵也雷動風舉後發先至離合
向背而應變無常形會之兵也守正而用奇詐形而計戰
兼伎巧包陰陽（一作謀）權宜之兵也然後憤之以仁義信之
以賞罰以我直而權其曲以我智而薄其愚以我和而制
其離以我治而乘其亂故雖孫吳再生亦不知爲敵人計
矣制策曰漢臣有二十八將自比夫幾人臣聞漢有二十

八將者上應二十八宿也或以文雅光國鄧禹有决勝之
奇或以武能威人吳漢有綏邊之畧功論樹下馮異之績
彌彰氷結河中王霸之誠尤著臣以卑賤夙無器業竊循
運合聖恩不次得叅賢俊之末安敢自强而比哉清問猥
及臣當萬死制策曰景畧可逮於孔明張遼得齊於關羽
斛律光賀若弼近代之用誰優臣聞景畧之功也孔明之
績也張遼之謀也關羽之烈也斛律光之勇也賀若弼之
畧也廣論之則耀靈不駐畧談之又書不盡言景畧之佐
秦堅幾騁如熊之捷孔明之匡（一作輔）蜀主克著卧龍之名
張遼運籌之方可以歸之於先軌關羽搴旗之効可以論
之於後塵賀若弼之破陳軍功先諸將斛律光之扶齊國

名勞衆人以次而言斷可知矣制策曰我李勣與李靖之
功誰最者臣聞李勣者智也仁也勇也嚴也躬教可以圖
始心教可以保衆自伐三韓克清九族所以東夷之人不
敢西向也至於李靖者安可同年而語哉大征北狄詎見
絶其餘氛授鉞南蠻寧見殄其遺寇所以蠻胡猾夏邊鄙
蚤聳者良由此也制策曰邛南一方之地磧西萬里之域
將棄之以促境寧守之以勞人鎭凉州至於流沙軍隴坂
至于積石險阻要害孑疑汝明秦中歲役於防水若爲釐
革代北年疲於禦塞奚所變通薊門屯田何術以休其弊
抑城梗澁何籌以縶其虜凡此邊庭今爲重鎭何經何見
何履何歷臣聞膜拜（一作虓邦東虓樂浪縣名）憬裔旣崇於弔伐昧谷

遐方實資於鎮撫薇亦棻止猶聞遣戍之詩瓜時在期尚起践要之役今欲明守邊之術開斥地之制緬惟經筭俯訪芻蕘謏聞鄙術何足以觀之夫先王馭道也必專其邊守疆以戎索恃吾有以備懷其所以來招携以禮懷遠以德今九山在境猶發渡遼之師葱河卷祲仍開拜井之屯勞人遠役其何以哉若乃務廣其土以疲其人宿兵於無用之地勞師於不禦之俗聖王之道未足前聞制策曰若兵不獲已用何良謀貞我師旅使有征無戰必文可來之施何異政柔彼夷狄使懷惠畏威臣聞李梁在隨楚朝罷議仲尼居衛晉國折謀語曰死諸葛走生仲達陛下誠然德音發於帷幄清風翔於無外大啓爵命以示四方拔將

選才各盡其用急善同於饑渴用人疾於應響杜邪佞之門廢鄭衛之樂混清六合寔由乎此雖西有不覊之寇北有不賓之虜征之則勞師待之則無益故班固曰有其田而不可耕而食得其人不可臣而蓄來則懲而禦之去則備而守之蓋懷惠畏威也但以日慕途遠汲深綆短文不逮意書何盡言謹對

文苑英華卷第四百七十八

文苑英華卷第四百七十九　策三

臨難不顧徇節寧邦策三道

文可以經邦國策三道

長才廣度沈迹下僚策一道

應臨難不顧徇節寧邦科策（長壽三年）

第一道

問若濟巨川必憑舟楫之勢將興大廈實佇𣟗櫨之材聖皇提象膺符順天革命變澆風於易簡濟（一作躋）薄俗於醇醲未明求衣旰昃忘食無遺庖（一作鳧）鼎不棄芻蕘聞逆耳之言欣（一作怡）然啓齒聽犯鱗之說假以溫顏緬懷六（一作七）聖之規勞求五臣之俊至如臨難不顧知無不爲獻替帷

幄匡過補缺爰洎御命之流並應搜揚之旨子大夫博古强學見賢思齊一善或同（一作咸周非）千載相遇聲自魏漢以及梁陳若斯之人者（一無者）布在方策宜具載（一作陳）年代各叙徵猷無憚米鹽用旌多識

對　薛稷

對曰后克艱厥后臣克艱厥臣是群龍無首虛巳明庭之上鼷鼠全身深穴神丘之下故有勞於一饋不輟子高之耕待以三旌無過屠羊之肆懷乎朽馭（一作懍乎秋駕）既識爲君之難蹈此春氷未見爲臣之易然而夔弼降佐風起雲從其天祐之俊乂將至當今制賢以禄制爵以庸設言不遠式化厥訓霸王騏驥翼天駟而齊衝社稷元龜升帝寶而

貿兆猶是幽芳在採雲逸來羈垂倒景之懸光燭重泉之沉隱故遠臣得離山草比獻野芹瞻望天臺數跡對曰帝德廣運六臣叅其業天道大明五帝陳其序猶黼黻之章五色昺於鞀之飪五味五靈之効禎祥五音之和雅樂若乃同義變力古人中求則紀信誑項以免君王經刎頸以紓國九鄉居府王脩從赴難之義二國合圍路中無返言之失漢帝之悼汲黯陳主之畏柳莊社稷之臣於是乎在恪居爾位勤不告勞則蕭公堂堂吳漢糾糾馮豹伏於閤下黃公宿於臺上憂公奉國可以不謂忠乎書誡面從詩詠司直徂顏無隱求福不回周昌之比漢高同乎桀紂劉毅之方晉武類彼桓靈申屠剛之軔車鍾離意之排閤史魚

是慕直在其中聖人謨議君子謀道張良之翼漢王郭嘉（一作嘉非）之協魏主宋武之得穆之齊高之得褚彥定策決勝謀夫孔多蓬矢桑弧有志四海飛旌揷羽道好二同膠柱豈調絃之術飲氷實將命之難陸賈南行責蠻夷之失禮陳湯西討誅單于之暴慢終令趙佗貢職郅支傳首竹帛所載斯其庶乎謹對

第二道

問自周星潛耀漢日通輝象教聿興苾蒭鬱起眷茲和衆因果爲先伊此法門棟梁攸屬我皇光膺天授託降閻浮弘八解之要津啓四禪之幽鍵濟含生於彼岸證圓果於中大紺宇巍巍緇徒翼翼莫不譽高澄什聲齊安遠振三罷於辨囿悟兩諦於談筵飛錫煙蒸乘杯霧委蘭艾因而或揉玉石由是難甄迹雖遷於玄關名乃編於白屋若欲令沙汰促以金科將恐乖智海之弘規匪提河之遺範然則經行之所在釋氏而含容朱紫分區談王化而期切弛（一作施）張之術去就何從

對　前人

對曰竊惟善本無生茲緣常寂捨身捨智涅槃之行可觀不動不定般若之名已立尊容聖質剖碧玉而恆傳寶相靈摸鏤紫金而尚在運二儀而廻掌巍乎寶力極萬物之濡足皇矣能仁是以付受有歸鬱興尊記知來之鑒遠明於萬刼祚聖之符大啓於九部始則江漢廣被絡以關河

積學由是名僧輩出贊衆有降道行息於顧澄什而服侶戒梵禪結視安遠而俯孩雖葱嶺茄藍涉流沙而西極白木聚落浮漲海而東馳聖教之興爲期爲感（此句疑）但敬重堅固有悲忍之大權循習護持有煩惱之深淺物情以之勸切俗慕由是懇到苟求利養或滋貪濁濫名竊服行僞學非魚目叨珍遂入摩尼之寶烏鵲借類便假伽藍之翼則愍（一作愍）愚受智寬令四飛辨是決嫌浮食一變九色揚輸不謬於楚雞六管流聲豈混於齊士庶人無量在釋典而雖弘出家有限憑國經而必恪維摩之入諸必（疑作心）藏尚爲居士之身菩薩之惠其神通由持在家之誠未虧平

等何妨(方一作)愼擇謹對

第三道

問神農王(一無王字)曰金城千里湯池百步而無粟者不(一作弗)能守也然則師出以律咸資於糗糧兵雖尚奇必藉於流衍皇周八紘有截四海無虞折衝樽俎之間旅軍袵席之上而吐蕃小醜時擾於沙塲黙毀遺兊偷生於玉塞由是任以精卒寄以邊陲車徒置騎實賴防禦飛芻運粟輓轉之弊(一作飛芻輓粟轉餽之弊)尤深疆理屯田播植之功難就欲使人無憂於半菽歲有積於如坻強國富甿佇聆良策

對　前人

對曰恃人之術地著爲本應敵之道糗糧爲先故李悝盡地力而創謀本能強魏衛鞅開阡陌而急戰終以霸秦當今三攘既平九稅有職倉庾陳積秷秸充仞山川効止而咸叙陰陽感化而致和狡戎黠羌不討之日久矣天有星象以分其區地有山河以致其險素野遐曠玄國寒凉塞下三春未辨重重之樹河邊九月已落青青之草我后惻隱巖廊之下垂拱袵席之上聖智備天地神武動山岳悠然遠覽白露凉秋建日月朱鳥之旗樹風雨蒼牛之艷(疑)將帥良猛謀慮深長猶重息人未脩伐鬼而犬羊無檢時驚滄析定遠侯之功畧還出玉門戍校尉之七營更連金郡麻奴小醜敢懐夌斥之心榆鬼殘祆仍延晷刻之命結山豪而嘯聚驅榖馬而陸梁百萬之師糗糧易盡空虛之地轉餉難集良可追蹤甕草取彼大田脩充國之舊圖採威明之遠筭將軍素勵爰興斷河之術都尉垂強畢盡通溝之利舉農夫而休戰士息轉輸而用耕牛智効其謀勇奮其力資虜金之如粟藉邊馬之如羊賞士犒師選騎館穀或休垣罷障城滅途殫然後坐鳳凰之臺驗麒麟之貢王旅凱入豈不休哉清問徒訓(疑)危言每竭短才杼軸景夕貼憂謹對

文可以經國策(景雲二年)

問三雄鼎立四海瓜分魏氏獨跨于中原孫劉割據于南土五勝更襲唯受命以當塗四大居尊咸仗義而稱帝二十八宿指躔次於何方三十六郡列封疆於何所醇化懿綱非無寬猛之規愛國治人自有弛張之度皇皇祖考並建鴻名耿耿子孫俱聞失德爲功業之厚薄而存亡之後先至如獻納忠䂓縱橫武節既自方於樂毅或見比於張良各有其人詳諸史傳所行事迹咸請縷陳

對　晁良貞

對曰漢代崩離三光分景齊甿盪析九土殊方權備割據於岷吳鼠不篡圖於冀兖火行土德則有攸歸紫色蛙聲豈無兼峙策曰二十八宿指躔次於何方三十六郡列封疆於何所至若畢昴爲大魏之郊井絡應庸蜀之分星紀眞奎吳之野婺女寄虛越之精此其躔次也至若常山鉅鹿孟德之設教會稽豫章文臺之建國考廣漢犍爲之地

實夜朗玄德之邦星土之殊於是乎在策曰醇化懿綱非無寬猛之規愛國活人自有弛張之度皇皇祖考並建鴻名耿耿子孫俱聞失德爲功業之厚薄而存亡之後先者且夫天命不謟帝圖難僭劉氏備矣當禅與人此乃事本於元符何止功殊於厚薄祚窮安樂不亦宜哉至於魏主以雄猜之姿虎噬河朔吳王以英威之略鳳起江南欺孤有言貽譏於石勒令圖斯論見稱於陸機蜀滅於前吳亡於後物之理也夫何足疑策曰至如獻納忠規縱横武節既自方於樂毅或見比於張良各有其人詳諸史傳所行事迹咸請縷陳者山川出雲賢豪擇木英英文若見比於留侯桓桓孔明自方於呂國聞九錫而殊議節表純臣荀

三顧而知恩身歸與主命畢空器不其惜哉威餘返旗蓋亦奇矣大者遠者斯焉取斯謹對

同前　　鄭少微第二人

對漢氏失德魏圖爰啓孫劉建號唇齒相依咸能廓帝緒以定業振皇綱而握紀雖數有五勝運鍾當塗而土無二王終殊霸業然則封疆畫界俯稽於地理瞻星揆景仰煥於天文東井發曜於梁岷傍分屬漢南斗連輝於吳會遠接荆衡詳魏土之分野當畢昴之躔次伊洛列山川之郡曹公居四隩之中毗陵在吳華陽惟蜀疆里所得其在茲乎至於開國基行政令咸垂統履順永傳來葉創業興緒克昌後昆終數代而一何倫比雖鴻名休德將崇貽厥之

謀而繼代守文頗著聿脩之美是以堂構始於祖考功業由於厚薄豈何因其子孫存亡以之先後至於忠規動俗武節冠時異代齊名孔明自方於樂毅死而可作文若偶比於張良懷獨見之明既一謀於匡濟行闇合之策終不謝於孫吳謹備諸前庶幾萬一謹對

同前　　雍惟良

對天命靡常地變其宗三雄鼎據分割乾坤或利近江海銀銅之湊或邑居河洛桑梓之餘用能佽風雲釆松竹開物成務廣運靖人至如仰綿星躔傍分列郡成都應乎井絡建鄴開於斗牛若乃發跡譙墟圖光畢昴竟能一紫宙之意兆黃精之符然而物運弛張得失成敗此關諸天意

也諒非人事也豈功業之厚薄何存亡之先後長想前修載述古跡且爲人臣者善指事之要專切直之言然則荀氏之比張良沉機已迅葛侯之方樂毅希古自高俱能明允克誠輿光大化代收其器人獻其謀觀國以取肅軍容退惡以力扶王室其理甚傳厥美惟先畫爲九州時更七代徒勤短思有媿縷陳謹對

長才廣度沉迷下僚策證聖元年

問四岳疇庸羲和代掌其任九官命職稷禹不易其能逢化乂以庸一作康時籍功深而成務洎乎嬴劉以降曹馬承流罕爲官以擇人直循資而就列或十旬而登三事或一日而致九遷遂開趨競之門莫守代工之美國家網羅群

彥驅駕時英其政洽於至和其人淳於太古今欲削漢魏
之遺法復堯禹之遠圖能其事者永守其官稱其職者不
遷其任增秩賜爵用申勸善之規金帛璽書載表優賢之
義變通之理尚或多端用捨之途佇聞良筭（一作策）

一作皆唐登科記

對　　張倚（登科記作漪）

對昔者明王之御天下也奉若天道建邦設都樹之以后
王化之以師長用人弗及私昵建官惟在賢才夫難知非
獨在於今日故曰知人則哲惟帝難之自生人以來有國
之主莫不得賢則治失賢則亂此乃自然之義百王不能
易也是知賢人君子國之所急詩曰南山有臺北山有萊

樂只君子邦家之基言人君得其賢臣所以成其美化廣
其基業也遐觀歷代聖王之求賢哲也義匪一途或精選
以取之或降訪以得之有營之經載而始獲有求之不日
而便至遲速之理雖異輔弼之職不殊黃帝勞於夢想而
感力牧誠之至也唐堯務於疇咨而致夔龍訪之審也至
唐虞之黜陟幽明三考就績夏禹之顧盼空谷之起成名
殷宗託夢於傳巖姬文遊心於渭水此六君者可謂勤於
求賢而善於用人也故能使元凱就績申甫登朝道濟五
臣功宣十亂康良作誦喜起成歌人無險詖之情代有雍
熙之樂由庶入詠天保爲詩下懷報主之心上荷受天之
祿書曰百僚師師百工惟時庶績其凝此之謂也斯並政

符大道理合至公委質能臣之一德所以天工可代人爵
攸宜憑文化以濟寰瀛藉深功而安宇宙暨戰國之代王
道寖微各佇英賢或雜或霸楚襄勞持金之聘燕昭躬擁
篲之禮空聞僭號之議未覩升平之業雖桓公之有仲父
晉侯之獲趙文委任責成共登霸道唯勤鬬爭之理不務
淳和之績而動乖王度舉遠帝典故五尺童子恥之不論
況所由齷齪何其卑也秦皇不仁雲亂是極儒生塡於坑
井詩書滅於煙火忠貞清白以爲徒苦謟佞邪媚謂之至
公卒以覆亡爲後代誡實由遠賢近佞使之然也漢高祖
雖不好儒然亦任用英傑登壇而禮韓信輟洗而迎酈生
委蕭曹以股肱寄張陳以社稷至孝武之代儒學漸該採

董仲舒之策始令郡國貢舉於是賢良方正之士霧委雲
集其鼂錯公孫弘匡衡蕭望之輩並繼踵而至故當文景
之代號爲得人詩稱濟濟多士文王以寧漢所以寧者亦
士之力也光武仗吳鄧以立功任賈寇以起事拔奇取異
決自於心爰至顯宗中興於茲爲盛由此而兩漢之代數
百年間陟正黜邪褒善貶惡雖不襲唐虞之法亦去煩苛
亂幾乎大成矣逮獻靈之際姦猾縱橫升必以財進不由
道於是縉紳絜白之士疾之若讎乃曰舉秀才不知書察
孝廉父別居寒素清白濁如泥高第良將怯如黽至乃懸
爵而賣之列價而爭之守正道者以爲陸沈由斜徑者謂
之智變衣冠爲之失序賢哲由是潛藏遂使社稷喪亡後

嗣饔戚悲夫此伐檀所以興刺黍苗（一作麥秀）所以勞歌無他故焉賢人不得進也及乎當塗啓運典午開基陳群制九品之條劉毅興八損之權故曹羲疾其闊遠孫楚以爲鬼錄遂令權要歸於中正威福去於天朝臧否任情品藻乖次宋齊之季梁隋之末聘士求賢罕聞稽古棟橈鼎折唯見陵夷既同自鄶之譏詎勞更僕之說聖上覽百王之得失立萬代之規模大開舉爾之科廣陳訓廸之典用與不用賢否各稱其能材與不材輪桷並當其任小人去位疾之猶若寇讎君子盈朝求之恒如不及故得百僚無濫九有昇平不聞濡翼之譏永絕爛頭之誚仲長亡越級之論賈生無調下之悲今欲遠服堯禹之蹤近棄劉曹之法增秩令其永任錫帛許其不遷使官不易能職遵代掌雖優賢之義有所會通而隨時之談或恐未可何則太古敦朴務靜人希敦朴則易淳務靜人希則易理故不勞而功可就今聖明撫運才多俗阜俗阜則事煩才多則理劇必資明哲獨任不以避嫌但使委得其人數遷何妨化理如其用失其理乂任豈廢功虧愚管所窺以爲如此大體期於不濫所務在於得賢苟遺此途未知其可謹對

文苑英華卷第四百七十九

文苑英華卷第四百八十　策四

賢良方正科策二道

沉謀秘畧科策三道

賢良方正科策（神龍二年）

問妙盡黃間期於（一作乎）百發術該（一作窮）玄女寧無匕縱聲苟中律不憚撞鍾之求服必稱儒何辭解衣之試况今徵上意匠搴秀談叢梟鸞即事於分區牛驥佇從於別阜謂其凌厲顧眄以雪陳琳之恥（一作陳侯之疑）何乃闒散遷延不答馬卿之難豈時英所病共設於翟酺將高尚在懷不屈於周黨薦舉之法抑有多途取捨之方莫能折衷何則含光隱迹不盜處士之名介立寡徒安獲知己之薦舉逸之法應有通規取捨之言非爲（一作無）盡善文武之道方冊所不墜德怨之報人情之大綱射爲諸侯杜預無穿札之力士爲知己崔洪有挽弓（一作弩）之悔相圃澤宮失之遠矣子皮鮑叔夫何言哉（一作夫何有哉）舉賢受賞非才有罰國柄（一作秉）所加期乎必當驗之從政効無限斷之年試以（一作之）文才智有遲速之別知而不舉聞識竊位舉而非（一作非其）人寧當顯戮臧孫之犯既是屣刑子文之華復當何典內外齊舉援親豈不致嫌師錫具陳行慶乂誰爲首凡此岐路罔識攸從遲冀如律（或作知津）弘其利涉

對　蘇晉

此題四百七十三卷重出前已削去注意同爲一作

對物以類昇方以類降故小大趨捨未始離乎類也所謂
同聲相應同氣相求雲從龍風從虎（當作武）時其效歟矧惟
生人懷五常含好惡自然之勢也安可勵非其類乎斯固
士君子砥行立名伸首抗迹思欲奮迅泥滓凌邁雲漢與
鸞鳳爲伍矣豈不能折其鋒沮其目誠謂類有聚群有分
下流不可久居且無其時猶欲干進之若此況乎師曠傾
耳卞氏拭目將欲察異音求奇彩茍有留者誰肯遷延於
斲衣之試哉策曰薦舉之法抑有多途取捨之方莫能折
衷何則含光隱迹不盜處士之名介立寡徒安獲知巳之
薦舉逸之法應有通規取捨之言非無盡善者夫人洪（疑）
然則淵其心飾其狀不可知以貌不可窮以言將爲辨者

不可也求乎其端或有可知矣夫天之巖乎其上者施人
以氣地之坎乎其下者成人以形高下之間不可逃者形
氣而已矣氣之積者彰乎形形之動者感乎物彰於形故
可以象察感於物故可以類求察其象長短之材可量矣
求其類邪正之氣可識矣雖則含光隱迹介立不群終不
能以形逃不能以氣隱明矣子曰視其所以觀其所由察
其所安人焉廋哉人焉廋哉古聖王之觀人也未嘗越於
是取捨之言非不盡善也但夫懷詐飾僞舉世有之干祿
者不盡善舉人者不盡智或以勢逼或以利典觀象察言
以難其識附威籍利（一作藉利）諛媚其心有於此者則取捨之
方何所施矣嗚呼負舟登山誠難事也策曰文武之道方

冊所不墜德怨之報人情之大綱射爲諸侯杜預無穿札
之力士爲知巳崔洪有挩弓之悔相圃澤宮失之遠矣子
皮鮑叔夫何有哉夫射者先王所以定人之心和人之志
亦以示其威儀耳以爲諸侯分我茅土有我黎蒸撫有威
衡持秉生殺當審心定志敷德遵和故爲其立飲射之法
以導達其志不在穿札貫的矣子曰射不主皮即其義也
則夫麗龜貫石者將武夫之伎耳非不侮鰥寡保其社稷
之業夫有大功者獲大賞昇哉當陽誠無間然矣古之君
子冠業而立於朝則必有益於時矣以爲益時者莫先於
進賢茍得其人則沒齒無怨矣又何可顧望默識乎子曰
定其交而後求夫古之人定其交者將弘濟時務克清世

幾恐夫道不吾行才爲時棄是用定其交求其達豈徒跼
促存於情之所好哉若以情之所好相求則是便僻比周
之人豈得爲文雅君子乎崔侯必不以挩弓爲悔假使子
皮薦國產叔牙舉夷吾終不能光輿鄭邦匡合齊社亦未
足以紛昭載籍矣策曰舉賢受賞非才有罰國柄所加期
乎必當驗之從政效無限斷之年試以文才智有遲速之
別知而不舉聞識竊位舉非其人寧當顯戮臧孫之犯既
是虛刑子文之舉復當何典內外齊舉援親豈不致嫌師
錫具陳行慶又誰爲首夫天之平分萬物體不俱舉有其
才（疑）者章其首揮其翼者兩其足德不必備才難盡善其
人善於政者不必有其文工於詞者不必敏其事書曰無

求備於一人詳矣先王均其曲直任之事宜物各有所長工拙不相害矣故書曰明試以言車服以庸則堯試其人以官備在方冊矣夫政有序化有漸時有險夷功有隱顯爲政者當責其歲晚不可中道而廢也施政立德不過乎三年人情大可見也孔子曰朞月而化成書曰三載考績何得無限斷之年歟夫文者貴其能書理論四字疑宣道其業非得意之實乃無意之筌歟夫傳曰言以足志文以足言又曰非文無以自達苟欲考之文詞求之遲速則志有可得在政斯亨言之無文用亦何害且夫官爵者至公之器也薦賢者至公之道也君子持至公之道守至公之器進思盡忠何可回隱復倪薦嫌疑親讐之間哉昔者先王

之立制進賢受上賞蔽賢蒙顯戮舉非其實寘其阿黨之誅薦得其人介以彙征之賞行慶之典不偏于師錫矣時理則德存世亂則道喪難乎魯無君子楚不足徵使子文安居臧氏無咎痛哉政不難矣不有仲尼蔫賈之喻千載之後何知其過焉謹對

又賢良方正科第一道

問朕聞區域中之大據天下之圖莫不設廣以思賢解琴而頌化雖君唱臣和而明鮮晦多所任者或非其人所行者儻乖其道歸於浸弊罔弗由茲朕寅畏上玄負荷先構靜言爲國有若涉川風俗未淳政教一作■猶嚮黎元寡遂鸞鳳不臻當佇求懷良深愧歎子大夫講聖人之高識明王事之大綱蓄憤謀忠歷年載矣何施而反本於古何用而救末於今何術而人物阜安何德而神靈滋液爾其無隱無忽悉之究之通其條貫朕當親覽

對

對臣聞聖人法天而理察道而行心膂俊賢子惠黎獻使恭爾位人樂其業朝無粃政俗詠康哉書曰惟天聰明惟聖時憲惟臣欽若惟人從乂此其謂也雖根英異轍火木殊途革去故而鼎就新變咸池而歌大夏然而無易茲典其故何哉蓋以因天人之和順陰陽之數不可替也皇上道高西聖德邁南薰黃龍薦圖翠鳳爲寶至於膺正曆享靈符朗七曜於銅儀安萬人於寶曆延祥降福陟酌疑登

封八表黎元歌皇風而周地絡四夷酋長須玄化而建天樞此皆以刻於玉版載於金匱爲帝者之祖宗與乾元而始終至於坐衢室端冕旒寂然不動感而遂通赫赫明明之美無聲無臭之化固以榮竟宇宙發揚神人振古以來未有如斯之盛矣猶復寅畏上帝憂念下人思反朴於鷇居佇還訛於鴻古夕惕勤止良以一作已深焉爰降綸言俯詢輿議此陛下冲謙之道也愚臣何足以知之然而忝跡明時敢忘披露臣聞帝王之道藉英彥以張風邦國之圖資謨明以垂化故能庶徵有序美政無斁當今制禮作樂懸章布憲可謂文物大備形政中和而紫宸弘卷舒之風黔首罕阜安之業者良以官僚空曠守宰荒寧不能宣裕

皇明洗蒸徙之耳目發揮神化變澆薄於閭閻夫遷物化人者誠去僞豈惟君上之道實亦官聯之職故文翁好儒蜀學比於齊魯毛玠崇質魏士素其裘裳是知易俗移風使天下廻心而嚮道者非俗吏之所能爲也故董生云黎人未濟皆吏不明使至於此也賈誼亦云下之有過吏之罪也夫聞伯夷之風者貪夫以廉見柳下之跡者鄙人能恭故曰教人莫若垂範垂範必仰良材阜俗莫若興農興農必由循吏且擇賢而處其弊猶濫負乘爲政何以克堪今若選英傑而實百僚自朝廷而及州縣咸令法易簡之道愼德刑之教賞以春夏愼其濫矣罰以秋冬敬其刑矣夫賞刑中則庶人安庶人安則財用足財用足則百志誠

百志誠則天人和天人和則神靈滋液矣然後垂訓而理勤法而行宜九式以均財脩六禮以節性明七教以興德齊八政以興邦道格元亨風還大古時雍之和可致濟俗之義可弘唐虞之美可逾文景之聲可越謹對

沈謀秘畧科策

第一道

問西自臨洮東泊滄海延袤萬里控扼三邊林胡不賓犬戎猶梗守之衛要備其窺窬聚多則戍卒不充布少則敵人莫禦用捨之理揚搉而言立鎮屯兵其來非久懸道分列自昔猶安李牧守邊匈奴竄伏魏尚爲郡郊壘乂寧今欲悉罷軍城委之牧宰敬達嘉話將獻吾君

對策　王昂

對昔者大刑甲兵陳諸原野次刑鞭朴致之市朝將以閑邪防淫禁暴禦亂乃覩千古茲率厥常我后光膺寶命誕敷文德建皇王之中協時雍之化聲教遠洎無思不洽猶恐至道未孚邊亭或聳爰招集謀畫之士議諸疆塞之虞斯誠居安慮危之深策也顧以家陋庶能無聞將何以副沈秘之求奉對揚之列忝承清問敢不薦其聞矣臣聞夫爲國之道必在任賢保境之方必先擇將國家授武秩設邊防東自榆林西連蒲海可謂制度秘遠典章大備而猶以遼霫未清湟烽或照者但未得其人耳今若垂旌揚之期崇獎激之道用不求備任惟其材舉吳起則捨其貪推

穰苴則畧其賤務升智術勿限資年則將得其人矣既得其衆必能撫其人必能盡其力將得其材以之東鎮則林胡清以之西征則犬戎息何憂乎制禦之不足多少之爲患也若乃布化宣威實資牧宰守全保固亦在城池則知牧者邦國之先而疆埸之主也疆埸無主則啓戎心戎心之生人慢其政國之患也今者選建良牧委之臨人脩緝軍城足以禦敵則可以捍我中宇綏彼邊甿何以廢城然後爲得謹對

第三道

問用兵制敵先資良將搜奇擬異昔賢病諸厚貌深情最爲難辨受金善盜終而有益至如清言要理行之則違強

力暗通口不宜意臨問定職何以分之李將軍簡易便人程不識刁斗嚴衛張飛勤於禮士關羽接於常流四子所施幸甄優劣兩適爲用何斯短長今邊烽未亡善將懸急試可淹於歲月拔萃昧於玄黃子其直言以祛未悟且三全五事十過九差何所廢興何所施用理國之貴何首愛人之道何爲各書名數佇濟邦國

對　　前人

對登壇分閫之傑行已應物之際顉雖愚蒙嘗聞之矣莫不蹈仁履義以脩其身奉公滅私以樹其政但人無求備用各有宜十哲分科八能殊術吳漢則訥於詞理衛玠則善於清言今若取陳平之謀須捨盜金之行用杜預之智

豈資穿札之能雖厚貌深情古人所病而收長棄短先達格言伏願徵之以九徵求之於五德甄其操履行以智謀雖言貌難分而華實不昧擇能而用斯則可矣亦何憂良材之採擢官職之不分者哉夫簡以臨人嚴以應物嚴則勞而後濟簡則逸而能通勞逸既殊得失斯在孟德擇士而禮雲長接於常流爲道不廣固宜劣於張飛出門重禮誠合優乎關羽各隨時而任用夫何擇於先後當今邊隅尚警征役未息必資良將方立奇功若拾奇儁傑之中拔異淪滯之位則玄黃可辨衛霍斯在夫兵之術語聖人所止後代故作謫書以寄勝於天道也故曰天地鬼神視之而不見聽之而不聞指虛無之形不足以制勝故人存而不務也則知吉凶之兆盡在乎人今若任皓皓之良收斷斷之善使明法審令貴功養勞則不時日而事吉不卜筮而事利亦何必訪韜鈐之謀孫吳之訣然後爲得哉亦敢不陳其梗槩至若軍國者三全之稱天地操五事之名勇急廉智將之十過也十百萬千一（疑）之九差也理國貴於仁禮愛人在於不勞昔霍驃騎不讀兵書猶言暗合項將軍素閑兵法亦歎天亡況事涉玄微藝殊經誥豈伊蒙淺所能詳哉謹對

第三道

問科斂多途應變無算覽去病之對顉在方畧讀孔明之書屢於備預至如烈風猛火煙燄赫然雨水奔流彌漫無

際脩何人事以却天時或有暴兵卒來我則未暇敵人非遠靜然無聞何法以知敵情何方以收我衆如其爭先不遠我怯須勇列軍甚嚴彼強使弱善戰不陣抑有前人未戰屈人佇聽嘉話四輕二重於將謀而何施三禮五才於兵形而何要卒存異降曲盡所宜

對　　前人

對觀夫古之良將之行兵也莫不救災恤患以和其人先謀後動而制其敵軍有渴而不飲軍未飯而不食舉不失德賞不失勞故人悅忘疲士感知死夫如是以之守則固以之戰則克安有不肯蹈茲烈火過彼奔流斥候素明暴兵安可卒至法制素習敵人何由能邇我將賢（疑）勇寧見

士怯我固常勝安有敵强未戰而人謀其所以善戰不陣夫何遠矣至四輕二重之施三禮五才之入所用斯並事關幽秘理絕探求徒罄蒙襟豈酬高問謹對

文苑英華卷第四百八十 終

文苑英華卷第四百八十一　策五

方正

賢良方正策五道

文苑

詞標文苑策二道

應封神岳舉對賢良方正策三道 神功元年

問隆周御曆多士如林楊己露才干時求進寧知媒衒之醜不顧廉耻之規風馳景軼雲集霧委攘袂於選曹盱衡於會府吏員仍舊人物實繁優游寘於退飛聲最疲於黜額量能受職無闕以供料官列位擇才斯衆欲令九流式叙一藝不遺佇聞芳話弘兹盛烈且夫署行議年殷姬取

人之道門調户選魏晋持衡之術因宜適變何者為先

崔沔

對昔者賢良方正之士應務之際沔雖固陋嘗亟聞之莫不脩詞立誠難進易退言不苟合道不苟容捨之則藏義然後取安肯負媒衒之醜棄廉耻之規若此之類其可多乎至夫楊己露才干時求進盱衡攘袂以徇速者斯皆小子趋附之徒豈足以厠我周行寘於多士屏而勿用夫何疑哉主上欽若庶官明敭沉隱是使群英霧委多士景軼而秉鈞當軸之雋察言觀行之風不能審樞機定名實懲魯儒之虛服辨齊竽之濫吹至令累最為偽名交戰謬功與實効相參而謂滯才由乎火官無位供乎有德嗟乎事

有大謬一至于此明主昧旦丕顯每歎才難而群士揚於王庭反憂多士君臣之同德其若是乎天子有司談何容易今懿綱（一作網）遐布淳風般流家識廉隅人知禮節苟能上尊王制下絶吏姦閉請託之源塞虛詐之路使得懷才見用以道周旋無令椒蘭信芳獨屈樵夫之手騏驥雖駿不貴屠者之門則虛位待人循持固讓懷寶深藏何患不達九流式叙庶莫遠焉一藝罔遺諒其所也沔又聞人能弘道非道弘人有濟治之臣無不弊之法往古雖載其陳迹行用實在乎主司觀夫署行議年般姬令典門調戶選魏晋良圖無非致遠之規咸有理亂之兆所以允釐百揆銓綜百（一作五）官及詭厓官朝則君子在野貪佞竊柄則以

貨售才典故雖存而官政以紊然則隨時通變觀象因宜近取諸身一言斯蔽遠求於古兩無適從所以輕進往言循冀或逢善聽謹對（此篇用治字第二篇用世字武后雖已革命疑未應便用唐諱）

第二道

問屠釣關柝之流鳴鷄犬吠之伍集于都邑蓋八萬計然（一作象）則人無求備物各異宜十哲殊科八能異術咸資對策則絳灌之器或沉必俟公求則許郭之才難遇選賢取士應有良規

前人

對傳曰文以足言言以足志言或可察志隱於漠是知文者言之藻繪志之筌蹄有貞實者或忘藻繪得魚兔者必棄筌蹄則存言捨文合於淳古以言考德必洞精微故書云明試以言蓋用此道也今之對策其試言之流歟昔姬氏既衰先王道喪秦政厓戾亂彼天綱廢古燒書以愚黔首窮兵騁詐時無文焉故絳灌之徒韓彭之佐雄姿雖茂而道法不足向使伊人溥見方策早聞師範當亦略通大體抑揚宏議豈止決勝於境外而不能專議於君前乎故抱朴子曰古之試良將者亦問以策即其義矣國家樹萬世之基遷九流之弊墳索奥業洋溢於時縉紳先生蘊藉無缺安有倜儻之傑瑰瑋之才承明主之渥恩逢生人之大慶而不能抽其秘思效其長策歟然則謀而不行信而不用者抑可知也今之考言取士者必以綺餙為工視學

論文者闇於心而必升曉政達幽者失其數而咸退譬千金之璧以微瑕而毀之百丈之材覩小節而棄之亦良可悲矣誠理達而義舉者勿以文害言詞婉而論深者勿以言害意則可以包括群品網羅衆途察微知彰以文用武矣昔許子將郭林宗徒以布衣之交俯仰之際而能拔奇擢異因言揣心況乎擅英儁之姿受明試之寄享厚祿居尊官而不能撫睨足於吳阪指潛璧於荊山至使有公輔之才而無許郭之鑒者斯則卿士之罪也小子何足以知之至如慷一能負一偏彼鳴梭抗屐之彙聲律罔飪之儔事雖易於縑緗功不資於翰墨則方以類聚各有司存謹對

第三道

問至於衢室總期(一作章)重屋陽館姬氏明堂之制炎靈汶上之規三雍五室之名清廟容臺之目蔡邕之論袁準之談庶幾繁省之儀前賢是非之說咸宜詳釋以判群疑

前人

對我皇帝慈理廣運文思稽古紹典絕典重光大壯合宮雲構明庭天聳列辟執儀群工制度可以即事而見觀象而察今猶遠訪先典曲垂下問者豈不欲揣其敏思徵其博物臣實菲薄何足當之昔哀公問儒而仲尼請更僕況此大體其可率爾言乎雖敢略談之然未臻其極也若夫堯之衢室舜之總期(一作章)夏之重屋殷之陽館皆所以取

象天地昭配陰陽致孝於先布政於下曆運雖改此道不移八窻四達上圓下方度堂以筵度室以几周之制也崑崙茅屋周流壁水漢之圖也明堂辟雍靈臺三雍也大廟青陽總章明堂(疑脫玄堂二字)五室也取其宗祀祖考則曰宗廟取其脩飾禮物則曰容臺蔡邕之論所以合異說袁準之談所以別重事歷代繁省其儀不一先賢是非其書甚衆非斯須之述所能盡非造次之言所能精自我皇創制之前今臣定議之外教明禮備得繁省之中者其姬宗乎詞寡理舉處是非之要者其蔡氏乎謹對

重試一道

問不其才難于今所數知人未易自古帝(?)諸以貌取言既其不可觀聲考度又或非宜故皇帝清問有司藻覈公孫異之於天子鼂錯褒然爲孝廉賢才訓迪其道弘矣多歷年所茲率典常國家謁報上玄展禮中岳降非常之制求希代之寶將以潤色雲封增輝柴燎龍門既陟方縱鱗於巨壑鴻干斯漸忽垂翅於風路良由夢石之木猶叅杞梓之行冠玉之姿尚忝琳琅之序更令憲府重撫詞林承鳳紼之明威俟龍泉之斷割其何以搴秀長楚審詞衆好辨是與非懲忿窒欲聊耳陳事冀獲嘉謀至若楙莊黜殯用事之差也石建闕馬爲字之失也尋其後句未韻或祀於前聲覽以終篇答難不倫於次序一簡之内貧富不侔三道之中妍媸頓別取瑕則頗慙於卞氏擢用則致嫌於葛

龔贈孟孫之言膏肓莫愈學嗣宗之默長短何分進退之禮奚宜用捨之方安在又旁求毗議紛披風謠威勢壓於權衡黷貨通於主守不同吾黨無嫌小子之詞翻乃倩人云竭老夫之思始令行而詐起終策出而奸生何方可以静流兢之來何法可以杜訛謬之入佇裨不逮無悋話言

前人

對夫鉛刀均鋒劒之耻也蹇驢齊足驥之恥也朗璞蒙垢玉人之過也鳴絲絶絃伶官之罪也借如承明吉獻嘉猷而愚智糾紛臧否錯揉斯亦士君子之所恨豈獨爲政之憂哉沔實陋才良不足筭憑藉休慶謬偕旌拔狂言雖立鄙道未孚蘊雜薰猶沉蔽玉石重叅群彥之末再承議賢

之問進思自厲其何補歟退欲鳴謙豈獲無咎審詞衆好儻或擇善而行辨是與非請思即事而對策曰郴莊黜殯用事之差也石建闕馬爲字之失也竊爲議人者貴知其心論道者務存其意心懼未信則援古以自明道隱未光即託文而後顯故事以明心爲本字以顯道爲公事有小差而心術著矣字有小失而道教存焉斯則夜光之瑕明月之類固不可得而棄也事與類相反字與義相違謠乖而心不可弘象毁而道不可見一至于此亦無取云策曰尋其後句末韻或祀於前聲覽以終篇答難不倫於次序竊謂明試以言古之道也徵言以策今之制也言有聲韻蓋其浮飾策之次序固非典要切問存於答難次叙豈效

謀謨精誠盡於對揚聲韻何尋獻替稽之於古揣之於情末韻或祀於前聲其來久矣答難不倫於次叙爲病良深策曰一簡之内貧富不侔三道之中妍媸頓别取瑕則頗慙於卞氏擢用則致嫌於葛龔竊謂萬有一失聖人不免捨過舉能先師是訓道不可以純備才不可以周給斷可知矣是以國家稽通塞之迹列甲乙之科亦不可廢善以取瑕疑於擢用矣策曰贈孟孫之言膏肓莫愈學嗣宗之默長短何分進退之禮奚宜用捨之方安在仲尼有言不在其位不謀其政進退之禮用捨之宜允非小人之所及也然則覽古昔之遺事敢不薦其聞乎竊謂日中必彗操刀必割懲奸以察何俟贈言致身於朝不可以默固當參

刑禮以定枉直體明智以辨情僞見利不虧其分見死不更其守屬聰明不諦之時居執憲繩違之任何至持疑於果斷逡巡於正色哉策曰旁求流議紛披風謡威勢壓於權衡贖貨通於主守不同吾黨無嫌小子之詞翻乃倩人云竭老夫之思始令行而詐起終策出而姦生甚矣誠哉不期所以然也今所慮怙威黷貨者其類猶存假手借詞者其人不遠但能察其言象揆而度之精覈問試優而柔之則竊寶之名自分濫吹之等自遁矣其道甚著人焉廋哉策曰何方可以静流競之來何法可以杜訛謬之入竊謂任良在主弘道在人以執事之明遵大君之惠敷明智以考往迹揚清機以鑒群情則知訛謬不興流競未息俯

慙諛議良非話言謹對

神岳舉賢良方正策闕問　袁映未審何年

對臣聞天矜于人人必所從此句疑臣謬黷吹萬僻生草莽幸陶無爲之風得守忠蹇之節常願拜守宸極敷獻乃誠危言匪躬少荅亭育昔仲尼稱鳳鳥不至河不出圖蓋傷衰周之運不見聖明之代也一作明聖代也君臣今興頌禹言肅祗眷命陪聖蹕於神岳奉金策於玉宸賡歌泰清咫尺旒扆是天縱聰明而超於孔丘不圖幸之至於斯也况周頌禹膳列坐堯衢此優賢之至也愚臣何足以充塞敢不布其腹心竭盡聞見臣伏惟皇穹有成命聖唐受之崇高配天廣大配地天地合德而陛下大明於其中有以觀高祖

之耿光有以恢大宗之鴻(丕一作)烈樂成於郊祀而昭升上帝禮備於脽上而敷問后祇於是柴于岱宗望于秩首三光全而五行序八荒協而萬國諧皇靈丕應象物昭格無彊惟休能事畢矣況陰陽變理則賢相盡規風俗敦龐則良牧宣政百揆時叙庶物咸亨誠已欝映華胥邁續堯舜豈夷吾所記七十二之凉德而望清光哉而猶恭默思道勵精圖政帝闕峥嶸而下臨天問昭回而畫覩乃賜臣策曰延想無爲之理聿脩太和之化匪曰能致將與圖之所以謀廣聰明詢於大陋使君子道長俊乂用彰陛下執謙之至也天下幸甚天下幸甚愚臣無得而稱焉制策曰夫原疾而授藥者良醫也因時而救弊者權政也今塞垣猶

守府兵云耗閑人輕去冗食難歸者臣聞先王之理布在方策秉時司契其道深乎陛下窺覽萬化之原獨運安危之兆執大象蔵洪爐知微其神惟睿作聖九門嘗藥致蒼生於福壽七政齊衡得玄珠於利見雖講信脩睦寰區大同而安不忘危故塞垣仍守雖道德齊禮黔庶康濟而寛以厚載故閑人或浮臣又聞之兵戈者威不執而昭文德也兆庶者忘帝功而畏苛政也邊鄙預備誰能去軍衆决遺方時聞失業愬寰瀛而覩偃伯則三邊之戍役不足多也據天下而覽兆人則萬一之逋逃不足怪也況國家皇極作乂七政有倫增新軍以保鑾革浮惰而綏輯何憂乎府兵之耗何有乎冗食不歸雖休勿休惟陛下之聖慮也

制策曰膏粱無恥於僥幸遂華未敢於退讓選舉殷湊官員不給效職者或禄仕而養資試言者多浮華而背實當今士食舊德農服先疇結綬登朝咸遵揖讓被褐在野盡歸廉潔臣實覩還淳反素之風不知無恥未敢之事尊謙俯問臣何敢奉欽若帝唐之有天下也久於其德人文化成敦詩書悦禮樂濟濟多士開元以寧日者十銓分鏡群材焯叙覩行考言責名徵實克黜浮薄登延俊秀大革宿(一作前)弊其命惟新則推讓之風行尸素之源滅其青養資禄仕以速官謗者使會府持衡守而勿失將恐詠彼空谷歎此才難豈有員不給官殷煩乎選士言而背實浮華於舉才臣雖庸愚有以知其不然也制策曰豈風之不臧何

草之難偃也澄源正本厥路何由聞乎古者井田有助公私取給諸侯貢士賞罰存焉改轍欲從迷津尚佇者臣聞人無恒德實從上教草順風而靡偃水隨器而方圓陛下神謀玄行德如天覆驅今之代歸於壽域深源固本政事惟醇俗既分於土宜人亦同於上好又何取乎井田古制力助前規賞罰於歲貢之士增削於諸侯之地若斯而已哉夫五帝不沿樂三皇不襲禮非故相反盖取随時泥以從鈞車難改轍臣誠庸妄不識大體竊願陛下神而化之使人宜之正如當今之代也策曰文質再復忠敬何適於時齊魯一變親賢何近於道也大哉聖問臣敢颺之臣聞之質再而復文正朔三而改殷因於夏周因於殷人(疑)德

齊莊夏尚忠厚殷人質也周人文也文質雖變忠敬咸宜不敬則禮節遂乖不忠則弼諧斯替匡朝闡化適時惟一然則敬自外飾忠由内淳必也奚先請同去食若乃親親而尊尊者其有周公之餘化乎舉賢而尚忠者其有太公之遺風乎孔子曰齊一變至於魯魯一變至於道魯由舊章斯焉殆庶制策曰擇何典而淳俗秉何法而安人何功而天地和平何德而黎元富壽者臣聞諸玄元皇帝曰我無欲而人朴大哉至道不可多言伏頓陛下克脩聖祖恢維化綱崇帝象之風反皇人之始俗已淳矣人斯安矣三事允理六府孔脩則地平天成矣輕徭薄賦慎罰措刑則既富且壽矣豈臣庸鯫克堪預焉伏以垂政立範因時變

通布陳前載簡在帝聰今乃下問愚鄙徵其辨述豈不欲觀其末學收其微才臣狂妄斐然非相如子雲之流也幸屬千齡大慶五載脩封遂得獻頌皇衢參（一作驂）陪鑾扆懸考言之無取念天獎而何階忠比魏臣空思捧日夢非秦后謬至鈞天踢影天庭若臨氷谷謹對

詞摽文苑科策（光宅元年）

問朕聞北辰端扆佇衆彥以經邦南面居尊俟群材而緝俗是知九官分職薰風之詠載敷八元臣朝就日之規方遠歷選列辟遐考前脩並建明敭之躅式廣旁求之義故康衢扣角授相越於齊班海上牧羊封侯超於漢秩洎乎淳風陵替雅道湮沉仕必因基官非材進官雖備職位匪得人遂使七輔之材銷聲於巖穴六佐之彥晦跡於丘園竊寐以之載勞虛佇今欲革因循之弊躡稽古之蹤此志雖勤其途未遂爲是搉貢奚於前代英傑寡於今辰佇爾昌言朕將親覽

房晉

對惟德動天文雲開其五色惟賢濟俗大運符其半千是知廣廈將崇必佇群材之用巨川方濟良資舟檝之功俾作股肱方之羽翼自風姜御辯之始樹以后王群公雲鳥分司之初承以大夫師長莫不投竿入相捨築稱師五臣光就日之朝八凱翊薰風之代陰陽由其燮理百姓用以平康善佐必藉於賢臣輔國或佇於良佐國家旁求俊乂

束帛之禮薦陳物色異人丘園之彥咸萃登壇對楚連城之寶不足稱置館求燕照乘之珎無以貴多士邁隆周之日得人光炎漢之朝猶以爲官匪材升仕因基進顯華因循之弊用追稽古之風誠頗察彼山苗之詞求夫縱壑之論材或可紀超升於槐棘之班德或可褒擢任於公卿之位開其上賞之路頌以中和之詩則淳于髡之進賢一朝而見七士許子將之舉德少選而收二俊自然詞人潤步才子長鳴公理息昌言之篇節信罷潛夫之作謹對

同前

皇甫瓊（登科記作皇甫伯瓊）

對珠衡上列聖人居曜魄之尊王理旁融元后握乾坤之柄膺寶曆而推五勝皇綱居混沌之先懸玉鏡而運三千

帝系出氛氳之上莫不闢天關以統業横地軸而開基象列宿而環北辰制諸侯而嚮南面柱州巢氏之際晦聲迹於龍圖結繩鍊石之餘摛景曜於龜象未有巨川已濟不資舟檝之功大厦已成不假棟梁之力至於遂電流祉既委任於三台就日居尊亦僉謀於四岳道德爲富魏文侯之式廬禮義可尊燕昭王之擁彗孔明佐蜀叶魚水以陳謀仲父相齊假鴻毛以康俗洎嬴韓掩鏡漢道亡珠位以恩升榮非德進挂網羅者則黄鵠高飛縻爵禄者則青鳧競至自欽明撫運憲章稽古司光鳳紀位映龍名振鷺來儀襲憲颺而鼓舞白駒莘止食苗場以縶縶所以繩準百王牢籠萬代伏惟聖母皇帝陛下闢陰陽之一氣獨化初

皇啓日月之三光混成太極靈祇翕忽出紫宫而齊巽園雲雨氤氲辨天垓而通地圻慕崩沙之靈運符潤石之休期憂在進賢道叶梂苓之化恩無不逮德合樛木之風掩媯后以稱尊邁姬任（一作旦）而立政吹塵（一作竿）釣璜之侶接武於堦墀騎星弄電之夫有隨於廊廟雖良駿充廐逾懷買骨之謀真龍在堂更佇丹青之翫應休璉之獨坐烏雀來庭尹叔良之閑居蠨蛸在户傍加策問親覽政途詞麗汾州聲侔沛邑（一作聲洋洛邑）掩鵷圖而該魏網漆園無控地之詞飛鶴板而徵漢臣九皋有聞天之譽允曰群生孰不幸甚臣中庸賤逸下澤幽微忝預明敭謬承推擇馳心日路冀三槍以矜魂累息天門瞻九重而惕慮謹對　卷終

文苑英華卷第四百八十二　　策六

方正

賢良方正策七道

賢良方正策

第一道

問朕聞經國體野取則於天文設官分職用立於人紀名實相副自古稱難則哲之方深所不易朕以薄德謬荷昌圖思欲追逸軌於上皇拯群生於季俗澄源正本式啓惟新俾用才委能靡失其序以事效職（春策非力）各得其長至於考課之方猶迷於去取黜陟之義尚惑於古今未知何帝之法制可遵何代之沿革斯秉此雖戔戔束帛每責於丘

園翹翹錯薪未獲於英楚並何方啓塞以致於兹竚爾深謀朕將親覽

張柬之

對臣聞仲尼之作春秋也法五始之要正王道之端微顯闡幽昭隆大業瀍洛之功既備範圍之理益深伏惟陛下受天明命統輯黎元載黄屋負黼扆居紫宫之邃（一作坐中）明堂之上順陽和以布政攝三吏而論道雍容高拱金聲玉振徵求無厭誤及厮賤微臣材朽學淺誠不足以膺嚴旨揚天休雖然敢不盡芻蕘罄狂瞽悉心竭節昧死上對臣聞天者群物之祖王者受命於天故則天而布列職天生蒸民樹之君長以司牧之自非聰明睿哲齊聖廣深不

能使人樂其生家安其業陛下德自天縱慈憫元元既樂其生且安其業臣聞瑞者上天所以申命人主也故使麒麟遊於囿鳳凰集於庭慶雲出神龍見其餘草木煙露之祥不可勝記陛下日慎一日雖休勿休故天申之以禎石告之以神文大矣哉聖人之鴻業也臣聞河圖洛書之不至也久矣孔子曰鳳鳥不至河不出圖吾已矣夫師說曰聖人自傷已有能致之資而天不致也陛下有能致之資而天蘊者所以扶助聖德撫寧兆人也臣觀今朝廷含章瞻博之士鯁言正議之臣陛下誘而進之並踐丹地伏青規顒顒昂昂雲屬霧委鸑鷟鳳振（一作翥）佩金鳴玉曳朱紱楊翠綬克物於階庭者矣昔舜舉十六相去四凶人有大

功二十而爲天子前史美之稱曰盡善盡美雖甚盛德無以加此陛下彰善去惡昭德塞違萬萬於虞舜自託薄德愚臣何足以望清光而敢有議哉制策曰思欲追逸軌於上皇拯群生於季俗澄源正本式啓惟新臣聞善言古者必考之於今善談今者必求之於古臣竊以當今之務而稽之往古以往古之跡而比之當今以爲三皇神聖其臣不能及故於（疑）親之陛下刊列格正爰書脩本業著新誡建惣章以申嚴配置法匭以濟窮冤此前聖所不能爲非群臣之所能及也今朝廷之政上令下行如身之使臂臂之使手百僚師師罔不咸乂此群臣之能奉職也書曰元首明哉股肱良哉庶事康哉故臣以爲陛下有三皇之位而能隆三皇之業也臣以今之刺史古之十二牧也今之縣令古之百里君也有官聯焉有社稷焉可謂重矣任非其材其害亦重矣昔周宣王欲訓其人問於樊仲曰吾欲訓人諸侯誰可者仲曰魯侯肅恭明神敬事耆老必咨於故實問於遺訓乃立之晉之名臣亦言舍人洗馬一時之高選臺郎御史萬邦之俊哲若出於宰牧須聲輿矣由此言之則古牧州宰縣者不易其人也自非惠訓不倦動簡天心者未可委以五符之重百里之寄今則不然多矣門資權擢或以勲階莅職莫計清濁無選藝能負遠聖誡安肯肅恭明神輕理慢法安肯敬事耆老取捨自便安能求之故實舉措縱欲安能問之遺訓選異一時之高材非萬

邦之俊傑於是多其僕妾廣其資產齒角兩兼足翼雙備蹈瑕履穢不顧廉恥抵網觸羅覆車相次孔子曰既得之患失之苟患失之無所不至矣故臣以爲陛下有三皇之人無三皇之吏也制策曰俾用才委能靡失其序以事效力各得其長至於考課之方猶迷於去取黜陟之義尚惑於古今未知何帝之法制可遵何代之沿革斯衷臣聞皇王之制殊條共貫雖有改制之名無不相因而立事孔子曰殷因於夏禮所損益可知周因於殷禮所損益可知其或繼周者雖百代可知也然則虞帝之三考黜陟周王之六廉察士雖有沿革所取不殊期於不濫而已陛下取人之法甚明考績之規甚著臣以爲猶舟浮於水車轉於陸

雖百王無易也今丘園已貢英楚雲集啓塞之路豈愚臣所能輕云也謹對

第二道

問朕聞軌物垂訓必隨（一作體）正於因生開國承家理崇光於敦本故七葉貂珥表金室之榮十紀羽儀峻班門之躅保姓受氏義先於睦親翼子謀孫事隆於長發朕以寡昧叨奉先靈墜典咸新遺章畢覩思欲甄明譜系澄汰簪裾泒別淄澠區分士庶至如陳田互出號郭俱開束晳改漢傳之宗輔果易晉卿之號巨君之姓曾非馭鶴（王子晉也）之苗元海之家諒非擾龍之族末言紕繆良用憮然子大夫十室推英三冬富學允迪褎然之舉宜揚鏘爾之詞至若北

郭南宮本因何義三烏五鹿起自何人公孫之由司馬之姓咸加辨析且顯指歸式副對揚朕將親覽

前人

對臣聞保姓受氏明乎典訓或因地以賜姓或因官而命氏或官以代功亦以官族或所居之地因以爲氏諸侯之子稱爲公子公子之子稱爲公孫公孫之子乃以其王父字爲氏後代因之亦以爲姓田陳號郭以聲近而遂分輔果東晳以避難而更改王莽以田王爲氏元海因漢甥立族驕括分南北之號充宗爲五鹿之先應氏著書具表三烏之始司馬司徒是曰因官公孫叔孫春秋備載陛下盡六藝之英窮百氏之要淑問楊天地玄情貫幽顯黃竹清

歌詞窮五際白雲高唱文包萬象昔曹門三祖道媿由庚劉氏四葉仁非解慍豈若睿思瓊敷同雨露之霑漸（一作漬）神機茗發等曦望之照臨起帝典而孤立孕皇墳而獨秀臣沐浴淳和叨承至訓名聞於聖聽言奏於闕前謹對

賢良方正策（後篇題作政理）

第一道

問欲使吏絜氷霜俗忘貪鄙家給人足禮備樂和庠序交興農桑競勸善師期於不陣上將先於伐謀未待干戈遽清（一作寧）金庭之祲無勞轉運長銷玉塞之塵利國安邊佇聞良筭明言政要朕將親覽

吳師道

對臣聞棲培塿者不覩嵩泰之干雲遊濘瀠者詎識滄溟之沃日臣蒿萊弱質衡泌鯫生未（一作馬）識廣廈之居安知大牢之味不量蕞爾輕縱（一作從）褎然謬達天聰兢惶聖問粵惟皇家出震累葉重輝天人歸七百之期宗祊聯億兆之慶太宗以明一察（一作體）道括珠囊而惣萬方高宗以通三御宸轉金鏡而清九服用能肅清天步夷坦帝途垂莫大之鴻基託非常之元聖伏惟皇太后陛下道超鍊石化軼捫天被子育之深仁弘毋儀之慱愛星階已正尚雖休而勿休宸極既安猶損之而又損方欲還淳返朴振三古之頹風緝政蒼生降四海之昌運拔幽滯舉賢良黜讒邪進忠讜故得鴻稽（大稽大鴻黃帝相也）接軫和宇宙之陰陽龍武（書夔）

龍朱虎分曹節風雨之春夏禮樂備舉學校如林俗知廉讓之風人悅農桑之勸循復旁求謏議蘆佇芻蕘既屬對敭敢陳庸瞽誠願察洗幘布衣之士任以台衡擢委金讓玉之夫居其令守則俗忘貪鄙吏絜冰霜矣旌好學之流賞力田之伍則家罕貧惰位列文儒矣降通親之使喻彼梟心發和戎之官收其鷄肋則四夷左衽顛倒來王三一作二遏元惡謳謠仰化矣自然龍義駕昊六五帝而四三皇遠肅邇安飛英聲而騰茂實謹對

此篇問答文載四百九十六卷今削去注異同爲一作

第二道後篇題作求賢

問朕聞運海搏扶必藉垂天之羽乘流擊沃必佇飛雲一作

端之識是知席蘿黃屋握一作細鏡紫微誠一作咸賓獻替之功必待弼諧之助所以軒轅撫運遂感大風之祥伊帝乘時遽致秋雲之兆朕雖慙古烈而情切上皇未校滋泉之占猶虛傳野之夢欲使歲星入仕風伯來朝河薦蕭張之名山降甫申之佐垂衣佇化端拱仰成多士濟於周朝得人過於漢日行何政道可以至斯一作不知何道可致英才思聞進善之言以副求賢之旨

前人

對臣聞立極膺乾之君當宁御坤之主欲臻至道將隆一作扶景化莫不旁求俊彥廣命英奇凝庶績以安人綏萬邦一作方而撫俗是故軒丘膺籙委四監以垂衣丹陵握圖舉八元而光宅於是齊桓擬之於飛翼殷武與之以羨梅一作調羨克贊人謀寔宣神化陛下功包邃一作邈古道逸上皇授受惟明謀謨克序弼輔之任惣風力一作后於前驅燮理之司列伊周一作尹於後乘振鷺翔鸞之客畢湊天階乘箕降昴之英咸趨日路猶且慮心卜兆託想旁求冀山谷之無遺庶賢良之畢萃俯訪愚魯一作叟敢述明敭誠願發德音下明詔咨列嶽訪群公舉爾所知不遺於側陋知人不易無輕於慎擇下僚必録上賞頻需則葉縣遊龍自九天而下降燕郊駿馬赴千金而遥集漢末爲得周豈能多盡善盡美於斯爲盛謹對

此篇問答文載五百二十卷今削去注異同爲一作

第三道後篇題作祥瑞

問朕聞明王闡化感人靈之心聖后宣風移動植之性遂使翔龍薦檢鳴鳳司晨獸觧觸邪草能指佞仰一作惟前烈何德而臻此乎朕逖聽遂初載欽神化每欲亥一作斯覺薄景彼上皇欲使瑞蓮司庖僊蓂候月遊四靈於翠苑集五老於滎河致此休徵良由政感佇聞啓沃以副虛襟

前人

對臣聞化浹乾樞景緯呈其靈貺澤周坤絡卉木效其禎祥是以若霧非煙必應文明之后九莖三秀允符光宅之君陛下應期納籙撫運登皇孝道格於玄穹仁心光於紫極自臨黃域輯御群方靈瑞屢臻休徵荐至五蹄仁獸樂

君囿而來遊六象（一作翼）威禽拂帝梧而萃止豈直銀黃玉
紫雉白烏丹（一作黃金紫玉白雉丹烏）𪂇鄗上之二桴（一作雙杯）拔江間之
三春固亦巡河受檢拜洛披圖降五老於星纏歸四神於
雲路盛矣美矣巍乎煥乎躪三五以騰徽吞八九而高視
尚且崇謙讓之道守㧑之德抑斯天瑞訪此人謀陛下
雖不宰（一作徒其幸）其成功微臣亦不知其所謂謹對

第四道（後篇題作五運）

問朕聞三微遞（一作迭）代哲后所以承天五運因循明王由
之革命或金水而鱗次應火木以環周或寅子變正天人
之統斯辨驪騵改色昏旦之用有殊茲乃渙汗圖書昭彰
曆數受位（一作乘）出震以迄（一作邐迤）于今莫不毋子相承終始

交際然而都君土德翻乃尚青天乙水行寧宜用白深明
要旨其義何從若以秦氏霸基便有符於紫色則魏人𡸣
足豈復應（一作紀）於黃星緬鏡前脩又以（一作爲）矛盾張蒼之
議既頗反於公孫賈傳之談復遠乖於劉向子大夫學包
群玉文擅鏘金既聽南史之篇方佇東堂之問詳敷事實
靡得浮詞商榷前儒誰（一作却）爲折衷

前人

對臣聞方圓既闢帝王斯建四遊將六氣交馳五德與三
微遞變自攝提著紀出震登皇循木火而相承用驪騵而
繼作雖復武功文德揖讓干戈御旒扆以高居握圖籙而
深視莫不垂天人之統順寅子（一作丑）之正始終之際何莫
由斯暨乎運偶都君時云土德道鍾天乙數叶水行子勝
母而尚青母生金而尚（一作亦）白略言其美斯窮粤旨至若
秦居閏位紫實非正之符魏得中區黃標應星之紀未有
（一作爲）矛盾允愜隨時漢祖承天人多異議張蒼言水而黑
時方興公孫據土而黃龍復應代（疑作建）二劉之父子推五
運之相沿（代二至相沿十二字一作賈傳之言雖遠劉何之論可推也）較彼前談斯爲
折衷臣學非博古識昧知新輕陳管穴之窺猥奉天人之
問慚惶靡地（一作既）悚越兼深謹對

右第三第四道問答並又載五百卷今削去注異同
爲一作

第五（後篇題作歷代帝王爲理）

問朕以紫極暇景青史散懷聊尋開闢之源遐覽帝王之
道或載記遂邈無其處而有其名或墳籍喪亡有其號而
無其事將求故實（一作必）以佇多聞至如化被桂州（通甲開山圖天皇在桂州崑崙山下）創基刑馬（一作熊耳按開山圖地皇興於熊耳山又榮氏曰人皇生於刑馬山今對策曰帝王故兩存之）兩代之事誰遠五德之運何承石樓之都（開山圖有巢氏治石樓南山）見匪均霜之地窮桑之壤（帝王世紀少昊邑於窮桑）元非測
景之區時將城彼偏方惟一隅而獨王輕茲中土棄九洛
而不營大夏之時化臻禁甲隆周之日道致韜戈而七十
一征翻在鳳凰之運五十二戰更屬雲官之期斯則偃伯
之人無聞於太古推鋒之弊反息於中華澆淳之道名實
何乖欲令歷選前聖遠稽上德採文質之令猷求損益之

折衷何君可以爲師範何代可以取規繩遲爾昌言以沃虛想

前人

對臣聞一剖爲三始鴻濛於太易九變於七漸茫昧於無爲既分清濁之儀乃列君臣之位則有天皇首出聅柱州而宅土地皇華命俯刑馬（一作犄）熊耳以開都年匪興於萬八千號稍殊於七十二既云木德亦曰火行開於天地之初錄自帝皇之紀至若石樓遠界窮桑延壤非萬邦之土中爲二代之天邑斯乃時循鷟（一作各非）飲道上鶉居誰知風雨之均能建皇王之宅亦分長於九域豈獨王於偏方乃觀象垂衣化穆羲軒之代剪商代扈人堯周夏之年而皇德方隆未弭戰爭之患王道纔著復存韜偃之日（一作目）是則（一作即）懷柔伐叛取亂侮亡雖鍾大道之行終佇勝殘之戰是故劣於太古非事優於中代陛下選芳列辟垂範千年王化既平能事斯畢亦何必損益今辰之政師謨往聖之規撫和琴而促柱御夷途而止轍因循勿失臣謂其宜謹對

此篇問答文載四百九十四卷今削去注異同爲一作

文苑英華卷第四百八十二

文苑英華卷第四百八十三

策七

方正

賢良方正策七道（開元二年）

賢良方正科（登科記作哲人奇士隱淪屠釣科）

制策問朕聞理國莫尚乎（前篇作於）任賢命官必資乎（前篇作於）選衆堯舜以聲不（登科記及前篇並作而）以度考覈良難殷周取德無取言（登科記及前篇並作而取名）徵求匪易朕所以載懷經術之彥夕遺其寢虛佇藝能之士朝忘其饑子大夫光我弓旌應（登科記及名賢策問並作膺）斯揚擇爲政作法豈無前範安人濟時亦有令躅宜敘立身之志各言從官之才（前篇作心）至如七輔八元施何綱紀十臣四老正何得失並（一作各）陳事迹無詳（登科記作述前篇作言）名氏夫（登科記及前篇並無夫字）朝會古禮登享舊章九儀式辨其賜六贊各明所（前篇作其）執雍畤起自（登科記作於）何年（前篇作代）亳社立於何代（前篇作年）天士地士此（前篇作復）何所封諸布諸嚴彼何所主（前篇作立）又穆邦家而濟生死三聖之教何長利動植而益黎元（前篇作庶）五材之用（登科記作術）何要工商兩（前篇作二）業在倍何先文武二（前篇作兩）柄適時何急凡此數科不獲雙美必去者方於去食可存者同夫存信（十四字登科記及前篇並作必存者均乎存信所去者同乎去食）朕將親覽爾等（前篇作則）明言

此問又載七百七十三卷前已削去

孫逖

對伏惟陛下文明有赫元聖廣運勸激極乎宇宙察微窮乎物象至如選衆任能之術禮經享物之要三聖五材之

短長文武工商之用捨斯並獨斷聖慮懸衡曆謀百辟端委而顯若庶績不言而潛運矣猶以爲立政圖大試言務重弗躬弗親庶人不信降清問於穹昊儼神威於咫尺斯亦堯咨舜吁同德比義臣愚敢不拜手稽首對敭天子之休命制策曰予大夫光我弓旌應斯揚擇爲政作法豈無前範安人濟時亦有令躅宜叙立身之志各言從官之才者臣聞邦有道貧且賤焉恥也今神化陰騭要道光被設庠塾以教於鄉立膠庠以訓於國制爲禄秩以勸其從則含生稟靈者孰不刻意於仁義飭躬於聞達所謂堯舜之代比屋可封也臣以一介能行無取思勉進以追群顧觀光而知愧嘗亦自強不息有聞而行馳類閔之極摯伏周

孔之軌躅學古庶乎叶道愼行期乎潤身非有志於干禄苟求仁於寡過立身之志允或在茲從官之才則愚豈敢何則仲尼有言曰如有所譽其有所試必也臨事難乎預謀昔孔明之自比管樂時人未許仲由因之以師旅夫子哂之祗奉曆問懼深殞越其敢靦冒輕議天工陛下若不棄管蒯無遺蘊藻考片言而察所以効一官而視所由安敢庾哉取則不遠知人則哲陛下允迪於聖君揚已自媒微臣敢辭於醜行制策曰七輔八元施何綱紀十臣四老正何得失並陳事迹無詳名氏者書曰惟后非賢不乂惟賢非后不食故君明臣忠寸遠汝弼時聞間出代有其人昔者黃帝之首出庶物也時則有若七輔股肱舟楫虞舜

之賓于四門也時則有若八元忠肅恭懿周文之心德同濟始用十臣漢儲之羽翼已成初聞四老陳其事迹斯亦庶乎詳其名氏固可量也七輔則風牧共貫八元乃伯仲同歸語十臣之倫則太顛閎夭稽四老之類則綺季園公昔剡子之叙古官勞於傾蓋魯公之問儒行疲於更僕况寔繁有衆急景不留聊舉凡以見意豈遑數而周物制策曰夫朝會古禮祭享舊章九儀式辨其賜六贄各明所執雍時起自何年亳社立於何代天士地士此何所封諸布諸嚴彼何所主者傳曰朝有定制會有表儀書曰享多儀儀不及物曰不享斯蓋曲爲之防事爲之制經禮三百儀禮三千載在祀典藏之史籍九儀謂一命受職再命受服

三命受位四命受器五命賜則六命賜官七命賜國八命作牧九命作伯六贄謂孤執皮帛卿執羔大夫執鴈士執雉庶人執鶩商執鷄雍時起於秦年亳社立於周代天士地士者漢武之寵方士將軍始受其封諸布諸嚴者班史之記小祠先儒不詳所出制策曰穆邦家而濟生死三聖之教何長利動植而益黎元五材之用何要工商兩業在借何先文武二柄適時何急者夫人生而靜天之性也感物而動情之欲也天稟其性而不能節聖人能爲之節而不能絕故務恬樸貴清淨同術於湯之盐謙合志於堯之克讓此道教所長也若乃不殺伐證因果包太空以爲言化群有而歸寂此釋教所長也皆能懲窒嗜慾靜鎮紛揉

王侯得之以貞天下至於辨貴賤立君臣示之以好惡因之以誅賞使禮樂刑政燦然可觀則爲善不同其味相反係風捕影蕩而無適故知孔氏之立教乃爲邦之所急也傳曰天生五材廢一不可斷之於陰陽效之於氣物示休咎以垂誡因興衰以運行若可廢則乾坤之道其或息矣然土爰稼穡居中履正應我皇之休運弼大化以阜成利動植而益黎元先金火而踰水木必不得已斯其一隅又國有六職實載工商時之二柄莫先文武同唯阿之相去何是非之足徵然舜命共工之職周有考功之記車服器械斯焉取斯豈與夫乘時射利滯財居逐者若茲之瑣瑣焉文德者政之所專也武威者文之所助也然則士農之

末作巧賢於鬻貨昇平之歲經國先於定功臣學昧稽古思迷政途謀適不用空媿繞朝之策道之將行猗委仲尼之命謹對

同前　李玄成

臣聞大聖有國將與至理惣庶官以匡化覽群議以登賢所以奉若天紀作爲人極觀堯舜之典則四嶽僉舉九載陟明考夏殷之端立矣鑒殷周之策則三駕訪德六燕察事徵求之道行矣非睿哲明慮深體化源亦安能董正理官雅仗賢傑者也今陛下纘興聖業昭布天光舉良弼以謀至道綜群才以康庶績故乃嶽生維翰星降士師嘉猷日聞正言彌啓肅然在位燦然盈朝矣且循郡邑公選巖穴數求遺寢載懷比歲臨問佇經術以佑職想藝能以建官則古之坐明堂議衢室安可以儔清問之深也冏將卓立化首廓開政先豈唯紹明恒訓踐脩常軌而已臣素微經藝之術謬忝弓旌之召誠不足以登進王庭恭承明策至若爲政作法之要安人濟時之體臣雖愚鄙竊有志焉臣聞政務利人法期濟物布法由道行政在官官必其才則人沐於化法必於正則物賴其安故庇人以和所以興其義率人以禮所以致其淳賦之必均所以緩其業役之必度所以務其時卹其轉死所以保其命薄其收入所以全其生此安人之畫（一作方）濟時之要惣其大趣存其至心而臣鄙無隱者爾故王者安人則審政興政則任官任官必

良則爲政皆善善政溥合則黎人用康德之本也是以深居而情鑒萬里高拱而明照八極其在任人之術歟夫至公克守於鳴謙臣節必存乎無隱況王心虛鏡容光必察詢其立身之志考其從官之才臣之愚衷具以上達若蒙矜躬召入程器收用使得覆文石以獻議瞻法座以陳誠序安人之大訓言濟時之良政抗恒節以忠主申遠圖以戴君臣之宿心未願畢矣立身之志實在於斯從官之才安敢自必蓋無善不應有開必先七輔立於先（疑）朝充四目以鑒遠八元翼於舜日播五典以弘風或理曆茂時天道以叙或辨方寧亂地紀用章或內平外成或樹稼而蒸人乃粒或忠肅恭懿敷教而理訓克從言其紀綱較然明

著十臣佐命周道蔚興四老爲賓漢儲底定文武以濟靈臺光偃伯之期羽翼旣成寵子罷奪宗之計匡正得失格言斯在風后力牧膺七輔之名伯奮仲戡居八元之列周公呂尚爲十臣之宗園公綺里季四老之目八元盡高辛之裔十臣有文王之子事跡斯辨名氏可徵矣夫朝會者所以正君臣之位登享者所以盡誠敬之極故物稱其禮舉之表儀功被於人施之祀典蓋辨其位序而不多其玉帛先其敬意而不繁其鐏俎明王道之制也自道遠聖逝修及嬴劉薦幣興利視金遅罰祭非其鬼妖望其祥瞻古語事斯謬甚矣周官大宗伯之職以九儀之命正邦國之位一命受職再命受服三命受位四命受器五命賜則六

命賜官七命賜國八命作牧九命作伯蓋以懋功訓德審官乂人也又以禽作六贄以等諸臣孤執皮幣卿執羔大夫執鴈士執雉庶人執鶩工商執鷄蓋象事以明等威以示禮也秦脩雍祠而古有雍畤焉周祭亳社宜杜有屬亭焉孝武祈仙封於欒大將以通天地之道也故天士地士懸以五利之名焉漢氏廣禱主於小祠將以期純嘏之集也故諸布諸嚴設於群望之祭焉夫谷神不死道宗於玄默至覺而生釋歸於清淨書於聖典固在儒流然練神虛心釋道以空慧爲法可以濟於生死矣興政致理周孔以禮義爲訓可以穆於邦家矣教之攸設儒則爲長天生五材利溥群物火炎水潤動植以滋剡木範金黎甿攸濟稟於元象土德厚載而居多施於物宜五行廢一而不可工以繕器商以通財財則聚人器則周用疾其浮侈商以政而當遏資於器械工在俗而爲先聖人覩天地以成文象震曜以興武文次九序武標七德利用開物禁暴夷凶二柄所資百代無易兩叅王政互爲國經若寰海晏如則武備都偃干戈日揚則文教式衰自有偏廢之辰皆無必去之道理曠者不可以言極道深者不可以意明乾象照臨聖模廣運臣材非秀茂學非敏博對越天旨誠無足觀謹對

同前　沈諒

對臣聞時雨作解靡物不滋春雷發聲群蟄漸覺間者明

詔咨九牧闢四門光燭巖藪恩覃側陋葵藿仰惠以納景山川有開而出雲使草茅微臣幽賤朽質辱旌賁陳芻蕘瞻瑞臺之穆然顧煙闕而伏對此臣之鴻造也敢不瀝誠哉臣聞堯之光宅也以親九族以命百官舜之登庸也以察萬人以齊七政大禹拜皋陶伯益惟其昌言武王問黃帝顓頊存乎至道此四君者文思濬哲恭儉高明仁以創制慎乎體國思借力以任重簡遠闕以安人故選賢以居位闕事而後爵則考績以庸取人必才賦納獻可聲度言狀庶存茲矣休惟陛下豐功厚利資始萬物以統天執契含元富有八方而纂聖家道以正庶績咸熙師師蒲雲火之庭濟濟盛龍光之列尚紆神聽更軫天儀思仁壽之登

城緬前王以作鏡雖軒轅之徇齊藏用重華之好問察言夫足以扶轂大明騤乘元聖臣聞之遊大海（一有之水二字）者難爲水窺聖（一有人之二字）門者難爲言陛下侔造化而作法尊道德以垂範敬宗廟以示厚愛臣子以興仁懷蠻夷以廣德抑禎祥以崇理禮經大備四海共職而朝宗樂物至和百獸來庭而率舞至於爲政安人之蠲則微臣何足以知之其餘備父母之體以立身欽聖人之化以從官之問則頓竭其愚臣惟忠孝可以從官奉陛下之法以自理守陛下之職以自安以之居處則莊以之戰陣則勇是陛下軼堯舜之上愚臣忝比屋之封臣雖不才則亦有志矣昔者風后力牧仲容庭堅相與謀謨於有熊之朝弼遠於納麓之

運講信而脩睦肆直而惠和垂衣裳作冊檝分州土叙星辰其紀綱也如此其後闕散周召園黃綺李鏑京得之爲心膂漢儲得之爲羽翼終能牧野清明惠皇不廢其救失也如彼夫國有五服朝聘申其貢禮有五經享祠肅其首職方品其遠邇宗伯辨其瑞王乃開封壝（一作壇）是設方明錫之以鞶絡衮裳執之以圭璧羔鴈秦之立雍時也將以禘其自出周之居亳社也亦以戒於不滅臣又聞先王之制禮法也以勞定國汰哉漢武曾是黷神揉少君以端信樂道之貞列帳甲乙樹紅頭望嶧山祈石室天士地士不殆於昏淫諸布諸蔽何憚於風雨乎聖策以三教立言歷代彌勤成執制以化時較醇醨而景俗此聖君合懸解之旨而小臣慚默識之明然臣亦嘗聞之矣夫禮者始諸飲食盛於冠婚分而爲陰陽轉而爲太一失之者死得之者生二氏包盧無而含寂滅長性靈而已宜去於斯傳曰仁義禮智以信爲主貌言視聽以心爲正則士德優矣若乃神農之肇皇業揉木爲耒弦木爲弧黃帝之開帝功致天下之人聚天下之貨器以成務稼惟人天利以通財阜國周用苟能全人天可遠乎故臣願抑商而進工也大哉武之爲功赫矣師之所處象震耀而舉垂雲雷以揚宣威而山河蕩容訓誓而煙塵動色可以定禍亂可以剪暴強項若牝鷄之晨陛下潛龍或躍提白蛇之劍揭翠鳳之旂入于北軍兵皆袒左氛祲殄滅日月光華此神武之壯觀也

謹對

賢良方正策（原失問）

尹暢

對臣聞非才難遭時難況躬忝觀光之舉不佚媒搦之地儼身天闕用慼良辰伏惟陛下建初立元創業垂統夷兇靖難聖敬日躋格上下而無憂內治光四表而誼德昭振故能荷天之休福應尤盛般薦嚴配昇中告成十數年間而功業大備豈非徇齊之德神化所致哉雖少康復夏宣王興周比之當今萬分不及而猶賜臣策曰常恐上塵五聖之耿光下辱萬方之瞻戴日旻觀政夜分思理者可謂無念增德勿休熙載履泰而不足躬聖明而流謙而臣愚蔚非誤自克賦雖言及之將何以承奉清問對敭天休

乎然臣聞立德之謂道體道之謂仁固無宏逸安敢訛濫是以古之善爲士者必將微妙玄通豈獨重於偏才迂誕而已如此則黃帝之功濟生人素王之道遵先聖離朱喫詬奚得議其淺深夷齊尹惠抑可語其同異何者食薇絶粟終慙淑媛之言醜夏歸殷卒致成湯之業寓言莊叟良未足徵側訊蒙矜誠將異爾無貪至理寧副虛懷若乃喜怒哀樂之四端貌言視聽思之五事雖擴克之在我諒休咎之關天殷臣格言已貫之於皇極鄒子戲論亦頗存於昭應詎茲辨志方用沃心伏惟陛下事天明事地察無文咸秩群望畢舉故祈穀汾脽薦寶冉於宗廟燔柴岱嶺竊飛煙於雲日神歆效其如荅靈貺昭而必聞雖飄風乍起

曾不終朝大雨時行旁霑數郡亦未聞偃拔包裹之甚也陛下憂勤夕惕若厲信禹湯之罪己實堯舜之用心蓋天災流行國家代有㫺能牲馬亦何以爲書稱安人則惠易冀損上益下謂宜開倉廩以賙給選牧宰以寵綏散利薄征息役施舍禳脩之道何莫由斯傳曰德勝不祥義厭不惠謂此物也雖歸諸天道亦以人事故周官六職水旱則宗伯是司漢宰三公災眚則丞相是主不然何以昭爕贊之術開勸戒之端哉大體若茲詳微何有臣聞夫大理之後有易亂之人者安寧無故驕心起也大亂之後有易理之人者創艾避災思樂生也當今海服清晏太平無虞衆宜曲折萬事纖妙文理至詳不可復加矣陛下享已成之功居崇高之位入有後庭聲色之務出有苑囿遊觀之樂志得無漸乎欲得無極乎古語曰行百里者半於九十言末路之難也此言雖微可以喻大是以聖人乾乾日惕莫敢或遑雖休勿休盡善盡美伏願陛下慎終如始以成德政使鴻圖盛烈作唐龍光不騫不虧求求無極此適時務之所當先也臣又聞善爲政者在能其事能其事而不知所以少其吏者則竭而不足臣竊惟今國家所使分威權御黎庶幹府庫理刑獄者皆天下長吏也而其俸禄各有差等以勸其徒百官以理萬人以察天下幸甚然而都內宂散叨假名器者不可勝數或倡優雜伎之伍弁射夷貊之流紆紫懷金出入周衞漿酒藿肉乘堅策肥者奉一人

猶聞不給今官此輩何所取資狐鼠既託於城社粟帛載殫於倉庫非所謂侍御僕從罔非正人爵勿及惡德惟其賢者矣此救弊之所急也臣草莽諸生地卑識淺陛下誘而進之訪以時政將承汝弼安敢面從輕陳末議伏深殞越謹對

文苑英華卷第四百八十三

文苑英華卷第四百八十四　策八

雅麗

文詞雅麗策　開元七年

問朕聞至道雖微不言而化皇天陰隲相叶其彛信寒暑而生成施雲雨而沐潤垂範作訓樹君育人時有澆淳教垂繁略成湯旣聖禹道云亡桑亳咎風屢動詩人之刺塞門亥坫時貽宣父之譏我國家振彼頹綱開茲盛業朕以不德襲號乘時而皇極之道未敷謨明之軌尚闕思弘厥理其義安從至如視聽貌言恒若時若會極歸極作哲作乂一以貫之何方而可夫禮以飾情情疏則禮略樂以通感感至則神和理內爲同脩外爲異同異之用有昧其功人偕未融佇明斯要又四時武德制自何君五行文始本之誰代昭德盛德莫辨所尊昭容禮容未詳所出悉情以對用釋余疑

彭殷賢

對臣聞孔子云大道之行三代之英丘未之逮也而有志焉又顏回對孔子云回願得明王聖主而輔相之此二者皆傷不可得而見也况臣生大道淳風之運屬聖主立政之秋不能有所建明以佐大化此微臣夙心愧恥竊有懟焉日者聖敕頒宣遠覃幽隱振廢滯收介特本州徵臣充賦于王庭陛下溫顏屢賜宴見司饔行食群事頒氷亦可謂厚德矣自顧性識愚駑智術微淺旣蒙清問敢不具素所聞乎臣聞伏羲神農氏往黃帝堯舜氏作莫不體道以育物立德以興化用闡無爲之教以弘不宰之功齊飲啄於鶉居絶往來於犬吠豈不以我清凈而人自正我無欲而人自樸乎逌乎政及三王君臨萬國亦承奉天地燮贊陰陽順四時之氣理五行之叙惣仁義以安庶類先博愛以悅群生使人遷善遠惡而不知其所以然也觀夫三王之爲君也謹其所好惡而已故君好之則人爲之上行之則下效之莫不清心以率物正身以御下九女序列於內三公分職於外度數有恒徭役不作其取人賦也薄而役人力也寡其育物也廣而興利也厚故征伐有道大明詠其功什一而稅大田歌其事所以家給人足而理安興矣易曰聖人久於其道而天下化其斯之謂乎爰及末作政

漸澆僞而禮樂爾煩姦盜滋起桀紂昏亂於上幽厲縱逸於下崇臺榭之峻恐其不高也廣宮室之居恐其不大也聚淫色之美恐其不多也窮聲音之巧恐其不樂也其歛人財也厚而使人力也衆其害物也傅而興利也寡其後興役無常桑柔病而嘆之故其詩曰自西徂東靡所定處蓋言其役之甚也徵發無度下人勞病南山疾而刺之故其詩曰赫赫師尹不平謂何蓋言其政之亂也自茲厥後強夌弱衆暴寡千官尌姦於朝廷百賈窮爲於市邑財用匱竭寇攘不止大東又刺之曰大東小東杼軸其空言小大俱盡也又云東人之子職勞不來西人之子粲粲衣服孰有爲人上者不平若此而可久安天下哉此則上失其

道政逐多門故天下敗而不之覺乃至所以爲夏者轉而爲殷也所以爲周者轉而爲秦也詩云高岸爲谷深谷爲陵三代之後於今爲庶此史墨所載社稷無常奉君臣無常位自古以言及秦始皇平定六國隋煬帝富有四海不務廉耻唯存戰伐內造阿房繼以驪山之作外征林邑重以遼東之戍鑿馳道則隱以金椎通鴻溝則樹以柳杞役及閭左人不聊生曲泛龍舟聲多哀思傾天下之賦不足以周其事殫帑藏之財不足以盈其欲是以衆怨難犯人自爲戰所以陳勝吳廣奮挺以撻之王充李密揚聲以逼之釁起郊壘而禍生左右望夷宮中不免閻樂之難江都城內卒死裴通之手故易曰天之所助者信也人之所助

者順也此二君者動爲之際不由信順失天人之所助能無及此乎然則合大中之道者如彼失皇極之用者如此古之興敗備在典謨迨隋室道消數鍾百六衣冠禮樂掃地無餘賢人君子稽天並浸此乃大人利見之日聖主驅除之時我太宗志在救焚心存拯溺因茲感激投袂而起車及於平陽之郊歛及於盟津之會既而戡剪多難克清中夏建非常之功定不拔之業洎位登九五富有萬國制禮以示其讓作樂以典其和兼愛以厚其仁節用以崇其義非先王之服不敢服非先王之言不敢道言必本於風雅行務去乎枝葉明刑賞嚴號令賞當其功則勞臣勸勉罰當其罪則姦人畏懼名器不妄假必俟其能爵祿不虛

授必先有德是以四海之內靡然向風我太宗以至道之心爲天下也所征無不克所向無不成孝弟通於神明易簡合於天地如此則天地德之鬼神祐之使風雨以序災害不作萬國莫不懽心四夷莫不咸賴良由不僭不濫無怠無荒所以享國久長多歷年數陛下禀天然之姿定不伐之略披肝膽以决大計殄宮闈之氛祲除詐僞之昏狡日月載廓（一作朗）宗社以安深思禍亂之原乃皇天所以開聖人也自南面臨天下九年于茲封候無警干戈再戢置敢以招諫設木以待賢故得近臣盡規遠人獻政出宮女則使心不亂屬大旱則引咎自責蓋禹湯之罪己實堯舜之用心詩云一人有慶兆民賴之其斯之謂歟深合太宗

之宏略遠符貞觀之故事賜愚臣制策云朕以不德襲號乘時而皇極之道未敷謨明之軌尚闕者微臣何以識陛下之深遠而輒欲議之哉恐日月有遺照聖智所不及略陳其愚伏惟陛下留聽臣聞書云惟先格王正厥事言災害之起事有不正者也去歲水旱不時咎徵屢作匈奴侵軼邊將氣沮天其或者正訓我也欲令陛下知爵祿之虛授冗散之職多歟樂蕩志歟服失度歟何皇極之不建遂至於此也臣聞省官不如省事省事不如清心誠能克己復禮正身率物表有功而彰明德復古而貴能變禁異服華慢聲遠便佞近忠讜斷斷之士必擢於廟堂九九之術不遺於管庫可謂虛其心而衆象應正其本而萬事理焉

書云天既付命正厥德言正德以順天也若捨此道是不知其所從矣制策曰視聽貌言恒若時若會極歸極作哲作乂一以貫之何方而可者臣聞易曰崇高莫大乎富貴備物致用立成器以爲天下利莫大乎聖人古之王者享聖人之資秉大寶之位北辰居正南面而理亦可謂富貴乎當須存至公之行立大中之道覆燾同於天地通明合乎日月志遠邇之化存易簡之功庶徵順序五紀和叶百穀用成六畜遂字者無不由焉傳曰皇極其建其斯之謂矣若貌之不恭是謂不肅厥罰雨其極惡若得其道則攸好德以應之言不之從是謂不乂厥罰暘其極憂若得其道則康寧以應之視之不明是謂不哲厥罰燠其極疾若

得其道則壽以應之聽之不聰是謂不謀厥罰寒其極貧若得其道則富以應之思之不睿是謂不聖厥罰風其極凶短折若得其道則考終命以應之皇之不極是謂不建厥罰陰其極弱故經曰嚮用五福威用六極斯之謂矣臣聞貌言視聽以心爲主故有正心者必有正德正德臨人循樹直表而望影之曲也得乎大雅云儀刑文王萬邦作孚此之謂矣有邪心者有枉行枉行臨人循樹曲表而望影之直也得乎孔子云詩三百一言以蔽之曰思無邪蓋戒此也故王者脩身以道脩道以仁仁也者親親爲大義也者尊賢爲大是以君子先正身而後及於天下如此則六沴不作五福相生貽厥孫謀永無極矣制策曰夫禮以

飾情情疏則禮略樂以通感感至則神和理內爲同脩外爲異同異之用有昧其功人倫未融佇明斯要者臣聞撥亂反正之主繼體守文之君撫馭之道雖殊禮樂之用爲急自土鼓蕢桴之後始自無聲汙樽杯飲之初彰乎有用既而莫不曲諧九變信合四時是知大樂與天地同和大禮與天地同節移風易俗義切於鍾鼓安上理人事寖乎揖讓既而祀歷三王時更七國經籍道息飈宣樹之煙埃儒生數窮赴秦坑而歔欷迨乎斷蛇立極秉牛設位綿蕝之儀鳴鼓舞之節必欲樂宣湛濊禮釋回邪取其不肅而成必在既富而教我唐功高遂古德邁往聖坐宣室而訪道登明堂以思政六樂爲馭利則不爭五禮有經思而

無犯思聞同異佇訪芻蕘臣聞古之明君之御天下也身坐九重心遍四海禮以導其志樂以防其淫樂以理內爲同禮以脩外爲異禮樂之不悖內外之相親可以感於神明通於天地矣詩云肅雍和鳴先祖是聽夫肅肅敬也雍雍和也既敬且和何事不行其斯之謂矣制策曰四時武德制自何君五行文始本之誰代昭德盛德莫辨所尊昭容禮容未詳所出悉情以對用釋予疑者臣聞皇王御寓步驟相仍莫不作樂以饗其德立謚以明其行此五帝之常道百王之所不易也且咸池六英韶護兩聽盡善盡美竊無間然自秦失盛位漢雜霸道文景相襲刑措不用武宣承統華夷再清樂舞居（疑）功可略言也武德舞者高祖

作之定禍亂也四時舞者孝武作之示和平也五行者本周曲也文始者本舜舞也孝景採武德爲昭德以尊太宗也孝宣採昭德爲盛德以尊武帝也昭容禮容循古韶夏紹之於漢祖備之於樂志矣臣材非多士不遊六合之間夢興趙君總覩九天之上咎處無地戰汗不寧況承謏問敢以輕議謹對

同前　邢巨

對臣聞太祖文皇之御天下也廣直言之路開納善之門近臣盡規庶人畢議可謂至矣今皇天眷命陛下紹復先業齊心法宮之中冕旒正殿之上詳延秀異詢及芻蕘君乃敷皇極以作則弘禮樂以垂訓彝倫攸序群德畢舉斯

太宗之盛事也豈前王訪九疇之要貞三極之本能望清光哉天文昭回萬物盡覩臣謬以黃綬之末預聞赤墀之議將何以塞厚問揚天休臣聞諸仲尼曰大道之行與三代之英丘未之逮也而有志焉自上皇不歸大道悠久聖人順天地之性究變化之元雖損益以文質或沿襲以忠敬至於飾禮容以昭賁崇樂舞以立象樹君牧人茂時育物其致一也夫務本於道則淳競可以鎮靜習俗於變即純一或以僞遷故輕樂見誚於國風昧禮貽訓於聖典蓋有由焉唐興百有餘載高祖以武功定鼎紐天綱於八紘太宗以睿聖握符纂天光於三象蕩亡隋之頹靡弘聖唐之簡易盛德大業與三代同風伏惟陛下誕受天休光膺景命奧若昭德般薦之禮感和通神之教敬事眷聖之微順時布德之典將以登格皇穹鴻業也啓廸王命大猷也風雨時若休徵也人偕康寧至教也五輝叶訓八方順軌堯舜之盛無以加焉成康之道復何足數而猶曰皇道未敷謨明尚闕發天章於聖藻採至言於輿詞陛下之謙讓也愚臣何足以知之制策曰至如視聽貌言恒若時若會極歸極作哲作乂一以貫之何方而可者臣聞王政之端本於性也至化之極歸於理也能盡其性而合乎理則休徵至不盡其性而悖乎理則咎徵至故聖人法天以立性畏天以作則見天道之在五行人事應之彰彰類矣自非統性命之理求天人之端孰能從言以作乂因事以求哲

暘順而會其極蒙恒而返其通適於數故雖以五事明宗其極則可以一理貫臣又聞聖心鏡物必採於至妙大道虛象垂契於理先然即繼聖業者其道同遵王度者其化一陛下體周武之盛德訪唐堯之遺事龜圖靈文天光垂象伏願沐時雨於動植散祥風於涵沫則大中之道何以尚茲制策曰夫禮以飾情情疏則禮略樂以通感感至則神和理內爲同脩外爲異同異之用有昧其功人倫未融佇明斯義四時武德制自何君五行文始本之誰代昭德盛德莫辨所尊昭容禮容未詳所出臣聞禮樂其所由來尚矣先王所以美教化厚人倫以致太平也必將考其理求其端故揖讓之教未而安上存乎至簡舞詠之功淺而

移風歸乎至易夫辨升降彰采服此禮之所以飾情也叠金石翔景瑞此樂之所以通感也故感發於內樂由衷以致和情見乎表禮自外以爲異雖清濁之資考性則殊而教化之端在理斯一況今懿綱被遐裔至道冠生靈和理日躋同乎大順非禮樂之化其孰能至此乎夫崇德垂範此同異之用也教齊化密此人俗之融也至如武德之盛武之業也文德之盛順之至也神道設教制四時於炎曆德徽可崇增五行於橫序尊三德於清廟表三容於盛禮聖問昭闡與天道以元亨狂言鄙賤仰天文而知愧謹對

文苑英華卷第四百八十四

文苑英華卷第四百八十五　策九

雅麗

文詞雅麗策 策目四百八十四卷彭殷賢同　張楚 第五名

對臣聞昔在上皇之撫運也政寬事明法簡心一仰察天道中順人情至於不言混然而化故上玄所以眷命罔違於德下人安定厥居俾獲其利暑往寒來以信之雲行雨施以從之於是乎疫疾不生禎祥洊至巍巍蕩蕩蓋無德而稱焉自大道既隱淳原且散或救弊以忠敬亦隨時而損益成康已往頌聲不作俗薄禮廢政荒人亡故其詩曰交交桑扈率場啄粟胥胥谷風以陰以雨此則刺上不能行政者也仲尼生周末傷道不行乃刪詩書定禮樂立君

臣上下之節明奢儉揖讓之序尚不敢救當代變於陪臣而稱曰邦君樹塞門管氏亦樹塞門邦君爲兩君之好有反坫管氏亦有反坫管氏而知禮孰不知禮者矣自茲厥後頽波浸流有聖哲之君聰明之后豈能振彼凋弊張其紀綱不有我唐興建鴻業乂寧黔首則掃地將盡求野多遺陛下統皇綱纂休運德澤汪濊仁風洋溢不寶遠物則遠人格所寶惟賢則邇人安勸農桑卹刑獄不奪三時之務且惜十家之產左右伊呂郡縣龔黃是以驅偕於雍熙納人於軌物者也豈不徵賢人論政要所以達四聰也臨前殿察群言所以收九術也梓匠舒幕所以禮賢也凌人散水所以救渴也臣竊以自古求賢之盛未若今日者矣

賜臣制策曰皇極之道未敷謨明之軌尚闕思弘厥理其義安從者臣實見可久可大之規非有未敷尚闕之事此陛下讓之至也愚臣安敢奉之若乃考前古之庶徵究禮樂之同異辨皇王之制度詳宗廟之禮儀此則陛下懸鏡九流常覽百氏索隱探異鈎深致遠已在聖斷豈有疑而疑者歟今下問愚臣遠議其事陛下豈不欲廣於明試察臣微才臣幸對敭敢不悉情以對制策曰視聽貌言恒若時若會極歸極作哲作乂一以貫之何方而可者臣聞王者立極必本於天天事著於上人事應於下昔者禹平水土天告成功錫之以洪範九疇彝倫攸序又皇天降其有極皇大極中也言王者能行大中之道則陰陽和風雨時

百穀用成俊乂用章也如是則視曰明聽曰聰貌曰恭言曰從則無恒若之生自去咎徵之應矣今天瑞降地靈集所有動作光乎化先則一以貫之道斯不遠矣制策曰禮以飾情情疏則禮略樂以通感感至則神和理內爲同脩外爲異同異之用有昧其功人俗未融佇明斯要者臣聞夫禮由陰作樂以陽來樂與天地同和禮與天地同節誠能感神動物安上移風或以理內爲同或以脩外爲異率由和敬靡不從之者乎施之人俗靡不盡善者乎制策曰四時武德制自何君五行文始本之誰代昭德武德莫辨所尊昭容禮容未詳所出者臣聞嬴政失御漢皇乘極文景致刑措之美武宣當椎富之盛故有四時武德之樂五行文始之舞昭德盛德因之而尊昭容禮容自茲而備臣才識愚劣學業虛淺猥當聖問茫然有失謹對

同前　苗晉卿

對陛下頃與三事大夫議於朝以討天下有奇才異行含光而不揚其輝詔諸侯咸舉之臣實至愚不通大識循才審行不副高求臣聞論語曰天何言哉四時行焉百物生焉孝經曰王者則天之明因地之利以理天下是以其教不肅而成其政不嚴而理所謂天地設位聖人成能而保大定功勳業蓋時也逮金石斯緬步驟不同時有澆淳教隨繁略桑扈谷風之刺三歸八佾之嬀人用僭忒一至于此孔子曰上失其道人散久矣傳曰國家之弊恒必由之

陛下嗣守丕緒茂昭大德能使百官承式萬邦作乂所謂孕虞育夏甄殷陶周革弊移風自前代未有也陛下乃賜臣策曰皇極之道未敷謨明之軌尚闕者豈不以採蒭蕘之義誠考試之端不宰其功俯垂下問實陛下謙德也微臣何足以知之制策曰至如視聽貌言恒若時若會極歸極作哲作乂一以貫之何方而可者臣聞劉歆以爲伏羲氏繼天而王受河圖則而畫之八卦是也禹理洪水天賜洛書法而陳之洪範是也故河圖洛書相爲經緯八卦九疇相爲表裏聖人行道各保其真若人有乖方數必徵於錯逆政惟恊雅理必應於調和考之咎徵粲然著矣陛下隨陽澤以著恩慎嚴霜以肅威鷹隼未擊罻羅不施草木

未零山林不伐足可使垂景星而降甘露騰休氣而滴醴泉臣以爲一以貫之其道乂矣制策曰禮以飾情情疏則禮略樂以通感感至則神和理内爲同脩外爲異同異之用有昧其功人俗未融佇明斯要者臣聞六經之道同歸禮樂之用爲急孔子曰安上理人莫善於禮移風易俗莫善於樂董仲舒對策曰王者欲有所爲宜求其端於天天道大者在於陰陽陽之爲德陰之爲刑王者承天意以從事故務德教而省刑罰陛下脩先王之好生存大易之緩死頃者省囹圄去桎梏此則脩省刑罰之謂也臣聞樂以理内爲同禮以脩外爲異同則和親異則畏敬和親則無怨畏敬則不争二者並行合爲一體揖讓而理天下者禮

樂之謂也適時之要斯並存焉制策曰四時武德制自何君五行文始本之誰代昭德武德莫辨所尊昭容禮容未詳所出悉情以對用釋余疑者臣以爲斯並漢主之樂載于班氏之書必使究其明徵考其敏博既勞更僕何易盡言雖敢略而陳之尚未臻其極也臣聞易曰先王以作樂崇德殷薦上帝以配祖考古者制宗廟太祝迎神於廟門其義也四時武德者漢文所作以示天下之安和也而武奏於高廟焉五行舞者本之周武也秦始皇二十五年更爲五行也漢高祖六年更名曰文始以示不相襲也昭德盛德宣之所以尊宗廟昭容禮容者出武德文始五行之舞也謹對

同前　　孟萬石　第六名

對臣嘗黽勉讀書夙夜匪懈觀前代之事稽王者之風欲樹文明必招俊乂所以平章百姓昭暢萬人負黼扆而海宇清垂衣裳而天下理今陛下朝盈多士野無遺賢猶復發德音下明制張雲羅以掩俊設天網以頓奇片善不遺有能皆進故得飛飛冊鳳棲翼于帝梧皎皎白駒連食於場藿縱夷齊巢許咸畐於兹臣既庸妄豈敢當此且聲非入異譽不出凡文律未明才用無取謬忝推擇濫赴搜揚安敢避直飾詞向華弃實但冊誠有厲至敬無文敢竭鄙聞用當明試然將涓滴以足海用纖埃以增岳（一作華）雖寡攸助誰能默哉臣聞建國興邦必以黎元爲本康時訓代

必以政術爲先執謨雖異理化皆一昔者太上之君崇道以致化立德以養物人必欲壽敦禮教而不傷人必欲富薄賦斂而不困人必欲逸則省力而不勞人不欲危即扶持而使固不强人之所惡不禁人之所欲故能無爲而理不言而化及至中古行仁履義克己厲身拯溺於人博施於物即能陰陽不錯風雨以時疾疫必除妖孽莫起洎乎末代政令不作刑法聿脩奢侈是崇禮樂非雅時無美善之説俗有姦邪之釁豈不由君失其道臣非其人澆薄浸興淳朴離散者也今陛下出號施令罔有不臧齊物正人各得其所然猶綜覈古今稽謀政教視先王之得失崇今日之高明以此天聰尚云不德巍巍至化謙尊而光非臣

愚昧所能涯際制策曰皇極之道未敷謨明之軌尚闕思
弘厥理其義安從者臣以爲皇極將立莫先擇俊得人則
政和非人則政失人賢化遠豈不謬哉至如因能任官量
賢受祿即百僚濟濟萬姓安安去無用之言除無用之器
即情實斯得謬說不繁使人以時謹身節用即倉廩儲積
黎庶完豐進有德而退無良即庶位允釐庶官不曠尊有
功之予棄無功之人即營事者不惜其身制作者能竭其
力罰必當罪即姦回自除賞必中賢則人臣自勸夫是則
海內行大中之道天下有幸甚之言何憂夫皇極之道未
敷者也若乃列張輔佐建立官司詢忠直之言開進諫之
路用能獻可替否補過弼違外藏主之非內正君之失令

陛下乃順時而動非道不行事無不嘉人欲何說故獻納
之職諫諍之詞但可略言莫知所議大哉至德實冠古今
且朝無妄臣縱朱雲重生安能折檻人不妄從雖辛毗不
死曷聞牽裾天子聖明是故群臣無事亦何憂文軌之闕
哉制策曰視聽貌言恒若時若會極歸極作哲作乂一以
貫之何方而可者臣聞王者法乾理物觀象裁規敬順天
時恭行月令恒若時若罔有咎徵矣尊九疇之儀修八政
之規事不失儀動不違制出處語默皆歸於仁依乎中庸
遠棄偏黨垂至道於萬國寄良政於百官直道而行不可
則止會極歸極作哲作乂不日而致矣視聽貌言無從而
失也制策曰禮以飾情情疏則禮略樂以通感感至則神

和理內爲同脩外爲異同異之用有昧其功人倍未融佇
明斯要者臣聞化難將美人各有心不違制節必有放縱
故先王作典禮以防之興雅樂以感之用能移風易俗安
上理人矣今陛下行宗廟之禮故能配天地之神履亙言
之議故能立上下之敬聽宮商之變故能分善惡之偕揖
鄭衛之音奏蕭韶之樂正疏略之獎敦揖讓之儀州郡大
行朝廷式序同異斯達內外罔差旣合盡美之端何問不
才之子若蠢愚而說則陛下無有昧之咨若駐筆而述則
陛下鍾佇明之訪實迷海遊何足知之臣聞大樂與天地
同和大禮與天地同節旣列同異之因將分內外之殊皇
王是尊古今賢一作所重俱爲時用其功一焉制策曰四時

武德制自何君五行文始本之誰代者臣聞四時武德制
之以周王五行文始本之於漢帝制策曰昭德武德莫辨
所尊昭容禮容未詳所出者臣聞昭德武德寔有攸尊之
道昭容禮容出於劉氏之代昔者魯哀公問儒行宣尼有
更僕之勞孔父訪鳥官郯子生傾蓋之倦然且留學滄海
徊黽勉於一隅况乎道謝桂林豈對揚於庶事徒周遊於
文苑終展轉於迷津謹對

同前　孫翃

對臣聞登衢霍者嗟培塿之微泛漲海者鄙潢汙之陋臣
草茅孤賤才無足取屬絲綸明揚州閭選辟謬得接武群
彥比肩時英而文物昭回宸顏咫尺退思愚劣甚不稱聖

朝求賢之意也揆拙競顔心媿失守將何以克塞大問對
揚天休聞之於師請言其略制策曰皇極之道未敷謨明
之軌尚闕思弘厥理其義安從伏惟皇帝陛下開元立極
地平天成祖述堯舜憲章文武夔龍咸事陰陽以和聖德
動天無遠不届麟鳳在郊藪河洛出圖書弓旌累降徵捜
是急日旻視朝文武並進旣盡美矣無德而稱僭且罪已
爲心在予興嘆此陛下之至讓也小臣何足以當哉然抃
舞德音忝列明試敢不瀝肝膽獻所聞乎臣恭惟政理之
間傳諸長者之口以先朝之事一二明之昔貞觀求徽之
間恭默而天下理家給而人足時和而歲豐外户不扃牛
羊被野太倉之粟陳陳相因中府之錢貫朽莫校然而戎

車屢駕不無事矣於是度遼之師鬼方之討賀蘭之戰高
昌之伐而軍人無損帑藏如初國家富有海内百餘年士
庶之多如曩時之蕪倍征戍之役當今日之無何豈徃得
而今失將政繁而俗變其故何哉良有由也議者以爲賦
斂厚徭役繁風俗奢利息倍今若息其宫室愛人節用省
無事之官罷不急之務三年政成臣竊進之愚心曉然謂
在此矣制策曰視聽貌言恒若時若會極歸極作哲作乂
一以貫之何方而可者伏惟陛下躬神武之姿廣聰明之
德思弘至道屬精爲政亙支及支者不受章疏見後漢一本作及晨非通奏甲
夜覩書勵神聰於九疇晉曆情於百氏臣聞智小不可謀
大綆短難於汲深窺聖謀之莫測謂宸衷之不九致遠恐

泥不其難乎夫視者明也審邪正與曲直聽者聰也察善
惡與是非貌者容止可觀儼恪之所謂言者詞令斯在榮
辱之所由乂時暘若肅時雨若察休咎之關會歸于皇建
惟睿哲之作聖繫彼道樞故曰無反無側王道正直無黨
無偏王道平平一以貫之此其義也制策曰禮以飾情情
疏則禮略樂以通感感至則神和理内爲同脩外爲異同
異之用有昧其功人俗未融佇明斯要者夫大禮與天地
同節大樂與天地同和豈惟明尊卑辨等列動天地感鬼
神而已哉豈不繫於鍾鼓諒無徵於玉帛樂自外作必假
器以明儀禮由中起故備物以飾容蓋有國之典章生人
之晃服均五材之並用廢一不可類三者之何先尤宜去

食故孔子曰安上理人莫善於禮移風易俗莫善於樂去
同即異離之則多傷相須而成兼之則雙美一彼一此何
後何先制策曰四時武德制自何君五行文始本之誰代
昭德盛德莫辨所尊昭容禮容未詳所出悉情以對用釋
予疑臣聞暴秦失政皇漢創業爰作樂以尊先聿釋享以
追孝四時武德用之於高祖所以俀武功也文始五行陳
之於文廟所以昭文德也盖舞以盡意歌以崇德制自炎
漢之君本乎孝武之代昭德盛德郊廟之樂也昭容禮容
質文之辨也臣學不師古才非敏贍慙瑣瑣之陋無足言
哉仰蒼蒼之高茫然自失謹對

文苑英華卷第四百八十五

文苑英華卷第四百八十六

直言

賢良方正能直言極諫策　陸贄（貞元元年撰題）

問皇帝若曰蓋聞上古有（登科記作至）道之君垂拱無爲以臨四海（登科記作海內）不理而人化不勞而事成也（集無也字）星辰軌道風雨時若邈乎其不可繼何施而臻此歟三代以來制作滋廣異文質之辨明利害之鄉威之以刑導之以禮敦其俗而彌薄防其人而益踰豈澆淳必繫於時耶將（登科記作何）聖賢間生而莫之振也朕祗膺累聖之業猥居兆人之上虔恭剋勵如恐墜失憂濟庶類夕惕晨興求惟前王之典謨是憲是則師大禹以（集作之）崇儉法高宗以（集作之）求賢興

夏啓之征作周文之伐（集作罰）旌孝弟舉直言養高年敦本業平均（一作均平）徭稅黜陟幽明勵精孜孜勤亦至矣而浮靡不革理化不行暴亂不懲姦宄不息五教猶鬱七臣未臻鄉黨廢尚齒之儀蒸黎無安土（登科記作唐）之志賦入日減而私室愈貧廉察日增而吏道愈濫意者朕不明歟何古今之事同而得失之效異也思欲刬革前弊創立新規施之於事而易從考之於文而有據備其（集作陳）本末將舉而行無或憚煩咨於條對自頃陰陽舛候祲沴荐（登科記作頻）興仍歲旱蝗稼穡不稔上天作孽必有由然屢爲（登科記作降）凶災其咎安在傳曰時之不乂厥罰恒暘又曰堯湯水旱數之常也二者相（登科記作乖）反其誰云從今人靡蓋藏國無廩積

朕憂延卿士詢訪謨猷（集作謀）至乃減冗食之徒罷不急之務既聞嘉話亦已遵行而停廢之餘所費尚（登科記作猶）廣欲（一作候）轉輸（登科記作壘）於江徼則遠不及期將搜粟於關中則擾而無獲節軍食則功臣懷怨省吏員則多士靡歸中心浩然罔知攸濟子大夫蘊蓄材器通明古今副我虛（集作旁）求森然就列匡朕之寡昧拯時之難災畢志直書無有所隱

穆質（登科記作贄第二人）

對臣聞帝王之理殊塗而諫諍之道一致五諫之要同歸而直諫之用爲急今朝廷之不聞直聲久矣伏惟陛下採唐堯師錫之義降禹湯罪己之詞詳延直臣博求失政自

近古已來憂勞思理未有如此其至者且何患乎不得爲堯舜而已若欲陛下之德與天比崇欲陛下之名與天無極斯乃天之意也臣之志也不然者臣當退從作者七人之八耳孰爲來哉制策曰上古有道之君垂拱無爲以臨四海不理而人化不勞而事成星辰軌道風雨時若邈乎其不可繼何施而臻此歟三代以來制作滋廣異文質之辨明利害之鄉威之以刑導之以禮敦其俗而彌薄防其人而益踰豈澆淳必繫於時耶將聖賢間生而莫之振也臣聞三皇以道化五帝以德化故曰脩已以安百姓垂衣而化天下天何言哉帝何力哉無爲而已遂性而已至道既往至德寖衰而三代之主先之以禮義故有法度之制

質文之變高其隄防崇其刑辟不臻大化迄可小康上古之君三代之主教道既異勞逸自殊則知理之盛衰皆德所致效在德有優劣非時有澆淳繼三代者其降殺可知矣制策曰朕袛膺累聖之業猥居兆人之上虔恭刻厲如恐隕失憂濟庶務夕惕晨興臣聞舜禹日兢湯武日業皆前代帝王之所以爲理憂勤之至也竊聞陛下憂勞大道勤績庶務無大無小必躬必親靡不關心靡不經手勤亦至矣憂亦至矣然神太用則竭形太勞則弊古人云人生處代如白駒過隙耳何忽自苦如此又陛下一則罪己二則罪己若然者復何用宰相乎何用有司乎制策曰朮惟前王之典謩是則仰策問作師大禹以崇儉法高宗以求賢與

夏啓之征作周文之伐旌孝弟舉直言養高年敦本業均平徭賦黜陟幽明厲精孜孜勤亦至矣然而浮靡不革理化不行暴亂不懲姦宄不息五教猶鬱七臣未臻鄉黨廢尚齒之儀烝黎無安土之志賦入日減而私室愈貧廉察日增而吏道愈濫意者朕不明歟勢不可歟何古今之事同而得失之效異也思欲剗革前弊創立新規施之於事而易從考之於文而有據備陳本末將舉而行臣聞事不師古以克永世匪說攸聞陛下追惟前王之典謩是稽古之道也然陛下師古爲理也欲何爲乎爲皇乎爲帝乎爲王乎驅天下之人欲令歸忠耶歸敬耶歸文耶漢文帝以清淨爲宗近稱刑措漢宣帝以刑名律下亦謂中興自古以來未有不舉綱而目正不澄源而流清者矣此亦陛下熟聞之矣是憲是則之宜吏申明之使在下者有所趨也臣聞大禹稱三王首者以其卑宮室菲飲食裕人克己儉之至也其道堙沒不嗣久矣惟陛下獨能師而行之苟綸言之可復則天下之可化所謂其身正不令而行其身不正雖令不從者也臣聞自古求賢各以類至三皇師其臣五帝友其臣三王臣其臣欲爲皇則行事師之禮欲爲帝則行取友之禮欲爲王則行取臣之禮自昔哲王則有感夢而行傅巖惟肖則有協卜而出渭濱親載則有卑辭以厚禮湯命五返於處士則有可就不可屈備獨三顧於草廬此皆陛下備聞之矣臣竊見國家取賢之道其禮部吏

部失之遠矣則制策之舉最爲高科以臣言之不得無弊且陛下弓旌不出玄纁深藏無聘問之先有投刺自媒者無軟輪之禮有躡蹻而來者支離於京闕會計於有司又廣張節文妄設條格禁御約束隣諸盜賊防賢之意甚於防姦崎嶇困辱曠日永久然則一覩天顔一承聖問臣恐皇王佐略不可由此而致也今之所得者乃臣輩瑣瑣者耳疆名曰賢賢者固如是耶厚顔包羞臣竊自咲則高宗求賢之意似或不然此乃國家最弊之務伏惟陛下加思重而慎之陛下文可經天地武可定禍亂我武載張則河壖亡命之寇既以指朝自擒我文載脩則淮瀕逋逃之醜可以不日自來道冠古今功格上下夏啓周發曾何足云

陛下旌孝弟而孝弟未能化人旌之未得其實也舉直言而直言未得上達舉之不以其人也養高年則廢禮已久未有聞焉敦本業則失農者多鮮有勸者平均徭稅而怨嗟日生姦贓之吏未去也黜陟幽明而善惡同貫考課之法未精也陛下師崇儉之遺訓則浮靡何患不革前王之典謨必用則理化何患不行化行則暴亂懲奸宄息然後禮義可浹五教自宣矣七臣者豈非孝經所謂天子有争臣七人乎今朝廷列官致位有以諫爲名者左右前後拾遺補闕其數甚衆不止七人使陛下有未臻之嘆其過將有所歸矣以陛下養高年之禮著于上則鄉黨不廢尚齒之儀均徭之法行於吏則蒸黎有安土之志安土則樂業

樂業則務本務本則興農興農則家給家給則賦不減而人不貧矣吏道愈澁者吏不精也臣竊見吏部課最者遺其實以資歷爲優試材者失其本以書判爲上加以檢驗滋章簡牘繁揉瞶眊淹滯吏緣爲姦事壅於上權移於下胥徒末品得擅官府所以財賄公行不殊市道量職求直價若平準古則爲官擇人今則爲財擇官反古害今其弊如是又有通經之目試文之科不同歸於吏部選之至於此雖廉察日增固不及也若剗革前弊明詔固當疾行創立新規微臣以爲不可且烈祖之憲章未改前王之法度槃然德輶如毛在克己而已何必改作然後成功因人之欲順天之時則易從行古之道得理之中則有據制策曰

自頃陰陽舛候祲沴洊興仍歲旱蝗稼穡不稔上天作孽必有由然屢爲凶災其咎安在傳曰時之不乂厥罰恒暘又曰堯湯水旱數之常也二者相反其誰云從人靡盖藏國無廩積朕屢延卿士詢訪謀猷至乃減冗食之徒罷不急之務既聞嘉話亦已遂行而停廢之餘所費猶廣欲轉輸於江徼則遠不及期將搜粟於關中則擾而無獲節軍食則功臣懷怨省吏員則多士靡歸中心浩然罔知攸濟臣聞旱蝗者稽諸洪範爲言不乂之罰也言之不乂令之不信也言者西方金也金失其性爲木所傷木東方少陽古云陽騰所以爲旱陽既亢極氣又鬱蒸則介蟲爲孽螽斯爲害臣見比年旱魃爲害已甚矣則洪範之徵亦明矣

無乃陛下詔令不信乎抑又聞軍旅之後必有凶年其握兵者不本乎仁義貪於殘戮人用愁苦怨氣積下以傷陰陽之和也則國家兵先於河北旱蝗適之次及河南旱亦隨後次關中關中又蝗旱既仍歲蝗亦比年無乃陛下用兵者不詳其道也臣謹稽古典參於歷代禳除異術祈禱多門至若貶食省用稼一作務穡圭璧求邪於幻術觀福於釋流土龍矯首於通衢羣巫分袖而鼓舞此又從人之欲也至若兩漢舊儀三公當免卜式著議弘羊可烹此又一時之事也然俱非救旱之本去災之道則有一郡一邑一宰一牧勤卹人隱精達神明或以身禳或以心禱蝗且出境旱不爲災牧宰之徽尚或臻此況陛下尊爲天子德爲

聖人神動而天從氣使而時變至誠所感何往不通臣伏見陛下去年八月二日所下德音避正殿而不居損常膳而不御議獄緩死掩骼埋胔詔文始書害氣將究詔書始下和氣自生故不旬朝之間兇渠殲殄兵革偃息甘雨荐降氛災自銷天之監人也明矣速矣然則陛下之德有以動天天且不違況於鬼神乎若堯湯之災陰陽之數此則先儒之言略矣小臣不敢傳疑惟洪範之徵信也謹而言之陛下鑒之可也臣聞堯之水湯之旱而國無捐瘠者蓄積多而備先具也今國家或時不雨一歲不登堯湯比之懸矣人至困竭國爲空虛者備之不早頃所以賦斂無極怨讟日盈權須詭求朝令夕具豈不以兵食乎今蒲同勞

師既還關輔生人纔息不急軍食不煩軍須則搜粟關中重擾未可轉輸江徼雖遠可期關兵食以廩儲雖節食循慮費用者多則功臣何因而懷怨擇賢才以實官雖省員循慮曠職者衆則多士何憂而靡蹄臣聞方內之理亂由君上之所執上有所執則下有所守臣竊觀國理似或不然無可久之圖無常備之制用無本末舉無條綱任運而行應急而化若虛舟之觸用濟江河如亂絲之棼望成綸綍所以遇運則福至遇厄則禍生遇歲惡則勞遇歲豐則逸坐迎天命不關人謀聖心浩然罔知攸濟者乃彝倫不叙之故制策曰子大夫蘊蓄才一作材器通明古今副我虛求森然就列臣朕之寡昧拯時之難災畢志直書無有所

隱此乃陛下厚禮衆君子之意臣微曷足以當之若臣者生爲唐人馬牛之齒甫以壯矣道不得行身不得遂陋矣賤矣與螻蟻何異然詩書天人之際皇王經緯之道三墳六經九流百氏前王沿革之要歷代興王所由既嘗經之于心頗亦備之于學雖未之究可略而言至若時政之損益任賢之得失刑辟之有輕有重生人之或利或病臣又耳或有所妄聞身遠與寡莫爲之先且無因至陛下言之爾皇天后土宗廟社稷實宜知臣之心每用憤發悃欵隱憂臆激於肝血藏於髓思有以一陳之久矣蒙陛下開天地之德降雷雨之施深詔執事旁延郡國俾有賢良方正直言極諫之舉臣也幸苟有志人乃舉之此亦上天降祐

皇唐使陛下錫臣此便得有路索言之於上也若賢與良則臣豈敢惟諫與直或有可觀言不直諫不極是微臣不忠之罪孤陛下虛聽之德也如至忌諱挾誅誹謗附律脯臨淫戮鼎鑊濫刑此乃昏主暴君亡國之具亦陛下之所明知故臣不復有虞於聖朝耳是敢竭慮極愚指陳其切是耶納而行之非也容而宥之所謂言之無罪聞之者足以戒也謹對

文苑英華卷第四百八十六

文苑英華卷第四百八十七　策十一

體用

才識兼茂明於體用策二道

才識兼茂明於體用策（元和元年四月二十八日）

問皇帝若曰朕觀古之王者受命君人兢兢業業承天順地靡不思賢能以濟其理求讜直以聞其過故禹拜昌言而嘉猷罔伏漢徵極諫而文學稍進匡時濟俗罔不率繇厥後相循有名無實而又設以科條增求茂異捨斥已之至論（登科記作言）進（詔令作角一本作推）無用之虛文指切著明罕稱於代茲朕所以嘆息鬱悼思索其真是用發懇惻之誠咨體用之要庶乎言之可行行之不倦上獲其益下輸其情君

臣之間驩然相與子大夫得不勉思朕言而茂（集作發非）明之我國家光宅四海年將二百十聖弘化萬方（集作邦）懷仁三王之禮靡不講六代之樂罔不舉濡（登科記作浸）澤于下升中于天周漢已還莫斯爲盛自禍階漏壞兵宿中原生人困竭耗其太半農戰非古衣食罕儲念茲疲甿未遂富庶督耕殖（文類作食）之業而人無戀本之心峻榷酤之科而下有重斂之困舉何方而可以復其盛用何道而可以濟其艱既往之失何者宜懲將來之虞何者當戒昔主父懲患於晁錯而用（登科記作請）推恩夷吾致霸於齊桓而行寓令精求古人之意啓迪未哲（文粹作著）之懷眷茲洽聞固所詳究又執契之道垂衣不言委之於下則人用其私專之於上則下無其功漢元優游於儒術（集作學）盛業竟衰光武責課於公卿峻政非美二途取捨未獲所從余心浩然益所疑惑（登科記有今字）子大夫熟究其旨屬之於篇（登科記作著之於篇）興自朕躬毋悼後害

元稹

對臣方病近古之策不行而陛下言（集作幸）及之是天下人人之福也微臣其敢忍意而不言乎且臣聞之古者以言賦（文粹作試非）納豈虛美哉蓋用之也（文粹作蓋用其言也）是以益贊禹而班師說後王而作命斯皆用言之大畧也洎漢文帝羞（羞文粹作文德）不若堯舜始以策求士乃（文粹作而）天下郡國有賢良之貢入爲塞詔者晁錯而已至武帝時（集有然後二字）董仲舒出然而卒不能遴用（文粹作列）條對施之（文粹作於）天下夫用其策不

棄其人以其利於時也得其人而棄其策又何爲乎若此則徒設試言之科而不得用言之實矣降及魏晉朝成而暮敗（文粹作改）之不暇又惡足言其策哉我唐列聖君臨策天下之士者多矣興時莫不光揚其名聲寵綏其爵禄（文粹作秩）然而曾不聞天下之人曰某日天子降某問（文粹作策）得某士（文粹作問）某事行某策濟某功抑不知直言之詔屢下而直言之士不出耶亦不知直言之士屢出而直言之策不用耶今陛下肇臨海内務切黎元求斥己之至（文粹作正）言責（文粹作貴）著明之確論斯（集作實）命說代言之盛意也微臣何足以奉之然臣所以上愚對皆以指病陳術而爲典要不以舉凡體論而飾文詞事苟便人雖繁必獻言苟諧理雖鄙必書國

不足以副陛下懇惻之誠庶可以盡微臣之獻替耳（集作體用之目）之伏願陛下以臣此策委之有司苟或可觀施之天下使天下之人曰惜哉漢文雖以策求士迨我明天子然後能以策濟人則臣始終之願畢矣如或言不適用策不便時則臣有瞽聖欺天之罪將寘於典刑陛下固不得而有之矣亦臣之所甘心伏讀聖策乃見陛下念（集作悼）禮樂之寖微（文粹作衰）恤黎人之重困責復盛濟艱之術酌推恩寓令之宜斯皆當今之急病也微臣敢不別白而書之昔我高祖武皇帝撥去亂政（文粹作撥去禍亂集作撥去亂政）我太宗文皇帝韃櫜干戈被之以仁風潤之以膏露戢天下之役而天下之人安省天下之刑而天下之人壽通天下之志而天下之

氣和物悉天下之衆而天下之衆理理故敬讓之節著和故歡愛之化（文類作教）行是以華三王之所因兼六代之所舉（集作盡美）稱至德者舉文皇以代堯舜是（集作豈）興事哉誠有物（集作有誠信）以將之也明皇帝即位實號中興方其任姚宋而召（集作右）賢能也雖禹湯文武之俗不能過（文粹作舉）焉四十年間刑罰不試人用滋植四海大和於是舉（文粹作奉）升中告禪之儀則封泰山而秩嵩華舉東巡西狩（集作念歲巡時邁）之典則宅（集作去）咸鎬而朝洛陽禮既畢行物亦隨耗天寶之後征戍聿興（集作徭戍作典）氣盛而微理固然也曩時之乳哺而有之者一朝為兵殲之兵興以來至今為梗兵興則户減户減則地荒地荒則賦重賦重則人貧人貧則逋役逃征之罪多

而權宜之法用矣今陛下躬親本務首問群儒念禮樂之不興歎昇平之未復斯誠天下之人將絶復完之日也微臣何幸而對揚之微臣以為將欲興禮樂必先（集作在非）富黎人將欲富黎人必先（集作在非）息兵革息兵革之術臣請兩（文粹作備）言之夫古所謂銷兵革者非謂幅裂其旗章銷鑠其鋒刃而已也蓋誠信著於上則忠孝行於下敬讓立於內則夷狄和於外夷狄和則邊鄙之兵息敬讓立則爭奪之患（文粹作志）銷爭奪之患（文粹作志）銷則和順之心作和順之心作而禮樂之道興矣此先王脩政戢兵興禮樂富黎人之大略也陛下必欲責臣以詳究之術臣又請指事以明之夫食力之不克雖神農設教天下不能無餒殍之人矣是以（文粹作夫）

且古之不農而食之者四而已矣吏有斷獄之明則食之軍有臨敵之勇則食之工有便人之巧則食之商有通物之智則食之是四者率皆明者勇者巧者智者之事也百天下之人無一二焉苟不能於此者不農則（文粹農作耕）不得食不織則不得衣人之情衣食迫於中則作業興於外是以游食者恒寡而務本者恒多豈強之哉彼易圖而此難及也今之事則不然吏理無考課之明卒伍廢簡稽之實百貨極淫巧之工列肆盡兼并之賈加以依浮圖者無去華絶俗之貞而有抗役逃刑之寵戎服者無超乘挽彊之勇而有横擊詬吏之驕是以十天下之人九為游食惷朴愚鈍（集作謹）不能自遷者而後依於農此又（文粹作乃）非他彼

逸而易安此勞而難處也以惰游之户轉增（集作藏富）而耕桑之賦愈重曩時之十室共輸（集作耕）而猶不給者今且數家（二字集作豫之於）一夫矣雖有慈惠之長仁隱之吏尚不能存若懍（集作憯）斷擊搏之則將轉移於溝瀆（集作壑）矣今之課吏者以賦歛無逋負爲上以臣觀之足陛下之賦者誠所以害陛下之人耳若然則農桑之用（集作裕）既如彼惰遊之衆又如此耕桑之賦重則戀本之心薄惰遊之户衆則富庶之道乖（集作廢）此必然之理也今陛下誠能明考課之法減冗食之徒絶雕蟲（文粹作鐫）不急之功罷商賈兼并之業索浮圖之行峻簡稽之書薄農桑之徭興耕戰之術則惰游之户盡歸而戀本之心固矣戀本之心固則富庶之道（集作教）興

矣而貞觀開元之盛復矣若此則既往之失由前將來之虞由後在陛下悠乂戒之慎之而已（文粹作安在陛下慎之而已乎集作陛下）（悠悠戀之戒之慎之乂之而已）至於主父偃乘七國并吞之後謀（集作將）分裂而矯推恩管夷吾當諸侯爭奪（文粹作強）之時先（文粹作中）詐力而行寓令皆一時之權術也豈可謂明白四達與日月齊明（文粹作並）於聖朝哉臣雖賤庸尚不敢陳王道（文粹作禹湯言）於帝皇之日況權術乎此臣之所甚羞也故不及詳究言之臣伏讀聖策又見陛下以爲執契則群下用情躬親（文粹作在下）則庶官無黨（文粹作當）以漢文尚學而衰盛業謂光武課吏職而昧通方以臣愚之皆不然也夫委之於下而用其情蓋考績之科廢而清濁之流濫也尚儒術而衰盛業蓋章句

之學興而經綸之道（集作文）喪也課吏職而昧通方蓋苛察之法行而會計之期速也臣請條列而言之夫神農之斵耒耜教耕耨所以墾良田而植（集作殖）嘉穀也然而不能遏稂莠之滋焉其所以遏（集作待）之者芟夷錢鎛之而已唐堯之闢朝廷宅百揆亦所以殖（文粹作殖）禹舜而種皋陶也又（文集作無而）不能遏（文粹作辨）共工驩兜之逆焉其所以遏之者放棄殛誅之而已神農不以稂莠滋而廢耒耜之用故能存用器（文粹作盡是用）之方唐堯不以四罪進而奪舜禹之任故能終任賢之道若此則陛下之所任顧何如耳豈可謂任之必不可哉至於考績之課（集作科）廢章句之學興經綸之道衰（集作喪）會計之期速皆當今之極弊也幸陛下反（文粹作問及）漢

元光武之事臣遽數而（集作以）絡之今國家之所謂與儒術者豈不以有通經文字之科乎其所謂通經者又不出（集作過）於覆射數字明義者材（集作纔）至於辨杭章條是以中第者歲盈百數而通經之士篾然以是爲通經固若是乎至於乙文自試者則不過於雕詞鏤句之才搜摘絶離之學苟或出於此者則公卿可坐致郎署可俯求崇樹風聲不由殿最連科者進速累捷者位高拱嘿因循者爲清流行法蒞官者爲俗吏以是爲儒術又若是乎哉其所謂課吏職者豈不以朝廷有遷次進技之用乎臣竊觀今之備朝選而不由文字者百無一二焉夫施衆網而加一禽尚不能得況張一目以羅萬品而望其飛者走者大者小者盡

出乎其間其可得乎哉以此察群吏群吏又可察乎苟或不可察又可任之而絶其私乎哉此所以陛下將執契而歎用情念垂衣而懼不理蓋臣所謂課察之道不明也陛下誠能使禮部以兩科求士凡自唐禮六典律令及國家制度之書者用至於九經歷代史能專其一者悉得謂之學士以環貫大義而與道合符者爲上第口胄文理者次之其詩賦判論以文自試者皆得謂之文士以經綸今古理中是非者爲上第藻績雅麗者次之凡自布衣達于未隷集作在朝省者悉得以兩科求士文粹作仕禮部第其高下歸之吏部而寵秩之若此則儒術之道興而經綸之文盛矣吏部罷書判萬集作身言之選設三式以任人一曰校能之

式每歲以朝右崇重者一人與禮部郎校天下群吏之理最在第一至第三者校定日攜其功狀而昝進之牧宰字人之官籍之爲理者則上賞行焉若此則遷次之道明而遲速之分定矣二曰任贊之式每歲內自僕射至於群有司之正長外至於廉問節制者各舉稱集作備朝選者一人外自牧守內至于百執事之立於朝者各舉吏郡縣文粹作備吏部集者一人因其所舉而授任之辨其考績而賞罰之不舉贊爲不察舉不贊爲不精不精與不察之罪同若此保任之法行而贊不肖之位殊矣三曰叙常之式其有業不通於學才不屬集作應於文政不登於最行不知於人則限以停年課資之格而後任之若此則敷集作叙用之典恒而

尺寸之才無所棄矣兩科立則群材遂三式行則庶官當陛下乃執左契以御之物文粹作摠樞極以正之委庶官如心目之運支體是集作豈支體運而無效於心目乎察群材如明鏡之形美惡豈文粹作是美惡形而逃隱於明鑒集作鏡乎然後陛下闢四門使可言之路通明四目以天下之目視達四聰以天下之耳聽不私其言以爲好惡集作不私其心以百姓心爲心以端拱巖廊高居宸極文粹作深視以冕旒自蔽而秋毫必察以黈纊塞耳而聲響文粹作舉動集作養動必聞則彼漢元章句之儒光武督責之術又惡足爲陛下言之哉且臣聞之聖人在上人不夭札若臣者生未及壯戴陛下爲君仁壽懽康未始有極何忽自若墮肝膽而言天下之事乎臣以爲國家兵

興以來天下之人憯悽集作怛悲愁五十年矣自陛下集作即位之後戴白之老莫不泣血而話開元之政臣恐此輩不及見陛下功成理定之化而先飲恨於窮泉此臣之所以汲汲於心者陛下能不憐察其意乎謹對英華及唐文類聚皆云設三式以任人稚積集作四式其二曰記功之式每歲群吏之理最在第四者籍而書之蒲歲吏部會集而擬署之若此者殿最之道存而清濁之流異矣

同前　　常處厚

對臣聞古之道蒞天下皆酌人言用凝庶績伏惟陛下統承丕緒光膺駿命志氣中蘊清明下臨恤黎庶而惠慈方洽梟叛夷而威武已熾猶能慮危於未兆思理於已安聿追孝思纘述前烈愍官吏之無用求斥已之至言徵臣不

用不足以操事體識不足以經遠祗奉聖問伏用兢惶謹
昧死上愚對制策曰朕觀古之王者受命君人兢兢業業
承天順地靡不思賢能以濟其理求讜直以聞其過故禹
拜昌言而嘉猷罔伏漢徵極諫而文學稍進匡時濟俗罔
不率繇厥後相循有名無實而又設以科條增求茂異捨
斥已之至言推無用之虛文指切著明罕稱於代茲朕所
以歎息鬱悼思索其真是用發懇惻之誠諮體用之要庶
乎言之可行行之不倦上獲其益下輸其情君臣之間驩
然相與子大夫得不勉思朕言而茂明之臣聞復濟慎懼
雖危必樂理安佚肆雖順必憂帝堯之爲道也大矣書稱
其本曰允恭克讓文王之爲德也弘矣詩美其功曰小心

翼翼圖天下之安者必稱一作之於勞慮天下之大者必
慎之於微任賢誠固思慮誠深百姓雖未富庶四夷雖未
賓服天下明知其治也任賢不固思慮不深百姓雖富庶
四夷雖賓服天下明知其亂也今陛下鑒前代已往之失
求當今未然之理使虛文不設於下至言必聞乎上端視
疑聽所委惟賢則上獲其益矣惠爵施祿所理惟直則下
輸其情矣顧言而動思利乎安則何慮乎言之不行顧行
而動思利乎安則何慮乎行之有倦誠能兢兢於一日二
日業業於無小無大苟能此道雖微必昌雖柔必強鳳凰
麒麟不足來甘露醴泉不足致三光四時不足序天之高
明也斯不愛其道地之博厚也斯不愛其寶彼之大者猶

若是況其細者而難乎制策曰我國家光宅四海年將二
百十聖弘化萬邦懷仁三王之禮靡不講六代之樂罔不
舉濡一作浸澤于下升中于天周漢已還莫斯爲盛自禍階
漏壤兵宿中原生人困竭耗其太半農戰非古衣食罕儲
念茲疲甿遂乖富庶督耕植之業而人無戀本之心峻榷
酤之科而下有重歛之困舉何方而可以復其盛用何道
而可以濟其難者伏以陛下蘊充明德繼荷大業居十聖
之全區宇守百代之成禮樂揚高祖之耿光播太宗之休
烈思黷武而弭戢念疲甿之富庶理自順此生危自反此
作兵者國之威也威不立則暴不禁君得其術而已舉其
要而已凡善用兵者用兵之精次用兵者用兵之形用精

者國逸而功倍用形者人勞而威立令行禁止俗富刑清
仁足以懷義足以服端居廟堂之上威加四海之外而叛
者嘗欲繫其頸而制其命伏其心而笞其背此兵之精也
金鼓擊刺追奔逐北攻城掠地斬馘獻俘憂思巖廊之上
謀制千里之外而叛者有以畏其威而懲其罰化其心而
戢其暴此兵之形也陶然而化其效不形兵貴藏有於無
兵之形不可張也騷然而動其政難久人不可終擾兵之
精所宜密勝也今陛下既梟叛寇復征違命砥已之至已
浹于兆庶恤人之誠已敷于四海乘衆之怒用兵之形則
近無轉輸搔擾之勤遠無經費供求之役誠能固守必大
畏其力小懷其德矣豈兵宿中原之爲虞生人耗竭之爲

憲臣又聞理國之本富之爲先富人之方勸農爲大三代以耕籍率天下漢朝以孝悌配力田皆勸之之道夫農寒耕熱耘沾體塗足晝夜之筋力勤焉父兄之手足悴焉而官輸籍督坐非己有夷時郡邑長吏偷容朝夕養聲釣祿非恤人隱此所以耕植之業不勤戀本之心不固有遁於軍旅而邀功賞者有冐于老釋而瀆清濁者有逸於貟販而制貧人者有隱于椎剽而干教令者農耕之難也如彼日百其勸常有不務者矣游惰之逸也如此日百其禁常有不息者矣由上之爲政知人苦之者勸之必深知人樂之者禁之必至昔賈琮以最于十二州須之以璽書黃覇以甲于二千石寵之以侯印惟陛下注意於守宰字人之

官以田墾闢爲最地荒榛人離散爲殿即耕植可勸困竭可蘇兵未弭則人不畜人不畜則農不勸農不勸則國用虛此榷酤所以興也然鹽麴之稅山澤之利法用得其要不在峻其科理不得其吏不循明其法明其法得其要則上無峻刻之舉下無重斂之困矣陛下制策曰既往之失何者宜懲將來之虞何者當戒臣聞王者之興皆鑒乎前代聖君賢佐之所以興昏主庸君之所以喪景行其興也用得以常理戒慎其喪也用得以常存詩人美殷鑒于有夏賈山諫漢而借諭亡秦備于圖籍著于編冊非臣繁詞所可曲盡自陛下統極舉滯淹已逋責恤刑獄振乏絶德澤所臨戴之不暇微臣未見其失也明將來之戒其在法

令刑賞乎四海之廣億兆之衆非家令戶告之能也發號出令而已矣伏惟陛下聿求善政大振洪猷人之獻替政之損益燦乎其書灼乎其人始則鼓舞蹈詠不足以克其善終則渴日望歲不足以喻其勞教之本莫大乎復言政之先莫大乎重令誠能復言重令上之克當乎天心下之允協乎人情天人交相爲感而災害不生禍亂不作不然日有德音而人不悅日有威罰而人不畏苟不悅矣無與同勸苟不畏矣無與同沮此非法令之可裁也成一時之功者寵乎其功者也恩百代之利者榮乎其名者也其名不足以勸者則刑罰存焉是小人之所趨君子之所務今陛下刑賞已足勸懲褒貶又存文史君子竭忠小人輸力

舉如鴻毛捨如地芥何理而不成何求而不效陛下之不爲非不能也伏以致誅逆黨罪止渠魁原情究惡不及其毋此帝王之刑也戎臣饋軍致命拆寇渥恩必厚爵位必加此王覇之賞也然善有彰雖賤賞也惡有釁雖貴罰也賞一人不足以聳天下之善者其賞不足行刑一人不足以禁天下之暴者其刑不足用今宜賞不違（疑作遺）微細惟功之所加罰不爲暴亂惟罪之所出此天下之人所以皆知賞之可重而罰之可戒制策曰昔主父懲患於晁錯而用推恩夷吾致覇於齊桓而行寓令精古求人之意啓廸未晳之懷眷茲洽聞固所詳究臣聞漢興鑒亡秦孤立之弊蹤周官衆建之法苴茅列土非復異姓其後吳楚強大

本根不拔晁錯之策未終七國之兵已發主父念前事之
敗露期本朝之強大分封子弟使得推恩諸侯之國星解
於上漢廷之威風行於下此所以爲謀也齊桓當周季陵
夷之運思大彰翊霸之功志圖兼弱力存攻昧思逞其欲
是務強兵胥之野大國防其謀胥之朝小國謹其備其志
不可以速得其功不可以立侯用爲隱政而行寓令此其
所以霸也制策曰執契之道垂衣不言委之於下則人用
其私專之於上則下無其效漢元優游於儒學盛業竟衰
光武責課於公卿峻政非美二途取捨未獲所從吾心浩
然蓋所疑惑子大夫熟究其旨屬之於篇與自朕躬無悼
後害者臣聞契者君之所司也綜其會歸則庶務隨而振

之職者君之所司也踐其軌跡則百役通其流矣委之職
業也非委其權專其操持也非專其事賞罰好惡之出生
殺恩威之柄此非權與操持乎委之于下則上道不行矣
提衡舉尺守器執量此非事與職業乎專之于上則下功
不成矣不委其操持安所用其私乎不專其職業孰慮無
效乎君收其大柄臣職其所守然大柄不得亢於上臣得
佐而成之所守不可屬於下君得舉而明之故乾之經曰
首出庶物坤之文曰地道無成而代有終乾陽物也坤陰
物也陰陽合而泰形焉陰陽離而否形焉君臣之道蓋象
乎此漢元優游於儒學而權歸王氏失其所專也光武責
吏事於三公而勞神簿書集其所委也一則曠而蕩一則

察而陋既非中道不可以範臣所謂陰陽乾坤之說各存
其道而交有所感然成其悠久配乎持載如此而已才者
綜物以研務識者辨惑而不泥體者撫往以經遠用者臨
事而造至神而明之可以輔陶鈞可以賛化育微臣固陋
從師之說循名而實不克承問而學不稱進退殞越懼煩
刑書謹對

文苑英華卷第四百八十七

文苑英華卷第四百八十八　策十二

體用

才識兼茂明於體用策二道

才識兼茂明於體用策（策目見四百八十七卷與元稹同）　獨孤郁

對臣聞天發生以雷雨聖人發生以號令天道帝道並行於上群僚庶物咸遂於下伏惟陛下與天爲仁與雷作解臣則蠢動之一物也氣下乃出安知其由比於金石草木物之無心者也扣之或大鳴小鳴終始相生清濁雜作變而成文者以聖人擊考之不得藏其聲也若臣者朴直蠢愚陛下考之而無聲是不如金石草木之無心矣敢不極聞以對伏以陛下發德音訪巖藪招賢士求直言詢可行

之謀埀不倦之聽欲使上獲其益下輸其情君臣之間驩然相與此禹所以稱大漢所以稱盛者用此道也臣何足以仰承之臣以爲有國不患無賢患不能用賢不患無直言患不能容直言今夫朝廷之大百官之衆非無賢也然陛下黈纊凝旒或未之察群臣各默默來朝而退雖有賢哲孰能辨之觀易卦乾上坤下否坤上乾下泰乾爲君坤爲臣君意下降臣誠上達則是天地交泰之時也君意不下降臣誠不上達則是天地不交否之時也若太宗文皇帝每一視朝未嘗不從容問群臣政之得失下有一毫之善上無不獎上有一毫之失下無不諫或有引入禁內或周旋禁中疾則幸其第没則臨其喪君臣之道可謂至矣是以無遺才無闕政巍巍蕩蕩與天無窮者上下交泰也秦帝胡亥信用左右左右欲專秦柄乃教胡亥曰陛下富有春秋初即位柰何與公卿廷決事事即有誤示群臣短也於是胡亥常居禁中群臣希見者不聞其過天下所以亂者上下不交也伏惟陛下上法天下法地中法太宗每坐朝宣旨使群臣各有所陳陛下賜之溫顏盡其啓沃言誨（疑作語）侍從之臣得以奉其職左右有所思以貽來代諫諍之官與聞其政而獻替之使此輩無有所補黜之可也使其稍識大體陛下與之論道講政豈不可（一作或）裨於萬一也孰敢不輸其情乎苟居位者不與之言獻直言者不與之用又何必搜羅巖穴遠訪不用之人勤求不信之言

乎賢者固不來也來者又何言也此體用之要求賢濟理之術盡於是矣惟陛下行之若生人之困於衣食而無戀本之心但兵宿中原如此實曰方面大臣之罪也夫方面大臣宜直播天子之休風保撫其人如赤子而乃傾其脂血剝其生財聚其技慧淫巧以蕩上心天子誠以爲物力有餘而不知其情也執事者又未嘗聞以生人艱苦爲言而得罪者豈其盡直而不用乎夫王者居於九天之上非臣痛激肝血指明而言亦何由而達也若臣者草木孤賤宜周旋其所以能而言之也今天下困於商稅不均可謂甚矣百姓之忘本十而九矣昔嘗有人有良田千畝柔桑千本居室百堵牛羊千蹄奴婢千指其稅不下七萬錢矣

然而不下三四年桑田爲墟居室崩壞羊犬奴婢十不餘一而公家之稅曾不稍蠲督責鞭笞死亡而後已於是州伯邑長方以人安賦集攘臂於其間趑趄朝廷用昇考績取彼逋責均其所存展轉奔逃又昇户口是以賦益重而人益貧不均之甚一也是故欲人之財賦均一而無日蹙之患宜視通邑之盈虛使鄉户坐于田迭相隱覈其上下不使貪官贓吏紛動其間則有無輕重可得而均也夫古有四人今轉加七計口而十分之其所以盡悴出賦而衣食其九者農夫蠶婦而已絳衣淺帶以代農者人十之一縵胡之纓短後之服仰衣食縣官者人十之二髡頭壞衣不耕不蠶坐而供養者人十之二審曲面勢以飭五材辨

工而衣食者人十之二乘時射利貿遷有無取倍稱之息而衣食者人十之二游手倚市以庇妻孥以給衣食者人十之一其餘爲農桑之數焉農夫糠覈不足而十人者畜馬猒粱粟蠶婦衣不蔽形而十人者咸襲羅紈是以性近儒則入仕近武則從軍善計則貿遷避事則髡削技巧則爲工師拙姦則爲騶儈非戇愚專一無他腸者孰肯勤體劾力爲稼穡之苦乎且以田廢而衣食罕者户口所在減而背本之利多不均之甚二也陛下誠能寬農人之征而優樂之杜衆邪之門而困辱之則農桑益而衣食有餘也自兵革以來人多流散版籍廢絶户口蕩析加以憂懼越于異鄉末以僥倖利其苟且寬之則偷於朝夕勤（一作勤）之

則挻而陷於邪又訛言焉屋室聚爲瓦礫田野俱爲榛蕪賦稅不均居者日困又爲此也伏望陛下勑百姓所在編爲土著不即歸之舊鄉繕黄籍生則書之死則去之厥男女之所生户口之多少可得而知也無田者給與公田假種食因其井泉制爲民居藝桑麻種蒲蔬育狗彘三年不輸官自初即于三年人猶有之他者所至得以重罪罪之然後人安其生樂其業而無奔亡之患矣安土則敦本敦本則人庶矣稅均則斂輕斂輕則人富矣以此阜俗不盛何爲以此濟人何難之有若夫鹽權者經國之所資財用之大寶也然而當今之務若偷其業除其弊亦可以無重斂之困也夫鹽權之重弊失於商徒操利權州縣不奉法

賈太重而利太煩布帛精麤不中數矣夫以商徒操利權則其利有時而廢州郡不敢誰何是勸農人以逐末也州郡不奉法則各私其人而盜煑者行矣賈太重則貧者不堪矣吏太煩則糜費之者衆矣布帛精麤不中數則女工徒損風俗偷薄而上困矣即如此宜罷鹽鐵之官以省費停郡府之政令以一其門禁人爲商以反其耕損（一作捐）其厚賈以利其人速其售而布帛必精以齊其俗以厚其利如此亦可大裨於國大賴於人矣酒酤之人罷之可也夫既往之失不能久於其道將來之虞中道盡也自古帝王未有不勤儉於其初天下歸焉滿假於其終天下離焉陛下以勤儉爲恒滿假爲戒勤而不已損之又損慎終如初

守而勿失天地所以能長且久者以其運行不息也陛下其可息乎可憐乎晁錯所以急繩七國者欲尊天子恐削弱遲而禍大矣主父所以推恩子弟者因其欲而分裂諸侯之易矣今天下一家盡爲郡縣無諸侯强大之患無宗室葭莩之親而以推恩爲言臣恐未可以令天下也齊桓之時列國相傾管夷吾欲輔霸業恐諸侯先謀而爲之備是以脩其寓令而兵食足焉使戰者必耕耕者必戰無事則散之壠畝有事則授之甲兵此古人之意可行之驗也夫舜之所以爲聖人以其選賢任能也五教契也五穀棄也五刑臯陶也八音夔也虞伯益也水土禹也喉舌龍也共工垂也舜無事焉是以執左契垂衣裳而天下理豈以

必躬必親侵于百職然後以爲聖乎必也信而勵之作而行之任之而績用不立則有竄三苗于三危流共工于幽州放驩兜於崇山殛鯀于羽山刑罰有可必加矣孰敢用其私乎儒家流者示人以中而爲之節訪其所至而導其不至使夫君臣父子各得其正此其所長也然迂者爲之則執古以非今凝滯而不變夫責課者所以俯仰百官也然光武用之而非美者責人之効重也伏惟陛下取漢光武之求實勿務速成用漢元帝之崇儒知其凝滯任人而示之所爲端拱而不失其勇（疑）取捨之間於此乎判矣陛下不能用臣言不當問也謂臣不能言其事不當來也既來矣陛下問狀宜直其辭既問矣微臣盡忠宜採其策盡忠者不易（一作容）持也直者誰欲（一作肯）爲也忠未見盡直必有悋悋構而直不悔不信而忠不追者蓋有之矣由未見其爲人也非天之與其剛健地之與其直方內不疑其身外不疑於人憂君而不顧其已濟物而不求其利者孰肯悃悃欵欵出於骨髓發於肝膈如此其切於天下乎夫天下者天下之天下也天下安微臣得保其生不安微臣不保其死是以懷其効以天下爲憂不懷其身以天下爲念知所以責難於君者宜盡忠言知所以盡忠於已者宜及（一作急）天下如此况陛下宗廟之重其可忽乎屬之于篇勉之於上是在陛下酌之而已矣謹對

同前　白居易

對臣聞漢文帝時賈誼上疏云可爲痛哭者一可爲流涕者二可爲長太息者三是時漢興四十歲萬方大理四海大和而賈誼非不見之所以過言者以爲辭不切志不激則不能迴君聽感君心而發憤於至理也是以雖盛時也賈誼過言而無愧雖過言也文帝容之而不非故臣不失忠君不失聖書之史策以爲美談然臣觀自茲（一文粹作魏晉）以來天下之理未曾有髣髴於文帝時者激切之言又未有髣髴於賈誼疏者豈非君之明聖不侔於文帝臣之忠不追（集作諫）於賈誼乎不然何喪（集作哀）亂之時愈多而公（集公作切）直之言愈少也今陛下思禹之昌言而拜之念漢之極諫而徵之病（集作廢）虛文之無用者獎至言之斥已者詢臣以

可行之策示（集作諭）臣以不倦之意懇惻鬱悼發於至誠真聖王思至理求過言之明旨也斯則陛下之道已弘於前代（文粹有微字）臣之才誠（集作試）劣（文粹作劾）於古人輙欲過言以裨陛下明德萬分之一也裨之者非敢謂言之必可行也體用之必可明也且欲使後代知陛下踐作之後有朴直敢言之臣出焉無俾文帝賈誼專美於漢代然後退而俯伏以待罪戾焉臣誠所甘心也謹以過言昧死上對伏惟陛下賜臣之策有思興禮樂之道念救疲甿之方別（集作辨）懲往戒來之宜審推恩寓令之要至矣哉陛下之念及於此此實萬葉之福也豈惟一代人受其賜而已哉臣聞疲（文粹作疾）病之作有因緣矣（集作焉）救療之方有次第矣（集作焉）臣請

為陛下究因緣陳次第而言之臣聞太宗以神武之姿撥天下之亂玄宗以聖文之德致天下之肥當二宗之時利無不興弊無不革遠無不服近無不和貞觀之功既成而大樂作焉雖六代之盡美無不舉也開元之理既定而盛禮興焉雖三王之明備無不講也禮行故上下輯睦樂達故內外和平所以兵偃而萬邦懷仁刑清而兆民自化動植之類咸煦嫗而自遂焉雖成康文景之理無以出於此矣洎天寶以降政教浸微寇既荐興兵亦繼起兵以遏寇寇生於兵兵寇相仍迨五十載賦征由是而重人力由是而罷下無安心雖曰督農桑之課而生業不固上無定費雖曰峻筦榷之法而歲計不充日剝月朘以至於耗竭其

半矣此臣所謂疲病之因緣者也豈不然乎由是觀之蓋人疲由乎稅重稅重由乎軍興軍興由乎寇生寇生由乎政缺然則未修政教而望寇戎之銷未銷寇戎而望兵革之息雖太宗不能也未息兵革而求征徭之省未省征徭而望（集作求）黎庶之安雖玄宗不能也何則事有所必然雖常人足以致勢有所不可雖聖哲不能為伏惟陛下將欲安黎元（集作庶）先念省征徭將欲省征徭先念息兵革將欲息兵革先念銷寇戎將欲銷寇戎先念修政教何者若政教修則下無詐偽暴悖之心而寇戎所由銷矣寇戎銷則境無興發攻守之役而兵革所由息矣征徭省則人無流亡轉徙之憂而黎庶所由安矣臣竊觀今天下之寇雖已

盡銷伏願陛下不以易銷而自怠今天下之兵雖未盡散伏願陛下不以難散而自疑無自怠之心則政教日肅無自疑之意則誠信日明政教肅則暴亂革心誠信明則獷驁歸命革心則天下將萌之寇不遏而自銷歸命則天下已聚之兵不散而自息然後重斂可以（集作日）減疲甿可以（集作月）安富庶可日滋困竭可日補日安則和悅之氣積日富則廉讓之風行因其廉讓而示之以禮則禮易行乘其和悅而鼓之以樂則樂易達矣舉斯方而可以復其盛用斯道而可以濟其難懲既往之失莫先於誠不明而政不脩戒將來之虞莫大於寇不銷而兵不革此臣所謂救療之次第者也豈不然乎若（文粹作至於）辨行寓令之法以覇諸

侯漢用推恩之謀以懲七國施之今日臣恐非宜何者且今萬方一統四海一家無鄰國可傾非彊吾用權之時(集作秋)也雖欲寓令今將何所寓耶今除國建郡置守罷侯無爵土可疏非主父矯弊之日也雖欲推恩恩將何所推耶但陛下期(集作嗣)貞觀之功弘開元之理必能(集作將)光二宗而楇萬葉矣何區區齊漢之法而足爲陛下慕哉精究之端倪實在於此矣又蒙陛下賜臣之問有執契垂衣之道委下專上之宜敦儒學而業衰責課實而政失者此皆政化之所急今古之所(文粹作所共)疑而陛下幸念之臣有以知天下之理興矣夫執契之道垂衣不言者蓋已成之化非謀始之謂也委之於下者言王者之理庀其司分其務而

已非謂政無小大悉委之於下也專之於上者言王者之道秉其樞執其要而已非謂事無巨細悉專於上也漢元優游於儒學而盛業竟衰者非儒之過也學之不得其道也光武責課於公卿而峻政非美者非考課之累也責之不得其要也臣請爲陛下別白而明之夫垂衣不言者豈不謂無爲之道乎臣聞無爲而理者其舜也歟舜之理道臣祖知之矣始則懋懋於脩己勞於求賢明察其刑明愼其賞外序百揆內勤萬幾旲食宵衣念其不息之道夫如是豈非大有爲者乎終則安於恭己逸於得賢明刑至於(文粹作刑明至于)無刑明賞至(文粹作賞)於無賞百職不戒而舉萬事不勞而成端拱凝旒立於無過之地夫如是豈非眞無爲乎

故臣以謂無爲者非無所爲也必先爲而後致無爲也(集作必先有爲而後至於無爲也)老子曰無爲而無所不爲蓋謂是矣夫委下而用私專上而無効者此由非所宜委而委之也非所宜專而專之也臣請以君臣之道明之臣聞上下異位(文粹作宜)君臣殊道蓋大者簡者君道也小者繁者臣道也臣道者百職小而衆萬事細而繁誠非人君一聰所能徧察一明所能周鑒(集作覽)也故人君之道但擇其人而任之舉其要而執之焉已矣昔九臣各掌其事而唐堯秉其功以帝天下十亂各效其能而周武總其理以王天下三傑各宣其力而漢高兼其用以取天下三君者不能爲一焉但執要任人而已亦猶心之於四肢九竅百體也不能爲一焉

然而寢食起居言語視聽皆以心爲主也故臣以爲君得君之道雖專之於上而下自有以展其效矣臣得臣之道雖委之於下而人亦無以用其私矣由此而言光武督責而政未甚美者非他昧君臣之道於小大繁簡之際也元帝優游而業以浸衰者非他昧無爲之道於始終勞逸之間也二途俱失較然可知陛下但舉中而行則無所惑也(集作矣)臣伏以聖策首章曰上獲其益下輸其誠其末章則又曰興自朕躬無悼後害此誠陛下思酌下言樂聞上失勤勤懇懇慮臣輩有所隱情者也臣敢不罄竭狂直以副天心之萬一焉臣聞古先聖王之理也制欲於未萌除害於未兆故靜無敗事動有成功自非聖王則異(文粹作昧)於是

莫不欲逞其(集作於)始悔追於終政失於前功補於後利害之効可畧而言且如軍暴而後戢之兵亂而後遏之善則善矣不若防其微杜其漸使不至於暴亂也官邪而後責之吏奸而後誅之懲則懲矣不若審其才得其人使不至於奸邪也人餒而後食之凍而後衣之惠則惠矣不若輕其徭薄其稅使不至於凍餒也舉一知十不其然乎今陛下躬嗣祖宗新臨蒸庻承多虞之運當問盛之年此誠制欲於未萌除害於未兆之時也伏願陛下敬惜其時重慎於事旣往者且追救於弊後將來者宜早防於事先夫然保邦恒在於未危恭已常居於無逸(集作過)三五之道夫豈遠哉臣生也幸得爲唐人當陛下臨御之時覩陛下昇平

之始則是臣朝聞而夕死足矣而况乞才識之貢承體用之問者乎今所以極千慮昧萬死當盛時獻過言者此誠微臣喜朝聞甘夕死之志也不然何輕肆狂瞽不避斧鑕若此之容易焉伏惟少垂意而覽之則臣生死幸甚謹對

文苑英華卷第四百八十八

文苑英華卷第四百八十九　策十三

體用

才識兼茂明於體用策一道

直言

賢良方正直言諫諍策一道

才識兼茂明於體用策(策目見四百八十七卷元稹同)　羅讓

對臣聞千㠩萬化聖帝哲王聲烈遐戴者無他中心無爲以守至正而已矣以謀大化而已矣伏惟皇帝陛下垂拱六極始初清明不揚累休渙發于詔啓天宇而遡古薰至和以拯今咸懷浸沉罔不濡澤誠至正也誠大化也循復乃遠乃近乃左乃右旁求下問舉薦奔走履衆羙而不顧

儲神明其如遺銓邦政之肥瘠鏡人事之善敗優游紬繹以循(一作脩)始終外其牽制常其忌諱㥿乎轢轥百王之獨致也臣愚智能淺薄不明大體時用之宜術業暗昧不充才識兼茂之稱徒冐萬一觸罪以聞臣伏讀聖策首陳禹拜漢徵之旨求索直之要臣聞上古之君薰能同和不敢自是必求讜諫以諭鈇敗用心之過則薄獎其人言之失中則寬容無虞使人上得其情下得流通也(一作使夫上下其情得流通也)後代帝王雖有作者道或外是巳實内非言之或臧寡寡無聞言之或違隄防斯至雖科條增設適足張其亂目矣叩擊切害適足寵其直聲矣聞之失得君之効歟今陛下躬神聖之資痛源流之塞較豈至當加廼今來黜退姦

邪咨謀體要誠猜雄者之所共遠亦狹隘者之所共難凡曰智臆是皆聳實詳近（一作延）語直之幸也伏見聖策咨問兵戰商農之道臣請指事而言之臣聞兵者以謀全以氣勝以謀全制度爲神耳得其數則威令格物少能成功失其數則黠（疑作黷）武無別（一作列）多益爲弊寖（疑作寢）用不制刑于寓內今國家自兵興已來僅數十年生物以之慸殄人情以之盭遠殆握兵者建置失其道歟何者天下之甲兵其數則不廣屯置散地且或至半而兵柄之臣率好生事不思戢伏貴筭威名則有崇廣卒徒之員聚擁楯鬬之群厚斂殘下媮取一切要君養敵張軍自衞望容攻守之至復有懷弱軟以內顧務儲蓄以託私倚行伍之數託資廩

之具外實內虛守以藉之固者及殷而成（一作乘）之熊（疑）而戰之其中未必有也朝廷又影響誅罰索其効死其可得乎此兵之所以煩而益病也而人之所以困而不解也大抵不賢者得掌其兵百則思兵千尋掌其兵千又思兵萬尋掌其兵萬又思兵數萬以因其力以贍其欲長一日之廢代（一作誅伐）謀萬里之策勳徒仰費於縣官高（疑）病於悠久誠何謂矣陛下盍亦慮之乎伏望躬親視其將帥之爲苟非任盡易之不令其凝（一作疑）留而後圖也嚴備其要地之屯苟不切盡罷之不令其廣置而出入也其所閱揀非實不用其所樹置兵精不在多使名弓者必用沓發之巧名劍者必有刺擊之妙名騎者必有超乘之捷名步者必有

卒奮之奇自外徂中歸乎一體自然無冗軍無惰人以守則固以戰則勝軍無太半之耗人懷反業之志此滅兵之術也富庶之教於是乎生亦何遠取於古法也然而思戀本之心竭重賦之困又在於賦稅之道矣臣請得而具之臣聞古者因地而料人今則稅人而捨地古者任土而作貢今則溢貢而棄土古者均田而抑富今則與富而奪貧是以人口剪耗而不息田畝汙萊而甚曠者非人懷苟且之志樂辭惰之方迫不可忍勢有由耳王者在上量入以出祿食賜與歲養經費必厚下以爲用取而不稅廛而不征亦非無其事也用菽粟藁秸有常稅人不愛也絲枲布帛有常賦人不艱也雖以凶荒接以喪死間以興廢子弟

父兄猶復勉勵率從不更其業何者制度專也以臣觀之則今之賦稅仍舊貫籍斂不加重而畝畝流離窮困無告殆執事有殊陛下之意乎必有急令暴賦發取無厭徭山役海詭求無狀奇貢珍獻希冀無怠託公寄私崇聚無極於是一水一土一草一木圭要殫利俯榷仰筭莅之官焉專守之刀兵焉商不得回睨農不得舉手既奪其利又却其人此而不困孰以爲困榷酤之道如是乎人頓其上猶仇讎安能思戀骨肉乎人視其居猶鳥獸安肯繫着桑井乎人慳其取猶寇盜安望輕重元本乎所以逋走苟免死亡不顧財日窮而事日削地益無（疑作蕪）而人益煩猶前事也伏惟陛下寀念之其有不經不度之人不常不政之調

必禁其所萌必罰其所自則奸官濫守慎不敢生事生生之理阜繁矣陛下又以禮節其情以樂樂其志又何患乎不復其盛不濟其難一作艱臣伏見聖策顧問既往將來之事臣謹以江淮凶旱之事明之臣聞凡有災傷水旱之處歷代所說多聞詭隨之詞媚時主必曰帝堯乎有懷山襄陵之運也成湯乎有流金鑠石之運也是皆曲說非愚則誣臣嘗私怪之何不曰大舜乎無雷風霜雹之運也神禹乎無飛流彗孛之運也不直其詞因循若是天運之時集變易水旱歲時未爲災也理或失中感動陰陽頃刻爲災也故精舒謹乎則七年不足罹其咎簡誣輕忽則一日二日亦未成其災脩政著誠端心復德既往之事陛下宜以

此爲懲矣然臣之所慮江淮又急者禦災之術將來之戒復憂於斯頓悉數於陛下矣今國家內王畿外諸夏水陸綿地四面而遠而輸明該之大貴一作費根本實在於江淮矣何者隴右黔中山南已還境瘠畜薄貨殖所入力不多也嶺南閩蠻之中風俗越異珎好繼至無大贍也河南河北河東已降甲兵長積一作漬農厚自任又不及也在最急者江淮之表裹天下耳陛下得不念之乎屬頃者連郡五十嵗被災旱長老聞見未之曾有涯脉川澤全爲埃塵草木發爲煙火斗粟之價重於兼金餓莩之家十有七八閭乞僕於男女者何暇保其家室乎聞立死於道路者何暇思其糠粃乎嗷嗷蒸徒展轉無所灰燼很顧至今未寧且

今日很顧明日很顧力大勢詘禍欲何圖此臣所爲陛下惜也長吏者又聞或非良善厚其毒忍療疑痏而簡問威剥而自虞則陛下雖有賑發不輕得及雖有蠲放不輕得獲雖有詔諭不輕得聞此臣所爲陛下疑也然欲安存緝理斯終何由以臣計之視長吏之悖理者選其重臣代之不待其虵爲虺也察郡縣之受災者擇其實以勞之不使其寃而無告也如此則朝令夕悅江淮保全則四鄙賦稅轉輸肩摩轂擊關中坐固而根本不搖猶無凶旱矣臣故曰將來之由在此而已矣臣伏見聖策次問推恩寓令之計夫漢晁錯陳諸侯削地之制謀之至者主父偃獻子弟推恩之令計之術者削地之制行則轉弛爲急七國之難

結推恩之令下則強幹弱枝一王之理定猶見之熟與不熟法之漸與不漸在於漸也則寒暑得其相成以暴則天地不能速化求之昔意庶取於今又齊桓之霸國管仲之寓令晝戰足以目相識夜戰足以耳相聞將取威於隣敵俾逞志於天下五霸之事仲尼之門五尺童子猶羞言之若此者則小國權臣之細術耳臣固不能爲陛下述伏讀聖策次問尊委儒術者臣聞聖王在上賢臣在下道德兼濟材智樂備尊於上則聰明倍資安有無其效耶委於下則公器相率安有用其私耶然今以陛下之資材清光群臣其敢及若集事者在陛下必躬必親之謂乎躬之無偏親之有制則垂衣執契亦不煩矣孝元則制自左右非用

儒之失也光武則弊及群下非用課之得也儒近於得而所用者宜一變其弊若臣所見今之大者政或貴此可得而言國朝自武德已來典章甚明職員甚列官吏甚該備而道不弘政要或未臻者其官非人歟理非道歟略其大歟録其小歟臣所謂小者則天官卿釆之調閲致驗選書至於一簿一尉一掾之末銓次升降勞而後擺是詳於覈小也及其揣量親人撫字之官又未喻也臣所謂大者天子之庭日相日受軼越倫輩乃有名邦聞邑群居之柄不階課最是非未聞踪跡賢不肖欽言喧嘩隨其所來轉化容易似不留聽是鹵莽於天下也詳覈及小鹵莽及大輕重反殊使盜名死官之徒波走飈馳惟恐居後狂扇誘掖

寵賂爲事以相終始夫復何望夫持尺寸之祿懷輕握微齟齬㧅爲尚猶不堪况明權不制一作濟資藉殺生之柄兼兵馬之衆連數十城之地庸雜横恣偷居其上何以堪之設曰不堪耳目陰附事亦無由得而聞悔之何益耶陛下得不慎其所授乎臣以爲今之郡縣長帥之官最關生人性命用在百里之父母莫如縣宰君乎千里之父母莫如刺史列城之父母莫如郡統使一得之必小康二得之必中康三得之必大康矣陛下雖不在毆天下之人洽於理平終亦無由誠不在多惟慎此三官而已矣臣又聞書曰爵罔及惡德春秋傳曰官之失德在所納邪惟君無邪則不納邪矣夫偏聽獨任牽於左右所自邪也小臣大祿制度失中所自邪也錦文珠玉淫佚充斥所自邪也教令察視壅遏不宣所自邪也掊克聚歛億度於上所自邪也依阿求同徑而不道所自邪也煩察繳縛弊歸於下所自邪也坐躋仁壽陛下又何疑乎不得浩然其心此微臣之志也伏惟審察之伏惟審念之臣伏見聖策終有究旨屬篇之説者臣固無以道師之説僅能勿墜耳俯仰曆問偃薄無所震其心熟知不免寧不自勝攀戀之至一作震其心胸如不克寧不勝云云謹對

賢良方正直言極諫策元和三年二月二十三日

問皇帝若曰蓋聞古登科記作昔之令王體上聖之姿御大寧之時循懼理之未至也求賢以致用循懼動之不中也咨

諫以聞道登科記作過矧惟寡昧膺受多福思負荷之重警風波之虞求賢咨諫豈敢怠忽至若窮神知化以盛其德經緯文武登科記作經武緯文以大其業考古會極通教化之源明目達聰周視聽之表斯夙夜之所志也子大夫將何以匡逮登科記作建而致之乎自中代已還求理者繼作皆意甚砥礪而効難彰明莫不欲還朴厚而澆風常扇莫不欲遵儉約而侈物常貴莫不欲遠小人而巧諛常進莫不欲近莊士而忠直常疏莫不欲勉人於義而廉媿集作隅常不修莫不欲禁人之登作無字爲非而抵冒常不息其所謬盭豈無根源爰自近歲仍歎大澤霜露所墜霑濡必同滌瑕穢以導人心省徭役以豊物力蠲田租以厚農室葺國學以振儒風

督廉職以補維綱備衆官以叙賢俊庶繼先志臻乎治平
而改行者未聞輸勞者未艾(登科記作乂)農者無以免艱食學
者無以通微言立事之蹟未紀於庶工乏才之嘆未輟於
絲食蠹於法者無不去而法未脩明切於政者無不行而
政未光大豈丕變其俗道廣而難濟乎豈不得其門事繁
而愈失乎佇聞嘉言無或隱諱周之德受田有經制漢之
法力(登科記作名)田有恒數今疆畛相接半爲豪家流傭(登科記作庸)
無依率是編戶本爲(登科記作於)交易焉得貪(三字集作奪)富以
補貧將欲因循是曰(文粹作豈至二字集作豈)損多而益寡(一作少)酌於
中道其術如何取人惟其行不必文采命官惟其才不必
資考然則行非造次而備察才非錯綜而遍知不必文采

爲輕重而士可進退不必資考爲程準而更有條貫適變
矯枉渴(集作令)於良規何方可以序六氣來百祥何施可以
壽群生仁衆姓徵於前訓而可(登科記作有)據設於當代而易
從勿猥勿并以稱朕意

皇甫湜

對臣伏見陛下徵天下之士親策於庭求賢思理亦云至
矣然臣未知將以爲虛策乎將以求其實效乎以爲虛策
則後之縉紳者觀書於太史氏曰天子之憂人如此急賢
如此徵賢良方正直言極諫之士親禮而問之斯亦足以
爲名矣若以得人爲務社稷之計爲心則不宜待之如是
也夫王者其尊(集作道)如天其威如神以諛(集作聘)問先之以
禮貌接之造膝而言虛心以受猶恐懼殞越而不得自盡

其所懷況乎坐之階庭試以文字拳曲俯僂承問而上對
乎且天下之事雖一二以疏舉臣所當言又有非臣下所
宜聞知清問所不該(文粹作說)又欝而不得發強附之於篇考
視者必以爲餘煩又擯而不得進(文粹作通矣)陛下何惜一賜
臣容足之地於冕旒之前使得熟數之乎可采則行之無
用則罷之何損於明也然臣不敢有望於是謹旁緣聖問
粗竭愚瞽儻陛下憐察其志而寬其誅賜之當(一作異)日之
間而卒其說則覆照之下形氣之生孰不甚幸制策曰蓋
聞昔之令王體上聖之姿御大寧之時猶懼理之未至也
求賢以致用猶懼動之不中也咨諫以聞道(集作過)矧惟寡
昧膺受多福思負荷之重警風波之震求賢咨諫豈敢怠

忽至若窮神知化以盛其德經緯文武(集作經武緯文)以大其業
考古會極通教化之原明目達聰周視聽之表斯夙夜之
所志也子大夫將何以匡逮(集作連)而致之乎此陛下之憂
勤如此(集作切至也)臣聞堯舜以有天下爲己之累而不以位
爲樂也臣又聞百事之成也必在敬之其失之也必在慢
之今陛下念前王之戒而不敢怠忽思爲國之經而不忘
夙夜求賢咨諫延及微士(集作賤)臣有以見堯舜之心矣夫
法天地之道以施政順陰陽之和以育物事無不序動無
不時此窮神知化之盛德也武以止殺禁暴則兵宜戢文
以經邦濟時則化必行此經武緯文之大業也崇禮而明
義好士而尊儒斥魏晉已降衰末之法稽周漢已踐(集作前)

盛明之理（集作禮）斯考古會極之方也任賢而勿貳招諫而必行屛近習之邪（集作孅）佞進周行之骨鯁斯明目達聰之道也抑臣又聞先王所以不視而明不聽而聰披頸（集作技斯）負之明斷非僻之緒其道易知也蓋左右僕御惟正之供必有知法（集作足信）者必有知禮者坐（集作出）使足以盡情僞居常足以助聽覽左右之臣既如是矣而又曰以公卿大夫講論正事史書其舉官箴其闕以至於百工庶人莫不諫而謗焉濟濟之士爲之股肱赳赳武夫爲之爪牙此所以永有天下也今宰相之進見亦有數侍從之臣皆失其職百執事來（集作奉）朝請而退而律且有議及乘輿之誅未知爲陛下出諫喉舌者爲誰乎爲陛下爪牙者爲誰乎日夕

侍起居燕遊（集作遊豫）與之論臣下之是非賞罰之臧否者復何人也股肱不得而接爪牙不足以衞其何獻替之有（三句集作股肱不得而接何疾如之爪牙不得而衞其危甚矣）美夫褻狎（集作斎夾）斲殘之微褊（集作偏）險之徒皂隸之職豈可使之掌王命握兵柄內膺腹心之寄外當耳目之任乎此貞夫義士所以寒心銷志泣憤而不能已者（文粹作也）誠能復周之舊典去漢之末禍還諫官史官侍臣之職使之左右前後日延宰輔與論義理有位于朝者咸引而進之溫其色以安其意又其對以盡其詞可採者必行有犯者無罪王之爪士宜擇公卿大臣揔統而分理之則政不足平刑不足措人不足和財不足豐蠻夷戎狄不足臣休徵嘉瑞不足致矣又何慮乎視聽之

表有所不周乎制策曰自中代已還求理者繼作皆意甚砥礪而効難彰明莫不欲還朴厚而澆風常扇莫不欲遵儉約而侈物常貴莫不欲遠小人而巧諛常進莫不欲近莊士而忠直常踈莫不欲勉人於義而廉媿（集作隅）常不脩莫不欲禁人之爲非而抵冒常不息其所謬盭豈無根源者臣聞一日克己復禮天下歸仁焉王者之謂也故人不從上之令而從其所行夫上古之君躬率已（集作以）正軌度其流（集作信）恕己及物自誠而明此所以其化如神天下如截也中代已還則異乎此至誠不著而欲任法以防人忠信不行而欲繼身以檢物雖砥礪其意而事實不符此所以有其意而無其効也夫欲人之朴厚而不先之以少私

寡欲無爲至誠所以澆風常扇也欲人之儉約而不率之以卑宮菲食沉珠貴穀所以侈物常貴也欲遠小人而好悅耳之言所以巧諛常進也欲近莊士而惡拂心之慮所以忠直常踈也欲勉人於義而貪濁在位所以廉媿（集作隅）常不脩也欲禁人爲非而法則（集作制）不一所以抵冒常不息也則謬盭之本其在茲乎陛下誠能一皆反之其効可立彰明矣制策曰爰自近歲仍敷大澤霜露所墜霑霈必同滌瑕穢以道人心省徭役以豐物力蠲田租以厚農室葺國學以振儒風督廢職以補維綱備衆官以序賢俊庶繼先志臻乎治平而攺行者未聞輸勞者未艾農者無以免艱食學者無以通微言立事之績未紀於庶工乏才之

嘆未輟於終食蠹於法者無不去而法未脩明切於政者無不行而政未光大豈丕變其偕道廣而難濟乎豈不得其門事繁而每失乎佇聞嘉言無或隱諱者臣以陛下滌瑕穢而改行者未聞政之(集作言)不自其本故也夫欲人之改行率德慎(集作在)明賞罰不濫(集作在)滌瑕穢也故賞當善罰當惡天下曉然逃惡而趨善賞當功罰當罪天下聳然遠罪而趨功(集作起功)則人自爲理而上無爲矣此堯舜之所以滋(集作利)天下也夫賞罰皆(集作者)報也賞之失稱罰之不當咎孰甚焉伏見兵興已來開權宜之道行苟且之政臺省之官王公之爵濫於國(集作州)郡遍於輿臺將帥之臣借緋紫而(集作於)使令定官位(集作員)而奏請名器均(集作輕)於土

芥操柄擅於瓜牙此其所以賞人而人不勸也州縣之斷獄月以千數連年累紀未聞有一疑獄而上(集作決)于朝者未聞有屈人而訴于王(集作闕)者豈天下長吏盡如皐陶哉律令格式具而不遵鄉縣州府各自爲制所怒則專殺居常則臆斷人過且不知其所避而能自達不其難乎況乎賦役之不恒衣食之不足尚不懼死焉能避罪此其所以罰人而人不沮也賞之不勸罪之不沮欲人改行其或難焉雖滌其瑕穢惠奸貸法而已又何爲也伏惟陛下慎用賞賞必當功則天下之善勸矣慎用刑刑必當罪則天下之非沮矣夫擇人而任之則僭濫不作富庶而教之(川文粹作審人而赦之)則廉恥自生如是則無所改其行無所滌其瑕矣

又何足憂之哉陛下省徭役而輸勞者未艾小惠未遍而有司長吏或壅而未承故也若陛下加惠而俯察之則物力何憚乎不豐勞者何憂乎未艾乎陛下蠲田租以厚農室而人猶艱食者生者猶少而費者猶多故也商乘堅而厭肥工執輕而仰給兵橫行而厚祿僧道無爲而取資勞苦頓瘁終歲乏絕(集作訖訖)濱於死而爲農者亦愚且少矣況乎兩稅不均失變通救弊之法百端橫賦隨長吏自爲之政乎若困工商老釋之邪末均(集作輕)田野布帛之徵稅禁(集作斷)橫暴之賦臧鎮防之兵則耕者如雲積者如山矣臣請再爲陛下精言之夫賤瑰(集作珍)奇之貨斥雕琢之淫則工商之道自息矣黜異端之學使法不亂而教不煩則老

釋之流當屏矣且天下所以蒠蒠(川文粹作礬礬)然者豈非以兵乎使稅之原(集作厚)而可行(集作不可)蠲徭役者豈非以商乎今昆夷未平邊備未可去中夏或虞鎮防未可罷若此生(集無此二字)就其功則莫若臧而練之可也今之將帥勝任而知兵者亦寡矣怙衆以固權位行貨(集作賄)以結恩澤因循鹵莽保持富貴而已豈暇教訓以時服習其任(集作事)乎今若特加申飭使之教閱簡拳勇秀出之才斥(集作去)屠沽負販之黨則十分之士可省其五矣夫多而無用曷若少而必精乎又比者州府虛張名籍妄求供億盡沒其給以豐其私今若核其名實糾以文法則五行之兵又可省其二矣夫衆之虛曷若寡之實乎一則以彊兵一則以寬賦若江

淮州郡遠冠戍隅清平自非具使令備儀注者一切可罷以其輕費代征繇薄(集作蕩)逋懸然後慎擇長吏曲加綏撫輕(集作不)四三年則(集作而)家給而人和則橫暴不作賦歛自均至理而升平矣尚何賡於人猶艱食乎陛下葺國學以振儒風而微言尚(集作猶)鬱者蓋其所以(集作由)干祿而得仕者以章句記讀而不由義理故也若變其法則可以誅(集作除)其獘矣陛下督厲職以補維綱而立事之績未紀於庶工者庶工(二字集作實有司)之罪也今職備而不舉法具而不行諫諍之官溢(集作備)員不聞直聲彈察之臣塞路未嘗直指公卿大夫則側合苟求(集作容)持祿養交為親戚計遷除領簿籍而已興利之臣專以聚歛計數(一有之不移三字)為務共理

文苑英華　四百八十九卷

之吏專以附上剥下為功胥以為常漸以成俗標異而圭角者悔吝旋及和光而溷泥者富貴立須雖陛下焦勞聰明如此之切至理何益矣伏請下明詔為畫一之法使居是官理是人職(集作奉)是法者必有明績然後許遷擢考功之殿最無敢阿比而干刑司則能者日進不能者日退而庶工立事之績將褒揚記述之不暇矣陛下備衆官以序賢俊而乏材之歎未輟於終食者猶奉(集作田奉)上者遷之太亟居下者刻之太深故也古之取人也拔十得五猶以為多也曲輪直桷各適其用今則不然舉於禮部則曰幽昧凡陋而不可採選於吏部則曰聲名虛浮而不可用工文者則懼華而不實敦質者則懼朴而寡能冠蓋之族則以

為因依微賤之人則以為幽陋上求之愈切下搜(集作損)之彌深夫士何負於有司而乃蹇頓之抑剜之如是哉才能如積鬱抑居(集作在)下一朝關輔(集作將)相之職卿士(集無士字)大夫之官求之不得則曰岳不降神時之乏人於是循環其所已用者迺遷居上者不知格限無聞聲績或一時三(集作趨)拜或再歲九(集作四)遷是以位高者當能也(集作以是為適當然耳)是仕進之門常闒而天子之官天子之權當途者五六人迭居持之而已以陛下之明聖夫豈不欲國之得人乎以宰相之公忠夫豈不欲人之足用乎蓋從來已久因循如是耳伏惟陛下曲(集作申)勑朝廷州府令每歲各舉所知於禮部吏部於計偕常選之中訪察推擇得其人則待以不

文苑英華　四百八十九卷

次之位遇以非常之恩不得其人則必行殿最(集作罰)以懲渝(集作踰)濫則周之以亭舜之可封坐而致矣乏才之歎何有於聖朝乎陛下謂蠹於法者無不去而法未脩明切於政者無不行而政未光大者由有司長吏不得其人也捨人務政雖勤何益臣伏見赦書(集作令)節文周備纖悉然空文虛聲溢於視聽而實功厚惠未有分寸及於蒼生主(集作聖)德不宣王澤不流雖陛下寢寐思理宰相憂勤奉職不可(集作又何)為也夫將直其枝必正其根朝廷乃根也州郡乃枝也今朝廷之號令有朝令(集作出)而夕改者矣主司之法或有昔(集作昨)破而今行者矣伏惟陛下正綱以張萬目澄源以清萬派則四方大幸矣由是言之非道廣而難濟事

繁而愈失也實承詔將事者之罪耳制策曰周之受田有經制漢之力(集作名)田有恒數今疆畛相接半為豪家流傭(集作庸)無依率是編户本為交易焉得貪(集作奪)富以補貧將欲因循是曰(集作豈)損多而益寡酌於中道其術如何者臣聞古之道不可變也古之法不必行也夏之桀殷之紂周之幽厲井田法非亡也而天下大亂我太宗玄宗井田法非脩也而天下大理夫貞觀開元之際不受田而均不名田而贍者朝廷正法令行一人之術(集作宪)得以聞一吏之犯得以除由此致也是法之舉化之成則田自均人自贍而天下陶然化矣豈待曲吏(文粹作川防)而事為(文粹作川制)乎其與貞觀開元非異時也法苟未行政(集作人)苟失職徒易其

制處(集作更)擾人歛怨而已矣(集作耳)制策曰取人惟其行不必文采命官惟其才不必資考然則行非造次而備察才非錯綜而遍知不必文采為重輕而士可進退不必資考為程準而吏有條貫適變矯枉渴(集作合)於良規者今之取士以文學(集作字)記讀為法其素履(集作敎)實行則無門而知使由文學(集作字)而進者往往犯奸賊(集作贓)為梟獍此誠甚弊也乾元以還版籍斯壞而所在游寄莫知所從(集作從來)伏請勑天下人士未歸者一皆復貫願留者則令着籍置鄉校縣學州庠以教訓其子弟長育其才志自鄉升之縣自縣升之州自州升之禮部公卿子弟盡育(集作養長)于京輦者則使之必由太學然後登有司如是則其幼弱其壯老發

言舉足云為趣進皆可得而知矣然後參以才藝試其器用誠取人之急務伏惟陛下裁之容(集作若)資考之(集作以)限其章句之庸才資蔭之常調者宜仍舊貫(四字集作而欲得)賢能之士則皆(一作宜)行臣嚮者之謀從有司長吏之舉其賞必行(集無行字)其法信焉可已也制策曰何方可以序六氣來百祥何施可以壽群生仁衆姓徵於前訓而可據設於當代而易從勿很勿并以稱朕意者臣聞古者山林藪澤皆有時禁動作之為害(集無害字)無差月令則六氣以序百祥以來而懷生之願莫不躋仁壽之域矣今捨此而不務殺胎毀卵傷仁撓和而使諸(集作奉胡)夷之法以正月五月九月斷天下之屠欲蕃物產而祈福祐斯亦誣(集作無謂)矣伏惟陛下動

遵月令垂(集作前)訓可據之文事稽時禁當代易從之道施之而不已執之而有恒則帝皇之美遠想於今日矣謹對

文苑英華卷第四百八十九

文苑英華卷第四百九十

策十四

直言

賢良方正直言極諫策二道

賢良方正直言極諫策 寶曆元年

問皇帝曰朕恭守憲祖中興之運穆宗紹寧之業寅畏兢
翼亦免荒墜諸侯忠上而奉職卿士循法而恪官四夷內
向兆人休息至於屬統垂文程示後代終有致人之意未
有理人之術古人云希顏之徒亦顏之流也又曰舜何人
也余何人也予竊不讓欲追蹤乎三代俯視乎二漢陶今
俗於至道躋兆人於泰和子大夫皆藴器應薦憤憤悱悱
思所以奮者於日久矣當極其慮開予鬱滯夫禮樂刑政

理之具也禮樂非謂威儀升降鏗鏘柎舞也將務乎阜天
時節地利和神人齊風俗也刑政非謂科條章令繁文申
約也將務乎愧心格恥設防消微也必有其論何方致之
四人混處遷於異費一作物歷代已降皆所共患士本於儒
而有詭道之行農尚篤固而多損本之心工繕用物而作
雕磨之器商通有無而貴難得之貨思矯其弊必有其術
漢高之基稱蕭曹孝宣之興稱丙魏朕觀其書燦焉盡在
我國家之盛其紀年則曰貞觀開元其輔相則曰房杜姚
宋朕觀其書則拔群絕類者不能相遠然兩朝之盛四子
之能不可誣也將與元化合德謨謀而無際歟爲史官詞
志不能久於其事詔令作其事業歟口食至多而墾闢者惰供億

至衆而財官是空官無闕員而家食者告困德澤仍疎而
鰥弱者未贍必有其旨何以辨之無泛無畧無游說無隱
情以副虛求朕將親覽

舒元褒第三人

對臣久評今之天道運行地力負載生生滋息皆與堯舜
禹湯之時不異及言其理亂安危則邈然數千里而遠臣
因靜索其源蓋由時君之所致也在禹以夏王桀以夏亡
在湯以殷王紂以殷亡是古今有異耶直人事而已矣臣
嘗病之願抱血誠而寫置於天子之前天路甚高無由上
達所以卒歲於悒如抱沉痼天意似知臣有移時之術而
能懇懇不已幸使臣不爲霜露所薄而無犬馬之疾得遭
遇陛下嗣位之日首以直言極諫徵夫賢良方正之士而

虛心以問之此乃五帝三王之所難行而一朝陛下盡能
行之所謂天地交泰之時也臣不敢懼避願就湯鑊之誅
願盡吐成敗利害之根願解天下元元倒懸之急也亦不
枝蔓藻飾以爲言上緣聖問下切人情度陛下必能行之
者而後言之伏惟陛下察其忠而諒其直實天下幸甚謹
昧死上言制策曰古人云希顏之徒亦顏之流又曰舜何
人也予何人也予竊不讓欲追蹤乎三代俯視乎二漢陶
今俗於至道躋兆人於泰和子大夫皆藴器應薦憤憤悱
悱思所以奮者於日久矣當極其慮開予鬱滯者陛下首
問及此有以見聖人思理之深也臣聞楊雄有希顏之言
顏淵有慕聖之語皆謂生雖異代但行其道即其人也今

陛下蘊上聖之姿執大寶以御乎人夫寒暄發於咳唾生死繫於喜怒其力與天地爭一作同大其財與泉源不窮臣竊謂以此之力提五岳而塞乎四海也今賜策曰予竊不讓欲追蹤乎三代俯視乎二漢此乃陛下謙光之至也微臣敢不拜舞稱賀條列而言乎臣聞三代之理以義化天下其循天地之無不覆載日月之無不照臨雖負至聖之姿常若不足在求賢以輔張諫以規憂天下之憂樂天下之樂未嘗枉一物而私其功也三代之後亦求其所理之門何者足以立功而親人此道苟失在未嘗有思天下之苦既不知其苦必輕用其人所謂輕用者非謂日殺不辜蓋以天下之力既困而上之用無節上之用無節則有轉

死溝壑之患生於無節足以爲生人之刀鋸也又有甚於此者則爵祿徧於輿臺威福生於左右刑罰不足法令不行天下昏亂猶不知覺自以爲萬代之安以此求理何異緣木而求魚哉今陛下欲追蹤乎三代則莫若用三代之理何者伏望陛下以其德理天下則思求賢以廣其覆載以貞明並日月則思納諫以助其照臨察逆耳之言則知其爲端士而進用之聞悦心之語則辨其爲邪諂而斥遠之御一膳思天下之饑披一裘思天下之凍覽國史思祖宗創業之艱難覩貢賦思黎甿耕織之勤苦居宮殿思採伐之勤勞視嬪嬙思離曠之怨恨聲色遊宴悟伐性之言馳騁畋獵念垂堂之戒戢六軍無令恃寵抑近習無縱威權無使有求恩之名無使有得幸之號無使內干外政無使中奪外權無垂餘喜之賞無行遷怒之罰無求悦目之華無好蕩心之巧此乃三代明王理天下之術也陛下誠能慕之則宜法而行之行之不已自然遠超於三代矣況俯視二漢乎此則陶今俗於至道躋兆人於泰和又豈勞聖慮哉制策曰夫禮樂刑政理之具也禮樂非謂威儀升降鏗鏘拊擊也將務乎阜天時節地利和神人齊風俗也刑政非謂科條章令繁文申約也將務乎愧心格恥設防銷微也必有其論何方致之者臣聞禮樂刑政理天下之本也三代之理未始不先於禮禮明則君臣父子長幼尊卑識其分而人倫之序正矣人倫之序正則和順孝慈之

慶感於上所以阜天時也貴賤之位別於內則奢侈耗蠹之弊息於外此所以節地利也自然上下交泰而天下之心悦天下之心悦因可以達於樂樂達則神人自然和矣神人和則風俗自然齊矣仲尼曰安上理人莫善於禮移風易俗莫善於樂其此之謂乎固非謂夫威儀升降鏗鏘拊擊也伏惟陛下舉三代禮樂而行之而不以形聲之爲貴則可以阜天時節地利和神人而齊風俗刑政者國家之大典臣聞貞觀之理刑政甚明夫刑者期於無刑政者期於無政蓋以一人而齊天下能用之者則理不能用之者則亂刑設而不犯畫一之謂也政立而不易必行之理也然後能去奸宄懲暴亂而養育黎人也然其患在於任

情好惡遠近雷同雖堯舜不可為理也况今人人自為強禦欲其愧心格恥設防銷微無由得也何以言之今軍伍之人陛下之人也府縣之人亦陛下之人也旣皆陛下之人則刑政所宜共守今有惰遊無賴之人不脩本業輸貨權酤苟求微利一入北軍張影附勢憑託附籍恣行兇頑執憲與尹京者持陛下刑政以繩其罪主者則云彼越局而挫我也遂奪其威權以固護之持刑政者無由而禁徒有城狐社鼠之歎耳此陛下刑政不行於轂下况其遠者乎其外則守土之臣或多自開戶牖征徭權稅不本制條刑罪重輕率於胷臆此陛下刑政不行於內地况其遠者乎伏惟陛下明於用刑則可與期於無刑矣豈止於愧心

恥格乎率力為政則可與期於無政矣豈止於設防銷微乎伏惟陛下徵貞觀刑政而行之則天下之人有恥且格矣制策曰四人混處遷於異物歷代以降皆所共患士本於儒而有詭道之行農尚篤固而多捐本之心工繕用物而作雕磨之器商通有無而貴難得之貨思矯其弊必有其術者臣聞明君在上制四人之業不使為異物所遷令士之為儒非不強學而有詭道之行者其弊自陛下親巧諛而疏鯁直也農人之業非不篤固而多捐本之心者其弊自陛下嗜珎味而惡菲薄也工人之藝非不專而作雕磨之器者其弊自陛下厭朴素而尚淫巧也商人之利非不多而貴難得之貨者其弊自陛下貴珠玉而賤布帛也

伏惟陛下斥巧諛則士無詭道之行矣絕珎味則農無棄本之心矣碎淫巧則工無雕磨之器矣賤珠玉則商無難得之貨矣矯弊之術其在此乎夫矯弊在先原其本然後責其末何者制士人之祿使稍優寬農人之稅使加薄酌工人之庸使當直來商人之貨使其通如此自然各脩其業矣復敢有為異物所遷則陛下之刑政存焉制策曰漢高之基稱蕭曹孝宣之興稱丙魏朕觀其書爍焉盡在我國家之盛其紀年則曰貞觀開元其輔相則曰房杜姚宋朕觀其書則拔群絕類者不能相遠然兩朝之盛四子之能不可誣也將與元化合德謨謀而無際歟者臣聞元首以輔弼興理自古王者期建非常之業則必有非常之人

以佐之漢之高祖資蕭曹孝宣憑丙魏一則以創業一則以中興其道可得而知也漢祖起於布衣以有天下大敵未滅日月持久蕭曹匡輔謀計居多所以覺其功業盛也孝宣起於人間霍光歿方親政事然霍光雖乘時之功不通經術非王者之佐弊政尤多丙魏乘弊之餘以竭股肱之任卒致中興所以覺其輔佐之勞也我太宗玄宗明聖之資海內從化而房杜姚宋當至理之代皆盡啓沃之力咸有匡輔之道主聖臣賢君臣道合是以貞觀開元與漢之功臣有異而兩朝功德事業光乎史冊陛下以拔群絕類之不相遠者臣竊所謂主聖臣賢道合交泰正史氏無德而稱焉制策曰口食至多而墾闢者惰供億至繁而財

官是空官無闕員而家食者告困德澤仍臻而鰥弱者未贍必有其旨何以辨之毋泛毋畧毋游説毋隱情以副虚求朕將親覽陛下終問及此有以見聖心憂勤之至也微臣敢有所隱而不盡言乎陛下以口食至多而墾闢者惰供億至衆而財官是空非上失勤儉之化而下棄其本不務乎夫欲墾闢多而財賦足者莫若勸人之務本務本在百姓樂其業而墾土以穀樹桑以絲此者（疑作皆）取之於厚地厚地之出如泉源焉豈有窮竭耶今捨此不務而欲墾闢之不惰不可得也今陛下宮室池臺之盛則人務採伐而輒趨斧斤之利此耕夫十去其一也後宮羅紈鉛紅（一作錦）綺者數千人日費數千金此耕夫十去其一也尚食之饌

窮海陸之珍以克上方一飯之資亦中人百家之産此耕夫十去其一也廐馬與鷹犬之多皆使厮養之其芻粟粱肉之供一物之命有甚於人此耕夫十去其一也車輿服玩皆錯以兼金鏤以美玉或文犀瑇瑁大貝明珠齒革羽毛窮異極奇採之者或航滇海梯崇山力盡不回繼之以死此耕夫十去其一也有假於浮屠削髮惑衆而建立寺宇刻彫像形度天下之多不下數十萬此耕夫十去其一也姦吏理人苟以應辦爲先急徵其租厚剥其賦以媚於左右此耕夫十去其一也上好珍奇則商通無用之貨上好伎巧則工作無用之器器與貨皆出於人力乃委於無用之地此耕夫十去其一也此數者乃困生人之力而竭

國用之甚者陛下誠能慕乎茅茨之化絶浮屠惑衆之教抑姦吏賦斂之心閉工商無用之事則百民皆歸本而墾闢矣何慮乎口食至多哉陛下誠能節嬪嬙之侍斥犬馬之繁減海陸之溢省車輿服玩之珍則賦自然足何慮乎供億之衆哉故語有曰百姓足君孰與不足使伊傅復生爲陛下計者不能易此也陛下以官無闕員而家食者告困豈非擇才授任之不明歟遷轉課績之不覈歟今自三事及群有司皆有其官有其禄考成在於歲滿則轉不知陛下何以選而致之哉臣聞詩曰濟濟多士文王以寧言内外各用其人爲理而天下安寧也今多士盈朝而使陛下憂勞若此雖無闕員將何用哉其（疑作甚）失文王以寧

之謂也陛下何不各於其局而考其課績有其效者則升之無其效者則退之如此則尸素充員者鮮何憂乎家食而告困哉陛下以德澤屢降而鰥弱者未贍豈非方鎮之臣爲壅遏其恩者耶竊見今主守（一作守土）之臣與聚斂之臣巧計萬端割剥生人膏血兩税之外徵率雜科以爲非時之進富貴（疑）陛下恩澤於是有月進時進朝賀之進羨餘之進當進之時表章上言皆云臣自方圓不擾陛下百姓舉此一節則明其欺詐甚矣今長吏節度觀察刺史之家其奢者家僮數百人其儉者不下百人以其禄俸自給尚且不足必重斂於人以繼之則明知其所進非禄俸也既非禄俸而云不擾百姓將何得哉所以兩税之外常有誅

求塩鐵榷酤重叠籠稅託爲進奉般次相運水陸轉輸半入私家今天下之人流離棄業日益困矣而陛下無由知之雖仍降德澤德澤不流則鰥弱從何而贍陛下聞之得不爲少軫聖慮少動聖心臣竊料陛下將不忍聞也陛下倘察臣之言特回聖意一爲恩之勅有司簿天下舊定之租賦禁奸臣非法之誅求減塩鐵榷酤之繁稅絕天下無端之進奉如此則德澤自降天下之人自獲蘇息富而庶矣豈慮乎鰥弱之不贍哉然清閒所及皆當今之切者微臣上言亦已盡矣陛下察而行之在陛下畱心庶政而法其兢兢業業者而已何者陛下春秋鼎盛上荷十二聖之重構自即位以來嘗日旰不視朝大臣憂懼百辟惴慄進

諫者詞旨懇切陛下既嘉其忠亦允其請然宰相卿士未有轉時之對則萬幾之重其闕幾時加之千門之深羽衛之隔則堂上之遠豈止於千里哉雖陛下雄傑聰明極思慮而憂天下何由而得雖曰徵賢良爲直諫又何益於理故傳曰其身正不令而行其身不正雖令不從推是而言則天下理亂不由陛下而致其由誰乎臣所謂畱心庶政而法其兢兢業業者蓋由此也况今大弊未去其可忽之耶臣所謂大弊者在法吏之舞文權臣之弄柄朋黨連結貨賄公行以中外（一作高權）重位出入迭居名器輕於糞土公侯徧於頑駑恣行威福苛傷暴殘諫官不敢論御史不敢糾雖陛下有天下之名而此輩乃害天下之實此弊不去

生人未安陛下必欲去其弊者拔其根本斥諛佞進忠賢早朝而宴退引宰相公卿詢訪天下之利病至於群有司皆使鯁直列侍而親决萬幾之務此乃聖帝明王理天下之術也伏惟陛下畱神獨聽無惑於左右則四海九州幸甚微臣敢愛一身之死而不直乎謹對

賢良方正直言極諫策（長慶元年）　策問（見沈亞之集）

問皇帝若曰蓋聞舜禹之有天下也起於側微積德累勤多歷年所夫經盛聖之慮豈有遺（登科記作過）哉然猶好問察言勤求賢士蓋以承天（沈亞之集作祧）之任重憂人之志深也况朕長於深宮涉道日淺繼（後篇作奉）列聖之鴻緒撫萬寓之烝人（集作矜人詔令作黎人）夙夜嚴恭不敢有懈實懼燭理未究省躬

未明所以詳求讜言以輔（後篇集本並作補）不逮子大夫是宜發所蘊蓄沃予虛懷極意正（登科記作盡）詞勿有隱諱（集作所隱）昔王政之興（後篇作昔王者之政）必臻於康泰霸道所立猶致於富強我國家提封溢於三代酌憲兼乎（後篇作于）百王無堯湯之災積祖宗之理而人未蕃庶俗尚彫訛家無蓋藏公門儲蓄（集作備後篇作待）卒乘之數貨弊之資統而校之莫繼前代豈率土生植（後篇作殖）變於古歟固已揣摩必窮（集作究）利病明徵未（後篇作得）失之漸具（一作用）陳興盛（詔令作復）之暮且文武兼學（登科記作行孝）以成功（後篇作身）士農迭居以豐業故家給足以戀（文粹作固）本才周可（後篇作足）以應時近古各循一端不相資用致令從事異心難成考課（登科記作難以成課集本後篇並作難於成課）去秩（集作民佚）無守輕爲

情游指明共貫之方登科記作由 斯合二途之利求言化理期酌厥中施爲或差得失斯遠將脩睦勸義集作善 則在下難知將任數馭情則人心益僞思聞旨要得合誠明旌別比周之情敷詳忠厚之道知人則哲從古攸慎九徵恐泥五事難精或望可服人而才非周物或言皆詰理而行則一作有後篇作或 乖方宜陳取舍之端用明後篇作彰 真僞之辨至於朝廷之闕四方之弊詳延而至可得直書退有後言朕所不取子大夫其勉之

此策問四百九十三卷重出今已削去

麗嚴

對臣言臣少從師學講論載籍爲皇爲帝爲王爲霸之所

行理亂興衰之所由起迨壯歲而以身處窮賤又得農桑工賈之利病人情風俗之厚薄思願一發於明天子之前鬱抑于中無因自致乃月正日陛下有事於南郊廻御丹鳳樓赦天下臣與百姓咸觀列在大陛之南祥風比來時聆德音乃聞有直言極諫之召私自快喜得進所志一作志可進於今日也今蒙陛下親策於赤墀之下懼所以燭理未究省躬未明乃使臣極意正詞勿有隱諱臣其敢不直不極而有闕陋哉臣生三十年實沐唐化恨無以自效於日月之下乃逢昌運獲進狂言願增天高以益地厚懇迫激切不知所裁謹昧死上對制策曰昔王政之興必臻於康泰霸道所立猶致於富強國家提封溢於三代酌憲無乎百王無堯湯之災積祖宗之理而人未蕃庶俗尚雕訛家無蓋藏公闕儲蓄卒乘之數貨弊之資統而校之莫繼前代豈率土生植變於古歟將阜時政令失於今歟固已揣摩必窮利病明微末失之漸具陳興盛之謨臣聞以道化者皇以德教者帝以禮樂刑政理者王夫以處天下之尊舉四海之力爲皇爲帝爲王爲霸致之一也猶反掌之易而況人之誠僞時之厚薄必由上而下者乎帝王之道高不降於天厚不取於地遠不致於四夷師友輔弼而已矣師友輔弼豈有他求哉賢哲忠信而已矣是以古之聖帝明王念天地之無全功也不自尊其德仰日月之有薄蝕也不自是其明必求賢哲置諸左右然後德尊而益至臣

日獻其謨君日行之臣日聞其過君日改之其始也一善出於臣其終也百善歸於君以爲皇者師帝者友卒未聞師聖於皇而友明於帝後之王者其或不然臣有所獻或慮乎美歸於下是以言有所不聽臣有所替或慮乎惡彰於己是以過有所不去然則曰諫我之曲彼必二乎曾不知疾之在身必飲醫工之藥而醫工未必免病也飲其藥者或有效焉必待其筋力異於人顏色殊於衆而後飲其藥則疾之根本得不爲深乎今陛下邁皇帝之聖輔弼有師友之賢所謂聖賢相逢而上古之理可得而致猶慮乎人人未蕃庶俗尚雕訛則理不優於三王德不超於五帝其致之哉誠有道焉臣願陛下詳觀典圖舜禹所以待夔

契者何如哉貞觀所以任房杜者何如哉開元所以用姚宋者何如哉其所以致堯舜成湯文武之名貞觀開元之理何如也今陛下自即位以來舜禹之心已刑於四海矣陛下尊敬師傅拔用忠賢謫棄奸貪發散滯積皆舜禹之心也臣願陛下尊敬之不廢其道拔用之不廢其言謫棄之令勿復之散發之令勿斂之夏書曰靡不有初鮮克有終陛下能終之又何憂蓋藏不贍於下人儲蓄有闕於公府鑄鋒銷鏑卒乘之數可減於後事薄賦節用貨獎之資可益於前代未失之漸莫甚於賢不任而政不脩興盛之謨莫先於復開元而履貞觀則三代之康泰可翹足而致彼五霸富強之術安足爲陛下道哉制策曰且文武兼學

以成功士農迭居以豐業故家給足以戀本才周可以應時近古各循一端不相資用致令從事異心難成考課去秩無守輕爲惰游指明共貫之方訢合二途之利者臣以爲文武之道雖不同士農之業雖各異而要歸於脩其職業而濟於時也今之所謂文者何哉文采而已所謂武者何哉騎射而已欲求兼學其可得乎經緯古今文之業也用之於武武之德也禁暴戢兵武之業也用之於文文之輔也不脩其本而事其末欲求其備其可得乎今苟各視其才以授其任亦可以濟天下之務矣是以仲尼有四科以盡其道漢高有三傑以成其功所以不求備於人故能創業於前代垂教於無窮者也士農迭居以豐業今所以

輕爲惰游者國家自幽薊兵興人無上著士者農者遷徙不常慕政化則來苦苛暴則去祿有厚薄在桑土不均則知去秩者無守不爲惰游者何所歸乎陛下端心克己於上任賢使能於下則文武各得其任士農各安其業矣寧慮家有不給才有不周之患乎制策曰永言化理期酌厥中施爲或差得失斯遠將脩睦勸義則在下難知將任數馭情則人心益僞思聞言要得合誠明旌別比周之義敷詳忠厚之道陛下以脩睦勸義爲念而以難知益僞爲慮豈耳目之臣未盡得賢乎何憂歎之深也自中代已降淳朴既瀉賢不肖混淆莫能兩辨臣以爲天下之事統而計之善而不可以爲惡者十一二焉惡而不可以爲善者十

一二焉其間六七之多率中人也法令脩明則賢人多也懲勸不精則貪冒衆也必在上有所施行而在下有所承流者乎且陛下左右惟賢所進惟賢則四目明四聰達不難知矣陛下左右非賢所進非賢則僞行堅僞言辨心益僞矣今陛下必擇忠賢居之左右以爲耳目以爲腹心矣任忠賢所進者復何疑乎誠若是則管夷吾鮑叔牙友進之不爲比和奚祁午父進之不爲私是在陛下有所任之而已制策曰知人則哲從古攸慎九徵恐泥五事難精或望可服人而才非周物或言皆詣理而行則乖方宜陳取舍之端用明（一作彰）真僞之辨者陛下清問及此非念切求賢取士之道乎夫求賢取士所以備官也設官所以分理

眾務也夫得一尺之木將斵以用之必使匠者有一塊之土將埏而器之必使陶者今陛下選人以仁天下皆歸於仁矣選人以義天下皆歸於義矣夫理天下者必以仁與義矣今朝廷用人不以仁而憫默低柔進人不以義而因循持疑言有不符於行才有不足於用矣陛下雖欲精五事五事何術而精雖欲法九徵九徵焉得而法若是求眾務之理者是以材與陶以土與匠而求器用之得也不亦難乎今朝廷開取士之門不為不廣其中選擇精詳望為俊彥者通於進士中外之重擢清秩選於是者十八九誠有才有器亦盡萃其中然而所采者浮華之名所習者雕蟲之枝是以主教化者不道皇王之術官牧守者不知疾

病之源豈其有任事之才而無任事之智乎蓋藝非而職異也臣聞古者有豢龍之官夫龍神妙不測變化無窮而能節其嗜欲察其動息擾而制之無所不得者蓋代襲其官述脩其業也楚人之操舟冀人之乘馬豈盡性哉必習而善矣今縱未能大更其事茍明殿最考績之科驅天下之人於脩效飭行之地假如任某官著某行立某事舉某善雪某冤必擢而遷之文能著某行立某事舉某善雪某冤又擢而遷之蔑然無聞不待罪而黜之則下無蔽善黨惡之情矣下無蔽善黨惡之情則賢者不進於朝廷復何往也安有言行相乖才望不稱者乎制策曰至於朝廷之闕四方之弊詳延而至可得直書退有後言朕所不取者

臣陳帝王之道於前矣陛下又垂問以朝廷之闕四方之弊豈不欲躋人於善道補政之闕遺哉臣又陳取士任賢之道矣陛下誠能任賢於上待人於下朝廷豈有闕而不脩四方焉有弊而不去何必備繁細之事以干聰明者矣夫有天下者莫不欲使人富使人壽使人遷善使人無惡統四夷於荒外正百事於朝廷夫欲人之富莫若厚耕殖欲人之壽莫若和陰陽欲人遷善莫若明勸賞欲人無犯莫若慎刑罰服四夷莫若脩文德正百事莫若任忠賢忠賢不任雖日親眾務百事其得而正文德不脩雖日致干戈四夷其得而服刑罰不慎雖日殺千人奸盜其得而止勸賞未明雖日爵千人禮樂其得而脩寃濫未盡雪陰陽

莫得而和浮屠未盡去耕殖莫得而厚此六者政之大端也伏惟陛下念之抑臣又聞非知之艱行之惟艱陛下懼化之未光懼德之未洽懼一物之失所懼眾政之有乖訪遺闕於下臣張條目於清問凡前強對者莫不備陳所得則陛下知之不難矣在行之何如耳臣又以天下之事小大萬端陛下深居九重廣有四海安得勞心神於思慮之外極聖明於視聽之表臣願陛下為一事必師於古行一道必法於天明日月之光正星辰之位降雨露之澤振雷霆之威內得夔龍掌萬機之務外選方召視百事之成利於上者必慮於害人擇疑作懌於志者必求諸非道則天下之望慰微臣之志塞矣謹對

卷第四百九十

文苑英華卷第四百九十一　策十五

直諫

直言極諫策一道

茂才

茂才異等策一道

直言極諫策（建中元年正月十五日）

問朕聞古之善爲國者未甞不求正士博採直言勤而行之輔成教化者也朕臨御日淺政理多闕每期忠義切投藥石子大夫戢翼藏器思奮俟時今啓乃沃予當有犯而無隱朕竊不自揣敢慕前王上法義軒下遵堯舜還（一作返）已散之淳朴振將頹之紀綱使禮讓興行刑罰不用而人

猶輕犯吏尚循私爲盜者未奔不仁者未遠豈臣非稷契而致是乎爲君謝禹湯使之然也設何謀而可以西戎即叙施何化而可以外户不扃五諫安從三仁誰最周昌比漢高於桀紂劉毅方晉武於桓靈但見含容兩無猜怒故君不失聖臣不失忠子既其儒應詳往行四賢優劣佇辨深疑在於朕躬所有不逮條問之外委悉書之必無面從以重不德

對　　姜公輔

對臣聞堯舜之馭寓也以至理理萬邦以美利利天下百姓猶懼其未化也萬邦猶懼其未安也乃復設謗木詢讜議不敢蒲假不敢荒寧伏惟陛下玄德統天文思居業慎重光之丕緒返淳古之休風光啓憲章疇咨管蒯錫臣之策思以啓沃臣徃簡不知化源謹昧死稽顙輙陳愚慮制策曰朕竊不自揣敢慕前王欲上法義軒下遵堯舜還（一作返）已散之淳朴振將頹之紀綱使禮讓興行刑罰不用而人猶輕犯吏尚循私爲盜者未奔不仁者未遠豈臣非稷契而致是乎爲君謝禹湯使之然也大矣哉陛下之言乎臣聞禹稱善人不善者遠矣伏見陛下徵隱逸於空山拔夔龍於下位聘名士禮賢者善無欲之徒發惟新之詔使吏肅人悅法明令張而猶曰君謝禹湯臣非稷契此陛下讓之至也臣何敢間焉夫中於道者易以興化失其道者難以從宜事爽其分則一毫以乖事審其分則殊途同歸

計歲者非一時而可用致理者非一日而成功但立法於制事之初望化於經年之外使損益鑒於興替寒暑漸於春秋何憂不均理於義軒同光於堯舜制策曰設何謀而可以西戎即叙施何術而可以外户不扃者陛下乎惠心和戎狄相彼君長解辯户庭應以地僻遐荒未知聖造伏以戎狄輕而寡信貪而無親視邊戍申嚴則請通國好覘疆埸無備則蠆啓貪心固難可以禮義和難可以恩澤撫取今之要莫過於智將悍卒設險邊隅臣伏以陛下且以恤下爲心不以西戎爲慮今請制其邊兵有常數邊將有常務分其土而居之給其畜而業之因其業也而爲之城池因其將焉而爲之牧守又申嚴其令使獲虜馬者賞以

馬使獲虜羊者賞以羊人皆固業戰自力倍則可少安今
積甲日深興戎歲廣黎人抗弊未可勤師伏望利物之原
息人之道使廣庚類農桑以時弘濟濟之士於朝盛洋洋
之化于野使其來也慕斯文物之盛居其邊也杜其利欲
之求然後款塞而可即叙矣夫姦邪生於豪傑廉耻生於
禮義禮義立孰有不耻且格乎衣食足孰有背義趨利者
乎臣以爲遂其富利之業申其仁義之化則外户不扃矣
制策曰五諫安從三仁誰最者夫諫者以諷爲先亂國非
無直言也直言不用故諂諛勝矣理國非無諂諛也諂諛
不用則直言勝矣時逢否閉仲尼或守其主文今日昭明
微臣請從其直諫臣之職也敢二事乎昔商紂不君雲棄

天物三仁弼諫藩捍宗彛退八百之師抑三分之衆均其
憂亂俱可稱仁較其持危或非同德比干知死亡之義且
曰陷君微子去父母之邦或云智免進退不失其正在于
太師乎制策曰周昌比漢高於桀紂劉毅方晉武於桓靈
俱見含容兩無猜怒故君不失聖臣不失忠予既其儔應
詳往行四賢優劣佇辨深疑臣聞君明則臣直二聖以乘
時開國叅佐昌圖二臣以委質造邦克扶興運開忠讜之
路成不諱之朝固擬議先倫比方不怍將以感君之未寤
致理於昇平絶好惡之門傳和睦之代名高終古傳在策
書巍巍三代斯爲盛美臣素無學術謬竊對敭若變其微
斯言之玷使臣以禮晉武寧劣於漢高皷怒抗辭周昌不

優於劉毅制策曰在予朕躬有所不逮條問之外委悉書
之必無面從以重不德者臣固凡陋越在側微仰天地之
大全空忻化育休陰陽之廣運毎荷陶甄豈意聖詔荐臨
猥垂下問心慮煩越憂蟲不覩於春冰曲士寧知於天道
欲申微素進退憂惶伏見陛下以道生成以德覆載賞以
春夏刑以秋冬捐金玉於江湖叉珍奇於藪澤委符瑞爲
草莽用忠良爲靈慶臨群下以正德惠兆人以厚生誠太
平之道也刑措之漸也臣不勝其忭願陛下俯仰必於是
寤寐必於是詩云靡不有初鮮克有終抑臣以爲知終終
之可以存義者其惟聖人乎伏惟陛下終之臣不勝葵藿
傾心之至謹對

茂才異等策

問大禹求賢而夏德長茂文王多士而周道緝熙然則爲
政在人人存政舉朕德薄化淺嗣膺寶業夙興寅畏若涉
大川求思至謨庶答天誡子大夫志行修絜學術通贍儲
思於天下之際研精於大道之極儼然就辟良用嘉焉廼
者夷夏多虞烽鞞屢警因之以荒饉生人蕩析比屋榛蕪
今八表甫清萬兵未戢朕恭承丕緒寔濟横流期致和平
惟新制度而成湯受夏周武定殷劉矯嬴弊魏乘漢俗以
亂爲理以安易危必有至政存乎令典同符今日可舉而
行精辯所長著之于策禹謨之六府三事周法之八政五
紀有守有爲是彝是訓經綸遠古用彰得失國志詳載天

官必書成務濟時莫斯爲急並宜明勑功利別白條流較聖王之損益救今代之用捨沿革之要茂對所宜令欲廢關市之征輕什一之法(一作賦)歸踰年之戍罷無事之官則國用靡資軍食尚歎人多胥怨邊有侵軼匠無良畫明示謀謨其法令或不便於時吏人將未適其任賢士見沉於負俗遺綱有補於化源可以均沃瘠於原田便工商於市肆改制微物釐創見正復務官曹澄清流品使朝有濟理之仕邊有死難之臣而返俗廉隅還風朴略必書効實指陳利害授簡之外尚有令圖各釐所聞備申讜議虛懷固久勿隱予遠

對　杜元頴

對臣元頴案周易君道下濟臣志上通謂之泰其繇曰小往大來臣歷觀書契以還君德定位未有遺斯道而能達聰明目光極鴻業者也伏惟陛下誕膺明命克敷文德覿降大問詢于微臣愚臣智識庸鄙經術短淺不足以充明詔之言而隱罪大矣敢不俯罄愚衷仰謝萬一制策曰朕躬(策問作恭)承丕緒思濟横流期致和平惟新制度且(策問作而)成湯受夏周武定殷劉矯嬴弊魏乘漢俗必有至政存乎令典者臣聞湯革夏政野以質(一無此三字)武革殷政兕以文(一無此三字)秦暴以亡漢寬以矯此皆古王之令典也比東漢既衰皇綱幅裂曹操挾天子以令諸侯用漢法以取威權中原粗平遂偷神器其政刑典禮蠢駁前世固非蕭曹畫一文景更令之比也雖曰革命固無足採陛下承七聖以取大器赫雷電以掃群兇功高一戎業定再造欲維新制度以救生靈幽明動植罔不稱慶實天下幸甚然臣之私心有願獻替不憚斧鉞以干龍鱗伏惟陛下少留意焉臣聞自古王者易姓受氏告成于天則維新制度以攻人視聽所以示亡王之驕僻也所以揚造邦之耿光也其餘少康復夏武丁興殷武王興周光武紹漢則皆舉用舊典以昭其先朝之休德淳茂也以辯其兇逆之謟天干紀也以志其昭前之光而纂脩其德也我高祖勤恤人隱始除暴亂而建王業我太宗叶贊經綸增輝先聖皇天眷祐祚以名臣於是酌之人心參之典禮立我王度爲萬代業陛下誠

宜恭以守之勤以行之克配彼天立我人極矧乎周秦漢魏造邦之事非臣(一作今)之所宜言也臣又伏見去歲徵臣等詔書聖旨殷勤憂天譴見令制書首章則曰求思至謨以(策問作度)答天誡次曰期至和平維新制度下曰改制微物釐創建正臣伏念聖上豈不以彗有布新之道明欲承順天意旌于國章乎臣愚以爲自古災眚多矣大者天地震裂次者日月薄蝕小者星辰變譎皆或應或否繫于其君之德也夫嚴風不能凋翠葉凝寒不能冰醇酎何則不當凋者風則何有不當冰者寒亦胡爲然則災眚者天道之常無德者當之不爲有道者害亦已明矣陛下若欲寅畏上天大爲恭禦則德爲之實而禳爲之華居其實不居其

華此社稷之景福也制策今曰禹謨之六府三事周法之八
政五紀有守有爲是彝是訓經綸邃策問作遠古用彰得失國
誌詳載天官必書成務濟時莫斯爲急宜明勑功利別白
條流者臣聞夏禹之謨成五服也肇謨六府三事周武之
誕敷明命也寔陳八政五紀語其功利其六府者人仰以
生三事者德據以成八政爲經國之用五紀爲歲天之道
別其條流則曲直木也從革金也水以潤下育物火以炎
上同天土順則五稼阜滋穀登則烝人乃粒直已以正德
理財以利用務本以厚生此九功所以惟叙也八政食所
以生人也貨所以聚人也祀所以仁鬼神也司空實平水
土司寇實詰姦慝司徒實敷五教賓以叶多方師以具七

德此先王保乂萬有也周星者歲之紀合朔者月之紀信
旬者日之紀星辰以察乾象厤數以授人時此先王所以
合德二儀也得其道者王失其道者亡古今雖殊其致一
也陛下執古之道馭今之有降此彝訓以及于臣但稟師
說難副睿問制策曰較前策問作聖王之損益撫今代之用捨
沿革之要茂對所宜者臣聞貫古今蔽天壤而不可易者
道與德也時損益而皆便於理者名與物也所以無體之
禮無聲之樂倚道之主莫不襲行其餘正朔服色聲名文
物則三代已降逮乎陳隋各從其所尚爾伏惟陛下視其
善者用之其不善者舍之此沿革之要也制策曰廢關市
之征輕什一之賦者臣以征關市稅什一者古今通典苟

不踰轍無害於人誠宜取之以資國用陛下明欲廢之輕
之以息黔首甚大惠也然臣以爲百姓之患者不生一作在
於此生一作在於法令不一賦歛迭興名目滋彰杼軸皆盡
爾今王畿之內外地州縣亦不當賦穟者何有鎮守團練
等使數州又置節度度支使皆多聚強兵增置部伍車乘
斗米皆出於人計其誅求十倍王府至於睚眦之際不戢
自焚殺長吏夷城郭者又亦多矣卒然邊陲有難羽檄交
馳必不得一人尺鐵以資天討伏望陛下下曠然之詔使
內地州縣悉依平時舊帥故老盡罷以息疲人則天下賦
稅十減七八矣制策曰歸踰年之戍罷無事之官者臣聞
王卒以舊楚子所以敗也將驕卒惰項梁所以亡也今緣

邊將士功已高位已重進不求賞退不畏刑伏望申命將
帥言於軍中有思歸者內以新卒代之願充軍者復以師
律整之夫如是則軍政必行軍政必行則邊無侵軼矣臣
又聞賞功以貴任能以職古之道也伏見比歲詔旨諸員
外兼試等官才者能者改授正員其餘並依本資數進陛
下已得八柄馭功之道矣微臣又何間焉制策曰法有或
不便於時吏有或不策同作人將未適其任賢士見沉於負俗遺
綱有補於化源者此皆經國大體則當與朝之衆君子議
焉臣位卑職疑寡何足裨補然臣以爲令合於經而人悅
之者可存也令爲救弊而作行已久而猶未安之者可省
也若乃申黜幽陟明之典則吏人砥節矣遵棄瑕錄能之

義則俊乂勅職矣若王綱者布於方冊顧在陛下行與不行何謂之遺矣制策曰均沃堵於原田便工商於市肆者臣聞度土功因地利所以惠衆人也禁末作絶奇貨所以惠工商也其要在於申明田令與不擾市人耳制策曰改制徵物鼇創建正者伏以國家受命向二百年憲章典禮并吞千古今陛下嗣聖御極孝理君臨華夏既平臨欲改制此皆先聖舊典臣竊惜之臣又聞夏以木德王而正以人統殷以金德王而正以地統周以火德王而正以天統孔子曰夏正爲得天此不易之道也制策曰復務官曹澄清流品者臣聞設官分職以藏王事猶列宿定位同拱北辰也伏見艱虞以來增制使額類官有二事人無厎從銷

錢銷食十場十擾今陛下欲使復務于官人志所厎此爲政之本也臣聞政以賄成則廉者貪匪（疑）亢其道則貪者廉此仕進之情也今聖慮及此孰不絜其源而浚其流乎制策曰朝有濟理之士邊有死難之臣者臣聞舜舉皐陶湯舉伊尹則仁者至矣今賢才夾輔俊乂揚庭猶滄海之富珠璣崑山之積瓊玉但恐未察耳伏望聽政之暇引備顧問則十六相（相字亦作才子）不專美於堯代矣臣又聞子驕者不志孝臣驕者不志忠伏望陛下訓將帥以禮示師徒以義則伏節死難者孰變其功乎制策曰致（策曰作返）俗廉隅還風樸略者臣以爲非理（疑作難）也其化也（疑作始）於朝廷公卿大夫孰不尚退讓崇節儉而率土之士疇不從風而靡乎

制策曰授簡之外儻有令圖者臣以爲當今所務者生（一作在）於興禮樂務耕稼禁游食抑奢侈其餘則詔書所以問臣纖悉矣謹對

文苑英華卷第四百九十一

文苑英華卷第四百九十二　策十六

直言

賢良方正直言極諫策　沈亞之

對臣伏念日之包明其在昏夕之時則與盲者等及屬日蒙光乃能竊玄黄披萬類傑智之才其處濁俗之中則爲愚者泯非遭聖偶時安能調陰陽育萬物其理一也盲者雖蒙光莫能視愚者雖蒙聖莫能智（集作賢）其理一也故舜禹翔其光於上益稷之徒周其視於下其由懸白日而省離婁也三代以降君之光微臣之智狹見其手而迷其足覩其前而昧其後其由舉燭螢而臨庶目也今陛下神光動天鑒彼幽塞猶懼理有未至故親省群言而臣瞽愚非

能踰於智傑副陛下之清問臣以相與貢臣（文粹作而勉臣以相與貢）臣以賢良應詔微臣所冐非任當伏竄棄之尤不足以塞罪乃輙伏進所言伏讀舋問周視聖旨見陛下思天災之病也臣愚以爲皆由尚書六曹之本壞而致乎然也今請統而條指之舋問有念人俗之凋訛及于卒乘之數貨幣之資臣請以今户部兵部之壞舉之舋問有思才周於文武本固在於士農臣請以禮部工部之壞舉之舋問有欲以辨行之真偽臣請以吏部之濫舉之舋問有朝廷之闕臣請以刑部之失舉之舋問有四方之獘臣請以山東隴右之急奏之伏願陛下詳臣之言察臣之志無以臣微而輕（集其忽）其奏也臣聞周設六官以統百辟立國八百年由綱之不絶於所制也太宗龍興華魏晉之殘政修法度立中庸設尚書六曹以叙班文武以條系天下號令既布而萬方從矣愛其人若愛己之德保其黎庶君保幼子恐有墜也明四目以先其視指其未見者也（集作指教其未見也）達四聰以先其聽喻其未聞者也（集作開喻其未聞也）尊賢之言而爲視聽視聽先張則黎庶不陷於災害而康泰矣後代雖有盜臣姦黨而終不患其亡由綱之不絶於所制也夫尚書六曹之設猶人之有六腑也耳目口鼻之樞繫于元首手足之用關于肘膝其血氣根脉（文粹作端緒）皆統於六腑符而命之然後能動用失其用者非邪則眩夫人莫不尊其（三字文粹作尊於）首故足司其所履指司其所執百體之司各勤其用則首安

其尊而不勞首之處身猶君之居上也百辟以位則君安其尊而不勞明矣今尚書六曹外雖備其官而中實謬今人俗凋訛者其由户部之綱不理也昔户部其在開元最爲治平當時西有井凉六府之饒東有兩河之賦仰給之卒不過四五帥其餘利殖所入盡與齊人四十年間富庶滂洋之若是及一日上恃昇平之功相肆威驕之很直言得死諛色獲進轉掌之間清蹕巡于巴蜀矣今西凉爲虜兩河爲兵盡開元天下之兵不過當今數郡之卒勝衣之農而百徭出矣鞭役重繁不勝於籍榷之不顧其害刑之不問其深吞危（文粹作危苦）衆多欲無凋訛不可得也兵部之選武士亦謬矣夫試射百中（集作矢）爲重馳射次之馳戈亦

吹之此武夫賤者之宜業也而真者百無一焉其餘盡買豪姦之輩役者以僥冐入奮戈戲馬者亦得中名則估肆富人之子弟彼安能致武之所用顧欲占籍自恃以逭徭於鄉閭耳而欲卒乘貨幣之克強臣未見也今兩河之間至於幽薊連屬西邊北邊而仰給之卒多於其土之齊人十九在兵部者所操曾不能制一校尉而况紐（文粹作總）其綱乎古者兵農之一體也三時務農一時習兵故春耕而夏植秋藏而冬講武誠願使兵部之綱紀根於古道之要兵部之令加於將帥之臣則本久益大矣何卒貨不克於古哉今禮部之得進士最爲清選而以綺言聲律之賦詩而擇之及乎（集作中）爲仕也則責之不通天下之大經無王公

之重器今取之至微而望之甚大其猶擊缻缶而望曲齊於韶濩也今仕進之風益壞矣必以陰詐爲朴陽明爲狂顧以武爲汙矣而况無學乎陛下何不令禮部之臣督其所業雜考其所能則人可化矣夫惟博大之士爲能無學耳夫持綱舉維非博大之士不能也夫求博大之士非竭誠不能也故殷宗之竭誠於神神感於夢而得傅說周文之竭誠於氣氣感於兆而得太公陛下如能用殷周之誠而求之何患用才之不至矣今工部之綱不舉其由百工之不條理焉且務於捷濫則能速壞惑於邪巧則多改作速壞相仍改作無已欲使財費之不窮工力之不竭臣未見也夫堯之功與天比覆居於土階之上蔭於茆茨之下

土簋而具禹親勤理水而卑宮室是二君者非不能極巧修之端故處陋而無厭蓋欲使天下之人自然而儉易從也而周官百工之職一（文粹作載）於六職之書詳矣其後昏君亂主未有不極游觀之樂窮巧侈之娛恣羅紈之靡雖有生植之衆不足充膚人之裁雖盡隴畝之農不足塞百工之役雖竭蠶婦之勞不足給綺絲之廣（集作費）秦隋之未君不如此不足以隳宗社今仕家不著籍於鄉閭亦已久矣則農夫唯恐他業之不容於趨也安肯顧隴畝而戀其本哉伏願陛下仰堯舜禹之聖敬畏秦隋之敗奢念漢文之節儉凡在百工之用關於將作內作技同者必使統於工部以觀制作之度使勞費之怨不起於下人則堯聖禹明

周規漢儉唯陛下擇耳何止士農之固業哉今吏部之補吏歲調官千餘其試以偶文儷語之書程以二百字爲準考之（文粹作其）能否以定取舍直使其人真能然尚何以補况十九皆僞人乎以此而求其實不可得也且昆吾之利莫耶之才雖巧用不能雕咫尺之木鷙鳥之羅雖善掩者不能拘蚊蚋如使恢宏博大之士裁心鏤舌於（文粹此於字作以爲）辭而其道安可見乎陛下何不命群官立於朝者歲各貢其所知各以其所長試之各以其器任之不勝其任者罪罔上闕其貢者罪蔽賢而洽聞者爵逾吹禮部吏部以時舉籍刑部督其不察如此則人人爭好賢人人務克己何患乎真僞不可辨哉今朝廷之闕衆多其最急者刑部刑

部之綱不舉其由賞罰之不信敕命迭降而其旨相違故有行之於今日而廢之於明日罪之於此而赦之於彼是慢易欺詐之藪耳欲無枉撓不可得也誠願斥其煩苛去其相逾則人人易守難犯然後命儒賢究掌之不明於此者不得爲刑部之官無令猾賊之徒輕身重貨竊法以自弄如此則清矣賞信刑果則遠罪脩巳之風序今非止於闕盖將病且痼矣夫病者其在皮膚則易也六腑尸（文粹作巳）謬氣非所經而其體痼不亦危乎臣請以醫方之言諭國之病伏惟陛下察焉臣聞良醫之理痼也陳以奇方伐（集作進）以猛餌外以針火導其血絡藥病相攻戰於其中及痼解病瘳六腑亦憊於是竭良藥以材調德膳以味從而補

之然後六腑平百體正內強而外和矣夫代之愚醫則不然必使病勝而形羸不危其身者稀矣三公六曹國之六腑也果刑信賞國之筋絡也九州百郡國之四體也四夷八蠻國之外膚也驕荒淫異國之痼病也嘉謀長筭國之奇方也強將勁兵國之針火也禮樂法度國之德膳良藥也夫百骸居於外六腑列於內相假而成生相致而動息本爲一身也及一腑失理容而不攻其久日大攻而不除其久爲痼除而不補其久復發爲廢（集作瘵）難矣臣以爲天寶貽痼始於一支而容之浸及百體幾危其形玄宗肅宗除而不終痼及興元德宗之時又無良臣可進內強之術而攻不克（集作就）先皇攻於除而不攻於補今乃復發於幽

薊居國之左右又有西戎之厲居於右掌之膚涉朧逾肘今巳及肩何以知其自掌而及肩也以安西至于涇隴一萬二千里其間嚴關（疑）重阻皆爲戎有由此知其及肩也則王畿界戎無五百里此肩之去喉能遠乎柰何容而不除也此皆發于中朝之闕而流其病也若四方之弊莫若山東隴右之急　若武備之不至又請詳舉之夫聖人之毋萬物必體天地之功故以陽爲文教極其光明也以陰爲武備盡其肅厲也夫陽盈則韜而陰藩之陰盈則復而陽濟之故能相理而不亂五月陽盈使一陰居其間明正陰之有位而盜陰不生也故聖人因之以武備至於十一月陰盈包將來之陽可太可久也故外作雪霜以厲之恐

僭陽之道也內畜燠而養之使其爲文爲光也故聖人因之求賢以爲輔雹凍霜雪禁其焚蕪陰用也故聖人因之以正刑雷風爲前驅蕩其所不通溫光從而暢（集作舒）之陽德也故聖人因之以文肴是以聖人之德文雖先（川文粹雖尚文）而武備不去前年淮夷擒齊魯滅常山死幽薊歸（集作幽燕歸文粹作幽薊亂）臣未見制法有方法也而議者且以爲兵可戢也遂用羸將守常山滯儒臨薊北不旋踵而賊氣復作矣伏願陛下慎動誡盈無傷陰之大候且行化在便人舉兵在立勢夫百斛之車百蹄之牛不能掉其轂如措之峻岅之上極之力者不盡數牛及轟然而遷則牛足之運不給輪奔矣此立勢之樞也今幽薊之兵其由病者之再病也乘

虛而強屢獨有立勢而誅之立勢之急在於聚威於深棣實力於滄定然後以趙魏臨常山環兵而攻之則冀馬之縱不望合於燕蹄矣以太原之師入薊丘則易水之東左臂不能傍運矣此拘燕固（集作四）冀之方也如其擒縱之法出於一時者則名將而用耳（川文粹作則在名將而用耳）如其威不聚於急力不實於危雖有名將不能爲也陛下凡西制戎北制虜壁壘之勢盤連交錯兵甲之多賞勞之厚以爲戎虜之畏此而不敢犯塞今以刑賞之不信也而戎臣以自入士卒虛名占籍者十五不啻日夜飛金壁走銀繒市言唯恐田園陂池之不廣也簪珥羽鈿之不侈也洞房綺闥之不邃也不如此不足以積怨勞卒及寇來則必固壁閉兵

無敢出擊者如一日戎戈東刃陛下將安倚乎今北虜猾夏循巳事嫁矣（川文粹作既已負約矣）而西戎之虛盟安足信之不可無虞也夫人性有勇怯地形有險易勇怯可以習制制之以刑則亡怯樂之以利則亡怯惜之以勢則亡怯假如陂險利強弩以持（文粹作遲）重者據之平陸利騎戈以捷手健蹄者兼之此得勢而亡怯也今士卒之獲戎者得其馬羊牛雜畜及衣裝寶絡皆與之無令有所奮奪此顧利而亡怯也蒙兵失律者皆誅此畏刑而亡怯也如此而用勇倍百矣臣嘗仕於邊又嘗與戎降人言自瀚海巳東神鳥燉煌張掖酒泉東至于金城會寧東南至于上邽清水凡五十郡六鎮十五軍皆唐人子孫生爲戎奴婢田牧種作或聚（集作嶽）居城落之間或散處野澤之中及霜露既降以爲歲時必東望啼呼（集作噓）其感故國之恩（集作思）如此陛下能不念之臣意西戎今冬當踰河拒北虜明年必大入靈武寇西城先擊監宥誠能因此時詔寧隴邠涇及南梁皆會兵計事獨得以老弱留謹城其他少壯及騎士皆持裝佩鹽糗令邠寧涇原軍皆出平凉道彈箏邠寧軍北固崆峒守蕭關涇原軍西遮木硤關鳳翔軍逾隴出上邽因臨洮取鳳林關南梁軍道鳳逾黃花因狄道會隴西得其利則擊因其牛羊足以供具各以輕騎入賀（集作河）蘭撫諭其遺人飛聲流勢延而益西則故地盡可得也如此則王畿之內安有警烽之虞哉臣固曰四方之弊莫若山東隴右今

策臣之目曰直言極諫則言無所不直直不懼於罪也若諫無不極者今百不盡臣之一二焉何者答問之所及或未利於國臣雖欲漏之而不辭則懼執事之臣不寤也辱問之所不及者當臣之所蓄（集作言實）或（集無或字）有利於國臣雖欲奏之臣懼罪言於非宜也而况晦寒（集作短晷）之晨奔光馳曜之下筆之條奏拘以文陳乎臣所以憤懣之誠百不及一二也豈無異日而顧問哉伏惟陛下察焉謹對

文苑英華卷第四百九十二

直言

賢良方正直言極諫策一道（太和二年春三月）

問朕聞古先哲王之理也玄默無爲端拱司契（舊唐書作思道）陶甿心以居簡凝日用於不宰立本以厚下（諸本作厚下以立本）推誠而建中懸是天人通陰陽和俗躋仁壽物無疵癘噫盛德之所臻敻乎其莫可及已三代令王質文迭救而巧僞滋熾風流寖微自漢魏已降足徵益寡朕顧昧理道祗荷丕搆奉若謨訓不敢荒寧（諸本作怠荒）任賢惕厲宵衣旰食詎追三五之遐軌庶紹祖宗之鴻緒而心有所未達行有所未孚由中及外闕政斯廣是以人不率化氣或堙厄災旱竟

歲播植愆時國廩罕蓄乏九年之儲吏道多端微三載之績京師諸夏之本也將以觀理而豪猾（舊唐書有時字）踰檢大學明教化之源也期於宣化而生徒多惰業列郡在乎頒條而干禁或未絕百工在乎按度而淫巧或未衰俗隋風靡積訛成蠹其擇官濟理也聽人以言則枝葉難辨御下以法則恥格不形其阜財發號也生之寡而食之衆煩於令而鮮於理思欲究此繆盭致之治平茲心浩然若涉泉水故前詔有司博延群彥佇啓宿懵冀臻時雍子大夫皆識達古今志在康濟造庭待問副朕虛懷必當箴主之闕辨政之疵明綱條之所紊稽庶富之所急何施斯革千前弊何澤斯惠于下土何施而理古可近何道而和氣可克推之本源著於條對至若夷吾輕重之權孰輔於理嚴尤底定之策孰叶於時元凱之考課何先叔子之克平何務推此龜鑑擇乎中庸期在洽聞朕將親覽

對　　劉蕡

對褐衣小臣蕡沐浴齋戒伏於彤庭之下謹頓首上言皇帝陛下臣誠不佞有匡國致君之術無位而不得行有犯顏敢諫之心無路而不得達但懷憤抑鬱思有時而一發耳常欲與庶人議於道商旅謗於市得通上聽一悟主心雖被妖言之罪無所悔焉况逢陛下以至德嗣興以大明垂照詢求過闕咨訪謨猷下制中外舉能直言極諫者臣既辱斯舉專承大問敢不悉意以言至於上之所忌時之

所禁權幸之所諱惡有司之所與奪臣愚不識（文粹有大體二字）伏惟陛下少加優容不使聖朝有讜直而受戮者乃天下之幸也非臣之所望也謹昧死以對伏以聖策有思先古之理念玄默之化將欲通天人以濟俗和陰陽之煦物見陛下慕道之誠也臣以爲哲王之理其則不遠惟陛下致之之道何如耳伏以聖策有祗荷丕構而不敢荒寧奉若謨訓而罔有怠忽見陛下憂勞之至（舊唐書作志）也若夫任賢惕厲宵衣旰食宜黜左右之纖佞進股肱之大臣若夫追蹤三五紹復祖宗宜鑒前右之典亡明當時之成敗心有所未達以下情蔽而不得上通行有所未孚以上澤壅而不得下達欲俗之化也在脩己以先之欲氣之和也在遂

性以導之救災旱在致乎精誠廣播植在視乎食力國廪
窄蓄本乎冗食尚繁吏道多端本乎選用失當豪猾踰檢
由中外之法殊生徒惰業由學校之官廢列郡干禁由授
任非人百工淫巧由制度不立伏以聖策有擇官濟理之
心阜財發號之嘆見陛下教化之本也且進人以行則枝
葉安有難辨乎防下以禮則恥格安有不形乎念生寡而
食衆則可罷斥惰游念令煩而理鮮要在察其行否傳延
群彥願陛下必納其言造庭待問則小臣其（諸本作安）敢愛死
伏以聖策有求賢箴闕之言審政辨庇之令（舊書作念）見陛下
咨訪之心勤也遂小臣屏奸豪之志則奬華于前守陛下
念康濟之言（唐書作心文粹作方）則惠敷于（文粹作孚於）下邪正之道分

而理古可近禮樂之方著而和氣克充至若夷吾之法非
皇王之權嚴尤所陳無㝡上之策元凱之所先不若唐堯
之考績叔子之所務不若虞舜之舞干且俱非大德之中
庸未可爲上聖之龜鑑又何足爲陛下道之哉或有以繫
安危之機兆存亡之變者臣請披瀝肝膽爲陛下別白而
重言之臣前所言（諸本作謂）哲王之理其則不遠者在陛下慎
思之力行之始終不懈而已臣謹按春秋元者氣之始也
春者歲之始也春秋以元加於歲以春加於王明王者當
奉若天道以謹其始也又舉時以終歲舉月以終時春秋
雖無事必書首月以存時明王者當奉若天道以謹其終
也王者動作始終必法於天者以其運行不息也陛下既

能謹其始又能謹其終懋而脩之勤而行之則可以執契
而居簡無爲而不宰矣廣立本之大業崇建中之盛德矣
又安有三代循環之弊而爲巧僞滋熾之漸乎臣故曰惟
陛下致之之道何如耳臣前所謂若夫任賢惕厲宵衣旰
食宜黜左右之纖佞進股肱之大臣者實以陛下憂勞之
至也臣聞不宜憂而憂者國必衰宜憂而不憂者國必危
今陛下不以國家存亡之計社稷安危之策而降於清問
臣未知陛下以爲布衣之臣不足以（新唐書作與）定大計也耶
或萬機之勤而聖慮有所未至耶不然何宜憂者而不先
憂乎臣以爲陛下之所慮者宜先憂（七字諸本作所宜先憂者）宮闈將
變社稷將危天下將傾海內將亂此四者乃國家已然之

兆故臣謂聖慮宜先及之夫帝業既艱難而成之胡可容
易而守之昔太祖肇其基高祖勤其績太宗定其業玄宗
繼其明至于陛下二百有餘載矣其間明聖相因擾（唐書作憂）
亂繼作未有不委用賢士親近正人而能紹興徽烈者也
或一日不念則顛覆大器宗廟之耻萬古爲恨臣謹按春
秋人君之道在體元以居正昔董仲舒爲漢武帝言之畧
矣其所未盡者臣得爲陛下備而陳之夫繼故必書即位
所以正其始也終必書所終之地所以正其終也故君者
所發必正言所履必正道所居必正位所近必正人臣又
按春秋閽寺殺吳子餘祭書其名（三字舊唐書作不書其君）春秋譏其
疎遠賢士昵近刑人有不君之道矣伏唯陛下思祖宗開

國之勤忩春秋繼故之戒將明法度之端則發正言而履正道將杜篡弑之漸則居正位而近正人遠刀鋸之殘親骨鯁之直輔（文粹作相）臣得以專其任庶寮（唐書作職）得以守其官柰何以褻近五六人揔天下之大政外專陛下之命内竊陛下之權威懾朝廷勢傾海内群臣莫敢指其狀天子不得制其心禍稔蕭墻奸生帷幄臣恐曹節侯覽復生於今日矣此宫闈之所以將變也臣謹按春秋魯定公元年春王不書正月者春秋以爲先君不得正其終則後君不得正其始故曰定無正也今忠賢無腹心之寄閽寺專廢立之權陷先帝不得正其終致陛下不得正其始况皇儲未建郊祀未修將相之職不歸名分之宜不定此社稷之所

以將危也臣謹按春秋王札子（舊唐書作禮字）殺召伯毛伯春秋之義兩下相殺不書而此書者重其專王命也夫天之所授者在君君之所操者在命操其命而失之者是不君也侵其命而專之者是不臣也君不君臣不臣此天下所以將傾也臣謹按春秋晉趙鞅以晉陽之兵叛入于晉書其歸者以其能逐君側之惡人以安其君故春秋善之今威柄陵夷藩臣跋扈或有不達人臣之節首亂者以安君爲名不究春秋之微稱兵者以逐惡爲義則政刑不由乎天子征伐必自於諸侯此海内所以將亂也故樊噲排闥而雪涕袁盎當車以抗詞京房發憤以殞身竇武不顧而畢命此陛下皆明知之耳（舊唐書作矣）臣謹按春秋晉狐射姑殺陽處父書襄公殺之者以其君漏言也襄公不能固陰重之機處父所以及戕賊之禍故春秋非之夫上漏其情則下不敢盡意上泄其事則下不敢盡言故傳有造膝詭詞之文易有失身害成之戒今公卿大臣非不欲爲陛下言之慮陛下必不能用之（新唐書作不能用也文粹作忽而不用之）陛下既忽之而不用必洩其言臣下既言之而不行必嬰其禍適足以鉗直臣之口而重姦臣之威是以欲盡其言則有（諸本作起）失身之懼欲盡其意則有害成之憂故低（舊唐書作排）徊鬱塞以俟陛下感悟然後盡其啓沃耳陛下何不以聽朝之餘明御便殿召當時賢相與舊德老臣訪持變安危之謀求定傾救亂之術塞陰邪之路屏褻狎之臣制侵陵迫脇之心

復門戶掃除之役戒其所宜戒憂其所宜憂旣不得理於前當理於後不得正其始當正其終則可以虔奉典謨克承丕構終任賢之効無旰食之憂矣臣前所謂若夫追蹤三五紹復祖宗宜鑒前古之興亡明當時之成敗者臣聞堯舜之爲君而天下大理者以其能任九官四岳十二牧不失其舉不二其業不侵其職居官惟其能左右惟其賢元凱在下雖微而必舉四凶在朝雖強而必誅考其安危明其取舍至秦之二代漢之元成咸願措國如唐虞致身如堯舜而終敗亡者以其不見安危之機不明取舍之道不任大臣不辨奸人不親忠良不遠讒佞伏願陛下察唐虞之所以興而景行於前鑒秦漢之所以亡而戒懼於後

陛下無謂廟堂無賢相庶官無賢士今綱紀未絶典刑猶在人誰不欲致身爲王臣致時爲昇平陛下何忽而不用之邪又有居官非其能左右非其賢其惡如四凶其詐如趙高其姦如恭顯者陛下又何憚而不去之邪神器固有歸天命固有分祖宗固有靈忠臣固有心陛下其念之哉昔秦之亡也失於強暴漢之亡也失於微弱強暴則賊臣畏死而害上微弱則姦臣擅權而震主臣伏見敬宗皇帝不虞亡秦之禍不翦其萌伏惟陛下深軫亡漢之憂以杜其漸則祖宗之鴻緒可紹三五之遐軌可追矣臣前所謂陛下心有所未達以下情塞而不得上通行有所未孚以上澤壅而不得下浹者且百姓有塗炭之苦陛下無由而

知則陛下有子惠之心百姓無由而信臣謹按春秋書梁亡不書取者梁自亡也以其思慮昏而耳目塞上出惡政人爲寇盜皆不知其所以然以自取其滅亡也臣聞國君之所以尊者重其社稷也社稷之所以重者存其百姓也苟百姓之不存則雖社稷不得固其重苟社稷之不重則雖國君不得保其尊故理天下者不可不知百姓之情也夫百姓者陛下之赤子陛下宜命慈仁者親之育之如保傳焉如乳哺焉（二句文類作如母之乳哺焉）如師之教導焉故人之於上也敬之如神明愛之如父母今或不然陛下親近貴倖分曹建署補除卒吏召致賓客因其貨賄假其氣勢大者統藩方小者爲牧守居上無清惠之政而有饕餮之害居下無忠誠之節而有奸欺之罪故人之於上也畏之如豺狼惡之如讎敵今四海困窮處處流散饑者不得食寒者不得衣鰥寡孤獨者不得存老幼疾病者不得養加以國權兵柄專在左右貪臣聚斂以固寵奸吏貪緣而弄法冤痛之聲上達于九天下入于九泉鬼神爲之怨怒陰陽爲之愆錯君門九重（唐書作萬里）而不得告訴士人無所歸化百姓無所歸命官亂人貧盜賊並起土崩之勢憂在旦夕即不幸因之以師旅（舊唐書作疾癘）繼之以凶荒臣以謂陳勝吳廣不獨生於秦赤眉黄巾不獨生於漢臣所以爲陛下發憤扼腕腐心泣血耳如此則百姓有塗炭之苦陛下何由而知之乎有子惠之心百姓安得而信之乎致使陛下行有

所未孚心有所未達者固其然也臣聞昔漢元帝即位之初更制七十餘事其心甚誠其稱甚美然紀綱日紊國祚日衰奸宄日強黎元日困者以其不能擇賢明而任之失其操柄也自陛下御宇憂勤兆庶屢降德音四海之内莫不抗首而長息自喜復生於死亡之中也伏願陛下愼終如始以塞萬方之望誠宜揭國權以歸其相持兵柄以歸其將去貪臣聚斂之政除奸吏貪緣之害惟忠賢是近惟正直是用内寵便辟無所聽焉選清愼之官擇仁惠之長毓之以利煦之以和教之以孝慈導之以德義去耳目之塞通上下之情俾萬國歡康兆人蘇息則心無所不達而信（諸本作行）無所不孚矣臣所言欲人之化也在脩己以先之

者臣聞德以脩己教以導人脩己也（舊唐書作脩之也唐文類作脩之德）則人不勸而自至導人也（唐書作道之也文類作導之教）則人敦行而率從是以君子欲政之必行也故以身先之欲人之從化也故以道御之今陛下先之以身而政未必行御之以道而人未從化豈不以立教之旨未盡其方耶夫立教之方在乎君以明制之臣以忠行之君以知人爲明臣以匡時爲忠知人則任賢而去邪匡時則固本而守法賢不任則重賞不足以勸善邪不去則嚴刑不足以禁非本不固則人流法不守則政散而欲教之使必至化之使必行不可得也陛下能斥奸邪不私其左右舉賢正不遺其疏遠則化洽於朝廷矣愛（文粹作勸）人以敦本分職而奉法脩其身以及其

人始於中而成於外則化行於天下矣臣前所言欲氣之正也在安其情以和之者（諸本作在遂性以導之者）當納人於仁壽也天欲人之仁壽也在乎立制度修教化夫制度立則財用省財用省則賦歛輕賦歛輕則人富矣教化修則爭競息爭競息則刑罰清刑罰清則人安矣既富則仁義興焉既安則壽考生（唐書作至）焉仁壽之心感於下和平之氣應於上故災害不作休祥荐臻四方底寧萬物咸遂矣臣前所言救旱災在致乎精誠者臣謹按春秋魯僖公一年之中三書不雨者以其人君有恤人之志也魯文公二年之中一書不雨者以其人君無憫人之心也故僖致精誠而不害物文無憫恤而變（唐書作[illegible]）成災陛下誠能有恤人之心則無

成災之變矣臣前所言廣播植在視乎食力者臣謹按春秋君人者必時視人之所勤人勤於力則功築罕人勤於財則貢賦少人勤於食則百事廢今財食與人力皆勤矣願陛下廢百事之用（舊唐書作勞）以廣三時之務則播植不愆矣臣前所言國廪罕蓄本乎冗食尚繁者臣謹按春秋臧孫辰告糴於齊春秋譏其國無九年之蓄一年不登而百姓饑臣願斥游惰之徒（舊唐書作人）以督其耕植省不急之務（文粹作費）以贍其黎元則廪蓄不乏矣臣前所言吏道多端本乎選用失當者由國家取人不盡其材任人不明其要故也今陛下之用人也求其聲而不求其實故人之趨進也務其末而不務其本臣願嚴考課之實定遷序之制則多

端之吏道息矣臣前所言豪猾踰檢由中外之法殊者以其官禁不一也臣謹按春秋齊桓公盟諸侯不書日而葵丘之盟特以日者美其能宣明天子之禁率奉王官之法故春秋備而書之夫官者五帝三皇之所建也法者高祖太宗之所制也法宜畫一官宜正名今又分外官中官之員立南司北司之局或犯禁於南則亡命於北或正刑於外則破律於中法出多門人無所措實由兵農勢異而中外法殊也臣聞古者因井田以制軍職閒農事以修武備提封約卒乘之數命將在公卿之列故兵農一致而文武同方可以保乂邦家式遏亂畧（舊唐書作禍亂）暨太宗皇帝肇建邦典亦置府兵臺省軍衛文武条掌居閑歲則橐弓力穡

將有事則釋耒荷戈所以脩復古制不廢舊物今則不然夏官不知兵籍止於奉朝請大將（文粹作六軍）不主兵（諸本作武）事止於養勳階軍容合中官之政戎律附內臣之職首一戴武弁嫉文職如仇讎足一蹈軍門視農夫如草芥謀不足以翦除奸宄而詐足以抑揚威福勇不足以鎮衛社稷而暴足以侵軼里閭羈紲藩臣干陵宰輔隳裂王度汩亂朝經張武夫之威上以制君父假天子之命下以馭英豪有藏奸觀釁之心無伏節死難之義豈先王經文緯武之旨耶臣願陛下貫文武之道均兵農之功正貴賤之名一中外之法還軍伍之職脩省署之官近崇貞觀之規遠復成周之制自邦畿以刑于萬國始天子而（諸本作以）達于諸侯則

可以制豪猾之強無踰檢之患矣臣前所言生徒惰業由學校之官廢者蓋以國家貴其祿而賤其能先其事而後其行故庶官乏通經之學諸生無脩業之心矣臣前所言列郡干禁由授任非其人者臣以爲刺史之任理亂之根本繫焉朝廷之法制在焉權可以抑豪猾恩可以惠孤寡強可以禦奸寇政可以移風俗其將校曾經戰陣及功臣子弟各請隨宜酧賞如（新唐書作苟）無理人之術者不當授任北官則絕干禁之患矣臣前所言百工淫巧由制度不立者臣請以官位祿秩制其器用車服禁金銀珠玉錦繡雕鏤不蓄於私室則無蕩心之巧矣臣前所言辨枝葉者在考言以詢行也臣前所言形恥恪者在道德而齊禮也臣前所言念生寡而食衆可罷斥游惰者已備之於前矣臣前所言令煩而理鮮要在觀察賢否者臣聞號令者乃理國之具也君審而出之臣奉而行之或虧益止晋（五字舊唐書文粹作或虧上旨）罪在不赦今陛下令煩而理鮮得非持之者爲所蔽欺乎臣前所言傳延群彥願陛下必納其言造庭待問則小臣豈敢愛死者臣聞晁錯爲漢畫削諸侯之策非不知其禍之將至也忠臣之心壯夫之節苟利社稷死無悔焉今臣非不知言發而禍應計行而身戮蓋所以痛社稷之危哀生人之困豈忍姑息時忌竊陛下一命之寵哉昔龍逄死而啓殷比干死而啓周酈生死而啓漢陳蕃死而啓魏今臣之來也有司或不敢薦臣之言陛下又無以察

臣之心退必受戮於權臣之手臣幸得從四子遊於地下固臣之願也所不知殺臣者臣死之後將孰爲啓之哉至於人主之闕政教之疵前日之弊臣既言之矣若乃流下土之惠脩近古之理而致其和平者在陛下行之而已然上之所陳者實以臣親承聖問敢不條對雖臣之愚以爲未及教化之大端皇王之要道伏惟陛下事天地以教人敬奉宗祀以教人孝養高年以教人悌（二唐書有長字）育百姓以教人慈（二唐書作幼字）調元氣以煦育翕太和於仁壽可以逍遙而無爲端（二唐書作垂）拱而成化至若念陶鈞之道在擇宰相而任之使權造化之柄念保定之功在擇庶官而任之使專職業之守分萬姓之愁痛在擇長吏而任之使明惠養

之術自然言足以爲天下教動足以爲天下法仁足以勸善義足以禁非又何宵衣旰食勞神惕慮然後以致其理哉謹對

文苑英華卷第四百九十三

文苑英華卷第四百九十四　策十八

帝王

歷代帝王爲理 見四百八十二卷題作賢良策第五道　吳師道

納諫 上封章 廣視聽　白居易

問國家立諫諍之官開啓沃之路久矣而蹇諤者未盡其節謀猷者未竭其誠思欲取天下之耳目裨我視聽盡天下之心智爲我思謀政之壅蔽者决於中令之臧絶者通於外上無遺德下無隱情何爲何方得至於此

又問先王立訓惟諫是從然則歷代君臣有賢有否至若獻替之際是非之間或集作若君過臣規固宜有言必納如上得下失豈可從諫如流以是訓人其義安在

自此至卷終並於白居易集準備制科十五門中摘取九篇其問荅皆白居易擬作

對

對臣聞天子之耳不能自聰合天下之耳聽之而後聰也天子之目不能自明合天下之目視之而後明也天子之心不能自聖合天下之心思之而後聖也若天子唯以兩

耳聽之兩目視之一心思之則十步之外不能聞也百步之外不能見也殿廷之間不能知也而况四海之大萬機之重（集作萬樞之繁）者乎聖人知其然故立諫諍諷議之官開獻替啓沃之道俾乎補察遺闕輔佐聰明猶懼其未也於是設敢諫之鼓建進善之旌立誹謗之木工商得以流議士庶得以傳言然後過日聞而德日新矣是以古之聖王由此塗出焉臣又聞不棄死馬之骨然後良驥可得至也不棄狂夫之言然後嘉謀可得聞也苟臣管見之中有可取者陛下取而行之苟臣芻言之中有可採者陛下採而用之則聞之者必曰如某之言如某之見猶且不棄况愈於某之徒歟則天下謀猷之士得不比肩而至乎天下謇諤之臣得不繼踵而來乎故覽其謀猷則天下之利病如懸之（集作於）摻中矣納其謇諤則朝廷之得失如措諸掌內矣所謂用天下之耳聽之則無不聰也用天下之目視之則無不明也用天下之心思謀之則無不聖神也聖神啓於上聰明達於下如此則何壅塞之有耶何滅絕之有耶臣又嘗觀歷代之人君有愚有賢舉事非盡失也人臣者有能有否出言非盡得也然則先王勤勤懇懇勸從諫戒自用者又何哉豈不以自古以來君雖有得未有拒諫而理者也况其有失乎臣雖有失未有從諫而亂者也况其有得乎勤懇勸誡之義在於此矣伏惟陛下鑑之

去諂佞（從讜直）　前人

問天地無私賢愚間生焉理亂有時邪正迭用焉然則理代豈遂無愚邪者耶將有而不任耶亂代豈遂無賢正者耶將有而不用耶思決所疑其徵何驗（集作可徵其驗）

又問歷代之君無不知用賢則理用愚則亂從諫與從佞亡也而取舍之際紛然自迷故誅放者多非小人寵用者鮮有君子至使衰亡危亂歷代相仍（集作望）豈臣之邪正惑其心乎將己之愛惡昏其鑒乎昏惑之由必有其故

對

對臣聞昏明不並興邪正不兩廢蓋賢者進則愚者退矣曲者用則直者隱矣亦由晝夜相代寒暑相推必然之理也然則興盛之代非無小人小人之道消不能見而爲亂也昏衰之代非無君子君子之道消不能出而爲理也故殷紂之末三仁在朝虞舜之初四凶在位雖仁在朝不能用之所以喪天下速於旋踵也雖凶在位卒能去之所以理天下易於覆掌也用舍興亡之驗唯明主能察焉然則歷代之主莫不知邦以賢盛以愚衰君以諫安以佞危然則猶前車覆而後車不誡者何也蓋常人之情悅其從命遜志者惡其違己守道者又君子難進而易退况惡之乎小人易進而難退况悅之乎是則常主之待君子也必敬而疏其遇小人也必輕而狎狎則恩易下及疏則情難上通是以面從者日親動則假武威而自負也骨鯁者日疏言則犯龍鱗而必死也故政令日以壞邦家日以傾斯所

以變盛爲衰轉安爲危者矣是以明王知君子之守道也雖遠於已引而進之知小人之徇惑也雖從於命推而遠之知讜言之爲良藥也雖逆於耳恕而容之知佞言之爲美疢也雖遜於心忍而絶之故政令日以和邦家日以理斯所以變衰爲盛轉危爲安者矣盛衰安危之効唯明主能鑒焉

問睦親 選用　前人

對

對臣聞南面而理天下自人道始也人道之始始於親親故堯之教也睦九族而平百姓文王之教也刑寡妻而御邦家斯可謂教之源理之本也今陛下誠欲推其恩廣其

愛使惠洽九族化流萬人則宜乎先親後踈自近及遠者也然則置其師傅閑之以教訓選其賢能授之以官政或出爲牧守或入爲公卿如此則雖無三代封建之官而有三代翼戴之實也使棣華之詠協於内麟趾之風著於外所謂枝葉茂而本根可庇骨肉厚而家國自肥則天下之人相從而化矣故曰未有九族睦而萬人叛者也未有九族離而萬人和者也蓋先王所以布六順而化百姓敷五教而恊萬邦者由此道素行故也

問養老 在使之壽富貴　前人

對

對臣聞昔者西伯善養老而天下歸之心 集作 善養者非家至戶見衣而食之也蓋能爲其立田里之制以安其業樹畜養之産以厚其生使生有所養老有所終死有所送也近代之主以爲老者非帛不煖非肉不飽而時頒其布帛肉粟之賜則爲養老之道盡於是矣臣以爲此小惠也非大德也何則賜之以布帛仁則仁矣不若勸其桑麻之業使天下五十者可以衣帛矣賜之肉粟惠則惠矣不若教其鷄豚之畜使天下七十者可以食肉矣然後牧以仁賢慎其刑罰雖不與之年而老者得以壽矣不奪其力不擾其時雖不與之財而老者得以富矣使幼者事長少者敬老雖不與之爵而老者得以貴矣此三代盛王所以不遺年而興孝者用此道也

問御功臣之術　前人

對

對臣聞明王之御功臣也量其功而限之以爵審其罪而糾之以法限之以爵故爵加而知榮矣糾之以法故法行而知恩矣恩榮並加畏愛相濟下無貳志上無疑心此明王所以念功勞而全君臣之道也若不限之以爵則無厭之心生矣雖極人臣之位而不知榮也若不糾之以法則不忌之心起矣雖竭人主之寵而不知恩也恩榮不知畏愛不立而望奉上之心盡念功之道全或恐難矣故傳曰報者倦矣施者未厭此由爵無限而法不行使之然也惟陛下察之

辨興亡之由（由善惡之積）　前人

問萬姓親怨之由百王興亡之漸將獨繫於人乎抑亦繫於君乎

對

對臣觀前代邦之興由得人也邦之亡由失人也得其人失其人非一朝一夕之故其所由來者漸矣天地不能頓爲寒暑必漸於春秋人君不能頓爲興亡必漸於善惡善不積不能勃然而興惡不積不能忽焉而亡善與惡始繫於君也興與亡終繫於人也何則君苟有善人必知之知之又知之其心歸之歸之又歸之則載舟之水由是積焉君苟有不善（二字集作惡）人亦知之知之又知之其心去之去

之又去之則覆舟之水由是積焉故曰至高而危者君也至愚而不可欺者人也聖人知其然故法上天不息之道以脩己法下地不動之德以安人脩己者慎於中也慄然如履薄冰安人者敬其下也懍然若馭朽索猶懼其未也加以樂人之樂人亦樂其樂憂人之憂人亦憂其憂憂樂同於人敬慎著於己如是而不興反是而不亡者自生人以來未之有也臣愚以爲百王興亡之漸在於此矣

問王澤流人心感（在恕己及物）　前人

對

夫欲使王澤旁流人心大感則在陛下恕己及物而已夫恕己及物者無他以心度心以身觀身推其所爲以及天下者也故己欲安則念人之重擾也己欲壽則念人之嘉生也己欲逸則念人之憚勞也己欲富則念人之惡貧也己欲温飽則念人之凍餒也己欲聲色則念人之怨曠也今陛下念其重擾則煩暴之吏退矣念其嘉生則苛酷之吏黜矣念其憚勞則土木之役息矣念其惡貧則服御之費省矣念其凍餒則布帛米麥之稅輕矣念其怨曠則妓樂嬪嬙之數減矣推而廣之念一知十蓋聖人之道也始則恕己以及人終則念人而反己故恕之又恕之則澤不得不流矣念之又念之則人心不得不感矣澤流心感而天下不太平者未之有也

問君不行臣事（委任宰相）　前人

對

臣聞建官分令者君所執也率職知事者臣所奉也臣行君道則政專君行臣道則事亂專與亂其弊一也然則臣道者百職至衆萬事至繁誠非一人方寸所能盡也故王者但操其要擇其人而已將在乎分務於群司各令督責考課受成於宰相不以勞倦自嬰然後謹殿最而賞罰焉審幽明而黜陟焉則萬樞之要畢矣故失君道者雖多夕惕若厲之慮而彝倫未必叙也行臣事者雖多日昃不食之勤而庶績未必凝也得其要逸而有終非其宜勞而無功故也臣又聞坐而論道三公之任也作而行之卿大夫之職也故陳平不知錢穀丙吉不問死傷者此有司之職

非宰相之任也夫以宰相尚不可侵有司之職况人君可侵宰相之任乎可侵百執事之事乎臣又聞宰相之任者上代天工下執人柄群職由之而理亂庶政由之而弛張君之心猶待宰相而啓沃君之耳目待宰相而聰明設其位不可一日無其人得其人不可一日無其寵疑則勿用用則勿疎然後能訢合其心馴致其道蓋先王所以端拱凝旒而天下大理者無他焉委務於有司也仰成於宰相也

人之困窮由君之奢欲　前人

問近古以來君天下者皆患人之困而不知困之由皆欲人之安而不得安之術今欲轉勞爲逸用富易貧究困之

由矯其失於既往求安之術致其利於將來審而行之以康天下

對

對臣聞近古已來君天下者皆患人之困而不知困之由皆欲人之安而不得安之術臣雖狂瞽然粗知之臣竊覩前代人庶之貧困者由官吏之縱欲也官吏之縱欲者由君上之不能節儉也何則天下之人億兆也君者一而已矣以億兆之人奉其一君則君之居處雖極土木之工殫金玉之飾君之衣食雖窮海陸之珍處文彩之華君之耳目雖慆鄭衛之音厭燕趙之色君之心體雖倦畋漁之樂疲轍迹之遊猶未至擾於人傷於物何者以至多奉至少故也然則一縱一放而弊及於人者又何哉蓋以君之命行於左右左右須於方鎮方鎮布於州牧州牧達於縣宰縣宰達於鄉吏鄉吏傳於村胥然後至於人焉自君至人等級若是所求既衆所費滋多則君取其一而臣已取其百矣所謂上開一源下生百端者也豈直若是而已哉蓋君好則臣爲上行則下效故上苟好奢則天下貪暴之吏將肆心焉上苟好利則天下聚斂之臣將寘力焉雷動風行日引月長上益其侈下成其私其費盡出於人人亦何堪其弊此又爲害十倍於前也夫如是則君之躁靜爲人勞逸之本君之奢儉爲人貧富之源故一節其情而下有以獲其福一肆其欲而下有以罹其殃一出善言則天下

之心同其喜一違善道則天下之心共其憂蓋百姓之殃不在乎鬼神百姓之福不在乎天地在乎君之躁靜奢儉而已矣是以聖王之脩身化下也宮室有制服食有度聲色有節畋遊有時不徇已情不窮已欲不殫人力不耗人財夫然故誠發乎心德形乎身政加乎人化達乎天下以此禁吏則貪欲之吏不得不廉矣以此牧人則貧困之人不得不安矣困之由安之術以臣所見其在茲乎

文苑英華卷第四百九十四

文苑英華卷第四百九十五　策十九

任官

議庶官遷次遲速一道　華吏部之弊一道

牧宰考課一道　使百職修皇綱振一道

議封建論郡縣一道　使官吏清廉一道

省官併俸减使職一道　議百司食利錢一道

議職田一道　審官一道

大官乏人一道　使臣盡忠人愛上一道

議庶官遷次遲速　白居易

問先王建官升降有制遷次有恒此經久之道也或云賞善罰惡者不踰時月又曰爲官吏者可長子孫豈今古之

制殊乎不然何遲速之異如此乎今欲速遷而勸善恐誘躁求之心令久次而望功慮與滯用之歎疾徐之制何以爲中　此卷並於白居易集準備制科七十五門中摘取一十二篇其問答皆白居易擬作

對

臣聞孔子曰苟有用我者三年有成舜典曰三載考績三考黜陟幽明雖聖賢爲政未及三年不能成也雖善惡難知不過九載必自著也由此而論爲官吏者不可速遷也不可久次也若未三年而遷則政未立績未成且躁求之心生而馴致之化廢矣若過九載而不轉則明不陟幽不黜而勸善之法缺懲惡之典隳矣大凡内外之官其畧如此然則最與天子共理者莫先于二千石乎臣竊見比來諸州刺史有未兩考而遷者豈爲善集作成政之速於聖賢邪將有司考察之不精邪不然何遷之遽也又有踰一紀而不轉者豈善惡未著莫得而知邪將有司遺忘而不舉邪不然何轉之遲也臣伏見順宗皇帝詔曰凡内外之職四考逓遷斯實華今之弊行古之道也然臣猶以爲吏能有聞者既以四考遷之政術無取者亦宜四考黜之將欲循其名辨其實則在陛下奬糾察之吏督考課之官使别其否臧明知黑白仍命曰雖久次者不得踰於四載雖速遷者亦待及於三年此先王較能之大方致理之要道也伏惟陛下試垂意而察焉

華吏部之弊　前人

問吏部之弊爲日久矣今吏多於員其故何因官不得人其由安在姦僞日起其計何生馳騖日滋其風何自欲使吏與員而相得名與實而相符趨競巧濫之弊銷公平政理之道長妍媸者不能欺於藻鏡錙銖者不敢肓於銓衡豈無良謀以救其弊

對

對臣伏見吏部之弊爲日久矣時皆共病不知其然臣請備而言之臣聞古者計戶以貢士量官而署吏故官不乏吏士不乏官士吏官員必相參用今則官倍於古吏倍於官入色者又倍於吏也此由每歲假文武而筮仕者衆肓資廕而出身者多故官不得人員不充吏是以争求日進

（集作至）奸濫日生斯乃爲弊之一端也臣又聞古者州郡之吏牧守選而用之府寺之寮公卿辟而署之其餘者乃歸有司有司所領既少則所選必精此前代所以得人也今則内外之官一命已上歲羨千數悉委吏曹曹吏按資署官猶懼不給則何暇考察名實區別臧否者乎至使近代以來寖而成弊真僞爭進共徵循資之書賢愚莫分同限停年之格才能者淹滯而不振巧詐者因緣以成奸此又爲弊之一端也今若使内外師長者各選其人分署其吏則庶乎官得其才矣使諸色入仕者量省其數或間以年則庶乎士不乏官矣官得其才則公平政理之道所由長也士不乏官則趨競巧濫之弊所由消也矧又摠銓衡之

偏重則力不撓而易平矣分藻鏡之獨鑒則照不疲而易明矣與夫群千（集作品）折於一面百職斷於一心功相萬也得失相懸豈不遠矣臣以爲芟煩刬弊莫尚於斯

牧宰考課（議殿最未精又政不由已）　前人

問今者勤恤黎元之隱精求牧宰之才亦既得人使之爲政何以撫字之方尚未副我精求之旨疲困之俗尚未知我勤恤之心豈才未稱官將人不求理備陳其故以華其非

對

臣聞王者之設庶官無非共理者也然則庶官之理同歸而牧宰之用爲急蓋以邦之賦役由之而後均上之風化由之而後行人之性命繫焉國之安危屬焉故與夫庶官之寄輕重不可齊致也臣伏見陛下勤恤黎元之心至矣慎擇牧宰之旨深矣然黎元之理尚未副陛下勤恤之心牧宰之政尚未稱陛下慎擇之旨非人不求理非才不稱官以臣所窺粗知其由矣臣聞古之賢者爲善不待勸也何哉性不忍爲惡耳愚者爲不善雖勸而不遷也何哉性不能爲善耳賢愚之間謂之中人中人之心可上可下勸之則遷於善舍之則陷於惡故曰懲勸之廢也推中人而墜於小人之域懲勸之行也引中人而納諸君子之塗是勸沮之道不可一日無也况天下之牧宰中人者多去惡遷善皆待勸沮伏以方今殿最之法具備黜陟之令甚明

然則就備之中察之者未甚精也就明之中奉之者未甚行也未甚精則臧否同貫未甚行則善惡齊驅雖有和璞之真不能識也雖有齊竽之濫何由知之如此則豈獨利淫亦將失善善苟未勸淫或未懲欲副陛下勤恤之心稱陛下慎擇之旨或恐難矣臣又請以古事驗之臣聞唐虞之際也敷求俊乂而四凶見用及三考黜陟而四罪乃彰則知雖至明也尚或迷真僞之徒雖至聖也不能去考察之法故其法張則變曲爲直如蓬生於麻也其法弛則變香爲臭似蘭化爲艾也且聖人之爲理豈盡得賢而用之乎豈盡知不肖而去之乎將在乎秉其樞操其要刬邪爲正變觚爲圓能使善之必遷不謂善之盡有能使惡之必

政不謂惡之盡無成此功者非無集作他懲勸之所致也則考課之法其可輕乎臣又見當今牧宰之內甚有良能委之理人亦足成政所未致者又有其由臣聞牧宰古者五等之國也於人有父母之道焉於吏有君臣之道焉所宜弛張舉措由其心威福賞罰懸於手然後能鎮其俗移其化也今縣宰之權受制於州牧州牧之政取則於使司迭相拘持不敢專達雖有政術何由施行况又力役之限賦歛之期以用之費省為求不以人之貧富為度以上之緩急為節不以下之勞逸為程縣畏於州州畏於使雖有仁惠何由撫綏此猶束舟楫而望濟川絆騏驥而求致遠臣恐龔黄卓魯復生於今日亦不能為理矣

問使百職修皇綱振在乎華慎默之俗　前人

對

夫百職不修萬事不舉皇綱弛而不振頹俗蕩而不還者由乎君子讜直之道消小人慎默之道長也臣伏見近代以來時議者率以拱默保位者為明智以柔順安身者為賢能以直言危行者為狂愚以中立守道者為凝滯故朝寡敢言之士庭鮮執咎之臣自國及家寖而成俗故父訓其子曰無介直以立仇敵兄教其弟曰無方正以賈悔尤識者腹非而不言愚者心競而是効致使天下有目者如瞽也有耳者如聾也有口者如含鋒刃也慎默之俗一至於斯此正士直臣所以退藏而長太息也豈直若此而已哉蓋慎默積於中則職事廢於外強毅果斷之心屈畏忌因循之性成反謂率職而舉政者不達於時宜當官而行法者不通於事變是以殿最之文雖書而不實黜陟之法雖備而不行欲望善者勸惡者懲百職修萬事舉不可得也然臣以為歷代之頹俗非國朝不能革也國朝之皇綱非陛下不能振也振華之術臣粗知之何者夫人之蚩蚩惟利是務若利出於慎默則慎默之風大起若利出於讜直則讜直之風大行亦猶冬日之陽夏日之陰不召物而物自歸之者無他溫涼之利所在故也伏惟陛下以至公統天下以至明御群臣使情偽無所逃言行無所隱有若讜直強毅舉正彈違者引而進之有若慎默畏忌吐剛茹

柔者推而遠之使此有利彼無利安得不去彼取此乎斯謂俾人日徙善遠罪而不自知也如此則百職修萬事舉皇綱振頹俗移大平之風由斯而致矣

議封建論郡縣　前人

問周制五等其弊也王室衰微秦廢列國其敗也天下崩壞漢封子弟其失也侯王僭亂何則為制不同同歸於弊也故自古及今議其是非者多矣今若建侯開國恐失隨時之宜如置守專城慮乖稽古之議考其要旨其誰可從又問封建之制肇自黄唐郡縣之規始於秦漢或沿或革以至國朝今欲子兆人家四海建不拔之業垂無疆之休大鑑興亡從長而用無論古今擇善而行侯將守而何先

郡與國而孰愈且書于策當舉行之

對

臣聞封建之廢久矣是非之論多矣異同之要歸于三科或曰周人制五等封親賢其弊也諸侯擅征代陪臣執國命故蚕食瓜剖以至於衰滅也而李斯周青之議繇是與焉又曰秦皇廢列國棄子弟其弊也萬人無定主九族爲匹夫故魚爛土崩以至於覆亡也而曹冏士衡之論繇是作焉又曰漢氏侯功臣王同姓其失也爵號太尊土宇太廣故鴟張尾觧以至於悖亂也而晁錯主父之計由是行焉然則秦懲周之弊也既以孤立而易衰漢鑒秦之亡也亦以矯枉而過正歷代之説無出於此焉以臣所覩竊謂

知其一未知其二也何者臣聞王者將欲家四海子兆人垂無疆之休建不拔之業者在乎操理柄立人防導化源固邦本而已矣是故刑行德立近悅遠安恩信推于中惠化流於外如此則四夷爲臣妾況海内乎雖置守罷侯亦無害也若法壞政荒親離賢棄王澤竭於上人心叛於下如此則九族爲讎敵況天下乎雖廢郡建邦又何益也故臣以爲周之衰滅者上失其道天厭其德非惟封建之弊也秦之覆亡者君流其毒人離其心非惟郡縣之咎也漢之禍亂者寵而失教立不選賢非獨強大之故也由是觀之苟固其本導其源雖郡與縣俱可理而安矣苟踰其防失其柄雖侯與守俱能亂且危矣伏惟陛下慮遠憂近鑒古觀今以敦睦親族爲先不以封王爲急以憂（集作優）勤勞逸爲念不以建侯爲私（集作思）以尊賢寵德爲心不以開國爲意以安撫黎元爲事不以廢郡爲謀則無疆之休不拔之業在於此矣況國家之制垂二百年法著一王理經十聖變華之議非臣敢知

問官吏清廉（在均其祿厚其俸）　前人

對

臣聞爲國者皆患吏之貪而不知去貪之道也皆欲吏之清而不知致清之由也臣以爲去貪致清者在乎厚其祿均其俸而已矣夫衣食闕於家雖嚴父慈母不能制其子況君長能檢其臣吏乎凍餒切於身雖巢由夷齊不能固

其節況凡人能守其清白乎臣伏見今之官吏所以未盡貞廉者由祿不均而俸不足也不均者由所在課料重輕不齊也不足者由所在官長侵尅不已也甚者則有官秩等而祿殊郡縣同而俸異或削奪以過半或停給而彌年至使衣食不充凍餒並至如此則必蹈白刃冒水火而求私利也況可使撫人字物斷獄均財者乎夫上行則下從身窮則心濫今官長日侵其吏而望吏之不日侵於其人不可得也蓋所謂渴馬守水餓犬護肉則雖日用刑罰不能懲貪而勸清必矣陛下今欲革時之弊去吏之貪則莫先於均天下課料重輕禁天下官長侵尅使天下之吏温飽充於内清廉形於外然後示之以恥糾之以刑如此則

縱或爲非者百無一二矣(集作也)

問省官併俸減使職　前人

對

臣聞古者因人而置官量賦而制禄故官之省置必稽人户之衆寡禄之厚薄必稱賦入之多少俾乎官足以理人人足以奉吏吏有常禄財有常征財賦吏員必參相得者也頃以兵戎屢動荒沴荐臻户口流亡財征減耗則宜量其官而省之併其禄而厚之故官省則事簡事簡則人安禄厚則吏清吏清則俗阜而天下所由理也然則知清其吏而不知厚其禄則觝詐而不廉矣知厚其禄而不知省其官則財費而不足矣知省其官而不能選其能則事壅

而不理矣此三者迭爲表裏相須而成者也伏惟陛下詳而行之臣又見兵興以來諸道使府或因權宜而置職一置而不停或因暫勞而加俸一加而無減致使職多於郡縣之吏俸優於臺省之官積習生常煩費滋甚今若量其職員審其禄秩使多寡有常數厚薄得其中則費不廣而下無侵削之患矣職有常數則事不煩而人無勞擾之弊矣此又利害之相懸遠者伏惟陛下念而採之

問議百司食利錢　前人

對

臣伏見百司食利利出於人日給而經費有常日徵而倍息無已然則舉之者無非貧户徵之者率是遠年故私財竭於倍稱(集作相非)官課積爲逋債至使公食有闕人力不堪弊既滋深法宜改作且王者惡言求利患其不均況天下之錢一也謂之曰利曷若謂之曰征乎取之於寡曷若取之於衆乎今者日計其費歲會其用舉爲定數命曰食征隨兩稅以分徵使萬人而均出散之天下其數幾何故均之於衆則貧户無倍息之弊矣入之有程則公食無告闕之慮矣公私交便其在茲乎

問議百官職田　前人

對

臣伏以職田者職既不同田亦異數内外上下各有等差此亦古者公田稍食之制也國家自多事已來厥制不舉

故稽其地籍而田則具存考以户租而數多散失至有品秩等官署同而廩禄厚薄之相懸近乎十倍者矣今欲辨内外之職均上下之田不必乎創新規其在乎舉舊典也臣謹按國朝舊典因品而授地計田而出租故地之多少必視其品之高下租之厚薄必視其田之肥磽如此則沃瘠齊而户租均等列辨而禄食足矣今陛下求其典而典存焉索其田而田在焉誠能申明而舉行之則前弊必自革矣

審官(量才受職則政成事舉)　前人

問官既備而事未舉才既用而政未成將欲正之其失安在

對

臣聞夫官既備而事未舉才既用而政未成者由官與才不相得也且官有大小繁簡之殊才有短長能否之異稱其任則其政立枉其能則其事乖故先王立庶官而後求人使乎各司其局也辨衆才而後入仕使乎各盡其能也如此則官雖省才雖半可得而理矣若以短任長以大授小委其不可而望其可強其不能而責其能如此則官雖備才雖倍無益於理矣故曰任小能於大事者猶貍捕虎而刀伐木也屈長才於短用者猶驥捕鼠而斧剪毛也所以不相及豈不宜哉王者誠能量衆才之短長審庶官之小大俾操鑿柄者無圜方之謬備輪轅者適曲直之宜自

然人盡其能職修其要彛倫日序庶績日熙又何患乎事不舉而政未成哉

大官乏人由不慎選小官　前人

問國家台衮之材臺省之器胡然近日稍乏其人將欲救之其故安在

對

臣伏見國家公卿將相之具選於丞郎給舍丞郎給舍之材選於御史遺補郎官御史遺補郎官之器選於秘著校正畿赤簿尉雖未盡是十恒八九焉然則畿赤之吏不獨以府縣之用求之秘著之官不獨以校勘之用取之其所責望者乃丞郎之推論公卿之濫觴也則選用之際宜得其人

臣竊見近日秘著校正或以門地授畿赤簿尉惟以資序求未集作不商較其器能不研覆其才行至使頃年以來臺官空不知所取省郎闕不知所求豈直集作唯乏賢誠亦廢事且以資序得者僅能叅其簿領以門地進者或未任於鉛黃臣恐台衮之才臺省之具十年以後稍乏其人又頃者有司懲趨競之流杜徼倖之路俾進士非科第者不授校正校正欠資考者不署畿官立而爲文權以救弊蓋一時之制非可久之術今者有司難於掄材易於注擬因循勿改守以爲常至使兩畿之中數縣之外雖資序皆當其任而名實莫得而聞故每臺省缺員曾莫議擬則守文之弊一至於斯伏願思以後艱革其前失廣丞郎推論之本

疏公卿濫觴之源如此則良能之材必足用矣要劇之職不乏人矣

問使臣盡忠人愛上在乎明報施之道　前人

對

夫欲使臣盡忠節人心愛上則在乎明報施之道也傳曰美惡周必復又曰其事好還然則復與還皆報施之謂也夫日月不復則晝夜不分陰陽不復則寒暑不行善惡不復則君臣不成昔者五帝接其臣以道故臣致其君以德也三王使其臣以禮故其臣事君以忠也秦漢以降任其臣以利故其臣奉君以賈道賈道者利則進不利則退故君昏寡救惡之士國危鮮致命之臣是以其君獨安獨危

其臣亦獨憂獨樂君臣之道既阻於上則億兆之心不得不離于下也故曰君視臣如股肱則臣視君如元首君待臣如犬馬則臣視君如路人君愛人如赤子則人愛君如父母君視人如草芥則人視君如寇讎孔子曰審吾之所以適（集作道）人知人之所以来（集作求）我也則盡忠愛上之理在於此不在於彼矣

文苑英華卷第四百九十五

文苑英華卷第四百九十六

策二十

政化

政理一道　政必成化必至一道
不勞而理一道　風化澆朴一道
致和平復雍熙一道　號令一道
達聰明致理化一道　决壅蔽一道
去盗賊一道　議赦一道　典章禁令一道

政理（見四百八十三卷題作賢良方正策）　吳師道

政必成化必至（在敬始慎終）　白居易

問先王之教布在方冊事雖易舉政則難成豈文之空垂將行之未至思臻其極佇質所疑

對

（此卷並於白居易集準備制科七十五門中摘取十篇其問荅皆居易撰作）

對夫欲使政必成化必至者無他焉在陛下敬始慎終之所致耳臣聞先王之訓不徒言也先王之教不虛行也淺行之則小理深行之則大和淺深大小之應其由影響矣然則天下至廣王化至大增減損益難見其形是以政之損者雖不見其日損必有時而亂也教之益者雖不見其日益必有時而理也陛下但推其誠勤其政敬其始慎其終日用而不知自臻其極此先王終日所務者也終日所行者也不可月會其教化之淺深歲討其風俗之厚薄焉臣又聞易曰聖人久於其道而天下化成詩曰靡不有初

鮮克有終此言王者之教（當作政）待久而成也王者之化待終而至也陛下誠而久之敬而終之（八字集作誠能久而終之）則何慮政不成而化不至乎

不勞而理（在順人心立教）　前人

問方今勤恤憂勞夙夜不怠而政教循缺懲勸未行何則上古之君無爲而理令不嚴而肅教不勞而成何施何爲得至於此

對

對臣請以三五之道言之臣聞三王之爲君也無常心以天下之心爲心五帝之爲君也無常欲以百姓之欲爲欲順其心以出令則不嚴而理因其欲以設教則不勞而成

故風號無聞而人從刑賞不施而人服三五所以無爲而天下理者由此道也後代反是故不及者遠焉臣請以三代已後之事言之臣聞後代之天下三五之天下也後代之人三五之人也後代之位三五之位也居其位得其人有其天下而不及三五者何哉臣竊驚怪之然亦粗知其由矣豈不以已心爲心抑天下以奉一人之心也以已欲爲欲咈百姓以從一人之欲也苟或心與道未合政與欲並行得失交爭利害相半如此則雖宵衣旰食勞體屬精總可以致小康不足以弘大道故出令而吏或犯設教而人敢違刑雖明而寡懲賞雖厚而鮮勸此由舍人而從已是以勤多而功少也伏惟陛下去彼取此執古御今以三五之心爲心則政教何憂乎不洽以億兆之欲爲欲則懲勸何畏乎不行政教洽則不假憂而四海寧懲勸行則不勤勞而萬人化此由舍已而從衆是以事半而功倍也臣又聞太宗文皇帝嘗曰朕雖不及古然以百姓心爲心臣以爲致貞觀之理者由斯一言始也（集作矣）伏願陛下從而鑑之嗣而行之則天下幸甚天下幸甚

風化澆朴（由教不由時）　前人

問眡俗之理亂風俗之盛衰何乃得於往而失於來薄於今而厚於古或曰興替之道執於（集作在）君臣又云澆朴之風繫於時代二說相反其誰可從

對

臣聞代之澆漓人之朴略由上而不由下在教而不在時蓋政之臧否定於中則俗之厚薄應於外也何以驗覈伏請以周秦已降之事言之臣聞周室寖衰君臣陵替蠶食瓜割分爲戰國秦氏得之以暴易亂曾未旋踵同歸覆亡炎漢勃興奄有四海僅能除害未暇化人迨於文帝景帝勤（集作始）思理道躬行慈儉人用富安禮讓自興刑罰不試升平之美隣於成康載在漢書陛下熟聞之矣降及魏晋迄於梁隋喪亂弘多殆不足數我高祖始造（集作建）區夏未遑緝熙迨于太宗玄宗抱聖神文武之姿用房杜姚宋之佐謀猷啓沃無怠於心德澤施行不遺於物所以刑措而百姓欣戴兵偃而萬方悅隨近無不安遠無不服雖成康

文景無以尚之載在國史陛下熟知之矣然則周秦之亂極矣及文景繼出而昌運隨焉梁隋之弊甚矣及二宗嗣興而王道融焉若謂天地生成之德漸衰國家君臣之道漸喪則當日甚一日代甚一代不應衰而復盛澆而復和必不爾者何乃清平朴素之風薄於周秦之交而復厚於文景之代耶順成和動之俗喪於梁隋之際而獨興於貞觀開元之年耶由斯言之不在時矣故魏徵有云若言人漸澆訛不及質朴至今應爲鬼魅寧可復得而教化耶斯言至矣故太宗嘉之臣又按禮記曰教者人之寒暑也事者人之風雨也此言萬人之從王化如百穀之委歲功也若寒暑以時則禾黍登而菽麥熟若風雨不節則稂莠殖

而秕稗生也故教化優深則廉讓興而仁義作刑政偷薄則訛偽起而姦宄臻雖百穀在地成之者天也雖萬人在下化之者上也必欲以涼德獎政嚴令繁刑而求仁義行姦宄息亦猶飄風暴雨愆陽伏陰而望禾黍豊稂莠死其不可也亦甚明矣故曰堯舜率天下以義比屋可封桀紂率天下以暴比屋可戮斯則由上在教之明驗也伏惟聖心無疑焉

致平和復雍熙在念今而思古也　前人

問今欲感人心於和平致王化於樸厚何思何念得至於斯

對

對臣聞政不念今則人心不能交感道不思古則王化不能流行將欲感人心於和平則在乎念今而已伏惟陛下知人安之至難也則念去煩擾之吏愛人命之至重也則念黜苛酷之官恤人力之易罷也則念省修葺之勞憂人財之易匱也則念減服御之費懼人之有餒也則念薄麥禾之稅畏人之有寒也則念輕布帛之征慮人之有愁苦也則念節聲樂之娛恐人之有怨曠也則念損嬪嬙之數故念之又念之則人心交感矣感之又感之則天下和平矣將欲致王化於雍熙則在乎思古而已伏惟陛下仰羲軒之道也則思興利而除害侔唐虞之聖也則思明目而達聰師夏禹之德也則思泣辜而恤人法殷湯之仁也則

思祝網而愛物鑒漢之盛也則思罷露臺而海內流化觀周之興也則思葬枯骨而天下歸心弘貞觀之理也則思閲房魏之讜議以致升平嗣開元之政也則思得姚宋之嘉謀而臻富壽故思之又思之則王化澤一作流行矣行之又行之則天下雍熙矣

號令一則行推誠則化　前人

問號令者所以齊其俗一其心故聖王重之慎之然則號集無號字令既出而俗猶未齊者其故安在令既下集作行而心猶未一者其失安歸欲使下令如風行出言如響應導之而人知勸防之而人不踰將致於斯豈無其要

對

對臣聞王者發號施令所以齊其俗一其心俗齊則和心一則固人於是乎可任使也傳曰人心不同如其面焉故一人一心萬人萬心若不以令一之則人人之心各異矣於是積異以生疑積疑以生惑除亂莫先乎令者也故聖王重之然則令者出於一人加於百辟被于萬姓漸于四夷如風行如雨施有往而無返也其在周易渙汗之義言號令如汗渙然一出而不可復也故聖王慎之然則令既出而俗猶未齊者由令不一也不一者非獨朝出夕改晨行暮止也蓋謹於始慢於終則不一也張於近弛於遠則不一也急於賤寬於貴則不一也行於疎廢於親則不一也且人之心猶不可以不一而理況君之令其可二三而

行者乎然則令既一而天下之心猶未悅隨者由上之不能行於己推於誠者也凡下之從上也不從口之言從上之所好也不從力之制從上之所為也蓋行諸己也誠則化諸人也速求諸己也至則感諸人也深若不推之於誠雖三令五申而令不明也集作矣苟不行之於己雖家至日見而人不信也集作矣聖王知其如此故以禮自修以法自理慎其所好重其所為有諸己者而後求諸人責於下者必先禁於上是以推之而往引之而來導之斯行禁之斯止使天下之人集作心顒顒然唯望其令聽其言而已故言出則千里之外應如響令下則四海之內行如風故曰禁勝於身則令行於人者矣又曰下令如流水之集作發源蓋謂是也如此則何慮乎海內之令不如身之使臂臂之使指者哉

問達聰明致理化　　前人

對

夫欲達聰明致理化則在乎奉成式不必乎創新規也臣聞堯之所以神而化者聰明文思也舜之所以聖而理者明四目達四聰也蓋古之理化皆由聰明出也自唐虞以降斯道寖衰秦漢以還斯道大喪上不以聰接下下不以明奉上聰明之道既阻於上下則詐偽之俗不得不流於內外也國家承百王已弊之風振千古未行之法於是始立匭使始加諫員始命待制官始設登聞鼓故遺補之諫

入則朝廷之得失所由知也匭使之職舉則天下之壅蔽所由通也待制之官進則衆臣之謀猷所由展也登聞之鼓鳴則群下之寃濫所由達也此皆我烈祖所以累聖所奉雖堯舜之道無以出焉故貞觀之太和開元之至理率由斯而馴致矣自貞元以來抗疏而諫者留而不行投書於匭者寢而不報待制之官經時而不見於一問登聞之鼓終歲而不聞於一聲臣恐衆臣之謀猷或未盡展朝廷之得失或未盡知壅蔽者有所未通寃濫者有所未達今幸當陛下踐祚體元之始施令布和之初則宜申明舊章修集作條舉廢事使列聖之述作不墜陛下之聰明惟新以初為常令其時矣時不可失惟陛下措而行之則堯舜之

化風一作祖宗之理可得而致矣臣故曰達聰明致理化在乎奉成式不必乎創新規也

問决壅蔽在不使人知所欲　前人

對

對臣聞國家之患患在於臣之壅蔽也壅蔽之由由生於君集作壅蔽之生生於君之好欲也盖欲見於此則壅生於彼壅生於彼則亂作其間歷代有之可略言耳昔秦二代好佞趙高餙諂諛之言以壅之周厲好利榮夷公陳聚斂之計以壅之殷辛好音師涓作靡靡之樂以壅之周幽好色褒人納艷妻以壅之齊桓好味易牙蒸首子以壅之雖所好不同同歸於壅也集作矣所壅不同同歸於亂也故曰人君無

見其意將爲下餌盖謂此矣然則明王非無欲也非無壅也盖有欲則節之有壅則决之節之又節之以至於無欲也决之又决之以至於無壅也其所然者將在乎靜思其故動防其微故聞其言則慮趙高之諛進於側矣見厚利則慮榮夷公之計陳於前矣聽新聲則慮師涓之音誘於耳矣覩艷色則慮褒氏之女惑於目矣嘗異味則慮易牙之子入於口矣夫如是安得不晝夜慮之寤寐思之立則見其參於前行則想其隨於後自然兢兢業業日慎一日使左不知其所欲右不知其所好雖欲壅蔽其可得乎此明王節欲决壅之要道也

問去盜賊在舉得選能安業厚生　前人

對

對臣聞聖王之去盜賊也有二道焉始則舉有德選有能使教化大行姦宄者去次又安其業厚其生使廉耻人興貪暴者息故舜舉皐陶不仁者遠晉用士會盜奔于秦此舉德選能之效也成康阜其俗禮讓興行文景富其人盜賊衰息此安業厚生之驗也由是觀之則俗之貪廉盜人有無繫於人之勞逸吏之賢否也方今科禁集作禁科雖嚴桴鼓未靜姦宄時聞於道路穿窬者或縱於鄉閭無乃陛下之人有多窮困凍餒者乎無乃陛下之吏有非循良明白者乎伏惟陛下大推愛人之誠廣諭稱善之旨厚其生業使俗知耻格舉其以集作賢德使國無幸人自然庶讓風行

姦濫日息則重門罕聞於擊柝外户庶見於不扃者矣

問議赦　前人

對

對臣謹案書曰眚災肆赦又易曰雷雨作解君子以赦過宥罪斯則赦之不可廢也必矣管子曰赦者奔馬之委轡也不赦者痤疽之砭集作礦骨子作礦石也又諺曰一歲再赦婦兒喑啞斯又赦之不可數也明矣然則赦之爲用用必有時數既失之廢亦未爲得也何者赦之爲德大矣爲賊亦甚矣大凡王者踐祚改元之初一用之則爲德也居常致理之際數用之則爲賊也故踐祚而無赦則布新之義缺而好生之德廢矣居常而數赦則惠姦之路啓而召亂之

門開矣由此而觀蓋赦者可踈而不可數也可重而不可廢也用捨之要其在茲乎

典章禁令　前人

問子大夫才膺間出副我旁求宜當悉心靡有所隱其或典章有遺於古禁令不便於今爾無面從予將親覽焉（集無焉字）

對

對臣伏以今之典章百王之典章也安有戾於古道者歟今之禁令列聖之禁令也安有乖於今（集作昔）時者歟但在乎奉與不奉行與不行耳陛下之念至此誠思理之心切好問之旨深也此臣所以極千慮昧萬死而獻狂直者以

副天心之萬一焉臣聞典章不能自舉待教令而舉教令不能自行待誠信而行今百王之典具存列聖之法明備而禁未甚止令未甚行者臣愚以爲待陛下誠信以行之也（三字集作將之）昔宓賤行化德及泉魚（一作夜漁）非嚴行所致也推其誠而已魯恭爲理仁及春翟非猛政所驅也委其信而已今以陛下上聖之資仁惠之力令行禁止之勢萬萬於一邑一宰也何慮教不敷而化不洽乎臣又聞周公之理也周年而變三年而化五年而定陛下苟能勤教令以撫之推誠信以奉之則三年化成五年理定臣竊未以爲遲矣伏惟陛下少垂意而行（集作待）焉

文苑英華卷第四百九十六

文苑英華卷第四百九十七　策二十一

議禮樂

問禮樂之（集作並）用其義安在禮樂共理其效何徵禮之崩也何方以救之乎樂之壞也何術以濟之乎

此卷禮樂門並於白居易準備制科七十五門中摘取五篇其問荅皆居易擬作

對

臣聞序人倫安家國（集作國家）莫先於禮和人神移風俗莫上（集作尚）於樂二者所以並天地參陰陽廢一不可也何則禮者納人於別而不能和也樂者致人於和而不能別也必待禮以濟樂樂以濟禮然後和而無怨別而不爭是以先王並建而用之故理天下如指諸掌耳志曰六經之道同歸而禮樂之用爲急故前代有亂亡者由不能知之也有知而危敗者由不能行之也有行而不至於理者由不能達其情也能達其情者其惟宗周乎周之有天下也修禮建（集作達）樂者七年刑措不用者四十年負扆垂拱者三百

年龜鼎不遷者八百年斯可謂達其情臻其極也故孔子曰吾從周然則繼周者其惟皇家乎臣伏聞禮減則銷銷則崩樂盈則放放則壞故先王減則進之盈則反之濟其不及而洩其過用能正人道反天性奮至德之光焉國家承齊梁陳隋之弊遺風未殄（集作弭）故禮稍失於殺樂稍失於奢伏惟陛下慮其減銷則命司禮者大明唐禮防其盈放則詔典樂者少抑鄭聲如此則禮備而不偏樂和而不流矣繼周之道其在茲乎

議沿革禮樂　前人

問禮樂之用百王共之然則歷代以來或沿而理或革而亂或損而興或益而亡何述作之跡同而得失之效異也

方今大制雖立至理未臻豈沿襲損益未適其時宜將文物聲名有乖於古制思欲究盛禮之本（集作旨）審至樂之情不和者改而更張可繼者守而勿失具陳其要當舉而行

對

對臣聞議者曰禮莫備於三王樂莫盛於五帝非殷周之禮不足以理天下非堯舜之樂不足以和神人是以揔章辟雍冠服簠簋之制一不備於古則禮不能行矣干戚羽旄屈伸俯仰之度一不修（集作循）於古則樂不能和矣古今之論大率如此臣竊謂斯言失其本得其末非通儒之達識也何者夫禮樂者非天降非地出也蓋先王酌於人情張爲通理者也苟可以正人倫寧家國是得制禮之本意矣（集作也）苟可以和人心厚風俗是得作樂之本情矣蓋善沿禮者沿其意不沿其名善變樂者變其數不變其情故得其意則五帝三王不相沿襲而同臻於理矣失其情則王莽屑屑習古適足爲亂矣故曰行禮樂之情者王行禮樂之飾者亡蓋謂是矣且禮本於體樂本於聲文物名數所以飾其體器度節奏所以文其聲聖人之理也禮至則無體樂至則無聲然則苟至於理也聲與體猶可遺況於文與飾乎則本末取捨之宜可明辨矣今陛下以上聖之資守列祖之制不待損益足以致理然苟有沿革則願陛下審本末而述作焉蓋禮者以安上理人爲體以別疑防欲爲用以玉帛俎豆爲數以周旋裼襲爲容數與容可損

益也體與用不可斯須失也樂者以易直子諒爲心以中和孝友爲德以律度鏗鏘爲飾以綴兆舒疾爲文飾與文可損益也心與德不可斯須失也夫然則禮得其本樂達其情雖沿襲損益不同同歸于理矣

復樂（古器　古曲）　前人

問時議者或云樂者聲與器遷音隨曲變若廢今器用古器則哀淫之音革矣若捨今曲奏古曲則正始之音興矣其說若此以爲如何

對

對臣聞樂者本於聲聲者本於情情者繫於政蓋政和則情和情和則聲和而安樂之音由是作焉政失則情失情

失則聲失而哀淫之音由是作焉斯所謂音聲之道與政通矣伏觀（集作覩）時議者臣竊以爲不然何者夫器者所以發聲聲之邪正不繫於器之今古也曲者所以名樂樂之哀樂不繫於曲之今古也何以考之若君政驕而荒人心動而恐（集作動而怨）則雖捨今器用古器而哀淫之聲不散矣若君政善而美人心平而和則雖奏今曲廢古曲而安樂之音不流矣是故和平之代雖聞桑間濮上之音人情不淫也不傷也亂王之代雖聞咸護韶武之音人情不和也不樂也故臣以爲銷鄭衛之聲復正始之音者在乎善其政和其情不在改其器易其曲也故曰樂者不可以僞唯明聖者能審而述作焉臣又聞若君政和而平人心安而

樂則雖援蕢桴擊野壤聞之者必融融洩洩矣若君政驕而放人心困而怨則雖撞大鐘伐鳴鼓聞之者適足慘慘慼慼矣故臣以爲諧人神和風俗者在乎善其政懽其心不在乎變其音極其聲也

議祭祀　　前人

聞聖王立郊廟重祭祀者將以展誠敬而事鬼神乎將以（集作欲）裨教化而利生人乎

又問近者敬失於鬼祭祀以淫褻禱者有僭濫諂媚之風烝嘗者失疏數豐儉之節今欲使俗無淫祀家不黷神物省費而厚生人守義而不惑何爲何作可以救之

對

臣聞祭祀之義大率有三禋于天地所以示人報本也祠于聖賢所以訓人崇德也享於祖考所以教人追孝也三者行於天下則萬人順百姓和此先王所以重祭祀者也臣又觀之豈真若是而已哉蓋先王因事神以（集作而）設教因祭祀以利人俾乎人竭其誠物盡其美美致於鬼則利歸於人焉故卑（集作備）其牲牷則牛羊不得不蕃矣豐其黍稷則倉廩不得不實矣美其祭服則布帛不得不精矣不畜者無牲不田者無盛則游惰者不得不懲矣勤本者不得不勉矣四者行於天下雖曰事鬼神其實厚生業也故曰禮行於祭祀則百貨可極焉斯之謂矣然則禮物（集作物力）有餘則奢淫之弊起祀事不節則諂黷之萌生先王又防

其然也是以宗廟有數豐約有度疏數有時非其度者則鬼不享而禮不容非其類者則神不歆而刑不捨二者行於天下則人與鬼（集作神）不相黷矣不相傷矣近代已（集作以）來稍違祀典或禮物失於奢儉或巫史假於淫昏追遠者昧從王之文徼福者有媚神之祭雖未甚弊亦宜禁之伏惟陛下崇設人防申明國典烝嘗不經者示之以禮禳禱非鬼神糾之以刑所謂存其正抑其邪則人不惑矣著其誠謹其物則人厚生矣斯亦齊風俗和人神之大端也惟陛下詳之

忠敬質文損益　　前人

問忠敬質文百代循環之教也五帝何爲而不用三王何

故而相承將時有同異邪道有優劣邪又三代之際損益不同所祖三才其義安在豈除舊布新務於相反相異乎復扶衰救弊其道不得不然乎又國家祖述五帝憲章三王質文忠敬大備於今而尚人鮮樸而忠俗多利而巧欲救斯弊其道如何

對

臣聞步驟殊時質文異制五帝以道化三王以禮教道者無爲無爲故無失無失故無華是以唐虞相承無所改易也禮者有作有作則有弊有弊則有救故殷周相代有所損益也損益之教本乎三才夏之教尚忠忠本於人人道以善教人忠之至也故曰忠者人之教也忠之弊其人野

救野莫若敬故殷之教尚敬敬本於地地道謙卑天之所生地敬養之故曰敬者地之教也敬之弊其人鬼救鬼莫若文故周之教尚文文本於天天道垂文而人則之故曰文者天之教也文之弊其人僿救僿莫若忠然則三王之所祖不同者非欲自異而相反也蓋扶衰救弊各隨其運也運苟有異教亦不同雖忠與敬各繫於時而質與文俱致於理標其教則殊制臻其極則同歸亦猶水火之相形集作釁同根於氣化共濟於人用也寒暑之相代同本於元氣共成於歲功也三王之道亦如是焉我國家欽若五帝憲章三王典謩不易之道祖述而大用忠敬迭救之教具舉而兼行可謂文質協和禮樂明備之代也然臣聞孔子曰殷因於夏禮周因於殷禮損益始終若循環然其繼周者百代可知也臣觀周之弊也爵賞黷刑罰窮而秦反用刑名祚因中絶及漢雜以霸道德又下衰迨于魏晉以還未有繼而救者是以周之文弊今有遺風故人鮮朴而忠俗循利而巧伏惟陛下以繼周爲己任以行夏爲時宜稍益質而損文漸尚忠而救僿酙酌於教曲律其人使瞻其集無其字前而道繼三王顧於集無於字後而光垂萬葉則盡善之道大同之風不專美於上古矣

刑法上

罷刑獄北齊天保八年策秀才

問帝王之柄賞罰爲首雖三代損益百代可知未有捨此

二途而能弘風闡化聖賢爲治咸出斯道明獄訟之來非關叔世孔子三日而誅少正卯太公下車而戮華士康王疑作誥文王作罰刑茲無赦明措刑由於用刑非去殺而刑清也然子產相鄭唯殺一人子文治兵刑遂無用伯禹引罪自歸武王見辜而泣雖政治不殊而理亦相反朕恭臨萬國祗御兆人視之如傷有同赤子未能以理代刑捨其律憲亦輕罰緩死漸就蠲除去疑腊之網收刺骨之怨臨麥秋而惆悵望窮冬而載懷思使畫服象刑同唐虞之世罷獄息罪等成康之時循酷俱治宜有辨析誠有未遂想望其中

對　　李德林

對逖聽風聲介踵文武未之逮也而有志焉大道之行結繩而治無德之世有皋更懋殆是天愛昔人唯令設教神化（一作仇）末俗要須密網又豈淳風已降同往者之不追澆法自然遂確乎而不變然而成康之衆逮幽厲而爲斆龐項之人至文景而刑措方知桀紂居羲昊之世亦比屋可誅勛華處桓靈之時即垂衣而治唯應宣尼去殺必期之以百年周人太平會資之以三世我國家之殺龍斬蛇斷鼇編雉牧羊驅鷄之法烹鮮放馬之功莫不因宜宜之心受蒼蒼之命十軒九舜千堯萬禹抑特楊推俱何足稱至於約法憑威行師用武怨起後征之地哀切自化之辜故上下千官遐邇兆庶風化之所遵達政教之所抑揚皆肅

肅然若嚴刑之在側矣但皋陶之類常問黄汝定國之流恒持冊筆分陝有棠陰之德剖符致蒲鞭之美梁獄決疑不假陶朱之璧楚國以理無用莊生之金稍簡刑書漸行禮教使駃騠遠至懸感仁心獬豸來儀不知所觸然後升東嶽而揖群后望西方以謝聖人復何如也謹對

用刑寬猛　唐

問獄市之寄自昔爲難寬猛之宜當今不易緩則物情恣其詐急則姦人無所容曹相國所以殷勤路廷尉於焉太息韋弦析衷歷代未聞輕重淺深佇承嘉議

對　上官儀

對攘袂九流披懷萬古覽七書（一作玉籙）之奧義覿金簡之遺文覿皇王臨御之迹詳政術樞機之旨莫不則乾綱而張禮樂法震而置威刑縱使軒去鼎湖非無涿鹿之戮舜辭雷澤遂有崇山之誅自皋繇不嗣怨（疑）生長往甫侯設法徒有說於輕重子産鑄書竟無救於衰敗是知風淳俗厚草艾而可懲主僻時昏黥鑿而猶犯我君出震繼天承國（一作圖）宰化孕十堯而邁舉吞九舜而上征猶以爲周書三典既疏遠而難從漢律九章已偏雜而無準方當採葦弦於往古施析衷於當今若能詔彼刑章定金科之取捨徵其張趙平刑書之去留必使楚國受金不爲莊生所責長陵盗土必用張子之言謹對

刑獄用捨　唐

問玄默垂拱理歸上德法令滋彰事鍾澆季是以唐虞畫象四罪而咸服姬夏訓刑三千而愈擾故知勝殘去殺必在於弘仁反樸還淳不務於多辟（一作不勝於群惡）方知削兹三尺專循五禮幸陳用捨之宜以適當時之要

對　張昌齡

對兩儀亭育蓄嚴刑於積陰四氣平分降明罰於秋序是知觀象設教聖人所以勝殘因物造端懿后由其立辟故嬀川受命士師陳九德之歌瑶山載刑呂侯訓百鍰之典然則激揚神化鼓舞皇偕（疑）資粉澤而弘風佚德刑而振俗是故六轡在御飛龍之駕可期九罭不施奔鯨之害斯兆繳使業儼佚領道邁曾巢齊飲啄於鷃居絶往來於犬

吹猶未可長懸三禮求擯五刑削茲噬嗑之科專行忠信之薄況今時推纂聖運屬升皇猷猶勞卅浦之誅尚瀟青丘之罪伯夷典禮與猾夏而同科司寇詳刑共春官而聯事自可遠稽九代近命三驅釋刀鋸於凶魁休甲兵於原野然後施（疑作弛）威象闕展事天宗繼羨媯黃追風火燧石渠未滅豈待（一作得）輒議寢刑中嶽既封自可專循大禮謹對

同前　唐　郝連梵

對法星垂象列九霄而照燭習坎分爻疏六位而輝煥故有皇王慎罰正俗以經時聖哲詳刑開物而成務莫不克清函夏載穆黎元制天討之威嚴弘秋官之典憲舜遊媯

汭乃去四凶湯出鑪宮驟除三面然則質文異代興廢殊途徵禹會昌仁流於下泣獨夫受戮禍招於剖心自運徃道消淳離朴散王風不競菀柳之刺斯聞后德方衰杞（疑作棘）槐之刺（疑作制）斯闕望夷招敗酷甚凝脂函谷生灾冤多精氣雖復蕭何改創爰始九章溫舒上言仍識一失網漏吞舟之罪主荷持寬律加盜閣之繁吏還舞智邈乎遺法允屬升平大唐執紀先天凝圖王氣化軼胥庭之上功超出（疑）驟之前掃氛祲於乾樞靜囂塵於地軸紫微君聖時乘光於得一黔首安生日用陶其吹萬皇帝上元統歷下武嗣徽道叶順風契黃神之罔象精通就日符赤運之文明於是職列英奇朝班俊乂載升降之節既著禮容臨甲

乙之科方在政辟道無爲以端拱思有罪而責躬念向隅之獨頻乃納隍而軫慮曲詢管庫取薦芻蕘誠宜妙簡平反旁求庶獄渭橋驚馬必歸張季之言禁園射兎勿爽高柔之旨于公陰德委以廷尉之司盛吉深仁授以憲曹之任剖符寄劉寬之輩蒲鞭之教可追分陝趨邵奭之傳棠陰之聽斯在加以五詞咸備兩造兼持運靜躁於韋弦聽遲速於寬猛銜豸雖觸咎繇行其惠化蒼鷹輟號郅都息於頻苛自然囹圄空虛靡怨黃沙之累鉗鈦安用無施白粲之刑則迹邁成康道逾文景不仁自遠無得而稱謹對

折獄之理　唐

問大道未隱教而不誅比屋可封畫象無犯是知金科玉

條不制淳厚之俗嚴刑峻法定施交喪之年皇家化軼無爲德高邃古棄叢棘而去嘉石投冊筆以廢黃沙願言此道則防萌之術無寄苟違斯理則削觚之化闕如且齊國遺冠楚人封府肆眚之制無復前聞欲擯多幸之心便復作觧之義用捨之要咸宜具舉若其法術之興非無首唱律令之起固有厥先何王絕鋸鑽之科何帝易肌膚之痛方知折獄之理宜（一作庶）詳先代之規幸可縷陳故實無爲毛舉而已

對　張處信

對五材迭用前聖因而設刑四象代興往賢則而爲治所以明弼五教敬成三德爲安上之鞭策作御下之隄防紛

黛帝歃脂澤王化故軒皇六禁設言而不違嬀帝三居畫象而無犯既而末代多僻亂政滋章網密疑脂文深刺骨威逾夏日苦烈秋荼或酷甚棄灰或刑深盜士遂使棘林之下鬼哭呈狀（一作日聞）函谷之前冤魂表昣（疑）雖漢文易肌膚之痛孝景減鞭朴之科竟未華獘除煩焉能救焚拯溺方今膺期千載保業重光表至德以泣辜布深仁於觧網敬刑若祭重獄如傷誠宜削季業之條科襲至安之有美自可駕三皇而肆五帝超千古而寵萬方欲廢彼黃沙赦茲册筆眷言斯理蒙竊惑焉何者德刑遞施寬猛相濟是知明君至乂不獨任於詩書哲后欽明豈專行於禮樂此乃殺以止殺刑期無刑綠絕代而不渝邁終古而無替愚

謂擯蒼鷹之酷吏棄乳虎之屠伯然後舉皐陶而作士命隨會以守官則內盜自奔不仁斯遠自然防萌之術無闕削觚之化有餘豈止封府之赦不施遺冠之宥無設用捨之義夫何足疑且律之興其來尚矣蓋三光列景法星麗於天文立位成刑習坎彰於易象爰洎貳負（見山海經）初治維縶之科降及四凶始受殛流之罰及庭堅蘁舜獄律遂此闡情蕭相主劉甲令於焉刻意至如鋸鑽之絕班固書而可知肉刑之興孫卿論而已備謹對

文苑英華卷第四百九十七

文苑英華卷第四百九十八　策二十二

刑法下

恤刑二道　刑法得失一道

徃伐爲刑是非一道　眚災肆赦一道

止獄措刑一道　論刑法之弊一道

使人畏愛悅服一道　議肉刑一道

刑禮道一道

恤刑

問易稱議獄書載恤刑人命所懸於茲爲重然姬旦制三典之宜蕭何定九章之律漢文除肉刑之科孝景減笞箠之令互相沿革雖復不同意在明威終資慎罰今既道符

太古德侔往初化越可封時當刑措專欲道德齊禮纔畫衣冠亥朴還淳肌膚不慘復恐隨時之義草艾不足懲其慾揆事立方楮墨無以防其僞歷代輕重捨用之規幸為陳之何者便俗

對　辛崇敏

對其聞天播四時資寒暑而成歲國持二柄慎賞罰而稱權然巡聽上皇異冠䩛而知禁洎乎後葉爰黥刖以懲非故議獄緩刑著乎易象欽哉惟恤勒在虞書姬旦佐周量國政而爲三典蕭何輔漢取秦法而定九章逮文景仁明幾稱刑措減笞箠之令除肉刑之科隃及當塗至於典午或遁相輕重筆削異端雖變易隨時各殊塗而並駕焉禁邪

劭禮乃一揆而同歸我皇叡哲欽明丕承寶祚道高連陸
績邁羲軒玄德潛通神功侔於造化損己利物惠澤洽於
含靈馭俗調風布春官之大禮明威止殺削秋荼之繁刑
任皋陶以士師命定國爲廷尉惟明克允人自不偷比屋
有可封之人道路無赭衣之伍納黎元於仁壽反眊俗於
淳和蕩蕩巍巍無德而稱矣五刑八議金科玉條沿革合
其規模損益得其輕重較如畫一法無二門用化洽於時
雍將行之而不紀循之爲美改作非宜謹對

同前　劉藏器

對結繩以往闕文字而不傳觀跡以來煥圖書而可矚日
温月冷既暢之以陰陽左春右秋亦効之以生殺方之四

序取則二儀震雷霆以曜威象天討而明罰至如赭衣艾
筆（荀子治古無肉刑而有象刑供艾畢設　赭衣注畢與韠同又古字筆畢通用）之制用於唐虞
之朝劓刵宮割之刑施於夏殷之日既申之以三刺亦放
之以五流鄭産鑄書吕侯訓續秦吹郘鑊漢調葅醢變三
章而制九章減五百而笞二百歷當塗而且用洪典午而
兼行令德冠往初功高邃古既反真淳之俗還歸仁義之
衢解網泣辜惟刑是恤斷而難續夙采緹縈之言議獄緩
刑久納温舒之奏不輕不重非省非繁既合時宜無勞橫
議謹對

刑法得失

問象五星七宿法壅水勝金是何刑焉深惑其義賣爵緡
錢之令越官朝會之律見知腹誹之法直指夏蘭之使不
知誰制莫委所由因戲加杖其人絶命解鬬觸刃從子殞
躬有若此流將欲何斷夫杖妻面致大辟之科婦搏姑耳
從減死之論斯之所失於禮安乎鮑昱赦東海之殺人陳
忠縱潁川之請代如其得失亦可聞諸

對

對某聞弧矢以威用刑之迹遂兆雷電皆至折獄之義仍
明乃有金朴異儔行乎舜日劓刵殊類施於姬年莫不疏
密隨時輕重沿事語其數各有像焉土壅水而不流宮條
斯準火勝金而逾墨黥法是依於（疑作放）七宿異節之精實
惟腹罰則五星應改之變爰在劓科上郡罹旱孝景復循

（漢食貨志作脩）賣爵南畝不出武帝遂下緡錢越官起於（一作自）張
湯朝會興於趙禹公孫生見知之漸顔異爲腹誹之初直
指夏蘭之華出於慘刻之日斯盖虚生（疑作虐主）所得（一作行）佞
臣攸致至若因戲杖而絶命觸鬬刃以亡身既有誤致之
由斷取罰金之議妻則爲室夫亦稱天雖云杖面陷（一作詿）
容大辟良爲情疑後主肆其不敬由斯之故方致極刑婦
之承姑嚴於子道豈此陵辱以從減論然則鮑昱之科於
義失矣仲遠之駁與禮符焉赦子毋之情非無高趣縱昆
季之代已在前議謹對

往代爲刑是非

問乾靈著象聖人仰則左生右殺天之道也先寛後猛王

之度焉何則反魯刪詩下車而誅少正入關約法締搆而
封雍齒爲往迹之浮言爲後塗之令則若云刑法不施於
淳朴殺戮必用於凋訛則感電前皇不應染刃望雲後帝
方示草纓沉吟久之未知孰是至於宜獄宜犴五刑九刑
清室黃沙之肇基執秩僕區之創迹墨幪抵罪黥服記刑
誤法理而揮刀謬刑名而伏劍咸悔貽祖側佇根由方聽
安于之言復迓（疑作訝）温舒之奏景慕埋桐之術欣聞觀壁
之規欲拯何人得階斯理鍾繇王朗尚且相持叔向鄭僑
猶疑競爽度長挈大誰最指南勝躅高縱（音蹤）何代爲是

對

對天道未醨混彼我於非馬上德云失迫聚散於驅鷄所

以聖照幾先賢圖事始創禮崇敬攸開揖讓之端設法明
威用度姦邪之路然則昌戶受曆斬凶殘於鳳墟壽丘馭
圖剪姦回於鹿野將銜勒以控奔馬與隄防以給羣流既
繫事以慘舒亦隨時而賞戮遂使仲尼反魯先誅少正高
祖入秦遽封雍齒上如黃神攝運丹陵纂曆步驟之軌髣
髴殊塗亭毒之規依稀一致況乎時屯競逐理便於干戈
道泰（疑作泰）讓夷義歸於玉帛斯則銅兵玉玦固可舉於軒
皇艾服草纓豈謬施於唐帝至於宜獄宜犴詩人因賦以
誠時五刑九刑晉臣貽書以訓俗卯金啓漢詔清室以懲
姦典午承曹建黃沙而肅物晉蹶執秩楚設僕區令尹之
調馭長安黥服化探丸之子唐侯之光宅天下墨幪致鑿

頂之夫法或謬加李離伏劍刑疑濫及勾踐揮刀屬以安
于絕簡之詞温舒綏刑之奏候理桐以察理擬觀壁以照
姦擅彼高縱雖云可尚自我作古夫復何遠且魏朝御史
議駮鍾繇之疎晉室大夫書譏鄭產之醜荷校滅耳迷悔
吝於六爻騁轍荒心垂欽恤于三鍰欲允時須議將安屬
未若踐咎陶之勝躅詔于公以度長詳彼刑書無溺情於
愛惡揣兹心稱不撓法於重輕自然束影還淳企三皇以
比迹削彫歸朴局（一作企）五帝而遐蹤謹對

眚災肆赦（禮部試第二道）

問書曰眚災肆赦又曰宥過無大而禮云執禁以齊衆不
赦過若然豈爲政以德不足恥格峻立必罰斯爲禮乎詩

稱既明且哲以保其身易稱利用安身以崇德也而論語
云無求生以害仁有殺身以成仁若然則明哲者不成仁
歟殺身者非崇德歟

對　白居易

對聖王以刑禮爲大寶（集作憂）理亂繫焉君子以仁德爲大
寶（集作寶）死生一焉故邦有用禮而不（集作大）理者有用刑而
小康者古人有崇德而遠害者有蹈仁而守死者其指歸
之義可得而知焉在乎聖王乘時君子行道也何者當其
王道融人心質善者衆而不善者鮮一人不善衆人惡之
故赦之可也所以表好生惡殺且臻乎仁壽之域矣而肆
赦宥過之典由玆作焉及夫大道隱至德衰善者鮮而不

善者衆一人不善衆人效之故殺（集作赦）之不可也所以明懲惡勸善且革其澆醨之俗矣而執禁不赦之制（集作文）由茲興焉此聖王（集有所以二字）隨時以立制順變而致理非謂德政之不若刑罰也然則君子之為君子者為能先其道後其身守其常則以道善乎身罹其變則不以身害乎道故明哲保身亦道也巢許得之求仁殺身亦道也夷齊得之雖殊時異致同歸於一揆矣何以覈諸觀乎古聖賢之用心也苟守道而死死而（集作且）不朽是非死也苟失道而生生而不仁是非生也何死夷齊生於唐虞之代安知不明哲保身歟巢許生於殷周之際安知不求仁殺身歟蓋否與泰各繫於時也生於死同歸於道也由斯而觀則非謂

崇德者不為成人殺身者不為明哲矣嗚呼聖王立教同出而異名君子行道百慮而一致亦猶水火之相戾同根於冥數共濟於人用也亦猶寒暑之相反同本於元氣共濟於歲功乎則用刑措刑之道保身殺身之義昭昭可知歟謹對

止獄措刑（在富而教之）　前人

問成康御宇囹圄空虛文景繼統刑罰不用太宗化下而人不犯成此功者其效安在桀紂在上比屋可誅秦氏為君赭衣蒲道致此弊者其故安在今欲鑒桀紂秦氏之弊繼周漢太宗之功使人有（集無有字）恥且格刑措不用備詳本末著之于篇

（自此至卷終並於白居易集準備制科七十五門中摘取五篇其問答皆居易擬作）

對

對臣聞仲尼之訓也既庶矣而後富之既富矣而後教之管子亦云倉廩實知禮節衣食足知榮辱然則食足財豐而後禮教所由興也禮行教立而後刑罰所由措也蓋前事之不忘後事之元龜臣請以前事明之當周成康之時天下富壽人知恥格故囹圄空虛四十餘年當漢文景之時節用勸農海內殷實人人自愛不犯刑法故每歲決獄僅至四百及我太宗之朝勤儉化人人用富庶加以德教致于升平故一歲斷刑不滿三十雖則明聖慎刑賢良恤獄之所致也然亦由天下之人生厚德正而寡過也當桀

紂之時暴征讟斂萬姓窮苦有怨無恥姦宄並興故是時也比屋可戮及秦之時厚賦以竭人財遠役以殫人力力殫財竭盡為寇賊羣盜蒲山藉不塞道故每歲斷罪數至十萬雖則暴君淫刑姦吏弄法之所致也然亦由天下之人貧困思邪而多罪也由是觀之刑之繁省繫於罪之衆寡也教之廢興繫於人之貧富也聖王不患刑之繁而患罪之衆不患教之廢而患人之貧故人苟富則教斯興矣罪苟寡則刑斯省矣是以財產不均貧富相併雖堯舜為主不能息忿爭而省刑獄也衣食不充凍餒並至雖皋陶為士不能止姦宄而去盜賊也若失之於本求之於末雖聖賢並出（集作生）臣竊以為難矣至若察小大之獄審輕重

之刑定加減於科條得情僞於聲（集作察）色此有司平刑之要也非王者恤刑之德也至若盡欽恤之道竭哀矜之誠使生者不怨死者不恨此王者恤刑之德也非聖人措刑之道也必欲端影於表澄流於源則在乎富其人崇其教開其廉耻之路塞其寃濫之門使人内樂其生外畏其罪則必過犯自省刑罰自措斯所謂致羣心於有耻立大制於不嚴古者有畫衣冠異章服而人不犯者由此道素行也

論刑法之弊（升法科選法吏）　前人

問今之法貞觀之法今之官貞觀之官昔何爲而大和今何爲而未理事同效異其故何哉將刑法不便於時耶而官吏不得其人耶

對

對臣伏以今之刑法太師之刑法也今之天下太宗之天下也何乃用於昔而俗以寧一行於今而人未和平（集作休和）臣以爲刑法不便於時是官吏不循其法也此由朝廷輕法學賤法吏故應其科與補其吏者率非君子也其多小人也蓋刑法者君子行之則誠信而簡易簡易則人安小人行之則詐僞而滋章滋章則俗弊此所以刑一而用二法同而理殊者也矧又律令塵蠹於棧閣制勑堆盈於案几官不徧覩法無定科今則條理輕重之文盡詢于法直是使國家生殺之柄假手於小人小人之心孰不可忍至

有黷貨賄者矣有怙親愛者矣有陷讐怨者矣有畏權豪者矣有欺賤弱者矣是以重輕加減隨其喜怒出入比附由乎愛憎官不察其所由人不知其所避若然則雖有貞觀之法苟無貞觀之吏欲其行善無乃難乎陛下誠欲申明舊章剗革前弊則在乎高其科重其吏而已臣謹按漢制以四科辟士其三曰明習法（集作律）令足以决狐疑能按章覆問文中（一作任）御史者辟而用之伏惟陛下懸法學爲上科則應之者必俊乂也外法直爲清列則授之者必賢良也然後考其能奬其善明察守文者擢爲御史欽恤用情者遷爲法官如此則仁恕之誠廉平之氣不散於簡牘之間矣掊尅之心舞文之弊不生於刀筆之下矣與夫愚

詐小吏竊而弄之者功相萬也臣又聞管仲奪伯氏之邑沒無怨言季羔則門者之足亡而獲宥孔明黜廖立之位死而垂泣三子者可謂能用刑矣臣伏思之亦何代無其人乎（集作哉）在乎求而用之考而奬之而已伏惟陛下再三察焉

使人畏愛悅服（理大罪赦小過）　前人

問政不可寬寬則人慢刑不可急急則人殘故失於恢恢則漏網而爲弊務於察察則及泉而不祥將使寬猛適宜疏密合制上施畏愛之道下有悅服之心刑政之中何者爲得

對

對臣聞聖人在上使天下畏而愛之悅而服之者由乎理大罪赦小過也書曰宥過無大況小者乎刑故無小況大者乎故宥其小者仁也仁以容之則天下之心愛而悅之矣刑其大者義也義以糾之則天下之心畏而服之矣臣竊見國家用法似異於是何則糾察之政急於朝官而寬於外官懲戒之刑加於小吏而縱於長吏是故權輕而過小者或反繩之寄重而罪大者或反赦（集作捨）之臣伏思之恐非先王宥過刑故之道也然則小大之喻其猶魚邪魚之在泉者小也察之不祥魚之吞舟者大也漏之不可刑煩猶水濁水濁則魚喁政慢（集作寬）猶防決防決則魚逝是以善爲理者舉其綱疎其網綱舉則所羅者大矣網疎則

所漏者小矣（集作也）伏惟陛下舉其綱於長吏疎其網於朝官捨小過以示仁理大罪而明義則畏愛悅服之化暗（集作闇）然而日彰於天下矣

議肉刑（可廢不可用）　前人

問肉刑者其來尚矣其廢久矣前賢之論是非紛然今欲棄而不行法或乖於稽古若舉而復用義恐失於隨時取捨之間何者爲可

對

對臣伏以漢除肉刑迨今千有餘祀其間博聞達識之士議其是非者多矣欲廢之者則曰刻膚革斷支體人主忍而用之則愷悌惻隱之心乖矣此緹縈所謂雖欲改過自新其道亡繇者也其欲復之者則曰任箠令用鞭刑酷吏倚而行之則專殺濫死之弊作矣此班固所謂以死罔人失本惠者也臣以爲議事者宜徵其實用刑者宜酌其情若以情實言之則可廢而不可復也何者夫肉刑者蓋刵劓椓黥刖之類耳書所謂五虐之刑也昔苗人始淫爲之而天既降咎及秦人又虐用之而天下亦離心夫如是則豈無濫死者邪漢文帝始除去之而刑罰以清我太宗亦因而棄之而人用不犯夫如是則豈有罔人者邪此臣所謂徵其實者也臣又聞聖人之用刑也輕重適時變用捨順人情不必乎反今之宜復古之制也況肉刑廢之久矣人莫識焉今一朝卒然用之或絕筋或折骨或傷面（集作面傷）

則見者必痛其心聞者必駭其耳又非聖人適時變順人情之意者徵之於實既如彼酌之於情又若（集作如）此可否之驗豈不明哉傳曰君子爲政貴因循而重改作又曰利不百不變法臣以爲復之有害而無利也其可變而改作乎

刑禮道（迭相爲用）　前人

問聖人之致理也以刑糾人惡故人知勸懼以禮道人情故人知耻格以道率人性故人反淳和三者之用不可廢也義者將偏舉而行邪將並建而用邪從其宜先後有次邪成其功優劣有殊邪然則相今日之所宜酌今日之所急將欲致理三者奚先

對

對臣聞人之性情者君之土田也其荒也則薙之以刑其闢也則蒔之以禮其植也則穫之以道故刑行而後禮立禮立而後道生始則失道而後禮中則失禮而後刑終則修刑以復禮修禮以復道故曰刑者禮之門禮者道之根知其門守其根則王化成矣然則王化之有三者猶天之有兩曜（集作耀）歲之有四時廢一不可也並用亦不可也在乎舉之有次措之有倫而已何者夫刑者可以禁人之惡不能防人之情禮者可以防人之情不能率人之性道者可以率人之性又不能禁人之惡循環表裏迭相為用故王者覩理亂之深淺順刑禮之後先當其懲惡抑淫致人

於勸懼莫先於刑剗邪窒欲致人於耻格莫尚於禮反和復朴致人於敦厚莫大於道是以衰亂之代則弛禮而張刑而平定之時則省刑而弘禮清淨之日則殺禮而任道亦如祁寒之節則疎水而附火徂暑之候則遠火而狎水順歲候者適水火之用達時變者得刑禮之宜適其用達其宜則天下之理畢矣王者之化成矣將欲校（集作較）其長短原其始終順其變而先後殊備其用而優劣等離而言之則異致合而理之則同功其要者在乎舉有次措有倫適其用達其宜而已方今華夷有截內外無虞人思休和俗已平康是則國家殺刑罰之日崇禮樂之時所以文易化成道易馴致者由得其時也今其時矣伏惟陛下措而不失焉

文苑英華卷第四百九十八

文苑英華卷第四百九十九　策一十三

工商貨幣

問夫貿遷化居資貨以通守位聚人理財爲用故龜貝贍於夏殷金幣富於周漢頃國弗崇侈而府無盈儲賦不加厚而黎庶彌貧實由貨重物輕以臻斯弊若有單子推權之宜賈生斂散之術其具陳之

對　丘真孫

對臣聞哲王之統俗也陳貨洪範通有無之用取市噬嗑致交易之所至乎九府立其法資幣量其宜蓋理本救人而輕重隨代故周景鑄金穆公規其實漢文造幣梁傳議其違雖貫朽費濫而市非物輕粱肉不匱而家非貨重何者淳朴既散澆僞成俗惰農奪其歲功徇利昧其日用所以負販盈廛分穀布野崇朝思食則物不得貴爭利因阜則貨不得賤故弋綈雖御國之所先蒸人乃乂邦之攸本故賈誼慷慨陳力農之戒仲舒殷勤明重穀之說今宜思五土之宜勸三時之務教養殖人賞課田畯重遊適之賦輕力穡之役師李悝於魏邦式蔡癸於漢代用能遺穗委畝紅粟露積垂拱巖廊擊壤（一作衢）巷詠歌升平豈不盛歟臣學不師古識昧政化勉酬（一作免對）枉問敢獻瞽言

泉貨

問羲農之時市井爰立夏殷以往泉貨無聞太公立九府之法夷吾通萬鍾之藏輕重良由於出令斂散實在於得時自此以還資幣數改景王實貨單穆立母子之議文帝四銖賈生深博換之歎既而白金易賤赤仄難行小則米石至萬大乃一當五百禁鑄彌重姦錢蓋多雖復棄市相尋黥罪日報苟非其術爲害更深且示以厚利隨以重辟是誘良民陷之坑阱朕屬此流弊情甚傷之故罷均輸之

官省鹽鐵之利復欲收銅於斷鑄勸百姓於農桑奪商賈之權塞兼并之路而象稱交易書載懋遷歷代相承行之已久一日變改公私非便且軍國所須虛（一作槩）費猶廣尺寸爲用分裂亦難益國寧民應有長策明言爾志以沃朕心

對　宋伯宜

對臣聞楚王明月之珠寒而不可服魏王照室之寶饑而不可餌然則養羣黎之氣命爲萬姓之衣被苟異農桑義難豐溼雖繼天象日之際猶爲血飲但立地甄海而還誰不粟食質文空變高深　自徙親籍躬桑殊途共致故得時名有道世號無爲英聲宣鼓而未窮茂實飛而詎已方驗稱

為實者不勞氣白如虹謂之天者不假圓而似盖儿鑄金
為貝信有從來漢改四銖秦行半两用捨更互廢輕就重
之宜損益不常地馬天龍之異復有豫章銅岳蜀道銅山
全歸佞倖之爐頻入諸侯之冶所以公私太半僞實相蒙
姦佞用此而兼并豪戚因兹而聚斂洛京三鄽之内賈客
雲屯齊宮七市之間商人霧塞乃令東漢楚子高閣浮空
西蜀彭家連樓跨術雷車電騎多出工巧之家列鼎撞鍾
無非貨殖之里賓徒藿肉鮑書不足倫僮僕藜餘張詩莫
能序三田為之廢業五稼由此多荒伏惟陛下依乾度立
神功道則光格四天德乃牢籠九地五羊街粟時和之義
先表雙雀飛鳴歲稔之徵巳見尚晋情天下之命置懷天

下之本欲絶彼工商斷兹壚鐵乃還淳之要術非進取之
權道何者今東南雖欵西北未平戎馬可馳兵車縣轉假
復銅頭鐵額本無敵於黄軒繕甲行師固有勞於蒼帝誠
宜立彼田畯闢兹泉府既篤墾草之功還脩上林之務耕
疆抗陸織室開扉採彼三條籍兹千畝時行范子擒吳之
秘計兼弘管相霸齊之遠略隴西馬援監舊鑄之司淮陽
汲黯塞姦爐之巧乃復鑿杜冶之便宜疏鄭陂之浩淼羽
林創其始中郎嗣其末王基進業勞就沮漳鄧艾申權功
成陳蔡丘陵滅矣禾粟之饒未虧洛水竭焉資貯之蓄寧
滅於是脩天陣縱天兵既飲馬於南池遂徵鵝於西海然
後收銅勿用沉璧而歸崇士女於耕桑禁騎繡於商賈則

堯心舜行併可陵勝火織雲司翻能度越者矣謹對

問錢不行

對　岑文本

對去智絶巧聖人之至德斵彫為樸先王之令圖是以賈
多端則貧士多技則置耒有崇兹剞劂競彼奢淫而能匡
國安家宣風致化者矣自文明御宇大拯黔黎繼禮樂於
将絶反淳風於巳散庶績伊凝彝倫攸序雖復工商異類
四民之禁惟宜而錐刀必爭三農之務或失誠宜絶其麗
美敦兹質朴刻玉雕金棄之如芥草揮鋤執耒紀之以賢
良則稼穡惟興勤體之夫知勸怠惰方華遊手之人自除
謹對

問鄽肆

對　郭正一

對鄽肆之興用存交易山澤之利事屬貿遷是以先王因
井而制居往聖觀爻而立義将以致兹百族通彼萬商羅
肆巨千廣充上積之貨旗亭五里俯映星繁之珍是使蝶
馬廻轅歷闤闠而流溢往商來賈候朝夕以盈途豈唯灼
著蔡以觀貞旁臨季主之肆泛萍蟻而開宴近對文君之
壚詎比夫齊宮七市女閭連閉殷室九君姬屋成列但負
販之徒興業趣競刺繡謝其倚門多財歸其善賈由此聶
政屠養無辭屈辱平仲有求終甘湫隘故知棋毫之子不
可責以亡機徇利之夫難以徵其重義况墆鬻之侶本興

夷齊貨殖之徒率同徇白若通其小利諒無擁於四人限以淳心恐有乖於一物誠可除茲濫賄禁彼邪羸則姦黨自銷不待曹參之令市無二價詎止黄軒之風謹對

四民之業優劣

問士農工商四毗各業廢一不可取譬五材而關里致言鄙於學稼漆園起論爰稱絶巧豈先聖垂文義有優劣將隨方設教或有（文粹作理或）變通者哉爾其矢陳用啓前惑

對　駱賓王

對出震登皇垂衣裳而馭籙乘乾踐帝順舒慘以（集作而）宇毗莫不畏九士以開基（集作列九土以開疆）因四人而安業故農爲政本兩漢舉力田之勤財曰聚人九市列維金之利陂龍

門而就日入仕彈冠斷蠅翼以成風追工運斧咸用因人成事隨利濟時蓋五帝通規三王茂範然則泣麟上聖訓三千以領徒夢蝶幽人摶九萬而濟物欲使丘門志學折（文粹作析）以問農之言漢渚絶機杼以灌園之巧斯乃變通權教趨捨異（集作適）宜當今海内乂安天下樂業士食舊德農服先疇自可孫弘獻書以待公車之詔王丹載酒時慰田家之勞謹對

衣食之源（禮部試第一道　貞元十六年）

問周禮庶人不畜者祭無牲不耕者祭無盛不蠶者不帛不績者不縗皆所以耻不勉抑游惰欲人務衣食之源也然爲政之道當因人所利而利之故脩其教不易其俗齊其政不易其宜由是農商工賈咸遂生業若驅彼齊人疆以周索牲盛布帛必由己出無乃物力有限地宜不然而匱神廢禮誰曰非關且使日中爲市懋遷有無者更何事焉

對　白居易

對利用厚生教之本也從宜隨俗政之要也周禮云不畜無牲不田無盛不蠶不帛不績不縗蓋勸厚生之道也論語云因人所利而利之蓋明從宜之議也夫田畜蠶績四者之所宜者多士人之所務者衆故周禮舉而爲條目且使居之者無游情無惰業焉其餘非四者雖不具學則隨其土物生業而勸導之可知矣非謂使物易業士易宜也

夫先王酌教本提政要莫先乎任土辨物簡能易從然後立爲大中垂之不朽者也若謂其驅天下之人責其所無強其所不能則何異夫求麛（集無麛字）萍於中陵（集作逵）植橘柚（集無柚字）於江北反地利違物性孰甚焉豈直易俗失宜匱神廢禮而已且聖人辨九土之宜別四人之業使各利其利焉各適其適焉猶懼生生之物不均也故日中爲市交易而退所以通貨食遷有無而後各得其所矣由是言之則大易致人之利（集作制）周官勸人之典論語利人之道三科具舉有條而不紊謹對

倉廩之實（禮部試第五道）

問紡績之弊出於女工桑麻不甚加而布帛日已賤蠶織

者勞焉公議者知之欲乎價平其術安在又倉廩之實生於農畝人有餘則輕之不足則重之故歲一不能則種植（集作倉）多竭往年時雨愆候宸慈軫懷遣使賑廩分官賤糶故得餒殍載活麥禾載登思我王度金玉至輕矣（集作竊聞）耿壽昌常平今古稱便國朝典制亦有斯倉開元之二十四年又於京城大署賤則加價收糴貴則約平出糶所以時無艱食亦無傷農今若官司上聞追葺舊制以時斂散以均貴賤其於羨美（集作利）不亦多乎

對　前人

對人者邦之本也衣食者人之所由生也古者聖人在上而下不凍餒者非家衣而戶食之蓋能爲之開衣食之源

均財用之節也方今倉廩虛而農夫困布帛賤而女工勞以愚所窺粗知其本何者夫天之數無常故歲一豐必一儉也衣食之生有限故物有盈即（一作則）有縮也古人知其必然也故敦儉嗇以足衣務儲蓄以足食是以堯有九年之水湯有七年之旱野無青草人無菜色者無他歟蓋勤儉儲積之所致耳故曰前事之不忘後事之元龜也當今將欲開美利利天下以厚生生烝人泛貞觀之升平復開元之富壽莫匪乎實倉廩均豐凶則耿壽昌之常平得其要矣今若升聞率循舊制上自京邑下及郡縣謹亘區以出納督官吏以監臨歲豐則貴糴以利農歲歉則賤糶以卹下若水旱作沴則資爲九年之蓄若兵革或動則餽爲三軍之糧可以均天時之豐儉權生物之盈縮循而行之實百代不易之道也虞災救弊利物寧邦莫斯甚焉然則布帛之錢者由錢刀之壅也苟粟麥足用泉貨通流則布帛之價輕重平矣抑居易聞短綆不可以汲深曲士不可以語道小子狂簡不知所以裁之莫究微言空慙大（集作下）問謹對

息游惰　勸農桑　議稅賦　復租庸　罷緡錢　用穀帛　前人

問一夫不田天下有受其餒者一婦不蠶天下有受其寒者斯則人之性命繫焉國之貧富屬焉方今人多游惰地有遺力守本業者浮而不固逐末作者蕩而忘歸夫然豈懲戒游惰之失其道耶將敦勸農桑之教不得其本耶

此下並於白居易集準備制科七十五門中摘取二篇其問答皆居易擬作

對

對臣伏見今之人捨本業趨末作者非惡本而愛末蓋去無利而就有利也夫人之蟲蟲趨利者甚矣苟利之所在雖水火亦蹈焉雖白刃亦冒焉故農桑亦有利也雖曰禁之人亦歸矣而況於勸之乎游惰苟無利也雖曰勸之亦不爲矣而況於禁之乎當今游惰者逸而利農桑者勞而傷所以傷者由天下錢刀重而穀帛輕也所以輕者由賦斂失其本也夫賦斂之失其本者量桑地以出租計夫家以出庸租庸者穀帛而已今則穀帛之外又責之以錢錢者桑地不生銅私家不敢鑄業於農者何從得之至乃吏

胥追徵官限迫蹙則易其所有以赴公程當豐歲則賤糶半價不足以充緡錢遇凶年則息利倍稱不足以償逋債豐凶既皆若此爲農者何所望焉是以商賈大族乘時射利者日以豪富田壟罷人望歲勤力者日以困貧勞逸既懸利病相誘則農夫之心盡思釋耒而倚市織婦之手皆欲投杼而刺文至使田卒汙萊室如懸罄人力罕施而地利多鬱天時虛運而歲功不成臣嘗叉覆思之實由穀帛輕而錢刀重也夫糶甚重（集作貴）錢甚輕則傷人糶甚賤錢甚重則傷農農傷則生業不專人傷則財用不足故王者平均其貴賤調節其重輕使百貨通流四人交利然後上無乏用而下亦阜安方今天下之錢日以減耗或積於國

府或滯於私家若復日月徵求歲時輸納臣恐穀帛之價轉賤農桑之業轉傷十年已後其弊或甚於今日矣非所謂平均調節之道也今若量夫家之桑地計穀帛之（集作偽）租庸以石斗登降爲差以匹丈多少爲等但書估價並免稅錢則任土之利載興易貨之弊自革弊革則務本者致利力興則趨末者迴心游手於道塗市肆者可易業於西成託跡於軍籍釋流者可反躬於東作欲其游（集作浮）惰其可得乎加以陛下念稼穡之艱難則薄斂而人足食矣念紡績之勤苦則省用而人豐財矣念異貨之敗度則寡欲而人著誠矣念奇器之蕩心則正德而人歸厚矣其興利除害也如彼又脩己化人也如此是必應之如谷嚮（集作響）答順之如風行斯所謂下令於流水之源繫人於苞桑之本者矣欲其游（集作浮）惰其可得乎謹對

平百貨之價（陳歛散之法請禁銷錢鑄器）　前人

問今田疇不加闢而菽粟之估日輕桑麻不加植而布帛之價日賤是以射時利者賤收而日富勤力穡者輕用而日貧夫然豈殖貨歛散之節失其宜邪將布帛輕重之權不得其要邪

對

臣聞穀帛者生於農也器用者化於工也財物者通於商也錢刀者操於君也君操其一以節其三三者和鈞非錢不可也夫錢刀重則穀帛輕穀帛輕則農桑困故散錢以

歛之則下無棄穀遺帛矣穀帛貴則財物賤財物賤則工商勞故散穀以收之則下無廢財棄物矣歛散得其節輕重便於時則百貨之價自平四人之利咸遂雖有聖智未有易此而能理也方今關輔之間仍歲大稔此誠國家散錢歛穀防儉備凶之時也時不可失伏惟陛下惜之臣又見日者（二字集作今）人之所以弊者由錢刀重於穀帛也所以重者由銅利貴於錢刀也何者夫官家採銅鑄錢成一錢破數錢之費也私家銷錢爲器銷（集作破）一錢成數錢之利也鑄者有程銷者無限雖則官家之歲鑄豈能勝私家之日銷哉（集作乎）此所以天下之錢日減而日重者也今國家行挾銅之律執鑄器之禁使器無用銅銅既無利也則錢

不復銷矣此實當今權節即重輕之要也

文苑英華卷第四百九十九

文苑英華卷第五百　　策二十四

曆運

五運一道　　曆數一道

災祥

祥瑞一道　　議祥瑞辨祆災一道

興五福銷六極一道　　辨水旱之災一道

養動植之物一道

曆數

五運見四百八十二卷題作賢良方正策第二道　　吳師道

問玄龜效祉昴命昭夏王之祚赤烏呈祥金德惣商君之業白魚躍而周道隆丹雀來而秦德霸殷因夏禮損益可知秦盛周衰天人何昧若水威火起殷周之運匪人若桀暴紂昏廢興之期自我然而龍鬬興於夏日龜祆發於周年災祥兆於前成荒敗形於後政蕩蕩之德何所加焉佇爾揚名爲余張目

對　　馮萬石

對臣聞天地草昧洪鈞列五運之期雲雷始屯火德分一人之位莫不時來命偶人迪一作遊天將白環昭虞后之功玄珪錫夏王之德空桑負昴遇爲牲之君渭水張羅得非熊之相伏惟陛下化光坤載道叶乾行揔五氣以發生籠百王而亭育粤若稽古推曆數之存亡感而遂通酌天人之符命明揚側陋典採芻詞開闡大猷旁求雅問則天文

幽遠誠匪管窺然人事昭彰敢陳壅塞原夫興亡有數符命無差遞啓冊書俄廻白璧君臣道合則遐邇乂安上下情乖則邦家板蕩水火華而天人順暴亂行而桀紂亡百六爲霖旱之災七九非湯堯之運曆數斯在惟德動天禍福無門唯人所召故德者五行之義也人者兩儀之心也人心動而悔悋生德義形而陰陽謝必乘金運則殷不及於期果歷木行則周不及於數龍鬬黿袄之發人與事并白魚卅雀之符德將時應神契一作神道設敎金土之運匪他人文化成任聖之來是我蕩蕩之德何敢不逼翼翼之心爰㚟一作疑施不可天也人也坦然克分時乎命乎昭文斯辨臣優柔理道一作致理杳同河漢或躍文江懼深冰谷謹對

祥瑞見四百八十二卷題作賢良方正策第三道　吳師道

議祥瑞辨袄災集作妖　白居易

問國家將興必有禎祥國家將亡必有袄孽斯豈國之興戚繫於天地之災祥歟將物之妖瑞生於時政之昏明歟又天地有常道災祥有常應此必然之理也何則桑穀之妖反爲福於太戊大鳥之慶竟有成集作禍於帝辛豈吉凶或僭在人將休咎不恒其道儆戒之徵安在改悔之效何明又祥必偶聖妖必應昏何則明時不能集有爲字無災亂代或聞集有其爲二字有瑞報應之道何謬盭集作濫哉

此下五篇並於白居易集準備制科七十五門中摘取其問答皆居易擬作

對

對臣聞國家將興必有禎祥國家將亡必有妖孽者非孽生而後邦喪非祥出而後國興蓋瑞不虛呈必應聖哲妖不自作必候淫昏則昏聖爲災祥集作祥孽之根妖瑞爲興亡之兆矣文子曰陰陽陶冶萬物皆乘一氣而生然則道之休明德動乾坤而感之者謂之瑞政之昏亂腥聞上下而應之者謂之妖瑞爲福先妖爲禍始集作生非將興將廢實先啓焉一作瑞爲福始將興必先示焉妖爲禍始將廢實先啓焉然有人君德未及於休明政不致於昏亂而天文有異地物不常則爲瑞爲妖未可知也或者天示儆戒之意以悟君心俾乎德集作君修政悔之誠以答天鑒如此則轉亂爲理變災爲祥自古有之可得而考也臣聞高宗不聰飛雉雊于鼎宋景有罰熒惑

守於心及乎懋懿德以修身出善言而罪己則升耳之異自殄退舍之慶自臻天人相感可謂明矣速矣且高宗三代之賢主也有一德之遠亦譎見于物宋景列國之常主也有一言之感亦宜應于天則知上之鑒下雖賢王也苟有過而必知下之感上雖常主也苟有誠而必應故王者不懼妖之不戚而懼過之不悛不懼瑞之不臻而懼誠之不至足明休咎集作徵在德吉凶由人矣失君道者祥反爲妖悟天鑒者災亦爲瑞必然而已矣抑臣又聞王者之大瑞在乎天地泰陰陽和風雨時寒暑節百穀熟萬人安賦歛集作役輕服用儉兵甲集作革偃刑罰措賢者出不肖者退聲教日被謳歌日興此之謂休徵此之謂嘉瑞也王者之

大妖在乎兩儀不泰四氣不和風雨不時水旱不節五穀不稔百勝不藏徭役繁(集作煩)征稅(集作賦)重干戈動刑獄作君子隱小人見政令日缺怨讟日興此之謂咎徵此之謂妖孽也至若一星一辰之理一雲一露之祥一鳥一獸之妖一草一木之怪或偶生於氣象或偶得於陶鈞信非休咎之徵興亡之兆也何則隱見出處亦不于常明聖之朝不能無小災小沴衰亂之代亦或有小瑞小祥固未足質帝王之疑明天地之意爾王者但外思其政內省其身自謂德之不修誠之不著雖有區區之瑞不足嘉也自謂政之(川文粹有不字)能立道之(川文粹有不字)能行雖有瑣瑣之妖不足懼也臣竊謂妖瑞(集作祥)廢興之由實在於此故雖辭費不敢不備而書之

與五福銷六極　前人

問周著九疇之書漢述五行之志皆所以精究天下之際窮探政化之源然則五福之祥何從而作六極之沴何感而生將欲辨明可行本末又令人財耗費既貧且憂時沴流行或疾而夭思欲銷六極與(集作致)五福毆一代於富壽納萬人於康寧何所施爲得至於此也(五字集作可致於此)

對

對臣聞聖人與五福銷六極者在乎立大中致大和也至哉中和之爲德不動而感不勞而化以之守則人以之用則神巻之可以理一身舒之可以濟萬物然則和者生於中也中者生於不偏也不邪也不過也不及也君人君內非中勿思外非中勿動動靜進退皆得其中故君得其中則人得其所人得其所則和樂生焉是以君人之心和則天地之氣和天地之氣和則萬物之生和於是乎三平之氣訢合絪緼積爲壽蓄爲富舒爲康寧敷爲攸好德益爲考終命其義者則融爲甘露凝爲卿(集作慶)雲垂爲德星散爲景風流爲醴泉六氣叶乎時七曜順乎軌迨于巢穴羽毛之物皆煦嫗而自蕃草木鱗介之祥皆叢萃而繼出夫然者中和之所致也若人君內非中是思外非中是動動靜進退不得其中故君不得其中則人不得其所人不得其所則怨歎興焉是以君人之心不和則天地之氣不和

天地之氣不和則萬物之生不和於是乎三不平之氣交錯堙鬱代爲凶短折攻爲疾聚爲憂損爲貧結爲惡耗爲弱其義者潛爲伏陰淫爲愆陽守爲孛星發爲暴風降爲苦雨四序失其節三辰亂其行迨于禨褓卵胎之生皆夭閼而不遂木石華蟲之怪皆雜糅(集作糅雜)而畢呈夫然者不中不和之氣所致也則天人交感之際五福六極之來豈不昭昭然哉臣伏見比者兵賦未減人鮮無憂時沴所加重或有疾德宗皇帝病人之病憂人之憂於是救之以廣利之方恍之以中和之樂將使易憂爲樂變病爲和惠化之恩莫斯甚也然臣竊聞善除害者察其本善理疾者絕其源伏惟陛下欲紓人之憂先念人憂之所自欲救人之

病先思人病之所由知所自以絕之則人憂自弭也知所由而去之則人病自瘳也然後申之以救療之術則人易康寧鼓之以安樂之音則人易和悅斯則必應疾而化速利倍而功兼六極待此而銷五福待此而作如此（集作是）可以陶三才繆盭（集作濫）之氣發爲休祥敺一代鄙夭之人臻乎仁壽中和之化（集作氣）夫何遠哉

辨水旱之災明存救之術　前人

問征恒雨若僭恒暘若此言政教之道必感於天地又堯之水九年湯之旱七年此言陰陽定數不由於人也若必繫於政則盈虛之數徒言如不由於人則精誠之禱安用二義相戾其誰可從

又問陰陽不測水旱無常欲均歲功於豐凶救人命於凍餒凶歉之歲何方可以足其食災危之日何計可以固其心將備不虞必有其要歷代之術可明徵焉

對

臣聞水旱之災有小有大大者由運小者由人由人者由君上之失道其災可得而移也由運者由陰陽之定數而其災不可得而遷也然則大小本末臣粗知之其小者或兵戈不戢軍旅有強暴者焉或誅罰不中刑獄有冤濫者焉或小人入用諂佞有得志者焉或君子失位忠良有放棄者焉或男女臣妾有怨曠者焉或鰥寡孤獨有困死者焉或賦斂之法無度焉或土木之功不時焉於是乎憂傷之氣憤怨之誠積以傷和變而爲沴古之君人者逢一災遇（集作偶）一異則收視反聽察其所由且思乎軍鎮之中無乃有縱暴者耶刑獄之中無乃有冤濫者耶權寵之中無乃有不肖者耶於放棄之中無乃忠賢者耶內外臣妾無乃有幽怨者耶天之窮人無乃有困死者耶賦入之法無乃有過厚者耶土木之功無乃有屢興者耶若有一於此則是政令之失而天地之譴也又洪範云（集作曰）征恒雨若僭恒暘若言不信不乂亦水旱應之然則人君苟能改過塞違率德修政勵敬天之志處罪己之心則雖踰月之霖經時之旱至誠所感不能爲灾何則古人或牧一州或宰一縣有暴身致雨者有救火返風者有飛蝗去境者郡邑

之長猶能感通況王者爲萬乘之尊居兆人之上悔過可以動天地遷善可以感神明天地神明尚且不遠而況於水旱風雨蟲蝗者乎此臣所謂由人可移之災也其大者則唐堯九年（集作載）之水殷湯七年之旱是也夫以堯之大聖湯之至人於時德儉人和刑清兵偃上無狂僭之政下無怨嗟之聲而卒有浩浩滔天之災炎炎爛石之沴非君上之失道也（集無也字）蓋陰陽之定數也（集作矣）此臣所謂由運不可遷之災也然則聖人不能遷災能禦災也不能違時能轉（集作輔）時也將在乎廩積有常仁惠有素備之以儲蓄雖凶荒而人無菜色固之以恩信雖患苦而人無離心儲蓄者聚於豐年散於歉歲恩信者行於安日用於危時夫

如是則雖陰陽之數不可遷而水旱之災不能害故曰人強勝天蓋謂是也（集作矣）斯亦圖之在早備之在先所謂思危於安防勞於逸若患至而方備災成而後圖則雖聖人不能救矣抑臣又聞古者聖王在上而下不凍餒者何哉非家至而日見衣之而食之蓋能均節其衣食之源也夫天之道無常故歲有豐必有凶地之利有限故物有盈必有縮聖王知其必然於是作錢刀布帛之貨以時交易之以時斂散之所以持豐濟凶用盈補縮則衣食之費穀帛之生調而均之不啻足矣蓋管氏之輕重李悝之平糴耿壽昌之常平者可謂不凋之倉不竭之府也故豐稔之歲則貴糴以利農人凶歉之年則賤糶以活餓殍若水旱作

沴則資爲九年之蓄若兵甲或動則餽爲三軍之糧上以均天時之豐凶下以權地利（集作財）之盈縮則雖九年之水七年之旱不能害其人危其國矣至若祈禱之術凶荒之政歷代之法臣粗聞之則有雩天地以牲牢禜山川以圭璧祈土龍於玄武舞群巫於靈壇徙市修城貶食撤樂緩刑省禮務穡勸分殺哀多昏弛力舍禁此皆從人之望隨時之宜見（集作勤）恤下之心表恭天之罰但可以濟小災小弊未足以救大困（集作危）大荒必欲保邦邑於危安人心之（集作於）困則在乎儲蓄充其腹恩信結其心而已蓋羲農虞唐虞禹湯文武皆由此道（集作塗）而王也

問養動植之物以豐財用以致麟鳳龜龍　前人

對

臣聞天育物有時地生物（集作財）有限而人之欲無極以有時有限奉無極之欲而法制不生其間則物必暴殄而財乏用矣先王惡其及此故川澤有禁山野有官養之以時取之以道是以豺獺未祭罝網不布於野澤鷹隼未擊矰弋不施於山林昆蟲未蟄不以火田草木未落不加斤斧漁不竭澤畋不合圍至於麛卵蚳蝝五穀百草（集作果）不中殺者皆有常禁夫然則禽獸魚鼈不可勝食矣財貨器物（集作用）不可勝用矣臣又觀之豈直若此而已哉蓋古之聖王使信及豚魚仁及草木鳥獸不𣧑胎卵可窺麟鳳效靈龜龍爲畜者亦由此塗而致也

文苑英華卷第五百

文苑英華卷第五百一　策二十五

泉貨

議運漕一道　不奪人利一道
鹽法之弊一道　議罷漕運可否一道
均財禁兼一道　議井田阡陌一道

邊塞

議邊塞事一道　御狄一道
備邊一道　守險一道
議兵一道　選將帥一道

議漕運

昔在隋季厰庾空虚爰逮皇家京坻彌望既乗前弊年蓄

未登自東徂西依常運漕令送納之所物賤本州欲齎直買輸利益兼倍

對　衛弘敏

對什一而稅布政之通規九稔爲儲經國之成務倉廪實而知禮夷吾之論有徵金湯守而惟粟墨翟之言無守昔隋季凋殘厰庾並竭洎皇明纘籙黎獻咸熙並孝弟力田信可封於比屋家給人足貫委餘而栖畝於是上直常平將備水旱下歛薄賦以蓄京坻故遠近諸州隨方輸轉陸輦車而接軫川漕引而連檣但六合時雍寂粟流而衍五錢標價水火埒其饒若政利從機惠美無費以送納之所物賤本州欲令齎直買輸不勞而益如愚管見切未爲宜何者任土稅田定差於不刋之籍配租納稅設條於惟行之令豈可取越公途苟從私益華送納之通式開買輸之權利者歟謹對

不奪人利 議鹽鐵與榷酤 誡厚歛及雜稅　白居易

問鹽鐵之謀榷酤之法山海之利關市之徵皆可以佐助征徭又慮其侵削黎庶舍之則乏用於軍國取之則奪利於生人取舍之間孰爲可者

此下十五篇並於白居易集備制科七十五門中摘取其問答皆白居易擬作

對

臣聞君之所以爲國者人也人之所以爲命者衣食也衣食之所從出者農桑也若不本於農桑而興利者雖聖人

不能也苟有能者非利也其害也何者既不自地出又非從天來必是強取於人曲成其利利則日引而月長人則日削而月朘至使人心窮王澤竭故臣但見其害不見其利也所以王者不殖貨利不言有無耗羨之財不入於府庫折毫之計不行於朝廷者慮其利穴開而罪梯構然則聖人非不好利也利在於利萬人非不好富也富在於富天下節欲於中人斯利矣省用於外人自富也故唐堯夏禹漢文之代雖薄農桑之稅除關市之征棄山海之饒散鹽鐵之利亦國足用而人富安矣何則欲節而用省也秦皇漢武隋煬之時雖收大半之賦征逆折之租建榷酤之法出舟車之筭亦國乏用而人靡弊矣何則欲不節而用

不省也蓋所謂山林不能給野火江海不能實漏巵夫利通（集作散）於下則人逸而富利壅於上則人勞而貧故下勞則上無以自安人富則君孰與不足記曰人以君爲心君以人爲體詩曰愷悌君子人之父母由此而言未有體勞而心逸者也未有子富而父貧者也臣又聞之地之生財多少有限人之食利衆寡有常若盈於上則耗於下利於彼則害於此而王者四海一家兆人一統國無異政家無異風若奪其利則害生害不加於人欲何加乎若除其害則利生利不歸於人欲何歸乎故奪之也若皮盡於毛下本或不存與之也同囊漏於貯中利將焉往與奪利害斯可知焉是以善爲國者不求非農桑之產不重非衣食之

貨不用計數之利不蓄聚斂之臣聞權筦之謀則思侵削于下見羨餘之利則念誅求於人然後德澤流而詠歌作矣故曰利出一孔者王利出二孔者強利出三孔者弱此明君立國子人者貴本業而賤末利也

問議鹽法之弊（論鹽商之幸）　前人

對

對臣伏以國鹽之法久矣鹽之利厚矣蓋法久則弊起弊起則法隳法隳則利厚利厚則奸生奸生則利薄臣以爲隳薄之由由乎院場太多吏職太衆故也何者今之主者歲考其課利之多少而殿最焉賞罰焉院場既多則各慮其商旅之不來也故羨其鹽而多與焉吏職既衆則各懼其課利之不優也故慢其貨而苟得焉鹽羨則幸生而無厭之商趨矣貨慢則濫作而無用之物入矣所以鹽愈費而官愈耗貨愈虛而商愈饒法雖行而奸緣課雖存而利失矣若今減其吏職省其院場審貨帛之精麤謹鹽量之出入使月有常利歲有常程自然鹽不誘商則出無羨鹽矣吏不爭課則入無濫課矣鹽不羨出貨不濫入則法自彰而利復興矣利害之効豈不然乎臣又見自關以東農夫貿易其貨產入爲鹽商率皆多藏私財別營稗販少出官利惟求隸名居無征徭行無榷稅身則庇於鹽籍利盡入於私家（集作室）此乃下有耗於農商上無益於筦榷明矣蓋山海之饒鹽鐵之利利歸於人政之上也利歸於國政

之次也若上既不歸於人次又不歸於國使倖人奸黨得以自資此乃政之疵國之蠹也今若剗革弊法沙汰奸商使下無僥倖之人上得析毫之計斯又去弊興利之一端也唯陛下詳之

議罷漕運可否　前人

問秦居上腴利號近蜀然都畿所理征賦不充故歲漕山東穀四百萬斛用給京師其間水旱不時賑貧貸乏今議者罷運穀而收脚價和糴粟而折稅錢但未知利於彼乎害於此乎

對

對臣聞議者將欲罷漕運於江淮請和糴於關輔以省其

費以便於人臣愚以爲救一時之弊則可也若以爲長久之法則不知其可也何者方今自淮以南逾年旱歎自睢而西仍歲豊稔彼人困於艱食此穀賤於傷農困則難於徵(集作發)租賤則易於乞糴斯則不便於彼而無害於此臣所謂救一時之弊則可也若舉而爲法脩以爲常臣雖至愚知其不可何者夫都畿者四方之所奏也萬人之所會也六軍之所聚也雖野(集作利)稱近蜀之饒猶未能足其用雖田有上腴之利猶不能充其用(集作費)況可日削其穀月朘其粮食乎故國家歲漕東南之粟以給焉時發中都之廩以賑焉所以贍關中之人均天下之食而古今不易之制也然則用舍利害可明徵矣夫齎斂糴之資省漕運之

費非無利也蓋利小而害大矣故久而不勝其害輓江淮之租贍關輔之食非無害也蓋害小而利大矣故久而不勝其利大凡事之大害者不能無小利者也事之大利者不能無小害也蓋恤小害則大害不去愛小利則大利不成也古之明王所以能興利除害者非他棄小而取大耳今若恤汎舟之役忘移穀之用是知小計而不知大會也此臣所以謂若以爲長久之計則不知其可也

立制度(節財用均貧富 止盜賊起蕪讓) 前人

問天地之利有限也人之欲無窮也以有限奉無窮則必地財耗於僭奢人力殫於嗜慾故不足者爲奸爲盜有餘者爲驕爲淫今欲使食力相充財欲相稱貴賤别而禮讓作貧富均而蕪耻行作爲何方可至於此

對

臣聞天有時地有利人有欲能以三者與天下共者仁也聖也仁聖之本在乎制度而已夫制度者先王之所以下均地財中立人極上法天道者也且天之生萬物也長之以風雨成之以寒燠聖人之牧萬人也活之以衣食濟之以器用若風雨淫寒燠甚則反傷乎物之生焉若衣食奢器用費則反傷乎人之生焉故天作四時八節所以寒燠節風雨不使之過差爲沴也聖人制五等十倫所以倫(一作制)衣食等器用不使之踰越爲害也此所謂法天而立極者也然則地之生財者有常力人之用財者有常數

若羨於上則耗於下也有餘於此則不足於彼也是以地力人財皆待制度而均也尊卑貴賤皆待制度而別也大凡爵祿之外其田宅棟宇車馬僕御器服飲食之制暨乎賓姻祠葬之度自上而下皆有數焉若不節之以數用之以(一作有)倫則必地力殫於僭奢人財消於嗜慾而貧困凍餒奸邪盜賊盡生於此矣聖王知其然故天下奢則示之以儉天下儉則示之以禮俾乎貧賤區別貧富適宜上下無羨耗之差財力無消殫之弊而富安溫飽蕪耻禮讓盡生於此矣然則制度者出於君而加於臣行於人而化於天下也是以君人者莫不唯慾是防唯度是守守之不固則外物攻之故居處不守其度則峻宇崇臺攻之飲食不

守其度則殊滋異味攻之衣服不守其度則奇文詭製攻之視聽不守其度則奸聲艷色攻之喜怒不守其度則僭賞淫刑攻之翫好不守其度則妨行之貨蕩心之器攻之獻納不守其度則讒諂之言聚歛之計攻之道術不守其度則不死之方無生之法攻之夫然則安得不內固其守甚於城池焉外防其攻甚於寇賊焉將在乎寢食起居必思其度思而不已則其下化之詩曰儀刑文王萬邦作孚此之謂也（集作矣）

議井田阡陌（息游惰止兼并實版圖）　前人

自三代之牧人也立井田之制別都鄙之名其爲名制可得而知乎其爲功利可得而聞乎

又問自秦壞井田漢修阡陌兼并大啓游惰實繁雖歷代因循誠恐弊深而害甚如一朝改作或慮失業而擾人既廢之甚難又復之非便斟酌其道何者得中

對

對臣聞王者之貴生於人焉王者之富生於地焉故不知地之數則生業無從而定財征無從而平也不知人之數則夫力無從而計軍役無從而均也不均不平則地雖廣人雖多徒有貴之名而無富之實是以先王度土田之廣俠晝爲夫井量人户之衆寡分爲邑居使地利足以食人人力足以闢土邑居足以處衆人力（一作衆心）足以安家野無餘田以啓專利邑無餘室以容遊人逃刑避役者往無所之棄業遷居者來無所處於是生業相固食力相濟其出財征也不待征書而已平矣其起軍役也不待料人而已均矣然後天子可以稱萬乘之貴四海之富也洎三代之後厥制崩壞故井田廢則游惰之路啓阡陌作則兼并之門開至使貧弱（集作苦）者無容足立錐之居富強者專籠山絡野之利故自秦漢迄於聖朝因循未遷積習成弊然臣以爲井田者廢之已久復之稍難未可盡行且宜漸制何以言之昔商鞅開秦之利也蕩然廢之故千載之間豪奪者得其計王莽革漢之弊也卒然復之故一時之間農商者失其業斯則不可久廢不可速成之明驗也故臣請斟酌時宜參詳古制大抵人稀土曠者且循（集作）其阡陌户

繁鄉狹者則復以井田使都鄙漸有名夫家漸有數夫然則丘田井邑（一作井邑丘田）之地衆寡相維比閭族黨之居有亡相保相維則兼并者何所取相保則游惰者何所容如此則庶乎人無浮心地無遺力財産豊足賦役平均市利歸於農生業著於土（集作地）者矣

議邊塞事

問東胡逆命北海爲墟朝廷徇脩復之功邊境之折衝之寄遼水東西城池不復丸山左右職貢猶迷其使三聖遺黎九州故地飄然零落可不痛哉今欲示以威惠申誘約東選衆之舉未睹于今出群之畧何必是古指明其要無太簡焉

對　馮萬石

對古之王者仁覆萬類不以中外爲隔而以兼濟爲心固能出門同人遠近感應含生受氣靡不從玏焉蠢彼林胡阻分遼漢挺而走險代搆其患昔我大唐之創業也東舉日域北曁幽陵不毛之類僉率貢職頃邊吏不謹慭我王度夷戎恬亂遂荒塞垣致乃虔劉朔遼騷驚河冀天地悔禍人亦有心懷我舊章自相魚肉遊竄待命爲日久矣光天纂曜景號昭升萬靈與能兩儀交際蠢彼醜裔何獨匪人但未諭堯心自疑其譴累息跼蹐猶昧占風且舜自側微舞干而有苗即叙湯亦小惠褰羅而異方懷柔今若一選王人以備行李諭兹天造慰彼遺黎則兼程驟步不日

而至北極夷障無限於幽荒東絶扶桑盡同於封内何止兵不血刃野無勞師復遼水之城池循丸山之琛賮而已若乃選衆舉能之術五材三畧之奇亦鏘鏘廟堂濟濟朝序人誰不職（一作儀）知臣在君何待庸言而後行是義皇之代戰爭不興文景之時韓彭勿用雖欲自效亦無所施謹對

禦戎狄（徵歷代之策陳當今之宜）　白居易

問戎狄之患久矣備禦之畧多矣故王恢呈征討之謀賈生立表餌之術婁敬興和親之計晁錯建農戰之策然則古今異道利害殊宜將欲採之孰爲可者

又問今國家北虜款誠南夷請命所未化者其唯西戎乎討之則疲困師徒舍之則侵軼邊鄙許和親則啓貪而厚費要（則作約）盟誓則飾詐而不誠今欲遏彼虔劉化其桀驁來遠人於朔漠復舊土於河湟上策遠謀備陳本末

（此下十五篇並於白居易集備制科十五門中摘取其問答居易擬作）

對

對臣聞狄者一氣所生不可翦而臧也五方異族不可臣而蓄也故爲侵患之暴久矣而備禦之畧亦多矣考其要者大較有四焉若乃選將課兵長驅深入之謀自王恢始建以三表誘以五餌之術自賈誼始厚以賂遺結以和親之計自婁敬始徙人實邊勸農教戰之策自晁錯始然則由王恢之謀則殫財耗力疲竭生人禍結兵連功不償費

故漢武悔焉而下哀痛之詔也用賈誼之術則羌胡耳目心腹雖誘而荒矣而華夏之財力風教亦隨而弊矣故漢文知其不可而不行也用婁敬之計則啓寵納侮厚費偷安雖侵掠之患漸（集作暫）寧而和好之約屢背故漢氏四代爲匈奴所欺也用晁錯之策則邊人有安土之惠未免攻戰之勞匈奴無得志之虞亦絶歸心之望故漢文病之有廣武（漢匈奴贊文帝聚天下精兵於廣武集作式非）之役也是以討之以兵不若誘之以餌誘之以餌不若和之以親和之以親不若備之有素斯皆前代已驗之事可覆而覩也以今參古棄短取長亦可擇而用焉然臣終以爲近筭淺圖非帝王久遠安邊之上策也何者臣觀前代若政成德盛國富人安則雖

六月有北伐之師不足憂也若政鈌國貧德衰人困則雖一時無南牧之馬不足慶也何則國富則師壯師壯則令嚴人安則心固心固則思理如此久久（一作矣）則天子之守不獨在於諸侯將在於四夷（一作夷狄）矣則暫雖有事何足憂爲若國貧則師弱師弱則人困人困則心離心離則思亂如此久久（一作矣）則天子之憂不獨在於邊陲或在於蕭墻矣則暫雖無事何足慶焉蓋古之王者憂在本而不在末憂在此而不在彼也今國家柔中懷外誑近來遠北虜嚮風南蠻賓貢所未化者其爲（一作余）幾何伏願陛下畜之如犬羊視之如蜂蠆不以士馬強而財力盛恃之而務戰爭不以亭障靜而烟塵銷輕之而去守備但且防其侵軼遏其虞劉去而勿追來而勿縱而已然後畧四子之小術弘三王之大猷以政成德盛爲圖以人安師壯爲計故德盛而化則服服則懷柔師壯而動則威威必震讋夫然後可以不糜財用不頓師徒不盟誓而外成不和親而內附如此則四海之內五年之間要荒未服之戎必匍匐而至河隴已侵之地庶從容以歸上策遠謀不出於此矣

議守險（德與險兼用）

問易曰王公（一作侯）設險以守其國記曰在德不在險然用之則乖在德之訓棄之則違守國之誡二議相反其指何從

又問以山河爲實者萬夫不能當也以道德爲藩者四夷爲之守也何則苗恃洞庭負險而亡漢都天府用險而昌其固何也今欲鑒昌亡審用舍復何如哉

對

對臣聞易曰王公設險以守其國又秦得百二以吞天下齊得十二而覇諸侯蓋恃險之論興於此矣史記曰在德不在險傳曰九州之險是不一姓蓋棄險之議生於此矣臣以爲險之爲用用舍有時恃旣失之棄亦未爲得也何者夫險之爲利大矣爲害亦大矣故天地閉否守之則爲利天地交泰用之則爲害蓋天地有常險而聖人無常用也然則以道德爲藩以仁義爲屏以忠信爲甲冑以禮樂爲干櫓者教之險政之守也以城池爲固以金革爲備以山河爲襟帶以丘陵爲咽喉者地之險人之守也王者之興也必兼而用之昔漢高帝除害興利以安天下自謂德不及於周而賢於秦故去洛之易即秦之險建都創業垂四百年是能兼而用之也桀紂三苗之徒負大河憑太行保洞庭而不脩德政坐取覆滅者是專恃其險也莒子恃其僻陋不修城郭喪其三都者是怠棄其險也由斯觀之山河之阻溝壙之固可用而不可恃也智以險昌愚以險亡昌亡之間惟陛下（集有能字）鑒之

問備邊（併置帥將）

對臣伏見方今備邊之計未得其宜何則京西之兵其數頗衆城堡甚備器械甚精以之遏侵掠禁奪攘則可矣夷

戎大至長驅而來臣恐將卒雖多無能抗者今所以軫陛
下慮者豈非此乎其所以然者蓋由鎮壘太多主將太衆
故也夫鎮多則兵散兵散則威不相合而力不相濟矣將
衆則心異心異則勝不相讓而敗不相救矣卒然有事誰
肯當之今若合之爲五將總之以一帥將合則勠力師一
則同心仍使均握其兵分守其界明察其罪必行賞罰然
後擇便宜一作利便之地扼要害之衝以逸待勞以寡制衆則
雖黠虜無能爲也臣又以爲自古及今有不能守塞之兵
而無不可守之塞有不能備戎之將而無不可備之戎故
曰十圍之木持千鈞之屋得其宜也五寸之關能制其開
闔得其要也伏惟陛下握戎之要操塞之關則西陲之憂

可少息矣

議兵用舍逆順興亡

問傳曰誰能去兵兵之設久矣又曰先王耀德不觀兵二
者古之明訓也然則君天下者廢而不用且涉去兵之罪
資以定功又乖耀德之美去就之理何者得中
又問兵不妄動師必有名議之者頗辨否臧用之者多迷
本末故有戎而業成王覇一戰而禍及危亡興滅之數何
由逆順之要安在

對　　前人

對臣聞天下雖興好戰必亡天下雖安亡戰必危不好不
忘天下之王也祭公曰先王耀德不觀兵老子曰兵者不
祥之器不得已而用之斯則不好之明訓也傳曰誰能去
兵兵之設久矣又周走天下偃武脩文猶立司馬之官六
軍之衆以時教戰斯又不忘之明訓也然則君天下者不
可去兵也不可黷武也在乎用之有本末行之有逆順逆
順之要大畧有三而兵之名隨焉夫興利除害應天順人
不爲名師義然後動謂之義兵相時觀釁取亂侮亡不爲
禍先敵至而應謂之應兵恃力宣驕作威逞欲輕人性命
貪人田上謂之貪兵貪者亡兵應者強兵義者王王者
之兵無敵於天下也故有征無戰焉強者之兵先弱敵而
後戰也故百戰百勝焉亡者之兵先自敗而後戰也故勝
與不勝同歸於亡焉歷代君臣惑於本末聞王者之無敵

則思耀武是獲一兎而欲守株也見亡者之自敗則弭兵
是困一噎而欲去食也曾不知無敵者根於義自敗者本
於貪而欲歸咎於兵責功於武不其惑歟興廢之由逆順
之要昭然可見惟陛下擇之

問選將帥之方

對臣聞君明則將賢將賢則兵勝故有不能理兵之將而
無不可勝之兵有不能選將之君而無不可得之將是以
君功見於選將將功見於理兵者也然選將之術在乎因
人之耳聽之因人之目視之因人之好惡而取之舍之故
明王之選將帥也訪於衆詢於人若十人愛之十人之將
也百人愛之百人之將也千人悅之必千人之將也萬人

伏之必萬人之辯也臣以爲賢愚之際優劣之間以此而求十得八九矣

文苑英華卷第五百一

文苑英華卷第五百二　策二十六

求賢

求賢三道　高絜之士二道

請以族類求賢一道　尊賢一道

請行賞罰以勸舉賢一道

文學

議文章一道　採詩一道

救學者之失一道　黜子書一道

書史百家三道

射御

射御二道

求賢

問選賢舉能秀造粲用今之所薦誠爲得人未聞含聲待扣乃有不耕而穫十室忠信理亦難誣若遂踐於清朝仗何材而於（一作）濟物又二老歸周見稱何德八元佐（一作仕）舜見述何功滋泉以何術見稱莘邑以何辭作相雲臺畫象述其先麟閣稱名標其道

對

對昔者聖人之立極也選衆舉能列官分職以通天地之德以類亭毒之功臣哉隣哉時用遠矣主上重光纘曜紹開中興拜輶軒於受命之初希俊賢於御極之日茲乃羲軒之志堯禹之心勤求諸（闕文）要所望於清光哉故鄧林有

必至之才崑山無藏價之寶可不謂然乎走（一作臣）以妄庸
藝無兼採繆從甲列應此嘉薦誠非鈍朽所能塞充然天
休（一作光）震動塵東秀逸揚於王庭亦僶俛矣頓當条明試
獻嘉猷竭誠聞敷大體言用身退以酧萬一豈所謂不耕
而獲邀名幸時而已哉今見屬有司恭承下問㦸愬陳常務
自謂無奇若得舫躬召見對揚天休下學上達紓憤竭情
則亦引諭陰陽較明時政之要感激狂直甄撥授受之宜
效其涓涘以增海岳耳若遂踐清朝濟時成務其道甚大
惟變所適俾聞後命則藏器而動頓以更僕亦何盡言曲
學鯫生君今志古若乃忠為令德功實佐時披卷懷人恨
為異代雖愬非博物敢不揚言則夫西伯耆耈戎齊以讓
國歸老帝舜舉能元凱以通才授職維師尚父韜鈐乃適
道之功相時阿衡狀飪為獻君之術雲臺紀績吳鄧懿其
元勲麟閣圖功衛霍流其茂實謹對

求賢（見四百八十二卷題作賢良方正第二道策）　吳師道

同前

問棘津登輔不因階於尺木莘郊作相豈憑資於累遷蓋
道有攸存時無可廢爰暨澆訛必脩（一作循）班序先容乃器
因地拔萃共相沿襲遂成標準今聖上務切懸旌心提啓
繇（一作旆）雖衣冠華胤已喬遷於周列而衡泌幽人罕逆集
於魏闕豈英靈不孕於山澤將物理自係於古今無蔽爾
辭切陳其致

對　上官儀

對鳳德方亨必資英輔龍光未聘實俟明君既藏器以湏
時亦虛襟而待物莫不理符靈應道叶冥通類霜降而鍾
鳴同雲蒸而礎潤秘策赴之如救水神心應之若轉規用
能感會一時抑揚千古是以沉鱗暫躍遂游泳於天漢墜
羽纔遷乃騰驤於日陸弘心體之妙旨播舟水之嘉謨義
列丹青德融金壁迨乎時鍾季叔化漸澆訛拔萃之惠罕
流因地之階愈篤使西都金（一作陳）子奕葉稱榮東國袁生
八公為貴廷尉之明窮識理十載無知黄門之妙極摘文
八遷寧進徒使千星秀氣求騁窮塵照廡奇光長湮幽石
且可循風市馬襲軌龍三不虧七年無廢戔戔束帛
指丘園而畢陳翹翹車乘望林泉而載轄則材摽海若霧
集丹墀德表星精雲飛紫闕豈直高尚之士逕集於台司
衡泌之儔喬遷於縣職謹對

高棨之士

問惟堯則天全讓陽之節惟禹奠川遂滄州之美然則高
棨之士出於盛明廉恥之賓不生澆季自皇唐受命驅駕
前古貞道不關風軌莫繼豈端揆之範獨秘於往辰將奔
競之徒頗騁於茲日緬懷長往有懵深衷貯聽離（一作賢諸）
以祛心疚

對

對則天分命奠山多長往之賓濬畝劬勞滄州有肥遁之

客是以北荒孤竹茸（一作隱）草澤而輕周南岳紫芝之巟林泉而耻漢此蓋爲匹夫小節未達汾陽之旨獨行幽姿寧勤少微之宿豈若大風在虋非熊入兆下飪尾而稱師委旌頭而作傳自大君有命遂頓天紘盡若穴之英奇摠濠梁之藹軸脫荷裳而襲朱紱辭薜蘿而綰青綬五尺童子羞稱荷篠三事大夫耻觀瓢飲將使鄭君谷口撫不言之謠曹相府門多清淨之化方知聖人在上真隱不獲全其高淳風所偃幽真不能固其節麏卯（一作麏狸）得性麟鳳所以呈姿山林不夭風雲以之通氣物既稟和而適變土亦感類而相從調飪自可怡神烹鮮足堪養性猶謂寒泉獨善未臻授手之仁薪槱無遺濟有助興王之道謹對

同前　田備（總目作田恪）

對聖人出震旉訪翎堯大帝登庸詢謀師相是以周稱尚父呂望擢自磻溪殷曰得賢傅說求諸版築莫不弁梁羽翮舟楫實鹽梅表區寓之明明成朝廷之濟濟自隆周泊乎幽厲朝政在於諸侯炎漢至于哀平威權任乎卿相貂蟬耀彩惟俊適五侯之門劒履三光賓客滿四豪之第吹竽彈鋏犬吠鷄鳴用才各任所能取士不求其備弓旌之命非道德之門蒲帛之徵乖有道之室方今前疑後丞龍輸鳳翼左輔右弼岳氣星精加以徵逸璞於岩廊索遺珠於窮海丘園之下羔鴈成行閭巷之中軒軺相次玄纁之禮既備巢父長謝山林生璧之問不空夷齊豈食薇蕨

請以族類求賢

問自古以來君者無不思求其賢賢者罔不思效其用君賢兩不相遇其故何哉今欲求之辨之（集無此二字）其術安在（此下七篇並於白居易集備制科七十五門中所言問答皆居易作）

對

對臣聞人君者無不思求其賢人臣者無不思効其用然而君求賢而不得臣効用而無由者豈不以貴賤相懸朝野相隔堂遠於千里門深於九重雖臣有慺慺之誠何由上達雖君有孜孜之念無因下知上下茫然兩不相遇如此則豈惟賢者不用矧又用者不賢所以從古已來亂多而理少者實此之由也臣以爲求賢有術辨賢有方術者

各審其族類使之推薦而已矣近取諸喻其猶綫與矢乎綫因針而入矢待弦而發雖有綫矢苟無針弦求自致焉不可得也夫必以族類者蓋賢愚有貫善惡有倫若以類求必以類至此亦猶水流濕火就燥自然之理也何則人以德義立身者必交於德義不交於險僻以正直克已者必朋（集作用）於正直不朋於頗邪以貪冒爲意者必比於貪冒不比於貞廉以悖慢肆心者必狎於悖慢不狎於恭謹何者事相害而不相習（集作利）性相戾而不相從此乃天地常倫人物常理必然之勢也則賢與不肖以此知之伏惟陛下欲求而致之也則思因針待弦之勢欲辨而別之也則察流濕就燥之徒得其勢必彙征而自來審其徒則（集作必）

群分而自見求之於（集作之人）術辨之於（集作之人）方於是乎在（集有此字）矣

尊賢（厚禮以致大賢也）

問國家歲貢俊逸（集作造）日求賢良何則所得者率尋常之才所來者非師友之佐豈時無大賢乎將求之不得其道乎

對

對臣聞政禮之先先於行道行道之本本於得賢得賢之由由乎審禮若禮之厚薄定於此則賢之優劣應於彼有（集作波）黜位而朝西面而事則師之才至矣先之以身下之以色則友之才至矣展皮幣之禮盡揖讓之儀則大臣之

才至矣南面而坐使者先焉則左右之才至矣凭几據床以令召焉則厮役之才至矣是以得師者帝得友者王得大臣者覇得左右者彊得厮役者亂然則求師而得友求友而得臣者有矣未有求臣而得友求友而得師者也是故圖帝而成王圖王而成覇者有矣未有圖覇而成王圖王而成帝者也夫以夷吾之賢爲不可召之臣桓公所以覇齊也孔明之才爲非屈致之士劉氏所以圖蜀也夫欲覇一國圖一方猶審其禮行其道焉况於圖帝王之業垂無疆之休苟無尊賢之風師友之佐則安能弘其理恢其化乎國家有天下二百年政無不施德無不備唯尊賢之禮未與三代同風陛下誠能行之則盡善盡美之事畢矣

請行賞罰以勸舉賢

問頃者累下詔旨令舉所知獻其狀莫匪賢能授以官守聞政績將人不易知耶將容易其所舉耶

對　前人

對臣伏見頃者德宗皇帝頻下詔旨令舉所知自是内外百寮歲有聞薦有司各詳其狀咸命以官語其數誠得多士之名考其才或非盡善之實何則得賢由舉擇慎審慎審由賞罰必行自十年以來未聞有司以得所舉賞一人以失所舉罪一人則内外之薦恐未専精出處之賢或有遺（集作遠）濫斯所以合陛下尚有未得賢之嘆也伏唯申命所舉深詔有司量其短長之才授以小大之職然後明察

臧否精考課最得人者行進賢之賞謬舉者坐不當之辜自然上下精詳遠近懲勸謹關梁以相保責輪轅以相承（集作求）俾夫草靡風行達於天下則天下之耳盡爲陛下聽天下之目盡爲陛下視明其視則舉不失德廣其聽則野無遺賢而後官得其才事得其序如此則陛下但凝神端拱而天下理矣

議文章（碑碣詞賦）

問國家撫天下以文明奬多士以文學二百餘載文章炳（集作化）焉然則述作之聞久而生弊書事者罕聞於直筆褒美者多覩其虛詞今欲去僞抑淫芟蕪刬穢黜華於枝葉反實於根源引而求之其義（集作道）安在

對

對臣謹按易曰觀乎人文以化天下記曰文王以文理則文之用大矣哉自三代以還斯文不振故天以將喪之弊授我國家國家以文德應天以文教牧人以文行選賢以文學取士二百餘載煥乎文章故士無賢不肖率意於文矣然臣聞大成不能無小弊大美不能無小疵是以凡今秉筆之徒率爾而言者有矣斐然成章者有矣故歌詞賦訟讚誄碑碣之製往往有虛美者焉（集作矣）有愧詞者焉（集作矣）君行於時則誣善惡而惑當世君傳於後則混真僞而疑將來臣伏思之恐非先王之理化成之教也其古之爲文者上以備王教繫國風下以存警誡通諷諭故懲勸善

惡之柄執於文士褒貶之際焉補察得失之端操於詩人美刺之間焉今褒貶之文不覈實則勸懲之義缺矣美刺之詩不稽政則補察之義廢矣雖雕章鏤句將焉用之臣又聞稂莠稗秕生於穀反害於穀者也淫詞麗藻生於文反傷於文者也故耘者耘稂莠稗秕所以養穀也王者刪淫詞麗藻所以養文也伏唯陛下詔主文之司諭養文之旨俾詞賦合警誡諷諭者雖質雖野採而獎之碑誄有虛美愧詞者雖華雖麗禁而絕之若然則爲文者必當尚實抑淫者誠宜去僞小疵小弊蕩然無遺矣則何慮乎文章不與三代同風哉（集作同風歟）

採詩（以補察時政） 前人

問聖人之致理也在乎酌人言察人情而後行爲政順爲教者也然則一人之耳焉（集作安）得遍聞天下之言乎一人之心安得盡知天下之情乎今欲立採詩之官開諷刺之道察其得失之政通其上下之情大夫以爲何如

對

對臣聞聖王酌人之言補已之過所以立理本道（一作導）化源也將在乎選觀風之使建採詩之官俾乎歌詠之聲諷刺之興日採於下歲獻於上者也所謂言之者無罪聞之者足以自戒大凡人之感於事則必動於情然後興於嗟嘆發於吟咏而形於歌詩矣故聞蓼蕭之詩則知澤及四海也聞禾黍之詠則知時和歲豐也聞北風之言則知威

虐及人也聞碩鼠之刺則知重斂於下也聞廣袖高髻之謡則知風俗之奢蕩也聞誰其獲者婦與姑之言則知征役之廢業也故國風之盛衰由斯而見也王政之得失由斯而聞也人情之哀樂由斯而知也然後君臣親覽而斟酌焉政之廢者脩之闕者補之人之憂者樂之勞者逸之所謂善防川者決之使導善理人者宣之使言故政有毫髮之善者下必知也教有錙銖之失者上必聞也則上之誠明何憂乎不下達下之利病何患乎不上知上下交和內外胥悅若此而不臻至理不致升平自開闢以來未之聞也老子曰不出戶知天下斯之謂歟

救學者之失（禮樂詩書） 前人

問學者政之根理之本國家設庠序以崇儒術張禮樂而厚國風師資肅以尊嚴文物煥其明備何則學詩書者拘於文而不通其旨習禮樂者滯於數而不達其情故安上之禮未行化人之學將落今欲使工祝知先王之道生徒究聖賢之心詩書不失於愚誣禮樂無闕於盈减積之爲言行播之爲風化何爲何作得至於斯

對

對臣聞化人動衆學爲先焉安上尊君禮爲本焉故古之王者未有不先於學本於禮而能建國君人經天緯地者也國家刪定六經之義裁成五禮之文爲學者之先知生人之大惠也故命太常以典禮樂立太學以教詩書將欲

以（集作使）四術並舉而行之萬人相從而化之（集無之字）然臣觀太學生徒讀（集作誦）詩書之文而不知詩書之旨太常工祝執禮樂之器而不識禮樂之情遺其旨則作忠興孝之義不彰失其情則同敬同愛之誠不著所謂棄本而從末棄精而得粗至使陛下語學有將落之憂覩禮有未行之嘆者此由官失其業師非其人故但有修習之名而無訓道之實也伏望審官（集作工）師之能否辨教學之是非講詩者以六義風賦爲宗不專於鳥獸草木之名也讀書者以五代典謨爲旨不專於章句詁訓之文也習禮者以上下長幼爲節不專於俎豆之數揚襲之容也學樂者以忠和孝友爲德不專於節奏之變綴兆之度也夫然則詩書無愚誣之失禮樂無盈减之差積而行立者乃升之於朝廷習而事成者乃用之於宗廟是故温柔敦厚之教疏通知遠之訓暢於中而和於外矣莊敬威嚴之貌易直子諒之心行於上而流於下矣則覩之者莫不承順聞之者莫不率從胥乎人情出乎理道欲人不化上不安其可得乎

問黜子書

對

對臣聞仲尼沒而微言絶七十子喪而大義乖大義乖則小說興微言絶則異端起於是乎岐分派別而百氏之書作焉然則六家之異同馬遷論之備矣九流之得失班固序之詳矣是非取舍較然可知今陛下將欲抑諸子之殊

途導聖人之要道則莫若弘四術之正義崇九經之格言故正義著明則六家之異見不除而自退矣格言具舉則九流之偏說不禁而自隱矣夫如是則六家九流尚爲之隱退況百氏之殊文詭製得不藏匿而消蕩乎斯所謂排小說而扶大義斥異端而闡微言辨惑嚮方化人成俗之畧也伏惟陛下必行之

書史百家

問卦分江使（莊子神龜爲清江使河伯之所）圖演天文文籍於是濫觴書契以之抽緒皇墳帝典述紀言以聯鑣五傳六經紵禮樂而齊鶩斯並懸諸日月煥乎文章至如諸子相騰小說奔競有慚胥王之化無異雜鉛之寶請用於火恐招傳奕之

識將翦其風後爽芟夷之義上塗交戰一爲解環百兩之篇孰闢其善七分之術孰著其能誰求天下之書誰決塚中之籙識二簡者何子觀四轍者何人京兆耆舊之篇起於何代陳留神仙之傳創自何人誰先孝子之圖誰首逸人之記倘無談於雕棘將有薦於拔茅

對　許南容

對夫皇王範物經籍訓人澆浮之說漸列文質之規斯變故九流異軫（一作轍）百氏齊鑣枝分葉布千門萬戶雖復言有踳駁理或叢殘特招胥玉之譏乍起雜鉛之議妨工惑善招惡（左傳昭德令作招惡疑）塞違比夫群岳參差各有蔽虧之勢衆川浩蕩俱資潤澤之功且夫三代之道未能無弊六經

之教尚皆有失其於子史何獨尤之若以失而便廢則書禮之法可捨短而從長去泰而除惡咸用於火竊未爲得各言其志亦何傷乎乃好尚不同撰述各異並流鉛槧咸著蓬山京房惟善於七分張霸心明於百兩荀勗決塚中之籙陳農求天下之書識二簡者廣微（束晳字也）觀四轍者周穆京兆耆舊光武創其篇陳留神仙阮蒼述其事梁雄作逸人之傳（一作記）劉向修孝子之圖斯並賢者傳之不朽謹對

同前　李令琛

對日月經天星辰助其明耀江河紀地畎澮資其廣深俱麗於乾綱同歸於坤（一作坎）軸況六經既出百子並騖萬卷五車七畧四部組織仁義琢磨道德雖非全璧之珍亦是連珠之寶當有求書之官遠捃禹穴近開汲塚之文且修蠹簡或陰陽不謬朱紫自分仲任叢殘之譏並非通論稚川翡翠之喻實得大方豈重以芟夷加之翦截敢申直筆以塞異端則有百兩之篇張霸所善七分之術京房獨精陳農訪天下之書荀勗決塚中之策識二簡者束晳觀四轍者穆王京兆耆舊之篇創於光武陳留神仙之傳起自阮蒼劉向修孝子之圖梁鴻首逸人之記謹對

同前

對自龍馬出河爰分八卦靈龜薦洛乃見九疇文字以興典謨斯起即有姬公秀出制禮樂以匡問宣父挺生刪詩

書而叉魯莫不憲章文武祖述唐虞關兆庶之心靈啓群主之耳目洎乎尼山落構梁木興歌大義云亡諸子爰（一作）漫起於是墨承諸廟孟繫司徒（八字一作承諸廟係司徒）文子開教於五神范蠡逞能於千樹孫武絢其韜畧蒙叟混其鵬蜩葛洪述內外之篇劉安論黃白之秘楊訑思於全性鄒衍想於談天商君既擅於刑書尹文亦諒於名實呂韋博識載摘懸市之文鬼谷多才爰務飛箝之作自茲以後其流甚繁雖云有異於微言亦可觀於小道或激揚仁義或囊括政刑或富國成家或懲惡勸善進既資於助國退亦取於理身實翰墨之泉源信文章之隆藪故馬遷修史列之九流班固叙書著之七畧今欲議其刪削語以芟夷便是絕

學者之多聞爽國家之廣畧學雖不敏未敢從命謹對

射御

問五曹演妙六轡騰英吹蘩延奇貫兼騁術眷兹兼藝理國曰資取要適時何者爲急然則旁觀往籍遐聽前規六藝之道同歸十哲之流必書何則書數之事獨列於學官而射御之利不分於師氏今欲鳴鳶逐水落鴈穿楊並列膠庠可乎不可至若魏臺漢帳誰擅其能三正一侯孰當其禮軒轅訪道驂其乘者何人夏禹奠山究其理者奚是近從曹馬遠逮羲軒所創之功並宜別白

對

對觀天察地必籍於四時奠主安人莫先於六藝若乃九

官筭法六藝數也秘法六範轡也六藝御也奇功懸針垂露六藝書也之能落鴈啼猿六藝射也之妙未言四術咸濟於時譬以五行理難廢一至於出入軍國之謀道達陰陽之氣取要適時射御爲急者先王建國正位辨方順文武以分官仰星辰而布教使僕者知其五御射者掌其六耦各班師氏咸有司存此則垂範將來爲國要道何必附輿執轡同歸鴈序之庭七禮五靶射也並列鴻都之學事資仍舊無或改焉備其中將之署魏臺梁鵠之題漢帳聲傳千載能抜兩朝三正實諸侯之儀一侯乃大夫之禮軒轅訪道昌寓驂其乘夏后奠山豎亥窮其理紛綸前史遐聽可尋竊以遠覽羲軒近觀曹馬心計不過於禁育善御孰若於王良史籀飛毫鍾繇騁翰后羿持箭李廣張弦所創之人所工之事畧陳一二固難悉備謹對

文苑英華卷第五百二